OUTLANDER

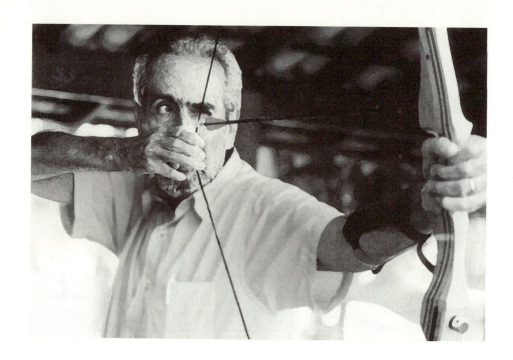

O Arqueiro

GERALDO JORDÃO PEREIRA (1938-2008) começou sua carreira aos 17 anos, quando foi trabalhar com seu pai, o célebre editor José Olympio, publicando obras marcantes como *O menino do dedo verde*, de Maurice Druon, e *Minha vida*, de Charles Chaplin.

Em 1976, fundou a Editora Salamandra com o propósito de formar uma nova geração de leitores e acabou criando um dos catálogos infantis mais premiados do Brasil. Em 1992, fugindo de sua linha editorial, lançou *Muitas vidas, muitos mestres*, de Brian Weiss, livro que deu origem à Editora Sextante.

Fã de histórias de suspense, Geraldo descobriu *O Código Da Vinci* antes mesmo de ele ser lançado nos Estados Unidos. A aposta em ficção, que não era o foco da Sextante, foi certeira: o título se transformou em um dos maiores fenômenos editoriais de todos os tempos.

Mas não foi só aos livros que se dedicou. Com seu desejo de ajudar o próximo, Geraldo desenvolveu diversos projetos sociais que se tornaram sua grande paixão.

Com a missão de publicar histórias empolgantes, tornar os livros cada vez mais acessíveis e despertar o amor pela leitura, a Editora Arqueiro é uma homenagem a esta figura extraordinária, capaz de enxergar mais além, mirar nas coisas verdadeiramente importantes e não perder o idealismo e a esperança diante dos desafios e contratempos da vida.

OUTLANDER

ESCRITO COM O SANGUE DO MEU CORAÇÃO

LIVRO OITO

DIANA GABALDON

Título original: *Written in My Own Heart's Blood*

Copyright © 2014 por Diana Gabaldon
Copyright da tradução © 2020 por Editora Arqueiro Ltda.

Todos os direitos reservados. Nenhuma parte deste livro pode ser utilizada ou reproduzida sob quaisquer meios existentes sem autorização por escrito dos editores.

Trechos de "Eu canto o corpo elétrico", de Walt Whitman: tradução de Ivo Barroso para os *Cadernos de Espetáculos* v. 2, da Revista do Teatro Carlos Gomes (Rio de Janeiro, set. 1996).

"Borbulhe a papa [...] e lagartixa" (p. 811): trecho de *Macbeth*, de William Shakespeare, trad. de Manuel Bandeira (Rio de Janeiro: José Olympio, 1961).

tradução: Mariana Serpa
preparo de originais: Victor Almeida
revisão: Flávia Midori e Hermínia Totti
diagramação: Valéria Teixeira
capa: Duat Design
imagens de capa: Shutterstock – Ted Odeh (cabana ao pôr do sol)
e Eleni Alina (paisagens de outono com corvos)
impressão e acabamento: Lis Gráfica e Editora Ltda.

CIP-BRASIL. CATALOGAÇÃO NA PUBLICAÇÃO
SINDICATO NACIONAL DOS EDITORES DE LIVROS, RJ

G111o

Gabaldon, Diana, 1952-
Outlander : escrito com o sangue do meu coração / Diana Gabaldon ; [tradução de Mariana Serpa]. - 1. ed. - São Paulo : Arqueiro, 2020.
896 p. ; 23 cm.　　　　(Outlander; 8)

Tradução de : Written in my own heart's blood
Sequência de : Outlander: ecos dos futuro
ISBN 978-65-5565-051-8

1. Ficção americana. I. Serpa, Mariana. II. Título. III. Série.

20-66660　　　　CDD: 813
　　　　　　　　CDU: 82-3(73)

Camila Donis Hartmann – Bibliotecária – CRB-7/6472

Todos os direitos reservados, no Brasil, por
Editora Arqueiro Ltda.
Rua Funchal, 538 – conjuntos 52 e 54 – Vila Olímpia
04551-060 – São Paulo – SP
Tel.: (11) 3868-4492 – Fax: (11) 3862-5818
E-mail: atendimento@editoraarqueiro.com.br
www.editoraarqueiro.com.br

PRÓLOGO

À luz da eternidade, o tempo não lança sombras.

Seus anciãos sonharão, os jovens terão visões. Mas e as anciãs, o que veem?

Vemos a necessidade e fazemos o que deve ser feito.

As jovens mulheres não têm apenas visões. Elas *são*, e por elas corre a fonte da vida.

A nós pertence a vigília da fonte. A nós cabe a defesa da luz que acendemos, da chama que somos.

O que foi que eu vi? Você é a visão de minha juventude, o sonho incessante de todas as minhas eras.

Aqui permaneço, novamente à beira da guerra, cidadã de lugar nenhum, de tempo nenhum, de país nenhum além do meu... e de um lugar rodeado não por mar, mas por sangue, cuja única fronteira são os contornos de um rosto há muito amado.

PARTE I

Vínculos

1

CINQUENTA QUILOS DE PEDRAS

16 de junho de 1778
Floresta entre a Filadélfia e Valley Forge

Com uma pedra na mão, Ian Murray encarava o terreno que havia escolhido. Ficava em uma pequena clareira afastada, entre imensos pedregulhos cobertos de líquen, sob a sombra de abetos e ao pé de um imenso cedro-branco. O lugar não era inacessível, mas dificilmente seria cruzado por um transeunte fortuito. Ele pretendia levar todos até ali – toda a sua família.

Fergus, para começar. Talvez só Fergus. A mãe tinha criado Fergus desde os 10 anos. Antes disso, ele sobrevivia por conta própria. Fergus conhecia a mãe havia mais tempo que Ian, e a amava com a mesma intensidade. *Talvez mais*, pensou Ian, o pesar agravado pela culpa. Fergus ficara em Lallybroch, ajudando a cuidar dela e da casa. Ian não. Ele engoliu em seco, caminhou pela pequena clareira, depositou sua pedra no meio e olhou para trás.

No mesmo instante, balançou a cabeça. Não, teriam que ser dois moledros, dois montes de pedras. Sua mãe e tio Jamie eram irmãos, e a família poderia chorar pelos dois juntos… mas talvez ele trouxesse outros para prestar condolências. Pessoas que haviam conhecido e amado muito Jamie Fraser, mas que não saberiam que Jenny Murray estava a 7 palmos do…

A imagem de sua mãe dentro de um buraco na terra o atingiu como um punhal, mas foi repelida pela lembrança de que ela não estava, de fato, em uma cova, e ele sentiu ainda mais dor. Ele não suportava a visão dos dois se afogando, talvez abraçados, lutando para…

– *A Dhia!* – exclamou ele, com violência. Largou a pedra e se virou para procurar outras. Já tinha visto pessoas se afogando.

Lágrimas correram por seu rosto, junto com o suor do dia de verão. Ian não se incomodou, parando apenas para enxugar o nariz na manga da camisa de vez em quando. Ele tinha amarrado um lenço torcido em volta da cabeça, para prender os cabelos e evitar que o suor escorresse para os olhos, porém já estava encharcado quando terminou de acrescentar mais de vinte pedras a cada monte.

Ele e os irmãos haviam construído um belo moledro para o pai, antes de sua morte, no topo da pedra entalhada que continha o nome dele – todos os seus nomes, na verdade – no cemitério de Lallybroch. Mais tarde, no funeral, os familiares tinham ido, um a um, seguidos por inquilinos e serviçais, acrescentar suas pedras ao peso daquela recordação.

Fergus, então. Ou… não. Em que ele estava pensando? Tia Claire deveria ser trazida primeiro. Ela não era escocesa, mas sabia muito bem o que era um moledro e talvez se consolasse um pouco ao ver o de tio Jamie. É isso. Tia Claire, depois Fergus. Tio Jamie era pai adotivo de Fergus; tinha o direito. Depois Marsali e as crianças, talvez. Será que Germain já tinha idade para vir com Fergus? Ele contava 10 anos e não era inocente – quase um homem, e podia ser tratado como tal. E tio Jamie era seu avô, portanto seria apropriado.

Ele deu outro passo para trás e limpou o rosto, respirando com força. Insetos passavam zumbindo por seus ouvidos, querendo seu sangue. Mas Ian havia se despido até a tanga e besuntado o corpo com gordura de urso e menta, costume dos mohawks para afastar os insetos.

– Olhe por eles, ó, espírito do cedro-vermelho! – rogou baixinho, na língua mohawk, erguendo os olhos e sentindo o aroma dos galhos da árvore. – Guarde a alma deles e os mantenha presentes e frescos como seus ramos.

Ele fez o sinal da cruz, agachou-se e cavoucou o montinho de folhas. *Mais pedras*, pensou. Para o caso de algum animal derrubar tudo. Seus pensamentos iam e vinham, perpassando os rostos de sua família, do povo da Cordilheira.

Deus, será que um dia ele voltaria? Brianna. Ah, Deus, Brianna…

Ele mordeu o lábio e sentiu um gosto salgado; lambeu e seguiu em frente, vasculhando o local. Ela estava em segurança, com Roger Mac e os pequenos. Mas ele devia ter ouvido os conselhos dela… sobretudo os de Roger Mac.

A quem mais ele poderia pedir ajuda para cuidar de todos eles?

A figura de Rachel lhe veio à mente, e o aperto no peito se abrandou um pouco. É, se ele tivesse Rachel… Ela era mais nova do que ele, não passava dos 19, e tinha conceitos muito estranhos sobre as coisas, por ser quacre. Mesmo assim, se Ian a tivesse, seria uma sólida rocha onde se apoiar. Ele *esperava* tê-la, mas ainda precisava lhe dizer umas coisas. Só de pensar nessa conversa o aperto no peito retornava.

A imagem de sua prima Brianna também lhe veio à mente e não se dissipou: alta, nariz longo e ossos fortes como o pai… Com ela, veio a imagem de seu *outro* primo, meio-irmão de Bri. Santo Deus, William! O que fazer com William? Ian duvidava de que o homem soubesse a verdade, que soubesse que era filho de Jamie Fraser. Seria responsabilidade de Ian fazer essa revelação? Trazê-lo até ali e explicar o que havia perdido?

Ele soltou um leve gemido ao pensar nisso. Rollo, seu cachorro, ergueu a cabeçorra e o encarou, meio preocupado.

– Não, eu também não sei a resposta – disse Ian a ele. – Mas deixe que eu me preocupo com isso.

Rollo tornou a acomodar a cabeça sobre as patas, se sacudiu para espantar as moscas e relaxou.

Ian trabalhou mais um pouco, deixando que os pensamentos se distanciassem com o suor e as lágrimas. Por fim, quando o sol poente alcançou o topo dos moledros, ele parou. Estava cansado, mas em paz. Os montes estavam na altura dos joelhos, lado a lado. Pequenos, porém sólidos.

Ele ficou um tempo ali parado, sem pensar em mais nada, apenas ouvindo o som dos pássaros na grama e o vento entre as árvores. Então suspirou fundo, agachou-se e tocou um dos moledros.

– *Tha gaol agam oirbh, a Mhàthair* – disse ele, baixinho.

Meu amor está contigo, mãe.

Ian fechou os olhos e deslizou a mão até o outro monte de pedras. O toque da terra em sua pele era estranho, como se ele pudesse enfiar os dedos lá no fundo e tocar o que precisava.

Ele permaneceu ali, parado, apenas respirando, até que abriu os olhos.

– Preciso da sua ajuda, tio Jamie. Acho que não vou conseguir sozinho.

2

DESGRAÇADO NOJENTO

William Ransom, nono conde de Ellesmere, visconde Ashness, barão Derwent, abria caminho por entre a multidão na Market Street, alheio aos resmungos dos alvos de seus empurrões.

Não sabia para onde ia nem o que faria ao chegar. Só sabia que, se ficasse parado, explodiria.

Sua cabeça latejava feito uma panela fervente. Tudo latejava, na verdade, principalmente sua mão... Sem dúvida ele havia quebrado algum osso, mas não se importava. O coração batia dolorido no peito. Os pés, pelo amor de Deus! Será que tinha topado em alguma coisa? Ele chutou com violência uma pedra do pavimento, fazendo-a voar na direção de um grupo de gansos, que começaram a grasnar e dispararam para cima dele, gritando e batendo asas.

Penas e merda de ganso voaram para longe. A multidão saiu correndo por todo lado.

– Desgraçado! – gritou a menina dos gansos, acertando-o na orelha com o antebraço. – Que o diabo o carregue, *desgraçado nojento*!

Inúmeras vozes raivosas o xingaram. William dobrou a esquina e adentrou uma viela, acompanhado de buzinaço e gritaria.

Esfregou a orelha latejante, apoiando-se nos prédios da rua, alheio a tudo além da única palavra que latejava com ainda mais força em sua mente. *Desgraçado.*

– Desgraçado! Desgraçado, desgraçado, *desgraçado*! – berrou, a plenos pulmões, esmurrando a parede de tijolos a seu lado.

– Quem é desgraçado? – perguntou uma voz curiosa logo atrás.

Ao se virar, ele viu que uma moça o encarava com certo interesse. Ela o avaliou de cima a baixo, devagar, notando o peito arquejante, as manchas de sangue no casaco do uniforme, a merda de ganso esverdeada a lhe sujar as calças. Levou o olhar aos sapatos de fivelas de prata, então retornou ao rosto, ainda mais interessada.

– Eu – respondeu ele, amargo.

– Ah, é?

Ela se afastou do batente da porta, cruzou a viela e parou bem diante dele. Era alta, magra e jovem, com seios firmes – claramente visíveis sob a fina musselina do vestido. Usava uma combinação de seda e não estava de espartilho. Nem de chapéu, aliás. Seus cabelos caíam soltos por sobre os ombros. Uma puta.

– Eu gosto bastante dos desgraçados – disse a mulher, tocando-o de leve no braço. – Que tipo de desgraçado você é? Cruel? Malvado?

– Arrependido – respondeu ele, fechando a cara quando ela riu.

A moça viu a carranca, mas não retrocedeu.

– Entre – disse ela, pegando-o pela mão. – Acho que você precisa de uma bebida.

Ela reparou nas juntas de seus dedos, inchadas e sangrentas, e mordeu o lábio de baixo com os dentinhos brancos. No entanto, não parecia assustada. E ele se viu cruzar o batente da porta sem protestar.

O que importa?, pensou, com um cansaço súbito e cruel. *O que importa qualquer coisa?*

3

NO QUAL AS MULHERES, COMO DE COSTUME, RECOLHEM OS CACOS

Chestnut Street, 17, Filadélfia
Residência de lorde e lady John Grey

William havia saído da casa como um furacão; o lugar parecia ter sido atingido por um raio. Eu certamente me sentia a sobrevivente de uma gigantesca tempestade elétrica, com os cabelos eriçados, os nervos à flor da pele.

Jenny Murray entrou na casa pouco tempo depois da partida de William. Por mais que vê-la tivesse sido menos chocante que qualquer outra visão até então, eu fiquei sem palavras. Arregalei os olhos para minha ex-cunhada – embora, pensando bem, ela *ainda* fosse minha cunhada, pois Jamie estava vivo. *Vivo.*

Fazia menos de dez minutos que eu o tivera nos braços e a lembrança de seu toque faiscava em meu corpo, como um raio aprisionado. Percebi vagamente que estava sorrindo feito boba, apesar de toda aquela destruição, das cenas terríveis, da agonia de William – se era possível chamar uma explosão daquelas de "agonia" – e do perigo que Jamie corria, além da vaga curiosidade quanto ao que Jenny ou a sra. Figg, cozinheira e arrumadeira de lorde John, poderiam estar prestes a dizer.

A sra. Figg era uma perfeita bolota, preta retinta, e tinha o costume de se aproximar sorrateira.

– O que *aconteceu*? – vociferou ela, manifestando-se de súbito atrás de Jenny.

– Santa Mãe de Deus! – Jenny se virou, os olhos arregalados e a mão sobre o peito. – Quem é você, em nome de Deus?

– Essa é a sra. Figg – respondi, com um desejo surreal de soltar uma gargalhada, apesar dos eventos recentes... ou talvez justamente por causa deles. – Cozinheira de lorde John Grey. Sra. Figg, essa é a sra. Murray. Minha... minha...

– Sua boa irmã – concluiu Jenny, com firmeza, erguendo a sobrancelha escura. – Não sou?

Seu semblante era franco e direto, e meu ímpeto de rir se transformou no mesmo instante em um desejo igualmente forte de irromper em lágrimas. De todas as improváveis fontes de ajuda que eu podia imaginar...

Respirei fundo e estendi a mão.

– Sim.

Não tínhamos nos separado de forma amigável na Escócia, mas eu a amara muito, e não deixaria passar nenhuma oportunidade de ajeitar as coisas.

Jenny entrelaçou os dedinhos pequenos e firmes nos meus, e pronto. Simples assim. Sem pedidos de desculpa ou perdão. Ela nunca precisou usar a máscara que Jamie usava. O que pensava e sentia estava em seus olhos, aqueles olhos de gato, oblíquos e azuis, iguaizinhos aos do irmão. Ela agora sabia a verdade sobre o que eu era, e sabia que, apesar do pequeno empecilho de um casamento com outra pessoa, nunca deixei de amar seu irmão, com todo o meu coração.

Ela soltou um suspiro. Fechou os olhos um instante, tornou a abri-los e sorriu para mim, com os lábios meio trêmulos.

– Bom, excelente – disse a sra. Figg.

Ela semicerrou os olhos e avaliou o cenário caótico. O balaústre no alto da escada havia sido arrancado, e o rastro da descida de William estava marcado por corrimões destruídos, paredes amassadas e manchas de sangue. O chão estava tomado pelos estilhaços de cristal do candelabro, cintilando alegres sob a luz que inundava a porta da frente, arrombada e ebriamente suspensa por uma única dobradiça.

– Que bela *merde* – murmurou a sra. Figg, virando-se para mim, com o cenho franzido. – Onde está milorde?

– Ah – murmurei em resposta.

Aquilo seria bastante desagradável. A sra. Figg desaprovava profundamente a maioria das pessoas, mas era muitíssimo dedicada a lorde Grey. Não gostaria nada de saber que ele havia sido levado por...

– Falando nisso, onde está o meu irmão? – perguntou Jenny, olhando em volta, como se esperasse que Jamie despontasse a qualquer momento por debaixo do sofá.

– Ah – murmurei de novo. – Humm. Bom…

Talvez pior que desagradável. Porque…

– E onde está o meu doce William? – perguntou a sra. Figg, farejando o ar. – Ele esteve aqui. Sinto o cheiro daquela colônia fedida que ele põe na roupa.

Com o semblante desaprovador, ela cutucou com a ponta do sapato um pedaço de cal no chão.

Respirei fundo outra vez e tomei as rédeas da sanidade que ainda me restava.

– Sra. Figg, faria a gentileza de nos preparar um bule de chá?

Nós nos sentamos no salão, enquanto a sra. Figg ia e vinha da cozinha, de olho em seu cozido de tartaruga.

– Queimar tartaruga é um drama, um horror – comentou ela, num tom duro, trazendo o bule de chá revestido de uma capa de crochê. – Ainda mais quando leva tanto xerez, como milorde gosta. Quase uma garrafa inteira… É um desperdício de boa bebida, isso sim.

No mesmo instante, minhas entranhas se remexeram. Sopa de tartaruga – com muito xerez – me trazia umas lembranças pessoais e muito intensas associadas a Jamie. Delírios febris e a forma como um navio sacolejante pode facilitar um ato sexual. Uma recordação que *não* ajudaria, de maneira alguma, o iminente debate. Esfreguei um dedo entre as sobrancelhas, na esperança de dissipar a névoa de confusão que se formava em minha mente. O ar da casa ainda estava eletrizante.

– Falando em xerez – comentei – ou qualquer outra bebida forte que a senhora considere conveniente, sra. Figg…

Ela me encarou, pensativa, assentiu e apanhou o decânter sobre o aparador.

– Conhaque é mais forte – interveio ela, estendendo a mim.

Jenny me encarou, igualmente pensativa, esticou o braço e serviu uma boa quantidade de conhaque em minha xícara, depois uma para si.

– Só por garantia – disse, erguendo a sobrancelha. Então bebemos.

Eu achava que precisaria de algo mais forte do que chá e conhaque para enfrentar os efeitos dos eventos recentes – láudano, digamos, ou uma boa golada de uísque escocês –, mas o chá sem dúvida ajudou, quente e perfumado, descendo suave rumo ao meu estômago.

– Pois muito bem. Agora estamos mais calmas, não? – indagou Jenny, segurando a xícara, com um olhar de expectativa.

– Já é um começo – respondi.

Respirei fundo, então forneci a ela um *précis* dos eventos da manhã.

Os olhos de Jenny eram perturbadoramente parecidos com os de Jamie. Ela piscou para mim uma vez, depois outra, e assentiu, como se para clarear as ideias, aceitando as minhas palavras.

– Então Jamie partiu com seu lorde John. O Exército Britânico está atrás deles, o sujeito alto que vi soltando fogo pelas ventas na varanda é filho de Jamie... Bom, claro que é; até um cego enxergaria isso. E a cidade está fervilhando de soldados britânicos. É isso, então?

– Ele não é exatamente *meu* lorde John – respondi. – Mas, sim, essa é a situação. Presumo que Jamie tenha lhe contado sobre William.

– É, contou – confirmou ela, abrindo um sorriso largo por sobre a borda da xícara. – Estou muito feliz por ele. Então o que está preocupando o rapaz? Ele parece que passou feito um furacão.

– O que foi que a senhora disse? – interrompeu a sra. Figg, abruptamente. Ela apoiou a bandeja que acabava de trazer, a jarra de leite e o açucareiro de prata tilintando como castanholas. – William é filho de *quem*?

Dei um gole revigorante no chá. A sra. Figg sabia que eu tinha sido esposa – e, teoricamente, viúva – de um tal James Fraser. Mas isso era tudo o que ela sabia.

– Bom – comecei, com uma pausa para pigarrear. – O... ahn... cavalheiro alto de cabelos ruivos que acabou de sair daqui... Você o viu?

– Vi – respondeu a sra. Figg, com os olhos semicerrados.

– Deu uma boa olhada nele?

– Não prestei muita atenção no rosto quando ele veio até a porta e perguntou pela senhora, mas vi muito bem as costas quando me empurrou e subiu correndo as escadas.

– Acho que por esse ângulo a semelhança é menos notada. – Dei outro gole no chá. – Aquele cavalheiro é James Fraser, meu... ahn... meu... – "Primeiro marido" não era muito preciso. "Ex-marido" também não. Optei pela alternativa mais simples. – Meu marido. E... é pai de William.

A sra. Figg ficou boquiaberta, calada por um instante. Deu uns passos para trás, lentamente, e se sentou com um leve baque em uma otomana bordada.

– William sabe disso? – perguntou ela, depois de refletir por um instante.

– *Agora* sabe – respondi, apontando brevemente para a destruição na escada, visível pela porta do salão onde estávamos sentadas.

– Que *merde*... quer dizer, que o Santo Cordeiro de Deus nos defenda.

O segundo marido da sra. Figg era pastor metodista, e ela se esforçava para ser motivo de orgulho para ele, mas o primeiro havia sido um jogador francês. Ela cravou os olhos em mim feito duas miras de espingarda.

– A senhora é a mãe?

Eu me engasguei com o chá.

– Não – falei, limpando o queixo com um guardanapo de linho. – Não é assim *tão* complicado.

esteja contente em rever meu irmão, na verdade foi o dever que me chamou à América. Meu regimento acabou de aportar em Nova York.

– Ah – respondi. – É... Que bom.

Estava muito claro que John não sabia da vinda de seu irmão, muito menos acompanhado do regimento inteiro. Percebi que eu devia estar fazendo perguntas e descobrindo o que pudesse sobre os planos do general, mas não parecia hora nem lugar.

O general pigarreou educadamente.

– Lady Grey... por acaso a senhora tem ciência do paradeiro de seu marido no momento?

O choque de conhecer Harold, duque de Pardloe, havia apagado de minha mente a razão de minha presença ali, mas a pergunta trouxe tudo de volta.

– Não, receio que não – respondi, com a maior calma possível. – Eu expliquei isso ao seu subalterno. Um mensageiro chegou com um bilhete já faz algumas horas, e lorde John partiu com ele. Mas não disse para onde estava indo.

O general franziu os lábios.

– Não disse? Pois muito bem – comentou ele, ainda com educação. – O coronel Graves enviou o mensageiro a lorde John com um bilhete para lhe informar de seu retorno à ativa e instruí-lo a vir para cá de imediato.

– Ah – murmurei, tão impassível quanto eu me sentia. Dadas as circunstâncias, parecia tudo bem deixar isso transparecer. – Ai de mim. Nesse caso... ele deve ter partido com *alguém*.

– A senhora não saberia com quem?

– Eu não o vi sair – expliquei, evitando a pergunta com cuidado. – Lamento, mas ele não deixou nenhum recado informando para onde estava indo.

Clinton ergueu a sobrancelha bem marcada e encarou Pardloe.

– Nesse caso, imagino que deva voltar em breve – comentou o duque, dando de ombros. – No fim das contas, a questão não é urgente.

O general Clinton parecia discordar, mas manteve o silêncio, com uma breve olhadela para mim. Estava bem claro que ele tinha pouco tempo a perder. Com uma mesura polida, desejou-me um bom dia.

Parti rapidamente, apressando-me em dizer ao duque que fora um prazer conhecê-lo e perguntar para onde enviar notícias, caso seu irmão se comunicasse...

– Tenho acomodações em King's Arms – respondeu Pardloe. – Eu posso...

– Não, não – intervim, mais do que depressa, para evitar sua oferta de me levar em casa. – Está tudo bem. Obrigada, senhor.

Fiz uma mesura para o general, então para Hal, e rumei para a porta com um rodopio de saias e emoções.

O capitão Richardson já não estava no vestíbulo, mas eu não tive tempo de pensar aonde ele teria ido. Dispensei um breve aceno de cabeça ao soldado na porta e saí para a rua, respirando como se acabasse de emergir de uma batisfera.

E agora?, pensei, desviando de dois menininhos com uma argola, que a empurravam pela rua, batendo nas pernas dos soldados que puxavam uma grande carroça com embrulhos e móveis. Os garotos deviam ser de algum dos oficiais de Clinton, visto que os soldados estavam tolerando.

John, que falava com frequência sobre o irmão, comentara sobre as tendências de Hal ao abuso cruel e autoritário de poder. Tudo o que a presente situação requeria era um bisbilhoteiro com gosto por autoridade. Perguntei-me por alguns segundos se William tinha boas relações com o tio. Se fosse o caso, talvez Hal pudesse ser dissuadido e ganhar utilidade, injetando um pouco de bom senso... Não, não, claro que não. Hal não podia saber sobre Jamie, pelo menos não por enquanto. E não trocaria duas palavras com Willie sem descobrir. *Se* William falasse a respeito, mas então...

– Lady Grey.

Uma voz atrás de mim me paralisou, apenas por um breve instante, mas tempo suficiente para que o duque de Pardloe se plantasse ao meu lado. Ele me segurou pelo braço.

– Você mente muito mal – observou, com interesse. – Fico aqui pensando... O que estaria escondendo?

– Quando há alguma preparação, atuo melhor – retruquei. – Embora, na verdade, eu *não* esteja mentindo no momento.

Aquilo o fez rir. Ele se aproximou de mim, examinando meu rosto bem de perto. Tinha os olhos azul-claros, como os de John, mas as sobrancelhas e os cílios escuros lhe conferiam um aspecto especialmente penetrante.

– Talvez não – respondeu, ainda entretido. – Mesmo que não esteja, também não vai me contar tudo o que sabe.

– Não sou obrigada a contar *nada* do que sei – retruquei, com dignidade, tentando me desvencilhar. – Solte-me.

Com relutância, ele obedeceu.

– Peço desculpas, lady Grey.

– Claro – assenti, em tom seco, e dei meia-volta. Ele se plantou na minha frente, feito uma fera, bloqueando meu caminho.

– Quero saber onde está o meu irmão – insistiu ele.

– Eu também gostaria de saber – retorqui, tentando me esquivar.

– Aonde a senhora está indo, se me permite a pergunta?

– Para casa.

Ainda era estranha a sensação de chamar a residência de lorde John de "casa". No entanto, eu não tinha outra. *Tem, sim*, dizia uma vozinha muito clara em meu coração. *Você tem Jamie.*

– Que sorriso é esse? – indagou Pardloe, meio surpreso.

– Estou pensando em chegar em casa e tirar esses sapatos – respondi, fechando o sorriso no mesmo instante. – Estão me matando.

Era muito mais, a bem da verdade, mas eu não pretendia explicar o nascimento de Willie nem para a sra. Figg nem para Jenny. Jamie precisara contar para a irmã quem era a mãe de William, mas eu duvidava de que ele tivesse confessado que Geneva Dunsany o forçara a se deitar com ela mediante ameaças à família de Jenny. Nenhum homem de coração gostaria de admitir ter sido chantageado por uma garota de 18 anos.

– Lorde John assumiu a guarda legal de William quando o avô do menino morreu. Na época, lorde John acabou se casando com lady Isobel Dunsany, irmã da mãe de William. Ela cuidou de Willie quando a mãe dele morreu, durante o parto. Lorde John e ela foram os pais dele desde que era menininho. Isobel faleceu quando ele tinha 11 anos.

A sra. Figg aceitou a explicação de bom grado, mas não estava disposta a se desviar do assunto principal.

– James Fraser... – disse, batendo dois dedos largos no joelho e lançando um olhar acusativo para Jenny. – Como é que ele não está morto? Recebi a notícia de que ele tinha se afogado. – Ela me encarou. – Achei que a senhora também se jogaria na baía quando ficou sabendo.

Com um súbito arrepio, fechei os olhos, sentindo o gélido horror da notícia me invadir, em uma onda de recordações. Mesmo com o toque de Jamie ainda fresco em minha pele e a lembrança dele ainda quente em meu coração, revivi a dor esmagadora de ouvir que ele estava morto.

– Bom, pelo menos esse ponto eu posso esclarecer – explicou Jenny.

Ao abrir os olhos, eu a vi largar um torrão de açúcar no chá fresco e assentir para a sra. Figg.

– Íamos embarcar em um navio chamado *Euterpe*, meu irmão e eu, para sair de Brest. Mas o desalmado do capitão zarpou sem nós. E isso nos fez muito bem – concluiu, com uma carranca.

Era verdade. O *Euterpe* havia naufragado em uma tempestade no Atlântico, sem deixar sobreviventes. Ou pelo menos fora como John Grey e eu havíamos sido informados.

– Jamie encontrou outro navio para nós, mas atracamos na Virgínia, então precisamos subir a costa, parte por terra, parte por mar, para escapar da rota dos soldados. As pequenas agulhadas que você deu em Jamie para evitar o enjoo em alto-mar foram uma maravilha – acrescentou ela, virando-se para mim com o semblante aprovador. – Ele me ensinou a aplicar. Chegamos à Filadélfia ontem – prosseguiu, retornando à história. – Nós nos infiltramos na cidade à noite, feito uma dupla de gatunos, e rumamos para a gráfica de Fergus. Meu Deus, achei que meu coração fosse parar de bater dezenas de vezes!

Ela sorriu com a lembrança, e eu fui atingida pela mudança em suas feições. A sombra do sofrimento ainda pairava em seu rosto, Jenny estava magra e abatida por conta da viagem, mas a terrível tensão da morte de seu saudoso marido Ian havia se dissipado. Suas bochechas estavam coradas e havia um brilho em seus olhos que eu não via desde que a conhecera, trinta anos antes. Ela tinha encontrado um pouco de paz. E senti uma gratidão que aliviou minha alma.

– Então Jamie bateu à porta, nos fundos, e ninguém atendeu. Mas vimos através das cortinas que havia uma lareira acesa. Ele bateu outra vez, tirando uma melodia.

Ela batucou os nós dos dedos bem de leve sobre a mesa, *pã-pã-rarã-pã-rarã-pã-pã*, e meu coração disparou ao reconhecer a música-tema de *Cavaleiro solitário*, que Brianna havia ensinado a ele.

– Dali a um instante – prosseguiu Jenny –, uma mulher gritou: "Quem é?" E Jamie respondeu, em *gàidhlig*: "É seu pai, minha filha. Estou molhado, gelado e faminto." Estava chovendo bastante e nós dois parecíamos pintos molhados.

Ela se balançou um pouquinho para trás, deleitando-se com a história.

– A porta se abriu, só uma frestinha, e lá estava Marsali, com uma pistola de caça na mão e as duas pequenas atrás dela, ferozes como arcanjos, cada uma com um pedaço de pau, prontas para acertar as canelas do ladrão. Então, ao verem a luz da lanterna brilhando sobre o rosto de Jamie, as três soltaram um berro de acordar os mortos, voaram para cima dele e o puxaram para dentro, todas falando ao mesmo tempo, cumprimentando, perguntando se ele era um fantasma, por que não tinha se afogado, e foi assim que soubemos que o *Euterpe* havia naufragado. – Ela fez o sinal da cruz. – Que Deus proteja as pobres almas – concluiu, balançando a cabeça.

Eu fiz o sinal da cruz também, e vi a sra. Figg me olhar de soslaio. Ela não tinha percebido que eu era papista.

– Eu entrei também, claro – retomou Jenny –, mas todo mundo estava falando ao mesmo tempo e correndo atrás de roupas secas e bebidas quentes. Então fiquei ali, olhando o lugar, pois nunca estivera em uma gráfica. Fiquei maravilhada com o cheiro de tinta, papel e chumbo, até que de repente alguém puxou a minha saia. "Quem é a senhora, madame? Gostaria de uma sidra?", perguntou um rapazinho pequenino de rosto doce.

– Henri-Christian – murmurei, sorrindo ao pensar no filho mais novo de Marsali, e Jenny assentiu.

– "Ora, eu sou sua vovó Janet, meu filho" – continuou ela. – Ele arregalou os olhinhos, soltou um gritinho e abraçou as minhas pernas com tanta força que eu perdi o equilíbrio e caí no sofá. Estou com um hematoma na bunda do tamanho da sua mão – acrescentou ela, baixinho.

Percebi que a tensão no ar relaxara. Jenny sabia, claro, que Henri-Christian havia nascido anão. Mas saber e testemunhar são coisas diferentes. Claramente não foi um problema para ela.

A sra. Figg acompanhava o relato com interesse, porém mantendo as reservas. Ao ouvir sobre a gráfica, no entanto, ela se enrijeceu um pouco.

– Essas pessoas... Marsali é sua filha, então, madame?

Entendi o que ela estava pensando. Toda a Filadélfia sabia que Jamie era rebelde.

Por extensão, eu também. Quando estava ameaçada de ser presa é que John insistiu para que nos casássemos, logo depois da confusão que se seguiu à suposta morte de Jamie. A menção à gráfica na Filadélfia, ocupada pelos britânicos, suscitava perguntas em relação ao *que* estava sendo impresso, e por *quem*.

– Não, o marido dela é filho adotivo do meu irmão – explicou Jen. – Mas eu criei Fergus desde menino, então ele é meu filho do coração, ao modo de ver das Terras Altas.

A sra. Figg pestanejou. Tentava organizar todos os personagens da narrativa, mas desistiu, balançando a cabeça e sacolejando as fitinhas cor-de-rosa da touca, feito anteninhas.

– Ora, aonde neste mundo o seu irmão pode ter levado milorde? – indagou ela. – A essa gráfica?

Jenny e eu trocamos olhares.

– Duvido – respondi. – Mais provável que tenha saído da cidade, usando John, quer dizer, milorde, como refém para cruzar as barricadas, caso necessário. Provavelmente vai soltá-lo tão logo estejam mais afastados, em segurança.

A sra. Figg emitiu um profundo murmúrio de desaprovação.

– Ou talvez acabe em Valley Forge e entregue milorde para os rebeldes.

– Ah, acho que não – retrucou Jenny, em um tom apaziguador. – O que iam querer com ele?

A sra. Figg piscou duas vezes, chocada com a ideia de que alguém pudesse não valorizar seu patrão da mesma forma que ela, mas depois de fazer um bico, inferiu que de fato isso podia acontecer.

– Ele não estava de uniforme, estava, madame? – perguntou ela para mim, de cenho franzido.

Balancei a cabeça. John não era oficial da ativa. Era diplomata, embora ainda fosse tenente-coronel do regimento de seu irmão e usasse o uniforme para fins cerimoniais ou intimidativos, mas oficialmente era reformado do Exército, não combatente. À paisana não chamaria a atenção das tropas do general Washington em Valley Forge.

De todo modo, eu não achava que Jamie havia rumado para Valley Forge. Tinha a mais absoluta certeza de que ele voltaria para cá. Para mim.

O pensamento brotou em minhas entranhas, então se espalhou em uma onda de calor. Enfiei o nariz na xícara de chá para disfarçar o rubor. *Vivo.* Acariciei a palavra, aninhando-a no fundo de meu coração. Jamie estava vivo. Por mais feliz que eu estivesse em ver Jenny – e ainda mais feliz por vê-la estender a mão em minha direção –, o que eu queria mesmo era subir até meu quarto, fechar a porta, recostar o corpo na parede, fechar bem os olhos e reviver os segundos depois que ele adentrou o quarto, quando me tomou nos braços e me pressionou contra a parede, enchendo-me de beijos, com uma prova tão concreta e cálida de sua presença que eu poderia desabar no chão de tão arrebatada, se não fosse a parede a me sustentar.

Vivo, repeti, em silêncio, para mim mesma. *Ele está vivo.*

Nada mais importava. Por mais que eu ainda imaginasse, por um breve instante, o que ele faria a John.

4

NÃO FAÇA PERGUNTAS CUJA RESPOSTA NÃO DESEJA OUVIR

Na mata, a uma hora de distância da Filadélfia

John Grey já tinha se resignado com a morte. Já esperava por isso, desde o instante em que disse: "Eu tive conhecimento carnal de sua mulher." A única dúvida que restava em sua mente era se Fraser o mataria com um tiro, uma facada ou se o estriparia com as próprias mãos.

Ver o marido traído apenas responder "Por quê?" não fora somente inesperado, mas... infame. Completamente infame.

– Por quê? – repetiu John Grey, incrédulo. – Você perguntou por quê?

– Perguntei. E gostaria de saber a resposta.

Agora, com os dois olhos abertos, Grey percebia que a aparente calma de Fraser não era tão impenetrável quanto supunha a princípio. Uma veia pulsava em sua têmpora e ele remexia um pouquinho os pés, como um homem que testemunhava uma briga de bar: não prestes a partir para a violência, mas exaltado.

Perversamente, Grey considerou a visão reconfortante.

– Como assim, "por quê"? – indagou ele, com repentina irritação. – E por que você não está morto?

– Eu mesmo me pergunto isso com frequência – respondeu Fraser, educado. – Imagino que você tenha pensado que eu estava.

– Sim, e a sua mulher também pensou! Você faz ideia do que a notícia da sua morte *causou* a ela?

Jamie semicerrou os olhos azul-escuros.

– Está insinuando que a notícia da minha morte deixou a minha mulher tão alucinada que ela perdeu o bom senso e o arrastou para a cama à força? Porque – prosseguiu ele, interrompendo a fala fervorosa de Grey –, a não ser que eu esteja seriamente enganado a respeito da sua natureza, seria necessária uma força extraordinária para obrigar você a cometer tal ato. Estou mesmo enganado?

Grey o encarou. Então fechou os olhos por um breve instante e os esfregou com as duas mãos, feito um homem acordando de um pesadelo. Baixou-as e tornou a abrir os olhos.

– Não está – respondeu ele, entre dentes. – E *está.*

Fraser arregalou os olhos vermelhos. *Genuinamente estupefato*, pensou Grey.

– Você se deitou com ela por... *desejo*? – Ele também ergueu a voz. – E ela deixou? Não acredito.

A vermelhidão subia pelo pescoço bronzeado de Fraser, vívida como uma rosa-trepadeira. Grey já tinha visto isso acontecer, e concluiu que a melhor defesa era perder a cabeça antes. Foi um alívio.

– Pensamos que você estava *morto*, seu infeliz dos infernos! – exclamou ele, furioso. – Nós dois! Morto! Certa noite, bebemos demais... demais mesmo... falamos de você... e... que diabo, não estávamos fazendo amor um com o outro... estávamos transando com você!

No mesmo instante, o rosto de Fraser empalideceu e seu queixo caiu. Grey apreciou uma fração de segundo de satisfação antes que um punho pesado lhe acertasse as costelas. Cambaleou uns passos, depois mais alguns, e desabou. Ficou ali, sobre as folhas, completamente sem fôlego.

Muito bem, então, pensou ele, meio embotado. *Vai ser no soco mesmo.*

As mãos de Jamie o agarraram pela camisa para que se levantasse. Com isso, Grey conseguiu ficar de pé, e um filete de ar lhe adentrou os pulmões. O rosto de Fraser estava a centímetros de distância do dele. A bem da verdade, Fraser estava tão perto que Grey não conseguia ver sua expressão. Via apenas um par de olhos injetados e frenéticos. Era o bastante. Ele agora estava calmo. Não levaria muito tempo.

– Você vai me contar exatamente o que aconteceu, seu pervertido imundo – sussurrou Fraser, soprando um bafo quente com hálito de cerveja no rosto de Grey. – Cada palavra. Cada movimento. *Absolutamente tudo.*

– Não – retorquiu Grey, desafiador, com ar nos pulmões apenas para responder: – Vá em frente, pode me matar.

Fraser o sacudiu com tanta violência que seus dentes se chocaram com força e ele mordeu a língua. Ele soltou um gemido sufocado, e um soco imprevisto o acertou no olho esquerdo. Grey caiu outra vez, a cabeça explodindo em estilhaços de cores e pontinhos brancos, o cheiro do bolor das folhas lhe invadindo o nariz. Fraser o ergueu mais uma vez, então parou. Estaria o homem refletindo sobre a melhor maneira de continuar o processo de vivissecção?

Grey não compreendia a hesitação. Sangue pulsava em seus ouvidos e Fraser tinha a respiração áspera. Quando abriu o olho bom, como quem não quer nada, para ver de onde viria o golpe seguinte, notou o homem. Um brutamontes imundo, com camisa de caça franjada, espiando debaixo de uma árvore, boquiaberto.

– Jethro! – gritou o homem, firmando o punho na arma que segurava.

Um bando despontou, saindo dos arbustos. Alguns homens usavam um arremedo de uniforme, mas a maioria vestia roupas caseiras, somadas aos bizarros gorros "libertários" feitos de tricô de lã bem justa, cobrindo a cabeça e as orelhas, o que, pela vista lacrimejante de John, conferia aos homens o aspecto pavoroso de balas de canhão animadas.

As esposas que supostamente teceram aquele acessório haviam bordado nas faixas lemas como LIBERDADE e INDEPENDÊNCIA, embora uma mais sanguinária tivesse bordado MORTE! no gorro do marido. O sujeito em questão, percebeu Grey, era um homem pequenino e magricelo, cujos óculos tinham uma lente rachada.

Fraser, que havia parado ao ouvir a aproximação dos homens, agora encarava o grupo como um urso encurralado por sabujos. De súbito, os sabujos pararam, a uma distância segura.

Grey pressionou a região do fígado, que achava que tinha se rompido, e soltou um arquejo. Precisaria do máximo de ar possível.

– Quem é você? – inquiriu um dos homens, cutucando Jamie com força com a ponta de uma vara comprida.

– Coronel James Fraser, Rifles de Morgan – respondeu ele, ignorando a vara. – E você?

O homem parecia meio desconcertado, mas retrucou com petulância:

– Cabo Jethro Woodbine, Guardas de Dunning – disse, muito grosseiro. Virou a cabeça para os companheiros, que no mesmo instante se espalharam de forma sistemática, rodeando a clareira. – E quem é o seu prisioneiro?

Grey sentiu um aperto no estômago; dada a condição de seu fígado, isso lhe provocou dor.

– Eu sou lorde John Grey – respondeu ele, entre dentes, sem esperar por Jamie. – Por mais que não seja da sua conta.

Sua mente saltitava como uma pulga, tentando calcular se ele tinha mais chances de sobrevivência com Jamie Fraser ou com esse bando de grosseirões. Momentos antes, estivera conformado com a ideia de morrer nas mãos de Jamie, mas esse pensamento, como tantos outros, era mais atraente na teoria do que na prática.

A revelação de sua identidade pareceu confundir os homens, que começaram a cochichar entre si, encarando-o com desconfiança.

– Ele não está de uniforme – sussurrou um deles para o outro. – Será que é soldado mesmo? Não temos assunto com ele se não for, temos?

– Temos, sim – retorquiu Woodbine, recobrando um pouco da autoconfiança.

– Se o sujeito é prisioneiro do coronel Fraser, imagino que o coronel tenha motivo para isso – falou, relutante, erguendo a voz.

Jamie não respondeu; tinha os olhos fixos em Grey.

– Ele é um soldado – disse alguém.

Todas as cabeças se viraram. Era o homenzinho de óculos rachados, que havia ajeitado a armação para poder espiar melhor com a outra lente. Um olho azul-claro avaliou Grey.

– Ele é um soldado – repetiu o homem, mais confiante. – Eu o vi na Filadélfia, sentado na varanda de uma casa na Chestnut Street, de uniforme. Por incrível que pareça, ele é um oficial – acrescentou, desnecessariamente.

– Ele não é um soldado – disse Fraser, virando a cabeça para encarar com firmeza o sujeito de óculos.

– Eu vi – murmurou o homem. – Claro feito a luz do dia. Tinha alamares dourados – completou, num murmúrio quase inaudível, e baixou os olhos.

– Hum. – Jethro Woodbine se aproximou de Grey e o perscrutou com atenção. – Bom, o senhor tem algo a dizer, lorde Grey?

– Lorde John – corrigiu Grey, carrancudo, cuspindo um pedaço de folha triturada. – Eu não sou nobre; meu irmão mais velho que é. Eu carrego o sobrenome Grey. Quanto a ser soldado, eu era. Ainda ostento a patente em meu regimento, mas não estou na ativa. Está de bom tamanho ou querem saber o que eu comi hoje no café da manhã?

Ele estava contrariando os homens de propósito, tendo em parte decidido que preferia ir com Woodbine e aguentar a inspeção dos continentais a ficar ali e enfrentar o interrogatório de Jamie Fraser.

Fraser o observava, com o cenho franzido. Ele enfrentou o ímpeto de desviar o olhar. *É a verdade*, pensou, desafiador. *O que eu disse é verdade. E agora você sabe.*

Sim, disseram os olhos negros de Fraser. *Você acha que eu vou viver em paz com isso?*

– Ele não é soldado – repetiu Fraser, dando as costas para Grey e voltando a atenção para Woodbine. – Ele é meu prisioneiro porque eu quis interrogá-lo.

– A respeito de quê?

– Isso não é da sua conta, sr. Woodbine – respondeu Jamie, com a voz calma, porém firme como aço.

Jethro Woodbine, porém, não era nenhum idiota e resolveu deixar isso bem claro.

– Eu é que julgo o que é ou não da minha conta… *senhor* – acrescentou. – Como vamos saber se o senhor é quem diz ser, hein? Não está de uniforme. Algum de vocês conhece esse homem?

Os sujeitos pareceram surpresos com a pergunta. Entreolharam-se, meio desconfiados. Alguns balançaram a cabeça.

– Pois muito bem – disse Woodbine, encorajado. – Se o senhor não pode provar quem é, acho que vamos levar esse homem de volta ao acampamento para ser interrogado. – Ele abriu um sorriso desconfortável, sinal evidente de que outro pensamento lhe havia ocorrido. – Acha que devemos levar o senhor também?

Fraser ficou parado por um instante, a respiração lenta. Observava Woodbine como um tigre olharia para um ouriço: sim, poderia comê-lo, mas será que a inconveniência de engolir os espinhos valeria a pena?

– Podem levar – respondeu de repente, afastando-se de Grey. – Tenho assuntos a tratar em outro lugar.

Woodbine ficou desconcertado. Esperava uma discussão. Ergueu um pouco o pedaço de pau, mas permaneceu em silêncio enquanto Fraser se afastava a passos firmes, rumo à borda da clareira. Bem debaixo das árvores, Fraser se virou e encarou Grey com um olhar soturno e impassível.

– Não encerramos nosso assunto – afirmou ele.

Grey se empertigou, indiferente tanto à dor no fígado quanto às lágrimas que brotavam do olho machucado.

– A seu dispor, senhor – retrucou.

Fraser cravou os olhos nele, então avançou pela obscura mata verde, ignorando completamente Woodbine e seu bando. Um ou dois homens encararam o cabo, que exibia uma indecisão da qual Grey não compartilhava. No instante antes de a comprida silhueta de Fraser desaparecer por completo, ele levou as mãos em concha à boca.

– Não estou arrependido! – gritou.

5

AS PAIXÕES DOS RAPAZES

Por mais fascinada que estivesse com as histórias sobre William e as dramáticas circunstâncias da descoberta de sua paternidade, Jenny estava mais preocupada com outro rapaz.

– Sabe onde está o Jovem Ian? – perguntou ela, ansiosa. – Ele encontrou a tal moça, a quacre de quem comentou com o pai?

Ao ouvir isso, relaxei um pouco. O Jovem Ian e Rachel Hunter *não* estavam, graças a Deus, na lista das situações preocupantes. Pelo menos não no momento.

– Encontrou – respondi, com um sorriso. – Quanto ao lugar onde está… Há muitos dias que não o vejo, mas ele já se ausentou por mais tempo. De vez em quando trabalha de sentinela para o Exército Continental, só que o grupo está há tanto tempo no quartel-general de inverno de Valley Forge que não precisa muito de sentinelas. Mas ele costuma ficar lá, para fazer companhia a Rachel.

Ao ouvir isso, Jenny ergueu as sobrancelhas.

– Ah, é? E o que ela faz lá? Os quacres não desprezam a guerra e tudo o mais?

– Bom, mais ou menos. O irmão dela, Denzell, é cirurgião do Exército. É médico de verdade, não esses charlatões sanguessugas que o Exército costuma contratar. E está em Valley Forge desde novembro. Rachel fica indo e vindo da Filadélfia. Consegue transitar pelas barricadas, por isso transporta comida e suprimentos, mas trabalha com Denny. Então fica por lá, ajudando com os pacientes, muito mais do que aqui.

– Fale mais sobre ela – pediu Jenny, aproximando-se, muito atenta. – É uma boa moça? Você acha que ela ama o Jovem Ian? Pelo que Ian me contou, está perdidamente apaixonado por ela, mas ainda não se declarou. Ele tem medo da reação dela.

Não tem certeza de como ela lidaria com… com o que ele é. – Ela fez um gesto que abarcava a história e a natureza do Jovem Ian, de rapaz das Terras Altas a guerreiro mohawk. – Deus sabe bem que ele nunca será um quacre decente, e imagino que o Jovem Ian também saiba.

Ao pensar nisso, eu ri. No entanto, a questão era séria. Eu não sabia o que uma assembleia de quacres pensaria a respeito dessa união, mas imaginava que considerariam a possibilidade alarmante. Bem, eu não tinha muito conhecimento sobre casamentos quacres.

– Ela é uma moça muito boa – garanti a Jenny. – Extremamente sensível, competente… e muitíssimo apaixonada por Ian, embora eu não creia que ela tenha lhe revelado isso também.

– Ah. Você conhece os pais dela?

– Não, os dois morreram quando Rachel era criança. Ela foi criada por uma viúva quacre. Depois, quando tinha 16 anos, veio cuidar do irmão.

– Estão falando da mocinha quacre?

A sra. Figg havia entrado com um vaso cheio de rosas, cheirando a mirra e açúcar. Jenny inspirou o ar com força e se empertigou na cadeira.

– Mercy Woodcock pensa maravilhas dela. Ela vai à casa de Mercy toda vez que está na cidade para visitar aquele rapaz.

– Rapaz? – perguntou Jenny, franzindo as sobrancelhas escuras.

– Henry, primo de William – apressei-me em explicar. – Denzell e eu realizamos uma operação muito séria nele durante o inverno. Rachel conhece tanto William quanto Henry e é muito gentil ao fazer visitas a Henry para ver como ele está. A sra. Woodcock é senhoria dele.

Ocorreu-me que eu pretendia visitar Henry naquele dia. Havia rumores de uma retirada britânica da cidade, e eu precisava ter certeza de que ele estava em condições de viajar. Parecia estar melhor há uma semana, mas àquela altura só conseguia caminhar alguns passos, apoiado no braço de Mercy Woodcock.

Mas e Mercy Woodcock?, pensei, com uma leve pontada no estômago. Estava bem claro para mim, assim como para John, que havia uma séria e cada vez mais profunda afeição entre a negra liberta e seu jovem inquilino aristocrata. Eu conhecera o marido de Mercy no ano anterior, muitíssimo ferido durante o êxodo de Fort Ticonderoga – e, na falta de comunicação da parte dele ou a seu respeito, considerava bastante provável que ele tivesse morrido depois de ter sido capturado pelos britânicos.

Ainda assim, a possibilidade de um retorno milagroso de Walter Woodcock do mundo dos mortos – afinal de contas, isso *acontecia*, e meu coração foi invadido por uma onda de alegria ao recordar – era o menor dos problemas. O irmão de John, o muitíssimo cabeça-dura duque de Pardloe, não gostaria de saber que seu filho mais novo pretendia se casar com a viúva de um carpinteiro, qualquer que fosse sua cor.

E ainda havia a filha, Dottie, que estava noiva de Denzell Hunter. Só podia imaginar o que o duque diria a respeito disso. Até John, que gostava de apostar, não conseguia se decidir sobre quem venceria essa disputa: Dottie ou o pai.

Balancei a cabeça, afastando da mente as dúzias de problemas sem solução. Durante esse breve devaneio, Jenny e a sra. Figg começaram a especular sobre William e sua abrupta saída de cena.

– Eu fico pensando… *Aonde* ele iria? – indagou a sra. Figg, olhando com preocupação para a parede da escadaria, repleta de mossas sujas de sangue feitas pelo punho de William.

– Foi procurar bebida, briga ou mulher – respondeu Jenny, com autoridade de esposa, irmã e mãe de homens. – Talvez os três.

Beco de Elfreth

Já passava de meio-dia, e o único som na casa era um distante balbucio feminino. Não havia ninguém à vista no salão quando os dois passaram, e ninguém apareceu quando a moça subiu com William a escadaria suja que levava a seu quarto. Ele teve a estranha sensação de que era invisível. Achou a ideia reconfortante; não suportava a si mesmo.

Ela entrou antes dele e abriu as persianas. William quis mandá-la fechar. Sentia-se miseravelmente exposto sob a luz inundante do sol. Mas era verão. O quarto estava quente e abafado, e ele já suava em bicas. O ar entrava pesado, trazendo um odor de seiva de árvores e chuva recente, e o sol brilhava de leve sobre os cabelos da moça, feito uma cintilante castanha-da-índia. Ela abriu um sorriso.

– Vamos por partes – anunciou, depressa. – Tire o casaco e a calça antes que morra sufocado.

Sem esperar para ver se William acataria a sugestão, ela se virou para pegar uma bacia e uma jarra. Encheu a bacia e deu um passo para trás, indicando que ele fosse até a pia, onde havia uma toalha e uma barra de sabão já muito usada sobre a madeira gasta.

– Vou pegar uma bebida, sim?

Com isso, ela desapareceu, os pés descalços ecoando na escadaria.

Mecanicamente, ele começou a se despir. Olhou com estranheza para a bacia, então recordou que nas casas de padrão mais alto às vezes se pedia ao homem que lavasse as partes antes. Ele já havia deparado com esse costume, mas na ocasião a própria puta fizera a lavagem nele – esfregando o sabão com tanta força que o primeiro encontro havia terminado ali mesmo, na bacia.

A lembrança o fez enrubescer outra vez. Ele soltou um botão da braguilha da calça. Seu corpo inteiro ainda pulsava, mas a sensação ia ficando mais centralizada.

Suas mãos estavam débeis, e ele soltou um xingamento entre dentes. A pele rachada dos nós dos dedos era a lembrança de sua saída nada cerimoniosa da casa de seu… Não, *não* era a casa de seu maldito pai. Era de lorde John.

– Seu desgraçado maldito! – esbravejou. – Você sabia o tempo todo!

Isso o enfureceu tanto quanto a terrível revelação de sua paternidade. Seu padrasto, que William tanto amava, em quem confiava mais do que qualquer pessoa no mundo – o maldito lorde John Grey –, havia passado a vida inteira mentindo para ele!

Todo mundo havia mentido para ele.

Todo mundo.

Subitamente, teve a sensação de romper uma crosta de neve congelada e desabar em um rio que nem imaginava existir. Sem ar, arrebatado pela escuridão sob o gelo, impotente, sem voz, um frio congelante lhe assolando o coração.

Ele ouviu um barulhinho atrás dele. Por instinto, William se virou. Ao ver o rosto apavorado da jovem puta, percebeu que chorava copiosamente, com o pênis meio duro para fora da calça, as lágrimas correndo pelo rosto.

– Saia daqui – disse ele, a voz rouca, com imenso esforço para tornar a se vestir.

Ela não foi embora. Em vez disso, caminhou na direção dele, um decânter em uma das mãos e um par de canecas de peltre na outra.

– Tudo bem com você? – perguntou, encarando-o de soslaio. – Aqui, beba um pouco. Me conte tudo.

– Não!

Ela foi se aproximando dele, porém mais devagar. Pelos olhos lacrimejantes, William a viu contorcer a boca ao perceber seu pênis.

– Eu trouxe a água para suas pobres mãos – comentou ela, claramente tentando não rir. – Mas dá para ver que você é um verdadeiro cavalheiro.

– Não sou!

Ela piscou.

– É um insulto chamá-lo de cavalheiro?

Dominado por uma fúria ao ouvir a palavra, ele disparou um golpe, às cegas, derrubando o decânter da mão da jovem. Com uma explosão de vidro, o vinho barato se espalhou. Ela berrou ao levar um banho vermelho na anágua.

– Seu *miserável*! – exclamou a mulher, dando impulso no braço e atirando as canecas na cabeça dele.

Não o acertaram, mas rolaram pelo chão com um clangor. Ela se virou, gritando "Ned! Ned!" e disparou em direção à porta, mas ele deu um bote e a agarrou.

William só queria que ela parasse de gritar, que parasse de convocar os reforços masculinos empregados pela casa. Tapou a boca da jovem e a puxou de volta, lutando com a mão livre para controlá-la.

– Desculpe, desculpe! – disse ele. – Eu não pretendia… não pretendo… Ai, que *inferno*!

A moça acertou uma súbita cotovelada no nariz de William, que a soltou e se afastou, com a mão no rosto, os dedos ensanguentados.

A jovem tinha os olhos arregalados, e em seu rosto apareceram marcas vermelhas onde ele havia segurado. Ela se afastou, esfregando a boca com o dorso da mão.

– Saia… *daqui*! – arquejou ela.

Não foi preciso dizer duas vezes. Ele passou por ela correndo, cruzou com um homem corpulento que subia a escada e disparou de volta pela viela, percebendo apenas ao chegar à rua que havia deixado o paletó e o casaco para trás; estava só de camisa e calça aberta.

– Ellesmere! – exclamou uma voz alarmada por perto.

Ele olhou para cima, horrorizado, e se viu sob a mira de vários oficiais ingleses, entre os quais Alexander Lindsay.

– Santo Cristo, Ellesmere, o que houve? – indagou Sandy, que já era quase um amigo.

Ele puxou um volumoso lenço muito branco da manga e o levou ao nariz de William, pinçando as narinas e insistindo para que ele inclinasse a cabeça para trás.

– Você foi agredido, roubado? – inquiriu um dos outros. – Deus! Neste lugar imundo!

Na companhia daqueles homens ele se sentia ao mesmo tempo consolado e terrivelmente constrangido. Não era um deles, não mais.

– Foi roubo? – perguntou outro, olhando ao redor com ansiedade. – Vamos encontrar os desgraçados que fizeram isso. Pela minha honra, nós vamos! Vamos recuperar os seus pertences e ensinar uma lição a quem fez isso!

Por sua garganta descia sangue, deixando o gosto forte e pungente de ferro. William tossiu, mas fez o possível para assentir e dar de ombros ao mesmo tempo. Ele *havia* sido roubado. Mas jamais teria como recuperar o que lhe fora tirado naquele dia.

6

SOB MINHA PROTEÇÃO

O sino da igreja presbiteriana que ficava a dois quarteirões de distância bateu duas vezes, e meu estômago ecoou o badalo, trazendo-me a lembrança de que, em meio a tantos acontecimentos, eu ainda não tinha tomado meu chá.

Jenny havia feito um lanchinho com Marsali e as crianças, mas se declarou propensa a saborear um ovo caso houvesse. Pedi que a sra. Figg conferisse se tínhamos ovos e, vinte minutos depois, estávamos nos refestelando em ovos quentes, sardinhas fritas e, na falta de bolo, panquecas com manteiga e mel, que Jenny jamais tinha visto, mas devorou com entusiasmo.

– Olhe só como absorve o doce! Totalmente diferente de pão caseiro! – exclamou ela, pressionando a massinha esponjosa com o garfo. Ela olhou por sobre o ombro, inclinou-se para perto de mim e sussurrou: – Será que a cozinheira me ensinaria a fazer?

Uma tímida batida à porta danificada interrompeu Jenny. Eu me virei para olhar, ao que a porta se escancarou e uma sombra comprida despontou sobre o tapete de lona pintada. Um jovem subalterno britânico espiou a sala, desconcertado por toda a destruição.

– Tenente-coronel Grey? – perguntou ele, esperançoso, olhando para Jenny e para mim.

– Ele não se encontra no momento – respondi, tentando soar casual. Perguntei-me quantas vezes mais eu teria que repetir a mesma coisa…

– Ah. – O jovem pareceu ainda mais desconcertado. – A senhora pode me informar para onde ele foi, madame? O coronel Graves enviou uma mensagem mais cedo, pedindo que o tenente-coronel Grey fosse ver o general Clinton imediatamente. E o general… ahn… gostaria de saber por que o tenente-coronel ainda não apareceu.

– Ah – respondi, olhando de soslaio para Jenny. – Bom, creio que o lorde tenha sido chamado às pressas antes de receber a mensagem do coronel.

Talvez tivesse sido esse o papel que John recebera instantes antes do dramático irrompimento de Jamie de uma cova submersa. Ele chegou a dar uma olhada, mas enfiou o envelope fechado no bolso da calça.

O soldado soltou um pequeno suspiro, mas seguiu destemido.

– Sim, madame. Se a senhora me disser onde ele está, vou buscá-lo. Não posso retornar sem ele, entende? – indagou o rapaz, me olhando com pesar e o leve toque de um sorriso charmoso.

Eu sorri de volta, com uma pontada de pânico nas entranhas.

– Sinto muito, mas realmente não *sei* onde ele está – respondi, levantando-me, na esperança de conduzi-lo em direção à porta.

– Bom, madame, se a senhora pelo menos puder me dizer para qual lado ele foi, eu sigo até lá e peço mais informações – insistiu o homem, com certa teimosia.

– Ele não me contou.

Eu dei um passo na direção do rapaz, que não recuou. A situação estava saindo da esfera do absurdo e ficando mais séria. Eu havia conhecido o general Clinton umas semanas antes, na *mischianza*. *Meu Deus, fazia mesmo só umas semanas? Parecia que fazia séculos.* Por mais que ele tivesse sido muito cordial comigo, não achei que fosse receber de mim um *nolle prosequi* com qualquer tipo de complacência. Os generais costumavam ser muito cheios de si.

– O lorde não está mais na ativa – expliquei, com a fraca esperança de dissuadir o jovem. Ele pareceu surpreso.

– Está, sim, senhora. Foi essa a mensagem que o coronel mandou hoje de manhã.

– O quê? Ele não pode fazer isso! Ele pode? – perguntei, um súbito pânico me subindo pela espinha.

– Pode o quê, madame?

– Simplesmente… informar ao lorde que ele voltou à ativa?

– Ah, não, madame – garantiu ele para mim. – O coronel do regimento do tenente--coronel Grey o convocou novamente. O duque de Pardloe.

– Jesus H. Roosevelt Cristo! – soltei, sentando-me.

Jenny agarrou o guardanapo para abafar uma evidente risada; fazia 25 anos que ela não me ouvia pronunciar essa expressão. Eu a encarei, mas não era hora de retomar antigos assuntos.

– Muito bem – falei, encarando o rapaz outra vez e respirando fundo. – É melhor eu ir com o senhor até o general.

Fiquei de pé. No mesmo instante, percebi que estava apenas de roupa de baixo, pois havia sido surpreendida enquanto ainda me trocava.

– Eu a ajudo a se vestir – disse Jenny, apressando-se em se levantar. Dispensou um sorriso amável ao soldado e apontou para a mesa repleta de torradas, geleias e uma travessa fumegante de arenque defumado. – Faça um lanchinho enquanto espera. Não se desperdiça comida boa.

Jenny enfiou a cabeça no corredor e tentou escutar, mas o tilintar fraco de um garfo na louça e a voz da sra. Figg no andar de baixo indicavam que o soldado havia aceitado sua sugestão. Em silêncio, ela fechou a porta.

– Eu vou com você – sugeriu. – A cidade está cheia de soldados. Não é bom que você vá sozinha.

– Eu vou… – comecei, mas então parei, indecisa.

A maioria dos oficiais britânicos da Filadélfia me conhecia como lady John Grey, o que não significava que os soldados rasos compartilhassem dessa informação ou do senso de respeito que isso costumava suscitar. Eu também me sentia uma impostora, mas isso era irrelevante e não saltava aos olhos.

– Obrigada – respondi, em tom abrupto. – Vou apreciar a sua companhia.

Como estava tão insegura em relação a tudo, exceto à certeza de que Jamie estava a caminho, eu teria *ficado* feliz em receber apoio moral, no entanto era necessário alertar Jenny para que permanecesse quieta enquanto eu conversava com o general Clinton.

– Não vou dizer uma palavra – garantiu ela, resmungando de leve enquanto firmava os cadarços de meu espartilho. – Acha que devemos contar a ele o que aconteceu com lorde John?

– Não, de forma alguma – respondi, exalando o ar com força. – Já… já está bem firme.

– Humm. – No mesmo instante, ela se enfiou no armário e começou a vasculhar meus vestidos. – O que acha deste aqui? Tem um decote bem profundo, e seu colo ainda é muito bonito.

– Não vou seduzir o homem!

– Ah, sim. Vai, sim – retrucou ela, muito pragmática. – Ou pelo menos distraí-lo, já que não vai contar a verdade a ele – concluiu, erguendo a sobrancelha fina e preta.

– Se eu fosse um general britânico e ficasse sabendo que o meu amado coronel fora sequestrado por um homem das Terras Altas, acho que ia levar a mal.

Eu não podia contradizer um comentário tão sensato, então dei de ombros de leve e me enfiei no vestido de seda cor de âmbar, com canutilhos creme nas bainhas e trançados na beirada do corpete.

– Ah, sim, que lindeza – elogiou Jenny depois de amarrar os cordões e dar um passo atrás para avaliar o conjunto da obra. – A fita é quase da cor da sua pele, então o decote parece ainda mais baixo do que realmente é.

– Quem não conhece você pensaria que passou os últimos trinta anos comandando não uma fazenda, mas um ateliê de costura ou um bordel – comentei, um tanto atravessada por conta do nervosismo.

Ela torceu o nariz.

– Eu tenho três filhas, nove netas e dezesseis sobrinhas e sobrinhas-netas do lado de Ian. Em geral, dá exatamente no mesmo.

Isso me arrancou uma risada, e ela escancarou um sorriso também. Eu me vi piscando para afastar as lágrimas, assim como ela. Estávamos pensando em Brianna e Ian, nossos perdidos. No instante seguinte, nós nos abraçávamos com força, para afastar o sofrimento.

– Está tudo bem – sussurrou ela, me abraçando. – Você não perdeu a sua moça. Ela ainda está viva. E Ian ainda está comigo. Nunca vai se afastar de mim.

– Eu sei, eu sei – respondi, com um nó na garganta. Soltei-me dos braços dela e me aprumei, secando as lágrimas com o dedo e fungando. – Tem um lenço?

Ela segurava um, a bem da verdade, mas meteu a mão no bolso da cintura e puxou outro, recém-lavado e dobrado, que me entregou.

– Eu sou avó – disse, assoando o nariz com vigor. – *Sempre* trago um lencinho reserva. Ou três. Pois bem, e o seu cabelo? Você não pode sair na rua *assim*.

Quando enfim penteamos meu cabelo de um jeito mais arrumadinho, preso com uma fita e acomodado de forma respeitável sob um chapéu de palha trançada e aba larga, consegui ter uma ideia do que diria ao general Clinton. *Atenha-se à verdade dentro do possível.* Esta era a primeira regra da mentira bem-sucedida, embora já fizesse um tempo que eu tivesse sido forçada a lançar mão desse artifício.

Pois muito bem. Um mensageiro viera buscar lorde John trazendo um bilhete. Verdade. Eu não fazia ideia do que havia no bilhete. É sério. Lorde John, então, saíra com o mensageiro, mas sem me informar aonde iriam. Em tese, também era verdade, com a única diferença de que ele tinha saído com um segundo mensageiro. Não, eu não vi para que direção os dois tinham rumado. Também não sabia se eles haviam partido a pé ou a cavalo, já que lorde John costumava guardar a sela na estrebaria de Davison, na Fifth Street, a duas quadras de distância.

Estava de bom tamanho. Se o general Clinton resolvesse me interrogar, eu tinha quase certeza de que ele encontraria o cavalo ainda na baia e concluiria que John estava em algum ponto da cidade. Além disso, provavelmente perderia o interesse em mim como fonte de informação e mandaria soldados a todos os locais que um homem como lorde John Grey pudesse visitar.

Se eu tivesse sorte, quando o general esgotasse todas as possibilidades que a Filadélfia oferecia, John já estaria de volta e poderia responder a suas perguntas.

– E Jamie? – perguntou Jenny, demonstrando uma leve ansiedade. – Ele não vai retornar à cidade?

– Espero que não.

Eu mal conseguia respirar, e não era por conta do cordão apertado. Sentia o ribombar de meu coração no vão do espartilho.

Jenny me lançou um olhar longo e avaliativo, os olhos estreitados, e balançou a cabeça.

– Mentira – disse ela. – Você acha que ele virá direto para cá. Para você. E tem razão. – Ela refletiu por um longo instante, de cenho franzido. – É melhor eu ficar. Se ele voltar enquanto você estiver com o general, vai precisar tomar ciência da situação. E temo que a cozinheira possa atacá-lo com um garfo, caso ele surja na porta sem avisar.

Eu ri, visualizando com facilidade a reação da sra. Figg ao dar de cara com um homem das Terras Altas.

– Além disso – acrescentou Jenny –, alguém tem que limpar essa bagunça, e eu tenho um pouquinho de prática com *isso* também.

O jovem soldado saudou meu retorno tardio com alívio. Ofereceu-me o braço e se pôs a andar com tanta rapidez que precisei quase trotar para acompanhar suas passadas. Não estávamos muito longe da mansão que Clinton havia transformado em quartel-general, mas o dia estava quente, de modo que cheguei empapuçada e bufando, com o cabelo já escapando por sob o chapéu de palha e colado à nuca e às bochechas, e filetes de suor escorrendo sorrateiros pelo interior do corpete.

No espaçoso vestíbulo com piso assoalhado, meu acompanhante me entregou a outro soldado, com um sonoro suspiro de alívio. Tive um instante para sacudir a poeira das saias, me aprumar, ajeitar o chapéu e secar discretamente o rosto e o pescoço com um lencinho. Bastante distraída com isso, levei um instante para reconhecer o homem sentado em uma das cadeiras do outro lado do vestíbulo.

– Lady John Grey – disse ele, levantando-se ao ver que eu o havia notado. – Seu servo, madame.

Ele abriu um leve sorriso, embora sem qualquer afeto no olhar.

– Capitão Richardson – respondi, impassível. – Que bom.

Não ofereci minha mão, e ele não fez qualquer reverência. Não havia por que tentar fingir que éramos algo além de inimigos. Richardson tinha precipitado meu casamento com lorde John ao inquirir se ele tinha algum interesse por mim, já que planejava minha prisão imediata sob acusação de espionagem e divulgação de material sedicioso. Ambas as acusações eram verdadeiras. John acatou a palavra de Richardson em relação a suas intenções e respondeu educadamente que não, não havia interesse pessoal – o que também era verdade, até ali. Duas horas depois, eu estava em seu salão, chocada e pesarosa, dizendo "aceito", feito um robô, em resposta a perguntas que nem ouvi nem compreendi.

Eu mal havia ouvido o nome de Richardson à época, muito menos guardado sua fisionomia. Em um tom frio e formal, nós dois tínhamos sido apresentados por John um mês antes, na *mischianza*, o grande baile organizado pelas senhoras legalistas da Filadélfia para os oficiais britânicos. Só então ele me contou sobre as ameaças de Richardson, com uma breve advertência para que eu evitasse o sujeito.

– Está aguardando para ver o general Clinton? – perguntei, com educação.

Se estivesse, eu poderia pensar em escapar sorrateiramente pela casa, depois fugir pela porta de trás, enquanto ele recebia o general.

– Estou, mas insisto que a senhora o veja antes de mim, lady Grey – respondeu ele, com delicadeza. – Meu assunto pode esperar.

Apesar do tom levemente sinistro, apenas inclinei a cabeça e soltei um murmúrio discreto.

Comecei a ser acometida, como uma incipiente indigestão, pela ideia de que minha posição em relação ao Exército Britânico, em geral, e ao capitão Richardson, em particular, estava à beira de uma reavaliação bastante perceptível. Quando todos ficassem sabendo que Jamie não estava morto... eu já não seria lady John Grey. Tornaria a ser a sra. James Fraser, o que sem dúvida era motivo para regozijo e êxtase, mas ao mesmo tempo desatava quaisquer amarras nos ímpetos mais profundos do capitão Richardson.

Antes que eu pensasse em algo útil para dizer ao homem, um tenente jovem e magro surgiu para me levar à presença do general. A sala de estar, que havia sido transformada no gabinete de Clinton, estava uma bagunça completa, com caixotes empilhados junto a uma das paredes e mastros de bandeira vazios, amarrados feito um molho de varapaus de fogueira. Os estandartes militares que eles costumavam ostentar eram dobrados em quadradinhos por um habilidoso cabo, plantado junto à janela. A cidade inteira tinha ouvido o rumor de que o Exército Britânico estava se retirando da Filadélfia. Era evidente que estavam agindo com considerável ligeireza.

Havia vários outros soldados carregando objetos de um canto a outro, mas dois homens permaneciam sentados à mesa, um de cada lado.

– Lady Grey – disse Clinton. Mesmo com o semblante surpreso, ele se levantou, tomou minha mão e fez uma reverência. – Seu mais obediente servo, madame.

– Bom dia, senhor – respondi.

Meu coração, que já estava acelerado, disparou ainda mais ao ver o homem que havia se levantado de sua cadeira e permanecia atrás do general. Estava de uniforme e parecia muitíssimo familiar, mas eu tinha certeza de que nunca o vira antes.

– Quem…?

– Lamento muitíssimo por ter perturbado a senhora, lady Grey – disse o general.
– Eu esperava surpreender o seu marido. Ele não está em casa?

– É… Não. Não está.

O estranho – um coronel de infantaria, mas com um uniforme que ostentava
ainda mais alamares do que de costume – ergueu a sobrancelha. A súbita familiaridade
daquele gesto me deu uma leve tontura.

– O senhor é parente de lorde John Grey – soltei, encarando o homem. Só podia ser.

O homem usava o cabelo à mesma moda de John, embora o dele fosse mais escuro
por sob o pó. O formato da cabeça – ossos finos, crânio comprido – era o mesmo de
John, bem como a estrutura dos ombros. Suas feições também eram muito parecidas com as de John, mas seu rosto se encontrava profundamente abatido e encovado,
com linhas de expressão entalhadas pelas responsabilidades e pelo estresse do comando. Não era preciso uniforme para me informar que ele passara a vida servindo
ao Exército.

Ele sorriu, e seu rosto de súbito se transformou. Aparentemente, também tinha o
mesmo charme de John.

– A senhora é muito observadora, madame – disse ele.

E deu um passo à frente. Ele segurou minha mão débil, beijou-a rapidamente, à
moda continental, empertigou-se e me olhou com interesse.

– O general Clinton me informou que a senhora é esposa do meu irmão.

– Ah – respondi, lutando para recuperar a sanidade mental. – Então você deve ser
Hal! Digo, o senhor, ahn… Desculpe-me, eu sei que o senhor é duque, mas acho que
não estou recordando o seu título, Vossa Graça.

– Pardloe – respondeu ele, ainda segurando minha mão e sorrindo. – Mas meu
primeiro nome *é* Harold. Por favor, use-o, se preferir. Bem-vinda à família, querida.
Não fazia ideia de que John tinha se casado. Pelo que entendi, o evento foi recente?

Ele falava em um tom muito cordial, mas eu estava ciente da intensa curiosidade
por detrás de seus bons modos.

– Ah – respondi, com indiferença. – Sim, muito recente.

Por nenhum instante me havia ocorrido que John tivesse escrito à família para dar
a notícia. Mesmo que tivesse, a essa altura eles ainda não teriam recebido a carta. Eu
nem sequer *conhecia* todos os integrantes da família, embora já tivesse ouvido falar
de Hal. Afinal de contas, Hal era pai de Henry, sobrinho de John, que…

– Ah, claro, você veio ver Henry! – exclamei. – Ele vai ficar tão feliz! Está passando
muito bem.

– Eu já vi Henry – retrucou o duque. – Ele falou com muita admiração sobre sua
habilidade para remover partes de seu intestino e rejuntar o que restou. Por mais ansioso que eu estivesse para ver meu filho, e minha filha… – Ele apertou os lábios um
instante. Ao que parecia, Dottie contara aos pais sobre seu noivado. – E, por mais que

32

Ele franziu um pouco os lábios.

– Permita-me oferecer minha liteira, lady Grey.

– Ah, não, realmente não...

Ele, porém, apressou-se em tirar do bolso um apito de madeira e soprá-lo com muita força, convocando dois sujeitos troncudos e musculosos – que só podiam ser irmãos, tamanha era a semelhança entre os dois – que surgiram em disparada pela esquina, trazendo uma liteira suspensa por duas varas compridas.

– Não, não, isso não é necessário – protestei. – Além do mais, John disse que o senhor sofre de gota. Precisa mais do que eu da liteira.

Ele não gostou de ouvir isso.

– Eu dou conta, madame – respondeu brevemente.

Ele me agarrou outra vez pelo braço, arrastou-me até a liteira e me empurrou para dentro. O movimento brusco fez a aba do chapéu bater em meus olhos.

– A dama está sob minha proteção. Levem-na a King's Arms – instruiu ele aos irmãos Tweedledee e Tweedledum, fechando a porta. Antes que eu pudesse dizer "Cortem-lhe a cabeça!", começamos a descer a High Street, aos sacolejos, a uma velocidade tenebrosa.

Agarrei a maçaneta da porta, na intenção de saltar, mesmo ao custo de cortes e hematomas, mas o miserável havia trancado por fora. Gritei para que os homens parassem, mas os dois me ignoraram, avançando pelas calçadas de pedras.

Eu me recostei, arquejante e furiosa, e arranquei o chapéu da cabeça. O que Pardloe achava que estava fazendo? De acordo com o que John tinha dito, e com as outras observações feitas pelos filhos do duque em relação ao pai, estava muito claro que o homem costumava lidar com as coisas a seu próprio modo.

– Bom, vamos ver em relação a *isso* – resmunguei, enfiando o comprido alfinete com ponta de pérola na aba do chapéu.

A fita que segurava meus cabelos saiu junto com o chapéu. Eu a enfiei para dentro e balancei os cabelos soltos por sobre os ombros.

Viramos na Fourth Street, que tinha pavimento de tijolos em vez de pedras, e o sacolejo diminuiu. Pude me desencostar do assento e remexi a janela. Se conseguisse abrir, talvez pudesse estender o braço até a tranca, e mesmo que a porta voasse e me atirasse no meio da rua, o ato daria fim às maquinações do duque.

A janela era um painel de correr, mas não tinha nenhum tipo de ferrolho ao qual eu pudesse me segurar. A única forma de abrir era metendo o dedo em uma pequena ranhura na lateral e puxar. Eu tentava fazer isso com muito esforço, apesar dos novos sacolejos da cadeira, quando ouvi a voz abafada do duque, que gritou algo para os liteireiros, então se calou.

– Par... Parem! Eu... não consigo...

A voz dele foi morrendo e os liteireiros pararam. Em resposta à parada abrupta do movimento, meu rosto foi parar colado à janela.

Vi o duque no meio da rua, com a mão no paletó, lutando para respirar. Tinha o rosto muito vermelho, mas os lábios estavam azulados.

– Ponha-me no chão e abra essa maldita porta agora mesmo! – gritei a um dos homens, que olhava para trás com o semblante preocupado.

Os liteireiros obedeceram, e eu saí de meu assento em uma explosão de saias, metendo o alfinete do chapéu na abertura do espartilho. Talvez ainda precisasse dele.

– Venha se sentar, maldição – falei, apontando para Pardloe.

Ele balançou a cabeça, mas me deixou conduzi-lo à liteira, onde o forcei a se sentar, com uma sensação de satisfação pela troca de posições, porém com certo medo de que o homem acabasse morrendo.

Meu primeiro pensamento, de que ele estava infartando, desapareceu no instante em que o ouvi respirar. O arquejo chiado de um ataque de asma era inconfundível. Mesmo assim, por via das dúvidas, peguei seu braço e conferi o pulso. Os batimentos eram fortes, porém estáveis. Embora o homem estivesse suando, era a transpiração natural e morna originada pelo tempo quente, não o suor repentino e pegajoso que costumava acompanhar um infarto do miocárdio.

Toquei seu punho, que ainda empurrava o peito.

– Está com dor?

Ele balançou a cabeça, tossiu com força e afastou a mão.

– Preciso... de remédio... – conseguiu dizer o duque, e eu vi que ele tentava alcançar um bolsinho em seu paletó.

Meti dois dedos no bolso e puxei uma caixinha esmaltada, onde havia um pequenino frasco arrolhado.

– O quê? Deixe para lá.

Eu puxei a rolha, cheirei e soltei um ganido frente ao odor súbito de amônia.

– Não – retruquei, com firmeza. Arrolhei o frasco de volta, devolvi-o à caixa e meti em meu bolso. – Isso não vai ajudar. Faça um bico e sopre o ar.

Ele arregalou um pouco os olhos, mas obedeceu. Senti um leve sopro de ar em meu próprio rosto suado.

– Muito bem. Agora relaxe e *não* tente sorver o ar. Só deixe entrar. Conte até quatro, depois sopre outra vez. Um... dois... três... quatro. Agora inspire e conte até dois, no mesmo ritmo... Isso. Solte o ar, conte até quatro... deixe entrar, conte até dois... Isso, muito bom. Não se preocupe, você não vai sufocar, dá para passar o dia inteiro fazendo isso.

Abri um sorriso encorajador, e ele conseguiu menear a cabeça. Eu me aprumei e olhei em volta. Estávamos bem perto da Locust Street, e o sacerdote de Peterman estava a menos de um quarteirão de distância.

– Você – falei a um dos liteireiros –, corra até o sacerdote e vá apanhar um caneco de café forte. Ele paga – acrescentei, apontando para o duque.

Começávamos a atrair curiosos. Estávamos bem perto do consultório do dr. Hebdy, de modo que ele poderia sair para ver o que estava havendo. Mantive os olhos abertos. A última coisa de que eu precisava era que aquele charlatão se materializasse de bisturi a postos.

– Você é asmático – expliquei, voltando a atenção ao duque.

Ajoelhei-me para poder analisar seu rosto enquanto monitorava seus batimentos. Estavam melhores, perceptivelmente mais lentos, mas pensei sentir a estranha condição chamada "pulso paradoxal", fenômeno às vezes percebido em asmáticos no qual os batimentos cardíacos aceleram durante a exalação e despencam durante a inalação.

– Sabia disso? Que sofre de asma?

Ele assentiu, ainda soprando, com um biquinho.

– Sabia – conseguiu dizer rapidamente antes de inspirar outra vez.

– Você faz acompanhamento médico? – Um aceno de cabeça. – E ele realmente receitou *sal volatile* para tratar isso? – indaguei, apontando para o frasco em meu bolso.

Ele balançou a cabeça.

– Para os meus des… maios – conseguiu responder. – Era só o que eu… tinha.

– Certo.

Pus a mão sob o queixo dele, inclinei sua cabeça para trás e examinei as pupilas, que estavam normais. Senti os espasmos já mais suaves, assim como ele. Seus ombros começavam a relaxar, e os lábios já não estavam tão azulados.

– Não use isso no meio de um ataque de asma. A tosse e as lágrimas vão produzir uma fleuma e piorar tudo.

– O que vocês estão fazendo aí parados? Chamem um médico, rapazes! – disse a voz aguda de uma mulher na multidão atrás de mim.

Eu fiz uma careta. O duque percebeu e ergueu a sobrancelha, indagativo.

– Você não vai querer *esse* médico, pode acreditar.

Fiquei de pé e encarei a multidão, pensativa.

– Não, não precisamos de um médico, muito obrigada – soltei, no tom mais delicado que pude. – Ele só foi acometido de uma indigestão… Agora está tudo bem.

– Ele não me parece tão bem, madame – retrucou outra voz, meio duvidosa. – Acho melhor chamarmos o médico.

– Deixe morrer! – veio um grito dos fundos da multidão. – Inglês dos infernos!

Uma estranha faísca percorreu a multidão com essas palavras, e eu senti um embrulho de pavor se formar em meu estômago. Eles não pensaram no homem como um soldado britânico, mas como um mero espetáculo. Agora, porém…

– Eu vou chamar o médico, lady Grey!

Para meu horror, o sr. Caulfield, notório legalista, havia forçado caminho até a frente do povo, e agora se encontrava livre e desimpedido, com sua bengala de cabeça dourada.

– Saiam, seus vermes! – exclamou ele, inclinando-se, espiando para dentro da liteira e erguendo o chapéu para Hal. – Seu servo, senhor. Logo, logo a ajuda vai chegar. Esteja certo disso!

Eu o agarrei pela manga. O povo estava dividido, graças a Deus. Ao mesmo tempo que gritos e insultos eram dirigidos a Pardloe e a mim, era possível ouvir vozes discordantes, de legalistas (ou talvez dos mais sensatos, pelo menos, que não tinham por princípios políticos atacar um homem estatelado no meio da rua), berrando protestos – não apenas insultos –, e com razão.

– Não, não! – exclamei. – Deixe outra pessoa ir buscar o médico, por favor. Não vamos ousar abandonar Sua Graça aqui, desprotegido!

– "Sua Graça"? – retrucou Caulfield.

Com cuidado, desdobrou o pincenê de aro dourado que havia dentro de um estojinho, acomodou no nariz e se inclinou para espiar Pardloe na liteira, que o cumprimentou com um breve e honroso meneio de cabeça, executando com diligência o exercício de respiração.

– O duque de Pardloe – apressei-me em dizer, ainda agarrada à manga do sr. Caulfield. – Vossa Graça, permita-me apresentar o sr. Phineas Graham Caulfield.

Acenei a mão entre os dois. Ao ver o liteireiro retornando a galope com o caneco, disparei na direção dele, esperando alcançá-lo antes que ele ouvisse a multidão.

– Obrigada – disse, sem fôlego, arrancando o caneco de sua mão. – Precisamos sair daqui antes que o povo perca o controle... – aconselhei, ouvindo o estalido alto de uma pedra quicando no teto da liteira.

O sr. Caulfield se desviou.

– Ai! – gritou o liteireiro, enfurecido com o atentado contra sua vida. – Deem o fora, seu bando!

Ele partiu para cima da multidão, de punhos cerrados, e eu agarrei a aba de seu paletó com minha mão livre.

– Tirem esse homem daqui e a liteira! – berrei, com a maior força possível. – Levem-no para... para...

Não para King's Arms. Essa era uma conhecida fortaleza legalista, e apenas inflamaria ainda mais quem quer que nos seguisse. Também não queria ficar à mercê do duque, uma vez que chegássemos lá.

– Vá para a Chestnut Street, número 17! – gritei depressa, e meti a mão no bolso. Peguei uma moeda e a enfiei na mão do homem. – Agora!

Ele não parou para pensar. Aceitou a moeda e disparou com a liteira, os punhos ainda cerrados. Corri atrás dele o mais depressa que meus saltos altos permitiam, agarrada ao café. Seu número estava cerzido a uma faixa em torno da manga: 39.

Uma chuva de pedras acertava as laterais da liteira.

– Vão se danar! – berrava o segundo liteireiro, o número 40, enquanto balançava os braços, como se tentasse se proteger de um enxame de abelhas.

O sr. Caulfield o apoiava, de modos mais refinados, gritando "Deem o fora!" e "Saiam de uma vez!", pontuados com o agitar da bengala para as crianças mais abusadas, que corriam para acompanhar a diversão.

– Aqui – soltei, arquejante, inclinando-me por sobre a janela da liteira.

Hal ainda estava vivo, ainda respirava. Ergueu uma sobrancelha para mim e meneou a cabeça em direção à multidão do lado de fora. Eu balancei a cabeça e empurrei o café em suas mãos.

– Beba... Isso – consegui dizer. – Continue respirando.

Eu bati a porta da liteira e aferrolhei o trinco do lado de fora, com instantânea satisfação. Então me aprumei e encontrei Germain, o filho mais velho de Fergus, parado ao meu lado.

– Começou a ter problemas de novo, *grandmère*? – indagou ele, indiferente às pedras que cruzavam nossas cabeças, agora incrementadas por bolotas de esterco fresco.

– Pode-se dizer que sim – respondi. – Não...

Antes que eu pudesse falar outra coisa, porém, ele se virou.

– ESSA É A MINHA VOVÓ! – gritou ele para a multidão, em um tom surpreendentemente alto. – Se encostarem em UM FIO DE CABELO dela, eu...

Várias pessoas da multidão começaram a rir, e eu pus a mão na cabeça. Havia me esquecido completamente de meu chapéu perdido. Meus cabelos despontavam no cocuruto feito um cogumelo. Sem contar os fios que estavam colados em meu rosto e pescoço suados.

– Eu ACABO com vocês! – gritou Germain. – Pois é, estou falando com VOCÊ, Shecky Loew! E com você também, Joe Grume!

Dois garotos mais crescidos hesitaram, com bolotas de estrume na mão. Evidentemente, conheciam Germain.

– Além disso, minha vovó vai contar para o pai de vocês o que andaram aprontando!

Ao ouvir isso, os garotos se decidiram; recuaram um pouco e largaram as bolas de bosta no chão, tentando fingir que não faziam ideia de onde aquilo tinha surgido.

– Venha, *grandmère* – disse Germain, pegando minha mão.

Os liteireiros, muito ágeis, já haviam agarrado as varas e erguido a liteira. Eu não conseguiria acompanhá-los com meus sapatos de salto alto. Enquanto os chutava para longe, vi o rechonchudo dr. Hebdy se arrastando pela rua, ofegante, no encalço da senhora que sugerira chamá-lo. Agora disparava em nossa direção, com uma expressão de heroísmo e triunfo.

– Obrigada, sr. Caulfield – falei rapidamente.

Segurei meus sapatos com uma das mãos e comecei a seguir a liteira, incapaz de erguer as saias do chão de pedras nojentas, porém não muito preocupada com isso.

Germain recuou um pouco, fazendo gestos ameaçadores para desencorajar a perseguição, mas eu sabia, pelo barulho da multidão, que a hostilidade momentânea havia se transformado em divertimento. Embora os xingamentos ainda nos perseguissem, não haveria nenhum arremesso.

Quando dobramos a esquina, os liteireiros reduziram um pouco a velocidade, e eu consegui avançar rumo à Chestnut Street e alcançar o veículo. Hal espiava pela janela lateral, com um aspecto bem melhor. O caneco de café estava sobre o assento a seu lado, evidentemente vazio.

– Aonde estamos... indo, madame? – indagou ele pela janela ao me ver.

Até onde eu conseguia ouvir, por sobre o som ritmado dos passos dos liteireiros e através do vidro da janela, ele também soava bem melhor.

– Não se preocupe, Vossa Graça! – gritei, correndo para acompanhá-lo. – O senhor está sob minha proteção!

7

AS CONSEQUÊNCIAS INESPERADAS
DE AÇÕES IRREFLETIDAS

Jamie se enfiou pelos arbustos, sem se preocupar com as moitas soltas e os galhos cortantes. Qualquer coisa que surgisse em seu caminho seria atropelada.

Ele hesitou por um instante ao deparar com dois cavalos pastando amarrados. Desamarrou os dois e deu um tapa na égua, mandando-a para o meio da mata. Jamie não pretendia facilitar o retorno de Grey à Filadélfia. Qualquer que fosse a questão a ser enfrentada por lá, seria resolvida com muito mais facilidade sem as complicações da presença do lorde.

E o que seria feito?, pensou ele, subindo no outro cavalo e o conduzindo rumo à estrada.

Percebeu, com certa surpresa, que suas mãos estavam trêmulas e apertaram com força o couro do animal, para fazê-lo parar.

Os nós da mão direita latejavam, e uma pontada de dor correu pela área do dedo faltante, fazendo-o soltar um sibilo.

– Por que você foi me contar, seu idiota? – disse ele, entre dentes, atiçando o cavalo a um galope. – O que *achava* que eu ia fazer?

Exatamente o que você fez, era a resposta. John não havia resistido, não tinha lutado. "Vá em frente, pode me matar", dissera o infeliz. Um novo impulso de cólera fez Jamie apertar as mãos, imaginando a si mesmo fazendo isso com ele. Teria mesmo terminado o serviço se o tal verme Woodbine e sua milícia não tivessem aparecido?

Não, não teria. Por mais que por um instante desejasse esganar Grey até a morte, agora que a sensatez forçava seu caminho de volta pelo nevoeiro de fúria, Jamie tinha certeza de que não faria isso. *Por que* Grey contara a ele? Havia a razão óbvia, pela qual ele esmurrara o homem por puro reflexo, o motivo pelo qual estava trêmulo naquele exato instante. Grey tinha dito a verdade.

Nós estávamos transando com você!

Ele respirou fundo e com força, tão rápido que ficou tonto por alguns segundos. No entanto, o tremor das mãos cessou, e ele reduziu um pouco o ritmo. As orelhas do cavalo estavam para trás, trêmulas de agitação.

– Está tudo bem, *a bhalaich* – disse ele, ainda respirando com força, porém agora mais devagar. – Tudo bem.

Por um instante, achou que fosse vomitar. Conseguiu evitar, e se acomodou de volta na sela, com mais firmeza.

Ainda podia tocá-la, tocar aquela ferida em carne viva que Jack Randall deixara em sua alma. Pensava que já estava cicatrizada, mas não. O maldito John Grey a havia reaberto com cinco palavrinhas: "Nós estávamos transando com você." E ele não podia culpá-lo por isso. Não devia. Travava internamente uma luta frenética entre razão e fúria. Grey nunca poderia imaginar o que aquelas palavras haviam feito a ele.

A razão, no entanto, tinha sua importância. Foi a razão que o fez recordar o segundo golpe. O primeiro havia sido um reflexo cego; o segundo não. Pensar naquilo havia causado raiva também. E dor, mas de um jeito diferente.

Eu tive conhecimento carnal de sua mulher.

– Seu filho da puta – sussurrou ele, agarrando as rédeas com um ímpeto tão violento que fez o cavalo dar um tranco com a cabeça, assustado. – Por quê? Por que você me contou isso, seu filho da puta?

A segunda resposta veio tardiamente, mas com a mesma clareza da primeira: *Porque ela me contaria, no instante em que tivesse chance. Ele sabia disso muito bem. E pensou que, se eu fosse ser violento ao descobrir, melhor que fosse com ele.*

É, ela teria contado. Ele engoliu em seco. *E ela* vai *me contar.* O que ele diria ou faria quando isso acontecesse?

Jamie estava tremendo outra vez; havia reduzido a marcha sem perceber, de modo que o cavalo estava quase andando, girando a cabeça de um lado para outro, farejando o ar.

Não é culpa dela. Eu sei disso. Não é culpa dela.

Os dois achavam que ele estivesse morto. Jamie conhecia aquele abismo. Vivera lá por longo tempo. E conhecia o poder do desespero e de uma bebida forte. Mas… como tinha acontecido? Onde? Já era ruim o bastante saber que *tinha* acontecido. Não saber como nem por que era quase insuportável.

O cavalo parou, e as rédeas se afrouxaram. Jamie permaneceu parado no meio da estrada, de olhos fechados, apenas respirando, tentando não imaginar, tentando rezar.

A razão tinha seus limites; a oração não. Sua mente levou um tempinho para relaxar e se soltar, para liberar a nefasta curiosidade, a avidez por *saber*. Depois de um tempo, porém, ele conseguiu assumir as rédeas outra vez.

Tudo isso podia esperar. Mas ele precisava ver Claire antes de qualquer outra coisa. Naquele exato instante não tinha ideia do que diria ou faria quando a visse, mas precisava encontrá-la, com a mesma necessidade que acometia um náufrago abandonado durante semanas sem comida e sem água.

O coração de John Grey estava tão disparado que ele mal ouvia a discussão entre os captores. Depois de tomar as precauções básicas de revistá-lo e amarrar suas mãos à frente do corpo, os homens haviam se reunido em um grupinho, a uns metros de distância. Agora cochichavam cheios de ódio, vez ou outra lançando olhares hostis em sua direção.

Ele não se importava. Não enxergava nada com o olho esquerdo e estava quase certo de ter sofrido uma ruptura no fígado. Dissera *toda* a verdade a Jamie Fraser e sentia uma constelação de intensas sensações: um profundo alívio por estar vivo, uma vertiginosa e arrebatadora onda de embriaguez, que o deixava cambaleante e de cabeça tonta, além de uma completa inabilidade de computar as perdas.

Passada a adrenalina, seus joelhos cederam. Sem cerimônia, ele se sentou sobre as folhas e fechou o olho bom.

Depois de um curto intervalo, no qual tomou ciência de que seus batimentos cardíacos estavam voltando ao normal, percebeu que alguém o chamava.

– Lorde Grey! – repetia a voz, agora mais alta, tão perto que ele sentia a lufada fétida e quente de hálito de tabaco no rosto.

– Meu nome não é lorde Grey – respondeu ele, abrindo o olho. – Já falei.

– O senhor disse que era lorde John Grey – retrucou seu interlocutor, franzindo o cenho por detrás de uma cortina de pelos faciais grisalhos.

Era o sujeito grandalhão, de camisa nojenta de caça, que o havia descoberto com Fraser.

– Eu sou. Se precisar falar comigo, me chame só de "milorde" ou "senhor", se preferir. Maldição, o que você quer?

O homem recuou um pouco, demonstrando indignação.

– Bom… *senhor*, em primeiro lugar, gostaríamos de saber se esse seu irmão mais velho é o major-general Charles Grey.

– Não.

– Não? – O homem franziu as sobrancelhas revoltas. – O senhor *conhece* o major-general Charles Grey? Ele é seu parente?

– Sim, é meu parente. Ele é… – Grey tentou calcular o grau de parentesco, mas desistiu e abanou a mão. – É meio que meu primo.

Os rostos, que agora o encaravam, emitiram um murmúrio de satisfação. O homem de nome Woodbine se agachou ao lado dele, segurando um pedaço de papel dobrado.

– Lorde John – disse, em um tom mais ou menos educado. – O senhor mencionou que não é membro ativo do Exército Britânico no presente momento?

– Correto.

Grey sufocou um ímpeto súbito e inesperado de bocejar. O entusiasmo que lhe corria nas veias havia se extinguido, e ele desejava se deitar.

– Então o senhor poderia explicar esses documentos, milorde? Encontramos na sua calça.

O homem desdobrou os papéis com cuidado e os ergueu diante do nariz de Grey.

Com o olho bom, John deu uma espiada. O bilhete no alto era do auxiliar do general Clinton: um breve pedido para que Grey se apresentasse ao general assim que possível. Sim, ele vira esse recado, embora mal tivesse tido tempo de olhar antes da cataclísmica chegada de Jamie Fraser, renascido dos mortos. Apesar dos acontecimentos desse meio-tempo, ele não conseguiu evitar um sorriso. *Vivo.* O desgraçado estava *vivo*!

Woodbine pegou o bilhete, revelando o que havia por baixo, o documento que estava anexado à mensagem de Clinton. Era um pedacinho de papel, portando um selo de cera vermelha, identificado no mesmo instante: era a autorização de um oficial, a prova de seu serviço na ativa, a qual ele devia portar em todas as ocasiões. Grey piscou duas vezes, imerso em incredulidade ao ver a caligrafia garranchuda do secretário. Na base do papel, porém, abaixo da assinatura do rei, havia outra assinatura, um rabisco preto, também inconfundível.

– Hal! – exclamou ele. – Seu *miserável*!

– Eu falei que ele era soldado – disse o homenzinho de óculos rachados, cujo gorro estampava MORTE!, encarando Grey com uma avidez que este considerava bastante desagradável. – E não é só soldado, não! É um espião! Ora, poderíamos enforcar o sujeito sem pensar duas vezes, neste exato instante!

À menção desse plano de ação fez-se um entusiasmado alarido, contido com certa dificuldade pelo cabo Woodbine, que se levantou e gritou mais alto que os proponentes da execução imediata, até que os entusiastas recuaram, com relutância e aos resmungos. Grey se sentou, agarrado à autorização amassada, o coração acelerado.

Esses infelizes podiam mesmo enforcá-lo. Howe tinha feito isso com um capitão da Marinha Continental de nome Hale havia menos de dois anos. Hale foi desmascarado roubando informações à paisana. Os rebeldes adorariam poder se vingar. William estivera presente tanto na prisão de Hale quanto em sua execução, depois fizera a Grey um breve relato da situação, chocante por sua dureza.

William. Deus do céu, William! Preso na urgência daquela situação, Grey não tinha conseguido dispensar um mísero pensamento ao filho. Fraser e ele haviam escapado pelo telhado e descido por um cano de esgoto, deixando William cambaleante com o choque da revelação, sozinho no corredor do andar de cima.

Não. Sozinho, não. Claire estava junto. Isso era bom. Ela decerto tinha conseguido falar com Willie, acalmá-lo, explicar que… bom, talvez não explicar, e possivelmente também não acalmar, mas, pelo menos, se Grey fosse enforcado nos próximos minutos, William não teria que enfrentar tudo sozinho.

– Vamos levá-lo de volta ao acampamento – soltou Woodbine, rabugento, não pela primeira vez. – De que adiantaria enforcá-lo aqui?

– Um casaca-vermelha a menos? A *mim* me parece boa coisa! – retrucou o bruta-montes de camisa de caça.

– Veja bem, Gershon, não estou dizendo que não devemos enforcar. Só falei que é melhor que não seja aqui nem agora. – Woodbine, segurando o mosquete com as duas mãos, olhou lentamente o círculo de homens, encarando-os um a um. – Nem aqui nem agora.

Grey admirava a força de caráter de Woodbine e por pouco não conteve um meneio de aprovação.

– Vamos levá-lo de volta ao acampamento – prosseguiu o cabo. – Vocês ouviram o que ele disse: o homem é parente do major-general Charles Grey. Pode ser que o coronel Smith deseje enforcá-lo no acampamento… ou talvez queira mandá-lo ao general Wayne. Paoli vive!

– Paoli vive! – gritaram os outros, ecoando a saudação.

Grey esfregou o olho inchado com a manga da camisa. As lágrimas brotavam em seus olhos, irritando-lhe o rosto. Paoli? O que ou quem era Paoli? E o que isso tinha a ver com o momento e o local de seu enforcamento? Ele resolveu não perguntar nada por enquanto.

Os homens o puseram de pé e ele os acompanhou, sem reclamar.

8

HOMO EST OBLIGAMUS AEROBE ("O HOMEM É UM AERÓBIO SUFOCADO") – HIPÓCRATES

O rosto do duque estava perigosamente vermelho quando o 39 abriu, muito cerimonioso, a porta da liteira.

Ele não *está assim por conta do calor*, pensei.

– O senhor queria ver o seu irmão, não queria? – perguntei, antes que ele conseguisse reunir fôlego suficiente para dizer o que tinha em mente. – Esta é a residência dele.

O fato de John *não* estar presente era só um detalhe.

Ele me olhou de maneira suspeita, mas ainda estava sem fôlego e poupava o ar.

Ao mesmo tempo, rejeitava a ajuda do número 40 para sair da liteira. Pagou os litei-reiros – uma sorte, visto que eu estava sem dinheiro –, fez uma mesura arquejante e me estendeu o braço. Eu aceitei, para que ele não desabasse de cara no jardim. Germain, que nos acompanhara com a cadeira sem grande esforço, foi seguindo a uma distância diplomática.

A sra. Figg estava parada na porta de entrada, observando nossa aproximação com interesse. A porta quebrada, agora já solta das dobradiças, jazia sobre um par de cava-letes junto a uma moita de camélias, aguardando cuidados profissionais.

– Permita-me apresentar a sra. Mortimer Figg, Vossa Graça – falei educadamente, acenando de cabeça na direção dela. – A sra. Figg é cozinheira e arrumadeira de lorde John. Sra. Figg, este é o duque de Pardloe, irmão de lorde John.

"Mas que bela *merde*", eu li nos lábios da mulher, apenas movendo a boca, mas felizmente a expressão saiu sem som.

Ela desceu as escadas com muita agilidade, apesar do corpanzil, e tomou Hal pelo outro braço, escorando-o. Ele começava a ficar roxo de novo.

– Faça um bico e sopre o ar – pedi. – Agora!

Ele soltou um barulho feio de sufocamento, mas começou a soprar, fazendo caretas terríveis para mim.

– O que a senhora fez para ele, em nome do eterno Espírito Santo? – perguntou a sra. Figg, num tom acusatório. – O homem parece à beira da morte.

– Salvei a vida dele, para começar – retruquei. Passamos a arrastá-lo escadaria acima. – Depois o resgatei de ser espancado e apedrejado por uma turba, com a ajuda inestimável de nosso amigo aqui – acrescentei, olhando para Germain, que exibia um sorriso de orelha a orelha.

Eu também estava à beira de raptá-lo, mas pensei que não seria preciso tanto.

– E estou prestes a salvá-lo outra vez – falei, parando na varanda um instante para recuperar o fôlego. – Temos um quarto onde podemos deixá-lo? O de William, talvez?

– Will… – começou o duque, mas parou para soltar uma tosse espasmódica, assu-mindo uma tonalidade marrom-escura. – O qu… O qu…

– Ah, eu já ia esquecendo – comentei. – Claro. William é seu sobrinho, não é? Ele não está em casa agora. – Dei uma olhadela à sra. Figg, que soltou um breve pigarreio, mas não abriu a boca. – Sopre, Vossa Graça.

Do lado de dentro, vi que havia sido feito progresso rumo à restauração da ordem. Os detritos tinham sido reunidos num montinho junto ao batente da porta, e Jenny Murray estava sentada em uma otomana ao lado, catando pedaços de cristal do lustre caído e largando dentro de um vaso. Ela ergueu a sobrancelha para mim, mas se levantou sem pressa e deixou o vaso de lado.

– Está precisando de ajuda, Claire? – perguntou.

– Traga água fervente – respondi, soltando leves grunhidos enquanto acomodává-mos Pardloe em uma poltrona. Ele era um homem magro e de ossatura fina, como

John. Mesmo assim, era pesado. – Sra. Figg? Canecas, muitas canecas, e Jenny, meu baú de remédios. Não perca o ritmo, Vossa Graça. Sopre… dois… três… quatro. *Não* se engasgue. Sorva o ar. Não vai faltar, eu prometo.

O rosto de Hal se contorcia, reluzindo de suor. Embora ele ainda mantivesse o controle de si mesmo, eu via o pânico deformando as linhas em torno de seus olhos quando suas vias aéreas se fechavam.

Eu enfrentava uma sensação similar de pânico. Aquilo não ajudaria nenhum de nós. O fato é que ele *podia* morrer. Estava tendo um ataque de asma gravíssimo e, mesmo com acesso a injeções de epinefrina e as facilidades de um hospital maior, as pessoas chegavam a morrer nessas circunstâncias, fosse de infarto causado por estresse e falta de oxigênio ou por simples sufocamento.

Ele estava com as mãos entrelaçadas nos joelhos, as calças de algodão amarfanhadas e escuras de suor, os tendões do pescoço projetados pelo esforço. Com certa dificuldade, segurei sua mão com força. Se ele quisesse ter alguma chance de sobreviver, eu precisava distraí-lo do pânico que lhe embotava a mente.

– Olhe para mim – falei, aproximando-me e o encarando firme. – Vai ficar tudo bem. Está me ouvindo? Se estiver me ouvindo, sinalize.

Ele conseguiu menear a cabeça. Estava soprando, mas depressa demais. Apenas um filetinho de ar tocava meu rosto. Apertei a mão dele.

– Mais devagar – pedi, no tom mais calmo possível. – Agora respire comigo. Faça um bico… sopre…

Contei até quatro em batidinhas no joelho dele, com a mão livre, o mais lentamente que pude. Ele perdeu o fôlego entre o dois e o três, mas manteve os lábios contraídos, esforçando-se.

– Devagar! – exclamei, em um tom rígido, enquanto ele abria a boca, arfante, ávido por respirar. – Deixe o ar entrar sozinho; um… dois… sopre!

Ouvi Jenny descendo as escadas muito depressa, com meu baú de remédios. Enquanto isso, a sra. Figg tinha disparado feito um vendaval rumo à cozinha, onde um caldeirão estava no fogo. Sim, lá vinha ela, três canecas de chá enroscadas nos dedos de uma das mãos, apertando contra os peitos uma lata d'água quente envolta em uma toalha.

– Três… quatro… éfedra, Jenny. Um… dois… *sopre*, dois… três… quatro… um bom punhado em cada caneca… dois, isso, isso mesmo… sopre…

Eu ainda olhava para ele, encorajando-o a soprar. Era só o que mantinha suas vias aéreas desobstruídas. Se ele perdesse o ritmo, perderia também a pouca pressão que lhe restava, suas vias aéreas colapsariam, e então…

Afastei o pensamento, apertando a mão dele com toda a força que podia e dando instruções a Jenny em meio à contagem ritmada. Éfedra… *o que mais eu tinha?*

Não muito, era a resposta. Trifoliata, trombeteira… eram muito perigosas e tóxicas, e não faziam efeito rápido o suficiente.

– Nardo, Jenny – soltei, abruptamente. – Pode moer a raiz? – Apontei para a segunda xícara, então para a terceira. – Dois… três… quatro…

Um bom punhado de éfedra havia sido posto em cada uma das xícaras, e já estava empapado de infusão. Eu daria um pouco a ele assim que ficasse morno, mas era preciso uma boa meia hora de infusão para uma concentração realmente eficaz.

– Mais xícaras, por favor, sra. Figg. Ar para dentro, um… dois… muito bom…

A mão agarrada à minha estava grudenta de suor, mas ele apertava com toda a força. Eu sentia meus ossos esmagados, e remexi um pouco a mão para soltá-la. Ao perceber, ele suavizou um pouco a pressão. Eu me inclinei e aninhei a mão dele nas minhas – não por acaso, aproveitando a oportunidade para tomar seu pulso.

– Você não vai morrer – assegurei baixinho, porém no tom mais sério que pude. – Não vou permitir.

O vislumbre de algo muitíssimo fraco para ser um sorriso cruzou aqueles olhos azul-acinzentados, mas ele não tinha fôlego para pensar nem falar. Seus lábios ainda estavam azuis, e o rosto se encontrava branco feito papel, apesar da temperatura.

A primeira xícara de chá de éfedra ajudou um pouco, mas o calor e a umidade ajudaram tanto quanto as ervas. De fato, a éfedra continha epinefrina, e era o único bom tratamento para asma que eu tinha disponível. Apenas dez minutos de infusão não deixavam na caneca concentração suficiente do princípio ativo, mas a sensação de alívio momentâneo o estabilizou. Ele girou a mão, entrelaçando os dedos nos meus, e apertou de volta.

Um lutador. Eu sabia reconhecer pessoas assim, e abri um sorriso involuntário.

– Comece mais três canecas, sim, Jenny?

Se ele bebesse devagar e seguidamente, teria ingerido uma boa quantidade de estimulante ao fim da sexta xícara, a mais concentrada.

– Sra. Figg, ferva três punhados de éfedra e meio de nardo em meio litro de café por um quarto de hora. Depois deixe decantar.

Para que ele não morresse, eu precisava da alcoolatura concentrada de éfedra bem à mão. Aquela não era sua primeira crise. E, em algum momento, haveria outra. Provavelmente muito em breve.

Minha mente já começava a percorrer as possibilidades diagnósticas. Agora que eu estava bastante certa de que ele sobreviveria, podia tomar um tempo para refletir com mais consciência sobre elas.

O suor escorria por seu rosto de ossatura fina. A primeira coisa que eu havia feito fora remover seu casaco, o paletó e o lenço de couro. Sua camisa estava colada ao peito, e a calça estava toda molhada na dobra da virilha. Não era de admirar, considerando o calor do dia, as infusões quentes e tamanho empenho. A coloração azul desvanecia de seus lábios, e não havia sinais de edema no rosto nem nas mãos… Nenhuma distensão das veias do pescoço, apesar do esforço.

Mesmo sem estetoscópio, ouvia facilmente o chiado em seus pulmões, mas ele não exibia alargamento torácico. Seu dorso estava esbelto como o de John, um pouco mais estreito no peitoral. Então não era nenhuma doença pulmonar obstrutiva crônica. Tampouco *achava* que ele tinha insuficiência cardíaca. Sua cor estava boa quando eu o encontrei, e o pulso no momento batia com firmeza e constância em meus dedos, sem tremor, sem arritmia...

Percebi Germain parado junto a meu cotovelo, encarando o duque com interesse. Pardloe voltava um pouco a si e erguia uma sobrancelha na direção do rapaz, embora ainda não estivesse em condições de falar.

– Humm? – murmurei, antes de recomeçar a contagem da respiração, agora automática.

– Estou só pensando, *grandmère*, se alguém pode dar falta desse aí – disse Germain, meneando a cabeça para ele. – Será que não era melhor eu levar uma mensagem para alguém, para que não mandem soldados atrás dele? Os liteireiros vão comentar, não vão?

– Ah.

Era uma boa ideia. O general Clinton, pelo menos, certamente sabia que Pardloe estava em minha companhia. Não fazia ideia de com quem Pardloe poderia estar viajando ou se estava no comando de seu regimento. Se *estivesse*, as pessoas começariam a procurar por ele em breve. Nenhum oficial permanecia desaparecido por muito tempo sem que alguém logo fosse procurá-lo.

E Germain, um rapazinho muitíssimo observador, estava certo quanto aos liteireiros. Seus números informavam que eles possuíam registro na agência central da Filadélfia. Seria questão de instantes até que a equipe do general localizasse os números 39 e 40 e descobrisse aonde eles haviam levado o duque de Pardloe.

Jenny, que estivera cuidando das canecas de chá, agora adentrava com mais uma. Ajoelhou-se ao lado de Pardloe e assentiu para mim, garantindo que cuidaria de sua respiração enquanto eu conversava com Germain.

– Ele mandou que os liteireiros me levassem a King's Arms – contei a Germain, conduzindo-o até a varanda, onde poderíamos conversar sem ser ouvidos. – E eu o encontrei no gabinete do general Clinton, no...

– Acho que sei onde é, *grandmère*.

– Suponho que você saiba. Tem alguma coisa em mente?

– Bom, estou pensando... – Ele olhou para dentro da casa, então de volta para mim, com os olhos estreitos e pensativos. – Por quanto tempo a senhora pretende mantê-lo prisioneiro, *grandmère*?

Então meus motivos não haviam escapado a Germain. Isso não me surpreendia. Sem dúvida, ele tinha ouvido da sra. Figg todo o relato sobre as emoções do dia. E, sabendo quem era Jamie, certamente havia deduzido ainda mais. Será que ele tinha visto William? Se tivesse, sem dúvida sabia de tudo. Se não soubesse, no entanto, não havia razão para revelar *esse* pequeno embaraço até que fosse necessário.

– Até o seu avô retornar – respondi. – Ou talvez lorde John – acrescentei, refletindo.

Esperava com todas as forças que Jamie retornasse dali a pouco. Mas podia ser que ele considerasse necessário permanecer fora da cidade e mandar notícias por intermédio de John.

– No instante em que eu liberar o duque, ele vai virar a cidade de cabeça para baixo atrás do irmão. Isto é, se ele não cair morto durante o processo.

A última coisa que eu queria era preparar uma armadilha para que Jamie fosse pego.

Germain esfregou o queixo, pensativo. Era um gesto peculiar para uma criança que nem barba tinha, mas o jeito era idêntico ao do pai, então eu sorri.

– Talvez não seja muito tempo – disse ele. – *Grandpère* vai voltar direto. Ele foi ousado em ir ver a senhora ontem à noite. – Ele escancarou um sorriso para mim, então espiou o batente sem porta, com um biquinho. – Não dá para esconder esse aí. Mas, se a senhora mandasse um bilhete para o general e outro a King's Arms, explicando que Sua Graça estava com lorde John, talvez ainda demorassem um pouco para começar a procurar. E, mesmo que alguém viesse depois e perguntasse, imagino que a senhora possa dar um traguinho para ele ficar quieto, daí poderia dizer que ele tinha ido embora. Ou talvez trancá-lo em um armário? Amarrado com uma mordaça, se a voz dele já tiver voltado até lá – acrescentou.

Germain era uma pessoa muito lógica e meticulosa. Herdara isso de Marsali.

– Muito bem pensado – respondi, evitando comentar sobre a virtude relativa das opções para manter Pardloe incomunicável. – Vou fazer isso agora.

Dei uma conferida em Pardloe, que estava melhor, apesar da respiração ainda muito chiada. Subi depressa e abri a escrivaninha de John. Levei um instante para misturar o nanquim e escrever as mensagens. Hesitei um pouco na hora de assinar, então vi o anel de sinete de John sobre a penteadeira. Ele não tivera tempo de colocá-lo no dedo.

O pensamento me trouxe uma leve pontada de culpa. A alegria assoberbante de ver Jamie vivo, depois o choque da aparição de William, Jamie levando John de refém, a violência da saída de William... Santo Deus, onde estaria William agora? Empurrei John para o fundo da mente.

Ainda assim, tentei me acalmar e disse a mim mesma que ele devia estar a salvo. Jamie não deixaria que nada de mau acontecesse consigo, e havia retornado diretamente à Filadélfia. O som do relógio portátil na cornija da lareira interrompeu meus pensamentos. Eram quatro da tarde.

– O tempo voa quando estamos nos divertindo – murmurei para mim mesma.

Reproduzi a assinatura de John, acendi a vela com as cinzas da lareira, pinguei um pouco de cera nos bilhetes dobrados e selei com o anel de sinete em meia-lua.

Talvez John retornasse antes mesmo que as mensagens fossem entregues. E Jamie, sem dúvida, estaria comigo assim que a segurança da escuridão se avultasse.

9

UMA TORRENTE NOS ASSUNTOS DOS HOMENS

Jamie não estava sozinho na estrada. Tinha vaga ciência dos cavalos passando e ouvia os sons distantes da conversa dos homens a pé. Agora que o nevoeiro de fúria havia se dissipado, porém, estava assustado com a quantidade de pessoas. Avistava uma companhia de milícia – não marchando, mas avançando como um corpo, com homens em grupo e alguns solitários – e uns carroções vindos da cidade, cheios de mercadorias empilhadas e ladeados por mulheres e crianças a pé.

Na véspera, ao chegar, ele vira um povo saindo da Filadélfia e... Deus do céu, tinha sido *ontem*? Cogitara perguntar a Fergus a respeito, mas, entre a empolgação da chegada e as complicações subsequentes, acabara se esquecendo.

A sensação de perturbação havia aumentado. Jamie cravou o calcanhar no cavalo, que acelerou o trotar. Eram quase 16 quilômetros até a cidade, e ele chegaria bem antes do anoitecer.

Talvez fosse melhor se estivesse escuro, pensou, desgostoso. Era melhor resolver as coisas com Claire sozinho, sem distrações. Quer a conversa levasse às surras ou à cama, ele preferia não ser interrompido.

O pensamento o atingiu como um dos fósforos de Brianna. Só de pensar na palavra "cama", ele já se inflamou, com novo ímpeto.

– *Ifrinn!* – gritou, esmurrando o alto da sela.

Tanto esforço para se acalmar, e tudo perdido em um instante! *Maldição!* Maldito ele, maldita ela, John Grey... malditos todos!

– Sr. Fraser!

Ele deu um solavanco, como se tivesse levado um tiro nas costas. O cavalo reduziu a marcha no mesmo instante, bufando.

– Sr. Fraser! – repetiu a voz, alta e ruidosa, e Daniel Morgan surgiu trotando em um baio pequeno e robusto, com um sorriso largo no rosto cheio de cicatrizes. – Eu sabia que era o senhor! Não existe outro crápula desse tamanho e com esse tom de cabelo. Caso exista, não quero conhecer.

– Coronel Morgan – disse ele, percebendo o uniforme estranho do velho Dan com o brasão novinho na gola. – Está indo a um casamento?

Jamie fez o possível para sorrir, mas seu rebuliço interno mais parecia os redemoinhos da ilha de Stroma.

– O quê? Ah, isso – comentou Dan, tentando olhar de esguelha para baixo. – Rá! Washington insiste demais nos "trajes adequados". O Exército Continental tem mais generais do que soldados rasos hoje em dia. Se um oficial sobrevive a mais de duas batalhas, é transformado em general na mesma hora. Receber pagamento por isso já é outra história.

Ele deu um tapinha no quepe e encarou Jamie de cima a baixo.

– Acabou de voltar da Escócia? Ouvi dizer que veio com o corpo do general de brigada Fraser... Seu parente, suponho? – Ele balançou a cabeça, pesaroso. – Uma pena. Homem bom, excelente soldado.

– Pois é, ele era. Foi enterrado perto de casa, em Balnain.

Os dois prosseguiram: o velho Dan fazendo perguntas, Jamie respondendo o mais breve que a boa educação e sua verdadeira afeição por Morgan permitiam. Os dois não se encontravam desde Saratoga, onde ele tinha servido como oficial sob o comando de Morgan em sua Unidade de Rifles, e havia muita coisa a ser dita. Ainda assim, estava feliz com aquela companhia. As perguntas o distraíam, evitando que sua mente o catapultasse outra vez a um mar de fúria e confusão infrutíferas.

– Acho que aqui nos separamos – disse Jamie, depois de um tempo. Os dois se aproximavam de uma bifurcação, e Dan reduziu um pouco a marcha. – Estou rumando para a cidade.

– Para quê? – indagou Morgan, bastante surpreso.

– É... para ver minha mulher. – Sua voz quis vacilar à última palavra, então ele praticamente a cuspiu.

– Ah, é? Será que o senhor me daria uns quinze minutos?

Dan o encarou com olhar calculado, o que deixou Jamie no mesmo instante desconfortável. No entanto, ainda estava claro. E Jamie não queria chegar à Filadélfia antes de escurecer.

– É, talvez – respondeu, com cautela. – Para quê?

– Estou indo ver um amigo... Quero que o conheça. Está bem pertinho, não vai levar nem um minuto. Vamos lá! – exclamou Morgan, dobrando à direita e acenando para Jamie, que foi atrás, xingando a si mesmo de idiota.

Chestnut Street, 17

Quando os espasmos do duque passaram e, por fim, ele voltou a respirar sem a ajuda do exercício, eu transpirava tanto quanto ele. Só não estava igualmente cansada. Ele jazia largado sobre a cadeira, exaurido, de olhos fechados e respiração lenta e rara... mas desobstruída! Eu também me sentia meio tonta. É impossível ajudar alguém a respirar sem fazer o mesmo, e muito, e eu havia hiperventilado.

– Aqui, *a piuthar-chèile* – disse Jenny em meu ouvido.

Só quando abri os olhos, surpresa, percebi que estavam fechados. Ela pôs uma tacinha de conhaque em minha mão.

– Não tem uísque na casa, mas espero que isso ajude. Devo oferecer a Sua Graça também?

– Sim, deve – respondeu o duque, cheio de autoridade, sem mover um músculo ou abrir os olhos. – Obrigado, madame.

– Não vai fazer mal a ele – comentei, aprumando-me e espichando as costas. – Nem a você. Sente-se e beba um pouco. A senhora também.

Jenny e a sra. Figg haviam se esforçado quase tanto quanto eu, apanhando coisas, moendo e preparando infusões, trazendo pedaços de pano seco para enxugar o suor, substituindo-me vez ou outra na contagem das respirações e unindo sua significativa força de vontade à minha para ajudá-lo a sobreviver.

A sra. Figg era muitíssimo rígida em relação aos modos apropriados, o que não incluía se sentar para dividir um trago com seus patrões, muito menos com um duque. Mas desta vez foi obrigada a admitir que as circunstâncias não eram as mais comuns. De taça na mão, empoleirou-se em uma poltrona junto à porta da sala, de onde poderia dar conta de quaisquer potenciais invasões ou emergências domésticas.

Passamos um tempo em silêncio. Pairava uma sensação de paz no ambiente. O ar, quente e parado, guardava aquela estranha aura de camaradagem que une, ainda que por alguns instantes, as pessoas que enfrentaram juntas uma provação. Aos poucos, fui percebendo que o ar também trazia os barulhos da rua. Grupos de pessoas avançando, gritos do quarteirão à frente, um estrondo de carroções. E um ribombo distante de tambores.

A sra. Figg também percebeu. Eu a vi levantar a cabeça, curiosa, tremulando as fitinhas de sua touca.

– Deus, tenha misericórdia! – exclamou ela, largando com cuidado a taça vazia. – Tem alguma coisa chegando.

Jenny me olhou, surpresa e apreensiva.

– Chegando? – indagou ela. – O que está chegando?

– O Exército Continental, imagino – respondeu Pardloe, com um suspiro, deixando a cabeça pender para trás. – Santo Deus! Que coisa boa é... reunir fôlego. – Ele ainda estava sem ar, mas não tão sufocado. Ergueu a taça para mim, cerimonioso. – Obrigado, minha... querida. Eu já estava em... dívida com você pelos... bondosos serviços prestados ao meu filho, mas...

– Como assim, "Exército Continental"? – interrompi.

Baixei minha taça, agora vazia. Meus batimentos haviam se acalmado depois dos esforços da última hora, mas recomeçavam a acelerar.

Pardloe fechou um olho e me observou com o outro.

– Os americanos – esclareceu ele, muito calmo. – Os rebeldes. De quem mais... eu estaria falando?

– Mas você falou "chegando"... – retruquei, cautelosa.

– Eu não falei – observou ele, então apontou para a sra. Figg. – Foi ela que falou. E está certa. As... forças do general Clinton estão se... retirando da Filadélfia... Ouso dizer que Wa... Washington está... pronto para invadir.

Jenny soltou um leve gritinho, e a sra. Figg entoou algum xingamento muito sério em francês e levou à boca a palma rosada.

– Ah – falei, sem dúvida soando tão apática quanto me sentia.

Estivera tão distraída durante o encontro com Clinton mais cedo que as consequências lógicas de uma recuada britânica não me haviam ocorrido de maneira alguma.

A sra. Figg se levantou.

– É melhor eu ir enterrar a prata, então – acrescentou, em tom pragmático. – Vai estar debaixo da moita de chuva-de-ouro junto à cozinha, lady Grey.

– Espere – pedi, erguendo a mão. – Acho que não é necessário fazer isso *agora*, sra. Figg. O exército ainda não deixou a cidade. Os americanos não estão no nosso cangote. E ainda vamos precisar de uns garfos para jantar.

Ela soltou um murmúrio gutural, mas aceitou meu argumento e começou a recolher as taças de conhaque.

– O que a senhora vai querer para o jantar, então? Tenho um presunto assado frio, mas pensei em preparar um fricassê de frango, já que William gosta tanto.

Ela deu uma olhadela fria para o corredor, onde as manchas de sangue no papel de parede já estavam amarronzadas.

– Acha que ele virá para jantar?

William possuía alojamento oficial em algum ponto da cidade, mas com frequência passava a noite em casa, sobretudo quando a sra. Figg fazia fricassê de frango.

– Sabe Deus – respondi.

Eu não tivera tempo de contemplar a situação de William, com tudo o mais acontecendo. *Será* que ele retornaria, depois de esfriar a cabeça, determinado a acertar as contas com John? Conhecia um Fraser em ebulição. Eles tinham como regra não se aborrecer. Tendiam a agir, direta e imediatamente. Encarei Jenny, pensativa. Ela retribuiu o olhar, apoiou o cotovelo sobre a mesa, em um gesto displicente, com a mão no queixo, e batucou os dedinhos nos lábios, refletindo. Internamente, abri um sorriso.

– Onde *é* que está o meu sobrinho? – indagou Hal, enfim capaz de perceber alguma coisa além da própria respiração. – Aliás… onde está o meu irmão?

– Não sei – falei, apoiando minha taça na bandeja da sra. Figg e pegando a dele para fazer o mesmo. – Não estava mentindo sobre isso, realmente. Mas espero muito que ele retorne em breve.

Esfreguei a mão no rosto e puxei o cabelo para trás, o melhor que pude. Precisávamos ir por partes. Eu tinha um paciente para cuidar.

– Tenho certeza de que John também quer vê-lo. Mas…

– Ah, duvido muito – interrompeu o duque.

Ele me olhou de cima a baixo lentamente, dos pés descalços aos cabelos desgrenhados, e a breve expressão bem-humorada em seu rosto se intensificou.

– Quando houver tempo, você precisa me dizer como John… acabou se casando com você…

– Um ímpeto desesperado – respondi, apenas. – Enquanto isso, precisamos levar você para a cama. Sra. Figg, o quarto dos fundos…

– Obrigado, sra. Figg – interrompeu o duque. – Eu não serei... exigente.

Ele se esforçou para sair da cadeira, sem fôlego para falar. Caminhei até ele e disparei meu mais profundo olhar de enfermeira-chefe.

– Harold – disse, em um tom calculado. – Não sou apenas sua cunhada. – O termo me trouxe um estranho *frisson*, mas ignorei. – Sou sua médica. Se você não... – Ele me encarava com a expressão mais peculiar, algo entre surpresa e bom humor. – O que foi? Você me permitiu chamá-lo pelo primeiro nome, não foi?

– Sim – admitiu ele. – Mas ninguém me... chama de Harold desde... que eu tinha 3 anos. – Ele então abriu um sorriso, muito peculiar e charmoso. – A família me chama de Hal.

– Hal, então – respondi, devolvendo o sorriso, mas recusando-me a ser distraída. – Você vai tomar um banho refrescante, Hal, depois vai dormir.

Ele riu. Um riso que foi interrompido quando começou a emitir um chiado. Tossiu um pouco, o punho fechado sob as costelas, parecendo incomodado, mas parou, pigarreou e ergueu o olhar para mim.

– Parece mesmo que eu *tenho*... 3 anos, cunhada. Tentando me mandar... para a cama sem o chá?

Com cuidado, ele foi se apoiando nos próprios pés. Levei a mão a seu peito e empurrei. Sem força nas pernas, o duque desabou de volta na cadeira, surpreso, afrontado... e temeroso: não havia percebido a própria fraqueza. Um ataque severo costuma deixar a vítima totalmente exaurida, além dos pulmões ainda convulsivos.

– Está vendo? – falei, equilibrando o tom com suavidade. – Você já teve outros ataques como esse, não teve?

– Bom... tive – confirmou ele, relutante. – Mas...

– E quanto tempo passou na cama depois do último?

Ele apertou os lábios.

– Uma semana. Mas o imbecil do médico...

Eu pus a mão em seu ombro, e ele parou. Não só por meu toque, mas também porque havia perdido o fôlego.

– Você. Ainda. Não. Consegue. Respirar. Sozinho – repreendi, separando as palavras para enfatizar. – Me escute, Hal. Olhe o que aconteceu hoje à tarde, sim? Você teve um ataque gravíssimo no meio da rua. Se aquela multidão na Fourth Street resolvesse nos agredir, você não teria tido a menor chance de se defender. Não discuta comigo. Eu estava lá. – Estreitei os olhos para ele. Ele retribuiu o olhar, mas sem discussão. – Então, a caminhada da rua até a porta da casa, uma distância de 6 metros, fez você entrar em um total e completo *status asthmaticus*. Já ouviu falar nessa expressão?

– Não – murmurou ele.

– Bom, agora ouviu e sabe o que é. E da vez passada você ficou uma semana acamado? Foi assim tão ruim?

Seus lábios formavam uma linha fina, e os olhos faiscavam. Imaginei que a maioria das pessoas não falasse com um duque dessa maneira, muito menos com o comandante de seu próprio regimento.

Seja boa com ele, pensei.

– Médico maldito... Falou que era o meu coração. – Ele havia aberto o punho e agora esfregava lentamente o peito. – Eu sabia que não era isso.

– Concordo – admiti. – Foi o mesmo médico que sugeriu os sais? Se tiver sido, é um charlatão de marca maior.

Ele soltou uma risada, um som breve e silencioso.

– Pois é, o mesmo. – Ele fez uma breve pausa para respirar. – Mas... justiça seja feita, ele... ele não me deu os... sais. Eu arrumei... sozinho. Para desmaios...

Eu me sentei ao lado dele e segurei seu punho. Ele permitiu, observando com curiosidade. O pulso estava ótimo; mais lento e batendo em um ritmo compassado.

– Há quanto tempo você anda desmaiando? – perguntei, inclinando-me para examinar seus olhos bem de perto. Sem sinal de petéquia, sem icterícia, pupilas do mesmo tamanho...

– Bastante tempo – respondeu ele, puxando o punho abruptamente. – Eu não tenho tempo de conversar sobre a minha saúde, madame. Eu...

– Claire – interrompi, botando a mão em seu peito, para refreá-lo, e sorrindo amavelmente. – Você é Hal, eu sou Claire... E o senhor não vai a lugar nenhum, Vossa Graça.

– Tire a mão de mim!

– Estou seriamente tentada a fazer isso e deixá-lo cair de cara no chão – respondi. – Só espere até a sra. Figg terminar o chá que pedi. Não quero ver você se debatendo no chão, sufocando feito um peixe fora d'água, sem que eu tenha a chance de tirar o anzol da sua boca.

Afastei a mão do peito dele, então me levantei e rumei para o corredor, antes que ele tomasse fôlego para argumentar. Jenny havia se plantado junto ao batente da porta e fitava a rua.

– O que está acontecendo lá fora? – perguntei.

– Não sei – respondeu ela, sem tirar os olhos de dois homens mal-encarados que desciam o outro lado da rua. – Mas nao estou gostando nem um pouco do clima. Você acha que ele está certo?

– Que o Exército Britânico está batendo em retirada? Sim, está. E é muito provável que arraste metade dos legalistas da cidade.

Eu sabia exatamente o que ela queria dizer com "não gostar do clima". O ar estava quente e espesso, tomado pelo zumbido de cigarras, e as folhas das castanheiras que ladeavam a rua estavam molengas feito panos de chão. Mas *algo* se movia na atmosfera. Entusiasmo? Pânico? Medo?

Os três juntos, pensei.

– Será que era melhor ir à gráfica? – perguntou ela, virando-se para mim com o cenho levemente franzido. – Quer dizer, será que Marsali e os pequenos ficariam mais seguros se eu os trouxesse para cá? Se houvesse um motim ou coisa do tipo?

Balancei a cabeça.

– Creio que não. Eles são patriotas muito conhecidos. Os legalistas é que vão estar em perigo se o Exército Britânico estiver indo embora. Não terão nenhuma proteção, e os rebeldes podem muito bem… fazer coisas com eles. E… – Uma sensação muito desagradável me percorreu a espinha, feito um dedo frio e pegajoso. – Esta é uma casa legalista.

"Sem uma mísera porta para fechar e aferrolhar", eu poderia ter acrescentado, mas não o fiz.

Fez-se um baque alto na sala, como um corpo caindo no chão. Nem eu nem Jenny mexemos um fio de cabelo. Ambas já tínhamos muita experiência com homens teimosos. Eu podia senti-lo arquejando; se a chiadeira recomeçasse, eu entraria.

– Será que é perigoso ficar com ele aqui? – sussurrou ela, a cabeça inclinada em direção à sala. – Talvez seja melhor você ir para a gráfica.

Eu fiz uma careta, tentando avaliar as possibilidades. Os bilhetes que havia mandado com Germain adiariam as investigações, e eu poderia retardar qualquer pessoa que de fato viesse à casa. Isso, no entanto, também significava que eu não podia esperar nenhuma ajuda imediata do Exército, caso fosse necessária. E poderia ser. Alguém naquela multidão hostil na Fourth Street poderia muito bem ter ouvido as minhas instruções aos liteireiros. Aquela hostilidade aparecia agora sob uma luz diferente.

Se os rebeldes da cidade estivessem prestes a se amotinar contra os indefesos legalistas… As correntes que eu sentia começando a remoinhar pelas ruas eram tenebrosas…

– Alguém pode aparecer na sua varanda com um barril de piche e uma saca de penas – observou Jenny, prevendo meu pensamento da maneira mais enervante.

– Bom, não ajudaria nem um pouco a asma de Sua Graça – respondi, e ela riu.

– Será que é melhor devolvê-lo ao general Clinton? – sugeriu ela. – Eu já tive a casa vasculhada por soldados, com um homem procurado escondido no fundo de meu guarda-roupa e meu recém-nascido nos braços. Se metade do que Marsali disse a respeito dos Filhos da Liberdade for verdade, acho que não acalmaria muito os nervos se eles entrassem aqui atrás de Sua Graça.

– Não sei o que Marsali disse, mas provavelmente é verdade.

Um som de tiro ecoou pelo ar pesado, seco e surdo, vindo de algum ponto perto do rio, e nós duas nos aprumamos. O som, no entanto, não se repetiu. Depois de um instante, reuni fôlego outra vez.

– A questão é que ele não está estável. Não posso arriscar levar o homem por essas ruas, cheias de poeira e pólen de árvores, e deixá-lo aos cuidados de um cirurgião do Exército ou mesmo daquele picareta do Hebdy. Para ter outro ataque, sem ninguém para ajudá-lo…

Jenny fez uma careta.

– É, tem razão – disse ela, relutante. – E você não pode deixá-lo aqui e ir sozinha pelo mesmo motivo.

– Pois é.

E porque Jamie iria me procurar. Eu não sairia dali.

– Sabe, se Jamie viesse e não encontrasse você aqui, iria até a gráfica logo em seguida – observou Jenny, fazendo os pelinhos de minha nuca se arrepiarem.

– Quer parar de fazer isso?!

– O quê? – perguntou ela, alarmada.

– De ler os meus pensamentos!

– Ah, isso. – Ela abriu um sorriso para mim, estreitando os olhinhos azuis. – Tudo o que você pensa fica estampado no seu rosto, Claire. Com certeza Jamie já comentou isso.

Um profundo rubor subiu por meu decote baixo, e só então eu me lembrei de que ainda usava a blusa de seda cor de âmbar, agora empapuçada de suor, cheia de poeira da rua, ainda mais inapropriada para uso. E com um espartilho muitíssimo justo. Rezei para que nem *todos* os meus pensamentos ficassem estampados em meu rosto, porque havia uma boa dose de informações que eu ainda não pretendia compartilhar com Jenny.

– Bom, não sei *tudo* o que você pensa – admitiu ela, mais uma vez lendo minha mente. Droga! – Mas é fácil saber quando está pensando em Jamie.

Não queria saber qual era o meu aspecto quando pensava em Jamie, e estava prestes a pedir licença para me retirar e dar uma olhada no duque, que eu ouvia tossindo e soltando xingamentos para si mesmo em alemão, quando minha atenção foi desviada por um rapaz que descia a rua correndo, como se perseguido pelo diabo, o casaco ao avesso e as fraldas da camisa drapejando.

– Colenso! – exclamei.

– O quê? – retrucou Jenny, assustada.

– O quê, não. *Quem*. Ele – respondi, apontando para a criaturinha imunda e ofegante que avançava pela calçada. – Colenso Baragwanath, ordenança de William.

Colenso rumou trôpego em direção à porta, com tamanha violência que Jenny e eu demos um pulo para abrir caminho. Colenso tropeçou no umbral e caiu de cara no chão.

– Parece que o Velho Chifrudo em pessoa está correndo atrás de você, rapaz – comentou Jenny, agachando-se para levantar o garoto. – E o que houve com suas calças?

Como era de esperar, o garoto estava descalço e só de camisa por sob o casaco.

– Eles levaram – respondeu o rapaz, ofegante.

– Quem? – perguntei, removendo-lhe o casaco e desvirando para o lado certo.

– Eles – falou o garoto, desconsolado, apontando para a Locust Street. – Eu fui até a missa, para ver se lorde Ellesmere estava lá... porque às vezes ele está... e vi um bando de homens cochichando que nem um enxame de abelhas. Tinha uns rapagões grandes com eles. Um deles me viu e me reconheceu. Gritou que eu estava espionando e que ia dedurar tudo para o Exército, então eles me agarraram e me chamaram de vira-casaca, e viraram o meu casaco do avesso e um homem falou que ia me dar uma surra e me ensinar a não fazer essas coisas. Puxou as minhas calças e... e... e no fim eu consegui me soltar. Caí no chão, fui rastejando por debaixo das mesas e saí correndo. – Ele limpou o nariz com a manga da camisa. – O lorde se encontra, madame?

– Não – respondi. – O que você quer com ele?

– Ah, eu não quero nada, madame – garantiu ele, com evidente honestidade. – É o major Findlay que quer. Agora.

– Humm. Bom... seja lá onde ele estiver no momento, provavelmente vai querer retornar ao alojamento de costume hoje à noite. Você sabe onde fica, não sabe?

– Sei, sim, senhora, mas não saio à rua de novo sem as minhas calças!

Ele parecia ao mesmo tempo horrorizado e indignado, e Jenny soltou uma risada.

– Não o culpo nem um pouco. Meu neto mais velho certamente tem uma calça para emprestar. Vou até a gráfica, pegarei a calça e contarei tudo a Marsali – disse ela a mim.

– Muito bem – respondi, um pouco relutante em vê-la partir. – Volte rápido. E diga a ela que não imprima *nada* disso no jornal!

10

A DESCIDA DO ESPÍRITO SANTO SOBRE UM DISCÍPULO RELUTANTE

O "lá" de Dan Morgan não era longe: um chalé desmantelado, localizado em uma pequena alameda de olmos, na descida de uma estradinha de terra afastada da via principal. Havia um grande capão cinza amarrado ali perto, pastando na grama, a rédea largada na varanda. O animal olhou para cima por alguns segundos e soltou um relincho para os visitantes.

Jamie cruzou agachado a padieira da porta, atrás de Dan, e se viu em um cômodo surrado, com cheiro de água de repolho, sujeira e urina fétida. Havia uma janela, com as persianas abertas para circulação de ar. A luz do sol fazia sombra ao incidir na cabeça comprida de um homem corpulento sentado à mesa, que ergueu o olhar ao ouvir a porta se abrir.

– Coronel Morgan – disse, em tom manso, na cadência arrastada da Virgínia. – O senhor traz boas notícias?

– É *exatamente* o que trago, general – respondeu o velho Dan, empurrando Jamie à sua frente em direção à mesa. – Encontrei este crápula na estrada e o forcei a vir comigo. Este é o coronel Fraser, de quem já falei antes. Acabou de voltar da Escócia, e é o homem certo para assumir o comando das tropas de Taylor.

O grandalhão havia se levantado da mesa e estendia a mão, sorrindo – embora com os lábios pressionados, como se temesse que algo acabasse escapando. O homem era tão alto quanto Jamie, e este se percebeu encarando com firmeza aqueles aguçados olhos azul-acinzentados, que o avaliaram no instante em que os dois se cumprimentaram.

– George Washington – disse o homem. – Seu servo, senhor.

– James Fraser – apresentou-se Jamie, levemente impressionado. – Seu... mais fiel. Senhor.

– Sente-se comigo, coronel Fraser. – O homenzarrão da Virgínia apontou para um dos bancos duros diante da mesa. – Meu cavalo começou a coxear e meu escravo foi procurar outro. Não faço ideia de quanto tempo o homem vai levar, pois necessito de um animal bem robusto para sustentar meu peso. – Ele olhou Jamie de cima a baixo, avaliando-o com franqueza. Os dois eram do mesmo tamanho. – Não creio que o senhor tenha um cavalo decente, certo?

– Tenho, sim. – Estava bem claro o que Washington esperava, e Jamie cedeu graciosamente. – O senhor me dá a honra de levá-lo, general?

O velho Dan soltou um resmungo de decepção e remexeu os pés, claramente desejando se opor, mas Jamie respondeu com um breve aceno de cabeça. Não era longe da Filadélfia. Poderia caminhar.

Washington pareceu satisfeito. Agradeceu a Jamie e garantiu que devolveria o cavalo assim que outra montaria adequada lhe fosse providenciada.

– Mas realmente *é* necessário que eu tenha agilidade neste momento, coronel – observou Washington, com ar de desculpa. – O senhor está ciente de que Clinton está se retirando da Filadélfia?

Um choque percorreu a espinha de Jamie, feito moeda quente na manteiga.

– Ele...? Não, senhor. Não estava ciente.

– Eu já ia chegar a esse assunto – soltou Dan, irritado. – Nunca tenho a chance de abrir a boca.

– Bom, agora está tendo – respondeu Washington, achando engraçado. – E pode ter outra, se for rápido o bastante para falar antes que Lee chegue. Queiram se sentar, cavalheiros. Estou esperando... Ah, cá estão.

Ruídos vindos do vestíbulo de entrada indicavam a chegada de um grupo de cavaleiros, e dali a instantes o chalé estava apinhado de oficiais.

Era um grupo abatido e amarfanhado, em sua maioria, usando diversas partes de uniformes diferentes, uma estranha combinação de camisas de caça e calças feitas em casa. Mesmo os conjuntos completos estavam surrados e sujos de lama, e o cheiro de quem andava passando dificuldade dominou os odores mais domésticos do chalé.

Em meio à empolgada troca de cumprimentos, porém, Jamie detectou a origem do cheiro de urina: havia uma mulher de rosto fino em um canto do recinto, encolhida, segurando nos braços uma criança envolta em um xale surrado que disparava olhares por entre os intrusos. O xale exibia um trecho mais escuro, mas era evidente que a mulher estava com medo de sair dali para trocar o pequeno. E balançava o corpo, mecanicamente, tentando ninar a criança.

– Coronel Fraser! Bem-vindo! Bem-vindo!

A voz lhe desviou a atenção. Para seu assombro, percebeu que Anthony Wayne – agora conhecido claramente como Anthony Maluco, a quem vira pela última vez fazia umas semanas, antes da queda de Ticonderoga – o cumprimentava com um entusiasmado aperto de mão.

– Sua mulher está bem, senhor? E seu sobrinho índio? – perguntou Wayne, abrindo um sorriso para Jamie.

Anthony era baixo e troncudo, bochechudo como um esquilo, mas também dotado de um nariz pontudo, acima do qual seus olhos às vezes pareciam faiscar feito uma centelha. No momento, Jamie estava aliviado por vê-los apenas iluminados por um amistoso interesse.

– Todos bem, senhor, muito obrigado. E…?

– Sua esposa está por perto? – Wayne se aproximou um pouco e baixou a voz. – Ando passando o maior sofrimento com meu pé. E ela operou maravilhas no abscesso na base da minha espinha, enquanto estávamos em Ti…

– Coronel Fraser, permita-me lhe apresentar o major-general Charles Lee e o general Nathanael Greene – soou a voz de George Washington, com a suave cadência da Virgínia, vindo em socorro de Jamie.

Tirando o próprio Washington, Charles Lee era o mais bem equipado do grupo: usava uniforme completo, do gorjal às botas engraxadas. Jamie não o conhecia pessoalmente, mas teria reconhecido esse soldado profissional em uma multidão, a despeito de como ele estivesse vestido. Um típico inglês que parecia sempre exalar um odor duvidoso. Ele o cumprimentou com um aperto de mão cordial e um ligeiro: "Seu servo, senhor." Jamie sabia exatamente duas coisas a respeito de Charles Lee, ambas informadas pelo Jovem Ian: o homem tinha uma esposa mohawk e os mohawks o chamavam de Ounewaterika. Ian contou que o nome significava "Água Fervente".

Entre Anthony Maluco e Água Fervente, Jamie começava a sentir que devia ter dado no pé ao encontrar Dan Morgan na estrada, mas agora não adiantava chorar o leite derramado.

– Sentem-se, senhores. Não temos tempo a perder. – Washington se virou para a mulher no canto. – A senhora tem alguma coisa para beber, sra. Hardman?

Jamie viu a mulher engolir em seco rapidamente, apertando a criança com tanta força que o pequeno guinchou feito um porquinho e começou a chorar. Ele sentiu vários dos homens, sem dúvida pais, estremecerem ao ouvirem o som.

– Não, amigo – respondeu ela, e Jamie percebeu que a mulher era quacre. – Só tenho água do poço. Quer que eu apanhe um balde?

– Não se dê ao trabalho, amiga Hardman – respondeu Nathanael Greene, em tom manso. – Tenho duas garrafas em meu alforje. É o suficiente para nós. – Ele se aproximou da mulher, bem devagar, para não a assustar, e a tomou delicadamente pelo braço. – Venha para fora. A senhora não precisa se aborrecer com esse assunto.

Ele era um homem robusto e imponente. Mancava visivelmente, mas a mulher foi com ele, aparentemente reconfortada por seu discurso tranquilo, mas olhando para trás com o semblante ansioso, como se temesse que os homens ateassem fogo ao local.

Um quarto de hora depois, Jamie não estava tão seguro de que eles não fossem mesmo incendiar o chalé, por pura empolgação. Washington e suas tropas haviam passado os últimos seis meses concentrados em Valley Forge, praticando e se preparando. Os generais estavam em polvorosa para se ver frente a frente com o inimigo.

Muita conversa, planos propostos, debatidos, deixados de lado, reconsiderados. Jamie escutava com apenas metade da atenção. A outra metade estava na Filadélfia. Ele ouvira o suficiente de Fergus para saber que a cidade estava dividida, com frequentes desavenças entre patriotas e legalistas, estes mantidos sob controle apenas pela presença dos soldados britânicos. Mas os legalistas eram minoria. Naquele momento, a proteção do Exército havia sido retirada e os legalistas estariam à mercê dos rebeldes, que não seriam nada tolerantes.

E Claire… A boca de Jamie secou. Claire, até onde todos na Filadélfia sabiam, era esposa de lorde John Grey, proeminente legalista. E o próprio Jamie acabara de privá-la da proteção de Grey, deixando-a sozinha e indefesa em uma cidade à beira do caos.

Quanto tempo ele tinha até que os britânicos deixassem a cidade? Ninguém à mesa sabia.

Ele participou o mínimo possível da conversa, tanto por estar estimando quanto tempo levaria uma caminhada até a Filadélfia – comparada à possibilidade de sair para ir ao toalete e roubar o cavalo que acabara de entregar a Washington – quanto por não ter se esquecido do que o velho Dan tinha dito ao general Washington ao arrastar Jamie até ali. A última coisa que ele queria era…

– E o senhor, coronel Fraser? – indagou Washington. Jamie fechou os olhos e entregou a alma a Deus. – O senhor me concederia o serviço extraordinário de aceitar o comando do batalhão de Henry Taylor? O general Taylor caiu doente e morreu faz dois dias.

– Eu… fico honrado, senhor – conseguiu dizer Jamie, refletindo freneticamente. – Mas tenho assuntos urgentíssimos… na Filadélfia. Ficaria muito feliz em prestar esse favor, assim que concluir meus assuntos… E poderia, claro, trazer de volta notícias sobre como está a situação com as forças do general Clinton.

Washington guardara o rosto firme durante a maior parte dessa fala, mas a última frase fez Greene e Morgan emitirem um murmúrio aprovador, ao que Wayne assentiu com a cabecinha de esquilo.

– O senhor consegue dar conta de seu assunto em três dias, coronel?

– Sim, senhor!

Não eram mais que 16 quilômetros até a cidade. Ele conseguiria fazer em duas ou três horas. Ao chegar lá, não levaria mais do que trinta segundos para tirar Claire daquela casa.

– Pois muito bem. Eu o nomeio general temporário do Exército. Isso...

– *Ifrinn!*

– Como disse, coronel?

Washington parecia intrigado. Dan Morgan, que já tinha ouvido Jamie soltar "Inferno!" em *gàidhlig*, balançou a cabeça em silêncio, a seu lado.

– Eu... agradeço, senhor – disse ele, engolindo em seco e sentindo uma onda de tontura.

– Mas o Congresso vai precisar aprovar sua nomeação – prosseguiu Washington, franzindo de leve o cenho. – E não há garantias quanto ao que esses merceeiros indecisos filhos da mãe vão fazer.

– Compreendo, senhor – garantiu Jamie.

Ele só podia esperar. Dan Morgan lhe passou uma garrafa, que ele entornou com veemência, sem nem notar o que havia dentro. Suando em bicas, sentou-se, esperando evitar qualquer outra notícia.

Santo Deus, e agora? Ele pretendera entrar sorrateiro na cidade e sair com Claire, depois rumar para o sul para recuperar seu maquinário de imprensa, talvez montar um pequeno negócio em Charleston ou Savannah até que a guerra terminasse, e os dois poderiam voltar para casa, para o vilarejo. Mas ele *sabia* que havia um risco. Qualquer homem com menos de 60 anos poderia ser convocado a servir à milícia. Se isso acabasse acontecendo, ele provavelmente teria um pouco mais de segurança como general do que como comandante da milícia. Talvez. Além do mais, um general poderia renunciar, o que era um consolo.

Apesar de todo o falatório e da preocupante perspectiva do futuro imediato, Jamie se percebeu prestando mais atenção no rosto de Washington do que nas suas palavras, tomando nota de como o homem falava e se portava, de modo a poder contar a Claire. Desejou poder contar a Brianna; Roger Mac e ela já haviam chegado a especular sobre como seria conhecer alguém como Washington. Por mais que tivesse conhecido um bom número de figuras famosas, ele tinha dito a ela que a experiência certamente seria uma decepção.

Jamie, no entanto, admitia que Washington sabia o que estava pretendendo. Ouvia mais do que falava e, quando dizia alguma coisa, ia direto ao ponto. De fato, o homem tinha um ar relaxado, porém autoritário, embora estivesse claro que a possibilidade o empolgasse bastante. Seu rosto, muito grandalhão, ostentava cicatrizes de varíola e estava longe de ser bonito, mas guardava uma boa dose de presença e dignidade.

Tinha o semblante bastante animado e se limitava a soltar umas risadas, vez ou outra, escancarando os dentes feios e amarelados. Jamie estava fascinado; Brianna havia lhe contado que os dentes eram falsos, feitos de madeira ou marfim de hipopótamo, e ele teve uma súbita e desconexa lembrança de seu avô: a Velha Raposa possuía uma dentadura feita de lascas de faia. Jamie a jogara na fogueira durante uma discussão no castelo de Beaufort… e por um mero instante ele estava ali, cheirando a fumaça de turfa e cervo assado, os pelos do corpo todo eriçados, alerta, rodeado de familiares prestes a matá-lo.

Então, no mesmo momento, estava de volta, espremido entre Lee e o velho Dan, cheirando a suor e alegria. Sentindo, mesmo sem querer, a euforia entre eles começar a crescer e lhe infiltrar o sangue.

Ele sentiu uma sensação incômoda na barriga ao se ver sentado a menos de 30 centímetros de um homem que não conhecia nem um pouco, mas sobre quem sabia talvez mais do que o próprio sujeito.

Verdade fosse dita, ele havia se sentado muitas noites com Charles Stuart, ciente do que Claire dissera que aconteceria com ele. Ainda assim… Cristo dissera, duvidando de Tomé: "Felizes aqueles que creem sem ter visto." Jamie se perguntou como se chamavam aqueles que *tinham* visto e eram obrigados a viver sabendo o que viram. "Felizes" talvez não fosse a melhor palavra.

Fazia mais de uma hora que Washington e os outros haviam saído – uma hora durante a qual Jamie pensou repetidas vezes que poderia simplesmente se levantar, virar a mesa e sair correndo, deixando o Exército Continental se virar sem ele.

Ele sabia muitíssimo bem que os exércitos se deslocavam devagar, exceto durante as batalhas. E estava bem claro que Washington esperava que os britânicos de fato levassem uma semana ou mais para sair da Filadélfia. Mas não adiantava tentar botar juízo no próprio corpo, que, como de costume, tinha o próprio entendimento do que era importante. Podia ignorar fome, sede, fadiga e dor. Mas não conseguia eliminar a necessidade de ver Claire.

Era, sem dúvida, o que Brianna e ela chamam de "intoxicação por testosterona", pensou ele, impassível. Era a expressão que usavam para se referir às atitudes incompreensíveis dos homens. Um dia teria que perguntar a ela o que era testosterona. Ele se remexeu no banco estreito e desconfortável, forçando-se a voltar a atenção ao que Washington dizia.

Por fim, deu-se uma batida à porta. Um homem negro enfiou a cabeça pela fresta e assentiu para Washington.

– Pronto, senhor – disse ele, na mesma leve cadência da Virgínia que seu patrão.

– Obrigado, Caesar. – Washington assentiu de volta, espalmou as mãos sobre a mesa e se levantou, em um movimento ágil. – Estamos combinados, então, cavalheiros? O senhor vem comigo, general Lee. O resto de vocês eu vejo em seu devido tempo, na fazenda de Sutfin, salvo instruções em contrário.

O coração de Jamie deu um salto, e ele fez menção de se levantar também, mas o velho Dan botou a mão em sua manga.

– Fique um pouco, Jamie – disse ele. – É melhor você saber uma coisa sobre seu novo comando, sim?

– Eu... – começou ele, mas não teve jeito.

Voltou a se sentar e aguardou Nathanael Greene agradecer à sra. Hardman pela hospitalidade e insistir para que ela recebesse uma pequena recompensa do Exército por sua recepção civil.

Jamie teria apostado uma boa quantia que as moedas que o homem havia tirado do bolso eram dele próprio, não do Exército, mas a mulher aceitou, com uma expressão débil demais no rosto para ser prazer. Ao ver os ombros da mulher desabarem de alívio quando a porta se fechou por detrás dos generais, percebeu que a presença deles poderia ter posto a própria moça e a criança em considerável perigo, caso as pessoas erradas vissem oficiais continentais uniformizados de visita em sua casa.

Avaliativa, ela encarou Jamie e Dan. Mas os dois pareciam incomodá-la muito menos, em suas roupas surradas de civis. Dan havia tirado o casaco do uniforme, que estava dobrado ao contrário e acomodado no banco ao lado.

– Está sentindo uma língua de fogo descendo por sua cabeça neste exato momento? – perguntou Dan, vendo a cara de Jamie.

– O quê?

– "Na tarde do mesmo dia, que era o primeiro da semana, os discípulos tinham fechado as portas do lugar onde se achavam, por medo dos judeus. Jesus veio e pôs-se no meio deles. Disse-lhes ele: 'A paz esteja convosco!'" – citou Dan, abrindo um sorriso ao ver o olhar estupefato de Jamie. – Minha Abigail é uma mulher de leitura, e ela sempre lê uns trechinhos da Bíblia para mim na esperança de que faça algum efeito, embora ainda não tenha tido muita sorte nesse sentido.

Ele pegou a mochila que havia trazido, remexeu o conteúdo e apanhou um maço de folhas de papel com algumas pontas dobradas, um frasco de tinta e um par de penas já surradas.

– Bom, agora que o Pai, o Filho e o Espírito Santo já foram tratar de seus próprios assuntos, informarei os nomes dos comandantes da sua companhia, quantos você vai encontrar reunidos como milícia e onde estão todos eles, porque não é como se estivessem todos alojados em quartéis, nem na mesma aldeia. Sra. Hardman, posso incomodá-la e pedir um pouco d'água para minha tinta?

Com dificuldade, Jamie levou o pensamento à questão. Quinze minutos depois, encontrava-se de posse das listas, preparadas na caligrafia lenta e cheia de garranchos de Dan.

Duas horas até a Filadélfia... talvez três...

– Tem algum dinheiro com você? – perguntou Dan, parando em frente à porta.

– Nem um centavo – admitiu Jamie, olhando de esguelha para o ponto do cinto onde costumava amarrar a bolsa.

Ele tinha dado dinheiro a Jenny, para sua jornada, já que ela adorava parar para fazer algumas comprinhas. E aquela manhã estava tão ávido por ver Claire que saíra da gráfica sem nada além da roupa do corpo e o maço de papéis para Fergus. Levou um instante para se perguntar se o cenário seria diferente agora, caso não tivesse sido visto entregando os papéis a Fergus e seguido pelos soldados – e por William – até a casa de lorde John. Bem, não havia razão para se arrepender.

Dan tornou a remexer a mochila, pegou uma bolsinha menor e uma bolsa tilintante e arremessou as duas para Jamie.

– Um pouco de comida para sua jornada, e um adiantamento do seu pagamento como general – disse, gargalhando e achando graça da própria piada. – Está custando caro comprar um uniforme esses dias. Não há um alfaiate na Filadélfia que aceite continentais. E você vai ter problemas se aparecer diante do nobilíssimo George Washington sem a vestimenta adequada. Ele dá muito valor ao uniforme apropriado, diz que não se pode esperar respeito sem uma aparência que mereça respeito. Mas imagino que você saiba disso muito bem.

Dan, que havia lutado as duas batalhas em Saratoga de camisa de caça, deixando o casaco do uniforme pendurado em um galho de árvore do acampamento, por conta do calor, abriu um sorriso largo para Jamie, com sua pele cansada e a cicatriz esbranquiçada no lábio superior, onde uma bala lhe havia rasgado a face.

– Até mais, general Fraser!

Jamie soltou um grunhido, mas sorriu mesmo assim, levantando-se para apertar a mão de Dan. Virou-se para os resíduos sobre a mesa e ajeitou na mochila os papéis, a bolsa e uma pena desgarrada que Dan abandonara sem perceber. Estava grato pela comida. O aroma de charque e panqueca flutuou das profundezas da lona, e ele sentiu o rígido contorno das maçãs no fundo. Não havia tomado café da manhã quando saiu da gráfica.

Jamie se endireitou, e uma fisgada de dor disparou do centro de sua espinha à panturrilha da perna, avançando até a sola do pé. Ele arquejou e desabou sobre um banquinho, a lombar e a nádega direita rígidas de câimbra.

– Jesus, Maria e José, não *agora* – disse ele, entre dentes, em algum tom entre oração e xingamento.

Sentira alguma coisa pequena lhe puxar ou rasgar as costas ao acertar John Grey, mas no calor do momento não parecera importante. Não o incomodara muito ao caminhar, mas agora que havia se sentado por um tempo e os músculos tinham relaxado…

Ele tentou se levantar, com muito cuidado, e caiu outra vez. Apoiou-se na mesa, com os punhos cerrados, e gritou um bando de coisas nada devotas em gaélico.

– O senhor está bem, amigo? – A mulher da casa se aproximou, observando-o de perto com preocupação.

– Um… momento – ele conseguiu dizer, tentando fazer como Claire lhe aconselhara e respirar em meio ao espasmo.

"É como as dores do parto", dissera ela, achando graça. Ele não achara engraçado da primeira vez, e agora também não.

A dor diminuiu. Ele estendeu a perna e, com muito cuidado, flexionou-a de volta sob o corpo. Até ali, tudo ótimo. Quando tentou se levantar mais uma vez, porém, a lombar travou, como se estivesse encaixada em um tornilho, e uma dor lancinante lhe apunhalou a nádega.

– Você tem… alguma coisa… Uísque? Rum?

Se ele pelo menos conseguisse se levantar… A mulher, no entanto, balançou a cabeça.

– Desculpe, amigo. Não tenho nem cerveja de mesa. Nem leite para as crianças – acrescentou, com certa amargura. – O exército levou as minhas cabras.

A mulher não disse qual exército, mas ele supôs que não importava muito. Soltou um murmúrio de desculpas, para o caso de terem sido os continentais ou a milícia, então se abaixou, respirando com força. Isso havia acontecido três vezes antes: a mesma dor súbita e lancinante, a incapacidade de se mover. Uma vez levou quatro dias para recomeçar a andar, e meio manco. Nas outras duas, conseguira se levantar depois de dois dias e, por mais que tivesse passado semanas sentindo pontadas esporádicas, fora capaz de caminhar, ainda que lentamente.

– O senhor está passando mal? Eu tenho xarope de ruibarbo – ofereceu ela.

Ele conseguiu abrir um sorriso e balançar a cabeça.

– Obrigado, madame. É só uma fisgada nas costas. Quando passar, vai ficar tudo bem.

A questão era que, *até* passar, Jamie estava completamente indefeso, e a constatação desse fato lhe trouxe uma sensação de pânico.

– Ah.

A mulher hesitou por um instante, mas o bebê começou a choramingar e ela se virou para pegá-lo. Uma garotinha saiu engatinhando da cama e o encarou curiosa. Jamie estimou que tinha 5 ou 6 anos.

– O senhor vai ficar para o jantar? – perguntou a menina, em tom alto e preciso, franzindo o cenho para ele. – O senhor parece que come bastante.

Ele recalculou a idade da garota para uns 8 ou 9, então sorriu para ela. Ainda suava, cheio de dor, mas já estava melhorando.

– Não vou comer sua comida, *a nighean* – garantiu à menina. – Para falar a verdade, tem um bom pedaço de pão e charque naquela bolsa. São seus. – Ela o encarou com os olhos redondinhos. – Digo, da sua família.

A menina olhou para a bolsa com avidez, engolindo a saliva que se formou em sua boca. Ao ouvir o barulhinho, Jamie sentiu um aperto no coração.

– Pru! – sussurrou ela, virando-se com urgência para a mesa. – Comida!

Outra menininha saiu engatinhando e se plantou ao lado da irmã. As duas eram magras feito postes, mas fora isso não se pareciam muito.

– Eu ouvi – disse a recém-chegada à irmã, lançando um olhar solene para Jamie.

– Não beba o xarope de ruibarbo da mãe – advertiu a menina. – Faz cagar que nem rojão. Se você não conseguir chegar à privada, vai...

– Prudence!

Prudence se calou, obediente, mas seguiu encarando Jamie com interesse. Sua irmã se ajoelhou, vasculhou sob a cama e saiu com o penico da família, um objeto caseiro de cerâmica marrom que ela apresentou, com o semblante sério, para inspeção dele.

– Se o senhor precisar, nós nos viramos...

– Patience!

De rosto vermelho, a sra. Hardman tirou o penico das mãos da filha e mandou as duas em silêncio para a mesa. Depois, após se certificar de que Jamie estava falando sério, pegou o pão, a carne e as maçãs da bolsa e dividiu tudo meticulosamente em três partes: duas porções maiores para as meninas e uma menor para si, que guardou para depois.

Ela havia deixado o penico no chão, ao lado da cama. Enquanto o acomodava com cuidado sobre o colchão de palha de milho, viu as letras pintadas em branco no fundo. Estreitou os olhos para enxergar à luz fraca, então sorriu. Era um ditado em latim, em torno de uma abelha muito bem desenhada, com expressão jovial, que dava uma piscadela. *Iam apis potanda fineo ne.*

Jamie já havia se deparado com aquele gracejo. O bordel em Edimburgo onde certa vez arrumara um quarto era todo equipado com penicos ostentando uma variedade de expressões em latim, a maioria lascivas, algumas apenas engraçadinhas. *Era* uma frase em latim, bem bobinha. "Não vá beber a abelhinha." No entanto, se lida considerando os fonemas do inglês e ignorando o espaçamento original, a mensagem era "*I am a piss pot and a fine one*", ou seja, "Eu sou um penico dos bons para mijar". Ele olhou para a sra. Hardman, desconfiado, mas achou que não devia ser obra dela. O ausente sr. Hardman devia ser um homem instruído – *Ou talvez tenha sido um homem instruído*, pensou ele, dada a óbvia pobreza daquela casa. Sem se dar conta, Jamie se atormentou com o pensamento.

A bebê havia acordado e se remexia no berço, fazendo barulhinhos, tal e qual uma raposinha. A sra. Hardman pegou a criança no colo. Com um dos pés, empurrou uma cadeira de amamentação surrada para perto do fogo. Deitou por um instante a bebê na cama ao lado de Jamie, abriu a blusa com uma das mãos e, com a outra, resgatou, em um movimento automático, uma maçã que rolou para a borda da mesa, empurrada pelo cotovelo de uma das garotinhas.

A bebê estalou os lábios, faminta como as irmãs.

– Então esta deve ser a pequena Chastity? – perguntou Jamie.

O queixo da sra. Hardman desabou.

– Como é que o senhor sabe o nome da criança?

Ele olhou para Prudence e Patience, que, em silêncio, roubavam pão e o enfiavam na boca o mais depressa que podiam.

– Bom, o nome de suas outras filhas significam "prudência" e "paciência". Acho que foi um bom palpite imaginar que o de sua caçula significaria "castidade" – retrucou ele, em tom doce. – A pequena está toda molhada. A senhora tem um paninho seco para ela?

Havia dois pedaços de pano surrados pendurados em frente ao fogo, para secar. A sra. Hardman foi pegar um e, quando voltou, percebeu que Jamie já havia desalfinetado a fraldinha molhada da pequena e limpado o cocô de seu bumbum, segurando seus pequeninos tornozelos com uma das mãos.

– Estou vendo que o senhor tem filhos.

De sobrancelhas erguidas, a sra. Hardman pegou o paninho sujo, agradecendo com um meneio de cabeça, e o largou em um balde cheio de água e vinagre que havia no canto oposto do recinto.

– E netos – disse ele, remexendo um dedo na frente do narizinho da pequena Chastity. Ela gorgolejou e envesgou os olhinhos, chutando as perninhas com empolgação. – Sem falar em seis sobrinhos e sobrinhas.

Onde será que estão Jem e a pequena Mandy? Será que a pobrezinha está respirando bem agora? Com delicadeza, ele fez cócegas no pezinho rosado da menina, recordando a coloração azulada, dilacerante e estranhamente bela nos dedinhos perfeitos de Mandy, de juntas longas, graciosos feito os de um pequeno girino.

"São iguaizinhos aos seus", dissera Claire, correndo a unha bem de leve na sola do pezinho de Mandy, fazendo o polegar se afastar subitamente dos outros. Como era mesmo o nome daquilo?

Ele tentou repetir o feito e sorriu, encantado, ao ver o mesmo acontecer com os dedinhos gorduchos de Chastity.

– Babinski – disse ele à sra. Hardman, com uma sensação de profunda satisfação ao recordar o nome. – É como se chama quando o polegar de um bebezinho faz isso. Reflexo de Babinski.

A sra. Hardman parecia estupefata. Ficou muito mais quando ele, muito habilmente, alfinetou a fraldinha limpa e enrolou a pequena Chastity no cobertorzinho limpo. Pegou a bebê das mãos dele e, com o semblante meio indeciso, afundou-se na cadeira e puxou o xale surrado por sobre a cabeça da pequenina.

Incapaz de virar o corpo depressa, Jamie fechou os olhos para dar a ela a maior privacidade que podia.

11

PAOLI VIVE!

Era difícil limpar o suor com as mãos atadas, e era impossível evitar que o sal lhe ardesse o olho ferido, tão inchado e lacerado que ele não conseguia fechar direito. O suor corria por seu rosto em um fluxo constante, pingando no queixo. John Grey piscou, em uma tentativa vã de clarear a visão, tropeçou em um galho caído e se esborrachou no chão.

Os que iam atrás dele na trilha estreita pararam abruptamente com o ruído de uma breve colisão e o clangor de armas e cantis, confusão e impaciência. Mãos brutas o agarraram outra vez.

– Olhe por onde anda, milorde – limitou-se a dizer o homem alto e magro incumbido de escoltá-lo, em tom de voz suave, dando-lhe um cutucão, não um empurrão, para que seguisse em frente.

Encorajado pela prova de consideração, Grey agradeceu ao homem e perguntou seu nome.

– Eu? – O homem parecia surpreso. – Ah. Bumppo. Natty Bumppo. Mas o pessoal costuma me chamar de Olho de Águia.

– Nem imagino por quê – respondeu Grey, meio entre dentes. Ele fez uma mesura, da melhor maneira que pôde enquanto caminhava, e meneou a cabeça para o comprido rifle que balançava em uma tira nas costas do homem. – Seu servo, senhor. Deduzo que seja um excelente atirador?

– Creio que seja uma boa dedução – respondeu Bumppo, com bom humor. – Por quê? Quer que eu atire em alguma coisa? Ou em alguém?

– Estou preparando uma lista – respondeu Grey. – Aviso quando estiver completa. Ele sentiu, mais do que ouviu, a risada do outro homem.

– Deixe eu adivinhar quem é o primeiro da sua lista… O grandalhão escocês que fez isso no seu rosto?

– Ele está bem lá no alto da lista mesmo.

Para ser sincero, Grey não sabia direito quem preferia ver abatido antes: Jamie Fraser ou seu irmão desgraçado. Talvez Hal. A grande ironia é que Grey poderia culpar indiretamente Hal caso fosse fuzilado. Felizmente, seus captores pareciam bastante convencidos de que a forca era um método mais eficaz.

Isso o fazia recordar a conversa incômoda que havia precedido sua perseguição na floresta, em uma trilha de cervos tomada por arbustos espinhosos, galhos baixos, carrapatos e moscas do tamanho de seu polegar.

– Por acaso você sabe o que ou quem é… Paoli, sr. Bumppo? – perguntou ele, com educação, chutando um cone de pinho do caminho.

– Paoli? – retrucou o homem, a voz tomada de assombro. – Ora, homem, você está mesmo perdido, hein?

– Aparentemente – respondeu Grey, comedido.

– Certo – avaliou Bumppo, ajustando as passadas compridas às de Grey, mais curtas. – Ora, foi um ataque muito conhecido, sem sombra de dúvida. Seu parente, o major-general Grey, e suas tropas realizaram uma emboscada noturna no acampamento onde se encontravam os homens do general Wayne. Grey não quis arriscar que uma pederneira desgarrada começasse a faiscar e os entregasse, então ordenou que os homens tirassem toda a pólvora de suas pedras e usassem as baionetas. Partiu para cima dos americanos e atacou a sangue-frio quase cem homens que estavam dormindo, na base da baioneta!

– Sério? – Grey tentava unir o relato a qualquer recente batalha da qual *ele* soubesse, mas não conseguiu. – E… Paoli?

– Ah. Esse é o nome da taverna lá perto… Taverna do Paoli.

– Ah. E onde fica? Em termos geográficos, digo. E quando exatamente aconteceu essa batalha?

Bumppo projetou os lábios tenazes, pensativo, então os recolheu.

– Perto de Malvern, em setembro passado. Chamaram de Massacre de Paoli – acrescentou, meio duvidoso.

– Massacre? – repetiu Grey.

A situação havia acontecido antes de sua chegada, mas ele já tinha ouvido falar. Brevemente, claro, e não em termos de massacre. Por outro lado, a percepção de um mesmo evento poderia ser diferente, dependendo da posição de cada um. William Howe comentara a respeito em um tom aprovador, como um conflito bem-sucedido, no qual tropas britânicas em pouquíssimo número haviam afugentado uma divisão americana inteira, perdendo apenas sete homens.

Bumppo parecia compartilhar da opinião de Grey sobre a natureza retórica do nome, apesar de ser ainda uma terceira perspectiva.

– Bom, você sabe como o povo fala – disse ele, dando de ombros. – Não é o que *eu* chamaria de um massacre, mas, por outro lado, não tem muita gente que já viu um.

– Você já viu? – Olhando o rufião alto e barbudo, Grey pensou ser mesmo provável.

– Fui criado como índio – disse Bumppo, com visível orgulho. – Pelos moicanos, já que meus pais morreram quando eu era bem pequeno. Então, sim, vi um ou dois massacres.

– Mesmo? – indagou Grey, cuja educação inata o forçava a convidar o homem a elaborar, caso quisesse.

Além do mais, aquilo faria passar o tempo. Os dois pareciam estar caminhando havia horas e horas. Não que Grey estivesse muito ansioso pela chegada…

Sendo assim, as recordações do sr. Bumppo foram um passatempo útil. Tão útil que Grey ficou surpreso quando o cabo Woodbine, na liderança, pediu que a companhia parasse à beira de um acampamento muito amplo. Grey, contudo, parou com satisfação. Estava usando sapatos urbanos, nada adequados para o campo, que já lhe haviam triturado as meias e agora roçavam seus pés, ensanguentados e cheios de bolhas.

– Batedor Bumppo – disse Woodbine, com um breve aceno de cabeça para o companheiro de Grey. – Conduza a companhia até a casa de Zeke Bowen. Eu entrego o prisioneiro ao coronel Smith.

A declaração suscitou a vocalização de um descontentamento, pelo qual Grey concluiu que a companhia gostaria muito de ir com Woodbine, de modo a não perder a execução de Grey, a qual esperavam secretamente que ocorresse nos instantes seguintes à sua entrega ao supramencionado coronel Smith. Woodbine, porém, estava muitíssimo convicto, então a milícia se afastou da condução de Natty Bumppo com resmungos e xingamentos democráticos.

Woodbine observou o grupo, então se levantou, removeu uma lagarta desgarrada da frente de seu casaco surrado e ajeitou o escandaloso quepe.

– Bom, tenente-coronel Grey. Podemos ir?

As recordações de Natty Bumppo a respeito da condução adequada de um massacre haviam deixado Grey com a sensação de que talvez, em comparação, a forca não fosse de fato a pior maneira de morrer. No entanto, por mais que não tivesse testemunhado nenhum massacre de primeira linha, vira, muito de perto, alguns enforcamentos. Era uma lembrança que lhe secava a garganta. O olho não havia parado de escorrer por completo, mas tinha diminuído. Sua pele, porém, estava esfolada e inflamada, e o inchaço lhe trazia a desconfortável sensação de uma enorme deformação na cabeça. Ainda assim, Grey se levantou e caminhou, muito resoluto, até a tenda de lona surrada adiante do subalterno Woodbine.

O coronel Smith ergueu os olhos de sua mesinha de colo, assustado com a intrusão – embora não tão assustado quanto Grey.

Ele vira Watson Smith pela última vez fazia dois anos, na sala de estar de sua cunhada, em Londres, comendo sanduíche de pepino e vestindo um uniforme de capitão do regimento real de East Kent.

– Sr. Smith – disse, depois de recuperar a sanidade. Curvou-se em uma mesura bastante correta. – Seu servo, senhor.

Ele não se deu ao trabalho de suavizar a agressividade da voz, nem da expressão. Sentou-se em um banquinho, mesmo sem ser convidado, e encarou Smith quanto pôde, com apenas um olho.

Smith ruborizou, mas inclinou um pouco o corpo, recompondo-se antes de responder, e retribuiu com interesse o olhar de Grey. Não era um homem grande, mas tinha os ombros largos e uma considerável presença de espírito. Grey sabia que ele era um soldado muito competente. Competente o bastante para não responder direto para Grey, mas para o cabo Woodbine.

– Cabo, o que esse cavalheiro está fazendo aqui?

– Este é o tenente-coronel lorde John Grey, senhor – respondeu Woodbine.

Quase explodindo de orgulho por tê-lo capturado, ele depositou sobre a delicada mesa a autorização do rei para Grey e o bilhete anexo de Graves, com os modos de um mordomo apresentando a integrantes da monarquia um faisão assado com olhos de diamante.

– Nós o encontramos na floresta perto da Filadélfia. Sem uniforme. – Ele pigarreou, para enfatizar. – E ele admite ser primo do major-general Charles Grey. O senhor sabe... o Massacre de Paoli.

– Ah, é? – Smith apanhou os papéis, mas ergueu a sobrancelha para Grey. – O que ele estava fazendo lá?

– Sendo espancado pelo coronel Fraser, senhor. Fraser faz parte dos Rifles de Morgan. Foi o que ele disse – acrescentou Woodbine, com menos certeza.

Smith estava impassível.

– Fraser? Creio que não o conheço. – Voltando a atenção a Grey, dirigiu-se a ele pela primeira vez. – *Você* conhece o coronel Fraser... coronel Grey?

A hesitação proposital falava mais alto do que tudo. Bom, ele não esperava nada diferente. Com o antebraço, Grey limpou o nariz como pôde e se empertigou no assento.

– Eu me recuso a responder às suas perguntas. São deveras impróprias. O senhor conhece meu nome, posto e regimento. Tirando isso, meus assuntos dizem respeito somente a mim.

Smith o encarou, de olhos semicerrados. Os olhos de Smith eram bastante atraentes, de um cinza-claro, com sobrancelhas e cílios pretos, muito dramáticos. Grey os havia percebido quando o homem fora tomar chá com Minnie.

Woodbine tossiu.

– Ahn... O coronel Fraser falou que o homem era prisioneiro dele, senhor. Mas não disse por quê. Quando eu pressionei, ele... foi embora. Foi quando revistamos o lorde aqui... e encontramos os papéis.

– Ele foi embora – repetiu Smith, com cuidado. – E o senhor permitiu que ele fosse embora, cabo?

Woodbine parecia menos confiante de sua conduta, mas Grey viu que ele não era do tipo que se acovardava com facilidade. O cabo baixou a fronte e retribuiu o olhar a Smith.

– Só teria como impedi-lo se largasse um tiro no homem... senhor – acrescentou, inexpressivo.

Smith começou a ficar levemente vermelho e Grey teve a nítida impressão de que o inglês estava achando o novo comando bem diferente do que estava acostumado.

Sem dúvida as acomodações eram. Enquanto o uniforme continental de Smith era refinado e bem-cuidado e a peruca se encontrava em bom estado, a tenda grande era esfiapada em uns pontos e remendada em outros, parecendo já ter sobrevivido a inúmeras campanhas. *Não é de todo ruim*, pensou Grey, fechando os olhos e sentindo a leve brisa noturna que adentrava as paredes da tenda, aliviando o calor sufocante. Estava com uma dor de cabeça considerável, e o menor alívio já era bem-vindo.

– Muito bem, cabo – disse Smith depois de um instante, tendo evidentemente tentado, sem sucesso, pensar em uma nova pergunta. – Muito bem – acrescentou, oferecendo um elogio meio tardio.

– Obrigado, senhor – respondeu Woodbine, nas nuvens, obviamente sem querer entregar sua empolgação. – Se me permite a pergunta… O que pretende fazer com o prisioneiro?

Grey entreabriu os olhos, interessado em ouvir a resposta. Smith o encarou de um jeito vagamente predador. O vira-casaca sorriu.

– Ah, eu vou pensar em alguma coisa, cabo Woodbine – respondeu. – Está dispensado. – Boa noite.

Smith se levantou, caminhou até Grey e se inclinou para observar seu rosto. Grey sentiu o cheiro de suor, forte e almiscarado.

– Está precisando de um médico? – perguntou ele, impassível, porém não hostil.

– Não – respondeu Grey.

Sua cabeça e seu corpo doíam profundamente, e ele se sentia tonto, mas duvidava de que um médico pudesse fazer algo a respeito. Depois da prolongada convivência com Claire e suas opiniões, confiava muito menos nos médicos do que antes. Para começo de conversa, jamais confiara muito.

Smith assentiu. Levantou-se, avançou até um baú de campanha surrado e apanhou duas canecas de peltre, cheias de mossas, e uma garrafa de pedra, contendo o que se mostrou ser sidra. Serviu duas doses generosas e os dois permaneceram sentados, em silêncio, bebendo.

Como estava perto do solstício de verão, ainda estava claro lá fora, embora Grey ouvisse a barulheira de um acampamento iniciando sua rotina noturna. Um burro zurrou bem alto e várias outros responderam. Carroções, então… talvez artilharia? Ele respirou fundo. Uma companhia de artilharia possuía um odor muito específico, uma espécie de suor destilado, pólvora e metal quente, muito mais pungente do que o cheiro de uma companhia de infantaria com seus mosquetes – o aroma de ferro em brasa a se infiltrar nas roupas e na alma de um artilheiro.

O que vinha até ele não era o fedor de armas, mas um cheiro de carne assada. Pairou pela tenda e seu estômago roncou bem alto. Não pusera nada na barriga desde a cerveja, que fora a preliminar de uma antecipada refeição. Pensou ter visto a boca de Smith se remexer um pouco frente ao roncado, mas o coronel ignorou, educadamente.

Smith terminou de beber, encheu outra vez as duas canecas e soltou um pigarro.

– Não vou bombardeá-lo com perguntas, já que não deseja respondê-las – disse, com cuidado –, mas, no interesse de uma conversa educada, se quiser perguntar qualquer coisa a meu respeito, não vou me ofender.

Grey abriu um sorriso torto.

– Muito gracioso da sua parte, senhor. Gostaria de justificar sua presente lealdade a mim? Asseguro que é desnecessário.

Pequeninas placas vermelhas surgiram no mesmo instante nas bochechas de Smith.

– Não foi minha intenção, senhor – disse ele, com rigidez.

– Então eu peço desculpas – respondeu Grey, e deu mais uma golada.

A sidra, forte e doce, suavizava as pontadas de fome, bem como a dor na lateral do corpo, embora fosse claro que não estava ajudando muito a tontura.

– Que tipo de pergunta o senhor achou que eu fosse fazer? – acrescentou Grey. – Qual é o estado atual do Exército Continental? Eu poderia deduzir isso com facilidade, imagino, a julgar pelo estado dos cavalheiros que me capturaram e por... outras evidências.

Ele correu os olhos deliberadamente em torno da tenda, observando o pote de cerâmica lascado debaixo do beliche torto e o pedaço de linho sujo escapando de uma valise no canto. Era evidente que Smith não tinha um criado, ou este era um incompetente. Por um instante, Grey sentiu uma pontada de nostalgia por Tom Byrd, o melhor valete que já tivera.

O rubor de Smith havia desaparecido. Ele soltou uma risadinha irônica.

– Presumo que poderia. Não é um segredo. Não, imaginei que você estivesse curioso quanto ao que pretendo fazer com você.

– Ah, *isso*. – Grey baixou a caneca e esfregou a testa com delicadeza, tentando não tocar a área inchada em torno do olho. – Francamente, na surpresa de ver o senhor, eu tinha me esquecido. Na surpresa... e no prazer de sua agradável hospitalidade – acrescentou, erguendo a caneca, sem ironia. – O cabo Woodbine e seus homens parecem defender o meu enforcamento imediato, tanto sob acusação de espionagem quanto sob outra, mais séria, de relacionamento com o major-general Charles Grey, que deduzo ter cometido uma atrocidade em um lugar chamado Paoli.

Smith franziu o cenho.

– O senhor nega ser um espião?

– Não seja ridículo, Smith. Eu sou um tenente-coronel. Por que estaria espionando um matagal deserto? Bom, deserto até o surgimento de Woodbine e seus homens.

A xícara de Grey estava vazia. Ele a encarou, pensando como aquilo havia acontecido. Com um breve suspiro, Smith a encheu outra vez.

– Além disso – acrescentou Grey –, eu não estava portando nenhum documento de informação, nenhuma mensagem secreta... nenhuma prova de espionagem.

– O senhor memorizou qualquer informação recebida, claro – disse Smith, cínico e bem-humorado. – Eu recordo que o senhor tem uma memória impressionante.

– E soltou um pequeno resmungo, que talvez pudesse ser um risinho abafado. – "Assim diz Sally, de ágil mão, agarrando seu membro sem hesitação…"

A bem da verdade, a memória de Grey era mesmo muito boa. Boa o bastante para recordar um jantar ao qual diversos oficiais de diferentes regimentos haviam sido convidados. Com os cavalheiros reunidos, Grey – a pedidos e sob estrondosos aplausos – recitara de cor uma das mais longas e escabrosas odes do infame *Certos versos acerca de Eros*, de Harry Quarry, cujas cópias ainda eram avidamente procuradas e compartilhadas às escondidas entre os círculos da sociedade, embora o livro tivesse sido publicado havia quase vinte anos.

– Que diabo há para *espionar*? – indagou ele, percebendo tarde demais a armadilha lógica. Smith deu um meio sorriso.

– Espera que eu lhe diga?

Porque a resposta, naturalmente, era que toda a força de Washington decerto estava avançando ali por perto, posicionando-se para a movimentação rumo à Filadélfia. E muito possivelmente para um ataque às tropas de Clinton, que batiam em retirada.

Grey dispensou a pergunta de Smith como retórica e assumiu outra estratégia, ainda que perigosa.

– Woodbine interpretou corretamente as circunstâncias nas quais me encontrou – disse ele. – Está claro que não fui pego em flagrante pelo coronel Fraser, visto que ele simplesmente teria me levado preso, como fez o cabo Woodbine.

– O senhor está afirmando que marcou um encontro com o coronel Fraser, para trocarem informações?

Deus do céu. Ele sabia que a tática era perigosa, mas não havia previsto *essa* possibilidade – de que Jamie Fraser pudesse levar a suspeita de ser seu aliado. Era claro, porém, que Smith estaria propenso a tal possibilidade, dada sua mudança de lealdades.

– Decerto que não – respondeu Grey, permitindo-se um tom meio áspero. – O encontro que o cabo Woodbine presenciou foi de natureza puramente pessoal.

Smith, que com certeza sabia uma coisa ou outra sobre interrogatórios, ergueu uma sobrancelha para ele. Grey também sabia uma coisa ou outra, então se recostou, bebericando a sidra sem preocupação, embora bastante certo de que sua declaração havia esclarecido a questão.

– Eles provavelmente *vão* enforcar você – disse Smith, depois de uma pausa adequada.

Smith falava em tom displicente, com olhos fixos no líquido âmbar enquanto tornava a preencher as duas canecas.

– Depois do que Howe disse ao capitão Hale? – acrescentou ele. – Mais ainda, depois de Paoli? Charles Grey é seu primo, não é?

– De segundo ou terceiro grau, sim.

Grey conhecia o homem, embora não transitassem pelos mesmos círculos sociais e militares. Charles Grey, mais do que um soldado, era um assassino profissional com cara de porco. E, por mais que ele duvidasse de que o Massacre de Paoli tivesse sido exatamente como foi descrito, conhecia as impiedosas táticas de Charles com as baionetas em Culloden. Mas o cenário continuava estranho. Afinal de contas, que espécie de idiotas se deitaria no chão e esperaria por golpes de baioneta na cama? Porque, nem por um instante, ninguém considerou que uma coluna de infantaria fosse capaz de invadir um acampamento no meio da noite, sorrateira, sem dar indícios de sua presença, a uma distância que permitisse o ataque com baionetas?

– Bobagem – disse Grey, com o máximo de confiança possível. – Seja lá o que alguém possa pensar do alto-comando americano, duvido que seja composto totalmente por idiotas. Minha execução não surtiria efeito nenhum, mas minha troca talvez pudesse ter algum valor. Meu irmão de fato tem certa influência.

Smith sorriu, não sem compaixão.

– Excelente argumento, lorde John, e tenho certeza de que o general Washington o veria com bons olhos. Infelizmente, o Congresso e o rei permanecem numa disputa idiota pela questão da troca. No presente momento, não há mecanismo que possibilite a permuta dos prisioneiros.

Isso o atingiu bem na boca do estômago. Ele sabia que não havia canais oficiais de troca; fazia meses que estava tentando trocar William.

Smith virou a garrafa de cabeça para baixo, deixando as últimas gotas de âmbar caírem na caneca de Grey.

– O senhor costuma ler a Bíblia, coronel Grey?

Grey o encarou, impassível.

– Não com frequência. Mas já li, sim. Umas partes. Bom… uns trechinhos. Por quê?

– Fiquei pensando… O senhor tem familiaridade com o conceito de bode expiatório?

Smith se balançou um pouco no banquinho, encarando Grey com seus olhos fundos e amáveis, que pareciam guardar certa compaixão. Talvez fosse apenas a sidra.

– Porque eu receio que seja onde se concentram os valores do seu chefe, coronel. Não é nenhum segredo que o Exército Continental esteja em péssimas condições, sem dinheiro e tomado pela desilusão e pela deserção. Nada encorajaria e uniria mais as tropas ou enviaria uma mensagem mais potente ao general Clinton do que o julgamento e a execução pública de um oficial britânico de alto escalão, espião condenado e muitíssimo íntimo do famigerado Grey "zero pólvora".

Ele arrotou de leve, os olhos ainda fixos em Grey.

– O senhor perguntou o que eu pretendia fazer com o senhor.

– Não perguntei, não.

Smith ignorou a resposta, mirando-lhe o dedo comprido e nodoso.

– Vou enviá-lo ao general Wayne, que, acredite, tem "Paoli" tatuado no coração.

– Que doloroso para ele – respondeu Grey, com educação, e esvaziou a caneca.

12

EINE KLEINE NACHTMUSIK

O interminável dia relutantemente chegava ao fim, e o calor começava a abrandar pela floresta, junto à luz minguante. Ele não imaginava ser levado ao general Wayne, a menos que o digníssimo estivesse bem ali por perto, mas ele achava que não. Pelo barulho, o acampamento era pequeno. E, pelo visto, o coronel Smith era o oficial de mais alta patente ali.

Smith havia lhe pedido, *pro forma*, que fizesse um acordo para ser libertado, e ficara estupefato quando Grey, com muita educação, recusou.

– Sou um oficial britânico devidamente comissionado – explicou Grey. – Portanto, é meu dever fugir.

Smith o encarou. A luz fraca projetava sombras ambíguas em seu rosto, de modo que Grey não soube ao certo se ele estava ou não lutando contra o ímpeto de sorrir. Provavelmente não.

– Você não vai fugir – disse ele, categórico, e saiu.

Do lado de fora da tenda, Grey pôde ouvir uma discussão breve e acalorada, conduzida aos sussurros, a respeito do que fazer com ele. Um acampamento de milícia itinerante não tinha acomodações para prisioneiros. Grey se divertiu imaginando um cenário em que Smith fosse obrigado a dividir com ele seu estreito catre, em prol do interesse de manter o prisioneiro sob vigia.

No fim, um cabo trouxe um par de algemas enferrujadas, que mais pareciam ter sido usadas na Inquisição espanhola, e levou Grey até os limites do acampamento. Lá, um soldado, que talvez tivesse histórico como ferreiro, as uniu com um martelo pesado, usando uma pedra achatada como bigorna.

Ajoelhado no chão, sob o crepúsculo, com um grupo de milicianos interessados reunidos em círculo o observando, ele teve as sensações mais estranhas. Foi forçado a se inclinar para a frente, agachado, as mãos diante do corpo, como se estivesse prestes a ser decapitado. Os golpes do martelo ecoaram pelo metal, entranhando-se nos ossos de seus punhos e mãos.

Ele manteve os olhos fixos no martelo, não só por medo de que o ferreiro errasse a mira e esmagasse uma de suas mãos devido à pouca luz. Meio inebriado e com um medo crescente e cada vez mais profundo que não gostaria de admitir, Grey se sentiu rodeado por uma mistura de ódio e curiosidade, como se antecipasse uma forte tempestade. A eletricidade dominava sua pele, e a ameaça da aniquilação pelos raios era tão próxima que ele sentia seu odor pungente, imiscuído à pólvora e ao cheiro acre e pesado de suor masculino.

Ozônio. Sua mente avaliou a palavra, uma breve fuga da racionalidade. Era assim que Claire chamava o cheiro do relâmpago. Ele dissera a ela que pensava vir do grego *ozon*, particípio presente neutro de *ozein*, que significava "cheirar".

Metodicamente, Grey começou a repassar toda a conjugação. Quando chegasse ao fim, eles já teriam acabado. *Ozein*, cheirar. Eu cheiro...

Ele sentia o cheiro do próprio suor, forte e doce. Houve um tempo em que a decapitação era considerada uma boa maneira de executar alguém. A forca era vergonhosa, morte de plebeus, de criminosos. Mais lenta. Isso era um fato, ele sabia.

Um derradeiro e reverberante golpe, e um som visceral de satisfação dos homens que observavam. Ele era um prisioneiro.

Sem outro abrigo além das palhoças e lonas que os milicianos haviam estendido junto às fogueiras, Grey foi levado de volta à grande e esfarrapada tenda de Smith. Depois de ser alimentado, de maneira automática e sem reparar no que botava para dentro, ele foi preso ao suporte da tenda por uma corda fina e comprida, passada pela corrente de suas algemas, com extensão suficiente para que ele se deitasse ou usasse o penico.

Por insistência de Smith, aceitou o catre e se deitou, com um leve grunhido de alívio. A cada batimento cardíaco, suas têmporas e o lado esquerdo de seu rosto latejavam, irradiando pontadas de dor muito desagradáveis até os dentes de cima. A dor na lateral do corpo estava mais fraca; havia se transformado em uma dorzinha mais fina, quase insignificante. Por sorte, estava tão cansado que o sono se sobrepôs ao desconforto, e adormeceu com uma sensação de profunda gratidão.

Algum tempo depois, acordou, em completa escuridão, empapado de suor, o coração acelerado por conta de algum pesadelo desesperador. Ergueu a mão para afastar o cabelo molhado do rosto e sentiu o doloroso peso das algemas, que havia esquecido. Elas retiniram, e a silhueta escura de um guarda despontou por sobre o brilho da fogueira, na entrada da tenda. O guarda se virou na direção dele, mas relaxou ao vê-lo se ajeitar no catre, fazendo tilintar ainda mais as algemas.

Porcaria, pensou ele, meio grogue de sono. *Não posso nem me masturbar se quiser.* A ideia o fez rir, mas felizmente o som saiu apenas como um resfôlego.

Perto dele, alguém se remexeu. Um som pesado e farfalhante. Smith, imaginou ele, dormindo em um saco de lona recheado de grama. Grey sentia o odor de feno seco, levemente embolorado em meio ao ar úmido. O saco de lona era distribuído a todos do Exército Britânico. Smith decerto o havia guardado, com a tenda e outros equipamentos, e trocara apenas o uniforme.

Por que ele tinha virado a casaca?, refletia Grey, espiando a silhueta arqueada de

Smith, visível apenas sob a lona clara. Promoção? Ávidos como estavam por solda-dos profissionais, os continentais ofereciam subida de posto como incentivo. Um ca-pitão do Exército europeu poderia assumir qualquer posto entre major e general em um piscar de olhos, sendo que a única forma de crescer na carreira na Inglaterra era tendo dinheiro para pagar.

No entanto, o que era um posto sem pagamento? Grey já não era espião, mas um dia fora, e ainda conhecia homens que haviam trabalhado nessa soturna área. Pelo que ouvira, o Congresso americano não tinha dinheiro e dependia de emprés-timos – de valor imprevisível e frequência irregular. Uns de origem francesa ou es-panhola, embora os franceses, claro, não admitissem. Uns descendentes de agiotas judeus, pelo que tinha contado um de seus correspondentes. *Salomon, Solomon... algum nome assim.*

Suas reflexões aleatórias foram interrompidas por um barulho que o fez se emper-tigar. Uma risada de mulher.

Havia mulheres no acampamento, esposas que acompanharam o marido à guerra. Ao ser conduzido pelo acampamento, Grey reparou em algumas. Uma delas tinha le-vado o jantar, encarando-o com olhar suspeito por sob a touca. Ele, porém, sentiu que *conhecia* aquela risada... profunda, gorgolejante e desavergonhada.

– Meu Deus – sussurrou ele, entre dentes. – Dottie?

Não era impossível. Engoliu em seco, tentando escutar por sobre a miríade de ruídos do lado de fora. Denzell Hunter era cirurgião dos continentais e Dottie, para horror de seu irmão, primo e tio, havia se unido ao grupo de seguidores do acampamento em Valley Forge para poder ajudar o noivo, embora fosse regular-mente à Filadélfia visitar seu irmão Henry. Se as forças de Washington estavam avan-çando – e era evidente que estavam –, era possível que houvesse um cirurgião entre aqueles homens.

Uma voz alta e clara se ergueu, indagativa. Uma voz inglesa, e não era do povo. Ele apurou os ouvidos, mas não conseguiu distinguir as palavras. Desejou que ela risse outra vez.

Se fosse Dottie... Ele respirou fundo, tentando pensar. Não podia chamar a atenção da moça. Notou a hostilidade de cada um dos homens do acampamento. Deixar claro que a conhecia poderia ser perigoso tanto para ela quanto para Denzell, e certamente não ajudaria Grey. Mesmo assim, precisava arriscar. Eles o tirariam dali no dia seguinte de manhã.

Por pura incapacidade de pensar em algo melhor, Grey se sentou no catre e co-meçou a cantar "Die Sommernacht". Bem baixinho, a princípio, mas aos poucos ganhando força e volume. Ao chegar ao verso "In den Kulungen wehn", a plenos pul-mões, em seu vozeirão de tenor, Smith se sentou, sobressaltado, feito um boneco despontando de uma caixinha.

– *Hein?* – perguntou ele, espantadíssimo.

– So umschatten mich Gedanken an das Grab
Meiner Geliebten, und ich seh' im Walde
Nur es dämmern, und es weht mir
Von der Blüte nicht her.

Grey prosseguiu, reduzindo um pouco o volume. Não queria que Dottie, caso fosse ela mesma, ficasse curiosa a ponto de ir até lá olhar. Queria apenas que tomasse ciência de sua presença. Ele ensinara aquele *lied* à moça quando ela tinha 14 anos e ela costumava entoá-lo nos musicais.

– Ich genoß einst, o ihr Toten, es mit euch!
Wie umwehten uns der Duft und die Kühlung,
Wie verschön warst von dem Monde,
Du, o schöne Natur!

Ele parou e tossiu um pouco.

– Po-Posso beber um pouco d'água, co-coronel? – perguntou Grey, gaguejando um pouco, como se ainda estivesse bêbado.

Descobriu, na verdade, que estava.

– Se eu lhe trouxer água, essa cantoria vai continuar? – retrucou Smith, muito desconfiado.

– Não, acho que já terminei – garantiu Grey. – Não consegui dormir, sabe? Bebi demais… mas acho que cantar acalma mu-muito a cabeça.

– Ah, é?

Smith soltou um suspiro forte, mas se levantou, cambaleante, e apanhou a jarra d'água na bacia. Grey sentia o homem reprimindo o ímpeto de atirar todo o conteúdo nele, mas Smith era um homem de personalidade. Limitou-se a estender a jarra para que ele bebesse, então a recolocou no lugar e voltou para a cama, com uns resmungos de irritação.

O *lied* havia suscitado comentários no acampamento. Algumas almas musicais, inspiradas pela cantoria, começaram a entoar canções: de uma versão muito terna e pungente de "Greensleeves" a "Chester". Grey gostou bastante do concerto, embora fosse apenas por exercício de sua forte personalidade que ele não sacudiu as algemas no fim de: "Que os tiranos balancem suas varas de aço, e a escravidão tilinte suas amargas correntes."

Ainda embalado pela cantoria, caiu no sono outra vez e foi invadido por sonhos ávidos e fragmentados, os espaços vazios de sua mente tomados pela espuma da sidra.

Chestnut Street, 17

O sino da igreja presbiteriana bateu as doze badaladas à noite, mas a cidade não dormia. Os sons agora eram mais furtivos, abafados pela escuridão, mas as ruas ainda estavam vivas com o som de passos e carroças em movimento. A distância, ouvi despontar um grito fraco de "Fogo!".

Plantei-me junto à janela, farejando o ar em busca de fumaça e tentando descobrir quaisquer sinais de chamas que pudessem se espalhar em nossa direção. Eu nunca ouvira falar de um incêndio que tivesse destruído a Filadélfia, como já havia acontecido com Londres ou Chicago. De qualquer maneira, um que acabasse com a vizinhança já era bem ruim.

Não havia vento. O ar do verão pairava pesado, úmido feito uma esponja. Esperei um pouco, mas os gritos pararam, e não vi nenhum brilho vermelho de chamas no céu enevoado. Nenhum traço de fogo, exceto pelas frias centelhas verdes dos vaga-lumes que voejavam em meio às folhas sombreadas do jardim.

Fiquei um tempo ali parada, de ombros caídos, abandonando os planos incipientes de uma evacuação de emergência. Estava exausta, mas não conseguia dormir. Além da necessidade de ficar de olho em meu agitado paciente, e na atmosfera que rondava o quarto tranquilo, eu estava bastante irrequieta. Havia passado o dia todo com os ouvidos atentos, em constante alerta, à espera de um passo familiar, do som da voz de Jamie. No entanto, ele não tinha aparecido.

E se ele tivesse ficado sabendo por John que eu havia compartilhado sua cama naquela noite de bebedeira? O choque da notícia, dada sem qualquer preparação ou justificativa adequada, seria suficiente para que ele fugisse... para sempre?

Senti lágrimas brotarem de meus olhos e os fechei com força, para estancar o fluxo, agarrando o peitoril da janela com as duas mãos.

Não seja ridícula. Ele virá assim que puder, independentemente de qualquer coisa. Você sabe que ele virá. Eu sabia mesmo. No entanto, o choque de vê-lo vivo tinha despertado em mim uma coragem havia muito dormente. Por mais que eu aparentasse tranquilidade, por dentro minhas emoções eram um turbilhão. Eu não conseguia aliviar essa pressão – exceto pelas lágrimas inúteis, às quais eu não cederia.

A bem da verdade, talvez eu não conseguisse mais parar. Pressionei a manga do vestido bem de leve sobre os olhos, então dei meia-volta, decidida, e adentrei novamente a escuridão do quarto.

Um pequeno braseiro queimava junto à cama, sob um pedaço de tecido molhado no formato de uma tenda, lançando um brilho vermelho e tremeluzente às feições angulosas de Pardloe. Ele tinha a respiração alta e, a cada exalação, eu ouvia o chiado de seus pulmões, mas era uma respiração profunda e regular. Ocorreu-me que talvez não fosse capaz de farejar a fumaça de um incêndio do lado de fora, caso acontecesse: o ar do quarto estava tomado pelo aroma de óleo de pimenta, eucalipto... e cânabis.

Apesar do pano úmido, havia escapado fumaça suficiente do braseiro para formar uma nuvem pesada de anéis rodopiantes, que iam subindo pálidos como fantasmas pela escuridão do ar.

Borrifei mais água na tenda de musselina, sentei-me na pequena poltrona junto à cama e sorvi o ar saturado com cuidado, mas com uma breve e agradável sensação de prazer proibido. Hal me contara que tinha o hábito de fumar cânhamo para relaxar os pulmões e que parecia estar surtindo efeito. Ele dissera "cânhamo", e sem dúvida era o que ele andava fumando; a forma psicoativa da planta não era cultivada na Inglaterra nem era importada com muita frequência.

Eu não possuía folhas de cânhamo em meu estoque de medicamentos, mas trazia comigo uma boa dose de maconha, que John adquirira na Filadélfia, de um comerciante que mantinha contato com dois indianos. Era muito útil no tratamento de glaucoma, conforme eu descobrira ao tratar Jocasta, tia de Jamie. Também aliviava a náusea e a ansiedade. Para meu deleite, John havia confessado que a usava para fins não medicinais.

Ao pensar em John, senti uma leve náusea, que se somou à ansiedade em relação a Jamie. Respirei fundo, sorvendo o ar doce e aromático. Onde *ele* estava? O que Jamie havia feito com ele?

– Você faz barganhas com Deus? – perguntou Hal, baixinho, em meio às sombras. Meu inconsciente devia saber que ele não estava dormindo, pois não me assustei.

– Todo mundo faz – respondi. – Até quem não acredita em Deus. E você?

Ele soltou uma risada arfante, seguida de uma breve tosse. Talvez a fumaça *estivesse* ajudando.

– Você tem alguma barganha dessas em mente? – perguntei, tanto para puxar assunto, quanto por verdadeira curiosidade. – Você não vai morrer, e sabe disso. Eu não vou deixar.

– Sim, você falou – respondeu ele, em tom seco. Depois de um instante de hesitação, ele se virou de lado e me encarou. – E eu acredito – completou, um tanto formal. – E... agradeço.

– Não há de quê. Não posso deixá-lo morrer na casa de John. Ele ficaria muito aborrecido.

Ao ouvir isso, Hal sorriu. Seu rosto era visível sob o brilho tênue do braseiro. Passamos um tempo em silêncio, mas sentados um de frente para o outro, sem qualquer sensação de constrangimento, ambos sossegados pela fumaça e pelo cricrilar dos grilinhos do lado de fora. O som das rodas das carroças tinha cessado, mas ainda havia gente passando na rua. Eu reconheceria os passos de Jamie, claro, seria capaz de distingui-lo mesmo entre tantos...

– Está preocupada com ele, não é? – perguntou Hal. – John.

– Não – respondi, mais do que depressa. Mas, ao vê-lo erguer a sobrancelha escura, lembrei que ele já sabia que eu mentia muito mal. – Quer dizer... tenho certeza de que está tudo bem com ele. Mas esperava que *já* estivesse em casa a essa altura. E, com tanta comoção na cidade... Sabe-se lá o que pode acontecer, não é?

Eu o ouvi inspirar, o peito chiando de leve, e soltar um pigarro.

– E você ainda se nega a me dizer onde ele está.

Dei de ombros. Parecia inútil repetir que eu não sabia, por mais que *fosse* verdade. Em vez disso, peguei um pente em cima da mesa e comecei a pentear lentamente os cabelos, desembaraçando os fios, aproveitando a agradável sensação em minhas mãos. Depois de banharmos Hal e o levarmos para a cama, eu havia passado uns quinze minutos desfrutando de meu próprio banho, enxaguando o suor e a sujeira de meus cabelos, apesar de saber que levariam horas para secar por completo naquele ar úmido.

– A barganha que eu tinha em mente não era para a minha vida – confessou Hal, depois de um tempo. – Por assim dizer.

– Tenho certeza de que John também não vai morrer, se é o que você...

– John não. Meu filho. Minha filha. E meu neto. Você tem netos, imagino? Acho que ouvi aquele rapazinho vigoroso chamar você de "vovó" hoje à tarde, não foi?

A voz dele guardava um traço de bom humor.

– Você ouviu certo, eu tenho mesmo. Está falando de Dorothea. Há alguma coisa errada com ela?

Uma pontada de alarme me fez baixar o pente. Eu tinha visto Dottie havia apenas uns dias, na casa onde seu irmão Henry estava hospedado.

– Para além do fato de que ela está prestes a se casar com um rebelde, declarando sua intenção de acompanhar o homem nos campos de batalha e viver com ele sob as condições mais insalubres imagináveis? – indagou Hal, com evidente paixão.

Ele se sentou na cama, mas eu não pude evitar um sorriso ao ver seu semblante. Era evidente que os irmãos Grey compartilhavam o mesmo hábito de falar.

Tossi para esconder o riso e respondi, com a maior educação possível:

– Hum... você viu Dottie, então?

– Vi, sim – respondeu ele. – Estava com Henry ontem, quando cheguei, usando o traje mais extraordinário. Evidente que o homem com quem ela se considera comprometida é um quacre, e ela agora também se declara assim!

– Entendi – murmurei. – Você... não sabia desse detalhe?

– Não, não sabia! E tenho umas coisinhas a dizer a John, tanto em relação à sua covardia em não me contar a respeito disso quanto às imperdoáveis maqui... maquinações de seu filho...

A cólera do discurso o sufocou, e ele precisou parar para tossir, enroscando os braços nos joelhos para firmar o corpo contra os espasmos.

Eu peguei o leque que havia deixado na mesa mais cedo e abanei um pouco de fumaça do braseiro em seu rosto. Ele arquejou, tossiu com mais força por um instante, então se acalmou, ofegante.

– Eu pediria que não se exaltasse, mas você não vai ouvir meu conselho, não é mesmo? – observei, entregando a ele uma caneca do café com um pouco de éfedra. – Beba isso aqui. Devagar. Quanto a John – prossegui, observando sua careta por conta do gosto amargo –, ele cogitou lhe escrever quando descobriu o que Dottie pretendia. Não escreveu, pois na época achou que não fosse passar de um capricho qualquer e que tão logo ela visse a realidade de Denny... o noivo dela, o dr. Hunter... acabaria refletindo melhor. Caso reconsiderasse, não haveria necessidade de alarmar você e sua esposa. Nunca imaginei que você fosse aparecer aqui.

Hal deu uma tossidela, então respirou, com hesitação.

– Eu também não – disse, deixando a caneca de lado. Tossiu outra vez e deitou a cabeça na pilha de travesseiros. – O Departamento de Guerra enviou meu regimento para apoiar Clinton quando da decisão da nova estratégia. Não tive tempo de escrever.

– E que nova estratégia é essa? – perguntei, com certo interesse.

– Separar as colônias do Sul das do Norte, reprimir a rebelião por lá e privar o Norte de alimentos até sua rendição. Afastar os desgraçados dos franceses das Índias Ocidentais também. Você acha que Dottie pode mudar de ideia?

Ele soava descrente, porém esperançoso.

– Para ser sincera, não – respondi.

Corri os dedos esticados por meus cabelos úmidos, que haviam se assentado delicadamente no pescoço e nos ombros, encaracolando de leve e roçando em meu rosto.

– Fiquei pensando se ela havia puxado a você ou sua esposa em termos de teimosia – acrescentou Claire. – Isso ficou claro no instante em que conheci você.

Ele me olhou de esguelha, mas fez o gracejo de um sorriso.

– Pois é – admitiu. – Benjamin, meu filho mais velho, também... Henry e Adam puxaram o temperamento de minha esposa. O que não significa que não sejam capazes de querer as coisas do próprio jeito – acrescentou, pensativo. – Só que agem com muita diplomacia.

– Gostaria de conhecer sua esposa – comentei, também sorrindo. – Ela se chama Minnie?

– Minerva – respondeu ele, o sorriso ainda mais genuíno. – Minerva Cunnegunda, para ser mais exato. Não podia chamá-la de Cuninha, podia?

– Não em público, sem dúvida.

– Também não tentaria entre nós dois – garantiu ele. – Ela é muito recatada... de se olhar.

Eu ri, então dei uma averiguada no braseiro. Não achava que o princípio ativo da maconha seria muito forte apenas queimado no ar. Ainda assim, era óbvio que estava tendo efeito benéfico no humor de Hal, bem como em sua asma. Percebi uma leve sensação de bem-estar começando a tomar conta de mim também. Ainda estava preocupada com Jamie – e John –, mas a sensação já não pesava em meus ombros. Ainda era visível, mas parecia flutuar um pouco acima de minha cabeça, em uma coloração roxo-acinzentada. *Feito um balão de chumbo*, pensei, com bom humor.

Hal estava deitado de costas, os olhos meio caídos, e me observava com uma espécie de interesse desapegado.

– Você é uma bela mulher – disse ele, soando um pouco surpreso. – Porém não recatada – acrescentou, estalando os lábios. – Onde é que John estava com a cabeça?

Eu sabia onde John estava com a cabeça, mas não queria falar a respeito por diversas razões.

– O que você quis dizer mais cedo – perguntei, curiosa – sobre fazer barganhas com Deus?

– Ah! – Ele fechou os olhos de leve. – Quando cheguei ao gabinete do general Clinton, hoje de manhã... Meu Deus, foi hoje de manhã?... Bem, ele tinha péssimas notícias para mim... e uma carta. Enviada de Nova Jersey havia uma semana, na correspondência encaminhada pelo correio do Exército. Meu filho mais velho, Benjamin, foi capturado pelos rebeldes em Brandywine – explicou ele, em um tom quase impassível. À luz tênue, cheguei a ver uma saliência no músculo de seu maxilar. – Não existe um acordo com os americanos que envolva a troca de prisioneiros, por isso ele permanece cativo.

– Onde? – perguntei, perturbada com a notícia.

– Não sei ainda – respondeu ele, apenas. – Mas vou descobrir seu paradeiro assim que possível.

– Boa sorte – falei, com sinceridade. – A carta era de Benjamin?

– Não.

Ele contraiu a mandíbula um pouquinho mais.

A carta era de uma moça de nome Amaranthus Cowden, que havia informado à Sua Graça, o duque de Pardloe, não apenas ser sua nora como mãe de seu neto, Trevor Wattiswade Grey, que tinha 3 meses de idade. *Nascido depois da captura de Benjamin*, pensei, imaginando se Benjamin sabia a respeito do bebê.

A jovem sra. Grey se encontrava em circunstâncias difíceis, pelo que escreveu, devido à triste ausência do marido, e propôs uma visita a seus parentes em Charleston. Estava meio constrangida em se aproximar de Sua Graça para pedir ajuda, mas seu estado era tal que ela sentia não ter muita escolha. Esperava que perdoasse sua audácia e visse seu apelo com bons olhos. A moça anexou um cacho dos cabelos do filho, sentindo que Sua Graça talvez desejasse uma lembrança de seu neto.

– Minha nossa! – exclamei. Hesitei por um instante, mas o mesmo pensamento com certeza ocorreu a ele: – Será que ela está dizendo a verdade?

Ele suspirou, uma mistura de ansiedade e irritação.

– Tenho quase certeza de que sim. O nome de solteira de minha mulher era Wattiswade, mas ninguém de fora da família sabia disso. – Ele meneou a cabeça em direção ao guarda-roupa, onde a sra. Figg havia pendurado seu uniforme. – A carta está no meu casaco, caso você queira ler.

Abanei a mão, em um gesto de educada dispensa.

– Entendi o que quis dizer sobre barganhar com Deus. Você quer viver para ver seu neto... e seu filho, claro.

Ele soltou outro suspiro. Seu corpo magro pareceu um pouco menor. Muito contra a vontade, a sra. Figg havia desfeito sua trança, escovado seu cabelo castanho com mechas brancas e amarrado em um rabo solto que agora caía por sobre o ombro, refletindo um brilho vermelho e dourado sob o fogo.

– Não exatamente. Eu quero isso, claro, mas... – Ele buscava as palavras, muito ao contrário da elegante loquacidade de antes. – Morreria feliz por eles. Nossa família. Ao mesmo tempo, você pensa: "Meu Deus, eu não posso morrer! O que aconteceria a eles se eu não estivesse aqui?" – Ele abriu um sorriso amargo e pesaroso. – E você sabe muito bem que não pode ajudá-los, de todo modo. Eles têm que andar com as próprias pernas... ou não?

– Infelizmente, sim. – Um sopro de ar fez remexer as cortinas de musselina e revolveu a mortalha de fumaça. – Mas não os netos. Você pode ajudá-los.

Então, subitamente, senti falta do pezinho de Henri-Christian, de sua cabeça firme em meu ombro. Eu havia salvado a vida dele, removendo suas amígdalas e adenoides, e agradeci a Deus por ter tido tempo de fazer isso. E Mandy... *Deus, cuide dela*, pedi, com fervor. Eu tinha conseguido informar a Bri o que havia de errado e podia ser consertado, mas *eu* não fui capaz de consertar o problema em seu coração. Lamentava isso todos os dias de minha vida. Se eu pudesse ter feito a cirurgia necessária nesta época, todos ainda estariam aqui...

As cortinas tornaram a se mover, e um sopro de ar límpido invadiu a atmosfera pesada. Inalei profundamente, sentindo o aroma forte, porém suave, do ozônio.

– Chuva – comentei. – Vem chuva por aí.

O duque não respondeu, mas se virou e olhou para a janela. Eu me levantei e abri um pouco mais a vidraça, deixando adentrar uma brisa fresca. Observei a noite mais uma vez: nuvens cruzavam a lua, muito ligeiras, fazendo a luz parecer pulsar, não tremeluzir, como as batidas de um coração palpitante. As ruas estavam escuras, refletindo apenas o brilho tênue de um lampião que balançava, marcando a agitação silenciosa da cidade.

A chuva poderia retardar tanto os legalistas em fuga quanto o exército em via de partir. Será que a tempestade protegeria e facilitaria a entrada de Jamie na cidade? Um temporal forte poderia atrapalhá-lo, transformando as estradas em um lamaçal. Será que ele estava muito longe?

O balão de chumbo havia baixado sobre a minha cabeça. Meu humor tinha piorado. Se era por conta da fadiga, da tempestade que se aproximava ou pelo simples efeito do canabinol, eu não sabia dizer. Por mais que o ar ainda estivesse quente, senti um calafrio. Meu cérebro projetava imagens vívidas de todas as terríveis possibilidades do que poderia acontecer com um homem preso entre dois exércitos, sozinho, em plena noite.

Sozinho, talvez. *O que* ele havia feito com John? Sem dúvida não teria...?

– Eu estava com 21 anos quando meu pai morreu – observou Hal, sem mais nem menos. – Tinha minha própria vida, já estava casado... – Ele se calou de súbito, contorcendo a boca. – Achava que não precisava dele para nada, até que, de uma hora para a outra, ele se foi.

– O que ele poderia ter feito por você? – perguntei, tornando a me sentar.

Estava curiosa, mas também ávida por evitar os meus pensamentos.

Hal remexeu os ombros magros. O camisolão estava desabotoado no pescoço, tanto por conta do calor quanto para facilitar minha avaliação de seus batimentos cardíacos. O tecido úmido e pesado caiu, e ele mostrou a clavícula, branca e ossuda, formando uma intensa sombra na pele.

– Ter sido mais presente – disse ele, apenas. – Escutado. Talvez... aprovado as minhas atitudes. – As últimas palavras saíram baixas, quase inaudíveis. – Ou talvez não. Mas... ter sido presente.

– Entendo – respondi, mais para mim mesma do que para ele.

Eu tive sorte. Perdera meus pais muito jovem, mas meu tio ocupara um lugar em minha vida, preenchendo aquela lacuna. Por mais que negligenciasse a própria vida... ele *sempre* esteve lá para mim. Senti muito sua perda quando morreu, mas àquela altura eu já era casada.

Sem mais nem menos, um espasmo de culpa me açoitou quando pensei em Frank. E outro, ainda pior, ao pensar em Brianna. Eu a havia deixado, certa vez... e depois ela me deixara.

Esse pensamento suscitou vários outros, muito mórbidos: Laoghaire, abandonada pelas duas filhas e, decerto, privada para sempre de ver os netos, agora meus. Jem e Mandy... e Jamie.

Onde ele estava? Por que não estava comigo? Sem dúvida, fosse lá o que John tivesse lhe contado...

– Ai, Deus! – soltei, desconsolada, entre dentes. Senti com clareza a pontada das lágrimas.

– Nossa, estou morrendo de fome – declarou Hal, em tom surpreso. – Tem comida aqui?

O estômago de Jamie roncou. Ele tossiu para disfarçar o barulho, mas não era necessário. As menininhas estavam enroscadas sob uma colcha esfarrapada junto à lareira, parecendo um par de ouriços, de costas uma para a outra, roncando. A sra. Hardman estava na poltrona, cantarolando baixinho para a bebê. Jamie não conseguia distinguir as palavras, mas imaginou que fosse uma canção de ninar. Por outro lado, com frequência ouvira as mulheres das Terras Altas botarem seus bebês para dormir com canções como "Nighean Nan Geug", que falava sobre decapitações e terra encharcada de sangue. A sra. Hardman, no entanto, era quacre; sem dúvida não tinha nada a ver com esse tipo de canção de ninar. *"A sedosa de Sule Skerry", talvez*, pensou ele, começando a relaxar. Estava claro que os quacres não tinham objeção às relações carnais...

Isso o fez recordar o maldito John Grey. Ele fez uma careta e abafou um grunhido, ao sentir uma pontada de dor das costas para a perna, indicando que nem esse pequeno movimento seria tolerado.

A canção era tão melodiosa a seus ouvidos quanto o ronco das meninas, mas os dois sons eram delicados. Jamie se acomodou, com muito cuidado, conferiu se a faca e a pistola estavam à mão e fechou os olhos. Estava exausto, mas duvidava de que conseguiria dormir. Não podia nem se virar na cama sem que as pontadas de dor o açoitassem as costas feito o tridente do demônio.

Fazia anos que não lhe acontecia isso. As costas doíam com frequência, vez ou outra passavam a manhã meio rígidas, mas não sentia isso havia... uns dez anos? Jamie teve uma vívida lembrança. Foi logo que retornaram à Cordilheira, pouco depois de Ian e ele terem construído o chalé. Ele havia saído para caçar um alce, pulara por sobre um desnível e desabara de cara no chão, incapaz de se mover.

Claire, coitadinha, havia procurado por ele... Jamie abriu um sorriso amargo com a recordação. Ela tinha ficado tão orgulhosa de tê-lo encontrado na floresta. Se não o tivesse encontrado... bom, ele poderia ter sido devorado por um puma, um urso ou um lobo. Jamie não achava que teria morrido de frio, mas podia muito bem ter perdido uns dedos pela gangrena.

Ela...

Um som o fez erguer a cabeça, em um sobressalto. Ele sentiu uma pontada forte nas costas, mas cerrou os dentes, ignorando-a, e puxou a pistola de baixo do travesseiro.

A sra. Hardman o encarou de olhos arregalados e, ouvindo o que ele havia ouvido, levantou-se rapidamente. Eram passos, e de mais de uma pessoa. Ela se virou e olhou o berço, mas ele balançou a cabeça.

– A pequena fica com você – disse ele, em um sussurro. – Atenda quando baterem e abra se pedirem.

Ele viu a mulher engolir em seco, mas ela obedeceu. Havia uns três ou quatro, mas não mal-intencionados. Passos na varanda, murmúrios baixos e umas risadas. Uma batida.

– Quem é? – indagou a sra. Hardman.

– Amigos, senhora – respondeu uma voz masculina, arrastada e meio ébria. – Abra a porta para nós.

Ela deu uma olhada assustada para Jamie, mas ele assentiu. Ela soltou o trinco e abriu a porta para a escuridão. O primeiro homem começou a entrar, mas viu Jamie na cama e parou boquiaberto.

– Boa noite, senhor – disse Jamie, com educação, mas sustentando o olhar do outro. A pistola estava bem à vista, debaixo de sua mão.

– Ah – disse o sujeito, desconcertado.

Ele era jovem e bastante forte, vestido em roupas de caça, mas com brasão da milícia. Olhou por sobre o ombro para os companheiros, que haviam parado junto à soleira da porta.

– Eu... Ahn... Boa noite, senhor. Nós não... ahn... nós pensamos...

Ele pigarreou. Jamie abriu um sorriso, muito ciente do que ele havia pensado. Ainda olhando para o homem de soslaio, virou-se para a sra. Hardman e fez um gesto para que se sentasse. Ela obedeceu, apoiando a cabeça na criança e roçando os lábios no gorrinho de Chastity.

– Não temos comida para oferecer, cavalheiros – disse Jamie. – Mas tem água fria no poço e uma cama no barracão, se os senhores precisarem.

Os outros dois bêbados permaneceram parados do lado de fora, constrangidos. O trio exalava um forte cheiro de álcool, mas não tinham ido até ali na intenção de causar problemas.

– Tudo bem – concordou o mais jovem, virando-se para os amigos. Tinha o rosto bem vermelho, tanto de vergonha quanto de bebida. – Nós só... Desculpe o incômodo, senhor.

Os outros dois balançaram a cabeça. Os três recuaram, arrastando os pés e se esbarrando, no afã de sair dali. O último puxou a porta, mas não a fechou por inteiro. A sra. Hardman se levantou e terminou de fechá-la, com um leve baque, e recostou o corpo nela, de olhos fechados, a criança agarrada ao peito.

– Obrigada – sussurrou.

– Tudo bem – respondeu Jamie. – Eles não vão voltar. Mas coloque uma barra na porta, sim?

Ela fez isso, então se inclinou sobre a porta, espalmando as mãos. Olhou para o chão entre seus pés, soltou um suspiro alto e se endireitou.

A sra. Hardman usava um casaco muito simples, preso com alfinetes. Jamie não sabia se era para não se render à vaidade dos botões, como faziam os morávios, ou se era apenas pobre demais para isso. Ela remexeu o alfinete de cima, com os dedos nervosos, e o arrancou, largando o metal reluzente sobre a prateleira. Encarou-o nos olhos e segurou a cabeça do alfinete de baixo. Seu comprido lábio superior estava pressionado para baixo, salpicado de suor.

– Nem ouse pensar nisso – disse Jamie, bruscamente. – Na minha condição atual, eu não poderia me deitar nem com uma ovelha morta. Sem mencionar que tenho idade para ser seu pai... Além disso, sou casado.

Ela estremeceu a boca de leve, mas ele não soube se era de decepção ou de alívio. A moça, porém, relaxou os dedos e deixou os braços penderem na lateral do corpo.

– Não precisa me pagar pela comida, senhora – disse Jamie. – Foi um presente.

– Eu… Sim, eu sei. Obrigada, amigo. – Ela olhou para o lado, engolindo em seco de leve. – Eu só… imaginei que talvez… o senhor pudesse ficar. Por um tempo.

– Eu sou casado, moça – repetiu Jamie, gentilmente. – A senhora costuma receber muitos visitantes assim? – perguntou, em um impulso, depois de uma pausa desconfortável.

Estava bem claro para ele que a moça não conhecia aqueles homens, mas *eles* sabiam quem ela era. Já tinham ouvido falar da mulher quacre que morava sozinha com três meninas.

– Eu os levo para o galpão – soltou a mulher, com o rosto ainda mais vermelho do que as chamas. – Depois que as meninas dormem.

– Humm – murmurou ele, após outra pausa meio longa demais.

Jamie encarou o berço, mas então desviou o olhar. Ficou pensando por quanto tempo o sr. Hardman estava longe de casa. Mas não era da sua conta. Nem era da sua conta como ela conseguia dar de comer às meninas.

– Durma, senhora – disse ele. – Eu fico de olho.

13

AR DA MANHÃ INUNDADO DE ANJOS

Dia seguinte

Jamie acordou com o aroma de carne frita e se empertigou na cama, esquecendo completamente a dor nas costas.

– Deus tenha misericórdia – comentou a sra. Hardman, olhando para trás. – Não ouço um barulho assim desde a última vez que meu marido, Gabriel, matou um porco.

Ela balançou a cabeça e retornou ao fogão, jogando o conteúdo da batedeira em uma frigideira de ferro apoiada sobre o carvão, formando uma fumaceira e fazendo subir um cheiro meio acre.

– Me desculpe, senhora…

– Meu nome é Silvia, amigo. E o seu? – perguntou ela, erguendo a sobrancelha para ele.

– Amiga Silvia – disse ele, sussurrando. – Eu me chamo Jamie. Jamie Fraser.

Ele ergueu os joelhos em um solavanco involuntário. Depois, envolveu-os com os dois braços. Com o rosto suado encostado na colcha puída que cobria os joelhos, Jamie tentou alongar as costas. O esforço o fez sentir uma pontada de dor que correu por sua perna direita, causando uma forte e instantânea câimbra no músculo da panturrilha esquerda. Jamie soltou um grunhido e começou a arquejar até a dor passar.

– Fico feliz que tenha conseguido se sentar, amigo Jamie – falou Silvia Hardman,

sorrindo e levando para ele um prato com salsicha, cebolas fritas e pão de milho. –
Melhorou das costas?

– Um pouco – respondeu ele, abrindo o melhor sorriso que pôde e tentando não
gemer. – Você... tem comida fresca, pelo que vejo.

– Sim, graças a Deus – respondeu ela, com fervor. – Mandei Pru e Patience até a
estrada principal de manhãzinha, para vigiar as carroças vindo para o mercado da
Filadélfia, e elas voltaram com meio quilo de salsicha, um de farinha de milho, uma
saca de aveia e uma dúzia de ovos. Pode comer!

Ela acomodou o prato de madeira sobre a cama, ao lado dele, com uma colher de
madeira.

Jamie viu Prudence e Patience atrás da mãe, raspando com diligência a gordura
de salsicha dos pratos vazios com pedaços de pão de milho. Ajeitou-se, recostou o
corpo na parede, espichou as pernas, pegou o prato e seguiu o exemplo das meninas.

A comida lhe trouxe uma surpreendente sensação de bem-estar, e ele baixou o
prato vazio imbuído de um desafio.

– Gostaria de usar o seu banheiro, amiga Silvia. Mas talvez precise de ajuda para
me levantar.

Uma vez de pé, ele descobriu que conseguia ir avançando um pouquinho de cada
vez, cambaleante. Prudence e Patience correram para segurar seus cotovelos, como
dois pequeninos suportes.

– Não se preocupe – advertiu Prudence, alinhando os ombrinhos e o encarando
com confiança. – Não vamos deixar o senhor cair.

– Tenho certeza disso – respondeu Jamie, em um tom solene.

A bem da verdade, as garotinhas tinham uma força nos músculos que desmentia
sua aparência frágil, e Jamie descobriu que a presença delas era de fato uma boa ajuda,
já que as duas forneciam um bom ponto de equilíbrio quando era preciso parar...

– Me contem sobre as carroças rumando para a Filadélfia – pediu ele, em uma das
paradas, tanto para puxar conversa quanto para colher informações. – Eles só vêm
de manhãzinha?

– A maioria – respondeu Patience. – E retornam vazios uma ou duas horas antes
de amanhecer. – Ela afastou mais as pernas, preparando-se. – Está tudo bem. Pode se
escorar em mim. O senhor parece meio trêmulo.

Jamie apertou o ombro da menina com delicadeza, em agradecimento, e deixou
que ela sustentasse um pouco de seu peso. Trêmulo, de fato. Eram mais de 800 metros
até a rodovia principal. Jamie levaria mais de uma hora para completar o percurso,
mesmo com a ajuda das meninas, e a probabilidade de suas costas travarem no meio
do caminho ainda era muito grande para correr tanto risco. Sem falar na possibilidade
de chegar à Filadélfia totalmente incapaz de se mover. Ficaria mais um dia? No entanto...

– Vocês viram soldados na estrada? – perguntou ele, ensaiando um passo cauteloso
que enviou uma onda de dor do quadril ao pé. – Ai!

– Vimos – respondeu Patience, segurando o cotovelo dele com mais força. – Coragem, amigo. O senhor vai conseguir. Vimos duas companhias de milícia e um oficial continental em cima de um burro.

– Assim como uns soldados britânicos – observou Prudence, sem querer ficar para trás. – Estavam viajando em carroças, indo na outra direção.

– Na outra…? Afastando-se da Filadélfia? – indagou Jamie, com o coração na boca. Será que a evacuação do exército já tinha começado? – Vocês conseguiram ver o que havia nas carroças?

Prudence deu de ombros.

– Mobília, cestas e baús. Havia umas senhoras nas carroças, mas a maioria caminhava ao lado. Não tinha espaço, sabe? – esclareceu ela. – Fique de olho nas fraldas da sua camisa, amigo, ou vai acabar mostrando o que não deve.

A manhã estava fresca e uma lufada errante de vento passou entre eles, erguendo a camisa de Jamie – algo excelente para seu corpo suado, mas sem dúvida um risco para os olhos das moças.

– Quer que eu amarre as pontas entre as suas pernas? – perguntou Patience. – Sei fazer nó torto, nó direito e nó de mão. Papai me ensinou!

– Que bobagem, Patience – disse a irmã, atravessada. – Se você der um nó, como é que ele vai levantar a camisa para cagar? Ninguém consegue soltar os nós dela – segredou a menina a Jamie. – Ela sempre faz muito apertado.

– Não faço nada, mentirosa!

– Que vergonha, irmã! Vou contar para a mamãe!

– Onde está o pai de vocês? – interrompeu Jamie, querendo conter o bate-boca antes que uma começasse a puxar o cabelo da outra.

As duas de fato pararam, entreolhando-se por um instante.

– A gente não sabe – respondeu Prudence, com uma vozinha triste. – Ele saiu para caçar há um ano e não voltou.

– Os índios devem ter capturado o papai – completou Patience, tentando soar esperançosa. – Se for isso, talvez ele fuja um dia e volte para casa.

– Talvez – concluiu Prudence, sem rodeios, com um suspiro. – Mamãe acha que a milícia atirou nele.

– Por quê? – perguntou Jamie. – Por que atirariam nele?

– Por ser quacre – explicou Patience. – Ele não ia lutar, daí saberiam que ele era legalista.

– Entendi. Ele era… quer dizer… ele *é*?

Prudence o encarou, grata pelo "*é*".

– Acho que não. Mas mamãe diz que a Reunião Anual da Filadélfia falou para todo mundo que todos os quacres deveriam estar a favor do rei, já que o rei ia manter a paz, e os rebeldes querem estragar a paz. Daí – disse ela, dando de ombros – as pessoas pensam que todos os quacres são legalistas.

– Papai não era… não *é* – acrescentou Patience. – Vivia dizendo um monte de coisas sobre o rei. Mamãe ficava preocupada e implorava para que ele segurasse a língua. Chegamos à privada – anunciou ela, sem necessidade, largando o cotovelo de Jamie para poder abrir a porta. – Não se limpe na toalha. A toalha é para as mãos. Tem sabugo de milho na cesta.

John Grey acordou febril, com as pernas e os braços pesados, uma dor de cabeça latejante e pontadas de dor ao tentar abrir o olho esquerdo. Os dois olhos estavam grudentos e cheios de crostas.

Ele teve sonhos entrecortados, em uma confusão de imagens, vozes, emoções… Em um deles, Jamie Fraser gritava com ele. Então alguma coisa mudava e eles davam início a uma espécie de perseguição. Disparavam juntos por um pântano que lhes puxava os pés. Fraser tentava correr, mas não conseguia. Estava preso, encurralado. Gritava para que Grey retornasse, sem sucesso. Ele também se encontrava com os pés enfiados no lamaçal, afundando, debatendo-se feito um louco, sem conseguir se segurar em algo.

– Aaaaah!

Alguém o sacudiu pelo ombro, puxando-o do atoleiro. Assustado, ele abriu o olho bom e viu uma silhueta tremulante, um jovem elegante de casaco escuro e óculos, espiando-o de um jeito estranho e familiar.

– John Grey? – indagou o jovem.

– Sou eu – respondeu ele, engolindo em seco. – Eu… já tive a honra de ser apresentado ao senhor?

O rapaz corou de leve.

– Teve, sim, amigo Grey – disse, em tom baixo. – Eu sou…

– Ah! – exclamou Grey, sentando-se de repente. – Claro, você… Ah. Ai, meu Deus!

Com a abrupta mudança de postura, a cabeça de Grey parecia ter decidido bater na parede mais próxima. *O rapaz se chamava… Hunter*, pensou Grey, sentindo o nome despontar com estranha clareza em meio ao caos de sua mente. *Dr. Hunter. O quacre de Dottie.*

– Acho melhor o senhor se deitar, amigo.

– Acho que é melhor eu vomitar primeiro.

Hunter apanhou o vaso sob o catre bem a tempo. Depois de administrar água – "Beba devagar, se quiser manter o líquido na barriga" – e acomodar Grey de volta no catre, o coronel Smith se aproximou dele.

– Qual é a sua opinião, doutor? – Smith tinha o cenho franzido e parecia preocupado. – Ele está passando bem do juízo? Entabulou uma cantoria ontem à noite, agora está gemendo e dizendo coisas sem sentido. E o aspecto dele…

Smith fez uma careta de um jeito que levou Grey a se perguntar com *que* cara ele devia estar.

– Está com muita febre – respondeu Hunter, com um olhar penetrante através dos óculos, inclinando o corpo para tomar o pulso de Grey. – E o senhor está vendo o estado do olho dele. Pode ser perigoso movimentá-lo. Um extravasamento maior de sangue no cérebro…

Smith soltou um grunhido de desagrado e apertou os lábios. Deu um cutucão para que Hunter se afastasse, então se debruçou por cima de Grey.

– O senhor está me ouvindo, coronel? – perguntou, falando no tom lento e claro usado com idiotas e estrangeiros.

– *Ich bin ein Fisch…* – murmurou Grey, com alegria, e fechou os olhos.

– Os batimentos estão meio descompassados – afirmou Hunter, em tom de alerta, pressionando o pulso de Grey com o polegar. Sua mão era fria e firme. Grey achou o toque reconfortante. – Eu não aconselho que seja deslocado de forma repentina.

Smith ficou parado um momento. Grey podia ouvir sua respiração pesada, mas se absteve de abrir os olhos.

– Muito bem, então – disse Smith, soltando uma risada curta e bem-humorada. – Se Maomé não vai à montanha, a montanha terá que se contentar em vir até aqui. Vou mandar um recado ao general Wayne. Enquanto isso, faça o possível para confirmar a lucidez do paciente, doutor.

Ele via Denzell Hunter pelo canto do olho ruim. Isso era reconfortante. Significava que não estava cego. *Ainda.* Hunter havia tirado os óculos para avaliar mais de perto o órgão prejudicado.

Belos olhos, pensou Grey. *Íris marrom-clara, da cor de uma azeitona madura, com levíssimas rajadas de verde.*

– Olhe para cima, por favor – murmurou Hunter.

Grey tentou obedecer.

– Ai!

– Não? Olhe para baixo.

A tentativa foi igualmente malsucedida. Também não conseguia mexer o olho para a esquerda nem para a direita. Parecia ter se solidificado na órbita, feito um ovo cozido. Ele compartilhou a sensação com Hunter, que sorriu, embora de forma um tanto preocupada.

– Está *mesmo* bastante inchado. Seja lá o que o acertou, deve ter sido com muita força. – Delicadamente, Hunter aproximou os dedos do rosto de Grey e cutucou de um jeito inquisitivo. – Isso…?

– Pois é, foi ele. Não fique perguntando se dói. Tudo dói, desde o cocuruto até o queixo, inclusive a orelha esquerda. O que falou em relação ao extravasamento de sangue para o cérebro… era sério?

– É possível – respondeu Hunter; depois abriu um sorriso. – Mas como o senhor não mostrou inclinação a convulsões ou inconsciência, exceto à decorrente do álcool, e aparentemente caminhou por várias horas depois da lesão, a probabilidade de isso acontecer é baixa. Mas a esclera *de fato* apresenta sangramento interno. – As pontas frias de seus dedos roçaram a pálpebra inchada de Grey. – O globo ocular está vermelho, bem como o revestimento interno da pálpebra. Está bem... dramático – soltou ele, em um tom marcado e bem-humorado, que Grey considerou reconfortante.

– Ah, bom – disse ele, em tom seco. – Quanto tempo para melhorar?

Quase com uma careta, o quacre balançou a cabeça.

– O sangue vai levar de uma semana a um mês para clarear. É basicamente o mesmo processo de um hematoma: inchaço de vasos sanguíneos sob a pele. O que me preocupa é sua incapacidade de mexer o olho. Acho que o senhor está com uma fratura no osso da órbita, que de alguma forma está impedindo os movimentos do músculo orbicular. Gostaria muito que sua esposa estivesse aqui. Ela tem um conheci...

– Minha esposa? Ah! – disse Grey, inexpressivo. Lembrança e concretização se chocaram, e ele sentiu um sobressalto. – Ela não é minha esposa! Não mais – acrescentou, então se viu sorrindo. Inclinou-se para a frente. – Jamie Fraser não morreu! – sussurrou ele no ouvido atônito de Hunter.

Hunter o encarou, recolocou os óculos e continuou a encará-lo, reconsiderando a avaliação do cérebro de Grey.

– Foi ele que me espancou – confessou Grey, explicando-se. – Tudo bem – acrescentou, ao ver o cenho franzido de Hunter. – Eu fiz por merecer.

– Deus seja louvado! – sussurrou Hunter, abrindo um largo sorriso, talvez mais por saber da sobrevivência de Fraser do que pela garantia de Grey da moralidade de suas ações. – Ian vai ficar... – Ele interrompeu a frase com um gesto, indicando sua incapacidade de descrever a provável reação de Ian. – E a amiga Claire! – exclamou, arregalando os olhos por detrás dos óculos. – Ela sabe?

– Sabe, mas...

Um som de passos se aproximando fez Grey se atirar de volta ao catre, com uma exclamação de dor muitíssimo autêntica. Fechou os olhos e virou a cabeça para o lado, gemendo.

– A montanha parece estar do lado do general Washington – comentou Smith. Grey sentiu o homem parar junto ao catre. – Faça o que puder para que ele possa viajar amanhã, doutor. Podemos botá-lo numa das carroças, caso seja necessário.

Chestnut Street, 17

Sua Graça acordou de olhos vermelhos e mal-humorado. Se eu tivesse um dardo tranquilizante, teria atirado nele sem pestanejar. Como não tinha, prescrevi uma batida de conhaque a ser adicionada ao café e, depois de uma breve luta contra a minha consciência hipocrática, uma pequenina dose de láudano.

Eu não podia dar muito. Entre outras coisas, o láudano prejudicava a respiração. Ainda assim, ponderei enquanto contava as aromáticas gotas vermelhas amarronzadas que caíam no conhaque, era uma forma mais humana de proceder do que dar com o penico em sua cabeça ou pedir à sra. Figg que o distraísse enquanto eu o amarrava ao estrado da cama e o amordaçava.

Eu precisava que ele passasse um curto período de tempo imóvel e em silêncio. O sr. Figg, pastor da Sociedade Metodista, estava trazendo dois jovens carpinteiros para consertar as dobradiças da porta da frente e pregar os barrados nas persianas das janelas de baixo, a fim de nos protegermos contra turbas errantes. Eu tinha permitido que a sra. Figg confiasse nossas circunstâncias ao marido – não seria mesmo capaz de impedi-la –, mas solicitei que não comentasse com ninguém sobre a presença do duque, no interesse de proteger a segurança e a propriedade de lorde John – sem falar em Sua Graça, que, afinal de contas, era supostamente o amado irmão de lorde John.

A sra. Figg teria ficado muito contente em entregar o duque para ser coberto de piche e penas, mas um apelo em favor de lorde John sempre teria peso para ela, que então assentiu, muito séria. Contanto que Sua Graça não atraísse atenção, gritando pela janela ou atirando coisas nos trabalhadores, Claire achava que era possível disfarçar sua presença.

– Mas o que a senhora pretende fazer com ele, lady Grey? – indagou a sra. Figg, olhando com cautela para o teto. – E se o Exército mandar alguém aqui atrás dele?

Estávamos no salão dos fundos, conversando em voz baixa, enquanto Jenny servia o café da manhã de Hal e garantia que o café batizado de conhaque fosse bebido.

Fiz um gesto de impotência.

– Não faço ideia – confessei. – Só preciso mantê-lo aqui até lorde John ou o meu... o sr. Fraser chegarem. Eles vão saber o que fazer. Quanto ao Exército, se alguém vier atrás de Sua Graça, eu... eu lido com eles.

Ela me deu uma olhada, indicando que já tinha ouvido planos melhores, mas concordou com relutância e foi pegar a cesta de compras. A primeira coisa que ocorre em uma cidade recém-ocupada é a escassez de comida, e com o Exército Continental prestes a baixar na Filadélfia feito uma praga de gafanhoto, as carroças que costumavam trazer produtos do campo sem dúvida viriam mais vazias. Se algum dos exércitos *já* estivesse a caminho, estaria recolhendo qualquer coisa que viesse junto.

A sra. Figg parou na porta e deu meia-volta.

– Mas e William? – perguntou, preocupada. – Se ele retornar...

Era óbvio que ela estava dividida entre a esperança de que ele *voltasse* e a consternação pelo que poderia acontecer se encontrasse o tio em cativeiro.

– Vou falar com ele – expliquei, com firmeza, e acenei em direção à porta.

Corri para cima e encontrei Hal bocejando diante de uma bandeja vazia de café da manhã, enquanto Jenny limpava com cuidado um pouco de gema de ovo do canto de sua boca. Ela havia passado a noite na gráfica, mas voltara para ajudar, trazendo uma valise abarrotada de itens que talvez fossem úteis.

– Sua Graça comeu tudinho – anunciou ela, dando um passo atrás para examinar criticamente o próprio trabalho. – E botou o intestino para trabalhar. Eu o forcei a fazer isso antes de tomar o café, só por garantia. Não sabia se ia surtir efeito muito depressa.

Hal franziu o cenho, mas eu não soube dizer se estava confuso ou ofendido. Suas pupilas já estavam perceptivelmente contraídas, o que lhe conferia um olhar meio vago. Ele piscou para mim e balançou a cabeça, como se tentasse clarear as ideias.

– Deixe-me conferir os seus sinais vitais, Vossa Graça – falei, sorrindo e me sentindo uma traidora.

Ele era o meu paciente... mas Jamie era o meu marido. Tinha tomado a minha decisão.

Seu pulso estava lento e muito cadenciado, o que me deixou tranquila. Peguei o estetoscópio, desabotoei seu camisolão e auscultei: batimentos firmes e regulares, sem palpitações, mas os pulmões gorgolejavam como uma cisterna furada, e breves arquejos interrompiam sua respiração.

– Melhor ele tomar um pouco mais de éfedra – falei, empertigando-me. Era estimulante e poderia neutralizar o entorpecente, mas eu não podia arriscar que ele parasse de respirar durante o sono. – Eu fico com ele. Você desce e pega uma caneca. Não se preocupe em esquentar a bebida. Vai fria, mesmo.

Eu não sabia se ele manteria a consciência por tempo suficiente para tomar uma caneca aquecida.

– Preciso ver o general Clinton hoje de manhã – disse Pardloe, com surpreendente firmeza, considerando seu estado mental nebuloso, então pigarreou e tossiu. – Temos arranjos a fazer. Meu regimento...

– Ah. Ahn... Onde está o seu regimento neste momento? – perguntei, com cautela.

Se estivesse na Filadélfia, o auxiliar de Hal começaria a procurar por ele com determinação a qualquer minuto. Ele poderia ter passado a noite com um filho ou uma filha, mas a essa altura... e eu não sei ao certo quanto poder de distração meus bilhetes forjados podem ter tido.

– Nova York – respondeu ele, contorcendo o rosto de dor. – Ou pelo menos assim espero. – Ele fechou os olhos, balançou o corpo de leve e ergueu a cabeça, com um solavanco. – Eu vim à Filadélfia... para ver Henry... Dottie. Pretendia... retornar com Clinton.

– Claro – concordei calmamente, tentando pensar.

Quando Clinton e suas tropas partiriam? Presumindo que Pardloe estivesse recuperado a ponto de não morrer sem a minha assistência, eu poderia devolvê-lo tão logo a retirada tivesse começado. Nessas condições, ele não teria como dar início a uma grande busca por John e o perigoso Jamie. Entretanto, com ou sem John, Jamie retornaria a qualquer momento... Será?

Naquele instante, quem retornou foi Jenny, com o chá de éfedra, um martelo no bolso do avental e três ripas robustas debaixo do braço. Entregou-me a caneca, sem dizer uma palavra, e começou a pregar as ripas na janela, com surpreendente ligeireza.

Hal bebericou lentamente, observando Jenny, aturdido.

– Por que ela está fazendo isso? – perguntou, embora sem muito interesse na resposta.

– Furacão, Vossa Graça – respondeu ela, impassível, e disparou para devolver o martelo aos carpinteiros, cuja alegre barulhada mais parecia um batalhão de pica-paus atacando a casa.

– Ah – disse Hal.

Ele olhou vagamente ao redor, talvez procurando as calças, que a sra. Figg tivera a presença de esconder na cozinha. Ele deitou os olhos na pequenina pilha de livros de Willie, que eu tinha deslocado para cima da penteadeira.

– Ah – murmurou, evidentemente reconhecendo um ou mais. – William. *Onde* está William?

– Tenho certeza de que Willie está muito ocupado hoje – respondi, tornando a pegar o punho do homem. – Talvez o vejamos mais tarde.

Seus batimentos estavam lentos, porém ainda fortes. Peguei a caneca vazia de suas mãos e a apoiei sobre a mesa. Ele baixou a cabeça. Com muito cuidado, acomodei-a no travesseiro, para que ele respirasse melhor.

"Se ele voltar...", dissera a sra. Figg a respeito de Willie, querendo saber o que aconteceria.

Sim, o que aconteceria?

Colenso não havia retornado, então era possível que tivesse encontrado William. Isso era reconfortante. No entanto, o que William estaria fazendo? Ou pensando?

14

TROVÃO INCIPIENTE

"Uma tarefa adequada à *sua peculiar situação*", dissera o major Findlay.

Findlay não sabia da missa a metade, refletiu William com amargura. Não que sua situação não fosse "peculiar", mesmo sem as recentes descobertas.

Ele havia se rendido em Saratoga, com o resto do exército de Burgoyne, em outubro de 1777. Os soldados britânicos e seus aliados alemães foram forçados a baixar as armas, mas não foram aprisionados. A Convenção de Saratoga, assinada por Burgoyne e Gates, o general do Exército Continental, declarara que todas as tropas teriam permissão de voltar à Europa tão logo dessem sua palavra de que não levanta-riam as armas outra vez no conflito americano.

No entanto, os navios não podiam zarpar durante as tempestades de inverno e al-guma coisa precisava ser feita com os soldados capturados. Chamados de "exército da Convenção", eles marcharam em massa até Cambridge, Massachusetts, para aguardar a primavera e a repatriação por lá. Todos, menos William e uns poucos como ele, que tinham conexões influentes na América ou ligação com sir Henry, que ficou no lugar de Howe como comandante em chefe da campanha americana.

O sortudo do William tinha as duas coisas. Ele havia trabalhado na equipe pessoal de Howe, seu tio era coronel de um regimento e seu pai era um influente diplomata, atualmente na Filadélfia. Ele fora solto como um favor ao general lorde Howe, e depois encaminhado a lorde John. No entanto, ainda fazia parte do Exército Britânico, tendo sido apenas excluído dos confrontos de verdade. E o Exército tinha um sem--número de tarefas odiosas que não envolviam confrontos. Assim, o general Clinton ficou feliz com a possibilidade de utilizá-lo.

Irritadíssimo com essa situação, William implorara ao pai que tentasse a permuta, que anularia as condições de sua liberdade e permitiria sua retomada integral dos deve-res militares. Lorde John estivera muitíssimo disposto a isso, mas, em janeiro de 1778, acontecera uma querela entre o general Burgoyne e o Congresso Continental, por conta da recusa do primeiro em fornecer uma lista dos soldados capitulados. A Convenção de Saratoga havia sido repudiada pelo Congresso, que declarara a detenção do exér-cito da Convenção até que a Convenção e a requerida lista fossem ratificadas pelo rei George. O Congresso sabia muito bem que o rei não faria isso, visto que tal ato equiva-leria a reconhecer a independência das colônias. Conclusão: não havia, no momento, nenhum mecanismo para a permuta de prisioneiros. Quaisquer prisioneiros.

Isso deixava William em uma posição peculiar. Em tese, ele era um prisioneiro fugitivo e, no caso improvável de que fosse recapturado pelos americanos e ficasse revelado que era um dos oficiais de Saratoga, ele seria prontamente enviado a Massa-chusetts, abandonado durante o resto da guerra. Ao mesmo tempo, ninguém sabia muito bem se era apropriado ele voltar a pegar em armas, já que, embora a Conven-ção tivesse sido repudiada, fora concedido a William um indulto pessoal.

O que levava à presente situação de William, responsável pelas tropas auxiliares da evacuação dos legalistas mais ricos da Filadélfia. A única coisa pior do que isso seria conduzir uma horda de suínos pelo buraco de uma agulha.

Enquanto os cidadãos mais pobres, que se sentiam expostos pela proximidade das milícias do general Washington, eram obrigados a enfrentar os perigos da estrada, fazendo seu êxodo por meio de carroças, carriolas e a pé, era permitida uma remoção mais segura e luxuosa aos legalistas mais abastados de navio. Mas existia um detalhe, que parecia ser difícil de compreender: só havia *um* navio disponível no momento, o do próprio general Howe, e um espaço muito limitado a bordo.

– Não, madame, sinto muito, é impossível acomodar...

– Que disparate, meu jovem! O avô do meu marido comprou aquele relógio alto na Holanda, em 1670. Ele marca não somente a hora, mas também as fases da lua e uma lista completa das marés para a baía de Nápoles! Você não espera que eu deixe esse instrumento cair nas garras dos rebeldes, certo?

– Sim, madame, receio que sim. Não, senhor, sem servos. Apenas seus parentes diretos e uma quantidade muitíssimo limitada de bagagens. Tenho certeza de que seus criados estarão bastante seguros seguindo por...

– Mas eles vão morrer de fome! – exclamou um cavalheiro de aspecto cadavérico, avesso a se separar de seu talentoso cozinheiro e uma serviçal voluptuosa, que, mesmo que não fosse talentosa na limpeza, possuía outras habilidades desejáveis, claramente à mostra. – Ou serão abduzidos! Eles estão sob a minha responsabilidade! Vocês não podem...

– Eu posso – disse William com firmeza, disparando um apreciativo olhar de esguelha para a criada – e vou. Cabo Higgins, por favor, leve os criados do sr. Hennings em segurança pelo cais. Não, madame. Concordo que o conjunto de poltronas realmente é muito valioso, mas valiosa também é a vida das pessoas que morrerão afogadas se este navio naufragar. A senhora pode levar o relógio, sim. Tenente Rendill! – chamou ele, erguendo a voz.

Rendill, com o rosto vermelho e gotejante de suor, enfrentava a multidão de evacuados que empurrava, puxava, xingava e gritava. O tenente se aproximou de William, que estava empoleirado em uma caixa para não ser pisoteado ou empurrado para a água pela multidão, e o cumprimentou, mas foi rudemente empurrado por várias pessoas que tentavam chamar a atenção de William e terminaram puxando sua peruca.

– Sim, senhor? – disse ele, bravamente, empurrando o povo e acotovelando um cavalheiro, com a maior educação possível, para tirá-lo do caminho.

– Aqui está uma lista dos conhecidos pessoais do general Howe. Suba a bordo e veja se todos embarcaram. Se não... encontre-os.

Ele lançou um olhar eloquente por sobre a turba explosiva no cais, rodeada por pilhas de pertences semiabandonados e bagagens pisoteadas, e empurrou a lista na mão do tenente sem a menor cerimônia.

– Ai, Deus! – exclamou Rendill. – Quer dizer... Sim, senhor. Agora mesmo, senhor.

Então, com um ar descrente, deu meia-volta e começou a cruzar a multidão, em uma vigorosa variação de um nado de peito.

– Rendill!

Obediente, Rendill se virou e retornou, resignado, até um ponto onde pudesse ouvir, feito um corpulento golfinho avançando por cardumes de arenques histéricos.

– Senhor?

William se agachou, baixou a voz a um nível inaudível à multidão ao redor e apontou com a cabeça para as pilhas de mobília e bagagens, espalhadas pelo cais – muitas perigosamente próximas da borda.

– Diga aos rapazes do cais que não se esforcem muito para evitar que esse monte de coisas desabe no rio, sim?

O rosto suado de Rendill se avivou, tomado de espanto.

– Sim, senhor! – respondeu ele, batendo continência e voltando a nadar com renovado entusiasmo.

Com a alma um pouco mais tranquila, William se virou, muito cortês, para atender à reclamação de um atormentado alemão, pai de seis filhas, cada uma transportando o que parecia ser um extenso guarda-roupa, as feições redondas e ansiosas despontando por sob a aba dos largos chapéus de palha e as pilhas de seda e renda nos braços.

Paradoxalmente, o calor e os trovões incipientes no ar se adequavam ao seu humor, e a simples impossibilidade de sua tarefa o relaxava. Ao perceber a impossibilidade de satisfazer toda aquela gente – ou mesmo uma entre dez pessoas –, ele parou de se preocupar. Priorizou a preservação da ordem e permitiu que sua mente vagasse para outro lugar, enquanto seguia se curvando em educadas mesuras e soltando pequenos grunhidos de conforto ao grupo de rostos que o pressionava.

Se estivesse no clima para ironias, refletiu, havia muitas com que brincar. Não era soldado por inteiro nem um livre cidadão comum. Nem inglês nem conde, evidentemente… Ainda assim, como poderia não ser inglês, pelo amor de Deus?

Depois de recuperar os nervos o suficiente para poder pensar, percebera que ainda era, *por lei*, o nono conde de Ellesmere, a despeito de sua paternidade. Era inegável que seus pais – seus pais verdadeiros, *em tese* – estavam casados à época de seu nascimento. No momento, porém, isso parecia piorar as coisas: como poderia sair por aí deixando todos pensarem e agirem como se ele fosse o herdeiro do antigo sangue de Ellesmere, quando William sabia muitíssimo bem que na verdade era filho de…?

Ele afastou o pensamento, empurrando-o com violência para os recônditos de sua mente. No entanto, "filho de" lhe trouxera a vívida lembrança de lorde John. Ele respirou fundo o ar quente, brumoso e fedendo a peixe, tentando domar a súbita pontada que o acometera ao pensar no pai.

Não queria admitir, mas passara o dia todo perscrutando a multidão, encarando cada rosto, à procura de seu pa… sim, porcaria, seu pai! John Grey ainda era seu pai, como sempre fora. *Sendo ou não um desgraçado mentiroso.* William estava cada vez mais preocupado com ele. Colenso lhe informara aquela manhã que lorde John ainda não tinha voltado para casa. Àquela altura, ele *já deveria* ter retornado. Se tivesse, teria procurado William. A menos que Fraser o tivesse matado.

Ao pensar nisso, ele engoliu em seco. Por que Fraser faria isso? Os dois um dia haviam sido amigos, bons amigos.

A guerra tinha rompido esses laços, era bem verdade. Mesmo assim…

Por conta de Claire? Ele refreou esse pensamento também, mas se forçou a voltar a ele. Ainda via o rosto dela iluminado, apesar de toda a confusão, como uma chama cintilante pela alegria de ver Jamie Fraser, e sentiu uma pontada de ciúme por seu pai. Se Fraser sentia paixão similar, poderia...? Isso era tolice! Sem dúvida ele devia saber que lorde John apenas a havia protegido, e que fizera isso em favor de seu bom amigo!

Por outro lado, os dois *estavam* casados... e seu pai sempre fora muito aberto em relação às questões de sexo... Seu rosto ficou ainda mais quente, tomado de constrangimento ao imaginar seu pai amando com entusiasmo a não mais ex-sra. Fraser. *E se Fraser descobriu que...?*

– Não! – soltou ele, com rispidez, para o inoportuno comerciante que acabara de tentar suborná-lo para admitir sua família no navio de Howe. – Como ousa? Suma daqui, e considere-se com sorte por eu não ter tempo para lidar com o senhor da maneira apropriada!

O homem se afastou, desconsolado, arrastando os pés. William sentiu uma leve pontada de arrependimento, mas havia pouca coisa a fazer. Por mais que pudesse fazer vista grossa em favor do comerciante, ele não tinha escolha uma vez que um suborno lhe era oferecido.

Mesmo que fosse verdade, como Fraser descobriu? Sem dúvida lorde John não teria sido burro a ponto de contar a ele. Não, alguma outra coisa devia estar atrasando o retorno de papai. Sem dúvida, a confusão de gente saindo da Filadélfia. As estradas deviam estar abarrotadas...

– Sim, madame. Creio que tenhamos espaço para a senhora e sua filha – disse ele a uma jovem mãe, de semblante muito assustado, com um bebezinho a tiracolo.

Ele estendeu a mão e tocou a bochechinha da pequena. Estava acordada, mas não se incomodava com a multidão, e o encarou com olhos castanho-claros, de cílios compridos.

– Olá, docinho. Quer subir no navio com a mamãe?

A mãe soltou um suspiro contido de alívio.

– Ah, obrigada, lorde... Ellesmere, não é?

– Isso – respondeu ele, de forma automática, mas no mesmo instante sentiu como se tivesse levado um soco no estômago.

Ele engoliu em seco, e seu rosto esquentou.

– Meu marido é o tenente Beaman Gardner – disse ela, oferecendo o nome como uma ansiosa justificativa para sua compaixão e se curvando em uma breve mesura. – Nós nos conhecemos. No Mischianza?

– Sim, claro! – respondeu ele, embora não tivesse a mais vaga lembrança da sra. Gardner. – É uma honra poder servir à esposa de um irmão oficial, madame. Queira fazer a gentileza de subir a bordo, por favor? Cabo Anderson? Acompanhe a senhora e a senhorita Gardner a bordo.

Ele fez outra mesura e se virou novamente, com a sensação de que suas entranhas tinham sido reviradas. *Irmão oficial. Milorde.* O que a sra. Gardner teria pensado, se soubesse? O que o próprio tenente pensaria? Ele soltou um profundo suspiro, fechando os olhos por um instante. Ao abri-los, viu-se diante do capitão Ezekiel Richardson.

– *Stercus!* – exclamou, tomando emprestado o hábito de seu tio Hal de proferir xingamentos em latim em momentos de grande estresse.

– De fato – observou Richardson com educação. – Posso dar uma palavrinha com o senhor? Sim, só um... Tenente! – Ele acenou para Rendill, que estava ali perto encarando uma senhora mais velha, de vestido de lã e nada menos que quatro cachorrinhos saltitantes, contidos por um garotinho negro com semblante muito sofrido. Rendill fez um gesto de sufoco e se virou para Richardson.

– Senhor?

– Vá render o capitão lorde Ellesmere, por favor. Preciso estar com ele um instante.

Antes que William decidisse se faria ou não objeção, Richardson o pegou pelo cotovelo e o afastou do tumulto, rumo a um barquinho azul-claro parado à margem do rio.

William soltou um suspiro de alívio ao se ver abrigado em um lugar com sombra. Seu primeiro ímpeto depois disso foi de se dirigir a Richardson em um tom severo – talvez arremessá-lo no rio –, mas a sabedoria falou mais alto.

Fora por sugestão de Richardson que William se tornara, por um curto período de tempo, agente da inteligência do Exército, reunindo informações em diversas viagens e repassando a Richardson. Na última dessas missões, contudo, durante uma viagem até o Great Dismal, William teve o infortúnio de se perder, ferir-se e padecer de uma febre que certamente o teria matado se Ian Murray não o tivesse encontrado e resgatado – e durante o curso do resgate informado a William que ele tinha sido ludibriado e mandado não para o seio dos aliados britânicos, mas para o meio de um ninho de rebeldes, que o enforcariam se descobrissem sua identidade.

William ficara em dúvida sobre acreditar ou não em Murray, ainda mais depois que a chegada de Jamie Fraser tinha deixado evidente que Murray era seu primo, mas não sentira necessidade de informar isso a ele. Entretanto, uma profunda suspeita quanto a Richardson e seus motivos ainda persistia, e ele enfrentou o homem com cara de poucos amigos.

– O que você quer? – indagou, abruptamente.

– Seu pai – respondeu Richardson, fazendo o coração de William disparar com tanta força que ele achou que o sujeito devia ter ouvido. – Onde está lorde John?

– Não faço ideia – comentou William, apenas. – Não o vejo desde ontem à noite. – *O dia em que minha maldita vida acabou.* – O que quer com ele? – perguntou, sem se dar ao trabalho de demonstrar cortesia.

Richardson ergueu uma sobrancelha, mas não respondeu no mesmo tom:

– O irmão dele, o duque de Pardloe, desapareceu.

– O… O quê? – William o encarou por um instante, sem entender. – O irmão dele? Desapareceu? De onde? Quando?

– Evidentemente, da casa do seu pai. Em relação a quando, lady Grey contou que ele saiu ontem à tarde, logo após o chá, supostamente atrás do seu pai. Você o viu desde então?

– Faz um tempo que não o vejo.

William sentiu um distinto zunido nos ouvidos. Certamente era seu cérebro tentando sair.

– Quero dizer, eu não fazia ideia de que estava na Filadélfia. Nem nas colônias, para ser sincero. Quando foi que ele chegou?

Meu Deus, será que ele veio resolver a questão de Dottie e o quacre? Não, não pode ser, ele não teria tido tempo… Será?

Richardson estreitava os olhos, talvez tentando discernir se o homem dizia a verdade.

– Não vi nenhum deles – disse William, indiferente. – Agora, se me der licença, capitão…

Fez-se um enorme som de algo caindo na água, vindo da direção do cais, e a multidão entoou um forte coro de choque e horror.

– Com licença – repetiu William, dando meia-volta.

Richardson o agarrou pelo braço, esforçando-se para olhá-lo nos olhos. William virou-se deliberadamente na direção de seu dever negligenciado.

– *Quando* o senhor vir um dos dois, capitão Ransom, faça a gentileza de me avisar. Seria de grande ajuda…

William se desvencilhou e saiu a passos firmes, sem responder. Richardson o chamara pelo sobrenome, em vez de usar o título – o que mais significaria além da simples falta de educação? No momento, ele não dava a mínima. Não podia lutar, não podia ajudar ninguém, não podia dizer a verdade nem viveria uma mentira. Que diabo, ele estava encurralado feito um porco, atolado até os joelhos!

Ele limpou o suor do rosto na manga, endireitou os ombros e caminhou de volta para o meio da confusão. Só podia cumprir seu dever.

15

UM EXÉRCITO ITINERANTE

Chegamos bem a tempo. Assim que fechei a porta do quarto, onde Pardloe roncava de leve, deu-se uma batida à porta recém-consertada no andar de baixo. Corri para o andar inferior a tempo de encontrar Jenny frente a frente com um soldado britânico, agora um tenente. O general Clinton estava ampliando as investigações.

– Ora, não, rapaz – dizia ela, em tom de leve surpresa –, o coronel não está. Ele tomou chá com lady Grey ontem, então partiu para procurar o irmão. O lorde ainda não voltou, e... – Eu a vi se aproximar do homem e baixar a voz a um tom dramático. – Milady está muito preocupada. O senhor não tem notícias dele, imagino?

Era a minha deixa, Desci as escadas, bastante surpresa em descobrir que estava, de fato, "muito preocupada". Os cuidados com Hal me distraíram da situação, mas àquela altura não havia como negar que algo estava terrivelmente errado.

– Lady Grey. Tenente Roswell, seu servo, madame.

O tenente fez uma mesura, com um sorriso profissional que não escondia a leve linha de expressão em sua fronte. O Exército também estava ficando preocupado, e isso era perigosíssimo.

– A senhora não teve nenhuma notícia de lorde John ou lorde Melton... Ah, desculpe, milady, digo, de Sua Graça?

– Está me chamando de mentirosa, rapaz? – retrucou Jenny, em um tom sarcástico.

– Não, senhora, nada disso! – disse o homem, constrangido. – Mas o general vai querer saber que eu falei com lady Grey.

– Claro – respondi, em tom conciliador, embora meu coração estivesse saindo pela boca. – Diga ao general que não tive notícias de meu marido. – *De nenhum dos dois.* – Estou preocupadíssima.

Eu não era boa mentirosa, mas não estava mentindo naquele momento.

Ele fez uma careta.

– A questão, madame, é que o Exército começou a bater em retirada da Filadélfia, e todos os legalistas que ainda se encontram na cidade estão sendo advertidos de que talvez valha a pena... se preparar. – Ele contraiu os lábios um instante, encarando a escadaria com o balaústre arruinado e todo sujo de sangue. – Eu... vejo que a senhora já teve algumas... dificuldades?

– Ah, não – respondeu Jenny.

Com um olhar desaprovador para mim, ela se aproximou do tenente, colocou a mão em seu braço e o empurrou delicadamente em direção à porta.

– Não passou de uma briguinha familiar... – murmurou ela, baixinho. – O lorde...

O tenente me disparou uma olhadela ligeira, ao mesmo tempo surpreso e compassivo. As linhas de expressão, no entanto, suavizaram. Ele tinha uma explicação para levar a Clinton.

Ao ver seu olhar, enrubesci – como se realmente tivesse havido uma querela familiar, durante a qual lorde John saíra, cheio de raiva, deixando um rastro de destruição e uma esposa à mercê dos rebeldes. A bem da verdade, *tinha sido* uma querela familiar, mas as circunstâncias eram muito mais profundas do que um simples escândalo corriqueiro.

Jenny fechou a porta com firmeza na cara do tenente Roswell e se virou para mim, com as costas apoiadas à porta.

– Lorde Melton? – perguntou ela, erguendo a sobrancelha.

– É um dos títulos do duque, que ele usava antes de se tornar duque de Pardloe. O tenente Roswell deve tê-lo conhecido há uns anos – expliquei.

– Ah, sim. Bom, lorde ou duque, por quanto tempo ele ainda vai dormir? – perguntou ela.

– O láudano vai derrubá-lo por duas ou três horas – respondi, olhando o relógio portátil chapeado de ouro na cornija da lareira, que de alguma forma sobrevivera à carnificina. – Mas ele teve um dia muito difícil ontem e uma noite muito agitada. Pode ser que pegue no sono de verdade, mesmo depois de o efeito da droga passar. Se ninguém derrubar a casa e fizer uma barulheira – acrescentei, estremecendo ao som de uma violenta discussão próxima.

Jenny assentiu.

– Pois é. Então é melhor eu passar na gráfica, para conferir as notícias da cidade. Talvez Jamie tenha ido para lá – comentou Jenny, esperançosa. – Achando que não era seguro vir para cá, digo, com as ruas cheias de soldados.

Uma centelha de esperança se acendeu dentro de mim, feito um fósforo. No entanto, ao mesmo tempo que eu vislumbrava essa possibilidade, sabia que, se Jamie se encontrasse na cidade, estaria à minha frente naquele exato instante. Talvez enfurecido, talvez perturbado, mas à minha frente.

Com o exército já iniciando a recuada, além da efervescência pública concomitante, ninguém teria tempo ou disposição de notar ou prender um escocês alto, suspeito apenas de encaminhar documentos suspeitos. Não era como se ele fosse procurado por todos os cantos – pelo menos eu esperava que não. William era o único soldado que sabia que Jamie havia levado lorde John como refém e, a julgar pela sua saída, imaginei que a última coisa que faria seria fornecer o relatório completo da situação a seus superiores.

Comentei isso com Jenny, concordando que ela retornasse à gráfica para conferir o bem-estar da família de Fergus e Marsali, além de tentar descobrir o que estava acontecendo entre os rebeldes da cidade.

– Você vai ficar bem na rua? – perguntei, desdobrando sua capa e a segurando para que vestisse.

– Ah, espero que sim – respondeu ela. – Ninguém olha muito para uma velha. Mas acho melhor eu guardar minha pequena joia. – A joia em questão era um reloginho de mão, com tampa filigranada, que ela usava alfinetado ao decote do vestido. – Jamie comprou para mim em Brest. Falei que era bobagem, que eu não precisava de nada disso para marcar o tempo. Mas ele argumentou que saber a hora certa nos dá a ilusão de controlarmos minimamente as circunstâncias. Você sabe como ele é – acrescentou ela, guardando a peça com cuidado no bolso. – Jamie vive explicando as coisas para os outros, por mais que eu diga que quase sempre tem razão. Pois muito bem – concluiu ela, virando-se para mim e abrindo a porta. – Tentarei voltar antes de o duque acordar. Caso não consiga, mandarei Germain para avisar.

– Por que não conseguiria? – perguntei, meio surpresa.

– O Jovem Ian – respondeu ela, igualmente surpresa por eu não ter pensado nisso. – Com o exército em retirada, pode ser que a essa altura ele tenha retornado de Valley Forge… e, você sabe, o coitadinho está achando que eu morri.

16

LUGAR PARA SEGREDOS

Na floresta, a 8 quilômetros de Valley Forge

– Os quacres acreditam em paraíso? – perguntou Ian Murray.

– Alguns, sim – respondeu Rachel Hunter, parando para desvirar um enorme cogumelo com a ponta do sapato. – Não, cachorro, não encoste nesse. Está vendo a cor das brânquias?

Rollo, que foi cheirar o fungo, dispensou-o com uma fungada perfunctória e ergueu o focinho para o vento, na esperança de encontrar uma presa mais promissora.

– Tia Claire diz que os cachorros não enxergam as cores – observou Ian. – E como assim, "alguns"? Há opiniões divergentes?

As crenças dos quacres o intrigavam bastante, mas ele sempre achava as explicações de Rachel divertidas.

– Talvez os cachorros sintam o cheiro em vez de perceber as cores. Mas, voltando à sua pergunta, consideramos nossa vida aqui na Terra um sacramento, vivido à luz de Cristo. Pode ser que haja vida após a morte, mas, como ninguém nunca voltou para confirmar, é questão de especulação, e cada indivíduo tira as próprias conclusões.

Eles haviam parado à sombra de um pequeno bosque de nogueiras, e a luz do sol que penetrava nas folhas conferia a Rachel um brilho tênue e misterioso, que qualquer anjo invejaria.

– Bom, eu também não estive do outro lado antes, então não tenho como afirmar que está errado – disse ele, inclinando-se para beijá-la acima da orelha. A pele da moça se arrepiou rapidamente, e aquela visão amoleceu o coração de Ian.

– O que você acha do céu? – perguntou ela, curiosa. – Está considerando que haverá luta na cidade? Nunca vi você temer pela própria vida.

Cerca de uma hora antes, os dois haviam deixado Valley Forge. O lugar estava abarrotado como um saco de grãos cheio de gorgulhos, os soldados recolhendo o que podiam do acampamento, moldando bolas de mosquetão e empacotando munição, preparando-se para marchar para a Filadélfia quando recebessem a notícia de que os homens de Clinton haviam recuado.

– Ah, não. Não vai haver luta na cidade. Washington vai tentar apanhar os homens de Clinton em retirada. – Ele pegou a mão dela, pequena, morena e calejada de tra-

107

balho, e a moça retribuiu o toque com seus dedos fortes e reconfortantes. – Estava só pensando na minha mãe... Eu gostaria de ter mostrado a ela lugares assim.

Ele apontou para a clareira onde estavam. Um pequeno córrego de um azul profundo subia da rocha sob seus pés, encimado por um bosque de rosas-selvagens amarelas, tomado por abelhas.

– Ela cultivava um arbusto imenso de rosa-selvagem amarela no muro de Lallybroch. Foi minha avó que plantou. – Ele engoliu em seco. – Mas talvez esteja mais feliz no céu, com o meu pai.

Rachel apertou a mão dele com força.

– Ela vai estar com ele sempre, seja em vida ou em morte – sussurrou ela, e se colocou nas pontas dos pés para beijá-lo. – E você um dia vai me levar para conhecer as rosas da sua avó na Escócia.

Os dois ficaram um tempo em silêncio e Ian sentiu seu coração, que estava apertado de tristeza pela mãe, se acalmar na companhia reconfortante de Rachel. Seu maior arrependimento não era não ter mostrado as belezas da América para a mãe, mas não ter apresentado Rachel.

– Minha mãe teria gostado de você – declarou ele.

– Espero que sim – respondeu Rachel, embora com um toque de dúvida. – Você comentou sobre mim para ela, lá na Escócia? Que eu sou quacre? Alguns católicos nos consideram escandalosos.

Ian tentou recordar *se* havia mencionado isso à mãe, mas não conseguiu. De todo modo, não fazia diferença. Então deu de ombros, dispensando a pergunta.

– Eu contei que amo você. Pareceu de bom tamanho. Agora, pensando melhor, meu pai fez um monte de perguntas a seu respeito. Queria saber tudo o que podia. Ele sabia que você era quacre, então ela sabia também.

Ian a segurou pelo cotovelo para ajudá-la a descer da pedra. Ela assentiu, pensativa, e o acompanhou pela saída da clareira.

– Você acha que pessoas casadas devem confiar plenamente uma na outra? – indagou Rachel, atrás dele. – Compartilhar não só as histórias, digo, mas todos os pensamentos?

A pergunta trouxe uma sensação ruim que lhe refletiu na espinha, como se um rato de patinhas geladas a percorresse. Ian respirou fundo. Amava Rachel com todas as fibras de seu ser, mas considerava perturbadora sua capacidade de lê-lo feito um livro. Ela parecia ter a capacidade de invadir seus pensamentos.

Ian havia sugerido que os dois fossem caminhando juntos até Matson's Ford e encontrassem Denzell com a carroça por lá, em vez de seguir com ele desde Valley Forge. Dessa maneira, Ian teria um tempo a sós com ela, para compartilhar algumas coisas. Ele preferiria ser torturado por Abenakis a revelar essas informações, mas, a despeito das consequências que isso pudesse acarretar, Rachel precisava saber.

– Acho. Quer dizer... bom, dentro do possível, acho que talvez devam. Não todos os pensamentos, acho que não, mas as coisas importantes. Ahh... Venha cá, sente-se aqui um pouquinho.

Havia um grande tronco caído, meio podre e coberto de musgo e liquens acinzentados. Ele a conduziu até lá e se sentou a seu lado, sob a sombra aromática de um grande cedro-vermelho.

Rachel ficou em silêncio, mas ergueu a sobrancelha, indagativa.

– Bom... – Ele respirou fundo, mas nem o ar daquela floresta inteira parecia suficiente. – Você sabia... que eu já fui casado?

O rosto dela tremulou, e a tenacidade se sobrepôs tão depressa à surpresa que ele não teria percebido se não estivesse tão atento.

– Não sabia – respondeu ela, e começou a dobrar a bainha da saia com uma das mãos, encarando-o fixamente com seus olhos castanhos. – *Foi* casado, você disse? Então suponho que não seja mais?

Ele balançou a cabeça, um pouco mais confortável... e muito grato a ela. Nem toda jovem teria recebido a notícia com tanta calma.

– Não. Se ainda fosse, não teria pedido você em casamento.

Ela fez um biquinho e estreitou os olhos.

– Verdade seja dita, você nunca *chegou* a me pedir em casamento.

– Não pedi? – retrucou ele, abalado. – Tem certeza?

– Eu teria percebido – garantiu ela, em tom sério. – Não pediu, não. Eu me lembro de umas declarações bem comoventes, mas nenhum pedido de casamento.

– Mas... bom. – Ele enrubesceu. – Eu... Mas você... disse... – Talvez ela tivesse razão. Ela *tinha* dito... ou não? – Você não disse que me amava?

Ela curvou a boca um pouquinho, mas Ian viu o sorriso no fundo de seus olhos.

– Não com todas as palavras. Mas dei a entender isso, sim. Pelo menos foi a intenção.

– Ah. Bom, então – concordou ele, bem mais feliz.

Com o braço saudável, ele a puxou mais para perto e a beijou com grande fervor. Rachel retribuiu o beijo, meio ofegante, os dedos enroscados no tecido de sua camisa. Então se soltou, um pouco atônita. Seus lábios estavam inchados, a pele rosada arranhada pela barba dele.

– Será... – começou ela, empurrando-o com a mão espalmada em seu peito. – Será que não é melhor você me contar sobre não ser mais casado, antes de seguirmos adiante? Quem era sua... esposa? E o que houve com ela?

Ele desfez o abraço, relutante, mas não soltou a mão dela. Parecia uma criaturinha viva, esquentando a dele.

– Ela se chama Wakyo'teyehsnonhsa – disse Ian, sentindo o costumeiro nó na garganta ao mencionar esse nome, como se a linha entre seu eu mohawk e seu eu branco desaparecesse por uma fração de segundo, deixando-o estranhamente suspenso em algum ponto do meio do caminho. – Significa "aquela que trabalha com as mãos". – Ele pigarreou. – Na maior parte do tempo, eu a chamava de Emily.

A mãozinha suave de Rachel se desvencilhou, com um tranco.

– "Chama"? – repetiu ela, piscando. – Você disse "chama"? Sua mulher está *viva*?

– Estava, um ano atrás – respondeu ele, esforçando-se para não tentar pegar a mão dela outra vez, deixando que Rachel tomasse a iniciativa.

Ela cruzou as mãos sobre o colo, cravou os olhos nele e engoliu em seco.

– Tudo bem – disse Rachel, com a voz um pouco trêmula. – Conte mais sobre ela.

Ian respirou fundo outra vez, tentando pensar em *como* fazer isso.

– Você quer mesmo ouvir, Rachel? Ou só quer saber se eu a amava… se ainda amo?

– Pode começar por aí – instruiu ela, erguendo a sobrancelha. – Você a *ama*?

– Eu… Sim – confessou ele, incapaz de dizer outra coisa que não fosse a verdade.

Sentindo uma agitação em sua matilha, Rollo se levantou de onde descansava e foi caminhando até Rachel. Sentou-se a seus pés, deixando bem claro a quem prestava lealdade. Por sobre o joelho de Rachel, disparou a Ian um olhar amarelado, de lobo, que incomodava por ser tão parecido com o olhar dela.

– Mas…

A sobrancelha se ergueu mais uma fração de centímetro.

– Ela… era o meu refúgio – soltou ele. – Quando deixei minha família e me tornei mohawk, foi tanto por causa dela quanto porque era preciso.

– Era preciso… o quê? – Ela parecia desnorteada. Ian a viu baixar um pouco os olhos, traçando as linhas tatuadas nas bochechas dele. – Era preciso se tornar mohawk? Por quê?

Ele assentiu, sentindo que adentrava um terreno mais firme. Essa história ele poderia contar. Com espanto, Rachel ouviu Ian explicar como tio Jamie e ele haviam conhecido Roger Wakefield, alheios a quem ele era, pensando se tratar do homem que tinha estuprado e engravidado sua prima Brianna, como haviam quase chegado a matá-lo, mas refletiram melhor…

– Ai, que bom – disse Rachel, entre dentes.

Ian a olhou de esguelha, sem saber se ela estava sendo irônica ou não, então deu uma tossidela e continuou seu relato: tio Jamie e ele decidiram entregar o homem a Tuscarora, que, por sua vez, vendeu Roger como escravo para os mohawks, mais ao norte.

– A gente não queria arriscar que algum dia ele voltasse a incomodar Brianna. Só que…

Ele engoliu em seco, revivendo a lembrança tanto do horror de pedir Brianna em casamento quanto do terror ao ouvir a prima Bri descrever o homem a quem amava, o homem por quem esperava: o mesmo homem que eles haviam entregado aos mohawks.

– Você pediu sua prima em casamento? Você queria?

Rachel parecia preocupada, imaginando que Ian pedia três em cada quatro mulheres que conhecia em casamento. Ele logo se apressou em desfazer o mal-entendido.

– Não, quer dizer... Brianna é... Eu não *me importava*, sabe? A gente se dava bem, e ela... Quer dizer, não, não exatamente – acrescentou ele depressa, vendo o gracioso cenho de Rachel cada vez mais franzido.

A verdade era que ele tinha 17 anos. Brianna era bem mais velha. Ela o apavorava, mas a ideia de desposá-la havia... O pensamento o sufocou, como se fosse uma cobra venenosa.

– Foi ideia do tio Jamie – comentou ele, com o maior ar de displicência que podia reunir em tão pouco tempo. E deu de ombros. – Para dar um nome ao bebê, sabe? E eu concordei, pela honra da família.

– A honra da família – repetiu ela, com um olhar desconfiado. – Com certeza. E daí...

– E daí nós descobrimos que, por engano, tínhamos entregado Roger Mac aos índios... Ele estava usando o sobrenome antigo, MacKenzie, por isso não o reconhecemos. Então fomos buscá-lo de volta – concluiu, rapidamente.

Ao terminar de explicar todos os eventos que culminaram em seu oferecimento para assumir o lugar de um mohawk morto durante o resgate de Roger, o banho de seu corpo no rio, a esfregação das mulheres mohawks com areia para remover todos os traços de seu sangue branco, a retirada de seus cabelos e as tatuagens, Ian imaginou que o casamento com Emily talvez parecesse apenas mais um pitoresco detalhe.

Mas não foi o caso.

Ian parou, percebendo subitamente que a conversa estava prestes a ficar ainda mais desagradável do que imaginara. Ele a encarou, apreensivo, o coração pulsando na garganta e nos ouvidos. Rachel o encarava de volta, com um olhar claro e firme. O tom rosado ao redor de sua boca agora estava mais vívido, pois ela havia empalidecido um pouco.

– Eu... não me casei virgem – confessou Ian, ruborizado.

Ela ergueu a sobrancelha outra vez.

– Na verdade, não sei muito bem o que perguntar – disse ela.

Rachel o examinava como tia Claire avaliava um tumor tenebroso, mais fascinada do que enojada, mas refletindo com firmeza sobre a melhor forma de cuidar do ferimento. Ian esperou fervorosamente que ela não o extirpasse de sua vida como uma verruga nem o amputasse feito um dedo gangrenoso.

– Eu... conto tudo o que quiser saber – disse ele, corajoso. – Tudo.

– Que oferta generosa – elogiou ela –, e eu vou aceitar. Mas acho que preciso oferecer a contrapartida. Você não quer saber se eu sou virgem?

O queixo dele caiu. Ela deu de ombros.

– Você não é? – grunhiu ele.

– Não, eu sou – garantiu Rachel, ainda trêmula com o esforço para não rir. – Mas por que presume que eu seja?

– Por quê? – Ele sentiu o sangue subir no rosto. – Porque... qualquer pessoa que olhasse para você reconheceria no mesmo instante uma... uma... mulher virtuosa! – concluiu ele, com uma sensação de alívio por ter encontrado uma palavra razoável.

– Eu poderia ter sido estuprada – observou ela. – Isso não eliminaria a minha virtude, certo?

– Eu... Bom... Não, creio que não.

Ian tinha ciência de que muita gente boa *não* consideraria virtuosa uma mulher estuprada. Rachel sabia disso. Ele já estava ficando bastante confuso, e ela sabia disso também. Ele via o esforço dela para não rir. Endireitou os ombros, soltou um grande suspiro e a encarou bem firme.

– Você quer saber sobre todas as mulheres com quem compartilhei minha cama? Se quiser, eu conto. Nunca me deitei com uma mulher que não quisesse... mas a maioria era prostituta. Não tenho sífilis – garantiu ele. – É importante você saber disso.

Ela refletiu por um instante.

– Acho que não preciso saber dos detalhes – concluiu Rachel. – Caso encontremos com uma dessas mulheres, vou querer saber. Você não pretende continuar a fornicar com prostitutas depois do nosso casamento, certo?

– Não!

– Bom – disse ela, então balançou um pouco o tronco, as mãos entrelaçadas sobre os joelhos. – Gostaria de saber mais sobre a sua esposa, Emily.

Ele sentia o calor da perna de Rachel, a proximidade de seu corpo. Ela não tinha se afastado quando Ian mencionou que dormia com prostitutas. Um silêncio surgiu entre eles, mas foi logo quebrado pelo pio de um pássaro em algum ponto da mata.

– Nós nos amávamos – disse ele, por fim, bem baixinho, olhando para o chão. – E eu a desejava. Eu... podia conversar com ela. Naquela época, pelo menos.

Rachel respirou fundo, mas não falou nada. Ian reuniu coragem e ergueu os olhos. Ela o encarava com uma expressão cuidadosamente impassível.

– Eu não sei como dizer – começou ele. – Não era do mesmo jeito que desejo você... mas não quero dar a entender que era como... como se Emily não tivesse sido importante para mim. Ela foi – resumiu ele, bem baixinho, e olhou para o chão outra vez.

– Ainda é? – perguntou Rachel, depois de uma longa pausa.

Após mais um longo momento de hesitação, ele assentiu, engolindo em seco.

– Mas... – disse ele, então parou, procurando a melhor forma de seguir em frente.

Era a parte mais perigosa da confissão, a que talvez fizesse Rachel se levantar e sair dali, arrastando consigo, por entre as rochas e os arbustos, o coração de Ian.

– Mas...? – indagou ela, a voz delicada.

– Os mohawks – começou ele, parando para tomar fôlego. – A escolha de ser ou não casada é da mulher. Se, por alguma razão, uma mulher começa a desgostar de seu marido... Se ele bate nela, é um beberrão preguiçoso ou peida muito fedido... – Ele a viu retorcer o cantinho da boca, o que o encorajou um pouco. – Ela pega as coisas dele e põe para fora da maloca, e o marido é obrigado a voltar a viver com os solteiros ou encontrar outra mulher que o acolha em sua fogueira. Ou ir embora de vez.

– E Emily expulsou você?

Ela parecia assustada e ao mesmo tempo um pouco indignada. Em resposta, ele abriu um sorrisinho.

– É, expulsou. Mas não porque eu batia nela. Por causa... das crianças.

Sentindo as lágrimas brotarem, Ian apertou os joelhos, frustrado. Droga, ele havia jurado para si mesmo que não iria chorar. Não queria que ela pensasse que estava transformando o lamento em espetáculo, para conquistar sua compaixão. Não queria que Rachel enxergasse seus sentimentos de maneira tão clara. Ele não estava pronto... mas precisava contar tudo. Ian fora até ali de propósito, para contar tudo.

Ela tinha que saber...

– Eu não podia lhe dar filhos – disse Ian. – Tivemos uma filhinha, que nasceu prematura e morreu. Chamava-se Iseabaìl. – Ele esfregou o dorso da mão com força no nariz, engolindo a dor. – Depois disso, Emily... engravidou de novo. E de novo. Quando perdeu o terceiro... o amor dela por mim morreu junto.

Rachel soltou um ruído, mas ele não a encarou. Não conseguiu. Só permaneceu ali sentado no tronco, feito um sapo, os olhos borrados com as lágrimas que não conseguia verter.

Uma mãozinha afetuosa tocou a dele.

– E o seu coração? – perguntou ela. – Seu coração morreu também?

Ele fechou a mão sobre a dela e assentiu. Suspirou profundamente e, ainda segurando a mão dela, conseguiu falar outra vez, sem deixar a voz falhar:

– Os mohawks consideram que o espírito do homem luta com o da mulher, quando eles... se deitam juntos. E a mulher só engravida quando o espírito dele conscgue conquistar o dela.

– Ah, entendi – disse Rachel, baixinho. – Então ela culpou você.

Ele deu de ombros.

– Não posso dizer que ela estava errada. – Ele se virou um pouco no tronco, para olhá-la nos olhos. – E não posso dizer que seria diferente... conosco. Mas perguntei à tia Claire, que me falou de umas coisas no sangue... Bom, talvez seja melhor que ela explique. Não entendi muito bem. Mas, no fim das contas, ela achou que *talvez* pudesse ser diferente com outra mulher. Que talvez eu conseguisse gerar filhos, digo.

Ele só percebeu que Rachel estava prendendo a respiração quando ela soltou um suspiro em cima de seu rosto.

– Você... – começou ele.

Mas Rachel, que havia se empertigado um pouco, beijou-o delicadamente na boca. Depois, segurou sua cabeça entre os seios, pegou a pontinha do lenço e limpou as lágrimas de Ian e as próprias.

– Ah, Ian – sussurrou ela. – Eu amo você.

17

LIBERDADE!

Grey passou mais um dia interminável, embora menos movimentado, interrompido apenas pela observação dos despachos do coronel Smith, muitíssimo ligeiro. O som dos rabiscos da pena parecia os passinhos de uma barata em fuga, imagem que não ajudou em nada a digestão do lorde. Após a intoxicação, seu estômago não recebera muito bem as panquecas fritas na gordura e o café embolotado que lhe foram servidos de manhã.

Apesar da desgraça física e do futuro incerto, porém, ele notava em si mesmo uma surpreendente alegria. Jamie Fraser *estava* vivo e ele não estava casado. Considerando esses dois fatos maravilhosos, a parca possibilidade de fuga e a probabilidade ainda maior de enforcamento pareciam pouquíssimo preocupantes. Então ele se pôs a esperar, com a maior graça possível, dormindo quanto sua cabeça permitia ou cantarolando baixinho – hábito que fazia Smith dar de ombros e rabiscar ainda mais depressa.

Mensageiros iam e vinham com muita frequência. Se Grey já não soubesse que os continentais não só estavam avançando como se preparando para lutar, teria ficado claro para ele dali a uma hora. O ar estava quente e carregado com o aroma de chumbo derretido e o gemido de uma roda de afiar, e o acampamento emanava uma sensação de crescente urgência que qualquer soldado teria percebido de imediato.

Smith não fez qualquer tentativa de evitar que Grey ouvisse as conversas com mensageiros e subalternos. Estava claro que ele não esperava que as informações passadas fossem de qualquer utilidade para o prisioneiro. Bom... nem Grey esperava, na verdade.

Já de noitinha, a porta da tenda foi ocupada por uma silhueta feminina bem magra. Grey se sentou, tomando cuidado com a cabeça, pois seu coração começara a bater mais forte outra vez, fazendo seu olho latejar.

Sua sobrinha Dottie fazia uso da sóbria indumentária dos quacres, mas a cor índigo, já desbotada por tantas lavagens, combinava surpreendentemente com o tom rosado de sua pele. Estava elegantíssima. Assentiu para o coronel Smith, apoiou a bandeja em sua mesa e olhou por sobre o ombro para o prisioneiro. Arregalou os olhos azuis, tomados de choque, e Grey escancarou um sorriso. Denzell devia tê-la advertido de seus ferimentos. Mesmo assim, devia estar com o semblante assustador e com o rosto grotesco, de tão inchado, e um olho vermelho arregalado.

Ela piscou, engoliu em seco e disse alguma coisa a Smith, bem baixinho, com um gesto breve e indagativo na direção de Grey. Smith assentiu, impaciente, já pegando a colher para comer. Dottie enrolou um pano grosso em uma das latas fumegantes sobre a bandeja e se dirigiu ao catre de Grey.

– Minha nossa, amigo – comentou ela, com doçura. – O senhor parece muito ferido. O dr. Hunter disse que o senhor deve comer quanto lhe for confortável, e logo mais ele vem vê-lo e fazer um curativo no seu olho.

– Obrigado, moça – disse Grey, com seriedade. Olhou por sobre o ombro, para ter certeza de que Smith estava de costas, então assentiu para ela. – É cozido de esquilo?

– Sariguê, amigo – respondeu ela. – Aqui, eu trouxe uma colher. O cozido está fervendo. Tome cuidado.

Posicionando-se com cautela entre Smith e ele, Dottie acomodou a lata envolta no pano entre os joelhos de Grey. Tocou o pano rapidamente, então os elos de suas algemas, com as sobrancelhas erguidas. Tirou uma colher de chifre do bolso da cintura, além de uma faca, que foi deslizada por debaixo de seu travesseiro, com a agilidade de um ilusionista.

Seu coração batia ligeiro, as pulsações muito evidentes no pescoço, e o suor brilhava em suas têmporas. Ele tocou a mão dela, com delicadeza, e pegou a colher.

– Obrigado – repetiu ele. – Diga ao dr. Hunter que estou ansioso por revê-lo.

A corda era de cerdas de cavalo, a faca estava cega e era muito tarde, mas, com muita cautela e cheio de pequenos cortes nas mãos e nos dedos, Grey se livrou do catre. Seu coração disparava. Sentia as palpitações por trás do olho ferido, esperando que o próprio olho não acabasse explodindo por conta do impacto.

Ele se inclinou, apanhou o penico de latão e foi usá-lo. Smith tinha o sono pesado, graças a Deus. Caso se levantasse, ouviria o barulho familiar, ficaria sossegado e voltaria a dormir, dispensando inconscientemente quaisquer sons como se fosse Grey tornando a se acomodar.

A respiração de Smith não se alterou. Ele roncava baixinho, como uma abelha em volta de uma flor, um leve ruído diligente e organizado, que Grey achou levemente cômico.

Bem devagar, Grey se pôs de joelhos, entre o catre e a cama de Smith, sentindo um impulso insano e momentâneo de beijar a orelha do homem. Smith tinha orelhas pequenas, delicadas e muito rosadas. A vontade desapareceu em um instante, e ele começou a engatinhar até a borda da tenda. Havia enroscado os trapos e a gaze com que Denzell Hunter lhe envolvera o olho nos elos das algemas. Mesmo assim, Grey se mexia com o maior cuidado possível. Ser pego seria péssimo para ele, mas seria desastroso para Hunter e Dottie.

Ele passara horas escutando os guardas atentamente. Havia dois vigiando a tenda do coronel, mas ele tinha quase certeza de que ambos estavam, no momento, junto à aba frontal, aquecendo-se perto do fogo. O dia fora muito quente, mas à noite o sangue da mata gelava demais. O dele também.

Ele se deitou e se contorceu quanto pôde por sob a beirada da tenda, agarrando-se à lona para minimizar qualquer sacolejo. Ao mesmo tempo, esforçava-se para dar um puxão na corda de tempos em tempos, de modo que qualquer movimento na estrutura fosse atribuído a seus movimentos costumeiros.

Livre! Ele se permitiu sorver o ar profundamente mais uma vez – fresco, frio e tomado de folhas –, então se levantou, com as algemas acolchoadas bem junto ao corpo, e caminhou, no maior silêncio possível, para longe da tenda. Não podia correr.

Durante a última visita noturna de Hunter, os dois tiveram uma discussão breve e acalorada, aos sussurros, aproveitando o breve momento em que Smith saíra para usar a latrina. Hunter insistira para que Grey fosse se esconder em seu carroção. Ele estava indo para a Filadélfia, todos sabiam disso, não haveria suspeitas, e Grey estaria a salvo das rondas. Grey se sentia grato pelo desejo de Hunter de resgatá-lo, mas não poderia arriscar a vida do médico, muito menos a de Dottie. Seria perigoso. No lugar de Smith, a primeira coisa que ele faria seria impedir a saída de todos, e a segunda seria revistar o acampamento e tudo o que havia nele.

– Não há tempo – dissera Hunter, prendendo rapidamente a ponta da atadura com que envolvera a cabeça de Grey. – E talvez você tenha razão.

Ele olhou para trás. Smith retornaria a qualquer momento.

– Vou deixar uma trouxa de comida e roupas no meu carroção para você – avisara Hunter. – Se quiser fazer uso, ficarei feliz. Caso contrário, que Deus esteja contigo!

– Espere! – Grey agarrou Hunter pela manga, fazendo tilintarem as algemas. – Como eu vou saber qual é o seu carroção?

– Ah. – Hunter pigarreou, meio constrangido. – Tem uma… uma placa pintada na traseira. Dottie comprou de… Ora, cuide-se bem, amigo – dissera ele, erguendo a voz subitamente. – Coma bastante, mas bem devagar, não beba álcool e se movimente com muita cautela. Levante-se em gestos lentos.

O coronel Smith havia entrado. Ao notar a presença do médico, aproximara-se para inspecionar o paciente.

– Está se sentindo melhor, coronel? – indagara ele, com educação. – Ou ainda sofre da necessidade de irromper em cantorias? Se for esse o caso, posso sugerir que o senhor faça isso de uma vez, para se aliviar, antes que eu me recolha para dormir?

Hunter, que naturalmente ouvira "Die Sommernacht" na noite da véspera, dera um leve pigarro, mas conseguira sair do recinto sem perder o controle.

Grey abriu um sorriso, recordando a brabeza no olhar de Smith. Daria tudo para ver o semblante do coronel dali a algumas horas, quando descobrisse que seu canarinho havia voado. Ele contornou o acampamento, evitando as fileiras de burros e cavalos – fáceis de detectar, pelo cheiro de esterco. Os carroções estavam estacionados ali perto: sem artilharia, percebeu.

O céu estava nublado. Uma lua minguante brilhava, constrangida, entre nuvens ligeiras, e o ar guardava o aroma de uma chuva iminente. Ótimo. Havia coisas piores do que ficar encharcado e com frio. Além disso, a chuva atrapalharia a perseguição, caso alguém descobrisse sua fuga antes de o dia nascer.

Nenhum barulho anormal no acampamento atrás dele, nada que se sobrepusesse ao som das batidas de seu coração e de sua respiração. Foi fácil encontrar o carroção de Hunter, em meio à escuridão tremeluzente. Ele achara que a "placa" mencionada pelo doutor ostentaria um nome, mas era uma das placas de celeiro que alguns imigrantes alemães pintavam em suas casas e barracões. As nuvens se dispersaram, revelando claramente o desenho. Grey sorriu, compreendendo a escolha de Dottie: era um grande círculo com dois pássaros cômicos no meio, entreolhando-se, os bicos abertos, feito dois pombinhos apaixonados. *Distlefink*. A palavra pairou em sua mente. Alguém, em algum lugar, lhe ensinara o nome dessa espécie de pássaro e explicara que era um símbolo de boa sorte.

– Que bom – disse ele, baixinho, enquanto subia no carroção. – Vou precisar.

Ele encontrou o embrulho debaixo do assento, exatamente onde Hunter lhe dissera que estaria. Levou um instante para remover as fivelas de prata dos sapatos. No lugar das fivelas, usou um pedaço de corda de couro, que tinha sido deixado para prender seu cabelo. Meteu as fivelas sob o assento, vestiu o casaco surrado, que exalava um forte cheiro de cerveja velha e sangue seco, e olhou o gorro de tricô, que continha dois pedaços de bolo de milho, uma maçã e um pequeno cantil d'água. Ao virar a aba do gorro, leu, à luz entrecortada da lua, os dizeres LIBERDADE OU MORTE bordados com linha branca.

Ele não tinha um rumo específico; nem com o céu límpido ele teria familiaridade para se guiar pelas estrelas. Seu único objetivo era se afastar o máximo possível de Smith, sem dar de cara com outra companhia de milícia ou uma patrulha de continentais. Depois que o sol nascesse, Grey conseguiria se orientar. Hunter tinha explicado que a estrada principal estava a sudoeste do acampamento, a menos de 7 quilômetros de distância.

O que o povo pensaria de um homem algemado descendo a estrada principal era outra história, mas ele não precisava lidar com isso naquele momento. Depois de cerca de uma hora de caminhada, encontrou abrigo entre as raízes de um enorme pinheiro. Pegou a faca e cortou os cabelos da melhor maneira que pôde. Enterrou as mechas cortadas, esfregou as duas mãos na terra e as passou vigorosamente no cabelo e no rosto, antes de vestir o quepe frígio.

Então, com um disfarce apropriado, cobriu o corpo com uma espessa camada de cones de pinheiro, enroscou-se e dormiu, ouvindo o barulho da chuva nas árvores acima, novamente um homem livre.

18

SEM NOME, SEM CASA, DESTITUÍDO E MUITÍSSIMO BÊBADO

Quente, desgrenhado e ainda muito irritado com o encontro com Richardson, William retornou pelas ruas abarrotadas. *Mais uma noite em uma cama decente, pelo menos,* pensou. No dia seguinte deixaria a Filadélfia com as últimas poucas companhias do Exército, seguindo Clinton rumo ao norte. Os legalistas remanescentes que cuidassem de si mesmos. Ao pensar isso, ele se sentiu dividido entre o alívio e a culpa, mas pouca energia lhe sobrava para qualquer reflexão.

Ao chegar ao alojamento, descobriu que seu criado tinha ido embora e levado consigo seu melhor casaco, dois pares de meias de seda, meia garrafa de conhaque e as miniaturas cravejadas de pérolas da mãe de William, Geneva, e de Isobel, sua irmã e segunda mãe.

A situação ultrapassava os limites do insuportável de tal forma que ele não soltou nenhum xingamento. Apenas largou-se junto à beirada da cama, fechou os olhos e respirou, com os dentes cerrados, até a dor no estômago passar. O que restou foi um vazio em carne viva. Ele tinha aquelas miniaturas desde que nascera. Estava acostumado a dar boa-noite para elas antes de dormir, embora desde que saíra de casa tivesse passado a fazer isso em silêncio.

Tentou se convencer de que não tinha importância. Era pouco provável que fosse esquecer o semblante de suas mães. Além disso, havia outras pinturas em Helwater. Recordava-se de Isobel. E via no próprio rosto os traços de sua verdadeira mãe... Involuntariamente, olhou o espelho de barbear pendurado na parede – pelo menos isso o criado fugitivo havia deixado – e sentiu o vazio dentro de si ser preenchido com piche quente. William já não enxergava a curva da boca de sua mãe, as ondas de seus cabelos castanho-escuros. Em vez disso, via o nariz comprido e afilado feito uma faca, os olhos oblíquos e as maçãs do rosto proeminentes.

William encarou por um instante essa brusca evidência de traição, então deu meia-volta e saiu a passos firmes.

– Dane-se a semelhança! – exclamou, batendo a porta atrás de si.

Não queria saber para onde estava indo, mas, algumas ruas depois, deu de cara com Lindsay e um par de sujeitos conhecidos, todos querendo aproveitar ao máximo a última noite em uma cidade semicivilizada.

– Venha conosco, jovem Ellesmere – disse Sandy, agarrando-o com firmeza pelo colarinho e o empurrando pela rua. – Vamos produzir umas lembranças para nos aquecer nas longas noites de inverno do norte, sim?

Horas depois, olhando o mundo através do fundo de uma garrafa de cerveja, William se perguntou, bastante ébrio, de que adiantavam as lembranças para quem não as recordava. Pouco tempo antes, havia perdido a conta de quanto tinha bebido. Não se lembrava direito nem do que bebera. Pensava também ter perdido um, dois ou três dos companheiros com quem começara a noite, mas não tinha muita certeza.

Sandy ainda estava à sua frente, cambaleante, dizendo qualquer coisa e o encorajando a se levantar. William abriu um sorriso vago para a garçonete, remexeu o bolso e depositou a última moeda sobre a mesa. Tudo bem, havia outras no baú, enroladas no par de meias extras.

Ele acompanhou Sandy até o lado de fora. Era uma noite envolvente, de ar tão quente e pegajoso que era difícil respirar, e William foi tomado pelo cheiro de estrume de cavalo, excremento humano, escamas de peixe, verduras podres e carne recém-abatida. Estava tarde e escuro; a lua ainda não havia saído. Trôpego, avançou pela calçada pavimentada, apoiando-se em Sandy, um borrão em meio à noite diante de si.

Então uma porta surgiu: luz e um aroma quente e sedutor de álcool e mulheres... sua carne, seu perfume. O cheiro era mais atordoante do que a luz repentina. Uma mulher de touca de fitas sorriu para ele e o cumprimentou, velha demais para ser puta. William aquiesceu, cordial, e abriu a boca, ao que foi levemente surpreendido pelo fato de que havia desaprendido a falar. Fechou a boca e começou a assentir. A mulher soltou uma risada ensaiada e o conduziu a uma poltrona xexelenta, onde o depositou como se ele fosse um pacote rejeitado.

Ele passou um tempo ali sentado, meio tonto, o suor escorrendo pelo pescoço, entrando pela gravata e molhando a camisa. Havia uma lareira acesa próxima às suas pernas. Um pequeno caldeirão de ponche de rum fervia na parte de cima. O cheiro da bebida o deixou embrulhado. Tinha a sensação de estar derretendo como uma vela, mas não conseguia se mexer sem ficar enjoado. Fechou os olhos.

Algum tempo depois, começou a tomar ciência das vozes ao redor. Passou um tempo escutando, incapaz de distinguir as palavras, mas sentindo o fluxo vago e apaziguante, feito ondas no oceano. Seu estômago havia se acalmado. Com as pálpebras entreabertas, William olhou placidamente uma faixa que se alternava entre luz e sombra, pontilhada de cores vivas, como um voo de pássaros tropicais.

Piscou algumas vezes, ao que as cores começaram a ganhar coerência: cabelos, faixas e roupas de baixo femininas brancas, casacas vermelhas de infantaria, com o azul de um soldado de artilharia no meio. As vozes pareciam o canto de pássaros: garganteios altos, alguns gritos, e ralhados iguais aos dos sabiás que moravam no grande carvalho junto à casa de Mount Josiah. No entanto, não foram as vozes das mulheres que lhe chamaram a atenção.

Um par de soldados de cavalaria descansava em um sofá próximo, bebendo ponche de rum enquanto olhavam as mulheres. William achou que os homens já deviam estar falando havia algum tempo, mas agora era capaz de distinguir as palavras.

– Já penetrou numa mulher por trás? – perguntou um dos soldados para o amigo.

O outro deu uma risadinha, enrubescido, balançou a cabeça e murmurou qualquer coisa parecida com "São caras demais para o *meu* bolso".

– Você só precisa de uma garota que deteste. – O soldado não tirava os olhos das mulheres que cruzavam o salão. Ergueu a voz um pouquinho. – Elas apertam, para tentar se livrar, mas não conseguem.

William virou a cabeça e olhou o homem, enojado, deixando evidente sua repulsa. O homem o ignorou. Parecia vagamente familiar, de pele morena e feições duras, mas ninguém que conhecesse de nome.

– Daí você pega a mão dela e a faz tocar lá atrás e sentir você. Meu Deus, vai te ordenhar que nem uma leiteira, isso sim!

O homem riu alto, ainda correndo os olhos pelo salão. Por fim, William notou quem era o alvo daquele ignorante. Havia três mulheres de pé, duas apenas de roupa de baixo, o tecido fino e úmido colado ao corpo. Uma usava uma anágua bordada. Estava muito claro a quem eram dirigidas as insinuações do soldado: à mulher mais alta, de anágua, que permanecia parada, os punhos cerrados, encarando o soldado como se fosse abrir um buraco em sua testa.

A madame estava parada um pouco afastada, encarando o soldado com uma carranca. Sandy havia desaparecido. Os outros homens presentes bebiam e conversavam com quatro garotas, na outra ponta do salão, e não tinham ouvido aquele impropério vulgar.

Em meio à bebida, às risadas e ao constrangimento, o amigo do soldado estava vermelho feito seu casaco. O soldado moreno também estava corado; uma lívida linha em seu queixo duplo lhe pressionava o couro da gravata. Absorto, puxou com uma das mãos a virilha da calça de algodão, toda manchada de suor. Mas estava se divertindo demais com sua presa para encerrar a caça.

– Veja bem, não vá pegar a que está acostumada. É melhor uma apertadinha. – Ele se inclinou um pouco para a frente, de olhos cravados na moça alta, e apoiou os cotovelos nos joelhos. – Mas também não pegue uma que nunca tenha feito. Melhor ela saber o que a espera, sim?

O amigo murmurou algo indistinto, encarou a garota e rapidamente desviou o olhar. William também olhou para a garota. Ela fez um leve movimento e a luz das velas brilhou por um instante em seus cabelos castanhos. Deus do céu!

Sem perceber o que fazia, William se levantou. Deu dois passos cambaleantes em direção à madame e lhe tocou o ombro educadamente. Ela virou o rosto surpreso. Tinha um olhar atento no soldado, o cenho franzido de preocupação.

– Eu fico com ela, por gentileza – disse William, devagar, para não gaguejar. – A… A moça alta. De anágua. Para a noite.

As sobrancelhas finas da mulher quase desapareceram por sob a touca. Ela deu uma rápida encarada no soldado, ainda com os olhos tão fixos em sua presa que mal notara William. No entanto, o amigo notou. Cutucou o soldado e murmurou algo em seu ouvido.

– Hein? Como é? – O homem começou a se levantar. William tateou rapidamente o bolso, lembrando tarde demais que não tinha um centavo. – O que é isso, Madge?

O soldado se aproximou deles, dividindo um olhar de raiva entre William e a mulher. Por instinto, William se aprumou. Era uns 15 centímetros mais alto que o sujeito. O soldado avaliou seu tamanho e sua idade, franziu o lábio superior e exibiu um canino.

– Arabella é minha. Tenho certeza de que Madge vai encontrar outra jovem que possa satisfazê-lo.

– Eu cheguei antes – respondeu William, inclinando a cabeça milimetricamente, de olhos cravados no covardão. Não se surpreenderia se o vagabundo tentasse chutar suas bolas. Ele não se limitaria a olhar feio.

– Chegou mesmo, capitão Harkness – disse a mulher mais do que depressa, plantando-se entre os dois homens. – Ele já pediu a garota. Como o senhor não tinha se decidido…

A madame não encarava Harkness. Virou a cabeça para uma das moças, que, apesar de alarmada, disparou por uma porta nos fundos.

Foi buscar Ned, pensou William, na mesma hora, imaginando por um instante como diabos sabia o nome do porteiro.

– Você ainda não viu a cor do dinheiro dele, viu? – Harkness enfiou a mão no peito e puxou uma carteira gorda, da qual retirou um maço de notas emboladas. – Eu fico com ela. – Abriu um sorriso de poucos amigos para William. – Para a noite.

Rapidamente, William removeu seu gorjal de prata, pegou a mão da madame e lhe entregou o objeto.

– Para a noite – repetiu, com educaçao.

Sem mais delongas, deu meia-volta e começou a cruzar o salão, apesar da sensação de que o chão afundava de leve. Tomou Arabella – *Arabella?* – pelo braço e a conduziu pela porta de trás. A jovem parecia aterrorizada. Estava claro que o havia reconhecido, mas, com uma olhadela rápida para o capitão Harkness, concluiu que William era o menor dos problemas.

William ouviu Harkness gritar atrás deles. No mesmo instante, a porta se abriu e um sujeito grande, com cara de durão, adentrou o recinto. Era caolho, mas mirou direto em Harkness e foi se aproximando do capitão, a passos lentos, nas pontas dos pés, os punhos meio cerrados.

Ex-boxeador, pensou William, satisfeito. *Boa sorte, Harkness!*

Então, escorando-se na parede para evitar os tropeções, foi seguindo um traseiro redondo e rebolativo, cruzando a mesma escadaria com cheiro de desinfetante e sabão que subira na véspera, pensando o que diria a ela quando chegasse lá em cima.

...

William esperava que não fosse o mesmo quarto, mas era. No entanto, já era noite e as janelas estavam abertas. O calor do dia pairava nas paredes e no chão. Havia apenas uma leve brisa do rio, que trazia o aroma da seiva das árvores e fazia dançar a chama da única vela.

A garota esperou que ele entrasse, fechou a porta e ficou ali parada, de costas para a parede, a mão ainda na fechadura.

– Eu não vou machucá-la – avisou ele. – Não pretendia, da última vez.

Ela relaxou um pouco a mão, mas continuou a encará-lo com os olhos semicerrados. Estava escuro, e Wiliam mal conseguia distinguir o brilho dos olhos da moça. Ela tinha uma carranca.

– Você não me machucou – disse ela. – Mas estragou a minha melhor anágua *e* um decânter de vinho. Isso me custou uma surra e uma semana de ordenado.

– Desculpe. De verdade. Eu... pago pelo vinho e pela anágua.

Com o quê?, pensou. Percebera, tardiamente, que o par de meias extras onde guardava o dinheiro havia desaparecido com o criado, e naturalmente o dinheiro também. Bom, ele iria penhorar alguma coisa se fosse preciso ou pegaria um tanto emprestado.

– Sobre a surra, não tenho muito a fazer. Mas sinto *mesmo*.

Ela deu uma bufada, mas pareceu aceitar. Tirou a mão da fechadura e avançou pelo quarto. À luz da vela e em meio ao nervosismo, William pôde ver seu rosto. Ela era muito bonita, apesar da expressão de cautela e desconfiança.

– Bom. – Ela o avaliou de cima a baixo, da mesma forma que o olhara no beco. – William, é esse o seu nome?

– Isso. – Fez-se um silêncio um pouco longo demais. – E o seu? É mesmo Arabella? – perguntou ele, de forma quase aleatória.

Isso a surpreendeu. A moça contorceu os lábios, mas não sorriu.

– Não. Mas sou regular e Madge acha que as regulares precisam ter nomes de... damas?

Ela ergueu a sobrancelha. William não soube bem se a pergunta era se Arabella era nome de dama ou o que ele achava da filosofia de Madge.

– Eu conheço duas Arabellas – comentou ele. – Uma tem 6 anos, e a outra tem 82.

– E são damas? – Ela abanou a mão, dispensando a pergunta assim que foi feita. – Claro que são. Se não fossem, você não as conheceria. Quer que eu mande vir um vinho? Ou um ponche? – Ela o encarou, com um olhar avaliativo. – Se quiser fazer alguma coisa, acho melhor não beber. Mas a escolha é sua.

Ela levou a mão ao cadarço da anágua, mas não o puxou. Claramente não estava animada para induzi-lo a fazer "alguma coisa".

William esfregou a mão no rosto suado, imaginando que devia estar fedendo ao álcool que brotava de seus poros.

– Não quero vinho, não. Nem quero… ahn… fazer… Bom, isso não é bem verdade. Eu quero, sim – acrescentou, para que ela não se ofendesse –, mas não vou.

Ela o encarou, boquiaberta.

– Por que não? – perguntou, por fim. – Você pagou muito caro, pode fazer o que quiser. Inclusive sodomia, se for do seu gosto.

Ela franziu o lábio um pouquinho. Ele corou até a raiz dos cabelos.

– Acha que eu a salvaria de… daquilo, depois *eu mesmo* iria querer fazer?

– Claro. A maioria dos homens nem cogita certas coisas até outro comentar, depois fica todo empolgado para experimentar.

Ele estava horrorizado.

– A senhorita tem uma opinião péssima sobre os homens!

A mulher tornou a contorcer o lábio, disfarçando muito mal seu olhar de divertimento. O sangue subiu ao rosto de William.

– Muito bem – disparou ele, rígido. – Entendi o seu ponto.

– Ora, isso é novidade – disse ela, transformando a careta em um sorriso malicioso. – Costuma ser o contrário.

Ele soltou um suspiro profundo.

– É… Pode servir como pedido de desculpas, se você quiser. – Era uma luta continuar a fixar o olhar no dela. – Pelo que aconteceu da última vez.

Uma brisa entrou no quarto, remexendo os cabelos da moça e se infiltrando em sua roupa de baixo, o que lhe permitiu um breve vislumbre de seu mamilo, como uma rosa escura ao anoitecer. Ele engoliu em seco e desviou o olhar.

– Meu… Meu padrasto… me contou certa vez de uma madame, conhecida dele, que dizia que uma noite de sono era o melhor presente que alguém poderia dar a uma puta.

– Frequentar bordéis é costume de família então? – Ela não parou para esperar a resposta. – Mas ele tem razão. Você quer dizer que gostaria que eu… dormisse?

Pelo tom de incredulidade, parecia que William estava requisitando uma perversão muito maior que a sodomia.

– A senhorita pode cantar ou plantar bananeira, se preferir – respondeu ele, com certa dificuldade para manter a calma. – Não pretendo… molestá-la. Fora isso, faça o que bem entender.

Ela o encarou, com uma pequena ruga na testa, e ele percebeu que ela não acreditava.

– Eu… iria embora – disse ele, outra vez se sentindo estranho –, mas tenho receio de que o capitão Harkness ainda esteja nas redondezas. Se ele ficar sabendo que a senhorita está sozinha…

Além disso, William não podia enfrentar o próprio quarto, escuro e vazio. Não aquela noite.

– Imagino que Ned tenha se livrado *dele* – retrucou a moça, com um pigarro. – Mas não vá. Se o senhor for, ela vai mandar outro.

Ela tirou a anágua, sem qualquer sinal de ardil ou coquetismo. Havia uma cortina no canto, que ela fechou, e William a ouviu usando o penico.

Ela saiu, olhou para ele e balançou de leve a cortina.

– É logo aqui. Se você...

– Ah. Obrigado.

A bem da verdade, ele precisava muito mijar, mas a ideia de usar o penico da moça em tão pouco tempo depois dela lhe causava muitíssimo constrangimento.

Ele olhou em volta, encontrou uma cadeira e se sentou. Tirou as botas com um floreio e reclinou o corpo, começando a relaxar. Fechou os olhos... quase por completo.

Pelas pálpebras entreabertas, William viu a moça observá-lo com atenção por um instante. Em seguida, ela se inclinou e soprou a vela. Como um fantasma na escuridão, ela subiu na cama – as cordas rangeram com seu peso – e se cobriu. Por sobre a barulheira do bordel lá embaixo, ele ouviu um suspiro fraquinho.

– Ahn... Arabella?

Ele não esperava um agradecimento, mas queria *algo* dela.

– Sim? – respondeu ela, meio resignada, esperando que ele mudasse de ideia em relação à sodomia.

– Qual é o seu nome verdadeiro?

Fez-se silêncio por um minuto, enquanto ela se decidia. Mas a jovem não tinha nada de hesitante e, quando respondeu, foi sem a menor relutância:

– Jane.

– Ah. Só... só mais uma coisinha. Meu casaco...

– Eu vendi.

– Ah... Boa noite, então.

Fez-se um silêncio prolongado, preenchido pelos pensamentos não ditos de duas pessoas e um suspiro profundo e exasperado.

– Venha logo para a cama, seu idiota.

Ele não podia se deitar de uniforme. Manteve a camisa no corpo, querendo preservar minimamente a modéstia da moça e seu intuito original. Deitou-se a seu lado, tentando imaginar a si mesmo como a estátua de mármore na tumba de um guerreiro: um monumento ao comportamento nobre, sentenciado à castidade forçada pelo revestimento pétreo de seu corpo.

Infelizmente, a cama era muito pequena, e William, muito grande. E Arabella-Jane não fazia qualquer esforço para *evitar* tocá-lo. Também não tentava estimulá-lo, claro, mas sua simples presença desempenhava essa tarefa, mesmo sem querer.

Ele tinha total ciência de cada centímetro de seu corpo e de quais partes estavam em contato com ela. Sentia o cheiro dos cabelos dela, um leve aroma de sabão misturado à fumaça de tabaco. A respiração era doce, exalando um odor de rum. William desejou provar o hálito de sua boca, compartilhar aquela umidade quente. Fechou os olhos e engoliu em seco.

A única coisa capaz de manter suas mãos longe dela era a desesperada necessidade de mijar. Estava naquele estado de bebedeira no qual podia perceber um problema, mas não era capaz de pensar em uma solução, e a mera incapacidade de pensar em duas coisas ao mesmo tempo o impedia de falar com ela ou tocá-la.

– O que está havendo? – sussurrou ela. – Você está se remexendo, parece que tem algum bicho nas calças... Você não está de cueca, está?

Ela soltou uma risadinha, e seu hálito tocou a orelha dele. Ele soltou um grunhido baixinho.

– Ah, não! – A voz dela assumiu um tom mais alarmado. Ela se sentou na cama e se virou para ele: – Você não vai vomitar na minha cama! Levante-se! Levante-se agora mesmo!

Ela o empurrou com as mãozinhas prementes, e William cambaleou para fora da cama, bamboleando e agarrando os móveis para não cair.

Diante dele, a janela estava escancarada, aberta para a noite, e o céu ostentava uma bela lua minguante. Interpretando tudo aquilo como um verdadeiro convite celestial, William ergueu a camisa, agarrou o peitoril da janela e mijou no meio da noite, em um majestoso arco de ofuscante alegria.

A sensação de alívio era tão intensa que tudo o mais se apagou de sua mente, até que Arabella-Jane o agarrou pelo braço e o puxou para longe da janela.

– Saia da vista, pelo amor de Deus! – Ela arriscou uma olhada rápida para baixo, então retornou, muito esquiva e balançando a cabeça. – Se bem que... não é como se o capitão Harkness algum dia fosse querer indicá-lo como sócio do clube favorito dele, certo?

– Harkness?

William se balançou em direção à janela, piscando. Do andar de baixo vinha uma barulheira considerável, gritos e agressões, mas ele, com dificuldade de ajustar o olhar, não percebeu nada além do brilho trêmulo dos uniformes vermelhos, ainda mais vermelhos sob a luz da lanterna acima da porta do estabelecimento.

– Deixa para lá. Ele provavelmente vai pensar que fui eu – disse Arabella-Jane, com um tom soturno.

– Você é mulher – observou William, muito sensato. – Não poderia mijar de uma janela.

– Não sem estrelar um verdadeiro espetáculo, não – concordou ela. – Mas é muito comum que uma puta arremesse o conteúdo de seu penico em alguém, num "acidente proposital".

Ela deu de ombros, cruzou a cortina e retornou com o receptáculo mencionado, o qual prontamente suspendeu e virou pela janela. Em resposta aos novos berros vindos de baixo, debruçou-se, gritou diversos insultos que orgulhariam um sargento do regimento, enfiou a cabeça de volta e fechou as persianas.

– Como diz o ditado: "Seja pelo roubo do carneiro ou do cordeiro, é inevitável a forca." Ou a sodomia – observou ela, puxando-o pelo braço outra vez. – Volte para a cama.

– Só na Escócia sodomizam carneiros – comentou um confuso William, obedecendo a ela. – Talvez em certas partes de Yorkshire. Nortúmbria também, eu acho.

– Ah, é? O capitão Harkness é de um desses lugares?

– Ele? – Muito subitamente, William se sentou na cama, enquanto o quarto começava a girar bem rápido. – Não. Eu diria que ele é de Devon, a julgar pelo... pelo... discurso – concluiu, satisfeito por ter encontrado a palavra.

– Também há carneiros em Devon, não?

Arabella-Jane começou a desabotoar a camisa dele. William ergueu a mão para impedi-la, pensou por que razão faria isso e largou a mão parada no meio do caminho.

– Muitos carneiros – disse ele. – Muitos carneiros por todos os lados, na Inglaterra.

– Deus salve a rainha, então – murmurou ela, atenta ao que fazia.

O último botão foi aberto, e uma fraca lufada de ar remexeu os pelinhos do peito de William. Ele recordou a razão pela qual deveria impedi-la, mas, antes que sua mão completasse o movimento, a moça enfiou a cabeça dentro de sua camisa aberta e lambeu seu mamilo. A mão de William, então, apenas tocou com delicadeza a cabeça dela, surpreendentemente quente. A respiração também era quente, assim como a mão, que agarrou seu pênis em um gesto meio possessivo.

– Não – pediu ele, depois do que pareceu um tempo enorme, mas talvez tivessem sido apenas uns segundos. Muito pesaroso, ele desceu a mão e a fechou por sobre a dela, que o segurava. – Eu... estava falando sério. Não quero incomodá-la.

Ela não soltou o membro de William. Encarou-o com um ar confuso e impaciente, visível apenas sob a luz que adentrava pela persiana da janela.

– Se você me incomodar, eu paro. Está bom assim?

– Não – repetiu ele. Agora estava muitíssimo concentrado. Parecia importante que ela compreendesse. – Honra. É questão de honra.

Ela soltou um ruído, de impaciência ou divertimento.

– Talvez você devesse ter pensado na sua honra antes de vir parar em um puteiro. Ou foi arrastado para cá contra a vontade?

– Eu vim com um amigo – respondeu ele, cheio de dignidade. Ela ainda não tinha soltado, mas não podia mexer a mão, com a dele por cima. – Não... não foi isso que eu quis dizer. Eu disse...

As palavras, vindas com facilidade um instante antes, agora tornavam a escapar, deixando-o sem fala.

– Me conte mais tarde, quando estiver conseguindo pensar com clareza – sugeriu ela.

Com espanto, William percebeu que a moça tinha *duas* mãos e sabia muito bem o que fazer com a outra.

– Solte meus... – *Qual é a palavra, maldição?* – Solte meus testículos, moça, por favor.

– Como quiser – respondeu ela, secamente.

Então enfiou de volta a cabeça na camisa suada e fedida, mordeu um de seus mamilos e o sugou com tanta força que ele ficou sem palavras.

Os acontecimentos que se seguiram foram meio desordenados, mas muitíssimo prazerosos, ainda que em dado ponto ele tivesse se percebido por cima dela, murmurando "Eu sou um desgraçado, sou um desgraçado, um *desgraçado!*", com o suor de seu rosto pingando nos seios da moça.

Ela não respondeu, mas esticou o braço comprido, levou a mão à sua nuca e tornou a puxá-lo para baixo.

Aos poucos, ele foi voltando a si, ciente de que estava falando já fazia um tempo, apesar de ter a cabeça aninhada na curva do ombro da moça e os sentidos pairando naquele perfume almiscarado (*como uma flor suada*, pensou ele, quase sonhando), com um mamilo doce e escuro a poucos centímetros do nariz.

– A única honra que me resta é a minha palavra. Eu preciso mantê-la. – Então, frente à recordação dos últimos momentos, súbitas lágrimas lhe surgiram. – Por que você me fez quebrar a minha palavra?

Ela passou um tempo em silêncio. Se não fosse a mão que lhe afagava as costas nuas, suave como um sussurro, William teria pensado que ela havia caído no sono.

– Já parou para pensar que uma puta talvez também tenha sua honra? – perguntou ela, por fim.

Francamente, ele nunca tinha pensado nisso. Abriu a boca para se pronunciar, mas ficou sem palavras mais uma vez. Então fechou os olhos e adormeceu sobre os seios dela.

19

MEDIDAS DESESPERADAS

Silvia Hardman ficou observando Jamie, muito concentrada, com a sobrancelha franzida e os lábios contraídos. Por fim, balançou a cabeça, suspirou e perguntou:

– O senhor está falando sério?

– Estou, amiga Silvia. Tenho que estar na Filadélfia o mais rápido possível. E, para isso, preciso chegar à estrada. Preciso ser capaz de caminhar amanhã de manhã, por pior que esteja.

– Muito bem, então. Patience, vá apanhar o frasco especial de seu pai. Prudence, moa um punhado de semente de mostarda... – Ela parou um pouco mais perto da cama, espiando com cautela as costas de Jamie, como se medisse o terreno. – Um punhado, não. Dois punhados. Suas mãos são pequenas. – Apanhou um bastão de escavação na prateleira junto à porta, mas hesitou. – Não ponha a mão nos olhos nem no rosto, Pru... e em hipótese alguma encoste em Chastity sem lavar as mãos antes. Se ela chorar, deixe Patience cuidar dela.

Embora tivesse sido trocada e alimentada havia pouco tempo, Chastity entoava pequenos resmungos de irritação. Patience, no entanto, já tinha saído correndo pela porta, fazendo Jamie se perguntar onde estaria o tal frasco especial do pai. Ao que parecia, escondido.

– Traga a pequena para cá – sugeriu ele. – Eu posso cuidar dela um pouquinho.

Silvia obedeceu sem hesitar, o que agradou a ele, e Jamie permaneceu deitado em frente à bebê, fazendo caretas e divertindo tanto a si mesmo quanto a ela. Ela soltou uma risadinha. Prudence também, enquanto socava o pilão e enchia o ar com o aroma quente de mostarda. Ele mostrou a língua para Chastity, que se agitou e projetou a ponta da linguinha rosada em resposta. Isso fez Jamie gargalhar.

– Do que é que vocês tanto riem? – inquiriu Patience, abrindo a porta e franzindo o cenho de uma irmã à outra, com a expressão severa, o que fez todos gargalharem ainda mais.

Instantes depois, quando a sra. Hardman retornou, segurando uma grande raiz imunda, o grupo chegara ao ponto de rir de absolutamente tudo.

Aturdida, ela apenas balançou a cabeça e sorriu.

– Bom, o ditado avisa que rir é o melhor remédio – observou, ao ver a hilaridade seguir seu caminho, deixando as meninas de rosto vermelho e Jamie levemente melhor... para sua própria surpresa. – Posso pegar emprestada sua faca, amigo James? É mais adequada que a minha para o que desejo fazer.

Era verdade. A faca da sra. Hardman tinha uma lâmina grossa de ferro, bastante cega, e o cabo era de cordas amarradas. Já Jamie possuía uma boa faca com cabo de marfim, comprada em Brest, de aço carbono. Era tão afiada que podia cortar até os pelinhos de seu braço. Ele a viu sorrir, com um prazer involuntário, ao senti-la na mão, e teve o ligeiro vislumbre de uma lembrança: Brianna, com ar de satisfação, abrindo delicadamente seu canivete suíço.

Claire também apreciava boas ferramentas. A diferença era que ela tocava cada uma delas com a imediata ideia de sua utilidade, em vez de apenas admirar sua elegância e seu funcionamento. Uma lâmina, para ela, não era só uma ferramenta, mas uma extensão da própria mão. Jamie fechou a mão, esfregando o polegar na ponta dos outros dedos e relembrando a faca que fizera para ela, o cabo cuidadosamente entalhado e lixado para se ajustar com exatidão à pegada de sua mão. Ele fechou o punho com força, sem querer pensar nela tão intimamente. Não naquele momento.

Silvia pediu que as meninas se afastassem e descascou a raiz com muito cuidado e a esmigalhou em uma pequena tigela de madeira, virando o rosto quanto era possível para evitar os odores fumegantes da raiz-forte fresca. Ainda assim, estava com os olhos lacrimejantes.

Enxugou-os no avental e pegou o "frasco especial", uma garrafa de barro marrom-escura, suja de terra (será que a menininha havia desenterrado?). Com bastante cuidado, serviu uma pequena quantidade do conteúdo, muito alcoólico.

O que é isso?, pensou Jamie, analisando o cheiro com muita atenção. Uma sidra muito velha? Conhaque de ameixa de dupla fermentação? Aquilo provavelmente havia sido alguma fruta, mas já devia fazer um tempo que essa fruta despencara da árvore.

A sra. Hardman relaxou e tornou a arrolhar a garrafa, aliviada em ver que o conteúdo não havia de fato explodido com a decantação.

– Pois muito bem – disse ela, aproximando-se para pegar Chastity, que soltou gritinhos e resmungos ao ser separada de Jamie. A menina o considerava um brinquedo gigante. – Agora temos que deixar umas horas apurando. Só funciona se estiver bem quente. E o senhor deve dormir, se puder. Sei que passou a noite em claro, e hoje à noite talvez não seja muito melhor.

Jamie havia se preparado, com temor e curiosidade, para a possibilidade de ter que beber licor de raiz-forte. A primeira emoção se abrandou quando descobriu que a sra. Hardman não pretendia servir o preparo como bebida, mas retornou com toda a força quando ele se viu, um instante depois, deitado de barriga para baixo, com a camisa amarfanhada na altura das axilas, e sua anfitriã esfregando vigorosamente a preparação em suas nádegas.

– Tome cuidado, amiga Silvia – disse Jamie, tentando virar a cabeça o suficiente para afastar a boca do travesseiro sem retorcer as costas ou empinar o traseiro. – Se a senhora deixar isso cair no rego, talvez a cura se dê com uma violência um tanto quanto súbita.

O sopro de um riso fungado fez cócegas em sua lombar, onde a carne ainda doía e coçava por conta do trabalho da mulher.

– Minha avó falava que essa receita levantava até defunto – disse ela, a voz bem baixa, de modo a não acordar as meninas, enroscadas feito duas lagartas nos cobertores defronte à lareira. – Talvez ela fosse menos cuidadosa na aplicação.

"Só funciona se estiver bem quente", dissera ela.

Entre o unguento de raiz-forte e o emplastro de mostarda que repousava em sua lombar, Jamie pensou que sofreria uma combustão espontânea a qualquer instante.

Tinha certeza de que sua pele estava cheia de bolhas. "Sei que passou a noite em claro, e hoje à noite talvez não seja muito melhor." Nisso ela tinha razão.

Ele se remexeu, tentando se virar de lado sem fazer barulho ou deslocar o emplastro. A sra. Hardman o havia prendido à lombar com tiras de flanela amarradas ao corpo, com grande tendência a deslizar. A dor ao se mover era de fato muito menor, o que era uma boa notícia. Por outro lado, Jamie sentia como se uma tocha de madeira pairasse a poucos centímetros de seu corpo. E, por mais que ela *de fato* tivesse tomado cuidado na aplicação do unguento, das costelas aos joelhos, um pouco do líquido havia encostado em seus testículos, trazendo um calor absurdo e não exatamente desagradável entre suas pernas, mas também um desejo incontrolável de se contorcer.

Enquanto a sra. Hardman trabalhava, ele não se contorceu nem disse uma palavra. Não depois de ver o estado de suas mãos: vermelhas feito a carapaça de uma lagosta, com uma pústula leitosa na lateral do polegar. Ela também não tinha dito uma palavra. Após terminar, apenas baixou a camisa dele e deu umas batidinhas delicadas em suas costas, então foi se lavar, esfregando um pouco de gordura de cozinha nas mãos.

Ela agora dormia também, toda encolhida no canto do sofá, com o bercinho da pequena Chastity a seus pés, a uma distância segura da brasa da lareira. Vez ou outra, um pedaço de madeira incandescente estalava, produzindo um barulho alto e soltando uma pequena cascata de fagulhas.

Com delicadeza, Jamie se espreguiçou, testando os movimentos. Melhor. Porém, quer estivesse curado de manhã ou não, iria embora – nem que precisasse ir se arrastando pela estrada. As Hardmans precisavam de sua cama de volta. E ele precisava da dele.

A cama de Claire.

O pensamento lhe fez o calor subir até a barriga, e enfim ele se contorceu. Seus pensamentos também revolviam, concentrados nela. Ele agarrou um desses pensamentos e tentou controlá-lo como se fosse um cão desobediente.

Não foi culpa dela, pensou. *Ela não me fez nada de errado.* Os dois o tinham dado como morto. Marsali dissera isso a ele, e contara que lorde John havia desposado Claire às pressas, logo após a notícia da morte de Jamie, de modo a protegê-la da prisão iminente. Prisão não apenas de Claire, mas também de Fergus e Marsali.

É, e depois a levou para a cama! Ele cerrou o punho, e as juntas de sua mão esquerda latejaram. "Nunca acerte o rosto, rapaz." Dougal lhe dissera isso fazia uma eternidade, enquanto assistiam a uma luta entre dois dos homens de Colum, no pátio em Leoch. "Acerte as partes mais sensíveis."

Eles haviam acertado as partes sensíveis *dele*.

– Não foi culpa dela – murmurou ele, entre dentes, remexendo-se inquieto no travesseiro. Mas o que havia acontecido? Por que fizeram aquilo?

Ele se sentia febril, a mente atordoada pelas ondas de calor que faziam seu corpo latejar. Então, como a visão de um delírio febril, Jamie vislumbrou Claire: nua, pálida e tremeluzente de suor, em meio à noite úmida, deslizando sob as mãos de John Grey...

Nós estávamos transando com você!

Ele sentiu como se uma cinta quente tivesse sido estalada em suas costas. Com um grunhido profundo e exasperado, tornou a virar o corpo, tateou as ataduras que lhe prendiam o emplastro escaldante à pele e, enfim, se soltou de seu tórrido abraço. Largou o emplastro no chão e afastou a colcha que o cobria, buscando o alívio do ar fresco no corpo e na mente.

O chalé, no entanto, estava tomado até o teto pela quentura abafada do fogo e dos corpos adormecidos, e o calor que o dominava parecia ter fincado raízes entre suas pernas. Ele cravou os punhos nos lençóis, tentando não se contorcer, tentando acalmar a mente.

– Senhor, me afaste disso – sussurrou ele, em *gàidhlig*. – Conceda-me perdão e misericórdia. Conceda-me compreensão!

O que sua mente lhe apresentou, em vez disso, foi uma sensação fugaz, uma lembrança de frio tão impressionante quanto refrescante. Foi-se embora em um instante, mas deixou sua mão comichando com o toque da pedra gelada e da terra fria. Ele se agarrou àquela memória, fechando os olhos, imaginando que pressionava o rosto quente à parede da caverna.

Pois era a caverna dele. O lugar onde se escondera, onde vivera nos anos seguintes a Culloden. Ele também havia ardido ali, pulsando de calor e dor, de ira e febre, desolação e o doce e breve consolo dos sonhos nos quais tornara a ver sua esposa. Sentiu em sua mente o frio, o arrepio sombrio que pensara que o mataria, encontrando agora alívio no deserto de seus pensamentos. Visualizou a si mesmo pressionando as costas nuas e ardentes às paredes úmidas e ásperas da caverna, desejando que o frio lhe penetrasse a carne, que dissipasse o fogo.

Seu corpo rígido amoleceu um pouco. Jamie respirou lentamente, teimando em ignorar os vapores fedidos do chalé, a fumaça de raiz-forte, o conhaque de ameixa e mostarda, de cozinha e corpos lavados com pouca frequência. Tentando sorver a limpeza penetrante do vento do norte, os aromas de urze e giesta. E o que ele sorveu foi…

– Mary – sussurrou ele, e seus olhos se arregalaram, em choque.

O aroma de cebolas verdes e cerejas, não exatamente maduras. Uma galinha cozida, já fria.

E o aroma cálido de sua pele de mulher, levemente acre com o suor das roupas, envolto pelo cheiro suave e gordurento do sabão de lixívia da irmã.

Ele respirou fundo, como se pudesse inspirar mais daquele odor, mas o ar frio das Terras Altas já tinha ido embora. Jamie inalou uma boa sorvida de mostarda quente, então tossiu.

– Ai, muito bem – murmurou ele para Deus, com desagrado. – Já entendi o recado.

Mesmo na mais abjeta solidão, durante o período na caverna, Jamie não havia buscado uma mulher. Mas, quando Mary MacNab se aproximou, na noite de sua partida para uma prisão inglesa, ele encontrou naqueles braços um consolo para seu pesar.

Não como substituta de Claire. Jamais. Era apenas uma necessidade desesperada, com a grata aceitação da dádiva do toque, de passar um tempo na companhia de alguém. Como poderia achar errado que Claire tivesse feito o mesmo?

Ele suspirou, virando o corpo para encontrar uma posição mais confortável. A pequena Chastity soltou um ganidinho. Silvia Hardman se levantou na mesma hora, fazendo os tecidos farfalharem, debruçando-se sobre o berço com um murmúrio sonolento.

Pela primeira vez, Jamie se deu conta do nome da criança. A bebê talvez tivesse 3 ou 4 meses. Quanto tempo fazia que Gabriel Hardman estava afastado? Mais de um ano, calculou ele, pelo que as menininhas tinham dito. Chastity, claro. *Castidade*. Seria o nome a mera combinação natural para Prudence e Patience ou a amargura ferina e particular da sra. Hardman, em um gesto de censura a seu marido ausente?

Ele fechou os olhos e buscou, na escuridão, alguma sensação de frescor. Achou que já havia ardido o bastante.

20

DE REPOLHOS E REIS

Ele caminhou até a estrada, recusando a ajuda de Prudence e Patience, que insistiam em acompanhá-lo para evitar que ele caísse no chão, fosse acometido de uma paralisia súbita ou metesse o pé na toca de uma marmota e torcesse o tornozelo. Elas faziam pouco da força dele, mas tinham educação suficiente para manter a distância de uns 30 centímetros de cada lado, as mãos pálidas à meia-luz pairando feito borboletinhas brancas junto a seus cotovelos.

– Não há tantas carroças levando pessoas nesses últimos dias – observou Patience, em um tom que oscilava entre ansiedade e esperança. – Pode ser que o senhor não encontre um transporte adequado.

– Eu fico satisfeito com um carrinho de adubo ou uma carroça velha transportando repolhos – garantiu ele, já de olho na estrada. – Meu assunto é bastante urgente.

– Nós sabemos – respondeu Prudence. – Estávamos debaixo da cama quando Washington nomeou o senhor.

Ela falava com certa reserva, como uma quacre avessa à prática da guerra. Jamie sorriu para seu rostinho sério, de lábios compridos e olhos puros, como os da mãe.

– Washington não é a minha maior preocupação – disse ele. – Eu preciso ver minha esposa antes…

– Já faz um tempo que o senhor não a vê? – perguntou Prudence, surpresa. – Por quê?

– Eu fui impedido por um assunto na Escócia – retrucou ele, decidindo não comentar que ele a tinha visto dois dias antes. – Aquilo ali é um carroção?

Não era. Era um vaqueiro com um rebanho de suínos. Os três foram obrigados a se afastar um pouco da beira da estrada, para não serem mordidos nem pisoteados. Quando o sol estava no topo do céu, porém, o tráfego da estrada começou a normalizar.

A maioria vinha da Filadélfia, como as meninas haviam explicado: famílias legalistas que não podiam pagar passagens de navio, fugindo da cidade com o que podiam carregar, algumas com carroções ou carriolas, muitas apenas com o que podiam levar nas costas ou nos braços. Também havia soldados britânicos, em grupos e colunas, provavelmente auxiliando a retirada e protegendo os legalistas de roubos e ataques, caso a milícia rebelde despontasse do meio da mata.

Aquele pensamento lhe trouxe a lembrança de John Grey, ausente de sua mente havia horas.

– Ai, *continue* ausente – soltou Jamie, entre dentes, afastando-o com força outra vez para um canto do cérebro.

Mas um novo e teimoso pensamento lhe ocorreu: e se Grey tivesse sido solto no mesmo instante pela milícia e já tivesse retornado à Filadélfia? Por um lado, Claire estaria segura. Podia confiar no homem quanto a isso. Por outro lado, porém...

Ah, muito bem. Se ele pisasse na casa e encontrasse Grey com Claire, simplesmente a tiraria de lá no mesmo instante, sem dizer uma palavra. A menos que...

– O senhor ainda está sofrendo por conta da raiz-forte, amigo Jamie? – perguntou Patience, muito educada. – Está com uns fungados terríveis. Talvez seja melhor ficar com o meu lencinho.

Na mata, nos arredores da Filadélfia

Grey acordou subitamente, sentindo o clarão do dia e o cano de um mosquete na barriga.

– Saia daí, com as mãos para cima – disse uma voz fria.

Ao abrir um tantinho os olhos, ele viu que seu interlocutor vestia um casaco surrado de oficial continental, calças feitas em casa e uma camisa de gola aberta, além de um chapéu torto com a borda envolta por uma pena de peru.

Milícia rebelde. Com o coração na boca e o corpo rígido, Grey saiu de seu refúgio com as mãos para o alto.

Chocado, o captor de Grey encarou seu rosto acabado, então as algemas, com as tiras de musselina pendendo das correntes enferrujadas. Recolheu de leve o mosquetão, mas não o baixou. Já de pé, Grey viu também vários outros homens, todos a encará-lo com extremo interesse.

– Ah... de onde foi que o senhor fugiu? – perguntou, com cautela, o oficial do mosquetão.

Havia duas respostas possíveis, e Grey escolheu a mais arriscada. Falar "prisão" provavelmente teria feito os homens o largarem ali ou, na pior das hipóteses, o levarem consigo, mas sem remover as algemas. De qualquer maneira, ele não se livraria dos ferros.

– Eu fui algemado por um oficial britânico que achou que eu era um espião – explicou ele, cheio de ousadia.

A mais pura verdade, refletiu.

Um profundo burburinho de interesse percorreu os homens, que se aproximaram para olhá-lo. O cabo do mosquetão foi totalmente recolhido.

– Certo... – disse seu captor, que tinha uma voz inglesa e educada, com um leve sotaque de Dorset. – E qual seria o seu nome, senhor?

– Bertram Armstrong – respondeu ele, prontamente, usando dois de seus nomes do meio. – Eu poderia ter o prazer de também saber o seu?

O homem fez uma careta de desdém, mas respondeu, muito depressa:

– Eu sou o reverendo Peleg Woodsworth, capitão do 16º regimento da Pensilvânia, senhor. E a sua companhia?

Grey viu os olhos de Woodsworth encarando seu quepe de inscrição arrojada.

– Ainda não me juntei a nenhuma companhia, senhor – comentou ele, suavizando um pouquinho o próprio sotaque. – Estava prestes a fazer isso, na verdade, quando entrei em conflito com uma patrulha britânica. Pouco depois, me vi no apuro que os senhores estão vendo.

Ele ergueu um pouco os punhos, batendo os ferros. O murmúrio de interesse tornou a se formar, desta vez com um distinto tom aprovador.

– Pois muito bem – retrucou Woodsworth, apoiando o mosquetão no ombro. – Venha conosco, sr. Armstrong. Acho que talvez possamos tirá-lo desse apuro.

21

MALDITOS HOMENS

Quando eles chegaram à trilha, havia cavalos, burros e carroças, assim como companhias de milícia. Rachel conseguiu subir em uma carroça repleta de sacas de cevada, com Ian e Rollo trotando ao lado. Juntos, seguiram até Matson's Ford, onde encontrariam Denzell e Dottie. Eles esperaram no vau até o meio da manhã, mas não viram sinal da carroça de Denzell, e nenhum dos grupos de milícia que cruzavam o local o haviam visto.

– Ele deve ter tido uma emergência – concluiu Rachel, dando de ombros, resignada. – É melhor a gente seguir sem ele. Talvez encontremos uma carroça na estrada principal que nos leve até a cidade.

Ela não estava aborrecida. Como qualquer familiar de médico, estava acostumada a cuidar de si mesma sob condições inesperadas. E adorava ficar sozinha com Ian, conversando e olhando para ele.

Ian concordou que era o melhor a fazer, e os dois saíram chapinhando pelo vau, de sapatos na mão, sentindo o alívio da água gelada. Mesmo na floresta, o ar estava quente e abafado, agitado com o ribombo dos trovões que os rodeavam a distância.

– Aqui – disse ele a Rachel, entregando a ela seus mocassins, o rifle e o cinto com o polvarim, a bolsa de balas e o punhal. – Afaste-se um pouquinho, por favor.

Ele via um trecho revirado no fundo do riacho, onde um redemoinho persistente havia feito um buraco profundo, uma sombra escura e convidativa nas ondulações. Pulou de pedra em pedra, até a última, e mergulhou no buraco como um pedregulho largado. Rollo, com a barriga afundada no vau e encharcado até o pescoço, latiu e abanou o gigantesco rabo, empapuçando Rachel.

A cabeça de Ian emergiu outra vez, pingando água, e ele estendeu o braço comprido e magro em direção à perna dela, chamando-a para entrar na água. Ela não recuou, mas estendeu o braço que segurava o rifle e ergueu a sobrancelha. Ian desistiu do convite, então saiu engatinhando do buraco. Levantou-se no vau e se balançou todo, igualzinho a Rollo, largando nela gotinhas de água gelada.

– Quer entrar? – perguntou ele, abrindo um sorriso enquanto pegava as armas de volta. Com o dorso da mão, enxugou a água da testa e do queixo. – É bem refrescante.

– Eu entraria – respondeu Rachel, secando as gotinhas geladas do rosto suado – se minhas roupas fossem apropriadas para um mergulho.

Na bolsa de camurça surrada, Ian tinha um par de calças e uma tanga, com uma camisa de algodão tão desbotada que as flores vermelhas estampadas já eram quase da mesma cor que o fundo marrom. A água e o sol não fariam a menor diferença, e ele teria o mesmo aspecto, seco ou molhado. Já Rachel, no entanto, passaria o dia inteiro parecendo um rato afogado, e um rato imodesto, a bem dizer, de vestido e roupa de baixo meio transparentes e colados ao corpo.

Aquele pensamento fortuito coincidiu com o ato de Ian afivelar o cinto. O movimento atraiu o olhar de Rachel para a aba da tanga de algodão. Ou melhor, para o ponto onde ela já não cobria, visto que Ian a tinha levantado para passá-la por sobre o cinto.

Ela prendeu a respiração, num arquejo audível. Ele olhou para ela, surpreso.

– O quê?

– Nada, não – disse ela, o rosto esquentando apesar da água fria.

Ele olhou para baixo, seguindo a direção do olhar dela, então ergueu os olhos de volta e a encarou. A despeito do que comentara, Rachel sentiu o forte ímpeto de pular direto na água.

– Está incomodada? – perguntou ele, de sobrancelhas erguidas, puxando o tecido molhado da tanga e largando a aba.

– Não – respondeu ela, com dignidade. – Eu já vi um desses antes. Já vi *vários*. Só não… o seu.

– Não acho que seja nada fora do normal – garantiu ele, muito sério. – Mas pode olhar, se quiser. Só por garantia. Não quero que se assuste.

135

– Não quer que eu me assuste? – repetiu ela, encarando-o. – Depois de passar meses morando em um acampamento militar, não espere que eu tenha alguma ilusão a respeito do membro ou do processo... Duvido que vá ficar chocada. É algo natural. Não é grande...

A voz dela foi morrendo, um instante tarde demais.

– Não é grande coisa – completou ele, com um sorriso. – Acho que vou me decepcionar muito se você não ficar chocada, sabe?

Apesar do calor que correu de seu cocuruto até as partes baixas, Rachel não se ressentiu em vê-lo se divertir às suas custas. Qualquer coisa que o fizesse sorrir era um bálsamo para seu espírito.

Ian andava aflitíssimo desde as terríveis notícias do naufrágio do navio. Por mais que tivesse nascido com um estoicismo que ela considerava natural tanto aos índios quanto ao povo das Terras Altas, Ian também não tentava esconder dela sua desolação. Ela ficava feliz por isso, apesar da tristeza pelo sr. Fraser, por quem nutria profundo carinho e respeito.

Ela se perguntava que tipo de relação teria com a mãe de Ian. Na melhor das hipóteses, Rachel ganharia uma nova mãe – o que seria uma enorme bênção. Contudo, não era tão otimista. Considerava que Jenny Murray ficaria tão satisfeita em saber que seu filho se casaria com uma amiga quanto os quacres ficariam ao descobrir a intenção de Rachel de se casar com um homem selvagem – e católico, ainda por cima. Ela não sabia qual dos fatos seria causa de maior consternação, mas tinha *certeza* de que as tatuagens de Ian empalideceriam em contraste com sua ligação com o papa.

– Como vai ser o nosso casamento? O que você acha? – perguntou Ian.

Ele vinha caminhando à frente dela para tirar os galhos do caminho, mas parou, deu meia-volta e permitiu que Rachel o ultrapassasse, já que a trilha ali estava mais aberta e os dois poderiam caminhar um pouco lado a lado.

– Eu não sei – respondeu ela, com franqueza. – Acho que não posso, em sã consciência, ser batizada no catolicismo. Da mesma maneira, você não poderia viver como amigo.

– Então os amigos só se casam com outros amigos? – Ele deu um sorriso. – A variedade deve ficar um pouco prejudicada. Ou vocês acabam se casando com os primos?

– Ou a pessoa se casa com um amigo ou é expulsa da reunião – explicou ela, ignorando a zombaria sobre os primos. – O casamento entre um amigo e um não amigo até pode ser permitido, em casos realmente terríveis, e depois do debate de um comitê de transparência com a noiva e o noivo. Temo que até mesmo Dorothea vá ter dificuldade, apesar da evidente sinceridade de sua conversão.

Ian riu ao pensar na noiva de Denny. Lady Dorothea Jacqueline Benedicta Grey não era o retrato perfeito de uma quacre recatada. Por outro lado, Rachel tinha a opinião de que apenas pessoas que jamais haviam conhecido uma mulher quacre achariam que fossem recatadas.

– Você já perguntou a Denny o que eles pretendem fazer?

– Não – admitiu ela. – Para dizer a verdade, tenho medo de perguntar.

Ian ergueu as sobrancelhas grossas.

– Medo? Por quê?

– Por conta dele e de nós. Você sabe que fomos afastados da reunião da Virgínia... Ou melhor, ele foi. Eu só fui junto. Isso o afetou muitíssimo, e eu sei que o que ele mais deseja na vida é se casar com Dottie da maneira adequada, em uma cerimônia na qual os dois pertençam.

Ian disparou uma breve olhadela para ela, e Rachel soube que ele estava prestes a perguntar se ela sentia o mesmo. Ela, então, se antecipou:

– Mas há outros amigos na mesma situação: homens que não toleram a ideia de rendição ao rei e se sentem obrigados a servir ao Exército Continental. "Quacres lutadores", como eles próprios se chamam. – Ela não pôde evitar abrir um sorriso. Esse nome evocava imagens incongruentes. – Alguns se reuniram algumas vezes em Valley Forge, mas não foram aceitos pela Reunião Anual da Filadélfia. Denny tem relação com eles, mas ainda não se uniu ao grupo.

– É?

A trilha voltou a se estreitar. Ian retornou para a frente e virou a cabeça para falar por sobre o ombro, para que ela soubesse que estava atento. A própria Rachel, de certa forma, estava distraída. A camurça aos poucos estava secando, moldando-se às pernas compridas e musculosas de Ian, fazendo-a se lembrar da tanga.

– É – disse ela, recuperando a linha de pensamento. – A questão é... você está acostumado com controvérsias religiosas, Ian?

Ele soltou outra risada.

– Imaginei que não – concluiu ela, em tom seco. – Eu estou. E a questão é que, quando um grupo de pessoas que discordam de uma doutrina central...

– Hereges? – interrompeu ele, tentando ajudar. – Os quacres não queimariam pessoas, queimariam?

– Pessoas que se desgarram do espírito e seguem um caminho diferente, digamos – respondeu ela, resumindo. – E não, não queimariam. Mas o que estou querendo dizer é que, quando um grupo diverge de algum ponto da doutrina, essas pessoas ficam suscetíveis a aderir com ainda mais rigor ao resto de suas crenças, passando a ser até mais intransigente do que o grupo original.

Ian ergueu a cabeça, e Rollo também. Os dois caçadores olharam de um lado para o outro, remexendo as narinas. Depois, retomaram a caminhada.

– Ah, é? – perguntou Ian, voltando à conversa.

– Então, mesmo que Denny convença a si mesmo de que deve fazer parte de uma reunião de quacres lutadores, talvez estes sejam muito mais relutantes em aceitar uma integrante como Dottie. Por outro lado, se estiverem dispostos a isso, *talvez* signifique que pelo menos considerem o nosso casamento...

Ela tentava soar esperançosa em relação ao futuro, mas achava mais fácil ver um porco voando do que qualquer reunião de amigos aceitando Ian Murray... ou vice-versa.

– Você está me ouvindo, Ian? – perguntou Rachel, meio ríspida.

Homem e cão ainda se movimentavam, porém com renovada cautela. Rollo espichou as orelhas, alerta, e Ian passou o rifle do ombro para a mão. Dali a alguns passos, Rachel ouviu o que eles haviam escutado: sons distantes de rodas de carroça e passos em marcha. Um exército avançando. Apesar do calor, o pensamento arrepiou os pelinhos do braço dela.

– O quê? – Ian se virou para ela, inexpressivo, então voltou a si e sorriu. – Bom, não. Eu estava pensando quais são os "casos realmente terríveis" em que os quacres permitem o casamento.

Rachel também havia se perguntado isso, ainda que por um breve instante.

– Bom... – começou ela, meio duvidosa. Verdade seja dita, ela não tinha ideia de que tipo de caso tornaria um casamento concebível, muito menos aceitável.

– Eu só estava pensando... – soltou Ian, antes que ela pensasse em qualquer coisa. – Tio Jamie me contou como foi quando os pais dele se casaram. O pai dele roubou a mãe dos irmãos, e os dois foram obrigados a se esconder. Ele não tinha o menor desejo de enfrentar os MacKenzies de Leoch, sabe? – Ao relatar a história, Ian se iluminou. – Os pais do meu tio Jamie não podiam se casar na igreja, pois o anúncio oficial não poderia ser feito, já que eles seriam descobertos no instante em que saíssem do esconderijo para falar com um padre. Então os dois permaneceram escondidos, até que Ellen... a minha avó, sim?... até que minha avó engravidou. Aí eles se revelaram. Àquela altura, os irmãos dela já não podiam fazer objeção ao casamento, então os dois se casaram. – Ele deu de ombros. – Eu fiquei pensando: será que os amigos consideram uma criança por vir um "caso realmente terrível"?

Rachel o encarou.

– Se está pensando que vou me deitar com você antes do casamento, Ian Murray – disse ela, em um tom calculado –, você não tem noção de quanto esse caso pode ser terrível.

Quando eles chegaram à estrada principal que levava à Filadélfia, a barulheira estava pior, assim como o tráfego que a causava. A estrada, que em geral era movimentava, sempre cheia de viajantes e carroças repletas de mercadorias indo e vindo das áreas campestres adjacentes, agora estava simplesmente abarrotada: burros zurrando, crianças gritando, pais e mães irritados chamando seus rebentos, carriolas e carrinhos de mão apinhados de pertences, acompanhados de um porco ressentido com uma corda no pescoço ou uma cesta de galinhas cambaleantes no topo da pilha de tranqueiras.

Entre os aglomerados de civis esgotados e apressados em sua fuga estava o exército. Marchando em colunas, dois a dois, as tiras de couro e perneiras se atritando, os casacos suados, os rostos mais vermelhos do que os uniformes desbotados. Pequenos pelotões de cavalaria, ainda elegantes em seus cavalos, grupos de hessianos de uniforme verde, aqui e ali, companhias de infantaria posicionadas na lateral da estrada, fornecendo apoio para os oficiais que estavam de olho nas carroças, às vezes parando-os, às vezes acenando para que seguissem em frente.

Ian parou à sombra das árvores e avaliou a situação. O sol estava quase a pino; haveria muito tempo. E eles não tinham nada que o exército fosse querer. Ninguém os pararia.

Ele tinha conhecimento das companhias de milícia. Passando pela mata, os dois haviam cruzado com várias. Em sua maior parte, permaneciam fora da estrada, avançando cuidadosamente pelas bordas, com homens sozinhos, ou em duplas ou trios, sem se esconder, mas também sem chamar muita atenção.

– Olhe! – exclamou Rachel, agarrando o braço dele com força. – É William! – Ela apontou para um oficial alto, do lado oposto da estrada, então olhou para Ian, com o rosto iluminado feito o sol refletido na água. – Vamos falar com ele!

Em resposta, Ian apertou o ombro dela com mais força. Sentiu a urgência do corpo de Rachel, mas também a fragilidade de seus ossos.

– Você, não – disse ele, e ergueu o queixo em direção às fileiras de tropas exasperadas, suadas e sujas de terra. – Não quero você à vista deles.

Ela franziu o cenho. No mesmo segundo, Ian tirou prontamente a mão de cima de seu ombro.

– Quero dizer – reconsiderou ele, depressa –, deixe que eu falo com William. Posso trazê-lo até aqui, para você.

Rachel abriu a boca, mas, antes que conseguisse responder, Ian saiu disparado por entre os arbustos.

– Fique – disse ela para Rollo, em um tom severo.

O cão, que não movera uma palha de seu confortável cantinho aos pés de Rachel, girou uma orelha.

William estava parado junto à estrada, parecendo encalorado, cansado, desgrenhado e deveras infeliz. *Não é para menos*, pensou Ian, com certa compaixão. Ele sabia que William havia se rendido em Saratoga; provavelmente estava rumando para a Inglaterra ou para uma longa liberdade condicional em algum alojamento tosco, em uma área distante ao norte. Qualquer que fosse o caso, seu papel ativo como soldado tinha terminado por algum tempo.

Ao ver Ian, a expressão do homem se alterou abruptamente. Surpresa, um princípio de indignação, depois uma rápida olhada em volta... e a determinação foi retornando às suas feições. Ian sentiu uma surpresa momentânea por poder interpretar as expressões de William com tanta facilidade, mas então recordou o motivo. Tio Jamie

139

exibia – com os outros, mas não com Ian – essas mesmas expressões. O rosto de Ian não demonstrava esse conhecimento, no entanto, bem como o de William exibia apenas um reconhecimento irritado.

– Batedor – disse William, com um brevíssimo aceno de cabeça.

O cabo com quem ele conversava lançou um olhar breve e apático, saudou William e retornou ao grupo que avançava.

– O que *você* quer?

William esfregou a manga suja no rosto suado. Ian ficou surpreso com a evidente hostilidade. Da última vez, os dois se despediram amigavelmente – embora tivessem conversado bem pouco à época, tendo William acabado de meter uma bala nos miolos de um louco que tentava matar Rachel, Ian ou os dois, com um machado. O braço esquerdo de Ian já estava curado a ponto de conseguir arremessar uma funda, mas ainda continuava rígido.

– Tem uma moça que gostaria de falar com você – disse Ian, ignorando o cenho franzido de William.

– A srta. Hunter?

Um brilho breve e prazeroso iluminou os olhos de William, ao que o próprio Ian estreitou os dele. *Pois muito bem*, pensou. *Ela que conte a ele.*

William acenou para outro cabo, logo adiante, que acenou de volta, e saiu da estrada, atrás de Ian. Uns poucos soldados olharam para Ian, mas a linha dupla de tatuagens pontilhadas no rosto, as calças de camurça e a pele tostada de sol o identificavam como um batedor índio. Um bom número deles tinha abandonado o Exército Britânico, mas ainda havia um tanto, a maioria legalista, como Joseph Brant, que possuía terras na Pensilvânia e em Nova York. Além disso, alguns grupos misturados de nações iroquesas tinham partido para lutar em Saratoga.

– William!

Rachel disparou pela pequena clareira e agarrou as mãos do capitão, abrindo um sorriso para ele com tanta alegria que William só pôde sorrir de volta, desistindo de toda a irritação. Ian manteve certa distância, para dar espaço ao reencontro. Ele ainda se lembrava da última vez que estiveram juntos, com Rollo urrando e mordendo a maldita carcaça velha de Arch Bug, Rachel esparramada no chão, petrificada de terror, ele próprio caído e ensanguentado, e metade do povo na rua começando a protestar.

William havia levantado Rachel e a empurrado nos braços da primeira mulher disponível, que, por coincidência, era Marsali.

"Tire-a daqui!", gritara William. Mas Rachel, a donzela de Ian de pele morena – e muito suja de sangue –, havia se recomposto em um instante. Rangendo os dentes, ela pisoteara o corpo do velho Arch. Ian vira tudo, esparramado no chão e paralisado de choque, observando os acontecimentos como se estivesse sonhando. Rachel desabara de joelhos naquele monte de sangue e miolos, enrolara o avental com força no braço ferido de Ian e o prendera com seu lenço. Então, com a ajuda de Marsali, o arrastara para fora da gráfica até a rua, onde ele prontamente desmaiara, acordando apenas quando tia Claire começou a costurar seu braço.

Mesmo que fosse capaz de falar na época, Ian não teve tempo de agradecer a William. Mas pretendia fazer isso assim que possível. Estava claro, no entanto, que Rachel desejava falar primeiro. Então ele esperou, refletindo sobre como ela era linda, os olhos castanhos meio avermelhados, o rosto astuto e ligeiro como uma labareda.

– Mas você está cansado, William, e magro – dizia ela, correndo um dedo desaprovador pelo rosto dele. – Não está comendo? Achei que fossem só os continentais que estivessem racionando alimentos.

– Ah. Eu… não ando tendo muito tempo. – A alegria que iluminara o rosto de William se esvaiu perceptivelmente. – Nós… Bom, você está vendo.

Ele balançou o braço em direção à estrada invisível, onde os gritos dos sargentos ecoavam feito o chamado de corvos infelizes por sobre o ruído das passadas.

– Estou vendo. Onde está indo?

William esfregou a boca com o dorso da mão e olhou para Ian.

– Ele não precisa contar – respondeu Ian, aproximando-se, tocando o ombro de Rachel e abrindo um sorriso de desculpas para William. – Nós somos o inimigo, *mo nighean donn*.

Ao perceber o tom de sua voz, William disparou um olhar afiado para Ian, então encarou Rachel, cuja mão ainda segurava.

– Ian e eu estamos noivos, William… – disse ela, puxando delicadamente a mão e tocando a de Ian.

O rosto de William mudou abruptamente, perdendo todo e qualquer sinal de alegria. Ele olhou Ian com uma expressão quase de ódio.

– Ah, sim retrucou, inexpressivo. – Acho que devo lhes desejar toda a felicidade, então. Bom dia.

Ele deu meia-volta. Ian, surpreso, estendeu o braço para puxá-lo.

– Espere… – pediu ele.

William se virou e o acertou bem na boca.

Ian desabou sobre as folhas, incrédulo. Como resposta, Rollo saltou por cima dele e cravou os dentes em William.

– Rollo! Que *feio*… e você também é muito feio, William Ransom! – exclamou Rachel, indignada. – Qual foi sua intenção com isso?

Ian se sentou e tocou de leve o lábio, que sangrava. Rollo havia recuado um pouco frente à repreensão de Rachel, mas mantinha os olhos amarelos fixos em William. Sua boca estava retorcida, arreganhando os dentes, emitindo um fraquíssimo rosnado pelo largo peitoral.

– *Fuirich* – disse Ian ao cão, e se levantou.

Sentado, William examinava a panturrilha, que também sangrava sob a meia de seda. Ao ver Ian se levantar, fez o mesmo. Seu rosto estava vermelho, e ele parecia querer matar o outro ou irromper em lágrimas.

Talvez os dois, pensou Ian, surpreso.

Ian teve o cuidado de não tocar William outra vez. Afastou-se um pouco e ficou na frente de Rachel, só para o caso de o homem resolver explodir outra vez. Afinal de contas, ele *estava* armado. Havia uma pistola e uma faca em seu cinto.

– Está tudo bem, rapaz? – perguntou Ian, no mesmo tom de leve preocupação que ouvira seu pai usar às vezes com sua mãe ou com o tio Jamie.

Era, na verdade, o tom exato a se dirigir a um Fraser prestes a perder as estribeiras, pois William respirou feito uma baleia por um instante ou dois, então recuperou o controle.

– Eu peço desculpas, senhor – disse ele, as costas rígidas feito um pedaço de pau. – Isso foi imperdoável. É melhor... eu deixá-los. Srta. Hunter, eu...

Ele deu meia-volta, um pouco cambaleante, o que deu a Rachel tempo de disparar na frente de Ian.

– William! – Ela tinha o rosto tomado de agonia. – O que foi?

William baixou o olhar para ela, mas balançou a cabeça.

– Você não fez nada – respondeu ele, com óbvio esforço. – Você... não poderia fazer nada tão... – Ele se virou para Ian, com o punho agarrado à espada. – Já *você*, seu mald... Seu filho da mãe! *Primo!*

– Ah – comentou Ian. – Então você sabe.

– Sim, eu sei, maldição! Você podia ter me contado!

– Sabe o quê? – inquiriu Rachel, olhando de Ian para William, então de volta para o noivo.

– Não conte a ela, desgraçado! – vociferou William.

– Não seja bobo – argumentou Rachel, com sensatez. – É claro que ele vai me contar no instante em que estivermos a sós. Não acha melhor falar você mesmo? E se Ian não me explicar a versão correta dos fatos?

Ela olhou para o lábio de Ian, e sua própria boca se contorceu. Ian poderia ter se ofendido se a agonia de William não estivesse tão escancarada.

– Não é realmente uma desgraça... – começou Ian, então deu um ligeiro passo para trás, enquanto William baixava o punho cerrado.

– Acha que não? – William estava tão furioso que sua voz era quase inaudível. – Descobrir que eu sou... sou... cria de um criminoso escocês? Que eu sou um maldito *bastardo*?

Apesar da determinação em manter a paciência, Ian sentiu a própria raiva começando a subir.

– Criminoso?! – vociferou ele. – Qualquer homem teria orgulho em ser filho de Jamie Fraser!

– Ah – disse Rachel, antecipando a próxima observação calorosa de William. – Isso.

– O quê? – William a encarou. – Como assim, "isso"?

– Denny e eu estávamos desconfiados. – Ela deu de ombros, com um olho atento em William, que parecia prestes a explodir feito um morteiro. – Mas achávamos que você não queria falar sobre o assunto. Eu não sabia que você... Como é que você não sabia? – indagou ela, curiosa. – A semelhança...

– Dane-se a semelhança!

Esquecendo-se de Rachel, Ian acertou William na cabeça com um baque surdo, com os dois punhos, fazendo-o desabar de joelhos, então lhe deu um chute no estômago. Se tivesse acertado o local pretendido, a confusão teria terminado ali mesmo, mas William era muito mais ligeiro do que Ian esperava. Virou-se, agarrou o pé de Ian e o puxou. Ian caiu por cima do cotovelo, deu um giro e segurou a orelha de William. Durante a luta, estava ciente dos gritos de Rachel e, por um instante, sentiu-se mal. Mas o alívio de brigar era tão grande que não abria espaço a nenhum outro pensamento, e ela desapareceu à medida que ele explodia de raiva.

Havia sangue em sua boca, sua orelha apitava, mas Ian agora tinha uma das mãos na garganta de William e a outra com os dedos em riste em direção aos olhos do homem. Antes do golpe, porém, alguém o puxou pelos ombros e o afastou do primo, que se contorcia.

Aos arquejos, Ian balançou a cabeça para clarear as ideias e se desvencilhar de quem o estava segurando. Eram dois soldados. Isso lhe custou um chute nas costelas, acabando com o pouco ar que ainda havia em seus pulmões.

William não estava muito melhor. Levantou-se e esfregou o dorso da mão no nariz, que jorrava um rio de sangue. Olhou para o resultado, contorceu o rosto em uma careta de nojo e limpou a mão no casaco.

– Levem-no – disse William, bufando, mas no controle de si mesmo.

Um de seus olhos estava se fechando, de tão inchado, mas com o outro ele disparou a Ian um olhar direto, com desejo de massacre. Apesar das circunstâncias, o que mais espantou Ian foi reconhecer ali a expressão de seu tio Jamie.

Rollo soltou um rosnado estrondoso. Rachel segurava a nuca do cachorro com muita força, mas Ian sabia muito bem que ela não conseguiria contê-lo caso ele resolvesse partir para cima de William.

– *Fuirich, a cu!* – exclamou ele, com toda a autoridade que pôde reunir.

Se Rollo cravasse os dentes na garganta de William, os soldados o matariam sem pensar duas vezes. O cachorro relaxou as patas traseiras, mas continuou tenso, a boca estirada para trás, esgarçando as presas salivantes, um roncado constante e profundo ecoando de suas entranhas.

William olhou para Rollo e deu as costas para o cachorro. Fungou, escarrou e cuspiu sangue, ainda respirando com força.

– Levem-no à cabeça da coluna, para o coronel Prescott. Está preso por agredir um oficial. Vamos resolver isso hoje à noite no acampamento.

– Como assim, "resolver"? – indagou Rachel, empurrando os dois soldados que seguravam Ian. – E como ousa fazer isso, William Ransom? Como... Como *ousa*?!

Ela estava pálida de fúria, os pequenos punhos cerrados e trêmulos ao lado do corpo. Ian escancarou um sorriso para ela, lambendo o sangue fresco do lábio aberto. Ela, no entanto, não prestou atenção. Tinha toda a raiva direcionada a William, que se levantou e a encarou pela íngreme ponte do nariz.

– Isso já não lhe diz respeito, madame – disse ele, com a maior frieza que poderia reunir um homem vermelho e soltando fogo pelas ventas.

Ian achou que Rachel pudesse meter um chute bem no meio das canelas de William, e teria pagado um bom dinheiro para ver isso, mas seus princípios quacres falaram mais alto: ela se empertigou o máximo que pode – sua altura não era de todo insignificante; ela media o mesmo que tia Claire – e empinou o nariz para William, de maneira combativa.

– O senhor é um bruto e um covarde – declarou, a plenos pulmões. Deu meia-volta, virando-se para os homens que seguravam Ian, e acrescentou: – Os senhores também são brutos e covardes, por seguirem uma ordem tão injusta!

Um dos soldados soltou um risinho abafado, então se engasgou, ao ver o olho injetado de William a encará-lo.

– Levem-no – repetiu William. – Agora!

E saiu pisando firme, levando um bom punhado da terra clara da estrada nas costas do casaco e nos cabelos.

– É melhor ir, senhorita – advertiu um dos soldados a Rachel, sem grosseria. – Melhor não permanecer sozinha no meio das tropas.

– Eu não vou, não – respondeu Rachel, de cenho franzido, levando Ian a pensar em uma pantera prestes a partir para o ataque. – O que os senhores pretendem fazer com esse homem? – indagou ela, apontando para Ian, que àquela altura já recuperava o fôlego.

– Rachel... – começou ele, mas foi interrompido pelo outro soldado.

– Por agredir um oficial? Provavelmente umas quinhentas chicotadas. Acho que não é caso de forca, não – acrescentou o sujeito, impassível. – Já que o jovem nobre não ficou aleijado, acho que não.

Rachel empalideceu ainda mais. Ian fez força nos braços e se levantou, com firmeza.

– Vai ficar tudo bem, *a nighean* – disse ele, esperando soar tranquilo. – Rollo! *Sheas!* Mas ele tem razão... o acampamento não é lugar para você. Volte para a cidade, sim? Conte à tia Claire o que aconteceu... Ela pode falar com L... *Ugh!*

Um terceiro soldado, saído do nada, o acertou na boca do estômago com o cabo de um mosquetão.

– Parem de enrolar! Vamos andando! E vocês... – O soldado se virou para Rachel e o cachorro, com os olhos cravados nos dois. – Quietos!

144

O homem inclinou a cabeça para os captores de Ian, que aquiesceram, começando a arrastá-lo.

Ian tentou virar a cabeça para dizer uma última palavra a Rachel, mas eles o puxaram de volta, com um solavanco, e foram descendo a estrada a passos firmes.

Ele foi cambaleando junto, para não ser arrastado.

Tia Claire era a melhor alternativa, provavelmente a única. Se ela pudesse fazer lorde John intervir, falando com Willie ou com esse coronel Prescott... Ele ergueu os olhos para o sol. Meio-dia, mais ou menos. Sabia que os britânicos em marcha dispensavam chicotadas e outras punições depois da refeição noturna. Ele já vira algumas vezes as costas do tio Jamie. Um calafrio lhe percorreu a barriga dolorida.

Seis horas. Talvez.

Ian arriscou outra rápida olhadela para trás. Rachel corria, com Rollo saltitando a seu lado.

William limpou o rosto com o que havia restado de seu lenço. Suas feições eram estranhas a si mesmo, inchadas e deformadas. Com muito cuidado, explorou o interior da boca com a língua: nenhum dente faltando, um ou dois meio moles, e um corte ardido na lateral da bochecha. Nada mau. Pensava ter feito pior a Murray, e estava satisfeito por isso.

Ainda tremia. Não de choque, mas com a urgência de dilacerar alguém, dos braços às pernas. Ao mesmo tempo, começava a *sentir* o impacto do ocorrido, o que incluía lampejos de consciência em curtos intervalos. O que ele havia feito?

Alguns soldados passaram por ele, marchando. Todos, sem exceção, viraram o rosto para ver seus machucados. William os encarou com um semblante irritado, e o grupo olhou para a frente tão depressa que ele pensou ouvir o couro de suas meias rangendo.

Não fora *ele* quem começara. Murray o havia atacado. Onde Rachel Hunter estava com a cabeça para chamá-lo de covarde e bruto? Ele sentiu uma coceirinha, o sangue descendo de uma narina, e assoou o nariz no trapo imundo para estancá-lo. Viu alguém se aproximando, subindo pela estrada, acompanhado de um cachorrão. Aprumou-se, enfiando o lenço no bolso.

— Falando na maldita... — murmurou ele, então tossiu, a garganta áspera com o gosto ferroso de sangue.

Rachel Hunter estava branca de raiva. Aparentemente, não fora até lá para pedir desculpas por seus insultos. Ela havia removido a touca, que segurava em uma das mãos. *Será que pretende arremessá-la em mim?*, pensou ele, confuso e estupefato.

— Srta. Hunter... — começou ele, em uma voz rascante, e teria se curvado em uma mesura se não temesse que o movimento desencadeasse um novo sangramento nasal.

— Você não pode estar falando sério, William!

– Falando sério sobre o quê? – retorquiu ele, e ela disparou um olhar que lhe chamuscaria todos os pelinhos do corpo, se ele próprio não estivesse ardendo de raiva.

– Não seja obtuso! – vociferou ela. – O que deu em você para...?

– O que foi que deu no seu... no seu *noivo*? – retrucou ele. – Eu o ataquei? Não!

– Atacou, sim! Você o acertou na boca, sem a menor provocação...

– E ele me esmurrou a cabeça, sem nem ao menos avisar! Se há algum covarde aqui...

– Não ouse chamar Ian Murray de covarde, seu...

– Eu o chamo do que quiser... do que ele *é*, maldição. Igual ao maldito tio escocês dele, o...

– O tio dele? Seu *pai*?

– Cale a boca! – gritou ele, sentindo o sangue lhe subir ao rosto, ardendo todos os pontos em carne viva. – Não se refira assim!

Ela soltou uma respiração ruidosa pelo nariz, com os olhos cravados nele.

– Se você permitir isso, William Ransom, eu vou...

William sentiu uma forte dor na barriga. Pensou que fosse desmaiar, mas não por causa das ameaças dela.

– Vai o quê? – perguntou ele, meio sem fôlego. – Você é quacre. Não acredita em violência. Portanto, você não pode... ou pelo menos não vai – corrigiu, ao ver o olhar perigoso no rosto dela – me agredir. Então, o que você tinha em mente?

Ela, de fato, o atacou. Espichou a mão feito uma cobra e o estapeou bem no rosto, com força suficiente para fazê-lo cambalear.

– Então agora o senhor condenou um parente, repudiou seu pai e me fez trair meus princípios. O que mais deseja?!

– Ah, que inferno! – soltou ele.

Então a agarrou pelos braços, puxou-a com força e a beijou. Mais do que depressa, soltou-a e deu um passo para trás, deixando-a arquejante e de olhos arregalados.

O cachorro rosnou para ele. Rachel o encarou, cuspiu no chão junto aos pés dele, limpou os lábios na manga e saiu pisando firme, com o cão junto dela lançando um olhar inflamado para William.

– Cuspir nos outros também é parte dos seus malditos *princípios*? – gritou ele.

Ela se virou, com as mãos na cintura.

– E atacar mulheres faz parte dos seus? – berrou ela de volta, para diversão dos soldados de infantaria parados junto à estrada, apoiados nas armas e boquiabertos com o espetáculo a que assistiam.

Antes que ele pudesse responder, Rachel jogou a touca no chão, aos pés dele, e foi embora.

• • •

Jamie avistou um pequeno grupo de casacas-vermelhas descendo a estrada e afundou no assento da carroça, cobrindo os olhos com o chapéu. Com o Exército Britânico a caminho, ninguém estaria procurando por ele. Mesmo que fosse reconhecido, provavelmente ninguém se daria ao trabalho de tentar detê-lo ou questioná-lo em plena retirada. Mas ser visto pelos soldados britânicos provavelmente o colocaria em maus lençóis pelo resto da vida.

Como quem não quer nada, ele virou a cabeça para o outro lado da estrada quando os soldados passaram, mas então ouviu um *"Ifrinn!"* alto, em um tom de voz bastante familiar. Virou o corpo, por reflexo, e se viu frente a frente com o rosto atônito e aterrorizado de seu sobrinho Ian.

Jamie ficou igualmente espantado ao ver Ian, as mãos presas às costas, sujo de terra e sangue. Todo estropiado, era arrastado por dois soldados rasos britânicos, de rosto vermelho e suando em seus uniformes pesados.

Refreando o ímpeto de pular da carroça, Jamie analisou a situação atentamente, desejando que o rapaz não abrisse a boca. Ian não disse nada; apenas o encarou de volta, com os olhos esbugalhados e o rosto pálido, como se tivesse visto um fantasma, e foi se afastando, em silêncio.

– Meu Deus – murmurou Jamie, dando-se conta. – Ele acha que *viu* o meu fantasma.

– O que disse? – perguntou o condutor, embora sem muito interesse.

– Acho que preciso descer aqui. O senhor faria a gentileza de parar? Isso, obrigado.

Sem pensar nas costas, desceu do carroção com um balanceio. Sentiu uma pontada de dor, mas que não irradiou pela perna. Mesmo que tivesse irradiado, ele teria subido a estrada o mais depressa possível, pois avistou uma figurinha um pouco mais à frente, correndo feito uma lebre com o rabo em chamas. Era uma silhueta feminina, acompanhada de um cachorrão, e ele de súbito concluiu que poderia ser Rachel Hunter.

Pois era mesmo. E Jamie conseguiu alcançá-la. Agarrou-a pelo braço, enquanto ela corria, de anáguas erguidas, pisoteando a terra batida.

– Venha comigo, moça – disse ele, em um tom premente, agarrando-a pela cintura e a tirando da estrada.

Ela soltou um grito abafado – então outro, muito mais alto, quando viu o rosto dele.

– Não, eu nao estou morto. – Jamie se apressou em explicar. – Mais tarde contarei os detalhes. Agora venha para os fundos da estrada comigo ou alguém acabará vindo conferir se não a estou estuprando nos arbustos. *Ciamar a tha thu, a choin?* – acrescentou ele a Rollo, que o cafungava com diligência.

Rachel soltou um gorgolejo estranho, ainda a encará-lo, mas assentiu. Juntos, os dois retornaram à estrada. Jamie sorriu e cumprimentou um homem que havia parado ali e soltado as alças do carrinho de mão que carregava. O homem lançou um olhar desconfiado, mas Rachel, depois de um instante de choque e atordoamento, acenou para o sujeito com um sorriso amarelo. O homem deu de ombros e apanhou o carrinho de mão.

– O q-que... – começou ela, a voz rouca.

Ela parecia prestes a cair ou vomitar. Seu peito arfava, e o rosto ia se alternando entre vermelho e branco. Estava sem touca e seus cabelos escuros, molhados de suor, tinham grudado no rosto.

– Mais tarde – repetiu ele, mas com delicadeza. – O que houve com Ian? Para onde eles o estão levando?

Em meio a arquejos de dor, ela narrou os acontecimentos.

– *A mh'ic an diabhail* – soltou ele, baixinho, e por uma fração de segundo ponderou a quem estaria se referindo.

No entanto, esse pensamento logo desapareceu quando ergueu os olhos para a estrada. A menos de meio quilômetro, talvez, Jamie pôde ver o grande emaranhado de evacuados, avançando devagar, uma massa esparramada de carroças lentas e gente andando com dificuldade, ladeadas por organizadas fileiras de soldados escarlate, que avançavam em linhas de quatro.

– Ah, sim – disse ele, soturno, e tocou o ombro de Rachel. – Não se preocupe, mocinha. Recupere o fôlego e fique aqui à espera de Ian. Só não se aproxime demais, para que os soldados não percebam. Quando ele estiver livre, vocês dois precisam retornar à cidade imediatamente. Vá até a gráfica. Ah... aconselho a prender o cachorro ao cinturão, para que ele não devore ninguém.

– Livre? Mas o que... você vai fazer?

Rachel havia afastado o cabelo do rosto e já estava mais calma, embora com os olhos ainda muito arregalados. Ela o fazia se lembrar de um pequeno texugo esgarçando os dentinhos, tomado de pânico, e a imagem o fez abrir um sorrisinho.

– Pretendo conversar com meu filho – respondeu Jamie, e avançou pela estrada, muito resoluto.

Ele distinguiu William a uma distância considerável. O jovem estava parado na lateral da estrada, de cabeça desnuda, desgrenhado e levemente espancado, mas tentando parecer composto. Tinha as mãos cruzadas nas costas e parecia contar as carroças que passavam por ele. Estava sozinho. Jamie apertou o passo para chegar ao rapaz antes que alguém surgisse para falar com ele. Precisava de privacidade para aquela conversa.

Ele tinha quase certeza de que Rachel não havia contado tudo a respeito da última querela e pensava se ela não havia sido, em parte, o estopim. Ela *tinha* dito que a confusão começara logo depois de William ficar sabendo sobre o noivado dela com Ian. O relato fora meio confuso, mas ele compreendera muito bem a essência, e cerrou a mandíbula ao se aproximar de William e ver a ferocidade em seu rosto.

Meu Deus, será que eu fico com essa cara quando estou irritado?, pensou ele. Era desagradável ir conversar com um homem que parecia pedir ao mundo nada além da chance de esquartejar alguém bem lentamente e dançar em cima dos pedacinhos.

– Bom, pode tentar, rapaz – sussurrou para si mesmo. – E vamos ver quem é que vai dançar. – Ele se aproximou de William e tirou o chapéu. – Você – disse Jamie, em um tom grosseiro, sem querer chamar o rapaz pelo título ou pelo nome –, venha comigo. Agora.

O semblante de William passou de homicídio incipiente ao mesmo olhar de horror e espanto que Jamie acabara de ver em Ian. Se a situação fosse outra, ele teria rido. No presente cenário, ele agarrou William com força pelo antebraço, desequilibrou-o e o mandou, antes que pudesse firmar os pés no chão, para debaixo de uma rede de plantas.

– Você! – exclamou William, soltando-se. – O que está fazendo aqui? E onde está o meu...? O que foi que você...? – Ele balançou os braços, em um gesto meio convulsivo. – O que está *fazendo* aqui?

– Se fechar a boca por um instante, podemos conversar – respondeu Jamie, com frieza. – Escute aqui, rapaz, porque eu vou dizer o que vai fazer.

– Você não vai me dizer *nada* – cortou William, furioso, e ergueu o punho.

Jamie o agarrou de novo pelo antebraço e desta vez cravou os dedos com força no ponto onde Claire havia lhe mostrado, na parte debaixo do osso.

– Ah! – soltou William, num gemido sufocado, e começou a arquejar, arregalando os olhos.

– Você irá até os homens com quem deixou Ian e ordenará que o soltem – disse Jamie, impassível. – Se não fizer isso, eu vou até o acampamento para onde eles estão com uma bandeira de trégua. Contarei quem sou e direi ao comandante quem *você* é e o motivo da briga. Estou sendo claro? – perguntou ele, aumentando a pressão nos dedos.

– Está! – respondeu William, em um sussurro, e Jamie o soltou no mesmo instante, fechando os dedos da mão para esconder o fato de que estavam trêmulos e agitados por conta do esforço. – Vá para o inferno, senhor!

William tinha os olhos negros de tanta violência. Seu braço desabou, e deve ter doído, mas ele não quis esfregá-lo, não com Jamie olhando.

– Sem dúvida – assentiu Jamie, baixinho, e adentrou a floresta.

Uma vez fora das vistas da estrada, debruçou-se em uma árvore, sentindo o suor lhe escorrer pelo rosto. Suas costas pareciam cimentadas. Seu corpo inteiro tremia, mas ele esperou que William estivesse muito distraído para perceber.

Meu Deus, se tivéssemos chegado às vias de fato, eu não o teria aguentado.

Ele fechou os olhos e escutou o próprio coração, que batia feito um tambor. Depois de um tempo, ouviu o som de um cavalo galopando na estrada. Ao se virar, para espiar por entre as árvores, avistou William passando depressa, rumando na direção que Ian havia tomado.

22

A TEMPESTADE SE AVULTA

Na quinta-feira, ao café da manhã, eu havia chegado à firme conclusão de que seria o duque de Pardloe ou eu. Se eu permanecesse na casa, apenas um de nós chegaria vivo ao pôr do sol. Denzell Hunter já devia estar na cidade àquela altura, refleti. Todos os dias ele visitava a casa da sra. Woodcock, onde Henry Grey convalescia. Médico muito bondoso e capaz, poderia facilmente cuidar da recuperação de Hal. E talvez seu futuro sogro ficasse grato pela atenção profissional.

Apesar de minha crescente ansiedade, o pensamento me fez rir alto.

Da dra. C. B. R. Fraser
Para o dr. Denzell Hunter

Fui chamada a Kingsessing no dia de hoje. Entrego Sua Graça, o duque de Pardloe, a seus competentíssimos cuidados, na alegre confiança de que seus escrúpulos religiosos o impedirão de desferir uma machadada em sua cabeça.
Muito grata,
C.

Post-scriptum: Levarei um pouco de assafétida e raiz de ginseng como recompensa.

Post-post-scriptum: Sugiro fortemente que não traga Dottie, a não ser que possua algemas. De preferência, para os dois.

Alisei a missiva e entreguei a Colenso, para que ele levasse à casa da sra. Woodcock. Em seguida, empreendi uma fuga sorrateira pela porta dos fundos, antes que Jenny ou a sra. Figg aparecesse e perguntasse para onde eu estava indo.

Já eram quase sete horas, mas o ar já estava quente na cidade. Ao meio-dia, o odor pungente de animais, humanos, esgoto, verduras podres, árvores resinosas, lama de rio e tijolos quentes estaria sufocante, mas no momento a leveza daqueles aromas conferia um toque picante ao ar delicado. Fiquei tentada a caminhar, mas nem os meus sapatos mais utilitários aguentavam uma hora de caminhada pelas estradas do interior. Além disso, se eu esperasse para voltar depois de o sol baixar e a noite refrescar, chegaria atrasada demais.

Nem era boa ideia uma mulher transitar sozinha pelas estradas. De dia *ou* de noite.

Achei que fosse conseguir cruzar os três quarteirões até o estábulo sem incidentes, mas na esquina da Walnut fui atraída por uma voz familiar, vinda da janela de uma carruagem.

– Sra. Fraser? Ei, sra. Fraser!

Olhei para cima, assustada, e vi o rosto de abutre de Benedict Arnold sorrindo para mim. Era inconfundível, embora suas feições, normalmente rechonchudas, estivessem encovadas e cheias de vincos. Seu rosto também exibia uma palidez de falta de sol.

– Ah! – murmurei, e fiz uma rápida mesura. – Que bom ver o senhor, general!

Meu coração havia acelerado. Eu ficara sabendo, através de Denny Hunter, que Arnold tinha sido nomeado governador militar da Filadélfia, mas não esperava vê-lo tão cedo.

– Como está a perna? – perguntei.

Eu devia ter deixado o assunto quieto, mas não pude evitar. Sabia que ele havia ficado muito ferido em Saratoga. Levara um tiro na mesma perna que estivera ferida pouco tempo antes, depois foi esmagado por seu cavalo, que caíra por cima dele no ataque de Breymann Redoubt. Os cirurgiões do Exército tinham cuidado dele. Fiquei muito surpresa ao reparar que Benedict não apenas estava vivo, como ainda tinha as *duas* pernas.

Apesar de meio transtornado, ele seguiu sorrindo.

– Minha perna ainda está aqui, sra. Fraser, mesmo que 5 centímetros menor do que a outra. Aonde a senhora está indo esta manhã?

Ele olhou automaticamente para atrás de mim, registrando a ausência de uma dama ou acompanhante, mas não pareceu incomodado com isso. Tinha me conhecido no campo de batalha e sabia muito bem quem eu era. E me respeitava por isso.

Eu também sabia o que ele era… e o que poderia vir a ser. O diabo era que eu *gostava* do homem.

– Ah… estou a caminho de Kingsessing.

– A pé? – questionou ele, remexendo a boca.

– Na verdade, eu pretendia contratar uma carruagem aqui do estábulo. – Inclinei a cabeça na direção do estábulo de Davison. – Logo ali, dobrando a esquina. Foi um prazer ver o senhor, general.

– Espere um instante, sra. Fraser, por gentileza…

Ele se virou para seu assistente, que espiava por sobre o ombro, meneando a cabeça para mim e dizendo qualquer coisa inaudível. No instante seguinte, a porta da carruagem se abriu e o empregado pulou para fora e me estendeu o braço.

– Suba, madame.

– Mas…

– O capitão Evans disse que o estábulo está fechado, sra. Fraser. Permita que minha carruagem esteja a seu dispor.

– Mas…

Antes que eu pudesse pensar em algum argumento, a porta foi fechada com firmeza e o capitão Evans saltou agilmente para o lado do condutor.

– Descobri que o sr. Davison era legalista – comentou o general Arnold, olhando para mim.

– *Era?* – retruquei, bastante alarmada. – O que aconteceu com ele?

– O capitão Evans contou que Davison e a família saíram da cidade.

Era verdade. A carruagem havia feito a curva na Fifth Street, e pude ver o estábulo, com as portas abertas. Uma delas se encontrava completamente arrancada, caída na calçada. O estábulo estava vazio, assim como o pátio. Os cavalos, a carroça, a carruagem e o pequeno coche tinham desaparecido. Vendidos ou roubados. Na casa dos Davisons, ao lado do estábulo, a cortina esfarrapada da sra. Davison drapejava, atrás de uma janela quebrada.

– Ah – murmurei.

Engoli em seco e disparei um olhar ligeiro ao general Arnold. Ele havia me chamado de sra. Fraser. Estava claro que desconhecia minha atual situação, e eu não sabia se devia contar a ele ou não. Por impulso, decidi não falar. Quanto menos investigações oficiais em relação aos eventos ocorridos no número 17 da Chestnut Street, melhor, fossem essas investigações britânicas ou americanas.

– Ouvi dizer que os britânicos estancaram muito bem os patriotas da cidade – prosseguiu ele, olhando-me com interesse. – Espero que a senhora e o coronel não tenham sido muito incomodados?

– Ah, não – respondi. – Não muito. – Respirei fundo, buscando uma forma de mudar o rumo da conversa. – Só que estou recebendo poucas notícias… dos americanos, digo. Por acaso houve algum… ocorrido importante ultimamente?

Ele soltou uma risada irônica.

– Por onde começo, madame?

Apesar do meu desconforto em reencontrar Benedict Arnold, contentei-me com a cortesia de sua carona. O ar agora estava pesado e úmido, e o céu, branco feito um lençol de musselina. Minha roupa de baixo estava molhada de tanto transpirar durante a breve caminhada. Se continuasse andando, eu chegaria a Kingsessing pingando de suor… e provavelmente à beira de uma insolação.

O general estava animado, tanto por seu novo compromisso quanto pelas iminentes evoluções militares. Não tinha liberdade para me revelar quais eram, explicou, mas Washington estava avançando. Mesmo assim, percebi que a empolgação se misturava a um pesar. Ficar sentado atrás de uma mesa, por mais imponente e ornada que fosse, não substituía a profunda emoção de liderar homens em uma luta desesperada.

Ao observá-lo se remexer no assento, apertando e soltando as coxas enquanto falava, senti meu desconforto crescer. Não apenas por conta dele, mas por Jamie. Eram dois homens muito diferentes, mas o sangue de Jamie também revolvia ao sentir cheiro de batalha. Só me restava esperar que ele não estivesse em nenhum lugar próximo a qualquer batalha iminente.

O general me deixou na balsa. Kingsessing ficava do outro lado do Schuylkill. Apesar da perna ruim, saiu para me ajudar a descer da carruagem e se despediu de mim com um aperto de mão.

– Devo enviar a carruagem para buscá-la, sra. Fraser? – perguntou ele, olhando o céu branco e nublado. – O tempo não parece confiável.

– Ah, não – respondi. – Meu assunto não deve levar mais do que uma ou duas horas. Não vai chover antes das quatro da tarde. Nesta época do ano, nunca chove. Pelo menos é o que diz meu filho.

– Seu filho? Eu conheço o seu filho?

Ele franziu o cenho. Costumava se orgulhar da própria memória, pelo que Jamie contara.

– Creio que não. Ele se chama Fergus Fraser. É filho adotivo de meu marido, na verdade. Ele e a esposa são donos da gráfica da Market Street.

– Ah, é? – Seu rosto se iluminou de interesse, e ele sorriu. – Um jornal chamado... *The Onion*? Ouvi uma menção durante o café da manhã hoje, na estalagem que costumo frequentar. Um periódico patriota, pelo que entendi, com certa inclinação à sátira?

– *L'Oignon* – corrigi, com uma risada. – Fergus é francês, e a esposa tem senso de humor. Mas eles também imprimem outras coisas. E vendem livros, claro.

– Vou fazer uma visita – declarou Arnold. – Estou quase sem livros, já que meus pertences virão depois. Mas, sério, minha querida, como você vai voltar para a Filadélfia?

– Tenho certeza de que conseguirei um transporte com os Bartrams – garanti a ele. – Já estive muitas vezes em seus jardins. Eles me conhecem.

A bem da verdade, eu pretendia caminhar. Não tinha a menor pressa de retornar à casa da Chestnut Street e ao meu prisioneiro briguento (que diabo eu iria fazer com *ele*? Ainda mais agora que os britânicos haviam ido embora...), e a pé não levaria mais do que uma hora. Mas sabia que era melhor não revelar isso, então nos despedimos, com expressões mútuas de estima.

Da balsa ao Jardim de Bartram dava uma caminhada de apenas quinze minutos, mas fui andando com bastante calma, tanto por causa do calor quanto por ainda ter os pensamentos no general Arnold.

Quando?, pensei, incomodada. Quando começaria a acontecer? Não por agora; disso eu tinha quase certeza. O que transformaria aquele homem honrado e galante de patriota em traidor? Com quem ele falaria, o que plantaria nele a semente do mal?

Senhor, pensei, em um momento de prece súbita e horrorizada. *Por favor! Que não seja nada vindo de mim!*

A simples ideia me fez estremecer, apesar do calor opressivo. Quanto mais eu via como as coisas funcionavam, menos sabia sobre as consequências da viagem no tempo. Roger se preocupava muito com essa questão. Por que somente poucas pessoas eram capazes disso? Que efeito, consciente ou inconsciente, exerciam os viajantes? E, caso exercessem algum efeito, o que poderíamos fazer a respeito?

Saber o que aconteceria a Charles Stuart não impediu a Revolta. Também não impediu que fôssemos arrastados para a tragédia. Só que, talvez, tenha salvado a vida de inúmeros homens que Jamie retirara de Culloden antes da batalha. *Tinha* salvado a vida de Frank, ou pelo menos eu achava. Mas eu teria contado a Jamie se soubesse qual seria o custo para ele e para mim? E, se eu *não* tivesse contado, teríamos os dois sido arrastados mesmo assim?

Bem, não havia uma porcaria de resposta, assim como nas outras vezes em que fiz as mesmas perguntas. Ao ver o portão do Jardim de Bartram, soltei um suspiro de alívio. Uma hora no meio de um campo de verduras fresquinhas era tudo de que eu precisava.

23

NO QUAL A SRA. FIGG DÁ UMA MÃO

Jamie estava sem fôlego e, ao virar na Chestnut Street, percebeu que abria e fechava a mão. Não como forma de controlar os nervos – ele estava sob controle –, mas apenas para fazer circular mais energia pelo corpo.

Ele estava trêmulo com a necessidade de vê-la, tocá-la, abraçá-la com força. Nada mais importava. Haveria palavras, talvez uma discussão, mas elas poderiam esperar. Tudo poderia esperar.

Jamie havia deixado Rachel e Ian na esquina da Market com a Second, para que seguissem até a gráfica e encontrassem Jenny. Fez uma prece rápida para que sua irmã e a pequena quacre se entendessem, mas o pensamento se dissipou feito fumaça.

Ele sentia um calor bem debaixo das costelas, que se espalhava pelo peito e ia latejar em seus dedos inquietos. A cidade também cheirava a incêndio; a fumaça pairava sob um céu ameaçador. No mesmo instante, notou os indícios de pilhagem e violência: um muro meio queimado, a mancha de fuligem tal e qual a marca de uma mão gigante no gesso, janelas quebradas, uma touca de mulher presa a um arbusto, pairando no ar. E as ruas ao redor estavam abarrotadas, mas não apenas de pessoas indo cuidar de seus afazeres. Em sua maioria, eram homens armados circulando com cautela, olhando para os lados, e outros reunidos em grupos meio dispersos, conversando animadamente.

Ele não se importava com o que estava acontecendo, desde que não acontecesse a Claire.

E lá estava: o número 17, a bela casinha de tijolos de três andares para onde ele correra – e de onde saíra – havia três dias. Ao ver a construção, Jamie sentiu uma pontada na boca do estômago. Passara talvez cinco minutos lá dentro, e recordava cada segundo. O cabelo de Claire, meio penteado e esvoaçante sobre o rosto, quando ele se inclinou para perto dela, cheirando a bergamota, baunilha e seu característico aroma herbóreo. Seu calor e solidez nos braços dele. Jamie a agarrara pelo traseiro, aquele belo traseiro, tão quente e firme sob a fina roupa de baixo. Um formigamento lhe veio às palmas das mãos, com a lembrança instantânea da luxúria. Então, não mais de um instante depois...

Ele afastou a imagem de William da mente. William também podia esperar.

A batida à porta foi respondida pela negra rotunda que ele vira na vez anterior, e ele a cumprimentou da mesmíssima forma, embora não com as mesmas palavras.

– Bom dia para a senhora, madame. Vim buscar a minha esposa.

Ele entrou, passando pela mulher de boca aberta e sobrancelhas erguidas, mas parou para olhar a destruição.

– O que aconteceu? – inquiriu, virando-se para a criada. – Ela está bem?

– Creio que sim, se está falando de *lady* Grey – respondeu a negra, com forte ênfase no nome. – Quanto a tudo isso – prosseguiu ela, girando em torno do próprio eixo e apontando para a parede esburacada e manchada, o balaústre quebrado e o esqueleto de ferro do lustre que jazia em um canto do vestíbulo –, seria obra do capitão lorde Ellesmere. *Filho* de lorde John.

Ela encarou Jamie, informando claramente que sabia muito bem o que havia acontecido no andar de cima, quando ele estivera frente a frente com William, e não estava nem um pouco satisfeita.

Jamie não tinha tempo para se preocupar com os sentimentos da mulher. Desviou-se dela com a maior educação possível e subiu as escadas, tão rapidamente quanto permitiam seus doloridos músculos das costas.

Quando chegou ao topo da escada, ouviu uma voz de mulher... mas não de Claire. Para seu espanto, era a voz de sua irmã. Ao se aproximar do quarto mais distante, ele a viu de costas, bloqueando a passagem. E, por sobre seu ombro...

Desde a conversa com William, à beira da estrada, ele se sentia irreal. Agora, estava convencido de que alucinava, pois *pensou* estar vendo o duque de Pardloe, de cenho franzido, muito aborrecido, levantando-se de uma cadeira, sem nada no corpo além de um camisolão.

– Sente-se.

As palavras foram ditas em tom baixo, mas seu efeito em Pardloe foi instantâneo. Ele congelou, e tudo em seu rosto paralisou, exceto os olhos.

Jamie inclinou o corpo para a frente, espiou por sobre o ombro de Jenny e viu que ela empunhava uma grande pistola escocesa, o cano de quase meio metro apontado com firmeza para o peito do duque. O que ele podia ver do rosto dela estava branco e rígido, feito mármore.

– Você ouviu – disse ela, a voz um pouco mais alta que um sussurro.

Muito devagar, Pardloe – sim, realmente era ele – deu dois passos para trás e se sentou na cadeira. Jamie sentiu o cheiro de pólvora na caçoleta e pensou que o duque provavelmente também devia estar sentindo.

– Lorde Melton – disse Jenny, avançando devagar e deixando a luz tênue que entrava pelas persianas iluminar a silhueta do duque. – Minha boa irmã contou que o senhor é lorde Melton... ou era. Isso é verdade?

– Sim – respondeu Pardloe.

O homem não se mexia, mas Jamie viu que ele havia se sentado com as pernas flexionadas sob o corpo. Se quisesse, poderia sair da cadeira com um bote. Muito sorrateiro, Jamie desviou-se para o lado. Estava tão perto que, se não estivesse tão concentrada, Jenny poderia tê-lo sentido passar por detrás dela. Ela tinha as escápulas muito angulosas por sob a roupa, feito um par de asas de gavião.

– Foram os seus homens que vieram até a minha casa – acusou ela, com a voz baixa. – Vieram mais de uma vez, para saquear e destruir, para tirar comida da nossa boca. – Por um instante, o cano tremulou, mas logo se firmou outra vez. – Levaram meu marido para a prisão, onde ele pegou a doença que o matou. Caso se mexa um centímetro, milorde, tenha certeza de que vou atirar. O senhor vai morrer mais depressa do que ele.

Pardloe não disse uma palavra, mas moveu a cabeça uma fração de milímetro para indicar que havia compreendido. Suas mãos, agarradas aos braços da cadeira, relaxaram. Ele desviou os olhos da pistola... e viu Jamie. Escancarou a boca, arregalou os olhos... e o dedo de Jenny apertou o gatilho.

Jamie enfiou a mão sob a arma no instante em que o tiro disparou, em meio a um sopro de fumaça preta, o estampido ecoando junto com a explosão de uma estatueta de porcelana na cornija da lareira.

Pardloe ficou congelado por um instante, então, com muito cuidado, estendeu a mão e removeu um enorme caco de porcelana do cabelo.

– Sr. Fraser – disse ele, em um tom quase firme. – Seu servo, senhor.

– Seu mais obediente, Sua Graça – comentou Jamie, sofrendo de um insano ímpeto de rir, refreado apenas pela certeza de que sua irmã imediatamente recarregaria a arma e atiraria nele à queima-roupa caso o fizesse. – Vejo que o senhor já conheceu a minha irmã, a sra. Murray.

– Sua... Santo Deus, é mesmo! – Pardloe olhou para um, depois para outro, e soltou um suspiro longo e lento. – A família inteira é dada à irascibilidade?

– Sim, Sua Graça. E agradeço o elogio – respondeu Jamie, tocando as costas de Jenny.

Ele sentia o coração da irmã disparado, a respiração vindo em arquejos superficiais. Deixou a pistola de lado e tomou a mão dela entre as suas. Estava fria como gelo, apesar da temperatura do quarto, um pouco mais quente do que o inferno, com a janela fechada e coberta por barras.

– O senhor faria a enorme gentileza de servir um trago do que houver no decânter, Sua Graça?

Pardloe serviu e, com muita calma, estendeu-lhe a taça. Era conhaque; Jamie sentiu o aroma quente.

– Não o deixe sair – pediu Jenny, recompondo-se. Encarou Pardloe, pegou o conhaque e olhou para Jamie. – E onde foi, em nome de Santa Maria Madalena, que *você* andou nos últimos três dias?

Antes que pudesse responder, passos pesados começaram a cruzar o corredor. A criada negra apareceu diante da porta, ofegante, segurando uma caçadeira de prata de um jeito que sugeria que ela sabia muito bem o que fazer com o utensílio.

– Sentem-se os dois, agora mesmo – disse ela, movendo o cano da arma de um lado a outro, entre Pardloe e Jamie, em um gesto sistemático. – Se o senhor acha que vai tirar este homem daqui, está…

– Eu já disse… Desculpe, madame, mas poderia me dizer seu nome?

– O senhor… O quê? – A criada piscou, desconcertada. – Eu… sou a sra. Mortimer Figg, se é que isso é da sua conta.

– Não é – garantiu Jamie a ela, sem se sentar. O duque, porém, havia se sentado. – Sra. Figg, como eu disse lá embaixo, vim buscar a minha esposa e nada além disso. Se me contar onde ela está, deixo os senhores com seus assuntos. Sejam lá quais forem – acrescentou, com uma olhada para Pardloe.

– *Sua* esposa – repetiu a sra. Figg, e apontou o cano para ele. – Pois bem. Estou achando que talvez seja melhor o senhor apenas se sentar e esperar até que o lorde chegue, e vamos ver o que ele tem a falar a respeito de tudo isso.

– Não seja estúpida, Jerusha – reclamou Jenny, muito impaciente. – Você sabe que Claire é esposa de meu irmão. Ela mesma disse isso.

– Claire? – exclamou Pardloe, tornando a se levantar. Estivera bebendo do decânter e ainda o segurava, sem muito cuidado. – A esposa do *meu* irmão?

– Não – disse Jamie, atravessado. – Claire é a minha esposa, e eu agradeço se alguém me informar onde ela está.

– Ela foi a um lugar chamado Kingsessing – comentou Jenny, prontamente. – Pegar umas ervas, coisa assim. Estamos cuidando deste *mac na galladh*… – Ela franziu o cenho para Pardloe. – Se eu soubesse quem você era, *a mh'ic an diabhail*, já teria botado vidro na sua comida.

– Não duvido – murmurou Pardloe, dando mais uma golada no decânter e voltando a atenção para Jamie. – Não imagino que *você* saiba onde está meu irmão no momento?

Jamie o encarou, com uma súbita sensação de desconforto lhe subindo à nuca.

– Ele não está aqui?

Pardloe fez um amplo gesto abrangendo o quarto, convidando silenciosamente Jamie a olhar. Jamie o ignorou e se voltou para a criada:

– Quando foi a última vez que o viu, madame?

– Pouco antes de ele e o senhor escaparem pela janela do sótão – respondeu ela, sucinta, cutucando-lhe as costelas com o cano da caçadeira. – O que o senhor fez com ele, *fils de salope*?

Com cuidado, Jamie desviou o cano com o dedo. Felizmente, a caçadeira não estava engatilhada.

– Eu o deixei na mata, nas cercanias da cidade, faz dois dias – disse ele, com uma súbita sensação de inquietação a lhe enrijecer os músculos da base da espinha. Discretamente, encostou o corpo na parede para aliviar as costas. – Esperava encontrá-lo aqui... com minha esposa. Posso perguntar como o senhor veio parar aqui, Sua Graça?

– Claire o sequestrou – respondeu Jenny, antes que Pardloe conseguisse falar.

O duque arregalou os olhos de leve, mas Jamie não soube ao certo se tinha sido pelo comentário ou por ver que Jenny estava recarregando a pistola.

– Ah, é? O que ela queria com ele?

Sua irmã lhe deu uma olhada.

– Estava com medo de que ele virasse a cidade de cabeça para baixo atrás do irmão, e que você acabasse pego no meio da celeuma.

– É, bom, acho que agora estou bem seguro – garantiu Jamie. – Não acha melhor soltá-lo?

– Não – respondeu ela, com toda a ênfase do mundo. Enfiou a mão no avental e pegou um pequeno polvarim. – Não podemos fazer isso. Ele pode morrer.

– Ah. – Ele refletiu por um instante, observando o duque, cuja face havia assumido uma leve tonalidade roxa. – Por quê?

– Ele não consegue respirar direito, e Claire ficou com medo de o homem morrer no meio da rua se ela o largasse antes de ele melhorar. A consciência dela não a deixou fazer isso.

– Entendi. – O ímpeto de rir retornou, mas Jaime o controlou com determinação. – E você estava prestes a atirar nele dentro de casa, para evitar que ele morresse no meio da rua?

Ela estreitou os olhos azul-escuros, mas manteve o olhar fixo na pólvora que enfiava na caçoleta.

– Eu não ia atirar de verdade – revelou ela, mas não parecia muito segura de si. – Acertaria no máximo a perna. Talvez um par de dedos.

Pardloe fez um som que poderia ter sido de ultraje, mas, conhecendo muito bem o homem, Jamie reconheceu que era um riso abafado. Esperou que a irmã não percebesse. Abriu a boca para perguntar quanto tempo fazia que Pardloe estava preso ali. Antes que pudesse falar, deu-se uma batida à porta. Ele olhou para a sra. Figg, mas a criada ainda o encarava com o cenho franzido e não fez menção nem de baixar a caçadeira nem de descer e atender à porta.

– Entre! – gritou Jamie, enfiando a cabeça para o corredor e retornando, antes que a sra. Figg concluísse que ele estava tentando fugir e descarregasse uma saraivada de balas em suas costas.

A porta se abriu e se fechou. Fez-se uma pausa, aparentemente para que o visitante observasse a entrada toda destruída, então passos leves e ligeiros subiram as escadas.

– Lorde John! – sussurrou a sra. Figg, suavizando o rosto austero.

– Aqui! – gritou o duque, quando os passos concluíram a subida.

Um instante depois, a silhueta de Denzell Hunter, de óculos, surgiu diante da porta.

– *Merde!* – exclamou a sra. Figg, apontando a espingarda para o recém-chegado. – Quer dizer, Pastor da Judeia! Quem é o *senhor*, em nome da Santíssima Trindade?

Hunter está tão pálido quanto Jenny, pensou Jamie. Mesmo assim, não pestanejou nem titubeou; apenas caminhou até Pardloe.

– Eu sou Denzell Hunter, amigo Grey – apresentou-se ele. – Sou médico, e vim atender o senhor a pedido de Claire Fraser.

O duque largou o decânter, que desabou no chão, espalhando as poucas gotas que ainda existiam nele no tapete trançado junto à lareira.

– Você! – disse ele, levantando-se abruptamente. Não era mais alto do que Hunter, a bem da verdade, mas estava óbvio que possuía o dom da liderança. – Você é o covarde que teve a audácia de seduzir a minha filha e ousa vir aqui para me oferecer seus cuidados? Saia da minha frente, antes que eu…

Neste momento, Pardloe se deu conta de que estava desarmado e de camisolão. Nada intimidado, pegou o decânter do chão e o balançou na direção da cabeça de Denzell.

Denzell se abaixou. Jamie segurou o punho de Pardloe, antes que ele tentasse outra vez. Denny se levantou, com os olhos injetados por trás dos óculos.

– Eu discordo tanto de sua descrição do meu comportamento quanto da calúnia que fez a respeito da reputação de sua filha – retrucou Denzell, afiado. – Só posso concluir que suas faculdades mentais estejam alteradas por doença ou medicamentos, pois sem dúvida o homem que gerou e educou uma pessoa como Dorothea não poderia se referir a ela de maneira tão injusta ou ter tão pouca fé na força de seu caráter e virtude a ponto de pensar que ela poderia ter sido seduzida por alguém.

– Tenho certeza de que Sua Graça não se referia à sedução física – Jamie apressou-se em dizer, torcendo o punho de Pardloe para que ele soltasse o decânter.

– É essa a atitude de um cavalheiro, senhor, induzir uma jovem a fugir? Ai! Me solte, maldito! – praguejou Pardloe, largando o decânter enquanto Jamie lhe puxava o braço por detrás das costas.

O decânter caiu dentro da lareira e estourou em uma chuva de estilhaços, o que o duque desconsiderou completamente.

– Um cavalheiro teria buscado a aprovação do pai da jovem, senhor, antes de se aventurar a falar com ela!

– Foi o que eu fiz – respondeu Denzell, já mais calmo. – Ou melhor, escrevi para o senhor de imediato, pedindo desculpas por não ter sido capaz de falar em pessoa antes e explicando que Dorothea e eu desejávamos ficar noivos e que gostaríamos de receber sua bênção em relação a nosso desejo. Mas duvido que o senhor tenha recebido a minha carta antes de embarcar para a América.

– Ah, o senhor fez isso, foi? Seu *desejo*? – Pardloe fungou, afastando do rosto uma mecha de cabelos soltos. – Me solte, escocês maldito! O que acha que eu vou fazer, estrangular o homem com meu cachecol?

– É possível – disse Jamie, afrouxando um pouco a mão, mas ainda segurando o punho de Pardloe. – Jenny, pode tirar essa pistola da mira de Sua Graça?

Mais do que depressa, Jenny entregou a pistola recém-carregada a Denzell, que a apanhou por reflexo, mas depois se chocou ao perceber o que era.

– Você precisa mais do que eu – comentou ela, disparando um olhar soturno para o duque. – Se atirar nele, juramos todos que foi em legítima defesa.

– Não juramos, *não* – soltou a sra. Figg, indignada. – Se a senhora pensa que vou dizer ao lorde que deixei seu irmão ser morto a sangue-frio…

– Amigo Jamie – interrompeu Denzell, segurando a pistola. – Ficaria muito mais feliz se o senhor soltasse o pai de Dorothea e pegasse isso aqui. Pode ser que aumente a civilidade de nossa conversa.

– Pode ser – concordou Jamie.

Ressabiado, ele soltou Pardloe e pegou a pistola. Denzell se aproximou do duque, desviando dos cacos de vidro no caminho, e o encarou com firmeza.

– Ficarei satisfeito em conversar e me aconselhar com o senhor, amigo, e oferecer quaisquer garantias que estejam em meu poder em relação à sua filha. Mas sua respiração está me alarmando, e eu preciso examiná-lo.

De fato, o duque estava emitindo uns chiados, e Jamie notou que o tom arroxeado de seu rosto parecia mais pronunciado. Frente à observação de Denzell, a coloração recebeu uma onda de vermelho.

– Não encoste em mim, seu… charlatão!

Denzell se voltou para Jenny, pensando ser ela a fonte mais provável de informação.

– O que a amiga Claire disse em relação a ele, em termos de diagnóstico e tratamento?

– Asma e tintura de éfedra coada no café, respectivamente – respondeu Jenny prontamente, depois acrescentou para Pardloe: – Sabe, eu não precisava ter dito isso a ele. Poderia ter deixado o homem o estrangular, mas acho que não é uma atitude muito cristã. Aliás, os quacres são cristãos, por acaso? – perguntou a Denzell, curiosa.

– São – disse ele, aproximando-se com cautela de Pardloe, cujos ombros Jamie havia empurrado, para forçá-lo a se sentar. – Acreditamos que a luz de Cristo está presente em todos os homens… embora em alguns casos seja meio difícil perceber – acrescentou ele entre dentes, porém alto o bastante para que Jamie e o duque ouvissem.

Pardloe parecia estar tentando assobiar: soprava o ar com um biquinho, enquanto encarava Denzell. Resfolegante, conseguiu entoar mais algumas palavras:

– Eu não... serei cuidado... pelo senhor.

Mais uma pausa para soprar e recuperar o fôlego. Jamie percebeu a sra. Figg se remexer, incomodada, e dar um passo em direção à porta.

– Eu não vou... deixar a minha... filha nas suas... garras... – Sopro. Arquejo. – Se você me matar. – Sopro. Arquejo. – Nem vou arriscar... que salve... minha vida... e me ponha... em dívida... com você.

O esforço em concluir a frase lhe trouxe uma horripilante coloração cinza, e Jamie ficou seriamente alarmado.

– Ele está tomando algum remédio, Jenny? – perguntou, com urgência.

Sua irmã espremeu os lábios, mas assentiu. Com uma olhada final para o duque, saiu do quarto. Com a cautela de alguém que abraça um crocodilo, Denzell Hunter se agachou, tomou o pulso do duque e examinou seus olhos, que retribuíram a inspeção se estreitando da forma mais ameaçadora possível para um homem prestes a morrer sufocado. Não pela primeira vez, Jamie sentiu uma relutante admiração pela autoconfiança de Pardloe... embora também fosse obrigado a admitir que a de Hunter era excelente em comparação.

Sua concentração na cena à sua frente foi desviada pelo som de um animado punho batendo à porta da frente, no andar de baixo. A porta se abriu, e ele ouviu seu sobrinho Ian exclamar "Mãe!", em um tom rouco. Ao mesmo tempo, sua irmã gritou, atônita: "Ian!" Jamie saiu do quarto e deu alguns passos. Ao chegar ao balaústre arrebentado, viu a irmã quase esmagada no abraço do filho alto.

Ian abraçava sua pequena mãe com os olhos fechados e o rosto suado, e Jamie sentiu um súbito nó na garganta. O que ele não daria para abraçar sua filha assim mais uma vez?

Um breve movimento atraiu seu olhar, e ele viu Rachel Hunter parada um pouco atrás, muito tímida, sorrindo para os dois, com os olhos cheios de lágrimas. Ela limpou o nariz com um lencinho; então, ao erguer os olhos, viu Jamie.

– Srta. Rachel – disse ele, sorrindo para ela. Apontou para uma jarra na mesinha junto à porta, que presumiu ser o remédio de Pardloe. – Poderia me trazer essa jarra? Depressa?

Ele podia ouvir a respiração pesada de Pardloe no quarto atrás; não parecia estar piorando. Ainda assim, era preocupante.

Os arquejos foram momentaneamente abafados pelos passos da sra. Figg, que surgiu atrás dele com a caçadeira. Ela espiou por sobre o balaústre a tocante cena abaixo, depois olhou para Rachel Hunter, que subia a escada com a jarra em mãos.

– E quem é esta? – inquiriu ela a Jamie, não exatamente brandindo a arma debaixo do nariz dele.

– Irmã do dr. Hunter – respondeu ele, interpondo-se entre Rachel, que parecia surpresa, e a agitada criada. – Seu irmão quer o negócio na jarra, srta. Rachel.

A sra. Figg soltou um grunhido, mas deu um passo para trás e abriu caminho para

Rachel. Com uma olhadela impassível para Jenny e Ian, que agora haviam se separado, gesticulando e falando um por cima do outro animadamente em *gàidhlig*, ela desapareceu para o quarto, logo atrás de Rachel. Jamie hesitou, desejando disparar pela porta da frente e rumar para Kingsessing, mas um mórbido senso de responsabilidade o obrigou a ir atrás da criada.

Denny havia puxado o banquinho da penteadeira. Ainda segurava o pulso de Pardloe e se dirigia a ele em um tom suave:

– O senhor não está correndo perigo imediato, como bem sabe. O pulso está forte e regular, e por mais que sua respiração esteja claramente comprometida, eu acho… Ah, é essa a bebida que a escocesa mencionou? Obrigado, Rachel, pode servir…

Rachel, porém, muito acostumada a situações médicas, já havia começado a servir na taça de conhaque um pouco do líquido marrom-escuro que mais parecia o conteúdo de uma escarradeira.

– Posso…?

Denzell tentou segurar a taça para o duque beber, mas Pardloe a agarrou e deu uma golada que quase o fez morrer engasgado ali mesmo. Com muita calma, Hunter observou os cuspes e as tossidelas, então lhe entregou um lenço.

– Já ouvi uma teoria de que tais cataclismos de respiração, como o que o senhor está vivenciando, possam ser precipitados por exercícios vigorosos, mudanças bruscas de temperatura, exposição a fumaça ou terra ou, em alguns casos, uma forte onda de emoção. No presente caso, creio que eu mesmo possa ter desencadeado sua crise. Caso tenha sido isso, peço perdão. – Denny pegou o lenço e entregou a taça de volta a Pardloe, sábio o bastante para não o mandar beber o conteúdo. – Talvez, porém, eu possa recompensar de alguma forma essa situação. Imagino que seu irmão não esteja em casa, já que não posso presumir que ele se ausentaria desta circunstância a menos que estivesse morto no porão, e espero que não seja esse o caso. O senhor não o viu recentemente?

– Eu… não. – A respiração de Pardloe estava ficando mais suave, e seu rosto, adquirindo uma coloração mais normal, por mais que o semblante ainda fosse de fúria. – E o senhor?

Hunter tirou os óculos e sorriu. Jamie ficou impressionado com a bondade em seus olhos. Virou-se para Rachel. Ela tinha olhos castanhos, diferentes dos de cor de oliva do irmão, porém cautelosos, por mais que tivessem boa natureza. Jamie considerava a cautela uma boa característica em uma mulher.

– Sim, amigo. Sua filha e eu o descobrimos em um acampamento da milícia, nos arredores da cidade. Ele tinha sido levado prisioneiro e… – Um arquejo de Pardloe colidiu com um de Jamie, e Hunter fez um gesto, pedindo atenção. – Nós conseguimos auxiliá-lo na fuga e, já que ele ficou ferido durante a captura, eu cuidei dele. Os ferimentos não foram muito graves.

– Quando? – perguntou Jamie. – Quando foi que você o viu?

Seu coração havia disparado de leve, em uma inquietante alegria, ao saber que John Grey não estava morto.

– Ontem à noite – respondeu Denny. – Hoje de manhã ficamos sabendo da fuga, mas não ouvimos nada a respeito de sua recaptura enquanto retornávamos à Filadélfia, e olhe que eu perguntei a todos os grupos de soldados ou milicianos que encontramos. Ele deve ter tido que avançar com cuidado, já que tanto as matas quanto as estradas estavam cheias de homens, mas imagino que estará em breve com vocês.

Pardloe soltou um longo e profundo suspiro.

– Ai, Deus! – exclamou ele, e fechou os olhos.

24

ACOLHER O FRIO NO CALOR, O CONFORTO EM MEIO À DOR

Era um cenário com muito verde. Os jardins ocupavam a maior parte dos 40 hectares, com árvores, moitas, arbustos, vinhas e flores de todos os tipos – além de cogumelos estranhos e exóticos incluídos em prol da variedade. John Bartram havia passado quase toda a sua longa vida esquadrinhando as Américas em busca de espécimes botânicos, a maioria dos quais trouxera para casa. Eu lamentava não ter conhecido o velho cavalheiro; ele tinha morrido um ano antes, deixando o famoso jardim nas competentes mãos de seus filhos.

Encontrei o jovem sr. Bartram – ele tinha seus 40 anos, mas era chamado assim para se diferenciar do irmão – em meio aos jardins, sentado à sombra de uma enorme trepadeira que cobria metade da varanda da casa, um caderninho de anotações aberto sobre a mesa à sua frente, desenhando cuidadosamente um punhado de raízes brancas e retorcidas.

– Ginseng? – perguntei, inclinando-me para espiar.

– Isso – respondeu ele, sem tirar os olhos do delicado traçado da pena. – Bom dia, lady Grey. Vejo que a senhora conhece a raiz.

– É bastante comum nas montanhas da Carolina do Norte, onde eu… costumava viver.

A frase displicente causou um nó inesperado em minha garganta. Do nada, senti o cheiro da madeira da Cordilheira, os eflúvios pungentes dos abetos balsâmicos e da seiva de papoula, o odor embolorado das orelhas-de-judas e o forte aroma de uva-do-mato.

– Sim, de fato.

Ao terminar de traçar a linha, ele baixou a caneta, tirou os óculos e ergueu o olhar para mim, com o rosto iluminado de um homem que vivia para as plantas e esperava que o mundo compartilhasse de sua obsessão.

– Ginseng-chinês. Estou tentando cultivá-lo aqui – explicou ele, apontando para os acres de vegetação. – A variedade da Carolina do Norte não vinga, e o ginseng-canadense é teimoso, se recusa a crescer! Elas gostam do tempo frio.

– Pobres coitadas. Embora confesse que está mesmo quente demais – observei, apoiando a cesta no chão e me acomodando no banquinho que ele apontara.

Minha roupa de baixo estava colada ao corpo, e eu sentia uma grande área úmida entre as escápulas, onde o suor dos cabelos escorria pelas costas.

A lembrança vívida daquela mata florescera, e agora permanecia em mim como uma saudade visceral da Cordilheira, tão imediata que senti o fantasma de minha casa se erguer à minha volta no vento frio e montanhoso que soprava pelos muros. Se estendesse o braço, sentiria o pelo macio e cinzento de Adso entre os dedos. Engoli em seco.

– Está mesmo quente – concordou ele, embora ele próprio estivesse seco como uma das raízes sobre a mesa, protegido pela sombra da vinha. – Posso oferecer um refresco, lady Grey? Tenho ponche gelado na casa.

– Eu adoraria – respondi, genuinamente. – Mas… gelado?

– Ah, Sissy e eu temos um depósito de gelo perto do rio – respondeu ele, orgulhoso. – Deixe-me só avisar a ela…

Eu *havia* previsto aquele calor, de modo que tinha levado um leque, que tirei da cesta. A saudade subitamente se transformou em uma nova e maravilhosa percepção. *Poderemos voltar para casa.* Jamie fora dispensado do serviço ao Exército Continental para ver o corpo de seu primo na Escócia. Ao retornar, pretendia voltar à Carolina do Norte, reclamar seu maquinário de imprensa e começar a lutar em prol da revolução usando a pena em vez da espada. Mas o plano havia se desfeito, junto com o resto da minha vida, quando Jamie foi considerado morto no naufrágio. Agora, porém…

Uma onda de empolgação percorreu meu corpo, e talvez tenha ficado evidente em meu rosto, pois o sr. e a srta. Bartram piscaram para mim ao me verem na varanda. Por mais que guardassem pouca similaridade nas feições, mesmo sendo gêmeos, os dois exibiam a mesma expressão: aturdidos, porém contentes.

Eu quase não me contive em compartilhar meu pensamento com eles, mas de nada adiantaria, então apenas bebi o ponche – vinho do Porto misturado com água, açúcar e especiarias. Era uma bênção refrescante, *de verdade!* Também elogiei educadamente as melhorias feitas ao Jardim de Bartram, que já era famoso por sua beleza e variedade.

O sr. Bartram velho passara cinquenta anos planejando, plantando e expandindo os jardins, e seus filhos evidentemente haviam herdado, além do terreno, a obsessão da família.

– E nós aprimoramos a trilha do rio, e instalamos uma estufa *muito* maior – dizia Sissy Bartram, empolgada. – Tantos fregueses querendo vinhas e flores para suas salas de estar e estudo! Embora eu não saiba… – A empolgação esvaneceu um pouco, e ela fez uma careta de dúvida. – Com toda essa confusão... a guerra é *tão* ruim para os negócios!

O sr. Bartram deu uma tossidela.

– Depende do tipo de negócio – retrucou ele, com delicadeza. – E creio que teremos um grande aumento na demanda pelas plantas medicinais.

– Mas se o Exército está indo embora... – começou a srta. Bartram, esperançosa, mas o irmão balançou a cabeça, com a expressão mais sóbria.

– Você não está sentindo no ar, Sissy? – comentou ele, baixinho. – Tem algo vindo.

Ele ergueu o rosto, como se sentisse algum cheiro no ar pesado. Ela estendeu o braço e pôs a mão por sobre a dele, em silêncio, escutando com o irmão o som da violência que perdurava a distância.

– Eu não havia percebido que vocês eram quacres, sr. Bartram – falei, para quebrar o sinistro silêncio.

Os dois sorriram para mim.

– Ah – disse a srta. Bartram. – O pai foi dispensado da reunião, já faz uns anos. Mas às vezes os hábitos da infância retornam quando menos esperamos. – Ela ergueu o ombro gorducho, sorrindo, mas com uma energia pesarosa. – Vejo que a senhora trouxe uma lista, lady Grey?

A pergunta me trouxe de volta à realidade, e a hora seguinte foi gasta numa ferrenha discussão entre prós e contras de várias ervas medicinais, seleção de ervas dos imensos secadores e remoção das raízes das plantas frescas. Com minha súbita percepção de que poderíamos retornar à Cordilheira muito em breve, mais a observação bastante sagaz do sr. Bartram sobre a iminente demanda pelas plantas medicinais, comprei muito mais do que era a minha intenção original, reabastecendo não apenas meu estoque costumeiro (incluindo um punhado de éfedra chinesa seca, só por garantia) como também uma boa quantidade de unguento de fruta-bile, elecampana e até lobélia, mais a assafétida e o ginseng que tinha prometido a Denny. *O que eu mais poderia fazer para ajudar aquele maldito homem?*

No fim, havia coisa demais para a minha cesta, e a srta. Bartram disse que faria um embrulho e mandaria um dos jardineiros assistentes, que morava na Filadélfia, levar até a cidade mais à noite, quando estivesse voltando para casa.

– A senhora gostaria de ver a trilha do rio, antes de ir? – perguntou ela, com uma breve olhada para o céu. – Ainda não está terminada, claro, mas fizemos umas instalações incríveis e o clima fica muito agradável a esta hora do dia.

– Ah, obrigada. Eu realmente... Espere. A senhorita não teria singônio fresco por lá, teria? – Eu não tinha pensado em acrescentar singônio à lista, mas se houvesse disponível...

– Sim, tenho! – exclamou ela, animadíssima. – Um montão!

Estávamos paradas junto ao maior dos secadores. A luz de fim de tarde que banhava as tábuas formava barras douradas, iluminando os pequeninos grãos de pólen das flores que secavam. Havia várias ferramentas espalhadas sobre a mesa. Sem hesitar, a srta. Bartram pegou uma espátula e uma faca de um canto.

– Quer cavar você mesma?

Soltei uma risada prazerosa. A oportunidade de cavoucar terra e lama molhada era uma oferta que a maioria das mulheres não faria – ainda mais a outra mulher, vestida em musselina azul-clara. A srta. Bartram, no entanto, falava a minha língua. Fazia meses que eu não metia as mãos na terra, e a simples sugestão fez meus dedos coçarem.

A trilha do rio era muito agradável, ladeada de salgueiros e vidoeiros prateados, que lançavam uma sombra tremulante por sobre os leitos de nastúrcios e azaleias e as massas flutuantes de agrião verde-escuro. Senti a pressão baixar um pouco enquanto caminhávamos.

– Você se incomoda se eu tirar uma dúvida sobre os quacres? – indaguei. – Tenho um colega que foi afastado da reunião, ele e a irmã, por ter se oferecido como cirurgião do Exército Continental. Já que você mencionou o seu pai, fiquei pensando... Qual a importância disso? De pertencer a uma reunião, digo.

– Ah! – Para minha surpresa, ela riu. – Isso depende do indivíduo... Na verdade, tudo depende em relação aos amigos. Meu pai, por exemplo: ele *foi* afastado da reunião por se recusar a reconhecer a divindade de Jesus Cristo, mas continuou a frequentá-las. Não fez tanta diferença assim para ele.

– Ah. – Isso era bastante reconfortante. – E... como é um casamento quacre? A pessoa tem que fazer parte de uma reunião de modo a poder se casar?

Ela achou interessante e soltou uns murmúrios baixinhos.

– Bom, um casamento entre quacres é... entre os amigos que estão se casando. Não há um sacerdote nem nenhuma reza ou sermão específico. Os dois amigos se casam *um com o outro*, em vez de ser um sacramento administrado por um padre ou coisa do tipo. Mas precisa, de fato, ser feito diante de testemunhas... Outros amigos, entende? – acrescentou, com uma ruguinha entre as sobrancelhas. – E acho que poderia haver objeção se um dos dois tivesse sido formalmente expulso.

– Que interessante... Obrigada. – Fiquei pensando até que ponto isso poderia afetar Denzell e Dorothea e, mais ainda, Rachel e Ian. – Um amigo pode se casar com um... não amigo?

– Ah, sim, claro. Embora ache que os dois acabariam sendo expulsos da reunião – acrescentou ela, indecisa. – Mas pode haver considerações para casos especiais. A reunião designaria um comitê para analisar a situação, imagino.

Eu não fora longe a ponto de me preocupar com casos especiais, mas agradeci a ela, e voltamos a conversar sobre plantas.

Ela tinha razão em relação ao singônio: havia *um monte*. Sorriu com satisfação ao ver meu espanto, mas me deixou escavar em paz, sugerindo que eu pegasse um pouco de lótus e rizoma de cálamo também, se quisesse.

– E agrião fresco, claro! – acrescentou ela por sobre o ombro, acenando a mão alegre para a água. – Tudo o que quiser!

Bastante atenciosa, ela havia levado um pedaço de tecido para que eu me ajoelhasse. Acomodei-o com cuidado, para não esmagar nada, e afastei as saias o máximo que pude. Uma brisa leve soprava próximo à água corrente, e eu soltei um suspiro de alívio, tanto pelo frescor quanto pela repentina solidão. A companhia das plantas é sempre consoladora em meio a tantas conversas, opressões, broncas, reuniões, persuasões e mentiras que tive que enfrentar nos últimos dias. Considerei o silêncio das raízes, o murmúrio do córrego e o farfalhar das folhas um bálsamo para o meu espírito.

E o meu espírito precisava mesmo de um pouco de conforto. Em meio a Jamie, John, Hal, William, Ian, Denny Hunter e Benedict Arnold (sem falar no capitão Richardson, no general Clinton, em Colenso e todo o maldito Exército Continental), o espécime masculino andava me dando nos nervos ultimamente.

Escavei, lenta e calmamente, colocando as raízes na cesta e acomodando cada camada entre caminhas de folhas de agrião. O suor escorria por meu rosto e entre meus seios, mas não percebi. Em silêncio, eu me misturava à paisagem. A respiração e os músculos se transformando em vento, água e terra.

Cigarras cantavam alto em árvores próximas, e os insetos começavam a se reunir nas agitadas nuvens acima. Por sorte, não passavam de uma chateação quando entravam em meu nariz ou voavam muito perto do meu rosto. Meu sangue do século XX aparentemente não atraía os insetos do século XVIII, e eu quase nunca era mordida. Que grande bênção para uma jardineira. Muito tranquila, sem pensar em nada, perdi por completo a noção de tempo e espaço. Quando um par de sapatos surrados surgiu em meu campo de visão, apenas pisquei para eles durante um tempo, como teria feito ao avistar um sapo.

Então, olhei para cima.

– Ah – falei, meio inexpressiva. – Até que enfim! – completei, largando a faca e levantando-me, desajeitada, em uma onda de alívio e alegria. – Onde você se *meteu*?

Um sorriso breve invadiu o rosto de Jamie, e ele pegou minhas mãos, molhadas e sujas do jeito que estavam. As dele eram grandes, quentes e rígidas.

– Mais recentemente, em uma carroça cheia de repolhos – respondeu ele, alargando o sorriso e me olhando de cima a baixo. – Você está ótima, Sassenach. Muito formosa.

– Você não – respondi, com franqueza. – O que houve?

Ele estava sujo, muito magro e claramente não andava dormindo bem. Fizera a barba, mas tinha o rosto sombrio e encovado.

167

Ele abriu a boca para responder, mas pareceu pensar melhor. Soltou as minhas mãos, pigarreou com um barulhinho escocês e cravou os olhos nos meus.

E o sorriso se foi.

– Você foi para a cama com John Grey?

Espantada, franzi o cenho para ele.

– Eu não diria isso.

Ele ergueu as sobrancelhas.

– Ele falou que foi.

– Foi isso que ele disse? – perguntei, surpresa.

Foi a vez de ele fechar a cara.

– Falou que teve conhecimento carnal de você. Por que mentiria em relação a uma coisa dessas?

– Ah. Não, é isso mesmo. Conhecimento carnal é uma descrição bastante razoável do que aconteceu.

– Mas…

– Já "ir para a cama"… Em primeiro lugar, não fomos. Começou numa penteadeira e terminou, até onde me lembro, no chão. – Jamie arregalou os olhos e eu tratei logo de corrigir a impressão que ele estava formando. – Em segundo lugar, esse fraseado implica que resolvemos fazer amor um com o outro e saímos os dois de mãozinhas dadas, e isso não foi nem de longe o que aconteceu. Hum… Será que não é melhor nos sentarmos?

Apontei para um banquinho rústico, já que estava ajoelhada no meio do mato.

Eu não pensara naquela noite uma única vez desde que soube que Jamie estava vivo, mas começava a perceber que muito provavelmente isso era importante para ele – e que explicar o que *tinha* acontecido talvez acabasse sendo meio problemático.

Ele assentiu, meio rígido, e caminhou até o banco. Eu fui atrás, notando, com certa preocupação, a tensão de seus ombros.

– Você machucou as costas? – perguntei, franzindo o cenho ao ver o cuidado com que ele se sentava.

– *O que* aconteceu? – indagou Jamie, me ignorando. Educadamente, mas com um toque de aspereza.

Soltei um suspiro, em um gesto de impotência.

Ele grunhiu. Eu o encarei, espantada, pois jamais o ouvira emitir um ruído assim – pelo menos não direcionado a mim. Aparentemente aquilo tinha muita importância.

– Ahn… – falei, com cautela, sentando-me ao lado dele. – O que John disse *exatamente*?

– Ele queria que eu o matasse. E se você me disser que deseja o mesmo, em vez de me contar o que aconteceu, eu já aviso logo: não me responsabilizo pelo que acontecer *depois*.

Eu o encarei, com os olhos semicerrados. Ele parecia contido, mas havia uma inegável tensão em sua postura.

– Bom... eu me lembro de como começou, pelo menos.

– Então comece por aí – sugeriu ele, ainda mais ríspido.

– Eu estava no meu quarto, bebendo conhaque de ameixa e pensando em suicídio, se você quer saber – falei, também bastante ríspida. Encarei Jamie, desafiando-o a se pronunciar, mas ele apenas inclinou a cabeça para que eu continuasse. – O conhaque acabou, e eu estava tentando decidir se conseguia descer para pegar mais sem quebrar o pescoço ou se já tinha bebido o bastante para não me sentir culpada em beber o frasco de láudano inteiro. Então, John entrou.

Eu engoli em seco, com a boca subitamente seca e pegajosa, como estivera aquela noite.

– Ele contou mesmo que vocês beberam – observou Jamie.

– E muito. Ele parecia quase tão bêbado quanto eu, com a diferença de que ainda estava de pé.

Eu me lembrei do rosto de John, branco feito papel, exceto pelos olhos, tão vermelhos e inchados que pareciam ter sido esfregados com uma lixa.

– Ele tinha a expressão de um homem prestes a se atirar em um abismo – falei, baixinho, encarando as mãos cruzadas. Respirei fundo outra vez. – Ele tinha um decânter na mão. Apoiou o decânter na penteadeira a meu lado, me encarou e disse: "Eu não vou chorar a morte dele sozinho hoje à noite."

Ao recordar essas palavras, fui invadida por um arrepio profundo.

– E...?

– E não chorou – respondi, meio ríspida. – Eu pedi que ele se sentasse, e ele obedeceu, daí serviu mais conhaque, e nós bebemos. Não me lembro de uma palavra que dissemos, mas estávamos falando de você. Então ele se levantou, e eu me levantei. E... eu não conseguia suportar ficar sozinha, e não conseguia suportar que *ele* ficasse sozinho, e meio que me joguei para cima dele, porque precisava muito do toque de alguém naquele momento.

– E ele foi obrigado, entendi – comentou Jamie, sarcástico, e eu senti um ardor subir por minhas bochechas, não de vergonha, mas de raiva.

– Ele sodomizou você?

Eu o encarei por um bom e longo minuto. Ele estava falando sério.

– Seu desgraçado! – disparei, tão atônita quanto irada. Então, um pensamento me ocorreu. – Você disse que ele queria que você o matasse. Você... não o matou, certo?

Ele continuou me encarando com um olhar firme.

– Você ia lamentar se eu o tivesse matado? – retrucou, baixinho.

– Claro que ia, maldição! – respondi, com o maior vigor que pude reunir frente à minha crescente mistura de sentimentos. – Mas você não o matou... Eu *sei* que não.

– Não – disse ele, ainda mais baixo. – Você não sabe disso.

Apesar de minha convicção de que ele estava blefando, um breve calafrio arrepiou os pelinhos de meus antebraços.

– Eu devia ter exercido o meu direito – disse Jamie.

– Você não teria feito isso – retruquei, já livre do calafrio e mais atravessada. – Você não tinha direito algum. Estava morto! – Apesar da irritação, minha voz hesitou um pouco na palavra "morto". No mesmo instante, a expressão dele mudou. – O que foi? – perguntei, virando o rosto. – Você achava que isso não tinha *importância*?

– Não – respondeu ele, e tomou minha mão suja de lama. – Mas eu não sabia que tinha tanta importância assim.

Sua voz saiu áspera. Quando me virei de volta para ele, percebi que Jamie tinha lágrimas nos olhos. Com um grunhido incoerente, atirei-me em seus braços, soluçando feito uma boba.

Ele me abraçou com força e senti sua respiração quente. Quando enfim parei de chorar, Jamie se afastou um pouco e tocou meu rosto com as duas mãos.

– Eu amei você desde a primeira vez que a vi, Sassenach – disse ele baixinho, os olhos cravados nos meus, injetados e cansados, porém muito azuis. – E vou amar você para sempre. Não me importo que durma com o exército inglês inteiro... Quero dizer, eu me importo, sim, mas isso não me impediria de amar você.

– Não achei que impediria.

Eu funguei, e ele puxou um lencinho da manga e me entregou. Era de cambraia branca surrada, com a inicial "P" bordada em azul, meio torta, em um dos cantos. Não fazia ideia de onde Jamie arrumara aquilo, mas diante das circunstâncias não me dei ao trabalho de perguntar.

O banco não era muito grande, e Jamie tinha o joelho a uns 5 centímetros do meu. No entanto, não me tocou outra vez. Meu coração começou a acelerar claramente. Jamie falava sério quanto a seu amor por mim, o que não significava que os instantes seguintes seriam prazerosos.

– Fiquei achando que ele havia me contado porque tinha certeza de que *você* me contaria – disse ele, com cautela.

– E contaria mesmo – respondi, mais do que depressa, limpando o nariz. – Mas talvez tivesse esperado até você chegar em casa, tomar um banho e comer alguma coisa. Se existe algo que eu sei em relação aos homens é que não se conta esse tipo de coisa quando estão de estômago vazio. Quando foi que você comeu pela última vez?

– Hoje de manhã. Salsicha. Não mude de assunto.

Ele tinha a voz inalterada, mas havia muito sentimento borbulhando dentro dele, como um bule no fogo. Mais um pouquinho de calor e haveria uma ebulição, derramando leite pelo fogão inteiro.

– Eu entendi, mas quero... preciso... saber o que aconteceu.

– Você entendeu? – repeti, soando surpresa.

Esperava que ele entendesse *mesmo*, mas sua postura não combinava com suas palavras. Minhas mãos já não estavam frias, começavam a suar. Ergui a saia acima dos joelhos, sem ligar para a sujeira da lama.

– Bom, eu não *gostei* – disse ele, entre dentes. – Mas compreendo.

– Compreende?

– Compreendo – repetiu ele, me olhando. – Vocês dois achavam que eu estava morto. E eu sei do que você gosta quando bebe, Sassenach.

Desferi um tapa em seu rosto, tão forte e ligeiro que Jamie não teve tempo de se abaixar e cambaleou com o impacto.

– Seu… seu… – balbuciei, incapaz de articular qualquer coisa tão ruim quanto a violência dos meus sentimentos. – Como *ousa*, desgraçado?

Ele tocou o rosto com cuidado. Tinha a boca contorcida.

– Eu… ahn… eu não pretendia que soasse como soou, Sassenach – respondeu ele. – Além disso, não sou eu a parte prejudicada aqui?

– Não, infeliz. Você *não é*! Você vai embora, daí… se afoga, e me deixa sozinha no me-meio de espiões e so-soldados, e com crianças… Você e Fergus, dois desgraçados! Deixam nós duas, Marsali e eu, à… à…

Eu estava tão sufocada de emoção que não conseguia seguir em frente. Mas de jeito nenhum iria chorar, *de jeito nenhum* choraria outra vez na frente dele.

Ele estendeu o braço, com cuidado, e pegou a minha mão outra vez. Eu permiti, e o deixei me puxar mais para perto, a ponto de ver os pelinhos de sua barba por fazer, de sentir o cheiro de terra e suor seco em suas roupas, sentir o calor que seu corpo emanava.

Sentei-me, trêmula, soltando bufadinhas, em vez de falar. Ele ignorou. Espalmou meus dedos entre os dele e foi afagando bem de leve a palma de minha mão, com seu polegar grande e calejado.

– Eu não quis dar a entender que você é uma beberrona, Sassenach – disse ele, em um óbvio esforço para fazer as pazes. – É só que você pensa com o corpo, Claire. Sempre pensou.

Também com tremendo esforço, encontrei as palavras.

– Então eu sou uma… uma…? Do que é que você está me chamando agora? Prostituta? Meretriz? E acha que isso é melhor do que me chamar de beberrona?!?

Ele soltou uma fungada, talvez indicando divertimento. Eu recolhi a mão, mas ele não a soltou.

– Eu quis dizer o que disse, Sassenach – retrucou ele, apertando ainda mais a minha mão e aumentando a pressão da outra em meu antebraço, para evitar que eu me levantasse. – Você pensa com o corpo. É isso que faz de você uma cirurgiã, não é?

– Eu… Ah. – Superando momentaneamente a ira, fui forçada a admitir que a observação fazia sentido.

– Talvez – respondi, em um tom rígido, desviando o olhar. – Mas não acho que tenha querido dizer isso.

– Não totalmente, não. – Sua voz voltou a exibir um leve tom de rispidez, mas eu não o encarei. – Me escute.

Muito pertinaz, fiquei em silêncio por um momento, mas ele insistiu. Eu poderia passar um século treinando, mas não conseguiria ser teimosa como Jamie era por natureza. Por bem ou por mal, eu ouviria o que ele tinha a dizer.

– Estou escutando – falei.

Ele respirou fundo e relaxou um pouco, mas não afrouxou a mão.

– Eu já levei você para a cama umas mil vezes, Sassenach – disse ele, baixinho. – Você acha que eu não prestava atenção?

– Duas ou três mil, no mínimo – retruquei, em nome de uma maior precisão, encarando a espátula que havia largado no chão. – E não.

– Pois então. Eu sei como você é na cama. E imagino... muito bem... – acrescentou, com uma careta momentânea – ... como deve ter sido.

– Não sabe, não, maldição – retruquei, num tom baixo.

Ele soltou outro barulhinho escocês, agora indicando hesitação.

– Eu sei – disse ele, mas com cautela. – Quando perdi você, depois de Culloden, sabia que não estava morta, o que só piorou as coisas, se quer saber...

Esbocei meu incômodo, mas fiz um breve gesto para que ele prosseguisse.

– Eu contei sobre Mary MacNab, não? Como ela foi atrás de mim, na caverna?

– Vários anos depois do ocorrido – respondi, com frieza. – Mas, sim, em um dado momento você tocou no assunto. – Eu disparei uma olhada para ele. – Eu não culpei você por isso... nem quis saber os detalhes sórdidos.

– Não mesmo – admitiu ele, esfregando a ponte do nariz com os nós dos dedos. – Talvez você não sentisse ciúmes. Eu sinto. – Ele hesitou. – Mas eu contaria... como foi... se você quisesse saber.

Eu o encarei, mordendo o lábio, indecisa. *Queria* saber? Se eu não quisesse, e eu não sabia tão bem assim se queria ou não, será que ele consideraria isso uma prova de que eu não me importava? Eu compreendi bem o tom naquele "eu sinto".

Respirei fundo, aceitando a barganha implícita.

– Conte como foi.

Ele desviou o olhar e engoliu em seco.

– Foi... delicado – disse ele, baixinho, depois de um instante. – Triste.

– Triste – repeti. – Como?

Ele não ergueu o olhar. Manteve os olhos fixos nas flores, acompanhando os movimentos de uma grande abelha que voejava por entre suas pétalas.

– Nós dois estávamos de luto por algo que havíamos perdido – disse ele, devagar, o semblante soturno e pensativo. – Ela falou que queria manter você viva para mim, me deixar... imaginar que ela era você, alguma coisa assim.

– E não deu muito certo?

– Não. – Ele então olhou para cima, com firmeza, me encarando. – Jamais poderia haver alguém como você.

A frase não saiu com ar de elogio, mas de simples constatação. Com ressentimento, até.

Eu dei de ombros. Não havia muito que responder.

– E...?

Ele suspirou e olhou outra vez para as mãos calejadas. Apertava os dedos da mão direita com a esquerda, como se para lembrar o dedo que faltava.

– Foi quieto – disse ele, olhando o polegar. – Não falamos, na verdade, depois de... começar.

Ele fechou os olhos, e eu fiquei pensando, com uma pontada de curiosidade, o que Jamie estaria vendo. Eu estava surpresa em perceber que a única coisa que sentia era curiosidade... e talvez certa pena dos dois. Eu já tinha visto a caverna onde eles haviam feito amor, uma tumba fria de granito, e sabia quão desesperador fora o estado das coisas nas Terras Altas à época. Apenas a promessa de um pouquinho de calor humano... "Nós dois estávamos de luto por algo que havíamos perdido", dissera ele.

– Foi só uma vez. Não durou muito tempo. Eu... Fazia muito tempo... – disse ele, e um leve rubor lhe invadiu as bochechas. – Mas eu precisava daquilo. Ela me abraçou depois e... eu precisava disso também. Adormeci nos braços dela. Quando acordei, ela tinha ido embora. Mas levei o calor dela comigo durante um bom tempo – confessou Jamie, bem baixinho.

Isso me trouxe uma pontada bastante inesperada de ciúme, e me aprumei um pouco, enfrentando-o com as mãos cerradas. Ele percebeu isso e virou a cabeça para mim. Havia sentido aquela mesma chama se inflamar, e tivera alguém para dar vazão a ela.

– E você? – perguntou ele, com um olhar firme e direto.

– Não foi delicado – respondi, em um tom ríspido. – Nem foi triste. Devia ter sido. Quando John veio até o meu quarto e disse que não choraria por você sozinho, nós conversamos. Eu fui para cima dele, esperando... bem, não sei o que esperava. Acho que não estava pensando direito.

– Não? – perguntou Jamie, tão ácido quanto eu. – Cega de tão bêbada?

– Isso, estava mesmo, e ele também.

Eu sabia o que ele estava pensando: ele não fazia nenhum esforço para esconder, então me veio uma súbita e vívida lembrança de estar sentada com ele no canto de uma taverna em Cross Creek, de ele tomar meu rosto de repente entre as mãos e me beijar, e da doçura quente do vinho passando de sua boca para a minha. Eu me levantei e espalmei a mão no banco.

– Sim, maldição, eu estava! – disse outra vez, furiosa. – Passei todos os dias bêbada, desde que me contaram que você tinha morrido.

Ele inspirou profundamente, e eu vi seus olhos fixos nas mãos, sobre os joelhos. Muito devagar, ele expirou.

– E o que ele ofereceu, então?

– Algo em que bater – respondi. – Pelo menos para começar.

Ele me encarou, espantado.

– Você bateu nele?

– Não, bati em *você* – retruquei.

Sem perceber, eu havia cerrado o punho. Recordei aquele primeiro golpe, um soco frenético em um corpo despreparado, guardando toda a força do meu luto. Aquele ataque, que por um instante levou consigo a sensação de calor, trouxe-a de volta com um choque. Fui imprensada à penteadeira pela força de um homem que me agarrava os punhos com força, enquanto eu gritava, enfurecida. Não me lembrava direito do que acontecera depois – ou, pelo menos, recordava certas coisas muito vividamente, mas não fazia ideia da ordem dos acontecimentos.

As pessoas costumam dizer que acontecimentos como esse são "como um borrão". O que realmente querem dizer é que é impossível alguém de fora compreender sua experiência. Qualquer explicação seria inútil.

– Mary MacNab – falei, abruptamente. – Ela ofereceu… ternura. Deve haver uma palavra para o que John me deu, mas ainda não pensei a respeito. – Eu precisava de uma palavra que pudesse transportar, encapsular. – Violência – soltei. – Uma parte. – Jamie se enrijeceu e me disparou um olhar de esguelha. Eu sabia o que ele estava pensando, e balancei a cabeça. – Não foi isso. Eu estava dormente… e de propósito, porque não aguentava sentir. Ele aguentava. Tinha mais coragem do que eu. E também me fez sentir. Por isso eu bati nele.

Eu havia ficado paralisada, e John arrancara as vestes de minha negação, o verniz das pequenas necessidades diárias que me mantinham de pé, funcional. Sua presença física removeu as ataduras de meu sofrimento, revelando o que havia por baixo: eu, ensanguentada, em carne viva.

Senti o ar espesso em minha garganta, úmido e quente, pinicando minha pele. Enfim, encontrei a palavra.

– Tratamento – falei, abruptamente. – Debaixo de toda aquela dormência, eu estava… esfolada. *Sangrando.* E um tratamento foi feito para… estancar o sangramento. Se o sangramento não parasse, o paciente morreria. Ele estancou o meu sangramento.

Ele fizera isso empurrar seu próprio sofrimento, sua fúria, por sobre o sangue que jorrava de mim. Duas feridas, pressionadas juntas, o sangue ainda correndo livremente… mas já não perdido, escoado, e sim fluindo para outro corpo, o sangue do outro em mim, quente, abrasador, indesejado… mas vivo.

Jamie sussurrou algo em gaélico. Não consegui entender quase nada. Ele se sentou, com a cabeça inclinada, os cotovelos nos joelhos e as mãos na cabeça, respirando alto.

Depois de um instante, sentei-me ao lado dele, também respirando. As cigarras subiram o tom, um zumbido premente que abafava o ruído da água e o farfalhar das folhas, ecoando dentro dos meus ossos.

– Que se dane ele – murmurou Jamie, por fim, e se sentou. Parecia perturbado, cheio de raiva… mas não de mim.

– John… *está* bem, não está? – perguntei, hesitante.

Para minha surpresa e meu leve desconforto, Jamie contorceu um pouco os lábios.

– Sim. Está bem. Tenho certeza de que está – disse ele, em tom de dúvida, o que considerei alarmante.

– O que fez com ele? – perguntei.

Ele contraiu os lábios um instante.

– Bati nele – respondeu Jamie. – Duas vezes – acrescentou, desviando o olhar.

– Duas vezes? – repeti, meio chocada. – Ele revidou?

– Não.

– Sério? – Cambaleei um pouquinho para trás, encarando-o. Agora que estava mais calma, percebi que ele expressava… preocupação? Culpa? – Por que você bateu nele?

Tentei encontrar um leve tom de curiosidade, em vez de acusação. Evidentemente, não tive sucesso. Jamie se virou para mim feito um urso picado na bunda por uma abelha.

– *Por quê?* Você ousa perguntar *por quê?*

– Claro que ouso – respondi, descartando o tom suave. – O que ele fez para que batesse nele? E *duas vezes?*

Jamie não tinha nenhum problema em causar danos físicos a ninguém, mas costumava precisar de motivo.

Ele soltou um barulhinho escocês de profunda decepção, mas me prometera honestidade havia muito tempo, e ainda não parecia prestes a quebrar a promessa. Ele aprumou os ombros e me olhou nos olhos.

– O primeiro soco foi entre mim e ele. Estava lhe devendo isso fazia um bom tempo.

– E você simplesmente aproveitou a oportunidade para dar na cara dele, porque era conveniente? – perguntei, meio temerosa de perguntar o que significava "entre mim e ele".

– Eu não pude evitar – respondeu ele, impaciente. – Ele disse uma coisa, e eu bati.

Fiquei calada, mas inspirei pelo nariz, pretendendo que ele ouvisse. Fez-se um longo instante de silêncio, tomado de expectativa, interrompido apenas pelo som do córrego.

– Ele me explicou que vocês não estavam fazendo amor um com o outro – murmurou ele, enfim, olhando para baixo.

– Não, não estávamos – concordei, meio surpresa. – Eu falei para você. Nós estávamos… Ah!

Jamie me encarou, com os olhos bem abertos.

– É – disse ele, cheio de sarcasmo. – De acordo com John, os dois estavam transando comigo.

– Ah, entendi – murmurei. – Bom, é verdade. Faz sentido.

A amizade entre Jamie e John era profunda e de longa data, mas eu estava ciente de que os pilares nas quais ela repousava implicavam evitar severamente qualquer referência à atração sexual de John por Jamie. Se John tinha perdido a compostura a ponto de derrubar esses pilares…

– E da segunda vez? – perguntei, escolhendo não pedir que ele elaborasse melhor a primeira resposta.

– É, bom, essa vai para a sua conta – disse Jamie, relaxando um pouco a voz e o semblante.

– Fico lisonjeada – respondi, no tom mais seco possível. – Mas não precisava, de verdade.

– Bom, agora eu sei disso – admitiu ele, enrubescido. – Mas eu já tinha perdido as estribeiras, e não havia recuperado ainda. *Ifrinn* – murmurou ele, então se agachou, pegou a faca que eu estava usando e a enfiou com força no banco a seu lado.

Jamie fechou os olhos, apertou bem os lábios e se sentou, tamborilando na perna. Não fazia isso desde que amputara o anelar, por conta de um congelamento, e eu fiquei surpresa ao vê-lo fazer isso agora. Pela primeira vez, comecei a apreciar as verdadeiras complexidades da situação.

– Me conte – pedi, num tom um pouco mais alto do que o das cigarras. – Me conte em que está pensando.

– Em John Grey. Em Helwater. – Ele soltou um suspiro profundo e exasperado e abriu os olhos, mas sem olhar para mim. – Eu consegui ficar meio dormente naquele momento, como você disse. Acho que teria me embebedado também se tivesse dinheiro para pagar.

Ele contorceu a boca e cerrou o punho direito, então o encarou, surpreso. Fazia trinta anos que não conseguia fazer isso. Abriu o punho e espalmou a mão sobre o joelho.

– Eu consegui – repetiu ele. – Mas daí teve Geneva... Eu também contei como foi isso, não contei?

– Contou.

Ele suspirou.

– Daí teve William. Quando Geneva morreu, por culpa minha, foi uma estocada no meu coração... depois William... – Ele relaxou a boca. – O menininho me destroçou, Sassenach.

Eu toquei sua mão. Ele se virou, os dedos curvados por sobre os meus.

– E aquele maldito inglês sodomita me curou – disse Jamie, tão baixinho que eu mal pude ouvi-lo por sobre o barulho do rio. – Com sua amizade.

Ele inspirou fundo outra vez, e soltou o ar com um bufado forte.

– Não, eu não o matei. Não sei se isso me deixa feliz ou não... mas não matei.

Eu mesma soltei um suspiro de alívio e me aproximei dele.

– Eu sabia disso. Fico feliz.

O nevoeiro havia se adensado em nuvens cinzentas, subindo o rio, muito decididas, com murmúrios de trovão. Enchi os pulmões, inalando o ozônio e o cheiro da pele de Jamie. Detectei uma essência masculina, muito atraente por si só, mas ele também exalava um leve e apetitoso aroma de salsicha, repolho amargo e... sim, mostarda. Farejei outra vez, refreando o ímpeto de lambê-lo.

– Você está cheirando a...

– Estou cheirando a um prato de *choucroute garnie* – interrompeu ele, com uma leve careta. – Me dê um instante. Vou me lavar.

Ele fez menção de se levantar e ir até o rio, mas eu estendi a mão e o segurei.

Jamie me olhou por um momento e respirou fundo. Em resposta, estendeu o braço lentamente e me puxou para perto. Eu não resisti. Enganchei-me nele, por reflexo, e nós dois suspiramos no puro alívio daquele abraço.

Eu teria ficado muito contente em ficar ali para sempre, sorvendo aquele cheiro almiscarado e ouvindo as batidas de seu coração bem pertinho de mim. Tudo o que havíamos falado, tudo o que tinha acontecido, pairando no ar à nossa volta, como a nuvem de problemas da caixa de Pandora... Naquele exato momento, não havia nada além de nós dois.

Depois de um tempo, Jamie alisou os cachos escuros e úmidos atrás de minha orelha. Pigarreou e se mexeu um pouco, para se levantar. Relutante, eu o soltei. Mas deixei a mão em sua coxa.

– Quero falar uma coisa – disse ele, no tom de quem faz uma declaração formal diante de um tribunal.

Meu coração, que havia se aquietado enquanto ele me tinha nos braços, agora tremulava outra vez, em renovada agitação.

– O quê?

Eu soei tão apreensiva que Jamie riu. Foi rápido, mas riu, e eu pude voltar a respirar. Ele tomou a minha mão com firmeza e a segurou, olhando nos meus olhos.

– Eu não digo que não fez diferença para mim, porque fez. Nem digo que não vou criar caso por causa disso mais tarde, porque provavelmente vou. Mas o que posso dizer é que não há nada neste mundo, nem no próximo, que vá tirar você de mim... ou me tirar de você. – Ele ergueu a sobrancelha. Você discorda?

– Ah, não – respondi, com fervor.

Ele suspirou outra vez, e seus ombros relaxaram uma fração de milímetro.

– Bom, isso é bom, porque não ia adiantar nada você discordar. Só uma pergunta... – disse ele. – Você é minha esposa?

Claro que sou – falei, estupefata. – Como poderia não ser?

O rosto dele, então, mudou. Jamie respirou fundo e me tomou nos braços. Eu o abracei com força e ficamos assim: a cabeça dele inclinada sobre a minha, beijando os meus cabelos, meu rosto colado a seu ombro, minha boca aberta na gola esgarçada de sua camisa, nossos joelhos cedendo devagar, mutuamente aliviados. Fomos escorregando na terra recém-revolvida, agarrados um ao outro, enraizados feito uma árvore sem folhas, cheia de galhos, mas compartilhando um único e sólido tronco.

As primeiras gotas de chuva começaram a cair.

...

Jamie estava entusiasmado agora, e seus olhos, muito azuis, pareciam despreocupados... pelo menos pelo momento.

– Precisamos urgentemente de uma cama.

Eu gostava dessa proposta, mas a pergunta me deixou sem saber o que fazer. Não podíamos ir até a casa de John, pelo menos não para nos deitarmos juntos. Mesmo que John não estivesse em posição de discordar, a ideia do que a sra. Figg diria se eu adentrasse a casa com um escocês grandalhão e subisse as escadas de meu quarto com ele... E ainda havia Jenny... Por mais excitada que eu estivesse, eu também não queria tirar a roupa com ele no meio das moitas, onde poderíamos ser interrompidos a qualquer momento pelos Bartrams, pelas abelhas ou pela chuva.

– Uma estalagem? – sugeri.

– Tem alguma onde ninguém vai reconhecer você? Uma decente?

Eu franzi as sobrancelhas, tentando pensar em uma. Com certeza a de King's Arms não era uma opção. Além dela... eu conhecia apenas as duas ou três estalagens onde Marsali comprava pão ou cerveja. As pessoas lá me conheciam... como lady John Grey.

Não era como se Jamie precisasse evitar ser visto. Mas sua suposta morte e o meu casamento com John tinham sido assunto de grande interesse público, por razão da tragédia. A repercussão da notícia de que o coronel Fraser, dado como morto, havia subitamente ressurgido dos mortos para reclamar sua esposa seria assunto de conversas que abafariam a recuada do Exército Britânico da cidade. Eu tive o breve vislumbre da noite do nosso casamento, testemunhada de perto por um grupo de bêbados barulhentos, um grupinho das Terras Altas – e imaginei a reprise dessa experiência, acrescida dos interessados comentários dos fregueses da estalagem.

Olhei o rio, cogitando, no fim das contas, uma boa e acolhedora moita. Mas já era fim de tarde, o céu estava nublado e os insetos e mosquitos voejavam em pequenas nuvens carnívoras sob as árvores. De repente, Jamie parou e me pegou no colo.

– Eu vou encontrar um lugar.

Um baque de madeira soou quando Jamie abriu a porta do barracão com um chute. De repente, estávamos os dois em meio à escuridão e nesgas de luz, sentindo o cheiro de tábuas aquecidas pelo sol, terra, água, barro seco e plantas.

– O quê? *Aqui?*

Estava muitíssimo claro que ele não buscava privacidade para evitar futuras perguntas, discussões ou censuras. Minha pergunta, na verdade, era totalmente retórica.

Ele me pôs de pé, virou-me e começou a desamarrar os cordões do meu espartilho. Eu senti sua respiração na pele nua de meu pescoço, e os pelinhos finos de minha nuca se arrepiaram.

– Você está...? – comecei, apenas para ser interrompida por um "shh".

Eu me calei. Pude então discernir o que ele tinha ouvido: os Bartrams. Estavam conversando a certa distância – na varanda dos fundos da casa, pensei, separada da trilha do rio por uma espessa sebe.

– Acho que eles não conseguem nos ouvir – falei, mas com a voz bem baixa.

– Já chega de falar – sussurrou Jamie. Ele se inclinou mais para perto e cerrou os dentes com delicadeza em minha nuca desnuda. – Shhh.

Na verdade, eu não tinha dito nada. O gemido que soltei fora agudo demais para chamar a atenção de nada além de um morcego que passava. Exalei com força pelo nariz e o ouvi soltar uma risadinha profunda e gutural.

Meu espartilho foi solto. O ar frio invadiu a musselina úmida de minha roupa de baixo. Com a mão na cinta de minha anágua, Jamie me abraçou delicadamente. Depois, segurou um de meus seios, roçando o polegar no mamilo duro e redondo como uma cereja. Emiti outro gemido, agora mais grave.

Pensei na sorte que Jamie tinha por ser canhoto, já que essa era a mão que estava empenhada em abrir a cinta da minha saia. A saia caiu a meus pés. Enquanto Jamie soltava o meu seio e tirava minha roupa de baixo, afastei de minha mente a imagem do jovem sr. Bartram sentindo uma súbita e terrível necessidade de plantar sementes de alecrim. Ele decerto não morreria de choque, mas…

– Seja pelo roubo do carneiro ou do cordeiro, é inevitável a forca – disse Jamie, evidentemente adivinhando os meus pensamentos, visto que dei meia-volta e me pus a esconder as partes pudendas, à maneira da Vênus de Botticelli. – E eu vou deixar você nua.

Ele tirou o casaco ao me botar no chão, escancarou um sorriso e arrancou a própria camisa suja de terra. Em seguida, baixou a calça, sem parar para abrir a braguilha. Estava bastante magro. As calças caíam em suas ancas, quase não se sustentavam sozinhas, e eu vi a saliência de suas costelas por sob a pele quando ele se inclinou para tirar a meia.

Ele se endireitou, e eu pus a mão em seu peito. Estava quente e úmido. Seus pelos ruivos se eriçaram ao meu toque, num arrepio. Eu sentia seu cheiro ávido e quente, mesmo por sobre o ar abafado das verduras do galpão e o persistente aroma de repolho.

– Não tão depressa – sussurrei.

Ele soltou uma interjeição interrogativa escocesa, estendendo a mão para mim, e eu cravei os dedos no músculo de seu peito.

– Primeiro eu quero um beijo.

Ele levou a boca à minha orelha e firmou as duas mãos na minha bunda.

– Acha que está em posição de fazer exigências, é? – sussurrou ele, pressionando com mais força. Senti a leve afronta *nisso*.

– Estou, sim – respondi, e deslizei a mão até um ponto mais abaixo.

Estávamos frente a frente, agarrados, um respirando o ar do outro, perto o suficiente para ver todos os detalhes um do outro, mesmo à luz fraca. Percebi a seriedade por sob o riso, e a dúvida por sob a bravata.

– Eu *sou* sua esposa – sussurrei, os lábios roçando os dele.

– Eu sei disso – respondeu ele, baixinho, e me beijou. De leve.

Então fechou os olhos e roçou os lábios em meu rosto, não beijando, mas sentindo os contornos de minha testa e de minha bochecha, do maxilar e da pele macia do lóbulo da orelha, ávido por me reconhecer para além da pele e da respiração, reconhecer-me pelo sangue, pelos ossos, pelo coração que batia em meu peito.

Soltei um gemidinho e tentei encontrar sua boca com a minha, pressionando meu corpo contra o dele, os dois nus, frios e molhados, os cabelos se roçando de leve, sua deleitosa rigidez entre nós. Mas ele não me deixaria beijá-lo. Agarrou meus cabelos na base da nuca, acomodou a mão ali e a outra seguiu em frente no jogo de cabra-cega.

Fez-se um baque estrondoso. Eu havia batido as costas em um banquinho, fazendo vibrar uma bandeja cheia de vasinhos de mudas. As folhas aromáticas de manjericão tremularam, agitadas. Jamie empurrou a bandeja com uma das mãos, agarrou-me pelos cotovelos e me ergueu por sobre o banco.

– Agora – disse ele, meio ofegante. – Eu preciso de você agora.

Eu parei de me preocupar com as farpas que poderia haver no banco. Enganchei as pernas em seu corpo. Jamie se deitou por cima de mim, as mãos agarradas ao banco, emitindo um som entre alegria e dor. Penetrou-me devagar, e eu arquejei.

A chuva havia aumentado. O som ritmado no teto metálico do abrigo agora estava bem mais alto, abafando quaisquer sons que eu pudesse fazer, o que era ótimo. O ar estava mais fresco, mas ainda muito úmido. Nossa pele estava pegajosa, e o calor subia pelo nosso corpo. Jamie estava deliberadamente lento. Arqueei as costas, para apressá-lo. Em resposta, ele me pegou pelos ombros, abaixou-se e me beijou de leve, quase sem se mexer.

– Não vou fazer isso – sussurrou ele, segurando-me com força quando eu o enfrentei, tentando em vão estimulá-lo a me dar a resposta violenta que eu desejava.

– Não vai fazer o quê? – Eu estava arquejante.

– Não vou punir você por isso – disse ele, tão baixinho que mal pude ouvi-lo, mesmo de perto. – Não vou fazer isso, está ouvindo?

– Eu *não* quero ser punida, maldição – grunhi, com esforço, estalando as juntas dos ombros enquanto tentava me desvencilhar dele. – Eu quero que você... Meu Deus, você sabe o que eu quero!

– Eu sei, sim.

Ele tirou a mão do meu ombro e a aninhou em minhas nádegas, tocando nossa carne unida, estirada e escorregadia. Eu soltei um gemidinho de rendição, e meus joelhos cederam.

Ele se afastou, então retornou a mim, com força suficiente para que eu emitisse um gritinho agudo de alívio.

– Diga que me quer – pediu ele, ofegante, segurando meus braços. – Eu irei sempre atrás de você, quer deseje ou não. Não se esqueça, Sassenach... Eu sou o seu homem. E a servirei como você desejar.

– Eu quero – falei. – *Por favor.* Jamie, eu quero você!

Ele agarrou a minha bunda com as duas mãos, com força suficiente para deixar marcas, e eu me aproximei dele, aos arquejos, as mãos deslizando em sua pele suada e pegajosa.

– Meu Deus, Claire, como eu preciso de você!

A chuva agora ribombava no telhado de estanho. Um raio desabou ali perto, branco-azulado e tomado de ozônio. Nós o percorremos juntos, tortos e cegos com a luz, sem fôlego, e o trovão ribombou em nossas entranhas.

25

DÊ-ME LIBERDADE...

Quando o sol se pôs no terceiro dia desde que ele deixara sua casa, lorde John William Bertram Armstrong Grey se viu, mais uma vez, um homem livre, de barriga cheia, cabeça confusa, um mosquetão muito mal consertado e punhos bastante escoriados, parado diante do reverendo Peleg Woodsworth, a mão direita erguida, repetindo, enquanto lhe era dito:

– Eu, Bertram Armstrong, juro fidelidade aos Estados Unidos da América. Juro servi-los honesta e fielmente contra quaisquer de seus inimigos e oponentes, observar e obedecer às ordens do Congresso Continental e às ordens dos generais e oficiais impostas por eles a mim.

Maldição, pensou ele. *E agora?*

PARTE II

Enquanto isso, de volta ao rancho...

26

UM PASSO NA ESCURIDÃO

30 de outubro de 1980
Craigh na Dun

Uma mancha de suor escurecia a camisa entre as escápulas de William Buccleigh. O dia estava fresco, mas era uma subida íngreme até o topo de Craigh na Dun, e a simples ideia do que os esperava lá em cima era suficiente para fazer qualquer um suar.

– Você não precisa vir – disse Roger, pelas costas de Buccleigh.

– Não diga bobagens – respondeu seu ancestral.

Mas Buck tinha respondido meio sem pensar. Assim como Roger, toda a atenção dele estava voltada para o distante cume da montanha.

Roger ouvia as pedras dali. Um zumbido baixo e soturno, feito uma colmeia hostil. Ele sentia o som se rastejando por sob a pele, e coçou com força o cotovelo, como se pudesse arrancá-lo lá de dentro.

– Pegou as pedras, não foi? – Buck parou e olhou para trás, agarrado a um galho de vidoeiro.

– Peguei – respondeu Roger. – Quer a sua parte agora?

Buck balançou a cabeça e, com o dorso da mão livre, afastou o cabelo claro e rebelde do rosto.

– Agora não – disse ele, retomando a subida.

Roger sabia que os diamantes estavam em sua jaqueta e que Buck estava ciente disso, mas enfiou a mão no bolso mesmo assim. Duas peças brutas de metal tilintaram, as metades de um antigo broche que Brianna cortara com uma tesoura de cozinha, cada metade com pequeninos diamantes espalhados, nada além de meras lasquinhas. Ele esperava que fosse suficiente. Senão...

O dia estava agradável, mas um calafrio gélido lhe percorreu a espinha. Ele já havia feito isso duas vezes – três, contando a primeira tentativa, na qual quase acabara morto. A cada tentativa, a coisa piorava. Da última vez, achou que não fosse conseguir, retornando para Ocracoke com a mente e o corpo fragmentados, naquele lugar que não era lugar nem passagem. Apenas a sensação de Jemmy em seus braços o fizera aguentar firme e resistir. E somente a necessidade de reencontrar Jemmy o impulsionava a repetir o processo.

Um túnel hidrelétrico sob a represa de Loch Errochty

Pela maneira como o vento acertava seu rosto, Jemmy sabia que estava se aproximando do fim do túnel. Mas ele só conseguia ver a luz vermelha no painel do trem. *Será que nos trens também se chama painel?*, pensou. Ele não queria parar, porque isso significaria ter que sair do trem, na escuridão. Mas os trilhos estavam acabando. Ele não tinha outra opção.

Ele puxou um pouco a alavanca de movimento, e o trem reduziu a velocidade. Só um pouco mais... A alavanca fez um clique, encaixou-se em uma ranhura, e o trem parou, com um pequeno solavanco que o fez cambalear e agarrar a lateral da cabine.

Os trens elétricos não tinham barulho de motor, mas as rodas rangeram nos trilhos, e o trem foi emitindo guinchos e sons metálicos. Quando parou, a barulheira também cessou. Silêncio completo.

– Ei! – exclamou ele, sem querer escutar o próprio coração.

O som ecoou, e Jemmy olhou para cima, atônito. Mamãe havia explicado que o túnel era muito alto, quase 10 metros, mas ele tinha se esquecido. Todo aquele espaço acima de sua cabeça o incomodava bastante. Ele engoliu em seco e saiu da pequenina locomotiva, segurando a estrutura com uma das mãos.

– Ei! – gritou ele, para o teto invisível. – Tem algum morcego aí em cima?

Silêncio. De certa forma, ele *esperava* a presença de morcegos. E não tinha medo. Havia morcegos na velha torre, e ele gostava de se sentar e observar as manobras que faziam para caçar nas noites de verão. Mas ele estava sozinho. Nada além da escuridão.

Suas mãos suavam. Ele soltou a cabine de metal e esfregou as mãos na calça jeans. Agora também ouvia a própria respiração.

– Merda! – sussurrou.

Soltar um palavrão o fez se sentir melhor. Talvez uma oração fosse o mais correto, mas ele não estava com vontade de rezar. Ainda não.

Havia uma porta no fim do túnel, dissera mamãe. Levava à câmara de serviço, onde era possível erguer as grandes turbinas da represa, caso elas precisassem de conserto. Será que a porta estava trancada?

De repente, Jemmy percebeu que não sabia se estava de frente para o fim do túnel ou de costas para o ponto de onde viera. Em pânico, cambaleou de um lado para outro, as mãos estendidas, procurando o trem. Tropeçou numa parte do trilho e caiu estatelado. Ficou ali deitado por um segundo.

– Merda, merda, merda, merda, merda, merda...

Para piorar, tinha ralado os joelhos e a palma da mão. Mas estava bem. E agora sabia onde estava o trilho, então poderia acompanhá-lo sem se perder.

Ele se levantou, limpou o nariz e foi em frente, arrastando os pés, chutando os trilhos a cada passada, para garantir que os acompanhava. Estava na frente de onde o trem havia parado; era só continuar que encontraria o fim do túnel. Então, a porta. *Se estivesse trancada, talvez...*

Algo percorreu seu corpo, feito eletricidade. Ele soltou um arquejo e caiu para trás. Seu único pensamento foi que alguém o havia acertado com um sabre de luz, que nem o de Luke Skywalker. Por um instante, pensou que talvez tivesse sido decapitado.

Ele não sentia o próprio corpo, mas se viu, mentalmente, todo ensanguentado, deitado na escuridão, a cabeça sobre os trilhos do trem, e os olhos não enxergavam o corpo, nem sequer sabia que não estava mais presa a ele. Jemmy soltou um grunhido sufocado, uma tentativa de grito, mas seu estômago se remexeu... e ele *sentiu* algo. De súbito, também sentiu uma enorme vontade de rezar.

– *Deo... gratias!* – exclamou.

Era o que vovô dizia quando falava sobre uma briga ou matança. Não era exatamente o que estava acontecendo naquele momento, mas parecia algo bom a dizer.

Jemmy começou a sentir o próprio corpo de novo. Sentou-se e segurou o pescoço, só para ter certeza de que a cabeça continuava presa. Sua pele tremia de um jeito estranho, como um cavalo que acabou de ser picado... só que no corpo todo. Ele engoliu em seco e sentiu um gosto peculiar de prata açucarada. Arquejou outra vez, pois agora sabia o que o havia atingido. Mais ou menos.

Não era exatamente como acontecera quando eles entraram nas pedras em Ocracoke. Em um minuto, Jemmy estava nos braços do pai. No instante seguinte, era como se estivesse em pedacinhos, igual ao mercúrio espalhado no consultório da vovó. Depois voltou a ser um só e o pai ainda o segurava com muita força, soluçando. Jemmy estava assustado, mas se lembrava das sensações: o gosto estranho na boca e os pequenos pedaços de seu corpo vibrando, tentando escapar, mas ainda presos dentro da pele...

É. Era isso mesmo que fazia sua pele tremer agora. Sabendo disso, Jemmy respirou mais tranquilo. Estava tudo bem, então. Ele estava bem, aquilo ia parar.

Já estava parando, na verdade. A sensação de coceira estava indo embora. Ele se sentia meio abalado, mas se levantou. Com cuidado, pois não sabia onde estava.

Mas, opa... ele *sabia*.

– Que estranho – disse ele, em voz alta, mas na verdade sem perceber, pois já não sentia medo do escuro. Não era importante.

Ele não podia *ver*, não com os próprios olhos. Estreitou os olhos, imaginando *como* estava vendo, mas não havia uma palavra para o que acontecia. Era como ouvir, tocar ou cheirar, mas ao mesmo tempo não era nada disso.

Ele sabia onde a coisa estava, porém. Bem *ali*, uma espécie de... arrepio... no ar. Quando Jemmy a encarou, teve uma bela e cintilante sensação no fundo da mente, como o sol batendo no mar, como a chama de uma vela refletindo num rubi... mas ele sabia que não estava *vendo* nada daquilo.

A coisa ia até o fim do túnel, e até o teto alto também. Mas não era nem um pouco espessa; era fina feito ar.

Ele imaginou ter sido essa a razão pela qual a coisa não o tragara como a outra, a das pedras em Ocracoke. Pelo menos... era o que achava. Por um instante, pensou que talvez tivesse ido para outra época. Mas achava que não. O túnel era igualzinho, e ele também. Em Ocracoke, quando tudo terminou, Jemmy soube no mesmo instante que era diferente.

Ficou ali parado um minuto, apenas olhando e pensando, então balançou a cabeça e deu meia-volta, sentindo o trilho com os pés. Ele não iria retornar por *aquilo*, sob hipótese alguma. Só esperava que a porta não estivesse trancada.

Gabinete do senhor de terras, propriedade de Lallybroch

Brianna agarrou o abridor de cartas, calculando a distância envolvida, a mesa que a separava de Rob Cameron e a fragilidade da lâmina de madeira, e concluiu, com relutância, que não podia matar o maldito. Ainda não.

– Onde está meu filho?

– Ele está bem.

Brianna se levantou de repente, e o homem levou um pequeno susto. Enrubesceu por isso, mas, logo em seguida, enrijeceu o semblante.

– É *melhor* mesmo ele estar bem – vociferou ela. – Eu perguntei *onde* é que ele está.

– Ah, não, menina – disse ele, balançando-se nos calcanhares, fingindo estar relaxado. – Não é assim que a gente vai jogar. Hoje, não.

Deus, por que Roger não guardava um martelo, uma talhadeira, algo que *prestasse* na escrivaninha? O que ele queria, que ela *grampeasse* o maldito? Brianna se conteve, com as duas mãos sobre a mesa, para não voar em cima dele, mirando em sua garganta.

– Eu não estou brincando – disse ela entre dentes. – E nem você. *Onde está o Jemmy?*

Ele apontou um longo dedo para ela.

– Você já não é a chefona, *sra*. MacKenzie. Agora sou eu quem dá as ordens.

– Ah, você acha mesmo? – indagou ela, no tom mais suave possível.

Seus pensamentos corriam feito grãos de areia em uma ampulheta, uma cascata rastejante de *o quê, se, como, posso, não, sim...*

– Eu acho, sim. – O homem, já bastante corado, ficou ainda mais vermelho. Passou a língua pelos lábios. – Você vai descobrir como é estar no fundo do poço, menina.

Os olhos de Cameron eram muito vívidos. Os cabelos eram tão curtos que ela podia ver as gotículas de suor brotando no alto de suas orelhas. Estaria ele sob efeito de alguma droga? Brianna achava que não. Ele usava uma calça de moletom, e levou os dedos inconscientemente para a frente, onde uma substancial protuberância começava a surgir. Ao ver aquilo, ela contraiu os lábios.

Nem pensar, meu amigo.

Brianna arregalou os olhos o máximo possível. Não *achava* que ele estivesse armado, embora houvesse algo nos bolsos de sua jaqueta. Ele realmente achava que poderia forçá-la a fazer sexo, sem um par de algemas e um martelo?

Ele girou o dedo e apontou para o chão à sua frente.

– Venha até aqui, menina – disse ele, baixinho. – E baixe essa calça jeans. Vai aprender como é levar na bunda regularmente. Você passou meses fazendo isso comigo... Acho que é justo, não?

Muito devagar, ela contornou a mesa. Parou perto dele, porém fora de seu alcance. Com os dedos frios, tateou em busca do botão da calça, sem querer olhar para baixo nem tirar os olhos dele. Seu coração batia com tanta força, pulsando nas orelhas, que ela mal ouvia a forte respiração do homem.

Enquanto ela descia a calça, Cameron mostrou a ponta da língua, involuntariamente, e engoliu.

– Os tênis também – disse, meio sem fôlego. – Tire.

– Você não está muito acostumado a estuprar mulheres, não é? – perguntou ela, em um tom rude, afastando-se do jeans embolado no chão. – Qual é a pressa?

Ela se agachou, recolheu a calça, balançou as pernas e se virou, como se fosse acomodá-la sobre a mesa. No mesmo instante, deu uma chicotada para trás, segurando o jeans pelo tornozelo, com a maior força possível.

O tecido grosso, com zíper e o botão de metal, o acertou bem na cara. Ele cambaleou para trás com um grunhido de surpresa, agarrando o jeans. Brianna soltou a calça no mesmo instante, pulou sobre a mesa e partiu para cima dele.

Os dois desabaram juntos no chão de madeira, com um estrondo. Brianna deu uma joelhada forte em sua barriga, agarrou-o pelas orelhas e bateu a cabeça dele no chão com toda a força. O homem soltou um grito de dor, mas tentou pegar os punhos dela. Brianna prontamente largou suas orelhas, inclinou o corpo para trás e agarrou sua virilha.

Se tivesse conseguido segurar propriamente os testículos dele, ela teria esmagado a carne macia. O aperto saiu de raspão, porém forte o suficiente para fazê-lo gritar e se debater, quase a derrubando.

Ela não venceria uma luta no braço. Não podia deixar que ele a acertasse. Com dificuldade, levantou-se e olhou a sala, feito louca, procurando algo pesado com que golpeá-lo. Agarrou a caixa de cartas de madeira e a largou na cabeça dele, quando já começava a se levantar. Cameron não desabou, mas inclinou a cabeça, confuso, em meio a uma cascata de cartas. Em seguida, Brianna lhe acertou um chute na mandíbula, o mais forte que pôde, rangendo os dentes. Foi um golpe suado e escorregadio, mas deu certo.

Entretanto, machucou a si mesma com o golpe. Chutara com o calcanhar, com toda a força, mas sentiu uma pontada de dor bem no meio do pé; havia estirado ou quebrado alguma coisa, mas não importava.

Cameron balançou a cabeça com violência, tentando clarear as ideias. Agora estava de cócoras, engatinhando em direção a ela, estendendo o braço para agarrar sua perna. Brianna colou as costas na escrivaninha. Com um ganido muito agudo, largou uma joelhada bem na cara dele, desvencilhou-se de suas garras e disparou até o corredor, mancando bastante.

Havia armas nas paredes do vestíbulo, alguns escudos e espadas de folhas largas, objetos decorativos, mas tudo pendurado muito alto, fora do alcance das crianças. Brianna sabia a localização de uma arma melhor, e bem à mão. Ela foi até atrás do cabideiro de casacos e pegou o taco de críquete de Jemmy.

Você não pode matá-lo, pensava ela, vagamente surpresa pelo fato de sua mente ainda funcionar. *Não o mate. Não ainda. Só depois que ele disser onde está Jemmy.*

– Sua desgraçada... *Puta*! – Ele estava quase em cima dela, aos arquejos, meio cego pelo sangue que corria em sua testa, meio engasgado com o sangue que descia de seu nariz. – Vou arregaçar você, vou comer até o...

– *Caisteal DHUUUNI!* – gritou ela.

Saiu de trás do cabideiro de casacos e balançou o taco em um arco que o acertou bem nas costelas. Ele soltou um gorgolejo e se encolheu, com os braços na barriga. Ela respirou fundo, balançou o bastão o mais alto que pôde e desceu com toda a força no cocuruto de Cameron.

O choque do golpe fez seus braços estremecerem até os ombros. Brianna largou o taco no chão e ficou ali, arquejante, trêmula e empapada de suor.

– Mamãe? – disse uma vozinha fina e hesitante, ao pé da escada. – Cadê sua calça?

Graças a Deus pelo instinto foi seu primeiro pensamento coerente. Antes de conseguir tomar qualquer decisão consciente, ela cruzou o vestíbulo, tomou Mandy nos braços e fez um carinho reconfortante na filha.

– Calça? – disse ela, olhando o corpo débil de Rob Cameron.

Ele não se movia desde a queda, mas Brianna sabia que não o havia matado. Teria que tomar uma atitude mais certeira para neutralizá-lo, e depressa.

– Ah, calça? Eu estava me arrumando para ir dormir, quando este homem mal-criado apareceu.

– Ah. – Mandy estendeu os braços, olhando para Cameron. – É o sr. Rob! Ele é ladrão? É malvado?

– Sim, as duas coisas – respondeu Brianna, deliberadamente casual.

A fala de Mandy tinha o sibilado de quando ela ficava empolgada ou angustiada, mas a menininha parecia ter se recuperado depressa do choque de ver a mãe dar uma coronhada em um ladrão, vestida apenas de calcinha e camiseta. Ao pensar nisso, Brianna quis pisotear os testículos de Cameron, mas refreou o impulso. Não havia tempo para isso.

Mandy se agarrou ao pescoço da mãe, mas Brianna a acomodou com firmeza na escada.

– A mamãe precisa que você fique aqui, *a ghraidh*. Eu vou botar o sr. Rob em um lugar seguro, onde ele não possa fazer mais nenhuma maldade.

– Não! – gritou Mandy, vendo a mãe rumar em direção a Cameron, todo ferido.

Mas Brianna acenou, num gesto que esperava ser consolador, apanhou o taco de críquete por garantia e cutucou o prisioneiro nas costelas com o pé, com muita cautela.

Cameron balançou, mas não se mexeu. Por garantia, Brianna o contornou e o cutucou rudemente entre as nádegas com o taco de críquete. Mandy deu uma risadinha. Ele não se mexeu, e ela soltou um suspiro profundo pela primeira vez em horas.

Retornou à escada, entregou o taco para que Mandy segurasse e sorriu para a filha. Prendeu uma mecha de cabelo suado atrás de sua orelhinha.

– Muito bem. Vamos botar o sr. Rob no buraco do padre. Vá até lá e abra a porta para a mamãe, está bem?

– Também preciso bater nele? – perguntou Mandy, esperançosa, agarrada ao bastão.

– Não, acho que não, meu amor. Só abra a porta.

Sua bolsa de trabalho estava pendurada no cabideiro de casacos, com um grande rolo de fita *silver tape* bem à mão. Ela prendeu Cameron pelos punhos e tornozelos, uma dúzia de voltas em cada, então se inclinou, pegou-o pelos tornozelos e o arrastou em direção à porta de baeta oscilante no fim do corredor, que separava a cozinha do resto da casa.

Enquanto ela tentava cruzar a mesa da cozinha, Cameron começou a se remexer, e Brianna largou seus pés.

– Mandy – disse Brianna, no tom mais calmo possível. – Eu preciso ter uma conversa de adulto com o sr. Rob. Deixe o taco comigo, vá direto para o hall de entrada e me espere lá, está bem?

– Mamãe…

Mandy estava toda encolhida junto ao armário da pia, os olhos arregalados e fixos em Cameron, que gemia.

– Vá, Mandy. Agora mesmo. A mamãe chega antes de você contar até cem. Comece a contar *agora*. Um… dois… três…

Ela se remexeu, entre Cameron e Mandy, apontando com firmeza com a mão livre.

– Quatro… cinco… seis… sete… – contou Mandy, relutante, começando a caminhar, e desapareceu pela porta dos fundos.

Por conta do fogão Aga, a cozinha estava quente e, apesar da falta de roupas, Bri ainda gotejava de suor. Ela sentia o próprio cheiro, acre e selvagem, e descobriu que ele a fazia se sentir mais forte. Agora ela compreendia muito bem a expressão "sedento de sangue".

– Onde está meu filho? – perguntou a Cameron, mantendo uma cautelosa distância, para o caso de ele tentar rolar o corpo na direção dela. – Responda, seu merda, senão eu vou espancá-lo e depois chamarei a polícia!

– Ah, é? – Ele rolou para o lado devagar, com um gemido. – E vai dizer o que à polícia? Que eu peguei o seu menino? Que prova disso você tem?

Ele falava arrastado. Seu lábio estava inchado, onde recebera o chute.

– Muito bem – soltou ela. – Então eu só darei uma surra.

– O quê? Vai bater num homem indefeso? Belo exemplo para sua pequena. – Ele rolou o corpo de costas, com um grunhido abafado.

– Quanto à polícia, eu posso dizer que você invadiu minha casa e me agrediu. – Ela espichou o pé, para que Cameron visse os arranhões frescos em sua perna. – Você está com a minha pele debaixo das unhas. E, por mais que eu preferisse não fazer Mandy passar por tudo isso outra vez, ela sem dúvida vai repetir tudo o que você falou no corredor.

E repete, mesmo, pensou Bri. Mandy era um gravadorzinho muito confiável, sobretudo quando havia palavrões envolvidos.

– Ui!

Cameron havia fechado os olhos, fazendo uma careta para a luz sobre a pia, mas tornou a abri-los. Estava menos tonto. A cabeça dele estava voltando a funcionar. Como a maioria dos homens, pensou ela, era mais inteligente quando não estava excitado. E *isso* ela já tinha resolvido.

– É – prosseguiu ele. – Eu digo a eles que tudo não passou de um joguinho sexual que saiu do controle. Você vai retrucar que não, e eles vão perguntar: "Muito bem, senhora, e onde está seu marido?" – Ele esgarçou o lado bom do lábio. – Você não está muito inteligente hoje à noite. Pensando melhor, você não costuma ser.

A menção a Roger fez o sangue lhe subir à cabeça. Brianna não respondeu. Em vez disso, agarrou-o pelos pés e o arrastou com força pela cozinha, até a passagem dos fundos. A grade que cobria o buraco do padre ficava escondida atrás de um banco, várias caixas de leite, uns equipamentos de cultivo aguardando conserto e outros itens que não cabiam em lugar nenhum. Ela largou os pés de Rob, empurrou o banco e as caixas para o lado e puxou a grade. Uma escada levava à sombria área mais abaixo. Brianna puxou a escada e a deslizou para trás do banco. *Essa* comodidade não seria necessária.

– Ei! – gritou Rob, arregalando os olhos.

Ou ele não sabia que havia um buraco do padre na casa ou não achava que ela de fato fosse seguir em frente. Sem dizer uma palavra, Brianna o agarrou pelas axilas, arrastou-o até o buraco e o empurrou lá para dentro. Com os pés primeiro, pois se ele quebrasse o pescoço não poderia dizer onde estava Jemmy.

Ele desabou com um ganido, interrompido por um baque pesado. Antes que ela pudesse se preocupar com a possibilidade de ele ter caído de cabeça, ouviu-o grunhir e tentar se remexer. O murmúrio de uns palavrões, logo em seguida, confirmou que ele estava em condições de responder a perguntas. Brianna pegou a grande lanterna que ficava na gaveta da cozinha e iluminou o buraco. Cameron se virou para ela, com o rosto inchado e sujo de sangue. Com alguma dificuldade, ele conseguiu se sentar.

– Você quebrou a minha perna, sua puta maldita!

– Que bom – respondeu ela, friamente, embora tivesse dúvida. – Depois que eu recuperar Jemmy, posso levá-lo a um médico.

Ele respirou com força pelo nariz, soltando umas fungadas nojentas, e esfregou as mãos presas no rosto, espalhando o sangue em uma das bochechas.

– Você quer o garoto de volta? Então me tire daqui, e depressa!

Desde que o prendera com a fita, ela vinha considerando – e descartando – diversos planos de ação, como se embaralhasse cartas. Deixá-lo ir embora não era uma possibilidade. Ela *tinha* pensado em pegar o rifle calibre .22 que a família usava para caçar ratos e acertá-lo em uns pontos menos importantes, mas havia o risco de causar algum dano irreparável ou acabar matando o homem por acidente, caso ele se mexesse e ela acertasse um órgão vital.

– Pense rápido! – gritou ele. – Sua menininha vai chegar ao fim da contagem e voltar para cá a qualquer momento!

Apesar da situação, Brianna sorriu. Havia muito pouco tempo, Mandy fora introduzida ao conceito de que os números eram infinitos, e ficara encantada. Só pararia de contar se perdesse o fôlego ou se alguém a impedisse. Mesmo assim, Brianna não perderia tempo jogando conversa fora com seu prisioneiro.

– Está bem – disse ela, e estendeu o braço para pegar a grade. – Vamos ver quanto você desembucha depois de 24 horas sem comida e sem água, sim?

– Sua puta maldita! – Ele tentou se levantar, mas caiu de lado e se contorceu, impotente. – Pensa direito. Se eu estiver sem água e sem comida, o seu pequeno vai estar também!

Ela congelou, os dedos cravados na grade metálica.

– Rob, você não é muito inteligente – disse ela, espantada em perceber o tom displicente da própria voz.

Ondas de horror, alívio e horror outra vez corriam por seus ombros, e algo primitivo começou a gritar nos fundos de sua mente. Um súbito silêncio se fez lá embaixo, enquanto ele tentava entender o que acabara de fazer.

– Agora eu sei que você não fez Jemmy cruzar as pedras – esclareceu ela. *Mas mandou Roger de volta para procurá-lo! E ele nunca vai encontrá-lo. Seu... seu...* – Ele ainda está aqui, nesta época.

Mais silêncio.

– Pois é – confirmou ele, devagar. – Ok, você já sabe disso. Mas não sabe onde ele está. E nem vai saber, se não me soltar. Estou falando sério, menina... ele já deve estar com sede a esta altura. *E com fome. E de manhã vai ser muito pior para ele.*

Ela agarrou a grade de metal.

– É melhor que você esteja mentindo – retrucou, impassível. – Para o seu bem.

Ela empurrou a grade de volta no lugar e deu um pisão, fechando-a com um clique. O buraco do padre era literalmente um buraco: um espacinho de 1,8 por 2,5 metros e pouco mais de 3,5 de profundidade. Mesmo que Rob Cameron não estivesse de pés e mãos atados, não conseguiria dar um salto alto o bastante para segurar a grade, muito menos alcançar o ferrolho que a prendia.

Ignorando os gritos furiosos lá de baixo, Brianna foi ver como estava a filha e vestir de novo a calça jeans.

O hall de entrada estava vazio e, por um instante, Brianna entrou em pânico. Então viu o pezinho descalço despontando por sob o banco, os dedos compridos e relaxados, e seu coração se acalmou um pouco.

Mandy estava enroscada debaixo da velha capa de chuva de Roger, com metade do polegar na boca, ferrada no sono. Seu primeiro impulso foi levar a filha para a cama e deixá-la dormir até o dia nascer. Brianna tocou de leve os cabelos escuros da menina, como os de Roger, e seu coração apertou. Havia outra criança a considerar.

– Acorde, meu amorzinho – disse ela, balançando a menina com delicadeza. – Acorde, querida. Precisamos procurar Jemmy.

Foi preciso muita sedução e um copo de Coca-Cola – algo absolutamente inédito àquela hora da noite, que emoção! – para que Mandy se pusesse em estado de alerta. Uma vez desperta, ela se encheu de empolgação para partir em busca do irmão.

– Mandy – disse Bri, no tom mais casual possível, abotoando o casaquinho rosa da filha –, você consegue sentir Jemmy? Agora?

– Aham – respondeu Mandy, displicente, e o coração de Brianna deu um salto.

Duas noites antes, a menina acordara aos prantos de um sono tranquilo, chorando histericamente, insistindo que Jemmy havia desaparecido. Mandy estava inconsolável, gritando que o irmão tinha sido comido por "pedas gandes, gandes", afirmação que aterrorizara seus pais, que conheciam muitíssimo bem os horrores daquelas pedras em particular.

Alguns minutos depois, Mandy se acalmara. Jemmy estava lá, em sua cabeça, dissera ela. A menina então voltara a dormir, como se nada tivesse acontecido.

Frente à consternação que se seguira a esse episódio – a descoberta de que Jemmy tinha sido levado por Rob Cameron, ex-funcionário de Brianna na represa hidrelétrica, e provavelmente adentrara o passado através das pedras –, não houvera tempo de recordar a observação de Mandy sobre Jemmy estar em sua cabeça, muito menos de lhe fazer mais perguntas. Agora, porém, a mente de Brianna se movimentava na velocidade da luz, pulando de uma conclusão terrível à outra, fazendo conexões que poderiam levar horas se ela estivesse mais tranquila.

Conclusão Terrível Número 1: Jemmy, no fim das contas, não viajou para o passado. Embora isso fosse uma coisa *boa*, piorava muitíssimo a Conclusão Terrível Número 2: Roger e William Buccleigh sem dúvida *haviam* cruzado as pedras atrás de Jemmy. Brianna esperava que estivessem no passado, não mortos. Viajar pelas pedras, fosse lá que raio isso significasse, era uma questão perigosíssima. Se estivessem mesmo no passado, isso a trazia de volta à Conclusão Terrível Número 1: Jemmy *não estava* no passado. Se ele não estava lá, Roger não o encontraria. Como Roger nunca pararia de procurar...

Ela afastou com força a Conclusão Terrível Número 3, e Mandy piscou, assustada.

– Por que você está fazendo essa cara, mamãe?

– Estou treinando para o Dia das Bruxas.

Ela se levantou, com o melhor sorriso que pôde, e pegou seu casaco de lã.

Mandy franziu o cenho, pensativa.

– Quando é o Dia das Bruxas?

Uma onda de frio invadiu Brianna, e não apenas por conta do vento que entrava pela rachadura na porta dos fundos. *Será que eles conseguiram?* Eles achavam que o portal ficava mais ativo durante os festivais do sol e do fogo. O Samhain era uma importante festa do fogo, mas não puderam esperar mais um dia, por medo de que Jemmy fosse levado para muito longe de Craigh na Dun depois de cruzar as pedras.

– Amanhã – respondeu ela. Com os dedos trêmulos de adrenalina, ela tateou o fecho escorregadio.

– Doce, doce, doce! – disse Mandy, saltitando feito um sapinho. – Posso ir procurar o Jemmy com a minha máscara?

27

NADA É TÃO DIFÍCIL, MAS A BUSCA REVELARÁ

Ele tinha sentido a explosão dos diamantes. Durante um tempo, esse foi o único pensamento em sua mente. *Sentiu.* Um instante, mais breve do que a batida de um coração, uma pulsação de luz e calor em sua mão, depois a palpitação de algo o invadindo, rodeando-o. Então...

"Então", não, pensou ele, meio confuso. *Não teve um "então". Não teve um "agora".*

Ele abriu os olhos e descobriu que havia um "agora". Estava deitado sobre pedras e um arbusto. Uma vaca respirava e... Não, uma vaca, não. Ele conseguiu se levantar e mexer a cabeça uma fração de centímetro. Era um homem, sentado no chão, encolhido. Sorvendo o ar em tragadas imensas, irregulares, arquejantes. *Quem...?*

– Ah, é você – disse ele, quase em voz alta. As palavras saíram tortas, ferindo-lhe a garganta. Ele tossiu, e isso doeu também. – Você... está bem? – perguntou ele, com a voz embargada.

– Não.

A resposta saiu em um grunhido, cheia de dor, e Roger se pôs de cócoras, alerta, a cabeça girando. Arquejou um pouco, mas rastejou o mais rápido possível em direção a Buck.

William Buccleigh estava curvado, de braços cruzados, a mão direita agarrada ao antebraço esquerdo. Tinha o rosto pálido e reluzente de suor, e os lábios tão contraídos que o entorno da boca exibia um halo branco.

– Está ferido?

Roger foi até ele, sem saber ao certo o que avaliar, ou mesmo se deveria. Não estava vendo sangue.

– Meu… peito – disse Buck, com um chiado. – Braço.

– Ai, meu Deus! – exclamou Roger, e a tontura que lhe restava foi varrida por uma onda de adrenalina. – Está infartando?

– O quê? – Buck fez uma careta, então suavizou a expressão e sorveu o ar. – Como é que *eu* vou saber?

– É… deixe para lá. Deite-se, sim?

Roger olhou em volta, muito aflito. Ao mesmo tempo, percebeu o despropósito daquilo. Craigh na Dun já era uma área selvagem e inabitada em épocas futuras, quanto mais naquela. Além disso, mesmo que alguém aparecesse do meio das pedras e dos arbustos, as chances de que fosse um médico eram muito remotas.

Ele pegou Buck pelos ombros e o sentou, com cuidado, debruçou-se e levou o ouvido ao peito do homem, sentindo-se um idiota.

– Está ouvindo alguma coisa? – perguntou Buck, ansioso.

– Com você falando, não. Cale a boca.

Ele pensou ouvir batimentos cardíacos, mas não fazia ideia se havia algo de errado. Permaneceu mais um instante debruçado, ainda que apenas para se recompor.

Sempre aja como quem sabe o que está fazendo, mesmo que não saiba. Muitas pessoas já tinham lhe dado esse conselho, de artistas com quem dividira o palco a conselheiros acadêmicos… e, mais recentemente, dois de seus cunhados.

Ele tocou o peito de Buck e olhou seu rosto. Ainda estava suado e assustado, mas já tinha um pouco mais de cor nas bochechas. Seus lábios não estavam arroxeados, o que parecia um bom sinal.

– Só continue respirando – aconselhou ele ao ancestral. – Devagar, sim?

Roger tentou seguir o próprio conselho. Seu coração também estava acelerado, e o suor escorria por suas costas, apesar do vento frio.

– Conseguimos, viu? – O peito de Buck se movia mais devagar sob a mão de Roger. Ele se virou e olhou em volta. – Está… diferente. Não está?

– Está.

Apesar da situação corrente e da imensa preocupação com Jemmy, Roger sentiu uma onda de júbilo e alívio. *Estava* diferente: dali, ele podia ver a estrada abaixo – que agora não passava de uma trilha de vaqueiros com a grama alta, em vez de uma faixa de asfalto cinzento. As árvores e moitas também eram diferentes. Havia pinheiros, os grandes pinheiros da Caledônia que mais pareciam talos gigantescos de brócolis. Eles *tinham* conseguido.

Ele escancarou um sorriso para Buck.

– Nós conseguimos. Não morra agora, seu infeliz.

– Vou… tentar – disse Buck, que começava a melhorar. – O que acontece se a pessoa morrer fora da época dela? Simplesmente desaparece, como se nunca tivesse existido?

– Deve explodir em pedacinhos. Eu sei lá! Também não quero descobrir. Pelo menos não aqui parado do seu lado.

Roger se movimentou e enfrentou uma onda de tontura. Seu coração batia com tanta força que ele sentia as palpitações bem atrás da cabeça. Respirou o mais forte que pôde, então se levantou.

– Eu… vou pegar um pouco d'água para você. Fique aí, sim?

Por mais preocupado que estivesse com o que aconteceria ao metal durante a viagem, Roger havia levado um cantilzinho vazio. Ficara evidente, no entanto, que a tal coisa que desintegrava pedras preciosas não dava a mínima para os metais, de modo que o cantil chegou intacto, bem como a pequena faca e o frasquinho metálico de conhaque.

Quando Roger retornou da clareira mais próxima, trazendo água, Buck estava sentado. Depois de lavar o rosto e beber metade do frasco de conhaque, declarou-se recuperado.

Roger não tinha tanta certeza, já que o homem ainda parecia meio pálido, mas estava ansioso demais em relação a Jemmy para sugerir que esperassem mais. Eles haviam conversado um pouco a respeito durante o trajeto até Craigh na Dun e concordaram em uma estratégia básica.

Se Cameron e Jemmy tivessem conseguido viajar sem qualquer contratempo – Roger tinha o coração tomado de dúvida quanto a esse pensamento, recordando a cautelosa coleção de Geillis Duncan de reportagens jornalísticas envolvendo pessoas encontradas junto a círculos de pedra, quase sempre mortas –, estariam a pé. E, por mais que Jemmy fosse um rapazinho resistente, capaz de caminhar uma boa distância, Roger duvidava de que o menino conseguisse avançar mais de uns 15 quilômetros por dia, num trajeto de terra batida.

A única estrada era a trilha dos vaqueiros, que levava ao sopé da colina. Assim, um deles pegaria a rota que entrecruzava uma das estradas boas do general Wade, que levavam a Inverness. Enquanto isso, o outro rumaria a oeste, em direção ao trajeto que levava a Lallybroch e, um pouco mais além, a Cranesmuir.

– Acho que Inverness é o mais provável – disse Roger, provavelmente pela sexta vez. – Ele quer o ouro, e sabe que está na América. Não pode estar pretendendo caminhar das Terras Altas até Edimburgo para achar um navio, não com o inverno cafungando em seu pescoço.

– Ele não vai encontrar navio algum no inverno – objetou Buck. – Nenhum capitão cruzaria o Atlântico em novembro!

– E você acha que ele sabe disso? – perguntou Roger. – Ele é arqueólogo amador, não historiador. E quase todo o povo do século XX não consegue cogitar que as coisas eram diferentes no passado, para além das roupas engraçadas e da falta de saneamento. A ideia de que as condições climáticas pudessem impedir alguém de ir aonde quisesse... Com certeza ele está achando que vai encontrar navios zarpando o tempo todo, em intervalos regulares.

– Bom, talvez ele pretenda ficar em Inverness com o garoto, quem sabe arrumar um trabalho e esperar a primavera. Quer pegar a rota de Inverness, então? – perguntou Buck, erguendo o queixo na direção da cidade invisível.

– Não. – Roger balançou a cabeça e começou a tatear os bolsos, conferindo seus equipamentos. – Jemmy conhece este lugar. Eu o trouxe aqui, mais de uma vez, para garantir que jamais viesse de surpresa. Ou seja, ele sabe... mais ou menos... como voltar para casa... para Lallybroch, digo... daqui. Caso se separasse de Cameron, correria de volta para casa. Meu Deus, espero que tenha feito isso!

Ele não se deu ao trabalho de dizer que, mesmo que Jemmy não estivesse lá, os parentes de Brianna estariam. Seus primos e tia. Roger não os conhecia, mas eles sabiam, pelas cartas de Jamie, quem ele era. Se Jemmy não estivesse lá – Deus, como ele esperava que estivesse –, eles o ajudariam a procurar. Quanto ao que poderia tentar dizer a eles... isso podia esperar.

– Pois muito bem. – Buck abotoou o casaco e ajeitou o cobertor de lã no pescoço, para se proteger do vento. – Três dias, talvez, até Inverness, um tempo para vasculhar a cidade, depois dois ou três dias de volta. Nós nos encontraremos aqui daqui a seis dias. Se você não vier, vou até Lallybroch atrás de você.

Roger assentiu.

– E se eu não encontrá-los, mas ficar sabendo de alguma coisa, deixo uma mensagem em Lallybroch. – Se... – Ele hesitou, mas precisava ser dito. – Se você encontrar a sua esposa, e a coisa descambar...

Buck torceu os lábios.

– Já descambou. Mas sim... Se. Eu volto mesmo assim.

– É, está bem.

Roger arqueou os ombros, ao mesmo tempo constrangido e ansioso para partir. Buck já ia se virando, mas subitamente deu meia-volta e agarrou a mão de Roger com força.

– Vamos encontrá-lo – afirmou, e encarou Roger com seus olhos verdes, iguais aos dele. – Boa sorte!

Ele deu um aperto de mão em Roger, curto e forte, e partiu, equilibrando-se de braços abertos enquanto avançava por pedras e plantas. Sem olhar para trás.

28

QUENTE, FRIO

– Você sabe dizer quando Jemmy está na escola?

– Sei. Ele pega o ônibus.

Mandy se balançou um pouco na cadeirinha, espichando o corpo para olhar pela janela. Usava a máscara de Dia das Bruxas que Bri a ajudara a fazer. Era uma princesa-rata: uma carinha de rato desenhada com lápis de cor em um prato de cartolina, com buracos no lugar dos olhos. Uma fita cor-de-rosa para amarrar a máscara na cabeça, com barbantes da mesma cor fazendo as vezes de bigode e uma pequena coroa feita de cartolina, cola e quase uma garrafa inteira de purpurina azul.

Os escoceses comemoravam o Samhain enfiando velas em nabos ocos, mas Brianna queria criar uma tradição um pouco mais festiva para seus filhos americanos. O assento inteiro brilhava, como se o carro tivesse sido salpicado de pó mágico.

Apesar da preocupação, ela sorriu.

– Eu quero saber se você conseguiria brincar de quente ou frio com Jemmy, mesmo que ele não respondesse em voz alta. Você saberia me dizer se ele está perto ou longe da gente?

Mandy chutou o encosto do assento, de um jeito meditativo.

– Talvez.

– Pode tentar?

As duas seguiam para Inverness. Era onde Jemmy supostamente estava, passando a noite com o sobrinho de Rob Cameron.

– Tudo bem – concordou Mandy.

A menina não havia perguntado onde estava Rob Cameron, mas Brianna pensou em seu prisioneiro. Ela *realmente* teria atirado em seus tornozelos, cotovelos, joelhos ou qualquer outra parte do corpo para descobrir a localização de Jemmy. No entanto, se houvesse formas mais tranquilas de interrogatório, seria muitíssimo melhor. Não seria bom para Jemmy e Mandy que sua mãe acabasse condenada à prisão perpétua, sobretudo se Roger…

Ela afastou aquele pensamento e pisou com mais força no acelerador.

– Frio – anunciou Mandy, tão subitamente que Brianna quase freou o carro.

– O quê? Estamos nos afastando de onde Jemmy está?

– Aham.

Brianna respirou fundo e pegou um retorno, tirando um fino de uma pequena carreta, que buzinou para elas.

– Muito bem – disse ela, agarrando o volante com as mãos suadas. – Vamos para o outro lado.

. . .

A porta não estava trancada. Jemmy a abriu, o coração batendo aliviado, então com mais força, ao perceber que as luzes não estavam acesas na câmara da turbina.

Havia um pouco de luz, das janelinhas no alto do imenso espaço, lá em cima, onde ficava a sala dos engenheiros. Luz suficiente para que ele visse os monstros no imenso salão.

– São só máquinas – murmurou ele, encostando o corpo com força na parede junto à porta aberta. – Só máquinas, só máquinas, só máquinas!

Ele sabia o nome dos gigantescos guindastes, com os ganchões balançando, e das turbinas. A mãe havia lhe explicado. Mas naquele dia ele estava *lá em cima*, onde estava a luz, e tinha sido de dia.

O chão sob seus pés vibrava, e ele sentia as saliências de sua espinha dorsal tocando a parede, que estremecia com o peso da água correndo pela represa debaixo dele. A mãe havia explicado que eram toneladas de água. Toneladas, toneladas e toneladas de água abaixo dele, ao seu redor...

Se a parede ou o chão cedesse, ele...

– Cala a boca, bebezinho! – disse para si mesmo, em um tom feroz, esfregando a mão com força no rosto e limpando-a na calça jeans. – Você precisa se mexer. *Anda!*

Tinha que haver escadas. Estavam em algum lugar por ali, em meio às grandes corcovas salientes das turbinas. Eram mais altas que os pedregulhos da colina onde o sr. Cameron o havia levado. Aquele pensamento o acalmou um pouco. Jemmy tivera muito mais medo das pedras. Mesmo com o forte barulho das turbinas, que lhe contraía os ossos, mas na verdade não *entrava* nos ossos.

A única coisa que o impedia de retornar correndo para o túnel e esperar que alguém o encontrasse de manhã era... a coisa que havia lá. Ele não queria estar em nenhum lugar perto daquilo.

Jemmy já não conseguia ouvir o próprio coração. A câmara das turbinas era barulhenta demais para que ouvisse qualquer outra coisa. Ele não conseguia ouvir nem os próprios pensamentos, mas as escadas deviam estar perto das janelas, então ele foi cambaleando até lá, mantendo a maior distância possível das duas corcovas negras que despontavam do chão.

Quando enfim encontrou a porta, abriu-a com um tranco e subiu correndo a escada iluminada. Só parou quando pensou em uma possibilidade: e se o sr. Cameron estivesse lá em cima, à espera dele?

29

RETORNO A LALLYBROCH

Roger subiu laboriosamente a montanha em direção ao topo murmurando a mesma canção:

– *Se tivesses visto essa estrada antes da finalização, guardarias por general Wade a mais profunda gratidão.*

Wade, o general irlandês, narrara doze anos construindo alojamentos, pontes e estradas por toda a Escócia. Esses breves e admiráveis versos não estavam gravados em nenhuma das estradas do general, mas deveriam, na opinião de Roger. Ele seguia por uma das estradas perto de Craigh na Dun, e fora transportado muito rapidamente até poucos quilômetros de distância de Lallybroch.

Esse último trecho aparentemente não recebera muita atenção do general Wade. Uma trilha rochosa, lamacenta, esburacada e cheia de arbustos conduzia até a passagem íngreme que protegia Lallybroch. As áreas mais baixas estavam cobertas de faias, carvalhos e robustos pinheiros da Caledônia, mas ali, tão alto, não havia sombra nem abrigo, e um vento frio e forte o açoitava à medida que ele subia.

Poderia Jemmy ter ido tão longe sozinho caso tivesse escapado? Roger e Buck haviam contornado os arredores de Craigh na Dun, esperando que Cameron tivesse parado para descansar depois da tensão da passagem, mas não viram sinal disso. Apenas a marca de um tênis tamanho 34 num trecho de solo lamacento. Roger havia então seguido sozinho, o mais rápido que conseguiu, parando para bater à porta de qualquer pequeno sítio que encontrasse. Não havia muitos ao longo do caminho.

Seu coração estava acelerado, e não apenas pela exaustão da subida. Cameron tinha uma vantagem de dois dias no máximo. No caso de Jemmy não ter fugido e corrido para casa... Cameron não teria ido a Lallybroch, com certeza. Mas *para onde* ele iria? Seguiria a estrada boa, que já tinha ficado para trás havia uns 16 quilômetros, em direção ao oeste, talvez, para o território dos MacKenzies... mas por quê?

– Jemmy!

Durante o caminho, vez ou outra Roger soltava um grito. Em vão. As terras selvagens e as montanhas estavam vazias e silenciosas, exceto pelo farfalhar de coelhos e ratos, o crocitar dos corvos e um grito ocasional de uma gaivota voando ao alto, evidência do mar distante.

– *Jemmy!* – gritou Roger.

Às vezes ele imaginava um gritinho fraco em resposta. Quando parava para ouvir, no entanto, era o vento. Apenas o vento, choramingando em seus ouvidos, entorpecendo-o. Ele poderia estar a 3 metros de distância de Jemmy e jamais vê-lo, e sabia disso.

Apesar da ansiedade, seu coração se acalmou quando chegou ao topo da passagem e viu Lallybroch lá embaixo, a construção de chapisco branco reluzindo em meio ao anoitecer. Tudo jazia diante dele na mais completa paz: os nabos e repolhos frescos em fileiras ordenadas dentro dos muros da horta, a salvo das ovelhas. Havia um pequeno rebanho no prado mais ao longe, já se reunindo para dormir, feito bolinhas de lã em um ninho de grama verde, ovinhos de Páscoa em uma cestinha infantil.

O pensamento lhe trouxe um nó na garganta, com a lembrança do papel celofane espalhado, Mandy toda lambuzada de chocolate, Jemmy escrevendo cuidadosamente

"Papai" na casca de um ovo cozido, com giz de cera branco, então franzindo o cenho para a fileira de tintas coloridas, tentando decidir qual das cores, entre o azul e o roxo, mais combinava com Roger.

– Deus, permita que ele esteja aqui! – murmurou ele, e desceu correndo a trilha esburacada, meio deslizando por entre as pedras soltas.

O jardim da frente estava organizado, o grande espinho de rosas amarelas, aparado para o inverno, e a escadinha, varrida. Veio-lhe subitamente à cabeça que, se ele apenas abrisse a porta e entrasse, veria a si mesmo de roupão, as pequeninas galochas vermelhas de Mandy largadas de qualquer jeito junto ao bengaleiro onde ficava pendurado o infame casaco de lã de Brianna. O velho casaco sujo de lama ressecada, mas que ainda tinha o cheiro de sabão, almíscar, leite azedo, pão fresco e pasta de amendoim.

– Maldição – murmurou. – O próximo passo é começar a chorar aqui mesmo.

Ele bateu à porta, e um imenso cachorro veio galopando, surgido da lateral da casa, latindo feito o maldito cão dos Baskervilles. O animal parou à frente dele, mas continuou latindo, abanando o grande rabo de um lado para outro, as orelhas inclinadas, para o caso de ele fazer qualquer movimento estranho. Caso o fizesse, o cachorro poderia devorá-lo com a consciência tranquila. Roger não arriscou a se mexer e colou o corpo junto à porta.

– Socorro! – gritava ele, agora. – Alguém venha acalmar sua fera!

Ele ouviu passos do lado de dentro. Um instante depois, a porta se abriu.

– Cale a boca, cão! – ordenou um homem alto e moreno, em um tom apaziguador. – Entre, senhor, e não ligue para ele. Ele já jantou hoje.

– Que bom saber disso, senhor, e muito obrigado.

Roger tirou o chapéu e acompanhou o homem pelo corredor escuro. Era o corredor *dele*, muito familiar, as tábuas do chão iguaizinhas, embora ainda não tão gastas, as paredes apaineladas em madeira ainda reluzentes de cera e polimento. *Havia* um bengaleiro no canto, embora diferente do dele, claro. Era um troço robusto de ferro fundido, coisa boa, pois sustentava um imenso fardo de jaquetas, xales, capas e chapéus, que teriam deformado um móvel mais frágil.

Apesar de tudo, ele sorriu. Então parou de supetão, como se tivesse levado um soco no peito.

O painel de madeira atrás do bengaleiro reluzia, imaculado. Nenhum sinal dos golpes de sabre deixados pelos frustrados soldados de casacas vermelhas que procuravam o proprietário ilegal de Lallybroch depois de Culloden. Aqueles golpes tinham sido preservados durante séculos e ainda estavam lá, embora escurecidos pelo tempo, quando comprou o lugar. Ou seria "estariam lá quando comprasse o lugar"?

"Mantemos assim para as crianças", dissera Bri, repetindo as palavras de seu tio Ian. "Dizemos a elas: 'É isso que os ingleses são.'"

Ele não teve tempo de processar o choque. O homem moreno havia fechado a porta, com uma firme ordem em gaélico para o cachorro, e agora se virava para ele, sorrindo.

– Bem-vindo, senhor. Vai jantar conosco? A moça está quase terminando de preparar.

– Sim, janto, muito obrigado. – Roger se curvou em uma leve mesura, buscando os modos do século XVIII – Eu... Meu nome é Roger MacKenzie. De Kyle de Lochalsh – acrescentou ele, pois nenhum homem de respeito omitiria suas origens.

Lochalsh era bastante longe, de modo que era remota a chance de seus habitantes serem conhecidos intimamente por esse sujeito... Quem era ele? Não tinha os modos de um serviçal...

Ele esperou que a resposta imediata fosse: "MacKenzie? Ora, o senhor deve ser o pai do pequeno Jemmy!" Não foi. O homem retribuiu a mesura e ofereceu a mão.

– Brian Fraser de Lallybroch, seu servo, senhor.

Roger passou um instante sem sentir absolutamente nada. Ele ouviu um leve clique-
-clique-clique, que o fez recordar o barulho do motor de um carro quando a bateria morre. Por um momento de desorientação, presumiu que o som tivesse sido obra de seu cérebro. Então encarou o cachorro, que, impedido de abocanhá-lo, havia entrado na casa e agora percorria o corredor, as unhas dos pés estalando no assoalho.

Ah, então foi isso que deixou aqueles arranhões no chão da cozinha, pensou ele, confuso, vendo a fera se afastar e empurrar o próprio peso na porta oscilante ao fim do corredor, disparando assim que ela se abriu.

– O senhor está bem, senhor? – Brian Fraser o encarava, as sobrancelhas pretas e espessas caídas, em preocupação. Estendia a mão. – Venha se sentar no meu gabinete. Posso talvez lhe servir um trago?

– Eu... Obrigado – respondeu Roger, abruptamente.

Ele achava que seus joelhos cederiam a qualquer instante, mas conseguiu seguir o mestre de Lallybroch até sua sala de conferências, o escritório e o gabinete do pro-prietário. *Seu* gabinete.

As prateleiras eram iguais e, atrás da cabeça de seu anfitrião, havia a mesma fileira de livros de contabilidade da fazenda que ele tantas vezes folheara, invocando de suas linhas desbotadas a vida fantasmagórica de uma antiga Lallybroch. Os livros estavam novos, e Roger sentiu como se *ele* fosse o fantasma. Não gostava nada dessa sensação.

Brian Fraser lhe entregou uma pequena taça, grossa e de fundo chato, cheia até a metade de uma bebida alcoólica. Uísque, e muito decente. O aroma começou a tirá-lo do seu estado de choque, e a leve queimação no esôfago suavizou um pouco o nó em sua garganta.

Como ele poderia perguntar o que desejava tão desesperadamente saber? *Quando?!* Ele olhou por sobre a mesa, mas não havia nenhuma carta inacabada, conveniente-mente datada, nenhum calendário que pudesse dar uma espiada fortuita. Nenhum dos livros na prateleira ajudava. O único que ele reconhecia era *As aventuras de*

Robinson Crusoé, que havia sido publicado em 1719. Ele sabia que devia ser depois disso. A casa ainda não tinha sido construída em 1719.

Ele tentou conter a crescente onda de pânico. Não importava se não era a época que ele esperava. Jemmy tinha que estar lá. *Tinha* que estar.

– Me desculpe por incomodar sua família, senhor – disse ele, pigarreando ao colocar a taça na mesa. – O fato é que perdi meu filho e estou à procura dele.

– Perdeu seu filho! – exclamou Fraser, os olhos arregalados de surpresa. – Que Nossa Senhora esteja com o senhor. Como foi que isso aconteceu?

Era melhor contar o máximo de verdade possível. Além disso, o que mais ele poderia dizer?

– Ele foi sequestrado faz dois dias... Só tem 9 anos de idade. Tenho razões para crer que o homem que o levou é desta área. Por acaso o senhor andou vendo um sujeito alto, magro e moreno, viajando com um menininho ruivo, mais ou menos desta altura?

Ele encostou o canto da mão no próprio braço, cerca de 7 centímetros acima do cotovelo. Jemmy era alto para a idade, e ainda mais alto para aquela época. Por outro lado, Brian Fraser era um homem alto, e o filho *dele*...

Roger, ao refletir, foi acometido por um novo choque: será que Jamie estava ali? Naquela casa? Se estivesse, que idade deveria ter? Quantos anos tinha quando Brian Fraser morrera...?

Fraser balançava a cabeça, com o semblante preocupado.

– Não vi, senhor. Como se chama o homem que levou o seu filho?

– Rob... Robert Cameron é o nome dele. Eu não sei de onde é – acrescentou Roger, assumindo o sotaque mais carregado de Fraser.

– Cameron... – murmurou Fraser, tamborilando sobre a mesa enquanto vasculhava a memória.

O movimento ativou alguma coisa na memória de Roger. Sim, era o mesmo gesto que Jamie fazia ao pensar. Jamie, porém, com seus dedos duros, não chegava a dobrá-los, enquanto os de seu pai descreviam uma onda mais suave.

Ele apanhou a taça e deu outro gole, olhando para Fraser do jeito mais displicente que podia, procurando uma semelhança. Era sutil, mas estava lá: o meneio de cabeça, os ombros... e os olhos. O rosto era bem diferente, de mandíbula quadrada, testa mais larga, e os olhos de Brian Fraser eram castanho-escuros, não azuis, mas o contorno amendoado e a boca larga... eram de Jamie.

– Os Camerons mais próximos são os de Lochaber. – Fraser balançou a cabeça. – E eu não ouvi nada a respeito de um vagabundo no distrito. – Ele encarou Roger com um olhar que não era acusatório, mas definitivamente indagativo. – Por que o senhor acha que o homem veio para cá?

– Eu... Ele foi visto. Perto de Craigh na Dun.

Isso assustou Fraser.

– Craigh na Dun – repetiu ele, inclinando-se um pouco, com o olhar desconfiado. – Ah... E de onde foi que o senhor veio, senhor?

– De Inverness. Eu o segui desde lá. – *Quase isso.* Roger só estava escondendo um detalhe: ele partira na missão de encontrar Cameron e Jemmy do exato ponto onde agora estava sentado. – Um amigo... um parente... veio comigo. Eu pedi que ele fizesse uma busca para os lados de Cranesmuir.

A notícia de que ele não era um doido solitário pareceu tranquilizar Fraser, que se afastou da mesa e se levantou, olhando para a janela, onde um grande roseiral se curvava, preto e ressequido, contra o céu pálido.

– Hum. Bom... Já está tarde, e o senhor não vai cruzar nenhuma grande distância a essa hora. Jante conosco e passe esta noite aqui em casa. Talvez seu amigo chegue com uma boa notícia ou algum dos meus inquilinos tenha visto alguma coisa. Amanhã de manhã eu faço uma ronda para perguntar.

Roger tinha as pernas bambas, com o ímpeto de saltar, de disparar para fora, de *fazer* alguma coisa. Mas Fraser tinha razão: seria inútil e perigoso sair vagando pelas montanhas das Terras Altas no escuro, sem saber aonde ir. Talvez até acabasse preso em uma tempestade fatal naquela época do ano. Ele podia ouvir o vento se adensando; o roseiral começou a bater no vidro da janela. Dali a pouco começaria a chover.

E Jemmy poderia estar lá fora, na chuva.

– Eu... Sim. Obrigado, senhor – disse ele. – O senhor é muito bondoso.

Fraser lhe deu um tapinha no ombro e foi até o corredor.

– Janet! – gritou. – Janet, temos um convidado para o jantar!

Janet?

Sem pensar, ele se levantou e saiu do escritório enquanto a porta da cozinha se abria. Uma silhueta pequena e esguia surgiu da cozinha, esfregando as mãos no avental.

– Minha filha Janet, senhor – disse Fraser, puxando a moça para debaixo da luz fraca. Ele abriu um sorriso amável para ela. – Este é o sr. Roger MacKenzie, Jenny. Ele perdeu o filhinho em algum lugar.

– Ah, foi? – A moça parou no meio da mesura e arregalou os olhos. – O que aconteceu, senhor?

Roger deu mais uma breve explicação sobre Rob Cameron e Craigh na Dun, o tempo todo consumido pelo desejo de perguntar à jovem quantos anos ela tinha. Quinze? Dezessete? Vinte e um? Era lindíssima, a pele clara, porém enrubescida pelo calor da cozinha. Cabelos negros, sedosos e cacheados presos para trás do rosto. Um corpo esbelto, que ele tentou não encarar. E o mais perturbador: apesar da óbvia feminilidade, ela guardava uma assustadora semelhança com Jamie Fraser. *Deve ser filha dele,* pensou Roger, então parou, de repente, percebendo – e recordando, com uma pontada no coração que quase o fez desabar de joelhos – quem era a verdadeira filha de Jamie Fraser.

Ai, Deus. Bri. Ai, Deus, me ajude. Será que algum dia vou voltar a vê-la?

Ele se deu conta de que estava em silêncio, boquiaberto, encarando Janet Fraser. No entanto, ao que parecia, ela estava acostumada com esse tipo de reação masculina. Abriu um sorriso recatado, de soslaio, informou que o jantar estaria na mesa dali a poucos instantes e sugeriu que o pai mostrasse ao sr. MacKenzie onde ficava o penico. Então retornou pelo corredor, a grande porta balançando atrás dela.

Só nesse momento Roger percebeu que voltava a respirar.

O prato era simples, porém farto e muito bem preparado, e Roger percebeu que havia sido imensamente restaurado pela refeição. Não era algo tão surpreendente assim. Ele não conseguia recordar a última vez que tinha comido.

Os três jantaram na cozinha. Duas criadas, Annie e Senga, e um faz-tudo chamado Tom McTaggart dividiram a mesa com a família. Todos estavam interessados em Roger e, por mais que fossem muito empáticos em relação à questão do filho perdido, queriam mesmo era saber de onde ele vinha e que notícias poderia trazer.

Lá estava ele, meio confuso e sem saber o que fazer, visto que não sabia com exatidão em que ano estava.

Brian morreu quando Jamie tinha 19 anos. Se Jamie nasceu em maio de 1721 – ou será que foi 1722? – e era dois anos mais novo do que Jenny...

Não tinha ideia de quais poderiam ser as últimas novidades daquele mundo, mas enrolou um pouquinho, explicando com detalhes seus antecedentes – primeiro, porque era de bom-tom e, segundo, porque seu local de nascimento em Kyle de Lochalsh era longe o suficiente de Lallybroch para que os Frasers não conhecessem ninguém.

Por fim, ele teve um pouco de sorte e foi interrompido por um causo do faz-tudo McTaggart, que viu uma das porcas pular a cerca e disparar em um trote na direção da horta. Ele correu atrás do animal, claro, e conseguiu agarrá-lo. No entanto, ao arrastá-lo de volta para o curral, descobriu que outra porca também havia escapado e estava tranquilamente comendo seu sapato.

– A bicha só deixou isso aqui! – exclamou ele, puxando do bolso metade de uma sola de couro destruída e a balançando, em um gesto de reprovação. – E que luta foi para arrancar isso da boca da safada!

– Por que você se deu ao trabalho? – perguntou Jenny, torcendo o nariz para o objeto xexelento. – Não se aborreça, Taggie. Semana que vem nós vamos abater as porcas, e você poderá pegar um pouco do couro para fazer um novo par de sapatos.

– E até lá eu ando descalço, é? – retrucou McTaggart, decepcionado. – Tem geada no chão da manhã! Eu posso me resfriar e morrer de pleurisia antes de a sua porca devorar o último balde de comida, que dirá até o couro ser curtido.

Brian riu e meneou a cabeça para Jenny.

– Seu irmão não deixou um par de sapatos que já não lhe cabiam, quando partiu para Paris? Se não me engano, deixou. Se você não tiver doado para os pobres, pode ser que Taggie consiga usá-los durante um tempinho.

Paris. A mente de Roger trabalhava furiosamente, fazendo mil cálculos. Jamie havia passado pouco menos de dois anos em Paris, na *université*, e retornara... quando? *Aos 18 anos*, pensou ele. Jamie faria/fará 18 anos em maio de 1739. Então ele estava em 1737, 1738 ou 1739.

Saber disso o acalmou um pouco, e Roger conseguiu pôr a mente para funcionar e pensar em eventos históricos que ocorreram naquele período. A primeira coisa que lhe veio à cabeça foi que o abridor de garrafas tinha sido inventado em 1738. A segunda foi o gigantesco terremoto que ocorrera em Bombaim, em 1737.

A plateia se interessou mais pelo abridor de garrafas, que ele precisou descrever em detalhes. Teve que inventar muita coisa, porém, já que não fazia ideia do real aspecto do objeto na época. E ele conseguiu arrancar alguns murmúrios de compaixão em relação aos residentes de Bombaim, além de uma breve prece pelas almas das vítimas.

– Mas onde *fica* Bombaim? – perguntou a criada mais jovem, franzindo o cenho e olhando de um rosto para outro.

– Na Índia – respondeu Jenny, prontamente, e afastou a cadeira. – Senga, pegue o cranachan, sim? Eu mostro onde fica a Índia.

Ela desapareceu pela porta oscilante, e a confusão da retirada dos pratos deu a Roger uns instantes para respirar. Ele começava a se sentir um pouco mais confortável, embora ainda agoniado de preocupação por Jemmy. Mas tirou uns momentos para pensar em William Buccleigh e em como Buck poderia receber a notícia da data a que eles haviam chegado.

Mil, setecentos e trinta e tantos... Deus do céu, Buck nem havia nascido! *Mas, afinal de contas, que diferença isso faz?*, perguntou a si mesmo. *Ele* também ainda não havia nascido. Aliás, tinha vivido muito feliz em uma época anterior a seu nascimento. No entanto... a proximidade com o início da vida de Buck poderia ter algo a ver com isso?

Ele considerava que não era possível voltar no tempo durante o curso da própria vida. Duas existências ao mesmo tempo simplesmente não eram viáveis. Roger quase morrera por conta disso uma vez. Será que os dois haviam chegado muito perto da vida original de Buck, e Buck tinha recuado, de alguma maneira, levando Roger consigo?

Antes que pudesse explorar as implicações *desse* pensamento perturbador, Jenny retornou, trazendo um livro grande e fino. Era um atlas colorido à mão, com mapas surpreendentemente precisos e descrições das "Nações do Mundo".

– Meu irmão me mandou esse atlas lá de Paris – disse Jenny, orgulhosa.

Ela abriu o livro em um desenho de página dupla da Índia, onde uma estrela circunscrita indicava Bombaim, rodeado de pequeninos desenhos de palmeiras, elefantes e algo que, sob um exame mais detalhado, revelou-se serem folhas de chá-da-índia.

– Ele frequenta a *université* de lá – completou ela.

– Ah, é? – respondeu Roger, com um sorriso, tentando parecer impressionado. E estava mesmo, ainda mais ao perceber o esforço e os custos envolvidos em viajar daquela remota montanha selvagem a Paris. – Há quanto tempo ele está lá?

– Ah, já faz quase dois anos – respondeu Brian, estendendo a mão e tocando delicadamente a página do livro. – Sentimos muita falta do rapaz, mas ele escreve com frequência. E manda livros.

– Logo, logo ele estará de volta – disse Jenny, com um ar de convicção que parecia, de certa forma, forçado. – Ele disse que voltaria.

Brian sorriu, embora também fosse um sorriso meio forçado.

– É. Eu espero isso, *a nighean*, com certeza. Mas ele pode encontrar oportunidades que talvez o façam passar mais um tempo longe.

– Oportunidades? Está falando daquela tal de Marillac? – perguntou Jenny, em um tom claramente mordaz. – Eu não gostei do jeito como ele escreveu sobre ela. Nem um pouco.

– Podia ser bem pior. – Brian deu de ombros. – A moça é de boa família.

Jenny soltou um grunhido esquisito pela garganta, indicando respeito suficiente pelo pai para não expressar sua sincera opinião sobre "aquela tal". Ao mesmo tempo, deixava bem clara sua opinião sobre o assunto. O pai riu.

– Seu irmão não é um *completo* idiota – garantiu ele. – Duvido que se casaria com uma cretina ou uma… uma…

Brian pensou duas vezes antes de usar a palavra "puta". Seus lábios começaram a formar a palavra, mas ele não conseguiu evocar um substituto a tempo.

– Casaria, sim! – retrucou Jenny. – Ele se embolaria direitinho em uma teia de aranha, com os olhos bem abertos, se a teia tivesse um rostinho bonito e uma bunda redonda.

– Janet! – Brian tentou parecer chocado, mas falhou por completo.

McTaggart soltou uma sonora gargalhada, e Annie e Senga deram risadinhas por trás das mãos. Jenny cravou os olhos neles, mas se levantou com dignidade e se dirigiu a Roger.

– Então, sr. MacKenzie. A esposa do senhor é viva, imagino? É a mãe do seu pequeno?

– Ela é… – Ele sentiu a pergunta como um soco no peito, então recordou em que época estava. As probabilidades de uma mulher sobreviver ao parto, em muitos lugares, eram menores que a metade. – Sim, ela está… em Inverness, com a nossa filha.

Mandy. Ah, meu bebezinho. Mandy. Bri. Jemmy. A enormidade daquilo o atingiu. Até então ele conseguira ignorá-la, concentrando-se na necessidade de encontrar o filho. Mas agora um vento frio entrecortava os vãos de seu coração. Talvez ele nunca mais visse nenhum dos três outra vez. E eles nunca saberiam o que teria acontecido com ele.

– Ah, senhor – sussurrou Jenny, aproximando-se e tocando o braço dele, os olhos arregalados de horror pelo que acabava de provocar. – Ah, senhor, eu sinto muito! Não pretendia…

– Tudo bem – respondeu ele, forçando as palavras pela laringe ferida, como um grasnado. – Eu…

Ele acenou a mão em um pedido cego de desculpas e saiu, cambaleante. Foi direto até o hall dos fundos da casa e adentrou a noite, do lado de fora.

Havia uma nesga de luz no topo das montanhas, que as nuvens ainda não tinham encoberto, mas o quintal à sua frente estava imerso em sombras, e o vento lhe tocava o rosto com o aroma da chuva gelada. Ele estava trêmulo, mas não era de frio. Sentou-se em uma grande pedra, onde as crianças tiravam as galochas quando o chão estava enlameado.

Ele apoiou os cotovelos nos joelhos, enterrou o rosto nas mãos por um instante e respirou fundo. Não apenas pela situação em que se encontrava, mas pela dos habitantes da casa. Jamie Fraser retornaria em breve. Logo em seguida, chegaria a tarde em que os soldados de casacas vermelhas marchariam até o quintal de Lallybroch e encontrariam Janet e as criadas sozinhas. E os eventos seguintes culminariam com a morte de Brian Fraser, atingido por um ataque apoplético ao ver o próprio filho açoitado.

Jamie… Roger estremeceu, vendo em sua mente não o indomável sogro, mas o alegre rapaz que, entre uma e outra distração de Paris, ainda enviava livros para a irmã.

– O quê?

Havia começado a chover, e foi tão de repente que seu rosto ficou ensopado em questão de segundos. Pelo menos ninguém perceberia caso chorasse de desespero. *Eu não posso evitar*, pensou ele. *Não posso contar a eles o que está por vir.*

Uma imensa silhueta surgiu na escuridão, assustando-o. Era o cachorro, que pulou de repente por cima dele, quase o empurrando da pedra onde estava sentado. Um focinho comprido e peludo se enfiou em sua orelha, muito simpático, fungando, mais molhado do que a chuva.

– Meu Deus, cachorro! – exclamou ele, meio risonho, apesar de tudo.

Ele abraçou a criatura fedida e grandalhona e apoiou a testa em seu pescoço, sentindo um princípio de conforto.

Passou um tempinho sem pensar em nada e sentiu um alívio indescritível. Pouco a pouco, porém, os pensamentos coerentes foram retornando. Talvez não fosse verdade que o passado não podia ser mudado. Talvez não grandes acontecimentos, como a vida dos reis ou guerras. Mas talvez, só talvez, os pequenos pudessem ter poucas alterações. Mesmo sem poder sair correndo e contar aos Frasers de Lallybroch que uma desgraça estava prestes a se abater sobre eles, talvez tivesse *algo* que ele pudesse dizer, algum aviso que talvez evitasse…

E se ele conseguisse? E se eles escutassem? Será que aquele bom homem morreria de apoplexia mesmo assim? Talvez sua morte fosse apenas adiada? Seu cérebro cederia ao chegar em casa um belo dia, retornando do celeiro? De todo modo, isso deixaria seu filho e sua filha em segurança... mas e depois?

Será que Jamie ficaria em Paris e se casaria com a francesa sedutora? Será que voltaria para casa tranquilamente, para viver em Lallybroch e cuidar de sua irmã e da propriedade?

Fosse lá como fosse, Jamie só passaria perto de Craigh na Dun em cinco ou seis anos, perseguido pelos soldados ingleses, ferido e precisando da assistência de uma viajante do tempo que tinha acabado de surgir das pedras. Espere... E se Jamie não conhecesse Claire Randall?

Bri, pensou ele. *Ai, Deus. Bri.*

Ele ouviu o barulho da porta da casa se abrindo, e o brilho de uma lanterna iluminou o caminho.

– Sr. MacKenzie? – chamou Brian Fraser, em meio à noite. – O senhor está bem, homem?

– Meu Deus – sussurrou ele, agarrado ao cachorro. – Me mostre o que fazer.

30

LUZ, SIRENES, AÇÃO

A porta no topo da escada *estava* trancada. Jemmy a esmurrou, chutou e gritou. Podia sentir *a coisa* lá embaixo, no escuro, atrás dele. A sensação lhe dava arrepios na espinha, como se aquilo estivesse se aproximando a fim de pegá-lo. Esse pensamento o assustou tanto que ele gritou feito um *ban-sìdhe* e jogou o corpo com força contra a porta, repetidas vezes. Até que...

A porta se escancarou e Jemmy desabou em um chão sujo de linóleo, cheio de pegadas e guimbas de cigarro.

– Quem é você, rapazinho, e o que está fazendo aqui, por Deus?

Uma manzorra o agarrou pelo braço e o levantou. Já sem fôlego de tanto gritar, e quase chorando de alívio, ele levou um minuto para lembrar qual era o seu nome.

– Jem. – Ele engoliu em seco, piscando os olhos para acomodá-los à luz, e limpou o rosto na manga da camiseta. – Jem MacKenzie. Minha mãe... – Ele ficou mudo, subitamente incapaz de recordar o primeiro nome de sua mãe. – Minha mãe trabalha aqui às vezes.

– Eu sei quem é a sua mãe. Não tem como confundir *esse* cabelo, garoto.

O homem que o havia puxado era um segurança. Dava para perceber pelo bordado na manga de sua camisa e pelo crachá, que dizia JOCK MACLEOD. Ele inclinou a cabeça para um lado e depois para outro, olhando Jem de cima a baixo, a luz iluminando seus óculos e sua careca. A luz vinha daqueles tubos compridos no teto, que papai tinha dito que eram fluorescentes. Eles zumbiam, fazendo-o lembrar a coisa no túnel. Mais que depressa, Jemmy deu meia-volta e fechou a porta com um tranco.

– Tem alguém atrás de você, garoto?

O guarda estendeu a mão até a maçaneta, e Jem colou as costas na porta.

– Não! – Ele conseguia sentir o outro lado, atrás da porta. À espera. O guarda o encarava com uma carranca. – É... É só que... está muito escuro lá.

– Você estava lá embaixo, no escuro? Como foi que chegou aqui? E onde está sua mãe?

– Eu não sei.

Jem começou a sentir medo outra vez. *Muito* medo. Porque o sr. Cameron o havia prendido no túnel para ir a outro lugar. Talvez tivesse ido a Lallybroch.

– O sr. Cameron me botou lá – explicou Jemmy. – Era para ele me levar para passar a noite com Bobby, mas, em vez disso, ele me levou para Craigh na Dun, depois me levou para a casa dele, e eu passei a noite trancado num quarto, e daí na manhã seguinte ele me trouxe para cá e me trancou no túnel.

– Cameron... Está falando de Rob Cameron? – O guarda, sr. MacLeod, se agachou e encarou Jem com firmeza. – Por quê?

– Eu... eu não sei.

Jamais conte a ninguém, dissera papai. Jem engoliu em seco. Mesmo que quisesse contar, não sabia como começar. Poderia dizer que o sr. Cameron o havia levado colina acima até Craigh na Dun, até as pedras, e o empurrado de uma delas. Mas ele não sabia dizer o que tinha acontecido depois, assim como não sabia explicar ao sr. MacLeod o que era a coisa brilhosa no túnel.

O sr. MacLeod soltou um grunhido pensativo, balançou a cabeça e se levantou.

– Bom, é melhor eu chamar os seus pais. Pode ser que eles queiram avisar a polícia.

– Por favor – sussurrou Jem, sentindo os joelhos cederem ao pensar em mamãe e papai vindo buscá-lo. – Sim, por favor.

O sr. MacLeod o levou a um pequeno escritório, onde estava o telefone, ofereceu-lhe uma lata de Coca-Cola quente e mandou que se sentasse e informasse o número de seus pais. Ele bebeu o refrigerante e se sentiu melhor na mesma hora, olhando o dedo grosso do sr. MacLeod girar o disco do aparelho telefônico.

Uma pausa, então ele ouviu o toque, do outro lado: *Bip... bip... bip...*

Estava quente na sala, mas ele começava a sentir frio no rosto e nas mãos. Ninguém atendia o telefone.

– Talvez estejam dormindo – disse Jemmy, abafando um arroto.

O sr. MacLeod lhe lançou um olhar de soslaio. Balançou a cabeça, baixou o gancho e discou o número de novo, fazendo Jem entoar um algarismo de cada vez.

Bip... bip...

Ele estava tão concentrado em desejar que alguém atendesse ao telefone que não percebeu o que estava acontecendo. Até que o sr. MacLeod de repente virou a cabeça em direção à porta, com um olhar surpreso.

– O quê? – disse o guarda.

Então, fez-se um borrão e um baque, como quando o primo Ian acertou uma flechada em um cervo. O sr. MacLeod soltou um horrível gemido e desabou da cadeira, estatelado no chão.

Jem não recordava ter se levantado, mas foi imprensado contra o armário de arquivos, apertando a lata com tanta força que o refrigerante gasoso e espumante transbordou por entre seus dedos.

– Você vem comigo, garoto – disse o homem que havia acertado o sr. MacLeod.

Ele segurava o que Jem pensou ser um porrete, embora nunca tivesse visto um. Mesmo que desejasse, Jemmy não conseguia se mexer.

O homem soltou um grunhido impaciente, pisoteou o sr. MacLeod como se fosse um saco de lixo e agarrou Jem. Tomado de puro terror, o garoto mordeu o homem com força. O sujeito gritou e largou o braço de Jem, que atirou a lata de Coca-Cola bem na cara dele. Quando o homem se abaixou para desviar, ele saiu correndo do escritório e cruzou o comprido corredor, correndo para salvar a própria vida.

Estava ficando tarde. Elas passavam por cada vez mais carros na estrada, e Mandy começava a adormecer. A máscara de princesa-ratinha estava agora no alto de sua cabeça, e os bigodinhos de limpador de cachimbo estavam virados para cima, feito duas anteninhas. Ao ver aquela imagem pelo retrovisor, Brianna teve a súbita visão de Mandy como um pequenino radar, vasculhando os arredores em busca da sutil sinalização de Jem.

Será? Ela balançou a cabeça, não para afastar a ideia, mas para evitar que sua mente se apartasse demais da realidade. A adrenalina de horror e fúria já havia cessado por completo. Suas mãos tremiam um pouco no volante, e a escuridão à volta delas parecia vasta, um vazio estridente que poderia tragá-las em um instante se ela parasse de dirigir, se a fraca luz dos faróis se apagasse...

– Quente – murmurou Mandy, sonolenta.

– O que foi, querida?

Ela tinha ouvido, mas estava muito hipnotizada pelo esforço de manter os olhos na estrada para absorver conscientemente.

– *Mais...* quente.

Mandy estava irritada, lutando para ficar acordada. As fitas que amarravam a máscara estavam presas em seus cabelos, e ela as puxou, soltando um resmungo alto.

Brianna fez um cuidadoso desvio até o acostamento, puxou o freio de mão, virou-se para o banco de trás e começou a desembolar a máscara.

– Está dizendo que estamos perto do Jemmy? – perguntou ela, com cuidado, para que sua voz não tremesse.

– Aham.

Mandy abriu um enorme bocejo e apontou para a janela. Depois, soltou um choramingo sonolento.

Bri engoliu em seco e olhou com cuidado na direção para onde Mandy apontava. Não havia estrada... Na verdade, havia, sim! Com um arrepio na espinha, ela viu a plaquinha marrom, onde se lia: ESTRADA SECUNDÁRIA. ACESSO PRIVADO. COMISSÃO HIDRELÉTRICA DO NORTE DA ESCÓCIA. Represa de Loch Errochty. *O túnel.*

– Merda! – soltou Brianna e pisou no acelerador, esquecendo o freio de mão.

O carro deu um pinote e parou. Mandy se sentou ereta, os olhos vidrados e arregalados, feito uma coruja impressionada com o sol.

– Já chegamos em casa?

Jemmy cruzou o corredor e se jogou com força na porta oscilante. Ele deslizou, aterrissou do outro lado e desabou na escadaria mais além, aos trancos e barrancos, indo parar lá embaixo.

Ouviu passos em direção à porta acima. Com um gritinho de terror, foi engatinhando até o segundo ancoradouro e se jogou de cabeça no lance seguinte de escadas, descendo uns degraus de barriga, como num tobogã, e percorrendo o resto do trajeto de cabeça para baixo, às cambalhotas.

Ele chorava de terror, sorvendo o ar em tragadas e tentando não fazer barulho. Levantou-se cambaleante, e tudo doía, tudo... mas precisava fugir. Meio trôpego, cruzou o saguão sombrio. As únicas luzes que brilhavam pela janelinha de vidro vinham de onde costumava ficar a recepcionista. O homem estava vindo. Jemmy o ouvia gritando xingamentos, na base da escada.

Na porta principal havia uma corrente enrolada nas barras. Limpando as lágrimas na manga da camisa, Jemmy correu até a recepção, observando tudo ao redor.

SAÍDA DE EMERGÊNCIA. Lá estava a placa vermelha sobre a porta, no extremo oposto de outro pequeno corredor. O homem surgiu no saguão e o avistou.

– Volte aqui, seu merdinha!

Jemmy agarrou a primeira coisa que viu, uma cadeira, e a empurrou com toda a força na direção do saguão. O homem xingou e deu um salto para o lado. O garoto aproveitou a oportunidade e correu para a porta, adentrando a noite com o som das sirenes e o brilho de luzes ofuscantes.

– QUE É ISSO, MAMÃE? Mamãe, assustou! ASSUSTOU!

– E você acha que eu não me assustei? – retrucou Bri, com o coração na boca. – Está tudo bem, querida – disse ela, em voz alta, e pisou firme no chão. – Vamos pegar o Jemmy.

O carro parou no chão de cascalho. Brianna saiu do veículo, mas hesitou por um instante. Precisava correr em direção ao prédio, onde sirenes e luzes despontavam por uma porta aberta na lateral, mas era incapaz de deixar Mandy sozinha no carro. Ela ouvia o barulho da água correndo pelo vertedouro.

– Venha comigo, querida – disse ela, desafivelando depressa o cinto de segurança. – Isso, venha aqui...

Ao mesmo tempo que falava, Brianna olhava para os dois lados, das luzes à escuridão, todo o seu corpo gritando que seu filho estava ali, ele estava *ali*, tinha que estar...

A água corrente. Sua mente foi tomada de horror, pensando em Jemmy caindo no vertedouro ou no túnel de serviço... Deus, por que ela não fora para lá, em primeiro lugar? Claro que Rob Cameron o teria levado para lá! Ele tinha as chaves, ele...

Mas e as luzes? E as sirenes?

Ela estava quase chegando – a toda velocidade, dificultada apenas pelos 13 quilos da filha –, quando viu um homem grandalhão à beira da estrada, debatendo-se em meio aos arbustos, com um pedaço de pau ou algo parecido na mão, proferindo xingamentos.

– O que acha que está *fazendo*? – gritou ela.

Mandy, já desperta outra vez, soltou um grito que mais parecia um babuíno escaldado, e o homem deu um salto e se virou para encará-las, com o pau na mão.

– O que vocês estão fazendo aqui? – perguntou ele, tão surpreso que falava quase normalmente. – Era para vocês estarem...

Bri colocou Mandy no chão. Afastando-se da filha, ela se preparou para destruir o homem com as próprias mãos, se fosse preciso. Evidentemente, sua intenção ficou bem clara, visto que o homem baixou o pau e desapareceu em meio à escuridão.

Então, luzes invadiram a área e Brianna percebeu que não fora ela que afugentou o sujeito. Mandy estava agarrada à sua perna, assustada demais até para continuar gritando. Bri a pegou no colo, afagando-a com delicadeza, e se virou para os dois policiais que avançavam em direção a ela, com as mãos nos porretes. Ela sentiu as pernas bambas. Como em um sonho, as coisas entravam e saíam de foco, assim como as luzes. O som da queda de toneladas de água lhe preenchia os ouvidos.

– Mandy – disse ela, com o rosto nos cachinhos quentes da filha, quase abafada pelas sirenes. – Você consegue sentir Jem? Por favor, me diga que você consegue sentir.

– Eu estou aqui, mamãe – disse uma vozinha atrás dela.

Convencida de que estava alucinando, Brianna se virou. Jemmy estava na calçada, a quase 2 metros de distância, ensopado, cheio de folhas coladas ao corpo e se balançando feito um bêbado.

Ela, então, se viu sentada no chão de cascalho, as pernas escarranchadas, com um filho em cada braço, tentando não tremer. Ela só começou a soluçar quando Jemmy ergueu o rostinho empapado de lágrimas de seu ombro e perguntou:

– Cadê o papai?

31

O OLHAR BRILHANTE DE UM CAVALINHO DE BALANÇO

Fraser não perguntou, mas serviu a cada um deles um trago de uísque, de odor quente e defumado. Havia algo confortável em beber acompanhado, por pior que fosse a qualidade. Ou a companhia, na verdade. Aquela garrafa em particular guardava algo especial, e Roger estava grato, tanto pela garrafa e seu doador quanto pelo conforto oferecido pela taça, acenando para ele, como um gênio da garrafa.

– *Slàinte!* – exclamou ele, erguendo o copo, e viu Fraser olhá-lo com súbito interesse.

Deus, o que ele tinha dito? "*Slàinte*" era uma das palavras que possuía pronúncia distinta, dependendo de onde a pessoa vinha. Homens de Harris e Lewis diziam "*Slàin-ya*", enquanto o povo mais ao norte entoava algo parecido com "*Slàinj*". Ele havia usado a forma que aprendera na infância, em Inverness. Será que Fraser tinha reparado nisso? Não queria que ele o tomasse por mentiroso.

– O que você faz para viver, *a chompanaich*? – indagou Fraser, tomando um gole, fechando os olhos em momentâneo respeito à bebida e abrindo outra vez, para olhar Roger com uma bondosa curiosidade salpicada de certa desconfiança. – Costumo adivinhar o trabalho de um homem logo de primeira, olhando suas roupas e seus modos. Não que haja muita gente realmente diferente por aqui. – Ele abriu um sorrisinho. – E não é muito difícil identificar vaqueiros, latoeiros e ciganos. Claramente, você não é um desses.

– Eu tenho um pedacinho de terra – disse Roger.

Era uma pergunta esperada. Roger tinha a resposta pronta, mas percebeu que queria dizer mais. Dizer a verdade… até onde ele próprio compreendia.

– Deixei minha mulher cuidando de tudo para vir procurar o nosso menino. Além disso… – Ele deu de ombros, de leve. – Eu fui treinado para ser ministro.

– Ah, é? – comentou Fraser, inclinando o corpo para trás e o observando com interesse. – Percebi logo que o senhor é um homem instruído. Pensei talvez em professor, secretário… talvez advogado.

– Eu já fui tanto professor quanto secretário – respondeu Roger, sorrindo. – Ainda não galguei… ou seria me rebaixei?… à prática da advocacia.

– Que bom, que bom. – Fraser bebericou o uísque, sorrindo.

Roger deu de ombros.

– A lei é um poder corrupto, porém aceitável aos homens, por razão de ter surgido dos homens. É uma forma de se resolver as coisas, é o melhor que se pode dizer a respeito.

– E nada ruim, inclusive – concordou Fraser. – A lei é um mal necessário. Não conseguimos viver sem ela... mas o senhor não acha que é um substituto muito fraco para a consciência? Falando como ministro, digo?

– Bom... acho que sim – respondeu Roger, meio surpreso. – Seria melhor se os homens se entendessem decentemente, em concordância com... bom, com os princípios de Deus, se o senhor me perdoa por botar a coisa nesses termos. Mas o que se pode fazer se, em primeiro lugar, existem homens para quem Deus é irrelevante e, em segundo, se existem homens que não admitem poder maior do que o próprio?

Fraser assentiu, interessado.

– É, bom, é verdade que a mais alta consciência não beneficia um homem que não lhe dá crédito. Mas o que o senhor faz quando a consciência fala de forma distinta nos homens de boa vontade?

– Como nas disputas políticas, o senhor diz? Os apoiadores dos Stuarts contra os da... da Casa de Hanover?

Foi um comentário perigoso, mas talvez o ajudasse a descobrir em que ano estava. E ele não pretendia soltar nada que deixasse clara sua preferência pessoal por qualquer um dos lados.

O rosto de Fraser exibiu uma surpreendente onda de expressões, de surpresa a um leve desgosto, terminando em um olhar pesaroso e meio engraçado.

– Mais ou menos isso – concordou ele. – Eu lutei pela Casa de Stuart na juventude e, embora não diga que a consciência não estivesse presente, também não me acompanhou demais.

Ele torceu o canto da boca, e Roger sentiu outra vez o leve baque de uma pedra jogada em suas profundezas, espalhando ondas de compreensão. Jamie fazia isso. Brianna não. Jemmy, sim.

No entanto, Roger não conseguia parar de pensar. A conversa se equilibrava delicadamente à beira de um precipício, prestes a suscitar uma revelação política, e não, ele não podia.

– Foi em Sheriffmuir? – perguntou ele, sem qualquer esforço para disfarçar o interesse.

– Foi – respondeu Fraser, surpreso. Encarou Roger, desconfiado. – Você mesmo não pôde ter ido, sem dúvida... Seu pai contou, de repente?

– Não – disse Roger, com a repentina pontada que sempre sentia ao pensar no pai.

A bem da verdade, Fraser era apenas uns anos mais velho do que ele. Mas Roger sabia que o homem o imaginaria uma década mais jovem do que ele realmente era.

– Eu... ouvi uma canção a respeito. Falava de dois pastores que se encontravam numa colina e conversavam sobre a grande luta... discutindo sobre quem havia sido o vencedor.

Aquilo fez Fraser rir.

– Pois não duvido! Esse debate começou antes mesmo de terminarmos de recolher os feridos. – Ele deu uma golada no uísque e bochechou, meditativo, evocando recordações. – Então, o que diz a canção?

Roger respirou fundo, pronto para cantar, então se lembrou. Fraser tinha visto sua cicatriz elevada e tivera o tato de não tecer nenhum comentário. Não havia necessidade de expor suas sequelas. Em vez disso, ele foi falando os primeiros versos, tamborilando com os dedos na mesa, ecoando o ritmo do grande tambor que era o único acompanhamento da música:

> *– Ó, venha cá, escuta a luta,*
> *Ou pastoreia comigo, homem?*
> *Ou estava em Sherra-moor,*
> *Ou a batalha viu, homem?*
> *Eu vi a batalha, dura e sofrida,*
> *Os vermelhos fedendo na vala;*
> *Meu coração, medroso, ouviu os murmúrios,*
> *Ouvi os baques, vi a terra,*
> *De grupos das matas, vestindo tartã,*
> *Tomando os três reinos, homem.*

Saiu melhor do que ele havia imaginado. A música *era* mais falada do que cantada, e ele conseguiu entoar tudo sem nada além de um pigarro. Fraser estava arrebatado, o copo esquecido na mão.

– Ah, que incrível, rapaz! – exclamou ele. – Embora o seu poeta tenha um belo de um sotaque. De onde ele vem, você sabe?

– Ahn... De Ayrshire, eu acho.

Fraser balançou a cabeça, admirado, e se sentou.

– Será que você poderia escrever para mim? – perguntou ele, quase tímido. – Eu não o faria passar pelo transtorno de entoar tudo outra vez, mas adoraria aprender a letra.

– É claro – disse Roger, surpreso. Ora, que mal poderia fazer largar o poema de Robert Burns solto no mundo uns anos antes do próprio Burns? – O senhor conhece alguém que toque tambor? É melhor com o ribombo ao fundo – disse ele, tamborilando para ilustrar.

– Ah, sim.

Fraser revirou a gaveta da escrivaninha e pegou várias folhas de papel, a maioria já escritas. De cenho franzido, folheou a papelada, apanhou um do maço e o botou na frente de Roger, oferecendo-lhe o verso, que estava em branco.

Em uma jarra sobre a mesa havia penas de ganso, meio surradas pelo uso, porém bem cortadas, além de um suporte de tintas, que Fraser, com suas mãos largas, arrastou generosamente para Roger.

– Meu filho tem um amigo que toca bem… Mas ele partiu como soldado. Uma pena.

Uma sombra cruzou o rosto de Fraser.

– Puxa. – Roger estalou a língua, num gesto de compaixão. Tentava desvendar as letras que apareciam muito fracamente do outro lado da folha. – Juntou-se a um regimento das Terras Altas?

– Não – respondeu Fraser, um pouco espantado. *Meu Deus, será que já havia regimentos nas Terras Altas?* – Foi para a França como soldado mercenário. Segundo disse ao pai, o salário era melhor e com menos açoites do que no Exército.

O coração de Roger deu um salto. Isso! Era uma carta ou talvez a anotação de um diário. Fosse lá o que fosse, havia uma data escrita: 17… seria um 3? Só podia ser, não podia ser um 8. 173… devia ser um 9 ou um 0. Não dava para ter certeza… Não, só podia ser um 9, então 1739. Ele soltou um suspiro de alívio. Algum dia de outubro de 1739.

– Provavelmente mais seguro – disse ele, com apenas metade da atenção à conversa, já começando a rascunhar os versos. Fazia um tempo que não escrevia com a pena, e ele estava desconfortável.

– Mais seguro?

– É, principalmente do ponto de vista das doenças. A maioria dos homens do Exército morre de alguma doença, sabe? Por viverem amontoados, dormirem nos quartéis, comerem comida racionada. Imagino que os mercenários tenham um pouco mais de liberdade.

Fraser, meio entre dentes, murmurou algo sobre "liberdade para passar fome". Ele tamborilava na mesa, tentando pegar o ritmo enquanto Roger escrevia. Surpreendentemente, tinha talento. Quando a música terminou, ele cantarolava baixinho, em um tom baixo de tenor, e batucava o som dos tambores muito bem.

A mente de Roger estava dividida entre a tarefa à sua frente e a sensação da carta sob a mão. A textura do papel e o aspecto da tinta o faziam recordar vividamente a caixa de madeira, cheia das cartas de Jamie e Claire. Ele precisou se conter para não olhar a prateleira onde as guardaria, quando o cômodo fosse dele.

Eles estiveram racionando as cartas, lendo tudo lentamente. Quando Jem foi levado, no entanto, tudo ficou tão imprevisível. Vasculharam a caixa inteira, procurando qualquer menção a Jemmy, qualquer indicação de que ele pudesse ter escapado de Cameron e ido pedir abrigo aos avós. Nenhuma palavra a respeito de Jem. Nenhuma.

Estavam tão perturbados que mal perceberam qualquer outra coisa sobre o conteúdo das cartas, mas vez ou outra uma imagem ou frase lhe vinha à mente, de maneira aleatória – algumas claramente perturbadoras, como o fato de o tio de Brianna, Ian, ter morrido –, mas quase imperceptíveis à época.

Também não era nada sobre o qual ele quisesse pensar agora.

– Então, seu filho vai estudar direito em Paris? – perguntou Roger abruptamente, dando um gole no novo trago que Brian havia lhe servido.

– Ah, é. Talvez dê um advogado decente – admitiu Fraser. – Ele é duro na argumentação, isso eu posso garantir. Mas acho que não tem paciência para o direito nem para a política. – Ele sorriu de repente. – Jamie vê no primeiro instante o que acha que deve ser feito, e não consegue entender por que os outros pensariam de outro jeito. E prefere socar alguém a convencer a pessoa.

– Compreendo esse desejo – disse Roger, com uma risada melancólica.

– Ah, de fato. – Fraser assentiu, inclinando-se um pouco na cadeira. – E não digo que não seja algo necessário a se fazer, em certas ocasiões. Ainda mais nas Terras Altas. – Ele fez uma careta, porém bem-humorada. – Pois muito bem. Por que você acha que esse Cameron sequestrou seu menino?

Roger não se surpreendeu. Por mais que os dois estivessem se dando bem, ele sabia que Fraser devia estar imaginando se Roger estava sendo sincero, se estava contando toda a verdade. Bom, ele havia se preparado para essa pergunta.

E a resposta era, pelo menos, uma versão da verdade:

– Passamos um tempo morando na América – disse ele, com uma pontada no peito.

Por um instante, sentiu a presença da agradável cabana nas Cordilheiras, Brianna dormindo com os cabelos soltos no travesseiro a seu lado, a respiração das crianças como uma doce brisa pairando ao redor.

– América! – exclamou Fraser, surpreso. – Onde?

– Na colônia da Carolina do Norte. Um bom lugar – Roger se apressou em dizer –, mas não sem seus perigos.

– Diga um lugar que não tenha – retrucou Fraser, mas com um gesto para dispensar a observação. – E esses perigos o fizeram retornar?

Roger balançou a cabeça, sentindo um aperto na garganta com a lembrança.

– Não, foi a nossa pequena… Mandy. Amanda é o nome dela. Ela nasceu com um problema no coração, e não havia nenhum médico que pudesse tratá-la. Então voltamos e, enquanto estávamos aqui na Escócia, a minha mulher herdou uma terra. Mas…

Ele hesitou, pensando em como explicar o resto. Contudo, sabendo o que sabia dos antecedentes de Fraser e sua história com os MacKenzies de Leoch, o homem provavelmente não se aborreceria demais com a história.

– O pai da minha mulher – disse ele, com cuidado – é um homem bom, mas do tipo que… chama a atenção. – Ele observou o rosto de Brian Fraser com cuidado, mas não houve resposta aparente, apenas uma sobrancelha levantada. – Não vou entrar nos detalhes da história – *já que ainda não aconteceu* –, mas, para resumir, foi deixada para o meu sogro uma grande quantia em ouro. Ele não considera que seja sua propriedade, mas um bem entregue em confiança. Mesmo assim, está lá. E, por mais que isso tenha sido mantido em segredo até agora, tanto quanto possível…

Fraser soltou um murmúrio simpático, reconhecendo a dificuldade de manter segredo em tais condições.

218

– Então esse Cameron descobriu sobre o tesouro? E pensou em extorquir o seu sogro sequestrando o pequeno? – Fraser ergueu a sobrancelha.

– Talvez isso esteja nos planos dele. Para além disso, no entanto... o meu filho sabe onde o ouro está escondido. Ele estava com o avô quando o ouro foi guardado. Só os dois sabem a localização... mas Cameron teve conhecimento de que meu filho sabia.

– Ah. – Brian se sentou, fitando o uísque, pensativo. Por fim, pigarreou e ergueu o olhar, encarando Roger. – Talvez eu não devesse dizer uma coisa dessas, mas pode ser que você já esteja pensando nisso. Se ele levou o garoto só porque o menino sabe onde está o tesouro... bom, se eu fosse um homem ruim, sem escrúpulos, acho que tentaria arrancar a informação do menino assim que estivesse a sós com ele.

Roger sentiu a frieza daquela sugestão descer até o estômago. *Era* um pensamento escondido em sua mente, embora não tivesse admitido a si mesmo.

– Obrigá-lo a contar... e depois matá-lo, você diz?

Fraser contorceu o rosto em uma carranca infeliz.

– Eu não queria pensar nisso – disse ele. – Mas, sem o garoto, como alguém o reconheceria? Um homem sozinho pode circular como quiser, sem atrair muita atenção.

– Pois é – concordou Roger, e parou para respirar. – Pois é. Bom... eu conheço um pouco o homem. Não acho que ele faria isso. – Sua garganta se fechou de repente, e ele tossiu violentamente. – Matar uma criança? Ele não faria.

Eles lhe deram um cômodo no fim do corredor, no segundo andar. No futuro, aquele seria o quarto das brincadeiras. Roger tirou a camisa, apagou a vela e foi para a cama, decidido a ignorar as sombras que guardavam os fantasmas de gigantescos blocos de construção de cartolina, casas de boneca, armas de brinquedo e quadros de giz. A saia franjada de Mandy, da fantasia de Annie Oakley, pairava no canto de seu olho.

Ele sentia uma dor dos pés à cabeça, por dentro e por fora, mas o pânico da chegada tinha passado. Como se sentia, no entanto, era secundário. A questão era: e agora? Buck e ele estavam no lugar e na época certos? Roger precisava presumir que sim. O lugar onde Jemmy estava.

De que outra forma poderiam ter parado ali? Será que agora Rob Cameron sabia mais sobre o funcionamento da viagem, podia controlá-la e havia deliberadamente trazido Jemmy até aquela época, de modo a frustrar a perseguição?

Ele estava exausto demais para controlar os próprios pensamentos, muito menos tirar deles alguma coerência. Afastou da mente tudo quanto era possível e permaneceu deitado, encarando a escuridão, vendo o olhar brilhante de um cavalinho de balanço.

Então se levantou da cama, ajoelhou-se nas tábuas frias e rezou.

32

"QUANDO OS HOMENS TROPEÇAM NA SOLEIRA, É SINAL DE QUE O PERIGO ESPREITA DO LADO DE DENTRO"

Lallybroch, 31 de outubro de 1980

Brianna não conseguia abrir a porta da frente da própria casa. Seguiu tentando, batendo a grande chave de ferro na fechadura, até que a policial percebeu sua mão trêmula e a enfiou no buraco da chave. Ela só tinha começado a tremer quando a viatura da polícia adentrou a viela que levava a Lallybroch.

– É uma fechadura bem velha – observou a policial, com uma olhadela desconfiada. – Original da casa, é?

Ela ergueu a cabeça, espiando a fachada de chapisco branco, franzindo os lábios ao olhar a padieira, com a data entalhada.

– Eu não sei. A gente não costuma trancar a porta. Nunca tivemos ladrão.

Brianna sentiu os lábios dormentes, mas pensou ter conseguido abrir um sorriso débil. Por sorte, Mandy estava impossibilitada de contradizer aquela mentira deslavada, pois tinha visto um sapo na grama e partira atrás dele, cutucando-o com a ponta do sapato para fazê-lo pular. Jemmy, colado em Brianna, soltou um gemidinho gutural que a fez se lembrar, assustada, de seu pai. Ela olhou para o filho, estreitando os olhos.

Ele fez o barulho outra vez e desviou o olhar.

Fez-se um estalido e um clique quando a tranca se abriu. A policial se empertigou, com um grunhido de satisfação.

– Prontinho. Agora, a senhora tem certeza de que vão ficar bem, sra. MacKenzie? – perguntou a mulher, com um olhar de dúvida. – Aqui sozinha, com o seu marido longe?

– Logo, logo ele volta para casa – garantiu Brianna, mas com um vazio nas entranhas. A mulher a olhou, avaliativa, deu um meneio de cabeça relutante e abriu a porta.

– Muito bem, a senhora sabe o que é melhor, assim espero. Eu vou só conferir se o telefone está funcionando e se todas as portas e janelas estão trancadas. Posso? Enquanto isso, a senhora pode dar uma olhada na casa para ver se está tudo em ordem?

A bola fria que havia se formado em sua barriga durante as longas horas de interrogatório subiu rapidamente para o peito.

– Eu… eu… eu tenho certeza de que está tudo bem. – Mas a policial já tinha entrado na casa e a aguardava com impaciência. – Jem! Traga Mandy aqui para dentro e a leve para o quarto dos brinquedos, sim?

Ela não aguentaria deixar as crianças do lado de fora sozinhas, expostas. Mal conseguia deixá-las fora de sua vista. Mas a *última* coisa de que precisava era Mandy a tiracolo, toda prestativa, conversando com a policial Laughlin sobre o sr. Rob no buraco do padre. Ainda com a porta aberta, ela correu atrás da policial.

– O telefone fica ali – disse Brianna, alcançando a policial Laughlin no corredor e apontando para o escritório de Roger. – Tem uma extensão na cozinha. Eu vou conferir e dar uma olhada na porta dos fundos.

Sem esperar a resposta, ela cruzou o corredor a passos firmes e quase se atirou pela porta oscilante que levava à cozinha. Não parou para conferir nada, mas escancarou a gaveta de tralhas e pegou uma lanterna de borracha grandalhona. Própria para auxiliar os fazendeiros à noite ou os pastores atrás de alguma ovelha desgarrada, o troço media 30 centímetros e pesava quase 1 quilo.

O rifle calibre .22 estava logo no hall de entrada e, por um instante, enquanto percorria a casa, ela cogitou matar o homem, de uma forma muito desapaixonada que decerto a assustaria se tivesse tempo para pensar a respeito. Afinal de contas, já tinha recuperado Jem. Mas… não. A policial Laughlin sem dúvida reconheceria o barulho de um tiro, apesar de a baeta verde que revestia a porta da cozinha abafar o som. Além disso, ela ainda precisava arrancar mais informações de Rob Cameron. Brianna o tinha deixado inconsciente e passado uma fita em sua boca.

Bri retornou à entrada. Em silêncio, fechou a porta da cozinha. Havia uma tranca, mas ela não conseguia passar por aquele lado sem a chave, e suas chaves estavam sobre a mesa do hall da frente, onde a policial Laughlin tinha deixado. Dessa maneira, arrastou o pesado banco para o lado e o empurrou para o canto entre a porta e a parede. Qual era o melhor ponto para bater na cabeça de alguém de modo a deixar a pessoa inconsciente, mas sem fraturar o crânio? Brianna teve a vaga lembrança de sua mãe mencionando isso certa vez… Seria o osso occipital?

Ela esperava que Cameron fizesse algum barulho ao vê-la entrar, mas ele não soltou um pio. Brianna ouvia passos no andar de cima, o caminhar confiante de alguém cruzando o corredor. A policial Laughlin em sua ronda de inspeção, sem dúvida conferindo as janelas do primeiro andar, pensando nos ladrões que poderiam subir a escada. Ela fechou os olhos um instante, visualizando a policial enfiando a cabeça no quarto de brinquedos no momento em que Mandy alegrava o irmão com os detalhes de suas aventuras na noite da véspera.

Não havia nada a ser feito em relação a isso. Brianna respirou fundo, ergueu a grade do buraco do padre e apontou a lanterna para a escuridão. A escuridão vazia.

Durante uns poucos instantes, ela procurou, balançando a tocha de um lado para outro, depois de novo, depois de novo… Sua mente simplesmente se recusava a acreditar em seus olhos.

A luz captou o brilho embotado da fita, duas ou três tiras descartadas, jogadas em um canto. Um arrepio invadiu a nuca de Bri. Ela se virou, de lanterna erguida… mas não era nada, apenas apreensão. Não havia ninguém ali. A porta de fora estava trancada, assim como as janelas do hall de entrada.

A porta estava trancada. Ela soltou um gemido de susto e levou a mão à boca. A porta da frente, como a da cozinha, também era trancada por um ferrolho... pelo lado de dentro. Se alguém tivesse saído por lá e deixado a porta trancada... certamente tinha a chave da casa.

E o rifle não estava lá.

Eles são muito pequenos, ela ficava pensando. *Não devem saber sobre esse tipo. Não devem saber que é possível.*

Suas mãos estavam trêmulas. Tentou três vezes abrir a gaveta pegajosa da cômoda de Mandy. Depois da terceira tentativa, deu um murro forte, com a lateral do punho.

– Sua bosta de *coisa* desgraçada e maldita dos infernos! – sussurrou ela. – Não *ouse* se meter no meu caminho!

Ela socou a cômoda. Em seguida, ergueu o pé e enfiou a sola do tênis no móvel com tanta força que ele bamboleou para trás e bateu na parede.

Bri agarrou os puxadores e fez força para abrir a gaveta. Esta se abriu com vontade, saindo por inteiro e indo parar na parede oposta, provocando uma explosão de calcinhas e camisetinhas listradas.

– Muito bem – disse ela para a gaveta, que jazia de cabeça para baixo no chão. – Para você *aprender* a não se meter no meu caminho quando eu tenho coisas a pensar.

– Tipo o quê, mamãe? – indagou uma vozinha cautelosa, vinda da porta.

Ela ergueu os olhos e viu Jemmy. O menino a encarava.

– Ah. – Ela pensou em tentar explicar a gaveta. Em vez disso, pigarreou e se sentou na cama, estendendo a mão para ele. – Venha cá, *a bhalaich.*

Ao ouvir o termo carinhoso em gaélico, o menino ergueu as sobrancelhas ruivinhas e se aninhou no braço da mãe. Abraçou-a com força, enfiando a cabeça em seu ombro, e ela o apertou o mais forte que pôde, balançando para a frente e para trás, entoando os suaves murmúrios que cantarolava quando ele era pequenino.

– Vai ficar tudo bem, meu amor – sussurrou ela.

Ela o ouviu engolir em seco e sentiu suas pequenas costas se moverem.

– Tá. – A voz de Jemmy saiu meio trêmula; ele deu uma fungada forte e tentou outra vez. – Tá. Mas *o que* vai ficar bem, mamãe? O que está acontecendo?

Então ele se afastou um pouco, encarando-a com olhos que guardavam mais dúvidas e sabedoria do que qualquer garoto de 9 anos deveria ter.

– Mandy falou que você botou o sr. Cameron no buraco do padre. Mas ele não está lá agora...

Um calafrio lhe percorreu a espinha, com a lembrança do choque de ver o buraco vazio.

– Não, não está.

– Mas você não o deixou sair, deixou?

– Não, eu não o deixei sair. Ele...

– Então outra pessoa deixou – concluiu ele, categórico. – Quem, você acha?

– Você tem uma mente muito lógica – observou ela, com um sorrisinho involuntário. – Puxou ao seu avô Jamie.

– Ele disse que eu puxei à vovó Claire – retrucou Jemmy, mas de maneira automática. Não queria mudar de assunto. – Pensei que talvez seja o homem que me perseguiu na represa... mas ele não podia estar lá, se deixou o sr. Cameron sair ao mesmo tempo que me perseguia. Podia?

Seus olhos esboçaram um medo repentino, e Brianna reprimiu o assoberbante ímpeto de sair à caça do homem e matá-lo feito um gambá raivoso.

O homem fugira pela represa e correra para o meio da escuridão quando a polícia chegou, mas com a ajuda de Deus ela o encontraria. E então... Mas hoje não seria esse dia. A questão agora era impedir Rob Cameron e esse homem de se aproximarem de seus filhos de novo.

Ela entendeu o que Jemmy estava dizendo e sentiu o calafrio em seu coração se espalhar por todo o corpo, feito uma geleira.

– Está sugerindo que deve haver outra pessoa – comentou ela, surpresa com a própria calma. – O sr. Cameron, o homem da represa... e a pessoa que tirou o sr. Cameron do buraco do padre?

– Pode ser uma mulher – observou Jemmy.

Ele parecia menos assustado enquanto deduzia as coisas. Isso era bom, pois Bri estava arrepiada de pavor.

– Você sabe como a vovó chamava... chama... os arrepios? – Ela estendeu o braço, com os finos pelinhos ruivos todos eriçados. – Horripilação.

– Horripilação – repetiu Jemmy, com uma risadinha nervosa. – Gostei dessa palavra.

– Eu também. – Ela respirou fundo e se levantou. – Vá pegar uma muda de roupas e o seu pijama, sim, meu amor? Vou dar uns telefonemas, depois acho que vamos fazer uma visita à tia Fiona.

33

É MELHOR DORMIR COM BOA SAÚDE

Roger acordou de repente, mas bem. Nenhuma sensação de sonho pela metade, nenhum barulho entreouvido... Estava de olhos abertos e plenamente desperto. Talvez faltasse uma hora para o amanhecer. Ele havia deixado as persianas abertas; o quarto estava frio e o céu nebuloso, da cor de uma pérola negra.

Permaneceu ali, sem se mexer, escutando as batidas do próprio coração. Pela primeira vez em dias, reparou que não batia acelerado. Roger não estava com medo. O medo e a agitação da noite anterior, o terror dos últimos dias, tudo havia desaparecido. Seu corpo estava relaxado e sua mente também.

Uma coisa pairava em sua mente. Por mais absurdo que fosse, era um verso de "Johnny Cope": "É melhor dormir com boa saúde; pois será uma manhã sangrenta." Mais estranho ainda, ele podia quase sentir a si mesmo cantando, em sua voz antiga, cheia de vigor e entusiasmo.

– Não que eu seja ingrato – disse ele para as vigas brancas do teto, a voz matinal áspera e rascante. – Mas por que estou assim?

Não sabia ao certo se falava com Deus ou com o próprio inconsciente, mas a probabilidade de obter uma resposta direta talvez fosse a mesma nos dois casos. Ele ouviu o barulho suave de uma porta se fechando em algum ponto abaixo, e alguém do lado de fora soltou um assobio – Annie ou Senga, talvez, a caminho da ordenha matinal.

Uma batida à porta dele: Jenny Murray, de avental branco, os cachos escuros presos para trás, mas ainda não enfiados na touca, com uma jarra de água quente, uma barra de sabão e uma navalha de barbear.

– Papai disse que o senhor sabe cavalgar? – perguntou ela, sem preâmbulos, olhando-o de cima a baixo de um jeito avaliativo.

– Sei – respondeu Roger, rouco, pegando a jarra envolta em uma toalha.

Precisava muito escarrar e cuspir a fleuma da garganta, mas não tinha condições de fazer isso na frente dela. Por consequência, apenas assentiu e murmurou um agradecimento ao pegar a navalha, em vez de perguntar por quê.

– O café da manhã será servido na cozinha, quando o senhor descer – disse ela, em um tom impessoal. – Traga a jarra, sim?

Uma hora depois, quase explodindo de tanto chá quente, mingau, pão com mel e morcela, Roger se viu em cima de um cavalo desgrenhado, seguindo Brian Fraser em meio à bruma da manhã.

"Por precaução, vamos percorrer os pequenos sítios aqui por perto", dissera Fraser a ele, durante o café da manhã, passando geleia de morango no pão. Ele contorceu a boca, em um tom de desculpa. "Acho que já teria ouvido alguma coisa se alguém da região tivesse visto um estranho. Mas vamos tentar."

"Sim, muito obrigado", respondera Roger, genuinamente.

Mesmo em sua própria época, a fofoca era a maneira mais rápida de espalhar uma notícia nas Terras Altas. Por mais depressa que Rob Cameron pudesse viajar, Roger duvidava que ele fosse mais ligeiro que o falatório, e o pensamento o fez sorrir. Jenny percebeu e sorriu de volta, muito simpática. E Roger não pôde deixar de observar como ela era uma moça bonita.

O céu ainda estava baixo, mas a ameaça de chuva jamais impedira alguém na Escócia de fazer alguma coisa. A garganta de Roger melhorou bastante com o chá quente, e a estranha sensação de calma com a qual ele acordara ainda o acompanhava.

Algo havia mudado durante a noite. Talvez tivesse sido dormir em Lallybroch, em meio aos fantasmas de seu futuro. Talvez isso lhe tivesse acalmado a mente durante o sono.

Talvez fosse uma prece atendida e um instante de graça. Talvez tivesse sido apenas a maldita fala existencial de Samuel Beckett. *Eu não posso ir em frente; eu vou em frente.* Fosse lá o que tivesse acontecido, Roger já não estava desorientado, desequilibrado pelo que sabia a respeito do futuro das pessoas à sua volta. Ainda havia, no entanto, uma profunda preocupação com eles. Da mesma maneira, a necessidade de encontrar Jem ainda o preenchia. Mas agora era uma sensação forte, porém tranquila, dentro de si. Um foco, uma arma. Algo em que se apoiar.

Ele endireitou os ombros ao pensar nisso. No mesmo instante, viu Brian se empertigar, as costas retas e os ombros largos e firmes sob as listras de seu casaco tartã. Eram o eco de Jamie... e a promessa de Jemmy.

A vida segue em frente. Acima de tudo, era sua tarefa resgatar Jem, tanto pelo bem de Brian Fraser quanto pelo próprio.

Agora ele sabia o que tinha mudado dentro de si, e agradeceu a Deus pelo que era, de fato, uma graça. Ele havia dormido – e acordado – com boa saúde. E, por mais sangrentas que fossem as manhãs, agora Roger tinha um rumo, calma e esperança, pois estava acompanhado do bom homem que cavalgava a seu lado.

Durante o curso do dia, os dois visitaram mais de uma dúzia de pequenos sítios, além de abordarem um latoeiro que encontraram ao longo do dia. Ninguém tinha visto um estranho nos últimos tempos, com ou sem menininho ruivo, mas prometeram passar adiante a notícia e todos, sem exceção, ofereceram suas preces a Roger.

Os dois pararam para jantar e passar a noite com uma família de nome Murray, que tinha uma fazenda bastante grande, embora nada que se comparasse a Lallybroch. O proprietário, John Murray, no curso da conversa, revelou-se ser administrador de Brian Fraser – capataz de muitos negócios da propriedade de Lallybroch –, e dispensou toda a atenção à história de Roger.

Mais velho, de rosto comprido e braços magros e musculosos, ele ia sugando os dentes, pensativo, e meneando a cabeça.

– Sim, vou mandar um dos meus rapazes durante a manhã – disse ele. – Mas, se vocês não encontraram nenhum rastro desse sujeito pelas passagens das Terras Altas, talvez seja melhor o senhor ir até a guarnição militar e contar lá a sua história, sr. MacKenzie.

Brian Fraser ergueu a sobrancelha escura, o cenho meio franzido, então assentiu.

– Não é má ideia, John. – Ele se virou para Roger. – A guarnição de Fort William, perto de Duncansburgh, não é muito perto, sabe? Mas podemos ir perguntando pelo caminho. Os soldados mandam mensageiros regularmente pela rota entre a guarnição, Inverness e Edimburgo. Se ouvirem alguma coisa sobre o seu sujeito, vão nos mandar notícias bem depressa.

– Talvez consigam até prender o sujeito por lá mesmo – acrescentou Murray, iluminando um pouco o semblante melancólico frente à ideia.

– *Moran taing* – disse Roger, agradecendo os dois, então se virando para Fraser. – Eu vou fazer isso, muito obrigado. Mas não precisa vir comigo. O senhor tem seus assuntos para cuidar, e eu não gostaria…

– Eu o acompanho, e com muita satisfação – interrompeu Fraser, com firmeza. – Não há nada que John não possa cuidar para mim.

Ele sorriu para Murray, que deu um meio suspiro, meio tosse, mas assentiu.

– Além disso, Fort William fica no meio da terra dos Camerons – observou Murray, distraído, com os olhos fixos nos campos escuros.

Eles haviam jantado com a família, mas saíram pela porta dos fundos para compartilhar um cachimbo, que ardia lentamente na mão de Murray, distraído.

Brian soltou um murmúrio discreto, e Roger ficou pensando no que Murray queria dizer. Seria um aviso de que Rob Cameron talvez estivesse indo encontrar parentes ou aliados? Ou haveria alguma tensão ou dificuldade entre os Camerons e os Frasers de Lovat? Ou entre os Camerons e os MacKenzies?

Se *havia* uma rixa de qualquer importância em jogo, Roger já deveria saber. Ele soltou um pequeno ruído gutural e decidiu se aproximar de qualquer Cameron com cautela. Ao mesmo tempo… será que Rob Cameron *pretendia* buscar abrigo ou ajuda nos Camerons daquela época? Será que já tinha vindo para o passado antes e possuía um esconderijo em meio ao próprio clã? Era um pensamento diabólico, e Roger sentiu o estômago apertar, como se resistisse a um soco.

Mas não, não teria dado tempo. Se Cameron tivesse descoberto sobre as viagens pelas pedras com o guia que Roger preparara para o eventual uso de seus filhos, não teria tido tempo de viajar ao passado, descobrir seus antepassados e… Não, era ridículo.

Roger afastou aquele emaranhado de pensamentos incompletos, como se fossem uma rede de pesca atirada por sobre sua cabeça. Nada mais havia a ser feito até o dia seguinte, quando eles chegariam à guarnição militar.

Murray e Fraser estavam debruçados sobre a cerca, compartilhando o cachimbo e conversando alegremente em gaélico.

– Minha filha pediu que eu perguntasse do seu filho – disse Brian Fraser, com um ar de displicência. – Alguma notícia?

Murray soltou um grunhido, soprando fumaça pelas narinas, e fez algum comentário peculiar a respeito do filho. Fraser fez uma carranca simpática e assentiu.

– Pelo menos você sabe que ele está vivo – disse, retornando ao inglês. – É bem provável que volte para casa quando tiver atingido sua cota de lutas. Nós voltamos, não foi?

Ele cutucou Murray nas costelas, e o homem mais alto grunhiu outra vez, já menos aborrecido.

– Não foi o tédio que nos trouxe até aqui, *a dhuine dhubh*. Não para você, pelo menos.

Ele ergueu a sobrancelha grisalha e desgrenhada, e Fraser riu, embora Roger pensasse ter sentido uma pontada de pesar.

Roger recordava a história muito bem: Brian Fraser, filho bastardo do velho lorde Lovat, roubara Ellen MacKenzie de seus irmãos Colum e Dougal, os MacKenzies de Castle Leoch, e a levara até Lallybroch, os dois mais ou menos deserdados por seus clãs, mas pelo menos deixados em paz. Ele vira uma vez o retrato de Ellen: alta e ruiva, inegavelmente uma mulher que valia o esforço.

Parecia-se demais com Brianna. Por reflexo, Roger fechou os olhos, respirou fundo o ar frio da noite das Terras Altas e pensou senti-la ali, a seu lado. Se abrisse os olhos outra vez, será que a veria pairando em meio à fumaça?

Eu vou voltar, pensou ele. *Não importa o que aconteça,* a nighean ruaidh... *eu vou voltar. Com Jemmy.*

34

ABRIGO

Dava quase uma hora de viagem pelas estradas estreitas e sinuosas das Terras Altas, desde Lallybroch até a nova casa de Fiona Buchan, em Inverness. Bastante tempo para que Brianna refletisse se estava fazendo a coisa certa, se tinha o direito de envolver Fiona e sua família em um assunto que parecia mais perigoso a cada momento. Bastante tempo para ficar com o pescoço doendo, de tanto olhar para trás. Mas de que outra maneira poderia ter certeza de que não estava sendo seguida?

Ela precisava contar às crianças onde Roger estava, com a maior delicadeza possível. Mandy havia enfiado o polegar na boca e a encarava com seriedade, os olhos bem arregalados. Jemmy... não tinha dito nada, mas parecia prestes a vomitar. Bri olhou pelo retrovisor. O menino agora estava encolhido em um cantinho do banco de trás, virado para a janela.

"Ele vai voltar, querido", dissera ela, tentando lhe dar um abraço reconfortante. Ele se deixara abraçar, mas permanecera rígido, apreensivo.

"A culpa é minha", respondera Jemmy. "Eu devia ter fugido antes. Daí o papai não..."

"*Não* é culpa sua", retrucara Bri, com firmeza. "A culpa é do sr. Cameron, e de ninguém mais. Você foi *muito* corajoso. E o papai vai voltar para casa logo, logo."

Jem engolira em seco, mas não respondera nada. Quando Brianna o soltou, ele ficou um instante se balançando. Mandy se aproximou e o abraçou pelas pernas.

"O papai vai voltar", garantira a menina, encorajadora. "Para o jantar!"

"Talvez demore um pouquinho mais do que isso", retrucara Bri, sorrindo, apesar do pânico que se avolumava dentro de si, feito uma bola de neve.

Aliviada, respirou fundo quando a estrada se abriu, perto do aeroporto, e ela pôde acelerar a mais de 50 quilômetros por hora. Outra olhadela cautelosa pelo retrovisor, mas a estrada estava vazia. Ela pisou no acelerador.

Fiona era uma das únicas duas pessoas que sabiam. A outra estava em Boston: Joe Abernathy, o amigo mais antigo de sua mãe. Naquele momento ela precisava de um abrigo para Jemmy e Mandy. Não podia ficar com eles em Lallybroch. As paredes tinham 60 centímetros de largura em uns pontos, mas era a casa grande de uma fazenda, não uma fortaleza na torre, e não fora construída levando em conta que seus habitantes poderiam ter que expulsar invasores ou escapar de um cerco.

Estar na cidade lhe dava uma sensação de alívio. Gente em volta. Testemunhas. Ajuda. Ela estacionou na rua, em frente à pousada três estrelas Craigh na Dun, com a sensação de uma nadadora exaurida batendo os braços até a costa.

A hora era boa. Era início de tarde. Fiona já teria terminado a limpeza, mas ainda não era o momento de receber os novos hóspedes ou de começar a preparar o jantar.

Quando a porta foi aberta, tilintou um sininho pintado em forma de jacinto, e uma das filhas de Fiona imediatamente enfiou a cabeça inquisitiva para fora do saguão.

– Tia Bri! – gritou ela.

No mesmo instante, o lobby ficou repleto de crianças, pois as três meninas de Fiona se acotovelaram para abraçar Bri, pegar Mandy e cutucar Jem, que saiu engatinhando para debaixo do banco onde os hóspedes deixavam seus agasalhos.

– O quê? Ah, é você, mocinha!

Fiona, saindo da cozinha em um avental de lona com os dizeres RAINHA DA TORTA, sorriu com alegria ao ver Bri e a cobriu em um abraço cheio de farinha.

– O que houve? – murmurou Fiona em seu ouvido, sob o disfarce do abraço. Afastou-se um pouco, segurando Bri, e olhou para ela, estreitando os olhos em uma preocupação meio travessa. – Rog expulsou vocês, foi isso?

– É... Pode-se dizer que sim.

Bri conseguiu abrir um sorriso, evidentemente não muito bom. Fiona no mesmo instante bateu palmas, trazendo ordem para o caos no lobby, e despachou todas as crianças para o salão de cima, para assistir à televisão. Jemmy, amedrontado, foi tirado de baixo do banco e acompanhou as meninas, relutante, olhando por sobre o ombro para a mãe. Ela sorriu e acenou para que ele fosse, então seguiu Fiona até a cozinha, olhando para trás, por reflexo.

A chaleira apitou, interrompendo Brianna, mas ela conseguira chegar ao ponto mais importante da história. Fiona aqueceu e encheu o bule, com os lábios cerrados de concentração.

– Você falou que ele pegou o rifle. Você ainda está com a espingarda?

– Estou. Neste momento está no banco da frente do carro.

Fiona quase derrubou a panela. Brianna estendeu o braço e agarrou o cabo, a fim de estabilizá-la. Suas mãos estavam geladas, e a sensação da porcelana quente era deliciosa.

– Ora, eu não ia deixar a arma numa casa da qual os malditos têm a chave, não é?

Fiona baixou o bule e fez o sinal da cruz.

– *Dia eadarainn's an t-olc.* – *Deus entre nós e o mal.* Ela se sentou, lançando um olhar firme para Brianna. – E você tem certeza de que são *malditos*, no plural?

– Sim – respondeu Bri. – Mesmo que Rob Cameron tenha conseguido criar asas e sair voando do buraco do padre... Espere. Antes disso, preciso contar o que aconteceu com Jem na represa.

Então ela contou, em frases curtas, ao fim das quais Fiona fechou a porta da cozinha, também olhando por sobre o ombro. Olhou de volta para Bri, recompondo-se. Era uma mulher de seus 30 e poucos anos, rechonchuda e amável, com um lindo rosto e a expressão tranquila de uma mãe zelosa. Naquele momento, porém, exibia um semblante que a mãe de Brianna descreveria como "sangue nos olhos". E fez um comentário muito ruim em inglês em relação ao homem que havia perseguido Jem.

– Pois muito bem – disse ela, pegando uma faca sobre a pia e examinando criticamente a ponta –, o que *nós* vamos fazer?

Bri respirou fundo e sorveu com cuidado o chá quente com leite. Era doce, aveludado e muito reconfortante, mas nem de longe tão reconfortante quanto ouvir aquele "nós".

– Bom, em primeiro lugar... será que eu poderia deixar Jemmy e Mandy aqui enquanto faço umas coisas? Pode ser que leve a noite toda. Eu trouxe os pijaminhas, só por garantia.

Ela inclinou a cabeça para o saco de papel que havia deixado em uma das cadeiras.

– Ah, claro. – Então uma ruguinha se formou entre as sobrancelhas escuras de Fiona. – Que... *tipo* de coisa?

– É... – começou Brianna, pretendendo dizer "É melhor você não saber".

No entanto, era melhor que *alguém* soubesse aonde ela estava indo. Só para o caso de não retornar. Em meio à sensação de calor em suas entranhas se ergueu uma fagulha do que poderia ser medo ou raiva.

– Eu vou visitar Jock MacLeod no hospital. É o vigia noturno que encontrou Jemmy na represa. Pode ser que conheça o homem que o golpeou e tentou levar Jem. E ele *conhece* Rob Cameron. Talvez possa me informar sobre os amigos de Cameron fora do trabalho ou no albergue. – Ela esfregou a mão no rosto, pensativa. – Depois disso, vou conversar com a irmã e o sobrinho de Rob. Se ela não estiver envolvida na história, vai ficar preocupada. Se *estiver*... então eu vou saber.

– Será que vai conseguir descobrir? – A carranca de Fiona estava um pouco mais suave, mas ela ainda parecia preocupada.

– Ah, *vou* – respondeu Brianna, com amarga determinação. – Eu vou saber. Em primeiro lugar, se alguém com quem eu conversar *estiver* envolvido, provavelmente vai tentar me impedir de fazer perguntas.

Fiona emitiu um som que poderia ser traduzido como profunda preocupação.

Brianna bebeu o resto do chá e devolveu a xícara, com um suspiro explosivo.

– Por fim, vou voltar a Lallybroch. Vou procurar um chaveiro, trocar todas as fechaduras e instalar alarmes nas janelas de baixo. – Ela deu uma olhada indagativa para Fiona. – Não sei quanto tempo pode levar...

– Sim, por isso você trouxe os pijamas das crianças. Sem problema, querida.

Ela mordeu o lábio de baixo, encarando Brianna. Bri sabia o que ela estava pensando, refletindo se devia perguntar ou não, então a poupou do trabalho.

– Eu não sei o que vou fazer em relação a Roger – disse, com firmeza.

– Ele vai voltar, com certeza – começou Fiona, mas Bri balançou a cabeça. A Conclusão Terrível Número 3 já não podia ser negada.

– Creio que não – disse ela, mordendo o lábio, como se para evitar que as palavras escapassem. – Ele... não tem como saber que Jemmy não está lá. E jamais o abandonaria.

Fiona segurou a mão de Brianna.

– Não, é claro que ele não faria isso. Mas, se ele e o outro cara ficarem procurando e não encontrarem nenhum rastro, com certeza Roger acabará imaginando...

A voz de Fiona foi morrendo, enquanto ela tentava imaginar *o que* Roger pensaria sob essas circunstâncias.

– Ah, ele vai imaginar, mesmo – disse Bri, conseguindo abrir um sorrisinho trêmulo.

E pensou na determinação de Roger, inevitavelmente corroída pela crescente sensação de medo e desespero, sua luta para seguir em frente – porque ele seguiria em frente; jamais desistiria e voltaria sem Jemmy. E se não encontrasse nenhum traço do filho, o que poderia pensar? Que Cameron talvez o tivesse matado, escondido seu corpo e retornado à América atrás do ouro? Ou que os dois haviam ficado perdidos naquele tenebroso espaço entre uma época e outra e nunca seriam encontrados?

– Bom, vou rezar também – disse Fiona, com um aperto na mão de Bri. – E nisso eu posso ajudar.

Essa frase fez as lágrimas brotarem. Brianna piscou os olhos com força e os esfregou com um guardanapo de papel.

– Eu não posso chorar agora – disse, com a voz embargada. – *Não posso.* Não tenho tempo. – Ela se levantou de repente, soltando a mão. Deu uma fungada, assoou o nariz com força no guardanapo e fungou outra vez. – Fiona, eu... eu sei que você não contou a ninguém sobre... nós – começou ela, ouvindo a dúvida na própria voz.

Fiona soltou uma bufada.

– Lógico que não contei. Eu seria levada para o hospital de malucos, e o que Ernie faria com as meninas? Por quê? – acrescentou, com um olhar firme para Brianna. – O que você está pensando?

– Bom... as mulheres que... que dançam em Craigh na Dun. Você acha que alguma delas sabe o que é aquilo?

Fiona sugou a bochecha, pensativa.

– Pode ser que algumas mais velhas façam ideia – comentou, lentamente. – A gente chama o sol no Beltane por aquelas bandas desde que o mundo é mundo. E algumas histórias são passadas adiante, você sabe. Seria estranho se ninguém nunca tivesse cogitado. Mas, mesmo que alguém soubesse com certeza o que acontece lá, não abriria a boca... como eu não abro.

– Certo. Eu só pensei... será que você poderia tentar descobrir, discretamente, se alguma das mulheres tem conexão com Rob Cameron? Ou talvez... com as Orkneys?

– O quê? – Fiona arregalou os olhos. – Por que as Orkneys?

– Porque Rob Cameron fez escavações arqueológicas lá. E acho que foi isso que despertou o interesse dele nos círculos de pedra, em primeiro lugar. Eu conheço um homem chamado Callahan, amigo de Roger, que trabalhou com ele. Vou perguntar para ele também... talvez amanhã. Acho que hoje não vai dar tempo. Se houver mais alguém que possa estar ligado a coisas desse tipo...

Era um palpite muito ousado, mas no momento ela estava inclinada a olhar debaixo de qualquer pedra que conseguisse levantar.

– Vou vasculhar por aí – disse Fiona, pensativa. – Falando nisso... me ligue se não voltar hoje à noite, está bem? Só para eu saber que está segura.

Com um nó na garganta, Bri assentiu e abraçou Fiona, tomando mais um instante de força da amiga.

Fiona a acompanhou pelo corredor até a porta da frente, parando no pé da escada, e olhou em direção ao burburinho que vinha do andar de cima. Será que Bri queria se despedir de Jem e Mandy? Sem dizer nada, Brianna balançou a cabeça. Seus sentimentos estavam muito escancarados. Não conseguiria escondê-los nem queria assustar as crianças. Em vez disso, levou os dedos aos lábios, soprou um beijinho para a escada e se virou para a porta.

– A espingarda... – começou Fiona, atrás dela, e parou. Brianna se virou e ergueu a sobrancelha. – Não dá para fazer análise de balística em tiro de espingarda, dá?

35

AN GEARASDAN

Eles chegaram a Fort William no início da tarde do segundo dia de viagem.

– Qual é o tamanho da guarnição? – indagou Roger, olhando as muralhas de pedra do forte.

Eram modestas, como todos os fortes, apenas com umas poucas construções e um pátio de treinamento no interior dos muros.

– Talvez uns quarenta homens, eu diria – respondeu Brian, abrindo espaço para a passagem de dois guardas de casacas vermelhas portando mosquetões. – Fort Augustus é a única guarnição ao norte daqui, e tem uns cem.

Era surpreendente – ou talvez não. Se Roger estivesse certo em relação à data, ainda levaria mais uns três anos para se espalhar o falatório sobre os jacobitas nas Terras Altas, e ainda mais para alarmar a Coroa Britânica a ponto de enviar tropas em massa para estancar a situação.

O forte estava aberto e, a julgar pela pequena multidão aglomerada perto de um dos prédios, um bom número de civis parecia ter assuntos com o Exército. Com um meneio de cabeça, Fraser o conduziu em direção a outro, menor.

– Vamos ver o comandante.

– Você o conhece? – perguntou Roger, com curiosidade. Sem dúvida era cedo demais para...

– Eu o vi uma vez. Buncombe é o nome dele. Parece um sujeito decente... para um *sassenach*.

Fraser informou seu nome a um funcionário numa sala de fora, e dali a um instante os dois foram conduzidos ao gabinete do comandante.

– Ah...

Um homem baixo, de meia-idade, uniformizado e de olhos cansados por trás de um par de óculos meia-lua se levantou, ensaiou uma mesura e retornou à cadeira, como se aquele esforço o tivesse exaurido.

– Broch Tuarach. Seu servo, senhor.

Talvez tenha mesmo, pensou Roger. O homem tinha o rosto enrugado e encovado, e sua respiração chiava bem alto nos pulmões. Claire saberia diagnosticá-lo, mas não era preciso um médico para ver que havia alguma questão física.

Ainda assim, Buncombe escutou a história, chamou o funcionário para tomar nota da descrição de Cameron e Jem e prometeu que as informações circulariam pela guarnição e que todos os patrulheiros e mensageiros receberiam instruções de perguntar pelos fugitivos.

Precavido, Brian havia trazido duas garrafas em seus alforjes; apanhou uma e apoiou sobre a mesa, com um baque sedutor.

– Agradecemos pela sua ajuda, senhor. Se nos permite, trouxemos um pequeno regalo em apreciação por sua bondade...

Um sorriso breve, porém genuíno, brotou no rosto cansado do capitão Buncombe.

– Claro, senhor. Mas apenas se os senhores se juntarem a mim...? Ah, sim.

Dois canecos velhos de peltre e, depois de uma breve busca, um cálice de cristal com a borda lascada surgiram, e o abençoado silêncio de um trago dominou o diminuto gabinete.

Depois de alguns instantes de reverência, Buncombe abriu os olhos e suspirou.

– Excelente, senhor. Produção própria, é?

Brian inclinou a cabeça, com um aceno modesto.

– Só umas garrafas em Hogmanay, para a família.

Roger já tinha visto a adega subterrânea de onde Brian apanhara a garrafa, enfileirada do chão ao teto com pequenos barris e tomada por uma atmosfera que derrubaria um alce que respirasse ali dentro por muito tempo. Com uma rápida reflexão, porém, ele concluiu que decerto era melhor não deixar uma guarnição militar repleta de soldados saber que um visitante possuía em sua propriedade uma grande quantidade de bebida alcoólica, por melhor que fosse a amizade dele com o comandante. Roger encarou Brian. Fraser desviou o olhar com um pequeno grunhido e um sorriso tranquilo.

– Excelente – repetiu Buncombe, virando mais uma dose no cálice e oferecendo a garrafa aos outros.

A exemplo de Brian, Roger recusou, bebericando de seu caneco enquanto os dois entabulavam uma espécie de conversa que ele reconheceu muito bem. Não amigável, porém cortês, uma troca de informações que poderia trazer vantagens a um ou aos dois – e um cuidadoso evitar de qualquer coisa que pudesse conferir *excessiva* vantagem ao outro.

Ele tinha visto Jamie fazer isso inúmeras vezes, na América. Era conversa de líderes, e havia regras. Estava claro que Jamie devia ter visto o pai fazer isso inúmeras vezes. Estava entranhado em seu sangue.

Estaria também no de Jemmy? Ele tinha *algo* que o fazia ser notado – algo além do cabelo, observou Roger, sorrindo para si mesmo.

Ainda que Buncombe vez ou outra dirigisse uma pergunta a ele, Roger deixou que os dois conduzissem a conversa e aos poucos foi relaxando. A chuva havia passado, e um raio de sol vindo da janela lhe tocou os ombros, aquecendo-o de fora para dentro – diferente da ação do uísque, que tinha feito isso de dentro para fora. Pela primeira vez, sentiu que poderia estar fazendo algum avanço em sua busca, em vez de simplesmente se debater em desespero pelas Terras Altas.

"Talvez consigam até prender o sujeito por lá mesmo", observara John Murray, referindo-se a Rob Cameron. Um pensamento reconfortante.

Do ponto de vista do clã, no entanto, não *achava* que Cameron pudesse ter cúmplices por lá. Entretanto… Roger se endireitou na cadeira. *Ele* devia ter um cúmplice dessa época, não? Embora a viagem para o futuro fosse claramente menos frequente – bom, Roger *pensava* ser menos frequente –, Buck a havia feito. Se Cameron era viajante, então possuía o gene de algum ancestral com a mesma habilidade.

Um calafrio lhe percorreu as veias feito gelo seco, anulando o calor do uísque. Um sinistro emaranhado de vermes gélidos começou a rastejar em sua mente. Poderia ser uma conspiração, talvez, entre Buck e Rob Cameron? Ou entre Buck e algum Cameron das antigas, de sua própria época?

Não acreditava que Buck estivesse dizendo toda a verdade a respeito de si mesmo ou de sua jornada através das pedras. Será que tudo havia sido uma tramoia para tirar Roger de Lallybroch… de perto de Bri?

Agora os malditos vermes estavam *corroendo* seu cérebro. Ele apanhou o caneco e entornou o resto do uísque de uma golada só, para matar todos. Buncombe e Fraser o encararam, surpresos, mas prosseguiram com a conversa.

À fria luz de seu presente estado mental, outra coisa agora lançava novas sombras. Brian Fraser. Por mais que Roger tivesse encarado a ida de Fraser com ele à guarnição militar como um simples gesto de ajuda para que encontrassem Jemmy, a viagem tinha outra função, não tinha? Exibia Roger ao capitão Buncombe, em um contexto que deixava bem clara sua desobrigação familiar e falta de intimidade com Fraser, só para o caso de Roger não ser o que dizia ser. E permitia a Fraser saber se Buncombe reconhecia Roger ou não. Só para o caso de ele não ser o que dizia ser.

Ele respirou fundo e espalmou as mãos sobre a mesa, concentrando-se na sensação dos grânulos de madeira sob os dedos. Muito bem. Perfeitamente razoável. Quantas vezes Roger tinha visto Jamie fazer a mesma coisa? Para aqueles homens, o bem-estar dos seus sempre vinha em primeiro lugar. Eles protegeriam Lallybroch, ou a Cordilheira dos Frasers, acima de tudo, o que não significava que não estivessem dispostos a ajudar.

E ele acreditava que Fraser tinha a intenção de ajudá-lo. Ao se agarrar a esse pensamento, descobriu que flutuava.

Fraser o olhou outra vez, e algo em seu rosto se suavizou com o que viu. Brian pegou a garrafa e serviu mais um dedo na taça de Roger.

– Vamos encontrá-lo, homem – garantiu ele, baixinho, em gaélico, então se virou e serviu também o capitão Buncombe.

Roger entornou o caneco e esvaziou a mente, concentrando-se nas trivialidades da conversa. Estava tudo bem. Tudo iria ficaria bem.

Ainda repetia o mantra quando ouviu gritos e assobios do lado de fora. Olhou pela janela, mas não viu nada além da muralha do forte. O capitão Buncombe parecia assustado, mas Brian Fraser se pôs de pé e avançou rapidamente.

Roger o seguiu. Ao sair no pátio de treinamento do forte, avistou uma bela jovem montada em um robusto e elegante cavalo, encarando um pequeno aglomerado de soldados que havia se reunido em torno de sua sela, acotovelando-se, gritando coisas para ela. O cavalo claramente não estava gostando, mas a jovem conseguia mantê-lo sob controle. Também segurava uma vareta em uma das mãos e, pelo seu semblante, estava escolhendo um alvo entre os presentes.

– Jenny! – gritou Brian, e ela ergueu os olhos, assustada.

Os soldados também se assustaram. Ao verem o capitão Buncombe sair de detrás do escocês, dispersaram no mesmo segundo, retornando a seus afazeres de cabeça baixa.

Roger estava atrás de Brian quando ele agarrou a rédea do cavalo.

– Em nome de Nossa Senhora, o que está...? – começou Brian, furioso, mas ela o interrompeu, encarando Roger nos olhos.

– William Buccleigh, seu parente – disse ela. – Ele mandou uma notícia a Lallybroch dizendo que adoeceu. Pediu que o encontrasse imediatamente. Talvez ele não sobreviva.

Os dois levaram um bom dia e meio para fazer a viagem, mesmo com tempo bom. Visto que estava chovendo, que a viagem de volta era pela subida da montanha e que a última parte envolvia tatear às cegas no escuro, buscando uma trilha quase invisível, percorreram a distância em um tempo surpreendentemente curto.

"Eu vou com você", dissera Brian, descendo do cavalo em frente ao pátio de entrada. "Eles não são meus inquilinos, mas me conhecem."

A casa, um pequeno chalé de um branco meio pálido, como seixo à luz de uma lua crescente, já estava fechada para a noite. As persianas se encontravam fechadas e a porta trancada. Fraser, no entanto, bateu à porta e gritou em gaélico, identificando-se e dizendo que havia trazido o parente do doente para vê-lo. No mesmo instante, a porta se abriu, exibindo um cavalheiro troncudo e barbado, de camisolão e touca, que os espiou por um longo instante, então deu um passo para trás.

– Podem entrar – disse, meio contrariado.

A primeira impressão de Roger foi de que a casa estava abarrotada de odores humanos. Havia gente no chão, em montes aninhados junto à lareira, em colchões de palha junto à parede oposta... Aqui e ali, cabeças desgrenhadas se erguiam, feito esquilos, piscando sob o brilho tênue do fogo abafado para ver o que estava acontecendo.

O anfitrião, apresentado por Fraser como Angus MacLaren, apenas apontou para o estrado de uma cama estirada bem no meio do recinto. Duas ou três crianças pequenas dormiam nele, mas Roger pôde distinguir o rosto de Buck no travesseiro. Deus, ele esperava que Buck não tivesse nada contagioso.

– Buck? – sussurrou ele, inclinando-se mais para perto, para não acordar os outros.

Naquela escuridão, não era possível ver muito bem o rosto de Buck, que, além disso, estava coberto por uma barba espessa. Seus olhos estavam fechados, e não se abriram à menção de seu nome. Nem em resposta à mão de Roger em seu braço. O braço dele estava quente, mas, dada a atmosfera sufocante do chalé, Roger achava que Buck estaria quente mesmo que já estivesse morto havia horas.

Ele apertou seu braço, primeiro de leve, então com mais força... Por fim, Buck soltou uma tossidela sufocada e abriu os olhos. Piscou devagar, parecendo não reconhecer Roger, então os fechou outra vez. Seu peito chiava visivelmente e ele respirava aos arquejos, lenta e claramente.

– Ele diz que tem algo errado com o coração – disse MacLaren a Roger, num tom baixo. Estava inclinado por sobre o ombro de Roger, observando Buck com atenção.

– O coração não bate como deveria. Em momentos assim, o homem fica azul e não consegue respirar nem se levantar. Meu filho, o segundo, o encontrou no meio da mata ontem à tarde, estatelado feito um sapo esmagado. Nós o trouxemos para cá e lhe demos algo para beber, e ele pediu que mandássemos alguém a Lallybroch para chamar seu parente.

– *Moran taing*. Agradeço muito, senhor – disse Roger. Ele se virou para Brian, que espreitava atrás de MacLaren, encarando Buck com uma leve carranca. – E obrigado ao senhor também, por toda a ajuda. Não tenho como agradecer.

Fraser deu de ombros, dispensando os agradecimentos.

– Eu imagino que vá levá-lo? Se ele estiver em condições de viajar de manhã, tra-ga-o para Lallybroch. Ou o mande para lá, se houver algo que possamos fazer.

Fraser deu um breve aceno para MacLaren, despedindo-se, mas então parou, es-treitando os olhos para o rosto de Buck, em meio à sombra. Ele olhou para Roger, como se comparasse as duas feições.

– Seu parente também é de Lochalsh? – perguntou, curioso, e olhou de volta para Buck. – Ele tem as feições do pessoal da minha finada esposa. Os MacKenzies de Leoch.

Então ele percebeu a silhueta pequena e troncuda do que deveria ser a sra. MacLa-ren. Tossiu, curvou-se em uma mesura e saiu, sem esperar resposta.

O sr. MacLaren foi trancar a porta, e a senhora da casa se virou para Roger:

– Pode dormir com ele – disse ela, bocejando e coçando a bunda sem perceber. – Se ele morrer, empurre-o para fora da cama, sim? Não quero minha colcha toda estragada.

Depois de tirar as botas, Roger se deitou com cuidado sobre a colcha, ao lado de Buck – reacomodando as crianças, molengas e flexíveis como gatos sob o sol. Pas-sou o resto da noite ouvindo os roncos irregulares de seu antepassado, cutucando-o quando ele parecia ter parado de respirar. Perto do amanhecer, porém, pegou no sono. E foi acordado um tempo depois pelo forte cheiro de mingau quente.

Assustado com o fato de ter dormido, ele se apoiou no cotovelo e viu Buck, de rosto pálido, respirando ruidosamente pela boca. Agarrou o antepassado pelo ombro e o sacudiu, fazendo Buck se sentar na cama, olhando tudo em volta, assustado. Ao ver Roger, deu-lhe um forte soco no estômago.

– Pare com isso!

– Eu só queria garantir que você estava vivo, seu infeliz!

– O que está fazendo aqui, para começo de conversa? – perguntou Buck, confuso e irritado, esfregando o cabelo desgrenhado.

– Você pediu que eu viesse, seu paspalho. – Roger estava irritado também. Sentia a boca como se tivesse passado a noite mascando palha. – Como está se sentindo, de todo modo?

– Eu... Não muito bem. – O rosto de Buck mudou de repente, de irritação a uma pálida apreensão. Ele levou a mão ao peito e pressionou com força. – Eu... ahn... Tem algo aqui que não está certo.

– Deite-se, pelo amor de Deus! – Roger engatinhou para fora da cama, evitando pisar em uma garotinha sentada no chão, que brincava com as fivelas de suas botas. – Vou pegar um pouco d'água.

Uma fileira de crianças observava a cena com interesse, ignoradas pela sra. MacLaren e pelas duas garotas mais velhas, uma mexendo um enorme caldeirão de mingau e a outra preparando com diligência a mesa do café da manhã, distribuindo os pratos e as colheres de madeira como se fossem cartas para uma jogatina.

– Se precisar usar a privada – advertiu uma das garotas, parando um instante –, é melhor ir logo. Robbie e Sandy foram cuidar dos gatos, e Stuart ainda não calçou os sapatos.

Ela ergueu o queixo em direção a um garoto de seus 12 anos, que engatinhava lentamente, com um sapato velho numa das mãos, espiando sob o escasso mobiliário em busca do outro par.

– Ah... já que o seu parente sobreviveu à noite, papai foi chamar o curandeiro.

36

O AROMA DE UM ESTRANHO

Ela levou para Jock MacLeod o tradicional presente de hospital: uvas. E uma garrafa de Bunnahabhain 18 anos, o que o alegrara muito – até onde era possível ver por detrás das ataduras que lhe envolviam a cabeça e as contusões que transformavam seus olhos em pequenas fendas injetadas de sangue.

– Ah, estou só um pouco abatido – disse ele, envolvendo a garrafa em seu camisolão e a colocando na mesinha de cabeceira –, mas nada mal, nada mal. Só um galinho na cabeça. Estou só feliz que o rapaz tenha escapado. A senhora sabe como ele foi parar no túnel, dona?

Bri informou a versão oficial, escutando com paciência suas especulações, então perguntou se ele de repente não tinha reconhecido o homem que o acertara.

– Ora, reconheci, sim – respondeu Jock, surpreendendo-a. Ele se inclinou de volta nos travesseiros. – O que não é o mesmo que dizer que sei o nome dele. Mas já o vi, sim, e várias vezes. É comandante de um barco no canal.

– O quê? Um barco fretado ou um dos barcos de cruzeiro jacobita?

O coração dela acelerou. Ele se referia ao Canal da Caledônia. Ia de Inverness a Fort William, e transportava um gigantesco fluxo de tráfego aquático, bastante visível da estrada.

– Um belo veleirinho a motor... que devia ser fretado. Eu só reparei porque o primo da minha mulher tem um igualzinho. A gente foi passear com ele uma vez. Dez metros, eu acho.

– E o senhor disse isso à polícia, claro.

– Sim. – Ele bateu os dedos grossos no cobertor, encarando-a de esguelha. – Descrevi o sujeito o melhor que pude… mas, sabe, ele parecia bastante comum. Eu o reconheceria outra vez, e talvez o seu menino também, mas não sei se a polícia o pegaria assim com tanta facilidade.

Enquanto falava, Brianna tirou o canivete suíço do bolso e ficou brincando com ele, meditativa, abrindo e fechando a lâmina. Abriu o saca-rolhas, testando a ponta afiada com a bolinha do polegar.

– Será que o senhor poderia descrever esse homem para mim? Eu sei desenhar bem. Talvez consiga rascunhar alguma coisa.

Ele escancarou um sorriso para ela, os olhos desaparecendo em meio aos hematomas.

– Sirva-me uma bebida, moça, e a gente começa.

Brianna retornou a Lallybroch no fim da tarde, bem a tempo do compromisso às quatro horas com o chaveiro. Um bilhete pregado à porta voejava com o vento de outono. Ela o leu:

Tive uma chamada de emergência em Elgin. Volto mais tarde. Ligo de manhã. Desculpe. Will Tranter.

Ela amassou o bilhete e enfiou no bolso do casaco, resmungando baixinho. Estupradores e sequestradores entravam e saíam de sua casa como se fosse a via pública. Isso *não* era uma emergência?

Brianna hesitou, os dedos enroscados na grande chave de metal em seu bolso, olhando a fachada de chapisco da casa. O sol poente brilhava sobre as janelas superiores, colorindo-as de vermelho. *Eles tinham uma chave.* Ela queria mesmo entrar ali sozinha?

Olhou em volta, muito atenta, mas não viu nada fora do comum. Os campos estavam tranquilos; o pequeno rebanho de ovelhas já havia se acomodado sob o sol poente. Ela respirou fundo e olhou de um lado para outro, como fazia quando caçava com o pai na floresta da Carolina do Norte, como se pudesse farejar o odor dos cervos na brisa.

O que estava procurando? *Fumaça de exaustor. Borracha, metal quente, poeira no ar, o fantasma de um carro.* Ou talvez outra coisa, pensou ela, recordando o fedor do suor de Rob Cameron. O aroma de um estranho.

Mas o ar frio lhe devolvia apenas o cheiro de plantas mortas, bosta de ovelha e um toque de terebintina da plantação de pinheiros da Comissão Florestal, a oeste.

Atenção. Ela se lembrava do pai mencionando uma sensação na nuca quando tinha algo errado, e sentiu os pelinhos do pescoço se eriçarem. Deu meia-volta, retornou ao carro e saiu dirigindo, olhando para trás de tempos em tempos. Havia um posto de gasolina uns metros adiante na estrada. Ela parou, ligou para Fiona e avisou que pegaria as crianças de manhã, então comprou uns lanches e retornou, pegando a trilha da fazenda que circundava a ponta mais distante do terreno de Lallybroch e dava na plantação de pinheiros.

Àquela época do ano, escurecia em torno das quatro e meia da tarde. Subindo a encosta, a trilha era toda enlameada e esburacada, mas ela foi avançando até chegar a uma das clareiras onde os guardas-florestais empilhavam troncos para queimar. O ar estava espesso com o cheiro de madeira queimada, e um pedaço enegrecido de terra e cinzas fazia subir uma fumacinha com fagulhas, embora o fogo já estivesse apagado. Ela levou o carro a uma pilha de galhos recém-cortados, empilhados, prontinhos para o dia seguinte, e desligou o motor.

Enquanto se afastava da plantação, com a espingarda na mão, algo grande passou por sua cabeça, muito rápido, branco e silencioso. Brianna cambaleou, prendendo o ar, mas era apenas uma coruja, que logo desapareceu. Apesar do coração acelerado, ela ficou feliz em vê-la. Segundo o folclore celta, animais brancos eram arauto de boa sorte; e ela estava precisando.

"As corujas são as guardiãs dos mortos, mas não apenas dos mortos. São mensageiras entre mundos." Por um instante, Roger estava a seu lado, sólido e quente junto à noite fria. E Brianna estendeu a mão, por impulso, como se quisesse tocá-lo.

Então ele desapareceu, e ela permaneceu parada à sombra dos pinheiros, olhando na direção de Lallybroch, a fria espingarda na mão.

– Eu vou trazer você de volta, Roger – sussurrou ela, e cerrou o punho esquerdo, tocando a aliança de cobre com a qual ele a desposara. – Eu *vou*.

Só que primeiro ela precisava garantir a segurança das crianças.

A noite se ergueu em torno da casa, e Lallybroch foi aos poucos desaparecendo, um borrão claro na escuridão. Ela conferiu a trava de segurança da arma e avançou silenciosamente em direção à casa.

No maior silêncio possível, Brianna chegou à colina atrás da torre de pedras. O vento estava mais forte. Ela duvidava que qualquer pessoa pudesse ouvir seus passos sobre o farfalhar dos tojos e das plantas secas que se avolumavam por ali.

Se estavam esperando para atacá-la, com certeza estariam na casa. Mas, se simplesmente queriam saber onde ela estava… poderiam estar vigiando a casa, e ali era o melhor lugar para fazer isso. Ela parou junto à parede da torre e apoiou a mão nas pedras, à escuta. Um leve farfalhar, pontuado por um e outro arrulho de pombos. Os morcegos já tinham partido havia muito tempo para caçar, mas os pombos estavam dormindo.

Encostada nas pedras, ela foi ladeando a torre. Parou perto da porta e estendeu a mão, à procura da maçaneta. O cadeado estava frio, intacto e trancado. Soltando a respiração, ela tateou o molho de chaves no bolso e encontrou a certa.

Os pombos adormecidos irromperam, batendo as asas loucamente. Brianna deu um passo para trás e aguardou, escapando de uma chuva de penas e fezes causada pelo pânico das aves. Minutos depois, os pombos se acalmaram e voltaram para suas vigas, murmurando ruídos de indignação por terem sido perturbados.

Os andares de cima desabaram havia muito tempo, mas estavam limpos agora. A torre era uma concha, porém uma concha robusta, tendo as paredes externas sido reformadas ao longo dos anos. A escada era embutida na parede e os degraus de pedra subiam por entre as paredes internas e externas. Brianna apoiou a arma no ombro e subiu devagar, tateando o caminho com uma das mãos. Ela trazia uma lanterna no bolso, mas não havia necessidade de arriscar usá-la.

A um terço do caminho, ela parou junto à fresta de uma janela onde se podia ver a casa abaixo. Não era uma boa ideia ficar sentada nas pedras, mas seu casaco era bem comprido, e ela não congelou. Tirou do bolso uma barra de chocolate, então aguardou.

Brianna havia ligado para a Hidrelétrica e pedido uma semana de licença, a fim de cuidar de uma emergência familiar. Como a notícia do ocorrido na represa de Loch Errochty na noite da véspera tinha se espalhado, não foi difícil. O complicado foi se esquivar da enxurrada de exclamações comovidas e perguntas curiosas. Ela alegou não poder responder nem fazer comentários por enquanto, por conta do inquérito policial que estava em andamento.

A polícia… *podia* ajudar. Jock havia contado a eles sobre o homem na represa e os policiais já estavam investigando isso. Bri também teve que ser franca sobre Rob Cameron. Com alguma relutância, ela confessou que Cameron tinha invadido a casa dela e a ameaçado. Se não contasse, Mandy certamente abriria o bico em relação a isso. Contou sobre o desprazer dele em ter uma supervisora mulher e os assédios no trabalho, por mais que parecesse um motivo fútil para sequestrar uma criança. No entanto, ela tinha omitido a maior parte do embate físico, o buraco do padre e a fuga de Cameron. Só contou que havia batido nele, primeiro com a caixa de correio, depois com o taco de críquete, e que ele tinha fugido. Resolvera sair com Mandy para procurar Jemmy, pois isso era mais urgente do que chamar a polícia. A polícia não concordou com essa avaliação, mas eram ingleses, portanto foram muito educados quanto à desaprovação.

Ela falou que Cameron lhe contara onde Jem estava. Se a polícia o encontrasse, ele não estaria em posição de contradizê-la. Bri *esperava* que o encontrassem. Poderia haver complicações, mas ela se sentiria mais segura sabendo que Cameron não estava à solta por aí com o rifle dela. Provavelmente à espreita em sua casa.

Ela enfiou a mão no bolso do casaco, tocando os contornos reconfortantes de uma dúzia de balas de espingarda.

37

COGNOSCO TE

O curandeiro chegou no meio da tarde. Era um homem baixo e um pouco forte. Parecia um lutador amador, com ombros talvez tão largos quanto os do próprio Roger. Não se apresentou, mas assentiu educadamente para a sra. MacLaren, absorvendo todo o recinto com uma breve e abrangente olhada. Então encarou Buck, que tinha caído em um sono tão agitado que não acordou nem com a comoção causada pela chegada do curandeiro.

– Ele disse que o coração... – começou Roger, constrangido.

O homem disparou um olhar de esguelha para ele, então abanou a mão, dispensando o comentário. Aproximou-se e espiou Buck por um instante. Todos os MacLarens aguardavam em silêncio, prendendo a respiração, claramente à espera de algo espetacular.

O homem assentiu para si mesmo, tirou o casaco e subiu as mangas da camisa, exibindo braços morenos de sol e muito musculosos.

– Pois muito bem – disse ele, sentando-se junto à cama e tocando o peito de Buck.
– Deixem-me...

Seu rosto empalideceu. O homem ficou rígido e recolheu a mão depressa, como se tivesse recebido um choque elétrico. Balançou a cabeça uma vez, com força, abriu a camisa de Buck, enfiou as duas mãos na abertura e as espalmou em seu peito arquejante.

– *Jesu* – sussurrou ele. – *Cognosco te!*

Subitamente, os pelinhos do corpo de Roger se elevaram, eriçados, como se à espera de uma tempestade. O homem havia falado em latim: "Eu conheço você!"

Os MacLarens assistiram ao trabalho do curandeiro, com grande respeito e bastante temor. Roger, que havia aprendido com Claire bastante coisa sobre a psicologia da cura, estava igualmente impressionado. E, para ser honesto, morrendo de medo.

O curandeiro passara um longo instante sem se mexer, as mãos no peito de Buck, a cabeça para trás e os olhos fechados, o rosto contorcido em uma expressão de profunda concentração, como se escutasse algo muito, muito distante. Havia murmurado o que Roger reconheceu como o Pater Noster. Pela expressão dos MacLarens, poderia muito bem ser a Abracadabra. Então, com as mãos no lugar, ergueu o grosso dedo indicador e começou a bater, delicadamente, em um ritmo lento e cadenciado, como se dedilhasse uma tecla de piano.

Tup... tup... tup. Assim se passou um bom tempo, e todos no recinto começaram a recuperar o fôlego – até Buck, cujo chiado no peito começou a melhorar, os pulmões tornando a se encher naturalmente. Então ele passou a tamborilar os dois dedos, *tup-tup... tup-tup... tup-tup.* Devagar. Cadenciado como um metrônomo. De novo, e de novo, e de novo... Apaziguante e hipnótico. Roger percebeu que ritmava com as batidas de um coração – do *próprio* coração. Analisando o recinto, os olhos arregalados e as bocas levemente abertas do clã dos MacLarens, ele teve a mais estranha sensação de que *todos* os corações estavam batendo no mesmo ritmo.

Ele sabia que todos respiravam como se fossem um só. Podia ouvir o murmúrio da inspiração e o sopro da expiração. *Sabia* disso... e era inútil tentar mudar o próprio ritmo, resistir ao senso de unidade que havia se formado gradualmente entre todas as pessoas do chalé, de Angus MacLaren à pequena Josephine, no colo da mãe, de olhos redondos.

Todos respiravam, e seus corações batiam como um só. De alguma maneira, todos estavam apoiando o homem afetado, tomando-o como parte de uma entidade maior, abraçando-o, rodeando-o. O coração ferido de Buck jazia na palma da mão de Roger: ele percebeu isso e, com a mesma rapidez, viu que já estava ali fazia algum tempo, repousando naturalmente na curva de sua palma como uma pedra redonda, lisa e pesada. E... batendo no mesmo ritmo do peito de Roger. O mais estranho era que nada daquilo parecia, de maneira alguma, extraordinário.

Por mais estranho e impressionante que fosse, Roger poderia explicar isso. Sugestão de massa, hipnose, força de vontade e disposição. Ele já tinha feito isso várias vezes, cantando: quando a música chegava à plateia, quando ele sabia que estavam com ele, que o seguiriam aonde fosse. Ele havia feito isso uma ou duas vezes, pregando. Sentia o calor dos presentes consigo e os elevava. Ao mesmo tempo, eles o elevavam também. Era impressionante, porém, ver aquilo ser feito tão depressa e de forma tão eficaz, sem qualquer tipo de aquecimento. Ainda mais inquietante era sentir o efeito na própria pele. O que o assustava, no entanto, era que as mãos do curandeiro estavam azuis.

Não havia dúvida quanto a isso. Não era um truque de luz. A única luz ali era o brilho tênue do fogo abafado. A luz na palma do curandeiro também não era excessiva. Um leve tom azul havia surgido entre os dedos do homem, subido pelo dorso de suas mãos, e agora se espalhava em uma nuvem *ao redor* de suas mãos, parecendo penetrar no peito de Buck.

Roger olhou para um lado, depois para outro, sem mexer a cabeça. Os MacLarens estavam concentrados na cena, mas não davam sinal de terem visto nada assustador. *Eles não estão vendo?* Os pelos em seus antebraços se eriçaram, em silêncio. *Por que eu consigo ver?*

Tup-tup... tup-tup... tup-tup... O ritmo permanecia incansável, cadenciado... Ainda assim, Roger notou uma mudança sutil. Não no ritmo do curandeiro, mas algo havia mudado. Ele olhou para baixo involuntariamente, para a palma de sua mão, onde ainda imaginava que jazia o coração de Buck, e ficou surpreso em vê-lo ali, um objeto redondo e fantasmagórico, transparente, porém pulsando com delicadeza e constância. Sozinho.

Tup-tup... tup-tup... tup-tup. O curandeiro agora seguia, não liderava. Não reduzia o ritmo das batidas, mas ia parando por um período mais longo entre elas, deixando o coração de Buck bater sozinho.

Por fim, o som suave cessou e houve silêncio no recinto pelo tempo de três batimentos. Então o silêncio explodiu feito uma bolha de sabão, deixando os presentes atônitos, balançando a cabeça e piscando, como se acordassem de um sonho. Roger fechou a mão vazia.

– Ele vai ficar bem – disse o curandeiro para a sra. MacLaren, com um tom prático. – Deixe-o dormir o máximo que puder. E o alimente quando acordar.

– Muito obrigada, senhor – murmurou a sra. MacLaren.

Ela deu uma cutucada em Josephine, que dormira de boca aberta, deixando escorrer um filete de saliva do cantinho da boca até o ombro da mãe.

– Posso montar um colchão para o senhor perto do fogo?

– Ah, não – disse o curandeiro, com um sorriso. Vestiu novamente o casaco e a capa, depois apanhou o chapéu. – Eu estou bem perto daqui.

Ele saiu. Roger esperou um minuto, apenas tempo suficiente para que as pessoas retornassem às próprias conversas, então foi atrás dele, fechando a porta em silêncio atrás de si.

O curandeiro estava um pouco mais adiante na estrada. Roger viu a silhueta escura do homem ajoelhada, em oração, diante de um pequenino altar, as pontas da capa drapejando ao vento. Aproximou-se, bem devagar, mantendo certa distância, para não atrapalhar a reza. Por um impulso, inclinou a cabeça em direção à pequena estátua, que de tão gasta já não tinha nem rosto.

Cuide deles, por favor, pediu Roger. *Me ajude a voltar para eles... para Bri.* Só teve tempo para isso, antes que o curandeiro se levantasse. Mas era o que ele tinha a dizer, de todo modo.

O curandeiro não o ouvira. Levantou-se e ficou surpreso ao ver Roger, reconhecendo-o de imediato. Sorriu, meio cansado, esperando alguma pergunta médica de natureza pessoal.

Com o coração disparado, Roger estendeu o braço e agarrou a mão do curandeiro. O homem arregalou os olhos, chocado.

– *Cognosco te* – disse Roger, bem baixinho. *Eu conheço você.*

– Quem são vocês, então? – O dr. Hector McEwan permanecia de olhos quase fechados contra o vento, o rosto desconfiado, porém empolgado.

– Talvez o senhor saiba isso melhor do que eu mesmo – respondeu Roger. – Aquilo... Aquela luz nas suas mãos...

– Você viu. – Não era uma pergunta, e a cautelosa empolgação nos olhos de McEwan ganhou um sopro de vida, mesmo sob a luz fraca.

– É, eu vi. De onde o senhor...? – Roger procurou a melhor forma de perguntar, mas, no fim das contas, quantas maneiras havia? – De *quando* o senhor veio?

McEwan olhou para trás, em direção à casinha, mas a porta estava fechada, com fumaça saindo do buraco no teto. Começava a chover. Ele se moveu abruptamente, tomando Roger pelo braço.

– Venha – disse ele. – Não podemos ficar aqui fora, nessa umidade. Vamos acabar morrendo.

A chuva havia se assentado. Em poucos minutos, Roger já estava meio empapuçado, já que não usava chapéu nem capa. McEwan conduziu o caminho rapidamente até uma trilha sinuosa, por arbustos de tojos escuros, emergindo em um trecho pantanoso onde as ruínas de um casebre ofereciam algum abrigo. O telhado de madeira havia sido incendiado. Parecia ter sido algo recente, já que persistia o cheiro de queimado. Porém eles se encolheram lá dentro, sob aquela reduzida proteção.

– *Anno Domini* 1841 – revelou McEwan, impassível, sacudindo a chuva da capa. Olhou para Roger, com uma sobrancelha grossa erguida.

– Eu vim de 1980 – respondeu Roger, o coração acelerado.

Pigarreou e repetiu a data. O frio lhe afetara a garganta, e as palavras emergiram em um estranho coaxo. McEwan se inclinou mais para perto, observando-o.

– O que é isso? – perguntou o homem, em um tom premente. – A sua voz... está estranha.

– Não é nad... – começou Roger.

Mas o curandeiro já posicionava os dedos atrás de sua cabeça, abrindo rapidamente o cachecol. Ele fechou os olhos, sem resistir.

Os dedos largos de McEwan eram frios em seu pescoço. Roger sentiu o toque gélido e delicado em sua pele, enquanto traçava a linha alta da cicatriz, então, com mais firmeza, cutucando sua laringe prejudicada. Ele sentiu um leve sufocamento, mesmo sem querer, e deu uma tossida. McEwan pareceu surpreso.

– Repita isso – disse.

– O quê? A tosse? – perguntou Roger.

– É, isso. – McEwan acomodou a mão em torno do pescoço de Roger, logo abaixo do queixo, e assentiu. – Uma vez, espere, depois faça outra vez.

Roger obedeceu, sentindo a cada tossida uma leve dor no ponto onde estava a mão do curandeiro. O rosto do homem se iluminou, cheio de interesse, e ele removeu a mão.

– Você sabe o que é o osso hioide?

– Se eu tiver que dar um palpite, imagino que seja alguma coisa na garganta. – Roger pigarreou com força e esfregou o pescoço, sentindo a aspereza da cicatriz sob a palma da mão. – Por quê?

Ele não sabia bem se ficava ofendido com a intimidade ou... outra coisa. Sua pele coçava de leve onde McEwan havia tocado.

– Está *aqui* – afirmou o curandeiro, pressionando com o polegar bem no alto do queixo de Roger. – Se estivesse *aqui* – prosseguiu ele, movendo o dedo um pouquinho para baixo –, o senhor estaria morto. É um ossinho bem frágil. Fácil de causar estrangulamento quando quebrado... com o polegar *ou* uma corda. – Ele se afastou um pouco, os olhos atentos a Roger. A curiosidade ainda estava estampada em seu rosto, mas a desconfiança havia retornado. – O senhor e o seu amigo estão fugindo de... alguma coisa? De alguém?

– Não.

No mesmo instante, Roger se sentiu muito cansado, tomado por toda aquela tensão. Olhou em volta, procurando um lugar para se sentar. Não havia nada além de uns pedregulhos escuros que tinham caído da parede do casebre, por conta da remoção do teto queimado. Ele uniu dois blocos e se sentou em um deles, os joelhos colados nas orelhas.

– Eu... Isso... – Ele tocou a garganta brevemente. – Faz muito tempo, não tem nada a ver com o que... Estamos procurando o meu filho. Ele só tem 9 anos.

– Ah, meu Deus! – McEwan contorceu o rosto largo, cheio de compaixão. – Como...?

Roger ergueu a mão.

– Você primeiro – disse ele, e pigarreou outra vez. – Eu conto tudo o que sei, mas... você primeiro. Por favor.

McEwan franziu os lábios e olhou para o lado, pensando, mas deu de ombros e se sentou também, com um gemido.

– Eu era médico em Edimburgo – comentou ele. – Vim para as Terras Altas para caçar tetrazes com um amigo. As pessoas ainda fazem isso, cem anos depois?

– Fazem. Os tetrazes ainda são saborosos – respondeu Roger, em um tom seco. – Foi em Craigh na Dun que você cruzou, então?

– Sim, eu... – McEwan parou abruptamente, percebendo a implicação da pergunta. – Meu Deus do céu, está querendo me dizer que há outros lugares? Onde...?

– Sim. – Os pelinhos dos braços de Roger se eriçaram. – Que eu saiba, quatro. Provavelmente ainda há outros. Quantos círculos de pedra existem nas Ilhas Britânicas?

– Eu não faço ideia.

McEwan estava claramente abalado. Levantou-se e rumou para a porta de batente chamuscado e padieira quase toda queimada. Roger esperou que nenhuma das pedras acima caísse na cabeça do homem – pelo menos não até que ele descobrisse mais.

O dr. McEwan permaneceu ali um bom tempo, vendo a chuva cair com um leve tom prateado. Por fim, sacudiu o corpo e retornou, os lábios firmes e decididos.

– Muito bem, nada se ganha com o segredo. E espero que nada se perca com a honestidade.

A última frase não era bem uma pergunta, mas Roger assentiu e tentou permanecer sério.

– Pois bem. Tetrazes, como eu disse. Estávamos ancorados logo abaixo daquela colina onde ficam as pedras. De repente, uma raposa surgiu dos arbustos, bem junto ao meu pé, e um dos cachorros saiu em disparada para persegui-la. Meu amigo, Joseph Brewer, foi atrás do cachorro, mas ele tinha… *tem* – corrigiu McEwan, com uma leve irritação que fez Roger querer rir. Sabia muito bem como era complicada a conjugação dos verbos para viajantes do tempo – pé torto. Conseguia viver bem com uma bota especial, mas correr, escalar…

Ele deu de ombros.

– Então você foi atrás do cachorro, e…

Roger estremeceu involuntariamente, frente à lembrança, e McEwan também.

– Exatamente.

– O cão… também foi? – perguntou Roger.

McEwan pareceu surpreso e um pouco ofendido.

– Como vou saber? Ele não foi parar no mesmo lugar que eu, isso eu sei.

Roger fez um breve gesto de desculpas.

– Só por curiosidade. Minha esposa e eu… estávamos tentando desvendar o máximo possível, para passar mais informações para as crianças.

A palavra "crianças" ficou presa em sua garganta, saindo quase como um sussurro, e McEwan suavizou a expressão.

– Sim, claro. Seu filho, você disse?

Roger assentiu e tentou explicar o que pôde sobre Cameron, as cartas… e, depois de um instante de hesitação, sobre o ouro do espanhol, visto que afinal de contas ele tinha que dar um motivo para Cameron ter sequestrado Jem. Mas a sensação que tinha do dr. McEwan era de firmeza e bondade.

– Minha nossa – murmurou o curandeiro, balançando a cabeça, consternado. – Eu vou perguntar para os pacientes. De repente alguém…

A voz dele foi morrendo, o rosto ainda perturbado. Roger teve a nítida impressão de que a sensação de perigo não estava toda em Jem ou mesmo na desconcertante descoberta de que havia outros…

Ele parou, vendo com clareza pelo olho da mente o tênue brilho azul em torno dos dedos de McEwan… e o olhar de deliciosa surpresa em seu rosto. *Cognosco te.* Eu conheço você. Deleite, não apenas choque. Buck e ele não eram os primeiros viajantes do tempo que o homem havia conhecido. Mas isso o homem não tinha dito. Por que não?

– Há quanto tempo você está aqui? – perguntou Roger, curioso.

McEwan suspirou e esfregou a mão no rosto.

– Talvez há tempo demais – respondeu ele. – Uns dois anos, mais ou menos. Falando em tempo… – Ele se endireitou, puxando a capa por sobre os ombros. – Daqui a menos de uma hora vai escurecer. Eu preciso ir, se quiser chegar a Cranesmuir antes de anoitecer. Volto amanhã para ver seu amigo. Então poderemos conversar um pouco mais.

Estava prestes a partir, quando se virou, estendeu a mão e tocou a garganta de Roger.

– Talvez – disse ele, como se para si próprio. – Só talvez.

Então assentiu uma vez, recolheu a mão e se foi, a capa drapejando feito asas de morcego atrás de si.

38

O NÚMERO DA BESTA

Depois de *A rocha encantada*, a televisão passou para o noticiário noturno. Ginger estendeu a mão para desligar, mas parou de repente, ao ver a escola de Jem surgir na tela. Encarou a televisão, com a boca entreaberta, então olhou incrédula para Jem.

– É você! – disse ela.

– Eu sei – respondeu ele, atravessado. – Desligue, está bem?

– Não, eu quero ver.

Ele disparou para a TV, mas Ginger o impediu. Tinha 11 anos, e era maior do que ele.

– Desligue! – exclamou Jem. – Vai assustar Mandy, e ela vai gritar.

Ginger deu uma rápida olhada para Mandy e, contrariada, desligou a TV. Não queria ouvir os berros dela. Mandy tinha bons pulmões.

– Humm – murmurou ela, então baixou a voz: – A mamãe contou para a gente o que aconteceu, mas falou que não era para a gente aborrecer você com isso.

– Bom – respondeu Jem. – Então não aborreçam.

Seu coração disparava. Ele estava suado e pegajoso, mas suas mãos esfriavam, esquentavam, depois esfriavam outra vez. Ele havia escapado por pouco, embrenhando-se nos arbustos plantados no topo do vertedouro e engatinhando pela borda de concreto, até encontrar uma escada que descesse até a água. Fora se sacolejando para o mais longe possível, agarrando-se com tanta força que suas mãos ficaram dormentes. A água negra ia correndo a centímetros de seus pés e explodia no vertedouro abaixo, empapando-o com jatos frios. Ele ainda sentia os ossos trêmulos.

Caso continuasse pensando naquilo, acabaria vomitando, então Jem se virou e foi vasculhar o baú de brinquedos das garotinhas. Estava cheio de brinquedos de menina, claro, mas se elas tivessem uma bola, de repente… Elas tinham. Era cor-de-rosa, mas das boas, que quicavam.

– A gente pode ir até o quintal jogar um pouco? – sugeriu ele, quicando a bola no chão.

– Está escuro e chovendo à beça – disse Tisha. – Não quero me molhar.

– Ah, mas é só uma garoinha! Você é feita de quê, de açúcar?

247

– Eu sou – respondeu Sheena, com um sorriso afetado. – Açúcar, temperinhos e pozinhos, é isso que faz as menininhas. Sapos e lesmas e rabinhos de cãezinhos...

– Venha brincar de boneca – sugeriu Tisha, sacudindo convidativamente uma bonequinha nua. – Pode pegar o G.I. Joe, se quiser. Ou prefere o Ken?

– Não, eu não vou brincar de boneca – retrucou Jem, com firmeza. – Não consigo vestir as roupinhas e tudo.

– Eu brinco de boneca! – interveio Mandy, abrindo caminho por entre Tisha e Sheena, as mãozinhas ávidas estendidas para pegar uma Barbie com vestido de gala, cheio de babados. Sheena agarrou a boneca bem na hora.

– Está bem, está bem – disse ela, contendo o grito iminente de Mandy. – Você pode brincar, mas tem que brincar direitinho. Não pode estragar o vestido. Sente aqui. Tome essa boneca. Está vendo o pentinho e a escovinha? Você pode arrumar o cabelo dela.

Jem pegou a bola e saiu. O andar de cima era acarpetado, mas o térreo tinha piso de madeira. Ele jogou a bola para cima. A bola bateu no teto e quase acertou o lustre. Quicou de volta no chão, mas Jem a pegou antes que ela fosse para longe.

Ficou de ouvido alerta por um segundo, para garantir que a sra. Buchan não tinha ouvido nada. Ela estava de volta à cozinha. E podia ouvir o som de sua cantoria, acompanhando o rádio.

Quando estava bem no meio da escada, a porta da frente se abriu. Jem olhou o balaústre para ver quem estava entrando. Era Rob Cameron. Jem quase mordeu a língua.

Jem colou as costas na parede junto à escada, o coração acelerado, batendo tão alto que mal ouviu a sra. Buchan sair da cozinha.

Será que era melhor pegar Mandy? O único jeito de sair da casa era pela escada. Ele não podia jogar Mandy pela janela da sala, não havia árvore nem nada...

A sra. Buchan cumprimentou o homem e pediu desculpas caso o cavalheiro desejasse um quarto, pois a pousada estava cheia durante todos os dias da semana. O sr. Cameron foi educado e explicou que só queria dar uma palavrinha...

– Se o senhor estiver vendendo alguma coisa... – começou ela.

Ele a interrompeu:

– Não, senhora, nada disso. São só umas perguntinhas sobre as pedras de Craigh na Dun.

Jemmy precisava desesperadamente de ar. Seus pulmões estavam no limite, mas ele estava tapando a boca para que o sr. Cameron não ouvisse. A sra. Buchan não emitiu som, mas ele pôde ouvi-la prender a respiração, então parar um instante, refletindo sobre o que dizer.

– Pedras? – retrucou ela. Até Jem percebeu a perplexidade fingida. – Não sei nada sobre pedras.

Rob deu uma risada educada.

– Me desculpe, senhora. Eu devia ter me apresentado primeiro. Meu nome é Rob Cameron e... Algum problema, senhora?

A sra. Buchan soltou um arquejo muito alto, e Jem pensou que ela devia ter dado um passo para trás sem olhar e batido na mesinha do hall de entrada, porque houve um baque, um "ai!" e o som de um porta-retratos desabando.

– Não – disse a sra. Buchan, mais controlada. – Não. Foi só um revertério, só isso. Eu tenho pressão alta, sabe? Às vezes fico um tantinho tonta. Seu nome é Cameron, certo?

– Certo. Rob Cameron. Sou primo do marido de Becky Wemyss. Ela me contou um pouco sobre a dança nas pedras.

– Ah! – A interjeição significava um problema para Becky Wemyss, pensou Jem, que conhecia bastante as vozes das mães.

– Eu estudo um pouco os dias antigos, sabe? Estou escrevendo um livro... Enfim, fiquei pensando que talvez eu pudesse conversar com a senhora uns minutinhos. Becky contou que a senhora sabe mais sobre as pedras e a dança do que qualquer pessoa.

A respiração de Jem se acalmou um pouco. O sr. Cameron não tinha ido até lá porque sabia onde Mandy e ele estavam. Ou será que estava tentando enrolar a sra. Buchan e arrumar uma desculpa para usar o banheiro e vasculhar a casa atrás deles? Apreensivo, Jem ergueu os olhos para o meio lance de escadas que saía do andar de baixo. A porta do salão acima estava fechada. Por mais que ele ouvisse muito bem a risadinha de Mandy do outro lado da porta, provavelmente Cameron não a ouviria.

A sra. Buchan conduziu o sr. Cameron à cozinha.

– Entre aqui. Vou contar o que puder – disse ela, com antipatia.

Jem ficou pensando se ela colocaria veneno de rato no chá do sr. Cameron.

Mas talvez a sra. Buchan não tivesse veneno de rato. Ele deu um passo para uma direção, depois para outra, então correu de volta. Queria muito, muito descer pelas escadas, sair pela porta e seguir andando. Mas não podia abandonar Mandy.

Aquela bobajada terminou de imediato quando a porta da cozinha se abriu, mas ele notou que eram os passos da sra. Buchan, e somente os dela, leves e ligeiros.

Ela se virou para subir a escada, mas hesitou ao vê-lo na beirada, com a mão no peito. Então correu até ele e o abraçou com força.

– Mas que coisa, rapaz – sussurrou ela no ouvido de Jem. – O que você estava...? Bom, deixe para lá, eu estava vindo avisar você. Você o viu?

Jem assentiu e a sra. Buchan pressionou os lábios com força.

– Pois é. Eis o que você vai fazer: saia pelo portão e vire à esquerda. Duas casas mais abaixo fica a sra. Kelleher. Bata à porta e diga a ela que eu lhe pedi que fizesse uma ligação para mim. Ligue para a polícia e diga que o seu sequestrador está aqui... Você sabe o endereço?

Ele assentiu. Tinha visto o número na última visita que havia feito com os pais. Recordava que o número era 669, porque o pai havia brincado que deveria ser 666, já que esse era o número da besta. Jem perguntara se a besta era o sr. ou a sra. Buchan, e mamãe e papai riram feito doidos.

– Bom – disse a sra. Buchan, soltando-o. – Ande, então.

– Mandy... – começou Jem, mas ela fez um gesto para que ele se calasse.

– Eu cuido dela. Ande!

Ele correu pela escada, atrás dela, tentando não fazer barulho. De frente à porta, ela se ergueu nas pontas dos pés e segurou o sininho, para que não fizesse barulho.

– Corra! – gritou ela.

Ele correu.

A sra. Kelleher era velha e meio surda. Jem estava sem fôlego e tão assustado que não conseguia concatenar as palavras, então demorou um bom tempo até que ela o levasse ao telefone, depois a moça da delegacia de polícia desligou na cara dele duas vezes, pois achou que fosse um idiota passando trote.

– Meu nome é Jeremiah MacKenzie! – gritou ele, quando ela atendeu novamente. – Eu fui sequestrado!

– Ah, foi? – disse a sra. Kelleher, muito assustada, e agarrou o telefone da mão dele. – Quem é? – inquiriu ela. Um leve gritinho... pelo menos a polícia não havia desligado desta vez. A sra. Kelleher estreitou os olhos atrás dos óculos. – Para quem você estava querendo ligar, rapaz? Você ligou para a polícia por engano.

Ele queria muito socar alguma coisa, mas não podia bater na sra. Kelleher. Soltou um palavrão feio em gaélico. A mulher, boquiaberta, deixou o telefone cair da orelha, ao que ele prontamente agarrou.

– O homem que me sequestrou está *aqui* – revelou Jem, o mais devagar possível. – Preciso de alguém aqui! Antes... – Ele foi tomado de inspiração. – Antes que ele machuque a minha irmãzinha! O endereço é Glenurquhart Road, 669. Venham logo!

Então, antes que a atendente fizesse mais perguntas, *ele* desligou o telefone.

A sra. Kelleher tinha muitas dúvidas, e ele não queria ser mal-educado, então pediu para usar o banheiro, trancou a porta na cara dela e se plantou em frente à janela do andar de cima, à espera da polícia.

Um tempo interminável se passou, e nada aconteceu. As gotas de chuva começaram a pingar em seus cabelos e cílios, mas ele estava com medo de perder alguma coisa. De repente, a porta da casa 669 se escancarou e Rob Cameron saiu em disparada, pulou dentro de um carro e saiu dirigindo, cantando os pneus.

Jem quase caiu da janela. Saiu correndo do banheiro, quase derrubando a sra. Kelleher.

– Obrigada, sra. Kelleher! – gritou ele por sobre o ombro, descendo três degraus de cada vez, e disparou pela porta da frente.

Na casa dos Buchans estava uma gritaria, muita choradeira. Ele sentia o peito apertar tanto que não conseguia respirar.

– Mandy! – tentou gritar, mas o nome saiu como um sussurro.

A porta da frente estava aberta. Do lado de dentro havia meninas por toda a parte, mas ele avistou Mandy no mesmo instante no hall de entrada e correu para abraçá-la. Ela não estava gritando, mas se agarrou a ele feito uma sanguessuga, enfiando em sua barriga a cabeça cheia de cachinhos escuros.

– Tudo bem – disse ele, apertando a irmã de tão aliviado. – Tudo bem, Man. Estou com você. Estou com você.

O coração de Jem começou a se acalmar um pouco, e ele viu que a sra. Buchan estava sentada no sofá, segurando junto ao rosto uma toalha cheia de cubos de gelo. Um pouco do gelo havia caído no tapete, a seus pés. Tisha e Sheena estavam coladas à mãe, chorando, e Ginger tentava puxar seus cabelos e ao mesmo tempo consolar as irmãs, mas estava branca feito papel, chorando em silêncio.

– Sra. Buchan… está tudo bem? – perguntou Jem.

Jem sentia um frio na barriga. De alguma forma, tinha certeza de que aquilo era culpa dele.

A sra. Buchan ergueu os olhos. Um lado de seu rosto estava inchado, e o olho estava quase fechado, mas o outro estava repleto de coragem, o que o fez se sentir um pouco melhor.

– Ah, tudo muito bem, Jem – disse ela. – Não se aflijam, garotas! Está tudo bem. É só um olho roxo. Parem de chorar, sim? Não consigo ouvir meus próprios pensamentos.

Com paciência, ela se desvencilhou das meninas, empurrando e afagando as pequenas com a mão livre. Então, deu-se uma batida à ombreira da porta, e a voz de um homem surgiu no hall de entrada.

– Polícia! Alguém em casa?

Jemmy poderia ter dito à sra. Buchan o que acontecia depois que alguém chamava a polícia. Perguntas, perguntas e mais perguntas. E se houvesse coisas que *não* podiam ser ditas à polícia…

Pelo menos a sra. Buchan não deixou ninguém levar Jem à delegacia, nem aceitou ir, insistindo que não podia deixar as garotas sozinhas. Quando a polícia desistiu, Mandy e Sheena já dormiam no sofá, enroscadas feito um par de gatinhos, e Ginger e Tisha prepararam chá para todos e se acomodaram em um canto, bocejando e pestanejando, na tentativa de permanecerem acordadas.

Uns minutos depois de a polícia ir embora, o sr. Buchan chegou para jantar, e tudo foi explicado mais uma vez. Nada de mais, na verdade: a sra. Buchan se sentara com o sr. Cameron na cozinha e tinha explicado um pouco sobre a dança – não era segredo. A maioria do povo que vivia em Inverness sabia –, mas deixara o rádio ligado durante a conversa. De repente, o locutor começou a repetir o nome "Robert

Cameron", avisando que Robert Cameron estava sendo procurado pelo sequestro de um menininho das redondezas…

– Então o bastardinho deu um pinote, e eu também. Ele deve ter pensado que eu pretendia segurá-lo, pois eu estava entre ele e a porta, me deu uma cintada no olho, me empurrou contra a parede e saiu correndo!

Vez ou outra, o sr. Buchan encarava Jem com firmeza. Parecia que *ele* queria começar a fazer perguntas. Em vez disso, decidiu que iriam até a cidade jantar um peixe, já que estava tarde, e todos começaram a se sentir melhor no mesmo instante. Mas Jem percebeu que os Buchans se entreolharam, e ficou pensando se o sr. Buchan na verdade pretendesse deixá-lo com Mandy na delegacia, no caminho de volta. Ou de repente largar os dois à beira da estrada.

39

O FANTASMA DE UM HOMEM ENFORCADO

Roger estava empapado até a alma quando retornou ao chalé dos MacLarens. Entre os gritos de pavor da sra. MacLaren e sua velha mãe, ele foi rapidamente despido, envolto em uma colcha surrada e posto para secar diante do fogo, onde sua presença atrapalhava bastante os preparativos para o jantar. Acomodado em travesseiros com as duas crianças MacLarens, Buck ergueu uma sobrancelha indagativa para Roger.

Roger abanou a mão de leve, como se dissesse "explico mais tarde". Achou que Buck tinha um aspecto melhor, mais corado. Ele estava sentado ereto na cama, não com a postura caída. Por um breve instante, Roger se perguntou o que aconteceria se ele tocasse Buck. Será que ficaria azul?

O pensamento lhe provocou um arrepio, e Allie, uma das filhas dos MacLarens, afastou do fogo a ponta da colcha, com um gritinho alarmado.

– Cuidado, senhor, cuidado!

– Sim, cuidado – repetiu vovó Wallace, puxando a escumadeira de ferro enegrecida, que soltava sibilos e pingava gordura quente, para bem longe de suas pernas desnudas. – Se uma faísca cai aí, o senhor vai queimar como pavio. – Ela era cega de um olho, mas o outro, afiado feito uma agulha, o encarou com firmeza. – Alto do jeito que o senhor é, ainda vai incendiar o teto! Depois disso eu quero é ver onde vamos parar!

Seguiram-se a isso uns risinhos contidos, mas ele sentiu nas risadinhas um tom de desconforto, e ficou se perguntando por quê.

– *Moran taing* – disse Roger, agradecendo o conselho com educação.

Afastou-se uns centímetros da lareira e se sentou na poltrona onde estava o sr. Angus MacLaren, que consertava o cabo de seu cachimbo.

– Falando em teto… tem uma fazendinha incendiada logo acima, na colina. Acidente na cozinha, foi?

Fez-se silêncio no recinto, e as pessoas paralisaram por um instante, todas olhando para ele.

– Evidente que não – concluiu ele, com uma tossidela. – Desculpem a brincadeira... Muitas mortes?

O sr. MacLaren lhe dispensou um olhar meio aborrecido, bastante conflitante com sua cordialidade de antes, e apoiou o cachimbo no joelho.

– Não pelo fogo. O que o levou até lá em cima, homem?

Roger encarou MacLaren bem nos olhos.

– Estava procurando o meu menino – respondeu ele, apenas. – Não sei onde procurar... então estou vasculhando todos os cantos. Meu filho pode ter escapado. Se estivesse vagando por aí sozinho... talvez cogitasse se abrigar por lá.

MacLaren respirou fundo, recostou-se e assentiu.

– Ah, muito bem. É bom o senhor ficar longe daquela fazenda.

– É assombrada? – perguntou Buck.

Todos os presentes se viraram para ele, então de volta para o sr. MacLaren, esperando a resposta.

– Pode ser – disse MacLaren, depois de uma pausa relutante.

– É assombrada – sussurrou Allie para Roger.

– O senhor não entrou lá, entrou? – indagou a sra. MacLaren, a permanente ruga de preocupação se adensando na testa.

– Ah, não – garantiu Roger. – O que aconteceu por lá?

McEwan não hesitara nem um pouco em ir até a fazendinha. Será que desconhecia o motivo da preocupação?

A sra. MacLaren soltou um ruído, balançou a cabeça, remexeu o caldeirão no suporte e começou a pescar os nabos cozidos com uma colher de pau. Não cabia a ela falar sobre tais eventos.

O sr. MacLaren emitiu um som mais alto, inclinou-se para a frente e se levantou, muito pesado.

– Vou dar uma conferida nos animais antes do jantar – avisou, dando uma olhada em Roger. – Talvez o senhor queira vir comigo e sair do meio dos afazeres das senhoras.

– Ah, sim – respondeu Roger.

Com uma breve mesura para a sra. MacLaren, ergueu a colcha por sobre os ombros e acompanhou o anfitrião até o curral. Ao passar, cruzou olhares com Buck e deu de ombros.

O redil do gado, à moda costumeira, era separado da casa por uma simples parede de pedras com uma grande abertura no alto, permitindo que o considerável calor, além dos pedacinhos flutuantes de palha e do forte odor de mijo e estrume gerado pelas grandes vacas, penetrasse no interior. O curral dos MacLarens era cômodo, bem conservado e repleto de pilhas de palha limpa em um dos cantos. Abrigava três vacas vermelhas, gordas e desgrenhadas e um pequeno touro preto que bufava ferozmente para Roger, com um aro de metal reluzindo bem no meio das narinas vermelho-escuras.

O interior da casa não estava nada frio, graças às nove pessoas enfiadas lá dentro e à boa lareira. Mas o curral emanava tamanho calor e paz que Roger suspirou e relaxou os ombros, percebendo a tensão que se instalara neles durante as últimas horas.

MacLaren conferiu rapidamente os animais, coçando entre as orelhas do touro e dando um tapa reconfortante no flanco de uma das vacas. Então, com um aceno de cabeça, levou Roger ao outro canto do curral.

Desde a conversa com Hector McEwan, Roger guardava uma sensação estranha, causada por algo que ele parecia ter ouvido, mas não compreendido. Agora, vendo MacLaren se virar para falar com ele, a coisa retornou de súbito, muito clara em sua mente. *Cranesmuir*.

– A fazendinha lá de cima foi construída por gente de fora – contou MacLaren. – Ao que parece, não vieram de lugar nenhum. Um belo dia, estavam lá. Um homem e uma mulher, mas não dava para saber se eram casados ou talvez um homem com sua filha, já que ele parecia bem mais velho do que ela. Ambos diziam terem vindo das ilhas... Acho que talvez ele, sim, mas ela não falava como nenhum ilhéu que eu já conheci.

– Era escocesa?

MacLaren pareceu surpreso.

– Sim, era. Ela tinha o *gàidhlig*. Eu diria que vinha de algum lugar ao nordeste de Inverness, talvez Thurso. Pensando bem, não era muito... *certo*.

Não era muito certo. Como alguém fora de seu lugar, fingindo.

– Como era ela? – indagou Roger. Sua voz saiu grave. Ele precisou pigarrear e repetir.

MacLaren franziu os lábios e deu um assobio silencioso e aprovador, usado por quem se depara com algo memorável.

– Formosa – respondeu ele. – Muito formosa, na verdade. Alta e elegante, mas... não tão certinha em alguns aspectos, se é que você me entende.

Ele baixou a cabeça, meio constrangido, e Roger percebeu que sua relutância em conversar na frente das mulheres talvez não fosse por conta da natureza escandalosa da história.

– Entendo – comentou Roger, baixando a voz ao tom mais confessional de MacLaren. – Eles eram muito reservados, então?

Se não fossem, certamente toda a região teria descoberto se eram casados.

MacLaren franziu o cenho.

– Pois é, eles eram... Mas o homem era bastante amistoso. Eu o via de vez em quando nas charnecas, e nós conversávamos. Parecia um bom sujeito, mas, toda vez que eu falava com Maggie a respeito, não conseguia puxar pela memória nada do que ele tinha *dito*.

MacLaren contou que, de alguma forma, se espalhou a notícia de que a mulher era

254

meio esquisita: uma médica de raízes, mas que talvez concedesse mais do que a cura pelas ervas, caso estivesse sozinha na casa...

A única iluminação no curral era o brilho tênue que vinha da lareira junto à porta. Mesmo assim, Roger viu que MacLaren estava ruborizado e constrangido. O próprio Roger já começava a se incomodar, mas não pelos mesmos motivos.

Cranesmuir. Ele conhecia o nome, reconhecera à menção de McEwan. Os MacLarens contaram que o curandeiro era de Draighhearnach. Cranesmuir ficava no sentido oposto, e mais de 3 quilômetros adiante. Por que ele estava indo para lá aquela noite?

– Sempre há boatos sobre mulheres desse tipo. – MacLaren soltou um pigarro. – Mas ela era boa na cura com as ervas... e nos encantamentos também. Pelo menos era o que o povo dizia. Então, um dia, o homem sumiu. Ninguém soube para onde. Simplesmente não o viram mais, mas a mulher seguiu como antes, só que com mais visitantes homens. Em contrapartida, as mulheres pararam de levar seus filhos para vê-la, embora às vezes fossem sozinhas, em segredo. Um dia antes do Samhain, quando o sol se punha e as grandes fogueiras eram erguidas para a noite, uma vizinha rumou até a fazendinha solitária e desceu de volta correndo, aos berros. Ela encontrou a porta da casa escancarada, e a mulher e suas coisas não estavam mais lá... mas havia um homem pendurado no teto, mortinho de pedra, com uma corda no pescoço.

O choque travou a garganta do próprio Roger. Ele não conseguiu falar.

MacLaren suspirou. Uma vaca havia chegado por trás dele, cutucando-o com delicadeza. Ele apoiou a mão em seu dorso, como se buscasse alento no animal, que seguiu ruminando placidamente.

– Foi o padre quem falou que deveríamos limpar o lugar com fogo, pois tudo cheirava a maldade, e ninguém conhecia o homem. Não sabíamos se era só um pobre sujeito que havia tirado a própria vida num ato de desespero... ou se tinha sido assassinado.

– Eu... Entendi – disse Roger, forçando as palavras a saírem por sua garganta quente, e MacLaren subitamente ergueu o olhar.

Ele viu o homem escancarar a boca e arregalar os olhos. Só então percebeu que, em meio ao calor, deixara a colcha deslizar pelos ombros. MacLaren fitava sua garganta, onde a lívida e inconfundível cicatriz de um enforcamento devia estar bem visível, sob a tênue luz avermelhada.

MacLaren se afastou, ou tentou, mas não havia para onde ir. Aproximou-se do flanco desgrenhado de um dos animais, emitindo um som baixinho e gorgolejante. A vaca, aparentemente incomodada, pisou com força no pé de MacLaren. A consequente aflição e fúria pelo menos fizeram MacLaren se mexer. Depois de se libertar, com muitos trancos e xingamentos, virou-se para Roger:

– Por que veio aqui, *a thaibse*? – perguntou ele, com os punhos cerrados, mas a voz ainda baixa. – Seja lá o pecado que eu tenha cometido, não fiz nada a você. Não tive parte na sua morte... e sugeri que enterrassem seu corpo debaixo da lareira antes de incendiarem o local. O padre não ia permitir seu corpo no cemitério – acrescentou ele, evidentemente temendo que o fantasma do homem enforcado tivesse ido reclamar sobre o descarte não santificado de seus restos mortais.

Roger suspirou e esfregou a mão no rosto. A barba por fazer arranhava bastante. Ele avistou vários rostos curiosos, atraídos pelos berros de MacLaren, espiando em meio às sombras do curral, vindos da casa iluminada logo adiante.

– O senhor tem um rosário na casa? – perguntou ele.

Foi uma longa e inquieta noite. Vovó Wallace tirara as crianças da cama de Buck, como se temesse que ele fosse devorá-las no instante em que ela desse as costas, e acomodou todas consigo na cama de rodas. As mais velhas dormiram com os pais ou enroscadas em colchas perto da lareira. Roger dividiu com Buck a cama dos párias. Por mais que sua habilidade em segurar o rosário, beijar o crucifixo e conduzir a família a desfiar o rosário tivesse, por pouco, evitado que Angus MacLaren o largasse no meio da noite e mijasse nos portões para evitar que ele retornasse, aquilo não tinha aumentado muito sua popularidade.

Buck não havia dormido muito melhor. Logo ao amanhecer, sentiu uma necessidade urgente de ir até o banheiro. Na mesma rapidez, Roger se levantou, ofereceu ajuda e vestiu calças e uma camisa ainda molhada.

Ele ficou feliz em ver que Buck não parecia precisar de ajuda. Caminhava rigidamente e mancava um pouco, mas tinha os ombros eretos e não estava arquejando nem ficando azul.

– Se eles acham que você é um fantasma vingativo, o que *eu* sou? – inquiriu Buck, no instante em que os dois saíram do chalé. – E você, sem dúvida, podia ter entoado só a Oração ao Senhor, em vez de desfiar o rosário por cinco décadas e estragar o jantar!

– Humm. – Buck tinha sua parcela de razão, mas Roger estivera muito aborrecido para pensar nisso. Além do mais, queria dar aos outros tempo de se recuperar do choque. – Não estraguei. Só os nabos que ficaram meio tostadinhos.

– Só? – repetiu Buck. – A fumaceira ainda não cessou. E as mulheres estão com ódio de você. São capazes de salgar seu mingau. Aonde você acha que estamos indo? É para lá.

Ele apontou para uma trilha do lado esquerdo que, de fato, levava à latrina ao ar livre.

Roger soltou outro barulho irritado, mas foi atrás. Estava meio esquisito naquela manhã, distraído. E sabia por quê.

Devo contar agora?, pensou ele, vendo a porta da latrina se fechar atrás de Buck. Lá dentro havia dois assentos, mas ele não estava disposto a abordar o que tinha a dizer sob condições de *tamanha* intimidade, por mais pessoal que fosse o assunto.

– Sabe o curandeiro? McEwan? – soltou ele, do lado de fora, escolhendo o ponto mais simples para começar. – Ele disse que voltaria hoje para ver você.

– Eu não preciso de visita – retrucou Buck. – Estou bem!

Roger já conhecia o homem fazia tempo o bastante para reconhecer a bravata que encobria o medo, e respondeu de acordo:

– É, está bem. Como é que foi a sensação? – perguntou ele, curioso. – Quando ele pôs a mão em você?

Silêncio na latrina.

– Você sentiu *alguma coisa*? – perguntou ele.

– Talvez – respondeu Buck, rude e relutante, depois de um longo silêncio. – Talvez não. Eu caí no sono enquanto ele batia no meu peito que nem um pica-pau depois de comer larvas de árvore. Por quê?

– Você entendeu o que ele falou? Quando encostou em você?

Buck, em sua época, havia sido advogado. Certamente estudara latim.

– Você entendeu?

Um leve estalido de madeira, um farfalhar de tecido.

– Entendi – respondeu Roger. – E respondi, pouco antes de ele sair.

– Eu estava dormindo – repetiu Buck, com teimosia.

Estava claro que ele não queria falar sobre o curandeiro, mas não teria escolha.

– Saia daí, sim? Os MacLarens estão todos no quintal.

Ele olhou para trás e ficou surpreso em ver que os MacLarens *estavam mesmo* no quintal. Não todos. Apenas Angus e um garoto alto, claramente um MacLaren também. Parecia familiar... Será que estava na casa na véspera? Os dois estavam curvados, bem próximos, conversando com evidente animação, e o garoto apontava para a estrada distante.

– Saia – repetiu Roger, com uma súbita urgência na voz. – Tem alguém vindo. Estou ouvindo cavalos.

A porta do banheiro se escancarou e Buck saiu em disparada, feito um boneco de caixa-surpresa, enfiando a camisa na calça. Tinha os cabelos sujos e embaraçados, mas parecia muito apto e alerta. Isso era reconfortante.

Os cavalos haviam subido a dianteira da colina. Eram seis: quatro garranos, os pôneis desgrenhados das Terras Altas, um baio alto, magro e indiferente e um belíssimo castanho de crina preta. Buck agarrou Roger pelo braço.

– *A Dhia* – disse Buck, baixinho. – Quem são esses?

40

ANJOS, SEM SABER

Roger não fazia ideia de quem era o sujeito alto no cavalo bom, mas estava muito claro *o que* era, tanto pelos modos dos MacLarens quanto pela posição de seus companheiros, que avançavam sempre um passo atrás. Era o líder, com certeza.

Proprietário das terras dos MacKenzies?, pensou ele. A maioria dos homens usava tartã de caça em tons de verde, marrom e branco, mas Roger ainda não estava familiarizado o bastante com as padronagens locais para saber se vinham ou não de alguma área próxima.

Ao ver MacLaren menear a cabeça, o homem alto olhou para Roger e Buck com um ar de interesse casual. Seus modos não eram nada ameaçadores, mas Roger sentiu o corpo enrijecer e desejou por um instante não estar descalço, com a barba por fazer e as calças frouxas.

Pelo menos ele também tinha alguém na retaguarda, já que Buck havia se plantado um passo atrás. Ele não teve tempo de se espantar antes de ser percebido pelo estranho.

O homem era uns 3 ou 4 centímetros mais baixo que Roger, e regulava com ele em idade. Era moreno e bem-apessoado, de um jeito vagamente familiar...

– Bom dia, senhor – disse o sujeito, inclinando a cabeça com educação. – Eu sou Dougal MacKenzie, de Castle Leoch. E o senhor, quem seria?

Santo Deus, pensou Roger, tomado por uma onda de choque, que esperava não deixar transparecer. Cumprimentou o homem com um firme aperto de mão.

– Eu sou Roger Jeremiah MacKenzie, de Kyle de Lochalsh – disse ele, esperando manter a voz branda e confiante, para compensar a aparência sofrível.

Sua voz soava quase normal aquela manhã. Se ele não a forçasse, com sorte não falharia nem sairia estranha.

– Seu servo, senhor – disse MacKenzie, com uma leve mesura, surpreendendo Roger com seus modos elegantes.

Ele tinha olhos cor de mel, que encararam Roger com genuíno interesse e um leve toque de bom humor. Então se voltaram para Buck.

– Meu parente – Roger se apressou em apresentar. – William Bu... William MacKenzie.

Quando?, pensou ele, agitado. *Buck já tinha nascido? Será que Dougal reconheceria o nome William Buccleigh MacKenzie? Não, ele não devia ter nascido ainda. Não dá para existir duas vezes na mesma época... ou dá?*

Uma pergunta de Dougal MacKenzie interrompeu a torrente de pensamentos confusos, mas Roger não chegou a ouvir.

– O filho do meu parente foi levado – respondeu Buck, encarando Dougal com a mesmíssima... Deus do céu, a *mesmíssima* expressão de confiança indiferente que exibia o outro MacKenzie. – Faz cerca de uma semana, levado por um homem de nome Cameron. Robert Cameron. O senhor conhece esse homem?

Dougal não conhecia, é claro. Nada surpreendente, visto que Cameron não existia naquela época até uma semana antes. No entanto, ele conversou com seus homens, fez perguntas inteligentes e expressou franca compaixão e preocupação, o que consolou Roger e ao mesmo tempo lhe provocou uma ânsia de vômito.

Até então, Dougal MacKenzie não fora nada além de um nome nas páginas da história, ilustrada de vez em quando pelas memórias desconexas de Claire. Agora, estava sentado junto a Roger sob o sol da manhã, empertigado, no banco da área externa do chalé dos MacLarens, a manta de lã bruta cheirando de leve a mijo e mato, pensativo, coçando o queixo com a barba por fazer.

Eu gosto dele, que Deus me ajude. E, que Deus me ajude, sei o que vai acontecer com ele...

Ele encarava, fascinado, a concavidade na base da garganta de Dougal, musculosa e queimada de sol, emoldurada pela gola aberta de sua camisa amarrotada. Roger desviou o olhar para os pelinhos dourados do punho de Dougal, absorvendo a luz do sol enquanto ele movia o braço para o leste ao falar do irmão, líder do clã dos MacKenzies.

– O próprio Colum não viaja, mas ficaria muito feliz em receber os senhores, caso em sua busca se aproximem de Leoch. – Ele sorriu para Roger, que retribuiu, cordial. – Para onde pretendem ir agora?

Roger respirou fundo. *Boa pergunta.*

– Para o sul, eu acho. William não encontrou nenhuma pista de Cameron em Inverness, então estou achando que ele pode ter rumado para Edimburgo, na intenção de pegar um navio por lá.

Dougal franziu os lábios e assentiu, pensativo.

– Muito bem. – Ele se virou para seus homens, sentados nas pedras enfileiradas da trilha, e os chamou. – Geordie, Thomas... vamos emprestar nossos animais a esses homens. Peguem suas bolsas. Os senhores teriam poucas chances de alcançar o sequestrador a pé – disse ele, virando-se para Roger. – Ele deve estar a cavalo, e avançando depressa, ou já teria deixado algum rastro.

– Eu... Obrigado – Roger conseguiu dizer. Sentiu um profundo arrepio, apesar do sol em seu rosto. – É muita bondade sua. Vamos trazer os animais de volta assim que possível... ou mandá-los... se ficarmos detidos em algum lugar.

– *Moran taing* – murmurou Buck, assentindo para Geordie e Thomas, que assentiram de volta, sérios, porém refletindo sobre a perspectiva de caminhar de volta para o lugar de onde haviam vindo.

De onde será que eles vieram? Aparentemente, Angus MacLaren mandara seu filho na noite anterior, antes do jantar, chamar Dougal para retornar e dar uma olhada em seus alarmantes convidados. Logo, Dougal e seus homens só podiam estar em algum lugar próximo...

O tilintar de metais da bolsa obviamente pesada que Jock largou no chão ao lado de Dougal forneceu uma pista. *Dia de pagamento.* Dougal estava recolhendo os aluguéis para o irmão, e provavelmente retornando para Leoch. Vários aluguéis teriam sido pagos com presunto, galinhas, lã, peixe salgado, etc. Decerto o grupo de Dougal estava acompanhado de uma ou mais carroças, deixadas no local onde os homens haviam pernoitado.

259

Angus MacLaren e o filho mais velho estavam um pouco afastados, olhando Roger com desconfiança, como se ele pudesse criar asas e sair voando. Dougal se virou para Angus, com um sorriso:

– Não se preocupe, amigo – disse, em *gàidhlig*. – Eles são tão fantasmas quanto eu e os rapazes.

– *Não vos esqueçais da hospitalidade* – comentou Buck, no mesmo idioma – *pela qual alguns, sem saber, hospedaram anjos.*

Fez-se uma pausa alarmada, e todos o encararam. Então Dougal riu, e seus homens o acompanharam. Angus soltou apenas um grunhido educado, mas passou o peso de um pé para o outro e relaxou visivelmente.

Como se tivesse sido um sinal, a porta se abriu. A sra. MacLaren e Allie saíram, com uma pilha de tigelas de madeira e uma panela de mingau fumegante. Um dos MacLarens menores as acompanhava, trazendo cuidadosamente uma vasilha de sal na mão.

Em meio à confusão natural de todos se servindo e comendo, as mulheres *tinham* salgado bem o mingau.

Roger se virou para Dougal:

– MacLaren realmente o chamou para conferir se eu era um fantasma? – indagou ele, baixinho.

Dougal pareceu surpreso, mas sorriu com o canto da boca. Era o jeito como Brianna sorria frente a uma piada que não achava engraçada ou quando percebia algo divertido que não queria compartilhar. Àquela percepção se seguiu uma forte pontada, e Roger precisou baixar o olhar por um instante e soltar um pigarro, para recuperar o controle da própria voz.

– Não, rapaz – disse Dougal, em um tom casual, também olhando para baixo e limpando a tigela com um pedaço de pão, tirado de seu alforje. – Ele achou que eu pudesse ajudar na sua busca. – Ele encarou o pescoço de Roger, erguendo a sobrancelha escura e grossa. – Mas a presença de um homem meio enforcado levanta perguntas, sabe?

– Pelo menos um homem meio enforcado pode responder a elas – ponderou Buck. – Ao contrário do sujeito lá da fazenda, não é?

Isso assustou Dougal, que baixou a colher e encarou Buck. Este o fitou de volta, erguendo a sobrancelha clara.

Santo Deus... eles não perceberam? Algum deles percebeu a semelhança? Não estava quente, apesar do sol, mas Roger sentiu o suor descer por sua espinha. Era mais uma questão de postura e expressão do que de feições. Ainda assim, a semelhança entre os dois rostos era clara como o... bom, como o nariz reto e longo que eles compartilhavam.

Roger podia ver a centelha de pensamentos no rosto de Dougal: surpresa, curiosidade, desconfiança.

– E o que o senhor tem a ver com o sujeito lá de cima? – perguntou ele, erguendo de leve o queixo na direção da casa incendiada.

– Até onde eu sei, nada – respondeu Buck, dando de ombros. – Só estou dizendo que, se o senhor quer saber o que aconteceu com o meu parente, é só perguntar para ele. Não temos nada a esconder.

Muito obrigado, pensou Roger, com uma olhadela de esguelha para seu antepassado, que sorriu de leve para ele e voltou a comer com cautela o mingau salgado.

Por que você disse isso?

– Eu fui enforcado, por engano, no lugar de outro homem – comentou Roger, no tom mais displicente possível, ouvindo a voz arranhar sua garganta, comprimi-la, e precisou parar para soltar um pigarro. – Na América.

– América – repetiu Dougal, claramente espantado. Todos agora o encaravam, tanto os visitantes quanto os MacLarens. – O que o levou à América... e o que o trouxe de volta, a propósito?

– Minha esposa tem parentes aqui – respondeu Roger, imaginando o que Buck estava aprontando. – Na Carolina do Norte, no rio Cape Fear.

Ele quase soltou os nomes Hector e Jocasta Cameron, mas lembrou que Jocasta era irmã de Dougal. E também que Culloden os havia enviado à América...

Culloden ainda não havia acontecido.

E ele não vai estar vivo para ver, pensou Roger, olhando para Dougal e se distraindo com a sensação de terror. Dougal morreria horas antes da batalha, com o punhal de Jamie Fraser cravado fundo em sua garganta.

Ele relatou brevemente a história de seu enforcamento e resgate, omitindo o contexto da Guerra do Regulamento e o papel de Buck em sua forca. Ele sentia Buck bem perto, o corpo inclinado para a frente, muito atento, mas não o encarou. Não podia olhar para ele sem querer estrangulá-lo. Queria estrangulá-lo de qualquer modo.

Ao concluir o relato, Roger mal conseguia falar e seu coração pulsava com uma fúria contida. Todos o encaravam, expressando uma gama de emoções, do temor à compaixão. Allie MacLaren soluçava alto, com a bainha do avental no nariz, e até sua mãe parecia, de alguma forma, arrependida de ter exagerado no sal. Angus tossiu e entregou a ele uma garrafa contendo cerveja, que também era uma bebida bastante agradável. Ele murmurou um agradecimento e bebeu, evitando todos os olhares.

Dougal assentiu, muito sério, então se virou para Angus:

– Conte sobre o homem lá de cima – pediu ele. – Quando foi que isso aconteceu... e o que você sabe a respeito?

O rosto de MacLaren perdeu um pouco da coloração natural. Ele pareceu desejar a cerveja de volta.

– Faz seis dias, *a ghoistidh*.

Ele entabulou um breve relato, bem menos emocionante e detalhado do que o da noite anterior. A história, porém, era a mesma.

Pensativo, Dougal tamborilava sobre o joelho.

– A mulher – disse ele. – Você sabe para onde ela foi?

– Eu... ouvi dizer que ela foi para Cranesmuir, senhor.

A cor de MacLaren havia retornado. Muito interessado, ele tomava o cuidado de evitar o olhar rígido da esposa.

– Cranesmuir – repetiu Dougal. – Sim, muito bem. Talvez eu vá procurá-la, então, para dar uma palavrinha. Como ela se chama?

– Isbister – soltou MacLaren. – Geillis Isbister.

Roger de fato não sentiu a terra estremecer, mas ficou surpreso em perceber isso.

– Isbister? – indagou Dougal, erguendo a sobrancelha. – Das ilhas do norte, sim?

MacLaren deu de ombros, fingindo ignorância... e indiferença. Por seu aspecto, parecia que alguém havia feito uma séria tentativa de abalá-lo, e Roger viu Dougal remexer a boca outra vez.

– É – comentou ele, em tom seco. – Bom, uma mulher das Orkneys talvez não seja difícil de encontrar em um lugar do tamanho de Cranesmuir.

Ele ergueu o queixo na direção de seus homens, e todos se levantaram junto com ele, como um único corpo. Roger e Buck também.

– Boa sorte para os senhores, cavalheiros – disse ele, com uma mesura. – Vou mandar espalhar notícias do seu menino. Se souber de alguma coisa, para onde envio?

Roger trocou olhares com Buck, confuso. Não podia pedir que as notícias fossem enviadas a Lallybroch, sabendo o que sabia sobre as relações entre Brian Fraser e seus cunhados.

– O senhor conhece um lugar chamado Sheriffmuir? – perguntou, procurando outro local que já existisse àquela época. – Tem uma ótima estalagem lá... embora não haja muita coisa mais.

Dougal pareceu surpreso, mas assentiu.

– Conheço, senhor. Eu lutei em Sheriffmuir com o conde de Mar. Meu pai, meu irmão e eu jantamos com ele por lá uma noite. Sim, mandarei as notícias para lá, se houver alguma.

– Obrigado. – As palavras saíram meio sufocadas, mas claras.

Dougal dispensou um aceno de cabeça condolente, então deu meia-volta para se despedir dos MacLarens. Detido por um pensamento súbito, porém, ele se voltou.

– O senhor não é mesmo um anjo, é? – questionou ele, em um tom muito sério.

– Não – respondeu Roger, com o maior sorriso possível, apesar do frio na barriga. *E não é você que está falando com um fantasma.*

Ele se levantou com Buck, observando os MacKenzies partirem, Geordie e Thomas acompanhando sem muito esforço, enquanto os cavalos subiam lentamente o íngreme caminho de pedras.

Felizes aqueles que creem sem ter visto! A frase pairava em sua mente. Talvez a felicidade não fosse a crença, e sim não ter que ver. Ver, certas vezes, era uma terrível maldição.

Roger atrasou a própria partida o máximo que a decência permitia, à espera do retorno do dr. McEwan, mas, tão logo o sol despontou no céu, ficou claro que os MacLarens queriam vê-los longe dali. Além disso, Buck desejava partir.

– Eu estou bem – disse ele, atravessado, esmurrando o peito. – Forte como um touro.

Roger soltou um grunhido de desconfiança... e se surpreendeu. Não sentiu dor. Ele levou a mão à garganta, bastante contido. Não era necessário chamar atenção para isso, por mais que estivessem indo embora.

Roger se virou para Angus MacLaren e Stuart, que havia enchido seu cantil, muito prestativo, na esperança de apressar a dupla. Ele agora se encontrava parado, com o cantil cheio d'água pingando nas mãos.

– Agradeço a hospitalidade, senhor, e a sua bondade para com meu parente.

– Ah – disse MacLaren, exibindo um nítido olhar de alívio pela clara despedida. – Tudo bem. Sem problemas.

– Se... o curandeiro aparecer, pode agradecer a ele por nós? E diga que eu tentarei vir vê-lo, no caminho de volta.

– No caminho de volta – repetiu MacLaren, menos entusiasmado.

– Sim. Estamos rumando para Lochaber, para as terras dos Camerons. Se não encontrarmos nenhuma pista do meu filho por lá, provavelmente voltaremos por aqui... talvez contatemos Castle Leoch, em busca de notícias.

Ao ouvir isso, o rosto de MacLaren se desanuviou.

– Deus, sim – disse ele, animado. – Bem pensado. Boa sorte!

41

NO QUAL AS COISAS CONVERGEM

– Ora, não é que eu não queira ajudar sua mãe – repetiu o sr. Buchan pela terceira vez. – Mas não posso aceitar alvoroços na minha casa, criminosos entrando e saindo, não com as minhas meninas aqui, entende?

Jemmy assentiu, embora o sr. Buchan não estivesse olhando para ele. Encarava o espelho retrovisor e observava de vez em quando por cima do ombro, com o receio de estar sendo seguido. Jem queria fazer o mesmo, mas não dava para olhar para trás sem ficar de joelhos e se virar. Ainda por cima, Mandy dormia profundamente no colo dele.

Era tarde e ele bocejou, esquecendo-se de cobrir a boca. Pensou em pedir desculpas, mas achou que o sr. Buchan não tinha percebido. Notou um arroto brotando e, desta

263

vez, cobriu a boca, sentindo subir o gosto de peixe com batata frita. O sr. Buchan trouxera um peixe extra para Brianna. Estava em um saco de papel marrom no chão, junto aos pés de Jem, para não engordurar o banco.

– Sabe quando seu pai volta? – perguntou de repente o sr. Buchan, olhando para ele. Jemmy balançou a cabeça, sentindo o peixe com batata subir pelas tripas.

O sr. Buchan comprimiu os lábios, como se quisesse dizer algo que achava que não devia.

– Papai... – murmurou Mandy, enfiando a cabeça nas costelas de Jem, roncando e voltando a adormecer.

Jemmy se sentiu péssimo. Mandy não sabia onde papai estava. Devia achar que ele estava no chalé ou algo do tipo.

Mamãe explicou que papai voltaria assim que percebesse que Jemmy não estava com o vovô. *Mas como?*, pensou ele, mordendo o lábio com força para não chorar. *Como ele ficaria sabendo?* Estava escuro, mas talvez o sr. Buchan perceberia se ele chorasse.

Pelo retrovisor, o sr. Buchan notou faróis piscando enquanto limpava o nariz com a manga da camisa. E viu um furgão branco se aproximando. Ele resmungou algo baixinho e pisou fundo no acelerador.

Brianna aguardava como uma caçadora. Ela entrara em um estado de desapego físico e suspensão mental, corpo e mente operando cada um a seu modo, mas capazes de partir para uma ação conjunta tão logo surgisse algo que valesse a pena. Seu pensamento estava na Cordilheira, rememorando uma caçada de gambás com seu primo Ian. A viscosidade pungente e a fumaça lacrimejante vindas das tochas de nó de pinho, o lampejo de olhos brilhantes numa árvore e um súbito gambá se eriçando feito um pesadelo em meio aos galhos, a bocarra escancarada, cheia de dentes afiados, rosnando feito um flatulento barco a motor...

Então, o telefone tocou. Em um instante, ela se pôs de pé, de arma na mão, todos os sentidos atentos à casa. Depois de novo, o som do aparelho, abafado pela distância, mas inconfundível. Era a extensão do escritório de Roger. No mesmo instante, ela avistou uma luz lá dentro. A porta do escritório estava aberta, e o telefone parou de tocar de maneira abrupta.

O couro cabeludo de Brianna se eriçou e ela sentiu uma breve afinidade com o gambá da árvore. Mas o animal não estava armado com uma espingarda.

Seu impulso imediato foi ir até lá, expulsar quem estivesse em sua casa e exigir saber o que significava tudo aquilo. Sua aposta era Rob Cameron, e a ideia de caçá-lo feito um tetraz e de enxotá-lo sob a mira de sua arma a fez segurar o cano com ainda mais força, de tanta ansiedade. Ela havia recuperado Jemmy, e Cameron saberia que não seria necessário lhe poupar a vida.

Mas Brianna hesitou, junto à porta da torre, olhando para baixo.

A pessoa que estava na casa tinha atendido ao telefone. *Se eu fosse uma ladra, não atenderia ao telefone da casa que estou roubando. Só se achasse que acordaria os moradores.*

A pessoa que estava na casa já sabia que não havia ninguém lá.

"*Quod erat demonstrandum*", disse a voz de seu pai em sua mente, com uma satisfação soturna. Alguém na casa esperava uma ligação.

Ela pôs os pés do lado de fora e respirou fundo o aroma fresco e frio de tojo, substituindo o almíscar úmido da torre, o coração batendo acelerado e a mente trabalhando mais rápido ainda.

Quem estaria ligando para ele... para eles? Para falar o quê?

Talvez alguém tivesse visto quando ela desceu o caminho pela mata. Talvez estivessem ligando para avisar a Rob que ela estava lá fora, na torre. Não, não fazia sentido. Quem se encontrava na casa já *estava* lá quando ela chegou. Se alguém tivesse visto sua chegada, teria ligado naquele momento.

– *Ita sequitur...* – murmurou ela.

Sendo assim, se a ligação não tinha nada a ver com ela, devia ser um aviso de que alguém – a polícia talvez? – estava a caminho de Lallybroch ou de que a pessoa do lado de fora havia encontrado as crianças.

O cano metálico escorregava na palma suada de sua mão. Brianna precisava se esforçar para segurar a arma com firmeza. E de um esforço ainda maior para não sair correndo até a casa.

Por mais irritante que fosse, Brianna precisava esperar. Se alguém tivesse encontrado as crianças, ela não tinha como chegar a tempo à casa de Fiona para protegê-las e teria que depender da amiga, de Ernie e da polícia de Inverness. Se fosse esse o caso, a pessoa na casa sem dúvida sairia imediatamente.

A não ser que aquele cretino do Rob esteja pensando em ficar por lá, na esperança de me pegar desprevenida e...

Mesmo com a arma na mão, o pensamento lhe trouxe um desconforto, que ela reconheceu como o toque fantasmagórico do pênis de Stephen Bonnet.

– Eu matei você, Stephen – disse ela, baixinho. – E que bom que está morto. Pode ser que, em breve, você tenha companhia no inferno. Não se esqueça de acender o fogo para ele, ouviu?

Aquilo lhe restabeleceu a coragem. Ela se agachou e foi avançando pelo tojo, descendo a encosta em um ângulo que a levaria para perto da horta, e não da trilha, que era visível da casa. Mesmo no escuro, não queria se arriscar. A lua, meio errática, escondia-se às vezes por entre as nuvens que passavam.

O som de um carro se aproximando a fez erguer a cabeça e observar por sobre um tufo de giesta seca. Brianna pôs a mão no bolso e tocou os cartuchos da espingarda. Catorze. Devia dar.

A observação de Fiona sobre balística lhe passou pela cabeça, além de um vislumbre da possibilidade de ir presa por múltiplos homicídios. Ela se arriscaria em prol da satisfação de matar Rob Cameron? No entanto, por mais que Brianna não precisasse mais de Cameron para localizar Jemmy, *precisava* descobrir o que estava acontecendo. E, ainda que a polícia fosse capaz de rastreá-lo a partir da represa, se havia alguma gangue envolvida naquilo, Rob talvez fosse o único meio de descobrir quem eram os outros e o que queriam.

Os faróis subiram e desceram pela pista até o pátio, e ela se levantou abruptamente. A luz automática se acendeu, revelando o inconfundível furgão branco de Ernie, com a inscrição ELÉTRICA BUCHAN – PARA QUALQUER NECESSIDADE CORRENTE, LIGUE 01463 775 4432 e o desenho de um cabo partido cuspindo faíscas.

– Inferno! – praguejou Brianna.

A porta do furgão se abriu e Jemmy pulou para fora, virando-se em seguida para ajudar Mandy, uma pequenina silhueta escura no interior do veículo.

– VOLTE PARA DENTRO! – berrou Brianna, saltando encosta abaixo, deslizando pelas pedras soltas e os tornozelos roçando na urze. – JEMMY! VOLTE!

Ela viu Jem se virar, o rosto branco sob o brilho da luz, mas era tarde demais. A porta da frente se escancarou e dois vultos vieram apressados, correndo em direção ao furgão.

Sem perder tempo, Brianna saiu correndo o mais rápido que pôde. Uma espingarda era inútil a distância... ou não. Ela parou derrapando, apoiou a arma no ombro e disparou. O chumbo saiu voando pelo tojo, zunindo como flechas minúsculas. E o barulho do tiro deteve os intrusos.

– PARA DENTRO! – gritou ela, tornando a atirar.

Os intrusos correram para dentro da casa e Jemmy, coitadinho, saltou de volta para o furgão feito um sapo assustado e bateu a porta. Ernie, que havia acabado de sair, ficou parado por um momento olhando para a encosta, mas, em seguida, percebendo o que tinha acontecido, recobrou depressa os sentidos e voltou até a porta do carro.

Brianna recarregou a arma sob a luz do holofote. Por quanto tempo ficaria aceso, sem ninguém se movendo por perto? Ela encaixou um cartucho novo e saiu correndo em direção ao furgão de Ernie. Outros faróis desviaram sua atenção de volta para a estrada. Minha Nossa Senhora, quem seria agora? *Por favor, Deus, que seja a polícia...*

A luz apagou, mas voltou a se acender quase no mesmo instante. O segundo veículo avançava barulhento rumo ao pátio. As pessoas na casa estavam debruçadas no batente da sala de estar, gritando algo para o furgão novo – sim, era outro furgão, bem parecido com o de Ernie, mas com os dizeres POULTNEY'S, FORNECEDOR DE BOAS CAÇAS e a imagem de um javali.

– Santa Maria, mãe de Deus, rogai por nós, pecadores, agora e na hora da nossa morte...

Ela tinha que chegar ao furgão de Ernie antes... Tarde demais. O furgão da Poultney's acelerou e acertou a lateral do furgão de Ernie, empurrando-o por vários metros. Brianna conseguiu ouvir o grito de Mandy, agudo feito um presságio, atravessando-lhe o coração.

– Jesus Cristo!

Brianna não podia perder tempo contornando o pátio. Mirou de perto e acertou o pneu dianteiro do furgão da Poultney's com um tiro.

– FIQUEM NO CARRO! – gritou, enfiando o segundo cartucho e apontando a arma para o para-brisa logo em seguida.

Um borrão branco indicou ao menos duas pessoas se agachando sob o painel. Os homens – sim, dois homens – dentro da casa discutiam um com o outro, com os integrantes do furgão e com ela. Em sua maioria, eram insultos. Mas um dos sujeitos alertava os outros de que a arma dela *era* uma espingarda. Inútil, a menos que de perto, e que disparava apenas dois tiros por vez.

– Você não tem como dar conta de todos!

Era Rob Cameron, gritando de dentro do furgão da Poultney's. Brianna não se deu ao trabalho de responder. Aproximou-se da casa e deu outro disparo. A janela da sala de estar se dissolveu numa cascata de vidro.

O suor lhe descia pelas laterais do corpo. Ela abriu a arma e enfiou mais dois cartuchos no lugar. Sentia-se em câmera lenta, mas o resto do mundo estava ainda mais devagar. Sem a menor pressa, caminhou até o furgão de Ernie e apoiou as costas na porta, na frente de onde estavam Jemmy e Mandy. Um bafo forte de peixe e vinagre de malte flutuou pelo ar quando a manivela baixou a janela alguns centímetros.

– Mãe...

– Mamãe! Mamãe!

– Brianna, o que está acontecendo?

– Um bando de loucos está tentando me matar e pegar os meus filhos, Ernie – respondeu ela, aumentando o tom de voz para suplantar o pranto de Mandy. – Não reparou? Que tal ligar o carro, hein?

Daquele ponto, o outro furgão estava fora do alcance efetivo da espingarda, e Brianna só conseguia enxergar um dos lados do veículo. Ela ouviu a porta do outro lado se abrir e identificou um leve movimento pela janela estilhaçada da casa.

– *Agora* seria ótimo, Ernie.

Brianna não tinha se esquecido de que um daqueles desgraçados estava com seu rifle. Só lhe restava torcer para que eles não soubessem usá-lo.

Ernie girava a chave e pisava no acelerador em movimentos frenéticos. Brianna o ouvia rezando baixinho, mas o homem tinha afogado o motor. A ignição zunia, imprestável. Mordendo o lábio inferior, Brianna contornou a frente do furgão a tempo de dar de cara com um dos integrantes da Poultney's. Para sua surpresa, era uma mulher baixa e atarracada, usando uma balaclava e uma jaqueta Barbour surrada. Ela apoiou a espingarda no ombro. A mulher tentou correr, tropeçou e caiu de costas, deixando escapar um arquejo.

Brianna quis gargalhar, mas, ao ver Cameron saltar do furgão com o rifle dela na mão, a vontade sumiu.

– Largue a arma! – gritou ela, avançando a passos largos em direção a ele, com a arma no ombro.

Rob *não sabia* usar o rifle. Olhava para Brianna, então para a arma, muito aflito, como se esperasse uma mira automática, até que mudou de ideia e largou o rifle.

A porta da casa se escancarou e Brianna percebeu pessoas se aproximando. Deu meia-volta e também correu, alcançando o furgão de Ernie bem a tempo de conter os dois homens que tinham saído da casa. De imediato, um deles começou a andar de lado, com a clara intenção de circundar o outro furgão e reunir os companheiros idiotas. A essa altura, Rob Cameron avançava lentamente na direção dela, as mãos erguidas para demonstrar suas intenções… não ofensivas.

– Olhe só, Brianna, não queremos machucar você – afirmou.

Em resposta, ela encaixou um cartucho novo, e ele deu um passo para trás.

– É sério – disse ele, sobressaltado. – Queremos falar com você, só isso.

– Certo, é isso aí – rebateu ela. – Agora vá enganar outro. *Ernie?*

– Mamãe…

– Não se atreva a abrir a porta enquanto eu não mandar, Jemmy!

– Mamãe!

– Já para o chão, Jem, agora! E com Mandy!

Um dos homens da casa e a mulher atarracada se moviam outra vez. Brianna podia ouvi-los. O segundo homem havia se escondido no escuro, fora do círculo de luz.

– ERNIE! – berrou ela.

– Tem uma pessoa vindo, mamãe!

Todos ficaram paralisados por um instante, e o barulho de um motor avançando pelo caminho que levava à fazenda surgiu com clareza em meio à noite. Brianna se virou e segurou a maçaneta, puxando-a no exato instante em que o motor de Ernie enfim roncou de volta à vida. Ela se jogou no assento, os pés quase acertando a cabeça de Jem, que espiava do assoalho, os olhos imensos naquela luz tênue.

– Vai, Ernie! – pediu ela, calma até demais, dada a circunstância. – Crianças, fiquem aí embaixo!

A coronha de um rifle acertou a janela perto da cabeça de Ernie e trincou o vidro. Ele deu um grito, mas graças a Deus não deixou o motor morrer. Mais uma pancada, e o vidro se estilhaçou numa cascata de fragmentos brilhantes. Brianna baixou a arma e se jogou por cima de Ernie para tentar agarrar o rifle. Chegou a tocá-lo, mas o homem que o segurava conseguiu puxar de volta. Debatendo-se feito louca, ela agarrou o vulto e arrancou a balaclava felpuda, revelando um sujeito boquiaberto.

O holofote se apagou, fazendo o pátio mergulhar na escuridão. Pontos reluzentes

268

dançaram diante dos olhos dela. A luz voltou quando um novo veículo acelerou pelo local, buzinando. Brianna se levantou do colo de Ernie, tentando enxergar pelo para-brisa. Em seguida, jogou-se para o outro lado do furgão.

Era um carro comum, um Fiat azul-escuro, que contornou o pátio como um brinquedinho, a buzina se esgoelando feito uma porca no calor.

– Amigo ou inimigo? – perguntou Ernie, a voz tensa, mas controlada.

– Amigo – respondeu ela, sem fôlego.

O Fiat partiu para cima dos intrusos: o portador desmascarado do rifle, a mulher de jaqueta Barbour e um sujeito que não era Rob Cameron. Eles correram pelo gramado feito baratas, e Ernie, exultante, deu um soco no painel.

– Agora esses caras vão aprender!

Bri teria gostado de ficar para ver o resto do espetáculo, mas Cameron, onde quer que estivesse, estava perto demais.

– *Vai*, Ernie!

Ele foi, soltando um ruído e um guincho terrível de metal. O veículo cambaleou forte, o eixo traseiro provavelmente danificado. Só restava a Brianna torcer para que nenhuma roda tivesse se soltado.

O Fiat azul patrulhava o pátio, buzinando e piscando os faróis para o furgão de Ernie, e uma mão acenou da janela do motorista. Brianna pôs a cabeça para fora com cautela para retribuir o gesto, então tornou a se sentar, ofegante. Manchas negras flutuavam em seu campo de visão e o cabelo grudava no rosto empapado de suor.

Eles foram capengando pela pista, só na primeira marcha, emitindo um terrível chiado estridente. Pelo ruído, a roda traseira havia cedido.

– Mamãe – chamou Jemmy, metendo a cabeça por sobre o assento –, já posso me sentar?

– Claro.

Ela respirou fundo e ajudou os dois a se levantarem. Choramingando, a garotinha se agarrou ao peito de Brianna.

– Está tudo bem, querida – sussurrou ela junto ao cabelo de Mandy, segurando o corpinho sólido tanto quanto a menina se segurava a ela. – Vai dar tudo certo.

Brianna olhou para Jemmy, todo encolhido e visivelmente trêmulo em seu casaco de lã xadrez, por mais que a cabine do furgão estivesse quentinha. Brianna estendeu a mão e o pegou pela nuca, com delicadeza.

– Tudo bem aí, cara?

O menino assentiu, mas não falou nada. Ela segurou a mãozinha dele, tanto para dar segurança ao menino quanto para aliviar o próprio tremor.

Ernie pigarreou.

– Desculpe, Brianna – disse ele com a voz embargada. – Eu não sabia que... Bom, eu achei que não teria problema trazer as crianças de volta e, depois que Cameron foi até lá em casa e bateu na Fiona, eu...

Uma gota de suor brilhante escorreu por trás de sua orelha.

– Ele o quê?

Depois dos acontecimentos da última hora, aquela notícia foi registrada como um mero bipe em seu sismógrafo pessoal, obscurecido pelas ondas de choque mais fortes que só então vinham se atenuando. Jemmy, que já saía de seu estado de choque, contou sua versão do ocorrido, revelando até sua indignação com a sra. Kelleher e a atendente da polícia. Brianna sentiu um embrulho no estômago que não era vontade de rir, mas quase isso.

– Não se preocupe, Ernie. – Ela foi dispensando as tentativas dele de se desculpar. Tinha a voz áspera, e a garganta doía de tanto gritar. – Eu teria feito o mesmo. E jamais teríamos escapado se não fosse você.

Se não fosse Ernie, *ninguém* estaria lá. Mas ele sabia disso tão bem quanto ela. Não precisava jogar na cara.

– É, humm… – Ele dirigiu em silêncio por um momento. – Aquele carro azul está seguindo a gente – observou ele, em um tom casual, olhando pelo retrovisor e engolindo em seco.

Brianna esfregou a mão no rosto e conferiu. Como era de esperar, o Fiat vinha atrás deles, a uma boa distância.

Ernie tossiu.

– Hum… Aonde você quer ir, Bri? Não tenho tanta certeza se vamos conseguir chegar à cidade. Mas há um posto de gasolina na estrada principal, e eles têm um telefone. Se eu parasse lá, você poderia ligar para a polícia enquanto eu cuido do furgão.

– Não ligue para a polícia, mãe – protestou Jemmy, desgostoso. – *Esses* não ajudam nada.

– Hum – murmurou ela, evasiva, e ergueu a sobrancelha para Ernie, que concordou e projetou a mandíbula.

Brianna estava mesmo mais inclinada a *não* ligar para a polícia, mas porque estava preocupada caso eles fossem solícitos *demais*. Ela tinha conseguido se esquivar da delicada pergunta sobre a localização de seu marido na noite anterior, informando que ele estava em Londres para visitar a Sala de Leitura do Museu Britânico e que ela falaria com eles assim que Roger chegasse em casa.

Se a polícia ficasse sabendo do tiroteio, começaria a investigação mais minuciosa de sua vida. E não era preciso tanta imaginação para concluir que eles poderiam achar que ela tinha algo a ver com o desaparecimento de Roger. Afinal, Brianna mentiu em seu depoimento e não sabia onde ele estava. *Talvez nunca saiba.* Ela engoliu em seco.

O único recurso seria alegar que eles haviam brigado e rompido a relação, o que soaria muito pouco convincente à luz dos acontecimentos recentes. E ela, de todo modo, não diria esse tipo de coisa na frente das crianças.

Entretanto, parar no posto de gasolina era a única possibilidade naquele momento. Se o Fiat azul os seguisse até lá, ao menos ela poderia conhecer seu novo aliado. Caso fosse a polícia à paisana... Bem, ela lidaria com isso quando chegasse a hora. Àquela altura, a adrenalina e o choque já tinham passado. Ela se sentia desconectada, aérea e muito, muito cansada. A mãozinha de Jemmy havia relaxado, mas seus dedos continuavam enroscados no polegar de Brianna.

Ela se inclinou para trás, fechou os olhos e começou a correr a outra mão bem devagar pela coluna de Mandy. A garotinha relaxara e pegara no sono junto a seu peito. Enquanto a cabeça de Jemmy encostava em seu ombro, a responsabilidade pelas crianças lhe pesou no coração.

O posto de gasolina ficava ao lado de um café. Brianna deixou Ernie com o frentista enquanto tirava as crianças do carro. Não se deu ao trabalho de olhar para trás. O Fiat azul mantivera uma distância respeitável, sem se aproximar demais, enquanto o furgão de Ernie se arrastava a duras penas, tilintando pela estrada a 30 quilômetros por hora. Se o motorista não quisesse falar com ela, já teria seguido em frente e desaparecido. Talvez desse para tomar uma xícara de chá antes de ter que lidar com ele.

– Não vejo a hora – murmurou ela. – Você abre a porta, por favor, Jem?

Mandy estava inerte feito um saco de cimento em seus braços, mas começou a se mexer com o cheiro da comida. Bri se engasgou com o fedor de óleo de fritura velho, batatas fritas queimadas e xarope de panqueca sintético. Pediu sorvete para Jemmy e Mandy e uma xícara de chá para si mesma. Mesmo naquele lugar, não havia como errar uma boa xícara de chá.

Uma xícara de água morna e um saquinho de chá industrializado a convenceram do contrário. Não importava. Sua garganta estava tão retesada que ela duvidava que pudesse engolir até água.

O bendito torpor do choque estava arrefecendo, por mais que ela preferisse mantê-lo enroladinho no corpo, feito um lençol. O ambiente era claro demais, e o chão era todo coberto de linóleo branco com marcas de sapatos. Brianna se sentia exposta, como um besouro no chão encardido da cozinha. Sua cabeça comichava e ela mantinha os olhos fixos na porta, desejando ter podido entrar com a espingarda.

Ela só percebeu que Jemmy também vigiava a porta quando o menino se empertigou a seu lado, na cabine.

– Mãe! É o sr. Menzies!

Por um instante, nem aquelas palavras nem a visão do homem que acabara de entrar no café fizeram o menor sentido. Brianna pestanejou várias vezes, mas ele ainda estava ali, vindo a passos largos em sua direção, com o semblante ansioso. Era o diretor da escola de Jem.

– Sra. MacKenzie – cumprimentou ele, esticando-se para apertar a mão de Brianna com fervor. – Graças a Deus vocês estão bem!

– É... Obrigada – agradeceu ela, com a voz fraca. – O senhor... era *o senhor*? No Fiat azul?

Era como se ela esperasse confrontar Darth Vader, mas desse de cara com o Mickey Mouse.

O homem até enrubesceu.

– Ahn... Bem, era. Eu... é... – Ele trocou olhares com Jemmy e abriu um sorriso esquisito. – Você está cuidando bem da sua mãe, Jem?

– Sim, senhor.

Jemmy, é claro, estava a ponto de explodir de tantas perguntas. Bri conteve o garoto com um olhar de reprimenda e gesticulou para que Lionel Menzies se sentasse. Ele o fez e respirou fundo, prestes a dizer algo, mas foi interrompido pela garçonete, uma mulher forte de meia-idade, de meias grossas e cardigã, que parecia não querer saber se eles eram alienígenas ou baratas, contanto que não lhe complicassem a vida.

– Não peça chá – alertou Bri, inclinando a cabeça para a própria xícara.

– Ah, obrigado. Vou querer... um sanduíche de bacon e um refrigerante. Vocês têm Irn-Bru? – perguntou ele, hesitante, esperando a reação da garçonete. – E pode trazer molho de tomate também?

Desdenhosa, ela apenas fechou o bloco de anotações e saiu se arrastando.

– Certo – retomou Menzies, ajustando os ombros como se estivesse diante de um pelotão de fuzilamento. – Me diga uma coisa, aquele homem na sua casa era Rob Cameron?

– Era – respondeu Bri, lacônica, lembrando que Cameron tinha algum parentesco com Menzies, talvez primo ou algo assim. – Por quê?

Ele pareceu desgostoso. De rosto pálido, cabelo castanho crespo e ralo e óculos, não era, de jeito nenhum, fora do comum, ainda que guardasse uma estranha presença, uma cordialidade e um ar calmo de autoridade que chamava a atenção e passava segurança, algo em falta naquela noite.

– Temi que fosse. Eu ouvi no noticiário da noite que Rob estava sendo procurado pela polícia por envolvimento com... bem, com... – O homem baixou o tom, mesmo não havendo ninguém ali perto. Ele fez um meneio discreto na direção de Jem. – Com o rapto do nosso Jeremiah.

– Foi ele! – intrometeu-se Jemmy, largando a colher. – Foi ele, sr. Menzies! Ele disse que ia me levar para passar a noite com o Bobby, só que não levou. Me levou lá para as pedras e...

– Jem – advertiu Brianna, com a voz calma, mas o tom de "trate de calar a boca". Ele bufou alto e a encarou, mas obedeceu. – É, foi ele. O que o senhor sabe a respeito?

– Eu? Nada, ora – respondeu Menzies, surpreso. – Nem consigo imaginar por que ele... – O homem interrompeu a frase, tossiu, tirou os óculos, sacou um lenço de bolso e os limpou. Quando tornou a ajeitá-los no rosto, já havia se recomposto. – Não sei se a senhora lembra, mas Rob Cameron é meu primo. E está na loja maçônica, claro. Fiquei de cara no chão ao ouvir isso a respeito dele. Então pensei que talvez devesse ir a Lallybroch, dar uma palavrinha com a senhora e seu marido. – Ele ergueu a sobrancelha, mas ela não respondeu à óbvia menção a Roger, e o homem prosseguiu: – Também queria saber se Jem estava bem... Você está bem? – arrematou ele, muito sério, olhando para o menino.

– Ah, sim, estou – respondeu Jemmy de um jeito distraído, embora parecesse tenso. – *Senhor* – acrescentou, e lambeu um resto de sorvete de chocolate do lábio superior.

– Que bom.

Menzies sorriu para Jem e Brianna identificou um traço de sua afeição habitual despontando por detrás dos óculos.

– Eu queria perguntar se não teria sido algum equívoco, mas, diante de... tudo aquilo, constatei que não foi.

Ele inclinou a cabeça na direção de Lallybroch e engoliu em seco.

– É, não foi – confirmou ela em um tom soturno, ajustando o peso de Mandy em seu colo. – E era Rob Cameron.

O homem fez uma careta e respirou fundo, mas aquiesceu.

– Eu queria ajudar – disse, simplesmente.

– Com certeza ajudou – confirmou ela, imaginando o que fazer com ele. – Eca! Mandy, você está me babando toda! Use o guardanapo, pelo amor de Deus!

Ela esfregou com força o rosto da filha, ignorando seu choramingo mal-humorado.

Ele *poderia* ajudar? Brianna queria muito acreditar nisso. Por dentro, ainda estava trêmula e muitíssimo disposta a aceitar qualquer oferta de ajuda.

Mas o sujeito *era* parente de Rob Cameron. Talvez tivesse ido até a casa dela para conversar ou talvez por outro motivo. A intervenção dele, afinal de contas, podia ter sido para evitar que ela matasse Rob, não para salvar Brianna e as crianças de Rob e seus comparsas mascarados.

– Conversei com Ernie Buchan – prosseguiu Menzies, meneando a cabeça em direção à janela de vidro liso. – Ele... achou que você talvez não quisesse envolver a polícia?

Brianna deu um gole no chá morno e tentou pensar. Estava cada vez mais difícil. Seus pensamentos estavam fragmentados feito gotas de mercúrio, espalhando-se em dezenas de direções.

– Não... ainda não – respondeu ela. – Ontem passamos metade da noite na delegacia. Não tenho mais como responder a nenhuma pergunta. – Ela respirou fundo e o encarou. – Não sei o que está acontecendo. Não sei por que Rob Cameron raptaria Jemmy...

– Você sab... – começou Jemmy, ao que ela girou a cabeça como um chicote e o encarou com raiva.

Ele retribuiu o olhar, de olhos vermelhos e punho cerrado. Alarmada, Brianna reconheceu o gênio dos Frasers prestes a irromper com força.

– Você sabe o que ele fez! – contestou o garoto, tão alto que dois caminhoneiros no balcão se viraram para ele. – Eu *falei* para você! Ele queria que eu...

Mandy, que tinha começado a pegar no sono de novo, acordou assustada e começou a chorar.

– Eu quero o papaaaaai!

Jem tinha o rosto vermelho de raiva. Ao ouvir aquilo, ficou branco.

– Cale a boca, cale a boca, cale a boca! – gritou ele para Mandy, que choramingou, aterrorizada.

– PAPAAAI! – berrou ela, ainda mais alto, tentando escalar o corpo de Brianna.

– Jem!

Lionel Menzies se levantou e esticou o braço na direção do menino, mas Jemmy estava totalmente fora de si e até pulava de tanta raiva. O restaurante inteiro estava perplexo com a cena.

– Vá EMBORA! – berrou Jem para o homem. – DROGA! Não toque em mim! Não toque na minha mãe!

Então, num arroubo de energia, deu um chute forte na canela de Menzies.

– Meu Deus!

– Jem!

Bri segurava firme a sôfrega e histérica Mandy, mas não conseguiu alcançar Jem antes que o garoto pegasse a taça de sorvete, arremessasse na parede e saísse correndo do café, escancarando a porta com tanta força que um homem e uma mulher prestes a entrar foram obrigados a abrir caminho para não serem atropelados quando o menino passou como um foguete.

Brianna se sentou de supetão, sentindo o sangue se esvair de sua cabeça. *Santa Maria, mãe de Deus, rogai por nós...*

O lugar ficou em silêncio, à exceção dos soluços de Mandy, que foram arrefecendo à medida que o pânico se atenuou. A menina se enroscou no peito de Brianna, enterrando o rosto no casaco acolchoado.

– Calma, querida – sussurrou Bri, curvando a cabeça para beijar os cachinhos de Mandy. – Pronto, pronto. Está tudo bem. Vai ficar tudo bem.

Mandy soltou um balbucio abafado.

– Papai? – disse ela, chorosa.

– Sim – falou Bri, com firmeza. – Vamos ver o papai em breve.

Lionel Menzies pigarreou. O homem se sentara para massagear a canela, mas parou para apontar para a porta.

– Será que...? Não é melhor eu ir atrás de Jem?

– Não, ele está bem... Ele está com Ernie. Estou vendo daqui.

Os dois estavam no estacionamento, quase invisíveis sob a luz da placa de néon.

274

Jemmy dera de cara com Ernie, que rumava para o restaurante, e grudou nele feito cola. Sob o olhar de Brianna, Ernie, pai experiente, se ajoelhou e tratou de abraçar Jem, dando-lhe tapinhas nas costas, alisando o cabelo e falando com ele num tom sério.

– Humm. – Era a garçonete com o sanduíche de Menzies, seu rosto impassível derretendo em compaixão. – A menininha aí está cansada, né?

– Sinto muito – desculpou-se Bri, com a voz calma, inclinando a cabeça para a louça quebrada e a mancha de sorvete de chocolate na parede. – Eu... vou pagar pelo prejuízo.

– Ah, não se preocupe, moça – retrucou a garçonete, balançando a cabeça. – Meu filho já foi pequeno. Dá para ver que a senhora já está com problemas demais. Vou buscar uma boa xícara de chá.

E lá foi ela se arrastando. Sem dizer nada, Lionel Menzies abriu a lata de Irn-Bru e a empurrou para Brianna, que deu um gole. O anúncio dizia que a bebida era feita com as vigas mestras de ferro oxidado resgatadas dos estaleiros de Glasgow. Só mesmo na Escócia isso era considerado estratégia de venda, refletiu ela. Mas metade da bebida era açúcar, e a glicose entrou em sua corrente sanguínea feito um elixir da vida.

Ao vê-la se empertigar como uma flor murcha ganhando vida, Menzies assentiu.

– Onde está Roger? – perguntou ele, tranquilo.

– Não sei – respondeu Brianna, no mesmo tom.

Mandy tinha dado um último suspiro de soluço e caiu em um sono pesado, o rosto ainda enfiado no casaco da mãe. Ela puxou o tecido acolchoado para o lado, para a menina não sufocar.

– Nem sei quando ele volta.

O homem fez uma careta, parecendo insatisfeito e um pouco constrangido. Ele evitava o olhar de Brianna.

– Entendi. Hum. Foi por causa... Quero dizer, ele foi embora por causa do que o Rob... fez com o Jem?

Ele baixou a voz ainda mais, e Bri arregalou os olhos. O açúcar no sangue, porém, a fez recuperar a atenção. De repente, a ficha caiu, fazendo o sangue subir para o rosto.

O sujeito achava que Rob raptara Jemmy com o intuito de...? E Jemmy tinha dito "Você sabe o que ele fez", e ela mandara o menino se calar... Além disso, tinha pedido para não envolver a polícia. Ah, santo Deus...

Brianna respirou fundo e passou a mão no rosto, pensando se deixava o homem achar que Rob havia molestado Jemmy e agora estava tentando matá-la para encobrir seus atos ou se era melhor revelar uma versão parcialmente verossímil de algum trecho da história.

– Rob foi à minha casa ontem à noite e tentou me estuprar – disse ela, inclinando-se por sobre a cabeça de Mandy, com o intuito de manter a voz baixa e evitar o ouvido atento dos caminhoneiros no balcão, que lhe davam olhadelas discretas por cima dos ombros. – Ele já tinha sequestrado Jemmy, e Roger saíra para tentar encontrá-lo. Achamos que ele o levara para... para as Orkneys. – *Me parece uma boa distância.* – Eu... deixei recado. Espero que Roger volte a qualquer momento, assim que souber que Jemmy foi encontrado.

Ela entrelaçou os dedos em cima da mesa. Menzies ficou sem expressão, confrontando as suposições anteriores com as novas.

– Ele... Ele... Ah. – O homem fez uma breve pausa, deu um gole meio automático no chá dela e mudou o semblante. – A senhora está dizendo que acha que Rob pegou Jem para tirar seu marido de casa, para então... poder...?

– Acho, sim. – Ela aceitou de bom grado a sugestão dele.

– Mas... e aquelas outras pessoas? Com as...? – Ele passou vagamente a mão no rosto, indicando as balaclavas.

– Eu não faço *ideia* – rebateu ela, com firmeza.

Não mencionaria o ouro espanhol. Quanto menos pessoas soubessem, melhor. E quanto à outra coisa...

No entanto, a menção às "outras pessoas" fez Brianna se lembrar de algo, e ela tateou o bolso espaçoso e tirou de lá a balaclava do sujeito que havia quebrado a janela com o rifle. Quase não conseguira vislumbrar o rosto dele em meio à alternância de luz e sombra, e não tivera tempo de pensar a respeito. Mas agora tinha, e foi acometida de um novo mal-estar.

– O senhor conhece um homem chamado Michael Callahan? – indagou ela, tentando manter o tom casual.

Menzies deu uma olhadela na balaclava, então para ela, os olhos esbugalhados.

– Claro que conheço. É arqueólogo, tem relação com o Centro de Pesquisa de Orkney. Não está sugerindo que ele estava com as pessoas que...?

– Certeza absoluta. Eu vi o rosto dele por um segundo quando tirei isso. E... – Ela fez uma careta de desgosto e arrancou um tufo de cabelo cheio de areia de dentro da balaclava – Parece que não foi só isso que arranquei dele. Rob o conhece. Ele foi a Lallybroch dar uma opinião sobre umas ruínas atrás da casa e ficou para jantar.

– Ah, meu Deus! – murmurou Menzies, afundando oura vez no assento.

Ele tirou os óculos e massageou um pouco a testa. Brianna ficou vendo o homem pensar, cada vez mais distante.

A garçonete veio servir uma xícara fresca de chá quente com leite já adoçado e mexido. Brianna agradeceu e bebericou, observando a noite do lado de fora. Ernie estava levando Jem para checar o furgão.

– Entendo seu motivo para não querer confusão – ponderou Menzies, por fim, com todo o cuidado. Já tinha comido metade do sanduíche e deixara o resto no prato, escorrendo ketchup de um jeito meio nojento. – Mas é sério, senhora... Posso chamá-la de Brianna?

– Bri – sugeriu ela. – Claro.

– Bri – confirmou ele, sorrindo.

– É, eu sei o que isso significa na Escócia – emendou ela num tom seco.

"Bree" era o nome de uma tempestade causadora de grandes distúrbios. Um sorriso aberto irrompeu no rosto de Lionel.

– Sim. Bem… Detesto sugerir isso, Bri, mas e se Rob machucou Roger de alguma forma? Não valeria a pena encarar o interrogatório da polícia para encontrá-lo?

– Não machucou. – Brianna estava cansada e só queria ir para casa. – Acredite em mim. Roger foi com o… primo dele, Buck. E se Rob tivesse conseguido fazer algum mal a eles, certamente teria se vangloriado disso quando…

Brianna respirou tão fundo que o ar desceu até seus pés doloridos, e ela trocou a posição das pernas, segurando Mandy com mais firmeza.

– Lionel… quer saber? Você poderia nos levar para casa? Se aquele pessoal ainda estiver por lá, aí vamos imediatamente à polícia. Se não… isso pode ficar para amanhã de manhã.

Ele não gostou da ideia, mas também sofria os efeitos secundários do choque e do cansaço. Depois de argumentar um pouco, acabou concordando, vencido pela irredutível determinação de Brianna.

Ernie pediu uma carona por telefone depois de ter a garantia de que Lionel os levaria para casa. No caminho de volta a Lallybroch, Lionel estava tenso, os nós dos dedos esbranquiçados segurando o volante, mas os faróis do Fiat iluminaram o pátio vazio, exceto por um pneu que jazia no cascalho, a borracha rasgada e esgarçada como as asas de um abutre gigante abatido em pleno voo.

As duas crianças dormiam profundamente. Lionel carregou Jem para dentro, depois insistiu para averiguar a casa com Bri e pregou ripas na janela quebrada da saleta enquanto ela varria mais uma vez os quartos.

– Não prefere que eu passe a noite aqui? – sugeriu Lionel, hesitando junto à porta. – Eu poderia montar guarda. O que acha?

Brianna se esforçou para abrir um sorriso.

– Sua esposa já deve estar se perguntando onde você está. Não, você já ajudou bastante, mais do que suficiente. Não se preocupe. Eu… tomarei as devidas providências de manhã. Só quero que as crianças consigam ter uma boa noite de sono na cama.

Ele assentiu, contraindo os lábios em preocupação, e correu os olhos pelo hall de entrada, o reluzente painel de nogueira sereno à luz da lâmpada, e até os golpes de sabre, de alguma forma, conferiam um ar cada vez mais rústico e pacífico com o passar do tempo.

– Você talvez tenha família ou amigos na América – sugeriu ele de repente. – Bem, pode não ser má ideia passar um tempo fora, não acha?

– É – concordou ela. – Estava pensando nisso. Obrigada, Lionel. Boa noite.

42

TODO O MEU AMOR

Ela estava tremendo. Tremia desde que Lionel Menzies tinha ido embora. Com uma leve sensação de abstração, estendeu a mão trêmula. Em seguida, irritada, fechou o punho e socou com força a palma da outra mão. Socou de novo, e mais uma vez, cerrando os dentes, furiosa, até precisar parar, arquejante, a mão ardendo.

– Tudo bem – falou baixinho, os dentes ainda cerrados. – *Tudo bem*.

O nevoeiro foi se dissipando, deixando uma pilha de breves pensamentos gélidos.

Temos que ir. Mas para onde? E quando?

E o mais arrepiante de todos:

E Roger?

Ela estava sentada no escritório, e as paredes de madeira apainelada cintilavam com o brilho tênue do fogo. Havia um abajur de leitura em perfeitas condições, bem como a luminária do teto, mas Brianna sempre acendia a grande vela. Roger gostava de usá-la quando escrevia tarde da noite, tomando nota dos poemas e canções que memorizara, às vezes usando uma pena de ganso. Dizia que aquilo o ajudava a se lembrar das palavras, evocando os ecos do tempo em que as aprendera.

O cheiro de cera quente da vela evocava os ecos *dele*. Se ela fechasse os olhos, seria capaz de ouvi-lo, trabalhando e cantarolando baixinho, parando vez ou outra para tossir ou pigarrear, para limpar a garganta combalida. Brianna correu de leve os dedos pela escrivaninha de madeira, sentindo o toque da cicatriz elevada na garganta de Roger, contornando-lhe a nuca a fim de enfiar os dedos no calor espesso de seu cabelo negro, afundando o rosto em seu peito…

Ela estremeceu outra vez, agora soluçando em silêncio. Tornou a cerrar o punho, mas apenas respirou, até se recompor.

– Assim *não* vai dar – disse em voz alta.

Fungou com força, acendeu a luz, soprou a vela e pegou uma caneta e uma folha de papel.

Enxugando as lágrimas do rosto com o dorso da mão, Brianna dobrou a carta com cuidado. Envelope? Não. Se alguém encontrasse aquilo, um envelope não mudaria nada. Ela virou a carta e, fungando, escreveu *Roger* com sua melhor caligrafia de escola paroquial.

Tateou o bolso atrás de um lenço de papel e assoou o nariz, sentindo de maneira um tanto obscura que devia fazer com a carta algo mais… cerimonioso? Mas, exceto por jogá-la na lareira e riscar um palito de fósforo para que o vento do norte a levasse embora, como seus pais faziam com suas cartas para o Papai Noel, nada lhe ocorreu.

Naquele estado de espírito, achava reconfortante o fato de Papai Noel sempre ter vindo.

Ela abriu a grande gaveta e começou a tatear a parte de trás, em busca do fecho que revelava o esconderijo secreto, quando algo lhe veio à mente. Bateu com força a gaveta e puxou a do meio, rasa e larga, que guardava canetas, clipes de papel, elásticos... e um batom, esquecido por uma convidada qualquer de algum jantar.

Era um tom de rosa-escuro que não combinava com a pele de Brianna, mas não importava. Ela o passou depressa, sem olhar, e pressionou os lábios com cuidado sobre a palavra "Roger".

– Eu te amo – sussurrou.

Tocou o beijo róseo com a ponta do dedo, abriu outra vez a gaveta grande e empurrou o local que destravava o esconderijo. Não era bem uma gaveta secreta, mas um espaço anexado à parte inferior da escrivaninha. Uma chapa deslizante permitia o acesso a uma cavidade rasa de 15 por 20 centímetros.

Quando Roger descobriu o esconderijo, havia lá dentro três selos impressos com a efígie da rainha Vitória. Infelizmente, todos do tipo comum, pós-vitoriano, em vez do One Penny Black, bem mais valioso. Havia também um cacho ralinho do cabelo louro de uma criança, esmaecido pelo tempo, amarrado com um fio branco e um pedacinho minúsculo de urze. Alguém deixara os selos ali por algum motivo, talvez esperando que ganhassem valor quando alguma geração futura herdasse o móvel, mas Brianna pusera o cacho entre as páginas de sua Bíblia. Sempre que o encontrava, entoava uma pequena oração para a criança – seria menino ou menina? – e seus pais.

A carta coube com facilidade no coração da velha escrivaninha. Um momento de pânico: será que ela devia ter posto cachos de cabelo das crianças? *Não*, pensou decidida. *Não seja mórbida. Sentimental, sim. Mórbida, não.*

– Senhor, permita que estejamos todos juntos novamente – sussurrou ela, para abrandar o medo, então cerrou os olhos e fechou o esconderijo da gaveta com um clique discreto.

Se tivesse aberto os olhos um segundo depois, não teria visto. O pedacinho de alguma coisa pendendo atrás da gaveta grande, quase invisível. Ela se espichou e descobriu um envelope, lá no fundo, preso com fita adesiva na parte inferior da escrivaninha. Já havia secado com o tempo. A pancada anterior na gaveta devia tê-lo soltado.

Ela virou o envelope com a sensação de estar em um sonho e, nesse estado, não se surpreendeu ao ver as iniciais *B.E.R.* escritas no envelope amarelado. Bem devagar, abriu.

"Querida e exímia atiradora", ela leu, e sentiu todos os pelos de seu corpo se arrepiarem, lenta e silenciosamente, um de cada vez.

Querida e exímia atiradora,

Você acabou de ir embora, depois de nossa maravilhosa tarde atirando em discos. Meus ouvidos ainda estão zunindo. Sempre que atiramos, fico dividido entre a minha inveja, o imenso orgulho por suas habilidades e o medo de que um dia você precise usá-las.

É muito estranho estar escrevendo isto. Sei que vai acabar descobrindo quem você é, mas não faço ideia de como vai ficar sabendo. Será que estou prestes a revelá-la para si mesma ou essa já será uma notícia velha quando encontrar isto? Se ambos tivermos sorte, talvez eu possa contar pessoalmente quando você for um pouco mais velha. E, se tivermos muita sorte, isso não vai dar em nada. Mas não ouso arriscar sua vida por conta dessa esperança, e você ainda não tem idade suficiente para que eu possa lhe contar.

Sinto muito, querida, por ser tão terrivelmente melodramático. A última coisa que quero fazer é alarmá-la. Tenho toda a confiança do mundo em você, mas sou seu pai e, por isso, estou sujeito ao medo que aflige todos os pais: o de que algo pavoroso e inevitável aconteça com um filho e estejamos impotentes para protegê-lo.

– Do que está falando, papai?

Ela esfregou a nuca com força e continuou:

Homens que atravessaram guerras não costumam falar sobre isso, só para outros soldados. Homens da minha área, do Serviço, não falam para ninguém, e não só por conta da Lei dos Segredos Oficiais. Mas o silêncio devora a alma. Eu tinha que contar para alguém, e meu velho amigo Reggie Wakefield se tornou meu confidente.

(Eu me refiro ao reverendo Reginald Wakefield, um clérigo da Igreja da Escócia que mora em Inverness. Se você estiver lendo esta carta, é muito provável que eu esteja morto. Se Reggie ainda estiver vivo e você tiver idade suficiente, converse com ele. Ele tem minha permissão para contar a você tudo que souber a essa altura.)

– Idade suficiente?

Apressada, ela tentou calcular quando a carta havia sido escrita. Atirando em discos? Sherman's, o estande de tiro onde ele a ensinara a usar uma espingarda. Espingarda que tinha sido um presente por seu aniversário de 15 anos. E seu pai havia falecido logo depois de ela completar 17.

O Serviço não tem nenhuma relação com isso. Não vá por esse caminho em busca de informações. Eu o mencionei só porque foi lá que aprendi como funciona uma conspiração. Também conheci uma porção de pessoas na guerra, muitas em altos postos, e muitas estranhas. Essas duas coisas se sobrepõem com mais frequência do que se poderia desejar.

Por que é tão difícil escrever isto? Se eu estiver morto, talvez sua mãe já tenha lhe contado a história do seu nascimento. Ela me prometeu que nunca falaria disso enquanto eu estivesse vivo, e tenho certeza de que não falou. Se eu estiver morto, no entanto, ela pode...

Perdão, querida. É difícil dizer, porque amo sua mãe e amo você. E você sempre será a minha filha, mas foi gerada por outro homem.

Pronto, está dito. Vendo assim, preto no branco, meu impulso é rasgar este papel e queimá-lo, mas não vou fazer isso. Você precisa saber.

Pouco depois do fim da guerra, sua mãe e eu viemos para a Escócia. Foi uma espécie de segunda lua de mel. Certa tarde, ela saiu para apanhar flores... e nunca mais voltou. Eu a procurei durante meses, mas não houve nenhum sinal, e a polícia acabou desistindo. Na verdade, os malditos suspeitaram que eu a tivesse matado. Com o tempo, porém, a polícia se cansou de me atormentar. Eu tinha começado a retomar minha vida, havia decidido seguir em frente, talvez sair da Grã-Bretanha, e então Claire voltou. Três anos depois do desaparecimento, ela surgiu nas Terras Altas, imunda, faminta, surrada... e grávida.

Grávida de um jacobita das Terras Altas de 1743 chamado James Fraser. Não vou entrar nos detalhes do que foi conversado entre nós. Faz muito tempo e já não importa, a não ser pelo fato de que SE sua mãe falou a verdade e realmente viajou no tempo, então pode ser que você também tenha essa habilidade. Espero que não. Porém, caso possa... Senhor, não acredito que estou escrevendo isto de verdade. Mas eu olho para você, querida, com o sol batendo em seu cabelo... e o vejo. Não posso negar.

Bem, levou muito tempo. Muitíssimo tempo. Mas sua mãe nunca mudou a história e, embora não tenhamos tocado no assunto durante um bom período, ficou óbvio que ela não havia perdido a sanidade (o que, de início, presumi que fosse o caso). Assim, eu comecei a... procurar por ele.

Aqui, preciso fazer uma pequena digressão, me perdoe. Acho que você nunca ouviu falar do adivinho Brahan. Por mais excêntrico que fosse, ele não é tão conhecido assim além dos círculos que apreciam os aspectos mais inusitados da história escocesa. Reggie, no entanto, é um homem de uma curiosidade e uma erudição imensas, e ficou fascinado pelo adivinho – um homem chamado Kenneth MacKenzie, que viveu no século XVII (talvez) e fez um sem-número de profecias sobre isso e aquilo, às vezes por ordem do conde de Seaforth.

Naturalmente, as únicas profecias mencionadas que têm conexão com esse homem são as que pareceram se confirmar: ele previu, por exemplo, que quando houvesse cinco pontes sobre o rio Ness, o mundo mergulharia no caos. Em agosto de 1939, foi inaugurada a quinta ponte sobre o Ness e, em setembro, Hitler invadiu a Polônia. Um caos considerável para qualquer pessoa.

O vidente acabou tendo um fim tenebroso, como costuma acontecer com os profetas (por favor, lembre-se bem disso, certo, querida?). Ele foi queimado num barril de alcatrão com espinhos a mando de lady Seaforth, cujo marido ele imprudentemente havia profetizado que estaria tendo casos com várias senhoras durante sua viagem a Paris. (Na minha opinião, essa profecia era verídica.)

Entre suas profecias menos conhecidas, contudo, havia uma de nome "Profecia Fraser". Não se sabe muito a respeito, e o que é de conhecimento é confuso e vago, como costumam ser as profecias, não obstante o Velho Testamento. O único trecho relevante, acho eu, é este: "A última da linhagem de Lovat governará a Escócia."

Sugiro que faça uma pausa agora, querida, e dê uma olhada no papel que estou anexando a esta carta.

Atabalhoada e desajeitada com tamanho choque, Brianna deixou cair todas as folhas e precisou recolhê-las do chão. Foi fácil identificar a que papel ele se referia, uma folha mais fina, uma fotocópia de um gráfico escrito à mão, uma espécie de árvore genealógica com uma letra que não era a de seu pai.

Sim. Bem, esse trecho com informações perturbadoras chegou às minhas mãos por meio de Reggie, que o obtivera da esposa de um camarada de nome Stuart Lachlan.

Após a súbita morte de Lachlan, sua esposa encontrou isso em sua escrivaninha e decidiu passar adiante para Reggie, sabendo que Lachlan e ele tinham tido um interesse mútuo por história e pela família Lovat, além de serem nativos de Inverness. A sede do clã ficava em Beauly. Reggie reconheceu os nomes, claro.

Você não deve saber nada a respeito da aristocracia escocesa, mas eu sabia que Simon Lovat, lorde Lovat, no caso, lutou na guerra nos comandos e depois nas Forças Especiais. Não éramos amigos íntimos, mas nos conhecemos casualmente, por conta dos negócios, digamos assim.

– Negócios de quem? – disse Brianna em voz alta, cheia de suspeitas. – Dele ou seus? Ela podia ver o rosto do pai, com um sorrisinho no canto da boca, escondendo um segredo de todos.

Os Frasers de Lovat possuem uma linhagem relativamente direta, até chegarmos ao velho Simon – bem, todos eles se chamam Simon –, chamado de Velha Raposa, executado por traição depois do levante jacobita de 1745. (Tem bastante coisa a respeito dele no meu livro sobre os jacobitas. Não sei se você já leu, mas está tudo lá, caso tenha curiosidade.)

– Caso tenha curiosidade – murmurou ela. – Certo!

Brianna sentiu naquelas palavras um leve tom de acusação. Ela apertou os lábios, irritada tanto consigo mesma, por não ter lido ainda os livros do pai, quanto com ele por ter mencionado.

Simon era um dos Frasers mais extravagantes, e em diversos aspectos. Teve três esposas, mas não era famoso por sua fidelidade. Chegou a ter uns filhos legítimos e sabe Deus quantos ilegítimos (embora dois ilegítimos tenham sido reconhecidos), mas seu herdeiro era o Jovem Simon, conhecido como Jovem Raposa.

Jovem Simon sobreviveu ao levante, ainda que degradado e destituído de sua propriedade. Acabou recuperando quase tudo no tribunal, mas o esforço lhe tomou a maior parte de uma vida longeva e, ainda que tenha se casado, acabou o fazendo já em idade avançada e sem descendência. Seu irmão mais moço, Archibald, foi o herdeiro, mas também morreu sem filhos.

De modo que Archibald era "o último da linhagem de Lovat" – existe uma linha de descendência direta entre ele e os Frasers de Lovat que teria sido concomitante com a do adivinho Brahan –, mas ele claramente não se tornou o governante escocês.

No entanto, você está vendo o diagrama. A pessoa que o fez listou os dois filhos ilegítimos, bem como o Jovem Simon e seu irmão. Alexander e Brian, nascidos de mães diferentes. Alexander ingressou no sacerdócio e se tornou abade de um mosteiro na França. Sem filhos conhecidos. Já Brian...

Brianna sentiu gosto de bile e achou que fosse vomitar. *Já Brian...* Ela fechou os olhos por reflexo, mas não importava. O diagrama ficou gravado na parte interna de suas pálpebras.

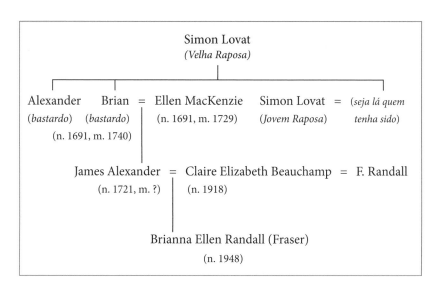

Ela se levantou, empurrando a cadeira com um rangido, e saiu cambaleante até o corredor, o coração ribombando nos ouvidos. Engolindo em seco sem parar, foi até o saguão e tirou a espingarda de trás da estante dos casacos. Sentia-se um pouco melhor com ela nas mãos.

– Isso não está certo. – Brianna não se dera conta de que tinha falado em voz alta e se assustou com a própria voz. – Não está certo – repetiu, num tom baixo e contundente. – Deixaram umas pessoas de fora. E tia Jenny? Ela teve *seis* filhos! E eles?

Ela cruzou o corredor pisando firme, de arma na mão, e virou o cano de um lado para outro, como se esperasse que Rob Cameron ou outra pessoa saltasse da saleta ou da cozinha ou descesse escorregando pelo corrimão. A ideia a fez erguer o olhar até os degraus, e ela havia deixado as luzes acesas quando desceu depois de colocar as crianças para dormir, mas o pé da escada estava vazio, e não se ouvia nenhum barulho vindo lá de cima.

Um pouco mais calma, ela verificou o térreo com todo o cuidado, checando cada porta e janela. E o buraco do padre, cuja escuridão vazia se escancarava como uma bocarra zombeteira.

Jem e Mandy estavam bem. Ela sabia disso. Mesmo assim, subiu de mansinho e passou um bom tempo junto à cama dos dois, observando o brilho pálido da lâmpada de Branca de Neve no rosto deles.

O relógio de pêndulo do corredor lá embaixo sinalizou a hora com um único badalo: *bong!* Brianna respirou fundo e desceu para terminar de ler a carta do pai.

A linhagem atual dos Frasers de Lovat descende de um ramo colateral. Presume-se que a Profecia Fraser não se refira a um deles, embora haja uma porção de herdeiros nessa linhagem.

Não sei quem desenhou esse diagrama, mas pretendo descobrir. Esta carta existe para o caso de eu não conseguir. Para várias coisas, na verdade.

Uma delas é a possibilidade de que a história da sua mãe seja verdadeira. Ainda tenho dificuldade de acreditar quando acordo de manhã ao lado dela e tudo está tão normal. Mas, tarde da noite, quando estou sozinho com os documentos... Bom, por que não admitir? Eu encontrei o registro do casamento deles. James Alexander Malcolm MacKenzie Fraser e Claire Elizabeth Beauchamp. Não sei ao certo se me sinto grato ou insultado por ela não ter se casado com ele usando o meu sobrenome.

Me perdoe, estou divagando. É difícil resistir às emoções, mas vou tentar. O resumo do que estou dizendo é o seguinte: se realmente for capaz de voltar no tempo (e possivelmente retornar), você é alguém que desperta enorme interesse em uma série de pessoas e por diversos motivos. Se qualquer pessoa nos filões mais obscuros do governo se convencesse desse poder, você seria vigiada. Possivelmente abordada. (Em séculos passados, o governo britânico forçava os homens a servir. Ainda fazem isso, só que de forma menos óbvia.)

Essa é uma contingência bastante remota, mas real. É minha obrigação mencioná-la.

Existem grupos privados que também teriam profundo interesse em você por esse motivo, e é evidente que alguém já a identificou e a está vigiando. O gráfico que mostra sua linha de descendência, com datas, indica isso. Também sugere que o interesse dessa(s) pessoa(s) pode ser por preocupação com a Profecia Fraser. O que poderia ser mais intrigante para esse tipo de gente do que a perspectiva de alguém que é a "última da linhagem de Lovat" e uma viajante do tempo? Esse tipo de gente, e eu conheço bem, acredita em toda a sorte de poderes místicos, e nada os atrairia com mais ímpeto do que a convicção de que você detém tal poder.

Essas pessoas costumam ser inofensivas, mas também podem ser muito perigosas.

Se eu encontrar quem desenhou esse gráfico, vou questioná-lo e fazer o melhor para neutralizar qualquer ameaça a você. Mas sei como funciona uma conspiração. Malucos desse tipo afloram em bandos. Posso ter deixado um deles escapar.

– Neutralizar – murmurou ela, com um arrepio nas mãos que se espalhou pelos braços e pelo peito, cristalizando-se ao redor do coração.

Não tinha a menor dúvida do que ele quis dizer com aquilo, não bastasse a clara franqueza do termo. E será que ele tinha encontrado a(s) pessoa(s)?

Não se aproxime do Serviço ou de ninguém com conexões. Na melhor das hipóteses, vão considerá-la louca. Mas, se você for realmente o que pode ser, as últimas pessoas que devem saber disso são os "tipinhos engraçados", como éramos conhecidos durante a guerra.

Se o que já é ruim ficar ainda pior, e você realmente for capaz de viajar no tempo, pode ser que o passado seja sua melhor rota de fuga. Não tenho ideia de como isso funciona. Sua mãe tampouco ou pelo menos é o que ela diz. Espero que possa ter lhe dado alguma ajuda, caso isso venha a ser necessário.

E... tem ele. Claire me contou que Fraser a mandou de volta sabendo que eu as protegeria. Ela achava que ele tinha morrido logo em seguida. Não morreu. Procurei por ele, e o encontrei. E, tal qual ele fez, pode ser que eu a mande de volta sabendo que ele irá protegê-la com a própria vida.

Vou amar você para sempre, Brianna. E sei de quem você realmente é filha.

Com todo o meu amor,

Papai

43

APARIÇÃO

O distrito de Lochaber, segundo o Conselho Hidrelétrico do Norte da Escócia (conforme interpretado por Brianna), é uma "paisagem alta e glaciária".

– Ou seja, muita subida e descida – explicou Roger a Buck, enquanto os dois avançavam com esforço pelo que ele achava ser parte da floresta de Locheil, em busca da margem do lago Lochy.

– É mesmo? – Buck deu uma olhada por sobre o ombro para a distante montanha de Ben Nevis, então se virou para Roger: – Eu não tinha reparado.

– Anime-se. Agora é só descida por um tempo. E os mosquitos estão todos mortos por conta do frio. Trate de agradecer.

Roger se sentia inexplicavelmente animado naquela manhã, talvez só por *estar* caminhando em declive, após uma semana exaustiva de varredura pelas terras do clã Cameron, uma rede de colinas, lagos, morainas e munros, os picos enganosos com cumes levemente arredondados e encostas indescritíveis. Graças a Deus ninguém morava lá no alto.

Talvez estivesse um pouco mais feliz porque, embora não tivessem encontrado Jemmy ou qualquer sinal dele, houve certo progresso. Depois da surpresa inicial, os Camerons foram hospitaleiros e eles tiveram a sorte de encontrar um arrendatário de Lochiel, o líder do clã, que enviara um homem até o castelo de Tor para eles.

A informação chegou no dia seguinte: nenhum sinal de um estranho que batesse com a descrição de Rob Cameron, ainda que Rob fosse parecido com metade das pessoas que Roger havia encontrado nos últimos dias. Jemmy também não tinha sido visto, sendo que o garoto era bem mais fácil de reconhecer.

Eles deram um jeito de voltar margeando o lago Arkaig, caminho mais rápido para se viajar do Great Glen em direção ao oceano. Não souberam de nenhuma notícia sobre um barco roubado ou contratado, e Roger começou a sentir que Cameron não tinha, afinal de contas, procurado refúgio nem ajuda com seu antigo clã. Um alívio, em meio a tudo aquilo.

– Agradecer?

Buck passou a mão no rosto. Nenhum deles havia se barbeado na última semana, e ele parecia tão imundo e cansado quanto Roger.

– Pois bem… vamos agradecer, então – disse Buck, pensativo, coçando o queixo. – Uma raposa cagou do meu lado ontem à noite, mas, de manhã, não pisei na merda dela. Acho que é o bastante, para começar.

O dia e a noite seguintes comprometeram um pouco o clima otimista de Roger: choveu sem cessar e eles pernoitaram sob pilhas de samambaias meio secas à beira de um lago escuro, emergindo pela manhã bolorentos e gelados, sob os guinchos de tarambolas e borrelhos.

Roger hesitou por um instante ao passar pelo ponto onde deviam virar em direção a Cranesmuir. Queria muito falar de novo com o dr. McEwan. Ele tocou a garganta, alisando a cicatriz com o polegar. "Talvez", dissera o curandeiro. "Só talvez." Mas McEwan não tinha como ajudá-los na busca por Jemmy, e essa visita teria que esperar.

Ainda assim, Roger sentiu o coração se elevar ao atravessar o desfiladeiro e ver Lallybroch lá embaixo. Era um misto de emoções. Estava retornando para casa, mas não era dele e talvez nunca mais voltasse a ser. Mas era uma promessa de refúgio, socorro e esperança, ainda que temporários.

– Ah, é você! – disse Jenny Fraser ao abrir a porta, iluminando o semblante de prudência em uma agradável acolhida.

Roger escutou Buck murmurar algo atrás dele, um barulhinho aprovador. Apesar de determinado a não esperar muito, sentiu seu humor melhorar.

– E este é o seu parente? – perguntou ela, com uma mesura para Buck. – Seja bem-vindo, senhor. Entrem. Vou pedir a Taggie que cuide dos cavalos. – A mulher se virou, balançando as anáguas e o avental branco, e acenou para que os dois a acompanhassem. – Papai está na sala de conferências – disse ela por cima do ombro enquanto se dirigia à cozinha. – Ele tem uma coisa para você!

– Sr. MacKenzie e… o outro também seria sr. MacKenzie, é? – disse Brian Fraser, saindo sorridente do escritório e estendendo a mão para cumprimentar Buck.

Roger viu que ele examinava Buck com toda a atenção, franzindo de leve o cenho entre as sobrancelhas escuras. Não desaprovador, mas intrigado, como se conhecesse Buck de algum lugar.

Roger, que sabia exatamente de onde Brian o conhecia, voltou a sentir o peculiar arrepio que o percorrera ao conhecer Dougal MacKenzie. A semelhança entre pai e filho não era de forma alguma óbvia. Os dois tinham tons de pele bem diferentes, e Roger achava que Buck puxara da mãe a maioria de seus traços. Mas existia uma similaridade fugidia, alguma coisa no jeito de ambos. Homens convencidos do seu charme, e não menos charmosos por sabê-lo.

Buck sorriu e emitiu gestos corriqueiros de boas-maneiras, elogiando a casa e a propriedade… A intriga nos olhos de Brian se dissipou, e ele convidou os dois a se sentar, gritando pelo corredor para que alguém na cozinha lhes trouxesse um trago e algo para comer.

– Bem, então… – disse Brian, puxando a cadeira de trás da escrivaninha para se sentar com eles. – Como não trouxeram o garoto com vocês, vejo que ainda não o encontraram. Mas tiveram ao menos algum progresso?

Ele alternava o olhar entre Buck e Roger, preocupado, mas esperançoso.

– Não – respondeu Roger, com um pigarro. – Nenhuma notícia. Mas… sua filha disse que o senhor… talvez tenha ouvido alguma coisa?

O semblante de Fraser mudou de repente, ficando um pouco mais leve.

– Ah, não é bem que eu tenha ouvido, mas... – O homem se levantou e foi fazer uma vistoria na escrivaninha. – Um capitão da guarnição veio aqui há dois ou três dias com um pequeno grupo de soldados. O novo comandante... Qual era o nome dele, Jenny?

No mesmo instante Jenny entrava com uma bandeja com um bule de chá, xícaras, uma garrafinha de uísque e um prato de bolo. O cheiro fez o estômago de Roger roncar.

– Ah, o novo capitão casaca-vermelha? Randall. Jonathan Randall.

Ela enrubesceu um pouco, e o pai sorriu ao perceber. Roger sentiu o sorriso se congelar no rosto.

– É, ele gostou de você, menina. Eu não me surpreenderia se ele aparecesse de novo dia desses.

– Se aparecer, adianta pouco para ele – retrucou Jenny. – Você perdeu aquele troço, *an athair*?

– Não, tenho certeza de que pus... – A voz de Brian foi morrendo enquanto ele revirava a gaveta. – Ah... pronto.

O homem tossiu, com a mão na gaveta. Roger percebeu qual era o problema. A escrivaninha tinha um compartimento secreto. Claro que Brian pusera o "troço", o que quer que fosse, no esconderijo. Naquele momento, ele se perguntava como o tiraria de lá sem revelar o segredo aos visitantes.

Roger se levantou.

– Poderia me dar licença, senhorita? – indagou, com uma mesura para Jenny. – Esqueci uma coisa no meu alforje. Venha comigo, sim? – pediu, olhando para Buck.

– Pode ser que esteja nas suas coisas.

Surpresa, Jenny aquiesceu. E Roger saiu a toda, com Buck em sua cola.

– O que deu em você? – questionou Buck assim que eles passaram pela porta. – Você ficou branco que nem papel lá dentro, e ainda está com uma cara de peixe que morreu há uma semana.

– É como me sinto – rebateu Roger. – Eu sei quem é o capitão Randall. Ou melhor, sei de muitas coisas sobre ele. Digamos que seja a última pessoa que eu gostaria que soubesse algo sobre Jem.

– Ah... – Buck ficou com o semblante vazio, então se refez. – Pois bem... Vamos ver o que foi que ele trouxe, e aí vamos embora atrás dele se acharmos que pode estar com o menino.

O que foi que ele trouxe. Roger resistiu a todas as coisas horríveis que aquela frase invocava, como a orelha de Jem, um dedo ou uma mecha de seu cabelo, até porque, se fosse algo do tipo, os Frasers certamente não estariam tão calmos. E se Randall tivesse trazido alguma lembrança horrenda dentro de uma caixa?

– Mas por quê? – Buck estava com o cenho franzido, claramente tentando interpretar a expressão de Roger. – Por que esse homem iria querer fazer mal a você e ao menino? Ele não conhece vocês, certo?

– Essa é uma excelente pergunta – disse Roger, sufocando os sentimentos. – Mas o sujeito é um sádico. Você sabe o que é sádico?

– Não, mas está claro que é algo que você não quer ver perto do seu pequeno. Aqui, senhor! Isso aí fica conosco, muito obrigado. – A essa altura, os dois já tinham contornado a casa, e McTaggart, o faz-tudo, vinha se aproximando, com um alforje em cada mão.

McTaggart parecia surpreso, mas entregou de bom grado as bolsas pesadas e retornou ao trabalho.

– Acho que você só quis sair de lá para dar ao homem um pouco de privacidade para mexer na gaveta secreta – conjecturou Buck. – E ele achou bom. Mas não temos que levar alguma coisa?

– Como você sabe que…? – Buck abriu um sorrisinho e Roger dispensou a pergunta com um gesto de irritação. – Sim, vamos dar para a srta. Fraser o queijo que comprei ontem.

– Ah, a srta. Jenny. – Buck entoou o mesmo murmúrio. – Eu não censuro o capitão Randall. Aquela pele! E aqueles peitos, ainda por cima…

– Cale essa boca agora mesmo!

Buck obedeceu, arrancado de sua jocosidade.

– O que foi? – rebateu, em um tom bem diferente.

Roger se esforçou para descerrar o punho.

– É uma história bem longa. Não tenho tempo de contar agora. Mas é uma coisa que eu sei… lá da minha época. Daqui a mais ou menos um ano, Randall voltará. E vai fazer uma coisa horrível. E, que Deus me ajude, acho que não tenho como evitar.

– Uma coisa horrível? – repetiu Buck, devagar. Encarava Roger, com os seus olhos muito escuros. – Com aquela menina linda? E você diz que não temos como *evitar*? Ora, homem, como é que você…?

– Cale a boca! – repetiu Roger, insistente. – Mais tarde conversaremos sobre isso, certo?

Buck inflou as bochechas, ainda encarando Roger, então soltou o ar com um chiado desgostoso, balançando a cabeça. Pegou o alforje e seguiu em frente, sem argumentar.

O queijo, um troço do tamanho da mão espalmada de Roger enrolado em folhas desbotadas, foi recebido com prazer e levado à cozinha, deixando Roger e Buck mais uma vez sozinhos com Brian Fraser. O homem havia recuperado a compostura. Apanhou na escrivaninha um pacotinho minúsculo enrolado num pano, então o depositou com delicadeza na mão de Roger.

Leve demais para ser um dedo…

– O capitão Randall disse que o capitão Buncombe informou todas as patrulhas, e uma delas encontrou essa moedinha e mandou de volta a Fort William. Ninguém tinha visto algo parecido, mas, por conta do nome, acharam que poderia ter algo a ver com o seu garoto.

– Do nome?

Roger desamarrou o barbante e o pano se abriu. Por um instante, não fazia a menor ideia do que estava vendo. Era leve como uma pluma e balançava em seus dedos.

Dois discos, feitos de algo parecido com papelão prensado, presos com um cordãozinho de tecido. Um redondo e vermelho, o outro, verde octogonal.

– Ah, Deus! – exclamou ele. – Ah, meu Deus!

Em ambos os discos se lia *J.W. MacKenzie*, além de um número e duas letras. Ele virou o disco vermelho com todo o cuidado, os dedos trêmulos, e leu o que já sabia que veria estampado.

RAF

Eram as plaquinhas de identificação de um piloto da Força Aérea Real do Reino Unido… da época da Segunda Guerra Mundial.

44

ANFISBENA

– Você não pode ter certeza de que essa identificação é do seu pai.

Buck assentiu para as plaquinhas de identificação, o cordãozinho ainda enrolado na mão de Roger, os disquinhos dobrados com firmeza em sua palma.

– Quantos MacKenzies existem, pelo amor de Deus?

Roger estava sentado em um pedregulho coberto de líquen. Os dois estavam no topo da colina que se erguia atrás de Lallybroch. A torre em si ficava na encosta logo abaixo deles, o teto cônico formando uma grande flor negra de lajes.

– Muitos, mas que tenham pilotado para a Força Aérea Real na Segunda Guerra Mundial? E menos ainda que tenham desaparecido sem deixar rastros. Quanto aos que podem ser viajantes do tempo…

Roger não conseguia recordar o que tinha dito ao ver as plaquinhas, nem o que Brian Fraser lhe dissera. Quando recobrou a percepção, estava sentado na grande cadeira de espaldar alto de Brian, segurando uma caneca de cerâmica cheia de chá quente, com a família inteira aglomerada diante da porta, observando-o com olhares que iam de compaixão a curiosidade.

Buck se agachara à sua frente, com o cenho franzido, preocupado, ou talvez apenas curioso.

"Desculpe", dissera Roger, então pigarreou e apoiou o chá intocado sobre a mesa. Suas mãos latejavam, por conta do calor da caneca. "Foi um grande choque. Eu… agradeço."

"Tem alguma coisa a ver com o seu menino, então?", perguntara Jenny Fraser, os olhos azul-escuros de preocupação.

"Sim, acho que sim." Já recuperado da sanidade mental, Roger havia se levantado rigidamente, assentindo para Brian. "Obrigado, senhor. Não tenho como agradecer tudo o que o senhor fez por mim… por nós. Eu… preciso pensar um pouco sobre o que fazer agora. Poderia me dar licença, srta. Fraser?"

Jenny assentira, sem tirar os olhos de seu rosto, mas afastando as criadas e a cozinheira da porta, para dar passagem a ele. Buck o acompanhara, soltando murmúrios reconfortantes para a multidão, abrindo a boca apenas quando os dois chegaram à solidão do rochoso topo do monte, onde Roger havia explicado o que eram as plaquinhas de identificação e a quem tinham pertencido.

– Por que duas? – perguntou Buck, estendendo o dedo hesitante para tocar as plaquinhas. – E por que em cores diferentes?

– Duas para o caso de uma ser destruída na hora da sua morte – disse Roger, respirando fundo. – As cores… são feitas de papelão prensado e tratado com diferentes aditivos químicos… substâncias, digo. Uma é resistente à água, e a outra é resistente ao fogo, mas não sei dizer qual é qual.

Explicar os detalhes técnicos ajudava a amenizar o nervosismo de sua voz. Buck, com uma delicadeza não rotineira, esperou que Roger enunciasse o indizível.

Como as plaquinhas foram parar ali? Quando, e sob quais circunstâncias, foram separadas de J(eremiah) W(alter) MacKenzie, católico apostólico romano, número de série 448397651, RAF?

– Claire, minha sogra… Eu já contei sobre ela, não?

– Um pouco, sim. Era adivinha, não era?

Roger soltou uma breve risada.

– Sim, como eu sou. Como você é. É fácil ser adivinho quando a pessoa vê o que já aconteceu.

O que já aconteceu.

– Ah, Deus – disse ele em voz alta, curvado, pressionando as plaquinhas de identificação na testa.

– Tudo bem? – perguntou Buck, depois de um instante.

Roger se endireitou e respirou fundo.

– Conhece a expressão "dos males, o menor"?

– Não, mas acho que um pastor não sairia por aí dizendo isso. – Buck deu um meio sorriso. – Você não é devoto da ideia de que há sempre um caminho bom e seguro que conduz para longe da desgraça?

Roger respirou fundo outra vez. Havia muito oxigênio em uma colina escocesa, mas ainda não parecia suficiente naquele exato momento.

– Eu não sei bem se as religiões foram construídas levando em conta os viajantes do tempo.

Ao ouvir isso, Buck ergueu as sobrancelhas.

– Construídas? – repetiu, surpreso. – Quem é que construiu Deus?

Roger não conseguiu conter uma risada diante do comentário, o que o fez se sentir um pouco melhor, ainda que apenas momentaneamente.

– Todos nós – respondeu ele, secamente. – Se Deus fez o homem à Sua imagem e semelhança, todos nós retribuímos o favor.

– Humm. – Buck refletiu a respeito, então assentiu. – Não posso dizer que está errado quanto a isso. Mas Deus *existe*, apesar de tudo, quer saibamos bem o que ele é ou não. Não existe?

– Existe. – Roger esfregou os nós dos dedos no nariz, que havia começado a escorrer por conta do vento frio. – Já ouviu falar em Santa Teresa de Ávila?

– Não. – Buck lhe deu uma olhada. – Também nunca ouvi falar de um pastor protestante que se mete com santos.

– Eu aceito conselhos de onde eles vêm. Mas, certa vez, Santa Teresa disse a Deus: "Se é assim que o senhor trata seus amigos, não admira que tenha tão poucos." Deus opera por caminhos próprios.

Buck sorriu. Era um de seus sorrisos raros e descuidados, e encorajou Roger o bastante para que ele tentasse enfrentar a situação.

– Claire, minha sogra, contou algumas coisas para mim e Brianna. Sobre o que aconteceu quando ela cruzou as pedras, em 1743, e sobre o que havia acontecido antes disso. Coisas a respeito do capitão Randall.

Então, em frases breves e desapaixonadas, ele relatou a história: a incursão de Randall a Lallybroch durante a ausência de Brian Fraser, seu ataque a Jenny Murray e a luta de Jamie Fraser – recém-chegado de Paris e imaginando o que fazer com a própria vida – por sua casa e pela honra de sua irmã, acabando por ser preso e levado a Fort William, onde foi açoitado quase até a morte.

– Duas vezes – disse Roger, parando para tomar fôlego. Ele engoliu em seco. – Da segunda vez… Brian estava lá. Achou que Jamie *estivesse* morto e teve um derrame… uma apoplexia… ali mesmo. E morreu. – Ele engoliu em seco outra vez. – Vai morrer.

– Deus do céu! – exclamou Buck, fazendo o sinal da cruz. Tinha o rosto pálido. – O dono da casa vai morrer daqui a um ou dois anos?

– Vai. – Roger olhou para baixo, para Lallybroch, pálida e pacífica como as ovelhas em seus pastos. – E tem mais. O que aconteceu depois, pouco antes da Revolta.

Buck ergueu a mão.

– Nem mais um pio. Já é mais do que suficiente. Sugiro descermos a Fort William e acabarmos com o vagabundo agora mesmo. É o que chamamos de "ação preventiva". É um termo jurídico – explicou ele, com um ar de gentil arrogância.

– A ideia é atraente – respondeu Roger, secamente. – Mas, se fizéssemos isso, *o que* aconteceria daqui a quatro anos?

Buck franziu o cenho, sem entender.

– Quando Claire cruzou as pedras, em 1743, ela conheceu… vai conhecer… Jamie

Fraser, um fora da lei com a cabeça a prêmio, recém-chegado da França. Se o destino do capitão Randall *não* se realizar, Jamie não estará lá. E se ele não estiver…?

– Ah. – Ele franziu ainda mais o cenho, percebendo. – Ah, sim. Entendi. Sem Jamie, sem Brianna…

– Sem Jemmy e sem Mandy – concluiu Roger. – Exatamente.

– Ah, meu Deus! – Buck inclinou a cabeça e massageou com os dois dedos o ponto entre as sobrancelhas. – Dos males, o menor! Foi isso que disse, não? É o bastante para fazer a cabeça rodar feito um pião.

– Pois é, com certeza. Mas eu tenho que fazer alguma coisa, ainda assim. – Ele correu o polegar delicadamente pelas plaquinhas de identificação. – Eu vou até Fort William conversar com o capitão Randall. Preciso saber de onde veio isso.

Buck olhou os pingentes com os lábios contraídos, então encarou Roger.

– Você acha que o seu menino está com o seu pai, de alguma forma?

– Não. – Roger ainda não havia pensado nisso, e ficou momentaneamente abalado. Mas deu de ombros, descartando a ideia. – Não – repetiu, com mais firmeza. – Estou começando a pensar que talvez… talvez Jemmy nem esteja aqui.

A afirmação pairou no ar. Ele se virou para Buck, que parecia ter os olhos cravados naquele pensamento.

– Por que não? – perguntou ele.

– Primeiro, porque não encontramos nenhuma pista dele. Segundo, porque agora tem *isso*.

Ele ergueu as plaquinhas, e os pequenos discos de papelão ficaram se balançando.

– Você falou igual à sua esposa – disse Buck, achando graça. – Ela faz isso, não faz? Enumerar as coisas: "primeiro, segundo e tal".

– É assim que funciona a mente de Brianna – disse Roger, sentindo uma breve onda de afeição. – Ela é muito lógica.

E, se eu estiver certo, e Jemmy não estiver aqui… onde estará? Será que foi para outra época… ou nem chegou a viajar?

Como se desencadeada pela palavra "lógica", desenrolou-se diante dele toda uma gama de possibilidades terríveis.

– Estou pensando aqui… Estávamos os dois concentrados no nome "Jeremiah" quando cruzamos as pedras, não foi?

– Foi, isso mesmo.

– Bom… – Ele rodopiou o cordão entre os dedos, fazendo os discos girarem lentamente. – E se acabamos vindo atrás do Jeremiah errado? Esse também era o nome do meu pai. E se Rob Cameron *não* levou Jemmy pelas pedras…

– Por que acha isso? – interrompeu Buck. Ele lançou um olhar firme a Roger. – O caminhão dele estava lá, em Craigh na Dun. Ele não.

293

– Está claro que Cameron queria que a gente *achasse* que ele havia cruzado as pedras. Quanto ao motivo...

Ele engasgou com o pensamento.

– Para tirar a gente do caminho e poder ter a sua senhora só para ele – concluiu Buck, antes que Roger pudesse limpar a garganta. Seu rosto ficou vermelho de raiva, em parte direcionada a Roger. – Eu falei que aquele homem estava de olho nela.

– Talvez esteja – disse Roger. – Mas pense, sim? Para além de qualquer plano em relação à Brianna... – Aquelas meras palavras evocavam imagens que faziam o sangue lhe subir à cabeça. – Seja lá o que tivesse em mente, Cameron também queria constatar se a história das pedras era real. Se qualquer um de nós realmente poderia cruzá-las. Afinal de contas, é preciso ver para crer.

Buck soprou o ar, pensativo.

– Acha que ele estava lá? Vigiando, para ver se a gente desaparecia?

Roger deu de ombros, momentaneamente incapaz de falar, por conta dos pensamentos que lhe obstruíam a mente.

Buck tinha as mãos cravadas nos joelhos. Olhou para baixo, na direção da casa, então para trás, para as montanhas que se avultavam. Roger soube exatamente o que ele estava pensando. Soltou um pigarro e um grunhido seco.

– Já faz duas semanas que estamos longe – disse Roger. – Se ele pretendia fazer algum mal a Brianna, já deve ter tentado. – *Deus do céu. Se ele... não.* – Ela não permitiria que Cameron fizesse mal a ela ou às crianças – prosseguiu ele, no tom mais firme possível. – Se ele tentou alguma coisa, já deve estar na cadeia ou enterrado debaixo do pedregulho.

Ele ergueu o queixo em direção à torre abaixo, e Buck soltou um grunhido relutante, mas achando graça.

– Pois muito bem – disse Roger. – É, eu também quero voltar direto para Craigh na Dun. Mas pense, homem. Nós sabemos que Cameron *foi* até as pedras depois de pegar Jemmy. Será que não o obrigaria a encostar nelas, para conferir? E se Cameron foi incapaz de viajar, mas Jemmy cruzou as pedras... para escapar dele?

– Humm. – Buck refletiu a respeito e meneou a cabeça, relutante. – Então você está pensando que, se o garoto estivesse com medo de Cameron e tiver entrado por acidente, talvez não tenha tentado voltar na mesma hora?

– Talvez não tenha conseguido. – Roger engoliu em seco, tentando produzir saliva para poder falar. – Ele não tinha nenhuma pedra preciosa. Além disso, olha o que aconteceu com você, mesmo com uma. *Realmente* piora a cada vez. Talvez Jemmy tenha ficado assustado demais para tentar.

E ele pode ter tentado, não ter conseguido, e agora está perdido para sempre... NÃO!

Buck assentiu.

– Então, será que de repente ele não está com o seu pai, no fim das contas? – Ele parecia extremamente indeciso.

Roger não aguentava mais ficar sentado. Levantou-se e enfiou as plaquinhas de identificação no bolso da frente do casaco.

– Eu não sei. Mas essa é a única evidência sólida que temos. Eu preciso ir e conferir.

45

A CURA DAS ALMAS

– Você perdeu de vez a cabecinha oca? – Roger encarou Buck, espantado.

– Onde você arrumou *essa* expressão?

– Da sua mulher – respondeu Buck. – Que é uma moça muito formosa e refinada, inclusive. E, se você pretende voltar à cama dela algum dia, é melhor pensar bem no que vai fazer.

– Eu já pensei – respondeu Roger. – E estou fazendo.

A entrada de Fort William tinha o mesmo aspecto de quando ele estivera lá com Brian Fraser, quase duas semanas antes, mas agora apenas um e outro passavam, apressados, de xale na cabeça e chapéu de aba baixada, protegendo-se da chuva. O próprio forte guardava uma aparência sinistra, as pedras cinzentas frias e rajadas de preto, por conta dos pingos de chuva.

Buck puxou a rédea, fechando a cara quando o cavalo balançou a cabeça e o salpicou de gotinhas de sua crina empapada.

– Pois muito bem. Eu não entro aí, não. Se tivermos que matá-lo, é melhor que ele não me conheça. Espero naquela taverna.

Ele ergueu o queixo, indicando um estabelecimento chamado A Pereira, que ficava uns metros adiante na estrada que levava ao forte, então cravou o calcanhar no cavalo e se pôs a galopar. Três metros à frente, porém, deu meia-volta.

– Uma hora! – gritou ele, por sobre o ombro. – Se você não aparecer por lá em uma hora, vou atrás de você!

Apesar da apreensão, Roger sorriu. Acenou brevemente para Buck e deu uma guinada no cavalo.

Proteja-me, Senhor, pediu ele. *Ajude-me a fazer a coisa certa... para todos. Inclusive Buck. E ele.*

Roger não havia parado de rezar desde o desaparecimento de Jemmy, embora, na maioria das vezes, a reza fosse apenas um frenético e reflexivo "Senhor, permita que tudo fique bem", o mesmo pedido de que todos lançam mão diante de alguma dificuldade. Com o tempo, a crise ou o suplicante acabam arrefecendo. No fim, a reza cessa ou... a pessoa que reza começa a escutar.

Ele sabia disso. E estava escutando. Mas ainda estava descompensado demais para receber uma resposta.

No entanto, tinha experiência suficiente no campo das orações para reconhecer uma resposta quando ela vinha, por mais indesejada que fosse. E o lembrete que chegou como um pensamento aleatório no meio daquela jornada enlameada, de que a alma de Jack Randall corria tanto perigo quanto a vida de Brian Fraser, era muitíssimo indesejado.

"Pois muito bem", dissera Buck, iluminando-se por sob a aba molhada do chapéu, vendo Roger compartilhar sua perturbação com aquela intuição. "Mais um motivo para matar o homem agora. Salve aqueles Frasers e evite que o desgraçadinho vá para o inferno. Isso se ele já não tiver alguma coisa para garantir um lugar por lá", acrescentou. "Dois coelhos com uma só cajadada, sim?"

Roger tinha passado um momento em silêncio, antes de responder:

"Só de curiosidade… você por acaso era advogado?"

"Procurador. Por quê?"

"Não me admira ter fracassado. Todo o seu talento está no sentido oposto. Será que você não consegue ter uma conversa sem discutir?"

"Com *você*, não", retrucara Buck, prontamente, cravando o calcanhar no cavalo, que começara a trotar, largando bolotas de lama para trás.

Roger se identificou e perguntou ao funcionário do Exército se poderia dar uma palavrinha com o capitão Randall, então se plantou junto ao fogo de turfa, sacudindo o máximo de água que pôde, até que o homem retornou e o acompanhou ao gabinete de Randall.

Para sua surpresa, era o mesmo escritório onde Brian Fraser e ele haviam se reunido com o capitão Buncombe, quase duas semanas antes. Randall estava sentado atrás da mesa, com a pena na mão, mas ergueu o olhar com uma expressão cortês quando Roger entrou e se levantou da cadeira, com uma pequena mesura.

– Seu servo, senhor. Sr. MacKenzie, correto? Veio de Lallybroch, pelo que eu soube.

– Seu mais obediente servo, senhor – respondeu Roger, ajustando o sotaque de volta para o escocês intelectual elitizado. – Brian Fraser teve a gentileza de me entregar o objeto que o senhor trouxe. Eu gostaria de agradecer por sua bondosa assistência. O senhor poderia me informar onde o objeto foi encontrado?

Ele conhecia a banalidade do mal. Monstros também vinham em formas humanas. Mesmo assim, estava surpreso. Randall era um homem bonito, de postura muito elegante, com o semblante vívido e interessado, um sorriso bem-humorado nos lábios e olhos escuros e afetuosos.

Bom, ele é humano. E talvez ainda não seja um monstro.

– Foi trazido por um dos meus mensageiros – respondeu Randall, limpando a pena e a deixando em uma jarra de cerâmica cheia de objetos similares. – Meu predecessor, o capitão Buncombe, enviou expedientes a Fort George e a Fort Augustus a respeito do seu filho… Por sinal, sinto muito pela sua situação – acrescentou ele, em tom formal. – Uma patrulha de Ruthven Barracks trouxe o ornato. Receio não saber onde foi encontrado, mas talvez o mensageiro que o entregou saiba. Vou mandar buscá-lo.

Randall foi até a porta e falou com o guarda do lado de fora. Ao voltar, abriu um armário, revelando um suporte de perucas, um recipiente de talco, um par de escovas de cabelo, um espelho e uma bandejinha com um decânter de vidro e taças.

– Permita-me que lhe ofereça uma bebida, senhor. – Com cuidado, Randall serviu uma dose em cada taça e ofereceu uma a Roger. Ergueu a sua, abrindo de leve as narinas para inalar o uísque. – O néctar do campo, como já ouvi – disse ele, com um sorriso torto. – Ouvi dizer que preciso passar a apreciar.

Ele deu um gole cauteloso, como se esperasse a morte como resultado.

– Se me permite a sugestão, é costumeiro acrescentar um pouco d'água à bebida – disse Roger, com o cuidado de não expressar qualquer traço de zombaria. – Alguns dizem que abre o sabor, suaviza.

– Ah, é? – Randall baixou a taça, parecendo aliviado. – Parece razoável. Isso tem gosto de coisa inflamável. Sanders! – gritou ele, em direção à porta. – Traga água!

Fez-se uma leve pausa, visto que nenhum dos dois sabia exatamente o que dizer em seguida.

– O… *objeto* – disse Randall. – Posso ver outra vez? É muito impressionante. É algum tipo de joia? Um ornamento?

– Não. É uma… espécie de amuleto – disse Roger, tirando as plaquinhas de identificação do bolso.

Sentiu uma dor no peito ao pensar nos pequenos rituais pessoais que os pilotos faziam – uma pedra da sorte no bolso, um lenço especial, o nome de uma mulher pintado na frente do avião. Amuletos da sorte. Fragmentos de mágica esperançosa, proteção contra um vasto céu repleto de fogo e morte.

– Para proteger a alma – concluiu.

Na memória, pelo menos.

Randall franziu de leve o cenho, olhando para as plaquinhas, depois para o rosto de Roger, outra vez para as plaquinhas. Claramente, pensava o mesmo que Roger: *e se o amuleto for separado da pessoa que deveria proteger?* No entanto, não disse nada. Apenas tocou delicadamente o disquinho verde.

– J. W. O nome do seu filho é Jeremiah, não é?

– Sim. Jeremiah é um antigo nome da família. Era o nome do meu pai. Eu…

Ele foi interrompido pela entrada do soldado raso MacDonald, um rapaz que pingava de suor e estava azul de tão gelado, que bateu uma continência para o capitão Randall e começou a tossir com força, sacudindo o corpo alto e magro.

Ao se recuperar, obedeceu de imediato à ordem de Randall e contou a Roger tudo o que sabia sobre os pingentes de identificação. Mas não sabia muita coisa. Um dos soldados baseados em Ruthven Barracks tinha ganhado os pingentes em um jogo de dados, num bar local. Ele recordava o nome do bar, o qual já havia frequentado:

Tetraz Gordo. Achava que o soldado ganhara a bugiganga de um fazendeiro que retornava do mercado em Perth.

– O senhor se lembra do nome do soldado que ganhou as plaquinhas? – perguntou Roger.

– Sim, senhor. Sargento McLehose. E estou achando... – acrescentou ele, exibindo os dentes tortos em um largo sorriso. – Eu me lembro do nome do fazendeiro também! Sr. Anthony Cumberpatch. O sargento McLehose achou graça do nome, porque parecia "cucumber patch".

– "Pedaço de pepino"? – perguntou Roger.

– Exatamente!

Ele soltou um risinho abafado, e o próprio Roger sorriu. O capitão Randall pigarreou. Os risinhos pararam abruptamente, e o soldado MacDonald recobrou a sobriedade e a atenção.

– Obrigado, sr. MacDonald – disse Randall, em tom seco. – Está dispensado.

Envergonhado, o soldado bateu continência e saiu. Fez-se um instante de silêncio, durante o qual Roger notou a chuva, agora mais forte, desabando feito cascalho no amplo batente da janela. Um vento frio e forte escapou, vindo da janela, e tocou-lhe o rosto. Ao olhar para fora, Roger viu o pátio de treinamento, o poste de açoite e um crucifixo sombrio e solitário, preto sob a chuva.

Ah, Deus!

Com cuidado, ele tornou a juntar as plaquinhas e as pôs de volta no bolso. Então, encarou os olhos escuros do capitão Randall.

– O capitão Buncombe contou ao senhor que eu sou pastor?

Randall ergueu as sobrancelhas, brevemente surpreso.

– Não, não contou. – Randall imaginava por que Roger mencionaria isso, mas foi educado. – Meu irmão mais novo é sacerdote. Ah... Igreja da Inglaterra, claro.

A frase continha o mais leve tom indagativo, e Roger respondeu com um sorriso.

– Eu sou pastor da Igreja da Escócia, senhor. Mas, se me permite, o senhor se incomodaria se eu fizesse uma oração? Pelo meu sucesso e de meu parente... e em agradecimento por sua bondade em nos ajudar?

– Eu... – Randall pestanejou, claramente constrangido. – Eu... acho que não. Ahn... Tudo bem.

Ele inclinou um pouco o corpo, meio desconfiado, com as mãos no mata-borrão. Ficou totalmente surpreso quando Roger se debruçou e pegou suas mãos com firmeza. Randall se assustou, mas Roger aguentou firme, com os olhos no capitão.

– Ó Deus! – rogou ele. – Pedimos Tua bênção em nossos trabalhos. Conduza a mim e meu parente em nossa busca, e conduza este homem em seu novo gabinete. Que Tua luz e presença estejam conosco e com ele, e Teu julgamento e Tua compaixão sempre nos envolvam. Eu o entrego aos Teus cuidados. Amém!

Sua voz falseou na última palavra. Ele soltou as mãos de Randall e tossiu, desviando o olhar enquanto pigarreava para limpar a garganta.

Randall pigarreou também, constrangido, mas manteve a compostura.

– Eu agradeço por seus... bons votos, sr. MacKenzie. E desejo boa sorte. E um bom dia.

– O mesmo para o senhor, capitão – respondeu Roger, levantando-se. – Que Deus o acompanhe!

46

SENHOR, POR FAVOR...

Boston, 15 de novembro de 1980

O dr. Joseph Abernathy estacionou na entrada de sua garagem, ansioso por uma cerveja gelada e um jantar quentinho. A caixa de correio estava cheia. Ele pegou um punhado de circulares e envelopes e entrou em casa, organizando toda a correspondência.

– Conta, conta, aluguel, lixo, lixo, mais lixo, pedido de doação, conta, idiota, conta, convite... Oi, amor... – Ele parou para receber o agradável beijo de sua esposa, seguido por uma cheirada em seus fragrantes cabelos. – Nossa, vamos comer salsicha e *sauerkraut* no jantar?

– Você vai – respondeu a mulher, apanhando o casaco do bengaleiro com uma das mãos e apertando a nádega do marido com a outra. – Eu vou encontrar Marilyn. Volto às nove, se a chuva não piorar muito o trânsito. Alguma correspondência boa?

– Nada. Divirta-se!

Ela revirou os olhos e saiu, antes que ele lhe pedisse que pegasse cervejas. Joe deixou a correspondência meio organizada no balcão da cozinha e abriu a geladeira para verificar. Uma reluzente embalagem de seis Budweisers o saudou com alegria, e o ar quente estava tão carregado do aroma de salsicha frita e vinagre que ele sentia o gosto mesmo sem destampar a frigideira sobre o fogão.

– Uma mulher virtuosa, quem pode encontrá-la? Superior ao das pérolas é o seu valor – disse ele, inspirando alegremente e pegando uma lata de cerveja.

Estava na metade do primeiro prato de comida e rumando para o fim da segunda cerveja quando baixou o caderno de esportes do jornal e viu a carta, no topo da pilha de correspondências espalhadas. Reconheceu a letra de Bri no mesmo instante. Era grande e redonda, com alguma inclinação para a direita. Mas havia algo errado com a carta.

Ele pegou o envelope, franzindo um pouco o cenho, imaginando por que parecia estranha... Só então percebeu que o selo estava errado. Bri escrevia pelo menos uma vez por mês, mandando fotos das crianças, contando sobre o trabalho, sobre a fazenda... Todas as cartas tinham selos britânicos, com a efígie da rainha Elizabeth em roxo e azul. Aquela carta tinha um selo americano.

Ele baixou a carta devagar, como se fosse uma bomba, e tomou o resto da cerveja de um gole só. Fortalecido, cerrou a mandíbula e pegou a carta.

– Diga que você e o Rog levaram as crianças para a Disneylândia, Bri – murmurou ele, lambendo a mostarda da faca antes de usá-la para abrir o envelope. – Senhor, por favor, que seja uma foto do Jemmy apertando a mão do Mickey Mouse.

Para seu grande alívio, *era* uma foto das crianças na Disneylândia, muito sorridentes para a câmera, abraçando o Mickey Mouse, e ele soltou uma risada alta. Então viu a pequenina chave que havia caído do envelope – a chave de um cofre de banco. Ele baixou a foto, foi pegar outra cerveja e se sentou para ler o breve bilhete que acompanhava a imagem.

Querido tio Joe,

Eu estou levando as crianças para visitarem vovô e vovó. Não sei quando retornaremos. Você pode fazer o favor de cuidar das coisas enquanto estivermos fora? (Instruções na caixa.)
Obrigada por tudo, sempre. Muitas saudades. Amo você.
Bri

Ele passou um bom tempo sentado em frente ao prato frio e gordurento, olhando a foto cheia de vida e alegria.

– Meu Deus, garota – disse ele, baixinho. – O que foi que houve? E como assim, "*Eu* estou levando as crianças"? Onde está Roger?

PARTE III

Uma espada recém-feita das cinzas da forja

47

ALGO ADEQUADO PARA VESTIR NA GUERRA

19 de junho de 1778
Filadélfia

Acordei completamente desorientada, em meio a pingos d'água em um balde de madeira, o forte odor de polpa de celulose e tinta de impressão, o aroma mais suave e almiscarado do corpo de Jamie e bacon frito, o estalido de pratos de peltre e os zurros altos de um burro. O último som me trouxe de volta à realidade imediatamente, e eu me sentei, cobrindo os seios com o lençol.

Estava nua, e no sótão da gráfica de Fergus. Quando deixamos Kingsessing, no dia anterior, durante uma breve pausa na chuva, havíamos encontrado Fergus pacientemente abrigado em um galpão de ferramentas junto aos portões, com Clarence e dois cavalos amarrados debaixo das calhas.

"Você passou esse tempo todo aqui fora?", perguntara ele, ao vê-lo.

"Levou tanto tempo assim?", indagara ele, erguendo a sobrancelha escura para Jamie e lançando o tipo de olhar sagaz com o qual os franceses pareciam ter nascido.

"Humm", murmurara Jamie, de um jeito ambíguo, e me pegou pelo braço. "Eu levei Clarence, Sassenach, mas pedi a Fergus que voltasse um pouquinho mais tarde com um cavalo para você. O burro não sustenta nós dois, e minhas costas não aguentam caminhar uma distância tão longa."

"O que há com as suas costas?", retrucara ele, desconfiada.

"Nada que uma noite de sono em uma boa cama não cure", respondera ele.

Então, agachando-se para que eu apoiasse o pé em suas mãos, me erguera até a sela.

Já estava escuro quando chegamos à gráfica. Mandei Germain na mesma hora ao número 17 para ver Jenny, com notícias de onde eu estava, mas já havia ido para a cama com Jamie quando ele retornou.

Imaginei quem mais estaria na casa da Chestnut Street e o que estavam fazendo: será que Hal ainda estava sendo mantido prisioneiro ou o Jovem Ian decidira soltá-lo? Caso contrário, será que Hal tinha assassinado Denny Hunter ou a sra. Figg havia atirado nele?

Jamie havia me contado que deixara Ian no comando da situação. Parecia que muita coisa acontecera por lá no dia anterior. Tudo parecia irreal, como um sonho, tanto os eventos dos quais eu tomara parte quanto os que Jamie me relatara durante o caminho de volta. A única recordação verdadeira e vívida que eu tinha era a nossa conversa no jardim... e o que se seguiu dentro da estufa. Minha pele ainda reverberava.

No andar de baixo, o café da manhã estava sendo preparado. Além do agradável aroma de bacon frito, eu sentia também o cheiro de pão torrado e mel fresco. Meu estômago roncou e, como se em resposta a isso, a escada que levava ao andar de cima começou a tremer. Alguém estava subindo. Agarrei minha roupa de baixo e enfiei depressa pela cabeça, caso não fosse Jamie.

E não era. Uma bandeja de peltre foi surgindo à vista, contendo um prato cheio de comida, uma tigela de mingau e uma caneca de cerâmica com uma bebida bem quente. Não podia ser chá nem cheirava a café. À medida que a bandeja se aproximava, o rosto alegre de Henri-Christian surgiu. Ele vinha equilibrando o objeto sobre a cabeça.

Eu prendi o fôlego até ele terminar de subir os degraus. Ele retirou a bandeja da cabeça e ofereceu-a a mim com uma pequena e cerimoniosa reverência, ao que eu aplaudi.

– *Merveilleux!* – exclamei, e ele sorriu de orelha a orelha.

– Félicité queria ter trazido – contou ele, orgulhoso –, mas ainda não consegue carregar uma bandeja cheia. Ela derruba.

– Obrigada, querido. – Eu me inclinei para beijá-lo. Seus cabelos escuros e cacheados cheiravam a tinta e a fumaça de lareira. – O que é isso? – perguntei, pegando a caneca.

Ele olhou, meio indeciso, e deu de ombros.

– Está quente.

– Está, mesmo.

Aninhei a caneca nas mãos. O andar de cima estivera quente na noite anterior, visto que o calor do dia tinha se concentrado debaixo do teto, mas havia chovido quase a noite inteira, e a fria umidade penetrara nos buracos do teto. Quatro ou cinco vasilhames sob os vazamentos formavam uma sinfonia de estalidos n'água.

– Onde está *grandpère*?

O rosto de Henri-Christian no mesmo instante ficou vermelho, os lábios pressionados, e ele balançou a cabeça com vigor.

– O quê? – perguntei, surpresa. – É segredo?

– Não conte a ela! – disse a voz de Joanie, vinda da loja no andar de baixo. – *Grandpère* mandou não contar!

– Ah, uma surpresa, é? – perguntei, sorrindo. – Bom, talvez seja melhor você descer e ajudar sua mamãe, então, para não se confundir e abrir a boca.

Ele deu uma risadinha, cobrindo a boca, então levou a mão à cabeça, deu um salto e girou o corpo, apoiando-se habilmente sobre as mãos. Foi assim até a escada, as perninhas troncudas abertas para manter o equilíbrio. Por um instante, meu coração veio à boca, quando ele chegou diante da escada e eu pensei que ele fosse tentar descer de cabeça para baixo. Mas ele se virou de volta, aterrissou delicadamente no primeiro degrau e saiu do meu campo de visão, ligeiro feito um esquilo, dando risadinhas até chegar lá embaixo.

Sorrindo, afofei as esparsas cobertas e me recostei na parede, a bandeja apoiada em um barril de pó de tinta. Havíamos dormido em um colchão de palha recolhido do estábulo, que tinha um cheiro forte de Clarence, e com nossas capas ainda meio úmidas, cobertos por um lençol sobressalente e um cobertor surrado, embora Joanie e Félicité nos tivessem dado um de seus travesseiros de penas e dormido juntas no outro.

Eu estava rodeada de pilhas de papel, protegidas dos pingos por uma lona impermeável. Algumas eram resmas em branco à espera da prensa, outras eram panfletos, circulares, pôsteres ou páginas de livros ainda não encadernados, à espera da entrega aos clientes ou ao encadernador.

Eu ouvia a voz de Marsali lá embaixo, nos aposentos atrás da loja, em um comando maternal. No entanto, não havia nenhuma voz masculina além da de Henri-Christian. Fergus e Germain provavelmente tinham saído com Clarence para fazer as entregas matinais do *L'Oignon*, o jornal satírico fundado por Fergus e Marsali na Carolina do Norte.

Normalmente, o *L'Oignon* era uma publicação semanal, mas sobre minha bandeja havia uma cópia da edição especial daquele dia, com uma enorme charge logo na primeira página, retratando o Exército Britânico como uma horda de baratas, sobrevoando a Filadélfia, arrastando bandeiras surradas e estandartes repletos de ameaças vãs. Um grande sapato com fivela, ostentando os dizeres *General Washington*, esmagava algumas das baratas mais lentas.

Um grande favo de mel, num tom amarelo esbranquiçado, derretia lentamente no meio do mingau. Eu o remexi, acrescentei um pouco de creme e me acomodei para saborear o café da manhã na cama, junto a um artigo que relatava a iminente entrada na Filadélfia do general Arnold, que assumia o cargo de governante militar da cidade, dando-lhe as boas-vindas e enaltecendo seu histórico militar e suas nobres proezas em Saratoga.

Por quanto tempo?, pensei, então, com um leve arrepio, e larguei o jornal. *Quando?* Eu tinha a sensação de que seria bem mais adiante na guerra, quando as circunstâncias transformassem o patriota Benedict Arnold em traidor. Mas não sabia.

E não importava, dizia a mim mesma com firmeza. Eu não poderia mudar nada. Muito tempo antes desses acontecimentos, estaríamos de volta à segurança da Cordilheira, reconstruindo nossa casa e nossa vida. Jamie estava vivo. Tudo ficaria bem.

A sineta sob a porta da loja tocou, e teve início um animado alarido, quando as crianças saíram correndo pela cozinha. A voz retumbante de Jamie, num tom mais baixo, sobressaiu-se à confusão dos cumprimentos agudos. No meio da bagunça, percebi a voz de Marsali, atônita.

– Pai! O que você *fez*?

Alarmada, saí de meu ninho e fui engatinhando até a beirada do andar de cima, para espiar o movimento lá embaixo. Jamie estava bem no meio da loja, rodeado de crianças boquiabertas, os cabelos soltos salpicados de chuva, a capa enrolada no braço – e vestido no tom azul-escuro e amarelo-claro de um oficial continental.

– Meu Deus! – exclamei.

Ele olhou para cima e me encarou, os olhos de cachorrinho carente.

– Me desculpe, Sassenach – disse ele, em tom escusatório. – Foi preciso.

Ele subiu até o andar de cima e puxou a escada, para que as crianças não subissem. Fui me vestindo depressa – ou tentando –, enquanto ele me contava sobre Dan Morgan, Washington e os outros generais continentais. Sobre a batalha iminente.

– Sassenach, foi *preciso* – repetiu ele, baixinho. – Eu sinto muito.

– Eu sei – respondi. – Eu sei que foi preciso. Eu… Eu também sinto muito.

Eu tentava fechar a dúzia de pequeninos botões do corpete de meu vestido, mas minhas mãos tremiam muito. Parei de tentar e tirei a escova de cabelo da sacola que ele tinha trazido para mim da casa da Chestnut Street.

Com um leve grunhido, Jamie tirou a escova de minha mão. Jogou-a no sofá improvisado e me abraçou com força, enterrando minha cabeça em seu peito. O tecido do uniforme novo cheirava a índigo fresco, casca de noz e pó descolorante, e tinha um toque rígido e estranho em meu rosto. Eu não conseguia parar de tremer.

– Fale comigo, *a nighean* – sussurrou ele, entre meus cabelos. – Eu estou com medo, e não queria me sentir tão só neste momento. Fale comigo.

– Por que sempre tem que ser *você*? – soltei, junto ao peito dele.

Aquilo o fez rir, meio trêmulo.

– Não sou só eu – respondeu ele, afagando meu cabelo. – Mil outros homens estão se aprontando hoje… e que também não queriam estar fazendo isso.

– Eu sei – repeti, com a respiração um pouco mais estável. – Eu sei.

Virei o rosto para o outro lado, para poder respirar, então, subitamente e sem aviso, comecei a chorar.

– Me desculpe. Eu não quero… não quero di-dificultar as coisas para você. Eu… Eu… Ah, Jamie! Quando eu soube que você estava vivo, desejei tanto voltar para casa com você.

Ele me abraçou com ainda mais força. Não falou nada, e eu soube que era porque não conseguia.

– Eu também – sussurrou ele, por fim. – E nós vamos, *a nighean*. Eu prometo.

Os sons do andar de baixo chegaram até nós: a barulheira das crianças correndo entre a loja e a cozinha, Marsali cantando em gaélico enquanto produzia tinta fresca para a prensa, a partir de verniz e fuligem. A porta se abriu, e um ar frio e chuvoso entrou com Fergus e Germain, somando suas vozes à animada confusão.

Ficamos ali, um nos braços do outro, tirando conforto de nossa família no andar de baixo, já com saudades dos que talvez jamais tornássemos a ver, ao mesmo tempo em casa e desabrigados, equilibrados sobre a lança do perigo e da incerteza. Porém juntos.

– Você não vai para a guerra sem mim – comentei, com firmeza, empertigando o corpo e dando uma fungada. – Nem *pense* nisso.

– Eu nem sonharia com isso – garantiu ele, muito sério.

Jamie fez menção de limpar o nariz na manga do uniforme, mas pensou duas vezes, então parou, encarando-me com um ar impotente. Eu ri, mesmo naquela situação, e ofereci a ele o lencinho que enfiava automaticamente entre os seios toda vez que vestia o espartilho. Como Jenny, eu *sempre* tinha um.

– Sente-se – falei, engolindo em seco e pegando a escova de cabelo. – Vou trançar seu cabelo.

Ele havia lavado o cabelo aquela manhã; estava limpo e úmido. As mechas ruivas, macias e geladas cheiravam, por mais estranho que fosse, a sabão francês, com fragrância de bergamota. Eu quase senti falta do cheiro de suor e repolhos que me assomara a noite toda.

– Onde tomou banho? – perguntei, curiosa.

– Na casa da Chestnut Street – respondeu ele. – Minha irmã me obrigou. Falou que eu não podia ser um general fedido a comida velha, e que havia uma banheira e água quente sobrando.

– Ah, foi? – murmurei. – Hum… Falando em Chestnut Street, como está Sua Graça, o duque de Pardloe?

– Saiu antes de amanhecer, pelo que Jenny me contou – respondeu ele, inclinando a cabeça para auxiliar a minha escovação. Senti seu pescoço quente sob meus dedos. – Segundo Ian, Denny Hunter disse que ele estava bem para ir, desde que levasse consigo um frasco da sua poção mágica. Então, com certa relutância, a sra. Figg devolveu as calças ao homem… e ele partiu.

– Foi para *onde*? – perguntei.

Os cabelos de Jamie exibiam mais mechas grisalhas do que antes. Eu não me incomodei. Só me pesou não estar com ele para ver aquela mudança gradual.

– Ian não perguntou. Mas disse que a sra. Figg informou ao duque os nomes de alguns amigos de lorde John… legalistas que talvez ainda estivessem na cidade. E o filho dele está hospedado em uma casa aqui, não? Não se preocupe com ele, Sassenach. – Ele virou a cabeça e abriu um sorriso de esguelha para mim. – Sua Graça é um homem difícil de matar.

– Acho que os iguais se reconhecem – respondi, com ironia.

Não perguntei por que Jamie fora à Chestnut Street. Não obstante a preocupação com Hal, Jenny e todos os outros, eu sabia que ele queria ver se John tinha ressurgido. Ao que parecia, não. E um leve arrepio congelou meu coração.

Eu tateava meu bolso em busca de uma fita com a qual amarrar a trança, quando um vento fresco invadiu o andar de cima, balançando a lona e espalhando alguns papéis. Eu me virei para ver de onde vinha a brisa e encontrei Germain, balançando a corda da roldana e adentrando pelas portas cerradas por onde os fardos e barris eram baixados do segundo andar para as carroças, no térreo.

– *Bonjour, grandpère!* – cumprimentou ele, tirando uma teia de aranha do rosto enquanto aterrissava, dispensando uma mesura muito formal a Jamie. Então se virou e fez uma a mim também. – *Comment ça va, grandmère?*

– Be... – comecei, automaticamente, mas fui interrompida por Jamie.

– Não – disse ele, em tom firme. – Você não vem.

– Por favor, vovô! – A formalidade de Germain desapareceu no mesmo instante, substituída pela súplica. – Eu posso ser de grande ajuda!

– Eu sei – respondeu Jamie. – Ao mesmo tempo, seus pais jamais me perdoariam se você fosse. Não quero nem saber o que você tem em mente quando diz "grande ajuda"...

– Eu posso levar mensagens! Sei cavalgar, sabe disso, o senhor mesmo que me ensinou! E já tenho quase 12 anos!

– Você tem noção do tamanho do perigo? Se um franco-atirador britânico não acertá-lo em cima da sela, alguém da milícia acertaria uma pancada na sua cabeça para lhe roubar o cavalo. E eu sei contar, sabia? Você ainda não tem nem 11 anos, então não venha tentar me enganar.

Obviamente, Germain não tinha medo do perigo. Ele deu de ombros, impaciente.

– Bom, então eu posso ser servente. Consigo encontrar comida em qualquer lugar – acrescentou ele, perspicaz.

O menino, de fato, era muito bom em conseguir coisas. Eu o encarei, pensativa. Jamie interceptou meu olhar.

– Nem pense nisso, Sassenach. Ele seria pego por roubo e enforcado ou açoitado quase até a morte, e eu não poderia fazer nada para impedir.

– Ninguém nunca me pegou! – protestou Germain, ofendido em seu orgulho profissional. – Nem uma vez!

– E nem vai pegar – garantiu seu avô, encarando-o com o olhar firme. – Quando você tiver uns 16, talvez...

– Ah, é? A vovó Janet disse que o senhor tinha 8 quando saiu na primeira incursão com o seu pai!

– Levantar gado não é ir para a guerra, e eu não chegava nem perto das batalhas – argumentou Jamie. – E sua avó Janet devia ficar de bico calado.

– É, vou contar a ela que o senhor disse isso – retorquiu Germain, decepcionado. – Ela disse que o senhor levou espadadas na cabeça.

– Levei, mesmo. E, com sorte, você vai ser um velho sem os miolos amassados, ao contrário do seu avô. Agora vá, menino, que sua avó precisa vestir a meia-calça.

Jamie se levantou, puxou a escada, baixou-a até o térreo e empurrou Germain com firmeza até o topo.

Ele manteve o olhar firme até Germain chegar lá embaixo. O menino expressou seu desagrado ao pular os últimos degraus e aterrissar no chão com um baque alto.

Jamie suspirou, aprumou-se e espreguiçou-se com cuidado, gemendo um pouquinho.

– Sabe lá Deus onde vamos dormir esta noite, Sassenach – observou ele, olhando nosso grosseiro colchão enquanto se sentava para que eu terminasse de ajeitar seus cabelos. – Pelo bem das minhas costas, espero que seja um pouco mais macio que isso aqui. – De repente, ele abriu um sorriso para mim. – Você dormiu bem?

– Melhor do que nunca – respondi, alisando a fita.

A bem da verdade, meu corpo doía em quase todos os lugares possíveis, exceto talvez pelo cocuruto. Inclusive, mal tínhamos dormido. Havíamos passado as horas em uma exploração lenta e silenciosa, reencontrando o corpo um do outro… e, mais perto do amanhecer, nossas almas se tocaram outra vez.

Eu toquei sua nuca com delicadeza, e ele ergueu a mão até a minha. Eu me sentia ao mesmo tempo magnífica e desgraçada, sem saber qual das sensações vinha primeiro.

– Quando partiremos?

– Assim que você vestir as meias, Sassenach. E arrumar o cabelo. E fechar os botões – acrescentou ele, virando-se e encarando o meu imoderado decote. – Deixe que eu faço isso.

– Eu vou precisar do meu baú de remédios – retruquei, observando seus dedos ágeis descendo pelo meu peito.

– Eu trouxe – garantiu ele, então franziu um pouco o cenho, os olhos atentos em um botão rebelde. – É um móvel muito bonito. Imagino que o lorde tenha comprado para você?

– Comprou.

Hesitei um instante, desejando que ele tivesse dito "John" em vez de "o lorde". Também desejei saber onde estava John… e se estava bem. Mas não parecia o momento de mencionar isso.

Jamie inclinou o corpo para a frente e beijou o alto de meu colo, com a respiração quente em minha pele.

– Não sei nem se vou ter uma cama hoje à noite – disse ele, empertigando-se. – Mas, seja de plumas ou de palha, você promete que a compartilhará comigo?

– Sempre – respondi, então peguei a capa, sacudi, cobri os ombros e sorri bravamente para ele. – Vamos.

Jenny mandara meu baú de remédios da Chestnut Street. Com ele, havia um grande embrulho de ervas de Kingsessing, que tinha sido entregue lá na noite anterior. Com a previdência de uma esposa escocesa, incluíra também meio quilo de aveia, um saquinho de sal, um pacote de bacon, quatro maçãs e seis lencinhos limpos. E um rolo de tecido com um breve bilhete, onde se lia:

Querida irmã Claire,

Você parece não ter nada adequado para vestir na guerra. Sugiro que por enquanto pegue emprestado o avental de impressão de Marsali, e cá estão duas das minhas anáguas de flanela e as coisas mais simples que a sra. Figg conseguiu achar no seu guarda-roupa.

Cuide de meu irmão, e diga a ele que suas meias precisam de cerzimento, pois ele só vai perceber quando sentir a dor das bolhas nos calcanhares.

Sua cunhada,

Janet Murray

– E como *você* tem algo adequado para vestir na guerra? – perguntei, olhando para Jamie em seu esplendor índigo.

O uniforme parecia completo, do casaco com dragonas e o brasão de general brigadista ao colete amarelo-claro e às meias de seda cor de creme. Alto e empertigado, com os cabelos arrumados e presos com uma fita preta, ele chamava bastante atenção.

Ele virou a cabeça e encarou a si mesmo.

– Bom, a camisa e a cueca eu já tinha. Trouxe da Escócia. Mas, quando voltei da Filadélfia e encontrei você ontem, fui ver Jenny antes. Contei a ela sobre o general Washington e pedi que ela cuidasse disso. Então ela tirou minhas medidas, arrumou um alfaiate que fazia uniformes e o coagiu, de modo que ele e o filho trabalharam a noite toda para fazer o paletó e o colete... Coitados – acrescentou, puxando com cuidado um fio solto do punho. – Como é que você não tem, Sassenach? Será que o lorde achou que seria inadequado que você cuidasse das pessoas e fez você queimar suas roupas de trabalho?

A frase saiu no tom zombeteiro que sugeria perfeita inocência da parte do piadista, ao mesmo tempo que deixava bem clara a malícia. *Nem digo que não vou criar caso por causa disso mais tarde, porque provavelmente vou.*

Cravei os olhos no baú de remédios com que John me presenteara, depois olhei de volta para Jamie, estreitando os olhos.

– Não – respondi, em tom desinteressado. – Eu derrubei ácido sulfúrico nelas, quando... preparava éter.

A lembrança fez minhas mãos estremecerem de leve, e precisei baixar a xícara de chá de urtiga que estava tomando.

– Meu Deus, Sassenach – disse Jamie baixinho, pois Félicité e Joan estavam ajoelhadas a seus pés, discutindo enquanto lustravam as fivelas de metal de seus sapatos, mas me encarou por sobre as cabecinhas das duas, atemorizado. – Diga que não estava fazendo isso bêbada.

Respirei fundo, revivendo a experiência ao mesmo tempo que tentava afastar a lembrança. Parada no galpão quente e meio escuro atrás da casa, a taça redonda e pegajosa em minhas mãos suadas... então o líquido voando, que por pouco não me acertou o rosto. Depois o cheiro enjoativo, ampliado como mágica, e os buracos fumacentos que queimaram o avental e a saia. À época, eu realmente não dei importância a sobreviver ou não... até ter a impressão de que morreria no instante seguinte. Isso fez muita diferença. Aquilo não tinha me convencido a não cometer suicídio, mas o choque de quase sofrer um acidente de fato me fez refletir com mais cautela em relação ao momento presente. Cortar os pulsos era uma coisa. Morrer desfigurada, em lenta agonia, era outra.

– Não, não estava – respondi, então peguei a xícara e consegui tomar um grande gole de chá. – O dia... estava muito quente. Minhas mãos estavam suadas, e o frasco escorregou.

Ele fechou os olhos um instante, visualizando a cena, então tirou a mão da cabecinha escura de Félicité e tocou meu rosto.

– Não invente de fazer isso outra vez, sim? – perguntou, baixinho. – Não faça mais.

Para ser honesta, a ideia de voltar a fazer éter deixou minhas mãos suadas. Não era quimicamente difícil, mas *tremendamente* perigoso. Um movimento em falso, uma dose a mais de vitríolo, um pouco mais de calor...

Jamie sabia, assim como eu, quão explosiva era aquela coisa. Eu vi a lembrança das chamas em seus olhos, a Casa Grande indo pelos ares à nossa volta. Engoli em seco.

– Eu não quero – falei, com honestidade. – Mas... sem o éter eu não posso fazer determinadas coisas. Se eu não o tivesse, Aidan estaria morto... assim como Henry, o sobrinho de John.

Ele apertou os lábios, com um semblante que indicava que Henry Grey talvez fosse dispensável, mas ele gostava do pequeno Aidan McCallum Higgins, cujo apêndice eu havia removido na Cordilheira, com o auxílio de meu primeiro lote de éter.

– A vovó *precisa* ajudar as pessoas, *grandpère* – disse Joanie, em um tom reprovativo, levantando-se de seu lugarzinho aos pés de Jamie e franzindo o cenho para ele. – "É o chamado dela." A mamãe que contou. Ela não pode *não* seguir.

– Eu sei muito bem – garantiu Jamie –, mas ela não precisa se explodir inteira por conta disso. Afinal de contas, quem é que vai cuidar de todos os doentes, se a sua vovó estiver em pedacinhos?

Félicité e Joanie consideraram a imagem hilária. Eu achei bem menos graça, mas me mantive calada até que as duas pegassem seus trapinhos e o vinagre e retornassem à cozinha. Fomos deixados na área dos dormitórios, reunindo nossas bolsas e apetrechos para a partida, momentaneamente sozinhos.

– Você disse que estava com medo – falei, baixinho, encarando os carretéis de linhas grosseiras e as tranças de fios de seda que eu guardava em uma caixa de madeira com variadas agulhas de sutura. – Mas isso não vai impedir você de fazer o que considera necessário, vai? Eu sinto medo por você... mas isso também não muda nada. – Tomei o cuidado de falar sem amargura, mas naquela manhã ele estava tão sensível aos tons de voz quanto eu.

Ele parou um instante, olhando as fivelas lustrosas dos sapatos, então ergueu a cabeça e me encarou.

– Você acha que estou livre para largar tudo só porque me contou que os rebeldes vão ganhar?

– Eu... Não. – Eu fechei a tampa da caixa com um clique seco, sem olhar para ela. Não podia desviar os olhos. Jamie tinha o semblante rígido, mas me encarava. – Eu sei que você precisa. Sei que isso é parte de quem você é. Esse era mais ou menos o meu argumento, sobre...

Ele me interrompeu, aproximando-se e tomando meu pulso:

– E o que você acha que eu sou, Sassenach?

– Um *homem*, maldição, é isso!

Eu me desvencilhei e girei o corpo, mas ele pôs a mão no meu ombro e me virou de volta, para encará-lo.

– É, eu *sou* homem – disse ele, e o mais leve traço de pesar tocou seus lábios, mas os olhos azuis permaneciam firmes. – Você acha que fez as pazes com o que eu sou... mas acho que você não sabe o que isso quer dizer. Ser o que eu sou não significa apenas que vou derramar meu próprio sangue quando for preciso. Significa que devo sacrificar outros homens pela minha causa... Não apenas os que eu matar como inimigos, mas os que conservo como amigos.

Jamie baixou a mão, e a tensão em seus ombros se abrandou. Ele se virou para a porta.

– Venha quando estiver pronta, Sassenach – disse ele.

Eu fiquei ali parada um instante, então corri atrás dele, deixando a bolsa meio cheia para trás.

– Jamie!

Ele estava parado na gráfica, com Henri-Christian nos braços, dando adeus às meninas e a Marsali. Germain, sem dúvida emburrado, não estava à vista. Jamie se levantou, assustado, então sorriu para mim.

– Eu não ia deixar você para trás, Sassenach. E também não pretendia apressá-la...

– Eu sei. Eu só... preciso contar uma coisa.

Todas as cabeças se viraram para mim, feito um ninho cheio de passarinhos, as boquinhas cor-de-rosa escancaradas de curiosidade. Ocorreu-me que seria melhor esperar até estarmos na estrada, mas parecia urgente contar naquele momento. Não apenas para aliviar a ansiedade de Jamie, mas para que ele soubesse que eu compreendia, *sim*.

– É William – soltei, e o semblante de Jamie se anuviou por um instante, como vapor em um espelho. Sim, eu tinha compreendido.

– Venha cá, *a bhalaich* – disse Marsali, tomando Henri-Christian dos braços de Jamie e o colocando no chão. – Nossa! Você está mais pesado que eu, rapazinho! Vão andando agora, mocinhas! Vovô não vai embora ainda. Me ajudem a juntar as coisas da vovó.

As crianças foram atrás dela com obediência, embora ainda olhando para trás, curiosas e frustradas. Crianças odeiam segredos, exceto quando estão de posse deles.

Olhei para elas, então me virei de volta para Jamie.

– Eu não sabia se eles sabiam de William. Suponho que Marsali e Fergus saibam, já que…

– Já que Jenny contou. É, eles sabem. – Ele revirou os olhos, resignado. – O que foi, Sassenach?

– Ele não pode lutar – falei, soltando um suspiro meio contido. – Não importa o que o Exército Britânico esteja prestes a fazer. William recebeu liberdade condicional depois de Saratoga… Ele é da Convenção. Você sabe sobre o exército da Convenção?

– Sei. – Ele tomou a minha mão e a apertou. – Você quer dizer que ele só tem permissão de começar a lutar se for permutado… e ele não foi, é isso?

– Exatamente. Ninguém *pode* ser permutado até que o rei e o Congresso cheguem a um acordo em relação a isso – falei. O rosto de Jamie subitamente se avivou, cheio de alívio, o que me deixou aliviada também. Eu sorri para ele. – Faz meses que John está tentando, mas não tem como fazer isso. Você não vai ter que enfrentá-lo em campo de batalha.

– *Taing do Dhia* – disse ele, fechando os olhos um instante. – Passei dias pensando… quando não estava agoniado por *sua* causa, Sassenach – acrescentou ele. – A terceira vez é que dá sorte. E o que seria uma sorte perversa, de fato.

– Terceira vez? – perguntei. – O que você…? Pode soltar os meus dedos? Estão dormentes.

– Ah – murmurou ele.

Jamie beijou os meus dedos com delicadeza e os soltou.

– Sim, desculpe, Sassenach. Eu quis dizer que eu já atirei no sujeito duas vezes na vida dele, até agora, e nas duas vezes errei por menos de 3 centímetros. Caso aconteça de novo… nunca se sabe, no meio da batalha, e acidentes acontecem. Eu estava sonhando, à noite, e… Ah, não importa.

Ele dispensou os próprios sonhos com um abano de mão, e eu toquei seu braço para refreá-lo. Eu conhecia os sonhos dele… e o ouvira gemer na noite anterior, tentando enfrentá-los.

– Culloden? – perguntei, baixinho. – Voltou outra vez?

Eu esperava que *fosse* Culloden, e não Wentworth. Jamie acordava dos sonhos com Wentworth rígido e suado, e não suportava ser tocado. Na noite anterior, não havia acordado, mas gemera e se contorcera até que eu o abraçasse, então se acalmou e voltou a dormir, ainda que trêmulo, a cabeça apoiada em meu peito.

Ele deu de ombros, de leve, e tocou meu rosto.

– Nunca foi embora, Sassenach – confidenciou ele. – Nunca irá. Mas ao seu lado é mais fácil dormir.

48

SÓ PELA DIVERSÃO

Era um edifício de tijolos vermelhos, perfeitamente comum. Modesto, sem frontão nem padieira de pedras esculpidas, mas robusto. Ian o olhou com cautela. A casa da Reunião Anual da Filadélfia, a mais influente da Sociedade dos Amigos da América. Sim, muito robusto.

– Isso vai ser igual ao Vaticano? – perguntou Ian a Rachel. – Ou mais como o palácio de um arcebispo?

Ela bufou.

– E isso parece alguma espécie de palácio? – Ela falava normalmente, mas ele via seu pulso batendo depressa no ponto macio logo atrás da orelha.

– Parece um banco – respondeu ele, o que a fez rir.

Ela cessou o riso depressa, porém, olhando por sobre o ombro como se temesse que alguém pudesse surgir e repreendê-la por isso.

– O que eles fazem lá dentro? – perguntou Ian, curioso. – É uma casa de reuniões grandona?

– É – respondeu ela. – Mas também há assuntos a serem debatidos. As reuniões anuais tratam de questões de… suponho que você chamaria de "princípios". Nós chamamos de Fé e Prática. Há livros, reescritos de tempos em tempos, que refletem a sensação presente da reunião. E dúvidas. – Ela abriu um sorriso súbito, e o coração dele deu outra leve acelerada. – Acho que você reconheceria as dúvidas… Elas são muito parecidas com o que você descreveu sobre o exame de consciência antes da sua confissão.

– Ai, sim – concordou ele, mas sem querer insistir no assunto. Fazia uns anos que não se confessava, e não se sentia perverso o suficiente no momento para se preocupar com isso. – A tal da Fé e da Prática… é lá onde se diz que não devemos nos unir ao Exército Continental, por mais que não tomemos parte na luta?

No mesmo instante, Ian se arrependeu da pergunta. Por um momento, viu o brilho nos olhos de Rachel se turvar. Ela respirou fundo pelo nariz e ergueu os olhos para ele.

– Não, isso seria uma opinião… uma opinião formal. Os amigos discutem todos os pontos de consideração possíveis antes de emitir opiniões, quer sejam ou não positivas.

Houve uma ínfima hesitação antes de "não", mas ele ouviu. Ele estendeu a mão, puxou o alfinete do chapéu de palha dela, ajeitou delicadamente o chapéu, que estava meio torto, depois enfiou de volta o alfinete.

– E se no fim não for? E não encontrarmos uma reunião que nos acolha? O que vamos fazer?

Ela apertou os lábios, mas o encarou nos olhos.

– Amigos não são casados *pela* reunião. Nem por um padre ou sacerdote. Eles se casam *um com o outro*. E nós nos casaremos um com o outro. – Ela engoliu em seco. – De alguma forma.

A sensação de preocupação que o rodeara pela manhã começou a aumentar, e ele levou a mão à boca para abafar um arroto. O nervosismo lhe afetava as entranhas. Ian não tinha conseguido nem tomar café da manhã. Afastou-se um pouco, por educação, e espiou duas figuras avançando numa curva ao longe.

– Ai! Lá vem o seu irmão, e inclusive está bastante bonito para um quacre.

Denzell vestia um uniforme de soldado continental, parecendo desconfortável feito um cão de caça com uma gravatinha presa no pescoço. Ian conteve a risada, limitando-se a acenar quando o futuro cunhado parou diante deles. A noiva de Denny não teve o mesmo escrúpulo.

– Ele não está *lindo*? – soltou Dottie, afastando-se um pouco para admirá-lo.

Denzell tossiu e empurrou os óculos no nariz. Era um homem grande, não muito alto, mas de ombros largos e braços fortes. *De fato, está bem elegante de uniforme*, pensou Ian, e expressou seu sentimento.

– Vou tentar não deixar que a minha aparência engula a minha vaidade – respondeu Denzell, em tom seco. – Você também não vai ser soldado, Ian?

Ian balançou a cabeça, sorrindo.

– Não, Denny. Não vou ser soldado… mas sou um batedor muito decente.

Ele viu os olhos de Denzell fixos em seu rosto, traçando a linha dupla de pontos tatuados que cruzavam suas bochechas.

– Esperava que sim. – Certa tensão nos ombros de Denny se relaxou. – Os batedores não têm função de matar o inimigo, têm?

– Não, quanto a isso nós podemos escolher – garantiu Ian, com o rosto impassível. – Podemos matá-los, se quisermos. Mas só pela diversão, sabe? Na verdade, não conta.

Ao ouvir isso, Denzell pestanejou, mas Rachel e Dottie gargalharam, e ele abriu um sorriso relutante.

– Você está atrasado, Denny – disse Rachel, quando o relógio público bateu dez horas. – Henry está bem?

Denzell e Dottie tinham ido à despedida do irmão de Dottie, Henry, que ainda convalescia da cirurgia comandada por Denny e a tia de Ian, Claire.

– Pode-se dizer que sim – disse Dottie –, mas não é nenhum problema físico. – Ela assumiu um semblante mais sério, embora um leve brilho de divertimento ainda persistisse. – Ele está apaixonado por Mercy Woodcock.

– A senhoria? Ainda bem que o amor não costuma ser uma doença fatal – observou Ian, erguendo a sobrancelha.

– Só se seu sobrenome for Montecchio ou Capuleto – respondeu Denny. – A dificuldade é que, por mais que Mercy corresponda ao sentimento, ela pode ou não ainda ter um marido vivo.

– E até que se descubra se ele está morto... – acrescentou Dottie, dando de ombros.

– Ou vivo – disse Denny, com uma olhada para ela. – Sempre existe a possibilidade.

– Não é muito grande – respondeu Dottie, sem rodeios. – A tia... ou melhor, a amiga Claire cuidou de um homem chamado Walter Woodcock, que havia ficado bastante ferido em Ticonderoga. Ele estava quase morrendo à época e foi levado como pri-prisioneiro.

Ela gaguejou na última palavra, e Ian foi subitamente lembrado de que Benjamin, irmão mais velho da moça, era prisioneiro de guerra.

Denzell viu o rosto da moça se enevoar e tomou sua mão com delicadeza.

– Os irmãos de vocês vão sobreviver ao julgamento – disse, com olhos afetuosos por trás dos óculos. – Nós também, Dorothea. Os homens morrem de tempos em tempos, e os vermes comem seus corpos... mas não por amor.

– Humm. – murmurou Dottie, mas abriu um sorrisinho ressentido. – Muito bem, então... em frente! Tem *tanta* coisa para fazermos antes de ir.

Para a surpresa de Ian, Denzell assentiu, tirou do peito alguns papéis dobrados, deu meia-volta e subiu o degrau até a porta da casa de reuniões.

Para Ian, o lugar era apenas um ponto de encontro conveniente. Ele ia encontrar seu tio e a tia Claire na estrada para Coryell's Ferry, mas havia se demorado para ajudar com a carga, pois Denny, Dottie e Rachel estavam conduzindo uma carroça cheia de suprimentos médicos. Mas era evidente que Denny tinha assuntos com a Reunião Anual da Filadélfia.

Estaria ele buscando conselhos sobre como se casar como quacre, mesmo desprezando seu... como poderia se chamar?... decreto em relação ao apoio à rebelião? Não, Rachel tinha dito que era uma opinião "de peso".

– Ele está expressando sua visão... seu testemunho – disse Dottie, de um jeito prático, vendo a surpresa no rosto de Ian. – Explicando por que acha que é certo fazer o que está fazendo. Vai entregar ao funcionário da reunião e pedir que suas visões sejam mencionadas e debatidas.

– Acha que farão isso?

– Ah, sim – respondeu Rachel. – Podem até discordar dele, mas não vão abafar sua voz. E boa sorte se pensaram em tentar – acrescentou ela.

Rachel puxou um lencinho do decote, muito branco em contraste com a pele morena, e secou pequenas gotinhas de suor das têmporas.

Ian sentiu um súbito e profundo desejo por ela, e olhou involuntariamente em direção ao relógio da torre. Precisava estar na estrada em breve, e esperava que houvesse tempo para uma preciosa hora a sós com Rachel.

Os olhos de Dorothea ainda estavam fixos na porta pela qual Denny havia entrado.

– Ele *é* tão formoso – disse ela, baixinho, falando sozinha. Então olhou para Rachel, meio constrangida. – Ele se sentiu mal por ter ido de uniforme ver Henry – disse, em tom de desculpas. – Mas o tempo era tão curto...

– Seu irmão se aborreceu? – perguntou Rachel, com simpatia.

Dottie baixou as sobrancelhas.

– Bom, não *gostou* – respondeu ela, muito honesta. – Mas ele sabe que somos rebeldes. Contei a ele já faz um tempo. – Ela relaxou um pouco o semblante. – E ele *é* meu irmão. Não vai me renegar.

Ian se perguntou se a mesma coisa aconteceria em relação ao pai da moça. Ela não tinha mencionado o duque. Mas ele não se ocuparia das questões familiares de Dottie – estava de cabeça cheia, pensando na batalha iminente e em tudo o que precisava ser feito. Ian trocou olhares com Rachel e sorriu. Ela retribuiu o sorriso, e toda as preocupações se esvaíram imediatamente.

Ele tinha as próprias questões, sem dúvida, preocupações e aborrecimentos. Bem no fundo da alma, porém, havia o sólido peso do amor de Rachel e de suas palavras, que cintilavam feito uma moeda de ouro no fundo de um poço escuro.

Nós nos casaremos um com o outro.

49

PRINCÍPIO DE INCERTEZA

Conforme Jamie me explicou ao sairmos da Filadélfia, o problema não estava em encontrar os britânicos, mas ir ao encontro deles com homens e equipamentos suficientes para adiantar alguma coisa.

– Eles partiram com várias centenas de carroças e um grande número de legalistas que não se sentiam muito seguros na Filadélfia. Clinton não tem condições de proteger a todos e lutar ao mesmo tempo. Precisa avançar o mais depressa que puder... o que significa que deve viajar pela rota mais direta.

– Suponho que não haja muitas condições de cruzar o país na pernada – concordei. – Você... quero dizer, o general Washington tem alguma ideia do tamanho da força que reuniu?

Ele deu de ombros e afastou uma grande mosca com o chapéu.

– Talvez uns dez mil homens. Talvez mais. Fergus e Germain viram o grupo se reunir para partir, mas você sabe que não é fácil avaliar os números com gente se espalhando pelas ruas laterais e tudo o mais.

– Hum. E... quantos homens nós temos?

Dizer "nós" me trouxe uma estranha sensação, que percorreu meu corpo em uma onda. Algo entre apreensão e empolgação, que começava a se aproximar da excitação sexual.

Eu havia sentido a estranha euforia da guerra antes. Mas isso foi há muito tempo. Já tinha me esquecido como era.

– Menos do que os britânicos – disse Jamie, sem rodeios. – Mas só vamos saber direito quando a milícia se reunir... e rezemos para que não seja tarde demais quando isso acontecer.

Jamie me olhou de lado, e eu pude vê-lo em dúvida se comentava ou não a situação. No entanto, preferiu ficar calado. Apenas deu de ombros de leve, acomodou-se na sela e devolveu o chapéu à cabeça.

– O quê? – perguntei, inclinando a cabeça para olhá-lo por sob a aba de meu largo chapéu de palha. – Você ia perguntar alguma coisa.

– Sim. Eu ia, mas percebi que se soubesse alguma coisa a respeito do que poderia acontecer nos próximos dias, você certamente teria me contado.

– Teria.

Para ser sincera, eu não sabia se lamentava ou não a falta de conhecimento. Olhando para trás, nas instâncias onde eu pensava conhecer o futuro, não sabia nem perto do suficiente. Do nada, pensei em Frank... e em Black Jack Randall, e minhas mãos agarraram as rédeas com tanta força que minha égua, assustada, soltou um relincho e deu um tranco com a cabeça.

Jamie olhou em volta, também assustado, mas fiz um gesto para que não se preocupasse. Inclinei o corpo para a frente e dei uma batidinha no pescoço da égua, num pedido de desculpas.

– Foi uma mosca – falei, para me explicar.

Meu coração batia com força na abertura do espartilho, mas respirei fundo várias vezes para acalmá-lo. Não pretendia mencionar meu súbito pensamento a Jamie, embora não tivesse conseguido tirá-lo de vez da cabeça.

Eu sabia que Jack Randall era antepassado de Frank. Seu nome estava logo ali, na árvore genealógica que Frank tantas vezes me mostrara. Na verdade, ele *era* antepassado de Frank... no papel. No entanto, era a partir do irmão mais novo de Jack que vinha a linhagem de Frank. Ele morrera antes de se casar com a amante grávida. Jack então se casara com Mary Hawkins e, a pedido do irmão, dera seu nome à criança.

Os detalhes sórdidos não aparecem nas árvores genealógicas, pensei. Brianna era filha de Frank no papel... e no coração. Mas o nariz fino e comprido e os cabelos brilhosos do homem ao meu lado revelavam de quem era o sangue que corria em suas veias.

Mas eu achava que *sabia*. E, por conta daquele conhecimento falso, havia impedido que Jamie matasse Jack Randall em Paris, por medo de que, se isso acontecesse, Frank não nasceria. *E se ele* tivesse *matado Randall naquele momento?*, eu me perguntei, olhando para Jamie de esguelha. Ele estava sentado sobre a sela, empertigado, imerso em pensamentos, mas com ar de antecipação. O temor da manhã que nos assomara fora embora.

Qualquer coisa poderia ter acontecido. Uma série de coisas poderia não ter. Randall não teria abusado de Fergus. Jamie não teria disputado um duelo com ele no Bois de Boulogne... talvez eu não tivesse perdido nossa primeira filha, nossa pequena Faith. Provavelmente, sim. O aborto em geral tinha base fisiológica, não emocional, a despeito de como os romances descreviam. A lembrança da perda, porém, estaria para sempre atrelada àquele duelo no Bois de Boulogne.

Eu fiz força para deixar as lembranças de lado, desviando a mente do passado e adentrando o completo mistério do futuro à nossa espera. Mas, um instante antes de as imagens se apagarem, agarrei um pensamento errante.

E o filho? O filho nascido de Mary Hawkins e Alexander Randall, o verdadeiro antepassado de Frank. Muito provavelmente estava vivo agora. Naquele exato instante.

A onda que me invadira antes retornou, agora subindo pela espinha. *Denys.* O nome veio flutuando do pergaminho de uma árvore genealógica, em letras caligráficas que guardavam o propósito de capturar um fato, enquanto encobriam quase tudo.

Eu sabia que ele se chamava Denys. Era, até onde eu sabia, ancestral de Frank. Isso era tudo o que eu provavelmente saberia. Desejei ardentemente que sim. Desejei que Denys Randall permanecesse bem e em silêncio, então voltei a minha mente para outras coisas.

50

O BOM PASTOR

Dezenove malditos quilômetros! As carroças se estendiam por todas as direções, até onde a vista alcançava. Quando precisavam fazer uma curva, levantavam uma nuvem de poeira que quase cegava os burros na estrada a 800 metros de distância. O povo estava coberto daquela poeira marrom fininha, assim como William, embora ele se mantivesse o mais afastado possível da lenta cavalgada.

Era a tarde de um dia quente, e eles vinham em marcha desde antes do amanhecer.

Ele fez uma pausa para limpar a poeira do casaco e beber um gole da água do cantil, que tinha gosto de metal. Centenas de refugiados, milhares de seguidores, todos com pacotes, trouxas e carrinhos de mão. Aqui e ali, cavalos ou burros, que de alguma forma haviam escapado da voracidade dos carroceiros do Exército, enfileiravam-se ao longo dos 19 quilômetros que separavam os dois grupos, espalhados em uma massa dispersa que remetia à praga dos gafanhotos da Bíblia. Era no livro do Êxodo? Ele não se lembrava, mas parecia pertinente.

De vez em quando, uns olhavam para trás. William imaginava se era por medo de perseguição ou se estavam pensando no que tinham deixado para trás, já que a própria cidade estava bem distante do alcance dos olhos.

Se havia perigo de alguém virar um pilar de sal, seria por conta do suor, não do desejo, pensou ele, limpando o rosto com a manga da camisa pela décima vez. Ele ansiava por tirar das botas a poeira da Filadélfia e nunca mais pensar no assunto.

Não fosse por Arabella-Jane, era provável que já tivesse se esquecido. Por certo *queria* se esquecer de tudo o que acontecera nos últimos dias. Ele puxou as rédeas e cutucou o cavalo de volta para a horda se arrastar.

Poderia ser pior. *Quase* fora muito pior. Ele tinha chegado perto de ser despachado de volta para a Inglaterra ou enviado ao norte para se juntar aos demais integrantes da Convenção em Massachusetts. Graças a Deus, papai – ou melhor, lorde John, corrigiu-se William – o obrigara a aprender alemão, além de francês, italiano, latim e grego. Além das divisões comandadas por sir Henry e lorde Cornwallis, o Exército incluía um imenso corpo de tropas mercenárias sob o comando do general Von Knyphausen, quase todos de Hesse-Kassel, cujo dialeto William dominava.

Ainda assim, fora necessária uma boa dose de persuasão. No fim das contas, William terminara como ajudante de campo de Clinton, incumbido da tediosa tarefa de percorrer de cima a baixo a coluna que se movia com pesar, coletando relatórios, entregando remessas e resolvendo quaisquer pequenas dificuldades que se apresentassem em rota, o que ocorria mais ou menos de hora em hora. Guardava mentalmente onde estavam os vários cirurgiões e atendentes hospitalares, e vivia com medo de ter que ver o parto de alguma das seguidoras. Havia pelo menos cinquenta mulheres grávidas por ali.

Talvez fosse a proximidade dessas moças, grávidas e pálidas, as barrigas inchadas e pesadas como fardos, equilibradas com o peso que carregavam nas costas, que o fazia pensar em...

Será mesmo que prostitutas sabiam evitar a gravidez? Ele não se lembrava de Arabella-Jane ter feito algo que... No entanto, bêbado como estava, também não teria percebido.

William pensava nela sempre que tocava o próprio peito, onde seu gorjal devia estar. Se perguntado, teria dito que deixara o troço junto do uniforme e tinha se esquecido, mas, pelo número de vezes que pensava em Arabella, a impressão era de que estava habituado a mexer no objeto o tempo todo.

A perda do gorjal lhe custara uma incômoda análise de cinco minutos de sua personalidade, indumentária, higiene, além de uma repreensão do capitão Duncan Drummond, ajudante-chefe de Clinton, e uma multa de 10 xelins por não se uniformizar da maneira adequada. Não estava ressentido com a mulher pelo custo.

O que estava, sim, era de olho no capitão Harkness. Não recordava tão bem o encontro entre eles para ter ideia de qual era o regimento de Harkness, mas não havia tantas companhias de cavalaria no Exército. Àquela altura, ele já vinha retornando pela coluna. Fazia a ronda diária montado em Visigodo, um grande capão baio de boa velocidade. O cavalo, insatisfeito com o ritmo lento, se remexia por baixo dele, querendo sair a galope, mas William o mantinha num trote firme, meneando ao passar por cada companhia, observando os soldados e os sargentos para ver se havia alguém com dificuldade ou precisando de assistência.

– A água já vem! – gritou a um grupo desanimado de refugiados legalistas, que havia parado à margem da estrada sob a parca sombra projetada por algumas mudas de carvalho e uma carriola precariamente empilhada com seus pertences.

O aviso fez as mulheres erguerem um olhar esperançoso, e os homens se puseram de pé e acenaram para William parar.

William puxou as rédeas e reconheceu o sr. Endicott, um comerciante abastado da Filadélfia, e sua família. Estivera em um jantar na casa deles e tinha dançado com as duas filhas Endicott em várias festas.

– A seu serviço, senhor – anunciou, sacando o chapéu em reverência e fazendo um meneio de cabeça para cada moça. – E seu mais humilde e obediente criado, sra. Endicott, srta. Endicott, srta. Sally e srta. Peggy.

A srta. Peggy Endicott, de 9 anos, ruborizou feito um morango por ter sido citada, e as irmãs mais velhas trocaram olhares por sobre a cabeça da menina.

– É verdade, lorde Ellesmere, que estamos sendo seguidos de perto pelos rebeldes? – O sujeito segurava um lenço grande vermelho de flanela, com o qual enxugou o rosto redondo e suado. – As… As moças se encontram um tanto preocupadas com essa possibilidade.

– As moças não têm com que se preocupar, senhor – assegurou William. – Vocês estão sob a proteção do Exército de Sua Majestade, como sabem.

– Ah, sim, sabemos disso – rebateu o sr. Endicott, com certa impaciência. – Ou assim esperamos. Do contrário, eu com certeza não estaria aqui. Mas o que gostaria de saber é se o senhor não teria nenhuma novidade sobre o paradeiro de Washington?

Visigodo trocou de posição e dançou um pouco, louco para sair em disparada, mas William puxou um pouco as rédeas e estalou a língua para repreendê-lo.

– Ora, sim, senhor – respondeu com respeito. – Tivemos vários desertores do acampamento rebelde se juntando a nós ontem à noite. Dizem que Washington está reunindo as tropas, decerto na esperança de nos alcançar, mas não tem mais do que mil homens regulares e algumas companhias milicianas maltrapilhas.

O sr. Endicott pareceu tranquilizado em certa medida, mas as garotas e a mãe não. A sra. Endicott puxou a manga da camisa do marido e murmurou qualquer coisa. O homem ruborizou ainda mais.

– Eu já disse que resolvo isso, madame! – irrompeu.

Ele tinha tirado a peruca por conta do calor. No lugar dela, usava na cabeça um lenço de seda de bolinhas, para se proteger do sol. Seu cabelo grisalho estava cortado rente, e pelos minúsculos saltavam pela extremidade do lenço feito antenas de insetos raivosos.

A sra. Endicott apertou bem os lábios, mas retrocedeu, com um pequeno meneio de cabeça. A srta. Peggy, no entanto, encorajada pela atenção do capitão Ellesmere, deu uma corridinha à frente e segurou o estribo. Assustado, Visigodo refugou violentamente. Peggy soltou um gritinho e tropeçou para trás. Todas as senhoritas Endicott gritaram, mas não havia nada que William pudesse fazer. Ele lutou para domar o animal e manteve a cara fechada. Visigodo deu pulinhos e rodopiou, até ir aos poucos se acalmando, não sem antes bufar e se sacudir. Ele percebeu que a infantaria que passava cometeu a blasfêmia de achar graça enquanto a coluna desviava para contorná-lo.

– Srta. Peggy está bem? – inquiriu ele, arquejando ao enfim trazer o cavalo de volta ao acostamento.

A srta. Anne Endicott estava de pé à beira da estrada, esperando por ele. O restante da família havia recuado, e William escutou um uivo barulhento vindo de trás da carriola.

– Tirando o fato de que vai apanhar de papai por quase ter sido morta, sim – retrucou a srta. Endicott.

Divertindo-se com a cena, ela se aproximou um pouco mais, sempre com um olhar de cautela em Visigodo. O cavalo, porém, já bastante calmo, esticava o pescoço para abocanhar a grama.

– Sinto muito por ter assustado a menina – desculpou-se William com educação.

Ele tateou o bolso, mas havia apenas um lenço amarrotado e uma moeda perdida de 6 centavos. Com um sorriso, entregou a moeda a Anne.

– Dê a ela com as minhas desculpas?

– Ela vai ficar bem – garantiu Anne, aceitando a moeda. Deu uma olhada por cima do ombro e se aproximou mais um passo. – Lorde Ellesmere… – disse ela depressa, baixando a voz. – Quebrou uma roda do nosso carrinho e meu pai não consegue consertar nem pretende abandonar nossos pertences… Minha mãe está morrendo de medo de que sejamos alcançados e capturados pelos homens de Washington. – Seus olhos escuros, de um tom belíssimo, encaravam os dele com reluzente intensidade. – O senhor poderia nos ajudar, por favor? Era isso que minha irmãzinha ia lhe perguntar.

– Ah. Qual é exatamente o problema com o…? Bem, eu darei uma olhada.

Parar uns minutos não faria mal a Visigodo. William desmontou, amarrou o cavalo em uma das mudas e acompanhou a srta. Endicott até a carriola.

Estava abarrotada da mesma bagunça de objetos que ele vira nas docas havia dois dias: um relógio de pêndulo brotando de um monte de roupas e lençóis, um penico caseiro de cerâmica enfiado em meio a lenços, meias e o que provavelmente se tratava da caixa de joias da sra. Endicott. A visão de toda aquela confusão, porém, trouxe a ele uma súbita pontada de saudade.

Eram os vestígios de um lar de verdade, um lar do qual ele fora hóspede, quinquilharias e tesouros de gente que conhecia… e de quem gostava. William ouvira aquele mesmo relógio, com sua coroa perfurada, bater meia-noite pouco antes de ter roubado um beijo de Anne Endicott nas sombras do corredor do pai dela. William sentiu o doce badalo no fundo da alma.

– Para onde vocês vão? – perguntou a ela com a voz calma, a mão no braço da moça.

Ela se virou para ele, enrubescida e atormentada, o cabelo escuro escapulindo do chapéu, mas sem perder a dignidade.

– Não sei – respondeu, com a mesma calma. – Minha tia Platt mora em uma cidadezinha perto de Nova York, mas não sei se temos como viajar para tão longe, já que estamos… – Ela inclinou a cabeça para a carriola torta, rodeada de bolsas e trouxas parcialmente enroladas. – Talvez possamos encontrar um lugar seguro por perto para esperar enquanto meu pai sai para fazer os… arranjos.

De repente, ela comprimiu os lábios, e William percebeu que a moça vinha mantendo a compostura à custa de enorme esforço. Seus olhos brilhavam por estarem marejados de lágrimas. William lhe tomou a mão e a beijou com gentileza.

– Vou ajudar – disse ele.

Falar era fácil. O eixo do carrinho estava intacto, mas uma das rodas acertara uma pedra pontiaguda e não só se soltara como no processo perdera o pneu furado em torno do aro, que, por consequência, havia se partido. A roda jazia em pedaços sobre a grama. Uma chamativa borboleta laranja e preta se aninhou bem no eixo da dita cuja, balançando preguiçosamente as asas.

O medo da sra. Endicott não era infundado. Nem a ansiedade do sr. Endicott, que o homem vinha tentando, sem sucesso, disfarçar como irritação. Não podiam ficar parados por muito tempo. Havia o perigo de serem deixados para trás. Mesmo que as tropas regulares de Washington estivessem avançando depressa demais para dar conta de pilhagens, sempre havia carniceiros nos arredores. Sempre.

Um período respeitável de inspeção permitiu ao sr. Endicott, ainda enrubescido, porém mais contido, emergir de seu imbróglio doméstico, seguido de Peggy, também ruborizada e cabisbaixa. William assentiu para o comerciante e o convocou a se juntar a ele na contemplação dos destroços, em vez de ficar ouvindo as mulheres.

– Está armado, senhor? – indagou William com tranquilidade.

O rosto de Endicott empalideceu visivelmente, o pomo de adão saltando por cima da gravata imunda de poeira.

– Tenho uma escopeta que era do meu pai – revelou, falando baixinho. – Mas… não dá um tiro há vinte anos.

Deus, pensou William, alarmado. Sem arma na mão, William se sentia nu e nervoso. Endicott devia ter no mínimo 50 anos. Como ele ia proteger quatro mulheres sozinho?

– Vou encontrar ajuda, senhor – garantiu William, com firmeza.

O sr. Endicott respirou fundo. William achou que o homem poderia cair aos soluços se fosse obrigado a falar, e se virou sem pressa para mulheres.

– Tem um tanoeiro ou carroceiro em algum ponto da coluna – disse ele. – Ah, e lá vem vindo o carregador d'água! – Ele estendeu a mão para Peggy. – Me acompanharia até lá, srta. Margaret?

A menina não sorriu, mas deu uma fungada, esfregou o nariz na manga, se pôs de pé e lhe deu a mão. Se as moças Endicott tinham uma qualidade, era coragem.

Um burro de olhar tedioso puxava uma carroça com vários tonéis de água. Percorria devagar a coluna, e o condutor parava sempre que era chamado. Determinado, William se meteu em meio à confusão, erguendo Peggy nos braços por segurança – para evidente deleite da menina –, e trouxe o carregador aos serviços dos Endicotts. Em seguida, com um aceno de chapéu para as moças, montou de novo e tomou rumo pela estrada em busca de um tanoeiro.

O exército viajava com o equivalente a vários vilarejos de artesãos e homens considerados de "apoio": tanoeiros, carpinteiros, cozinheiros, ferreiros, ferradores, carroceiros, boiadeiros, transportadores, serventes. Sem falar nas inúmeras lavadeiras e costureiras. Não demoraria muito para encontrar um tanoeiro ou carroceiro e persuadi-lo a resolver o problema dos Endicotts. William lançou uma olhada para o sol. Eram quase três horas.

O exército avançava com pressa, mas isso não significava que se deslocasse em boa velocidade. Clinton dera ordens para marcharem mais duas horas por dia, um esforço considerável no calor cada vez mais intenso. Mais duas horas até montarem acampamento. Com sorte, até lá os Endicotts estariam recuperados e poderiam acompanhar o ritmo no dia seguinte.

O som de cascos de cavalo e alaridos da infantaria chamaram a atenção de William e o fizeram olhar para trás, com o coração disparado. Cavaleiros, com plumas voejando. Ele tomou as rédeas e conduziu Visigodo direto para lá, espiando de rosto em rosto ao passar pela fileira dupla. Vários o encararam. Um oficial lhe dirigiu gestos irritados, que William ignorou. Uma vozinha lá no fundo da mente questionava o que ele faria se *encontrasse* Harkness no meio deles, mas William também tratou de ignorá-la.

Ele ultrapassou os últimos membros da companhia, circundou-os por trás e foi subindo pelo outro lado da coluna, olhando por sobre o ombro para a fileira de rostos intrigados a encará-lo, alguns afrontados, outros achando graça. Não… não… não… Quem sabe? *Será que eu reconheceria o sujeito?*, perguntou-se. Estava muito bêbado. Ainda assim, imaginou que *ele* poderia ser reconhecido por Harkness…

A essa altura, todos os encaravam, mas nenhum com sinais de alarme ou violência. O coronel daqueles homens todos puxou de leve as rédeas e o chamou.

– Ei, Ellesmere! Perdeu alguma coisa?

Ele estreitou os olhos contra o sol e identificou o rosto vívido de Ban Tarleton, as bochechas rosadas e um sorrisinho sob o capacete extravagante de plumas. O homem inclinou o queixo em sinal de convite, e William acelerou o galope e se plantou ao lado dele.

– Não exatamente – respondeu. – Só estou procurando um soldado que conheci na Filadélfia. O nome dele é Harkness. Você conhece?

Ban fez uma careta.

– Conheço. Está com a 26. Um fedelho despudorado, sempre atrás de mulheres.

– E você não é assim também?

Ban não era amigo íntimo, mas William estivera na esbórnia com ele uma ou duas vezes em Londres. Não bebia muito, mas não precisava. Era o tipo de homem que sempre parecia meio embriagado.

Tarleton riu, o rosto corado pelo calor e os lábios vermelhos feito os de uma moça.

– Sim, mas Harkness não se interessa por mais nada, *só* por mulheres. Ouvi dizer que esteve com três de uma vez em um bordel.

William refletiu por um momento.

– Tudo bem, para duas eu até consigo ver serventia... mas para que serve a terceira?

Ban, talvez uns quatro anos mais velho do que William, dirigiu-lhe o tipo de olhar de compaixão reservado às virgens e aos solteirões convictos, então se largou para trás, às gargalhadas, quando William lhe deu um soco no braço.

– Certo – disse William. – Fora isso, estou atrás de um tanoeiro ou carroceiro. Tem algum por aqui?

Tarleton endireitou o capacete e balançou a cabeça.

– Não, mas deve ter um ou dois no meio da confusão – respondeu, com um gesto negligente para o comboio de vagões de bagagem. – Em que regimento você está? – O homem franziu o cenho para William, parecendo se dar conta de que havia algo errado com sua indumentária. – Cadê sua espada? E seu gorjal?

William cerrou os dentes, que realmente rangeram, tamanha a quantidade de poeira no ar, e atualizou Tarleton sobre sua situação, mas não mencionou onde nem sob quais circunstâncias perdera o gorjal. Com uma breve saudação de despedida ao coronel, puxou as rédeas, deu meia-volta e tornou a descer a coluna inteira. Respirava como se tivesse contornado a Torre de Londres. Seus braços e suas pernas foram tomados de um choque, que correu até a base da espinha.

A raiva por conta daquela situação fora reacendida pela conversa com Tarleton. Miseravelmente incapaz de fazer algo a respeito, William voltou a pensar o que queria fazer com Harkness, caso encontrasse a 26ª Cavalaria Leve. Tocou o peito, por reflexo, e o ímpeto de violência se transformou de imediato em um rompante de desejo, o que o deixou atordoado.

Então, ele recordou sua incumbência original, e o sangue quente lhe subiu ao rosto. Foi cavalgando mais devagar, acalmando a mente. Harkness podia esperar. Os Endicotts não.

Pensar neles foi doloroso, não só pela vergonha de ter se permitido distrair com tanta facilidade. Àquela altura, William percebeu que os poucos momentos lidando com os problemas dos Endicotts o haviam feito se esquecer do fardo que carregava no peito, como 1 quilo de chumbo. Esquecer quem ele realmente era.

O que Anne Endicott teria feito se soubesse? E os pais dela? Até... Bom, não. Apesar da inquietação, ele sorriu. Não achava que Peggy Endicott daria importância caso ele confessasse ser um batedor de carteira ou um canibal, menos ainda um...

Todas as outras pessoas que ele conhecia, no entanto... Os Endicotts foram a única família legalista a recebê-lo em casa, e William não se despedira direito de ninguém que havia optado por ficar na Filadélfia, envergonhado demais para vê-los.

William tornou a olhar para trás. Mal se via os Endicotts, agora sentados na grama num círculo amigável, compartilhando alguma comida. Sentiu algo se remexer dentro dele ao vê-los naquela sociabilidade. Nunca fora parte de uma família decente e jamais poderia se casar com uma mulher de origens tão modestas quanto Anne Endicott.

O pai dela talvez estivesse arruinado, talvez tivesse perdido a fortuna e os negócios, a família poderia cair na pobreza, mas continuariam sendo quem eram, firmes em sua coragem e no orgulho de seu sobrenome. Ele não. Seu nome não lhe pertencia.

Bem... ele *poderia* se casar, admitiu a si mesmo com relutância, abrindo caminho com cautela por entre um grupo de seguidores. Mas só uma mulher que não desejasse nada além de um título e dinheiro ia querer qualquer coisa com ele. Casar-se sob essas circunstâncias, sabendo que era desprezado pela esposa, tendo a noção de que passaria aos filhos a mácula em seu sangue...

A sequência de pensamentos negativos foi interrompida abruptamente com a chegada de um pequeno grupo de artesãos avançando junto a uma grande carroça, que sem dúvida armazenava suas ferramentas.

Ele os abordou feito um lobo em um rebanho de ovelhas assustadas e arrancou de lá, sem a menor piedade, um carroceiro gordo e agradável, a quem persuadiu com ameaças e suborno, levando assim sua presa até os Endicotts.

Com o espírito aliviado pela gratidão da família, William rumou outra vez para o norte, em direção à frente do exército, ao acampamento e ao jantar. Absorto em pensamentos de frango assado com molho – ele comia com o pessoal de Clinton, portanto muito bem –, não percebeu de imediato que havia outro cavaleiro a seu lado, acompanhando seu ritmo.

– Cabeça longe? – perguntou uma voz agradável e familiar.

Ao se virar, ele deu de cara com o rosto sorridente de Denys Randall-Isaacs.

• • •

William encarou Randall-Isaacs com algo entre irritação e curiosidade. Para todos os efeitos, o homem o abandonara em Québec havia um ano e meio e tinha desaparecido, deixando-o passar o inverno preso na neve com freiras e *voyageurs*. A experiência aprimorara tanto seu francês quanto suas habilidades de caça, mas não mitigara sua irritação.

– Capitão Randall-Isaacs – disse ele, um tanto seco.

O homem abriu um sorriso iluminado, em nada abalado pelo tom de voz.

– Ah, só Randall – rebateu. – É o sobrenome do meu pai, sabe? A outra parte era em respeito ao meu padrasto, mas o velho faleceu...

Ele deu de ombros, levando William à óbvia conclusão: um sobrenome judeu não podia ser trunfo para um oficial ambicioso.

– Estou surpreso em vê-lo aqui – prosseguiu Randall, amistoso, como se os dois tivessem se visto num baile um mês antes. – Você esteve em Saratoga com Burgoyne, não foi?

William apertou a rédea, mas explicou com paciência sua situação peculiar. Pela vigésima vez, possivelmente.

Randall aquiesceu, respeitoso.

– Com certeza é melhor que cortar feno em Massachusetts – ponderou, espiando as colunas em marcha pelas quais passavam. – Mas não pensou em voltar para a Inglaterra?

– Não – respondeu William, um tanto assustado. – Por quê? Para começar, duvido que consiga, dados os termos da condicional. Em segundo lugar, por que eu deveria?

Por quê, não é mesmo?, pensou ele, numa nova punhalada. Nem tinha começado a pensar no que o esperava na Inglaterra, em Helwater, em Ellesmere. Em Londres, inclusive... *Ah, Deus!*

– Por quê, não é mesmo? – indagou Randall, ecoando-o sem saber. O sujeito parecia pensativo. – Bom... aqui não há muitas oportunidades de se sobressair...

Ele deu uma brevíssima espiadela no cinturão de William, desprovido de armas, e voltou a olhar para longe, como se a visão fosse uma vergonha. E era.

– E o que acha que eu poderia fazer lá? – William quis saber, com certa dificuldade de manter a calma.

– Bem, você *é* um conde – observou Randall. William sentiu o sangue lhe subir pela face, mas não falou nada. – Tem um assento na Câmara dos Lordes. Por que não fazer uso dele para realizar algo? Entre para a política. Duvido que sua condicional mencione algo nesse sentido e, contanto que não esteja voltando para entrar de novo no Exército, não creio que a viagem em si seria um problema.

– Eu nunca teria pensado nisso – rebateu William, esforçando-se para ser educado.

Não conseguia pensar em nada que desejasse menos do que ser político. Randall inclinou a cabeça de um lado para outro, amistoso, ainda sorrindo. Estava igual à última vez que William o vira: o cabelo escuro amarrado, sem talco, mais bem-apessoado do que bonito, magro sem parecer fraco, com movimentos graciosos e uma expressão constante de genialidade compreensiva. Não havia mudado muito, mas William, sim. Era dois anos mais velho, bem mais experiente, e estava não só surpreso como também um tanto grato por perceber que Randall vinha jogando com ele como se o fizesse com uma mão de baralho. Ou tentando.

– Existem outras possibilidades – disse, contornando com o cavalo uma poça enorme de urina lamacenta que se acumulara numa depressão na estrada.

O cavalo de Randall fez uma pausa e aumentou a poça ainda mais. O sujeito se manteve tão sereno quanto podia em tal situação, mas não tentou elevar o tom de voz acima do barulho. Saiu devagar do meio da lama e alcançou William antes de continuar a conversa.

– Possibilidades? – Randall parecia genuinamente interessado, e era provável que estivesse... mas por quê? – O que está pensando em fazer?

– Claro que se lembra do capitão Richardson, não é? – perguntou William, em tom casual, mas de olho no semblante de Randall.

O homem ergueu de leve a sobrancelha escura, mas fora isso não demonstrou nenhuma emoção em particular ao ouvir o nome.

– Ah, sim – retrucou, tão impassível quanto William. – Você viu o bom capitão por esses tempos?

– Vi, um dia desses. – A irritação de William arrefecera, e ele esperou com interesse para ver o que Randall poderia dizer a respeito.

O capitão não se mostrou espantado, mas seu ar de aprazível indiferença parecia ter evoluído para algo mais. William podia *ver em sua expressão* ele ponderar se perguntava com toda a franqueza sobre Richardson ou se mudava o rumo da conversa. Essa percepção lhe trouxe uma sutil excitação.

– Lorde John está com sir Henry? – indagou ele.

A falta de lógica foi tamanha que William até se surpreendeu, mas não havia por que não responder.

– Não. Por que deveria?

A sobrancelha de Randall tornou a se erguer.

– Você não sabia? O regimento do duque de Pardloe é em Nova York.

– É? – William ficou mais do que surpreso com a informação, mas tratou de se recompor. – Como você sabe disso?

Randall fez um gesto com a mão bem-cuidada, como se a resposta fosse irrelevante. Talvez fosse.

– Pardloe deixou a Filadélfia hoje de manhã com sir Henry – explicou. – Como o duque voltou a convocar lorde John para o serviço, imaginei...

– Ele *o quê?*

A exclamação fez o cavalo balançar o focinho e bufar. William tratou de alisar seu pescoço comprido, aproveitando para desviar o rosto por um instante. O pai dele estava *lá*?

– Parei na casa do lorde na Filadélfia ontem – esclareceu Randall –, e uma escocesa bem esquisita, que deve ser criada dele, imagino, me contou que ele estava fora havia vários dias. Mas se você não o viu...

Randall levantou a cabeça e olhou para a frente. Uma névoa de fumaça de lenha já despontava sobre as árvores. Era do fogo para cozinhar, lavar roupa e que os guardas usavam para marcar o acampamento cada vez maior. Fogo cujo odor pungente trazia às narinas um tempero agradável. E fazia roncar o estômago de William.

– Upa! Upa! Ao dobrado, rápido... marchem! – berrou um sargento por trás deles.

E ambos se afastaram para dar passagem a uma coluna dupla de infantaria que não teria necessitado da exortação, ansiosos como estavam pelo jantar e pela chance de descansar durante a noite.

A pausa deu a William oportunidade de pensar um pouco: deveria perguntar se Randall beberia com ele mais tarde, para tentar persuadi-lo? Ou era melhor tratar de sair de perto dele o mais rápido possível, usando como desculpa a necessidade de esperar por sir Henry? Mas e se lorde John realmente *estivesse* com sir Henry naquele exato momento? E o maldito tio Hal... era só o que faltava!

Ficou evidente que Randall também havia usado a pausa para pensar e tomar a própria decisão. Ele se aproximou de William.

– Digo isso a você como amigo, Ellesmere – começou ele, depois de dar uma rápida espiadela para garantir que não havia ninguém por perto. – Mesmo admitindo que não há motivo para confiar em mim, espero que me ouça. Pelo amor de Deus, não se envolva em nenhuma empreitada que Richardson sugerir! Não vá com ele a lugar nenhum, sejam quais forem as circunstâncias. Se puder evitar, não volte nem a falar com ele de novo.

Dito isso, ele puxou as rédeas do cavalo, esporou-o abruptamente e saiu a galopar pela estrada, afastando-se do acampamento.

51

MENDIGANDO

Grey não se importaria, se não fossem as dores de cabeça. A dor na lateral do corpo diminuíra para algo tolerável. Ele pensou que talvez tivesse alguma costela quebrada, mas, desde que não precisasse correr, não seria problema. Já o olho...

O olho ferido se recusava a se mover. Apenas sacolejava dentro da órbita, forçando o que o estava obstruindo. Músculo orbicular? Foi isso que o dr. Hunter disse? Tudo na tentativa de alinhar o foco junto ao outro olho. Isso por si só já era doloroso e exaustivo, mas também levava a visão dupla e fortíssimas dores de cabeça. Grey não estava nem conseguindo se alimentar. Preferia ficar deitado no escuro e esperar a dor latejante cessar.

Quando pararam para acampar, na noite do segundo dia de marcha, ele mal conseguia enxergar com o olho bom, e o estômago estava embrulhado.

– Tome – disse, empurrando o pão de milho quente a um dos companheiros, um alfaiate de Morristown chamado Phillipson. – Pode comer. Eu não... consigo.

E pressionou com força a base da mão no olho fechado. Pontinhos verdes e amarelos e lampejos brilhantes de luz irromperam por trás da pálpebra, mas a pressão aliviou a dor por alguns instantes.

– Guarde para mais tarde, Bert – aconselhou Phillipson, enfiando o pão de milho na mochila de Grey. À luz da fogueira, aproximou-se para espiar o rosto do lorde. – Você precisa de um tapa-olho. Pare de esfregar a vista, pelo menos. Está vermelha feito a meia-calça de uma puta. Tome.

Dito isso, ele tirou da cabeça o chapéu de feltro surrado, sacou do peito uma tesourinha e cortou a aba. Fez um tapa-olho bem redondinho, passou um pouco de goma de abeto na beirada para grudar e posicionou com cuidado sobre a órbita lesionada com o auxílio de um lencinho, contribuição de um dos outros milicianos. Todos se amontoaram em volta para ver, com expressões mais sinceras de preocupação, ofertas de comida e bebida, sugestões sobre quais companhias tinham cirurgiões que pudessem fazer uma sangria, e assim por diante. Grey, na fraqueza de sua dor e exaustão, pensou que fosse chorar.

Ele deu um jeito de agradecer a todos pela preocupação e, por fim, os homens se foram. Depois de um gole do cantil de Jacobs, algo impossível de identificar, mas muito alcoólico, Grey se sentou no chão, fechou o olho bom, apoiou a cabeça em um tronco e esperou o latejar das têmporas diminuir.

Apesar do incômodo, sentia o espírito reconfortado. Os homens que o acompanhavam não eram soldados, e Deus sabia que não eram um exército, mas eram homens engajados em um propósito comum e preocupados uns com os outros. Isso era algo que ele conhecia e adorava.

–... e colocamos nossas necessidades e desejos diante de Vós, ó grande Senhor, e imploramos por Vossa bênção em nossos atos...

O reverendo Woodsworth conduzia um breve momento de orações. Fazia isso toda noite. Quem quisesse, podia se juntar a ele. E os que não queriam se ocupavam com conversas tranquilas ou papos furados.

Grey não fazia a menor ideia de onde estavam. Só sabia que era em algum ponto a nordeste da Filadélfia. Mensageiros a cavalo surgiam de vez em quando, e fragmentos de notícias e especulações se espalhavam pelo grupo feito pulgas. Ele entendeu que o Exército Britânico estava indo para o norte, claramente para Nova York, e que Washington tinha saído de Valley Forge com suas tropas e pretendia atacar Clinton em algum ponto da rota, mas ninguém sabia onde. As tropas se reuniriam para inspeção em um lugar chamado Coryell's Ferry, momento em que possivelmente seriam informadas sobre seu destino.

Ele não desperdiçava energia pensando em sua posição. Podia escapar com certa facilidade na escuridão, mas não havia por que fazê-lo. Vagando pelo interior, em meio à convergência de companhias milicianas e tropas regulares, Grey corria mais risco de retornar à custódia do coronel Smith – onde, ao que tudo indicava, seria enforcado – do que ficando com a milícia de Woodsworth.

O perigo talvez aumentasse quando eles, *de fato*, se unissem às tropas de Washington, mas grandes exércitos não tinham como se esconder um do outro nem tentavam passar despercebidos. Se Washington se aproximasse minimamente de Clinton, Grey, àquela altura, poderia desertar com facilidade, se é que alguém consideraria aquilo deserção, e atravessar para as linhas britânicas, arriscando-se apenas a ser alvejado por um guarda entusiasmado demais antes de poder se render.

Gratidão, pensou ele, escutando a oração do sr. Woodsworth em meio a mais tontura e menos dor. Bem, sim, havia umas poucas coisas mais que ele podia listar em seu rol de bênçãos.

William ainda estava em condicional. Sendo assim, era um não combatente. Jamie Fraser fora liberado do Exército Continental para escoltar o corpo do general de brigada Fraser de volta à Escócia. Apesar de ter retornado, não estava mais no Exército e tampouco estaria naquela batalha. Seu sobrinho Henry se recuperava, mas se encontrava longe de estar em condições de combate. Era provável que não houvesse ninguém envolvido na batalha iminente, caso ocorra uma, com quem ele precisasse se preocupar. No entanto, pensando bem...

William tateou o bolso vazio da calça. *Hal*. Onde estava Hal? Ele suspirou, mas logo relaxou, inalando os aromas de lenha queimada, caruma e milho assado. Onde quer que Hal estivesse, estaria seguro. Seu irmão sabia se cuidar.

Acabadas as orações, um dos companheiros começara a cantar. Era uma canção conhecida, mas a letra estava bem diferente. Sua versão, aprendida com um cirurgião do Exército que havia lutado ao lado dos colonos na guerra dos franceses com os índios, era assim:

> *Irmão Efraim vendeu sua vaca*
> *E comprou uma comissão*
> *Depois rumou para o Canadá*
> *A lutar pela nação*
>
> *Quando Efraim para casa voltou*
> *Um grande covarde se provou*
> *Contra os franceses não teria lutado*
> *Por medo de ser devorado.*

O dr. Shuckburgh não opinara muito a respeito dos colonos, nem o fizera o compositor da nova versão, utilizada como canção para marchas. Grey tinha ouvido aquela na Filadélfia e ficou cantarolando baixinho.

Yankee Doodle veio à cidade
Para um mosquete comprar
Vamos passar alcatrão e pôr uma pena
Para John Hancock virar!

Seus atuais companheiros agora cantavam, com gosto, o trecho final:

Yankee Doodle foi à cidade
Montado num pônei
Uma pena no chapéu ele enfiou
E de dândi se chamou!

Aos bocejos, Grey se perguntou se algum deles sabia que a palavra *dudel,* similar a *Doodle,* significava "idiota" em alemão. Duvidava que Morristown, em Nova Jersey, já tivesse visto um dândi, aqueles jovens afetados afeitos a perucas róseas e uma dúzia de enfeites para o rosto.

Conforme a dor de cabeça foi diminuindo, ele começou a apreciar o simples prazer de estar recostado. Os sapatos, com cadarços improvisados, não lhe cabiam bem e, além de esfolar os calcanhares, causavam dores lancinantes na canela por conta do esforço de contrair os dedos o tempo inteiro. Ele esticou as pernas com cautela, quase desfrutando da sensibilidade dos músculos, praticamente um êxtase em comparação a caminhar.

Foi desviado desse prazer momentâneo por uma engolida em seco, curta e ávida, bem ao pé do ouvido, acompanhada de uma voz jovem e baixinha.

– Senhor, se não pretende comer aquele pão de milho...

– O quê? Ah... sim, claro.

Ele se sentou, com dificuldade, pressionando o olho machucado na intenção de protegê-lo. Ao virar a cabeça, deu de cara com um menino de 11 ou 12 anos, no tronco ao seu lado. Enfiou as mãos dentro da mochila, à procura da comida. O menino soltou um arquejo que fez Grey olhar para cima, enxergando pouco à luz da fogueira, e dar de cara com o neto de Claire, o cabelo claro desgrenhado feito um halo em torno da cabeça e um semblante de horror.

– Shhh! – cochichou, agarrando o joelho do garoto com um movimento súbito que fez a criança soltar um ganido ligeiro.

– Ei, o que você descobriu aí, Bert? Pegou um ladrão?

Distraindo-se de uma partida qualquer de pedrinhas, Abe Shafstall olhou por cima do ombro e espiou o garoto com sua vista míope. Deus, qual era o nome dele? O pai era francês. Seria Claude? Henri? Não, esse era o mais novo, o anão...

– *Tais-toi!* – disse baixinho para o menino, e se virou para os companheiros. – Não, não... Este é o filho de um vizinho da Filadélfia... Bobby. Bobby Higgins – acrescentou, apelando para o primeiro nome que lhe veio à mente. – O que o trouxe aqui, filho? – perguntou, torcendo para que o menino fosse tão sagaz quanto a avó.

– Estou procurando meu avô – respondeu de pronto o garoto, ainda que correndo os olhos nervosamente pelos rostos ao redor, todos agora voltados em sua direção. – Minha mãe me mandou com umas roupas e comida para ele, mas uns sujeitos malvados me arrancaram do meu burro na floresta e... le-levaram tudo.

A voz do menino estremeceu vividamente, e Grey percebeu que na verdade suas bochechas sujas exibiam rastros de lágrimas.

Aquilo trouxe um alarido de preocupação ao círculo e o surgimento imediato, vindo de bolsas e bolsos, de pão dormido, maçãs, carne-seca e lenços sujos.

– Qual o nome do seu avô, filho? – inquiriu Joe Buckman. – Com que companhia ele está?

O menino pareceu desconcertado e lançou uma rápida espiadela para Grey, que respondeu por ele:

– James Fraser – respondeu ele, com um aceno que fez sua cabeça latejar. – Está com uma das companhias da Filadélfia, não é, Bobby?

– É, senhor. – O garoto esfregou o nariz no lenço ofertado e, agradecido, aceitou uma maçã. – *Mer...* – Ele interrompeu a frase com um engenhoso ataque de tosse e consertou o lapso. – Obrigado pela gentileza, senhor. E ao senhor.

Ele devolveu o lenço e começou a comer vorazmente, limitando as respostas a meneios de cabeça. Murmúrios indistintos indicaram que o menino tinha se esquecido do número da companhia do avô.

– Não tem problema, garoto – tranquilizou o reverendo Woodsworth. – Estamos todos indo para o mesmo lugar, para passar em revista. Com certeza você vai encontrar seu avô com as tropas lá. Acha que consegue nos acompanhar a pé?

– Ah, sim, senhor – garantiu Germain/Bobby, anuindo depressa. – Eu consigo andar.

– Eu cuido dele – apressou-se Grey, o que pareceu encerrar o assunto.

Grey esperou pacientemente até que todos se esquecessem da presença do menino e se preparassem para dormir. Depois se levantou, os músculos protestando, e acenou com a cabeça para que Germain o acompanhasse, abafando uma exclamação de dor causada pelo movimento.

– Muito bem – sussurrou Grey, assim que eles se afastaram dos ouvidos alheios. – O que está fazendo aqui? E onde *está* seu avô?

– Eu o *estava* procurando mesmo – explicou Germain, baixando a braguilha para urinar. – Ele foi para... – O menino fez uma pausa, claramente indeciso quanto à natureza de sua relação com Grey. – Me perdoe, milorde, mas não sei se posso contar isso.

É que... – Só se via a silhueta de Germain contra o negrume ainda maior da vegetação rasteira, mas o mero contorno de seu corpo externava um cuidado eloquente. – *Comment se fait-il que vous soyez ici?*

– Como eu vim parar aqui? – repetiu baixinho Grey. – *Comment*, realmente. Deixe para lá. Eu conto para *você* aonde estamos indo, pode ser? Soube que estamos a caminho de um lugar chamado Coryell's Ferry, para nos unirmos ao general Washington. Isso diz algo para você?

Os ombros delgados de Germain relaxaram e um tamborilar suave na terra indicou que sim, aparentemente. Grey fez o mesmo. Ao terminarem, rumaram de volta para o brilho da fogueira.

Ainda sob o abrigo da mata, Grey tocou o ombro de Germain e o apertou. O menino ficou paralisado.

– *Attendez, monsieur* – disse, com a voz baixa. – Se a milícia descobrir quem sou eu, eles me enforcam. Na hora. Minha vida está nas suas mãos a partir deste momento. *Comprenez-vous?*

Por inquietantes instantes, fez-se apenas silêncio.

– O senhor é um espião, milorde? – indagou Germain, com toda a calma, sem se virar.

Grey fez uma pausa antes de responder, oscilando entre a conveniência e a honestidade. Não tinha como esquecer o que vira e ouvira e, quando conseguisse voltar às próprias linhas, o dever o obrigaria a repassar a informação que guardava.

– Sim, mas não por opção – respondeu, por fim, com a mesma calma.

Uma brisa fria tinha surgido com o cair do sol, e a floresta inteira murmurava ao redor deles.

– *Bien* – disse Germain, por fim. – E obrigado pela comida. – O menino então se virou, e Grey pôde ver uma nesga de luz sobre a sobrancelha clara, arqueada numa expressão inquisitiva. – Então sou Bobby Higgins. E o senhor, quem é?

– Bert Armstrong – retrucou Grey, bem curto. – Mas pode me chamar de Bert.

Em seguida, foi caminhando em direção ao fogo e aos montes de cobertor que abrigavam os homens. Não podia afirmar, dado o farfalhar das árvores e o ronco dos companheiros, mas *achava* que o pestinha estava rindo.

52

SONHOS MORFÍNICOS

Dormimos aquela noite no quarto de uma igreja em Langhorne. Havia pessoas espalhadas em bancos e mesas, enroscadas *debaixo* das mesas e dispostas em arranjos aleatórios em colchões duros de palha, mantas dobradas e alforjes, o mais distante da lareira que podiam. O lugar estava abafado, mas ainda irradiava um considerável calor. O recinto estava tomado dos odores de madeira queimada e corpos quentes. Eu estimei a temperatura do ambiente como em torno dos 35 graus, e os corpos que repousavam à minha volta estavam bastante despidos, de ancas e ombros pálidos, as nádegas reluzindo sob o brilho embotado dos borralhos.

Jamie estivera viajando de camisa e calça, o novo uniforme e a deslumbrante roupa de baixo dobrados com cuidado em uma valise até nos aproximarmos mais do exército. Dessa maneira, para ele tirar a roupa era uma simples questão de abrir o fecho da calça e arrancar as meias. Meu caso era mais complicado, pois meu espartilho de viagem ostentava cordões de couro e, durante o curso de um dia abafadíssimo, o laço havia se transformado em um emaranhado resistente a todas as tentativas de desate.

– Você não vem para a cama, Sassenach?

Jamie já estava deitado, depois de encontrar um cantinho atrás do balcão do bar, tendo estendido ali nossas capas.

– Já quebrei uma unha tentando desatar essa porcaria e não consigo alcançar com os dentes! – falei, já à beira das lágrimas de tanta frustração.

Eu estava morrendo de cansaço, mas não me forçaria a dormir em um espartilho apertado e suado.

Jamie estendeu o braço para mim, na escuridão.

– Venha se deitar comigo, Sassenach – sussurrou ele. – Eu faço isso.

O simples alívio de me deitar, depois de doze horas em cima da sela, era tão maravilhoso que eu quase mudei de ideia em relação a dormir de espartilho, mas ele estava falando sério. Contorceu o corpo, inclinou a cabeça e aproximou do rosto o cordão, firmando as minhas costas.

– Não se preocupe – murmurou ele junto ao meu tronco, com a voz meio abafada. – Se eu não conseguir soltar, rasgo com o punhal.

Ele soltou um murmúrio indagativo e eu abafei um risinho diante da perspectiva.

– Só preciso resolver se uma estripação acidental é pior do que dormir de espartilho – sussurrei, com as mãos na cabeça dele. Estava quente, e os pelinhos macios em sua nuca estavam úmidos.

– Minha mira não é tão ruim assim, Sassenach – retrucou ele, interrompendo os trabalhos um instante. – O único risco seria acertar o seu coração.

No fim das contas, Jamie atingiu o objetivo sem precisar recorrer a nenhuma arma, delicadamente soltando o emaranhado com os dentes até conseguir terminar o serviço com os dedos. O espartilho se abriu como se fosse uma ostra, expondo a brancura de minha roupa de baixo. Eu suspirei, como um molusco agradecido se abrindo à maré alta, e puxei o tecido, revelando as marcas que o espartilho deixara em meu corpo. Jamie empurrou de lado a vestimenta, mas permaneceu onde estava, o rosto junto a meus seios, esfregando as mãos delicadamente nas laterais de meu corpo.

Ao toque dele, suspirei outra vez. Jamie fazia aquilo por hábito, um hábito do qual eu sentira falta nos últimos quatro meses, e que pensei que jamais provaria de novo.

– Você está muito magra, Sassenach – sussurrou ele. – Dá para sentir cada costela. Vou encontrar comida para você amanhã.

Eu estivera muito preocupada naqueles dias para pensar em comida, e muito cansada no momento para sentir fome, mas soltei um murmúrio agradável em resposta e afaguei o cabelo dele, traçando a curva de seu crânio.

– Eu amo você, *a nighean* – sussurrou ele, baixinho, a respiração quente em minha pele.

– E eu amo você – respondi, no mesmo tom, tirando a fita de seus cabelos e desfazendo a trança entre meus dedos.

Pressionei sua cabeça para mais perto de mim, não como um convite, mas com a súbita e urgente necessidade de *mantê-lo* por perto, protegê-lo.

Ele beijou meu seio e se aninhou no vão de meu ombro. Respirou fundo uma vez, então outra, e adormeceu. O peso de seu corpo relaxado sobre o meu trazia proteção e confiança.

– Eu amo você – repeti, quase em silêncio, abraçando-o com força. – Ah, meu Deus, como amo você!

Talvez tivesse sido a sensação de cansaço assoberbante ou o odor do ambiente, uma mistura de álcool e corpos sujos, que me fez sonhar com o hospital.

Eu cruzava o pequeno corredor da ala masculina, onde havia feito meu treinamento de enfermagem, levando na mão o pequenino frasco de grãos de morfina. As paredes eram cinza-escuro, assim como o ar. No fim do corredor, ficava a banheira de álcool onde eram guardadas as seringas.

Eu peguei uma, fria e escorregadia, com cuidado para não deixá-la cair. Mas deixei. Ela deslizou de minha mão e se espatifou no chão, espalhando caquinhos de vidro que me cortaram as pernas.

Eu não podia me preocupar com isso. Precisava retornar com a injeção de morfina. Havia homens me chamando, desesperados. De alguma maneira, eu sabia como era o som da tenda hospitalar na França: homens gemendo, gritos e soluços desesperançosos, e meus dedos tremiam de tanta urgência, tateando a banheira de aço frio em meio às seringas de vidro, que estas batiam umas nas outras e emitiam o ruído de ossos.

Eu puxei uma, agarrando-a com tanta força que ela também quebrou em minha mão, e o sangue escorreu por meu punho, mas eu não estava ciente da dor. Outra, preciso pegar outra. Eles estavam sofrendo demais, e eu podia fazer cessar. Se *pelo menos...*

De alguma forma, percebi que tinha uma seringa limpa na mão e havia destampado o frasquinho de grãos de morfina, mas minha mão tremia, derramando os grânulos como sal. A irmã Amos vai ficar furiosa. Eu precisava de pinças, de fórceps; não podia pegar aquelas bolinhas com meus dedos. Em pânico, sacudi várias para dentro da seringa, um grão inteiro, não o quarto de grão necessário, mas eu *precisava* chegar aos homens, precisava fazer cessar suas dores.

Então eu vinha cruzando de volta o interminável corredor cinza em direção aos berros, estilhaços de vidro cintilando por entre as gotas vermelhas de sangue no chão, como as asas de uma libélula. Minha mão, porém, estava ficando dormente. A última seringa escapou de meus dedos antes que eu chegasse à porta.

Acordei com um solavanco que pareceu parar meu coração. Respirei fumaça e o ar abafado de cerveja e corpos, sem saber onde estava.

– Meu Deus, Sassenach, está tudo bem?

Jamie, que tinha acordado assustado, rolou para cima de mim por sobre o cotovelo, e eu voltei ao presente com o mesmo tranco causado por meu despertar. Meu braço esquerdo estava dormente do ombro para baixo, e meu rosto estava molhado de lágrimas. Senti a pele fria.

– Eu… Está tudo bem. Foi só… um pesadelo. – confessei, envergonhada, como se fosse privilégio dele sofrer de pesadelos.

– Ah.

Com um suspiro, ele baixou o corpo junto a mim, então me trouxe para perto. Correu o polegar pelo meu rosto e, ao encontrar uma lágrima, enxugou-a com a camisa.

– Tudo bem agora? – sussurrou ele, e eu assenti, grata por não ter que falar a respeito.

– Que bom.

Ele afastou os meus cabelos do rosto e esfregou as minhas costas com delicadeza, em círculos cada vez mais lentos, até que ele tornou a cair no sono.

Ainda era madrugada, e o quarto estava imerso em um sono profundo. Todos pareciam respirar em uníssono: roncos, arquejos e grunhidos se esvaindo em algo similar às ondas de uma maré recuando, subindo e descendo e me levando consigo, em segurança, de volta às profundezas do sono.

Apenas as pontadas e fisgadas do meu braço dormente me impediam de dormir, mas isso era temporário. Eu ainda via o sangue e os estilhaços de vidro. E ouvia, em meio aos roncos sussurrados, o estalido de cristal desabando no chão. Vi as manchas de sangue no papel de parede do número 17.

Deus do céu, rezei, escutando o coração de Jamie, lento e compassado. *Seja lá o que aconteça, permita que ele tenha uma chance de falar com William.*

53

PEGO EM DESVANTAGEM

William conduziu o cavalo por entre as rochas até um local plano onde ambos pudessem beber. Era meio da tarde e, após um dia inteiro percorrendo a coluna sob o sol escaldante, ele estava seco feito um pedaço de carne de veado do ano anterior.

Seu cavalo atual era Madras, um animal atarracado com peitoral fundo e humor firme e impassível. O cavalo entrou com tudo no regato, com a água até o jarrete, e enfiou o focinho com um gostoso ofegar, sacudindo a pelagem para se proteger da nuvem de moscas que surgiram do nada.

William afastou alguns insetos do rosto e tirou o casaco, para se aliviar um pouco do calor. Ficou tentado a entrar na água também. Até o pescoço, se o ribeirão fosse fundo o bastante, mas...

Ele deu uma olhada cautelosa por cima do ombro. Estava bem fora de vista, apesar de conseguir ouvir o barulho das carroças na estrada distante. Por que não? Só um pouco. A remessa que ele estava levando não tinha nada de urgente. Ele lera o conteúdo escrito, apenas um convite para o general Von Knyphausen se juntar ao general Clinton para jantar numa estalagem cuja carne de porco tinha boa reputação. Todos pingavam de suor mesmo. Ninguém repararia se voltasse um pouco molhado.

Com pressa, foi tirando sapatos, camisa, meias, calça e roupas de baixo. Caminhou nu até a água, que mal batia na cintura, mas pelo menos era fresca. Fechou os olhos com o prazer daquele alívio e voltou a abri-los abruptamente, meio segundo depois.

– William!

Madras levantou a cabeça com uma bufada assustada e deu um banho de gotas em William, que mal percebeu, por conta do choque de ver duas jovens de pé na margem oposta.

– O que está fazendo *aqui*? – perguntou William para Arabella-Jane.

Ele tentou se agachar um pouco mais para dentro da água. Uma pequena voz no fundo de sua mente questionou alto e bom som por que ele se dera o trabalho: Arabella-Jane já tinha visto tudo aquilo.

– E quem é essa? – indagou ele, apontando o queixo para a outra garota.

Ambas estavam coradas feito rosas estivais, mas ele achou que fosse por conta do calor.

– Esta é minha irmã, Frances – esclareceu Jane, com a elegância de uma matrona da Filadélfia, e apontou para a mais jovem. – Agora cumprimente o lorde, Fanny.

Fanny, uma jovem muito bonita, cujos cachos escuros saltavam para fora do chapéu – tinha o quê, uns 11 ou 12 anos? –, curvou-se em uma mesura gentil, esparramando as anáguas de algodão azul e vermelho, e baixou os longos cílios com toda a modéstia por sobre os olhos grandes e delicados de jovem galega.

– Seu servo mais humilde, mademoiselle – falou ele, curvando-se com o máximo possível de graça.

A julgar pela expressão no rosto das garotas, provavelmente foi um erro. Fanny bateu com a mão na boca e ficou ainda mais vermelha com o esforço para não rir.

– Encantado por conhecer sua irmã – disse ele para Jane, um tanto frio –, mas receio que tenham me encontrado em certa desvantagem.

– É, foi um pouco de sorte – corroborou Jane. – Não me passou pela cabeça encontrarmos você nessa confusão quando o vimos passar cavalgando, como se estivesse sendo perseguido pelo tinhoso... Como estamos de carona num vagão de bagagens, jamais imaginamos que conseguiríamos alcançá-lo. Mas resolvemos arriscar e... *voilà! Fortuna favet audax*, você sabe.

Ela nem tentava *fingir* que não estava rindo dele!

William pelejou por alguma réplica mordaz em grego, mas a única coisa que lhe veio à mente inflamada foi um humilhante eco do passado, algo que seu pai dissera na ocasião em que ele havia caído acidentalmente dentro de uma privada: "O que me conta do submundo, Perséfone?"

– Virem-se – disse ele. – Vou sair.

Elas não se viraram. Cerrando os dentes, William ficou de costas para elas e escalou a margem, sentindo o espicaçar de olhos interessados em seu dorso gotejante. Pegou a camisa e vestiu com esforço, sentindo que mesmo aquela pouca proteção lhe permitiria continuar a conversa de maneira mais digna. Ou talvez fosse melhor enfiar as calças e botas debaixo do braço e ir embora sem mais delongas?

Um respingo forte enquanto ele ainda pelejava com as dobras da camisa o fez rodopiar, a cabeça saindo pelo buraco bem a tempo de ver Madras se lançar para fora do córrego na margem onde estavam as garotas, a boca já tentando alcançar a maçã que Jane estendia em sua direção.

– Volte aqui, rapaz! – gritou William.

Mas as garotas tinham outras maçãs, e o cavalo não deu a menor atenção nem fez qualquer objeção quando Arabella-Jane tomou as rédeas e as enrolou casualmente no tronco de um jovem salgueiro.

– Notei que você não perguntou como viemos parar aqui – observou ela. – Não há dúvida de que a surpresa privou você de seus habituais modos requintados.

Ela sorriu para ele, que a encarou com severidade.

– Perguntei, sim – rebateu. – Lembro-me perfeitamente de questionar: "O que está fazendo *aqui*?"

– Ah, foi mesmo – respondeu ela, sem corar. – Bem, sem querer me alongar muito, o capitão Harkness voltou.

– Ah... – retrucou ele, num tom um tanto diferente. – Entendi. Você, ahn, fugiu?

Frances assentiu solenemente. William pigarreou.

– Por quê? O capitão Harkness, sem a menor dúvida, está por aqui. Por que vocês viriam em vez de permanecerem em segurança na Filadélfia?

– Não, ele não está aqui – corrigiu Jane. – Ficou detido a negócios na Filadélfia. Por isso viemos. Além do mais, há *milhares* de mulheres com o exército. Ele jamais nos encontraria, mesmo que estivesse procurando. E por que estaria?

Aquilo era razoável. Mesmo assim, ele sabia como era a vida de uma prostituta em meio a um exército. Também tinha uma forte suspeita de que o contrato das moças com o bordel havia sido encerrado. Poucas poupavam seus rendimentos para comprar a alforria, e ambas eram jovens demais para ter conseguido amealhar tanto dinheiro. Abandonar o conforto razoável de camas limpas e refeições regulares na Filadélfia para fazer as vontades de soldados imundos e suados em meio a lama e moscas, pagas na mesma frequência com pancadas e moedas? Não era a melhor troca. Mas William era forçado a admitir que nunca fora sodomizado por um imbecil violento como Harkness e, por isso, não tinha base para comparar.

– Imagino que queiram dinheiro, para ajudar na fuga de vocês – experimentou ele, com certa rispidez.

– Bem, talvez – admitiu Jane. Ela enfiou a mão no bolso e ergueu um objeto brilhante. – Em especial, queria lhe devolver isto.

O gorjal! Sem se dar conta, William deu um passo na direção dela, os dedos dos pés chapinhando na lama.

– Eu... Obrigado – disse ele, de repente.

Sentia falta dele toda vez que se vestia, e sentia mais ainda o peso do olhar dos colegas oficiais no local vazio onde ele deveria estar. Tinha sido obrigado a explicar o que acontecera ao coronel Desplains, mais ou menos, contando que havia sido roubado numa casa indecente. Desplains o repreendera com gosto, mas depois lhe concedera com relutância a licença para ficar sem o gorjal até arrumar outro, em Nova York.

– O que eu... quero dizer, nós... *realmente* queremos é a sua proteção – confessou Jane, fazendo o possível para parecer séria e cativante, e sendo bem-sucedida nisso.

– Vocês *o quê*?

– Acho que eu não teria qualquer dificuldade em ganhar a vida com o Exército – admitiu ela, com franqueza –, mas não é o tipo de vida que quero para a minha querida irmã.

– Não, imagino que não – concordou William, cauteloso. – O que tem em mente para ela?

Criada de uma dama?, ele quis sugerir, sarcástico, mas, à luz do gorjal devolvido, se conteve.

– Ainda não me decidi – respondeu ela, prendendo o olhar nas ondulações onde o ribeirão corria pelas rochas. – Mas, se você puder nos ajudar a chegar a Nova York em segurança... e, quem sabe, encontrar um lugar para nós lá...

William passou a mão no rosto, enxugando uma camada de suor que acabara de surgir.

– Só isso? – brincou.

Por um lado, se não se mostrasse disposto a ajudar, não descartaria que ela jogasse o gorjal na água num ataque de raiva. Por outro... Frances era uma menina adorável, delicada e pálida feito o desabrochar de uma glória-da-manhã. E, em terceiro lugar, ele não tinha mais tempo a perder discutindo.

– Subam no cavalo e venham – disse ele. – Vou encontrar um lugar seguro para vocês. Agora tenho que levar uma remessa para Von Knyphausen, mas encontro vocês à noite no acampamento do general Clinton. Não, hoje à noite, não. Só volto amanhã...

Ele gaguejou por uns instantes, imaginando onde poderia combinar de encontrar as duas. Não podia ter duas jovens prostitutas perguntando por ele no quartel-general do general Clinton.

– Vão à tenda dos cirurgiões amanhã ao pôr do sol. Eu vou... pensar em algo.

54

NO QUAL EU ENCONTRO UM NABO

No dia seguinte, encontramos um mensageiro, enviado do comando de Washington com um recado para Jamie. Ele leu tudo, recostado em uma árvore, enquanto eu fazia uma discreta visita a um grupo de moitas ali perto.

– O que diz a mensagem? – perguntei, saindo da moita e ajeitando as roupas.

Ainda estava bastante espantada por Jamie ter, de fato, conversado com George Washington. E o fato de ele estar franzindo o cenho para uma carta *escrita* pelo futuro Pai da Nação...

– Duas ou três coisas – respondeu ele, dando de ombros, então tornou a dobrar o bilhete e o enfiou no bolso. – A única notícia importante é que minha brigada estará sob o comando de Charles Lee.

– Você conhece Charles Lee?

Eu meti o pé no estribo e subi na sela.

– *Ouvi* falar. – O que ele tinha ouvido parecia ser bastante problemático, a julgar pela sobrancelha franzida. Ele me olhou e sorriu. – Eu o vi, sabe, quando conheci o general Washington. Desde então, venho me empenhando na tarefa de saber um pouco mais a respeito dele.

– Ah, então você não gostou dele – observei, ao que ele soltou um leve grunhido.

– Não, não gostei – respondeu, cutucando o cavalo. – Ele é escandaloso, sem modos e desmazelado... Isso eu percebi sozinho. Pelo que ouvi desde então, também é invejoso até a alma e não se dá ao trabalho de disfarçar muito bem.

– Invejoso? – Não de Jamie, imaginei.

– De Washington – respondeu ele, muito direto, surpreendendo-me. – Ele achava que devia ter o comando do Exército Continental e não gosta de estar em segundo lugar.

– Sério?

Eu nunca tinha ouvido falar do general Charles Lee, o que parecia estranho.

– Por que ele acha isso?

– Ele acha que tem muito mais experiência militar do que Washington... e talvez isso seja verdade. Passou um tempo no Exército Britânico e lutou um bom número de campanhas bem-sucedidas. Mesmo assim – ele deu de ombros, dispensando o general Lee por um instante – eu não teria concordado com isso, se tivesse sido Lee a me chamar.

– Achei que você não quisesse, independentemente de qualquer coisa.

– Humm. – Ele refletiu por um instante. – É verdade que eu não queria fazer... Ainda não quero. – Ele me olhou, como se pedisse desculpas. – E eu não queria que estivesse aqui.

– Vou acompanhá-lo pelo resto da nossa vida – respondi, com firmeza. – Pode ser uma semana ou quarenta anos.

– Mais tempo – disse ele, e sorriu.

Cavalgamos em silêncio, mas profundamente cientes um do outro. Estávamos assim desde aquela conversa nos jardins de Kingsessing.

"E vou amar você para sempre. Não me importo que durma com o exército inglês inteiro... Quero dizer, eu me importo, sim, mas isso não me impediria de amar você."

"Eu já levei você para a cama umas mil vezes, Sassenach. Você acha que eu não prestava atenção?"

"Jamais poderia haver alguém como você."

Eu não tinha me esquecido de uma palavra dita por ele. E ele também não. Não estávamos mais agindo com cautela em relação ao outro, mas tateávamos o caminho... encontrando uma rota de convergência, como já havíamos feito duas vezes antes. Uma vez, quando retornei e o encontrei em Edimburgo... e no início, quando nos vimos casados à força e unidos pelas circunstâncias. Apenas mais tarde por escolha própria.

– O que você gostaria de ter sido? – perguntei, por impulso. – Se não tivesse nascido como senhor de Lallybroch?

– Eu não nasci. Se meu irmão mais velho não tivesse morrido, você quis dizer – corrigiu ele.

Uma pequena sombra de arrependimento lhe cruzou o rosto, mas não durou. Ele ainda vivia o luto pelo garoto que morrera aos 11 anos, deixando um irmão mais novo para assumir o fardo da liderança e lutar para crescer em meio àquilo tudo. Mas já fazia muito tempo que ele havia se acostumado com esse fardo.

– Talvez isso – falei. – Mas e se você tivesse nascido em outro lugar, talvez em uma família diferente?

– Bom, então eu não seria quem sou, seria? – respondeu ele, de maneira lógica, e sorriu para mim. – Eu posso às vezes me esquivar do que o Senhor me convoca a fazer, Sassenach... mas não discuto com a forma como Ele me fez.

Olhei para ele – o corpo forte e rígido, as mãos capazes, o rosto tão tomado de tudo o que ele era – e não tive como discutir.

– Além disso – continuou ele, inclinando a cabeça, pensativo –, se tivesse sido diferente, eu não teria você. Nem Brianna e seus pequenos.

Se tivesse sido diferente... eu não perguntei se ele achava que sua vida, como era, tinha valido a pena.

Ele se inclinou e tocou meu rosto.

– Valeu a pena, Sassenach – disse ele. – Para mim.

Eu pigarreei.

– Para mim também.

Ian e Rollo nos alcançaram a uns quilômetros de Coryell's Ferry. A noite havia chegado, mas o brilho do acampamento era fracamente visível no céu, e nós adentramos, com muito cuidado, sendo parados a cada meio quilômetro, mais ou menos, por sentinelas irritantes que despontavam do meio das sombras, de mosquetões a postos.

– Amigo ou inimigo? – perguntou o sexto deles, dramaticamente, espiando-nos sob a luz de uma lanterna erguida.

– General Fraser e sua senhora – respondeu Jamie, protegendo os olhos com a mão e encarando o guarda. – Sou amigo o suficiente para você?

Abafei um sorriso sob o xale. Jamie havia se recusado a parar para procurar comida ao longo do caminho, e eu tinha me recusado a deixar que ele consumisse bacon cru, por mais defumado que estivesse. As quatro maçãs de Jenny não haviam durado muito, não comemos nada na noite anterior e ele estava morrendo de fome. Um estômago vazio costumava despertar o monstro que habitava lá dentro.

– Si-sim, senhor, general, eu só…

O brilho da lanterna iluminou Rollo, enfocando bem seu focinho e transformando seus olhos em um assustador brilho verde. O guarda soltou um barulho abafado. Ian se inclinou por cima do cavalo, e seu rosto – com tatuagens mohawk e tudo – surgiu, de repente, no feixe de luz.

– Não se preocupe conosco – disse ele, muito alegre, ao guarda. – Também somos amigos.

Para minha surpresa, Ferry até que era bem povoado, com várias estalagens e vigorosas casas à margem do Delaware.

– Imagino que tenha sido essa a razão de Washington haver determinado o ponto de encontro aqui? – perguntei a Jamie. – Um bom lugar para ficar e alguma provisão?

– É, tem isso – disse ele, embora meio distraído, erguendo-se um pouco nos estribos para observar a cena.

Todas as janelas de todas as casas estavam iluminadas, mas uma grande bandeira americana, com seu círculo de estrelas, drapejava sobre a porta da maior estalagem. O quartel-general de Washington.

Minha maior preocupação era botar alguma comida no corpo de Jamie antes que ele encontrasse o general Lee, caso o supracitado merecesse sua reputação de arrogante e irritado. Eu não sabia se tinha a ver com os cabelos ruivos, mas meus longos anos de experiência com Jamie, Brianna e Jemmy haviam me ensinado que, enquanto a maioria das pessoas ficava irritada quando estava com fome, uma pessoa ruiva de estômago vazio era uma bomba-relógio ambulante.

Mandei Ian e Rollo com Jamie atrás do oficial responsável pelas provisões, para descobrir o que teríamos em termos de acomodação. Enquanto isso, descarreguei o burro de carga e segui meu olfato em direção ao aroma de comida mais próximo.

As fogueiras escavadas para cozinhas já estavam abafadas havia muito tempo, mas eu já tinha estado em muitos acampamentos militares e sabia como funcionavam: pequenos caldeirões permaneciam fervendo a noite toda, cheios de cozido e mingau para a manhã – ainda mais agora que o exército estava à caça do general Clinton. Que incrível pensar que eu o tinha conhecido em um encontro social, apenas dias antes...

De tão concentrada que estava em minha missão, não vi um homem despontar da escuridão, e quase esbarrei nele. Ele me agarrou pelos braços e deu um giro meio dançado, então parou.

– *Pardon, madame!* Acho que pisei no seu pé! – disse uma jovem voz francesa, muito preocupada, e eu encarei o rosto de um rapaz muito jovem.

Vestia camisa de manga e calça, mas eu pude ver que a roupa ostentava punhos com borda de renda. Um oficial, então, apesar da pouca idade.

– Bom, sim, o senhor pisou – falei, com doçura –, mas não se preocupe. Não me machucou.

– *Je suis tellement desolé, je suis un navet!* – exclamou ele, dando um tapa na testa.

O rapaz não usava peruca, embora se encaminhasse rapidamente para a calvície. O que restava dos cabelos era ruivo e eriçado, possivelmente devido ao aparente hábito de correr os dedos pelos fios, o que ele fazia naquele instante.

– Bobagem – retruquei, em francês, rindo. – O senhor não é um nabo, de maneira alguma.

– Ah, sim – disse ele, voltando ao inglês e abrindo um sorriso charmoso para mim. – Uma vez pisei no pé da rainha da França. Ela foi muito menos graciosa, *Sa Majesté* – acrescentou ele, melancólico. – *Ela* me chamou de nabo, não sei por quê. Ainda assim, se isso não tivesse acontecido... Eu fui obrigado a deixar a corte, a senhora veja... Talvez nunca tivesse vindo para a América, então não podemos dizer que minha trapalhada tenha sido de todo ruim, *n'est-ce pas?*

Ele estava um pouco alegre demais, e cheirava a vinho – não que isso fosse incomum, de maneira alguma. Mas, dado o excesso de francês, sua evidente riqueza e a tenra idade, eu comecei a pensar...

– Estou tendo... a honra de me dirigir...?

Maldição, qual era o título do homem mesmo? Presumindo que ele de fato fosse...

– *Pardon, madame!* – exclamou ele, então pegou minha mão, curvou-se em uma mesura e a beijou. – *Marie Joseph Paul Yves Roch Gilbert du Motier, marquis de La Fayette, a votre service!*

343

Entre a torrente de sílabas gaulesas, consegui distinguir "La Fayette" e senti o leve baque de empolgação que me invadia sempre que eu encontrava alguém que conhecia pelos relatos históricos – embora o frio e sóbrio realismo me informasse que essas pessoas em geral não eram mais extraordinárias do que os outros, cautelosos ou sortudos o bastante para *não* terminar sujando os relatos históricos com sangue e vísceras.

Reuni suficiente compostura para informar a ele de que eu era madame general Fraser e certamente meu marido retornaria em breve para dispensar seus cumprimentos, já que eu havia encontrado o que jantar.

– Venha jantar comigo, madame! – disse ele e, sem soltar minha mão, enfiou-a confortavelmente na dobra do cotovelo e me puxou em direção a uma grande construção, que parecia uma espécie de estalagem.

E era de fato uma estalagem, mas comandada pelas forças rebeldes e que agora era o quartel-general de Washington – como descobri quando *le marquis* me conduziu por sob um estandarte drapejante, cruzando o bar e chegando a um grande aposento de fundos, onde havia um número de oficiais sentados a uma mesa, presididos por um homem corpulento que não se parecia exatamente com a nota de 1 dólar, mas quase isso.

– *Mon général* – disse o marquês, com uma mesura para Washington e em seguida um gesto para mim. – Tenho a honra de apresentá-lo à madame general Fraser, a personificação da graça e da delicadeza!

A mesa inteira se levantou, causando uma confusão de arrastões de bancos de madeira. Os seis homens ficaram de pé e fizeram uma reverência para mim, murmurando "seu servo" e "seu mais obediente servo, senhora". O próprio Washington, à cabeceira da mesa, me dispensou uma mesura muito graciosa, com a mão no peito.

Meu Deus, ele é alto como Jamie, pensei.

– Honrado por sua presença, sra. Fraser – disse, com um leve sotaque da Virgínia. – Arrisco esperar que seu marido a esteja acompanhando?

Não, ele me mandou para a guerra em seu lugar, senti o insano ímpeto de responder, mas não o fiz.

– Está – confirmei. – Ele...

Eu fiz um gesto impotente em direção à porta, onde, em uma ação incrivelmente sincronizada, Jamie agora surgia, espanando pinhos da manga e dizendo algo ao Jovem Ian, que vinha logo atrás.

– Aí está você! – exclamou ele, ao me ver. – Alguém me contou que havia partido com um francês desconhecido. O que...?

Ele parou, ao perceber que eu não estava apenas na companhia de um francês desconhecido.

A mesa inteira se pôs a rir, e La Fayette correu até Jamie e agarrou sua mão, com um largo sorriso.

– *Mon frère d'armes!* – Ele uniu os calcanhares, sem dúvida por reflexo, e fez uma reverência. – Peço desculpas por ter roubado sua adorável esposa, senhor. Por favor, permita-me recompensá-lo convidando-o para jantar!

Eu havia conhecido Anthony Wayne em Ticonderoga e fiquei feliz em vê-lo outra vez. Fiquei também muito alegre em ver Dan Morgan, que me deu um afetuoso beijo em cada bochecha, e admito que senti certa empolgação ao ter a mão beijada por George Washington, embora percebesse a halitose que acompanhava seus notórios problemas dentais.

Comecei a pensar em como poderia criar uma oportunidade de examinar seus dentes, mas desisti das especulações no mesmo instante, com a chegada de uma procissão de serviçais com bandejas de peixe frito, frango assado, biscoitinhos amanteigados com mel e uma incrível seleção de queijos maturados, trazidos pessoalmente da França pelo marquês.

– Prove este aqui – disse ele, cortando uma fatia de Roquefort, muitíssimo aromático, esfarelento e esverdeado.

Nathanael Greene, sentado do outro lado do marquês, tapou o nariz sem perceber e abriu um sorrisinho para mim. Eu sorri de volta. No entanto, eu sempre apreciei os queijos fortes.

E não era a única. Rollo, que havia entrado com o Jovem Ian e permanecia sentado atrás dele, ao meu lado oposto na mesa, ergueu a cabeça e enfiou o focinho comprido e peludo entre Ian e o general Lee, farejando o queijo com interesse.

– Meu bom Deus!

Lee, que aparentemente não havia percebido o cachorro, deu um tranco para o lado, quase indo parar no colo de Jamie. A ação distraiu Rollo, que se virou para Lee e começou a farejá-lo com atenção.

Eu não culparia o cachorro. Charles Lee era um homem alto e magro, de nariz fino e comprido e os mais revoltantes hábitos alimentares que eu já tinha visto desde que Jemmy aprendera a comer sozinho com a colher. Não apenas falava enquanto comia e mastigava de boca aberta, mas era dado a gestos tresloucados com objetos na mão. Como resultado, a frente de seu uniforme estava rajada de ovo, sopa, geleia e várias substâncias não identificadas.

Apesar disso, era um homem inteligente e divertido – ao qual os outros pareciam prestar deferência. Eu não entendia por quê. Ao contrário de alguns dos cavalheiros à mesa, Charles Lee jamais alcançara reputação como figura revolucionária. Ele tratava *os outros* com certa... bom, não era soberba, sem dúvida... condescendência, talvez?

Eu me engajei em conversas – principalmente com o marquês, que me parecia bastante charmoso, contando como sentia falta da esposa (*Deus do céu, quantos anos ele tem? Não aparentava ter mais de 20, se tanto*), que fora responsável pelos queijos. Não, ela não havia preparado, mas o queijo vinha da instância do casal em Chavaniac, que sua esposa gerenciava com muita competência na ausência dele. Vez ou outra, ele dava uma olhadela para Jamie.

Jamie estava conversando, mas eu via seu olhar percorrendo a mesa, crítico e avaliativo. Um olhar que recaía com mais frequência no general Lee, a seu lado.

Naturalmente, ele conhecia Wayne e Morgan muito bem – e sabia o que eu conseguira revelar a respeito de Washington e La Fayette. Deus, eu esperava que o que pensava saber sobre eles fosse minimamente preciso. Caso não fosse, descobriríamos dentro em breve.

Foi trazido vinho do Porto. O marquês, evidentemente, era o anfitrião do jantar; eu tinha a clara sensação de que o alto-comando do Exército Continental nem sempre comia assim tão bem. Os homens haviam se esforçado para evitar o assunto da batalha iminente durante a refeição, mas eu sentia a questão se avultando feito uma tempestade, com suas nuvens escuras, entremeadas de empolgantes raios luminosos. Comecei a ensaiar o início de uma partida, então vi Jamie, sentado junto a Lee do outro lado da mesa, sorrir para mim.

Lee percebeu também. Estivera encarando meu decote, meio absorto, e interrompeu a anedota que contava a Ian, sentado a seu lado.

– É um prazer conhecê-la, madame – disse ele, em tom cordial. – Seu marido foi muito gentil em nos brindar com sua companhia tão agradável. Eu...

Lee parou abruptamente no meio da frase e de uma garfada, e encarou Rollo, que havia se aproximado sem cerimônia e agora se encontrava a poucos centímetros do general. Dado o banquinho baixo onde Lee estava sentado, bem como o tamanho de Rollo, a proximidade deixava os olhos dos dois praticamente no mesmo nível.

– Por que esse cachorro está me encarando desse jeito? – indagou Lee, virando-se para Ian.

– Está esperando para ver o que mais o senhor vai derrubar, imagino – respondeu Ian, mastigando placidamente.

– Se eu fosse o senhor – acrescentou Jamie, com educação –, largaria alguma coisa no chão bem depressa.

Ian, Rollo e eu nos despedimos dos generais e saímos pela escuridão para procurar as nossas camas, acompanhados de um serviçal com uma lanterna. A margem do Delaware estava apinhada de fogueiras altas, e muitos dos barcos do rio também exibiam iluminação ou fogueiras abertas, cujo brilho refletia na água feito cardumes de peixes cintilantes.

– Você sabe alguma coisa sobre o homem que jantou ao seu lado? – perguntei a Ian, em meu gaélico hesitante.

Ele riu. Jamie e ele *sempre* riam quando eu falava gaélico. Mas deu de ombros, indicando que não.

– Eu não sei, mas vou descobrir – respondeu. – Ele é inglês, isso eu posso dizer.

Ele usava a palavra "sassenach", o que me deixou levemente em choque. Fazia muito tempo que eu não ouvia um escocês usar essa palavra em seu sentido original.

– Sim, ele é. Acha que faz diferença?

Em teoria, *todos* ainda eram ingleses. Bom, exceto La Fayette, Von Steuben, Kosciuszko, etc. Mas a verdade era que a maioria dos oficiais continentais havia nascido e vivido na América. Lee não. Ian soltou um ridículo ruído escocês, indicando que fazia.

– Mas ouvi dizer que ele também foi adotado pelos Kahnyen'kehaka – observei.

Ian ficou em silêncio por um instante, então pegou meu braço e se aproximou, para falar em meu ouvido.

– Tia – disse ele, baixinho. – A senhora acha que algum dia eu deixei de ser escocês?

55

VIRGENS VESTAIS

Jamie e eu fomos acomodados na casa dos Chenowyths, uma agradável família – ainda que um tanto ansiosa, o que era compreensível – cuja casa ficava no fim da única estrada que cruzava Coryell's Ferry. A sra. Chenowyth estava de roupão, mas me recebeu muito amorosamente. Com um castiçal na mão, ela me conduziu até um cômodo nos fundos da casa. Pelo que observei, era o quarto dos jovens Chenowyths. E, a julgar pelos diversos ruídos de respiração pesada, eles agora compartilhavam o quarto dos pais.

A cama de solteiro era bastante larga, embora os pés de Jamie ainda fossem ficar uns bons 15 centímetros para fora. Havia uma pia e uma jarra de água fresca. Apanhei a jarra e bebi um pouco d'água. Minha garganta estava seca, de tanto vinho francês. Coloquei-a de volta no lugar e me sentei na cama, sentindo-me um tanto estranha.

Provavelmente era o vinho. Talvez o fato de o quarto ser desprovido de janelas e de a sra. Chenowyth, muito atenciosa, ter fechado a porta ao sair. Era um quarto pequeno, com uns 3 metros de comprimento por 2,5 de largura. O ar estava parado e a chama da vela ardia, alta e constante, pura contra os tijolos da parede. Talvez por isso me veio à mente a imagem de tio Lamb no dia em que ele me contou sobre as virgens vestais, mostrando-me um entalhe de calcedônia azul retirado do templo de Vesta.

"Se uma virgem traía os próprios votos", dissera ele, levantando as sobrancelhas para mim, "era chicoteada, depois trancada em uma pequena tumba com uma mesa, uma cadeira, um pouco d'água e uma única vela. E ali ela morria, quando o ar acabava."

Eu refleti, com uma espécie de mórbido contentamento – talvez tivesse uns 10 anos na época. Então perguntei, com interesse, *como* exatamente uma virgem poderia trair seus votos. E foi assim que aprendi sobre os chamados "fatos da vida", visto que tio Lamb não costumava se esquivar de nenhuma pergunta embaraçosa, principalmente as minhas. E, por mais que ele tivesse me assegurado de que o culto de Vesta tinha deixado de existir havia muito tempo, naquele momento eu decidi não ser virgem, só por garantia. Em termos gerais, uma boa decisão, embora a relação com os homens guardasse efeitos colaterais bastante peculiares.

Ian trouxe meus alforjes, que havia deixado num canto do quarto antes de partir com Rollo para encontrar sua acomodação. Eu me levantei e tateei meus pertences, atrás da minha escova de dentes e pó dental, embora parecesse muito surreal escovar os dentes na noite em que talvez fosse a véspera da batalha. Não *exatamente* como organizar as cadeiras no deque do *Titanic*... ou pelo menos eu esperava que não.

Eu sabia que Washington e o marquês sobreviveriam. Era estranho pensar nos dois como homens, não como nomes. Os grandes poros do nariz de George Washington enquanto ele se inclinava para beijar minha mão, os sulcos de antigas cicatrizes de varíola na base das bochechas; seu cheiro forte de suor, vinho e pó de peruca – ele usava peruca, mesmo com aquele calor –, o odor agridoce da deterioração dental... Ao pensar nisso, lembrei-me de pegar a escova de dentes e me pus a trabalhar com certo vigor. A boca de Washington cheirava a sangue. Gengivite, talvez?

Tirei o vestido, a blusa e o espartilho, e gastei um tempo sacudindo a roupa de baixo, na esperança de fazer circular um pouco de ar. Fiz tremular um pouco a chama da vela, mas sem grandes efeitos para além disso, então a apaguei e me deitei.

Eu não esperava dormir. A adrenalina percorria meu corpo desde que havíamos deixado a Filadélfia, mas agora se assentava a um cadenciado zumbido latejando no sangue. A conversa durante o jantar tinha sido bastante corriqueira, mas a atmosfera estava tomada de expectativa. Claramente, depois que Ian e eu saímos e os pratos foram retirados... Bem, foi o mais perto que eu já tinha estado de um conselho de guerra, e aquelas vibrações ainda reverberavam dentro de mim.

Assim como todos os homens daquele jantar, eu me sentia ansiosa. Porém, com o escape apropriado, a ansiedade pode ser transformada em uma ação bastante efetiva, e isso era claramente o que Washington e seus generais agora faziam: bolando planos, nomeando tropas, traçando estratégias. Senti vontade de estar no meio deles. Seria muito mais fácil que ficar deitada no escuro, encarando esse tédio infinito. Que maneira terrível de morrer.

Com dificuldade para respirar, eu me sentei. Nenhum som, nenhuma luz escapando pelo vão da porta. Tateei o chão com os pés até encontrar meus sapatos e a capa, então cobri os ombros e saí bem devagar. Avancei, em silêncio, pela casa meio escura, cruzei a lareira abafada e saí.

A porta estava destrancada. Talvez o sr. Chenowyth estivesse fora, prestes a retornar. Havia o perigo de ficar presa do lado de fora, mas, àquela altura, passar a noite de roupa de baixo no meio de um acampamento militar parecia melhor do que tentar dormir em uma tumba. Além disso, eu tinha certeza de que um dos pequenos Chenowyths havia urinado na cama muito recentemente.

Fui caminhando sem ser notada. As tavernas e estalagens estavam lotadas, com os fregueses se aboletando pela estrada. Orgulhosos soldados continentais, em seus uniformes azuis e amarelo-claros, achando que os milicianos os invejavam. Um bom número de mulheres também, e nem todas prostitutas. Mas o mais importante: ar puro.

O calor do dia já havia arrefecido bastante e, embora o ar não estivesse frio, também não estava abafado. Tendo escapado da tumba, regozijei-me com a sensação de liberdade – e certa dose de invisibilidade, pois, por mais alta que fosse, eu estava bastante parecida com qualquer homem da milícia, graças à capa e aos cabelos presos em uma trança. Ninguém prestava muita atenção em mim.

A rua e o acampamento adiante estavam elétricos. Era um clima que eu reconhecia, pois o tinha vivenciado nos campos de batalha nos quais eu havia servido, desde a França, em 1944, até Prestonpans e Saratoga. Nem sempre era assim. Com frequência, a sensação que predominava era de temor. Eu me recordei da noite anterior a Culloden, e senti uma onda de frio percorrer meu corpo com tanta força que cambaleei e quase caí em cima da parede de uma construção.

– Amiga Claire? – disse uma voz espantada.

– Denzell? – Com a visão meio ofuscada por várias tochas que passavam, pisquei para a silhueta que assomava diante de mim.

– O que está fazendo aqui? – indagou ele, alarmado. – Aconteceu alguma coisa com Jamie?

– Não, não há nada de errado – respondi, recuperando a compostura. – Só vim pegar um pouco de ar. E por que você está aqui?

– Pegando uma jarra de cerveja – revelou ele, então me tomou com firmeza pelo braço e foi me puxando pela rua. – Venha comigo. Você não deveria estar aqui fora a essa hora. Os que ainda não estão bêbados ficarão em breve.

Eu não discuti. Era boa a sensação daquela mão em meu braço, firmando-me contra as estranhas correntes da noite que pareciam me levar involuntariamente ao passado – e ao futuro –, então de volta, sem aviso.

– Onde estão Rachel e Dottie? – perguntei, enquanto virávamos no fim da rua e começávamos a traçar um caminho por entre as fogueiras e as fileiras de tendas.

– Rachel foi a algum lugar com Ian. Eu não perguntei. Dottie está na tenda médica, cuidando de uma indigestão.

– Ah, coitadinha. O que foi que ela comeu?

Ele soltou uma risadinha.

– A indigestão não é dela. É de uma mulher de nome Peabody, que chegou se queixando de cólicas. Dorothea disse que administraria algo apropriado se eu buscasse uma cerveja, já que não é seguro ela se aventurar sozinha pelas estalagens.

Pensei ter detectado um leve tom de reprovação na voz dele, mas soltei um murmúrio indistinto em resposta, e ele não disse mais nada sobre as minhas andanças pelas ruas *en déshabillé*. Possivelmente porque não havia notado que eu estava *en déshabillé* até adentrarmos a grande tenda médica dos Hunters e remover a capa.

Denny me lançou um breve olhar de choque, deu uma tossidela, então pegou um avental de lona e me entregou, sem olhar diretamente para mim. Dottie, que massageava as costas imensas de uma mulher grandalhona, emborcada em um banquinho à frente dela, escancarou um sorriso para mim, por sobre a cabeça da mulher, coberta por uma touca.

– Como está, tia? Inquieta hoje à noite?

– Bastante – respondi, muito honesta, vestindo o avental. – Esta é a sra. Peabody?

– É – respondeu Dottie, abafando um bocejo. – Parece estar melhor da indigestão. Eu lhe dei hortelã e um remédio para cólica à base de plantas – acrescentou, para Denny. – Mas ela está se queixando de dor nas costas também.

– Hum.

Eu me aproximei e me agachei diante da mulher, que parecia meio sonolenta. Então recebi uma lufada de seu hálito, que devia ter pelo menos quarenta por cento de álcool. Pus a mão em sua barriga, para tentar sentir a localização do problema. Ela soltou uma tosse forte, como eu já havia ouvido muitas vezes, e vomitou. Pulei para trás bem a tempo.

– Obrigada pelo avental, Denny – falei, em um tom suave, espanando uns grãos maiores de vômito que haviam espirrado em mim. – Não imagino que tenha trazido um banquinho de parto com você?

– Um banquinho de parto? Para uma batalha? – indagou ele com os olhos levemente arregalados.

Enquanto isso, a sra. Peabody se balançava pesadamente para a frente e para trás, feito um enorme sino tentando se decidir se badalava ou não.

– Acho que deve haver um – falei, olhando em volta. – *Se* ela estiver em trabalho de parto. Pode buscar um cobertor, Dottie? Acho que vamos ter que deitá-la no chão… ou ela vai quebrar a cama portátil.

Foi preciso que nos uníssemos para carregar a sra. Peabody, que desabou inconsciente no instante em que a tocamos, até um cobertor estendido no chão, sob a luz do lampião. Quase no mesmo instante surgiu uma rebelião de mariposas, que entraram voando, atraídas não apenas pela luz, mas pela variedade de odores que pairavam no ar.

A sra. Peabody não havia apenas desmaiado, mas entrado no que parecia ser um coma alcoólico. Depois de um rápido debate, viramos a mulher de lado, para o caso de ela vomitar de novo, e a posição fez a barriga se destacar frente ao corpo robusto. A mulher parecia a rainha de alguma ordem social de insetos, pronta para parir aos milhares, mas eu me abstive de mencionar isso, já que Dottie ainda estava pálida.

Já recuperado do choque, Denzell segurou seu punho, a fim de controlar os batimentos.

– Incrivelmente resistente – disse ele, por fim, soltando o punho da mulher e olhando para mim. – Acha que está perto da hora?

– Espero muito que *não* – respondi, olhando para baixo. – Mas não dá para saber sem... ahn... um exame mais profundo. – Eu respirei fundo. – Você gostaria que eu...?

– Vou pegar água fresca – disse ele, levantando-se depressa e apanhando um balde.

Como Dottie era noiva de Denny, refreei o ímpeto de chamá-lo de covarde na frente dela. Limitei-me a abanar a mão para dispensá-lo. A sra. Peabody me deixava desconfortável de inúmeras maneiras. Eu não fazia ideia se ela estava prestes a entrar em trabalho de parto. Caso estivesse, como seu estado comatoso poderia influenciar a situação? O nível de álcool em seu sangue certamente estava afetando a criança. Um recém-nascido assim teria condições de respirar? Não vomitaria, já que não havia *nada* no estômago para vomitar, mas será que evacuaria no útero e aspiraria o material? Isso era absurdamente perigoso, mesmo em um hospital moderno, com o atendimento de uma equipe especializada. Bebês que faziam isso geralmente morriam por sufocamento, danos pulmonares ou infecção.

No entanto, eu sentia imensa vergonha de admitir para mim mesma que meu maior temor era que, durante o parto, acontecesse algo que requeresse minha presença junto à mãe e/ou a criança durante um período prolongado. Eu não podia, de acordo com meu juramento médico, abandonar um paciente com necessidades extremas.

Mas *não* abandonaria Jamie. Eu sabia, sem sombra de dúvida, que em breve ele partiria para a batalha. Não iria sem mim.

Um barulho me tirou de meu hipotético dilema moral. Dottie havia começado a desfazer as bagagens e tinha deixado cair uma serra de amputação. Agachou-se para pegá-la e murmurou algo em alemão, que eu achei que fosse um palavrão. John sempre xingava em alemão; talvez fosse hábito de família.

Pensar em John acrescentou mais uma camada de culpa aos meus complexos sentimentos – embora a porção lógica de meu cérebro rejeitasse firmemente esse indesejado pensamento. Ainda assim, a preocupação com ele não podia ser descartada tão facilmente.

– Não precisa ficar acordada, Dottie – falei. – Eu dou conta das coisas por aqui. Além do mais, nada vai acontecer por agora... Posso preparar as ferramentas cirúrgicas.

– Não, tudo bem – respondeu ela, com um bocejo involuntário. – Ah, meu Deus. Me perdoe, sra. Fraser.

Aquilo me fez sorrir. Ela tinha os modos elegantes de John. Talvez Hal também tivesse, quando não estava sendo um completo desgraçado.

– Na verdade – disse ela, encarando-me com firmeza –, vou gostar muito de ter a chance de conversar com a senhora em particular.

– Hã? – perguntei, agachando-me para tocar a barriga da sra. Peabody.

Não senti qualquer movimento do bebê, mas eles em geral ficam mais quietos pouco antes do trabalho de parto. Eu poderia ter usado o meu estetoscópio para tentar auscultar os batimentos fetais, mas ele estava em uma das caixas ou bolsas que Ian e o serviçal haviam levado para algum canto. Além disso, nada do que eu pudesse ou não ouvir alteraria o protocolo imediato.

– Sim. – Dottie se sentou em um engradado, como se estivesse em um trono, tal e qual todos os Greys que eu havia conhecido. Ela exibia excelente postura. – Queria saber qual é a forma correta de ter uma relação sexual.

– Ah. É...

Ela olhou para a sra. Peabody.

– E se existe alguma forma de evitar...

– A gravidez. Claro que sim.

Eu pigarreei. Imaginei que a visão da sra. Peabody faria a maioria das moças desistir da ideia de engravidar... quiçá de querer fazer sexo. Dorothea Grey, no entanto, era claramente uma jovem de muito vigor.

– Não me entenda mal, tia – disse ela, muito honesta. – Ou é melhor chamá-la de amiga Claire? Eu *quero* ter filhos. Mas, se puder escolher entre dar à luz em um campo de batalha ou em um navio em alto-mar, digamos...

Enquanto a ouvia, pensava em algum conselho coerente. Imaginava que Rachel fosse querer conversar sobre essas coisas em um dado momento, por não ter mãe, mas...

– Um navio? Está pensando em voltar para casa, então, para a Inglaterra?

Ela fez uma careta que me trouxe vividamente a imagem de seu pai. Quase gargalhei, mas felizmente não o fiz.

– Não sei. Quero muito rever mamãe, claro, Adam... e meus... bom, na verdade, duvido que um dia tornarei a ver algum de meus amigos. Não que não haja quacres na sociedade, mas são todos muito ricos, e nós não seremos.

Ela mordeu o lábio de um jeito que indicava ponderação, mais do que desconsolo.

– Se eu conseguir que Denny se case comigo, para chegarmos à Inglaterra já como marido e mulher, seria uma questão apenas de encontrar uma reunião em Londres que nos acolhesse. Por outro lado, aqui... – Ela fez um gesto para o burburinho do acampamento à nossa volta. – O envolvimento dele na guerra sempre estaria no caminho, entende?

– Mesmo depois que a guerra acabar?

Ela me olhou com paciência, madura demais para a idade.

– Papai diz que as guerras levam três gerações para se dissipar do solo onde são travadas. E, pelo que vi, os amigos também têm memória muito boa.

– Pode ser que ele tenha razão.

A sra. Peabody havia começado a roncar, um som meio úmido, mas eu não percebi nenhuma contração. Corri a mão pelo cabelo e me recostei com mais conforto em um dos engradados junto à parede.

– Muito bem – falei. – Talvez... umas noções de anatomia, para começar?

Não fazia ideia de quanta informação uma jovem da nobreza poderia ter recebido ou descoberto por outros meios, então comecei com o sistema reprodutivo feminino, a partir do útero – pois sem dúvida isso ela sabia o que era –, e seguindo, por partes, de dentro para fora.

– Está dizendo que isso tem *nome*? – exclamou ela, impressionada, quando cheguei ao clitóris. – Eu sempre achei que fosse apenas... você sabe... *aquela* parte.

Seu tom de voz deixava bem claro que eu não precisava explicar para que servia *essa* parte, e eu ri.

– Até onde sei, é a única parte do corpo humano que não parece ter função além de proporcionar prazer.

– E os homens? Eles não...?

– Bom, sim – respondi. – E consideram a estrutura deles bastante prazerosa. Mas o pênis também é extremamente funcional. Você sabe como... funciona? Em termos de relações sexuais?

– Denzell não me deixa tocar seu membro desnudo, e eu desejo *muito* vê-lo – disse ela, com os olhos brilhantes. – Mas eu conheço a sensação por debaixo da calça. Fiquei impressionada na primeira vez em que ele enrijeceu na minha mão! Como é que isso pode acontecer?

Eu expliquei o conceito de pressão hidrostática da forma mais simples possível, já prevendo o que viria a seguir. Soltei um pigarro e me pus de joelhos.

– Preciso examinar a sra. Peabody para sinais de trabalho de parto. Por mais que precisemos respeitar sua privacidade, vou explicando como as coisas... funcionam... enquanto a examino. Em troca, você me ajuda?

Ela aquiesceu, interessada, enquanto eu descobria com cuidado as partes baixas da sra. Peabody, densamente florestadas, porém ainda reconhecíveis – e muito – como femininas.

– Quando o cérvix... a abertura do útero... começa a se abrir para a passagem do bebê, em geral libera um pouco de sangue e muco, mas não é nada para se preocupar. No entanto, ainda não estou vendo nenhum sinal.

Isso me tranquilizou.

– Ah – disse Dottie, bem baixinho, inclinando-se com atenção por sobre meu ombro, quando introduzi com cuidado a mão lavada. – Ah! – soltou ela, em tom de extrema revelação. – Então é *aí* que ele vai!

– Bom, sim, isso mesmo – respondi, tentando não rir. – Denzell deve ter lhe informado, imagino. Você perguntou a ele?

– Não – respondeu ela.

E se apoiou um pouco nos calcanhares, ainda observando com atenção meu toque sobre o abdômen da sra. Peabody, para sentir o colo do útero. Mais macio, porém ainda firme. Recomecei a respirar.

– Não? – indaguei, meio distraída.

– Não. – Ela se empertigou. – Eu não quis parecer ignorante. Denny é tão... *instruído*. Eu sei ler e escrever, mas só cartas. E toco música, mas isso não serve de nada.

Eu vou atrás dele e ajudo no que posso, e ele sempre explica as coisas tão bem... Bom, eu fico imaginando a nossa noite de núpcias. Ele me explicando todas as coisas da mesma forma que me ensinaria a aspirar o muco do nariz de uma criança ou a segurar dois pedaços de pele para realizar uma sutura. E... – Ela franziu o rosto em uma graciosa careta, que certamente tinha herdado da mãe. – Então me convenci de que não seria assim.

– Muito... recomendável.

Eu recolhi a mão e a limpei, então tornei a cobrir a sra. Peabody e conferi seu pulso outra vez. Lento porém forte como um timbal. A mulher devia ter o coração de um touro.

– Como... *Como* você quer que seja? Tendo em mente – acrescentei, mais do que depressa – que esse tipo de coisa costuma variar bastante. – Outro pensamento me ocorreu. – E Denzell...? Será que ele já...?

Ela franziu o cenho, pensativa.

– Eu não sei. Nunca pensei em perguntar. Presumi que sim... Bom, eu tenho irmãos e sei que *eles* já fizeram. Os dois falam a respeito... de putas, digo... com os amigos. Acho que imaginava que todos os homens... Mas, pensando bem, talvez Denny não fosse a uma prostituta. Você acha que ele pode ter ido?

Ela franziu de leve o cenho, mas não parecia incomodada com o pensamento. Claro, decerto era muito aceito no círculo social dos Greys que os homens, ou pelo menos os soldados, naturalmente recorressem às moças.

Com lembranças vívidas da minha noite de núpcias – e minha estupefação ao ser informada de que meu noivo era virgem –, contemporizei um pouco.

– É possível que não. Por outro lado, sendo um homem da medicina, é claro que ele deve conhecer a mecânica básica. Mas não se trata *apenas* disso.

Os olhos de Dottie se avivaram ainda mais, e ela se inclinou para a frente, com as mãos nos joelhos.

– Conte-me.

– Parece clara de ovo misturada com uma ou duas gotinhas de almíscar. Teoricamente bom para a pele, embora, francamente... – explicava, quando ouvi algumas vozes no exterior da tenda.

Rachel e Ian haviam retornado, muito alegres e corados, com o jeito de dois jovens que tinham passado algumas horas fazendo o tipo de coisa sobre a qual eu instruía Dottie. Eu a vi observar Rachel de esguelha, então, muito brevemente, a calça de Ian. Ela corou um pouco.

Rachel não percebeu, pois logo voltou a atenção à sra. Peabody – ora, todos faziam isso; era realmente impossível não notá-la. Ela franziu o cenho para a mulher deitada de costas no chão, então me encarou.

– Onde está Denzell?

– Excelente pergunta. Saiu há quinze minutos para buscar água. Mas tem cerveja, se estiver com sede – respondi, apontando para o jarro esquecido.

Ian serviu uma caneca para Rachel e esperou que ela bebesse, então encheu outra vez, para si próprio, os olhos ainda fixos na sra. Peabody, que emitia uma extraordinária variedade de barulhos, embora ainda inconsciente.

– Tio Jamie sabe onde a senhora está, tia? – perguntou ele. – Estava procurando a senhora agora mesmo. Falou que a havia deixado em um lugar seguro, para dormir, mas a senhora tinha fugido… outra vez – acrescentou, escancarando um sorriso.

– Ah… Ele terminou por hoje com os generais, então?

– É, ele foi conhecer alguns dos capitães de milícia de posto abaixo, mas a maioria já tinha ido dormir, então foi encontrar a senhora lá nos Chenowyths. A sra. Chenowyth ficou um pouco surpresa ao descobrir que a senhora tinha sumido – acrescentou Ian, com delicadeza.

– Eu só vim tomar um pouco de ar. Então… – apontei para a paciente no chão, que agora emitia roncos rítmicos. Sua cor já estava melhor; isso era animador. – Jamie está aborrecido?

Ao ouvir isso, Ian e Rachel riram.

– Não, tia – respondeu Ian. – Mas está muito cansado, e quer muito encontrá-la.

– Ele mandou você dizer isso?

– Não com essas palavras – afirmou Rachel –, mas a intenção ficou bem clara. – Ela se virou para Ian e apertou seu braço. – Você pode ir buscar Denny, Ian? Claire não pode deixar esta mulher sozinha… ou pode? – perguntou ela, erguendo a sobrancelha para mim.

– Ainda não – retruquei. – Não parece que ela vai entrar em trabalho de parto – falei, cruzando os dedos frente àquela possibilidade –, mas ela não pode ficar sozinha nesse estado.

– Sim, claro – concordou Ian, com um bocejo súbito, depois sacudindo o corpo para retornar ao estado de alerta. – Se eu cruzar com tio Jamie, aviso onde a senhora está, tia.

Ele saiu. Rachel serviu outra caneca de cerveja e me ofereceu. Estava na temperatura ambiente – e um ambiente quente, ainda por cima –, mas era azeda, forte e refrescante. Eu realmente não me sentia cansada, mas a cerveja me reanimou de maneira surpreendente.

Dottie, depois de conferir o pulso e a respiração da sra. Peabody, deitou a mão com cuidado por sobre a distendida saliência da gravidez.

– Já assistiu a um parto antes, cunhada? – perguntou Dottie a Rachel, tomando o cuidado de falar com naturalidade.

– Vários – respondeu Rachel, agachando-se junto à sra. Peabody. – Mas este aqui parece meio diferente. Ela sofreu algum ferimen…? Ah! – O hálito de bebida a atingiu, e ela recuou. – Entendi.

A sra. Peabody soltou um gemido alto, e todas nos empertigamos à espera de mais vômito. Só por garantia, escondi as mãos no avental. Depois de uns instantes de silêncio contemplativo, e constatando que não havia perigo, Dottie respirou fundo.

– A senhora... digo, a amiga Claire estava me contando umas coisas muito interessantes a respeito... do que esperar de uma noite de núpcias.

Rachel ergueu o olhar, com interesse.

– Para mim, qualquer instrução nesse sentido é bem-vinda. Eu sei aonde vão as partes, porque já as vi indo aos seus lugares com bastante frequência, mas...

– Você *viu*?!? – Dottie a encarou, estupefata, e Rachel riu.

– Vi. Mas Ian me garante que tem mais habilidade do que um touro ou um bode. Receio que as minhas observações estejam limitadas ao mundo animal. – Ela franziu de leve o cenho. – A mulher que cuidou de mim depois da morte dos meus pais era... muito devotada a me informar sobre as minhas obrigações femininas, mas as instruções basicamente consistiam em: "Abra as pernas, cerre os dentes e deixe ele entrar, menina."

Eu me sentei sobre o engradado e me espreguicei, para aliviar as costas, abafando um grunhido. Sabia Deus quanto tempo Ian levaria para encontrar Jamie no meio daquela horda. E eu esperava muito que Denny não tivesse levado um golpe na cabeça ou sido pisoteado por um burro.

– Sirva-me outro caneco de cerveja, sim? E vocês duas, bebam mais um pouco também. Imagino que vamos precisar.

– E se ele disser "Ah, Deus! Ah, Deus!" em um dado momento – aconselhei –, tomem nota do que estavam fazendo, para poder repetir da próxima vez.

Rachel riu, mas Dottie franziu o cenho.

– A... A senhora acha que Denny entoaria o nome do Senhor em vão, mesmo sob essas circunstâncias?

– Eu já o ouvi fazer isso por muito menos – garantiu Rachel, abafando um arroto com o dorso da mão. – Ele tenta ser perfeito na sua presença, por medo de que você mude de ideia.

– Ah, é? – indagou Dottie, parecendo surpresa, mas bastante satisfeita. – Ah. Eu não mudaria de jeito nenhum. Será que devo dizer isso a ele?

– Só depois que ele disser "Ah, Deus! Ah, Deus!" para você – respondeu Rachel, sucumbindo a uma risadinha.

– Eu não me preocuparia – concluí. – Se um homem diz "Ah, Deus!" nessa situação, ele quase sempre está mesmo rezando.

Dottie franziu as sobrancelhas, concentrada.

– Uma prece de desespero? Ou de gratidão?

– Bom... aí é com você – respondi, também abafando um arroto.

Vozes masculinas se aproximaram do lado de fora da tenda, e nossos olhos se desviaram para o jarro de cerveja vazio. Prontamente ajeitamos nossos cabelos desgrenhados, mas nenhum dos cavalheiros que entrou estava em condições de atirar pedras.

Ian havia encontrado Denzell *e* Jamie, só que, em algum ponto do caminho, os três acolheram um companheiro pequenino e robusto, de chapéu inclinado, com os cabelos em um rabo de cavalo curto e grosso. Todos pareciam muito corados e, embora ainda não cambaleassem, estavam rodeados de uma distinta névoa de cevada fermentada.

– Aí está você, Sassenach! – exclamou Jamie, escancarando ainda mais o sorriso ao me ver. Eu senti uma leve onda de alegria. – Você está… Quem é essa?

Ele vinha avançando na minha direção, com a mão estendida, mas parou abruptamente ao ver a sra. Peabody caída no chão com os braços abertos e a boca escancarada.

– É a moça da qual falei, tio Jamie. – Ian não estava trôpego, mas claramente cambaleante, e segurou a trave da tenda para se equilibrar. – A que está… – Com a mão livre, ele apontou para o cavalheiro de chapéu inclinado. – A esposa dele.

– Hã? Ah, entendi.

Ian contornou com cuidado o corpanzil da sra. Peabody.

– Ela não está morta, está?

– Não – respondi. – *Acho* que eu teria percebido.

Ian podia estar um tanto inebriado, mas notou a leve ênfase que dei no "acho". Ajoelhou-se, com cuidado, e estendeu a mão diante da boca aberta da mulher.

– Não, só bêbada – concluiu, com alegria. – Quer ajuda para levá-la para casa, sr. Peabody?

– É melhor arrumar um carrinho de mão – sussurrou Dottie a Rachel, a meu lado, mas por sorte ninguém ouviu.

– Seria muita gentileza, senhor. – Surpreendentemente, o sr. Peabody parecia ser o único sóbrio do grupo. Ele se agachou e afastou com carinho os cabelos úmidos do rosto da esposa. – Lulu? Acorde, querida Está na hora de ir.

Para minha surpresa, ela abriu os olhos. Piscou várias vezes, muito confusa, e cravou o olhar no marido.

– Aí está você, Simon! – exclamou ela e, com um sorriso entusiasmado, caiu no sono outra vez.

Jamie se levantou devagar, e eu ouvi os ossinhos de suas costas estalarem enquanto ele relaxava o corpo. Ainda estava corado e sorridente, mas Ian tinha razão: ele *estava* muitíssimo cansado. Eu via as linhas profundas de cansaço em seu rosto, bem como olheiras.

Ian também.

– Tia Claire está precisando muito ir para a cama, tio Jamie – disse ele, apertando o ombro de Jamie e me lançando um olhar expressivo. – Foi uma noite longa para ela. Pode levá-la, sim? Denny e eu ajudamos o sr. Peabody.

Jamie disparou um olhar afiado para o sobrinho, o mesmo que lançou para mim, mas eu abri um bocejo suave, suficiente para estalar a mandíbula. Com uma olhadela final para a sra. Peabody, para ter *certeza* de que ela não estava morrendo ou entrando em trabalho de parto, tomei-o pelo braço e o conduzi com determinação para a saída da tenda, acenando um breve adeus para todos.

Do lado de fora, inspiramos fundo, para sorver o ar fresco, exalamos em uníssono e rimos.

– Foi *mesmo* uma noite longa, não foi? – falei, apoiando a testa em seu peito e o abraçando com força por cima do casaco. – O que aconteceu?

Ele suspirou outra vez e beijou minha testa.

– Eu ganhei o comando de dez companhias de milícia da Pensilvânia e de Nova Jersey. O marquês tem o comando de mil homens, contando comigo, e está na liderança de um plano para ir morder a bunda do Exército Britânico.

– Parece divertido.

A algazarra do acampamento tinha arrefecido, mas ainda era possível sentir a empolgação de alguns homens despertos ou com o sono agitado. Pensei sentir em Jamie a mesma vibração de expectativa, apesar de seu óbvio cansaço.

– Você precisa dormir, então.

Ele me abraçou, deslizando suavemente a mão livre por minhas costas. Eu havia deixado o avental de Denny na tenda e levava a capa no braço. A fina musselina de minha roupa de baixo era o mesmo que nada.

– Ah, Deus! – exclamou Jamie, e sua mão grande e quente apertou minha nádega com súbita urgência. – Eu preciso de *você*, Sassenach. Preciso tanto de você!

Minha roupa de baixo era tão fina na frente quanto atrás. Eu podia sentir os botões do casaco dele... entre outras coisas. Ele realmente precisava muito de mim.

– Você se incomoda de fazer em uma cripta com cheiro de xixi? – perguntei, pensando no quartinho dos fundos dos Chenowyths.

– Já fizemos em lugares piores, Sassenach.

Antes que eu pudesse dizer "cite três", a aba da tenda se abriu, expelindo uma pequena procissão formada por Denzell, Dottie, Rachel e Ian, cada casal carregando a ponta de um pedaço de lona, sobre o qual jazia o corpanzil da sra. Peabody. O sr. Peabody conduzia o caminho, com a lanterna erguida.

Estávamos na sombra, e eles passaram sem nos ver, as moças rindo dos ocasionais tropeços, o sr. Peabody gritando palavras de encorajamento, enquanto o grupo avançava com a carga pela escuridão, rumando para a residência dos Peabodys.

A tenda continuava à nossa frente, escura, desocupada e muito convidativa.

– Sim?

– Ah, sim.

Os carregadores da maca haviam levado a lanterna, e a lua no céu era apenas uma nesguinha no horizonte. O interior da tenda estava tomado de uma escuridão suave e poeirenta, que se erguia à nossa volta com uma aromática nuvem etílica – e um leve toque de vômito.

No entanto, eu me recordava onde estava tudo. Improvisamos uma cama unindo quatro engradados. Estendi a minha capa por cima, ele tirou o casaco e o colete, e nos deitamos precariamente juntos, na escuridão ébria.

– Quanto tempo acha que temos? – perguntei, abrindo a braguilha de sua calça. Senti a carne quente em minha mão e a pele macia feito seda polida.

– Tempo suficiente – respondeu ele, e roçou meu mamilo com o polegar, apesar da própria aparente urgência. – Não se apresse, Sassenach. Não dá para saber quando teremos outra chance.

Ele me deu um beijo demorado, com gosto de Roquefort e vinho do Porto. Eu sentia a vibração do acampamento ali também... correndo por nós dois, como uma corda de violino estirada.

– Não achei que teríamos tempo para isso, Sassenach – sussurrou ele em meu ouvido.

– Bem, ainda demora até o amanhecer, não é?

Não sei se foi a cerveja, toda a aula sobre sexo, o encanto da discrição ou apenas o próprio Jamie e nossa crescente necessidade de nos desligarmos do mundo e ficar apenas um com o outro, mas havia tempo. E de sobra.

– Ah, Deus! – murmurou ele, por fim, e veio lentamente até mim, o coração batendo com força. – Ah... Deus!

Eu sentia meus batimentos cardíacos nas mãos e nos ossos, mas não consegui entoar qualquer resposta mais eloquente do que um leve gemido. Depois de um tempo, porém, recuperei-me e consegui afagar seus cabelos.

– Em breve voltaremos para casa – sussurrei. – E teremos todo o tempo do mundo.

Ele respondeu com uma expressão escocesa e ficamos ali mais um pouco, sem querer nos separar e vestir as roupas, por mais desconfortáveis que fossem os engradados e por mais que, a cada minuto, aumentassem as chances de sermos descobertos.

Por fim, Jamie se remexeu, mas não para se levantar.

– Ah, Deus – disse, baixinho, em um tom diferente. – Trezentos homens.

E me abraçou com mais força.

56

MALDITO PAPISTA

O sol ainda não se levantava acima do horizonte, mas o parque de cavalos estava agitado feito um formigueiro, repleto de cavalariços, exploradores, caminhoneiros e ferradores, todos apressados com seus afazeres, sob uma luz rósea destoante e o ruído de centenas de pares de mandíbulas em constante mastigar. William pegou o casco do capão baio e estendeu a mão para o limpador que seu novo cavalariço segurava junto ao peito.

– Dê isso para mim, Zeb – ordenou ele. – Vou mostrar como se faz.

– Sim, senhor.

Zebedee Jeffers se aproximou, encarando o casco e o imenso cavalo. A verdade é que Jeffers não gostava de cavalos, principalmente de Visigodo. William achava que provavelmente Zeb também não soubesse o que era um visigodo.

– Pronto. Está vendo? – Ele bateu o limpador e pegou uma pedrinha que se prendera sob a curva da ferradura durante a noite. – É pequenina, mas é como uma pedra no sapato para Visigodo. E o cavalo fica aleijado se não cuidarmos disso. Tome, não está apertado. Quer tentar?

– Não, senhor – respondeu Zeb, com toda a honestidade.

Zebedee era do litoral de Maryland e entendia de ostras, barcos e peixes. Não de cavalos.

– Ele não vai machucar você – garantiu William, com um quê de impaciência.

William cavalgava para cima e para baixo pelas colunas dezenas de vezes por dia, levando remessas e coletando relatórios, e seus dois cavalos precisavam estar sempre prontos. O cavalariço regular, Colenso Baragwanath, estava acamado, e ele não tivera tempo de arrumar outro empregado.

– Vai, sim, senhor – acrescentou Zeb, depois de pensar um pouco. – Veja.

Ele esticou o braço esquelético e mostrou o que era, sem dúvida, uma marca infeccionada de mordida.

William conteve o ímpeto de perguntar o que o rapaz havia feito com o cavalo. Em geral, Visigodo não era um animal de temperamento ruim, mas podia ficar irritadiço, e a inquietação nervosa de Zeb era suficiente para testar qualquer um, ainda mais um cavalo cansado e com fome.

– Certo – disse ele, com um suspiro, soltando a pedra. – Melhorou? – indagou ao cavalo, correndo a mão pela extensão da pata de Visigodo e lhe dando tapinhas no flanco.

William tateou o bolso e tirou um monte de cenouras molengas, compradas na noite anterior de uma fazendeira que surgira no acampamento com cestos de produtos em uma cangalha atravessada nos ombros largos.

– Tome, dê uma para ele. Faça amizade – sugeriu, entregando uma cenoura para Zeb. – Segure com a mão espalmada.

Porém, antes que o rapaz pudesse estender o bracinho fino, o cavalo se abaixou e lhe arrancou a cenoura do meio dos dedos com uma investida dos dentões amarelos. O rapaz soltou um grito fino e recuou vários passos, até colidir e cair por cima de um balde com o traseiro para o ar.

Dividido entre a irritação e uma desconcertante vontade de rir, William abafou ambas e foi recolher seu cavalariço de um monte de esterco.

– Sabe de uma coisa? – ponderou, batendo com a mão firme para limpar o rapaz. – Pode checar se *toda* a minha bagagem está no vagão bagageiro? Veja se Colenso precisa de algo e confira se tem alguma coisa para eu comer hoje à noite. Vou pedir que o cavalariço de Sutherland cuide dos cavalos.

Zeb até fraquejou, aliviado.

– Obrigado, senhor!

– E peça para um médico avaliar esse braço! – gritou William quando o rapaz se foi, um tom acima dos zurros e dos relinchos.

Zeb apertou o passo, fingindo não ter ouvido.

O próprio William selou Visigodo, como sempre fazia, não confiando a mais ninguém checar os arreios dos quais podia depender sua vida, então o deixou junto a Madras e foi procurar o cavalariço de lorde Sutherland. Apesar do alvoroço, não teve dificuldade em localizar a estrebaria. Sutherland tinha dez animais, todos de ponta, de 16 mãos ou algo assim, e pelo menos uma dúzia de cavalariços para seus cuidados. William já concluía as negociações com um deles quando avistou um rosto familiar em meio à aglomeração.

– Merda – praguejou baixinho, mas o capitão Richardson já o tinha visto e caminhava em sua direção, sorrindo com cordialidade.

– Capitão lorde Ellesmere. A seu serviço, senhor.

– Ao seu, senhor – retrucou William, no tom mais amistoso que podia.

O que o patife quer agora?, imaginou. Não que Richardson *fosse* um patife, apesar do alerta de Randall. Podia ser o caso de Randall ser o patife. Mas ele tinha uma baita cisma com Richardson, por conta de mãe Claire. Pensar em mãe Claire foi uma punhalada inesperada, e ele tratou de se conter. Nada daquilo era culpa *dela*.

– Estou surpreso em vê-lo aqui – observou Richardson, correndo os olhos pela agitação do acampamento. O sol estava a pino, e faixas douradas iluminavam a névoa de poeira que se erguia dos couros ásperos dos burros. – O senhor é integrante da Convenção, não é?

– Sou – rebateu William com frieza. Claro que Richardson sabia que ele era. William se sentiu obrigado a se defender, embora não tivesse certeza de quê. – Não posso lutar. – Estendeu um pouco os braços. – Como pode ver, não tenho nem armas.

William emendou gestos educados indicando necessidade imediata de estar em outro lugar, mas Richardson continuou ali parado, sorrindo, com aquele semblante comum, tão ordinário que até a mãe dele teria dificuldade em identificá-lo em uma multidão, à exceção de um grande sinal marrom na lateral do queixo.

– Ah, só para ter certeza. – Richardson se aproximou um pouco mais e baixou o tom de voz. – Sendo esse o caso, será que…?

361

– Não – respondeu William, taxativo. – Sou um dos ajudantes do general Clinton e não posso abandonar meu posto. Se me der licença, senhor, estão me aguardando.

Ele deu meia-volta e zarpou, o coração a mil, até se dar conta de que tinha deixado o cavalo para trás. Richardson continuava parado na outra extremidade do parque de cavalos, conversando com um cavalariço que retirava os piquetes e ia enrolando a corda no ombro. A quantidade de cavalos e burros vinha diminuindo depressa, mas ainda havia vários perto de Visigodo para que William pudesse se abaixar e fingir mexer nos alforjes, a cabeça curvada para esconder o rosto até Richardson partir.

A conversa o havia deixado com uma imagem inquietante de Claire: desgrenhada e *en déshabillé*, mas irradiando uma vida que ele jamais conhecera. Imaginava que ela já não fosse mais sua madrasta, mas gostava dela. Ocorreu-lhe que Claire, agora Fraser, continuava *sendo* sua madrasta, mas de outro pai... Maldição!

Ele cerrou os dentes e revirou o alforje em busca do cantil. O vagabundo escocês havia retornado de sua cova molhada e jogava tudo e todos no meio da confusão... Por que o maldito não se afogou?

"Você é um maldito papista e seu nome de batismo é James." Ele ficou paralisado, como se tivesse levado um tiro nas costas. Lembrou-se de tudo. Os estábulos em Helwater, o cheiro tépido de cavalos e ração, e o comichão da palha que dava um jeito de passar pelas meias. Pisos frios de pedra. Ele andara chorando... Por quê? Só recordava a torrente enorme de desolação e total impotência. O fim do mundo. Mac indo embora.

Ele respirou, longa e lentamente, e comprimiu os lábios. Mac. O nome lhe vinha à mente sem rosto. Não conseguia se lembrar de como Mac tinha sido. Um homem grande, só isso. Maior do que vovô ou qualquer um dos empregados e outros cavalariços. *Segurança. Uma sensação constante de felicidade, feito um cobertor macio e surrado.*

– Merda – sussurrou, fechando os olhos.

Será que aquela felicidade também tinha sido uma mentira? Ele era pequeno demais para saber a diferença entre a deferência de um cavalariço a seu jovem mestre e a verdadeira gentileza. Mas...

– Você é um maldito papista – sussurrou, perdendo o fôlego. – E seu nome de batismo é James.

"Era o único nome que eu tinha o direito de lhe dar."

Ele percebeu que apertava os nós dos dedos no peito, junto ao gorjal, mas não era o conforto do objeto que ele buscava. Era o das pequenas saliências do rosário simples de madeira que ele passara anos usando no pescoço, escondido sob a camisa, onde ninguém podia ver. O rosário que Mac lhe dera... com seu nome.

Com uma rapidez que o deixou chocado, sentiu os olhos se encherem d'água. *Você foi embora. Você me abandonou!*

– Merda! – exclamou, socando o alforje com tanta força que o cavalo se assustou, e uma descarga de dor intensa lhe subiu pelo braço, obliterando tudo.

57

NÃO SEJA GENTIL NAQUELA BOA NOITE

Ian acordou pouco antes do amanhecer e encontrou o tio agachado a seu lado.

– Farei uma refeição com os capitães das minhas companhias – disse Jamie, sem preâmbulos. – Você responderá ao coronel Wilbur, como batedor. E poderia arrumar alguns cavalos, Ian? Eu vou precisar de uma montaria extra, treinada para caça, assim como você.

Ele largou uma bolsa no peito de Ian, sorriu e desapareceu em meio à névoa da manhã.

Ian descobriu o corpo devagar, espreguiçando-se. Escolhera um local de descanso bem afastado do acampamento principal, em uma pequena encosta junto ao rio. Não se deu ao trabalho de imaginar como tio Jamie o havia encontrado nem perdeu tempo se impressionando com o poder de recuperação do tio.

Tomou um tempo para se preparar, vestiu-se com cuidado e encontrou comida, pensando na lista de coisas a fazer. Ele tinha sonhado durante a noite, e o sonho ainda o acompanhava, embora não se recordasse dos detalhes. Estava em uma mata densa, e havia algo lá com ele, escondido no meio das folhas. Ian não sabia muito bem o que era, mas a sensação de perigo permanecia, incômoda, entre suas escápulas. No sonho, ouvira um corvo crocitando, o que sem dúvida era um tipo de aviso. Mas então o corvo saiu voando, tornando-se alguma espécie de pássaro branco. Ao voar, o pássaro batera as asas no rosto de Ian, que ainda sentia o roçar das penas.

Animais brancos eram mensageiros. Tanto os mohawks quanto o povo das Terras Altas acreditavam nisso.

Ele era índio e das Terras Altas; não podia desconsiderar os sonhos. Às vezes, o significado de um sonho vinha à superfície da mente, como uma folha em um rio voltando à tona. Ian deixou o sonho para lá – seu significado surgiria em algum momento – e voltou a seus afazeres: foi ver o coronel Wilbur e barganhou por dois cavalos razoáveis, robustos o bastante para sustentar um homem grande em batalha.

No entanto, o pássaro branco passou o dia a acompanhá-lo, pairando logo acima de seu ombro direito, e vez ou outra ele o observava, de soslaio.

Ao cair da tarde, já tendo terminado seus afazeres, ele retornou ao acampamento principal e encontrou Rachel numa fila, com várias outras mulheres, junto ao poço do quintal da Ganso e Uvas, com dois baldes junto aos pés.

– Eu posso levar esses baldes até o rio para você – ofereceu ele.

Ela estava corada, por conta do calor, mas ainda linda, os braços nus e morenos exibindo uma curva tão bela e delicada que o coração de Ian se encheu de leveza.

– Obrigada, Ian, mas não. – Ela sorriu para ele e puxou uma das duas penas de águia que ele havia prendido aos cabelos. – Sua tia me avisou que os barcos jogam os dejetos no rio. Além disso, metade do exército está mijando por lá. É preciso caminhar 1 milha riacho acima para encontrar um ponto limpo de onde recolher água. Você já terminou suas coisas?

Ela falava com interesse, mas sem qualquer senso de preocupação ou desaprovação, o que ele apreciava.

– Só vou matar alguém se for preciso, Rachel – disse ele, baixinho, e tocou o rosto dela. – Fui designado como batedor. Não devo ter que matar.

– Mas as coisas acontecem – retrucou ela, e desviou o olhar, para impedi-lo de ver a súbita tristeza em seus olhos. – Eu sei.

Com uma inesperada onda de impaciência, Ian desejou perguntar se ela preferia que ele matasse ou *fosse morto*. No entanto, refreou o impulso e a ponta de raiva que o acompanhava. Ela o amava. Talvez fosse uma pergunta justa a fazer a uma quacre, mas não à sua noiva.

Ela o encarava, interessada e pensativa, e ele sentiu um leve rubor subindo pelo rosto, ao imaginar quanto revelava sobre os próprios pensamentos.

– Sua jornada de vida tem um caminho próprio, Ian – afirmou ela –, e eu não posso compartilhar dessa jornada. Mas posso caminhar ao seu lado. E vou.

A mulher parada atrás deles na fila soltou um profundo suspiro de satisfação.

– Ora, que coisa mais linda e acertada de se dizer, querida – comentou, em tom de aprovação.

Então, voltando para Ian, olhou-o de cima a baixo, de maneira descrente. Ele vestia camurça, tanga e camisa de algodão. Com as penas no cabelo e as tatuagens, não parecia muito comum.

– Você provavelmente não a merece – disse a mulher, balançando a cabeça com desconfiança. – Mas estou torcendo mesmo assim.

Ian carregou a água para Rachel, avançando por entre o acampamento em direção ao local onde Denzell organizara seu consultório médico. A tenda ainda estava de pé, mas a carroça de Denzell, com os pintassilgos pintados no para-choque, estava logo ao lado, com Dottie em cima e Denzell entregando caixas e embrulhos para ela.

Rachel se ergueu nas pontas dos pés, beijou a bochecha de Ian e desapareceu dentro da tenda para ajudar na arrumação.

– Você se junta a nós mais tarde, Ian? – perguntou Denny, erguendo os olhos do embrulho que amarrava.

– Em qualquer lugar, *a bhràthair* – respondeu Ian, com um sorriso. – Para onde foi designado?

– Ah, para lugar nenhum. – Denny tirou os óculos e limpou as lentes, distraidamente, na barra da camisa. – Ainda não é o Primeiro Dia, mas podemos muito bem estar engajados na luta até lá. Pensamos em nos reunir antes do jantar hoje. Ficaríamos muito satisfeitos se você pudesse vir conosco, mas se não...

– Não, eu vou – interrompeu Ian, rapidamente. – Para ter certeza. Ah... Onde...?

Ele fez um gesto vago com a mão, indicando o caos meio ordenado do acampamento à sua volta. Novas companhias de milícia ainda vinham de Nova Jersey e da Pensilvânia para se juntar aos soldados continentais. Ainda que oficiais tenham sido designados para recebê-los, organizá-los e ajudá-los a encontrar locais para acampar, estavam animados e estupefatos. Os homens acampavam em quaisquer pontos de solo aberto que conseguiam encontrar, e seguiam em um tremendo vaivém em busca de água e comida, discutindo em voz alta. Laboriosas escavações e xingamentos murmurados ali perto indicavam a criação de mais um grupo de trincheiras sanitárias. Uma pequena e constante procissão de pessoas incapazes de esperar visitava um bosque próximo, na esperança de conseguir um momento de privacidade.

Preciso caminhar com cuidado se for para aquele lado, pensou Ian.

– Vocês pretendem fazer aqui? – perguntou ele.

Havia gente entrando e saindo o dia inteiro, todos necessitados da atenção de um médico, e provavelmente isso não mudaria apenas por haver uma reunião em curso.

– O amigo Jamie disse que vai nos fornecer um refúgio – garantiu Denny. – Vamos assim que... Com quem você está aí, Dorothea?

Dorothea, que organizava os equipamentos, havia parado para conversar com uma mocinha que subira na carroça.

– É uma mulher em trabalho de parto, Denny! – gritou ela. – A três fogueiras de distância!

– Urgente? – perguntou ele, imediatamente largando o pacote que tinha acabado de fechar.

– A criança diz que sim. – Dottie se empertigou e enfiou uns fios de cabelos louros fugitivos dentro da touca. – É o quarto filho. Nenhum problema com os três primeiros, mas dadas as condições...

Ela se esgueirou de lado, passou pela bagagem sobre a rampa baixada, e Ian lhe ofereceu a mão para descer.

– Na verdade, ela queria a sra. Fraser – comentou Dottie a Denny, *sotto voce*. – Mas vai se contentar com você. – Ela sorriu, formando uma covinha na bochecha. – Está lisonjeado?

– Não gostei muito desse seu gracejo – respondeu ele, tranquilo. – É melhor você vir comigo. Você cuida da carroça, Ian?

Os dois avançaram pelo labirinto de carroças, cavalos e porcos desgarrados – algum fazendeiro ousado havia levado uma dúzia de porcos magros para o acampamento, pretendendo vendê-los ao oficial responsável, mas os porcos se assustaram com a inadvertida explosão de um mosquetão ali perto e dispararam por entre a multidão, causando um enorme tumulto. Rollo tinha derrubado um e quebrado seu pescoço.

Ian drenou o sangue do animal, estripou a carcaça e, depois de dar a Rollo o coração e os pulmões, guardou o animal em uma lona úmida, escondida atrás da carroça de Denzell. Caso encontrasse o desatento dono, pagaria pelo animal, mas mantinha o olho vivo no bicho. Deu uma olhada de esguelha para a base da carroça e percebeu que a protuberância coberta pela lona ainda estava lá.

Rollo se moveu um pouco e emitiu um som estranho, não exatamente um ganido, que desviou a atenção de Ian imediatamente para o cachorro.

– Como está, *a choin*? – perguntou.

Na mesma hora, Rollo lambeu a mão dele e soltou um arquejo cordial, mas Ian se ajoelhou entre as folhas, tateando o corpo grandalhão e desgrenhado do animal, só por garantia. Apalpando, dizia tia Claire, uma palavra da qual Ian sempre achava graça.

Ele encontrou a marca onde o cachorro tinha levado um tiro, no outono anterior, na carne do ombro, logo acima da perna dianteira. E um ponto na espinha, a poucos centímetros do rabo, que o fazia escarranchar as pernas e grunhir quando pressionado. Talvez Rollo tivesse distendido algum músculo ao derrubar o porco.

– Já não está tão jovem quanto antes, não é, *a choin*? – comentou ele, coçando a mandíbula esbranquiçada de Rollo.

– Nenhum de nós está, *a mac mo pheathar* – retrucou seu tio Jamie, saído do crepúsculo.

Ele se sentou no toco que Dottie usava para subir na carroça. Vestia uniforme completo e parecia estar com calor. Ian passou o cantil e Jamie aceitou, acenando em agradecimento, limpando o rosto com a manga.

– Sim, depois de amanhã – disse, em resposta à sobrancelha erguida de Ian. – Primeira luz, quiçá antes. O pequeno Gilbert tem o comando de mil homens e a permissão para ir atrás da retaguarda.

– O senhor... Quero dizer, nós vamos com ele?

Jamie assentiu e deu uma grande golada. Ian o achou um pouco tenso, o que era perdoável. Afinal, ele comandaria trezentos homens. Se todos fossem com La Fayette...

– Acho que estão me mandando com ele na esperança de que minha sabedoria ancestral equilibre o jovial entusiasmo de Seigneur de La Fayette – ponderou Jamie, baixando o cantil com um suspiro. – E talvez seja melhor do que ficar nos fundos com Lee. Água Fervente só considera digno comandar nada menos que mil homens e recusou a liderança.

Ian soltou um ruído, indicando achar graça e ter fé na sagacidade do tio. Poderia ser engraçado perturbar a retaguarda britânica. Ele sentiu uma pontada de ansiedade ao pensar nisso.

– Onde está Denzell? – perguntou Jamie, olhando o carroção.

– Foi cuidar de um parto – contou Ian, erguendo o queixo na direção em que Denzell e Dottie haviam rumado. – Falou que vai ter uma reunião quacre hoje à noite.

Jamie ergueu a sobrancelha grossa, com gotículas brilhantes de suor.

– Quanto vale o hímen dela? – perguntou ele, sem rodeios, apontando para a irmã.

– *Dez ibas* – respondeu Fanny, no automático.

– Ela não está à venda! – gritou Jane, ao mesmo tempo. – Nem para você nem para nenhum outro safado!

Ela apertou ainda mais a irmã, desafiando-o a se aproximar da menina.

– Eu não *quero* a sua irmã – disse ele entre dentes. – Não fornico com crianças, pelo amor de Deus!

A expressão sisuda de Jane não se alterou, mas ela afrouxou um pouco a irmã.

– Então por que perguntou?

– Para verificar a minha hipótese quanto à presença de vocês aqui.

Jane bufou.

– E qual é?

– Que vocês fugiram. Presumo que seja porque sua irmã agora já tenha idade para...?

William ergueu a sobrancelha, meneando a cabeça para Fanny. Jane comprimiu os lábios, mas ela respondeu apenas com um aceno breve e relutante.

– Capitão Harkness? – indagou ele.

Era um tiro no escuro, mas bem calculado. Harkness não havia ficado contente com o fato de ter sido privado de sua presa e, incapacitado de abordar William, podia ter decidido se vingar de outra forma.

A luz banhava tudo em tons de dourado e lavanda, mas ele viu o rosto de Jane empalidecer e sentiu algo dentro de si se contrair. Se encontrasse Harkness... Decidiu que sairia para procurá-lo no dia seguinte. O sujeito podia estar na Filadélfia, como ela dissera, mas também podia não estar. Seria um alvo bem-vindo para sua raiva.

– Então tudo bem – encerrou, da forma mais direta possível.

Abaixou-se e apanhou o guinéu da terra macia, percebendo que fora um idiota ao oferecê-lo a ela. Não por conta do que a mulher tinha lhe contado, mas porque alguém como ela, ou como Colenso, jamais teria tamanha quantia. Ambos levariam a suspeita de terem roubado a moeda e, muito provavelmente, seriam surrupiados pelo primeiro que encontrassem.

– Trate apenas de cuidar dos rapazes, pode ser? – pediu a Jane. – E tentem as duas ficar bem longe dos soldados até eu encontrar roupas mais simples para vocês. Vestidas assim – completou William, apontando para toda aquela elegância, borrada de lama e suja de suor –, vocês vão se passar por prostitutas, e soldado nenhum aceitará um não como resposta.

– Mas eu sou uma prostituta – rebateu Jane, com uma voz estranha, seca.

– Não – contestou ele, sentindo a própria voz estranhamente apartada de si mesmo, porém muito firme. – Não é, não. Você está viajando sob a minha proteção. Eu não sou cafetão... então você não é prostituta. Até chegarmos a Nova York, não.

59

UMA DESCOBERTA NAS FILEIRAS

A 16ª Companhia de Milícia da Pensilvânia, sob o comando do capitão reverendo Peleg Woodsworth, marchou para dentro do acampamento em boa ordem, depois de parar do lado de fora para se organizar, limpar as armas e lavar o rosto. Lorde John sabia que ninguém perceberia, mas aprovou os preparativos por conta da boa disciplina militar, como explicou a Germain.

– Tropas negligentes formam maus combatentes – disse ele, examinando criticamente um grande rasgo na manga de seu imundo casaco preto. – E os soldados devem ter o hábito de obedecer a ordens, não importa quais sejam.

Germain assentiu.

– Sim, é isso que a mamãe diz. Não importa se você vê propósito ou não, faça o que lhe é mandado. Senão…

– Sua mãe daria um sargento admirável – garantiu Grey a seu serviçal. Havia encontrado Marsali Fraser uma ou duas vezes na gráfica. – Esplêndida compreensão da essência do comando. Falando nisso, o que espera que aconteça quando voltar para casa?

Era evidente que Germain não havia pensado muito naquela possibilidade, mas depois de um instante ele relaxou a sobrancelha.

– Provavelmente vai depender de quanto tempo eu passar fora – respondeu, dando de ombros. – Se eu retornasse amanhã, ficaria de orelha vermelha e bunda também. Mas acho que se passasse mais de uma semana longe, ela ficaria satisfeita em não me ver morto.

– Ah. Você já ouviu a história do filho pródigo, por acaso?

– Não, milo… ahn… Bert. – Germain tossiu. – Como é?

– Ahn… – começou ele, automaticamente, então parou, sentindo como se uma estaca tivesse sido cravada em seu peito.

A companhia já havia começado a dispersar e a se afastar; os poucos homens atrás dele apenas o contornavam e seguiam. Germain se virou para ver o que ele estava olhando.

– É aquele homem que finge ser francês. Meu pai não gosta dele.

Grey encarou o cavalheiro, que vestia uma seda muito moderna, de listras azuis e cinza, e que também encarava Grey, com a boca levemente aberta, ignorando o grupo de oficiais continentais que o acompanhavam.

– Eu conheço muitos franceses – comentou Grey, recuperando o fôlego. – Mas você tem razão. Aquele lá não é um deles.

Ele deu as costas para o homem e agarrou Germain pelo braço.

– Seu avô deve estar trabalhando duro em algum lugar – disse ele, forçando uma determinação na voz. – Está vendo a construção ali, com a bandeira? – Ele inclinou

– Bom, eu não estava planejando me juntar a eles, mas ofereci a minha tenda. Você vai?

– Pensei em ir – respondeu Ian. – Afinal de contas, fui convidado.

– Ah, foi? – Jamie parecia interessado. – Acha que estão pretendendo convertê-lo?

– Não acho que os quacres operem dessa maneira – falou Ian, com certa tristeza. – Boa sorte para eles, se quiserem. Acho que o poder da oração deve ter seus limites.

O comentário fez o tio soltar uma bufada jocosa e balançar a cabeça.

– Nunca se sabe, rapaz – advertiu ele. – Se a pequena Rachel enfiar isso na cabeça, transforma sua espada em uma lâmina de arado antes que consiga dizer "três pratos de trigo para três tigres tristes".

Ian soltou um ruído pelo nariz.

– Sim, e se eu resolvesse virar amigo, quem estaria lá para proteger Rachel, o irmão dela e Dottie? Sabe disso, não sabe? Que eles só podem ser o que são porque o senhor e eu somos o que somos?

Jamie se inclinou um pouco para trás, com os lábios franzidos, então abriu o espectro de um sorriso torto.

– Eu sei disso muito bem. Denzell Hunter também. Por isso está aqui, embora isso lhe tenha custado a casa e a reunião. Mas, veja bem, vale a pena protegê-los... para além do fato de você ser apaixonado por Rachel, digo.

– Humm.

Ian não estava no clima de discutir filosofia e duvidou que seu tio estivesse. A luz pairava naquela hora longa antes do anoitecer, quando as criaturas da floresta reúnem fôlego para o descanso noturno. Era um bom momento para caçar, pois as árvores alenteciam primeiro e era possível ver os animais ainda se movendo ao redor delas.

Tio Jamie sabia disso. Sentou-se relaxado, sem mexer nada além dos olhos. Ian o viu erguer o olhar e virou a cabeça também. Como era de esperar, um esquilo se agarrava ao tronco de um plátano, a 3 metros de distância. Ele não teria visto, se não tivesse percebido o bicho remexer o rabo enquanto se aquietava. Encarou Jamie; os dois sorriram e permaneceram em silêncio por um tempo, escutando a algazarra do acampamento, que também ia diminuindo.

Denzell e Dottie não haviam retornado. Talvez o parto estivesse mais complicado do que Denny imaginara. Rachel chegaria à tenda de Jamie dentro em breve, para a reunião.

Ele refletiu sobre isso. Era necessária uma reunião para aconselhar os dois, depois aprovar e testemunhar o casamento. Estaria Denny com a ideia de estabelecer uma nova reunião de amigos, que lhe permitisse se casar com Dottie e Rachel com Ian?

Jamie suspirou e se remexeu, aprontando-se para se levantar.

– Ahn... tio – chamou Ian, em um tom casual que fez Jamie voltar no mesmo instante a atenção para ele.

– O quê? – indagou Jamie, com cautela. – Você engravidou a sua mulher?

– Não – respondeu Ian, ofendido, mas perguntando-se como o tio sabia que ele estava pensando em Rachel. – Por que o senhor pensaria uma coisa dessas, seu velho maldoso?

– Porque sei muito bem o que esse "Ahn... tio" costuma significar – explicou Jamie, com cinismo. – Significa que você arrumou alguma confusão envolvendo uma moça e quer conselhos. E não consigo pensar que confusão haveria em relação à pequena Rachel. Nunca conheci moça mais justa... exceto por sua tia Claire, lógico – acrescentou, com um breve gracejo.

– Humm – murmurou Ian, pouco satisfeito com a perspicácia do tio, mas forçado a admitir que havia uma verdade naquilo. – Bom, então. É só...

Apesar da intenção totalmente benigna – *inocência*, até – da pergunta que lhe viera à mente, ele sentiu o rosto esquentar.

Jamie ergueu as sobrancelhas.

– Bom, se o senhor quer saber, então... – disse Ian. – Eu nunca me deitei com uma virgem. – Depois de soltar a informação, ele relaxou um pouco, embora as sobrancelhas do tio estivessem arqueadas, quase na linha dos cabelos. – E, sim, eu tenho certeza de que Rachel é.

– Eu também – garantiu Jamie. – A maioria dos homens não consideraria isso um problema.

Ian encarou o tio.

– O senhor sabe do que estou falando. Eu quero que ela goste.

– Muito recomendável. Você já recebeu queixa de alguma mulher?

– Está com um humor excepcional hoje, tio – retrucou Ian, com frieza. – O senhor sabe muito bem do que estou falando.

– Sim, se você está dizendo que paga uma mulher para se deitar com você, provavelmente não quer ouvir nada desagradável em relação ao próprio desempenho. – Jamie se balançou um pouco, encarando o sobrinho. – Você revelou a Rachel que tem o hábito de dormir com prostitutas?

Ian sentiu o sangue subir às orelhas e se forçou a respirar fundo por um instante, antes de responder.

– Eu contei tudo a ela – redarguiu entre dentes – e não chamaria de "hábito".

Ele achava que era melhor não prosseguir nem falar que não era diferente do que faziam os outros homens, pois sabia muito bem que tipo de resposta receberia por *isso*. Felizmente, Jamie parecia ter refreado a jocosidade, avaliando a questão.

– Sua esposa mohawk – disse ele, com delicadeza. – Ela era...

– Não – interveio Ian. – Os índios enxergam isso de forma um pouco diferente. – Então, aproveitando a oportunidade de se vingar um pouquinho, acrescentou: – O senhor se lembra da vez em que fomos visitar os juncos cherokees e Pássaro mandou uma dupla de moças para aquecer a sua cama?

Jamie dispensou a ele um olhar antiquado, que o fez rir.

– Diga, Ian – soltou ele, depois de uma pausa –, você teria essa conversa com o seu pai?

– Meu Deus, não!

– Eu fico lisonjeado – disse Jamie, em tom seco.

– Bem, veja... – Ian, que respondera por reflexo, percebeu que buscava uma explicação. – Quero dizer, não é que eu não queira falar com o meu pai sobre essas coisas. Mas, se ele me contasse algo sobre sexo, seria sobre ele e a minha mãe. E eu não poderia...

– Humm.

Ian estreitou os olhos para o tio.

– O senhor não vai tentar me dizer que a minha mãe...

– Que é a minha irmã? Não, não direi nada desse tipo. Entendo o seu lado. Só estou pensando... – A voz dele foi morrendo, e Ian o encarou com firmeza. A luz ia se esvaindo, mas ainda havia bastante. Jamie deu de ombros. – Sim, muito bem. É só... Sua tia Claire era viúva quando me casei com ela.

– Era. E daí?

– Então, na nossa noite de núpcias, o virgem era eu.

Ian não percebeu que havia se remexido, mas Rollo deu um tranco com a cabeça e o encarou, assustado. Ian pigarreou.

– Ah, é?

– É – confirmou o tio, azedo feito um limão. – E recebi muitos conselhos em antecipado, de meu tio Dougal e seus homens.

Dougal MacKenzie havia morrido antes de Ian nascer, mas ele tinha ouvido falar muito no homem, de uma forma ou de outra. Ele contorceu a boca.

– O senhor se daria ao trabalho de passar algum desses conselhos adiante?

– Deus, não. – Jamie se levantou e espanou pedacinhos de casca de árvore do casaco. – Acho que você já sabe que precisa agir com gentileza, sim?

– Sim, eu pensei nisso – garantiu Ian. – Nada mais?

– Ah, sim. – Jamie permaneceu parado, pensativo. – A única coisa útil foi o que minha mulher me recomendou naquela noite: "Vá devagar e preste atenção." Acho que com isso não dá para errar. – Ele acomodou o casaco nos ombros. – *Oidhche mhath*, Ian! Vejo você na primeira luz... se não um pouco antes.

– *Oidhche mhath*, tio Jamie!

Quando Jamie chegou à borda da clareira, Ian o chamou:

– Tio Jamie!

Jamie deu meia-volta.

– Sim?

– E ela foi gentil com o senhor?

– Meu Deus, não – respondeu Jamie, abrindo um largo sorriso.

58

CASTRAMETAÇÃO

O sol já ia baixo no céu quando William chegou ao acampamento de Clinton, e mais baixo ainda quando ele entregou Visigodo aos cavalariços de Sutherland. Não se via Zeb em lugar nenhum. Talvez estivesse com Colenso.

Ele entregou as remessas para o capitão Von Munchausen e pediu ajuda para encontrar a tenda que compartilhava com outros dois jovens capitães, ambos da 27ª Infantaria. Randolph Merbling estava sentado do lado de fora, lendo enquanto havia sol. Mas não havia nenhum sinal de Thomas Evans... nem de Colenso Baragwanath. Nem de Zeb Jeffers. Nem da bagagem de William.

Ele respirou por um momento. Estava tão cansado de sentir raiva que já nem se incomodava. Deu de ombros, pegou uma toalha emprestada com Merbling, lavou o rosto e foi procurar algo para comer.

Decidira não pensar em nada até arrumar comida, no que tivera grande êxito, deixando que frango assado, pão, queijo e cerveja enchessem pelo menos alguns espaços vazios. Quando estava prestes a terminar, no entanto, uma imagem nítida e súbita lhe veio à mente: um rosto bonito e corado, com olhos ressabiados da mesmíssima cor da sidra que ele bebia.

Jane. Maldição! Com tanta coisa ao mesmo tempo, ele se esquecera por completo da prostituta e de sua irmã. Pedira que as duas o encontrassem na tenda do cirurgião ao pôr do sol... Bom, o sol ainda não tinha se posto. Ele se levantou a fim de encontrá-las, mas pensou melhor. Rumou outra vez até o cozinheiro e arranjou uns pães e um pouco de queijo, só para garantir.

Castrametação era a ciência de montar um acampamento militar apropriado. Com drenagem, valas sanitárias, um local onde acomodar o depósito de pólvora, para evitar que alagasse em caso de chuva, etc. William tinha feito um curso rápido sobre o assunto. Era provável que jamais precisasse montar um, mas ajudava saber onde deveriam ficar as coisas, na hora de alocá-las. Num acampamento, o hospital devia ficar do lado oposto ao quartel-general do comando, perto da água, mas num ponto alto, se houvesse.

Havia, e ele não teve dificuldade de encontrar as grandes tendas de lona verde. Teria encontrado até de olhos fechados. Médicos saíam das tendas com visível cansaço. O cheiro de sangue ressecado, doença e morte era perceptível a 100 metros. Era pior, bem pior, após uma batalha, mas sempre havia enfermidades e acidentes, e o fedor persistia até em dias de calmaria.

Havia homens e não poucas mulheres amontoados em torno da tenda, esperando atenção. William deu uma olhadela rápida, mas não viu Jane. Seu coração tinha acelerado um pouco só de pensar em vê-la, e ele se sentiu inexplicavelmente decepcionado.

Não tinha motivo para isso, disse a si mesmo. Ela e a irmã só trariam problemas para ele. Deviam ter cansado de ficar esperando e...

– Está bem atrasado, milorde – anunciou uma voz acusativa.

Ele se virou e deu de cara com o olhar superior da moça. Bem, até onde isso era possível para uma pessoa mais baixinha que ele. Absurdamente, William se viu sorrindo para ela.

– Eu falei ao pôr do sol – retrucou ele, em tom ameno, inclinando a cabeça para o oeste, onde uma nesga de brilho fininha ainda reluzia por entre as árvores. – Ainda não se pôs, não é?

– O sol leva um tempo desgraçado para baixar aqui. – Ela transferiu a reprovação para o orbe em questão. – Baixa bem mais rápido na cidade.

Antes que ele pudesse argumentar contra aquela afirmação ridícula, ela tornou a encará-lo, de cenho franzido.

– Por que não está usando seu gorjal? – indagou, de mãos na cintura. – Passei por poucas e boas para devolvê-lo!

– E sou muito grato por isso, madame – disse ele, esforçando-se para se manter sério –, mas achei que poderia suscitar questionamentos se eu aparecesse de repente com ele em pleno acampamento, e achei que você e sua irmã talvez preferissem evitar... explicações tediosas?

Ela deu uma fungada, mas achou graça.

– Que atencioso! Só não é tão atencioso assim com seus empregados, é?

– Como assim?

– Venha comigo.

Antes que pudesse protestar, ela enganchou o braço no dele e o puxou em direção à mata. Levou-o até um pequenino anexo na vegetação rasteira, que parecia ter sido feito com um saco de dormir vazio e duas anáguas. Abaixando-se a convite dela, encontrou a irmã, Fanny, lá dentro, sentada junto a um saco de dormir estofado com grama fresca, sobre o qual se encontravam agachados tanto Colenso quanto Zeb, ambos meio desorientados.

– O que estão fazendo aqui? – questionou ele. – E onde está a minha bagagem, Zeb?

– Lá atrás, senhor – gaguejou ele, apontando na direção do volume atrás do puxadinho. – Não consegui encontrar sua tenda e não quis abandonar as coisas, sabe?

– Mas eu falei para você que... E você, Baragwanath? Ainda está doente? – indagou William, ajoelhando-se de supetão e enfiando a cabeça no abrigo.

Colenso parecia mal, pálido feito uma xícara de leite coalhado e visivelmente dolorido, todo enrolado.

– Não é nada, senhor – minimizou, engolindo em seco. – Eu só... devo ter... comido... alguma coisa estranha.

– Falou com o médico?

Colenso enfiou a cara no saco de dormir, os ombros arqueados. Zeb foi se afastando, aparentemente preparando uma fuga.

William o segurou pelo braço. O cavalariço pequenino deu um grito, e ele soltou.

– O que foi? Não pediu que analisassem seu braço?

– Eles têm medo de médicos – explicou Jane, direta.

William se levantou e olhou feio para ela.

– Ah… E como eles vieram parar aos *seus* cuidados, se me permite perguntar?

A mulher apertou bem os lábios e deu uma espiadela involuntária para dentro do puxadinho. Fanny cuidava dos dois, seus imensos olhos de menina naquela pouca luz. Ela engoliu em seco e, num gesto de proteção, pôs a mão no ombro de Colenso. Jane deu um suspiro profundo e tornou a pegar William pelo braço.

– Venha comigo. – Ela o puxou para perto, ainda ao alcance da vista dos que estavam no puxadinho, mas longe dos ouvidos. – Fanny e eu estávamos esperando você quando esses dois apareceram. O maior… Qual é o nome dele, mesmo?

– Colenso Baragwanath. É da Cornualha – explicou William, percebendo que a moça achava graça no nome.

– Sério, espero que não seja contagioso. Bem, ele estava tão mal que não conseguia ficar de pé, e desabou no chão perto da gente, fazendo os barulhos mais horrorosos. O pequenino… Zebedee, não é?… estava consternado, até meio choroso, de tanta confusão. Não existe criatura mais amorosa do que a minha irmã – explicou ela, em certo tom de desculpas. – Ela foi ajudar, e eu fui junto. – Jane deu de ombros. – Levamos Colenso para dentro da mata, o bastante para dar tempo de tirar a calça, depois demos a ele um pouco d'água.

Jane tocou o pequeno cantil de madeira pendurado no ombro dela, e William se perguntou por uns instantes onde ela teria arrumado aquilo. Não estava com ela quando ele as encontrara no ribeirão, um dia antes.

– Sou muito grato, madame – agradeceu ele, em tom formal. – Agora… por que exatamente vocês não levaram os dois para um médico?

Pela primeira vez, Jane deu sinais de perder a compostura. Afastou-se um pouco de William, que percebeu os derradeiros raios do sol em seus cabelos castanhos. A imagem trouxera de volta, com a força de uma trovoada, a lembrança de seu primeiro encontro com ela, e, a reboque, a memória daquela mistura de vergonha e excitação. Especialmente a excitação.

– Responda – disse ele, ríspido.

Ela se virou para encará-lo, com o cenho franzido diante daquele tom.

– Tinha um dedo caído no chão ao lado da tenda do médico – irrompeu ela. – Aquilo assustou a minha irmã, e os rapazes ficaram com medo também.

William correu a mão pela ponte do nariz, encarando-a.

Ele já tinha visto pilhas de membros amputados no exterior das tendas médicas em Saratoga e, exceto por uma breve oração em agradecimento por nenhum dos braços e pernas amputados serem dele, não sentira nenhum incômodo em particular.

– Um dedo...? De quem?

– Como é que eu vou saber? Já estava ocupada demais evitando que seu subordinado se borrasse todo para ainda ter que perguntar.

– Ah... Sim, obrigado – agradeceu de novo William, bem formal.

Ele deu outra espiadela no abrigo e se surpreendeu ao ver que Fanny tinha saído e se plantara junto à irmã, com uma expressão de cautela em seu belo rosto. *Será que eu pareço ameaçador?*, pensou ele. Por precaução, relaxou um pouco a postura e sorriu para Fanny. Sem alterar a expressão, a garota continuou a encará-lo, desconfiada.

Ele pigarreou, tirou a mochila do ombro e entregou a Jane.

– Achei que vocês poderiam ter perdido o jantar. Os rapazes... Bom, Zeb, pelo menos, comeu alguma coisa?

Jane assentiu e pegou a mochila, com uma rapidez que indicava que fazia um tempo desde que as duas tinham comido algo.

– Ele se alimentou com os outros cavalariços.

– Então tudo bem. Vou levá-lo até lá, para darem uma olhada no braço dele, e talvez consiga um remédio para Colenso, enquanto você e sua irmã se recompõem. Depois, madame, podemos discutir sua situação.

Por um momento, William estivera muitíssimo atento à presença física de Jane, mas, ao falar aquilo, reparou nos olhos dela. *Sidra*, pensou ele. *Ou xerez?* Jane pareceu *fluir*, movendo-se de um jeito meio indefinido. Ele não a vira se mover, mas de uma hora para outra ela estava bem perto, ao alcance do toque de William, que sentiu o aroma de seus cabelos e imaginou o calor de sua pele sob as roupas. Ela tocou a mão dele por um breve instante e foi movendo o polegar, lentamente. A palma de William formigou e os pelos do braço se eriçaram.

– Tenho certeza de que podemos pensar numa acomodação razoável, milorde – afirmou ela, bem séria, e o deixou ir.

William arrastou Zeb feito um potro recalcitrante até a tenda do médico e por lá ficou. Sem prestar muita atenção, viu um jovem médico escocês sardento limpar a sujeira da ferida do rapaz. Na verdade, pensava em Arabella-Jane. Ela não tinha o perfume de prostituta que usara no bordel, mas, por Deus, como cheirava bem.

– Deveríamos cauterizar a ferida, senhor – recomendou o jovem médico. – Para impedir que forme abscesso, certo?

– Não! – gritou Zeb, afastando-se do homem.

Ele disparou para a porta, esbarrando nas pessoas e mandando uma mulher pelos ares com um gemido. Arrancado de seus devaneios, William, por reflexo, deu um bote e derrubou o rapaz.

– Deixe disso, Zeb – advertiu, pondo o cavalariço de pé e o empurrando com firmeza de volta ao dr. MacSardento. – Nem vai doer. Um ou dois segundos e pronto.

– Com vontade, William ajeitou Zeb em um banquinho e arregaçou a própria manga direita. – Olhe aqui – falou, mostrando a cicatriz comprida em forma de cometa em seu antebraço. – É isso que acontece com quem tem um abscesso.

Tanto Zeb quanto o médico espiaram a cicatriz, impressionados. Fora causada por uma lasca, contou ele, de uma árvore atingida por um relâmpago.

– Perambulei três dias com febre pelo Great Dismal, o Grande Pântano da Virgínia – explicou. – Uns… índios me encontraram e me levaram a um médico. Quase morri e… – Ele fitou Zeb com um olhar penetrante. – O médico estava quase *amputando meu braço* quando o abscesso estourou e ele cauterizou. E se você não tiver a mesma sorte…

Zeb ainda parecia relutante, mas concordou. William o agarrou pelos ombros e disse palavras encorajadoras enquanto o ferro esquentava, mas seu coração batia tão depressa que parecia até que era ele no aguardo da cauterização.

Índios. Um, em particular. Achava que a raiva já havia se esgotado, mas lá estava outra vez, rebentando em uma chama fresca e reluzente, como um borralho reavivado por um atiçador.

Maldito Ian Murray. Escocês maldito, às vezes mohawk. E desgraçado e maldito o *primo* dele, o que só piorava tudo ainda mais.

E depois teve Rachel… Murray o levara ao dr. Hunter e a Rachel. Ele respirou fundo, em descompasso, ao se lembrar do casaco índigo surrado da mulher, pendurado no gancho da casa dos Hunters. De pegar um punhado do tecido e levá-lo ao rosto, inalando o perfume dela como se lhe faltasse ar.

Foi ali que Murray conhecera Rachel. Àquela altura, ela estava noiva daquele…

– Ai! – exclamou Zeb, contorcendo-se.

William percebeu tarde demais que tinha os dedos cravados no ombro do rapaz, tal qual… Tratou de soltar Zeb como largaria uma batata quente, revivendo a memória das mãos rígidas de James Fraser em seu braço e da dor agonizante que o anestesiara do ombro à ponta do dedo.

– Desculpe – disse ele, um pouco vacilante pelo esforço de conter a raiva. – Desculpe, Zeb.

O cirurgião estava a postos com o ferro quente. William segurou o braço de Zeb com a maior delicadeza possível, para firmá-lo durante o procedimento. Rachel havia segurado o dele.

Ele estivera certo: era rápido. O cirurgião pressionou o ferro quente na ferida e contou devagar até cinco, depois tirou. Zeb estava duro feito um mastro de tenda e guardou nos pulmões ar suficiente para três pessoas, mas não gritou.

– Acabei – disse o médico, tirando o ferro e abrindo um sorriso para Zeb. – Pronto, vou pôr um pouco de azeite doce e enfaixar. Você se saiu bem, rapazinho.

Zeb lacrimejava, mas não estava chorando. Fungou com vontade e esfregou o rosto com o dorso da mão, erguendo o olhar para William.

– Muito bem, Zeb – elogiou William, apertando-lhe o ombro com gentileza. E o cavalariço retribuiu o apoio com um sorriso.

Quando retornaram às moças e a Colenso, William já tinha dado um jeito de sufocar a raiva... outra vez. *Será que nunca seria capaz de se livrar daquilo? Só quando você se decidir sobre o que fazer com as coisas,* pensou, soturno. Mas não havia nada a fazer àquela altura, então ele tratou de segurar todos os pensamentos faiscantes, transformou tudo numa densa bola vermelha e empurrou para os recônditos da mente.

– Tome, deixe Fanny dar. Ele confia nela.

Jane pegou o frasco contendo a dosagem que o dr. MacSardento havia preparado para Colenso e entregou à irmã. Fanny foi logo se sentando ao lado de Colenso, que se esforçava ao máximo para fingir que dormia, e começou a alisar a cabeça do rapaz, murmurando alguma coisa.

William inclinou a cabeça, fez um gesto para que Jane o acompanhasse e se afastou um pouco para não ser ouvido. Para sua surpresa, mesmo com o cérebro ocupado, uma parte aparentemente vinha de fato analisando a questão e tirando conclusões, pois ele tinha o esboço de um plano.

– O que eu sugiro é o seguinte – disse ele, sem preâmbulos. – Vou providenciar para que você e sua irmã recebam rações regulares do Exército, como seguidoras do acampamento, e viajem sob a minha proteção. Quando chegarmos a Nova York, dou a vocês 5 libras, e aí vocês se viram. Em troca... – Jane não chegou a sorrir, mas uma covinha brotou em uma das bochechas. – Em troca, vocês cuidam do meu empregado e do meu cavalariço, tratam as mazelas dos dois e garantem que estejam razoavelmente bem assistidos. E você será a minha lavadeira.

– Lavadeira?! – A covinha sumiu de repente, substituída por um olhar de total perplexidade.

– Lavadeira – reiterou William, com teimosia.

William sabia qual proposta ela estava esperando, e ele estava bastante surpreso por não tê-la feito. Mas ele não poderia, tendo os pensamentos em Rachel e Anne Endicott tão frescos na mente. Nem com toda aquela fúria profunda contida, incensada pela ideia de que não merecia uma mulher, e sim uma prostituta.

– Mas eu não sei lavar roupa!

– Será que é tão difícil? – indagou ele, com toda a paciência. – Você lava as minhas roupas. Não põe goma nas minhas gavetas. É só isso, não é?

– Mas... mas... – Jane parecia horrorizada. – Precisa ter uma... chaleira! Uma forquilha, pá, alguma coisa para mexer... Sabão! Eu *não* tenho sabão!

– Ah, bom... – William enfiou a mão no bolso, viu que estava vazio, então tentou o outro, que continha 1 guinéu, 2 centavos e 1 florim. Entregou a ela o guinéu. – Compre o que precisar.

A mulher encarou a moeda de ouro na palma da mão, com o semblante absolutamente perdido. Abriu a boca, e então tornou a fechá-la.

– Qual é o problema? – perguntou William, impaciente.

Jane não respondeu, mas uma vozinha atrás dele, sim.

– *Eua ão fabe.*

Ele girou e deu de cara com Fanny, que o encarava por sob a aba do chapéu, as bochechas delicadas ruborizadas pelo pôr do sol.

– O quê?

Fanny apertou a boquinha tensa, e as bochechas ficaram ainda mais coradas.

– *Eua... ão... fabe* – repetiu ela, insistente.

Jane deu dois passos e alcançou Fanny, abraçando a irmã e olhando feio para William.

– Minha irmã tem a língua presa – explicou, desafiando-o a fazer qualquer brincadeira. – Por isso tem medo de médicos. Acha que eles vão amputar a língua dela se descobrirem.

Ele respirou fundo, bem devagar.

– Entendi. E o que ela disse foi "Ela não sabe"? Está se referindo a você, certo? E o que você não sabe?

– *Diêo* – sussurrou Fanny, agora olhando para o chão.

– Di... dinheiro? – Ele fitou Jane. – Você não sabe como...

– Eu nunca *tive* dinheiro! – soltou ela, jogando o guinéu no chão aos pés dele. – Sei os nomes das moedas, mas não sei o que se pode comprar com elas, a não ser... a não ser... o que se compra num bordel! Minha boceta vale 6 xelins. Minha boca, 3. E minha bunda vale 1 libra. Mas, se alguém *me* dá 3 xelins, eu não sei se consigo comprar um pedaço de pão ou um cavalo! Eu nunca comprei *nada*!

– Você... está dizendo...? – William, de tão embasbacado, não conseguia organizar as palavras em uma frase. – Mas você tem remuneração. Você disse...

– Sou prostituta desde os 10 anos! – Ela tinha os punhos cerrados, os nós dos dedos bem visíveis sob a pele. – Eu nem *vejo* minha remuneração! A sra. Abbott gasta tudo com as minhas... nossas... comidas e roupas. Eu nunca tive um centavo em meu nome. E agora você me dá... *isso*... – Jane pisou com força no guinéu, afundando-o no solo. – E me manda ir comprar uma chaleira? Onde? De quem?!

Sua voz estava trêmula e o rosto mais vermelho do que se estivesse sob o sol poente. Jane estava furiosa, mas também quase às lágrimas. William queria tomá-la nos braços e lhe fazer um carinho, mas achou que teria boas chances de perder um dedo.

– Quantos anos Fanny tem? – perguntou, em vez disso.

Ofegante, ela levantou a cabeça.

– Fanny? – indagou, inexpressiva.

– *Tenho 11* – disse Fanny, atrás dele. – *Deixe eua em paz!*

William se virou e viu a garota, que o encarava, com um pedaço de pau na mão. Ele poderia ter gargalhado, não fosse a expressão da menina... e o que ele acabava de saber. Deu um passo para trás, para observar as duas ao mesmo tempo. Como ímã e ferro, elas se grudaram uma à outra, encarando-o com desconfiança.

376

o queixo para o estandarte murcho, do lado oposto ao extenso acampamento, porém claramente visível. – Vá até lá. É o quartel-general do comandante. Diga a um dos oficiais quem você está procurando. Eles vão encontrá-lo para você, entre a milícia.

– Ah, não será necessário – assegurou Germain. – *Grandpère* vai estar lá.

– Onde?

– Com o general Washington – retrucou o garoto, com a exagerada paciência de alguém forçado a tratar com um ignorante. – Ele também é general. O senhor não sabia disso?

Antes que Grey pudesse responder àquela porção de admirável inteligência, Germain já havia disparado na direção do estandarte ao longe.

Grey arriscou uma olhadela por sobre o ombro, mas Perseverance Wainwright havia desaparecido, bem como os oficiais continentais, deixando apenas alguns tenentes conversando.

Ele pensou em vários xingamentos, alternando Jamie Fraser e Percy Wainwright como alvos de uma série de ataques violentos de natureza pessoal. *O que aqueles dois estavam fazendo ali?* Ele torceu os dedos, querendo estrangular alguém, mas refreou o inútil ímpeto em prol da decisão sobre o que faria então.

Começou a caminhar apressado, sem uma ideia clara de destino. Percy o tinha visto. Jamie não, mas poderia encontrá-lo a qualquer momento. *Um general? Bem, não há tempo para pensar nisso agora. O que qualquer um dos dois poderia fazer a respeito?*

Ele não via Percy – ex-amante, ex-irmão, espião francês e excessivamente crítico – desde a última conversa entre os dois, na Filadélfia, alguns meses antes. Na primeira vez em que Percy tinha ressurgido na vida de Grey, ensaiara uma tentativa de sedução – mais política do que física, embora Grey imaginasse que ele não hesitaria frente à física também. Era uma oferta do governo britânico: o retorno à França do valioso Território Noroeste, em troca da promessa dos "interesses" de Percy em impedir que o governo francês se aliasse às colônias americanas.

Por obrigação, ele tinha levado a oferta discretamente a lorde North, então a apagou da mente, junto com Percy. Não fazia ideia do que o primeiro-ministro havia feito com a proposta – ou se havia feito alguma coisa.

De todo modo, agora é tarde, pensou. A França havia assinado um tratado com as colônias rebeldes em abril. Ainda era preciso ver, porém, se o tratado resultaria em algo tangível em termos de apoio. Os franceses tinham a fama de serem imprevisíveis.

E agora? Seu instinto de autopreservação o impelia a se embrenhar silenciosamente pelo acampamento e desaparecer. Germain não contaria a Jamie que ele estava ali; essa fora a combinação entre os dois. Duas considerações o seguravam, porém: em primeiro lugar, ele ainda não sabia onde estava o Exército Britânico, ou a que distância. E, em segundo, uma curiosidade quanto a Percy, que ele reconhecia como imprudente e perigosa.

Ele seguiu avançando. Agora se encontrava caminhando junto ao reverendo Woodsworth. O rosto do pastor alto estava tomado de uma empolgação tão grande que contrastava com o semblante normal do homem, sempre muito calmo e digno. Grey não pôde evitar um sorriso.

– Deus nos trouxe até aqui sãos e salvos, Bert – disse Woodsworth, com um brilho nos olhos. – E Ele vai nos garantir a vitória, eu tenho certeza!

– Ah. – Grey procurou uma resposta, descobrindo, para sua surpresa, que era incapaz de concordar com aquela afirmação. – Eu não posso adivinhar a intenção do Todo-Poderoso, mas confio que Ele nos preservará, em Sua misericórdia.

– Belas palavras, Bert. Belas palavras – concluiu Woodsworth, com um sonoro tapinha em suas costas.

60

QUACRES E OFICIAIS

Jamie encontrou Nathanael Greene em sua tenda e ainda de camisa, com os resquícios do café da manhã à sua frente, franzindo o cenho para uma carta na mão. Ao avistar Jamie, baixou a carta no mesmo instante e se levantou.

– Entre, por favor! O senhor já comeu alguma coisa hoje? Sobrou aqui um dos meus ovos.

Greene sorriu brevemente. A questão que o preocupara na carta ainda pairava nas rugas de sua fronte. Jamie olhou a carta de soslaio. Pelos borrões e cantos irregulares, parecia uma correspondência doméstica, não uma nota oficial.

– Já comi, obrigado – disse Jamie, com um leve aceno de cabeça para o ovo, que jazia negligenciado em uma taça de madeira com a pintura floreada de um coração. – Só estava pensando… Se o senhor estiver pretendendo cavalgar hoje, posso acompanhá-lo?

– Claro! – respondeu Greene surpreso, porém alegre. – Seus conselhos me serão muito bem-vindos, general.

– Talvez possamos compartilhar sabedoria – sugeriu Jamie. – Pois eu devo valorizar seus conselhos também, embora talvez em relação a assuntos diferentes.

Greene, que vestia o casaco, parou no meio da ação.

– É mesmo? E qual seria o assunto?

– Casamento.

Greene fez uma educada tentativa de disfarçar o espanto. Ao mesmo tempo, sentia outra coisa. Ele olhou para trás, para a carta que jazia sobre a mesa, e ajeitou o casaco nos ombros.

– Também estou precisando de bons conselhos sobre *esse* assunto, general Fraser – disse ele, contorcendo os lábios. – Vamos andando, então.

Os dois saíram do acampamento pelo lado noroeste. Greene estava equipado de uma bússola velha, e Jamie desejou por um instante ainda ter o astrolábio dourado que William lhe enviara de Londres a pedido de lorde John. O objeto havia perecido quando a casa-grande foi incendiada, embora a onda de sensações sombrias que o percorria agora tivesse mais a ver com o pensamento sobre John Grey do que com o fogo e suas consequências.

A princípio, a conversa girou apenas no assunto mais próximo: a localização de armazéns de suprimentos ao longo da provável linha de marcha. Não havia dúvida sobre o rumo que o Exército Britânico vinha tomando; um corpo tão grande, com um gigantesco trem de bagagens e distantes grupos de seguidores, era bastante limitado na escolha de rotas.

– Sim, está de bom tamanho – disse Jamie, concordando com a sugestão de Greene de uma fazenda abandonada. – Acha que o poço está bom?

– Estou inclinado a descobrir – retrucou Greene, virando seu cavalo em direção à fazenda. – O calor já está infernal. Ao meio-dia vai estar bem pior.

Estava quente. Eles haviam retirado a gravata e o casaco, e agora cavalgavam apenas de camisa, os casacos sobre o arco da sela. Jamie sentia a camisa de linho colada às costas, o suor lhe escorria pelas costelas e pelo rosto. Felizmente, o poço *ainda* estava bom: a água cintilava lá embaixo, muito visível, e uma pedra atirada devolveu um satisfatório som de impacto na água.

– Confesso que fico surpreso em saber que o senhor está querendo conselhos maritais, general – comentou Greene, tendo primeiro bebido sua porção, então virado um balde cheio d'água na cabeça. Piscou para remover as gotas, sacudiu-se feito um cachorro e entregou o balde a Jamie, que assentiu, agradecido. – Eu imaginava que sua união fosse muito harmoniosa.

– Ah, sim. Não é com o meu casamento que estou preocupado – respondeu Jamie, grunhindo um pouco ao puxar o balde cheio de água fresca, pois o cabrestante havia apodrecido e ele fora obrigado a pegar uma corda de seu alforje. – O senhor conhece um jovem batedor de nome Ian Murray? É meu sobrinho.

– Murray. Murray… – Greene passou um instante sem expressão, mas então teve um vislumbre. – Ah, ele! É seu sobrinho? Achei que fosse um índio. Me custou 1 guinéu naquela corrida. Minha mulher não ficou nem um pouco contente. Não que ela esteja contente agora… – acrescentou ele, com um suspiro. Evidentemente a carta *havia* sido doméstica.

– Bom, eu posso persuadi-lo a devolvê-la – disse Jamie, abafando um sorriso – se o senhor conseguir ajudá-lo a se casar.

Ele ergueu o balde no alto da cabeça e se permitiu um instante de alegria, enquanto o banho de água fresca suavizava o calor. Suspirou fundo, com gratidão, sentindo o aroma das pedras úmidas do fundo do poço, e também se sacudiu.

– Ele pretende se casar com uma moça quacre – anunciou Jamie, abrindo os olhos.

– Eu soube que o senhor era amigo quando o ouvi falar com a sra. Hardman, na ocasião em que nos conhecemos. Então, o senhor poderia me dizer quais são os requisitos necessários para tais casamentos?

Se Greene tinha ficado surpreso em descobrir que Ian era sobrinho de Jamie, a notícia pareceu tê-lo deixado sem palavras. Ele ficou parado um instante, remexendo os lábios, como se tentando sorver alguma palavra a dizer. Por fim, encontrou.

– Bom – começou ele. Parou um instante, pensativo, e Jamie esperou pacientemente.

Greene era um homem de opiniões bastante fortes, mas não as concedia de forma apressada. Jamie, no entanto, ficou pensando o que haveria para refletir em relação à pergunta. Será que os quacres possuíam costumes ainda mais esquisitos do que ele pensava?

– Bom – repetiu Greene, então exalou o ar e ajeitou os ombros –, devo explicar que já não me considero um amigo, general, embora tenha, de fato, sido criado nessa seita. – Ele disparou um olhar firme a Jamie. – E devo acrescentar que a causa de minha partida foi o desgosto por suas maneiras obtusas e supersticiosas. Se o seu sobrinho pretende se tornar um quacre, recomendaria que o senhor fizesse o possível para demovê-lo da ideia.

– Ah. Bom, isso é parte da dificuldade, eu presumo – respondeu Jamie, num tom monocórdio. – Ele não pretende virar quacre. E acho que é uma decisão sábia. Ele não tem o perfil.

Ao ouvir isso, Greene relaxou um pouco, limitando-se a abrir um sorriso, ainda que meio azedo.

– Fico feliz em ouvir isso. Mas ele não se opõe caso a mulher permaneça uma amiga?

– Acho que tem o bom senso de não sugerir tal coisa.

Isso fez Greene soltar uma risada.

– Talvez então ele lide muito bem com o casamento.

– Ah, ele será um marido adorável para a moça, eu não tenho dúvida. Celebrar o casamento é que parece ser a dificuldade.

– Ah, sim! – Greene olhou em volta, enxugando o rosto molhado com um lenço. – Isso de fato pode ser *muito* difícil, se a jovem… Deixe-me pensar um instante. Enquanto isso… o poço está bom, mas não podemos guardar pólvora aqui. Não tem muita cobertura, e fiquei sabendo que esse tempo costuma anteceder tempestades.

– Provavelmente tem uma adega subterrânea nos fundos – sugeriu Jamie.

E havia. Não tinha porta, e um emaranhado de vinhas pálidas, finas e compridas brotara de um saco de batatas apodrecidas abandonado num canto, as gavinhas rastejando em lento desespero em direção à luz.

– Dá para o gasto – decidiu Greene, com uma anotação a lápis no caderno que carregava para todo canto. – Vamos em frente, então.

Eles deram água para os cavalos, molharam um pouco o corpo e seguiram em frente, um pouco mais refrescados. Greene não era de muita conversa, e eles passaram os 2 ou 3 quilômetros seguintes sem conversar. Por fim, chegou a uma conclusão acerca de seus processos mentais.

– A principal coisa a ter em mente em relação aos amigos – disse, sem preâmbulos – é que eles são muito dependentes da companhia e das opiniões dos outros… a ponto de excluir o mundo para além de suas reuniões. – Ele disparou um olhar a Jamie. – Seu sobrinho é conhecido da reunião da jovem?

– Hum – murmurou Jamie. – O irmão da moça e ela foram expulsos da reunião… em um lugar na Virgínia, quando ele decidiu atuar como cirurgião para o Exército Continental. Ou talvez ele tenha sido expulso, e ela apenas o tenha apoiado. Não sei se isso faz diferença.

– Ah, entendo. – Greene descolou a camisa molhada do corpo, na esperança de refrescar um pouco a pele, mas foi em vão. O ar estava espesso feito um cobertor de lã em um campo quente. – Um "quacre brigão", como chamam?

– Não, ele não vai pegar em armas – garantiu Jamie a Greene –, mas, ao que parece, ofendeu a reunião só por ter ligações com o Exército.

Greene soltou uma bufada, aparentemente bastante pessoal, e Jamie pigarreou.

– Na verdade, Denzell Hunter… o dr. Hunter… também está noivo. Embora o caminho talvez seja um pouco mais suave, visto que sua noiva se tornou quacre.

– Ela frequenta uma reunião? – perguntou Greene, em um tom penetrante.

Jamie balançou a cabeça.

– Não, parece que a conversão foi um… evento privado. Soube que os quacres não têm clérigo nem ritual…? – indagou ele, com a delicadeza de deixar a coisa no ar, e Greene soltou outra bufada desdenhosa.

– Não têm. Mas eu garanto, general, que não há nada verdadeiramente privado na vida dos amigos… Certamente não no âmbito espiritual. Meu pai se opunha à leitura, achava que era uma prática que apartava uma pessoa de Deus. Quando eu era rapaz, não apenas lia, como comecei a colecionar trabalhos sobre estratégia militar, coisa que muito me interessava, então fui levado ao comitê de análise da nossa reunião e submetido a perguntas quanto a… Bom, como eu falei, já não sou integrante dessa seita.

Ele soltou uns murmúrios, franzindo o cenho para a estrada à frente. Jamie notou que, mesmo em meio à preocupação, Greene estava sempre atento aos arredores.

Ele já tinha percebido certa vibração no ar e imaginava se Greene também. Não era um barulho. Era algo que ele conhecia muito bem: um grande corpo de homens e cavalos, distantes demais para verem a poeira deles… Sim! Eles haviam encontrado o Exército Britânico.

Ele reduziu um pouco a marcha, perscrutando com cuidado as árvores à frente, para o caso de haver batedores britânicos – pois os britânicos certamente sabiam que estavam sendo seguidos àquela altura.

A audição de Greene era menos apurada, ou talvez ele apenas estivesse preocupado, pois olhou para Jamie, surpreso, mas também reduziu a marcha. Jamie levantou a mão para calá-lo, então ergueu o queixo. Alguém vinha na direção deles, seguindo a estrada. O som de cascos era audível. O cavalo de Jamie ergueu o focinho e soltou um grunhido interessado, dilatando as narinas.

Os dois homens estavam armados. Greene colocou a mão sobre o mosquetão preso à sua sela. Jamie manteve o rifle preso, mas conferiu se as pistolas nos coldres da sela estavam preparadas. Era estranho disparar uma arma comprida sobre o lombo de um cavalo.

Mas o cavaleiro avançava devagar. Jamie relaxou a mão sobre o cabo da pistola e balançou a cabeça para Greene. Os dois puxaram as rédeas, à espera, e no instante seguinte o cavaleiro ficou à vista.

– Ian!

– Tio Jamie!

Ao ver o tio, o rosto de Ian se iluminou de alívio, e não era para menos. Vestia trajes mohawk, calça justa de camurça e camisa de algodão, com penas no cabelo, e uma carcaça grande, cinzenta e peluda jazia sobre o arco da sela, o sangue escorrendo lentamente pela pata do cavalo.

O animal, no entanto, não estava morto. Rollo se mexeu e ergueu a cabeça, lançando aos recém-chegados um olhar amarelo e lupino, mas reconheceu o cheiro de Jamie, soltou um latido e começou a arquejar, com a língua para fora.

– O que houve com o cachorro? – perguntou Jamie, chegando mais perto.

– O idiota caiu em uma armadilha – respondeu Ian, franzindo o cenho para o cão, em censura. Então afagou com delicadeza o pelo do cachorrão. – Mas, ora, eu mesmo teria caído se ele não tivesse ido na minha frente.

– Está muito ferido? – perguntou Jamie.

Enquanto conversavam, Rollo dispensava ao general Greene seu costumeiro olhar avaliativo, um olhar que fazia a maioria das pessoas recuar um pouco. Ian balançou a cabeça, com a mão enroscada no pelo de Rollo para firmar seu corpo.

– Não, mas ele cortou a pata e está manco. Estava procurando um lugar seguro onde deixá-lo; preciso me reportar ao capitão Mercer. Agora, vendo que o senhor está aqui… Ah, bom dia para o senhor – disse ele a Greene, cujo cavalo *havia* recuado em resposta a Rollo e no momento indicava forte desejo de seguir em frente, a despeito da inclinação de seu cavaleiro. Ian esboçou uma mesura e se virou outra vez para Jamie. – Tio Jamie, será que o senhor poderia levar Rollo de volta e pedir à tia Claire que cuide da pata dele?

– Ah, sim – concordou Jamie, resignado, então desceu da sela, tateando em busca do lenço empapado. – Deixe-me primeiro amarrar a pata dele. Não quero sujar a minha calça de sangue, e o cavalo também não vai gostar.

Greene soltou um pigarro.

– O senhor mencionou que precisa se reportar, sr… Murray? – perguntou ele, com uma olhada de esguelha para Jamie, que assentiu. – Talvez pudesse entregar a mim, bem como ao capitão Mercer, o benefício de seu relatório?

– Sim, senhor – disse Ian, com satisfação. – O exército está dividido agora em três grupos, com uma grande fileira de carroções de bagagem no meio. Até onde pude ver, já que troquei umas palavras com outro batedor que havia seguido até o fim da coluna, estão rumando para um lugar chamado Freehold. O solo não é muito bom para o ataque, irregular feito um guardanapo usado, todo entrecortado por ravinas e córregos erráticos, mas o outro batedor me contou que tem uns prados mais à frente que podem ser palco de uma batalha, e o senhor pode atraí-los até lá ou levá-los para longe.

Greene fez perguntas pontuais, algumas das quais Ian pôde responder, outras que não pôde, enquanto Jamie se ocupava da tarefa de amarrar a pata do cachorro. A ferida estava feia, causada por uma estaca, porém não muito profunda. Ele esperou que a estaca não estivesse envenenada. Os índios às vezes faziam isso, para o caso de um cervo ou texugo ferido escapar da armadilha.

O cavalo de Jamie não ficou muito animado com a perspectiva de carregar o animal no lombo, mas foi persuadido. Os dois, com algumas olhadelas nervosas para trás, montaram seus animais.

– *Fuirich, a choin* – disse Ian, aproximando-se e dando uma coçadinha atrás das orelhas de Rollo. – Eu já volto, sim? *Taing*, tio!

Então, com um breve aceno de cabeça para Greene, ele se foi. Seu próprio cavalo claramente preferia manter a maior distância possível de Rollo.

– Deus do céu! – exclamou Greene, torcendo o nariz para o fedor do cachorro.

– Pois é – disse Jamie, resignado. – Minha mulher diz que nos acostumamos a todo tipo de cheiro, depois de um tempo. Ela está acostumada, sabe?

– Por quê? Ela é cozinheira?

– Ah, não. É médica. Gangrena, pústula nas tripas, coisa assim.

Greene pestanejou.

– Entendi. O senhor tem uma família muito interessante, sr. Fraser. – Ele tossiu e olhou para trás, para Ian, que desaparecia rapidamente a distância. – Talvez esteja errado sobre ele nunca se tornar um quacre. Pelo menos ele não baixa a cabeça para um título.

61

UMA TRÍADE VISCOSA

Jamie retornou do passeio com o general Greene molhado e desgrenhado, mas bastante fresco – e com Rollo, desgostoso e ensanguentado, porém não muito ferido.

– Ele vai ficar bem – falei, coçando com delicadeza as orelhas do animal. A ferida sangrava bastante, mas não era profunda. – Acho que não vou precisar dar ponto.

– Não a culpo nem um pouco, Sassenach – disse Jamie, olhando para o cachorro, que havia sofrido com a limpeza, a pomada e o curativo na pata. – Onde estão as minhas meias boas?

– Na valise, com as outras roupas – respondi, paciente. – No mesmo lugar em que se encontram em todas as manhãs. Você sabe disso, com certeza.

– Sei – admitiu ele. – É que gosto quando cuida de mim.

– Muito bem. – Fui apanhar as meias. – Quer que eu as vista também?

– Não, deixe que eu faço – respondeu ele, pegando o par. – Mas você consegue encontrar a minha camisa?

– Acho que sim – assenti, tirando a camisa da mesma valise e a sacudindo. – Como estava o general Greene essa manhã?

– Bem. Eu lhe perguntei sobre o estilo de casamento dos quacres – comentou Jamie, enfiando pela cabeça a camisa branca limpa, a *única* que tinha, como apontei a ele. – A evidente dificuldade é que Denzell e Rachel não fazem parte de nenhuma reunião nativa, como se diz. Não é que não possam se casar, mas, para fazer isso da maneira apropriada, seria necessário envolver toda a reunião. Tem uma coisa chamada comitê de transparência, que se reúne com os noivos para aconselhá-los e garantir que ambos são adequados e que têm noção do que pretendem fazer. – Ele encaixou as mangas da camisa e escancarou um sorriso para mim. – Não pude evitar de pensar, enquanto ele falava comigo, o que um comitê desses teria a dizer sobre nós quando nos casamos.

– Bom, eles não teriam muita noção, tanto quanto nós não tínhamos – respondi, achando graça. – Será que iriam nos considerar adequados?

– Se vissem o jeito como eu olhava para você, Sassenach… ah, sim, teriam. – Ele me beijou de leve e olhou em volta, procurando a escova de cabelo. – Pode trançar meu cabelo para mim? Não posso examinar as tropas desse jeito. – Ele havia prendido os cabelos de qualquer jeito, com uma tira de couro, as mechas úmidas coladas ao rosto.

– Claro. Quantos você vai examinar? E quando? – Eu o sentei no banquinho e comecei a escovar. – Andou escavando a terra, por acaso? Está com pelos de cachorro, folhas no cabelo e aquelas sementes aladas das árvores velhas. Sem falar *nisso* aqui!

Removi com cuidado uma pequenina lagarta verde, que havia se enroscado em seus cachos, e mostrei a ele, empoleirada em meu indicador, muito curiosa.

– *Thalla le Dia* – disse ele à lagarta. *Vá com Deus.* Transferiu-a com cuidado para o próprio dedo, levou-a à aba da tenda e a soltou na grama. – Todos, Sassenach – respondeu ele, sentando-se outra vez. – Minhas últimas duas companhias chegaram hoje de manhã. A essa altura os homens já devem estar alimentados e um pouco descansados. Eu pretendia perguntar se você poderia vir comigo e dar uma olhada neles? Para ver se alguém precisa ficar longe da batalha ou para ajeitar os que precisarem de algum conserto.

– Sim, claro. Quando?

– Daqui a uma hora na praça de armas, se puder. – Ele correu a mão pelo reluzente rabicho ruivo, dobrado e preso com fita e clava junto à nuca. – Ah, magnífico. No mais, estou decente?

Ele se levantou e espanou umas folhinhas soltas da manga. Sua cabeça tocava o alto da tenda. Ele estava reluzente – de sol, energia e empolgação contidas da ação iminente.

– Está parecendo Marte, o maldito deus da guerra – respondi, em tom seco, entregando-lhe o colete. – Tente não assustar os homens.

Ele franziu a boca e vestiu o colete.

– Eu quero ser temido, Sassenach – afirmou, muito sério. – É a única forma de fazer todos saírem dessa vivos.

Com uma hora para gastar, peguei meu estojo de suprimentos médicos e rumei para a grande árvore onde os doentes do acampamento costumavam se reunir. Quando tinham tempo, os médicos do Exército cuidavam tanto dos soldados quanto dos seguidores. Mas eles não tinham tempo hoje.

Encontrei a corriqueira gama de pequenos ferimentos e indisposições: uma farpa bastante profunda (e infeccionada, requerendo uma pomada secante, seguida de extração, desinfecção e aplicação de curativo), um polegar deslocado (ocasionado por um chute desferido contra um parceiro de jogo, mas fácil de resolver), um lábio aberto (que requeria um ponto e um pouco de unguento de genciana), um imenso corte no pé (resultado de desatenção durante o corte de lenha, o que precisou de 28 pontos e um enorme curativo), uma criança com infecção no ouvido (prescrição de cataplasma de cebola e chá de casca de salgueiro), outra com dor de barriga (chá de hortelã e uma grande advertência quanto à ingestão de ovos apanhados em ninhos de origem desconhecida), entre outros.

Deixei de lado os poucos pacientes que necessitavam de medicamentos, até terminar de tratar os ferimentos. Então, de olho atento ao sol, conduzi todos para fora da tenda e distribuí pacotes de casca de salgueiro, hortelã e folhas de cânhamo.

A aba da tenda estava aberta. Eu tinha certeza de que a havia fechado... Ao meter a cabeça dentro da tenda parcamente iluminada, parei. À minha frente havia uma figura comprida, pega no flagra saqueando o meu baú de remédios.

– O que está fazendo? – perguntei, muito ríspida, e o sujeito deu um pinote, assustado.

Meus olhos, já adaptados à escuridão, viram que o ladrão era um oficial continental, um capitão.

– Peço perdão, madame – disse o homem, com uma mesura perfunctória. – Ouvi dizer que havia um estoque de medicamentos aqui. Eu...

– Há, sim. E é meu – respondi, talvez meio insolente, mas suavizei um pouco o tom. – Do que o senhor está precisando? Imagino que possa ceder um pouco...

– Seu? – Ele olhou o baú, nitidamente um móvel caro, feito por mãos profissionais, então me encarou, as sobrancelhas erguidas. – O que *a senhora* está fazendo com uma coisa dessas?

Várias respostas passaram pela minha cabeça, mas eu já havia me recuperado da surpresa de vê-lo, de modo que não verbalizei nenhuma delas.

– Posso saber quem é o senhor? – retruquei, em tom neutro.

– Ah. – Levemente agitado, ele me cumprimentou com uma mesura. – Peço perdão. Capitão Jared Leckie, seu servo, madame. Sou médico do segundo regimento de Nova Jersey.

Ele me encarou, avaliativo, claramente se perguntando quem *eu* era. Eu usava por sobre o vestido um avental de lona com bolsos espaçosos, que continham toda a sorte de pequenos instrumentos, curativos, frascos, potes de unguentos e líquidos. Também havia tirado meu chapéu de aba larga ao entrar na tenda e, como de costume, não usava touca. Eu *tinha* amarrado os cabelos, mas eles haviam se soltado, e cachos úmidos se aderiam às minhas orelhas. Ele suspeitou que eu fosse uma lavadeira, que tivesse vindo recolher a roupa suja... ou talvez coisa pior.

– Eu sou a sra. Fraser – apresentei-me, finalizando com o que esperava ser um meneio de cabeça gracioso. – Ahn... sra. *general* Fraser, digo – acrescentei, vendo que ele parecia pouco impressionado.

O homem ergueu as sobrancelhas e me avaliou de cima a baixo, detendo-se nos bolsos superiores de meu avental, que exibiam um rolo de atadura todo bagunçado, despontando para fora, e um frasco de assa-fétida com a rolha solta, exalando um delicado fedor por sobre os outros notáveis odores do acampamento. Era comumente conhecida como "estrume do diabo", e não era para menos. Eu peguei o frasco e ajeitei a rolha com firmeza, o que pareceu, de alguma forma, tranquilizá-lo.

– Ah! O general é médico, percebo – disse o homem.

– Não – respondi, percebendo que teria um penoso trabalho com o capitão Leckie, que parecia jovem e não muito inteligente. – Meu marido é militar. *Eu* sou médica.

Ele me encarou como se eu tivesse dito que era prostituta. Então cometeu o equívoco de presumir que eu estava brincando e soltou uma gargalhada.

Neste momento, a mãe de uma criança de 1 ano com otite enfiou a cabeça entoucada dentro da tenda, muito hesitante. Trazia nos braços o menininho, que estava aos berros e muito vermelho.

– Ah, querido – falei. – Desculpe por fazê-la esperar, sra. Wilkins. Pode entrar; vou pegar a casca para ele.

O capitão Leckie franziu o cenho para a sra. Wilkins e acenou para que ela entrasse. Ela me encarou, meio nervosa, mas permitiu que ele se inclinasse para olhar o pequeno Peter.

– Ele tem um dentinho difícil – disse Leckie, em tom acusativo, depois de correr o polegar sujo pela boca cheia de saliva do menino. – Precisa de uma incisão na gengiva, a fim de abrir passagem para o dente.

Ele começou a tatear o bolso, onde sem dúvida havia um bisturi ou uma lanceta não esterilizados.

– Ele está trocando de dentição – concordei, despejando um punhado de pedaços de casca de salgueiro no almofariz. – Mas também está com otite, e o dente deve despontar a seu próprio tempo, nas próximas 24 horas.

O homem se virou para mim, indignado e estupefato:

– A senhora está me contradizendo?

– Bom, estou – respondi, em tom suave. – O senhor está errado. Se quiser, dê uma olhada no ouvido esquerdo. Está…

– Minha senhora, eu sou diplomado pela Escola Médica da Filadélfia!

– Parabéns – retruquei, começando a me irritar. – Mesmo assim, está errado.

Tendo deixado o homem momentaneamente mudo, terminei de moer a casca e depositei o pó em um quadradinho de gaze, que dobrei com cuidado e entreguei à sra. Wilkins, com instruções para a preparação e a administração da infusão, bem como a aplicação do cataplasma de cebola.

Ela pegou o embrulho como se fosse uma bomba, olhou rapidamente para o capitão Leckie e saiu apressada. Tal qual uma sirene, os uivos do pequeno Peter foram se distanciando.

Respirei fundo.

– Pois bem – falei, no tom mais agradável possível. – Se estiver precisando de ervas medicinais, dr. Leckie, eu tenho um ótimo estoque. Posso…

O capitão tinha se empertigado, como uma garça a encarar um sapo, os olhos fulgentes e hostis.

– Seu servo, madame – disse, curto e grosso, e passou por mim, pisando firme.

Revirei os olhos. Havia uma criatura presa ao tecido, parecida com uma lagartixa, encarando-me com o semblante inexpressivo.

– Como fazer amigos e influenciar pessoas – comentei para a pequena. – Tome nota.

Então, puxei a aba da tenda e convidei o próximo paciente a entrar.

Precisei correr para encontrar Jamie, que estava prestes a começar os exames quando cheguei, enrolando os cabelos de qualquer jeito e enfiando-os depressa sob o chapéu de aba larga. Estava um dia muitíssimo quente. Depois de poucos minutos debaixo do sol, meu nariz e minhas bochechas já ardiam.

Jamie me dispensou uma mesura solene e começou a avançar por entre a fileira de homens alinhados para inspeção, cumprimentando-os, saudando os oficiais, fazendo perguntas, pedindo que o ajudante de ordens anotasse as tarefas por cumprir.

O ajudante de ordens era o tenente Schnell – um ótimo rapaz alemão de 19 anos da Filadélfia –, e os dois estavam acompanhados de um cavalheiro robusto que eu não conhecia, mas presumi, pelo uniforme, ser o capitão das companhias que estavam sendo inspecionadas. Coloquei-me atrás deles, sorrindo para os homens e, ao mesmo tempo, de olho atento a qualquer sinal de doença, ferimento ou deficiência. Os casos de embriaguez eu tinha certeza de que Jamie era capaz de detectar sem a minha opinião de especialista.

Havia trezentos homens, pelo que ele dissera, e a maioria estava muito bem. Segui caminhando e meneando a cabeça. Sem muito decoro, comecei a fantasiar uma circunstância na qual encontrava o capitão Leckie se contorcendo de dor, a qual eu graciosamente aliviaria, forçando o homem a se humilhar e a pedir desculpas por sua atitude condenável. Eu tentava escolher entre uma bala de mosquetão cravada no traseiro, uma torsão testicular ou uma paralisia de Bell, quando captei o vislumbre de algo estranho na fileira.

O homem à minha frente estava parado, rígido feito uma flecha, em posição de ombro-arma, os olhos fixos à frente. Perfeitamente correto, mas nenhum outro na fila fazia o mesmo. Os milicianos eram muitíssimo capazes, mas não costumavam ver sentido na meticulosidade militar. Eu olhei para o soldado, passei por ele… então olhei para trás.

– Meu Deus! – exclamei, e apenas por puro acaso Jamie não me ouviu, pois estava distraído com a chegada de um mensageiro.

Recuei dois passos afobados e espiei a aba do chapéu empoeirado e caído. O rosto ostentava linhas fortes, com um brilho sombrio e ominoso… e totalmente familiar.

– Maldição – murmurei, agarrando-o pela manga. – O que está *fazendo* aqui?

– Se eu contasse, você não acreditaria – sussurrou ele de volta, sem mexer um músculo do rosto ou do corpo. – Vá andando, minha querida.

Meu assombro era tanto que, de fato, eu teria seguido em frente se a minha atenção não tivesse sido atraída pela figurinha à espreita no fim da fileira, tentando passar despercebida, agachada atrás da roda de uma carroça.

– Germain! – gritei, e Jamie deu um giro, os olhos arregalados.

Germain enrijeceu o corpo e se virou para fugir, mas não dava mais tempo. O tenente Schnell, fazendo jus à sua reputação, disparou pela fileira e agarrou Germain pelo braço.

– É seu, senhor? – perguntou ele, olhando Jamie e Germain com curiosidade.

– É, sim – respondeu Jamie, com um tom que gelaria o sangue de muitos homens. – Que diabo…?

– Eu sou ordenança! – exclamou Germain, cheio de orgulho, tentando se desvencilhar das garras do tenente Schnell. – Meu lugar é aqui!

– Não é, não – retrucou o avô. – E como assim, "ordenança"? Ordenança de quem?

390

No mesmo instante, Germain olhou na direção de John. Ao perceber o próprio erro, desviou o olhar, mas era tarde demais. Jamie alcançou John em uma só passada e arrancou o chapéu de sua cabeça.

Somente quem conhecesse lorde John Grey conseguiria identificar seu rosto. Ele usava uma venda preta em um dos olhos, e o outro olho estava quase todo encoberto de sujeira e hematomas. Os frondosos cabelos louros estavam bem curtinhos e pareciam ter levado um banho de terra.

Com considerável autoconfiança, coçou a cabeça e entregou a Jamie o mosquetão.

– Eu me rendo ao senhor – disse John, em tom claro. – Ao senhor, pessoalmente. Meu ordenança também – acrescentou, tocando o ombro de Germain.

Perplexo, o tenente Schnell largou o garoto como se fosse um ferro quente.

– Eu me rendo, senhor – disse Germain, solene, e bateu continência.

Achei que pela primeira vez Jamie ficaria sem palavras. Não foi o caso. Ele inspirou com força pelo nariz e se virou para o tenente Schnell.

– Conduza os prisioneiros até o capitão McCorkle, tenente.

– Ahn… – entoei, em tom de desculpas. Um olho azul de expressão dura se virou para mim, de sobrancelha erguida. – Ele está ferido – completei, o mais suave possível, com um breve gesto na direção de John.

Jamie apertou os lábios um instante, mas assentiu.

– Leve os prisioneiros e a sra. Fraser à minha tenda. – Ouso dizer que foi por pura sensibilidade que percebi certa ênfase em "sra. Fraser". Sem parar para respirar, ele se virou para John: – Eu aceito sua rendição, coronel – soltou, em tom cortês, porém frio. – E sua liberdade condicional. Cuidarei do senhor mais tarde.

Com isso, ele deu as costas para nós três, de um jeito que apenas poderia ser descrito como ostensivo.

– O que aconteceu com o seu olho? – perguntei, encarando John.

Eu o instalara no catre da minha pequena tenda médica, com a aba aberta para receber o máximo possível de luz. O olho envolto no retalho de feltro estava bastante inchado, em um círculo preto e grudento. A carne por debaixo guardava uma fantástica paleta de verde, roxo e amarelo pálido. O olho em si estava vermelho feito uma anágua de flanela e, a julgar pelo estado de irritação das pálpebras, já vinha formando líquido com certa constância.

– Seu marido me esmurrou quando eu contei a ele que tinha dormido com você – respondeu John, muitíssimo confortável. – Espero que ele não tenha tido uma atitude semelhante ao reencontrá-la.

Se eu conseguisse emitir um grunhido escocês convincente, teria lançado mão. Como não conseguia, apenas cravei os olhos nele.

– Eu me recuso a falar sobre o meu marido com você. Deite-se!

Ele se acomodou no catre, encolhido.

– Ele falou que o golpeou duas vezes – prossegui, olhando a cena. – Onde foi a segunda?

– No fígado.

Ele tocou com cuidado o abdômen. Eu puxei a camisa e inspecionei os danos, que somavam outros espetaculares hematomas azuis junto à base da costela, descendo em direção à crista ilíaca e um pouco além.

– Não é aí que fica o fígado – informei a ele. – É do outro lado.

– Ah – disse John, com o olhar distante. – Sério? Tem certeza?

– Tenho. Eu sou médica. Deixe-me ver o seu olho.

Não esperei permissão, mas ele não resistiu. Inclinou-se para trás e encarou o teto da lona, enquanto eu afastava suas pálpebras. A esclera e a conjuntiva estavam muitíssimo inflamadas, e até a pouca luz fazia o olho lacrimejar em profusão. Ergui dois dedos.

– Dois – disse ele, antecipando-se. – E, antes que você comece a me mandar olhar de um lado para outro, de cima para baixo… eu não consigo. Consigo enxergar, embora esteja um pouco embaçado, e vejo tudo dobrado, o que é muito desagradável… mas não consigo mexer o olho. O dr. Hunter é da opinião de que um ou outro músculo esteja preso por uma espécie de osso. Ao que pareceu, ele não teve competência para lidar com a situação.

– Fico lisonjeada por você considerar que eu tenha.

– Eu confio plenamente nas suas habilidades, dra. Fraser – replicou ele, com educação. – Além do mais, tenho alguma escolha?

– Não. Fique quietinho, aí… Germain!

Eu vislumbrara de soslaio um movimento furtivo e cor-de-rosa. O fugitivo entrou, hesitante, com o semblante meio culpado.

– Não me conte o que tem debaixo da camisa – falei, percebendo algumas saliências suspeitas. – Não quero ser cúmplice de nenhum crime. Não, espere… Está vivo?

Germain cutucou a protuberância, embora não muito seguro, mas a coisa não se moveu, e ele balançou a cabeça.

– Não, *grandmère*.

– Que bom. Venha cá segurar isso aqui, sim?

Entreguei a ele o meu espelhinho de bolso, arrumei a aba da tenda de modo a permitir a entrada de um raio de sol, então posicionei a mão de Germain para refletir a luz no espelho e direcioná-la ao olho afetado. John soltou um leve gemido ao receber o brilho no olho, mas agarrou as laterais do catre com obediência e não se mexeu, embora o olho lacrimejasse terrivelmente. Isso era bom. Assim lavaria as bactérias, o que talvez facilitasse o movimento do globo.

Denny tinha razão, pensei, escolhendo meu menor instrumento de cauterização e o deslizando pela pálpebra inferior. Era o melhor objeto para o serviço, por ser plano, liso e em forma de espada. Eu não conseguia mover o globo ocular para cima. À menor pressão, John empalidecia. Era possível um leve deslocamento de um lado para outro. Dada a sensibilidade do rosto de John logo abaixo do olho, comecei a formar uma imagem mental das sequelas. Era praticamente certo que se tratava de algo chamado fratura orbital do tipo *"blow-out"*, na qual o delicado ossinho do assoalho orbital se partia e pressionava um pedacinho do olho – bem como parte do músculo reto inferior – para baixo, tocando o seio maxilar. A borda do músculo estava presa na fratura, imobilizando o globo ocular.

– Maldito *escocês* de sangue quente – falei, empertigada.

– Não foi culpa dele. Eu o provoquei – retrucou John, em tom alegre.

– Também não estou muito satisfeita com você – comentei, encarando-o com frieza. – Você não vai gostar disso, e vai ser bem feito. Pelos céus, como foi que...? Não, não me conte agora. Estou ocupada.

Ele cruzou as mãos sobre o estômago, com um olhar obediente. Germain soltou um risinho abafado, mas parou quando lancei a ele um olhar duro também.

Com os lábios cerrados, enchi uma seringa – a seringa de pênis do dr. Fentiman, que apropriado! – com soro fisiológico, para irrigação. Peguei meu pequeno fórceps com ponta de agulha. Dei mais uma olhadela no local, com a minha espátula improvisada, e preparei uma pequenina agulha curvada com uma sutura de categute úmida, cortada bem fininho. *Talvez* eu conseguisse resolver sem precisar suturar o músculo reto inferior. Tudo dependeria do desgaste da beirada do músculo, por razão de ter ficado preso muito tempo, e de como sobreviveria ao deslocamento... De qualquer maneira, era melhor ter a sutura à mão, em caso de necessidade. Eu esperava que não houvesse. O inchaço estava tão grande... mas eu não podia esperar vários dias até que diminuísse.

O que me preocupava não era tanto a imediata redução da fratura e a liberação do músculo, mas a possibilidade de adesão a longo prazo. O olho deveria ficar bem imóvel para ajudar na cicatrização, mas isso poderia fazer com que o músculo aderisse à órbita, congelando o olho de maneira permanente. Eu precisava revestir o local com algo escorregadio, algum elemento biologicamente indiferente e que não causasse irritação. Em minha época, eu usaria gotas de glicerina estéril, mas no momento... Talvez clara de ovo? *Melhor não*, pensei. O calor do corpo a cozeria, e aí?

– John!

Uma voz chocada atrás de mim me fez virar, de agulha na mão. Junto à aba da tenda havia um cavalheiro bastante agitado, de peruca elegante e terno de veludo cinza-azulado, a encarar meu paciente com perplexidade.

– O que aconteceu com ele? – inquiriu Percy Beauchamp, avistando-me ao fundo.

– Nada sério – respondi. – O senhor está...?

– Saia – disse John, em um tom que eu jamais ouvira sair de sua boca. Ele se sentou, encarando o recém-chegado com o olhar mais frio possível, o olho vermelho e lacrimejante. – Saia agora mesmo!

– O que está fazendo aqui, em nome de Deus? – indagou Beauchamp. Seu sotaque era britânico, mas com um leve toque francês. Ele deu um passo à frente e baixou a voz: – Virou rebelde?

– Não, não virei! Saia, já falei!

– Santo Deus, você… O que *aconteceu* com você?

Ele agora estava perto o bastante para contemplar o cenário completo: os cabelos cortados e sujos, as roupas desgrenhadas e imundas, os pés calçados em meias furadas no polegar e no tornozelo, o rosto deformado, com um olhar vermelho e injetado.

– Pois bem, olhe aqui – comecei, virando-me para Percy com firmeza e determinação.

– Este é o homem que estava procurando papai em New Bern ano passado – disse Germain, me interrompendo. Havia baixado o espelhinho e observava com interesse a cena que se desenrolava. – *Grandpère* diz que ele é mau.

Percy olhou para Germain, assustado, mas recuperou a compostura com impressionante rapidez.

– Ah. O proprietário de eminentes sapos – disse ele, com um sorriso. – Eu me recordo. Peter e Simon, eram os nomes? Um amarelo e um verde.

Germain se curvou em uma mesura respeitosa.

– Monsieur tem uma excelente memória – respondeu, muitíssimo educado. – O que o senhor quer com o meu papai?

– Excelente pergunta – comentou John, levando a mão sobre o joelho ferido, para observar melhor monsieur Beauchamp.

– Pois é. É *mesmo* uma boa pergunta – falei, em tom gentil. – Sente-se, sr. Beauchamp… e explique-se. E *você* – acrescentei, pegando John com firmeza pelos ombros –, deite-se.

– Isso pode esperar – retrucou John, curto e grosso, resistindo à minha tentativa de colocá-lo na horizontal. Balançou as pernas pela lateral do catre. – O que está fazendo aqui, Percy?

– Ah, vocês se conhecem? – perguntei, começando a me inflamar.

– Certamente. Ele é meu irmão… ou era.

– O quê? – Germain e eu exclamamos ao mesmo tempo.

Ele olhou e soltou uma risadinha.

– Achei que Hal fosse seu único irmão – falei, recuperando-me, e alternei o olhar entre John e Percy.

Os dois não possuíam qualquer semelhança, enquanto a que existia entre John e Hal era marcada, como se os dois tivessem saído do mesmo molde.

– A mãe dele se casou com o meu pai – explicou John, ainda mais curto e grosso. Remexeu os pés, preparando-se para se levantar. – Venha comigo, Percy.

– Você não vai a lugar nenhum – retorqui, erguendo um pouco a voz.

– Como pretende me impedir?

John se pôs de pé, meio cambaleante, tentando ajustar a visão. Antes que eu pudesse responder, o sr. Beauchamp deu um bote para a frente e agarrou seu braço, para evitar que ele caísse. John deu um tranco violento para se desvencilhar, quase desabando enquanto retornava ao catre. Recuperou o equilíbrio e ficou parado, olhando para Beauchamp, os punhos meio cerrados.

Beauchamp o encarava, e o ar entre os dois soltava... faíscas. *Ah*, pensei, olhando de um ao outro, subitamente iluminada. *Ah!*

Eu talvez tivesse feito algum breve movimento, pois Beauchamp subitamente desviou a atenção para mim. Espantou-se com a visão, então se recuperou, abriu um sorriso torto e ensaiou uma mesura.

– Madame – disse, em um inglês perfeito. – Ele é o meu meio-irmão, embora não nos falemos há... algum tempo. Estou aqui como convidado do marquês de La Fayette... entre outras coisas. Permitam que eu leve o lorde para conhecer o marquês. Prometo trazê-lo de volta inteiro.

Ele sorriu para mim, de olhar afetuoso e muito seguro do próprio charme, que era considerável.

– O lorde é prisioneiro de guerra – falou uma voz escocesa muito ríspida por trás de Beauchamp. – E de minha responsabilidade. Sinto muito, senhor, mas ele terá que permanecer aqui.

Percy Beauchamp, boquiaberto, olhou para Jamie, que assomava de maneira implacável.

– Eu *ainda* quero saber o que ele quer com papai – soltou Germain, as sobrancelhas lourinhas erguidas, muito desconfiado.

– Eu também gostaria de saber isso, monsieur – concordou Jamie, abaixando a cabeça para entrar na tenda. Ele assentiu em direção ao banquinho onde eu estivera. – Queira se sentar, senhor.

Percy Beauchamp olhou de Jamie para lorde John, então de volta para Jamie. Tinha o semblante inexpressivo, embora os vívidos olhos escuros ainda estivessem muito avaliativos.

– Que pena – disse ele, retornando ao leve sotaque francês. – Tenho um compromisso com *le marquis*... e com o general Washington... neste momento. Todos me darão licença, tenho certeza. *Bonjour, mon général.* – De cabeça erguida, ele marchou até a aba da tenda, virando-se no último instante e abrindo um sorriso para John. – *Au revoir, mon frère!*

– Não se eu o vir antes, maldito.

Durante nove batimentos cardíacos, ninguém se mexeu, acompanhando a decorosa saída de Percy Beauchamp. Por fim, John se sentou no catre, exalando alto. Jamie e eu cruzamos olhares. Com um leve aceno de cabeça, ele se acomodou no banquinho. Ninguém falou.

– O senhor não bata nele outra vez, *grandpère* – ordenou Germain, muito sério, quebrando o silêncio. – Ele é um homem muito bom, e tenho certeza de que não vai levar a vovó para a cama de novo, agora que o senhor está em casa para fazer isso.

Jamie lançou um olhar calmo para Germain, mas franziu a boca. De minha posição atrás do catre, pude ver a nuca de John assumir um tom rosa-vivo.

– Sou muito grato ao lorde por ter cuidado da vovó – disse Jamie a Germain. – Mas, se acha que fazer comentários impertinentes em relação aos seus avós vai salvar sua pele, pense outra vez.

Germain se remexeu, incomodado, mas revirou os olhos para lorde John, como se dissesse "Eu tentei".

– Sou grato por sua boa opinião – comentou John. – E meu elogio é recíproco… mas confio que o senhor esteja ciente de que boas intenções por si sós não absolvem ninguém das consequências de uma conduta imprudente.

Jamie começava a ficar tão vermelho quanto John.

– Germain – falei. – Pode nos deixar a sós um pouco? Ah… veja se encontra um pouco de mel para mim, por favor?

Todos os três me olharam, espantados por aparentemente fugir do assunto.

– É viscoso – expliquei, dando de ombros. – E antibacteriano.

– Claro – disse John, entre dentes, em um leve tom de desespero.

– O que é "viscoso"? – perguntou Germain, interessado.

– Germain – disse seu avô, ameaçador, ao que ele rapidamente desapareceu, sem esperar resposta.

Todos respiraram fundo.

– Deite-se, *agora* – falei a John, antes que alguém soltasse qualquer comentário indesejado. – Tem um minuto, Jamie? Preciso que segure o espelho enquanto eu cuido desse olho.

Com um segundo de hesitação, os dois obedeceram, sem se encarar. Eu estava quase pronta. Depois de posicionar Jamie e direcionar o raio de luz para o olho, tornei a irrigar a órbita com soro fisiológico, delicadamente, e lavei os dedos com cuidado, usando a mesma substância.

– Preciso que os dois fiquem parados – ordenei. – Desculpe, John, não tem outro jeito de fazer isso. Se tivermos sorte, vai ser rápido.

– É, eu já ouvi essas palavras – murmurou Jamie, mas se calou diante do meu olhar fulminante.

Eu temia usar o fórceps, pois receava perfurar o globo. Com a mão esquerda, afastei as pálpebras do olho afetado, enfiei as pontas dos dedos da mão direita o mais profundamente possível na órbita, e apertei.

Ele soltou um grunhido estrangulado de choque. Jamie arquejou, mas não soltou o espelho.

Poucas coisas no mundo são mais escorregadias que um globo ocular. Tentei apertar com a maior delicadeza possível, mas não havia jeito. A mais leve pressão já fazia o olho escapar de meus dedos, feito uma uva azeitada. Cerrei os dentes e tentei outra vez, apertando com mais força.

Na quarta tentativa, consegui agarrar o globo e tentei girá-lo dentro da órbita. Não consegui, mas tive uma ideia melhor.

Cinco minutos depois, John tremia feito um pudim, as mãos cravadas no gradil do catre, Jamie rezava baixinho em gaélico e os três estávamos ensopados de suor.

– Mais uma vez – falei, tomando fôlego e limpando o suor do queixo com o dorso da mão. Lavei os dedos novamente. – Se desta vez eu não conseguir, vamos parar um pouco e tentar mais tarde.

– Ai, Deus – lamentou John.

Ele fechou os olhos brevemente, engoliu em seco e abriu de novo o máximo que pôde. Os dois olhos lacrimejavam muito, e as lágrimas escorriam pelas têmporas.

Senti Jamie se aproximar de mim, bem de leve. Ele reposicionou o espelho, mas notei que também havia chegado mais perto do catre, com a perna pressionada junto à grade, bem ao lado da mão de John. Balancei os dedos molhados, em preparação, entoei uma breve oração à Santa Luzia, protetora dos olhos feridos, e enfiei os dedos nas órbitas o máximo possível.

Àquela altura, eu tinha uma imagem mental muito clara da fratura, uma linha escura debaixo da conjuntiva rota, a linha do músculo reto inferior presa a ela. Dei um giro, um tranco breve e firme, antes que meus dedos escorregassem… e senti o músculo se soltar. O corpo inteiro de John tremeu, e ele soltou um gemidinho.

– Glória a Deus! – exclamei, com uma risada de puro alívio.

Havia um pouco de sangue em meus dedos, não muito, que limpei no avental. Jamie estremeceu e desviou o olhar.

– E agora? – perguntou ele, com o cuidado de não olhar para John.

– Agora? – Considerei a pergunta por um instante e balancei a cabeça. – John precisa ficar deitado com o olho coberto por um ou dois dias, de preferência. Se Germain encontrar mel, posso passar um pouco na órbita para lubrificar e evitar a adesão.

– Então – disse Jamie, paciente – é necessário que ele permaneça sob acompanhamento médico?

– Não o tempo todo – respondi, analisando John criticamente. – Alguém precisa conferir o olho de tempos em tempos, mas na verdade não há mais nada a ser feito. O inchaço e os hematomas vão cicatrizar sozinhos. Por quê? O que estava pensando em fazer com ele?

Jamie fez um pequeno gesto de frustração.

– Eu *ia* entregá-lo à equipe de Washington para ser interrogado. Mas…

– Mas eu me rendi a você pessoalmente – completou John, muito prestável, e me encarou com o olho bom. – Ou seja, sou sua responsabilidade.

– É, obrigado por isso – resmungou Jamie, irritado.

– Bom, não há nada de útil para dizer a ele também, não é? – perguntei, pousando a mão na testa de John. Levemente quente, mas sem febre alta. – Como a relação entre o senhor e o tal sr. Beauchamp?

Jamie soltou um breve roncado.

– Sei muito bem quais são suas relações com aquele sodomita – soltou ele, sem rodeios, encarando John com firmeza. – Não pretendia me contar o que ele está fazendo aqui, pretendia?

– Não – respondeu John, em tom alegre. – Embora com quase toda a certeza não o ajudaria em nada se eu contasse.

Jamie assentiu, evidentemente sem esperar nada melhor, e se levantou com ar decidido.

– Bom, então. Eu tenho trabalho a fazer. E você também, Sassenach. Espere Germain aqui, por favor. Quando resolver a história do mel, informe a Germain que ele está encarregado do lorde. Ele não deve tirar os olhos do lorde sob nenhuma circunstância, exceto sob minha ou sua ordem. Se monsieur Beauchamp fizer outra visita, Germain precisa estar presente em todas as conversas. Ele fala francês fluentemente – advertiu a John. – E se você pensar em tentar subverter a lealdade do meu neto...

– Nunca faria isso! – disse John, chocado diante da ideia.

– Humm – murmurou Jamie, sombrio, e saiu.

62

O BURRO NÃO GOSTA DO SENHOR

Eu não sabia muito bem o que dizer a John, à luz dos acontecimentos recentes. Ele também parecia perdido, mas enfrentou o constrangimento fechando os olhos e fingindo dormir. Eu só poderia deixá-lo depois que Germain retornasse com o mel... presumindo que ele fosse encontrá-lo, mas eu tinha bastante fé em suas habilidades.

Bom, não havia razão para ficar ali sentada, de braços cruzados. Peguei o pilão e o almofariz e comecei a moer raiz de genciana e alho para a pomada antibiótica. Isso manteve minhas mãos ocupadas, mas infelizmente não a cabeça, que rodopiava feito um peru tonto.

Eu tinha dois grandes problemas no momento. Quanto ao primeiro, a batalha iminente, não havia o que fazer. Eu sabia disso muito bem; não podia estar errada. Jamie não dissera nada, talvez por ainda não ter recebido ordens por escrito, mas eu sabia que o exército logo avançaria.

Dei uma espiadela em John, que jazia feito uma efígie numa tumba, as mãos cruzadas sobre a cintura. Só precisava de um cachorrinho aninhado a seus pés. Rollo, que roncava debaixo do catre, teria que bastar.

John, claro, era o segundo problema. Eu não fazia ideia de como ele havia chegado ali, mas muita gente o vira se render, de modo que à noite sua presença já seria de conhecimento público. Quando isso *acontecesse...*

– Se eu sair por um instante, tentará fugir? – perguntei, abruptamente.

– Não – respondeu ele, sem abrir os olhos. – Eu entreguei a minha condicional. Além disso, não sobreviveria do lado de fora do acampamento.

O silêncio retornou, interrompido pelo zunido de uma enorme abelha que entrara na tenda, meio errante. Ao longe, também era possível ouvir o som dos soldados e os ruídos costumeiros do acampamento.

A única coisa boa, se era possível encarar dessa maneira, era que a iminência da batalha estorvaria a curiosidade oficial acerca de John. *O que Jamie vai fazer com ele quando o exército levantar acampamento de manhã?*, pensei.

– *Grandmère, grandmère!*

Germain apareceu e Rollo, que durante a visita de Percy Beauchamp havia dormido sem emitir qualquer som, irrompeu de baixo do catre com um latido explosivo, quase derrubando John.

– Sossega, cachorro – ordenei, segurando-o pela nuca ao vê-lo arregalar os olhos. – E que mer... quero dizer, o que houve, Germain?

– Eu o vi, vovó! Eu o vi! O homem que levou Clarence! Venha, depressa!

Sem esperar resposta, ele deu meia-volta e saiu correndo da tenda.

John começou a se sentar e Rollo enrijeceu o corpo sob a minha mão.

– Sentado! – gritei para Rollo e John. – Os dois!

Os pelos de meus antebraços estavam eriçados e o suor escorria pelo meu pescoço. Eu havia deixado meu chapéu para trás, e o sol ardia em minhas bochechas. Quando alcancei Germain, eu arquejava, tanto de emoção quanto de calor.

– Onde...?

– Bem ali, vovó! O vagabundo grandalhao com o lenço no braço. Clarence deve tê-lo mordido! – acrescentou Germain, com alegria.

O vagabundo em questão *era* grande: tinha duas vezes o meu tamanho e uma cabeça que mais parecia uma abóbora. Estava sentado no chão, à sombra de uma árvore, cuidando do braço envolto no pano e fazendo cara feia para o nada. Um pequeno grupo próximo mantinha distância dele, e vez ou outra o encarava com cautela.

– É melhor você ficar longe – murmurei para Germain.

Como ele não me respondeu, eu me virei e descobri que o menino, muitíssimo sagaz, já havia sumido de vista.

Fui caminhando com um sorriso no rosto até as pessoas, em sua maioria mulheres com crianças. Eu não conhecia ninguém de nome, mas todos claramente sabiam quem e o que eu era. Cumprimentaram-me com murmúrios e meneios de cabeça, mas olharam de esguelha o homem debaixo da árvore. "Leve-o logo antes que ele arrume confusão", era a mensagem clara em seus olhos, devido à sensação de violência incontida que o homem irradiava.

Soltei um pigarro e me aproximei, imaginando o que poderia dizer a ele. "O que você fez com Clarence?" ou "Como você ousa roubar o meu neto e deixá-lo sozinho no meio do mato, seu infeliz dos infernos?".

– Bom dia – disse, em vez disso. – Eu sou a sra. Fraser. O que houve com o seu braço, senhor?

– Um burro maldito me mordeu até o osso! – respondeu o homem, cravando os olhos em mim por sob as sobrancelhas cheias de cicatrizes. As juntas dos dedos também eram marcadas.

– Deixe-me ver, sim?

Sem esperar permissão, tomei o punho do homem – era peludo e muito quente – e desenrolei o lenço. Estava duro de tanto sangue seco, e não era para menos.

Clarence realmente *tinha* mordido o homem até o osso. Mordidas de cavalos e burros podiam ser muito sérias, mas em geral resultavam apenas em grandes hematomas. Os equinos possuíam mandíbulas poderosas, mas os dentes da frente tinham a função de triturar grama. Na maioria das vezes, não costumavam criar ferimentos profundos. Isso podia acontecer, porém, e Clarence conseguira.

Um pedaço de pele – e um bom naco de carne – de cerca de 7 centímetros de largura havia sido parcialmente arrancado. Através da fina camada de gordura, eu via o brilho do tendão e a membrana vermelha que cobria o rádio. A ferida era recente, mas havia parado de sangrar, exceto em uma parte.

– Humm – murmurei, sem expressar opinião, e virei a mão do homem. – Consegue fechar a mão? – Ele conseguia, embora o dedo anelar e o mindinho não dobrassem por completo. Mas se moviam. O tendão não estava rompido. – Humm – repeti, metendo a mão na bolsa atrás do frasco de soro fisiológico e de um instrumento de exame.

Soro fisiológico era um pouco menos doloroso para desinfecção do que álcool ou vinagre diluído. Também era mais fácil de conseguir do que sal, pelo menos na cidade.

Agarrei com firmeza seu enorme punho enquanto jogava líquido na ferida.

Ele urrou feito um urso ferido, e os espectadores que aguardavam recuaram vários passos juntos.

– Que burro malvado – observei de leve, enquanto o paciente se acalmava, arquejante. Seu semblante se fechou.

– Assim que eu voltar, vou surrar o desgraçado até a morte – ameaçou ele, arreganhando os dentes amarelos para mim. – Vou arrancar o couro e vender a carne.

– Ah, eu não aconselharia – respondi, tentando não me descontrolar. – É melhor não usar esse braço por enquanto. Pode acabar gangrenando.

– Ah, é? – Ele não empalideceu. Não era possível, dada a sua temperatura. Mas sem dúvida eu havia chamado sua atenção.

– É – respondi, em tom tranquilo. – O senhor já viu uma gangrena? A carne fica verde, pútrida... O cheiro é brutal... Os membros apodrecem, morrem em questão de dias...

– Eu já vi – murmurou o homem, os olhos fixos no próprio braço.

– Pois muito bem, vamos fazer o melhor que pudermos, certo?

Eu normalmente ofereceria um gole de tonificante ou de qualquer licor disponível – e, graças ao marquês, eu possuía um bom estoque de conhaque francês. No caso em questão, não me sentia tão disposta a ser boazinha. Hipócrates teria que fazer vista grossa. De todo modo, não havia muito a fazer, estando armada com uma agulha de sutura de 5 centímetros e uma tesoura de bordado.

Suturei a ferida o mais devagar possível, tomando o cuidado de aplicar soro de tempos em tempos e olhando em volta furtivamente, à procura de assistência. Jamie estava com Washington e o alto-comando traçando estratégias para o compromisso iminente. Não podia convocá-lo para me ajudar com um ladrão de burros.

Ian havia desaparecido no pônei, escoltando a retaguarda britânica. Rollo estava com lorde John. Rachel partira na carroça dos quacres com Denny e Dottie, à procura de suprimentos no vilarejo mais próximo. *Boa sorte para eles*, pensei. Os exploradores do general Greene haviam se espalhado feito gafanhotos no instante em que o exército parou, esvaziando fazendas e galpões de armazenamento no caminho.

O paciente soltava xingamentos, bastante monocórdio e nada inspirado, mas não dava sinais de que desabaria em um conveniente desmaio. O que eu estava fazendo com seu braço muito provavelmente não melhoraria seu mau humor. E se ele *realmente* pretendesse espancar Clarence até a morte?

Se Clarence estivesse solto, eu apostaria altas somas em que o burro sairia vitorioso, mas ele devia estar amarrado ou manco. Então fui atingida por um terrível pensamento. Eu *sabia* onde Germain estava, e o que ele estava fazendo... ou tentando fazer.

– Meu Deus – murmurei, inclinando a cabeça por sobre o carroceiro para esconder minha expressão, sem dúvida alarmada.

Germain tinha talento para bater carteiras, mas roubar um burro de um bando de carroceiros?

O que Jamie tinha dito? *Ele seria pego por roubo e enforcado ou açoitado quase até a morte, e eu não poderia fazer nada para impedir.* Do jeito que eram os carroceiros, provavelmente quebrariam seu pescocinho, em vez de esperar qualquer tipo de justiça militar.

Engoli em seco e olhei depressa para trás, tentando avistar o acampamento dos carroceiros. Se conseguisse ver Germain...

Eu não vi Germain. O que vi foi Percy Beauchamp me encarando, muito pensativo, à sombra de uma tenda próxima. Nossos olhares se cruzaram e, no mesmo instante, ele avançou em minha direção, ajeitando o casaco. Bom, a cavalo dado não se olha os dentes, não é mesmo?

– Madame Fraser – disse ele, com uma mesura. – Precisa de assistência?

Sim, maldição, eu precisava de assistência. Não conseguiria prolongar os reparos cirúrgicos por muito mais tempo. Encarei o meu corpulento paciente, imaginando se ele falava francês.

Aparentemente, meu rosto era mesmo transparente, como Jamie sempre dissera. Percy sorriu.

– Eu não acho – comentou ele, em francês, em tom casual – que esse coágulo de sangue menstrual decadente seja capaz de compreender francês. Mal consegue falar inglês, que dirá compreender a língua dos anjos.

– Merda, bosta, merda de burro da maldição do inferno. Isso *dói*, diabo… – seguia reclamando o carroceiro.

Eu relaxei um pouco.

– Sim – respondi, em francês. – Preciso de ajuda… com a máxima urgência. Meu neto está tentando recuperar o burro de carga que este imbecil roubou dele. O senhor poderia ir buscar o animal no acampamento dos carroceiros antes que alguém perceba?

– *À votre service, madame* – respondeu ele, prontamente. Juntou as botas com um estalido, fez uma mesura e partiu.

Demorei o máximo que pude para enfaixar a ferida em uma atadura, temendo que, se meu paciente de boca suja encontrasse Germain entre os carroceiros, os modos franceses de Percy talvez fossem insuficientes para salvá-lo. E eu não podia esperar que Hipócrates continuasse a fazer vista grossa, caso fosse impelida a fazer algo drástico para impedir o homem de quebrar o pescocinho de Germain.

Ouvi um grito familiar atrás de mim. Eu me virei e deparei com Percy, ruborizado e um pouco desgrenhado, trazendo Clarence em minha direção. Germain vinha sentado no lombo do burro, encarando meu paciente com uma expressão de vingança e triunfo.

Eu me levantei mais do que depressa, tateando em busca da faca. O carroceiro, que tinha começado a cutucar com cautela o novo curativo no braço, ergueu os olhos, assustado, então se levantou rapidamente.

– Que *MERDA* é essa? – berrou, e avançou na direção dos dois, os punhos cerrados.

Percy manteve a firmeza, embora um tanto pálido. Entregou as rédeas a Germain e avançou, pisando firme.

– Monsieur – começou ele.

Eu gostaria de ter sabido o que ele pretendia dizer, mas não soube, já que o carroceiro não se preocupou com o colóquio e resolveu, em vez disso, desferir um murro na barriga de Percy, que desabou no chão, sentado.

– Maldição… *Germain!* – exclamei, ao ver que o menino, nada intimidado pela súbita perda de apoio, recolhera as rédeas de Clarence e tentara açoitar a cara do carroceiro.

Isso teria sido eficaz se Germain não tivesse exibido sua intenção com tanta clareza. Ao perceber, o carroceiro se abaixou e estendeu a mão, tentando agarrar as rédeas ou Germain. Àquela altura, a multidão à minha volta já percebia o que estava acontecendo, e umas mulheres começaram a gritar. Nesse momento, Clarence resolveu se meter na situação. Afastou as orelhas, curvou a boca e largou uma dentada no rosto do carroceiro, chegando a milímetros de arrancar o nariz do homem.

– MALDITO BURRO DOS INFERNOS!

Profundamente inflamado, o carroceiro saltou para cima de Clarence e cravou os dentes no lábio superior do burro, agarrado ao pescoço dele feito a morte. Clarence zurrou. As mulheres gritaram. Germain gritou.

Eu não gritei, pois não conseguia respirar. Fui abrindo caminho por entre a multidão, tateando o bolso da saia atrás da faca. Assim que botei a mão no cabo, porém, outra mão me tocou o ombro, com o intuito de me impedir.

– Com licença, milady – disse Fergus, passando por mim e parando junto ao burro, ao carroceiro e à criança aos berros, e disparou a pistola que trazia na mão.

Por uma fração de segundo tudo parou, então a gritaria e a algazarra recomeçaram, todos em direção a Clarence e seus companheiros para ver o que havia acontecido. Por um longo instante, não estava claro *o que* tinha acontecido. O carroceiro, estupefato, largara o burro e se virara para Fergus, com os olhos esbugalhados e uma saliva vermelha de sangue escorrendo pelo queixo. Germain, com mais presença de espírito do que eu, agarrou as rédeas e puxou com toda a força, tentando virar a cabeça de Clarence, que se recusava a aceitar a ordem, nitidamente incomodado com o sangue quente.

Com muita calma, Fergus devolveu a pistola ao cinto. Àquela altura percebi que ele devia ter atirado na terra, junto aos pés do carroceiro.

– Se eu fosse o senhor, sairia da frente desse animal. Está muito claro que ele não gosta do senhor.

A gritaria ao redor havia parado, e o comentário arrancou risadas de vários espectadores.

– Veja só, Belden! – berrou um homem perto de mim. – "O burro não gosta do senhor." O que acha disso?

O carroceiro parecia um pouco confuso, mas ainda impiedoso. Permanecia parado, de punhos cerrados, pernas afastadas e ombros arqueados, fazendo cara feia para a multidão.

– O que eu acho…? – começou ele. – *Eu* acho…

Percy, entretanto, havia conseguido se levantar. Embora ainda um tanto baqueado, conseguia se movimentar. Sem hesitar, aproximou-se e chutou com vigor as bolas do carroceiro.

Foi uma excelente jogada. Até o sujeito que parecia ser amigo de Belden irrompeu em gargalhadas. O carroceiro não caiu no chão, mas murchou feito uma uva-passa, agarrando as bolas. Percy, sabiamente, não esperou por uma resposta. Virou-se e dispensou uma mesura a Fergus.

– *À votre service, monsieur.* Sugiro que o senhor e seu filho... e o burro, claro... batam em retirada?

– *Merci beaucoup*, e sugiro que o senhor faça o mesmo, *tout de suite* – respondeu Fergus.

– Ei! – gritou o amigo do carroceiro, agora sério. – Você não pode roubar o burro!

Fergus se virou para ele, altivo como o aristocrata francês que Percy o intimava a ser.

– Não posso mesmo, senhor – disse ele, inclinando pouquíssimo a cabeça, em reconhecimento. – Pois um homem não pode roubar o que já lhe pertence, não é mesmo?

– Não é... Não é mesmo, *o quê*? – inquiriu o homem, confuso.

Desdenhoso, Fergus nem respondeu. Ergueu a sobrancelha escura, deu alguns passos firmes, então se virou:

– Clarence! – gritou ele. – *Écoutez-moi!*

Com o colapso do carroceiro, Germain conseguira dar um jeito de controlar Clarence, embora o contrariado burro ainda tivesse as orelhas para trás. Ao ouvir a voz de Fergus, porém, ergueu rapidamente as orelhas e rodopiou na direção dele.

Fergus sorriu, e eu ouvi uma mulher atrás de mim soltar um suspiro. Ele tinha um sorriso extremamente charmoso. Meteu a mão no bolso e pegou uma maçã, que espetou com cuidado no gancho.

– Venha – disse ao burro, estendendo a mão direita e remexendo os dedos, como se simulasse uma coçadinha.

Clarence foi, desconsiderando o sr. Belden, agora sentado, agarrado aos joelhos para contemplar melhor o estado interno de seu ser. O burro inclinou a cabeça para pegar a maçã e permitiu um afago em sua cabeça. A multidão emitiu um murmúrio de interesse e aprovação, e eu percebi uns olhares de censura em direção ao sr. Belden.

A sensação de estar prestes a desmaiar fora embora, e agora minhas entranhas começavam a voltar aos seus lugares. Com esforço, deslizei a faca de volta à bainha e limpei a mão na saia.

– Quanto a *você, sans crevelle* – dizia Fergus a Germain, com um tom baixo e ameaçador que ele claramente aprendera com Jamie –, temos umas coisinhas a discutir.

Germain assumiu uma coloração amarela doentia.

– Sim, *papa* – murmurou, baixando a cabeça para evitar o olhar ameaçador do pai.

– Desça daí – ordenou Fergus, então se virou para mim: – Madame general – chamou, elevando a voz –, permita-me que eu apresente este animal pessoalmente ao general Fraser, a serviço da liberdade!

A frase foi dita com tamanha sinceridade que algumas almas aplaudiram. Eu aceitei, com a maior graça possível, em nome do general Fraser. À conclusão dos procedimentos, o sr. Belden já havia se levantado, desajeitadamente, e cambaleava em direção ao acampamento dos carroceiros, cedendo Clarence à causa.

Eu peguei as rédeas de Clarence, aliviada e feliz em vê-lo de novo. Ao que parecia, era mútuo, pois ele cutucou meu ombro com o focinho, em um gesto familiar, soltando bufadinhas amigáveis.

Enquanto isso, Fergus passou um instante encarando Germain, então aprumou os ombros e se virou para Percy, que ainda estava um pouco pálido, mas havia ajeitado a peruca e recobrado a compostura. Percy se curvou em uma mesura formal para Fergus, que soltou um suspiro e retribuiu.

– Suponho que também tenhamos assuntos a discutir, monsieur – acrescentou ele, resignado. – Talvez mais tarde?

O belo rosto de Percy se iluminou.

– *À votre service... seigneur* – respondeu, com outra mesura.

63

UM USO ALTERNATIVO À SERINGA DE PÊNIS

Germain tinha encontrado o mel. Depois que a empolgação de recuperar Clarence havia passado, ele tirou da camisa um grande naco de favo pegajoso, envolto em um lenço preto e grosso.

– O que você vai fazer com isso, vovó? – perguntou, curioso.

Eu havia acomodado o favo em uma vasilha de cerâmica limpa e já recomeçava a empregar a útil seringa de pênis – cuidadosamente esterilizada com álcool – para sugar o mel, tomando o cuidado de evitar pedaços de cera e os grãos de pólen mais perceptíveis. Tendo sido projetada para irrigação, não para injeção, a seringa tinha uma ponta grossa, levemente afunilada: o objeto perfeito para injetar mel dentro de um olho.

– Vou lubrificar o olho machucado do lorde – respondi. – Fergus, pode vir aqui firmar a cabeça dele, por gentileza? Segure bem a testa. Germain, você abre o olho.

– Eu consigo ficar parado – retrucou John, irritado.

– Quieto – respondi e me sentei no banquinho a seu lado. – Ninguém consegue ficar parado com um troço enfiado no olho.

– Não faz nem uma hora que você meteu o *dedo* no meu olho, maldição! E eu não me mexi!

– Você se contorceu – falei. – Não foi culpa sua, você não pôde evitar. Agora fique quieto. Não quero furar seu olho por acidente com isso aqui.

Respirando ruidosamente pelo nariz, ele fechou a boca e tolerou a contenção de

Fergus e Germain. Eu cogitei diluir o mel em água morna, mas o calor do dia o havia deixado bastante fino, de modo que achei melhor usar puro.

– É antibacteriano – expliquei aos três, tornando a usar o ferro de cauterização para erguer o globo ocular e injetar um tantinho de mel por baixo. – Significa que mata os germes.

Fergus e Germain, a quem eu mais de uma vez havia explicado sobre os germes, assentiram, muito inteligentes, tentando fingir crer na existência dessas coisas, o que não era verdade. John abriu a boca, mas tornou a fechar e exalou com força pelo nariz.

– Mas a principal virtude do mel na presente circunstância – prossegui, untando generosamente o globo ocular – é a viscosidade. Pode soltá-lo, Germain. Pisque os olhos, John. Ah, *muito* bom!

O manuseio havia feito o olho lacrimejar, claro. Mas, mesmo diluído, o mel guarda viscosidade. Eu vi o brilho alterado na esclera, indicando a presença de uma camada suave e calmante de mel. Um pouco tinha transbordado, e gotinhas cor de âmbar deslizavam pela têmpora de John em direção à orelha. Sequei o excesso com um lenço.

– Qual é a sensação?

John abriu e fechou o olho algumas vezes, bem devagar.

– Está tudo embaçado.

– Não tem problema. Você ainda vai passar um ou dois dias sem enxergar por esse olho. Melhorou agora?

– Sim – respondeu ele, meio rabugento, e nós três emitimos sons de aprovação que o constrangeram.

– Muito bem, então. Sente-se… com cuidado! Isso, assim. Feche o olho e segure isto aqui, para aparar as gotas.

Entreguei a ele um lenço limpo, desenrolei um pedaço de gaze, acomodei um chumaço de algodão na órbita e passei a atadura em sua cabeça algumas vezes, enfiando as pontinhas. Ele guardava forte semelhança com a figura de uma antiga pintura chamada O *espírito de '76*, mas não mencionei nada.

– Muito bem – falei, expirando o ar e sentindo muita satisfação. – Fergus, por que você e Germain não vão procurar comida? Para o lorde e para a viagem amanhã. Acho que será um longo dia.

– Hoje já não foi longo o suficiente? – retrucou John.

Ele espichou o pescoço para relaxar e eu o ajudei a se acomodar no travesseiro.

– Obrigado – disse ele, após um suspiro.

– Foi um prazer – respondi. Eu hesitei, mas, com a partida de Fergus, achei que não teria melhor oportunidade de perguntar o que me rondava a mente. – Imagino que *você* não saiba o que Percival Beauchamp quer com Fergus, sabe?

O olho bom se abriu e me encarou.

– O quê? Você não acha que ele acredita que Fergus seja o herdeiro perdido de uma grande fortuna? Não, eu também não. Mas, se o sr. Fraser aceitar um conselho não requisitado, sugiro fortemente que ele guarde o mínimo de relação possível com monsieur Beauchamp.

O olho tornou a se fechar. Percy Beauchamp havia se retirado – literalmente à francesa – depois do resgate de Clarence, explicando que precisava cuidar de *le marquis*, mas acrescentara que procuraria Fergus de manhã. "Quando as coisas tiverem se acalmado", avisara ele, com uma mesura requintada.

Observei John, pensativa.

– O que ele fez com você? – perguntei.

Ele não abriu o olho, mas apertou os lábios.

– Comigo? Nada. Absolutamente nada – respondeu, então se virou de lado, de costas para mim.

64

TREZENTOS E UMA

Trezentos homens. Jamie adentrou a escuridão para além da fogueira do 16º acampamento de Nova Jersey e parou por um instante, para que os olhos se ajustassem. *Trezentos* malditos homens. Ele nunca havia liderado mais de cinquenta. E jamais tivera tantos subalternos, nada além de um ou dois homens abaixo de si.

Agora possuía dez companhias de milícia, cada uma com seu próprio capitão e uns poucos tenentes informais. Lee também lhe concedera uma equipe particular: dois ajudantes de ordens, um secretário – com o qual ele acabaria se acostumando, pensou Jamie, flexionando os dedos da mão mutilada –, três capitães, um dos quais marchava em sua cola, tentando não demonstrar ansiedade, dez de seus próprios tenentes, que serviriam como ponte entre ele e as companhias sob seu comando, um cozinheiro e um auxiliar de cozinha. Claro, uma médica Jamie já tinha.

Apesar das preocupações do momento, ele sorrira ao se lembrar do rosto de Lee quando Jamie explicou por que não precisava de um médico designado pelo Exército.

"De fato", dissera Lee, inexpressivo com seu nariz comprido. E enrubesceu, aborrecido. Jamie, porém, subiu o punho da manga e mostrou a Lee a mão direita: a velha cicatriz branca nos dedos, feito pequeninos raios de luz por onde haviam passado os ossos, e a maior, ainda vermelha, porém muito limpa e reta, entre o dedo médio e o mindinho, indicando onde o dedo faltante havia sido amputado com tamanha habilidade que era preciso olhar duas vezes para detectar o ponto onde a mão parecia estranha.

– Bom, general, sua esposa parece ser uma costureira muito talentosa – dissera Lee, em tom de gracejo.

– Sim, senhor, ela é – respondera Jamie, com educação. – E tem uma mão muito boa para a faca também.

Lee dispensou a Jamie um olhar sardônico e espalmou a mão direita. Faltavam-lhe os dois últimos dedos.

– O cavalheiro que me tirou esses também tinha. Foi um duelo – explicou, ao ver Jamie erguer as sobrancelhas, então tornou a fechar a mão. – Na Itália.

Ele não sabia nada a respeito de Lee. O homem tinha reputação, mas era um falastrão, e os dois não tinham o costume de se reunir. Por outro lado, era presunçoso como os camelos de Luís XIV, e a arrogância às vezes marcava um homem que conhecia o próprio valor.

O plano para atacar a retaguarda britânica, a princípio pretendido como um rápido ataque de La Fayette e mil homens – já que Lee tinha desdenhado de um comando menor –, se tornara mais elaborado, como sempre acontecia quando se dava tempo para os comandantes pensarem a respeito. Quando Washington decidira que a força expedicionária deveria conter cinco mil homens, Lee graciosamente condescendeu a esse comando mais apropriado – deixando La Fayette a cargo de sua força menor, pelo bem do *amour-propre* do marquês, porém com Lee na liderança geral. Jamie tinha suas dúvidas, mas não estava em posição de verbalizá-las. Olhou para a esquerda, onde Ian e seu cachorro caminhavam juntos: o primeiro assobiando sozinho; o segundo, uma silhueta imensa e desgrenhada no escuro, arquejando com o calor.

– *Iain* – disse, casualmente, em *gàidhlig* –, seus amigos de penas não tinham nada a dizer sobre Ounewaterika?

– Tinham, tio – respondeu Ian, no mesmo idioma. – Mas não muito, pois o conhecem apenas pela fama. Pelo que disseram, ele é um lutador bastante feroz.

– Humm.

Os mohawks sem dúvida eram ferozes e apreciavam muito a coragem pessoal – mas ele considerava sofrível seu alcance de estratégias, táticas e avaliação. Estava prestes a perguntar sobre Joseph Brant, que decerto era o que havia de mais próximo a um general entre os mohawks, mas foi interrompido por uma figura alta e magra que surgiu à sua frente.

– Com licença, senhor. Posso dar uma palavrinha? – disse o homem, olhando para os companheiros de Jamie, à esquerda e à direita. – Em particular?

– Certamente, capitão… Woodsworth – respondeu Jamie, esperando que sua hesitação em relembrar o nome do homem tivesse passado despercebida.

Ele havia memorizado o nome de todos os capitães da milícia – e o de todos os homens que pôde –, mas alguns ainda não lhe vinham à mente com facilidade.

Depois de mais um instante de hesitação, assentiu para que Ian se juntasse ao capitão Whewell, na fogueira seguinte.

– Conte a eles o que está em curso, capitão – disse para Whewell. – Em breve me juntarei aos senhores.

– O que está em curso? – repetiu Woodsworth, alarmado. – O que está acontecendo? Precisamos partir agora?

– Ainda não, capitão. Venha comigo, sim? Senão, seremos pisoteados.

Eles estavam parados bem no caminho que ia das fogueiras a um conjunto de trincheiras de latrina; dali mesmo ele sentia o cheiro acre de estrume e cal.

Levando Woodsworth para um canto, Jamie o pôs a par da troca de comando da manhã, mas garantiu que isso não faria diferença às companhias de milícia sob o comando de Jamie. Receberiam as ordens da mesma forma.

Jamie pensou consigo mesmo que não faria diferença na forma de operação das companhias. Poderia muito bem fazer quanto à sua entrada ou não na batalha pela manhã e quanto à sua sobrevivência, caso isso acontecesse. Não havia como dizer se o melhor seria apostar em La Fayette ou Lee. Provavelmente o acaso, o destino ou simplesmente Deus decidiria.

– Agora, senhor – disse ele. – Queria falar comigo?

– Ah. – Woodsworth empertigou o corpo, logo recuperando as palavras do discurso que havia preparado. – Sim. Eu gostaria de inquirir a respeito do... ahn... do que foi feito de Bertram Armstrong.

– Bertram... o quê?

– O homem que o senhor tirou das minhas... das linhas hoje, mais cedo, com o garotinho.

Jamie não sabia se ria ou se se irritava. *Bertram?*

– O homem está muito bem-disposto no momento, senhor. Minha esposa cuidou de seu olho e ele está alimentado.

– Ah. – Woodsworth remexeu os pés, mas insistiu. – Folgo em saber, senhor. Mas o que eu quis dizer... é que estou preocupado com ele. Está havendo um falatório a respeito.

– Não tenho dúvida – respondeu Jamie, sem se dar ao trabalho de disfarçar o sarcasmo. – E qual é a sua preocupação?

– Os homens da companhia de Dunning estão dizendo que Armstrong é espião do governo, um oficial britânico disfarçado. Que encontraram uma licença com ele... e correspondência. Eu... – Ele parou e sorveu o ar. As palavras seguintes saíram quase de uma vez só: – Eu não acredito nisso. Nenhum de nós acredita. Sentimos que deve ter havido algum engano e... queremos dizer que esperamos que nada precipitado seja feito.

– Ninguém sugeriu nada desse tipo, capitão – garantiu Jamie, com um arrepio alarmado.

Só porque não tiveram tempo. Ele havia conseguido ignorar a questão espinhosa que Grey representava como prisioneiro, em meio à confusão da preparação e à confusão ainda maior dos próprios sentimentos, mas não seria possível ignorar por muito mais tempo. Deveria ter notificado La Fayette, Lee *e* Washington da presença de Grey, mas tinha apostado na desordem da batalha iminente para encobrir a demora.

Seus olhos haviam se acostumado à luz difusa das estrelas e do fogo. Ele agora enxergava o rosto comprido de Woodsworth, apologético, mas determinado.

– Sim. Hesito em falar com muita franqueza, mas o fato é que, quando as paixões dos homens se intensificam, ações lamentáveis... e irreparáveis... podem ser praticadas. – Woodsworth engoliu em seco. – Eu não gostaria de ver isso.

– O senhor acha que alguém pode considerar apropriado levar a cabo tais ações? Agora?

Ele olhou para as fogueiras ao redor. Via corpos em movimento, irrequietos como as chamas, e sombras escuras no meio da mata, mas não via sinais de motim, nenhuma vibração de raiva. Um alarido de conversas, para ser honesto, vozes elevadas, animadas, arroubos de gargalhadas e até cantorias, mas era o nervosismo da expectativa, não o ribombo sombrio de uma revolta.

– Eu sou sacerdote. – A voz de Woodsworth agora era mais forte, mais premente. – Sei bem que os homens podem se lançar a conversas malignas, e conheço a rapidez com que esses boatos podem se transformar em ação. Um pouco de bebida em excesso, uma palavra descuidada...

– Sim, o senhor tem razão – concordou Jamie.

Praguejou a si mesmo por não ter cogitado aquela possibilidade. Deixara-se nublar pelos próprios sentimentos. Claro, não fazia ideia de que Grey estava de posse de uma licença... mas isso não era desculpa.

– Mandei notícias ao general Lee em relação ao... sr. Armstrong. Se o senhor ouvir qualquer outra coisa a respeito dele, avise que a situação está em mãos oficiais. Pode ser que isso evite qualquer acontecimento lamentável.

O alívio de Woodsworth era quase palpável.

– Sim, senhor – respondeu ele, muito grato. – Passarei essa informação. – Ele deu um passo para o lado, meneando a cabeça, então parou, atingido por um pensamento. – Ah.

– Sim? – disse Jamie, com impaciência. Sentia-se invadido por um enxame de pequeninos problemas, vindos de todos os lados, e queria muito eliminar aquele.

– Espero que me perdoe a insistência, general. E quanto ao garoto que estava com Armstrong? Bobby Higgins é o nome dele.

No mesmo instante, todos os sentidos de Jamie se puseram em alerta.

– O que tem ele?

– O menino disse que estava procurando o avô. Armstrong falou que conhecia o sujeito... e que o nome dele era James Fraser.

Jamie fechou os olhos. Se ninguém linchasse John Grey antes do amanhecer, ele próprio o estrangularia.

– O menino de fato é meu neto, capitão – respondeu ele, no tom mais impassível que pôde, e abriu os olhos.

O que significa que eu conheço o maldito Bert Armstrong. Se essa brevíssima informação chegasse aos ouvidos de todos, ele teria que enfrentar muitas perguntas desagradáveis.

– Minha mulher está cuidando dele – concluiu Jamie.

– Ah. Que bom. Eu só gostaria de...

– De expressar a sua preocupação. Sim, capitão. Eu agradeço. Boa noite.

– Boa noite – murmurou Woodsworth, curvando-se em uma mesura e dando um passo atrás. Então desapareceu em meio à noite, que não estava nada boa e piorava a cada momento.

Jamie ajeitou o casaco e saiu andando. Trezentos homens a informar, comandar, incitar, liderar e controlar. Trezentas vidas em suas mãos.

Trezentas e *uma*.

65

MOSQUITOS

Jamie se aproximou do fogo, sorriu para mim e se sentou.

– Ainda tem comida? – perguntou.

– Tem, sim, senhor – disse a mulher que remexia a panela. – Coma um pouco também, madame – acrescentou, com firmeza, como se insinuasse que eu não estava muito bem.

Sem responder, agradeci e aceitei uma tigela quente e um pedaço de pão.

Mal percebi o que comia, embora estivesse faminta. O dia fora tão cheio de atividades que eu não tivera tempo de comer. A bem da verdade, não teria comido nada o dia inteiro se não tivesse ido levar comida para John. Ele insistiu para que eu me sentasse por dez minutos e comesse com ele. Percy Beauchamp não havia retornado; esse era um ponto positivo.

Dos integrantes das companhias de Jamie, rejeitei umas duas dúzias por razão de deformidade – aleijados, asmáticos, idosos –, além de outras três dúzias de homens essencialmente saudáveis, mas com ferimentos que requeriam atenção, em sua maioria resultado de brigas ou quedas sob a influência de álcool. Diversos *ainda* estavam alcoolizados e tinham sido dispensados, sob guarda, para dormir um pouco.

Por um instante, fiquei pensando em quantos homens costumavam partir bêbados para a batalha. Com toda a honestidade, eu mesma estaria bastante tentada a fazer isso, caso tivesse que executar o que eles pediam.

Ainda havia uma grande agitação, mas a recente sensação de regozijo tinha sido transmutada em algo mais concentrado, atento e sóbrio. As preparações estavam sendo conduzidas com seriedade.

Eu havia terminado as minhas... ou esperava que sim. Uma pequena tenda para abrigo do sol caustificante, pacotes de suprimentos médicos, estojos cirúrgicos, cada um equipado com um jarro de suturas úmidas, uma gaze de algodão para absorver o sangue, um frasco de álcool diluído e o estojo de emergência que eu levava a tiracolo. Eu estava sem sal e não tinha forças para importunar o oficial comissionado e pedir mais; tentaria fazer isso de manhã.

Sentei-me junto ao fogo e, apesar disso, comecei a sentir um calafrio, como se eu me petrificasse aos poucos. Só então percebi quanto estava cansada. O acampamento não estava de todo adormecido – ainda se ouviam conversas ao redor das fogueiras, e um ou outro som de afiamento de foice ou espada, mas o volume havia diminuído. A atmosfera se assentava, tal qual a lua, e mesmo as almas mais empolgadas com a perspectiva da batalha iminente começavam a sucumbir ao sono.

– Venha se deitar – chamei Jamie baixinho, e me levantei com um grunhido abafado. – Você precisa descansar *um pouco*... e eu também.

– Sim, muito bem, mas não debaixo da lona – sussurrou ele, me acompanhando. – Não vou conseguir respirar em uma tenda.

– Bom, tem espaço de sobra lá fora – respondi, com a nobreza de esconder minha frustração com a ideia de dormir no chão. Apanhei uns cobertores e fui atrás dele, margeando o rio e bocejando, até que encontramos um cantinho discreto atrás da cortina de salgueiros que deitavam as folhas na água.

Na verdade, fiquei surpresa com o conforto daquela área. Havia uma camada de grama grossa e macia, sobre a qual estendemos os cobertores, e ficava bem pertinho da água, onde o ar batia fresco em minha pele. Tirei as anáguas e o espartilho, com um delicioso êxtase de alívio ao sentir o frescor perpassar de leve minha roupa de baixo úmida.

Jamie havia tirado a camisa e esfregava o rosto e as pernas com unguento antimosquitos, dada a presença maciça desses insetos. Sentei-me a seu lado e apanhei um bocado do unguento, que cheirava a menta. Eu quase não levava picadas de mosquito, o que não os impedia de voejar por meus ouvidos e cutucar com curiosidade a minha boca e as narinas, o que eu considerava incômodo ao extremo.

Deitei-me, observando Jamie terminar de se lambuzar com afinco. Eu sentia a distante aproximação da manhã, mas desejava me esquecer um pouco de tudo aquilo antes que o sol se erguesse e o inferno se libertasse.

Jamie fechou a latinha e espichou o corpo a meu lado, gemendo baixinho. As sombras escuras das folhas tremularam frente à palidez de sua camisa. Rolamos o corpo mais para perto um do outro e nos encontramos em um beijo cego e tateante, sorrindo, às remexidas e contorcidas, na tentativa de encontrar uma boa posição para nos deitarmos juntos. Por mais quente que estivesse, eu desejava tocá-lo.

Ele também.

– Sério? – perguntei, espantada. – Como é possível...? Você passou horas de pé!

– Não, só os últimos minutos – retrucou ele. – Desculpe, Sassenach. Eu sei que você está cansada, e eu não pediria... mas estou desesperado.

Ele soltou as minhas nádegas apenas o suficiente para puxar a camisa, e eu, bastante resignada, comecei a desfazer os nós do espartilho a partir das pernas.

– Eu não me incomodo se você dormir no meio – disse Jamie ao pé de minha orelha, tateando o caminho com uma só mão. – Não vou levar muito tempo. Eu só...

– Os mosquitos vão picar a sua bunda – interrompi, tentando achar uma posição melhor para o traseiro e abrindo as pernas. – Não é melhor eu botar um pouco de... ai!

– Ai? – disse ele, em um tom de satisfação. – Bom, tudo bem se você quiser ficar acordada, claro...

Eu belisquei a nádega dele com força e Jamie soltou um leve gemido, riu e lambeu minha orelha. A penetração estava um pouco seca, e ele tateou em busca do unguento antimosquitos.

– Tem certeza...? – comecei, desconfiada. – Ai!

Ele já começava a aplicar o unguento meio líquido, com mais entusiasmo do que destreza, mas seu entusiasmo era mais estimulante do que a destreza. Além disso, um pouco de óleo de hortelã aplicado com vigor nas partes pudendas trazia uma sensação bastante interessante.

– Faça aquele barulho outra vez – pediu ele, respirando forte em minha orelha. – Eu gostei.

Ele estava certo. Não levou muito tempo. Ele permaneceu deitado meio em cima de mim, meio para fora, o coração batendo lento e forte contra o meu peito. Minhas pernas estavam entrelaçadas às dele. Eu sentia os insetinhos voejando em meus tornozelos e nos pés descalços, um pequeno enxame, ávido por aquele pedaço de pele desprotegido. Apertei Jamie com mais força, remexendo de leve o corpo escorregadio, latejante, e... não demorei. Minhas pernas trêmulas relaxaram, soltando-o.

– Posso dizer uma coisa? – falei, depois de sorver intensamente o ar com cheiro de menta. – Os mosquitos não vão morder o seu pênis.

– Não quero saber. Eles podem me levar até a toca deles para alimentar os filhos – murmurou ele. – Venha cá, Sassenach.

Afastei os cabelos úmidos do rosto e me acomodei, satisfeita, no vão do ombro de Jamie, sentindo seu abraço. Àquela altura já havia alcançado a sensação de conforto com a atmosfera úmida na qual eu parava de tentar acompanhar os limites do meu corpo e simplesmente desabei no sono.

Dormi sem sonhar e sem me mover, até ser acordada por uma pontada de câimbra no pé esquerdo, que me fez dar uma remexida. Jamie ergueu de leve o braço, então o reacomodou, enquanto eu me ajeitava, e percebi que ele não estava dormindo.

– Está... tudo bem? – murmurei, sonolenta.

– Sim, tudo bem – sussurrou ele, tirando o meu cabelo do rosto. – Volte a dormir, Sassenach. Acordo você quando for a hora.

Minha boca estava seca, e eu levei um instante para encontrar as palavras.

– Você também precisa dormir.

– Não – respondeu ele, em tom suave, porém muito claro. – Não, eu não pretendia dormir. Tão perto da batalha... eu tenho sonhos. Sonhei nas três últimas noites, e só piora.

Meu braço estava caído sobre o corpo dele. Ao ouvir suas palavras, estendi a mão involuntariamente e toquei seu coração. Pelas coisas que ele dissera durante o sono, eu sabia com o que Jamie havia sonhado. *E só piora.*

– Shh – sussurrou ele, inclinando a cabeça para beijar meu cabelo. – Não se preocupe, *a nighean*. Eu só quero ficar aqui deitado, com você nos braços. É bom vê-la dormindo. Então vou me levantar, com a mente limpa, e fazer o que tem que ser feito.

66

PINTURA DE GUERRA

"Nessun dorma." Que ninguém durma. Era uma ária, como Brianna havia explicado, de uma ópera que ela conhecia e na qual interpretara um papel durante a universidade, vestida em robes chineses. Ian sorriu ao imaginar a prima, mais alta que a maioria dos homens, percorrendo um palco a passos largos, fazendo farfalhar suas vestes de seda. Ele gostaria de ter visto isso.

Pensara nela desde o momento em que abrira a bolsinha de camurça onde estavam suas tintas. Bri era pintora, e das boas. Moía os próprios pigmentos e preparara para ele o ocre avermelhado, o preto e o branco, a partir de carvão e argila seca, além de fazer um verde-escuro usando malaquita moída e um amarelo brilhante com a bile do búfalo que ela e a mãe haviam matado. Nenhum outro homem possuía uma pintura de cores tão profundas, e ele desejou por um momento que Come-Tartarugas e alguns de seus outros irmãos do clã mohawk pudessem estar junto para admirá-las.

Os sons do acampamento distante eram como o canto de cigarras nas árvores perto de um rio: um ruído alto demais para permitir os pensamentos, mas com o qual logo era possível se acostumar. *Que ninguém durma...* As mulheres e as crianças talvez dormissem, mas as prostitutas com certeza não. Não naquele dia.

O pensamento lhe trouxe um espasmo, mas ele o deixou de lado. Ao pensar em Rachel, também deixou de lado, ainda que relutante.

Abriu a caixa de casca de salgueiro com a gordura de cervo e a usou para besuntar o rosto, o peito e os ombros, bem devagar, concentrando a mente. O normal seria conversar com o espíritos da terra nesse momento, então com seus santos particulares, Santa Brígida e São Miguel Arcanjo. Mas ele não via nenhum dos dois. Um espectro de Brianna ainda permanecia com ele, mas Ian sentia a presença forte do pai, o que era desconcertante.

Não parecia respeitoso negligenciar o próprio pai. Em vez disso, Ian interrompeu o que estava fazendo e fechou os olhos, esperando para ver se o pai tinha alguma mensagem para ele.

– Espero que não esteja vindo me avisar que vou morrer – disse, em voz alta. – Porque não pretendo morrer sem pelo menos dormir com Rachel.

– Bom, é um objetivo nobre, tenha certeza. – A voz seca era do tio Jamie, e os olhos de Ian se abriram de repente. Ele estava parado em meio às frondes arrastadas de um chorão, só de camisa.

– Sem farda, tio? – indagou ele, com o coração pulando no peito feito um rato assustado. – O general Washington não vai gostar disso.

Washington era muito apegado à disciplina dos uniformes. Os oficiais *tinham* que estar vestidos a contento o tempo todo. Ele dizia que os continentais não poderiam ser levados a sério como exército se tivessem o aspecto e o comportamento de uma gentalha armada.

– Desculpe interromper, Ian – comentou o tio Jamie, afastando-se do salgueiro. A lua tinha quase baixado. O homem não passava de uma visagem, as pernas despidas sob a camisa voejante. – Aliás, com quem estava falando?

– Ah… Com o meu pai. Ele estava… aqui no meu pensamento, sabe? Quero dizer, eu vivo pensando nele, mas não é tão comum senti-lo *comigo*. Então fiquei pensando se ele teria vindo para avisar que eu morreria hoje.

Jamie assentiu, parecendo não se incomodar.

– Duvido – rebateu. – Está passando a sua pintura, é? Está se aprontando, digo.

– É, eu já ia passar. Quer um pouco? – ofereceu ele, meio em tom de chiste, e foi como Jamie entendeu.

– Eu passaria, Ian. Mas acho que o general Washington poderia me açoitar, caso aparecesse na frente dele com todas as tropas posicionadas e exibindo uma pintura de guerra.

Ian reagiu com um barulhinho divertido. Meteu dois dedos no prato de ocre avermelhado e começou a esfregar no peito.

– Então, o que o senhor está fazendo aqui só de camisa?

– Me lavando – esclareceu Jamie, num tom de voz que sugeria haver algo mais. – E… conversando com os meus mortos.

– Humm… alguém em particular?

– Meu tio Dougal e Murtagh, que era meu padrinho. São os dois que eu mais queria aqui comigo, na batalha. – Jamie se remexeu, meio inquieto. – Quando posso, fico um tempo sozinho antes de um combate. Para me lavar, rezar um pouco e… perguntar se eles vão me acompanhar.

Ian achou aquilo interessante. Não conhecera nenhum dos dois, que haviam morrido em Culloden, mas já tinha ouvido histórias.

– Grandes combatentes – comentou Ian. – O senhor também pediu que meu pai o acompanhasse? Será que é por isso que ele está aqui?

Surpreso, Jamie virou a cabeça na direção de Ian. Em seguida, relaxou e a balançou.

– Nunca precisei pedir a Ian Mòr – explicou, tranquilo. – Ele sempre esteve... ao meu lado.

Ele fez um breve gesto para a escuridão à direita. Os olhos de Ian arderam e a garganta fechou. Mas estava escuro, não importava. Ian pigarreou e estendeu um dos pratinhos.

– O senhor me ajuda, tio Jamie?

– Hã? Ah, claro. Como você quer?

– Vermelho cruzando a testa. Essa parte eu posso fazer. E preto dos pontinhos até o queixo. – Ele correu o dedo pela fileira de pontos tatuados abaixo das maçãs do rosto. – O preto dá força, certo? Declara que somos guerreiros. O amarelo deixa claro que não temos medo de morrer.

– Sim, isso. Vai querer o amarelo hoje?

– Não.

Ele deixou que o humor transparecesse na voz, e Jamie gargalhou.

– Humm...

Jamie foi pincelando a escova de pé de coelho. Com o polegar, espalhou a cor por igual. Ian fechou os olhos e se sentiu encher de força só com o toque.

– Você costuma fazer isso sozinho, Ian? Parece difícil, a menos que tenha um vidro para se ver.

– Quase sempre. Mas às vezes fazemos juntos, um irmão do clã pinta o outro. Quando é importante, como um grande ataque, o feiticeiro nos pinta. E canta enquanto faz isso.

– Não vou cantar, Ian – murmurou o tio. – Bom, eu posso *tentar*, mas...

– Dispenso, obrigado.

Preto na parte inferior do rosto, vermelho na testa e uma faixa de malaquita verde pela fileira tatuada, de orelha a orelha, atravessando a ponte do nariz.

Ian espiou os pratinhos de pigmento. Era fácil identificar o branco, que ele mostrou a Jamie.

– Será que o senhor poderia desenhar uma flechinha, tio? Atravessando a minha testa? – indagou ele, correndo o dedo da esquerda para a direita, a fim de indicar o ponto.

– Posso, sim. – Jamie tinha a cabeça inclinada sobre os pratos de tinta, a mão pairando logo acima. – Mas você não me contou uma vez que o branco significa paz?

– É, se a pessoa estiver indo conversar ou fazer comércio, é bom usar bastante branco. Mas também serve para o luto. Então, se o objetivo for vingar alguém, talvez seja bom usar branco. – Ao ouvir aquilo, Jamie levantou a cabeça e o encarou. – Agora não é por vingança. É por Flecha Voadora. O falecido cujo lugar tomei quando fui adotado.

Ele falava do jeito mais casual possível, mas sentiu o tio se empertigar e olhou para baixo. Nenhum dos dois jamais se esqueceria daquele dia de despedidas, quando ele se juntara aos Kahnyen'kehakas e ambos acharam que seria para sempre.

Ian se inclinou e pôs a mão no braço de Jamie.

– Naquele dia, o senhor disse "*Cuimhnich*" para mim, tio Jamie. E assim eu fiz. *Lembre-se.*

– Eu também, Ian – retrucou Jamie, tranquilo, e desenhou a flecha na testa do sobrinho, tocando-o como um padre na Quarta-feira de Cinzas, marcando-o com o sinal da cruz. – Todos nós. Só isso?

Ian tocou a faixa verde, com todo o cuidado, para garantir que estava seca.

– É, acho que sim. Sabia que Brianna preparou as tintas para mim? Eu estava pensando nela, mas aí achei que não devia levá-la comigo daquele jeito.

Ele sentiu o bafo do tio, que se sentou.

– Sempre leve suas mulheres para a batalha, Ian Òg. Elas são a raiz da sua força.

– Ah, é? – Fazia sentido... e foi um alívio para ele. Mesmo assim... – Eu estava pensando que talvez não fosse certo pensar em Rachel num lugar como este. Ela sendo quacre e tudo o mais.

Jamie enfiou o dedo médio na gordura de cervo, depois no pó de argila branco, delicadamente, e desenhou um grande V no alto do ombro direito de Ian. Mesmo no escuro, aparecia vividamente.

– Pomba branca – disse, assentindo. Parecia contente. – Aí está Rachel para você.

Ele esfregou os dedos na pedra, levantou-se e se alongou. Ian percebeu quando o tio se virou e olhou para o leste. Ainda era noite, mas o ar mudara naqueles poucos minutos em que os dois estiveram sentados. A comprida silhueta do tio era bem distinta em contraste com o céu, onde pouco antes aparecera parte da noite.

– Uma hora, não mais – afirmou Jamie. – Coma alguma coisa antes, ouviu?

Dito isso, ele se virou e partiu rumo ao córrego e às suas preces interrompidas.

67

PROCURANDO COISAS QUE NÃO EXISTEM

William queria parar de procurar coisas que não existiam. Dezenas de vezes durante aquele dia ele tateara em busca da adaga que devia estar em seu cinto. Uma ou duas vezes, atrás de uma das pistolas. Bateu a mão impotente na cintura, sentindo falta da espada, do pesinho firme da algibeira de tiros e do balanço do estojo de cartuchos.

Àquela altura, lá estava ele, suando nu em seu catre, a mão espalmada sobre o peito, onde sem pensar procurara o rosário de madeira. O rosário que, se estivesse com ele, já não seria o conforto que fora por tantos anos. O rosário que já não lhe diria "Mac". Se *ainda* o tivesse, o teria arrancado e jogado na fogueira mais próxima.

Decerto era isso que James Fraser havia feito com ele depois de William ter jogado o rosário na cara do bastardo. Em todo caso, Fraser era o bastardo ali, não era?

– *Scheisse!* – resmungou ele, e se virou para o lado, irritado.

Próximo a ele, Evans se agitou, dormindo, e soltou um peido, um som súbito e abafado feito um canhão distante. Do outro lado, Merbling continuava roncando.

Amanhã. Ele fora para a cama tarde depois de um dia exaustivo e estaria de pé em uma hora, talvez, mas continuava bem acordado, os olhos tão adaptados à escuridão que ele podia divisar logo acima o borrado pálido da lona da tenda. Não conseguiria voltar a dormir. Por mais que não fosse ver nada da ação, a proximidade da batalha o deixava tão aceso que ele poderia ter pulado da cama e partido atrás do inimigo naquele exato momento, de espada na mão.

Haveria uma batalha. Talvez não das maiores, mas os rebeldes estavam mordendo os calcanhares deles. No dia seguinte, ou naquele mesmo, haveria um encontro. Poderia ser o fim das ambições de Washington, embora sir Henry afirmasse que não era seu objetivo. A intenção era levar seu exército e o povo sob sua proteção até Nova York. Só isso importava, ainda que ele não fizesse grandes objeções se seus oficiais optassem por demonstrar sua superioridade militar durante o percurso.

No jantar, William havia permanecido em sentido, atrás da cadeira de sir Henry, de costas para a parede da tenda, escutando com atenção enquanto os planos eram traçados. Na verdade, ele tivera a honra de levar as ordens formais por escrito a Von Knyphausen, cujas tropas marchariam até Middletown ao mesmo tempo que a brigada de Clinton ficaria na retaguarda para lutar contra os rebeldes, enquanto as de milorde Cornwallis escoltariam o trem de bagageiros para um ponto seguro. Por isso ele fora para a cama tão tarde.

De repente, para a própria surpresa, William bocejou e se acomodou. Talvez *conseguisse* dormir um pouco, afinal. Os pensamentos no jantar, nas ordens e em coisas mundanas – como a cor do camisolão de Von Knyphausen, se seria de seda rosa com amores-perfeitos roxos bordados na gola – acalmaram incrivelmente sua mente. Distração. Era disso que ele precisava.

Ele deu um jeito de se acomodar na postura mais confortável que pôde, fechou os olhos e começou a calcular a raiz quadrada dos números maiores do que cem.

Já havia chegado à de 117 e vinha buscando, com certa confusão, o produto de doze vezes seis, quando sentiu uma súbita lufada de ar na pele úmida. Suspirou e abriu os olhos, imaginando que Merbling tinha se levantado para mijar, mas não era o caso. Havia um vulto parado junto à entrada da tenda. A aba não estava fechada, e o vulto era claramente visível, em contraste com o brilho tênue das fogueiras abafadas do lado de fora. Uma moça.

Ele se sentou depressa, tateando em busca da camisa que havia jogado ao pé da cama.

– O que está fazendo aqui? – cochichou, o mais baixo possível.

Ela estivera perambulando, meio a esmo. Ao ouvir William falar, rumou direto para ele. Em segundos, a moça já se apoiava em seus ombros, o cabelo a lhe roçar o rosto. William ergueu as mãos em reflexo e percebeu que ela estava de camisola, os seios soltos e mornos logo abaixo, a centímetros de seu rosto.

Ela recuou e, no que pareceu ser o mesmo movimento, deslizou a camisola por sobre a cabeça, balançou os cabelos e montou nele, as coxas redondas e úmidas pressionando as suas.

– Saia de cima de mim!

Ele a segurou pelos braços e a empurrou. Merbling parou de roncar. Os lençóis de Evans farfalharam.

William se levantou, apanhou a camisola dela e a sua camisa, pegou-a pelo braço e tratou de tirá-la da tenda com o mínimo possível de barulho.

– O que acha que está fazendo? Aqui, vista-se!

Sem a menor cerimônia, jogou a camisola nos braços dela e vestiu a própria camisa, apressado. Os dois não estavam à vista de ninguém, mas poderiam ficar a qualquer momento.

A cabeça dela emergiu da camisola, feito uma flor brotando em um banco de neve. Uma flor bem raivosa.

– Ora, o que *você* acha que eu estava fazendo? – rebateu ela, soltando os cabelos da roupa e afofando com violência. – Tentando lhe fazer uma gentileza!

– Uma… O quê?

– Você vai lutar amanhã, não vai? – Havia luz suficiente para perceber o brilho dos olhos dela a encará-lo. – Os soldados sempre querem sexo antes de uma batalha! Precisam!

William esfregou a mão com força no rosto, roçando a barba por fazer, e respirou fundo.

– Entendi. Sim, muita gentileza sua.

De repente, sentiu vontade de rir. Muito de repente, também, quis tirar proveito da oferta. Mas não a ponto de fazer isso com Merbling de um lado e Evans do outro, de ouvidos a postos.

– Eu não vou lutar amanhã – explicou William, assustando-se com a pontada que sentiu ao dizer isso em voz alta.

– Não vai? Por que não? – Ela também parecia assustada, e um tanto contrariada.

– É uma longa história – respondeu William, tentando ser paciente. – E não é da sua conta. Olhe… eu agradeço a ideia, mas já falei: você não é prostituta, ao menos não por enquanto. E nem é *minha* prostituta.

Embora sua mente tivesse uma ideia do que poderia ter acontecido se ela tivesse subido no catre e o agarrado antes que ele estivesse totalmente desperto…

Ele afastou o pensamento com firmeza, pegou-a pelos ombros e a girou.

– Agora volte para a cama – ordenou, mas sem conseguir evitar um tapinha naquele belíssimo traseiro ao se despedir. Ela virou a cabeça e o encarou.

– Covarde! – exclamou. – Um homem que não faz sexo não luta.

– O quê? – Por um instante, achou que ela não tinha falado nada.

– Você ouviu. Boa… droga… de noite!

Ele a alcançou com duas passadas largas, a segurou pelo ombro e a virou de frente para si.

– E quem foi que ensinou essa dose de sabedoria, posso saber? Foi seu bom amigo, o capitão Harkness? – Ele não sentia tanta raiva, mas o choque da presença inesperada dela ainda reverberava em seu sangue, e ele *estava* irritado. – Eu salvei você da sodomia para jogar na minha cara a minha situação?

Ela recuou o queixo e respirou com força, mas sem demonstrar aflição.

– Que situação?

– Eu já expliquei, maldição! Você sabe o que é o Exército da Convenção?

– Não.

– Então, essa é uma longa história, e eu não vou lhe contar tudo aqui, no meio do acampamento, só de camisa. Agora, vá cuidar da sua irmã e dos rapazes. É a sua função. Eu cuido de mim.

Ela expirou com força, soltando uma bufada.

– Claro que cuida – retrucou, com todo o sarcasmo e uma espiadela no pênis dele, que saltava absurdamente pela camisa, deixando bem clara sua urgência.

– *Scheisse!* – soltou William outra vez.

Então, deu nela um abraço de urso. Pressionou o corpo inteiro contra o dela, e a beijou. Ela resistiu, mas, após um primeiro momento, William percebeu que ela não queria se desvencilhar, e sim provocá-lo ainda mais. Apertou a pegada até ela parar, mas investiu no beijo por um bom tempo.

Finalmente a soltou, ofegante e molhado de suor. O ar estava abafado como asfalto quente. Ela também arfava. Ele poderia tê-la. Queria. Deitá-la de joelhos ali na grama junto à tenda, erguer sua camisola e penetrar nela por trás. Só levariam uns segundos.

– Não – disse ele, esfregando a boca com o dorso da mão. – Não – repetiu, com mais firmeza.

Todos os nervos de seu corpo a desejavam. Se tivesse 16 anos, àquela altura a história toda já teria acabado. Mas ele não tinha, e teve autocontrole suficiente para tornar a virá-la. Segurou-a pelo cangote e pelas nádegas, para imobilizá-la e impedir que ela insistisse.

– Quando chegarmos a Nova York – sussurrou, no ouvido dela –, eu reavalio.

Ela se empertigou, com as nádegas redondas lhe pressionando a mão, mas não se soltou nem tentou mordê-lo, o que ele esperava, de certa forma.

– Por quê? – perguntou ela, com toda a calma.

– Essa é outra longa história – respondeu ele. – Boa noite, Jane.

William soltou a moça e adentrou a escuridão, a passos firmes. Ali perto, ressoaram os tambores do toque de alvorada.

PARTE IV

O dia da batalha

68

SAÍDA NA ESCURIDÃO

Ian percorrera brevemente o território no dia anterior, fazendo o reconhecimento.

– Ainda bem – murmurou para si mesmo.

Não se via a lua no céu, e ele precisava ser precavido e se manter na estrada. Não arriscaria o cavalo no terreno acidentado antes do necessário, e Santa Brígida lhe garantira que o céu estaria totalmente iluminado em breve.

Ainda assim, Ian estava contente com a escuridão e a solidão. Não que a área estivesse morta. A mata à noite ganhava vida, e muitas coisas surgiam na estranha hora do amanhecer, quando a luz começava a se intensificar. Mas nem o som de lebres e arganazes nem o canto sonolento das aves exigiam atenção, e os animais não tomavam o menor conhecimento dele. Depois da partida do tio Jamie, ele tinha concluído suas orações, então saíra sozinho, em silêncio, ainda levando consigo a paz dos preparativos.

Quando vivera com os mohawks, em particular quando as coisas desandaram com Emily, ele passava dias longe da maloca, caçando sozinho com Rollo, deixando que a vida selvagem lhe acalmasse o espírito. Sempre retornava fortalecido. Por reflexo, olhou para baixo, mas Rollo havia ficado com Rachel. A ferida da armadilha estava limpa. Tia Claire passara algo que tinha ajudado, mas ele não deixaria Rollo participar daquela batalha, mesmo que estivesse inteiro e ainda fosse bem mais jovem.

Não havia dúvida do perigo que se avizinhava. E seu corpo se inflava para a luta. Ele sentia o frisson, mas exatamente por isso valorizava ainda mais a quietude momentânea.

– Não vai demorar muito para termos luz, ouviu? – disse baixinho para o cavalo, que o ignorou.

Ele tocou a pomba branca em seu ombro e seguiu em frente, ainda quieto, porém não sozinho.

Os homens tinham dormido sobre as armas a noite toda, por ordem de sir Henry. Por mais que ninguém tivesse, de fato, deitado em cima de um mosquete e um estojo de balas, havia uma sensação de alerta em dormir com as armas tocando o corpo, uma prontidão em despertar do sono mais depressa.

William não tinha arma com a qual dormir. Na verdade, não estava dormindo. Nem por isso estava menos alerta. Não lutaria, o que lamentava profundamente, mas, por Deus, não estaria de fora.

O acampamento estava alvoroçado: tambores ribombavam pelos corredores de tendas, convocando os soldados, e o ar estava tomado pelo cheiro de pão, porco e sopa de ervilha.

Ainda não havia sinal visível de alvorada, mas ele já sentia o sol logo ali, pouco abaixo do horizonte, erguendo-se com a lenta inevitabilidade de seu domínio diário. O pensamento trouxe a clara lembrança da baleia que vira na viagem à América: uma sombra escura sob a lateral do navio, facilmente confundível com uma mudança no brilho das ondas, mas que lentamente se adensava, suscitando o sufocante fascínio de vê-la subir, tão perto, tão imensa. E, de repente, estava *ali*.

Ele apertou bem as jarreteiras, afivelou as joelheiras e calçou as botas hessianas. Pelo menos tinha outra vez o gorjal, que dava um toque de cerimônia à tarefa mundana de se vestir. O gorjal, claro, o fazia pensar em Jane, como se algum dia ele fosse conseguir usá-lo *sem* se lembrar daquela maldita moça e dos fatos recentes.

Ele tinha se arrependido de não ter aceitado sua oferta. Ainda podia sentir seu cheiro, suave e almiscarado. Seu comentário também continuava a chateá-lo, e ele bufou e ajustou a casaca nos ombros. Talvez pensasse mais uma vez naquilo *antes* que chegassem a Nova York.

Seus pensamentos frívolos foram interrompidos pela aparição de outro dos auxiliares de sir Henry, o capitão Crosbie, que enfiou a cabeça pela aba da tenda, muitíssimo agitado.

– Ah! Aí está você, Ellesmere. Eu esperava encontrá-lo aqui.

Ele jogou um bilhete dobrado para William e desapareceu.

William tornou a bufar e recolheu o papel do chão. Tanto Evans quanto Merbling já haviam saído, pois tinham tropas de verdade a inspecionar e comandar. Ele os invejava amargamente.

O bilhete era do general sir Henry Clinton, e acertou seu estômago com força. *Tendo em vista sua situação peculiar, acho melhor permanecer hoje com o pessoal administrativo...*

– *Stercus!* – exclamou ele, sentindo que o alemão era insuficiente para expressar seus sentimentos. – *Excrementum obscaenum! Filius mulieris prostabilis!*

William sentiu um aperto no peito e quis bater em alguma coisa. Seria inútil apelar para sir Henry, e ele sabia disso. Mas passar o dia encarando o nada, na tenda dos escriturários... O que havia a *fazer* ali, se ele não tinha permissão de levar despachos nem de fazer o trabalho subalterno, porém necessário, de pastorear os seguidores do acampamento e os legalistas? O quê? Será que teria que buscar o jantar dos escriturários ou segurar uma tocha em cada mão quando escurecesse, feito uma merda de um candelabro?

Estava prestes a amassar o bilhete, quando outra inoportuna cabeça se intrometeu, seguida de um corpo elegante: capitão André, vestido para a batalha, espada na lateral do corpo e pistolas no cinto. William o encarou com antipatia, embora o sujeito fosse, na realidade, um camarada afável.

– Aí está você, Ellesmere – cumprimentou André, contente. – Eu esperava que ainda não tivesse saído. Preciso que leve depressa um despacho para mim. Para o coronel Tarleton, da Legião Britânica, os novos provincianos, os homens de verde. Sabe quem é?

– Sei, sim. – Com uma sensação estranha, William pegou o despacho selado. – Com certeza, capitão.

– Bom rapaz. – André sorriu, apertou-lhe o ombro e saiu a passos largos, em ebulição com a promessa da ação iminente.

William respirou fundo, dobrou com cuidado o bilhete de sir Henry e o deixou sobre o catre. Se perguntassem, ele poderia facilmente alegar que, dada a urgência da solicitação do capitão André, tinha saído sem ler o bilhete de sir Henry.

Em todo caso, duvidava que sua ausência seria sentida.

69

COM AS GALINHAS

Talvez fossem umas quatro da manhã. Ou a hora das galinhas, como a Força Armada Britânica costumava dizer, em minha época. A sensação de deslocamento temporal retornara outra vez, e as lembranças de outra guerra despontavam como uma névoa súbita, então desapareciam em um instante, deixando o presente vívido e nítido como um filme fotográfico. O exército avançava.

Nenhuma névoa obscurecia Jamie. Ele era forte e sólido, os contornos claramente visíveis em contraste com a noite. Eu estava desperta e alerta, vestida e a postos, mas o calafrio do sono ainda me dominava, deixando meus dedos dormentes. Sentindo o calor dele, eu me aproximei, como faria de uma fogueira. Ele conduzia Clarence, que estava ainda mais quente, embora bem menos alerta, de orelhas baixas.

– Você fica com Clarence – disse Jamie, entregando-me as rédeas do burro. – E com *isto*, para garantir que ninguém o roube de novo.

"Isto" era um pesado par de pistolas no coldre, penduradas em um cinto de couro que também abrigava uma sacola de munição e polvarim.

– Obrigada – respondi, engolindo em seco.

Prendi as rédeas em um galho de árvore e ajeitei as pistolas no cinto. As armas eram incrivelmente pesadas, mas eu não negava que o peso em minha cintura também era muitíssimo reconfortante.

– Muito bem – concluí, olhando em direção à tenda onde estava John. – E quanto a...?

– Já cuidei disso – interrompeu ele. – Junte o resto das suas coisas, Sassenach. Não tenho mais do que um quarto de hora, no máximo, e preciso de você comigo quando eu for.

Eu o vi se afastar a passos firmes, alto e resoluto, rumo à multidão. *Vai ser hoje?,* pensei, como tantas outras vezes. *Será esse nosso último momento juntos?* Permaneci parada, imóvel, com a maior atenção possível.

Ao perdê-lo pela primeira vez, antes de Culloden, eu recordara todos os instantes de nossa última noite juntos. Ao longo dos anos, detalhes retornavam a mim: o gosto salgado de seu suor, a curva de seu crânio enquanto eu segurava sua cabeça; os pelos finos na nuca, úmidos em meus dedos... O esguicho súbito e mágico de seu sangue, à luz da aurora, quando cortei sua mão e o fiz para sempre meu. Tudo isso o manteve a meu lado.

Quando eu o perdi para o mar, recordava a sensação de tê-lo ao meu lado, quente e sólido em minha cama, o ritmo de sua respiração. O luar que iluminava os ossos de seu rosto, o rubor de sua pele ao sol nascente. Eu ouvia sua respiração ao me deitar na cama, sozinha, em meu quarto na Chestnut Street – lenta, cadenciada, incessante –, mesmo sabendo que *havia* parado. O som me confortava, depois me enlouquecia. Eu puxava o travesseiro com mais força por sobre a cabeça, em uma vã tentativa de abafá-lo, apenas para emergir no quarto escuro, envolto em fumaça de lareira, cera de vela e uma luz fugidia, e tirava conforto em ouvi-lo mais uma vez.

E se desta vez...? Jamie se virou, como se eu o chamasse. Veio depressa até mim e me abraçou.

– Não vai ser hoje – disse, em uma voz baixa e firme.

Então, ele me ergueu e selou em mim um beijo suave. Eu ouvi um breve gracejo dos homens por perto, mas não importava. Mesmo que fosse hoje, eu me lembraria.

Jamie caminhou a passos firmes em direção a suas companhias, reunidas à espera junto ao rio. O sopro da água e a bruma que subia eram reconfortantes, envolvendo-o um pouco mais na paz da noite e trazendo para perto a força de seus familiares. Ele havia pedido que Ian Mòr ficasse com Ian Òg, como era certo, mas tinha a estranha sensação de ainda ter três homens consigo.

Ele precisaria da força de seus mortos. Trezentos homens, que ele só conhecia havia dias. Nas batalhas anteriores, eram homens de seu sangue, de seu clã, que o conheciam e confiavam nele. Jamie também os conhecia e confiava neles. Aqueles homens ali eram estranhos. Mesmo assim, tinha a vida de todos eles nas mãos.

Não estava preocupado com a falta de treinamento. Eles eram brutos e indisciplinados, uma simples turba em contraste com os soldados continentais que haviam treinado durante todo o verão sob a tutela de Von Steuben. Ao pensar no pequeno prussiano em formato de barril, ele sorriu.

Suas tropas sempre foram feitas desse tipo de homens: fazendeiros e caçadores, retirados de suas ocupações cotidianas, armados de foices e enxadas, bem como de mosquetões e espadas. Se confiassem em Jamie, lutariam por ele – e com ele – feito demônios.

– Como está, reverendo? – perguntou ele baixinho ao pastor.

O pastor tinha acabado de abençoar seu rebanho de voluntários e estava agachado no meio deles em seu casaco preto, os braços ainda meio estendidos, feito um espantalho protegendo seu campo brumoso ao amanhecer.

O rosto do homem, sempre carrancudo, iluminou-se ao ver Jamie, que percebeu que o céu também havia começado a clarear.

– Tudo bem, senhor – disse Woodsworth, com a voz rouca. – Estamos prontos.

Graças a Deus ele não mencionou Bertram Armstrong.

– Que bom – respondeu Jamie sorrindo e vendo todos os rostos se iluminarem, tocados pela alvorada. – Sr. Whelan, sr. Maddox, sr. Hebden... estão todos bem esta manhã, assim espero!

– Estamos – murmuraram os homens, timidamente gratos por ele saber seus nomes.

Jamie desejava saber todos, mas fazia o melhor que podia, decorando nomes e rostos de um punhado de homens em cada companhia. Talvez isso lhes desse a ilusão de que ele conhecia a todos. Ele esperava que sim; cada um precisava saber como era importante.

– Pronto, senhor.

Era o capitão Craddock, um de seus três capitães, tenso e empertigado frente à importância da ocasião, seguido de Judah Bixby e Lewis Orden, dois dos tenentes de Jamie. Bixby não tinha mais do que 20 anos, e Orden talvez fosse um ano mais velho. Os dois mal disfarçavam a empolgação. Jamie sorriu, sentindo a alegria da juventude ecoar no próprio sangue.

Ele percebeu que havia alguns homens *muito* jovens entre os milicianos. Dois meninos meio crescidos, compridos e magrelos feito espigas de milho... Quem eram? Ah, sim! Os filhos de Craddock. A mãe dos garotos tinha morrido havia apenas um mês, e eles se juntaram à milícia com o pai.

Deus, permita que eu traga esses dois de volta sãos e salvos, pediu.

Então, sentiu uma mão pousar brevemente sobre seu ombro, e soube quem era o terceiro homem que caminhava com ele.

Taing, Da, pensou. Piscou e ergueu o rosto, tentando fingir que as lágrimas eram por conta do brilho do dia que nascia.

Amarrei Clarence a uma estaca e retornei à tenda, menos irritada, porém ainda empolgada. Fosse lá o que estivesse para acontecer, aconteceria depressa, e certamente sem aviso. Fergus e Germain tinham ido buscar o café da manhã. Esperava que eles aparecessem antes de minha saída, pois, quando chegasse a hora, eu teria que ir embora, a despeito de minhas reservas quanto a abandonar um paciente. Qualquer paciente.

O paciente em questão estava deitado, sob a luz do lampião, o olho bom meio fechado, cantarolando sozinho em alemão. Quando entrei, ele parou e virou a cabeça, para saber quem se aproximava. Ao ver minha armas, John se surpreendeu.

426

– Estamos no aguardo de invasão e captura iminentes? – indaguei, sentando-se.

– Deite-se. Não, é só precaução de Jamie. – Toquei com cuidado uma das pistolas. – Nem sei se estão carregadas.

– Com certeza estão. Aquele homem não faz nada pela metade.

Ele se recostou de volta, com um leve gemido.

– Você acha que o conhece muito bem, não é? – perguntei, em um tom cortante que surpreendeu a mim mesma.

– Acho, sim – respondeu John de bate-pronto, sorrindo de leve frente à minha expressão. – Não tanto quanto você, sob certos aspectos, tenho certeza. Mas talvez melhor ainda sob outros. Nós dois somos soldados.

Ele inclinou a cabeça, indicando a algazarra militar do lado de fora.

– Se você o conhece assim tão bem, devia ter tido o bom senso de não dizer o que disse a ele.

– Ah. – O sorriso desapareceu, e ele ergueu um olhar contemplativo para a lona. – Eu tive bom senso. Só que falei mesmo assim.

– Ah – retruquei, sentando-me junto à pilha de bolsas e suprimentos que ainda resistiam.

Eu teria que deixar muitas coisas para trás. Conseguiria transportar uma boa parte nas bolsas e nos alforjes de Clarence, mas não tudo. O exército recebera instruções de abandonar quase todos os seus pertences em prol da velocidade, exceto armas e cantis.

– Ele contou o que foi? – perguntou John, depois de um instante, em um tom forçadamente casual.

– Não, mas eu posso adivinhar. O que você disse?

Comprimi os lábios, sem olhar para ele, escolhendo em vez disso enfileirar umas garrafas sobre um baú. Eu tinha arrumado sal com o estalajadeiro a fim de preparar uns frascos de soro fisiológico, e lá estava o álcool… Apanhei a vela e comecei a gotejar cera cuidadosamente sobre as rolhas, para que o conteúdo dos frascos não se derramasse pelo caminho.

Eu não quis insistir na história do olho de John. Qualquer discussão poderia nos levar um pouco perto demais da prisão de Wentworth, deixando a coisa desconfortável. Por maior que fosse a proximidade entre Jamie e John durante os últimos anos, eu tinha certeza de que Jamie jamais contara a John sobre Black Jack Randall e o que havia acontecido em Wentworth. Ele só contara a Ian, havia muitos anos – portanto, Jenny também devia saber, embora eu duvidasse que ela fosse comentar isso com Jamie.

John decerto presumiria que Jamie o havia esmurrado unicamente por repulsa a algo abertamente sexual… ou por ciúme de mim. Talvez não fosse muito justo deixar que ele pensasse isso… mas a justiça não influenciava em nada esse caso.

Mesmo assim, eu lamentava a desavença entre os dois. Sabia quanto a amizade de John significava para Jamie, e vice-versa. E, por mais que estivesse muito aliviada em não ser mais casada com John, eu me importava com ele.

Além disso, mesmo que a barulheira e o movimento à minha volta me impelissem a esquecer tudo além da urgência da partida, eu sabia que talvez aquela fosse a última vez que eu veria John.

Suspirei e comecei a enrolar os frascos em toalhas. Deveria acrescentar tudo que trouxera de Kingsessing, mas...

– Não se aborreça, minha querida – disse John, com delicadeza. – Você sabe que tudo vai se ajeitar... desde que vivamos por tempo suficiente.

Eu o encarei e assenti. Olhei para a aba da tenda, de onde vinha o alarido de um acampamento militar se preparando para partir.

– Bom, *você* provavelmente vai sobreviver. A não ser que diga a coisa errada para Jamie antes de sairmos, e ele quebre o seu pescoço.

Ele lançou o mais breve olhar a uma coluna de luz clara, e fez uma careta.

– Você nunca precisou fazer isso, não é? – indaguei, ao ver o rosto dele. – Sentar-se e aguardar uma batalha, imaginando se alguém que você gosta vai retornar.

– Não, não precisei pensar em ninguém além de mim mesmo – respondeu ele.

No entanto, percebi que a observação o havia magoado. Aquela ideia *nunca* lhe ocorrera, e ele não gostava dela.

Bem-vindo ao clube, pensei, muito cínica.

– Acha que vão pegar Clinton? – perguntei, depois de um instante de silêncio.

Ele deu de ombros, quase irritado.

– Como vou saber? Não faço a menor ideia de onde estão as tropas de Clinton... Nem de onde está Washington, tampouco de onde nós estamos, para ser sincero.

– O general Washington deve estar uns 30 metros para lá – respondi, apanhando uma cesta de ataduras e gazes de algodão e meneando a cabeça em direção ao ponto onde eu vira o comandante pela última vez. – E ficarei surpresa se o general Clinton estiver muito longe disso.

– Ah, é? E por que ficaria, madame? – retorquiu ele, agora achando graça.

– Porque faz uma hora que chegou a ordem de ejetarmos todos os suprimentos desnecessários... só não sei se ele realmente falou "ejetar", pensando bem, pois talvez não seja uma palavra corriqueira hoje em dia. Por isso estávamos inspecionando os homens, quando encontramos você... para deixarmos para trás todos os incapazes de marchar por muito tempo. Ao que parece, esse tipo de prevenção é necessário. Mas você sabe o que está acontecendo. Se *eu* consigo ouvir, você certamente consegue.

Qualquer pessoa com olhos e ouvidos percebia a excitação nervosa no acampamento, via os preparativos apressados, as breves rixas e os xingamentos quando os homens se trombavam, a gritaria dos oficiais, quase chegando à violência de revirar os olhos e bater os chifres, os zurros dos burros... Esperei que ninguém roubasse Clarence antes do meu retorno.

John assentiu, em silêncio. Eu vi que ele ponderava a respeito da situação, bem como das óbvias implicações.

– Sim, "ejetar" não é uma palavra comum, sem dúvida – disse ele, absorto. – Embora costume ser mais ouvida em termos de carga marítima. Mas...

Ele se remexeu um pouco, percebendo as implicações do que eu tinha dito, e me encarou com firmeza com o olho destapado.

– Não faça isso – falei, gentilmente. – Vai machucar o outro olho. E o que eu sou ou não sou não é importante agora, certo?

– Não – murmurou ele, fechado o olho um instante, então tornando a abrir e encarando a lona acima.

A alvorada chegava. A lona amarela começava a reluzir, e o ar à nossa volta estava espesso de poeira e cheirava a suor seco.

– Eu sei muito pouco do que é do interesse do general Washington, e ficaria surpreso se ele já não soubesse tudo que sei. Não sou oficial da ativa e... bom, não era, até o desgraçado do meu irmão resolver me recolocar na lista de seu maldito regimento. Você sabia que por conta dele eu quase fui *enforcado*?

– Não, mas bem parece coisa dele – respondi, com uma risada, apesar da inquietação.

– O que você...? Ah, meu Deus. Você *conheceu* Hal?

Ele se ergueu e se apoiou no cotovelo.

– Conheci. Deite-se que eu conto tudo.

Nenhum de nós iria a lugar algum durante os minutos seguintes, pelo menos, então contei toda a história de minhas aventuras com Hal na Filadélfia, enquanto enrolava ataduras, ajeitava a minha caixa de remédios e coletava os itens de meu estoque que julgava mais importantes. Em uma emergência, poderia estar reduzida ao que pudesse transportar nas costas correndo, então preparei uma mochila tendo em mente essa possibilidade, enquanto declarava a John as minhas opiniões acerca de seu irmão.

– Meu Deus, se ele pensa que existe chance de impedir o casamento de Dorothea e o dr. Hunter... Acho que eu pagaria uma boa quantia para entreouvir a conversa, quando ele conhecer Denzell – observou John. – Em quem você apostaria, considerando que Hal não tem o respaldo de um regimento para reforçar suas opiniões?

– A essa altura, os dois provavelmente *já* se conheceram. Quanto às probabilidades... escolho Denzell, três para dois – concluí, depois de refletir por um instante. – Ele tem a seu lado não apenas Deus, mas o amor de Dorothea. Acho que isso tem mais peso do que as... convicções autocráticas de Hal?

– Eu chamaria de pura crueldade. Por outro lado, sou irmão dele. Posso me permitir certas liberdades.

Uma conversa em francês anunciou a chegada de Fergus e Germain, ao que me levantei abruptamente.

– Eu não posso... – comecei, mas ele ergueu a mão, interrompendo-me.

– Então adeus, minha querida – disse ele, baixinho. – E boa sorte.

70

UM ÚNICO PIOLHO

Mal se passara uma hora desde a alvorada do que seria, sem dúvida, mais um dia de calor brutal, mas por ora o ar se mantinha fresco. Tanto William quanto Visigodo estavam felizes. Ele foi serpenteando por entre a massa escaldante de homens, cavalos, armões e outras parafernálias de guerra, assobiando tranquilo a canção "O rei torna a gozar dos seus".

Os vagões bagageiros já estavam sendo preparados. Uma grande nuvem de poeira se erguia, encrespada, permeada pelo dourado do sol nascente, desde o refúgio dos caminhoneiros perto da divisão de Von Knyphausen, acampada a 400 metros de distância, ao outro lado de Middletown.

Partiriam em direção a Sandy Hook – e na companhia de Jane, Fanny, Zeb e Colenso, assim ele esperava. Uma breve recordação sensorial da pele das pernas de Jane lhe veio à mente e, por um instante, William parou de assobiar. Mas logo tratou de tirar aquilo da cabeça. Havia um trabalho a ser feito!

Ninguém sabia direito onde estava a Legião Britânica, embora se presumisse que estaria em algum ponto nos arredores da divisão de Clinton, sendo ela um de seus regimentos pessoais, reunido apenas um mês antes em Nova York. Podia até ser arriscado, mas William estava inclinado a apostar que, naquelas condições, poderia escapar da vista de sir Henry.

– É como pegar um piolho na peruca de um francês – murmurou, com uns tapinhas no pescoço de Visigodo.

O cavalo se mostrava descansado e serelepe, mal esperando para chegar à estrada e sair a galope. A divisão de Clinton vigiava a retaguarda em Middletown, distância suficiente para refrear o ímpeto dos pinotes de Visigodo. Primeiro, porém, eles teriam que atravessar a massa esparramada de seguidores do acampamento, que acordava aos trancos e barrancos, num desespero apressado. Ele mantinha Visigodo em rédea curta, para que o animal não pisoteasse uma criança, já que dezenas de pirralhos se amontoavam feito gafanhotos.

Ao erguer o olhar, William avistou uma silhueta familiar na fila do pão, e seu coração deu um salto de prazer: Anne Endicott, de roupas diurnas, mas sem chapéu, o cabelo escuro numa trança grossa que descia pelas costas. A visão lhe rendeu um *frisson* de intimidade, e ele mal se conteve para não chamar a moça.

Teria tempo de sobra depois da batalha.

71

FOLIE À TROIS

Fergus havia me trazido um enrolado de salsicha e um caneco de café. Café de verdade, que espanto.

– Milorde vai mandar buscá-la dentro em breve – disse ele, entregando-me a comida e a bebida.

– Ele está quase pronto? – O lanche estava fresquinho e quente. Eu sabia que talvez fosse a última coisa que comeria em um bom tempo, mas mal senti o sabor. – Será que dá para eu trocar o curativo de lorde John?

O ar de urgência à nossa volta era perceptível, e minha pele havia começado a comichar.

– Vou dar uma olhada, milady. Germain?

Fergus inclinou a cabeça para a entrada e acenou para que Germain fosse junto. Mas Germain, talvez por lealdade a John ou medo de ficar sozinho com Jamie – que claramente falara sério quando mencionou que seria castigado –, quis permanecer na tenda.

– Eu vou ficar bem – garantiu John ao menino. – Vá com o seu pai.

Ele ainda estava pálido e suado, mas a mandíbula e as mãos haviam relaxado. A dor não estava muito forte.

– Sim, ele vai ficar bem – reforcei a Germain, mas assenti para Fergus, que saiu sem dizer palavra. – Pegue um pouco de gaze limpa para mim, sim? Depois pode vir me ajudar, enquanto o lorde descansa. Quanto a você – falei, virando-me para John –, fique deitado, paradinho e de olhos fechados. E nao se meta em confusao, se é que é possível.

Ele cravou em mim o olho bom, com um leve tremor ao sentir que o movimento repuxava o ruim.

– Está *me* acusando de ter causado o imbróglio que resultou no meu ferimento, madame? Porque eu recordo muito bem que a senhora desempenhou um pequeno papel nisso tudo. – Ele soava bastante atravessado.

– Eu não tive absolutamente nada a ver com a sua chegada *aqui* – rebati com firmeza, embora sentisse as bochechas vermelhas. – Encontrou a gaze, Germain?

– O mel não vai atrair as moscas, vovó? – Germain me entregou a gaze, mas permaneceu no catre, franzindo o cenho para seu ocupante. – Sabe o que eles dizem? Mel atrai mais moscas do que vinagre. Não dá para botar vinagre em vez de mel?

Era um ponto a considerar. Não estávamos a grande distância dos carroceiros. Podia ouvir os burros zurrando e fungando. Moscas recém-despertas, ainda zonzas de sono, haviam rondado meus ouvidos enquanto eu desfazia o curativo antigo.

– Certo. Vinagre não, mas menta pode ajudar. Pegue a latinha com a flor-de-lis e esfregue unguento no rosto e nas mãos do lorde… *Não* deixe cair nos olhos. Depois pegue a caixa pequena…

– Eu sou perfeitamente capaz de esfregar unguento em mim mesmo – interrompeu John, estendendo a mão a Germain. – Aqui, me dê a latinha.

– Fique quieto – retruquei, também muito atravessada. – Quanto ao que você é capaz de fazer, eu estremeço só de pensar.

Eu tinha posto um pratinho de mel para aquecer junto ao lampião. Enchi a seringa, injetei o mel em torno do olho ruim, preparei um quadradinho de gaze, acomodei com delicadeza na órbita do olho e envolvi sua cabeça com ataduras limpas, para prender o curativo no lugar, enquanto refletia algumas questões.

– Germain… vá encher o cantil, sim?

Já estava quase cheio, mas ele gentilmente o pegou e foi, deixando-me sozinha com John.

– Devo deixar Germain com você? – perguntei, enfiando os últimos itens em meu estojo de primeiros socorros. – E Fergus?

– Não – respondeu ele, meio assustado. – Por quê?

– Bom… proteção. Para o caso de monsieur Beauchamp retornar.

Eu não confiava nem um pouco em Percy. Também não sabia ao certo se devia deixar que o lorde se aproximasse demais de Fergus, mas me ocorrera que talvez John pudesse ser de alguma proteção a *ele*.

– Ah. – Ele fechou o olho bom um instante, então tornou a abrir. – Pois bem, *esse* imbróglio realmente foi por minha conta. Mas, por mais que a presença de Germain seja formidável, não devo precisar de guarda-costas. Duvido muito que Percy pretenda me atacar ou sequestrar.

– Você… se importa com ele? – perguntei, curiosa.

– E por acaso isso é da sua conta? – retrucou ele, impassível.

Enrubesci, mas respirei algumas vezes antes de responder:

– É – falei, por fim. – Eu acho que é, sim. Seja lá qual tenha sido o meu papel nessa… nessa…

– *Folie à trois?* – sugeriu ele, e eu dei uma risada. Havia contado a ele o que era uma *folie à deux*, fazendo referência à obsessão compartilhada entre a sra. Figg e a lavadeira em relação a gavetas engomadas.

– Isso basta. Mas, sim, é da minha conta. Pelo bem de Jamie, não do seu.

Só que também era pelo bem dele. O choque e a urgência dos últimos eventos me impediram de refletir sobre a situação, mas eu tinha certeza de que Jamie havia refletido. E agora, já bastante desperta e sem me distrair por minhas próprias questões, os pensamentos me alcançavam com desconcertante rapidez.

– Você se lembra de um capitão André? – perguntei, abruptamente. – John André. Estava na *mischianza*.

– Posso ter perdido algumas coisas no curso dos últimos dias – respondeu John, um pouco azedo –, mas *ainda* não perdi a memória nem as faculdades mentais. Conheço André, claro. Um jovem bastante sociável e artístico. Era convidado para todos os cantos da Filadélfia. Integra o pessoal do general Clinton.

– Você sabia que ele também é espião?

Meu coração pulsava nas orelhas e, de súbito, senti o espartilho apertado demais. Será que estava prestes a fazer algo terrivelmente irrevogável?

Ele piscou os olhos, obviamente assustado.

– Não. Por que pensaria isso dele? E por que me contaria a respeito?

– Porque – respondi, no tom mais tranquilo que pude – ele vai ser pego no ato, daqui a um ano ou dois. Vai ser encontrado atrás das linhas americanas, em vestimentas civis, com documentos incriminadores acerca de sua pessoa. E vai ser enforcado pelos americanos.

As palavras pairaram no ar, muito visíveis, como se tivessem sido escritas em fumaça negra. John abriu a boca, então tornou a fechá-la, claramente aturdido.

Eu podia ouvir todos os sons do acampamento à nossa volta: as conversas, os gritos ocasionais, os relinchos de cavalos e burros, a batida de um tambor ao longe, convocando os homens… a quê? Alguém ali perto tocava uma flauta, as notas agudas estourando sempre no mesmo ponto. O ribombo constante e agudo da roda de moagem, o frenético amolar de metais pela última vez. E o zumbido cada vez maior das moscas.

Elas vinham voejando para dentro da tenda em pequeninas nuvens carnívoras. Duas pousaram na testa de John, que as expulsou, irritado. A lata de repelente de insetos estava no catre, onde Germain havia deixado. Eu estendi a mão para pegá-la.

– Não – disse ele, muito ríspido, e tomou a lata de minha mão. – Eu posso… Não me toque, por favor.

Sua mão tremia. John removeu a tampa com certa dificuldade, e não o ajudei. Eu tinha as pontas dos dedos frias, apesar do ar sufocante da tenda.

Ele havia se rendido a Jamie pessoalmente, entregado sua condicional. Jamie era quem teria que entregá-lo ao general Washington. *Teria*. Muita gente tinha visto o incidente, sabia onde John estava e, àquela altura, o que ele era

John não se sentou, mas conseguiu pegar com o polegar um punhado do sebo mentolado da latinha e esfregar no rosto e no pescoço.

– Você não tinha nada na roupa – arrisquei-me a dizer, com vaga esperança. – Nenhum documento incriminador.

– Eu tinha a minha autorização de comissão no bolso quando a milícia rebelde me levou, nos arredores da Filadélfia – respondeu ele, em tom abstrato, como se não fosse algo importante. Esfregou unguento nas mãos e nos punhos. – Não prova a espionagem em si, mas sem dúvida prova que eu era um oficial britânico, não uniformizado e possivelmente atrás das linhas americanas à época. Não diga mais nada, querida. É muito perigoso. – Ele tampou a latinha e a entregou para mim. – É melhor você ir – concluiu baixinho, cravando os olhos nos meus. – Não é bom ser vista a sós comigo.

– Vovó? – Germain empurrou a aba da tenda, vermelho feito um tomate sob a franjinha desgrenhada. – Vovó! Venha logo! *Papa* disse que *grandpère* está chamando a senhora!

Ele desapareceu e eu, mais do que depressa, apanhei minhas coisas, equipando-me de bolsas e caixas. Rumei para a aba da tenda, mas parei um instante e me virei para John:

– Eu já devia ter perguntado... Ele gosta de *você*? – indaguei.

Ele fechou o olho bom e apertou os lábios um instante.

– Espero que não – respondeu.

Corri atrás de Germain, com a mochila médica pendurada no ombro, abarrotada de garrafas cheias, uma caixinha de instrumentos extras e suturas debaixo do braço, as rédeas de Clarence na mão e a mente tão agitada que mal enxergava um palmo à minha frente.

Percebi, então, que eu não tinha dito a John nada que ele não soubesse. Bom... exceto pelo relato sobre o futuro do capitão André, que não era de importância direta no momento, por mais assustador que fosse.

Ele havia interrompido a minha fala porque já sabia o perigo que corria, bem como quais seriam os prováveis efeitos em Jamie e em mim.

Não é bom ser vista a sós comigo.

Pois em dado momento, eu havia sido sua esposa. Era esse seu pensamento, mas ele não quis expressar, até que forcei a questão.

Se alguma coisa acontecesse – se ele descumprisse a condicional e escapasse –, muito certamente recairia sobre mim a suspeita de ter alguma participação, suspeita essa que seria muito mais pronunciada se alguém testemunhasse uma conversa particular entre nós dois. E sobre Jamie, a suspeita de cumplicidade, na pior das hipóteses, ou na melhor, de ter uma esposa desleal tanto a ele quanto à causa da independência... No fim, eu poderia tranquilamente acabar em uma prisão militar. E Jamie também.

Mas se John *não* escapasse... ou se escapasse, mas fosse recapturado...

A estrada se estendia à minha frente, e Jamie estava lá, em seu cavalo, segurando as rédeas de minha égua. E era com Jamie que eu cruzaria o Rubicão naquele dia, não com John.

O marquês de La Fayette aguardava no ponto de encontro, de rosto vermelho e olhos vívidos, cheio de expectativa. Jamie não pôde evitar um sorriso ao ver o jovem francês, pego desatento em seu glorioso uniforme com paramentos de seda vermelha. Ele não era inexperiente, apesar da juventude e da óbvia virtude francesa. Contara a Jamie sobre a batalha em Brandywine, um ano antes, na qual fora ferido na perna, e como

Washington insistira para que deitasse a seu lado e o envolvera em sua própria capa. Gilbert idolatrava Washington, que não tinha filhos e claramente sentia profunda afeição pelo marquês.

Jamie olhou Claire, para ver se ela apreciava a elegante toalete de La Fayette, mas ela tinha o cenho franzido para um grupo de homens a distância, à frente dos soldados continentais enfileirados. Claire não estava de óculos. Jamie, que enxergava de longe com facilidade, ergueu-se um pouco no estribo para olhar.

– General Washington e Charles Lee – disse ele, sentando-se de volta na sela. La Fayette, ao vê-los, deu um giro e rumou para os oficiais mais antigos. – Imagino que seja melhor eu me juntar a eles. Já está vendo Denzell Hunter?

Ele tinha em mente confiar Claire aos cuidados de Hunter. Não pretendia que ela ficasse vagando no campo de batalha sozinha, a despeito de toda a sua utilidade ali, e estava com medo de deixá-la só.

Hunter, porém, conduzia seu carroção e não conseguia acompanhar a marcha dos homens. Nuvens de terra se ergueram por milhares de pés ávidos. E ele tossia cada vez mais.

– Não – respondeu ela. – Não se preocupe. – Ela sorriu, cheia de coragem, embora com o rosto pálido. E Jamie sentiu o lampejo de medo nas próprias entranhas. – Está tudo bem?

Ela sempre o encarava daquela forma inquisidora quando ele partia para lutar, como se desejasse reter seu rosto na memória, caso fosse morto. Jamie sabia por que ela fazia isso, mas se sentia estranho... e já estava incomodado aquela manhã.

– Sim, muito bem – respondeu Jamie, então tomou a mão dela e a beijou. Devia ter esporeado o cavalo e ido embora, mas permaneceu ali um instante, sem querer partir.

– Você... – começou ela, então parou.

– Se estou de cueca limpa? Estou, mas acho que terá sido um esforço inútil quando começarem os disparos, sabe? – O gracejo foi bem fraco, mas Claire riu e ele se sentiu melhor. – O que ia perguntar?

– Não tem importância. Não pense em mais nada por enquanto. Só... tome cuidado, sim?

Ela engoliu em seco, e o coração de Jamie apertou.

– Pode deixar – respondeu ele, e recolheu as rédeas, mas olhou para trás, para ver se Ian estava chegando.

Ela estava bastante segura entre as companhias que se formavam, mas Jamie estaria mais feliz sabendo que haveria alguém para cuidar dela.

Se lhe dissesse isso, provavelmente...

– Lá vem Ian! – exclamou ela, estreitando os olhos para enxergar melhor. – O que será que houve com o cavalo dele?

Ao acompanhar o olhar dela, Jamie entendeu. Seu sobrinho vinha a pé, puxando o cavalo coxo, e os dois pareciam arreliados.

– Coxo – disse ele. – E o ferimento foi feio, inclusive. O que houve, Ian?

– Ele pisou em algo pontudo, subindo a ribanceira, e abriu o casco bem na carne.

Ian correu a mão pela pata do cavalo, e o animal quase se jogou para cima dele, erguendo no mesmo instante o casco sem ferradura. Como era de esperar, a abertura era visível, e tão profunda que Jamie se encolheu, condoído. Era como ter a unha do polegar arrancada, supôs, e ter que caminhar uma longa distância assim.

– Fique com o meu cavalo, Ian – disse Claire, e disparou, balançando as anáguas. – Eu posso ir no Clarence. Afinal de contas, não preciso ser rápida.

– Sim, muito bem – concordou Jamie, embora meio relutante. A égua dela era boa, e Ian precisava de uma montaria. – Troquem as selas, então. Ian, fique de olho no dr. Hunter. Permaneça com a sua tia até ele chegar, sim? Adeus, Sassenach. Nós nos veremos mais tarde.

Ele não podia mais esperar. Esporeou o cavalo e se afastou, rumo à multidão.

Outros oficiais estavam reunidos em torno de Washington. Jamie quase não chegaria a tempo. Mas não era o risco do atraso que lhe revirava as entranhas. Era a culpa.

Ele precisava ter informado sobre a prisão de John Grey de imediato. Sabia disso muito bem, mas havia adiado, à espera... de quê? De que aquela situação ridícula evaporasse, de alguma forma? Se ele *tivesse* informado, Washington teria levado Grey sob custódia para ser preso em algum lugar – ou enforcado o homem na mesma hora para servir de exemplo. Ele não pensava que fosse provável, mas a possibilidade fora suficiente para impedi-lo de abrir a boca, contando que o caos da partida iminente estorvasse a visão dos outros.

Só que o que lhe corroía as entranhas não era a culpa em relação ao dever adiado, nem mesmo a exposição de Claire ao perigo, mantendo o sodomita na tenda dela, em vez de entregá-lo. Era o fato de que aquela manhã, ao partir, Jamie não pensara em revogar a condicional de Grey. Se tivesse feito isso, Grey poderia escapar com facilidade em meio à confusão da partida. Mesmo que isso criasse algum problema depois, John Grey estaria a salvo.

No entanto, era tarde demais. Com uma breve prece pela alma de lorde John Grey, ele puxou as rédeas junto ao marquês de La Fayette e dispensou uma mesura ao general Washington.

72

PÂNTANOS E IMBRÓGLIOS

Três riachos entrecortavam o território. Onde a terra era macia, a água rasgara fundo e o córrego fluía na base de uma ravina íngreme, em cujas margens abundavam mudas de árvores e matagais. Um fazendeiro com quem ele havia conversado durante a exploração da véspera lhe contara os nomes: riacho Divisor, riacho Médio de Spotswood e riacho Norte de Spotswood. Ian, porém, não tinha certeza se sabia qual era aquele.

O solo do local era baixo e largo; o ribeirão desaguava em um ponto meio fundo, e ele deu meia-volta. Era um piso ruim, tanto para os homens quanto para os cavalos. Um dos fazendeiros chamara as ravinas de "pântanos", e ele pensou ser uma boa definição. Olhou o ribeirão acima em busca de bons pontos de hidratação, mas a ravina descia íngreme demais. Um homem poderia descer até a água, talvez, aos trancos e barrancos, mas não cavalos ou burros.

Antes de ver, Ian sentiu. Os sentidos de um animal em caça, à espreita na mata, esperando a presa descer para beber água. Virou o cavalo com tudo e foi cavalgando pela margem do córrego, observando as árvores do outro lado.

Movimento, a cabeça de um cavalo se esquivando das moscas. Rostos de relance, pintados como o dele.

Uma empolgante onda de alarme lhe subiu pela espinha, e o instinto o fez se abaixar junto ao pescoço do cavalo. No alto de sua cabeça, a flecha passou assobiando. Cravou-se, trêmula, num plátano ali perto.

Ele se aprumou, de arco na mão, ao mesmo tempo encaixando uma flecha e a disparando, numa mira cega, na direção de onde vinham os rostos. No caminho, a flecha decepou umas folhas, mas não atingiu nada, o que já era esperado.

– Mohawk! – disse uma voz zombeteira do outro lado, depois entoando palavras em um idioma estranho, mas de significado bastante claro.

Ian fez um gesto bem escocês, de significado também muito claro, e fez o dono da voz gargalhar.

Ele parou para arrancar a flecha do plátano. Emplumada com as penas da cauda de um pica-pau, mas em um padrão desconhecido. Aqueles homens não falavam uma língua algonquina. Talvez algo do norte, como assiniboine – ele saberia se os tivesse visto com clareza –, mas também poderia ser algo de mais perto.

Muito provável, porém, que estivessem a serviço do Exército Britânico. Ele conhecia a maioria dos batedores indígenas que acompanhavam os rebeldes. E, por mais que não o tivessem matado, o que seria fácil se assim o desejassem, tratava-se de uma provocação bem mais rude do que o esperado. Talvez apenas por terem reconhecido o que ele era.

Mohawk! Para um anglófono, era bem mais fácil que dizer "Kahnyen'kehaka". Para qualquer uma das tribos que viviam próximo aos Kahnyen'kehakas, era uma palavra usada para assustar crianças ou um insulto calculado. Significava "comedor de gente". Os Kahnyen'kehakas eram conhecidos por assar vivos os inimigos e devorar sua carne.

Ian nunca vira nada parecido, mas conhecia velhos que tinham visto e partilhavam seus relatos com prazer. Ele não queria pensar naquilo. Era vívida demais a lembrança da noite em que o sacerdote morrera em Snaketown, mutilado e queimado vivo, a noite que inadvertidamente arrancara Ian de sua família e fizera dele um mohawk.

A ponte ficava rio acima, talvez a uns 50 metros de onde ele se encontrava. Ian parou, mas a mata na margem oposta estava quieta, e ele se aventurou a atravessar, os cascos do cavalo num potoque cuidadoso sobre as tábuas. Se ali havia batedores britânicos, o exército não estava tão longe.

Viam-se grandes prados logo adiante da mata, do outro lado, e, mais além, os campos de uma fazenda de bom tamanho. Dava para ver uma parte das edificações em meio às árvores, bem como o movimento de homens. Ele se virou, apressado, circulando um bosque e indo parar em um descampado com vista bem aberta.

Havia soldados de casaca verde na linha da encosta, para além das edificações da fazenda, e Ian podia sentir no ar pesado o cheiro de enxofre. Granadeiros.

Ele deu meia-volta no cavalo e retornou, em busca de alguém a quem contar.

William enfim descobriu o destacamento montado da Legião Britânica, enchendo seus cantis em um poço no pátio de uma fazenda. Os homens, porém, tinham um guarda, que deu um grito de advertência ao ver o cavaleiro solitário, e metade da companhia se virou para olhar. Uma companhia bem treinada. Banastre Tarleton era um oficial enérgico, e dos bons.

O próprio Tarleton se encontrava relaxado à sombra de uma árvore, o elmo com adorno de plumas aninhado em um dos braços, enxugando o rosto com um lenço de seda verde. William revirou os olhos um instante, ao notar sua afetação, mas Tarleton não percebeu. Ele avançou com seu cavalo para junto de Tarleton, abaixou-se e entregou o despacho.

– Do capitão André – anunciou ele. – Está ocupado?

Aqueles homens tinham lutado. William sentia o cheiro de fumaça, e alguns que pareciam feridos estavam sentados, encostados no estábulo, com vestígios de sangue na farda. As portas abertas do estábulo expunham o vazio lá dentro, e o pátio estava pisoteado e tomado de esterco. Por um momento, ele ficou pensando se o fazendeiro havia levado embora seu rebanho ou se outro exército tinha capturado os animais.

– Nem perto disso – respondeu Tarleton, lendo o bilhete. – Mas talvez isto ajude: estamos indo reforçar milorde Cornwallis.

O homem tinha o rosto corado de calor, e a correia de couro claramente lhe cortava o pescoço robusto e musculoso, mas ele parecia muitíssimo animado com a perspectiva.

– Que bom – disse William, puxando a rédea para dar meia-volta e partir, quando Tarleton ergueu a mão para detê-lo. O sujeito enfiou o despacho no bolso, bem como o lenço verde.

– Já que está aqui, Ellesmere, eu vi uma coisinha suculenta ontem à noite no acampamento, na fila do pão – relatou. Tarleton sugou de leve o lábio inferior, depois o soltou, vermelho e úmido. – *Muito* suculenta, e com uma linda irmãzinha, embora esta ainda não esteja no ponto para mim.

William ergueu as sobrancelhas, mas sentiu certa tensão nas pernas e nos ombros.

– Fiz uma oferta para ela – prosseguiu Tarleton, abertamente indiscreto, mas com uma rápida espiadela nas mãos de William, que se esforçou para relaxar. – Só que ela declinou, dizendo… que era sua?

A última parte não saiu tanto como uma pergunta, mas também não era uma afirmação.

– Se o nome dela for Jane – retrucou William, ríspido –, ela e a irmã estão viajando sob a minha proteção.

O semblante zombeteiro de Tarleton se transformou em um gracejo escancarado.

– Sua proteção? – repetiu, franzindo os lábios carnudos. – Mas acho que ela se apresentou como Arabella. Talvez estejamos falando de duas moças diferentes.

– Não, não estamos. – William *não* queria estar tendo aquela conversa e tratou de apanhar as rédeas. – Não ouse tocar nela, desgraçado!

Aquilo foi um erro. Tarleton jamais recusava um desafio. Seus olhos cintilaram, e William o viu se empertigar, de pernas abertas.

– Briguemos por ela.

– O quê? Aqui? Está louco?

Ouviam-se clarins ao longe, e não tão longe assim. Sem falar nas tropas de Tarleton, muitas delas claramente escutando o diálogo.

– Seria bem rápido – retrucou Tarleton, em um tom tranquilo, mas um tanto inquieto.

Tinha o punho esquerdo levemente fechado e esfregou a mão direita na lateral da calça, puxando a casaca para trás. Olhou por sobre o ombro para o estábulo vazio.

– Meus homens não vão interferir, mas podemos ir até ali, se estiver inibido. – A última palavra foi dita com uma entonação peculiar, sugerindo covardia.

"Eu não sou dono da garota!", William quase dissera, mas tal afirmação concederia a Tarleton permissão para ir atrás dela. Ele tinha visto Ban com garotas. Não era violento, mas era insistente. De um jeito ou de outro, sempre conseguia o que queria.

E depois de Harkness… Seus pensamentos não se alinharam ao corpo. Antes mesmo de tomar uma decisão consciente, lá estava ele, livrando-se da casaca.

Ban deitou o capacete no chão e foi tirando a casaca devagar, com um sorrisinho. A movimentação atraiu todos os homens de uma vez, e dali a segundos os dois estavam rodeados por um círculo de soldados, assobiando e soltando gritos de encorajamento. O único dissidente era o tenente de Ban, que assumira um tom doentio e cinzento.

– Coronel! – bradou o homem.

E William se deu conta de que o medo do sujeito tinha a ver com seu total desacordo em relação a Ban, não com as consequências que se sucederiam. Contudo, querendo cumprir o que era esperado dele, esticou a mão para segurar o braço de Tarleton, a fim de dissuadi-lo.

– Senhor…

– Me solte – rebateu Ban, sem tirar os olhos de William. – E cale a boca!

O tenente largou a mão como se tivesse levado um soco no ombro.

De repente, William se sentiu desprendido, como se vislumbrasse tudo de fora do próprio corpo. Essa parte de si quis gargalhar do ridículo daquela situação. Um resquício insignificante de consciência estava horrorizado. Mas a porção carnal estava sinistramente exultante, e no comando.

Ele já tinha visto Ban brigar, e não cometeu o erro de esperar qualquer sinal. Tão logo a casaca verde tocou o solo, William se lançou e, ignorando um gancho feroz que lhe acertou as costelas, agarrou Tarleton pelos ombros, puxou-o para a frente e lhe deu uma cabeçada, emitindo um barulho horrendo de osso quebrado.

William soltou Ban, empurrou seu peito com força e mandou o homem cambaleando para trás, o sangue jorrando do nariz quebrado e uma expressão de surpresa no rosto que, no mesmo instante, se transformou em fúria ensandecida. Tarleton cravou os pés no chão e partiu para cima de William feito um cão raivoso.

William tinha 15 centímetros e quase 20 quilos de vantagem em relação a Ban, além de três primos mais velhos que o haviam ensinado a brigar. Banastre Tarleton possuía a convicção inabalável de que ganharia qualquer briga que começasse.

Os dois brigavam no chão, tão engalfinhados que nenhum acertava o outro direito, até que William escutou vagamente a voz do tenente, tomada de pânico, e uma correria em volta deles. Mãos o seguraram e o puxaram para longe de Tarleton. Outras, frenéticas, o empurraram em direção ao cavalo. Ouviam-se tambores vindos da pista, bem como o som de pés em marcha.

Atordoado, ele subiu no cavalo, com gosto de sangue na boca, e deu uma cuspida por reflexo. Sua casaca foi arremessada em seu colo, e alguém bateu no cavalo com um nítido estalido que quase derrubou William, cujos pés não estavam nem perto dos estribos.

Ele pressionou os joelhos e as panturrilhas nas ancas do animal, incitando Visigodo a galopar, e disparou diante de uma coluna de infantaria, cujo sargento recuou, com um grito de alarme. Escoceses. William viu as calças e as boinas axadrezadas e ouviu alguns berros incultos em escocês ou gaélico, mas não ligou. Os homens pertenciam a um regimento que ele não conhecia, de modo que os oficiais não o reconheceriam.

Tarleton que desse as explicações que preferisse. O ouvido esquerdo de William zunia. Ele balançou a cabeça e pressionou a mão espalmada na orelha, para silenciá-lo.

Quando tirou a mão, o zunido tinha diminuído, e uma porção de gente cantarolava

440

"Yankee Doodle". Incrédulo, ele espiou por sobre o ombro e viu vários continentais de casaca azul arrastando canhões, rumando para a distante linha da encosta.

Seria melhor voltar e contar à infantaria escocesa e aos homens de Tarleton? Ou seguir para o sul, até Cornwallis?

– Ei, casaca-vermelha!

O grito vindo da esquerda o fez olhar para lá, e bem na hora. Um grupo de dez ou quinze homens de camisas de caça vinha se aproximando, a maior parte armada com foices e enxadas. Um deles lhe apontava um mosquetão. Parecia ser o que tinha gritado, já que tornou a fazê-lo:

– Largue as rédeas e desça!

– Nem pelo diabo! – retrucou William, cravando as botas em Visigodo, que disparou, como se o rabo pegasse fogo.

William ouviu o estrondo do mosquetão, mas tratou de se abaixar junto ao pescoço do cavalo e seguiu em frente.

73

O COMPORTAMENTO PECULIAR DE UMA TENDA

Por mais que não estivesse ansioso para ser preso, John Grey começava a desejar ao menos um pouco de solidão. Fergus Fraser e seu filho tinham insistido em continuar com ele até que alguém fosse buscá-lo. Presumivelmente, para poderem contar para Jamie depois.

Ele demonstrava particular desinteresse em relação ao método e aos meios, contentando-se em aguardar os acontecimentos. A razão de desejar a solidão era poder contemplar a presença, os motivos e os possíveis atos de Percy Wainwright. Com La Fayette, ele dissera. Conselheiro. John estremeceu só de pensar que tipo de conselho podia ser dado por aquele... E quais eram os interesses dele em Fergus Fraser?

Ele deu uma olhadela para o impressor, no momento envolvido em uma discussão com sua precoce prole.

– O senhor falou! – Germain lançou um olhar raivoso para o pai, o rosto enrubescido pela justificada indignação. – O senhor mesmo me falou umas dez vezes ou mais! Que tinha ido para a guerra com *grandpère*, que deu uma facada na perna de um homem e que andou em cima de um canhão que os soldados trouxeram de Prestonpans... e que não tinha nem a minha idade quando fez tudo isso!

Fergus fez uma breve pausa e encarou o filho com os olhos semicerrados, claramente arrependido de sua prolixidade. Respirou por uns instantes pelo nariz, de forma compassada, e então anuiu:

– Era diferente – observou, impassível. – Eu era empregado de milorde na época, não filho dele. Tinha obrigação de acompanhá-lo, e ele não tinha responsabilidade nenhuma de evitar que eu fizesse isso.

Germain pestanejou, franzindo o cenho sem muita certeza.

– O senhor não era filho dele?

– Claro que não – respondeu Fergus, exasperado. – Se eu contei sobre Prestonpans, com certeza contei também que era órfão em Paris quando conheci *grandpère*. Ele me contratou para bater carteiras.

– Contratou? – John não queria interromper, mas não se conteve.

Surpreso, Fergus lhe lançou uma olhada. Era evidente que ainda não havia notado a presença de John, distraído como estava com Germain. Ele fez uma mesura.

– Contratou, milorde. Éramos jacobitas, como o senhor sabe. Ele pedia informações. Cartas.

– Ah, claro – murmurou John, dando um gole em seu cantil.

Recobrando os modos, ofereceu-o a Fergus, que pestanejou, surpreso, mas aceitou e deu uma boa golada. Bom, devia dar uma sede danada correr atrás de uma criança errante no meio de um exército. Ele pensou brevemente em Willie e agradeceu a Deus pela segurança do filho... Mas será que estava?

Ele ficara sabendo que William teria ido embora da Filadélfia quando ocorreu a recuada do exército de Clinton, talvez como o ajudante de ordens fora de combate de algum oficial veterano. Mas não tinha pensado na possibilidade em concomitância com o aparente fato de que o general Washington vinha numa perseguição frenética a Clinton e talvez o alcançasse. Nesse caso, William...

Aqueles pensamentos o distraíram do *tête-à-tête* que se seguia, e ele foi puxado de volta por uma pergunta feita a Germain.

– Eu? Ah... 16 – respondeu ele. – Talvez tivesse me juntado ao Exército antes se o regimento do meu irmão tivesse sido formado, mas ele só conseguiu arregimentá-lo durante o levante jacobita. – O garoto olhou para Fergus com interesse renovado. – O senhor esteve em Prestonpans?

Aquela também deveria ter sido sua primeira batalha, e teria sido, não fosse o fato de ter acabado conhecendo o próprio Jamie Fraser, o Ruivo, notório jacobita, na passagem de uma montanha, duas noites antes.

– O senhor matou alguém? – indagou Germain.

– Em Prestonpans, não. Depois, em Culloden. Preferia não ter matado. – Ele esticou a mão para apanhar o cantil. Estava quase vazio, e ele o secou.

Um instante depois, alegrou-se por tê-lo feito. Se já não tivesse secado o cantil, poderia ter se engasgado. A aba da tenda se dobrou, e Percy Wainwright/Beauchamp enfiou a cabeça para dentro. Surpreso, ele encarou todos os ocupantes da tenda. John teve o ímpeto de arremessar o cantil vazio no sujeito, mas pensou melhor.

– Peço desculpas, senhor – disse John. – Estou ocupado.

– Estou vendo. – Percy não olhou para John. – Sr. Fergus Fraser – comentou, em tom suave, adentrando a tenda com a mão estendida. – Seu servo, senhor. *Comment ça va?*

Fergus, não tendo como evitar, apertou a mão do homem com certa reserva e fez uma pequena mesura, mas sem dizer nada. Germain soltou um pequeno grunhido, mas desistiu diante do olhar penetrante do pai.

– Estou contente por finalmente tê-lo encontrado a sós, monsieur Fraser – disse Percy, ainda em francês, e abriu o sorriso mais cativante que pôde. – Monsieur... o senhor sabe quem é? De verdade?

Fergus o encarou, pensativo.

– Poucos homens sabem quem são – respondeu ele. – De minha parte, fico muitíssimo satisfeito em deixar esse conhecimento a Deus. Ele é capaz de lidar com isso bem melhor do que eu. Tendo chegado a essa conclusão, creio que possa lhe dizer apenas isso. *Pardonnez-moi.*

Com isso, passou por Percy, roçando-lhe o ombro, pegando-o desprevenido e o desequilibrando. Germain se virou junto à aba da tenda e lhe mostrou a língua.

– Sapo maldito! – soltou, para então desaparecer com um gritinho quando o pai o puxou para fora da tenda.

Ao tentar se manter de pé, Percy perdera um dos sapatos de fivela prateada. Esfregou terra e grama da sola da meia e tornou a ajeitar o sapato, com os lábios apertados e um rubor nas maçãs do rosto.

– Você não devia estar com o exército? – inquiriu John. – Com certeza quer estar, se Washington realmente encontrar Clinton. Imagino que seus "interesses" desejariam o relatório completo de uma testemunha ocular, não?

– Cale a boca, John – rebateu Percy, brevemente –, e escute. Não tenho muito tempo. – Ele se sentou com força no banquinho, cruzou as mãos sobre o joelho e encarou John com toda a atenção, como se avaliasse sua inteligência. – Você conhece um oficial britânico chamado Richardson?

Segurando com firmeza a mão de Germain, Fergus foi abrindo caminho por entre a bagunça deixada pelo êxodo do exército. Os seguidores do acampamento e os homens abandonados como inválidos passavam a se dedicar ao trabalho de resgate, e ninguém lançou mais do que uma olhadela aos dois Frasers. Só restava a Fergus torcer para que o cavalo estivesse onde ele o tinha deixado. Para garantir, tocou a pistola que trazia enfiada debaixo da camisa.

– Sapo? – perguntou a Germain, sem se dar ao trabalho de esconder o tom zombeteiro. – *Sapo* maldito, foi o que você disse?

– Ora, ele *é*, papai. – De repente, Germain parou de andar e soltou a mão de Fergus. – Papai, eu preciso voltar lá.

– Por quê? Esqueceu alguma coisa?

Fergus deu uma espiadela por sobre o ombro em direção à tenda, sentindo um desconforto entre as escápulas. Beauchamp não podia obrigá-lo a ouvir, menos ainda a fazer qualquer coisa indesejada. Mesmo assim, ele sentia uma enorme aversão pelo sujeito. Bem, podia-se chamar de medo. Fergus raramente mentia para si mesmo. Mas por que deveria temer um homem como aquele?

– Não, mas… – Germain se esforçou para escolher um entre os vários pensamentos que teimavam em emergir de uma só vez. – *Grandpère* me falou que eu devia ficar com o lorde, e que, se monsieur Beauchamp aparecesse, eu devia escutar tudo que dissessem.

– É mesmo? E ele explicou por quê?

– Não. Mas foi o que falou. E também que eu era… que eu sou… criado do lorde, ordenança. Tenho o dever de acompanhá-lo.

O rosto de Germain expunha uma sinceridade comovente, e Fergus sentiu o coração meio apertado. Ainda assim…

Fergus nunca dominara o jeito de entoar grunhidos escoceses, rudes porém eloquentes – invejava-os, inclusive –, mas não era ruim em comunicações semelhantes com o nariz.

– Segundo o que disseram os soldados, ele é prisioneiro de guerra. Você pretende acompanhá-lo a qualquer masmorra ou carcaça onde o enfiarem? Porque eu acredito que *mamãe* viria e arrancaria você de lá pelo cangote. Venha, ela está muito preocupada e esperando notícias suas.

A menção a Marsali surtira o efeito desejado. Germain baixou a vista e mordeu o lábio.

– Não, eu não… Quero dizer… Mas ora, papai! Eu *preciso* ir lá ter certeza de que monsieur Beauchamp não está fazendo nenhuma maldade com ele. E talvez para ver se ele tem comida, antes de irmos embora. O senhor não o deixaria morrer de fome, não é?

– Milorde parecia muito bem alimentado – ironizou Fergus.

Mas a urgência no semblante de Germain o fez recuar um passo relutante em direção à tenda. Germain se avivou no mesmo instante, de alívio e excitação, e tornou a dar a mão ao pai.

– Por que acha que monsieur Beauchamp faria alguma maldade ao lorde? – questionou Fergus, contendo Germain por um momento.

– Porque o lorde não gosta dele, e *grandpère* também não – resumiu o menino. – Vamos, papai! O lorde está desarmado, e sabe Deus o que aquele sodomita tem no bolso!

– Sodomita? – retrucou Fergus, parando onde estava.

– *Oui, grandpère* disse que ele é um sodomita. *Vamos!* – exclamou Germain, quase frenético, arrastando o pai por pura força de vontade.

Sodomita? Bom, isso era interessante. Fergus, observador bastante experiente nos caminhos do mundo e do sexo, tinha tirado havia algum tempo suas próprias conclusões a respeito das preferências de milorde Grey, mas naturalmente não as mencionara a Jamie, bons amigos que eram o lorde inglês e seu pai. Será que ele sabia? De qualquer modo, aquilo poderia tornar a relação do lorde com o tal Beauchamp um bocado mais complexa, e ele se aproximou da tenda com um senso ainda mais aguçado de curiosidade e prudência.

Estava pronto para cobrir com a mão os olhos de Germain e afastá-lo dali, caso algo inapropriado estivesse ocorrendo no interior da tenda, mas, antes que os dois pudessem espiar pela aba, Fergus viu a lona estremecendo de um jeito bem esquisito e tratou de refrear Germain.

– *Arrête* – disse, tranquilo.

Não conseguia conceber nem as práticas sexuais mais depravadas fazendo a tenda se balançar daquela maneira. Apontando para que Germain não saísse de onde estava, seguiu de mansinho até a lateral, mantendo-se a pouca distância dos refugos do acampamento.

Como era de esperar, lorde John se contorcia para sair pelos fundos da tenda, xingando baixinho em alemão. De olho no peculiar espetáculo, Fergus só percebeu que Beauchamp havia emergido pela frente ao ouvir a exclamação de Germain, então se virou e deu de cara com o menino, atrás de si. Era impressionante a habilidade de Germain de avançar sem fazer barulho, mas não era hora de elogios. Ele apontou para o filho e recuou para um pouco mais longe, escondendo-se atrás de uma pilha de barris furados.

Beauchamp, de rosto corado, saiu andando depressa, batendo na elegante bainha da casaca para tirar a palha. Lorde John, erguendo-se aos trancos e barrancos, partiu no sentido oposto, em direção à mata, sem dar a mínima para sua indumentária, o que não surpreendia. Que raios aqueles dois homens vinham fazendo, vestidos daquele jeito?

– O que a gente faz, papai? – cochichou Germain.

Fergus hesitou por um instante, espiando Beauchamp. O homem seguia em direção a uma grande hospedaria, provavelmente o antigo centro de comando do general Washington. Se Beauchamp estava com o Exército Continental, poderia ser encontrado de novo, caso isso se provasse necessário.

– Melhor seguirmos lorde John, papai? – Germain vibrava de ansiedade, e Fergus tocou o ombro do menino, para acalmá-lo.

– Não – respondeu com firmeza, mas com uma pontada de remorso, pois também estava muito curioso. – O que ele tem para fazer é claramente urgente, e é provável que nossa presença fosse mais perigosa do que útil.

Fergus não acrescentou que lorde John quase com certeza estava a caminho do campo de batalha, caso houvesse uma. Tal observação só deixaria Germain ainda mais ansioso.

– Mas...

Germain puxara a teimosia escocesa da mãe, e Fergus conteve um sorriso ao ver suas pequenas sobrancelhas louras curvadas para baixo, com a mesmíssima expressão de Marsali.

– Ou ele está procurando seu *grandpère* ou os compatriotas dele – falou Fergus. – Seja quem for, vai cuidar dele. Nossa presença não seria útil em nenhuma ocasião. E sua mãe vai nos matar se não voltarmos à Filadélfia esta semana.

Ele não mencionou o fato de que pensar em Marsali e nas outras crianças sozinhas na gráfica lhe causava um tremendo incômodo. O êxodo do exército britânico e a horda de legalistas não representavam, de modo algum, segurança à Filadélfia. Uma porção de saqueadores e fora da lei tinha rumado para lá, para roubar os restos dos que fugiram – e ainda havia muitas pessoas que apoiavam os legalistas, mesmo que não admitissem isso abertamente, e que poderiam estar cumprindo ordens por baixo dos panos.

– Venha – disse ele, agora com mais gentileza, tomando Germain pela mão. – Precisamos encontrar algo para comer.

John Grey foi caminhando pela mata, tropeçando aqui e ali por ter apenas um olho bom. O solo nem sempre estava onde ele achava que estaria.

Ele se distanciou do acampamento, mas não fez qualquer esforço para se manter longe das vistas. Claire lhe cobrira o olho machucado com gaze de algodão e havia enrolado sua cabeça de maneira muito profissional, com uma atadura, para segurar a gaze no lugar. Protegia o olho ruim, segundo ela, mas permitia que o ar secasse a pele ao redor. Parecia estar funcionando. As pálpebras já não estavam tão esfoladas e doloridas quanto antes, só bem grudentas. Àquela altura, ele sentia gratidão por estar parecendo um homem ferido, deixado para trás. Ninguém o pararia para fazer perguntas.

Bom, exceto seus antigos camaradas da 16ª companhia da Pensilvânia, tivesse ele o infortúnio de encontrá-los. Só Deus sabia o que tinham pensado de sua rendição a Jamie. Ele se sentia mal em relação àqueles homens. Todos haviam sido muito gentis com ele, e decerto se sentiram traídos pela revelação de sua identidade, por mais que John não tivesse tido muita escolha a respeito disso. Ele começou a rememorar o diálogo enquanto andava, visualizando-se mais uma vez na cena...

"Eles pretendem levar seu filho." Provavelmente era a única coisa que Percy poderia ter dito que o tivesse feito ouvir.

– Eles, quem? – retrucou ele, com rispidez, sentando-se. – Levar para onde? E para quê?

– Os americanos. Quanto ao motivo... você e seu irmão. – Percy o olhou, balançando a cabeça. – Você não tem a mínima noção do seu valor, não é, John?

– Valor para quem?

Ele se levantou, cambaleante, e Percy segurou sua mão para equilibrá-lo. Seu toque era morno, firme e, para espanto de John, familiar. Ele recolheu a mão.

– Já ouvi que sou de considerável valor como bode expiatório, caso os americanos decidam me enforcar.

Onde estava o maldito bilhete de Hal? Quem estava com ele? Watson Smith? General Wayne?

– Bom, mas isso não basta, não é? – Percy parecia impassível frente à morte iminente de Grey. – Não se preocupe. Vou dar uma palavrinha.

– Com quem? – perguntou ele, curioso.

– General La Fayette – respondeu Percy, acrescentando uma discreta mesura. – De quem tenho a honra de ser conselheiro.

– Obrigado. Não estou preocupado com a possibilidade de ser enforcado, pelo menos não neste exato minuto, mas quero saber o que deseja com o meu filho, William.

– Seria bem mais fácil contar isso bebendo uma garrafa de vinho do Porto. – Percy suspirou. – Mas não há tempo para isso. Sente-se. Você está parecendo que vai cair de cara no chão.

Grey se sentou, com o máximo de dignidade que conseguiu reunir, e cravou os olhos em Percy.

– Para resumir, e garanto a você que não é nada simples, tem um oficial britânico chamado Richardson…

– Eu sei quem é. Ele…

– Eu sei que sabe. Fique quieto. – Percy deu um tapinha em Grey. – Ele é um espião americano.

– Ele… o quê? – Por um instante, Grey achou que fosse cair de cara no chão, apesar de já estar sentado. Para se prevenir, agarrou a estrutura do catre com as duas mãos. – Ele me disse que propôs prender a sra. Fraser por distribuir material subversivo. Foi o que me fez casar com ela. Eu…

– Você? – Percy arregalou os olhos. – *Você* casou?

– Com certeza – rebateu Grey, irritado. – Você também, pelo que me contou. Continue a falar do desgraçado do Richardson. Há quanto tempo ele está espionando para os americanos?

Percy deu uma bufada, mas aquiesceu.

– Não sei. Fiquei sabendo na primavera do ano passado, mas ele pode estar trabalhando nisso desde antes. Sujeito ativo, sou obrigado a admitir. E que não se contenta em só coletar a informação e repassar. É o que se poderia chamar de *provocateur*.

– Ele não é o único – resmungou Grey, resistindo ao ímpeto de esfregar o olho machucado. – O que ele tem a ver com William?

John começava a sentir um desconforto no abdômen. *Ele* dera a William permissão para executar pequenas missões de coleta de inteligência ao capitão Richardson, que…

– Sendo o mais direto possível – disse Percy –, Richardson tentou mais de uma vez atrair seu filho para uma posição onde ele parecesse nutrir simpatia pelos rebeldes. No ano passado, mandou o rapaz ao Great Dismal, o Grande Pântano da Virgínia, na intenção de que fosse capturado por um grupo de rebeldes. Presumo que espalhariam o boato de que ele havia desertado e se unido às forças deles, sendo que o mantinham prisioneiro.

– Para quê? – Grey quis saber. – Será que dá para você se sentar? Olhar para cima está me dando dor de cabeça.

Percy tornou a bufar, então se sentou. Não no banquinho próximo, mas no catre, ao lado de Grey, com as mãos nos joelhos.

– Para desacreditar sua família, presumo. Àquela época, Pardloe vinha fazendo discursos bastante inflamados na Câmara dos Lordes sobre a condução da guerra. – Ele fez um gesto discreto e impaciente que John reconheceu, um rápido tremular de dedos. – Não sei de tudo ainda, mas o que *já* sei é que ele organizou para que seu filho fosse levado durante a jornada rumo a Nova York. Não está preocupado com dissimulação ou política. As coisas mudaram, agora que a França entrou na guerra. Trata-se de um mero sequestro com a intenção de exigir a sua cooperação, e a de Pardloe, na questão do Território Noroeste. Possivelmente algo mais, talvez queiram dinheiro pela vida do menino.

Grey fechou o olho bom, num esforço para fazer a cabeça parar de girar. Dois anos antes, Percy entrara de novo em sua vida de forma abrupta, propondo certos "interesses" franceses – a saber, que esses interesses desejavam a devolução do valioso Território Noroeste, então sob posse da Inglaterra. Em contrapartida, ofereceriam sua influência para evitar que a França entrasse na guerra no lado dos americanos.

– As coisas mudaram – repetiu ele, com rispidez.

Percy inspirou fundo pelo nariz.

– O almirante d'Estaing saiu de Toulon em abril com uma frota. Se já não estiver em Nova York, estará em breve. O general Clinton pode ou não saber disso.

– Meu Deus!

Ele cerrou os punhos na estrutura do catre com tanta força que as mãos ficaram marcadas pelos pregos. Então os malditos franceses já *tinham* oficialmente entrado na guerra. Haviam assinado um Tratado de Aliança com os americanos em fevereiro e declarado guerra à Inglaterra em março, mas falar era fácil. Navios, canhões e homens custavam dinheiro.

De repente, ele agarrou o braço de Percy.

– E onde você entra nessa história? – indagou, a voz equilibrada e fria. – Por que está me contando tudo isso?

Percy respirou fundo, mas não se mexeu. Retribuiu a mirada de Grey, os olhos castanhos bem claros e diretos.

– Onde eu entro não importa. E não há tempo. Você precisa encontrar depressa o seu filho. Quanto à razão pela qual estou contando isso…

John pressentiu o movimento, mas não recuou. Percy cheirava a bergamota, laranja e vinho tinto. John afrouxou a mão, que segurava o braço do homem.

– *Pour vos beaux yeux* – sussurrou Percy, tocando os lábios de John.

E ainda gargalhou, o maldito.

74

O TIPO DE COISA QUE FAZ
UM HOMEM SUAR E TREMER

Nós avançamos atrás do exército. Por conta da velocidade da marcha, os soldados haviam sido instruídos a deixar os equipamentos que não fossem essenciais, e eu também tive que abandonar meus materiais. Mesmo assim, estava montada e manteria o ritmo, mesmo levando tudo o que conseguira levar. Afinal de contas, não me adiantaria de nada acompanhar o exército se eu não tivesse material para tratar os feridos.

Carreguei Clarence com o máximo de apetrechos possível, preservando o bom senso. Como era um burro grande, ele suportava uma quantidade substancial de carga, incluindo a minha pequena tenda, uma maca dobrável para cirurgias e tudo o mais que pude reunir em termos de ataduras, gazes e desinfetantes.

Eu tinha um pequeno barril de soro fisiológico purificado e um par de frascos de álcool etílico puro (disfarçados de veneno, com uma caveira e dois ossos pintados no vidro). Também levava um jarro de azeite de oliva para queimaduras, meu baú de remédios, maços de ervas frescas, grandes potes de unguento preparado e dezenas de frasquinhos com tinturas e infusões. Meus instrumentos cirúrgicos, as agulhas e as suturas estavam em suas respectivas caixinhas, acomodados em um farnel com rolos de ataduras extras, transportado por mim.

Deixei Clarence amarrado e fui procurar o ponto onde seriam erguidas as tendas do hospital. O acampamento estava apinhado de não combatentes e do pessoal de apoio, mas enfim consegui localizar Denny Hunter, que me explicou que, segundo os relatórios do general Greene, os cirurgiões seriam despachados à aldeia de Freehold, que dispunha de uma igreja que poderia fazer as vezes de hospital.

– A última coisa que ouvi foi que Lee havia assumido o comando da força de ataque à retaguarda britânica e que pretende cercar os britânicos – disse ele, limpando os óculos na bainha da camisa.

– Lee? Achei que ele não considerasse um comando importante e por isso não queria assumi-lo.

Fosse como fosse, eu não me importava, exceto pelo fato de que Jamie e seus companheiros estariam envolvidos na missão. Eu tinha minhas dúvidas quanto ao general Lee.

Denzell deu de ombros, devolveu os óculos ao rosto e meteu a fralda da camisa para dentro da calça.

– Ao que parece, Washington concluiu que mil homens não seriam suficientes para o propósito e elevou o número para cinco mil, o que Lee considerou mais apropriado à... sua importância – explicou Denny, fazendo uma careta. Ao olhar meu rosto, porém, tocou meu braço com delicadeza. – A única coisa que podemos fazer é levar a nossa confiança a Deus... e esperar que o Senhor olhe por Charles Lee. Você vem comigo e com as meninas, Claire? Seu burro pode andar conosco de bom grado.

Eu hesitei, por não mais do que um instante. Se montasse Clarence, poderia levar apenas uma fração da carga que ele era capaz de transportar. E, por mais que Jamie tivesse dito que queria a minha presença a seu lado, eu sabia muito bem que seu real desejo era saber por onde eu andava.

– Seu marido confia que eu posso proporcionar bem-estar para a senhora – disse Denny, adivinhando meus pensamentos.

– *Et tu, Brute?* – perguntei, curta e grossa, ao que ele deu uma piscadela. – Digo – complementei, mais educada –, será que *todo mundo* consegue ler os meus pensamentos?

– Ah, duvido – disse ele, abrindo um sorriso. – Se fosse esse o caso, imagino que várias dessas pessoas tomariam muito mais cuidado com o que dizem a você.

Fui para a carroça de Denny com Dottie e Rachel, e Clarence veio tranquilo atrás, atrelado à rampa do carroção. Dottie estava vermelha, tomada de calor e empolgação. Jamais estivera tão perto de uma batalha. Nem Rachel, mas esta ajudara o irmão durante um inverno muito rigoroso em Valley Forge e tinha muito mais noção do que o dia poderia guardar.

– Você acha que talvez pudesse escrever para a sua mãe? – perguntou Rachel, com seriedade.

As meninas estavam sentadas atrás de mim e Denny. O trabalho delas era segurar os objetos enquanto cruzávamos buracos e trechos enlameados.

– Não. Por quê?

O tom de Dottie era cauteloso – não exatamente hostil, mas bastante reservado. Eu sabia que ela tinha escrito uma carta para contar à mãe que pretendia se casar com Denzell Hunter, mas que não recebera resposta. Dadas as dificuldades de correspondência com a Inglaterra, porém, não havia garantia de que Minerva Grey de fato lera a carta.

Ocorreu-me, com súbita tristeza, que fazia meses que eu não escrevia para Brianna. Não conseguira escrever sobre a morte de Jamie e, desde seu retorno, não me sobrara tempo nem de pensar a respeito.

– *Estamos* em guerra, Dottie – disse Rachel. – Coisas inesperadas podem acontecer. E você não ia querer que a sua mãe... descobrisse que você partiu deste mundo sem uma garantia de que ela estava no seu coração.

– Humm – murmurou Dottie, abalada.

Ao meu lado, senti Denzell se remexer, inclinando-se um pouco para a frente e segurando as rédeas com mais força. Ele me lançou uma olhadela de esguelha e deu um meio sorriso, admitindo que também entreouvia a conversa das moças.

– Ela se preocupa comigo – disse ele, bem baixinho. – Nunca consigo mesma. – Soltou a rédea e coçou o nariz. – Tem a mesma coragem do pai e dos irmãos.

– A mesma teimosia, você quis dizer? – retruquei, e ele abriu um sorriso.

– Pois é.

Denny e eu olhamos para trás, mas as moças haviam ido até a rampa e falavam com Clarence, afastando as moscas com um graveto comprido de pinheiro.

– Acha que é uma falta de imaginação hereditária? – perguntou Denzell. – Pois, no caso dos homens da família, não pode ser ignorância quanto às possibilidades.

– Não, certamente não pode – concordei, com um toque de pesar. Suspirei e estiquei um pouco as pernas. – Jamie é igualzinho, e a imaginação *dele* sem dúvida é fértil. Acho que é… – Ensaiei um breve gesto de impotência. – Talvez "aceitação" seja a palavra.

– Aceitação do fato da mortalidade? – Interessado, ele ajeitou os óculos. – Dorothea e eu já discutimos isso. – Ele assentiu outra vez em direção às moças. – Os amigos acreditam que este mundo seja temporário e que não haja nada a temer em relação à morte.

A bem da verdade, quase todo mundo naquela época aceitava a mortalidade como algo corriqueiro. A morte era uma presença constante no encalço de todos, embora fosse vista de variadas formas.

– Mas esses homens… Eu acho que o que eles fazem é diferente. É mais uma aceitação do que pensam que Deus fez deles.

– Sério? – Ele parecia meio assustado, e franziu o cenho, pensativo. – Como assim? Eles acreditam que Deus os tenha criado para…?

– Para serem responsáveis pelos outros. Sim, é o que eu acho. Eu não saberia dizer se é a ideia de *noblesse oblige*… Jamie era proprietário de terras na Escócia, você sabe… ou se é somente a ideia de que é isso que um homem faz – concluí, com desânimo.

Porque "isso" claramente não era o que Denzell Hunter pensava que um homem fazia. Embora eu tivesse as minhas dúvidas. Mas a questão o inquietava um pouco.

O que era compreensível, dada sua posição. Eu podia ver que a perspectiva da batalha o empolgava. Ao mesmo tempo, esse fato o incomodava bastante.

– Você é um homem de muita coragem – falei, baixinho, e toquei seu braço. – Eu vi quando entrou no jogo de desertor de Jamie, depois de Ticonderoga.

– Não foi coragem, posso garantir – respondeu ele, com uma risada breve e sem graça. – Eu não estava tentando ser corajoso. Só queria provar que era.

Soltei um barulho bastante desrespeitoso, mas não do tipo que Jamie ou Ian emitiriam. Ele me encarou, surpreso.

– De fato, eu aprecio a distinção – falei. – Mas em minha época conheci muitos homens de coragem.

– Mas como você sabe o que existe...

– Calma – interrompi. – "Coragem" abrange tudo, desde a completa insanidade e negligência quanto à vida dos outros, caminho pelo qual costumam seguir os generais, passando pela embriaguez, imprudência e completa idiotice, até o tipo de coisa que faz um homem suar, tremer e vomitar... Se, *mesmo assim*, a pessoa fizer o que acha que deve ser feito, isso é coragem – concluí, parando para respirar e cruzar as mãos com cuidado sobre o colo. – E é exatamente o tipo de coragem que você e Jamie compartilham.

– Nunca vi seu marido suar ou tremer – disse ele, em tom seco.

– Mas ele sua e treme, sim. E vomita antes da batalha. Às vezes, *durante*.

Denzell passou um tempo em silêncio, ocupado em ultrapassar um grande carroção de feno que havia parado bem no meio da estrada. Por fim, respirou fundo.

– Eu não tenho medo de morrer – comentou ele, explosivo. – Não é essa a dificuldade.

– E qual é? – perguntei, curiosa. – Você tem medo de ficar aleijado e ser deixado para trás, indefeso? Eu certamente teria.

– Não. – Ele engoliu em seco, remexendo a garganta. – Dorothea e Rachel. Eu tenho medo de me faltar coragem para ver as duas morrerem sem tentar salvá-las, mesmo que isso signifique matar alguém.

Não consegui pensar em nada como resposta. Então seguimos sacolejando, em silêncio.

As tropas de Lee deixaram Englishtown por volta das seis da manhã, rumando para o leste em direção a Monmouth Courthouse. Lee chegou em torno de nove e meia, e descobriu que boa parte do Exército Britânico havia ido embora – provavelmente para Middletown, já que era para lá que seguia a estrada.

Lee, no entanto, foi impedido de seguir em frente pela presença de uma pequena porém muito beligerante retaguarda sob o comando do general Clinton em pessoa. Pelo menos foi assim que Ian contou a Jamie, tendo chegado perto o suficiente para ver os estandartes do regimento de Clinton. Jamie comunicara a informação a Lee, mas não vira evidências de que isso afetaria seu plano de ação (presumindo que ele tivesse um) nem sua relutância em enviar outros batedores para patrulhar a área inimiga.

– Contorne o terreno e veja se descobre onde está Cornwallis – disse Jamie a Ian. – Os granadeiros que você viu provavelmente são hessianos, então devem estar perto de Von Knyphausen.

Ian assentiu e pegou o cantil cheio que Jamie ofereceu.

– Devo contar ao general Lee se o encontrar? Ele não parecia muito interessado no que eu tinha a dizer.

– Sim, diga a ele se encontrá-lo antes de mim... Avise ao marquês também, caso o encontre. Mesmo assim, me procure, está bem?

Ian escancarou um sorriso e prendeu o cantil no cabeçote da sela.

– Boa caçada, *a bhràthair-mathàr*!

No meio da manhã, Jamie já concentrava duas companhias experientes em guerra lutando perto de Monmouth Courthouse, mas ainda nenhum morto e apenas três feridos. O coronel Owen havia requisitado cobertura de artilharia – apenas dois canhões, mas qualquer artilharia era bem-vinda – e Jamie mandara os homens da Pensilvânia de Thomas Meleager para resolver o assunto.

Ele mandara um dos companheiros do capitão Kirby para patrulhar a área inimiga, junto ao que pensava ser o córrego, e manteve o resto afastado, aguardando ordens de La Fayette ou Lee. O marquês estava em algum ponto adiante. Lee se encontrava bem atrás e a leste, com o grosso das tropas.

Já eram quase dez horas quando um mensageiro apareceu, abaixado dramaticamente na sela, como se desviasse de uma saraivada de balas, embora na verdade não houvesse um soldado britânico à vista. Parou o cavalo arredio e disparou sua mensagem:

– Há nuvens de poeira no leste... Pode haver mais casacas-vermelhas vindo! E o marquês disse que tem um canhão no pomar de cidreiras. Senhor, por favor, faça alguma coisa a respeito.

O mensageiro suado engoliu o ar e soltou a rédea, em óbvia preparação para disparar outra vez. Jamie se inclinou e agarrou a rédea do cavalo, para impedi-lo.

– *Onde* fica o pomar? – perguntou, calmamente.

O mensageiro era jovem, talvez com seus 16 anos, e tinha os olhos esbugalhados como o cavalo magro.

– Não sei, senhor – respondeu ele.

E começou a trotar de um lado para outro, como se esperasse que o pomar se materializasse ali mesmo, no prado. Um ribombo súbito e distante reverberou nos ossos de Jamie, e seu cavalo ergueu as orelhas.

– Deixe para lá, rapaz. Deixe o seu cavalo respirar, senão o bicho morre antes do meio-dia.

Soltando a rédea, ele acenou para o capitão Craddock e virou a cabeça da própria montaria para o ponto de onde vinham os estrondos de canhão.

O exército americano estava horas à frente deles e o britânico, muitas mais. No entanto, um homem sozinho conseguia avançar muito mais depressa até do que uma companhia de infantaria leve. E John não estava portando armas. Nem comida. Nem água.

Você sabe muitíssimo bem que ele está mentindo para você.

– Ah, cale essa boca, Hal – murmurou Grey para o espectro do irmão. – Eu conheço Percy muito melhor do que você.

Você sabe muitíssimo bem...

– Eu sei. Que risco eu corro se ele estiver mentindo? E que risco eu corro se ele *não* estiver?

Hal era despótico, porém sensato. E era pai. Isso o calou.

O risco que ele corria se Percy *estivesse* mentindo era o de levar um tiro ou ser enforcado na hora, caso alguém o reconhecesse. Se os americanos o descobrissem antes que chegasse às linhas britânicas, iriam prendê-lo por descumprir a condicional e o executariam como espião. Se os britânicos *não* o reconhecessem a tempo, atirariam nele na hora, presumindo que ele integrasse a milícia rebelde. John pôs a mão no bolso onde guardara o gorro de LIBERDADE OU MORTE e cogitou se seria sábio jogá-lo fora, mas, no fim das contas, guardou-o.

O risco que ele corria se Percy não tivesse mentido era o de ver Willie. Não era uma escolha nada difícil.

A manhã havia chegado à metade. O ar espesso e adoçicado parecia melado, pegajoso como a seiva das árvores, completamente irrespirável. Seu olho bom começava a coçar, por conta dos grãos de pólen, e as moscas zumbiam em torno de sua cabeça, interessadas, atraídas pelo aroma do mel.

Pelo menos a dor de cabeça tinha melhorado, dissipada pela urgência criada pela informação de Percy – e também pelo desejo, era bom admitir. John não começaria a especular quanto aos motivos de Percy, mas…

– "Por seus belos olhos"! – murmurou, sem conseguir conter um sorriso frente àquele atrevimento.

Um homem sábio não cutucaria Percy Wainwright com uma trave de 3 metros. Com algo mais curto, por outro lado…

– Ah, fique quieto! – sussurrou para si mesmo, e foi descendo uma margem barreada até a beira de um diminuto córrego, onde poderia jogar um pouco de água fria no rosto quente.

Eram cerca de oito da manhã quando ele chegou a Freehold, onde o principal hospital seria estabelecido no interior da igreja Tennent. Era uma construção grande, erguida no meio de um extenso cemitério, cerca de meio hectare de chão com lápides tão apartadas quanto sem dúvida seus donos tinham sido em vida. Ali não havia corredores brancos, limpos e uniformes.

Eu parei para pensar nas sepulturas da Normandia e refleti se as fileiras de mortos sem rosto teriam a pretensão de impor algum tipo de asseio pós-morte à custa da guerra ou se a intenção era ressaltar as baixas, em um solene relatório exposto nas intermináveis fileiras de cruzes em meio ao vazio.

Meu devaneio não durou muito. Em algum ponto a batalha já havia iniciado e os feridos começavam a chegar: um bom número de homens se sentava à sombra de uma grande árvore perto da igreja e mais vinham pela estrada, uns cambaleando com a ajuda de amigos, outros carregados em macas ou nos braços de alguém. Meu coração pesou ao ver a cena, mas tentei não procurar Jamie ou Ian. Se estivessem entre os primeiros feridos, eu logo ficaria sabendo.

Havia uma confusão junto à entrada da igreja, onde a porta dupla fora escancarada para acomodar a passagem. Ordenanças e médicos iam e vinham apressados – uma pressa organizada até então.

– Vá ver o que está havendo, sim? – sugeri a Denzell. – As moças e eu descarregaremos as coisas.

Ele desatou seus dois burros e disparou rumo à igreja.

Encontrei alguns baldes e mandei Rachel e Dottie enchê-los em algum poço. O dia já estava quente e desconfortável. Precisaríamos de uma boa quantidade de água, de uma forma ou de outra.

Clarence demonstrava urgência em se juntar aos burros de Denny, que pastavam por entre as lápides, forçando a rédea e soltando zurros contrariados.

– Está bem, está bem, está *bem* – falei, apressando-me em desamarrar as tiras da carga e livrá-lo de seu fardo. – Segure o... Ai, minha nossa!

Um homem veio cambaleando em minha direção, de joelhos moles, trôpego e vacilante. Tinha um lado do rosto todo preto e sangue escorrendo pelo uniforme. Eu larguei no chão a lona e as traves da tenda e corri para segurá-lo, antes que ele tropeçasse em uma das lápides e acabasse caindo de cara na terra.

– Sente-se.

Muito confuso, ele parecia não me ouvir. Enquanto o puxava pelo braço, ele foi relaxando os joelhos e quase me arrastando rumo a uma pedra de lápide que mencionava um tal Gilbert Tennent.

Meu paciente se balançava, como se fosse desabar, mas uma rápida inspeção não revelou feridas significativas. O sangue no casaco vinha do rosto, onde a pele enegrecida havia formado bolhas e estourado. Não era só fuligem de pólvora: a pele tinha virado carvão, a carne por debaixo estava chamuscada e meu paciente exalava a aterradora fragrância de porco assado. Eu segurei o vômito e parei de respirar pelo nariz.

Ele não respondia às minhas perguntas, mas olhava com firmeza para a minha boca. Parecia lúcido, apesar do sacolejo. Minha ficha, por fim, caiu.

– Ex... plo... são? – perguntei, mexendo a boca com exagerado cuidado, ao que ele assentiu com vigor, então parou subitamente, balançando tanto que precisei agarrá-lo pela manga para que não caísse.

Pelo uniforme, era artilheiro. Ele havia presenciado uma grande explosão que não apenas lhe queimara o rosto quase até os ossos, mas também estourara seus tímpanos, desestabilizando o ouvido. Assenti e posicionei suas mãos sobre a pedra onde estava sentado, para que ele não caísse enquanto eu terminava de descarregar Clarence.

O animal estava tão frustrado que urrava a ponto de estremecer o céu. Eu devia logo ter percebido que o artilheiro estava surdo, visto que ele não tomava ciência da barulheira de Clarence. Enfim, mandei o animal para junto dos burros de Denny, que pastavam sob uma sombra. Retirei das bolsas o que precisava e me pus a fazer o pouco que podia pelo homem ferido, o que consistia em embeber uma toalha com soro fisiológico e aplicá-la a seu rosto, como um cataplasma, para remover o máximo de fuligem possível sem esfregar.

Agradeci a Deus por ter tido a previdência de trazer um jarro de azeite de oliva para queimaduras. *Eu podia ter pedido babosa no jardim de Bartram.*

As moças ainda não haviam retornado com a água. Eu esperava que houvesse um poço em algum ponto ali perto. A água de córregos só podia ser usada depois de fervida. O pensamento me fez olhar em volta, à procura de um ponto onde uma fogueira pudesse ser acesa, e registrar mentalmente que não me esquecesse de pedir às moças que recolhessem um pouco de lenha nos arredores.

No entanto, minha atenção foi desviada pela chegada de Denny, esbaforido, vindo da igreja. Não estava sozinho. Parecia engajado em um acalorado debate com outro oficial continental. Com um breve arquejo exasperado, tateei meu bolso e encontrei os óculos, envoltos em seda. Com eles no rosto, distingui claramente o interlocutor de Denny: era o capitão Leckie, diplomado pela Escola Médica da Filadélfia.

Meu paciente puxou a minha saia. Quando me virei, ele abriu a boca, em um gesto de desculpas, e fez a mímica de beber água. Eu ergui o dedo, pedindo que esperasse um instante, e fui ver se Denzell precisava de ajuda.

Eu fui recebida pelo olhar austero do capitão Leckie, que me encarava como se tivesse encontrado uma sujeira questionável na sola do sapato.

– Sra. Fraser – disse ele, com frieza. – Estava aqui contando ao seu amigo quacre que não há espaço dentro da igreja para curandeiras ou…

– Claire Fraser é a médica mais habilidosa que eu já vi operando! – retrucou Denzell. Estava vermelho e bastante eriçado de raiva. – O senhor vai causar muito mal aos seus pacientes, se não permitir que ela…

– E onde se formou, *dr.* Hunter, para ter tanta confiança na própria opinião?

– Em Edimburgo – respondeu Denny. – Fui treinado pelo meu primo, John Hunter. – Vendo que não impactara Leckie, acrescentou: – E seu irmão, William Hunter… *accoucheur* da rainha.

Leckie se espantou, mas infelizmente também se irritou:

– Entendi – falou, dispensando a mim e a Denny uma expressão de desdém. – Meus parabéns. Mas, como duvido que o Exército requeira um parteiro homem, talvez o senhor possa auxiliar sua… colega – concluiu o pomposo suíno, de fato abrindo as narinas para mim.

– Não temos tempo para isso – interrompi, com firmeza. – O dr. Hunter é um médico capacitado, além de cirurgião designado pelo Exército Continental. O senhor não pode simplesmente deixá-lo de fora. E, com a minha experiência em batalha, que eu ouso dizer que talvez seja muito mais extensa do que a *sua*, posso afirmar que vai precisar de todas as mãos que puder. – Virei-me para Denzell e dispensei a ele um olhar direto. – Seu dever é para com os que precisam de você. O meu também. Eu já expliquei sobre triagem, não foi? Tenho uma tenda com instrumentos e material cirúrgico. Posso fazer a triagem lá, cuidar dos casos menos graves e encaminhar todos os que precisarem de atenção cirúrgica. – Olhei depressa por sobre o ombro, então retornei aos dois homens espumantes. – É melhor os senhores irem lá para dentro, e rápido.

Uma horda se aproximava, alguns deitados em macas improvisadas e em pedaços de lona... e uma pequena porém sinistra pilha de corpos, presumivelmente de homens que tinham morrido a caminho do hospital.

Felizmente, Rachel e Dottie surgiram naquele instante, cada uma carregando um balde d'água pesado. Eu dei as costas para os homens e me dirigi a elas.

– Dottie, poderia montar as traves da tenda, por favor? – pedi, pegando os baldes. – Rachel, você conhece o aspecto de um sangramento arterial, imagino. Vá dar uma olhada naqueles homens e traga para cá os casos mais graves.

Dei água a meu artilheiro queimado, então ajudei o homem a se levantar. Enquanto ele se punha de pé, vi por entre as pernas dele o epitáfio esculpido na lápide de Gilbert Tennent.

Ó, LEITOR, CASO TIVESSE OUVIDO SEU ÚLTIMO TESTEMUNHO, TER-SE-IA CONVENCIDO DA EXTREMA LOUCURA NA CONTRIÇÃO ADIADA.

– Suponho que haja lugares piores onde fazer isso – observei ao artilheiro, que, incapaz de me ouvir, apenas ergueu minha mão e a beijou, antes de desabar sentado na grama, com a toalha molhada sobre o rosto.

75

O POMAR DE CIDREIRAS

O primeiro tiro os pegou de surpresa, um estrondo abafado vindo do pomar de cidreiras e uma lenta nuvem de fumaça branca. Eles não correram. Ficaram paralisados, encarando-o e aguardando instruções.

– Homens! – gritou aos que estavam mais perto, erguendo a voz. – À minha esquerda, agora! Sr. Craddock, reverendo Woodsworth... deem a volta. Entrem pelo pomar por trás. O resto, espalhe-se à direita, atirando como puderem...

O segundo estrondo abafou suas palavras. Craddock sacolejou feito um fantoche e desabou na terra, jorrando sangue do buraco em seu peito. O cavalo de Jamie deu um tranco violento, quase o derrubando no chão.

– Vão com o reverendo! – berrou ele aos homens de Craddock, que permaneciam boquiabertos, encarando o corpo de seu capitão. – Vão, *agora!*

Um dos homens se sacudiu e agarrou a manga de outro, puxando-o para longe, então todos começaram a avançar. Woodsworth ergueu o mosquetão no alto da cabeça.

– Junto comigo! Sigam-me! – exclamou ele, avançando num bamboleio que se passava por corrida… e os homens foram atrás.

O cavalo havia se assentado, mas se movia, indisposto. Estava acostumado ao barulho de armas, mas não gostava do cheiro de sangue. Jamie também não.

– Não deveríamos… enterrar o sr. Craddock? – sugeriu uma voz tímida atrás dele.

– Ele não está *morto*, seu imbecil! – Jamie olhou para baixo. Não estava, mas não duraria mais do que uns segundos. – Vá com Deus, homem – disse, baixinho.

Craddock não piscou. Tinha os olhos fixos no céu, não ainda sem vida, porém embotados.

– Vão com os seus companheiros – ordenou Jamie aos dois retardatários, então viu que eram os dois filhos de Craddock, talvez de 13 e 14 anos, pálidos. Ambos estavam com o olhar perdido, feito duas ovelhas. – Podem se despedir. Ele ainda está ouvindo. Depois… corram! – Ele pensou por um instante em mandar os dois a La Fayette, mas os meninos não estariam mais seguros por lá. – Corram!

E eles correram. Com um gesto para os tenentes Orden e Bixby, Jamie virou o cavalo para a direita, seguindo a companhia de Guthrie. Os canhões atiravam com mais regularidade do pomar. Ele viu uma bola passar quicando, a uns 3 metros de distância, e o ar foi tomado de uma fumaça espessa. Ele ainda farejava o sangue de Craddock.

Jamie encontrou o capitão Moxley e mandou que ele fosse olhar, com uma companhia completa, a fazenda do outro lado do pomar.

– De longe, veja bem. Quero saber se os casacas-vermelhas invadiram ou se a família ainda está lá. Se estiver, cerque a casa. Se deixarem, entre. Mas não force nada. Caso haja soldados lá dentro e eles saiam, lute pela casa, se achar que é possível. Caso não saiam, não os atraia para fora. Mande alguém para me avisar. Eu vou estar nos fundos do pomar, do lado norte.

Atrás do pomar, Guthrie o aguardava, com os homens deitados na grama comprida. Ele deixou os dois tenentes com seu cavalo, que amarrou ao gradeado de uma cerca longe da vista do pomar, e foi se arrastando até a companhia, com muita discrição. Perto de Bob Guthrie, encostou a barriga no chão.

– Eu preciso saber onde estão os canhões… e quantos são. Mande três ou quatro homens até lá, partindo de pontos diferentes, com muito cuidado… Não é para fazer nada, só olhar o que der e retornar depressa.

Guthrie arfava feito um cão, o rosto barbado empapado de suor, mas escancarou um sorriso, assentiu e foi rastejando pela grama.

O prado estava seco, marrom e espigado, com o calor do verão; as meias de Jamie estavam cheias de rabo-de-raposa, e o cheiro de feno maduro era ainda mais forte do que o de pólvora.

Ele deu um gole no cantil, que estava quase vazio. Ainda não era meio-dia, mas o sol queimava feito ferro quente. Ele se virou para dizer a um dos tenentes que fosse encontrar o ponto de água mais próximo, mas não havia ninguém. Apenas gafanhotos.

Cerrando os dentes por conta da rigidez nos joelhos, Jamie se pôs de quatro e avançou depressa em direção ao cavalo.

Orden estava deitado a 3 metros de distância, com uma bala atravessada em um dos olhos. Por um instante, Jamie congelou, e algo roçou depressa sua bochecha. Talvez fosse um gafanhoto, talvez não. Ele estava colado ao chão, junto ao tenente morto, o coração ribombando nas orelhas frente ao pensamento que ele acabava de formular.

Guthrie. Ele não ousou erguer a cabeça para gritar... mas precisava. Levantou-se da melhor forma que pôde e correu como um coelho, ziguezagueando para longe das cidreiras, mas ainda rumando para onde mandara Guthrie.

Ele agora ouvia os disparos: havia mais de um atirador no pomar, protegendo os canhões, e o som era o estalido seco de um rifle. Caçadores? Ele se largou no chão e se arrastou feito louco, gritando por Guthrie.

– Aqui, senhor!

O homem surgiu de repente ao lado dele, como uma marmota, e Jamie agarrou a manga de Guthrie, puxando-o de volta para baixo.

– Traga... os seus homens... de volta. – Ele sorveu o ar, o peito pesado. – Tiros... do pomar. Deste lado. Eles vão ser mortos.

Guthrie o encarava, com a boca entreaberta.

– Vá! Agora!

Retirado do estado de choque, Guthrie assentiu e começou a se levantar.

Jamie o agarrou pelo tornozelo e o puxou para o chão, com a mão em suas costas.

– Não... se levante. – Sua respiração estava mais lenta, e ele conseguiu falar com mais calma. – Ainda estamos na linha de tiro. Reúna seus homens e recue com sua companhia. Retorne à linha da encosta. Vá para junto do capitão Moxley e diga a ele que retorne e venha se juntar a mim... – Ele se distraiu por um instante, tentando pensar em um ponto de encontro razoável. – Ao sul da casa da fazenda. Com a companhia de Woodbine.

Ele tirou a mão de cima de Guthrie.

– Sim, senhor.

O homem se pôs de quatro, procurando o chapéu que havia caído. Olhou de volta para Jamie, exibindo genuína preocupação.

– O senhor foi atingido?

– Atingido?

– Seu rosto está todo ensanguentado.

– Não é nada. Vá!

Guthrie engoliu em seco, assentiu, limpou o rosto na manga e partiu pela grama o mais rápido que pôde. Jamie pôs a mão no rosto, percebendo tardiamente uma leve pontada de dor na bochecha. Como era de esperar, os dedos estavam cheios de sangue. Então não tinha sido um gafanhoto.

Ele limpou os dedos na barra do casaco e percebeu, na mesma hora, que a costura da manga havia se desfeito no ombro, revelando a camisa branca por debaixo. Levantou-se com cuidado, olhando em volta à procura de Bixby, mas não havia sinal dele. Talvez estivesse morto na grama; talvez não. Com sorte, tinha visto o que estava acontecendo e corrido de volta para avisar as companhias a caminho. Graças a Deus, o cavalo ainda estava onde ele deixara – preso a uma cerca, a uns quase 50 metros de distância.

Ele hesitou por alguns segundos, mas não havia tempo a perder procurando Bixby. Woodsworth e suas duas companhias retornariam da ronda no pomar dali a uns minutos, e estariam todos na mira dos rifles alemães. Ele disparou a correr.

Algo lhe puxou o casaco, mas ele não parou. Chegou ao cavalo quase sem fôlego.

– *Tiugainn!* – berrou, montando na sela com um balanceio.

Deu meia-volta e cavalgou para longe do pomar, rumo a uma plantação de batatas, embora lhe doesse o coração de fazendeiro ver o que os exércitos haviam feito com a plantação.

Não sei em que momento surgiu a denominação "hora de ouro", mas com certeza a expressão é conhecida por cada médico que já frequentou um campo de batalha, desde a época da *Ilíada*. Quando ocorre um acidente ou ferimento que não é fatal, a vítima tem mais chances de sobrevivência se receber tratamento em uma hora, a partir do momento da ocorrência. Depois disso, o choque, a perda contínua de sangue, a debilidade causada pela dor... a chance de salvar a vida de um paciente decai abruptamente.

Considerando a temperatura escaldante, a falta de água e o estresse de cruzar, pouco antes da ocorrência do ferimento, campos e matas em roupas de lã, carregando armas pesadas, inalando fumaça de pólvora e tentando matar ou não ser morto, eu considerava ter que trabalhar, para ser sincera, com "quinze minutos de ouro".

Dado também o fato de que os feridos tinham que ser carregados ou *caminhar* quase 2 quilômetros até encontrar assistência... eu sentia que estávamos fazendo o melhor possível, em termos de número de vidas salvas. *Pelo menos por ora*, acrescentei a meus pensamentos, de maneira soturna, ouvindo os gritos vindos da igreja.

– Qual é o seu nome, querido? – perguntei ao jovem à minha frente.

O rapaz não devia ter 18 anos, e estava quase morrendo de hemorragia. Uma bala lhe atingira o braço, o que, em geral, não era algo tão desesperador. Mas, para seu azar, a bala tinha atingido a artéria braquial, que sangrava lenta porém gravemente, até eu improvisar um garrote com minha própria mão.

– Soldado Adams, madame – respondeu ele, trêmulo e com os lábios brancos –, mas todos me chamam de Billy – acrescentou, muito educado.

– Muito prazer, Billy. E o senhor...? – Ele tinha sido trazido aos cambaleios por outro rapaz, mais ou menos da sua idade e quase tão pálido, embora não estivesse ferido.

– Horatio Wilkinson, madame – disse ele, inclinando a cabeça em uma desajeitada mesura, o melhor que conseguia segurando o amigo.

– Que ótimo, Horatio – falei. – Pode deixar que eu seguro o rapaz. Você poderia servir para ele água com um pouquinho de conhaque? Está logo ali. – Indiquei o engradado que fazia as vezes de mesa, onde jazia um de meus frasquinhos com rótulo de VENENO, além de um cantil cheio d'água e umas canecas de madeira. – Assim que ele tiver bebido, entregue aquela tira de couro para ele morder.

Eu teria mandado Horatio tomar um trago também, mas havia apenas duas canecas. A segunda era a minha, e eu não queria compartilhar os germes de soldados que não costumavam escovar os dentes. Eu estava me hidratando regularmente, mas meu espartilho estava ensopado e colado ao corpo, e o suor escorria pelas minhas pernas. Pensando bem, talvez eu tivesse que oferecer um gole direto da garrafa para o rapaz. Alguém teria que aplicar pressão ao braço de Billy Adams enquanto eu suturava a artéria braquial. E, nas condições atuais, Horatio Wilkinson não parecia apto a realizar a tarefa.

– Você poderia…? – comecei, mas segurava com a mão livre um bisturi e uma agulha de sutura com uma ligadura pendurada, e a visão assoberbou o jovem sr. Wilkinson. Ele revirou os olhos e desabou no chão de cascalho.

– Ele está ferido? – perguntou uma voz familiar atrás de mim.

Ao virar a cabeça, vi Denzell Hunter encarando o sr. Wilkinson caído no chão. Quase tão pálido quanto Horatio, e com as mechas de cabelo soltas e coladas ao rosto, ele mais parecia a antítese de sua figura geralmente tão composta.

– Apenas desmaiado – respondi. – Você poderia…?

– São uns idiotas – praguejou ele, pálido… de raiva. – Denominam-se cirurgiões regimentais! Um bom quarto deles nunca nem viu um homem ferido em batalha. E os que viram consideram que o único tratamento é a mais grosseira amputação. Uma companhia de barbeiros faria melhor!

– Eles sabem estancar sangramento? – perguntei, tomando a mão de Denny e a levando ao braço do meu paciente.

Ele comprimiu o polegar junto à artéria braquial, perto da axila, e o sangramento que havia recomeçado quando tirei a minha mão estancou outra vez.

– Obrigada – falei.

– Não há de quê. Sim, a maioria sabe – admitiu ele, um pouco mais calmo. – Mas defendem tanto os privilégios… e são tão ligados aos próprios regimentos… que alguns deixam homens feridos para morrer só porque não são do mesmo grupo!

– Escandaloso. Agora morda com força, soldado – disse, metendo o couro entre seus dentes e abrindo uma rápida incisão para alargar a ferida e conseguir encontrar a ponta da artéria aberta.

Ele mordeu, de fato, e soltou apenas um grunhido grave quando o bisturi lhe cortou a carne. Talvez o choque estivesse prejudicando os sentidos; eu esperava que não.

– Não temos muita escolha – observei, olhando em direção às grandes árvores que ladeavam o cemitério e formavam sombras.

Dottie estava hidratando as vítimas de insolação. Quando o tempo e os baldes permitiam, jogava um pouco d'água na cabeça delas. Rachel estava a cargo dos traumatismos cranianos, das feridas abdominais e de outros ferimentos sérios que não podiam ser tratados por amputação, ataduras ou gessos. Na maioria dos casos, isso equivalia apenas a confortar os feridos na hora da morte, mas ela era uma moça boa e firme, que vira muitos homens morrerem durante o inverno em Valley Forge, e não se esquivara da tarefa.

– Precisamos deixar que eles façam o que é possível – prossegui, assentindo em direção à igreja, as mãos ocupadas em segurar o braço do soldado Adams e religar a veia cortada. – Não que pudéssemos *impedi-los*.

– Não. – Denny soprou o ar, soltando o braço ao ver a veia suturada, e enxugou o rosto no casaco. – Não, não podemos. Desculpe, eu só precisava expressar minha raiva. E perguntar se posso pegar um pouco do seu unguento de genciana. Notei que você tem dois tubões preparados.

Soltei uma risadinha irônica.

– Fique à vontade. Aquele jumento do Leckie mandou um ordenança agora há pouco, para tentar afanar o meu estoque de gaze e ataduras. A propósito, você precisa de alguma?

– Se estiver sobrando. – Ele disparou um olhar gélido à pilha cada vez menor de suprimentos. – O dr. McGillis mandou um ordenança vasculhar os arredores atrás de itens para uso e outro para levar notícias de volta ao acampamento e trazer outras.

– Pegue metade – falei, meneando a cabeça, e terminei de envolver o braço de Billy Adams em uma única atadura, que cumpriria a função.

Horatio Wilkinson havia se recuperado um pouco e já vinha se sentando, embora ainda estivesse bastante pálido. Denny ajudou o homem a se erguer e o despachou com Billy para se sentar um pouco sob a sombra.

Eu vasculhava minhas bolsas em busca do unguento de genciana, quando percebi a aproximação de outro grupo e espichei o corpo para ver em que estado se encontravam. Nenhum parecia ferido, embora todos avançassem cambaleantes. Não estavam de uniforme e portavam apenas porretes. Ou eram da milícia ou...

– Ouvimos dizer que a senhora tem conhaque – disse um deles, estendendo a mão de forma quase amigável e me agarrando pelo punho. – Divida conosco...

– Solte a senhora – advertiu Denzell, em um tom tão ameaçador que o homem que me segurava de fato largou o meu punho, surpreso.

– E quem é *você*? – perguntou ele, embora mais em tom de espanto e confusão do que confronto.

– Sou cirurgião do Exército Continental – respondeu Denzell com firmeza, e se aproximou, metendo-se entre mim e os homens, todos claramente muito bêbados.

– Cirurgião do *E-xér-ci-to* Continental – repetiu um dos sujeitos, com uma risadinha, cutucando um dos companheiros.

– Cavalheiros, é melhor os senhores irem embora – retrucou Denzell, esgueirando-se mais para perto de mim. – Temos homens feridos que precisam de atenção.

Ele permanecia com o punho cerrado, porém meio frouxo, como se pronto para entrar em um embate, embora eu tivesse bastante certeza de que não o faria. Esperei que a intimidação desse conta do recado, mas olhei a minha garrafa. Estava três quartos vazia; talvez fosse melhor entregar aos homens e deixar que fossem embora...

Avistei um pequeno grupo de continentais feridos descendo a estrada, dois de maca e uns trôpegos, de camisas ensanguentadas, arrastando os casacos pela terra. Estendi a mão para pegar a garrafa, pretendendo dá-la para os intrusos, mas um movimento me fez olhar a sombra onde as moças cuidavam dos prisioneiros. Rachel e Dottie estavam de pé, observando a aproximação dos homens. Com o olhar firme e determinado, Dottie começou a caminhar em nossa direção.

Denny também notou. Percebi a súbita mudança em sua postura, com um toque de indecisão. Dorothea Grey podia ser uma quacre falsificada, mas o sangue de sua família tinha ideias próprias. Para minha surpresa, eu sabia exatamente o que Denzell estava pensando. Um dos homens já tinha percebido Dottie e se virado, cambaleante, para ela. Se ela os confrontasse e fosse atacada por um ou mais...

– Cavalheiros – falei, interrompendo os murmúrios de interesse dos visitantes.

Três pares de olhos injetados se viraram para mim. Eu saquei uma das pistolas que Jamie me havia entregado, apontei para o ar e puxei o gatilho.

A arma disparou com um solavanco violento e um estampido que me ensurdeceu momentaneamente, soltando um sopro acre de fumaça que me fez tossir. Sequei os olhos lacrimejantes na manga a tempo de ver os visitantes saindo às pressas, disparando olhares ansiosos para trás. Encontrei um lencinho extra enfiado no espartilho e limpei a fuligem do rosto. Ao afastar dos olhos o linho úmido, encontrei as portas da igreja ocupadas por vários médicos e ordenanças, todos com os olhos esbugalhados.

Encarnando Annie Oakley, e contendo o ímpeto de tentar rodopiar a pistola – muito por medo de deixá-la cair, já que tinha quase 30 centímetros de comprimento –, devolvi minha arma ao coldre e respirei fundo. Senti uma leve tontura.

Denzell me olhava, preocupado. Engoliu em seco e abriu a boca para falar.

– Agora, não – retruquei, também com a voz abafada, e inclinei a cabeça para os homens que vinham em nossa direção. – Não há tempo.

76

OS PERIGOS DA RENDIÇÃO

Quatro malditas horas. Horas passadas mourejando por um interior ondulante tomado de hordas de soldados continentais, grupos de milícias e mais pedras do que qualquer lugar minimamente funcional, na opinião de Grey. Incapaz de aguentar por mais tempo as bolhas e a pele em carne viva, ele havia tirado os sapatos e as meias e os enfiara nos bolsos da esfarrapada casaca, optando por claudicar descalço pelo máximo de tempo que aguentasse.

Caso encontrasse alguém de pés do mesmo tamanho que os dele, tiraria proveito de uma das onipresentes pedras.

Ele *sabia* que estava perto das linhas britânicas. Sentia o tremor no ar. O movimento de grandes grupos de homens, a excitação crescente. E, em algum lugar não muito longe dali, o ponto onde a excitação se transformava em ação.

Ele sentia a presença da batalha desde pouco depois da alvorada. Por vezes, escutara gritos e o estouro surdo de mosquetões.

O que eu faria se fosse Clinton?, pensou.

Clinton não tinha como superar os rebeldes que o perseguiam, isso estava claro. Mas teria tempo suficiente para escolher um local decente e se preparar de alguma forma.

Era bem possível que uma parte do exército, talvez a brigada de Cornwallis, já que Clinton não deixaria os hessianos de Von Knyphausen ficarem sozinhos, tivesse assumido alguma posição defensiva, na esperança de conter os rebeldes por tempo suficiente para que o trem bagageiro escapasse. Assim, o corpo principal faria um giro e assumiria posição, talvez ocupando um vilarejo. Ele já havia passado por dois ou três desse tipo, cada um com sua própria igreja. Igrejas eram ótimas. Em sua época, havia explorado várias até o alto do campanário.

Onde é mais provável que William esteja? Desarmado e incapaz de lutar, o mais certo era que estivesse com Clinton. Era onde *deveria* estar. Mas ele conhecia o filho.

– Infelizmente – resmungou.

Sem hesitar, entregaria sua vida e honra por William, o que não significava que se alegrasse frente a essa perspectiva. Os sentimentos do momento não eram de culpa. Embora relutante, precisava admitir que, ao menos em parte, a culpa era dele mesmo. Ele permitira que William realizasse trabalhos de inteligência para Ezekiel Richardson. Devia ter prestado bem mais atenção em Richardson…

Pensar que tinha sido passado para trás pelo sujeito era quase tão irritante quanto o que Percy lhe contara.

Só restava a John torcer para dar de cara com Richardson em circunstâncias que lhe permitissem matá-lo sem alarde. Mas, se tivesse que ser em plena luz do dia e sob os olhares do general Clinton, que assim fosse.

Estava inflamado em cada fibra de seu ser, e não dava a mínima.

Havia homens a caminho, ecoando pela estrada logo atrás. Arruaceiros americanos, com carroças e carretas. Ele saiu da estrada e parou à sombra de uma árvore, aguardando a passagem deles.

Era um grupo relativamente pequeno de continentais, com dez armas e apenas quatro canhões de balas de 2 quilos. Puxados por homens, não por burros. No entanto, era a única artilharia que tinha visto aquela manhã. Seria tudo que Washington possuía?

Os homens não o notaram. Ele esperou uns minutos, até que estivessem fora do alcance da vista, e os seguiu.

Ele ouviu mais canhões, alguns à esquerda, e parou para escutar. Britânicos, por Deus! Tivera alguma relação com a artilharia no início da carreira militar, e o ritmo de uma equipe de tiro em ação estava incrustado em seus ossos.

Limpar peça!

Carregar peça!

Empurrar!

Fogo!

Uma única unidade de artilharia. Seis canhões de balas de 5 quilos. Miravam em algo, mas não estavam sendo atacados. Os disparos eram esporádicos, não de combate intenso.

Por outro lado, justiça fosse feita, qualquer esforço realizado no calor daquele dia só podia ser descrito como "intenso". Ele se atirou em um arvoredo; debaixo da sombra, soltou um suspiro de alívio. Estava a ponto de morrer naquela casaca preta e tratou de tirá-la, para uma trégua momentânea. Ousaria abandonar de vez aquele troço maldito?

Mais cedo, já tinha visto um bando de milicianos trajando mangas curtas, alguns com lenços amarrados na cabeça para se proteger do sol. De casaca, contudo, ele talvez conseguisse se passar por cirurgião da milícia. No entanto, a indumentária estava bastante fedida.

Ele mexeu a língua e trouxe um pouco de saliva à boca seca. Por que não tinha levado um cantil? Àquela altura, a sede o fez tomar uma decisão.

Vestido como estava, poderia muito bem ser alvejado por qualquer soldado de infantaria ou cavalaria que o avistasse, antes mesmo que pudesse pronunciar uma palavra. No entanto, por maior que fosse sua eficácia contra um grupo de inimigos, os canhões eram quase inúteis contra um homem sozinho. Não era possível ajustar a mira com rapidez, a menos que o homem fosse tolo a ponto de avançar em linha reta. E Grey não era tolo *a esse* ponto.

Era bem verdade que o oficial à frente de cada canhão estaria munido de espada e pistola, mas não se concebia como perigo um único homem se aproximando a pé de uma unidade de artilharia. Era provável que o puro espanto permitisse sua

465

aproximação a ponto de ser ouvido. E a mira das pistolas era tão imprecisa que, se estivesse a mais de dez passos, não estaria se arriscando tanto assim.

Ele apertou o passo o máximo que pôde, mantendo o olhar cauteloso. Àquela altura, já havia muitas tropas continentais pelos arredores, marchando furiosamente. Os soldados acreditariam que ele estivesse ferido. Grey não ousaria tentar se render às linhas britânicas com um combate em curso, ou morreria em pouco tempo.

A artilharia no pomar poderia ser sua melhor chance, por mais arrepiante que fosse a ideia de caminhar junto às bocas dos canhões. Abafando um palavrão, ele calçou outra vez os sapatos e começou a correr.

Grey saiu correndo e deu de cara com uma companhia miliciana, mas os homens seguiam em trote e não lhe deram muita atenção. Ele desviou e se enroscou numa sebe, de onde passou uns instantes tentando se desvencilhar. Estava num campo estreito, bastante pisoteado. Do lado oposto, era possível ver um pomar de macieiras, com as copas das árvores despontando por sobre uma pesada nuvem de pó branco.

Ele conseguiu entrever algum movimento adiante do pomar e arriscou uns passos para o lado, a fim de enxergar algo, mas logo se abaixou para sair de vista. Milicianos americanos, homens em trajes de caça ou roupas caseiras, alguns sem camisa, reluziam de suor. Estavam reunidos ali, talvez planejando uma investida por trás, pomar adentro, na esperança de capturar ou desarmar os canhões.

Estavam fazendo muito barulho, e os canhões haviam parado de atirar. Era óbvio que os artilheiros sabiam que os americanos se encontravam ali e estariam se preparando para resistir. Assim, não era a melhor hora para surgir diante deles.

Então ele ouviu os tambores. Bem longe, a leste do pomar, mas o som vinha com toda a clareza. Infantaria britânica em marcha. Uma possibilidade melhor que a artilharia no pomar. Em deslocamento, a infantaria não estaria propensa nem preparada para atirar em um homem desarmado, a despeito de seus trajes. Caso conseguisse se aproximar a ponto de atrair a atenção de um oficial… mas ainda precisaria atravessar o descampado abaixo do pomar para chegar à infantaria antes que os homens marchassem para longe.

Mordendo os lábios, exasperado, Grey se enfiou pela sebe e saiu correndo por entre as nuvens de fumaça. Um tiro estalou, perto demais. Por instinto, ele se atirou na grama, então deu um pinote e tornou a correr, arquejante. Por Cristo, havia fuzileiros no pomar defendendo os canhões! *Caçadores*.

No entanto, quase todos os fuzileiros deviam estar virados para o outro lado, prontos para se defrontar com a milícia que se formava, já que não se ouviu mais nenhum tiro vindo deste lado do pomar. Grey diminuiu o passo, tocando os pontos na lateral do corpo. Já estava adiante do pomar. Ainda ouvia os tambores, embora estivessem se afastando. Em frente, em frente…

– Ei! Você aí!

Ele *devia* ter continuado, mas, ofegante e sem saber ao certo quem o chamava, parou por um instante e deu um meio giro. Meio mesmo, pois um corpo robusto se atirou pelos ares e o derrubou.

Grey caiu de cotovelo no chão. Com a outra mão, agarrou a cabeça do homem, cujos cabelos úmidos e oleosos lhe escapavam pelos dedos. Acertou o rosto do sujeito, contorceu-se feito uma enguia por sob todo aquele peso, cravou uma joelhada na barriga dele e se levantou.

– Parado aí! – A voz desafinou absurdamente, subindo até um falsete.

Ele se assustou tanto que parou *mesmo*, para pegar fôlego.

– Você! Seu inútil... imundo...

O homem – por Deus, era um menino! – que o derrubara estava se levantando e tinha uma enorme pedra na mão. Seu irmão – só podia ser irmão; os dois pareciam duas ervilhas numa vagem, ainda em fase de crescimento e desajeitados – portava um porrete de bom tamanho.

Grey havia se levantado já de mão na cintura, pronto para desembainhar a adaga que Percy lhe dera. Pensava já ter visto aqueles dois garotos em algum lugar. Seriam os filhos do comandante de uma das companhias milicianas de Nova Jersey? Estava bem claro que os dois também o reconheciam.

– Traidor! – gritou um deles. – *Espião* maldito, desgraçado!

Os garotos estavam entre ele e a companhia de infantaria, já distante. O pomar ficava atrás. Os três se encontravam ao alcance de qualquer fuzileiro hessiano que por acaso olhasse naquela direção.

– Olhe... – começou ele, já percebendo que não adiantava.

Algo havia acontecido. Os dois estavam alterados por alguma coisa que lhes distorcia o semblante e fazia seus braços e pernas tremerem. Em seus olhos havia a necessidade de alguma ação imediata e violenta. O que era? Horror, raiva, tristeza? Eram garotos, mas ambos mais altos do que ele e muitíssimo capazes de lhe impingir o estrago que pretendiam.

– General Fraser – disse Grey, bem alto, esperando desconcertá-los. – Onde está o general Fraser?

77

O PREÇO DO BRONZE QUEIMADO

– Companhias todas presentes, senhor!

Robert MacCammon avançava apressado, arquejante. Era um homem corpulento. Até os campos e prados ondeantes e delicados o tratavam com dureza. Os círculos escuros de suor em suas axilas mais pareciam dois pratos de jantar.

– Bom – respondeu Jamie.

Ele olhou para além do major MacCammon e viu a companhia do tenente Herbert emergir de uma pequena mata, olhando em volta com cautela, de armas na mão. Estavam indo bem, por mais que não fossem treinados. Jamie estava satisfeito com o grupo.

Senhor, permita que eu os ajude a enfrentar isso da melhor maneira possível.

Mal a oração se formara em sua mente, ele se virou para oeste e congelou. Na encosta abaixo, a menos de 100 metros de distância, viu os dois meninos Craddock, armados de pedra e pau, ameaçando um homem de costas, cujos cabelos louros e curtos ele reconheceu no mesmo instante, mesmo sem a atadura manchada que lhe envolvia a cabeça.

Então viu Grey levar a mão à cintura e soube, sem sombra de dúvida, que ele estava buscando uma faca.

– *Craddock!* – gritou ele, e os dois garotos se assustaram.

Um deles largou a pedra e se agachou para apanhá-la outra vez, expondo a Grey o pescoço magrelo. Grey encarou o pedaço de carne vulnerável, lançou uma olhadela para o garoto mais velho, que segurava o porrete como se fosse um taco de críquete, ergueu o olhar encosta acima, para Jamie, e relaxou as mãos e os ombros.

– *Ifrinn!* – murmurou Jamie, entre dentes. – Fique aqui – ordenou a Bixby, e disparou pela encosta, cambaleando e abrindo caminho por entre um aglomerado de árvores que largavam uma seiva grudenta em suas mãos. – Onde raios está a companhia de vocês? – inquiriu, sem preâmbulos, respirando e se aproximando dos garotos e de Grey.

– Ah. Ahn... – O Craddock mais jovem olhou para o irmão, procurando uma resposta.

– Não conseguimos encontrá-la, senhor – disse o mais velho, e engoliu em seco. – Estávamos procurando, quando achamos um grupo de casacas-vermelhas e tivemos que fugir.

– Foi quando demos com *ele* – completou o Craddock mais moço, inclinando o queixo para Grey. – Todo mundo no acampamento tinha falado que ele era espião dos casacas-vermelhas. Dito e feito: lá estava ele, correndo para eles, gritando e balançando os braços.

– Então consideramos que era o nosso dever impedi-lo, senhor – disse o mais velho, ansioso por não ser eclipsado pelo irmão.

– Sim, estou vendo.

Jamie esfregou o ponto entre as sobrancelhas, onde sentia que havia se formado um nozinho dolorido. Olhou para trás. Homens ainda corriam, vindos do sul, mas o resto da companhia de Craddock estava quase todo lá, aglomerando-se com ansiedade na direção dele. Não espantava: podia ouvir os tambores britânicos, quase a seu lado. Sem dúvida era a companhia para onde os garotos haviam corrido... e para onde Grey estava rumando.

468

– *Wenn ich etwas sagen dürfte* – disse Grey, em alemão, com uma olhadela para os Craddocks. *Se eu puder falar...*

– Não pode, senhor – retrucou Jamie, com certa raiva.

Não havia tempo. Se aqueles dois idiotinhas sobrevivessem para retornar ao acampamento, relatariam todas as palavras trocadas entre Grey e ele a quem quisesse escutar. A última coisa de que precisava agora era a divulgação de seu envolvimento em confabulações estrangeiras com um espião inglês.

– Estou procurando o meu filho! – explicou Grey, agora em inglês, com outra olhadela para os Craddocks. – Tenho motivos para crer que ele esteja correndo perigo.

– Todo mundo aqui também está – respondeu Jamie, muito mordaz, embora com o coração disparado. Então foi por isso que Grey tinha descumprido a condicional. – Correndo perigo por causa de quem?

– Senhor! *Senhor!* – O grito de Bixby despontou do outro lado das árvores, alto e premente.

– Estou indo, sr. Bixby! – gritou Jamie. – Por que não matou esses dois? – perguntou a Grey, abruptamente, acenando a cabeça para os Craddocks.

Grey arqueou a sobrancelha clara por sobre o lenço que cobria o olho ruim.

– Você me perdoaria por Claire, mas não por matar seus... homens.

Ele olhou os dois Craddocks, cheios de marcas no rosto, feito dois pudins de passas. Pelo olhar de Grey, ele insinuava que os achava tão inteligentes quanto pudins.

Por uma fração de segundo, o ímpeto de socar o homem irrompeu das entranhas de Jamie. Grey percebeu isso e não se encolheu. Escancarou o olho bom, azul-claro. Desta vez, revidaria.

Jamie fechou os olhos um instante, forçando-se a deixar a raiva de lado.

– Vão com este homem – ordenou ele aos Craddocks. – Ele é prisioneiro de vocês.

Ele puxou uma das pistolas do cinto e estendeu ao Craddock mais velho, que a recebeu com os olhos arregalados e respeitosos. Jamie não se deu ao trabalho de contar ao rapaz que não estava preparada nem carregada.

– E você – disse a Grey, impassível. – Vá com eles para detrás das linhas. Se os rebeldes ainda estiverem ocupando Englishtown, leve-os até lá.

Grey assentiu rapidamente, de lábios contraídos.

Jamie estendeu o braço e segurou o ombro de Grey. O homem deu um rodopio, com o olho ensanguentado.

– Escute aqui – retrucou Jamie, falando bastante alto, para que Craddocks o ouvissem. – Eu revogo a sua liberdade condicional. – Ele retribuiu o olhar firme de Grey. – Está me entendendo? Quando chegar a Englishtown, você vai se entregar ao capitão McCorkle.

Grey franziu a boca, mas não respondeu nada. Apenas deu um ínfimo aceno de cabeça.

Jamie correu para as companhias que o aguardavam, mas arriscou uma olhadela para trás. Enxotando os Craddocks à sua frente, os dois ineptos debatendo os braços feito um par de gansos à venda, Grey rumou mais do que depressa para o sul, em direção às linhas americanas. Se é que o conceito de "linhas" significava alguma coisa naquela maldita batalha.

Grey sem dúvida havia compreendido e, apesar da presente emergência, um peso saiu do coração de Jamie. Com a condicional revogada, John Grey tornava a ser prisioneiro de guerra, sob custódia de seus carcereiros e oficialmente sem liberdade de ir e vir. Mas também sem a obrigação de honra que o forçava a assumir o compromisso de comparecimento em juízo. Sem condicional, seu principal dever agora era o de qualquer soldado nas mãos do inimigo: escapar.

– *Senhor!* – Bixby se aproximou, arquejante. – Há casacas-vermelhas...

– Sim, sr. Bixby. Eu sei. Vamos recebê-los, então.

Se não fosse o livro de colorir, talvez eu não tivesse percebido de imediato. No terceiro ou quarto ano, Brianna ganhou um livrinho de colorir, com desenhos de cenas da Revolução Americana. Cenas pasteurizadas, apropriadas e românticas: Paul Revere varando a noite em um cavalo galopante, Washington cruzando o rio Delaware, mesmo com (segundo apontara Frank) uma lamentável inabilidade para navegar... e um desenho de página dupla exibindo Molly Pitcher, aquela nobre mulher que levara água às tropas afetadas pelo calor (página da esquerda), então tomara o lugar do marido na operação de seu canhão (página da direita) na batalha de Monmouth.

Com um pouco de choque, ocorreu-me que talvez estivéssemos atuando na batalha de Monmouth. Afinal de contas, a Monmouth Courthouse ficava a apenas 3 ou 5 quilômetros de onde estávamos.

Limpei o rosto outra vez – gesto que não ajudou em nada a transpiração, mas, a julgar pelo estado de meus três lencinhos empapados, removia uma boa quantidade de poeira de meu semblante –, então olhei para o leste, de onde era possível ouvir os tiros distantes de canhão. Será que Molly estava lá?

– Bom, George Washington com certeza está – murmurei para mim mesma, servindo-me de uma caneca de água fresca e retornando à tarefa de enxaguar tecidos ensanguentados em um balde de água salgada. – Por que não Molly Pitcher?

O desenho tinha sido complicado de pintar. Bri estava na fase de insistir para que tudo fosse colorido "como na vida real". Assim, o canhão *não* podia ser cor-de-rosa nem laranja. Frank gentilmente desenhou vários canhões em uma folha de papel e tinha experimentado de tudo: do cinza (com nuanças de preto, azul e até violeta) ao marrom, tons de bronze queimado e dourado, até por fim se decidir pelo preto com sombreados verde-escuros.

Pela falta de qualificação, eu havia sido relegada a colorir a grama, embora também tivesse ajudado no dramático sombreado das roupas maltrapilhas da sra. Pitcher, depois que Brianna se cansou. Olhei para cima, com o cheiro de giz de cera na lembrança, e vi um grupinho avançando pela estrada.

Havia dois soldados continentais, mais um homem vestindo o que reconheci ser o uniforme verde-claro dos Skinner's Greens, os voluntários de Nova Jersey, um regimento legalista provincial. Ele cambaleava muito, e era apoiado por um continental de cada lado. O menorzinho dos três também parecia ferido. Tinha um braço envolto em um lenço sujo de sangue. O terceiro olhava de um lado para outro, muito vigilante, mas não parecia machucado.

Primeiro olhei o provincial, que devia ser um prisioneiro. Então dispensei mais atenção ao continental ferido que o apoiava. Com Molly Pitcher muito vívida em minha memória, percebi, com um breve choque, que o continental era uma mulher. O casaco lhe cobria o quadril, mas pude reparar na curvatura de suas pernas. O fêmur dos homens era bem mais reto, mas a largura da bacia pélvica feminina impelia uma ligeira inclinação em direção aos joelhos.

Também ficou claro, com a aproximação dos soldados, que os dois feridos guardavam algum parentesco: ambos eram pequenos, magros, de queixo quadrado e ombros caídos. O provincial, de barba por fazer, sem dúvida era homem. Enquanto a… Seria sua irmã? Os dois pareciam próximos em idade… e ambos tinham pele clara.

Se bem que o provincial não estava branco naquele momento. Seu rosto estava vermelho feito fogo e quase igualmente quente ao toque. Seus olhos eram duas fendas brancas, e a cabeça bamboleava sobre o pescoço estreito.

– Ele está ferido? – perguntei, em tom direto, levando a mão ao ombro do homem para acomodá-lo em um banquinho.

Ele amoleceu no instante em que suas nádegas tocaram o assento, e teria caído no chão se eu não o tivesse firmado. A garota soltou um arquejo assustado e estendeu a mão para ele, mas também cambaleava, e teria caído se o terceiro homem não a tivesse agarrado pelos ombros.

– Foi golpeado na cabeça – respondeu o continental homem. – Eu… dei nele com o cabo de minha espada – confessou com certo constrangimento.

– Venha me ajudar a deitá-lo.

Corri a mão pela cabeça do provincial, detectando uma contusão feia sob os cabelos, mas não encontrei nenhuma sensação de fratura craniana. Concussão, provavelmente, mas apenas isso. O rapaz, porém, começou a se contorcer sob a minha mão, projetando a ponta da língua.

– Ai, nossa – falei, e a garota soltou um gritinho desesperado. – É insolação – expliquei a ela no mesmo instante, esperando que fosse de algum conforto.

A realidade estava muito distante; quando o paciente colapsava e começava a convulsionar, em geral morria. A temperatura de seu corpo estava bem acima da que os sistemas corporais eram capazes de tolerar, e uma convulsão como essa com frequência indicava ocorrência de danos cerebrais. Ainda assim…

– Dottie! – gritei, acenando para ela com urgência, então me virei para o soldado continental saudável, porém muito assustado. – Está vendo aquela moça de cinza? Leve o rapaz até a sombra onde ela está. Ela vai saber o que fazer.

Era simples. Jogar água em cima dele e lhe dar algo de beber. Isso era tudo o que *podia* ser feito. Enquanto isso...

Segurei a garota pelo braço bom e a acomodei no banquinho, servindo depressa em um copinho o que havia sobrado de minha garrafa de conhaque. Pela aparência dela, não lhe restava muito sangue.

E não restava mesmo. Ao tirar o lenço, descobri que ela não tinha uma das mãos, e o antebraço estava bastante mutilado. Ela só não tinha morrido de hemorragia porque alguém firmara um cinto em seu braço com um graveto enfiado no meio, feito um torniquete bem forte. Havia muito tempo que eu não desmaiava diante de uma cena, e não desmaiei agora, mas senti por um breve instante o mundo tremer sob meus pés.

– Como foi que arrumou isso, meu bem? – perguntei, com a maior calma possível. – Tome, beba isto aqui.

– Eu... Granada – sussurrou ela.

A moça mantinha a cabeça virada para não olhar o próprio braço, mas eu levei o copinho a seus lábios, e ela bebeu, engolindo a mistura de água e conhaque.

– Ela... Ele apanhou – disse uma voz baixa e sufocada junto a meu cotovelo. O outro continental havia retornado. – A granada rolou pelo meu pé, e ele... ela pegou.

A garota virou a cabeça ao ouvir a voz dele, e eu vi seu olhar de angústia.

– Ela se juntou ao Exército por sua causa, imagino?

O braço teria que ser amputado. Nada abaixo do cotovelo tinha salvação, e deixá-lo naquele estado seria condenar a moça à morte por infecção ou gangrena.

– Não foi, não! – retrucou a garota, ofegante. – Phil. – Ela engoliu o ar e virou a cabeça na direção das árvores. – Ele tentou me obrigar a ir com ele. Seguidor de aca--acampamento... legalista. Não quis.

Com tão pouco sangue circulando no corpo, ela não estava conseguindo absorver o oxigênio. Eu enchi a caneca e a fiz beber outra vez.

– Eu sou patriota! – bradou ela, cuspindo e se balançando, porém mais alerta.

– Eu... tentei fazê-la voltar para casa, dona – soltou o jovem. – Mas não sobrou ninguém para cuidar dela.

Ele estendeu a mão junto das costas da moça, querendo tocá-la, esperando para escorá-la caso caísse.

– Entendi. E ele... – completei, inclinando o queixo para a estação de Dottie, sob as árvores, onde o homem com insolação permanecia deitado à sombra. – É seu irmão?

A moça não teve forças para assentir, mas fechou os olhos, em aquiescência.

– O pai dela morreu logo depois de Saratoga – respondeu o jovem, muitíssimo arrasado. Meu Deus, ele devia ter uns 16, 17 anos, e a moça parecia ter seus 14, embora

472

talvez fosse mais velha. – Phillip já tinha ido embora. Ele rompeu com o pai quando se uniu aos provinciais. – Eu...

A voz dele foi morrendo. Ele fechou a boca com força e tocou os cabelos da garota.

– Qual é o seu nome, querida? – perguntei.

Eu havia soltado o torniquete para verificar se ainda tinha sangue circulando na altura do cotovelo. Havia; talvez a junta pudesse ser salva.

– Sally – sussurrou ela. Seus lábios eram brancos, mas os olhos estavam abertos. – Sarah.

Todas as minhas serras de amputação estavam na igreja, com Denzell. Eu não podia mandar a moça para lá. Chegara a enfiar a cabeça lá dentro, e quase fui nocauteada pelo cheiro forte de sangue e excremento – e ainda mais pelos sons de massacre e pela atmosfera de dor e terror.

Havia mais feridos vindo pela estrada. Alguém teria que cuidar deles. Eu não hesitei por mais de um minuto.

Tanto Rachel quanto Dottie possuíam a determinação necessária para lidar com as coisas e a presença física para controlar gente perturbada. Os modos de Rachel vinham de meses de experiência em Valley Forge, e os de Dottie, mais do hábito da expectativa autocrática de que as pessoas naturalmente atenderiam às suas vontades. Ambas inspiravam confiança e me enchiam de orgulho. Estavam enfrentando tudo da melhor forma possível e, na minha opinião, muito melhor do que os médicos e seus assistentes na igreja, embora estes fossem muitíssimo ligeiros em seus afazeres.

– Dottie! – chamei outra vez, e acenei.

Ela se levantou e veio depressa, enxugando o rosto no avental. Encarou a moça, deu uma breve olhada para os corpos na grama, então se virou de volta, com um misto de curiosidade, horror, desespero e compaixão. Ou o irmão já estava morto ou prestes a morrer.

– Traga Denzell com urgência, Dottie – falei, afastando-me um pouquinho, para que ela visse o braço deformado. Ela empalideceu e engoliu em seco. – Peça que traga a minha serra manual e um tenáculo pequeno.

Sarah e o rapaz soltaram pequenos arquejos de horror ao ouvir a palavra "serra". Ele se moveu rapidamente, enfim tocando a moça no ombro bom.

– Você vai ficar bem, Sally – disse, com determinação. – Eu me caso com você! Para mim não vai fazer a menor diferença. Digo... o seu... o seu braço.

Ele engoliu em seco. Percebi que o rapaz também precisava de água, então lhe passei o cantil.

– Uma... ova – retrucou Sally, com os olhos vívidos, escuros e brilhantes em contraste com o rosto branco. – Não aceito... me casar por pena. Seu... maldito. Nem por culpa. Não... preciso de você!

O homem empalideceu, surpreso... e afrontado.

– Ora, e como vai viver? – indagou ele, indignado. – A única coisa que tem no mundo é esse maldito uniforme! Você... você... – Ele socou a própria perna, frustrado. – Não pode nem ser puta com um braço só!

Ela o encarou, respirando devagar e com força. Depois de um instante, um pensamento lhe veio à mente. Ela assentiu de leve e se virou para mim.

– Será que o Exército... me pagaria... uma pensão? – perguntou.

Avistei Denzell, todo sujo de sangue, porém controlado, avançando pelo chão de cascalho com a caixa de instrumentos cirúrgicos. Eu venderia minha alma por éter ou láudano, mas não havia nenhum dos dois. Respirei fundo também.

– Espero que sim. Molly Pitcher vai receber. Por que você não poderia?

78

NO LUGAR ERRADO, NA HORA ERRADA

William tocou a mandíbula com cautela, parabenizando a si mesmo pelo fato de Tarleton só ter conseguido acertá-lo uma vez no rosto, e não no nariz. As costelas, os braços e o abdômen eram outra história. Ele tinha as roupas enlameadas e a camisa estava rasgada, mas um observador fortuito não repararia que ele havia brigado. Poderia *até* escapar dessa, contanto que o capitão André não mencionasse o despacho para a Legião Britânica. Afinal de contas, se metade do que William ouvira no caminho fosse verdade, sir Henry estivera bastante ocupado pela manhã.

Um capitão de infantaria ferido que voltava para o acampamento alegou ter visto sir Henry, no comando da retaguarda, liderar uma investida contra os americanos e se adiantar tanto que acabou quase capturado antes que seus homens viessem lá de trás para socorrê-lo. William ardera de raiva ao ouvir aquilo. *Adoraria* ter participado. Pelo menos não ficara confinado na tenda dos escriturários...

Ele havia percorrido não mais do que 400 metros de volta à brigada de Cornwallis, quando Visigodo perdeu uma ferradura. William soltou um palavrão, parou e desceu para dar uma olhada. Encontrou a ferradura, mas dois pregos tinham se perdido, e ele não conseguiu encontrá-los. Não havia chance de recolocar a ferradura com o calcanhar da bota, o que fora sua primeira ideia.

Ele meteu a ferradura no bolso e olhou o entorno. Soldados se apinhavam em todas as direções, mas havia uma companhia de granadeiros hessianos no lado oposto da ravina, na entrada da ponte. Bem devagar, ele conduziu Visigodo até a outra margem.

– *Hallo!* – disse ele ao camarada mais próximo. – *Wo ist der nächste Hufschmied? Onde fica o ferrador mais próximo?*

O sujeito o encarou com indiferença e deu de ombros. Um rapaz, no entanto, apontou para o outro lado da ponte.

– *Zwei Kompanien hinter uns kommen Husaren! Os hussardos estão a caminho, duas companhias atrás!*

– *Danke!* – retribuiu William.

Então levou Visigodo até a sombra esparsa de um grupo de pinheiros compridos. Bom, foi sorte. Ele não teria que percorrer um longo caminho com o cavalo, podendo esperar que a carroça do ferrador chegasse. Ainda assim, o atraso o inquietou.

Todos os seus nervos estavam tensos feito as cordas de uma espineta, e ele não parava de tocar a cintura, onde suas armas normalmente estariam. Ouvia o barulho dos tiros de mosquete a longa distância, mas não conseguia ver nada. Os campos iam se dobrando feito uma sanfona, o prado ondeante se transformando em uma ravina, para então tornar a surgir e desaparecer outra vez.

Ele pegou o lenço, àquela altura tão ensopado que só servia para espalhar o suor no rosto. Sentiu uma tímida lufada de frescor soprando desde o ribeirão, uns 12 metros lá embaixo, e caminhou até a beirada do penhasco, na esperança de receber outras. Bebeu a água morna do cantil, desejando poder descer para se saciar no córrego, mas não se atreveu. Talvez descesse sem problemas a encosta íngreme, mas a volta seria uma escalada complicada, e ele não podia correr o risco de perder o ferrador.

– *Er spricht Deutsch. Er gehört!*

O quê? Ele não estivera prestando atenção nas conversas esporádicas dos granadeiros, mas havia escutado aquelas palavras com toda a clareza. Concentrou-se para tentar descobrir de quem estavam falando. Deu de cara com dois, logo atrás dele. Um deles abriu um sorrisinho nervoso, ao que ele se empertigou.

De repente, outros dois surgiram entre ele e a ponte.

– *Was ist hier los?* – indagou ele, rispidamente. – *Was machst Ihr da?*

O que é isto? O que estão fazendo?

Um sujeito parrudo exibiu o semblante pesaroso.

– *Verzeihung. Ihr seid hier falsch.*

Eu estou no lugar errado?

Antes que William pudesse retrucar, os homens o acossaram. Ele reagiu com socos, chutes, cabeçadas e cotoveladas, mas a coisa durou apenas uns segundos. Mãos puxaram seus braços para trás. O camarada parrudo tornou a dizer "*Verzeihung*" e, ainda com o semblante pesaroso, golpeou-o na cabeça com uma pedra.

Ele só perdeu a consciência quando despencou na base da ravina.

Eis a luta para valer, pensou Ian. Mas era praticamente tudo que se podia dizer. Havia bastante movimento, sobretudo entre os americanos. Sempre que topavam com um grupo de casacas-vermelhas, a briga rolava, e com violência. Mas os campos eram tão irregulares que os exércitos quase não se agrupavam em grande número.

Contudo, ele passara por várias companhias de infantaria britânicas, mais ou menos à espreita, e para além dessa vanguarda havia entre os homens um número considerável de estandartes regimentais britânicos. Adiantaria saber quem estava no comando ali? Ele não tinha certeza, mesmo que a proximidade lhe permitisse identificar os detalhes dos estandartes.

Seu braço esquerdo doía. Sem pensar, ele o esfregou. O ferimento do machado havia sarado bem, embora a cicatriz ainda estivesse alta e tenra, mas o braço não tinha recuperado nem de perto sua força habitual, e o disparo daquela flecha nos batedores índios deixara seus músculos trêmulos, com uma ardência dentro do osso.

– Melhor não tentar de novo – murmurou ele a Rollo, e então se lembrou de que o cachorro não estava com ele.

Ao erguer os olhos, porém, descobriu que um dos batedores índios *estava* com ele. Pelo menos, foi o que pensou. A quase 20 metros, um guerreiro abenaki sentado em um pônei raquítico encarava Ian, pensativo. Era abenaki, sem dúvida: o cabelo raspado da testa ao cocuruto, a faixa de tinta preta junto aos olhos, os brincos compridos de concha caídos sobre os ombros, o nácar reluzindo ao sol...

Enquanto o analisava, foi girando a própria montaria, em busca de refúgio. O grupo principal de homens se encontrava a uns bons 200 metros de distância, parados no prado descampado, mas havia bosques de castanheiras e álamos, e talvez a uns 800 metros de onde ele viera o terreno ondeante mergulhava em uma das grandes ravinas. Não adiantaria ficar preso lá embaixo, mas se ele tivesse uma boa condução, seria uma forma excelente de desaparecer. Ele deu um tapinha no cavalo e os dois dispararam, virando abruptamente para a esquerda ao passar por uma área de vegetação espessa, o que foi ótimo, já que ele escutou algo pesado passar zunindo por sua cabeça e atingir em cheio o matagal. Um varapau? Uma machadinha?

Não importava. A única coisa que importava era que o homem que havia arremessado o objeto já não estava mais atrás dele. Ian, no entanto, olhou para trás e viu o segundo abenaki contornar o arvoredo pelo outro lado, pronto para interceptá-lo. O segundo gritou algo, e o outro respondeu. Eram gritos de caça. Fera à vista.

– *Cuidich mi, a Dhia!* – exclamou ele, cravando os calcanhares no dorso do cavalo.

A égua nova era um animal bom, e eles conseguiram deixar o descampado, adentrar um pequeno bosque e sair do outro lado, bem diante de uma cerca. Já estava muito em cima, e eles não pararam. O cavalo baixou o traseiro, deu um impulso e saltou por cima, resvalando os cascos de trás na tábua superior, com um tranco que fez Ian morder a língua.

Ele não olhou para trás. Apenas curvou o corpo junto ao pescoço do animal, e ambos saíram em disparada rumo ao terreno sinuoso logo à frente, uma descida. Ian fez a curva e galopou enviesado, preferindo não chegar com tudo à beirada da ravina, que podia ser íngreme... Não se ouvia barulho atrás dele, exceto o ribombo do exército que se avultava. Nada de ganidos nem gritos de caça dos abenakis.

Logo surgiu a vegetação espessa que delimitava a ravina. Ele diminuiu a velocidade e arriscou uma olhadela para trás. Nada. Ian respirou, permitindo que o cavalo reduzisse o ritmo, caminhando junto à beirada e procurando uma maneira de descer.

Mais acima, Ian viu uma ponte, talvez a uns 50 metros, mas ninguém a cruzava... por enquanto.

Ele ouvia homens lutando *dentro* da ravina, talvez a uns 300 metros, mas a mata era espessa, de modo que Ian estava bem escondido. Pelo barulho, era uma briguinha – coisa que ele já vira e ouvira dezenas de vezes só naquele dia. Homens de ambos os lados, levados pela sede a descer até os riachos que esculpiram as ravinas, encontrando-se vez ou outra e acabando por se enfrentar num banho sangrento em meio às águas rasas.

Ao imaginar a cena, sentiu sede. E pensou na pobre égua, visto que a criatura espichava o pescoço, alargando as narinas sedentas a fim de farejar o curso de água.

Ian deslizou até a beirada do regato, atento às pedras soltas e ao terreno pantanoso. A margem era quase toda composta de lama fofa, ladeada por plantas aquáticas e pequenos juncais. Um pontinho vermelho lhe chamou a atenção, e ele se empertigou, mas era só um soldado britânico de cara na lama, claramente morto, as pernas balançando ao sabor da corrente.

Ian tirou os mocassins e foi entrando na água. O ribeirão era relativamente largo naquele ponto, mas com poucos centímetros de profundidade e um leito cheio de sedimentos. A água batia no tornozelo. Ele saiu e conduziu o animal ravina acima, procurando um local melhor. A égua, desesperada para beber água, empurrava Ian com a cabeça. Não esperaria muito mais.

O ruído das escaramuças havia cessado. Ele ouvia homens lá em cima, a alguma distância, porém nada na ravina em si.

Pronto, ali estava bom. Ele soltou as rédeas da égua, que se lançou para o ribeirão, metendo as patas dianteiras na lama, mas cravando as traseiras com firmeza em um trechinho de cascalho, e sorveu com prazer a água. Ian, quase igualmente atraído pela água, mergulhou até os joelhos, sentindo a gostosa friagem lhe ensopar a tanga e as perneiras, sensação que só aumentou quando meteu as mãos em concha na água e bebeu, repetindo o gesto mais e mais vezes, engasgando-se vez ou outra no afã de sorver mais rápido do que conseguia engolir.

Por fim, parou e jogou água no rosto e no peito. Era refrescante, embora a gordura de urso da tinta formasse gotinhas, que iam escorrendo pela pele.

– Vamos – disse ao animal. – Você vai explodir se continuar bebendo assim, *amaidan*.

Com algum esforço, conseguiu puxar do regato o focinho do bicho, que balançou a cabeça, esguichando água e pedacinhos de grama verde. Ao puxar a cabeça da égua de volta, rumo à margem acima, viu o outro soldado britânico.

Esse também jazia junto à base da ravina, porém não na lama. Estava de bruços, mas com a cabeça virada para o lado e...

– Ai, meu Deus, não!

Ian prendeu depressa as rédeas do cavalo na árvore e saiu em disparada. Claro que era. Ele soube desde o primeiro vislumbre das pernas compridas, do formato da cabeça, mas fora o rosto que lhe dera certeza, mesmo envolto em uma máscara de sangue.

William ainda estava vivo, com o rosto contorcido sob as patas de meia dúzia de borrachudos que se banqueteavam de sangue seco. Ian pôs a mão sob o queixo dele, como tia Claire fazia, mas logo a tirou, sem saber como encontrar a pulsação nem o que seria uma pulsação boa. William estava caído à sombra de um grande plátano, mas com a pele ainda morna. Em um dia como aquele, a pele continuaria morna mesmo que ele estivesse morto.

Pensando rápido, Ian se levantou. Precisaria acomodar o desgraçado na égua, mas seria melhor despi-lo? Tirar pelo menos a casaca reveladora? E se retornasse com William às linhas britânicas e encontrasse alguém lá para cuidar dele, um médico? Era mais perto.

Mesmo assim, seria preciso tirar a casaca ou ele morreria de calor antes de chegar a qualquer lugar. Ao pensar nisso, Ian se ajoelhou de novo, acabando por salvar a própria vida. O tacape estalou no tronco do plátano, no ponto exato onde a cabeça dele estivera momentos antes.

Logo em seguida, um dos abenakis desceu a encosta a toda e pulou em cima dele, soltando um ganido de hálito podre. A fração de segundo de advertência, no entanto, tinha sido suficiente: Ian ergueu o abenaki pela cintura e o arremessou, desajeitado. O agressor aterrissou na lama, a mais de 1 metro de distância.

O segundo vinha logo atrás. Ian ouviu os passos no cascalho e na grama, rodopiou e deu de cara com o golpe vindo de cima. Amorteceu a pancada com o antebraço enquanto desembainhou a faca com a outra mão.

Ele agarrou a faca pela lâmina, ganindo entre os dentes ao sentir o corte na palma da mão, e a cravou no punho do sujeito, mesmo com o braço parcialmente dormente. Com mão e faca escorregadias de sangue, ele não conseguiu segurá-la pelo cabo. Arremessou a faca o mais longe possível, para dentro d'água.

Os dois estavam em cima dele, desferindo socos e pontapés. Ele cambaleou para trás, meio sem equilíbrio, mas agarrado a um dos agressores, e desabou no riacho com o homem por cima. Depois disso, perdeu a noção da situação.

Ele tentava avidamente afogar um dos abenakis, que estava de costas na água, enquanto o outro o escalava, tentando estrangulá-lo, quando soou um estouro do outro lado da ravina, e por um instante tudo parou. Muitos homens avançando de maneira caótica. Ele ouvia tambores, mas também o som do mar, bem ao longe, vozes incoerentes.

Os abenakis também pararam por um instante, mas foi suficiente: Ian deu um giro, empurrou o homem atrás de si e foi saindo da água, com saltos estranhos, escorregando e afundando no leito lamacento, mas conseguiu chegar à margem e correu até a primeira coisa que seus olhos registraram: um enorme carvalho-branco. Jogou-se no tronco e tratou de escalá-lo, agarrando os galhos ao seu alcance, subindo cada vez mais depressa, sem se importar com a mão ferida, arranhada pela casca de madeira áspera.

Os índios vieram em seu encalço, mas não deu tempo. Um deles saltou e tocou o pé descalço de Ian, mas não conseguiu alcançá-lo. Muito ofegante, ele pulou por sobre um grande galho e se agarrou ao tronco, a 3 metros de altura. Seguro? Acreditava que sim, mas depois de uns instantes olhou para baixo, com cautela.

Os abenakis se jogavam de um lado para outro, feito lobos, olhando para o barulho que vinha da borda da ravina e para Ian – até que encararam a outra margem do córrego, na direção de William, e um nó se formou nas tripas de Ian. Deus, o que ele faria se os índios decidissem degolar o homem? Não tinha nem uma pedra para atirar.

O bom era que nenhum dos dois parecia portar armas de fogo ou arco. Deviam ter deixado lá em cima, com os cavalos. Não podiam fazer nada além de jogar pedras *nele*, e não pareciam inclinados a isso.

Mais barulhos vindo do alto – *muitos* homens lá em cima; o que estavam gritando? –, e os abenakis de uma hora para outra abandonaram Ian. Cruzaram o riacho de volta, espirrando água, as perneiras grudadas de tão ensopadas e manchadas de lama escura, e fazendo uma breve pausa para virar o corpo e vasculhar as roupas de William – que evidentemente já tinha sido roubado, pois eles não encontraram nada. Em seguida, desamarraram a égua de Ian, gritaram "Mohawk!" pela última vez, em tom de deboche, e partiram com o animal rio abaixo, adentrando um bosque de salgueiros.

Com uma das mãos, Ian tinha subido a encosta se arrastando. Rastejara mais um pouco e passara um tempo deitado sob um tronco caído à borda de uma clareira, com a vista cheia de pontinhos piscantes, feito uma revoada de mosquitos. Muita coisa acontecia ali perto, mas nada que causasse preocupação imediata. Ele fechou os olhos, esperando que os pontinhos sumissem. Não sumiram. Em vez disso, transformaram-se em uma terrível constelação de bolhas flutuantes, rosa e amarela, que lhe causou ânsia de vômito.

Mais do que depressa, ele abriu os olhos, a tempo de ver vários soldados continentais pretos de pólvora, sem camisa, alguns despidos até a cintura, arrastando um canhão pela estrada. Vinham seguidos de perto por outros homens e um segundo canhão, todos cambaleando de calor, com olhares exaustos. Ele reconheceu o coronel Owen, que avançava a passos pesados entre os armões, exibindo um rosto infeliz sujo de fuligem.

Uma agitação atraiu o olhar vagante de Ian até um grande grupo de homens, e ele percebeu com leve interesse que eram soldados levando um estandarte frouxo no mastro. Como era de esperar, lá vinha o general Lee, narigudo e de cenho franzido, mas bastante entusiasmado, saindo a cavalo do meio da massa em direção a Owen.

Ian estava longe e havia muito barulho, mas, pelos gestos e dedos apontados de Owen, o problema era óbvio. Um dos canhões estava danificado, decerto por conta do calor dos disparos, e outro se soltara do armão e agora era puxado com cordas, aos sacolejos, com o metal raspando nas pedras.

Uma tênue sensação de urgência vinha se reafirmando. *William*. Ele precisava contar para alguém sobre William. Claro que não seria para os britânicos.

Lee franziu as sobrancelhas e apertou os lábios, mas manteve a compostura. Havia se inclinado no alto da sela para escutar Owen. Meneou a cabeça, disse algumas palavras e se endireitou. Owen esfregou a manga da camisa no rosto e acenou para seus homens. Eles pegaram as cordas e se inclinaram para enfrentar o peso, desolados. Ian notou que três ou quatro estavam feridos, com panos enrolados na cabeça ou nas mãos. Um deles mancava, a perna toda ensanguentada, escorando a mão em um dos canhões.

A essa altura, as tripas de Ian já começavam a se acalmar. Ele estava com muita sede, apesar de ter bebido água até não aguentar mais no ribeirão, pouco antes. Nem prestara atenção direito em onde estava indo, mas ao ver o canhão de Owen avançando pela estrada soube que devia estar perto da ponte, embora ela não estivesse à vista. Rastejou para fora do esconderijo e conseguiu se pôr de pé, apoiando-se no tronco por uns instantes enquanto a vista voltava a turvar, clarear e turvar de novo.

William. Era preciso achar alguém para ajudar... mas primeiro ele tinha que encontrar água. Do contrário, não poderia seguir em frente. Tudo que ele havia bebido no riacho já tinha se transformado em suor, e ele estava ressequido até o osso.

Foram várias tentativas, até ele conseguir água com um soldado da infantaria, que trazia dois cantis pendurados no pescoço.

– O que houve, colega? – indagou o sujeito, olhando-o com interesse.

– Briguei com batedores britânicos – explicou Ian, devolvendo com relutância o cantil.

– Espero que tenha vencido – disse o soldado, e acenou sem esperar resposta, seguindo em frente com sua companhia.

O olho esquerdo de Ian doía muito, sua vista estava embaçada, e ele exibia um corte sangrento na sobrancelha. Tateou a bolsinha na cintura e encontrou um lenço enrolado na orelha defumada que levava consigo. Era um pano pequeno, mas de tamanho suficiente para amarrar em volta da testa.

Ele esfregou as juntas dos dedos na boca, já desejando mais água. O que devia fazer? Àquela altura, já via o estandarte tremulando com vigor, drapejando com força no ar denso, convocando as tropas. Era óbvio que Lee estava indo para o outro lado da ponte. Sabia para onde rumava, e as tropas iam junto. Ninguém pararia para descer uma ravina e ajudar um soldado britânico ferido.

Ian experimentou balançar a cabeça para melhorar, depois partiu na direção sudoeste. Com sorte, encontraria La Fayette ou tio Jamie no caminho, e talvez conseguisse outra montaria. Com um cavalo, poderia tirar William da ravina sozinho. Fosse lá o que ainda acontecesse naquele dia, ele acertaria as contas com os malditos abenakis.

79

MEIO-DIA

Um dos homens de La Fayette chegou com ordens de recuar, para se unir ao corpo principal perto de uma das fazendas entre Spotswood South Brook e Spotswood Middlebrook. Jamie folgou em saber. Não havia como as companhias de milícia erguerem um cerco à artilharia entrincheirada no pomar, não com rifles defendendo o canhão.

– Reúna suas companhias, sr. Guthrie, e venha se juntar a mim mais acima na estrada – disse Jamie, apontando. – Sr. Bixby, pode ir encontrar o capitão Kirby? Diga a ele a mesma coisa. Eu vou buscar as tropas de Craddock.

As companhias do capitão Craddock estavam desmoralizadas devido à sua morte, e Jamie assumira o comando direto delas, para evitar que dispersassem.

Eles cruzaram os campos, encontrando o cabo Filmer e seus homens na fazenda abandonada. Não havia necessidade de deixar ninguém por lá. Assim, eles atravessaram a ponte sobre um dos córregos. Ele reduziu um pouco a marcha quando os cascos de seu cavalo estrondearam sobre as tábuas, sentindo a abençoada umidade que subia pela água fresca, quase 10 metros abaixo. *Seria bom parar para encher os cantis de água*, pensou ele. Não faziam isso desde a manhãzinha, mas levaria muito tempo para que tantos homens descessem a ravina até o córrego e depois retornassem. Jamie cogitou que fossem até o ponto onde estava La Fayette. Havia poços por lá.

Ele podia ver a estrada mais adiante e estreitou os olhos para os britânicos à espreita. Imaginou, com um instante de irritação, onde estaria Ian. Ele teria gostado de saber onde os britânicos *estavam*.

No instante seguinte, descobriu. Um tiro ecoou ali perto, e seu cavalo escorregou e caiu. Jamie soltou o pé do estribo e deslizou para fora da sela, enquanto o cavalo desabava sobre a ponte com um baque que fez sacolejar toda a estrutura, pelejou por um instante, relinchando alto, e deslizou pela borda da ravina.

Jamie se levantou. Sua mão ardia, com a palma em carne viva, por conta do deslizamento sobre as tábuas cheias de farpas.

– Corram! – gritou ele, com o fôlego que ainda lhe restava, e balançou os braços freneticamente, reunindo os homens, apontando para a estrada abaixo em direção a algumas árvores que serviriam de abrigo. – *Rápido!*

A horda de homens o carregou, no meio da confusão. Juntos, adentraram a cobertura, cambaleantes e ofegantes com o esforço da corrida. Kirby e Guthrie organizaram suas companhias. Os homens do finado capitão Craddock se agruparam perto de Jamie, e ele assentiu, ofegante, para que Bixby e o cabo Greenhow contassem as tropas.

Ainda ouvia o baque do cavalo ao desabar no chão sob a ponte.

Estava prestes a vomitar, embora o mais sensato fosse engolir de volta. Fez um breve gesto de contenção ao tenente Schnell, que desejava falar com ele, então correu para trás de um grande pinheiro e esvaziou o estômago, feito um *sporran*. Permaneceu um instante inclinado, de boca aberta, escorando a testa no tronco áspero da árvore, deixando o fluxo de saliva limpar o gosto em sua boca.

Cuidich mi, a Dhia… mas sua mente não conseguia formular palavras. Ele endireitou o corpo e limpou a boca na manga da camisa. Enquanto saía de trás da árvore, porém, todos os pensamentos sobre o que estaria acontecendo e o que era possível fazer desapareceram. Ian irrompera de trás das árvores próximas e avançava pelo espaço aberto. Avançava a pé, lento, mas perseverante. Mesmo a mais de 10 metros de distância, Jamie via seus machucados.

– É nosso ou deles? – perguntou um miliciano, meio sem saber, erguendo o mosquetão e apontando para Ian, só por garantia.

– É meu – respondeu Jamie. – Não atire. Ian! *Ian!*

Jamie não correu, já que o joelho esquerdo doía demais para sustentar uma corrida, mas avançou em direção ao sobrinho o mais depressa possível, e foi tomado de alívio ao ver o olhar embotado de Ian se encher de vida ao reconhecê-lo.

– Tio Jamie! – Ian sacudiu a cabeça, como se para clarear as ideias, e parou de repente, tomando fôlego.

– Está muito ferido, *a bhalaich*? – indagou Jamie, procurando ferimentos no rapaz. Havia alguns, mas nada terrível. Não parecia ter sido ferido em nenhum órgão vital…

– Não. Não, é…

Ian remexeu a boca, tentando forçar a língua para formar palavras, e Jamie largou o cantil na mão de Ian. Infelizmente havia pouca água, mas era o suficiente para ele beber.

– William – soltou Ian, baixando o cantil vazio. – O seu…

– O que tem ele? – interrompeu Jamie. Havia mais homens descendo a estrada, alguns quase correndo, olhando para trás. – *O quê?* – repetiu ele, agarrando o braço de Ian.

– Ele está vivo – disse Ian de imediato, avaliando com precisão o objetivo e a intensidade da pergunta. – Alguém acertou a cabeça dele e o largou no fundo da ravina. – Ele apontou vagamente em direção aos batedores. – Talvez a uns 300 metros a oeste da ponte. Ele não está morto, mas não sei qual a extensão dos ferimentos.

Jamie assentiu, fazendo cálculos imediatos.

– Sim, e o que aconteceu com *você*?

Ele só esperava que a coisa não tivesse sido entre William e Ian. Mas, se William estava inconsciente, não poderia ter levado o cavalo de Ian, e claramente alguém havia feito isso, pois…

– Dois batedores abenakis – respondeu Ian, com uma careta. – Os vagabundos estavam me seguindo desde…

Jamie, que ainda segurava Ian pelo braço esquerdo, sentiu o impacto da flecha e o choque de sua reverberação pelo corpo do rapaz. Incrédulo, Ian olhou o ombro esquerdo, de onde despontava a flecha, e desabou de joelhos, puxando Jamie pela mão.

Jamie se jogou por sobre o corpo de Ian e rolou pelo chão, esquivando-se da segunda flecha, mas ouvindo seu zunido ao cruzar o ar. Ouviu a arma do miliciano estourar logo acima, então uma confusão de gritos e berros, e seus homens dispararam, aos berros, em direção ao ponto de onde vinham as flechas.

– Ian!

Ele virou o corpo do sobrinho. O rapaz estava consciente, mas a porção do rosto que despontava sob a pintura estava pálida e horripilante. Ele remexia a garganta, impotente. Jamie agarrou a flecha. Estava alojada na parte carnuda junto ao ombro, que Claire chamava de deltoide. Ele deu um leve cutucão, mas ela estava bem presa.

– Acho que pegou o osso – falou Jamie. – Nada feio, mas a ponta está agarrada.

– Eu também acho – disse Ian, bem baixinho. Fez esforço para se sentar, mas não conseguiu. – Quebre-a, por favor. Não posso sair por aí com a ponta para fora desse jeito.

Jamie assentiu, acomodou o sobrinho com a coluna reta e quebrou a flecha com as duas mãos, deixando apenas um toquinho irregular para ser puxado. Não havia muito sangue, apenas um filete que escorria pelo braço de Ian. Claire poderia cuidar da ponta da flecha mais tarde.

A gritaria e a confusão começavam a se espalhar. Uma olhadela revelou que mais homens vinham descendo a estrada, e ele ouviu uma espécie de flauta sinalizando à distância, aguda e desesperada.

– Sabe o que aconteceu lá? – perguntou a Ian, meneando a cabeça para o barulho.

Ian balançou a cabeça.

– Eu vi o coronel Owen descendo com seu canhão, aos sacolejos. Parou para dar uma palavrinha com Lee, então saiu, mas não correndo.

Uns poucos soldados *estavam* correndo, embora de um jeito meio desajeitado... como se a perseguição não estivesse muito próxima. Ele, no entanto, pôde sentir a preocupação invadindo os homens à sua volta e se virou para eles no mesmo instante.

– Fique do meu lado – pediu ele calmamente a Guthrie. – Mantenha os seus homens unidos e comigo. Sr. Bixby... dê essa ordem ao capitão Kirby. Fiquem comigo e só se mexam quando eu mandar.

Os homens da companhia de Craddock, que haviam disparado atrás dos abenakis – ele supunha ter sido essa a fonte das flechas –, desapareceram pela mata. Ele hesitou por um instante, então mandou um pequeno grupo atrás deles. Nenhum índio que conhecia lutaria de uma posição fixa, então ele duvidava que estivesse enviando seus homens a uma emboscada. Talvez ao encontro dos britânicos que avançavam... Se fosse esse o caso, era melhor que ele soubesse quanto antes, e pelo menos um ou dois provavelmente retornariam para contar.

Ian começava a se levantar. Jamie se inclinou para dar apoio a seu ombro bom e o pôs de pé. As pernas de Ian tremiam na calça de camurça, e o suor escorria por seu dorso nu, mas ele ficou firme.

– Foi o senhor que me chamou, tio Jamie? – perguntou ele.

– Sim, chamei quando o vi sair do meio das árvores. – Jamie assentiu em direção à mata, de olho vivo para qualquer um que viesse daqueles lados. – Por quê?

– Nessa hora, não. Um pouco antes… – Ele tocou com cuidado a ponta irregular da flecha. – Alguém me chamou por trás. Foi quando eu me mexi, o que foi ótimo, senão isso aqui teria entrado direto no meu peito.

Jamie balançou a cabeça, com a vaga sensação de perplexidade que sempre permeava os encontros com o além… se é que era isso. A única estranheza era que nunca parecia estranho.

No entanto, não havia tempo para pensar nessas coisas, pois despontavam gritos de recuada. Os homens atrás dele se remexeram e dispararam, ondeando feito trigo ao vento.

– Fiquem comigo! – exclamou ele, em um tom alto e firme, e os mais próximos agarraram com força as próprias armas e se levantaram.

William. A lembrança do filho criou uma centelha de preocupação em seu peito. A flecha que acertara Ian suscitara a visão de William, estendido na lama, ensanguentado, fora de si, mas agora… Deus, ele não podia mandar ninguém atrás do rapaz, não com metade do exército irrompendo em sua direção, e os britânicos talvez em seu encalço… Um súbito raio de esperança: se os britânicos *estavam* vindo naquela direção, talvez topassem com o rapaz e cuidassem dele.

Ele queria muito ir pessoalmente. Se William estivesse morrendo… Mas ele não poderia deixar seus homens sob nenhuma circunstância, sobretudo não *naquela* circunstância. Uma terrível premência o invadiu.

Meu Deus, se eu nunca falar com ele… nunca contar a ele…

Então, ele viu Lee e seus auxiliares descendo a estrada. Avançavam devagar, sem pressa, mas de forma deliberada. Olhavam para trás vez ou outra, quase sorrateiros, empertigados sobre a cela.

– Recuar! – O grito agora se espalhava por todos os lados, cada vez mais forte, e os homens começavam a despontar da mata. – Recuar!

– Fiquem comigo – disse Jamie, tão baixinho que apenas Bixby e Guthrie ouviram… mas foi o bastante.

Os dois se empertigaram, plantando-se ao lado dele. Sua determinação ajudaria a manter o resto. Se Lee o alcançasse, soltasse ordens… eles teriam que ir. Mas não até lá.

– Merda! – praguejou um dos homens atrás dele, surpreso.

Jamie olhou para trás e viu um rosto sério, então deu um pinote para olhar na mesma direção do homem. Alguns dos homens de Craddock vinham saindo da mata, com o semblante satisfeito. Traziam consigo a égua de Claire, que carregava o corpo inerte de um índio, as compridas tranças da cabeça oleosa quase arrastando no chão.

– Consegui pegá-lo, senhor!

Um dos homens – Mortlake – o saudou, arreganhando os dentes brancos sob a aba de um chapéu que ele nem cogitou tirar da cabeça. Seu rosto brilhava feito couro oleado, e ele assentiu para Ian de maneira amistosa, apontando o polegar para a égua.

– Cavalo... seu?

– Sim – respondeu Ian, com um sotaque escocês que fez Mortlake pestanejar. – Agradeço, senhor. Mas acho melhor o meu tio ficar com a égua. Vai precisar dela – acrescentou ele a Jamie, erguendo a sobrancelha para as fileiras de homens atrás deles.

Jamie quis recusar. Ian mal conseguia caminhar. Mas o rapaz tinha razão. Jamie teria que conduzir aqueles homens e precisava ser visto por eles.

Relutante, Jamie assentiu. O corpo do abenaki foi arrastado da sela e largado de qualquer jeito no mato. Ele viu os olhos de Ian acompanhando, sombrios e desgostosos, e pensou por uma fração de segundo na orelha defumada que o sobrinho levava no *sporran*, esperando que Ian não fosse... Não, um mohawk não carregava troféus da morte de outro.

– Havia dois, Ian?

Ian desviou o olhar do abenaki morto e assentiu.

– Vi o outro – respondeu Mortlake à pergunta implícita. – Correu quando atiramos nesse aí. – Ele tossiu, fitando a onda cada vez maior de homens descendo a estrada. – Desculpe, senhor, mas não devíamos partir?

Os homens estavam irrequietos, espichando o pescoço para ver e murmurando ao avistar Lee, cujos ajudantes se espalhavam, tentando organizar o enxame de homens em recuada, mas eram solenemente ignorados. Então, alguma coisa, uma mudança na atmosfera, fez Jamie se virar. E metade dos homens se virou junto.

Lá vinha Washington pela estrada, no outrora garanhão branco de Jamie, o rosto grande e bruto com uma expressão capaz de derreter aço.

O pânico incipiente dos homens se dissolveu no mesmo instante. Eles avançaram, ávidos por saber o que acontecia. Havia caos na estrada. Algumas companhias se dispersaram, parando abruptamente para olhar em volta, à procura dos companheiros, alguns notando a súbita aparição de Washington, outros ainda descendo a estrada, colidindo com os que estavam parados. No meio da coisa toda, Washington puxou o cavalo para junto da montaria de Charles Lee e se inclinou mais para perto dele, vermelho feito uma maçã, tomado de calor e raiva.

– Como assim, senhor?!

Foi a única coisa que Jamie ouviu com clareza, as palavras transportadas por algum capricho do ar pesado. Depois, quando o barulho, a poeira e o calor sufocante se assentaram, ficou impossível ouvir qualquer coisa por sobre o alarido, exceto o eco inquietante do bando de mosquetões e um e outro estouro de granadas a distância.

Ele não tentou gritar por cima da barulhada. Não era necessário. Seus homens não estavam indo a lugar algum, tão hipnotizados quanto ele pelo espetáculo diante de seus olhos.

O nariz comprido de Lee estava contraído de fúria, e Jamie o viu por um breve instante como Punch, a marionete furiosa do espetáculo Punch & Judy. Sentiu o ímpeto insano de soltar uma gargalhada, quando o corolário necessário se apresentou de maneira irresistível: George Washington como Judy, a bruxa entoucada que ridicularizava o marido com uma bengala. Por um instante, Jamie temeu ter sucumbido ao calor e enlouquecido.

Uma vez tendo pensado, porém, ele não pôde mais escapar do pensamento. Por um instante, viu-se no Hyde Park, assistindo a Punch entregar seu bebê a um moedor de salsichas.

Pois era isso que Washington claramente estava fazendo. Não durou mais do que três ou quatro minutos, então Washington soltou um gesto furioso de nojo e repúdio, virou seu cavalo e disparou em um trote, dando a volta e cruzando as tropas que haviam se aglomerado pela beira da estrada, observando tudo, fascinado.

Emergindo da própria fascinação com um solavanco, Jamie pôs um pé no estribo da égua e deu um balanceio.

– Ian – disse ele, e o sobrinho assentiu, tocando-lhe o joelho, tanto para se firmar quanto para tranquilizar o tio.

– Dê para mim uns homens, tio Jamie – disse ele. – Eu lido com... o lorde.

Mal houve tempo de convocar o cabo Greenhow e solicitar que ele pegasse cinco homens e acompanhasse Ian, Washington se aproximou de Jamie e suas companhias. O general tinha um chapéu na mão e o rosto em brasa, um misto de entusiasmo, raiva e desespero, irradiando algo que Jamie raramente via, mas reconhecia. Ele havia sentido isso certa vez. Era o olhar de um homem que arriscava tudo, pois não tinha escolha.

– Sr. Fraser! – gritou Washington, escancarando a boca em um sorriso flamejante. – Venha comigo!

80

PATER NOSTER

William foi acordando aos poucos, sentindo-se péssimo. A cabeça doía, e ele estava com vontade de vomitar. Estava com uma sede terrível, mas a ideia de beber qualquer coisa fez a bílis subir, e ele deu uma golfada.

Estava deitado no meio do mato e dos insetos, com bichos lhe subindo pelo corpo... Viu uma fila de formiguinhas diligentes escalando os pelos escuros de seu pulso e tentou bater a mão no chão, para expulsá-las. A mão, porém, não se moveu. E sua consciência se esvaneceu.

William voltou a si com um solavanco, um ímpeto pulsante. O mundo dançava vertiginosamente, e ele não conseguia respirar. Então percebeu que os pontos escuros que entravam e saíam do seu campo de visão eram as patas de um cavalo, e se deu conta de que estava de bruços em cima de uma sela, sendo levado a algum lugar. *Aonde...?*

Ouvia-se muita gritaria por perto, o que fazia sua cabeça doer bastante.

– Pare! – gritou uma voz inglesa. – O que estão fazendo com ele? Em posição! Em posição ou eu mato vocês!

– Soltem o homem! Tirem-no daí! Depressa! – Uma voz vagamente familiar, escocesa.

Em seguida, uma confusão.

– Fale para o meu... – começou a dizer a voz escocesa, no meio da balbúrdia.

Neste momento, ele despencou no chão, com um baque que lhe tirou o fôlego e a consciência, e mergulhou na escuridão.

No fim das contas, foi tudo muito simples. John Grey percorreu um rastro de gado, seguindo as marcas dos cascos em direção ao que devia ser água, e deu de cara com um grupo alarmado de soldados britânicos enchendo os cantis em um baixio lamacento. Atordoado de sede e calor, não se deu ao trabalho de tentar se identificar ou se explicar. Apenas ergueu as mãos para o céu e se entregou, imensamente aliviado.

Os soldados lhe deram água, então ele foi conduzido sob a guarda de um rapaz nervoso, armado com um mosquetão, até o pátio de uma casa de fazenda que parecia estar deserta. Não restava dúvida de que os proprietários tinham fugido ao perceber que estavam no meio de umas vinte mil tropas armadas e determinadas a causar tumulto.

Grey foi levado a um vagão grande, carregado até a metade com grama cortada, e recebeu a ordem de se sentar no chão, à sombra, com vários outros prisioneiros capturados, onde foi deixado sob a guarda de dois soldados de meia-idade, armados com mosquetões, e de um garoto nervoso, de seus 14 anos, que trajava farda de tenente e estremecia toda vez que o barulho de uma saraivada de balas reverberava nas árvores.

Talvez fosse sua chance. Se ele conseguisse chocar ou intimidar o garoto a ponto de conseguir ser levado a Cornwallis ou Clinton...

– Senhor! – gritou ele ao jovem, que pestanejou, assustado. – Qual é o seu nome? – indagou William, em tom de comando.

A pergunta incomodou demais o jovem tenente, que recuou dois passos sem perceber, então parou. Ele enrubesceu, porém, e se aprumou.

– Cale essa boca! – ordenou o rapaz, com um passo à frente, ameaçando largar um tapa na orelha de Grey.

Por reflexo, Grey segurou o tenente pelo punho. Antes que pudesse soltá-lo, um dos soldados chegou correndo e desferiu uma coronhada de mosquetão em seu antebraço.

– Ele mandou calar a boca – reiterou o soldado, num tom ameno. – Se eu fosse você, obedeceria.

Grey *obedeceu*, mas só porque não conseguia falar. Aquele braço já havia sofrido duas fraturas no passado – uma causada por Jamie Fraser, outra por uma explosão de canhão. A terceira vez certamente não dava sorte. Sua vista escureceu por uns instantes e todo o seu corpo se contraiu, transformando-se em uma bola de chumbo quente. Então começou a doer, e ele pôde voltar a respirar.

– O que foi que disse? – perguntou baixinho o homem sentado ao lado dele, as sobrancelhas erguidas. – É outro idioma, não é?

– É – respondeu Grey, parando outra vez para respirar e pressionando o braço na barriga. – É alemão. "Ai, merda!"

– Ah... – disse o homem, que olhou com cautela para os guardas, tirou um pequeno cantil da casaca, sacou a rolha e o entregou a Grey. – Prove isto, amigo.

O cheiro de maçã podre lhe subiu direto ao cérebro e, por muito pouco, William não vomitou. Mas deu um jeito de beber e devolveu o cantil, com um aceno de agradecimento. O suor lhe escorria pelo rosto, fazendo arder seu olho bom.

Ninguém abria a boca. O homem que lhe dera a aguardente de maçã era um continental de meia-idade, de rosto macilento e com apenas metade dos dentes na boca. Sentava-se todo curvado, os cotovelos nos joelhos e os olhos fixos ao longe, encarando o ponto de onde vinha a barulheira do combate. Os outros faziam o mesmo, percebeu Grey, todos de pescoço esticado na direção da batalha.

Veio-lhe à mente o coronel Watson Smith, sem dúvida invocado pelos vapores da aguardente, mas tão de repente que Grey se agitou um pouco, ao que um dos guardas se empertigou e o olhou feio. William desviou o olhar, e o homem relaxou.

Em estado de choque pela dor, exausto e sedento, ele se deitou, aproximando o braço latejante do peito. O zumbido de insetos era alto, e a saraivada de mosquetões não passava de um ribombar de trovões distantes. Ele se deixou cair em uma catatonia que não era desagradável, visualizando Smith sem camisa, deitado no estreito catre, à luz de um lampião, segurando Grey em seus braços e acarinhando suas costas com um toque reconfortante. Num dado momento, mergulhou num sono irrequieto, pontuado pelo barulho das armas e da gritaria.

Acordou de repente, sentindo gosto de algodão, e viu que outros prisioneiros tinham chegado e que havia um índio sentado ao seu lado. O olho que ainda via estava turvo e grudento, e ele levou um tempo para reconhecer o rosto sob os vestígios da pintura de guerra preta e verde.

Ian Murray lhe lançou um olhar longo e indiferente. "Fique calado", dizia ele, e Grey ficou. Murray ergueu a sobrancelha para seu braço ferido. Grey balançou o ombro bom e concentrou a atenção no carrinho de água que havia parado na estrada ali perto.

– Você e você, venham comigo.

Um dos soldados apontou o polegar para dois dos prisioneiros e os conduziu até a carroça, de onde retornaram logo depois trazendo baldes d'água.

A água estava morna feito sangue e com gosto de madeira encharcada, meio apodrecida, mas eles beberam de bom grado, com tanta pressa que empaparam as roupas. Grey passou a mão molhada no rosto, sentindo a mente um pouco mais organizada. Experimentou dobrar o pulso esquerdo. Talvez fosse só uma contusão e... Não, não era.

Ele sorveu o ar com um chiado. Murray, em resposta, fechou os olhos, espalmou as mãos e começou a entoar o Pater Noster.

– Que ra-raios é *isso*? – questionou o tenente, batendo o pé junto a ele. – Está falando índio, senhor?

Ian abriu os olhos e observou o moleque com um olhar sereno.

– É latim. Estou fazendo as minhas orações. Não posso?

O tenente parou, tão confuso por ter sido interpelado por um sotaque escocês quanto pela circunstância. Deu uma espiadela para os soldados, que desviaram o olhar, e pigarreou.

– Pode...

E simplesmente se virou, fingindo se distrair com uma nuvem de fumaça branca ao longe, que pairava baixinho sobre as árvores.

Murray deu uma olhadela para Grey. Com um discreto meneio de cabeça, ele recomeçou o Pater Noster. Grey se juntou a ele, com certa hesitação. O tenente tensionou o corpo, mas não se virou.

– Eles não sabem quem você é? – indagou Murray, em latim, ao término da oração, sem alterar o tom.

– Eu falei, mas eles não acreditam – respondeu Grey, acrescentando um "ave-maria" aleatório, para conferir veracidade.

– *Gratia plena, Dominus tecum.* Será que *eu* conto?

– Não faço ideia do que vem agora. Acho que não teria problema.

– *Benedicta tu in mulieribus, et benedictus fructus ventris tui, Jesu* – respondeu Murray, então se levantou.

Os guardas se viraram no mesmo instante, de mosquetões nos ombros. Murray ignorou a cena e se dirigiu ao tenente.

– Talvez não seja da minha conta, senhor – disse, em um tom moderado –, mas eu não gostaria de ver o senhor arruinar sua carreira por um erro tão pequeno.

– Cale essa bo... Que erro?

O jovem tenente havia tirado a peruca por conta do calor, mas já tratara de metê-la de volta na cabeça, por considerar que lhe conferia certa autoridade. Ledo engano. A peruca era grande demais e escorregou para o lado, tapando-lhe a orelha.

– Este senhor – disse Murray, apontando para Grey, que estava sentado de coluna ereta e encarava o tenente, impassível. – Posso até imaginar o que o trouxe aqui ou por que estaria trajado como está, mas eu o conheço bem. Este é lorde John Grey. Ele é... irmão do coronel Grey, duque de Pardloe – concluiu, com toda a delicadeza.

A cor do jovem tenente alterou-se consideravelmente. Com uma carranca, ele olhou depressa para Murray, então para Grey, e ajeitou a peruca no lugar. Grey se levantou devagar, sem tirar os olhos dos guardas.

– Isso é ridículo – retrucou o tenente, mas sem vigor. – Por que lorde John Grey estaria aqui... e *assim*?

– As exigências da guerra, tenente – explicou Grey, sem mudar o tom de voz. – Vejo que o senhor pertence ao 49º. Ou seja, seu coronel é sir Henry Calder. Eu o conheço. Se o senhor fizer a gentileza de me emprestar papel e lápis, escrevo um bilhete para ele, pedindo que seja enviada uma escolta para me buscar. O senhor pode mandar o bilhete pelo carregador de água.

Notando o semblante agitado do rapaz, Grey torceu para que ele não entrasse em pânico e concluísse que a solução mais simples para aquele imbróglio era meter um tiro nele.

Um dos soldados, o que havia quebrado o braço de Grey, deu uma tossidela.

– Poderíamos aproveitar o bilhete e pedir mais homens, senhor. Só nós três com uma dúzia de prisioneiros? E com mais a caminho?

O tenente não expressou reação. O soldado cruzou olhares com Grey e deu outra tossidela.

– Seu soldado tem razão. Acidentes acontecem – ponderou Grey, mas não muito caridoso, e os guardas relaxaram.

– Muito bem – disse o tenente, com a voz desafinada. – Muito bem! – repetiu ele, agora num barítono rouco, olhando em volta com o semblante beligerante.

Ninguém foi tolo a ponto de rir.

Os joelhos de Grey ameaçaram ceder. Para se prevenir, ele se sentou. O rosto de Murray... Bem, o rosto de todos os prisioneiros guardava cautelosa inexpressividade.

– *Tibi debeo* – comentou Grey, com toda a calma. *Eu assumo a dívida.*

– *Deo gratias* – murmurou Murray.

Foi só então que Grey viu o filete de sangue escorrendo pelo braço e pelo tronco de Murray, sujando sua tanga, e o toco de uma flecha quebrada despontando do ombro direito.

Ao recobrar a consciência, William deu graças a Deus por estar sobre uma superfície imóvel. Havia um cantil colado em seus lábios, e ele deu umas goladas, espichando a boca ao ter o objeto afastado de si.

– Mais devagar ou vai vomitar – advertiu uma voz familiar. – Respire um pouco, depois beba mais.

Ele sorveu o ar e se forçou a abrir os olhos, contra um brilho de luz. Um rosto conhecido surgiu diante dele, que lhe estendeu a mão vacilante.

– Pai… – sussurrou.

– Não, mas a segunda melhor opção – disse seu tio Hal, segurando com firmeza a mão de William e se sentando a seu lado. – Como está a cabeça?

William fechou os olhos e tentou se concentrar em algo que não fosse a dor.

– Não tão… ruim.

– Você não me engana – murmurou o tio, tocando o rosto de William e virando sua cabeça. – Vamos dar uma olhada.

– Vamos beber mais água. – William conseguiu dizer, ao que o tio deu uma bufadinha e tornou a levar o cantil aos lábios do sobrinho.

Quando ele parou para respirar outra vez, o tio repousou o cantil.

– Acha que consegue cantar? – perguntou o tio, em um tom de voz perfeitamente normal.

A visão de William ia e vinha. Havia momentos em que ele via dois tios, depois um, então dois de novo. Ele fechou um dos olhos, e tio Hal o firmou.

– O senhor quer que eu… *cante*?

– Bom, talvez não neste minuto – esclareceu o duque. Sentou-se outra vez no banquinho e começou a assobiar uma melodia. – Reconhece?

– *"Lillibulero"* – respondeu William, começando a se irritar. – Por quê, pelo amor de Deus?

– Certa vez, conheci um cara que levou uma machadada na cabeça e perdeu a capacidade de reconhecer as músicas. Não conseguia distinguir uma nota da outra. – Hal se inclinou para a frente, mostrando dois dedos. – Quantos dedos tem aqui?

– Dois. E pode enfiá-los no nariz. Vá embora, vá. Estou ficando enjoado.

– Falei para você não beber muito depressa.

O tio, porém, já segurava uma bacia sob o rosto de William, e lhe escorou a cabeça enquanto ele vomitava, tossia e expelia água pelo nariz.

Ao se acomodar outra vez no travesseiro, William já havia recuperado os sentidos e conseguia olhar em volta. Compreendeu que estava em uma tenda do Exército. A julgar pelo baú de campanha surrado e pela espada que jazia em cima, iluminada pelo sol do fim da tarde, era a tenda de seu tio.

– O que houve? – indagou ele, enxugando a boca com o dorso da mão.

– Qual é a última coisa de que você se recorda? – rebateu o tio Hal, entregando-lhe o cantil.

– O… Ahn…

Sua mente estava confusa e fragmentada. A última coisa de que realmente se lembrava era de Jane e da irmã rindo ao vê-lo se levantar do riacho, de traseiro de fora. Ele tomou um gole d'água e, com toda a cautela, tocou a cabeça, que parecia envolta em uma atadura. Doía só de encostar.

– De levar meu cavalo para beber água num ribeirão.

Tio Hal ergueu a sobrancelha.

– Você foi encontrado numa vala perto de um lugar chamado Spottiswoode ou algo assim. As tropas de Von Knyphausen vigiavam uma ponte por lá.

William começou a mexer a cabeça, mas pensou melhor e fechou os olhos para evitar a luz.

– Não me lembro disso.

– Daqui a pouco a memória volta. – O tio fez uma pausa. – Será que você lembra onde viu seu pai pela última vez?

William se sentiu invadido por uma tranquilidade incomum. Simplesmente não se importava mais. O mundo inteiro saberia, de um jeito ou de outro.

– Qual deles? – indagou, com indiferença, e abriu os olhos. Seu tio o observava com interesse, mas não exatamente surpreso.

– Você conheceu o coronel Fraser, então? – perguntou Hal.

– Conheci – respondeu William, sucinto. – Desde quando *o senhor* sabe?

– Com certeza, faz cerca de três segundos – retrucou o tio. Estendeu o braço e desafivelou a correia de couro no pescoço, suspirando aliviado. – Meu Deus, que calor!

A correia deixara uma marca vermelha. Ele massageou o pescoço com delicadeza, estreitando os olhos.

– Já havia notado uma impressionante semelhança entre você e o coronel Fraser... desde que o reencontrei na Filadélfia – continuou o tio Hal. – Antes disso, fazia muito tempo que não o via, desde que você era bem menino. Mesmo assim, não cheguei a vê-lo muito de perto naquela época.

– Ah...

Os dois passaram um tempo em silêncio. Pernilongos e borrachudos iam trombando na lona e desabando no catre de William, feito flocos de neve. Ele percebeu os ruídos no grande acampamento à sua volta, e lhe ocorreu que deviam estar com o general Clinton.

– Não sabia que o senhor estava com sir Henry – disse, por fim, quebrando o silêncio.

Hal assentiu, puxou seu velho cantil prateado do bolso da casaca e arremessou a vestimenta sobre o baú de campanha.

– Eu não estava. Tenho servido com Cornwallis. Nós, o regimento, chegamos a Nova York há mais ou menos duas semanas. Vim à Filadélfia para falar com Henry e John e perguntar sobre Benjamin. Cheguei bem a tempo de deixar a cidade com o exército.

– Ben? O que ele fez?

– Casou, teve um filho e foi trouxa a ponto de se deixar capturar pelos rebeldes – relatou o tio, muito tranquilo. – Achava que se safaria com alguma ajuda. Se eu lhe der um gole, você consegue segurar o líquido na barriga?

William não respondeu, mas espichou o corpo e apanhou um cantil. Era conhaque, e dos bons. Ele deu uma cheirada. Vendo que o estômago avariado não pareceu se incomodar, tomou um trago.

Tio Hal o observou por uns instantes, em silêncio. A semelhança entre ele e lorde John era considerável, e William foi invadido por uma estranha sensação ao se perceber diante dele, algo entre consolo e ressentimento.

– Seu pai... – começou Hal, depois de um momento. – Ou meu irmão, se preferir... Você se lembra de quando o viu pela última vez?

De repente, o ressentimento se transformou em raiva.

– Lembro. Na manhã do dia 16. Na casa dele. Com o meu *outro* pai.

Hal soltou um murmúrio baixo, indicando interesse.

– Foi quando descobriu?

– Foi.

– Foi John que contou?

– Não, droga, não contou! – O sangue subiu para o rosto de William, fazendo sua cabeça latejar e o deixando zonzo. – Se eu não tivesse ficado cara a cara com o... sujeito, acho que nunca teria me contado!

Ele bambeou e estendeu a mão para não cair. Hal o segurou pelos ombros e o acomodou de volta no travesseiro, onde ele se aquietou, os dentes cerrados, esperando a dor diminuir. O tio tirou o cantil de sua mão, tornou a se sentar e deu uma golada, muito pensativo.

– Podia ter sido pior – observou ele, depois de uns instantes. – Em termos de lordes, digo.

– Ah, é mesmo? – retrucou William com frieza.

– É bem verdade que ele é escocês.

– E traidor.

– E traidor – concordou Hal. – Mas um belo de um espadachim. E entende de cavalos.

– Ele era *cavalariço*, Deus do céu! Claro que entende de cavalos! – A mais recente indignação fez William voltar a se sentar, apesar do trovejar em suas têmporas. – O que eu posso fazer?

O tio suspirou fundo e tornou a tapar o frasco.

– Você quer um conselho? É velho demais para ouvir e jovem demais para dar.

Ele olhou William de soslaio, o semblante parecido com o de seu pai. Mais magro, mais velho, as sobrancelhas escuras começando a rarear, mas com o mesmo humor melancólico no canto dos olhos.

– Pensou em estourar os miolos?

William o encarou, sobressaltado.

– Não.

– Que bom. O que vier vai ser para melhor, não é? – Ele se levantou, espichou o corpo e soltou um gemido. – Nossa, estou velho! Deite-se, William, e durma. Você não está em condições de pensar.

Ele abriu o lampião e o apagou com um sopro, mergulhando a tenda na escuridão morna. Ergueu a aba, que farfalhou. A luz causticante do sol poente delineou o vulto esbelto do duque, que se virou.

– Você ainda *é* o meu sobrinho – afirmou, displicente. – Duvido que essa informação traga muito conforto, mas é isso.

81

POR ENTRE AS LÁPIDES

O sol estava baixo e reluzia em meus olhos, mas as mortes estavam ocorrendo tão depressa que eu não tive tempo de mudar meus equipamentos de lugar. A luta havia durado o dia todo, e ainda acontecia. Eu podia ouvir, bem perto, mas não via nada ao erguer os olhos. Ainda assim, os estrondos dos mosquetões e do que eu pensava serem granadas eram tão altos que abafavam os gritos e grunhidos vindos da sombra das árvores escuras e o impiedoso zunido das moscas.

Tomada de calor e cansaço, eu cambaleava, quase indiferente à batalha. Até que um homem com o uniforme da milícia se aproximou, trôpego, golfando sangue de um profundo corte na testa. Depois de estancar o sangue e limpar metade de seu rosto, eu o reconheci.

– Cabo… Greenhow? – indaguei hesitante, e um breve lampejo de medo penetrou na névoa da fadiga.

Joshua Greenhow integrava uma das companhias de Jamie.

– Sim, senhora.

Ele tentou menear a cabeça, mas eu o impedi, pressionando com firmeza uma gaze em sua testa.

– Não se mexa. O general Fraser…

Minha boca secou. No mesmo instante, estendi a mão para alcançar a caneca, mas vi que estava vazia.

– Ele está bem – garantiu o cabo, estendendo o braço comprido até a mesa, onde estava o meu cantil. – Pelo menos estava da última vez que o vi, e faz menos de dez minutos.

Ele serviu água em minha caneca, jogou na própria boca, respirou fundo por um instante, aliviado, serviu mais e me entregou.

– Obrigada. – Eu dei uma golada. Estava tão quente que mal senti a umidade, mas aliviei um pouco a língua. – E o sobrinho dele, Ian Murray?

O cabo Greenhow começou a balançar a cabeça, mas parou.

– Não o vejo desde o meio-dia, mais ou menos, mas também não o vi morto, dona. Ah, desculpe. Eu quis dizer…

– Eu entendi o que quis dizer. Pronto, ponha a mão aí e mantenha a pressão. Posicionei a mão do rapaz sobre a gaze e peguei do jarro de álcool uma agulha de sutura nova, com o fio de seda. Minhas mãos, estáveis durante o dia todo, agora tremiam um pouco, e precisei parar e respirar por um instante. Jamie estava por perto. Eu podia ouvi-lo em algum ponto no meio do combate.

O cabo Greenhow me contava algo a respeito da batalha, mas eu não conseguia prestar atenção. Alguma coisa sobre o general Lee ter sido aliviado de seu comando e...

– Aliviado do comando? – soltei. – Por quê?

– Ora, eu não sei bem, dona – respondeu o cabo de maneira gentil, parecendo espantado com a minha veemência. – Teve algo a ver com uma recuada que ele não devia ter ordenado, daí o general Washington chegou a cavalo, xingou e maldisse tudo... Enfim, eu *vi* o general Washington. Ah, foi tão...

O rapaz ficou sem palavras, e eu entreguei a ele o cantil com a minha mão livre.

– Meu Deus – murmurei.

Os americanos estavam ganhando? Estavam resistindo? Será que o maldito Charles Lee havia estragado as coisas no fim das contas... ou não?

O cabo Greenhow, por sorte, não percebera o meu linguajar, mas retornava de seu devaneio feito uma flor regada, entusiasmado com seu relato.

– Então disparamos atrás dele, e Washington foi cruzando a estrada pela beirada da encosta, gritando e balançando o chapéu, e as tropas desceram, a passos pesados... Todos ergueram os olhos, deram meia-volta e nos encontraram. O exército inteiro, nós simplesmente... nos *largamos* em cima dos malditos casacas-vermelhas! Ah, dona, foi *maravilhoso*!

– Maravilhoso! – repeti, docilmente, contendo um filete de sangue que ameaçava entrar em seu olho.

As sombras das lápides do cemitério se estendiam, compridas e arroxeadas, e o zumbido das moscas ecoava em meus ouvidos, mais alto do que o estampido dos tiros que ainda cruzavam, cada vez mais próximos, a frágil barreira dos mortos. E Jamie vinha com eles.

Senhor, proteja-o!, implorei, no silêncio de meu coração.

– A senhora disse alguma coisa?

Jamie esfregou a manga suja de sangue no rosto. A lã arranhava sua pele, o suor ardia em seus olhos. Era uma igreja onde eles haviam perseguido os britânicos... ou um cemitério atrás de uma igreja. Os homens desviavam das lápides, saltando por sobre elas, em uma perseguição acirrada.

Os britânicos, porém, haviam sido encurralados, um oficial gritando para que formassem uma fila, e a prática começou, os mosquetões foram baixados, as varetas começaram a assentar a pólvora...

– Fogo! – gritou Jamie, com toda a força de sua voz rascante. – Fogo neles! Agora!

Apenas alguns homens haviam carregado as armas, mas às vezes bastava só um. Um tiro foi disparado detrás dele, e o oficial britânico que berrava parou de berrar e cambaleou. Agarrou o próprio corpo, encolheu-se e desabou de joelhos. Alguém atirou nele outra vez. O homem deu um solavanco para trás, então caiu de lado.

Deu-se um alarido na linha britânica, que começou a se tumultuar no mesmo instante, uns homens parando brevemente para ajeitar as baionetas, outros empunhando as armas feito porretes. Os americanos os encontraram, brutais e ruidosos, de armas e punhos. Um miliciano alcançou o oficial caído, agarrou-o pelas pernas e começou a arrastá-lo para longe, em direção à igreja, talvez com o intuito de levá-lo como prisioneiro, talvez pedir ajuda…

Um soldado britânico se jogou em cima do americano, que cambaleou para trás e caiu, largando o oficial. Jamie corria e gritava, tentando reunir os homens, mas era inútil. Eles tinham perdido por completo as faculdades mentais em meio à loucura do combate, e qualquer que fosse o principal objetivo ao agarrar o oficial britânico também havia se perdido.

Os britânicos, agora desprovidos de liderança, engajavam-se em um grotesco cabo de guerra com dois americanos, cada qual agarrando um dos braços e pernas do oficial britânico morto. E *estava* morto. Se não estava morto antes, àquela altura sem dúvida estava.

Horrorizado, Jamie correu até eles, aos berros, mas sua voz falhou por completo em meio à tensão e à falta de ar. Ele percebeu que não emitia som além de uns grasnados fracos. Alcançou a confusão e agarrou um dos soldados pelo ombro, pretendendo tirá-lo dali, mas o homem deu um rodopio e lhe largou um soco no rosto.

Foi um golpe ligeiro, na lateral da mandíbula, mas ele perdeu a firmeza na mão, e ainda se desequilibrou com o empurrão que levou de alguém que corria para agarrar o corpo do desafortunado oficial.

Tambores. Um tambor. Alguém a distância batucava uma batida premente, uma convocação.

– Recuem! – gritou uma voz rascante. – Recuem!

Algo aconteceu. Uma pausa momentânea… e, de súbito, tudo mudou. Os americanos passavam por ele, apressados, mas já não frenéticos. Alguns carregavam o corpo do oficial britânico morto. Sim, definitivamente morto. O homem tinha a cabeça molenga feito um boneco de pano.

Graças a Deus não estão arrastando o homem pelo chão de terra, foi só o que Jamie teve tempo de pensar. O tenente Bixby surgiu atrás dele, com a cabeça aberta, o sangue escorrendo pelo rosto.

– Aí está o senhor! – exclamou, aliviado. – Pensamos que tinha sido pego! – Ele tomou Jamie respeitosamente pelo braço. – Venha para cá, senhor. Não confio que esses vagabundos loucos não retornem.

Jamie olhou na direção para onde Bixby apontava. Como era de esperar, os britânicos vinham recuando, sob o comando de uma dupla de oficiais surgidos de uma massa de casacas-vermelhas que se formava à meia distância. Não demonstravam disposição para se aproximar, mas Bixby tinha razão: ainda havia alguns tiros sendo disparados a esmo, de ambos os lados. Ele assentiu, revirando o bolso atrás de um lenço extra, para que o homem estancasse o ferimento.

Ao pensar em ferimentos, ele pensou em Claire. E recordou subitamente as palavras de Denzell Hunter: "A igreja Tennent, o hospital foi montado lá." Seria ali a igreja Tennent?

Ele começou a seguir Bixby rumo à estrada, mas olhou para trás. Sim, os homens que tinham recolhido o oficial britânico morto o estavam levando para a igreja, e havia homens feridos sentados junto à porta, além de outros perto de uma tenda branca... Deus, era a tenda de Claire! Será que ela...?

Como se seus pensamentos a invocassem, ele a viu de imediato, bem ali na clareira. Ela encarava a cena, boquiaberta, o que não era de estranhar. Havia um soldado continental em um banco ao lado dela, segurando um pano sujo de sangue, com outros pedaços de pano similares em uma bacia a seus pés. Mas por que ela estava do lado de fora? Ela...

Jamie viu quando ela sentiu um solavanco, levou a mão à lateral do corpo e desabou no chão.

Uma imensa e pesada martelada acertou a lateral do meu corpo. Eu perdi o equilíbrio e soltei a agulha de sutura. Não sentia o meu corpo, mas estava deitada no chão, rodeada de pontinhos brancos e pretos, e uma intensa dormência irradiava de meu lado direito. Senti a terra úmida, a grama quente e as folhas de sicômoro, pungentes e reconfortantes.

Choque, pensei, vagamente, e abri a boca, mas não emiti nada além de um estalido seco. *O quê?* A dormência do impacto começou a diminuir, e eu percebi que estava encolhida em posição fetal, o antebraço pressionado por reflexo sobre o abdômen. Sentia cheiro de queimado e de sangue muito, muito fresco. *Eu levei um tiro.*

– Sassenach!

Era o grito de Jamie, ecoando por sobre o bramido em meus ouvidos. Parecia muito distante, mas percebi com clareza o terror em sua voz. Permaneci imperturbada. Sentia uma imensa calma.

– *Sassenach!*

Os pontinhos em meus olhos se aglutinaram. Encarei um túnel estreito de luz e sombras rodopiantes. Ao fim do túnel estava o rosto perplexo do cabo Greenhow, com a agulha pendurada na testa, a costura pela metade.

PARTE V

Contando cabeças

82

NEM TODOS OS QUE QUEREM IR PARA O CÉU DESEJAM MORRER PARA CHEGAR LÁ

Muito tonta, flutuei até a superfície de minha consciência. *Acho que foi Ernest Hemingway que escreveu sobre como esperamos que, a certa altura, desmaiemos de dor, mas que isso não acontece.* Eu havia acabado de desmaiar, mas ele tinha certa razão. Meu estado inconsciente não durou mais que uns poucos segundos. Eu estava encolhida em posição fetal, com as mãos na lateral direita do corpo, e pude sentir o sangue jorrando por entre meus dedos, quente, frio e pegajoso, e começava a doer... bastante...

– Sassenach! Claire!

Eu ultrapassei a névoa outra vez e consegui abrir um olho. Jamie estava ajoelhado ao meu lado. Tocava meu corpo, tinha as mãos em mim, mas eu não sentia...

Suor, sangue ou outra coisa escorreu para dentro dos meus olhos, fazendo-os arder. Ouvi um arquejo, uma respiração curta e superficial. *Era minha ou de Jamie?* Eu sentia frio. *Não devia estar com frio, o dia está escaldante...* Eu me sentia trêmula, molenga. E com dor. Muita dor.

– Sassenach!

Mãos viraram o meu corpo. Eu gritei. Tentei gritar. Senti o grito na garganta, mas não ouvi som. Um estrondo ribombava em meus ouvidos. *Choque*, pensei. Eu não conseguia sentir os braços, as pernas ou os pés. Sentia o sangue se esvair de meu corpo.

Doía.

O choque está passando, pensei. *Ou será que está piorando?* Eu agora enxergava a dor, arrefecendo em estouros entrecortados e abrasadores como raios negros.

– Sassenach!

– O quê? – respondi, entre dentes. – Ai!

– Você está morrendo?

– Provavelmente.

Tiro na barriga. As terríveis palavras se formaram em minha mente, desagradáveis, e eu esperei não tê-las dito em voz alta. Mesmo que tivesse, porém, Jamie sem dúvida estava vendo o ferimento...

Alguém tentava afastar minhas mãos, e eu lutei para mantê-las no lugar, continuar pressionando, mas não tinha força nos braços. Fui erguida, e vi uma de minhas mãos caídas, as unhas pretas de sangue, os dedos vermelhos, gotejando. Alguém me virou de costas, e eu pensei ter gritado outra vez.

A dor era inexprimível. *Gelatinoso. O choque do impacto. Células destroçadas, virando papa. Perda de função... falência de órgãos.*

Tensão. Incapaz de respirar. Eu me debatia, e alguém gritava acima de mim. Meus olhos estavam abertos e eu via cor, mas o ar estava espesso, cheio de pontinhos trêmulos.

Gritos. Falatório.

Eu não conseguia sorver o ar. Algo me comprimia o centro do corpo. *O que se foi? Quanto?*

Deus, como doía. *Ai, Deus!*

Jamie não conseguia tirar os olhos de Claire. Era como se ela fosse morrer se ele desviasse o olhar. Procurou um lenço, mas tinha dado o seu a Bixby. No desespero, agarrou uma dobra da saia dela e a pressionou com força na lateral de seu corpo. Claire soltou um gemido terrível, e ele quase soltou. O chão em volta dela já estava todo escuro de sangue, e ele pressionou com mais força.

– Socorro! – gritou. – Socorro, Rachel! Dottie!

Ninguém veio. Ao arriscar uma olhadela em volta, durante uma fração de segundo, nada viu além de mortos e feridos sob as árvores ao longe e as silhuetas intermitentes de soldados, alguns correndo, outros entrecortando as lápides, meio estupefatos. As moças certamente tinham sido forçadas a correr quando o embate perto do cemitério começou.

Jamie sentia o sangue de Claire escorrendo lentamente pelo dorso de sua mão; gritou outra vez, arranhando a garganta seca de tanto esforço. *Alguém* tinha que ouvir.

Alguém ouviu. Ele percebeu passos e viu um médico conhecido, de nome Leckie, correndo em sua direção, o rosto pálido, saltando por sobre uma lápide no caminho.

– Tiro? – perguntou Leckie, ofegante, desabando de joelhos ao lado de Jamie.

Jamie não conseguia falar, mas assentiu. O suor escorria por seu rosto e pelas costas, mas as mãos dele pareciam presas ao corpo de Claire. Ele não conseguia soltá-la, não conseguia se afastar, até que Leckie apanhou uma das cestas de Claire, pegou um chumaço de algodão, removeu a mão de Jamie e ajeitou o algodão no lugar.

O médico lhe deu uma cotovelada sem dó. Jamie se afastou uns 50 centímetros, então se levantou, balançando o corpo, impotente. Não conseguia desviar os olhos, mas tinha vaga ciência de um grupo de soldados que havia se reunido, atemorizados e muito inquietos, sem saber o que fazer. Ele tomou fôlego, agarrou o mais próximo e mandou o homem correr até a igreja, atrás do dr. Hunter. Ela ia querer Denny. Se sobrevivesse até ele chegar...

– Senhor! General Fraser!

Nem mesmo quando ouviu chamarem seu nome Jamie foi capaz de desviar os olhos da cena a seus pés: o sangue, tanto sangue, empapando as roupas dela, formando uma horrenda poça vermelho-escura que manchava os joelhos da calça de

Leckie, posicionado por cima dela. Os cabelos de Claire estavam desamarrados e muito desgrenhados, tomados de grama e pedaços de folhas do chão. Seu rosto... Ah, Deus, seu rosto!

– Senhor!

Alguém agarrou o braço de Jamie, para chamar sua atenção. Mesmo sem saber quem era, ele deu uma cotovelada forte para trás, e um homem grunhiu, surpreso, e o largou.

Uma conversa sussurrada, agitação, gente dizendo ao recém-chegado que era a esposa do general, ferida por um tiro, morta ou quase morrendo...

– Ela não está morrendo! – gritou Jamie, virando-se para eles.

Pensou que devia parecer um demente; os rostos enegrecidos dos homens revelavam espanto. Bixby deu um passo à frente e tocou seu ombro com cuidado, como se Jamie fosse uma granada capaz de explodir no instante seguinte. *Ele está em seu limite*, pensou.

– Posso ajudar, senhor? – perguntou Bixby, baixinho.

– Não – Jamie conseguiu responder. – Eu... Ele...

Ele apontou para Leckie, muito ocupado no chão.

– General – disse o recém-chegado, do outro lado. Ao se virar, Jamie encontrou um soldado muito jovem vestindo o uniforme azul de tenente, o rosto muito sério e impávido. – Não quero me intrometer, mas se a sua mulher não está morrendo...

– Saia daqui!

O tenente estremeceu, mas manteve a firmeza.

– Senhor – retrucou, obstinado –, o general Lee me mandou buscá-lo com urgência. Ele solicita a sua presença.

– Maldito Lee – praguejou Bixby com rudeza, poupando trabalho a Jamie, e avançou no recém-chegado, de punhos cerrados.

O tenente já estava vermelho por causa do calor, mas enrubesceu ainda mais. Ignorando Bixby, voltou toda a sua atenção para Jamie.

– O senhor *precisa* vir, senhor.

Vozes... Eu ouvia palavras desconexas, irrompendo a névoa feito balas, acertando tudo a esmo.

– ... encontrar Denzell Hunter!

– General...

– Não!

– ... mas o senhor é requisitado no...

– Não!

– ... ordens...

– NÃO!

Mais uma voz, rígida de medo.

– ... poderia ser executado por traição e deserção, senhor!

Isso atraiu minha atenção, e eu ouvi com clareza a resposta:

– Então podem me executar aqui mesmo, pois não vou sair do lado dela!

Que bom, pensei, reconfortada, e tornei a mergulhar no vazio rodopiante.

– Tire o casaco e o colete, rapaz – disse Jamie, abruptamente.

O rapaz parecia desnorteado, mas, estimulado por um movimento ameaçador de Bixby, obedeceu à ordem. Jamie o agarrou pelo ombro e virou seu corpo.

– Fique parado, sim?

Abaixou-se rapidamente, correu o dedo na hedionda poça de lama ensanguentada, levantou-se e escreveu, com cuidado, nas costas brancas do mensageiro:

Eu renuncio à minha comissão. J. Fraser.

Jamie fez menção de limpar o dedo. Depois de hesitar por um momento, acrescentou, relutante, a palavra "Senhor" ao alto da mensagem, em um breve borrão, e deu um tapinha no ombro do rapaz.

– Vá mostrar isso ao general Lee – disse ele.

O tenente empalideceu.

– O general está de péssimo humor, senhor. Não ouso!

Jamie o encarou.

– Sim, senhor – concluiu o rapaz, engolindo em seco, meteu-se na roupa e disparou a correr, desabotoado e muito frenético.

Absorto, Jamie esfregou as mãos na calça e se ajoelhou outra vez junto ao dr. Leckie, que lhe dispensou um breve aceno de cabeça. O médico pressionava um chumaço de algodão e um punhado de tecido de saia com força na lateral do corpo de Claire, com as duas mãos. As mãos e os braços do cirurgião estavam muito vermelhos, e o suor escorria por seu rosto e gotejava pelo queixo.

– Sassenach – disse Jamie, baixinho, com medo de tocá-la. Suas roupas se encontravam empapadas de suor, mas ele estava gelado até a alma. – Está me ouvindo?

Ela havia recobrado a consciência, e o coração dele foi parar na boca. Claire tinha os olhos bem cerrados, em uma careta furiosa de dor e concentração. Mas escutava a voz dele. Seus olhos dourados se abriram e o encararam. Ela não falou nada; respirava com força. Mas enxergava Jamie e não tinha os olhos embotados de choque nem assomados pela presença da morte. Ainda não.

O dr. Leckie também observava com atenção o rosto dela. Soltou um suspiro e relaxou um pouco a tensão nos ombros, mas manteve a pressão nas mãos.

– Pode pegar mais um pouco de algodão, um pedaço de atadura, qualquer coisa? – perguntou ele. – *Acho* que o sangramento está diminuindo.

A bolsa de Claire jazia aberta um pouco adiante, atrás de Leckie. Jamie disparou até lá, virou seu conteúdo no chão e pegou dois rolos de atadura. Leckie sorveu o ar, removendo o pano encharcado e pegando as ataduras limpas.

– Pode ir cortando as rendas dela – disse o médico, calmamente. – Precisamos tirar o espartilho. Vai facilitar a respiração.

Jamie tateou em busca de seu punhal, as mãos trêmulas de tanta pressa.

– De... sa... *marra*! – grunhiu Claire, com uma carranca feroz.

Jamie escancarou um sorriso ao ouvir aquela voz, e suas mãos se estabilizaram. Claire achava que viveria para precisar daqueles cadarços. Ele sorveu o ar e se aprumou para desfazer os nós. Os cadarços do espartilho eram de couro e estavam, como sempre, empapados de suor. Mas Claire usava um nó torto muito simples, que ele conseguiu desatar com a ponta do punhal.

O nó se desfez. Ele soltou o cadarço e abriu bem o espartilho. O peito de Claire empalideceu quando ela respirou, e Jamie sentiu uma pontada de constrangimento ao ver seus mamilos rígidos sob a roupa de baixo, encharcada de suor. Desejou cobri-la.

Havia moscas por toda a parte, pretas e ruidosas, atraídas pelo sangue. Leckie sacudiu a cabeça para afastar uma que pousara em sua sobrancelha. Elas se aglomeravam em torno das orelhas do próprio Jamie, mas ele não dava a mínima, afastando as que pousavam no corpo de Claire, em seu rosto contorcido e pálido, nas mãos curvadas e impotentes.

– Aqui – disse Leckie, agarrando a mão de Jamie para que apertasse a compressa nova. – Pressione com força.

Ele se agachou, pegou outro rolo de atadura e desenrolou. Com esforço, muitos grunhidos e um terrível gemido de Claire, os dois conseguiram erguer e enfaixar o corpo dela, firmando a compressa no lugar.

– Certo. – Leckie deu um bamboleio e se levantou. – O sangramento cessou quase por completo... por enquanto – disse a Jamie. – Eu volto quando puder. – Ele encarou o rosto de Claire, limpando o queixo com a manga da roupa. – Boa sorte para a senhora.

Com isso, simplesmente saiu da igreja, sem olhar para trás. Jamie sentiu tamanha onda de fúria que teria disparado para arrastar o homem de volta, se pudesse sair do lado de Claire. Ele tinha ido embora... O infeliz a largara! Sozinha, indefesa!

– Que o diabo devore a sua alma e a salgue muito bem antes, sua puta! – gritou ele em *gàidhlig* para o cirurgião ausente.

Tomado de terror, fúria e impotência, ele desabou de joelhos junto à mulher e esmurrou cegamente o chão.

– Você acabou de chamar o homem... de puta?

O sussurro o fez abrir os olhos.

– Sassenach! – Ele começou a procurar o cantil no chão, perdido em meio à bagunça dos objetos da bolsa dela. – Aqui, vou pegar água para você.

– Não. Ainda… não.

Ela conseguiu erguer um pouco uma das mãos, e Jamie parou onde estava, segurando o cantil.

– Por que não?

Ela estava pálida e empapada de suor, tremendo feito vara verde. Ele *via* seus lábios começando a rachar naquele calor, pelo amor de Deus!

– Eu… não sei. – Ela remexeu a boca, então encontrou as palavras. – Não… sei onde está. – Sua mão trêmula tocou o curativo, que já exibia um borrão de sangue. – Se tiver per… perfu-furado o intestino… beber qualquer coisa… eu vou morrer. E rápido. Cho-choque… intesti-tinal.

Ele se sentou ao lado dela, fechou os olhos e respirou fundo por uns segundos. Naquele momento, nada importava: a igreja, a batalha, os gritos e o estrondo das rodas de canhão avançando pela estrada esburacada rumo a Freehold. Não havia nada além dos dois. Jamie abriu os olhos para ver o rosto dela, para guardá-lo para sempre na mente.

– Sim – disse ele, no tom mais firme possível. – Se for esse o caso… e se você não morrer rápido… eu já vi homens morrerem com uma bala na barriga. Balnain morreu assim. É uma morte feia e arrastada, e eu não vou permitir que morra assim, Claire. Não vou!

Ele estava falando sério, de verdade. Sua mão, porém, agarrou o cantil com tanta força que chegou a amassar o latão. Como ele poderia servir a ela a água que a mataria diante de seus olhos… *no mesmo instante*?

Não agora, pediu ele. *Por favor, permita que não seja agora!*

– Eu não… me animo… com nenhuma opção – sussurrou ela, depois de uma longa pausa. Piscou para espantar uma mosca, brilhante como uma esmeralda, que havia se aproximado para beber suas lágrimas. – Eu preciso… de Denny. – Um arquejo suave. – Depressa!

– Ele está vindo. – Jamie mal conseguia respirar. Balançou as mãos sobre ela, com medo de encostar em qualquer coisa. – Denny está vindo. Aguente firme!

A resposta foi um pequeno grunhido. Com os olhos fechados, Claire exibia a mandíbula travada. Mas pelo menos tinha ouvido. Com a vaga lembrança de que ela sempre dizia que era preciso cobrir os pacientes em choque e erguer seus pés, Jamie removeu o casaco para cobri-la, depois tirou o colete, enrolou e acomodou sob seus pés. Pelo menos o casaco escondia o sangue que havia ensopado toda a lateral de seu vestido. Era aterrorizante ver aquilo.

Ela tinha os dois punhos cerrados junto à ferida, por isso Jamie não conseguia segurar sua mão. Ele tocou seu ombro, para deixar claro que estava lá, então fechou os olhos e rezou com toda a força de seu ser.

83

SOL POENTE

O sol estava quase se pondo, e Denzell Hunter organizava suas facas. O ar estava tomado pela doçura da aguardente de milho. Ele tinha mergulhado seus instrumentos ali, e eles jaziam molhados no guardanapo limpo que a sra. Macken havia acomodado no bufê.

A jovem sra. Macken circulava junto à porta, a mão na boca e os olhos grandes, iguais aos de uma vaca. Jamie tentou abrir um sorriso reconfortante, mas aparentemente não conseguiu. Sua real expressão pareceu deixar a mulher ainda mais alarmada, e ela recuou para a escuridão de sua despensa.

Certamente ela havia passado o dia inteiro naquele estado, como todos os habitantes do vilarejo de Freehold. Ostentava um barrigão de grávida, e seu marido estava lutando com os continentais. O alarme não parava de tocar na última hora, desde que Jamie apareceu à sua porta. Ele batera à porta de seis casas antes disso e ela foi a única que decidiu ajudar, recebendo-os com hospitalidade. A recompensa? Ter uma mulher bastante ferida deitada sobre a mesa da cozinha, sangrando como um cervo recém-abatido.

Aquela imagem o enervou ainda mais – a sra. Macken não era a única na casa que estava abalada pelos eventos. Jamie se aproximou e pegou a mão de Claire, para reconfortar tanto a si mesmo quanto a ela.

– Como está, Sassenach? – perguntou em voz baixa.

– Horrível – respondeu ela em tom áspero e mordeu o lábio para não dizer mais nada.

– Não quer dar um traguinho? – Ele se movimentou para pegar a garrafa de aguardente de milho, mas ela balançou a cabeça.

– Ainda não. Eu não *acho* que pegou o intestino… mas prefiro morrer de hemorragia a morrer de sepse ou choque, se eu estiver errada.

Ele apertou a mão dela. Estava fria, e ele queria que Claire continuasse falando. Ao mesmo tempo, sabia que não devia fazê-la falar. Ela precisava poupar energia. Jamie fez o maior esforço possível para passar para ela um pouco de sua força, porém sem machucá-la.

A sra. Macken se esgueirou pelo recinto, trazendo um candelabro com uma vela de cera fresca. Jamie sentiu o cheiro doce da cera, e o aroma de mel o fez pensar em John Grey. Ele refletiu por um instante se Grey havia voltado às linhas britânicas, mas não conseguia pensar muito em nada além de Claire.

Naquele exato momento, estava ocupado em remoer seu arrependimento por algum dia ter desaprovado o preparo de éter de Claire. Daria tudo o que tinha para poupá-la de enfrentar a hora seguinte em plena consciência.

O sol poente banhou o recinto em uma luz dourada, e o sangue que encharcava as ataduras de Claire começou a ficar escuro.

– Sempre se concentre quando estiver usando uma faca afiada – falei, em tom fraco.
– Ou pode perder um dedo. Minha avó costumava dizer isso, assim como minha mãe.

Minha mãe havia morrido quando eu tinha 5 anos, e minha avó, uns anos depois. Eu não a via com frequência, já que tio Lamb passava pelo menos metade do tempo em expedições arqueológicas ao redor do mundo e me levava a tiracolo.

– Você costumava brincar com facas afiadas quando criança? – indagou Denny.

Ele sorriu, ainda com os olhos fixos no bisturi que afiava cuidadosamente em uma pequena pedra oleada. Eu sentia o aroma do óleo, um odor estranho por sob o fedor de sangue e o cheiro resinoso das vigas inacabadas acima de nós.

– O tempo todo – sussurrei, trocando de posição o mais devagar que pude.

Mordi o lábio com força e consegui acomodar as costas sem soltar um grunhido alto. Os nós dos dedos de Jamie embranqueceram.

Ele estava parado diante da janela, agarrado ao peitoril e olhando para fora.

Ao vê-lo ali, os ombros largos delineados pelo sol poente, tive uma súbita recordação, muitíssimo nítida. Ou melhor, recordações, pois várias camadas retornaram ao mesmo tempo. Vi Jamie rígido de medo e sofrimento, a silhueta frágil e sombria de Malva Christie inclinada sobre ele... e me lembrei de sentir tanto uma vaga afronta quanto uma tremenda sensação de paz, enquanto começava a deixar o meu corpo, levada pelas asas da febre.

Dispensei a lembrança no mesmo instante, assustada apenas de pensar nesse lugar que me chamava. O medo era reconfortante; eu ainda não estava tão perto da morte a ponto de considerá-la atraente.

– Tenho certeza de que atingiu o fígado – falei para Denny, rangendo os dentes. – Muito sangue...

– Eu sei que você tem razão – respondeu ele, pressionando com delicadeza a lateral do meu corpo. – O fígado é uma enorme massa de tecido densamente vascularizado – acrescentou, virando-se para Jamie, que não se afastou da janela, mas arqueou os ombros frente à possibilidade de saber qualquer outra coisa de natureza tão terrível. – Porém o mais incrível dos ferimentos no fígado – acrescentou Denny, com alegria – é que, ao contrário dos outros órgãos, o fígado tem a capacidade de se regenerar... pelo menos é isso que diz a sua senhora.

Jamie lançou-me um olhar breve e assustado, e se voltou de novo para a janela. Eu respirava de maneira superficial, tentando ignorar a dor e não pensar no que Denny estava prestes a fazer.

O breve exercício de disciplina durou cerca de três segundos. Se tivéssemos sorte, seria simples e rápido. Ele precisava alargar o buraco de entrada para poder ver a direção do projétil e inserir um instrumento de exame na esperança de encontrar a bala. Então só restaria uma rápida inserção de um de seus fórceps, o que fosse mais apropriado. Ele tinha três, de comprimentos diferentes, e mais um dentário, ótimo para objetos redondos, mas cujas pinças eram bem maiores que as pontas de um fórceps normal e fariam aumentar a hemorragia.

Se não fosse simples e rápido, eu morreria na meia hora seguinte. Denny tinha razão: o fígado é densamente vascularizado, uma enorme esponja de pequeninos vasos sanguíneos entrecortados por outros muito maiores, como a veia porta hepática. Por isso a ferida, pequenina e superficial, havia sangrado de forma tão alarmante. Nenhum dos grandes vasos fora atingido – ainda –, senão eu teria sangrado até a morte em poucos minutos.

Por conta da dor, estava tentando respirar superficialmente. Mas tinha uma imensa necessidade de sorver o ar em arquejos profundos. Precisava de oxigênio, por conta da perda de sangue.

Sally me veio à mente, e me agarrei a esse pensamento para me distrair. Ela tinha sobrevivido à amputação, gritando em uma mordaça de couro, junto de Gabriel. Sim, esse era o nome do rapaz que a acompanhava. Ele estava desesperado, lutando para mantê-la firme e não desmaiar. Por sorte, *ela* tinha desmaiado perto do fim do procedimento, e eu havia deixado os dois aos cuidados de Rachel.

– Onde está Rachel, Denny? – perguntei, de súbito.

Pensei tê-la visto brevemente no cemitério logo depois do tiro, mas não tinha certeza de nenhum acontecimento durante aquele borrão preto e branco.

Denny parou por um instante, suspendendo o instrumento de cauterização junto a um pequenino braseiro que exalava fumaça no canto do bufê.

– Procurando Ian, imagino – respondeu baixinho, e deitou o ferro delicadamente sobre o fogo. – Está pronta, Claire?

Ian, pensei. *Ah, Deus. Ele não voltou.*

– Mais do que nunca – consegui responder, já imaginando o fedor de carne queimada. A minha.

Se a bala estivesse próxima a um dos grandes vasos, as pinçadas investigativas de Denny poderiam rompê-los, e eu sofreria uma hemorragia interna. A cauterização talvez causasse um choque súbito e me matasse na hora. O mais provável era que eu sobreviveria à cirurgia, mas morreria de infecção. Que reconfortante... Nesse caso, pelo menos, eu teria tempo de escrever uma breve carta a Brianna – e talvez pedir que Jamie fosse mais cuidadoso ao escolher a próxima esposa...

– Espere – disse Jamie.

Ele não ergueu a voz, mas o tom de urgência bastou para petrificar Denny. Fechei os olhos, coloquei a mão com delicadeza no curativo e tentei visualizar onde estaria a maldita bala. Será que tinha *parado* no fígado ou seguido em frente? O trauma e o inchaço eram tamanhos, porém, que a dor irradiava por toda a lateral de meu abdômen. Eu não conseguia distinguir um ponto específico onde pudesse estar o balão projétil.

– O que foi, Jamie? – perguntou Denny, querendo retornar ao trabalho.

– Sua noiva – comentou Jamie, meio aturdido. – Subindo a estrada, com uma gangue de soldados.

– Será que ela foi presa? – retrucou Denny, simulando calma. Mas eu vi que a mão dele tremia de leve ao pegar um pano de linho.

– Acho que não – respondeu Jamie, meio indeciso. – Está dando umas risadas.

Denny tirou os óculos e os limpou com cuidado.

– Dorothea é uma Grey. Qualquer um de seus familiares, diante da forca, pararia para trocar uns gracejos com o carrasco e levaria a corda ao pescoço alegremente, com as próprias mãos.

Era uma verdade tão patente que me fez rir, embora uma pontada dolorosa tivesse no mesmo instante me roubado o fôlego e o bom humor. Jamie disparou um olhar afiado para mim, mas eu balancei a mão com fraqueza, e ele foi abrir a porta.

Dorothea entrou e se despediu de seus acompanhantes. Eu ouvi o suspiro de alívio de Denny, que devolveu os óculos ao rosto.

– Ah, que bom – disse ela, indo beijá-lo. – Esperava que ainda não tivesse começado. Eu trouxe umas coisinhas. Sra. Fraser... Claire... como está a senhora? Digo, como está você?

Ela deitou a grande cesta que carregava, rumou de imediato para a mesa onde eu estava, pegou minha mão e me olhou com simpatia, com seus grandes olhos azuis.

– Estou um pouco melhor – respondi, esforçando-me para não ranger os dentes. Sentia-me pegajosa e nauseada.

– O general La Fayette ficou muito preocupado ao saber que a senhora estava ferida. Mandou todos os assistentes lhe rezarem um rosário.

– Que gentileza – falei, genuinamente, esperando que o marquês não tivesse mandado nenhum recado complicado que necessitasse de resposta.

Tendo chegado até ali, eu queria mais era acabar com aquela história, a despeito do *que* acontecesse.

– E mandou isso – continuou Dottie, com olhar de satisfação, erguendo uma garrafinha de vidro verde. – Denny, acho que você vai querer usar isso aqui antes.

– O que...? – começou Denny, estendendo a mão para pegar a garrafa.

Dorothea já a havia desarrolhado, e o aroma doce de cereja se espalhou feito um xarope, com notas de uma fragrância de ervas muito característica, meio cânfora, meio sálvia.

– Láudano – disse Jamie, com um olhar tão estupefato e aliviado que só então percebi como ele estava assustado com a situação. – Deus a abençoe, Dottie!

– Ocorreu-me que o amigo Gilbert talvez tivesse umas coisinhas úteis – contou ela, muito modesta. – Todos os franceses que conheço são muitíssimo fanáticos por saúde e guardam imensas coleções de tônicos, pastilhas e clisteres. Então fui perguntar.

Jamie havia me erguido um pouco, enganchando o braço em minhas costas e a garrafa nos meus lábios, antes que eu mesma pudesse agradecer.

– Espere – reclamei, atravessada, levando a mão ao gargalo aberto da garrafa. – Não sei se é forte demais. Não vai me ajudar em nada se me matar com ópio.

Custou-me dizer isso. Meu instinto era o de beber todo o conteúdo da garrafa de uma golada só, se fosse ajudar a diminuir a maldita dor. O flagelo do menino espartano – que, segundo a lenda, roubara uma raposa, escondera-a sob as vestes e fora devorado por ela sem soltar um pio – não me atraía em *nada*. Pensando bem, eu não desejava morrer nem de tiro nem de febre nem de um infortúnio médico.

Assim, Dottie pegou uma colher emprestada da sra. Macken, que assistia a tudo da porta, temerosa e fascinada. Servi duas colheradas, engoli e aguardei um interminável quarto de hora pelos efeitos.

– O marquês enviou toda a sorte de delicadezas e coisas para ajudar na sua recuperação – disse Dottie, em tom encorajador, virando-se para a cesta e começando a pegar uns objetos, para me distrair. – Geleia de perdiz, patê de cogumelos, um queijo com cheiro *horrível* e…

Meu súbito desejo de vomitar cessou no mesmo instante. Eu me ergui um pouco, levando Jamie a soltar um grito de alarme e me agarrar pelos ombros. O que foi ótimo ou eu teria caído direto no chão. Mas eu não estava prestando atenção, pois tinha o olhar fixo na cesta de Dottie.

– Roquefort – falei, com urgência. – É queijo Roquefort? Meio cinza, com umas veias verdes e azuis?

– Ora, não sei – respondeu ela, espantada com minha veemência.

Com cuidado, pegou um embrulho de tecido de dentro da cesta e estendeu com delicadeza diante de mim. O odor que o queijo exalava era suficiente, e tornei a me deitar, mais relaxada.

– Que bom – murmurei. – Denzell, quando terminar, cubra a ferida com queijo.

Por mais acostumado que Denny estivesse comigo, seu queixo caiu. Ele olhou para mim, então para o queijo, claramente pensando que a febre estivesse me invadindo com uma rapidez e uma gravidade incomuns.

– Penicilina – falei, engolindo em seco e balançando a mão para o queijo. Minha boca estava grudenta por conta do láudano. – O mofo que reveste esse tipo de queijo é uma espécie de *Penicillium*. Use a parte dos veios.

Denny fechou a boca e assentiu, determinado.

– Está bem. Só que precisamos começar logo, Claire. Já está escurecendo.

A sra. Macken trouxe mais velas, e Denny me garantiu que era uma cirurgia simples e que enxergaria muito bem com as velas.

Mais láudano. Eu já começava a sentir uma tontura nada desagradável e pedi a Jamie que me deitasse outra vez. Sem dúvida, a dor havia diminuído.

– Dê-me um pouco mais – falei, com uma voz que parecia não me pertencer.

Respirei o mais fundo que pude e me acomodei confortavelmente, olhando com desgosto a mordaça de couro que jazia a meu lado. Alguém, talvez o dr. Leckie, havia rasgado minha roupa de baixo mais cedo, durante os procedimentos. Eu afastei as pontas da parte aberta e estendi a mão para Jamie.

As sombras cresciam por entre as vigas sujas de fumaça. O fogo da cozinha estava abafado, mas ainda vivo, e seu brilho vermelho começava a aparecer pela lareira. Ao olhar as vigas trêmulas em meu estado alterado, recordei a época em que quase morrera de intoxicação bacteriana, então fechei os olhos.

Jamie segurava minha mão esquerda, enroscada em meu peito. Com a outra, delicadamente afagava os meus cabelos, afastando as mechas úmidas do rosto.

– Melhor agora, *a nighean*? – sussurrou ele, e eu assenti... ou pensei ter assentido.

A sra. Macken murmurou alguma pergunta para Dottie, recebeu uma resposta e saiu. A dor permanecia, porém muito distante, uma leve chama dançante que eu podia apagar ao fechar os olhos. Meus batimentos cardíacos estavam mais prementes, e eu começava a experimentar... não exatamente alucinações, mas imagens desconexas, rostos de estranhos que surgiam e desapareciam por trás de meus olhos. Alguns me olhavam, outros pareciam alheios. Todos sorriam, faziam caretas e olhavam com desprezo, mas não tinham, de fato, nada a ver comigo.

– Outra vez, Sassenach – sussurrou Jamie, erguendo minha cabeça e levando a colher aos meus lábios, pegajosa de cereja e com o gosto amargo de ópio. – Mais uma.

Engoli e me reclinei. *Se eu morrer, será que tornarei a ver minha mãe?*, pensei, vivenciando uma urgente saudade dela, intensa e impressionante.

Eu tentava invocar seu rosto à minha frente, removê-la daquela horda de estranhos, quando perdi meus pensamentos e comecei a pairar em uma esfera de um azul muitíssimo escuro.

– Não me deixe, Claire – sussurrou Jamie, junto à minha orelha. – Desta vez, eu imploro. Não vá embora. Por favor!

Embora eu tivesse os olhos fechados, senti o calor de seu rosto, percebi o brilho tênue de sua respiração em minha bochecha.

– Eu não vou – respondi... ou achei que respondi.

Meu último pensamento foi a lembrança de não ter dito a Jamie que não se casasse com uma imbecil.

O céu lá fora estava lilás, e a pele de Claire exibia um brilho dourado. Seis velas queimavam pelo quarto, as chamas altas e perenes no ar pesado.

Jamie permanecia junto à cabeça dela, a mão em seu ombro, como se pudesse confortá-la. A sensação de poder tocar seu corpo vivo era o que o mantinha de pé.

Denny soltou um grunhido de satisfação por trás da máscara, e Jamie viu o músculo de seu antebraço desnudo enrijecer enquanto ele removia, lentamente, o instrumento do corpo de Claire. A ferida sangrava e Jamie estava tenso feito um gato, pronto para dar um pinote e aplicar uma compressa, mas nenhuma golfada aconteceu. O sangue havia se reduzido a um filete, que escorreu de leve no momento em que a pinça emergiu, com algo escuro preso entre as hastes.

Denny largou o projétil na palma da mão e o encarou, com um resmungo irritado. Seus óculos estavam embaçados, por conta do suor de tanto esforço. Jamie tirou os óculos do nariz do quacre e limpou as lentes na barra da camisa, recolocando-os antes que ele completasse duas piscadelas.

– Obrigado – disse Denny baixinho, voltando a encarar a bala de mosquetão. Virou-se delicadamente e soltou um suspiro audível. – Inteira. Graças a Deus!

– *Deo gratias!* – ecoou Jamie com fervor, estendendo a mão. – Deixe-me ver, sim?

Hunter ergueu as sobrancelhas, mas largou o objeto na mão de Jamie. Estava muitíssimo quente pelo calor do corpo dela, mais até do que o ar ou a carne suada do próprio Jamie, e a sensação o fez cerrar o punho em torno do projétil. Ele olhou para o peito de Claire: subindo e descendo, embora com alarmante lentidão.

Quase com a mesma lentidão, Jamie abriu a mão.

– O que está procurando, Jamie? – perguntou Denny, tornando a esterilizar o pontiagudo instrumento de exame.

– Marcas. Uma fenda, uma cruz… qualquer marca de adulteração. – Ele rolou a bala com cuidado entre os dedos, então relaxou. – *Deo gratias!* – repetiu, em um breve rompante de gratidão.

– Adulteração? – perguntou Denny, com o cenho franzido. – Para que a bala se partisse, quer dizer?

– Isso… ou pior. Às vezes alguma coisa é passada entre as marcas. Veneno, digamos, ou… merda. Só para o caso de a ferida em si não ser fatal.

Denny parecia chocado e alarmado, mesmo por trás da máscara improvisada com o lenço.

– Se quer matar alguém, certifique-se de que será bem-sucedido – concluiu Jamie, secamente.

– Sim, mas… – Denny baixou os olhos, deitando com cuidado o instrumento sobre a toalha, como se fosse de porcelana, não de metal. Sua respiração fez remexer o lenço amarrado em sua boca. – Uma coisa é matar em batalha, quando a questão é defender a própria vida. Outra é planejar, a sangue-frio, que seu inimigo sofra uma morte lenta e terrível…

Claire soltou um grunhido apavorante e se contorceu sob as mãos de Denny, que espremia com delicadeza a carne de cada um dos lados da ferida. Jamie a agarrou pelos cotovelos, para que ela não se virasse. Denny tornou a pegar o objeto dentado.

– Você não faria isso – disse Denny, muito seguro.

Ele tinha os olhos atentos à delicada investigação, usando uma atadura para estancar o sangue que gotejava lentamente da ferida. Jamie sentia a perda de cada gota como se saísse de suas próprias veias, e sentiu frio. Quanto sangue ela poderia perder sem morrer?

– Não. É muita covardia – respondeu ele automaticamente, sem perceber.

Claire estava mole. Jamie viu seus dedos abrindo e olhou seu rosto, procurando um pulso visível. Sentiu uma pulsação no polegar, que pressionava o osso do braço dela, mas não soube dizer se era o coração de Claire ou o dele.

Jamie estava muitíssimo consciente da respiração de Denny, audível por trás da máscara. Ele desviou os olhos de Claire e encarou o olhar atento do quacre, que puxava o instrumento outra vez – agora pinçando um grumo de algo irreconhecível. Denny abriu os dentes do fórceps, largou o grumo na toalha e lhe deu uma cutucada, tentando espalhá-lo. Jamie viu as pequeninas tramas enegrecidas, enquanto o sangue empapado na toalha formava uma mancha muito vermelha. Tecido.

– O que acha? – perguntou Denny, franzindo o cenho. – É um pedacinho da roupa de baixo, o corpete... ou material do espartilho? Pelo buraco no espartilho, eu pensaria...

Jamie se apoiou rapidamente no *sporran*, puxou o saquinho de seda onde guardava os óculos de leitura e os meteu no rosto.

– Há pelo menos duas coisas diferentes aí – anunciou, depois de uma olhadela atenta. – A trama do espartilho e um pedaço de tecido mais leve. Está vendo? – Ele pegou um instrumento de exame e afastou com delicadeza os fragmentos. – Acho que esse pedaço aqui é a roupa de baixo.

Denny olhou a pilha de vestimentas sujas de sangue no chão. Adivinhando seus pensamentos, Jamie apanhou o vestido.

– O buraco está limpo – disse Denny, olhando o tecido que Jamie estendeu sobre a mesa. – Talvez...

Ele pegou o fórceps e deu meia-volta, sem concluir.

Outra investigação, mais profunda. Jamie cerrou os dentes para não chorar. "O fígado é uma enorme massa de tecido densamente vascularizado", dissera ele.

– Eu sei – murmurou Denny, sem olhar para cima. O suor havia emplastrado o lenço, moldando-se ao nariz e aos lábios, tornando sua fala visível. – Estou sendo... cuidadoso.

– Estou vendo – respondeu Jamie, tão baixinho que não soube se Hunter tinha ouvido.

Por favor. Por favor, não a deixe morrer. Mãe abençoada, salve-a... salve-a, salve-a, salve-a… As palavras escorriam juntas, esvaindo-se de sentido, mas compondo uma súplica desesperada.

Quando Denny tornou a largar a ferramenta, a mancha vermelha na toalha debaixo de Claire havia crescido a proporções alarmantes. De ombros caídos, ele suspirou.

– Eu acho… Eu espero… ter tirado tudo.

– Que bom. E… o que vai fazer agora?

Ele viu Denny abrir um sorrisinho por trás do tecido empapado, os olhos verde--oliva firmes e gentis.

– Cauterizar, fechar a ferida e rezar, Jamie.

84

ANOITECER

Já havia escurecido quando lorde John Grey, acompanhado de uma escolta respeitá-vel e um índio levemente machucado, chegou claudicante ao acampamento de Clinton.

As coisas estavam como se poderia esperar após uma batalha: fortes correntes de agitação e exaustão, sendo que a última prevalecia. Nada de farra em meio às tendas, nada de música. Apenas homens ao redor de fogueiras, comendo, organizando-se, con-versando em voz baixa. Nenhum sinal de celebração – mais uma irritação, uma sur-presa desgostosa. O aroma de carneiro assado se destacava entre os cheiros de terra, burros de carga e gente suada, e Grey salivou de tal forma que precisou engolir antes de responder à solícita pergunta do capitão André quanto a seus desejos imediatos.

– Preciso ver o meu irmão – informou ele. – Depois falo com o general Clinton e milorde Cornwallis. Após me lavar e me trocar – acrescentou, despindo-se da horrível casaca preta pelo que ele sinceramente esperava que fosse a última vez.

André assentiu, pegando a repugnante indumentária.

– Claro, lorde John. E…?

Ele inclinou o queixo de leve para Ian Murray, que atraía olhadelas e encaradas dos transeuntes.

– Ah… É melhor ele vir também.

Ele acompanhou André por entre os corredores de tendas, ouvindo o tilintar de marmitas e sentindo o conforto da rotina imperturbável do Exército se assentar à sua volta. Murray o seguia de perto, em silêncio. Não fazia ideia do que o sujeito estava pensando, e estava exaurido demais para dar a mínima.

No entanto, sentiu o passo de Murray fraquejar e olhou para trás, de forma previsí-vel. A atenção dele estava voltada para uma fogueira ali perto, com lenha queimando a céu aberto e vários índios ao redor. Grey pensou vagamente se seriam amigos de Murray… Corrigiu essa impressão no instante seguinte, quando Murray deu três passadas largas, agarrou um dos indígenas pelo pescoço e largou um soco na lateral do corpo dele, com o intuito de lhe tirar o fôlego, fazendo o homem soltar um ganido perceptível.

Em seguida, Murray jogou o índio no chão, ajoelhou-se por cima dele, com tanta força que Grey se encolheu, e segurou o sujeito pelo pescoço. Os outros índios trataram de se afastar, rindo e gritando. Se era de estímulo ou chacota, Grey não soube dizer.

Ele ficou ali parado, meio cambaleante e incapaz de intervir ou de desviar o olhar. Murray havia se recusado a deixar que um dos cirurgiões de campo removesse a flecha de seu ombro. Por isso, sangue fresco respingava do ferimento enquanto ele socava violentamente o rosto de seu oponente, repetidas vezes.

O indígena tinha a cabeça raspada e os brincos de concha compridos. Grey só reparou nesse detalhe quando Murray arrancou um dos brincos de sua orelha e enfiou na boca do sujeito.

– Será que eles se conhecem? – indagou o capitão André, que dera meia-volta ao ouvir os gritos e se posicionava ao lado de Grey, de onde observava com interesse a refrega.

– Acho que sim – opinou Grey, distraído.

Com uma rápida espiada nos outros indígenas, ele viu que nenhum parecia demonstrar o menor interesse em ajudar seu camarada. Alguns até davam a impressão de fazer apostas quanto ao resultado. Era evidente que haviam bebido, mas estavam tão ébrios quanto qualquer soldado àquela hora do dia.

Os combatentes agora se contorciam no chão, claramente disputando a posse de um facão que o índio empunhava antes de ser atacado por Murray. A briga atraía a atenção dos demais alojamentos. Vários homens haviam disparado das fogueiras próximas e se aglomeravam atrás de Grey e André, especulando, organizando apostas apressadas e gritando orientações.

Grey, do alto de seu cansaço, estava um pouco preocupado com Murray. Frente à remota probabilidade de voltar a falar com Jamie Fraser em algum momento futuro, ele não desejou que o primeiro assunto a ser abordado fosse o falecimento do sobrinho, de certa forma sob a tutela de Grey. Ele, porém, não conseguia pensar no que fazer a esse respeito, então continuou ali, observando.

Como a maior parte das brigas, aquela não durou muito. Valendo-se da brutal mas eficaz estratégia de dobrar um dos dedos do oponente para trás até fraturá-lo e agarrar o cabo da arma, Murray conseguiu pegar a faca.

Enquanto Murray colava a lâmina no pescoço do sujeito, ocorreu a Grey, com certo atraso, que talvez ele de fato pretendesse matá-lo. Os homens ao redor acreditavam nisso. Deu-se um suspiro em uníssono quando Murray pressionou a faca no pescoço do adversário.

– Eu lhe devolvo sua vida! – soltou Murray, com visível esforço.

O silêncio momentâneo do recinto bastou para que a maior parte dos presentes ouvisse. Ele se levantou, cambaleante e de olhar embotado, como se também estivesse completamente bêbado, e atirou a faca para longe – causando considerável consternação e muitos xingamentos dos que se encontravam na reta do arremesso.

Dada a excitação, a maior parte dos presentes talvez não tivesse escutado a resposta do indígena, mas Grey e André ouviram. Ele se sentou lentamente, levando com as mãos trêmulas a bainha da camisa à garganta, que exibia um corte superficial.

– Você vai se arrepender, mohawk – disse, bem baixinho.

Murray ofegava como um cavalo. Quase toda a tinta de seu rosto tinha sumido. Manchas vermelhas e pretas lhe escorriam pelo peito reluzente, restando uma única faixa horizontal e escura nas maçãs do rosto e um borrão branco no ombro, logo acima da ferida da flecha. Ele assentiu uma vez, depois outra. Sem pressa, retornou ao círculo de luz, apanhou uma machadinha que jazia no chão, ergueu-a bem alto e a desceu no crânio do indígena.

O barulho congelou Grey até a medula e silenciou todos os presentes. Murray ficou imóvel por uns instantes, respirando pesado, então saiu andando. Ao passar por Grey, virou a cabeça.

– Ele tinha razão – falou, em um tom de voz casual. – Eu ia.

Então, desapareceu noite adentro.

Ocorreu um alvoroço súbito e tardio entre os espectadores. André olhou de relance para Grey, mas se limitou a balançar a cabeça. O Exército não levava em conta o que se passava entre os batedores indígenas, salvo quando o incidente envolvia os soldados regulares. E ninguém era mais irregular que o cavalheiro que tinha acabado de ir embora.

André pigarreou.

– Ele é seu... prisioneiro, milorde?

– Ah, não. É um... parente de minha esposa.

– Ah, entendi.

A batalha havia terminado antes de escurecer por completo. William descobriu isso pelo ordenança que lhe trouxe a ceia. Ele também podia ouvir o burburinho do acampamento que se reorganizava pouco a pouco, conforme as companhias de soldados chegavam, eram dispensadas e se dispersavam para entregar seus equipamentos e procurar comida. Nada parecido com a sensação habitual de sossego que se instalava em um acampamento ao anoitecer. Tudo estava agitado e irrequieto, assim como William.

Sua cabeça doía demais, e alguém havia suturado seu cocuruto. Os pontos estavam tenros e sensíveis. Tio Hal não havia retornado, e a única notícia que ele conseguira fora o breve relato do ordenança, que indicava apenas não ter havido uma vitória clara sobre os americanos, mas que todas as três partes do exército de Clinton tinham se retirado em bom estado, ainda que com consideráveis baixas.

Para ser sincero, William não sabia se *queria* mais notícias. Chegaria a hora de acertar as contas com sir Henry a respeito da ordem ignorada – embora ele achasse que sir Henry talvez estivesse preocupado demais para perceber...

Nesse momento, ele ouviu passos e se sentou. A aflição se dissipou tão logo a aba da tenda se abriu e ele viu o pai – *lorde John*, corrigiu-se. Ele parecia pequeno, quase frágil. Lorde John veio coxeando até a luz do lampião, e William percebeu a atadura suja em volta da cabeça, a tipoia improvisada e, ao baixar a vista, o estado dos pés descalços do pai.

– Está tudo...? – iniciou ele, em choque.

– Estou bem – interrompeu lorde John, tentando abrir um sorriso, apesar do rosto pálido e do cansaço. – Está tudo bem, Willie. Você está vivo, então está tudo bem.

William viu o pai cambalear e estender a mão, como se tentasse firmar o corpo. Ao não encontrar nada onde se apoiar, o lorde abandonou a ideia e forçou o corpo a se manter ereto. Lorde John tinha a voz embargada, o olho exposto estava injetado e exalava cansaço, mas também... doçura. William engoliu em seco.

– Se tivermos assuntos pendentes, Willie, e naturalmente temos, vamos esperar até amanhã, por favor. Eu não...

Ele dispensou um aceno vago e distante para o nada.

De súbito, um nó doloroso brotou na garganta de William. Ele aquiesceu, apertando com firmeza as cobertas. Seu pai também assentiu, respirou fundo e caminhou em direção à aba da tenda. Só nesse momento ele reparou que o tio Hal estava lá, os olhos fixos no irmão e as sobrancelhas arqueadas de preocupação.

Outro nó se formou, mais doloroso do que o da garganta, no coração de William.

– Papai!

Seu pai parou abruptamente e se virou por sobre o ombro.

– Que bom saber que o senhor não morreu – desabafou William.

Um sorriso brotou devagar no rosto combalido do pai.

– Eu também acho.

Ian saiu do acampamento britânico sem olhar para os lados. A noite palpitava à sua volta. Era como estar preso no interior de um imenso coração, pensava ele, sendo esmagado até perder o ar pelas paredes espessas, que então se afastavam, deixando-o leve.

Lorde John pediu que um médico do Exército tratasse sua ferida, mas ele não suportou ficar. Precisava ir embora, encontrar Rachel e tio Jamie. Recusara também a oferta de um cavalo, sem saber se conseguiria montá-lo. Seria melhor ir a pé, afirmara Ian ao lorde.

E ele estava seguindo em frente, mesmo tendo que admitir que não se sentia tão bem. Os braços ainda tremiam com o choque do golpe mortal. O movimento ainda reverberava nos ossos, como se estivesse tentando encontrar um caminho para escapar do corpo. Bom, logo passaria. Não tinha sido a primeira vez, embora fizesse um bom tempo desde que havia matado alguém, ainda mais com tamanha violência.

Ele tentou lembrar quem fora o último, mas não conseguiu. Podia ouvir, ver e sentir as coisas, mas sem concatenar as sensações, por mais que os sentidos *estivessem* funcionando. As tropas ainda cruzavam seu caminho, retornando ao acampamento. A batalha já devia ter terminado, e os soldados estavam voltando. Ele ouvia o estrépito de sua marcha, os copos e cantis de latão retinindo nos estojos de cartuchos, mas só percebia a barulheira bem depois de cruzar os homens, e nem sempre discernia a luz das fogueiras distantes dos acampamentos do brilho dos vaga-lumes a seus pés.

O capataz escocês em Saratoga. O rosto do homem lhe veio subitamente à memória e, no mesmo instante, seu corpo recordou a sensação do golpe. O impacto violento da faca entrando com força sob as costelas do sujeito, direto no rim. A estranha e enorme tensão no próprio corpo, quando o homem estrebuchou e morreu.

Em um instante de atordoamento, Ian imaginou se os carniceiros também sentiam isso quando abatiam um animal. Às vezes dava para sentir pena ao degolar um cervo, mas não tanto ao torcer o pescoço de uma galinha ou estraçalhar o crânio de uma doninha.

– Talvez seja a força do hábito – ponderou ele.

– Talvez seja melhor tentar não se habituar. Não há de ser bom para a alma, *a bhalaich*, se acostumar com esse tipo de coisa.

– Não – concordou ele. – Está dizendo quando usamos as mãos, não é? É diferente quando se usa arma de fogo ou flecha, certo?

– Ah, não. Mas já fiquei pensando se faz diferença para quem matamos, assim como faz para nós.

Os pés de Ian se embolaram em uma touceira de mato espesso que ia até a altura dos joelhos, e ele se deu conta de que tinha saído da estrada. O céu era de lua nova, e as estrelas brilhavam tênues lá no alto.

– Diferença… – murmurou ele, retornando à estrada. – Como assim, diferença? A pessoa morre, seja como for.

– Ah, isso é. Mas penso que talvez seja pior quando é uma pessoa. Tomar um tiro numa batalha é como ser atingido por um raio, sabe? Mas, quando a gente mata um homem com as próprias mãos, é impossível não levar para o lado pessoal.

– Humm.

Ian caminhou em silêncio um pouco mais, os pensamentos nadando em sua mente feito sanguessugas em um frasco.

– É, bom… – murmurou, por fim, percebendo pela primeira vez que falava em voz alta. – *Foi* pessoal.

O tremor em seus ossos abrandara com a caminhada. O imenso latejar da noite havia amainado, decidindo repousar no ferimento da flechada, que pulsava no ritmo de seu coração.

518

Aquilo, contudo, fez Ian pensar na pomba branca de Rachel, voejando serena sobre a lesão, e sua mente se acalmou. Àquela altura, conseguia ver o rosto dela e ouvir o cricrilar dos grilos. O ribombo dos canhões cessara em seus ouvidos, e a noite, pouco a pouco, ganhou paz. Pensou em seu pai, se ele ainda tinha algo a dizer sobre o ato de matar, e os dois foram caminhando juntos para casa.

John Grey enfiou os pés combalidos na bacia, cerrando os dentes frente à expectativa da sensação. Para sua surpresa, viu que a dor era pouca, apesar da pele rasgada e das bolhas estouradas.

– O quê? Isso não é água quente, é? – indagou, inclinando-se para olhar.

– Azeite de oliva – respondeu o irmão, relaxando um pouco o rosto cansado. – E é melhor que esteja morno, não quente, ou crucifico meu ordenança quando amanhecer.

– Tenho certeza de que o sujeito está tremendo de medo. Aliás, obrigado – acrescentou ele.

Estava sentado na cama de Hal, com o irmão empoleirado no baú de campanha, vertendo algo de um cantil em um dos copos surrados de estanho que o acompanhava havia décadas.

– Por nada – disse Hal, entregando-lhe o copo. – O que aconteceu com o seu olho? E o braço, está quebrado? Já chamei um médico, mas pode ser que demore um pouco.

Ele fez um gesto que englobava o acampamento, a batalha recente e o fluxo dos que retornavam feridos e com insolação.

– Não é necessário. Primeiro, achei que meu braço estivesse quebrado, mas tenho quase certeza de que foi só uma pancada forte. Quanto ao olho... Jamie Fraser.

– Sério?

Hal, surpreso, debruçou-se para espiar o olho de Grey, já livre das bandagens e bem melhor. O lacrimejar constante cessara, o inchaço diminuíra um bocado e ele conseguia, com cuidado, mexê-lo. Pela expressão de Hal, no entanto, a vermelhidão e os hematomas talvez não tivessem exatamente desaparecido.

– Bom, primeiro Jamie, depois a esposa. – Ele tocou o olho de leve. – Ele me deu um soco, depois ela fez um tratamento excruciante para melhorar e injetou mel.

– Já fui exposto aos tratamentos médicos dessa senhora, então não me surpreende nem um pouco.

Hal ergueu o copo, em um breve brinde. Grey fez o mesmo, e ambos beberam. Era sidra. Uma vaga lembrança da sidra do coronel Watson Smith perpassou a mente de Grey. Parecia remota, como se tivesse acontecido havia anos, não dias.

– A sra. Fraser tratou você? – Grey abriu um sorrisinho para o irmão. – O que ela fez?

– Ora... salvou minha vida, para ser bem franco. – Era difícil afirmar sob a luz do lampião, mas Grey pensou ver o irmão enrubescer um pouco.

– Ah… nesse caso, sou duplamente grato a ela. – Ele tornou a erguer o copo, com cerimônia, e bebeu tudo. A sidra desceu bem depois de um dia quente sem comer nada. – Como foi cair na mão dela? – indagou, curioso, esticando o copo para pedir mais.

– Eu estava procurando por *você* – enfatizou Hal. – Se você estivesse onde *devia* estar…

– Você acha que eu tenho que ficar sentado, esperando você aparecer sem avisar e me meter em…? Sabia que eu quase fui *enforcado* por sua causa? Além disso, eu estava ocupado, tendo sido raptado por James Fraser na ocasião.

Hal ergueu a sobrancelha e serviu o irmão.

– Sim. Por que ele agrediu você?

Grey esfregou o ponto entre as sobrancelhas. Ainda não tinha se dado conta da dor de cabeça que o acompanhara o dia inteiro. Hal, no entanto, estava piorando tudo.

– Não sei nem por onde começar a explicar, Hal – respondeu, cansado. – Você me arruma uma cama? Estou achando que vou morrer. Se por alguma infelicidade não for o caso, terei que falar com Willie amanhã sobre… Bom, esqueça.

Ele bebeu o resto de sidra e deitou o copo, preparando-se com relutância para tirar os pés do azeite relaxante.

– Eu já sei sobre William – revelou Hal.

Grey parou de repente e encarou o irmão, que deu de ombros.

– Vi Fraser na Filadélfia – explicou Hal. – E hoje à tarde, quando falei com William, ele confirmou.

– Foi? – murmurou Grey.

Ele ficou surpreso, mas de certa forma animado. Se Willie já havia se acalmado a ponto de conseguir falar com Hal sobre o assunto, então a conversa do próprio Grey com o filho talvez fosse um pouco menos tensa do que receava.

– Há quanto tempo você sabe? – indagou Hal, curioso.

– Com certeza? Desde que Willie tinha uns 2 ou 3 anos. – Ele escancarou a boca em um súbito bocejo, então piscou duas vezes. – Ah… Como foi a batalha?

Hal o encarou, com um misto de afronta e diversão.

– Você *estava* lá, não estava, seu maldito?

– A parte que me cabe não se saiu muito bem. Mas minha perspectiva estava um tanto limitada pelas circunstâncias. Além de eu estar só com um olho bom – prosseguiu ele, cutucando com delicadeza o olho machucado.

Uma boa noite de sono… A ânsia pela cama o fez bambear e quase o impediu de se recompor, antes de simplesmente desabar no catre de Hal.

– Difícil dizer. – Hal apanhou uma toalha amarrotada em um cesto de roupa largado em um canto, ajoelhou-se, tirou os pés de Grey do azeite e os enxugou com carinho. – Uma confusão danada. Um terreno horrível, entrecortado por córregos, cheio de fazendas, com metade da área coberta de árvores… Sir Henry conseguiu ir embora no trem bagageiro, levando todos os refugiados em segurança. Quanto a Washington… – Ele deu de ombros. – Pelo que vi e ouvi, as tropas dele se saíram bem. Uma surpresa – acrescentou, pensativo, então se levantou. – Deite-se, John. Vou procurar uma cama por aí.

Grey estava cansado demais para argumentar. Simplesmente se largou de barriga para cima, sem se dar ao trabalho de tirar a roupa. O olho ruim estava meio áspero. Ele cogitou pedir a Hal que tentasse encontrar um pouco de mel, mas decidiu que podia esperar até de manhã.

Hal tirou o lampião do gancho e caminhou até a aba da tenda, mas parou um instante e deu meia-volta.

– Você acha que a sra. Fraser… aliás, amanhã eu quero saber como ela acabou se casando com você… Você acha que ela sabe sobre William e James Fraser?

– Qualquer pessoa que consiga ver e tenha visto os dois juntos sabe – murmurou Grey, quase fechando os olhos. – Mas ela nunca mencionou.

Hal soltou um resmungo.

– Ao que parece, todo mundo sabia, menos William. Não surpreende que ele…

– Sim.

Os olhos de Grey se fecharam por completo. Em meio à névoa flutuante do sono, ele ouviu a voz calma de Hal junto à aba da tenda:

– Recebi notícias de Ben. Eles me contaram que ele morreu.

85

A LONGA ESTRADA PARA CASA

Jamie estava sentado junto à pequenina janela, de camisa e calça, vendo os cabelos da mulher secarem.

O quarto extra cedido pela sra. Macken para eles parecia uma forja de tão quente, e um suor pesado lhe cobria o corpo inteiro. Jamie fazia de tudo para não bloquear a menor brisa que ameaçasse entrar no recinto. O ar lá dentro fedia a sangue e queijo Roquefort.

Ele havia encharcado o cabelo de Claire e molhado sua roupa de baixo com a água do jarro trazido pela sra. Macken. A roupa agora aderia ao corpo dela, e suas nádegas redondas e rosadas despontavam sob o tecido que secava. A atadura grossa aparecia também, revelando a mancha de sangue que se espalhava lentamente pela trama do algodão.

Lentamente. Os lábios de Jamie formaram a palavra, mas ele não disse em voz alta. *Lentamente!* Parar de vez seria muito melhor, mas por ora ele se contentava com o "lentamente".

Quatro litros. Segundo Claire, essa era a quantidade de sangue que cabia no corpo humano. Mas devia variar um pouco. Era óbvio que um homem do tamanho dele comportava mais do que uma mulher do tamanho dela. Umas mechas de cabelo começavam a se desgarrar da massa ensopada, formando caracóis delicados como anteninhas de formiga.

Ele desejou poder doar a Claire um pouco de seu sangue. Ela dizia que seria possível, porém não naquela época. Uma coisa de incompatibilidades entre o sangue de cada um.

O cabelo dela tinha uma dúzia de cores, marrom, mel, creme e manteiga, açúcar, zibelina... lampejos de ouro e prata onde a luz fraca batia. Uma grande mecha branca junto à têmpora, quase no tom da pele. Ela estava deitada de lado, uma mão aninhada no peito e a outra solta, com a palma para cima, exibindo o lado de dentro do punho, também muitíssimo pálido, com perturbadoras veias azuis.

Claire contara que tinha cogitado cortar os pulsos, ao concluir que ele estava morto. Jamie imaginava que não faria isso, caso ela morresse. Já havia visto Toby Quinn com os pulsos cortados até o osso, uma poça de sangue no chão, o recinto fedendo a abate e a palavra "*teind*" escrita com sangue na parede logo acima, uma confissão. Um dízimo para o inferno. Ele estremeceu, apesar do calor, e fez o sinal da cruz.

Ela havia explicado que o sangue pode ter sido o motivo da morte de todos os bebês do Jovem Ian – incompatibilidade entre ele e a esposa mohawk – e que talvez fosse diferente com Rachel. Jamie entoou uma breve ave-maria e fez outra vez o sinal da cruz.

Os cabelos nos ombros dela iam formando cachos sinuosos, lentos feito um pão que crescia no forno. Seria melhor acordá-la outra vez para beber água? Ela precisava, de modo a produzir mais sangue e se hidratar. Enquanto dormia, porém, a dor era menor. Mais uns instantes, então.

Agora não. Por favor, agora não.

Claire se remexeu com um gemido, e ele viu que ela estava diferente, inquieta. A mancha na atadura havia mudado de cor enquanto secava, passando de escarlate a um tom mais escuro e ferroso. Ele deitou a mão com delicadeza em seu braço e sentiu o calor.

O sangramento tinha cessado. Agora era a vez da febre.

As árvores estavam conversando com ele, mas ele queria que elas parassem. O único desejo de Ian Murray naquele momento era o silêncio. Ele estava sozinho, mas suas orelhas zuniam, e a cabeça ainda latejava com o barulho.

Isso sempre acontecia depois de uma briga. Para começar, aumentava sua percepção aos sons do inimigo, à direção do vento, à voz de um santo... e ele começava a ouvir as vozes da floresta, como se estivesse em uma caçada. Então, além do som dos tiros e da gritaria, era possível ouvir o ribombo do sangue latejando no corpo e nas orelhas. No fim das contas, ainda levava um tempo para a confusão cessar.

Ele teve breves lampejos do que acontecera durante o dia: soldados aglomerados, o baque da flecha que o atingira, o rosto do abenaki que ele havia matado junto ao fogo, o olhar de George Washington em seu grande cavalo branco, disparando pela estrada, balançando o chapéu… Mas as visões iam e vinham em meio a uma névoa desordenada, surgindo feito um raio revelador e indo embora em uma bruma sussurrante.

Um vento soprou por entre as árvores logo acima, e ele sentiu algo roçar rente à pele, como uma lixa. O que Rachel diria quando soubesse o que ele havia feito?

O som da machadinha enterrada no crânio do abenaki ainda reverberava. E a sensação em seus ossos ainda era clara, em meio à dor que rebentava da ferida.

Vagamente, percebeu que seus pés já não se atinham à estrada. Ele cambaleava por entre as moitas, chutando as pedras com os pés calçados nos mocassins. Olhou para trás, para se situar, então viu claramente uma linha negra e trêmula… mas por que tremulava?

No fim das contas, ele não queria silêncio. Queria a voz de Rachel, a despeito do que ela pudesse lhe dizer.

Então, teve a vaga sensação de que não podia seguir adiante. Percebia uma leve sensação de surpresa, mas não sentiu medo.

Ele não se lembrava de ter caído, mas viu que estava no chão, o rosto quente colado na terra. Com esforço, pôs-se de joelhos e sacudiu do corpo a grossa camada de agulhas de pinheiro. Mas viu-se de novo deitado na terra úmida, com uma parte do corpo coberta pelas agulhas. Não podia fazer mais nada, e entoou uma breve prece à árvore, que talvez o protegesse durante a noite.

Então, enquanto mergulhava na escuridão, ele ouviu a voz de Rachel, na lembrança: "Sua jornada de vida tem um caminho próprio, Ian", dissera ela, "e eu não posso compartilhar dessa jornada. Mas posso caminhar ao seu lado. E vou."

Seu último pensamento foi a esperança de que ela ainda pensasse assim quando ele contasse o que havia feito.

86

NO QUAL A AURORA ROSADA IRROMPE COM SUA GANGUE

Grey acordou com os tambores do toque de alvorada, não assustado pelo barulho costumeiro, mas sem ter certeza de onde estava. *Acampado*. Bom, isso era óbvio. Ele balançou as pernas para fora do catre e se sentou devagar, avaliando o cenário. Seu braço esquerdo doía bastante, um dos olhos estava totalmente fechado, e a boca, tão seca que ele mal conseguia engolir. Ele havia dormido de roupa, fedia a ranço e queria muito mijar.

Ele tateou debaixo do catre, encontrou um penico e o instalou, percebendo, ainda meio aéreo, que sua urina cheirava a maçã. Isso trouxe de volta o gosto de sidra e, com ele, a clara recordação do dia e da noite anterior. Mel e moscas. Artilharia. Jamie, com sangue no rosto. Canos de rifle, fraturas ósseas. William... Hal...

A lembrança veio quase por completo. Ele se sentou e permaneceu quieto um instante, tentando entender se Hal realmente tinha dito que seu filho mais velho, Benjamin, havia morrido. Decerto que não. Devia ter sido parte de um pesadelo que ainda pairava em sua mente. No entanto, Grey guardava para si a temerosa sensação da certeza da catástrofe, como uma cortina a sufocar a descrença.

Ele se levantou, meio cambaleante, determinado a encontrar o irmão. Ainda não tinha nem achado os sapatos, porém, quando a aba da tenda foi aberta e Hal apareceu, seguido de um ordenança com uma bacia, um jarro fumegante e utensílios de barbear.

– Sente-se – disse Hal, em um tom de voz bastante normal. – Você vai ter que usar um dos meus uniformes, e não vai fazer isso fedendo desse jeito. O que houve com o seu cabelo?

Grey, que tinha se esquecido do cabelo, correu a mão pelo cocuruto, surpreso em sentir os fios curtos e eriçados.

– Ah! Uma *ruse de guerre*.

Ele se sentou, com os olhos no irmão. Conseguira abrir o olho machucado, que ostentava uma desagradável crosta. Até onde Grey podia ver, Hal estava como sempre estivera: cansado, abatido e um pouco assustado, mas quem não ficava desse jeito no dia seguinte a uma batalha?

Hal não se demorou. Partiu e deixou John nas mãos do ordenança. Antes do fim da lavagem, um jovem e sardento cirurgião escocês apareceu, bocejando como se tivesse passado a noite em claro, e piscou cansado para o braço de Grey. Cutucou-o de forma profissional, anunciou que o osso estava fissurado porém não fraturado e imobilizou o braço.

A tala precisou ser quase toda removida para que ele se vestisse – outro ordenança chegou com um uniforme e uma bandeja de café da manhã. Depois de terminar a toalete e fazer uma refeição forçada, ele estava louco de impaciência.

Mas teria que esperar o retorno de Hal. Não fazia sentido sair para vasculhar o acampamento atrás dele. E Grey precisava conversar com o irmão antes de procurar William. Ao lado das torradas havia um pratinho de mel. Ele tinha o dedo enfiado no líquido, cogitando se deveria tentar passar um pouco no olho, quando seu irmão apareceu.

– Ontem... você falou que Ben morreu? – soltou ele, de imediato.

Hal franziu um pouco o cenho, com o maxilar cerrado.

– Não – respondeu, muito calmo. – Eu falei que tinha recebido notícias de Ben e que me *disseram* que ele tinha morrido. Eu não acredito.

Ele lançou um olhar furtivo a John, desafiando-o a contradizê-lo.

– Ah, que bom! – falou Grey, suavemente. – Então também não acredito. Enfim, quem contou isso?

– É justamente a razão pela qual não acredito – respondeu Hal, virando-se para erguer a aba da tenda e espiar o lado de fora… decerto para garantir que não estava sendo ouvido. O pensamento deixou Grey com o estômago meio embrulhado. – Foi Ezekiel Richardson quem me deu a notícia, e eu não confiaria nesse sujeito nem se ele me contasse que eu estava com um buraco no fundilho, que dirá uma coisa importante dessas.

O embrulho no estômago só piorou.

– Seus instintos não o enganaram nessa – disse ele. – Sente-se e coma uma torrada. Tenho umas coisas para contar.

William acordou com uma dor de cabeça lancinante e a convicção de que havia esquecido algo relevante. Ao tocar a cabeça, descobriu que ela estava envolta por uma atadura que lhe incomodava a orelha. Impaciente, arrancou tudo. A bandagem estava ensanguentada, mas não muito. Ele recordava vagos fragmentos da noite anterior: dor, náusea, a cabeça girando, tio Hal… e uma imagem de seu pai, de rosto pálido e frágil. *Se tivermos assuntos pendentes, Willie…* Deus do céu, ele havia sonhado com isso?

William soltou um palavrão em alemão, e uma vozinha jovem repetiu, meio desconfiada:

– O que isso quer dizer, senhor? – perguntou Zeb, que surgira junto ao catre com uma bandeja coberta.

– Você não precisa saber, e eu não vou repetir – retrucou William, sentando-se. – O que aconteceu com a minha cabeça?

Zeb franziu o cenho.

– O senhor não se lembra?

– Se eu me lembrasse, não estaria perguntando.

Zeb franziu o cenho, muito concentrado, mas a lógica da resposta de William lhe escapava. Ele apenas deu de ombros, deitou a bandeja e respondeu:

– O coronel Grey disse que o senhor foi acertado na cabeça pelos desertores.

– Desertores?

Ele parou para refletir. Desertores britânicos? Não… Havia um motivo por que ele acabara de xingar em alemão. Ele teve a vaga lembrança de hessianos e… o que mais?

– Ah, Colenso está bem melhor – disse Zeb, muito solícito.

– Que bom saber que o dia começou bem para alguém. Ah, meu Deus! – Uma dor irrompeu dentro de seu crânio, e ele pressionou a cabeça. – Tem alguma coisa para beber nessa bandeja, Zeb?

– Sim, senhor!

Zeb descobriu a bandeja, triunfante, e revelou um prato de ovos cozidos com torradas, uma fatia de presunto e um béquer de algo escuro que parecia meio suspeito, mas exalava um forte cheiro de álcool.

– O que tem aí?

– Não sei, senhor, mas o coronel Grey disse que é água que passarinho não bebe, para aliviar a ressaca.

– Ah.

Então não tinha sido sonho. Ele descartou o pensamento por um instante e olhou a jarra com um misto de cautela e interesse. Havia experimentado o tônico do pai pela primeira vez aos 14 anos, ao confundir o ponche de uma festa de lorde John com o tipo que as senhoras bebiam nas recepções ao ar livre. Desde então, ingerira o líquido algumas vezes e o considerava um remédio muito eficaz, ainda que o gosto fosse deveras terrível.

– Pois muito bem – disse ele, então respirou fundo, apanhou o béquer e engoliu o líquido, heroicamente, de uma golada só, sem parar para respirar.

– Minha nossa! – exclamou Zeb, admirado. – A cozinheira disse que pode mandar umas salsichas, caso deseje.

Momentaneamente incapaz de falar, William apenas balançou a cabeça. Pegou uma torrada e parou um instante, preparando-se para enfiá-la na boca. Sua cabeça ainda doía, mas o tônico já havia desintegrado mais um pouco de seus detritos cerebrais.

Você quer um conselho? É velho demais para ouvir e jovem demais para dar...

Er spricht Deutsch. Er gehört!... "Ele fala alemão. Ele ouviu."

– Eu ouvi – disse ele, devagar. – O que foi que ouvi?

– O que houve com Visigodo, senhor? – indagou Zeb, talvez considerando que a pergunta de William tivesse sido retórica.

Seu rosto magrelo estava sério, como se esperasse receber uma notícia ruim.

– Visigodo? – repetiu William, impassível. – Aconteceu alguma coisa com Visigodo?

– Bom, ele sumiu – respondeu Zeb, com certa delicadeza. – Quero dizer... quando os soldados levaram o senhor e o índio para longe dos rebeldes, não estava junto.

– Quando os...? Que índio? *O que* aconteceu ontem, Zeb?

– Como vou saber? – respondeu Zeb, afrontado. – Eu não estava lá, estava?

– Não, claro que não...Que desgraça! Meu tio, o duque de Pardloe, está no acampamento? Preciso falar com ele.

Zeb parecia meio indeciso.

– Bom, eu posso procurá-lo.

– Faça isso, por favor. Agora.

William dispensou o rapaz com um gesto e parou um instante, tentando reunir os fragmentos de memória. *Rebeldes? Visigodo...* De fato, ele recordava alguma coisa em relação a Visigodo, mas o quê? Será que tinha encontrado os rebeldes, que levaram seu cavalo? Mas que história era aquela de índios e desertores, e por que ele continuava ouvindo ecos de falas em alemão, bem no fundo da mente?

E, pensando melhor, quem era o coronel Grey a quem Zeb se referira? Ele tinha presumido que fosse tio Hal, mas seu pai era tenente-coronel e também era chamado de coronel no dia a dia. Ele olhou para a bandeja e o béquer vazio. O tio Hal sem dúvida conhecia o tônico, mas...

Você está vivo, então está tudo bem.

Ele baixou a torrada, sem comê-la, com o estômago subitamente embrulhado. Outra vez. Sentira o mesmo na noite anterior, ao ver o pai. Sim, era mesmo seu pai.

Que bom saber que o senhor não morreu.

Talvez ele não estivesse muito pronto para conversar com o pai, talvez o pai não estivesse pronto para conversar com ele...

Um feixe de luz iluminou seu rosto, quando a aba da tenda foi aberta. Ele se empertigou, balançando as pernas para fora da cama, aprontando-se para encontrar...

Quem surgiu por entre o ofuscante raio de sol, no entanto, não foi seu tio nem seu pai. Foi Banastre Tarleton, de uniforme, mas sem peruca e todo desabotoado, com o semblante indecentemente alegre para alguém que parecia ter levado uma surra havia pouquíssimo tempo.

– Está vivo, Ellesmere? – Ban avistou a comida, apanhou um ovo cozido e o enfiou na boca. Lambeu os dedos gosmentos, fazendo uns barulhos. – Meu Deus, que fome! Estou acordado desde cedo. Matar de estômago vazio me deixa faminto. Posso comer o resto?

– Fique à vontade. Andou matando quem já de manhã? Rebeldes?

Tarleton pareceu surpreso, pego com a boca cheia de torrada. Mastigou de qualquer jeito e engoliu a bocada.

– Não – respondeu, com uma chuva de farelos. – Até onde eu sei, as tropas de Washington recuaram para o sul. Desertores hessianos. O mesmo grupo que, presumo, acertou você na cabeça e o deixou para morrer. Estavam com o seu cavalo.

Ele estendeu a mão para pegar mais um ovo, e William empurrou uma colher em sua mão.

– Pelo amor de Deus, coma feito um cristão! Você *pegou* meu cavalo?

– Peguei. Ele está manco na pata da frente, mas vai ficar bem. Humm... você tem cozinheira?

– Não, é do meu tio. Fale sobre os desertores. Eu levei uma pancada na cabeça e estou com uns lapsos de memória.

Muitos lapsos, na verdade, mas alguns fragmentos começavam a retornar rapidamente.

Entre uma mordida e outra, Tarleton contou toda a história. Uma companhia de mercenários, sob o comando de Von Knyphausen, havia se convencido a desertar durante a batalha, mas nem todos os homens tinham a mesma opinião. O grupo a favor da deserção recuara um pouco e debatia baixinho sobre a necessidade de matar os dissidentes, quando William surgira no meio deles.

– Isso os deixou meio desconfiados, como pode imaginar.

Tendo terminado os ovos e quase toda a torrada, Tarleton pegou o béquer e o encarou, decepcionado por vê-lo vazio.

– Deve ter água no cantil – avisou William, apontando para o recipiente de couro e latão velho pendurado na trave da tenda. – Então foi isso... Eles pareciam meio nervosos, mas, quando perguntei a um deles, em alemão, se havia um ferrador ali perto... havia! Visigodo perdeu a ferradura, por isso ele... Bem, eu ouvi alguém sussurrando, meio frenético... "Ele ouviu, ele sabe!" Decerto achava que eu tinha ouvido a tramoia do grupo e sabia o que iam fazer.

Ele soltou um suspiro de alívio, ao ter pelo menos essa lembrança do dia anterior. Tarleton assentiu.

– Imagino que sim. E eles mataram uns dissidentes. Não todos, mas alguns... Presumo que uma discussão tenha começado depois que acertaram você na cabeça.

Alguns mercenários haviam escapado e foram procurar Von Knyphausen, que, ao ouvir a notícia, mandou um despacho até Clinton, pedindo ajuda para lidar com os canalhas.

Ao saber disso, William assentiu. Era sempre melhor que assuntos como deserção ou traição fossem resolvidos por tropas de fora das companhias afetadas. Conhecendo Ban Tarleton, ele teria embarcado completamente na oportunidade de ir atrás dos desertores, e...

– Você recebeu ordens para matá-los? – perguntou, forçando um tom casual.

Tarleton abriu um sorriso cheio de ovo e limpou umas migalhas do queixo.

– Não exatamente. Mas, contanto que eu deixasse alguns vivos para contar a história, ninguém estava querendo saber quantos seriam. E *havia* nas ordens um toque de *pour encourager les autres*.

Com a educação de esconder o choque frente à revelação de que Tarleton sabia ler, e ainda por cima Voltaire, William assentiu.

– Entendi. Meu ordenança disse uma coisa muito curiosa: mencionou que eu havia sido encontrado por rebeldes... com um índio. Você sabe alguma coisa a respeito disso?

Tarleton pareceu surpreso, mas balançou a cabeça.

– Nada. Ah... – Ele se sentou no banquinho e deu um balanceio, as mãos cruzadas sobre o joelho, com um ar de satisfação. – Bom, eu sei de *uma* coisa. Lembra que você me perguntou sobre o Harkness?

– Harkness...? Ah, sim!

A exclamação de William teve pouco a ver com a menção ao capitão Harkness, e sim com a importante lembrança que acabava de lhe vir à mente: Jane e sua irmã.

Seu primeiro impulso foi partir ao encontro delas, para garantir que as duas estivessem bem. Os legalistas fugitivos e os seguidores do acampamento deviam estar bem longe da batalha de fato, claro, mas a violência e a agitação que acompanhavam o combate não cessavam de imediato com o fim da luta. E não eram só os desertores e os abutres que saqueavam, estupravam e caçavam as pobres ovelhas.

Ele dispensou um pensamento fugidio a Anne Endicott e sua família. Essas, pelo menos, dispunham da proteção de um homem, por mais despreparado que fosse. Já Jane e Fanny... Bem, Zeb com certeza saberia alguma coisa...

– O quê? – Ele encarou Tarleton, sem expressão. – O que disse?

– Essa pancada na cabeça lhe afetou também a audição, foi? – Ban deu uma golada do cantil. – Fiz umas investigações. Harkness nunca chegou a se juntar ao próprio regimento. Até onde todo mundo sabe, ele ainda está na Filadélfia.

William sentiu a boca secar. Estendeu a mão, pegou o cantil e deu um gole. A água estava quente e com um gosto metálico, mas refrescava um pouco.

– Ausência sem dispensa?

– Sem a menor dispensa – garantiu Tarleton. – Parece que, da última vez que foi visto, ele prometeu retornar a algum bordel e fazer uma visitinha a uma puta. Talvez tenha sido isso!

Ele soltou uma risada, animado com o próprio pensamento.

William se levantou abruptamente e recolocou o cantil no prego. A aba da tenda estava baixa, mas uma nesga de sol empoeirada ainda despontava pela abertura, refletindo o brilho do metal. O gorjal de oficial pendia no prego, a prata reluzindo sob o sol.

– Percival *Wainwright*?

John não via Hal tão desconcertado desde os eventos relacionados à morte do pai deles – que também envolviam Percy, a bem da verdade.

– Em pessoa... e uma pessoa muito cheia de estilo. Ao que parece, ele é conselheiro do marquês de La Fayette.

– Quem é esse?

– Um francês exibido, cheio do dinheiro – respondeu Grey, dando de ombros. – General rebelde. Dizem que é muito próximo de Washington.

– Próximo – repetiu Hal, com um olhar firme para Grey. – Próximo de Wainwright também?

– Provavelmente não nesse sentido – respondeu ele, calmamente, embora com o coração batendo um pouco mais depressa. – Imagino que você não esteja nem um pouco surpreso em saber que Percy não morreu.

Ele estava vagamente afrontado. Enfrentara muitos problemas para fazer parecer que Percy tinha morrido na prisão enquanto aguardava o julgamento por sodomia.

Hal se limitou a soltar uma bufadela de desdém.

– Homens desse tipo nunca morrem de maneira conveniente. Por que ele contou isso? O que acha?

Grey conteve a vívida lembrança de bergamota, vinho tinto e laranja.

– Não sei. Mas o que *sei* é que ele está profundamente envolvido com interesses franceses, e…

– Wainwright só se importa com ele mesmo – interrompeu Hal, bruscamente, com uma olhadela afiada para John. – Lembre-se disso.

– Duvido que volte a ver esse sujeito outra vez – retorquiu ele, deixando passar a implicação de que seu irmão o considerasse ingênuo… ou coisa pior.

Por mais que Hal desdenhasse da notícia de Richardson em relação a Ben – e sem sombra de dúvida estivesse certo em fazer isso –, John tinha plena certeza de que nenhum dos dois poderia ignorar a possibilidade de que o homem estivesse dizendo a verdade.

Hal confirmou a hipótese com um murro no baú da campanha, fazendo as canecas de peltre sacolejarem e caírem.

– Maldição do inferno – murmurou ele, levantando-se. – Fique aqui!

– Aonde vai?

Hal parou por um instante junto à aba da tenda. Seu rosto ainda estava cansado, mas John reconhecia em seus olhos o brilho da batalha.

– Prender Richardson.

– Você não pode prender o homem sozinho, pelo amor de Deus! – Grey se levantou também, e agarrou a manga de Hal.

– A qual regimento ele pertence?

– Ao quinto, mas está destacado. Eu avisei que ele era agente da inteligência, não avisei? – As palavras "agente da inteligência" soaram com tom de desprezo.

– Muito bem, vou falar com sir Henry primeiro.

John havia agarrado o braço de Hal, e o apertou com mais força.

– Eu imaginava que já estivesse farto de escândalos a essa altura – disse, tentando se acalmar. – Respire fundo e imagine o que vai acontecer se fizer isso. Presumindo que sir Henry tomaria um tempo para considerar sua solicitação. Hoje, pelo amor de Deus?

Ele ouvia o exército se movimentando lá fora. Não havia perigo de perseguição das tropas de Washington, mas Clinton não iria protelar. Sua divisão, com toda a bagagem e os refugiados a tiracolo, estaria na estrada na hora seguinte.

John segurava o braço de Hal com extrema força, e assim seguiu. E o irmão parou com a respiração profunda e compassada. Por fim, virou a cabeça e encarou John. Um raio de sol aliviou por completo cada linha de seu rosto.

– Cite uma só coisa que acha que eu não faria – disse ele, baixinho – para não ter que contar a Minnie que Ben está morto.

Grey também respirou fundo, então assentiu e soltou o braço do irmão.

– Argumento aceito. Seja lá o que pretende fazer, eu ajudarei. Mas primeiro preciso encontrar William. O que Percy falou...

– Ah. – Hal pestanejou, e seu rosto relaxou um pouquinho. – Sim, claro. Encontro você aqui em meia hora.

William mal tinha terminado de se vestir quando chegou a mensagem que ele aguardava de sir Henry, entregue pelo tenente Foster, que ele conhecia de vista. Foster entregou o bilhete com uma carranca compassiva.

William viu o selo pessoal de sir Henry Clinton: não era bom sinal. Por outro lado, se ele fosse preso por ter se ausentado sem dispensa no dia anterior, Harry Foster teria trazido uma escolta armada para arrastá-lo. Isso era um pouco reconfortante, e ele partiu o selo sem hesitar.

No fim das contas, era apenas uma breve nota o dispensando de suas funções até segunda ordem. Apenas isso. Ele exalou o ar, só então percebendo que estivera prendendo a respiração.

Mas era claro que sir Henry não o prenderia. Como e onde, ainda mais com o exército avançando? Sem algemá-lo e transportá-lo? Sendo realista, Clinton não poderia nem confiná-lo aos alojamentos, visto que os tais estavam começando a virar de cabeça para baixo, enquanto o ordenança de seu tio começava a desmantelar a tenda.

Pois muito bem, então. Ele meteu o bilhete no bolso, calçou as botas, apanhou o chapéu e saiu. Considerando todo o cenário, não se sentia tão mal. Estava com dor de cabeça, mas era suportável, e tinha conseguido comer o resto do café da manhã deixado por Tarleton.

Se sir Henry descobrisse oficialmente sua desobediência, William iria até o capitão André e faria o homem explicar sobre o despacho para o coronel Tarleton. Tudo ficaria bem. Enquanto isso, ele precisava encontrar Jane na área dos seguidores do acampamento.

Um cheiro forte e amargo de repolho fresco e detritos humanos pairava no aglomerado de abrigos improvisados. Diversas carroças se amontoavam ao longo da estrada, rodeadas de grupos de mulheres. As cozinheiras do Exército alimentavam os refugiados, mas a ração era escassa – e sem dúvida fora prejudicada por conta da batalha.

Ele foi ladeando a estrada, tentando avistar Jane ou Fanny, mas não viu nenhuma das duas. Seus olhos, no entanto, foram atraídos por uma jovem, Peggy Endicott, avançando com dificuldade, com um balde em cada mão.

– Srta. Peggy! Posso lhe oferecer ajuda?

Ele sorriu ao ver o rosto de Peggy, outrora um tanto ansioso, irromper em contentamento.

– Capitão! – gritou ela, quase largando os baldes de tanta empolgação. – Ah, que *alegria* vê-lo! Estávamos todos tão preocupados com o senhor, por conta da batalha. Entoamos orações pela sua segurança, mas papai falou que o senhor venceria os maldosos rebeldes, e que Deus cuidaria da sua segurança.

– Suas afáveis orações surtiram efeito – garantiu William, muito solene, pegando os baldes. Um estava cheio d'água, e o outro, de nabos, as folhas verdes e murchas despontando pela beirada. – Seus pais estão bem? E suas irmãs?

Os dois caminharam juntos, Peggy saltitando e tagarelando, feito um alegre e pequenino papagaio. William manteve o olho atento às lavadeiras, em busca de Jane ou Fanny. Era mais seguro estar perto daquelas mulheres indomáveis do que em outras partes do acampamento. Não havia panelas fervendo naquela manhã, claro, mas a fragrância de sabão de lixívia pairava no ar úmido feito espuma em um caldeirão de roupa suja.

Ainda não havia sinal de Jane e Fanny quando chegou à carroça dos Endicotts. Ele folgou em ver que ela permanecia sobre as quatro rodas. William foi recebido afetuosamente por toda a família, e as meninas e a sra. Endicott fizeram grande alarde em relação ao galo em sua cabeça quando ele tirou o chapéu.

– Não foi nada, é só um hematoma – garantiu ele à sra. Endicott pela nona vez, frente a sua insistência para que se sentasse à sombra e bebesse um pouco d'água com um gole de conhaque, pois eles ainda tinham um pouco, graças a Deus…

Anne, posicionada bem ao lado dele e passando os itens a serem carregados, inclinou-se com um baú de chá e roçou a mão na de William – de propósito, ele tinha certeza.

– O senhor acha que vai ficar em Nova York? – perguntou ela, suspendendo uma valise. – Ou será que, perdoe a minha indiscrição, vai retornar à Inglaterra? A srta. Jernigan disse que talvez o senhor voltasse.

– A senhorita…? Ah, claro. – William se lembrou de Mary Jernigan, uma lourinha muito coquete com quem ele havia dançado em um baile na Filadélfia. Ele olhou para a multidão de refugiados legalistas. – Ela está aqui?

– Está – respondeu Anne, sem delongas. – O dr. Jernigan tem um irmão em Nova York. Eles vão passar um tempo com ele.

Ela se empertigou, e William percebeu que a moça estava arrependida por ter mencionado Mary Jernigan. Ela abriu um largo sorriso, revelando até a covinha na bochecha esquerda. – Mas o senhor não precisa se abrigar com parentes relutantes, precisa? A srta. Jernigan disse que o senhor tem uma enorme propriedade à sua espera na Inglaterra.

– Humm – murmurou ele, sem se comprometer.

Seu pai o advertira desde cedo quanto às jovens casamenteiras de olho em sua fortuna. Mesmo assim, *gostava* de Anne Endicott e sua família, e estava inclinado a pensar que a afeição retribuída era genuína, apesar de sua posição e das considerações pragmáticas que agora afligiriam Anne e suas irmãs, com a instabilidade dos negócios de seu pai.

– Eu não sei – respondeu, pegando a valise das mãos dela. – Realmente não faço ideia do que vai ser de mim. Quem é que sabe, em tempos de guerra?

Ele sorriu, um tanto melancólico. Ela pareceu compreender a incerteza de William, pois tocou impulsivamente a manga de seu casaco.

– Bom, seja lá o que aconteça, tenha certeza de que tem amigos, pelo menos, que podem cuidar do senhor – disse ela, baixinho.

– Obrigado – respondeu ele, virando o rosto, para que ela não percebesse sua comoção.

Ao se virar, porém, avistou um movimento resoluto, alguém avançando em direção a ele pela multidão, e os olhos doces e escuros de Anne Endicott desapareceram abruptamente de seus pensamentos.

– Senhor! – Era seu cavalariço, Colenso Baragwanath, que vinha correndo, aos arquejos. – Senhor…

– Aí está você, Baragwanath! O que está fazendo aqui e onde deixou Madras? Bom, tenho boas notícias: Visigodo voltou. O coronel Tarleton está com ele e… O que houve, pelo amor de Deus?

Colenso se contorcia como se tivesse uma cobra na calça, o rostinho quadrado da Cornualha todo contraído, tomado de informações.

– Jane e Fanny foram embora!

– Embora? Para onde?

– Não sei, mas sumiram. Eu voltei para pegar minha jaqueta e o abrigo ainda estava aberto, mas as coisas delas tinham sumido e eu não consegui encontrá-las. Quando perguntei ao pessoal do acampamento perto do nosso, disseram que as meninas tinham juntado as trouxas e se escafedido!

William não perdeu tempo perguntando como alguém poderia se escafeder de um acampamento ocupado por milhares de pessoas, muito menos qual seria a necessidade disso.

– Para que lado elas foram?

– Para aquele lado, senhor! – Colenso apontou para a estrada.

William esfregou o rosto e parou abruptamente, ao tocar sem querer o edema na têmpora esquerda.

– Ai! Ah, me desculpe, srta. Endicott – disse ele, percebendo Anne Endicott em seu cangote, os olhos plenos de curiosidade.

– Quem são Jane e Fanny? – indagou ela.

– Ahh… duas jovens que estão viajando sob a minha proteção – respondeu William, sabendo exatamente que efeito *essa* informação teria, mas não havia muito a fazer. – *Muito* jovens – acrescentou, na vã esperança de melhorar as coisas. – Filhas de um… primo distante.

– Ah – redarguiu ela, nada convencida. – Mas elas fugiram? Por que fariam uma coisa dessas?

– Eu não sei, mas preciso descobrir. A senhorita poderia transmitir as minhas desculpas a seus pais e suas irmãs?

– Eu... Claro.

Ela estendeu a mão para ele, então recolheu, em um breve gesto de fracasso. Parecia ao mesmo tempo surpresa e levemente afrontada. Ele se arrependeu, mas não havia tempo de tomar qualquer atitude.

– Seu servo, madame – disse, então se curvou em uma mesura e se afastou.

No fim das contas, levou meio dia, em vez de meia hora, até que John tornasse a ver Hal. Ele encontrou o irmão por acaso, parado junto à estrada rumo ao norte, olhando as fileiras passarem em marcha. A maior parte do acampamento já tinha ido embora; agora somente os carroções de cozinha e os caldeirões de lavagem de roupa passavam, pesados, acompanhados de uma multidão de seguidores, feito a praga de piolhos sobre a terra do Egito.

– William foi embora – disse a Hal, sem preâmbulos.

Hal assentiu, o rosto sombrio.

– Richardson também.

– Maldição!

O cavalariço de Hal estava ali perto, com dois cavalos. Hal inclinou a cabeça para uma égua castanho-escura e tomou as rédeas do próprio cavalo, um capão castanho-claro com uma faixa clara no focinho e uma pata branca.

– Aonde pensa que estamos indo? – indagou John, vendo o irmão virar o cavalo para o sul.

– Filadélfia – respondeu Hal. – Onde mais?

Grey podia pensar em inúmeras alternativas, mas sabia reconhecer uma pergunta retórica.

– Você tem um lenço limpo? – contentou-se em perguntar.

Hal dispensou ao irmão um olhar vazio, tateou a manga da roupa e puxou um quadrado de linho amassado, porém limpo.

– Parece que sim. Por quê?

– Imagino que vamos precisar de uma bandeira de trégua em dado momento. Isto é, considerando que o Exército Continental neste instante está entre nós e a Filadélfia.

– Ah, *isso*.

Hal enfiou o lenço de volta na manga e permaneceu calado até que os dois cruzassem os últimos remanescentes da horda de refugiados e se encontrassem mais ou menos sozinhos na estrada rumo ao sul.

– Ninguém pode ter certeza, na confusão – prosseguiu, como se tivesse aberto a boca dez segundos antes. – Mas parece evidente que o capitão Richardson desertou.

– O quê?!

– Não foi um mau momento, na verdade – disse Hal, pensativo. – Se eu não tivesse ido atrás, teriam se passado dias sem que dessem pela falta dele. Estava no acampamento na noite passada e não está mais, a não ser que tenha se disfarçado de carroceiro ou lavadeira.

– A contingência parece remota – disse Grey. – William *estava* aqui hoje de manhã… Tanto seu ordenança quanto seus jovens cavalariços o viram, além de um tal de coronel Tarleton da Legião Britânica, que tomou café com ele.

– Quem? Ah, ele. – Hal dispensou Tarleton, como se o homem fosse uma distração. – Clinton o valoriza, mas eu não confio em homem com lábios de moça.

– Seja como for, ele parece não ter tido nada a ver com o desaparecimento de William. O cavalariço Baragwanath acha que William saiu para buscar duas… jovens que estão entre os seguidores do acampamento.

Hal olhou para ele, com a sobrancelha erguida.

– Que tipo de jovens?

– Provavelmente o tipo que está pensando – retrucou John, abruptamente.

– A essa hora da manhã, depois de levar uma surra na cabeça ontem à noite? E… jovens, no plural? É um rapaz de vigor, isso eu posso dizer.

Grey poderia ter contado uma série de outras coisas a respeito de William naquele momento, mas não contou.

– Então você acha que Richardson desertou.

Isso explicaria o foco de Hal na Filadélfia. Se Percy estivesse certo e Richardson fosse de fato um agente americano, onde mais ele poderia ir?

– Parece uma forte possibilidade. Além disso… – Hal hesitou por um instante. – Se eu acreditasse que Benjamin tinha morrido, o que poderia fazer?

– Sair para investigar a morte dele – respondeu Grey, sufocando a sensação de enjoo causada pela ideia. – Reclamar o corpo dele, pelo menos.

Hal assentiu.

– Ben estava… ou está… preso em um lugar em Nova Jersey chamado Acampamento Middletown. Eu não estive lá, mas fica no meio do território mais forte de Washington, nas montanhas Watchung. Um ninho de rebeldes.

– E você provavelmente não empreenderia esse tipo de jornada com uma grande guarda armada – observou John. – Iria sozinho ou talvez com um ordenança, um ou dois oficiais. Ou comigo.

Hal assentiu. Os dois avançaram um pouco, cada um absorto nos próprios pensamentos.

– Então você não vai para as montanhas Watchung – disse Grey, por fim.

Seu irmão respirou fundo e cerrou a mandíbula.

– Não imediatamente. Se eu conseguir alcançar Richardson, posso descobrir o que aconteceu com Ben. Depois disso...

– Você tem algum plano de ação para quando chegarmos à Filadélfia? – inquiriu Grey. – Considerando que está nas mãos dos rebeldes?

Hal contraiu os lábios.

– Vou ter, quando chegarmos lá.

– Ouso dizer que tenho um, neste momento.

Hal o encarou, ajeitando uma mecha de cabelo úmido atrás da orelha. Seus cabelos estavam presos em um rabo descuidado. Ele não tinha se dado ao trabalho de trançá-los naquela manhã, sinal claro de sua agitação.

– O plano envolve alguma loucura escancarada? Suas melhores ideias sempre são insanas.

– Nada disso. Vamos encontrar os continentais, como disse. Presumindo que não levemos um tiro na mesma hora, empunharemos a sua bandeira de trégua – explicou ele, assentindo para a manga do irmão, de onde brotava a ponta do lenço – e exigiremos ser levados ao general Fraser.

Hal encarou o irmão, surpreso.

– *James* Fraser?

– O próprio – respondeu Grey.

Seu estômago ficou ainda mais embrulhado diante desse pensamento. Na verdade, tanto pela ideia de falar com Jamie outra vez quanto por contar para ele que William estava desaparecido.

– Ele lutou com Benedict Arnold em Saratoga, e a mulher dele é amiga do homem – explicou-se.

– Deus ajude o general Arnold, neste caso – murmurou Hal.

– E quem pode ter motivo melhor para nos ajudar com isso do que Jamie Fraser?

– Quem, de fato?

Os dois cavalgaram em silêncio por um tempo, Hal aparentemente absorto em pensamentos. Só tornou a falar quando os dois pararam junto a um riacho, para dar água aos cavalos e se refrescar.

– Então você não apenas deu um jeito de se casar com a esposa de Fraser, como também passou os últimos quinze anos criando o filho ilegítimo dele sem saber?

– Ao que parece, é isso mesmo – respondeu Grey, tentando sinalizar sua total e completa má vontade em tocar no assunto. Para variar, Hal pegou a deixa.

– Entendi – disse ele.

Sem mais perguntas, ele limpou o rosto com a bandeira de trégua e montou o cavalo.

87

O NASCER DA LUA

Não havia sido um dia pacífico. Aparentemente, Jamie conseguira reunir suficiente presença de espírito na noite anterior para escrever um breve bilhete – embora não se lembrasse de tê-lo feito – a La Fayette, explicando o ocorrido e confiando o cuidado de suas tropas ao marquês. Tinha enviado o bilhete pelo tenente Bixby, com instruções de notificar os capitães e comandantes de milícia de suas companhias. Depois disso, esqueceu-se de tudo, menos de Claire.

O contrário, porém, não aconteceu. O sol mal havia nascido quando um grupo de oficiais surgiu à porta da sra. Macken, atrás do general Fraser. A sra. Macken recebia cada chegada como um possível portador de más notícias relacionadas a seu marido ainda desaparecido, e o cheiro de mingau queimado foi subindo pela casa, penetrando nas paredes, como cheiro de medo.

Alguns vinham com perguntas, outros com notícias ou fofocas: o general Lee havia sido dispensado de seu dever, tinha sido preso, fora para a Filadélfia, virado a casaca e se juntado a Clinton, havia se enforcado, tinha desafiado Washington a um duelo. Um mensageiro do general Washington chegara com um bilhete do próprio, expressando compaixão e seus melhores votos; outro chegou de La Fayette com uma enorme cesta de comida e meia dúzia de garrafas de vinho tinto.

Jamie não conseguia comer, então deu a comida à sra. Macken. No entanto, pegou umas duas garrafas do vinho, que foram abertas e o acompanharam durante o dia. Dava goladas ocasionais enquanto vigiava, rezava e limpava.

Judah Bixby ia e vinha, feito um ajudante fantasma, entrando e saindo da vista, mas sempre a postos diante de qualquer necessidade.

– As companhias de milícia… – começou Jamie, mas não conseguiu pensar no que pretendia perguntar em relação a elas. – Estão…?

– A maioria foi embora – respondeu Bixby, descarregando uma cesta cheia de garrafas de cerveja. – O alistamento termina no dia 13, senhor. Ou seja, amanhã – acrescentou, com delicadeza. – Mas quase todas partiram hoje de manhãzinha.

Jamie soltou o ar, que estava segurando sem perceber, e sentiu uma breve paz.

– Imagino que vá levar meses até que alguém conclua se houve ou não vitória – observou Bixby. Desarrolhou uma garrafa, então outra, e entregou uma a Jamie. – Mas sem dúvida não houve derrota. Bebamos a isso, senhor?

Jamie estava exaurido de preocupação e de tanto rezar, mas conseguiu abrir um sorriso para Judah e agradecer rapidamente a Deus pelo garoto.

Quando Judah saiu, ele entoou uma prece um pouco mais longa, em favor de seu sobrinho.

Ian não havia retornado, e nenhum dos visitantes de Jamie tivera notícias dele.

Rachel aparecera na véspera, tarde da noite, pálida e silenciosa, e saíra outra vez, ao raiar do dia. Dottie se oferecera para ficar e cuidar de Claire, mas Rachel não permitiu. As duas eram necessárias para tratar dos feridos que ainda estavam sendo trazidos, bem como dos abrigados nas casas e nos celeiros de Freehold.

Ian, pensou Jamie, angustiado, dirigindo-se ao cunhado. *Pelo amor de Deus, fique de olho no nosso menino, porque eu não consigo. Me perdoe.*

A febre de Claire havia subido depressa durante a noite, mas diminuíra um pouco ao amanhecer. Vez ou outra, ela recobrava a consciência e conseguia dizer umas palavras, mas passava quase o tempo todo em um sono agitado, respirando em arquejos superficiais e acordando assustada, com arfadas súbitas e profundas. Ele oferecia o máximo de água possível, molhava seus cabelos, e ela tornava a mergulhar em sonhos febris, entre gemidos e murmúrios.

Jamie começava a se sentir em meio a um sonho febril: aprisionado em infinitas repetições de orações e água, interrompidas por visitantes vindos de algum mundo invisível, alienígena.

Deve ser o purgatório, pensou ele, abrindo um sorriso cansado ao lembrar de si mesmo acordando na charneca de Culloden anos antes, as pálpebras cerradas de tanto sangue, achando que estava morto e grato por isso, por mais que a possibilidade imediata fosse a de passar um período no purgatório – sendo essa uma circunstância vaga e desconhecida, decerto desagradável, porém não temerosa.

Ele temia a que talvez fosse iminente.

Ele *tinha* chegado à conclusão de que não poderia se matar, mesmo que Claire morresse. Mesmo que conseguisse cometer um pecado de tal magnitude, havia gente que precisava dele. Abandonar essas pessoas seria um pecado ainda maior do que a deliberada destruição da dádiva de Deus que era a vida. No entanto, viver sem Claire seria um purgatório.

Ele estava obcecado em vigiar sua respiração. Quando voltou a si e olhou para ela, percebeu que Claire estava consciente. Seus olhos eram uma suave nesga escura contra o rosto muito branco. A última luz do crepúsculo já se esvaía, levando consigo todas as cores do recinto e banhando-os em uma névoa poeirenta e luminosa que já não marcava o dia, mas ainda não era noite. Ele viu que o cabelo dela estava quase seco, formando frondosos cachos por sobre o travesseiro.

– Eu... decidi... não morrer – disse ela, um pouco mais alto do que um sussurro.

– Ah, que bom!

Ele temia tocá-la, por medo de machucá-la, mas não suportava manter as mãos longe. Com a maior delicadeza possível, encostou a mão na dela, que estava fria, apesar do calor no pequeno sótão.

– Eu *poderia*, você sabe. – Ela fechou um olho e o encarou com o outro, acusativa. – Eu *quero*. Isso é... horrível.

– Eu sei – sussurrou ele, levando a mão dela aos próprios lábios.

Ela não tinha força para apertar a mão dele. Seus dedos estavam moles, débeis. Claire fechou os olhos e soltou um suspiro alto.

– Você sabe por quê? – perguntou, de repente, abrindo os olhos.

– Não.

Ele pensou em soltar algum gracejo sobre a necessidade de ter que terminar de escrever a receita do preparo de éter, mas ela tinha o semblante muito sério. Preferiu ficar quieto.

– Porque… – disse ela, então parou, com uma breve careta que lhe apertou o coração. – Porque – repetiu, entre dentes – eu sei como foi… a sensação quando… pensei que você tinha morrido, e… – um pequeno arquejo em busca de ar, os olhos cravados nos dele – … e eu não faria isso com *você*.

Ela baixou o peito e abriu os olhos.

Fez-se um longo instante até que ele conseguisse falar:

– Obrigado, Sassenach – sussurrou ele, então segurou sua mãozinha fria e vigiou sua respiração até a lua se erguer.

Eu via a lua pela diminuta janelinha; estávamos no sótão da casa. Era o primeiro sopro da lua nova, mas a maior parte estava visível, uma perfeita esfera violeta e índigo contida em uma foice de luz, rodeada pelo brilho das estrelas. "A lua nova nos braços da antiga", dizia o povo do interior na Inglaterra. Os habitantes da Cordilheira chamavam de "bacia d'água".

A febre havia saído do meu corpo. Também me deixara drenada, tonta e fraca como um filhote de rato. A lateral do meu corpo estava toda dolorida, do quadril à axila, quente e sensível ao toque, mas eu tinha certeza de que não passava de trauma cirúrgico. Não havia infecção significativa, apenas uma leve inflamação junto à superfície da incisão.

Eu me sentia bastante como a lua nova: a sombra de dor e morte ainda era claramente visível, mas apenas graças à presença da luz, conferindo perspectiva. Por outro lado, ainda havia pequenas questões práticas e indignas a enfrentar. Eu precisava urinar, mas não conseguia me sentar sozinha, muito menos me agachar sobre um penico.

Eu não fazia ideia de que horas eram, embora soubesse que ainda não era madrugada, com a lua daquele jeito. A casa, porém, estava quieta. O tenente Macken havia retornado em segurança no fim da tarde, trazendo consigo vários homens, mas todos estavam exauridos demais para comemorar. Eu ouvia uns roncos fracos no andar de baixo. Não podia perturbar todo mundo pedindo a assistência de Loretta Macken. Com um suspiro, inclinei-me com cuidado na lateral da cama e soltei um pigarro.

– Sassenach? Tudo bem?

Um pedaço escuro de chão se deslocou subitamente, revelando uma sombra em formato de Jamie.

– Tudo. E com você?

Ouvi uma risada sussurrada.

– Tudo certo, Sassenach – respondeu ele baixinho, e eu ouvi um farfalhar de movimento quando ele se pôs de pé. – Que bom que está se sentindo bem a ponto de perguntar. Precisa de água?

– É... Na verdade é o oposto.

– *Ah.* – Ele se inclinou, remexeu-se e meteu a mão debaixo da cama. – Precisa de ajuda?

– Se eu não precisasse, não teria acordado você – retruquei, meio impaciente. – Mas achei que não dava para esperar a sra. Macken ou Dottie.

Ele soltou uma bufadinha e me tomou nos braços, ajudando-me a me sentar.

– Pois bem, então – murmurou. – Você já fez isso e outras coisas muito piores por mim.

Por mais que fosse verdade, não facilitava as coisas.

– Pode me soltar – falei. – Poderia dar uma saidinha?

– Creio que não – respondeu ele, em tom suave, mas indicando que não haveria argumentação. – Se eu soltá-la, vai cair de cara no chão. Então pare de falar e ande logo com isso, sim?

Eu demorei um pouco – a menor pressão em meu abdômen, incluindo o ato de urinar, causava imensa dor –, mas consegui concluir a tarefa e fui reacomodada no travesseiro, aos arquejos. Jamie se inclinou e apanhou o penico, na clara intenção de arremessar o conteúdo pela janela, à costumeira moda de Edimburgo.

– Não, espere! – exclamei. – Guarde até de manhã.

Ele parou.

– Por quê? – indagou ele, cauteloso.

Supunha claramente que eu ainda estivesse acometida pela febre e contemplasse algum uso asqueroso e irracional para o conteúdo do penico, mas não quis se pronunciar, para o caso de eu ter em mente alguma ideia sensata, ainda que bizarra. Eu teria soltado uma risada, mas sentia muita dor.

– Preciso dar uma olhada de manhã para ver se não tem sangue – respondi. – Meu rim direito está muito dolorido. Quero ter certeza de que não houve danos.

– Ah.

Ele baixou o penico com cuidado e, para minha surpresa, abriu a porta e deslizou para fora, sorrateiro feito uma raposa caçadora. Eu ouvi um rangido quando pisou no degrau de uma escada, porém nada mais, até que um brilho anunciou seu retorno, com uma vela na mão.

– Dê uma olhada, então – disse ele, tornando a apanhar o penico e o trazendo até mim. – Sei quanto vai ficar nervosa se tiver que esperar o dia nascer.

Ele soava resignado, mas aquele lampejo de preocupação comigo quase me levou às lágrimas. Jamie me ouviu prender a respiração e chegou mais perto, alarmado, aproximando a vela de meu rosto.

– Tudo bem, Sassenach? A coisa está ruim?

– Não – respondi, apressando-me em enxugar os olhos em uma ponta do lençol. – Não… ahn… tudo bem. Eu só… Ah, Jamie, eu amo você! – Acabei cedendo às lágrimas, fungando e soluçando feito uma idiota. – Me desculpe. Eu estou bem, não tem nada de errado. É só que…

– Sim, eu sei bem o que é – interrompeu ele. Acomodou a vela e o penico no chão e deitou-se ao meu lado, equilibrando-se na beirada da cama. – Você está ferida, *a nighean* – disse ele, baixinho, afastando o meu cabelo do rosto molhado. – Teve febre, passou fome e se esgotou. Não sobrou muita coisa, não é, coitadinha?

Eu assenti e o abracei.

– Também não sobrou muito de você – consegui murmurar, com o rosto úmido colado à camisa dele.

Ele soltou um barulhinho divertido e esfregou minhas costas, com muita delicadeza.

– O bastante, Sassenach – disse ele. – Sobrou o bastante. Por enquanto.

Eu suspirei e tateei sob o travesseiro, procurando um lenço para assoar o nariz.

– Melhor? – perguntou ele, sentando-se.

– Estou. Mas fique aqui. – Toquei sua perna rígida e quente. – Pode deitar um minuto comigo? Estou com muito frio.

Eu estava mesmo, embora a pele úmida e salgada de Jamie me fizesse perceber que o lugar estava bastante abafado. No entanto, perder tanto sangue havia me tirado o calor do corpo e o ar do peito. Eu era incapaz de concluir uma frase sem ter que parar para respirar, um arrepio constante me acometia os braços.

– Sim. Não se mexa. Eu dou a volta.

Ele contornou a cama e se esgueirou com cuidado atrás de mim. A cama, muito estreita, quase não comportava nós dois, um colado ao corpo do outro.

Exalei o ar com delicadeza e relaxei com ele, desfrutando de seu calor e do sólido conforto de seu corpo.

– Elefantes – comentei, sorvendo o mínimo de ar possível para conseguir falar. – Quando uma fêmea está morrendo, às vezes o macho tenta acasalar com ela.

Fez-se um silêncio marcado atrás de mim. Uma enorme mão contornou meu corpo e pousou em minha testa, avaliativa.

– Ou você está outra vez com febre, Sassenach – disse ele, em meu ouvido –, ou guarda fantasias muitíssimo perversas. Você não quer mesmo que eu…?

– Não – apressei-me em dizer. – Não neste minuto, não. E também não estou morrendo. Foi só um pensamento que me veio à mente.

Ele soltou um grunhido divertido, afastou o cabelo de meu pescoço e beijou a minha nuca.

541

– Já que não estou morrendo, talvez isso esteja de bom tamanho?

Eu peguei a mão dele e acomodei em meu seio. Bem devagar, fui ficando mais quente e relaxei os pés gelados, enfiados entre suas pernas. A janela agora estava tomada de estrelas, envoltas na bruma úmida da noite de verão. De repente, senti falta das noites das montanhas, frias, negras e aveludadas, as imensas estrelas brilhando tão perto que pareciam tocar o cume mais alto.

– Jamie? – sussurrei. – Podemos ir para casa? Por favor?

– Sim – respondeu ele, baixinho.

Ele tomou a minha mão, e o silêncio preencheu o recinto como o luar, os dois pensando onde seria a nossa casa.

88

UM SOPRO DE ROQUEFORT

Eu não tinha visto ninguém da horda de visitantes, mas Jamie me contara a respeito. O novo dia, no entanto, trouxe-me um. Apesar da gravidez avançada, a sra. Macken o conduziu escadaria acima e o levou ao meu diminuto quarto com grande respeito.

Ele não estava uniformizado e exibia um aspecto sombrio, de casaco e calça em um tom triste de cinza, embora *tivesse* se dado ao trabalho de jogar por cima um colete cinza-claro, ressaltando um pouco sua própria tonalidade.

– Como está, minha querida? – perguntou ele, tirando o chapéu.

Sem esperar resposta, ajoelhou-se junto à cama, tomou minha mão e a beijou com delicadeza. Percebi que seus cabelos louros haviam sido cortados e lavados. Sentia o cheiro de sabão de bergamota. O restolho de cabelo se reduzia a uns 2 ou 3 centímetros, o que me trouxe a incontida lembrança do pelo macio de um patinho. Dei uma risada, soltei um arquejo e pressionei a lateral do corpo.

– Não a faça rir! – exclamou Jamie, de cara feia.

Seu tom de voz era frio, mas percebi que ele também ergueu o canto da boca ao reparar no aspecto de John.

– Pois é – disse John a mim, com pesar, correndo a mão pela cabeça e ignorando Jamie por completo. – Não está um horror? Eu sei que devia usar uma peruca, pelo bem da decência pública, mas o calor está insuportável.

– Não o culpo por isso – falei, tocando minha própria cabeleira, que secava por sobre os ombros. – Embora ainda não tenha chegado ao ponto de querer raspar tudo – acrescentei, muito direta, ainda sem me virar para Jamie.

– Não faça isso. Não combinaria em nada com você.

– Como está o seu olho? – perguntei, tentando me apoiar com cuidado sobre o travesseiro. – Deixe-me verificar.

– Não se levante – disse ele, então se inclinou por sobre mim e arregalou os dois olhos. – Acho que está muito bom. Ainda meio sensível ao toque, e dói um pouco quando eu olho muito para cima ou para a direita, mas... Está sentindo cheiro de queijo francês? – indagou ele, meio espantado.

– Humm.

Eu cutucava delicadamente a carne em volta da órbita, que exibia um leve inchaço residual. A esclera ainda estava bastante vermelha de sangue, mas o hematoma havia diminuído bastante. Afastei a pálpebra inferior com o polegar, para examinar a conjuntiva: bem lisinha e cor-de-rosa, sem sinal de infecção.

– Está lacrimejando muito? – perguntei.

– Só um pouco, se o sol estiver forte – respondeu ele, aprumando-se, e sorriu para mim. – Obrigado, minha querida.

Jamie não abriu a boca, mas respirava ruidosamente. Eu ignorei. Se ele resolvesse fazer um escarcéu, não seria eu a impedir.

– O que veio fazer aqui? – perguntou Jamie, abruptamente.

John olhou para cima, de sobrancelha erguida, como se estivesse surpreso ao vê-lo. E se levantou, sustentando o olhar de Jamie.

– O que acha que eu vim fazer? – replicou, tranquilamente.

A pergunta não guardava nenhum tom de provocação, e de repente percebi o próprio Jamie controlar sua hostilidade, franzindo o cenho de leve e encarando John de um jeito pensativo.

John contorceu o canto da boca.

– Acha que eu vim desafiá-lo pela preferência desta dama? Ou seduzi-la, tirá-la de perto de você?

Jamie não riu, mas relaxou um pouco a linha entre as sobrancelhas.

Não – respondeu, em tom seco. – Mas duvido que tenha vindo pelos cuidados médicos, já que não parece muito prejudicado.

John meneou a cabeça, indicando o apuro da linha de raciocínio.

– E também duvido – prosseguiu Jamie, mordaz – que tenha vindo para retomar nosso debate anterior.

John inspirou lentamente e expirou ainda mais devagar, encarando Jamie com um olhar impassível.

– É de sua opinião que ainda resta algo a ser dito em relação àquele debate?

Fez-se um silêncio pronunciado. Eu encarei um e outro, os olhos semicerrados de Jamie e os de John, arregalados, ambos muito azuis. Só faltavam os rosnados e os lentos abanos de rabo.

– Você está armado, John? – indaguei, com certa tranquilidade.

Ele me olhou, assustado.

– Não.

– Que bom – respondi, com um leve gemido ao tentar me sentar. – Então você obviamente não veio *matá-lo*. – Inclinei o queixo para Jamie, parado a meu lado com os punhos meio cerrados. – E, se ele não quebrou o seu pescoço da primeira vez, não vai fazer isso agora. Vai? – inquiri, arqueando a sobrancelha para Jamie.

Ele me encarou de cima a baixo, mas vi sua boca relaxar um pouco. As mãos também.

– Provavelmente não.

– Bom, que bom. – Afastei o cabelo do rosto. – Não tem sentido os dois começarem a se esmurrar. E o linguajar ríspido nos desviaria da agradável natureza desta visita, não é mesmo?

Ambos ficaram calados.

– Na verdade, não foi uma pergunta retórica – completei. – Mas vamos deixar para lá. – Virei-me para John, cruzando as mãos sobre o colo. – Por mais lisonjeada que eu esteja com a atenção, não acho que tenha vindo até aqui *só* por conta do meu bem-estar. Então, se me permite a curiosidade, *o que* veio fazer aqui?

Por fim, ele relaxou e se acomodou no banquinho, cruzando os dedos junto aos joelhos.

– Eu vim pedir ajuda – confessou, olhando diretamente para Jamie. – E também… – percebi uma levíssima hesitação – … fazer uma oferta. Mas não é "elas por elas". Minha oferta não está atrelada à sua ajuda.

Jamie soltou um barulhinho escocês, indicando profunda descrença, mas se dispôs a ouvir.

John assentiu e respirou fundo.

– Certa vez – prosseguiu ele –, você mencionou, minha querida, que…

– Pare de chamá-la assim.

– A sra. Fraser – corrigiu John, e, me dedicando uma educada mesura, voltou a atenção a Jamie – certa vez mencionou que vocês conheciam o general Arnold.

Jamie e eu trocamos olhares, intrigados. Ele deu de ombros e cruzou os braços.

– Sim, conhecemos.

– Que bom. O que eu… e meu irmão – disse John, e eu senti, mesmo sem ver, o susto de Jamie ao ouvi-lo mencionar Hal – gostaríamos de pedir é uma carta de apresentação a Arnold, com seu pedido pessoal de que o general nos conceda entrada oficial na cidade… e qualquer ajuda que considere adequada, em prol do objetivo de procurarmos o meu filho.

John exalou todo o ar dos pulmões e ficou imóvel, de cabeça baixa. Ninguém se mexeu. Por fim, Jamie soltou um longo suspiro e se sentou no outro banquinho do recinto.

– Diga-me uma coisa – soltou ele, resignado. – O que foi que esse infeliz aprontou agora?

Terminado o relato, John inspirou e fez menção de coçar o olho ruim, mas por sorte se conteve a tempo.

– Antes que vá, vou aplicar mais um pouco de mel aí – falei. – Vai melhorar a aspereza.

A inadequação do comentário ajudou a aliviar o estranho abismo deixado pelo momentâneo silêncio de Jamie.

– Meu Deus – murmurou ele, e esfregou o rosto com força.

Ele ainda usava a camisa suja de sangue e a calça com a qual havia lutado. Fazia três dias que não se barbeava, mal havia comido ou dormido, e parecia uma criatura que ninguém desejaria encontrar em plena luz do dia, muito menos em um beco escuro. Ele respirou fundo e balançou a cabeça, feito um cachorro sacudindo água do corpo.

– Então você acha que os dois foram para a Filadélfia? William e esse tal Richardson?

– Provavelmente não juntos – disse John. – O cavalariço de William disse que ele saiu para procurar duas… moças que haviam sumido do acampamento. Mas há forte suspeita de que isso tenha sido armação de Richardson, para tirar William de lá e interceptá-lo na estrada.

Jamie soltou um barulho irascível.

– Eu *gostaria* de pensar que o rapaz não é tão idiota e descerebrado a ponto de sair com esse Richardson. Não depois que o homem o enviou para o Great Dismal no ano passado e quase o matou.

– Ele contou isso?

– Ah, sim. Por quê? Ele não contou para você? – Aos ouvidos mais atentos, a voz de Jamie talvez guardasse uma pontinha de desdém.

– Tenho certeza de que ele não lhe contou nada – retorquiu John, em tom áspero. – Ele passou anos sem ver você, até encontrá-lo na Chestnut Street. Eu aposto que não se viram depois disso e posso garantir que eu teria percebido caso ele tivesse mencionado Richardson.

– Não – retrucou Jamie, brevemente. – Ele contou ao meu sobrinho, Ian Murray. Pelo menos foi o que Ian entendeu do que ele falou, delirando de febre, quando foi retirado do pântano. Richardson mandou que ele entregasse uma mensagem a uns homens em Dismal Town, homens que afirmou serem legalistas. Mas metade dos homens de Dismal Town se chama Washington.

O semblante belicoso de John havia desaparecido. Ele estava pálido, e os hematomas desbotados se destacavam como lepra em sua pele. Respirou fundo e olhou em volta. Ao ver uma garrafa meio vazia de vinho tinto sobre a mesa, apanhou e bebeu um quarto, sem parar.

Ele apoiou a garrafa outra vez, abafou um arroto, ergueu a cabeça com um breve aceno, pediu que aguardássemos um instante e saiu. Jamie e eu nos entreolhamos, muito confusos.

A situação não sofreu qualquer alívio pelo ressurgimento de John, acompanhado do duque de Pardloe. Jamie disse qualquer coisa muito criativa em *gàidhlig*, e eu o encarei, agradecida e espantada.

545

– E um bom dia para o senhor, general Fraser – disse Hal, com uma mesura apropriada.

Como John, ele vestia trajes civis, embora com um colete de listras cor de amora, e eu fiquei pensando onde ele o teria arrumado.

– Eu renunciei à minha comissão – disse Jamie, em tom frio. – "Sr. Fraser" está de bom tamanho. Posso saber a que devo a honra de sua presença, Sua Graça?

Hal pressionou os lábios, deu uma olhadela para o irmão e relatou um breve resumo de sua preocupação pessoal com o capitão Richardson.

– E eu quero encontrar meu sobrinho William, claro… se ele estiver mesmo com Richardson. Meu irmão me informou que o senhor tem dúvida quanto a essa probabilidade?

– Tenho – respondeu Jamie. – Meu filho não é bobo nem fraco.

Captei a leve ênfase em "meu filho", e os dois Greys também, empertigando-se um pouco.

– Ele não sairia com algum pretexto fútil – prosseguiu ele – nem se permitiria ser capturado por alguém minimamente suspeito.

– Que diabo, o senhor tem muita fé em um rapaz que não via desde que ele tinha 6 anos – observou Hal, em tom displicente.

Jamie abriu um sorriso bastante lamentoso.

– Eu acompanhei o crescimento dele até os 6 anos – retrucou ele, virando-se para John. – Eu sei do que ele é feito. E sei quem o moldou depois disso. Diga que estou errado, milorde.

Fez-se um silêncio marcado, interrompido apenas pela voz do tenente Macken lá embaixo, resmungando com a mulher sobre o paradeiro de suas meias limpas.

– Pois muito bem – disse Hal, com um suspiro. – Aonde *o senhor* acha que William foi, se ele não está com Richardson?

– Saiu atrás das moças de quem falou – respondeu Jamie, dando de ombros. – Ele contou isso ao cavalariço, não foi? Vocês sabem quem são essas moças?

Os Greys trocaram olhares mudos e desgostosos, e eu tossi, com muito cuidado, segurando um travesseiro na barriga.

– Se for esse o caso – falei –, então é presumível que ele retorne quando encontrar as duas ou desistir de procurar, não acham? Será que William desertaria por elas… quero dizer… que se ausentaria sem dispensa?

– Ele não precisaria arriscar isso – argumentou Hal. – Foi dispensado do serviço.

– O quê? – exclamou John, virando-se para o irmão. – Mas por quê?

Hal suspirou, exasperado.

– Por ter abandonado o acampamento sendo que recebera a ordem de permanecer lá bem no meio de uma batalha. Por que mais seria? Por ter arrumado briga com outro oficial e acabado no fundo de uma ravina com traumatismo craniano ao estar no lugar errado e na hora errada, e de modo geral por ser um grandíssimo inconveniente?

– Você tem razão. Ele *é* seu filho – falei a Jamie, achando graça.

Ele bufou, mas não pareceu totalmente desagradado.

– Falando em sobrinhos – disse Jamie a Hal –, Sua Graça anda muito bem informado. Será que sabe alguma coisa sobre um índio batedor de nome Ian Murray?

Hal permaneceu impassível, mas John virou a cabeça depressa para Jamie.

– Sim. Eu sei. Ele foi levado preso no fim da batalha e entrou no acampamento comigo, onde matou outro batedor com um tacape e foi embora outra vez.

– O sangue não mente – murmurei, embora internamente chocada e preocupada. – Ele se feriu?

– Sim – respondeu Jamie, muito brusco. – Ele tinha levado uma flechada no ombro. Eu não consegui puxar, mas quebrei a ponta para ele.

– E… ele não foi visto por ninguém desde a noite da batalha? – perguntei, tentando manter a voz firme.

Os homens trocaram olhares, mas nenhum olhou para mim.

– Eu… Eu dei a ele um cantil d'água misturado com conhaque – disse John, timidamente. – Ele não quis um cavalo.

– Rachel vai encontrá-lo – comentou Jamie, com a maior firmeza possível. – E eu pedi que Ian Mòr olhasse o rapaz. Ele vai ficar bem.

– Confio que sua fé em seu sangue seja justificada, senhor – disse Hal com um suspiro e evidente honestidade. – Mas, como não podemos fazer nada em relação a Murray, e a questão do paradeiro de William aparentemente está em discussão no momento, eu hesito em introduzir minhas preocupações em relação ao *meu* sangue, mas tenho razões para encontrar o capitão Richardson, muito distintas de qualquer coisa que ele possa ter feito ou não a William. Sendo assim…

– É – concordou Jamie, relaxando a tensão nos ombros. – Sim, claro, Sua Graça. Sassenach, pode me fazer a gentileza de não morrer enquanto eu peço papel e tinta à sra. Macken?

– Temos aqui – avisou John, abrindo a bolsa de couro que trazia debaixo do braço. – Permita-me.

Então ele exibiu papel, um frasco de tinta, um bolinho de penas e um toco de cera vermelha.

Todos assistiram a Jamie remexer a tinta, cortar uma pena e começar. Sabendo quão sacrificante lhe era escrever e como ele odiava ser observado, empurrei o corpo um pouco mais para cima, abafando um gemido, e virei-me para Hal.

– John mencionou que você queria nos fazer uma oferta – falei. – É claro que vamos ficar felizes em ajudar, seja como for. Mas, por curiosidade…

– Ah. – Hal piscou, mas se aprumou rapidamente, encarando-me. – Sim. A oferta que eu tinha em mente nada tem a ver com o gentil favor do sr. Fraser. Foi John quem sugeriu, por questão de conveniência a todos os interessados.

Ele se virou para o irmão, que sorriu para mim.

– Minha casa na Chestnut Street. Está muito claro que não devo morar lá no futuro próximo. E estou sabendo que vocês foram se abrigar com a família do impressor, na Filadélfia. Dada a presente fragilidade de seu estado de saúde – prosseguiu John, assentindo com delicadeza para a pequena pilha de ataduras no canto –, seria claramente mais confortável que voltasse a residir em minha casa. Você...

Ele foi interrompido por um grunhido profundo, então ergueu o olhar espantado para Jamie.

– A última vez que fui impelido a aceitar a ajuda de seu irmão, milorde – disse Jamie, em tom certeiro, encarando John –, eu era seu prisioneiro e incapaz de cuidar de minha própria família. Agora não sou prisioneiro de ninguém, e nunca mais serei. Eu mesmo posso cuidar de minha mulher.

Em um silêncio mortal, com todos os olhos fixos nele, Jamie inclinou a cabeça para o papel e, lentamente, assinou.

89

UM DIA, POR CIMA; NO OUTRO, POR BAIXO

Por instinto, ele tinha ido buscar Madras, mas parou para pensar no meio do caminho. Se encontrasse as moças, não poderia transportar as duas no cavalo. Ele deu meia-volta, adentrou o pátio das parelhas e saiu de lá com uma carroça de munição, agora sem munição, puxada por um enorme burro cinzento e desgrenhado, que não tinha metade de uma orelha.

O burro não estava inclinado a andar depressa, mas ainda seria mais ligeiro que as duas moças a pé. Quanto tempo na frente elas estariam? Talvez uma hora, pelo que dissera Zebedee, talvez mais.

– Eia! – gritou ele, açoitando o traseiro do burro.

O animal era bronco, mas não era estúpido, e apertou o passo, embora William desconfiasse de que o esforço talvez fosse menos pelo açoite e mais para escapar do enxame de moscas.

Uma vez engrenado o movimento, porém, o burro conseguiu manter o ritmo sem grande esforço, e os dois trotaram pela estrada a passadas firmes, cruzando facilmente as carroças de fazenda, os exploradores e uns dois grupos de batedores. Sem dúvida ele alcançaria as moças em pouco tempo.

Não foi o caso. Ele cavalgou por mais de 15 quilômetros, segundo suas estimativas, até concluir que não havia meio de as meninas estarem tão à frente dele. Então deu meia-volta, vasculhando com cuidado as poucas estradas que levavam às fazendas. Foi de um lado para outro, perguntando a todos que via, cada vez mais inflamado e irritado.

No meio da tarde o exército o alcançou, e as colunas em marcha ultrapassaram o burro, que àquela altura já havia reduzido a velocidade a uma caminhada. Relutante,

William deu meia-volta e seguiu com os soldados até o acampamento. Talvez Colenso estivesse errado. Talvez as moças não tivessem nem saído de lá. Se fosse isso, ele as encontraria quando o acampamento se assentasse para a noite.

Não encontrou. Mas encontrou Zeb e Colenso. Os dois foram inflexíveis em dizer que as moças haviam partido. E parecia ter sido mesmo o caso, já que William não viu nenhum traço delas, embora tivesse investigado com insistência entre as lavadeiras e cozinheiras.

Por fim, percorreu com dificuldade o acampamento à procura do pai ou do tio Hal. Não que ele achasse que um dos dois teria alguma ideia do paradeiro das garotas, mas, de alguma forma, sentia que não poderia abandonar a busca sem pelo menos ter solicitado a ajuda deles para espalhar a notícia. Duas garotas meio crescidas não poderiam ser mais ligeiras do que um exército, e…

De súbito ele parou, bem no centro do acampamento, em meio à correria dos homens a caminho do jantar.

– Maldição – disse, tomado de muito calor e cansaço para conseguir exclamar. – Colenso, seu canhoto desgraçado.

Mal contendo a própria exasperação, ele disparou, cheio de raiva, atrás de Colenso Baragwanath. Pois Colenso *era* um canhoto desgraçado. William percebera isso porque sofria da mesma aflição. Ao contrário de Colenso, no entanto, ele sabia a diferença entre esquerda e direita… e tinha senso de direção. Colenso não tinha, e William quis socar a si próprio por não ter se lembrado disso.

– Seu *idiota* maldito – murmurou para si mesmo, limpando o rosto sujo e suado com a manga do casaco. – Por que não pensou nessa possibilidade?

Porque não fazia muito sentido, pensando bem, que as moças tivessem disparado *na frente* do exército. Mesmo que estivessem com medo de alguém de dentro, e mesmo que pretendessem chegar a Nova York, teria sido melhor partirem no sentido oposto. Ou deixar que o exército marchasse na frente, e só depois seguir o caminho pretendido.

Ele olhou para o sol, quase imóvel sobre o horizonte, e soltou um suspiro profundo e nervoso. Jane podia ser qualquer coisa, mas não era boba. Primeiro, ele buscaria comida, depois, Colenso – mas William apostava que o encontraria de manhã na estrada de volta para Middletown.

Pouco antes do meio-dia, ele as encontrou. As duas o viram chegando, mas William as viu primeiro, ladeando a estrada, cada uma segurando uma trouxa. Ao ouvirem as rodas da carroça, elas olharam para trás. Não viram nada alarmante, viraram-se de volta… e então Jane deu um rodopio, com o rosto perplexo.

Ela largou a trouxa, agarrou a irmã mais nova pelo pulso e a puxou para fora da estrada, que naquele ponto cruzava o descampado de uma fazenda. Havia um bosque de pinheiros alguns metros à frente e, apesar do grito de William, as moças correram para lá como se estivessem sendo perseguidas pelo diabo em pessoa.

Murmurando entre dentes, ele encostou, puxou as rédeas e saltou da montaria. Mesmo com as pernas compridas, não conseguiu alcançar as duas antes que elas chegassem à borda da mata.

– Parem, pelo amor de Deus! – gritou ele. – Não vou fazer mal a vocês!

Fanny, ao ouvi-lo, pareceu disposta a parar, mas Jane puxou a irmã com urgência, e as duas desapareceram por entre as folhas farfalhantes.

William bufou e reduziu o passo. Jane podia até ter a cabeça feita – se é que *tinha* cabeça –, mas não deveria arrastar a irmã por uma área que dois dias antes havia sido palco de uma batalha.

O solo estava todo esburacado, assolado pelo pisoteio dos soldados e o deslocamento dos canhões. Ao respirar fundo, ele farejou a morte e sentiu um imenso desconforto. O fedor dos corpos não recolhidos intumescendo sob o sol, pústulas estourando, rodeados de moscas e larvas... Por um lado, William esperava que as moças não topassem com uma visão dessas. Por outro, se acontecesse, talvez elas retornassem correndo em direção a ele.

Além do mais, talvez os corpos não fossem a única coisa escondida nas profundezas daquele mato. No mesmo instante ele levou as mãos à cintura, para agarrar o cabo da faca... que naturalmente não estava lá.

– Merda, maldita, desgraçada do *inferno!*

Como se fosse um sinal, um som irrompeu do meio da mata. Não era um corpo. Ele ouviu vozes masculinas, xingamentos, cantadas e gritos bem agudos. Agarrou um pedaço de pau caído no chão e irrompeu pela mata, gritando a plenos pulmões. Estava ouvindo as duas. Elas certamente também o ouviam, e o tom da gritaria mudou. O grito delas ficou menos frenético. Os homens discutiam, agitados e temerosos.

Não é inglês... Não estão falando inglês...

– *Mistkerle!* – gritou ele, o mais alto que pôde. *Hessianos malditos, fedidos!* – *Feiglinge!* – *Covardes comedores de bosta!*

Um forte sacolejo de folhas e galhos quebrados. Ao espiar pelas árvores, ele viu que o grupo rumava para o norte. E, a julgar pela barulheira, as moças ainda estavam com os homens.

Na mesma hora, William parou de gritar e alterou o próprio curso, avançando de volta à estrada, esbarrando nos galhos mais baixos e levando golpes de pinhões maduros que desabavam em sua cabeça e nos ombros. Ali! Ele viu um homem surgir por entre as árvores e despontar na estrada, então se virou, balançando os braços. Um grito mais alto, e Fanny surgiu, cambaleante. O homem a agarrava pelo pescoço.

William disparou na direção deles, gritando xingamentos incoerentes e brandindo o porrete improvisado. Mesmo assim, seu aspecto de uniforme devia ser assustador, pois o sujeito largou Fanny na mesma hora, deu meia-volta e correu feito uma lebre, levantando poeira do chão. Fanny cambaleou e desabou de joelhos, mas não havia sangue. Ela estava bem.

– Jane! – gritou ele. – Jane! Onde está você?

– Aqui! Aq…

A voz dela sumiu de repente, mas ele viu que ela não estava a mais de 3 metros de distância e disparou por entre os galhos bamboleantes das árvores.

Havia dois homens com ela, um com a mão em sua boca, outro tentando sacar a baioneta de um mosquete Brown Bess. William chutou a arma da mão do homem e partiu para cima. Em segundos, ele estava no chão, atracando-se com um sujeito corpulento que podia até não saber o que fazer com uma baioneta, mas sem dúvida tinha bastante familiaridade com as lutas mais primitivas.

Os dois rolaram de um lado para outro, engalfinhados, ofegantes, partindo os galhos do chão com estalidos. Ao longe, ele ouviu o segundo homem soltar um grito abafado – talvez Jane o tivesse mordido. Excelente, garota! –, mas não podia desviar a atenção do sujeito que tentava estrangulá-lo. Ele agarrou os dois punhos do homem e, com uma fraca lembrança de Ban Tarleton, puxou-o para perto e lhe acertou uma cabeçada.

Mais uma vez, o golpe funcionou. Fez-se um terrível som de osso quebrado, o sangue quente se espalhou pelo rosto do homem e a mão dele relaxou. William girou o corpo para se desvencilhar, mas acabou dando de cara com o outro sujeito, que evidentemente conseguira soltar sua baioneta, pois brandia 30 centímetros de aço afiado.

– Aqui! Aqui!

Jane irrompeu de um arbusto bem ao lado de William, assustando-o, e lhe entregou algo. Uma faca, graças a Deus. Não fazia frente à baioneta, mas pelo menos era uma arma.

Ele tomou Jane pelo braço e começou a recuar, a faca baixa e ameaçadora na outra mão. O hessiano… Deus do céu, seria um dos desgraçados que o acertaram na cabeça? Ele não sabia; sua visão estava tomada de pontinhos flutuantes, e os homens não usavam as intrigantes casacas verdes. *Será que todos os filhos da mãe usam casacas verdes?*, pensou ele, meio tonto.

Então eles retornaram à estrada, e as coisas ficaram confusas. William pensou ter acertado um dos homens com o porrete e as garotas recomeçaram a gritar. Em dado momento, ele se viu outra vez sufocado pela poeira da estrada, mas se levantou antes que um dos malditos conseguisse chutá-lo no rosto. Houve mais gritaria e o barulho de cascos. Ele soltou o braço de um dos homens, deu meia-volta e viu Rachel Hunter em um burro, avançando ligeira pela estrada, balançando as cordinhas da touca.

– Tio Hiram! – gritou ela. – Primo Seth! Corram! Venham! Venham! Socorro!

O burro de William ergueu a cabeça da grama com um tranco e, ao ver a montaria de Rachel, zurrou para cumprimentá-la. A cena pareceu ser a gota d'água para os desertores, que passaram um instante boquiabertos e se puseram a galopar pela estrada atrás do sujeito desaparecido.

551

William cambaleou por um instante, aos arquejos, largou a faca e se sentou abruptamente.

– O quê? – disse ele, em um tom que soava petulante até aos próprios ouvidos. – O que *você* está fazendo aqui?

Rachel o ignorou. Desceu do burro com um leve baque, conduziu o animal até o de William e o prendeu à carroça. Foi caminhando até William, espanou lentamente a terra dos joelhos dele e contou seus braços e pernas.

– Você por acaso não viu duas moças, viu? – perguntou ele, erguendo a cabeça para encará-la.

– Vi. Correram para as árvores – respondeu Rachel, acenando com a cabeça em direção ao bosque de pinheiros. – Quanto ao que estou fazendo aqui, já subi e desci esta estrada três vezes. Estou atrás do seu primo, Ian Murray. – Seu olhar era firme, como se desafiasse William a contradizer o parentesco com Murray. Sob outras circunstâncias, ele poderia ter se ofendido, mas não tinha energia para isso. – Você me contaria se o tivesse visto, certo? Vivo ou morto?

– Contaria.

Ele sentia um imenso calombo na cabeça, bem no ponto onde o desertor golpeara, e esfregou a área com cuidado.

Ela respirou fundo, suspirou alto, limpou o rosto suado com o avental e ajeitou a touca. Olhou-o de cima a baixo, balançando a cabeça.

– Você é um galo, William – disse, lamentosa. – Eu já tinha percebido isso, mas agora não tenho dúvida.

– Um galo – repetiu ele, em tom frio, espanando terra da manga. – De fato. Um sujeito vaidoso, convencido, barulhento… É isso que você pensa de mim?

Ela ergueu as sobrancelhas, que não exibiam o traço reto da beleza clássica. Mesmo com o rosto relaxado, as pontas eram arqueadas para cima, conferindo-lhe um olhar inteligente e interessado. Quando o rosto *não* estava relaxado, as sobrancelhas subiam ainda mais, revelando um semblante rígido e contumaz. Rachel fez isso um instante, então sossegou. Um pouco.

– Não – respondeu. – Você já teve galinhas, William?

– Já faz uns anos que não tenho – respondeu ele, examinando o rasgo no cotovelo do casaco, o buraco na camisa de baixo e o arranhão ensanguentado no cotovelo exposto. Maldição, um dos desgraçados quase lhe arrancara o braço com aquela baioneta. – Por força das circunstâncias, meus últimos encontros com galinhas foram restritos aos cafés da manhã. Por quê?

– Ora, o galo é uma criatura de impressionante coragem – respondeu Rachel, em um tom bastante desaprovador. – Ele se larga para cima do inimigo, mesmo sabendo que vai morrer no ataque, para dar às suas galinhas tempo de fugir.

William ergueu a cabeça, com um solavanco.

– Minhas *galinhas*? – indagou, vermelho de ultraje. – *Minhas* galinhas? – Ele olhou para o lado por onde Jane e Fanny haviam sumido, então encarou Rachel outra vez.

– Você não percebeu que elas são putas?

Ela revirou os olhos, exasperada.

– Eu imagino que tenha passado mais tempo vivendo com um exército do que você – disse ela, com superioridade, a despeito de seu tamanho. – Tenho familiaridade com mulheres desprovidas de posses e proteção e, portanto, reduzidas à terrível escolha de vender o próprio corpo.

– "Terrível escolha"? – repetiu ele. – Você tem noção de que eu…

Ela bateu o pé e o encarou.

– Pode parar de repetir o que eu digo? Eu estava tentando elogiá-lo… Ao mesmo tempo, como amiga, lamento o desfecho que certamente terá com essa postura de galo. Se as suas companheiras são putas ou não, e se você paga ou não pela companhia delas, são questões irrelevantes.

– Irre…? – começou William, indignado, mas se conteve, para não amargar mais uma acusação. – Eu não pago nada, maldição!

– Irrelevante – repetiu Rachel. Ela própria repetiu, Deus do céu! – Afinal de contas, você já se comportou exatamente da mesma forma em minha defesa.

– Em su…? – Ele parou, abruptamente. – Ah, foi?

Ela soltou um suspiro forte, sugerindo que poderia ter lhe dado um chute na canela ou um pisão no pé, não fossem seus princípios quacres.

– Duas vezes – respondeu, com elaborada educação. – As ocasiões foram muito insignificantes, suponho… para que você tenha esquecido.

– Refresque a minha memória – pediu ele, em tom seco.

Ele puxou um pedaço do linho do casaco rasgado e o usou para limpar a lama… e o sangue… do rosto.

Ela deu uma bufadela, mas aquiesceu:

– Você não se lembra da criatura odiosa que nos atacou naquele lugar horrível, na estrada de Nova York?

– Ah, *isso*. – O estômago dele se revirou com a lembrança. Eu não fiz aquilo exatamente em sua defesa. Nem tive muita escolha em relação ao assunto. O maldito tentou abrir a minha cabeça com um machado.

– Humm. Acho que você atrai maníacos de machado na mão – comentou ela, com uma carranca. – Aquele sr. Bug *de fato* deu uma machadada na sua cabeça. Mas depois, quando você o matou, foi para proteger Ian e a mim de um destino similar, não foi?

– Ah, de fato – concordou William, meio atravessado. – Como sabe que não foi de vingança, por ele ter *me* atacado?

– Você pode até ser um galo, mas não é um galo vingativo. – Ela puxou um lenço do bolso e secou o rosto, que já tornava a reluzir de transpiração. – Será que não deveríamos procurar as suas… companheiras?

553

– Deveríamos – respondeu ele, com certa resignação, e se voltou para o bosque. – Mas acho que elas vão correr se me virem.

Rachel emitiu um grunhido impaciente, deu um empurrão nele e avançou pela mata, deslizando pela vegetação feito um urso faminto. A imagem o fez abrir um sorriso, mas um ganido súbito lhe trouxe de volta à sobriedade. Ele correu atrás dela, mas Rachel já vinha retornando, puxando Jane pelo braço, tentando se esquivar dos golpes que ela desferia com a mão livre, os dedos em garra.

– Pare com isso! – disse William, em tom duro.

Então deu um passo à frente, agarrou Jane pelo ombro e a afastou de Rachel. Ela se virou às cegas para *ele*, que tinha os braços mais compridos do que os de Rachel e conseguia manter uma distância segura.

– Você quer parar com isso? – pediu ele, irritado. – Ninguém aqui quer o mal de vocês. Não agora.

Ela parou, mas ficou olhando William e Rachel como um animal acuado, bufando de olhos arregalados.

– Ele tem razão – interveio Rachel, aproximando-se com cautela. – Você está segura. Qual é o seu nome, amiga?

– Ela se chama Jane – respondeu William, soltando a mão aos poucos, mas pronto para segurá-la outra vez caso tentasse escapulir. – Eu não sei o sobrenome.

Jane não respondeu. Seu vestido estava rasgado na gola. No mesmo instante, ela tocou o rasgo, tentando ajeitá-lo.

– Você viu a minha trouxa? – perguntou ela, corriqueiramente. – Lá tem uma caixinha de costura. Eu preciso de uma agulha.

– Vou procurar – comentou Rachel, delicada. – Você deixou cair na mata?

– *Fenhô!* – gritou Fanny, em tom agudo, bem atrás de William.

E ele percebeu que ela estava ali havia uns instantes. Já era a segunda ou terceira vez que a menina gritava.

– O quê? – retrucou ele, impaciente, virando-se um pouco para ela, mas sem desviar os olhos de Jane e Rachel.

– *Tinha um ínio* – disse ela, apontando em direção à mata.

– Ian! – gritou Rachel, pondo-se a correr pela estrada, ligeira feito uma gazela, e sumindo por entre as árvores.

Mais do que depressa, William foi atrás, de faca na mão. Certamente havia mais de um índio naquela mata, e se *não* fosse Murray…

Pela exclamação de horror e alívio de Rachel, vinda das profundezas da mata, ele soube que era Murray.

Ele estava largado à sombra de um imenso pinheiro, com agulhas espalhadas junto ao corpo. Evidentemente tinha tentado se camuflar, mas sofrera um desmaio antes de concluir a tarefa.

– Ele está respirando – disse Rachel, com a voz tensa.

– Que bom – respondeu William, agachando-se ao lado dela e tentando virar Murray pelo ombro.

Murray emitiu um ganido, contorceu-se com violência e terminou de joelhos, cambaleante, arregalando os olhos para os entornos e agarrando o ombro que William havia tocado. Só então William viu o filete de sangue seco pelo braço e as gotas frescas que desciam pelo cabo partido de uma flecha cravada bem na carne.

– Ian – chamou Rachel. – Ian, sou eu. Está tudo bem agora. Eu estou com você. – Seu tom era firme, mas a mão estava trêmula.

Murray sorveu o ar. Seu olhar embotado começou a desanuviar. Ele viu Fanny e Jane, parou brevemente o olhar em William e encarou Rachel, um pouco mais calmo. Fechou os olhos e soltou um longo suspiro.

– *Taing do Dhia* – disse, e desabou sentado no chão.

– Água – traduziu Rachel, em tom premente, balançando o cantil vazio que jazia no chão ao lado de Ian. – Você tem água, William?

– Eu tenho – respondeu Jane, emergindo do transe e agarrando o cantil pendurado no pescoço. – Será que ele vai ficar bem?

Rachel não respondeu, mas ajudou Murray a beber, com o rosto pálido de ansiedade. William percebeu que havia resquícios de pintura de guerra em Murray. Com interesse e um arrepio na nuca, ponderou se ele teria matado algum soldado britânico. Pelo menos o desgraçado não tinha nenhum escalpo no cinto, nem de britânicos nem de ninguém.

Rachel conversava com Murray em voz baixa, olhando vez ou outra para William, o semblante meio especulativo.

William se surpreendeu um pouco ao perceber que sabia exatamente o que ela estava pensando. Por outro lado, talvez não fosse tão surpreendente assim. A questão era: estaria Murray em condições de montar o burro? Ele não conseguiria caminhar uma longa distância. E, se não pudesse montar, será que Rachel convenceria William a levá-la até a cidade, com Murray?

Ao pensar em retornar à Filadélfia, ele sentiu um frio no estômago.

Seu olhar pairou em direção a Jane... e ele descobriu que ela não estava lá. Nem Fanny.

William já ia se levantando, quando ouviu o burro de Rachel soltar um zurro de protesto. Em poucos segundos, encontrou Jane em uma luta vã para botar Fanny na sela. A garota mais nova se esforçava, muito corajosa, agarrando a crina eriçada do burro e tentando passar a perna para o outro lado, mas o animal se opôs à interferência, balançando a cabeça, afastando-se de Jane e deixando Fanny chutar desesperadamente o ar.

Com três passadas, William alcançou a menina e a agarrou pela cintura.

– Pode soltar, querida – disse, com muita calma. – Estou segurando.

A despeito da aparência frágil, Fanny era pesada. Tinha um cheiro doce também, apesar do pescoço grudento e das roupas sujas e enlameadas.

Ele a pôs no chão e encarou Jane, que exibia um olhar desafiador. Mas William já conhecia a moça o suficiente para saber que o queixo erguido e a mandíbula cerrada escondiam o medo, e resolveu abrandar o tom.

– Para onde estava planejando ir? – perguntou, com leve interesse.

– Acho que… Nova York – respondeu ela, muito indecisa, olhando para o lado, como se esperasse a manifestação de alguma ameaça em meio àquele pacífico cenário.

– Sem mim? Magoa-me muito ver o súbito desgosto que a senhora desenvolveu por minha companhia. O que fiz para ofendê-la?

Ela pressionou os lábios, mas William percebeu que o tom jocoso a havia relaxado um pouco. Jane ainda tinha o rosto vermelho de exaustão, mas já não estava ofegante.

– Acho melhor nos separarmos, lorde Ellesmere – disse ela, em uma comovente e absurda tentativa de formalidade. – Eu… Nós… É melhor seguirmos caminhos distintos.

Ele cruzou os braços, debruçou-se na carroça e a encarou com desdém.

– Como? – indagou. – Você não tem dinheiro nem montaria, e não vai conseguir avançar nem 10 quilômetros a pé sem topar com mais alguém feito aqueles alemães.

– Eu… tenho um pouco de dinheiro.

Ela correu a mão pela saia, e ele viu que havia uma saliência em seu bolso. Apesar da tentativa de permanecer calmo, William ainda guardava uma ponta de ódio, que irrompeu diante daquela visão.

– Onde arrumou isso? – inquiriu ele, empertigando-se e a agarrando pelo punho. – Eu não a proibi de se prostituir?

Ela puxou a mão com força e deu dois passos ligeiros para trás.

– Você não tem o direito de me proibir de fazer nada! – vociferou ela, com o rosto vermelho. – Não é da sua conta, mas eu não fiz esse dinheiro com o meu corpo!

– Foi como, então? Alcovitando a sua irmã?

Ela largou um forte tapa na cara dele. William sabia que não devia ter dito aquilo, mas a bochecha ardida só o deixou ainda mais nervoso.

– Eu *devia* ir embora e largar você aqui, sua…

– Que bom! É exatamente o que quero que faça! Seu… seu…

Antes que um dos dois conseguisse formular um epíteto, Rachel e Ian emergiram da mata, ele com todo o peso apoiado nela. William deu uma última olhada para Jane e foi ajudá-los, apoiando Murray pelo outro lado. O homem enrijeceu o corpo, resistindo por um instante, mas cedeu. Não havia escolha.

– O que houve? – perguntou William, indicando o toco de flecha quebrado. – Uma briga específica ou só mira ruim?

Murray contorceu a boca, relutante.

– Acasos da guerra – respondeu, fraco, e se sentou na rampa da carroça. Respirava feito um touro sufocado, mas estava consciente. Deu uma olhada furtiva para William. – O que está fazendo aqui, *a fang Sassunaich*?

– Não é da sua conta, mas estou fazendo uma boa ação – retrucou William. Virou-se para Rachel, com a decisão tomada. – Pegue a carroça e leve as moças a um lugar seguro.

– Isso… – começou Rachel, mas olhou em volta, assustada, quando Jane e Fanny passaram correndo, cruzaram a estrada e mergulharam na mata. – Aonde elas estão indo?

– Ah, que inferno! – exclamou William, já avançando a passos firmes pela estrada. – Esperem aqui.

As duas não conseguiram se afastar muito, e não tinham conhecimento ou orientação na selva que pudessem usar para se esconder. William agarrou Fanny pelas costas da roupa, enquanto ela tentava escalar um tronco de árvore. Para a surpresa de William, ela se contorceu e deu um bote para cima dele, arranhando seu rosto.

– Cóue, Janie, *cóue*! – gritou a menina.

– Quer parar com isso, desgraça? – retrucou ele, irritado, com o braço espichado para contê-la. – Ai!

Ao sentir os dentes da menina em seu punho, William a largou. Fanny saltou do tronco e disparou feito uma lebre, ainda se esgoelando. Ele começou a ir atrás, então pensou melhor. Por um lado, sentia o forte ímpeto de deixar as duas para lá. Por outro… recordou-se de Mac contando a ele sobre as tarambolas, certo dia, os dois sentados em Watendlath Tarn, comendo pão e queijo e olhando os pássaros.

– Saia para lá, Mac – disse ele, baixinho, dispensando com rudeza pensamentos sobre Helwater e o cavalariço. Mas acabou se recordando, quer desejasse ou não.

"Elas gritam e correm como se estivessem feridas, percebe?" Mac o abraçava, evitando que se aproximasse demais do pássaro alvoroçado. "É para nos afastar do ninho, para que não esmaguemos os ovos nem machuquemos os pequeninos. Mas, se for sagaz, você percebe direitinho."

William ficou bem quieto, acalmando a respiração e olhando em volta, devagar e com cautela, quase sem mover a cabeça. De fato, lá estava o ninho das tarambolas: que azar de Jane estar usando roupa cor-de-rosa justo aquele dia, de modo que suas nádegas rosadas e redondas despontavam da grama a 3 metros de distância, parecendo direitinho um par de ovos.

Em silêncio e sem pressa, ele se aproximou. Resistindo nobremente ao ímpeto de largar uma bela palmada naquele traseiro rechonchudo e tentador, tocou as costas de Jane.

– Peguei – disse ele. – Agora está com você.

Ela contorceu o corpo e se levantou, depressa.

– Como é? Do que está falando? – Ela tinha o olhar nervoso e arrogante, mas também irritado.

– Nunca brincou de pega-pega? – perguntou ele, sentindo-se um bobão.

– Ah – respondeu ela, com um breve suspiro. – É uma brincadeira. Entendi. Brinquei, sim, mas não por muito tempo.

Ele imaginou que um bordel *não* fosse lugar para uma diversão como aquela.

– Olhe – disse ela, taxativa. – Nós queremos ir embora. Eu… agradeço o que fez por mim… por nós. Mas…

– Sente-se – falou William.

Para forçá-la, levou-a até o tronco de onde sua irmã havia escapado e empurrou seus ombros para baixo. Ela se sentou, muito relutante. Ele se acomodou ao lado dela e pegou suas mãos pequeninas. Estavam frias e úmidas, por conta da grama onde estivera escondida.

– Olhe – começou ele, com firmeza, mas esperando que o tom não fosse muito grosseiro –, não vou deixar vocês irem embora. Não tem discussão. Se quiserem ir para Nova York com o exército, eu posso levá-las. Se quiserem retornar à Filadélfia…

– Não!

O terror de Jane diante dessa ideia agora estava muito claro. Ela puxou a mão, desesperada, mas ele não a soltou.

– É por conta do capitão Harkness? Porque…

Ela soltou um grito que podia ser o piado de um pássaro selvagem capturado em uma armadilha, e William apertou ainda mais seu punho. Apesar de magra e de ossos finos, ela tinha uma força surpreendente.

– Eu sei que roubou o gorjal de volta – disse ele. – Tudo bem. Ninguém vai descobrir. E prometo que Harkness nunca mais vai tocar em você. – Ela soltou um ruído, que podia ser uma risada ou um soluço. – O coronel Tarleton… você sabe, o dragão verde que deu umas investidas em você? Ele me contou que Harkness se ausentou sem dispensa, que não retornou ao regimento. Você sabe alguma coisa a respeito?

– Não – respondeu ela. – Me solte, por favor!

Antes que pudesse retrucar, uma vozinha despontou claramente por entre as árvores, a uns metros de distância.

– *É meó contar, Jane.*

– Fanny! – Jane tentou virar o corpo na direção da irmã, esquecendo-se de que estava contida. – Não!

Fanny saiu das sombras, desconfiada, porém curiosamente composta.

– *Fe fofê ão contar, eu fou* – ameaçou ela, os grandes olhos castanhos cravados no rosto de William. – *Eue não fai pauar.* – Ela se aproximou um pouco, cautelosa, mas sem medo. – *Fe eu contar* – disse ela –, *o fenhô puomete ão efar a gente de folta?*

– De volta para onde?

– *Fiuadélfia. Ou o exéufito.*

William soltou um suspiro exasperado, mas estava claro que nenhum progresso seria feito se ele não aquiescesse, a não ser que torturasse as meninas para obter uma resposta. E ele já começava a sentir um arrepio gélido na espinha, pensando em qual seria essa resposta.

– Prometo – disse ele, mas Fanny hesitou, desconfiada.

– *Jua* – retrucou ela, cruzando os braços.

– Ju…? Ah. Que diabo! Muito bem… Eu juro pela minha honra.

Jane emitiu um som insípido, mas que era uma risada. Ele sentiu o golpe.

– Você acha que eu não tenho honra? – inquiriu, virando-se para ela.

– Como vou saber? – rebateu Jane, erguendo o queixo trêmulo, mas mantendo a pose. – A honra tem cara, por acaso?

– Para o seu bem, é melhor esperar que tenha a minha cara. – Ele se virou para Fanny. – Quer que eu jure pelo quê?

– *Peua cabefa da fua mãe* – respondeu Fanny, prontamente.

– Minha mãe já morreu.

– *Do feu pai.*

Ele soltou um longo e profundo suspiro. *Qual deles?*

– Eu juro pela cabeça do meu pai – entoou ele, impassível.

Então, elas contaram toda a história.

– Eu sabia que ele ia voltar – disse Jane. Estava sentada no tronco, as mãos cruzadas entre as coxas, olhando os pés. Ela falava com sombria resignação, mas cerrou os lábios diante da lembrança. – Os piores sempre voltam. Não suportam pensar que você escapou sem… sem… Mas eu achei que a coisa era comigo.

Fanny estava sentada junto à irmã, o mais perto possível, e abraçou Jane, enfiando o rosto em sua roupa de algodão.

– *Finto muito* – sussurrou ela.

– Eu sei, meu amor – respondeu Jane, afagando a perna da irmã. Um olhar firme, no entanto, perpassou-lhe o rosto. – Não é culpa sua. *Nunca* pense isso.

William sentiu um forte nó na garganta. Aquela menininha linda, com rostinho de flor, tomada por…?

– A virgindade dela valia 10 libras – lembrou Jane. – A sra. Abbott estava guardando, esperando algum ricaço com gosto pelas mais novinhas. O capitão Harkness ofereceu 20. – Pela primeira vez, ela encarou William nos olhos. – Eu não podia aceitar isso. Então pedi que a sra. Abbott nos mandasse juntas. Falei que poderia evitar que Fanny armasse um escarcéu. Eu conhecia o sujeito, sabe? – concluiu ela, apertando os lábios por um instante. – Não era do tipo que resolve o assunto rapidinho. Ele ficava brincando, obrigava a gente a tirar um tantinho da roupa de cada vez… e a fazer coisas… enquanto anunciava tudo o que *ele* pretendia fazer.

Assim, fora fácil para Jane chegar por trás, enquanto ele encarava Fanny, com a faca que havia roubado da cozinha e escondido sob as dobras da anágua.

– Eu pretendia esfaqueá-lo pelas costas – explicou ela, tornando a olhar para baixo. – Uma vez vi um homem levar uma facada nas costas. Só que Harkness percebeu no rosto de Fanny o que eu... Não foi culpa dela, ela não conseguiu evitar. Mas ele se virou, muito depressa, e eu não tive escolha.

Ela cravara a faca na garganta de Harkness, então puxara para tornar a golpeá-lo. Mas não era mais necessário.

– Jorrou sangue por todo lado.

Enquanto relatava, ela ia empalidecendo, as mãos enroscadas no avental.

– *Eu fomitei* – acrescentou Fanny, sem muita emoção.

– Imagino – disse William, em tom seco. Tentava não visualizar a cena... o esguicho de sangue, as meninas em pânico... porém sem sucesso. – Como vocês fugiram?

Jane deu de ombros.

– Estávamos no meu quarto, e Harkness tinha trancado a porta. Ninguém se surpreendeu quando Fanny começou a gritar – acrescentou ela, com um traço de amargura.

Havia uma bacia, um jarro d'água e os costumeiros panos de chão para limpeza da bagunça. As duas se lavaram rapidamente, trocaram de roupa e fugiram pela janela.

– Pegamos carona na carroça de um fazendeiro e... o resto da história você sabe.

Ela fechou os olhos um instante, como se revivesse "o resto da história", então tornou a abri-los e o encarou, com o semblante sombrio feito águas turvas.

– E agora?

William se fizera essa mesma pergunta nos últimos momentos do relato de Jane. Como conhecera Harkness, tinha considerável simpatia pela atitude de Jane, mas...

– Você planejou – disse ele, encarando-a com firmeza. Ela tinha a cabeça inclinada, com os cabelos soltos a lhe cobrir o rosto. – Você pegou a faca, tinha roupas para trocar, sabia como fugir pela janela.

– E daí? – retrucou Fanny, em um tom de voz frio demais para uma menina da sua idade.

– E daí, por que matar? – Ele tinha a atenção voltada para Fanny, mas o olho vivo em Jane. – Vocês iam embora do mesmo jeito. Por que não escaparam antes de ele chegar?

Jane ergueu a cabeça e o encarou.

– Eu *queria* matá-lo – revelou ela, muitíssimo racional, trazendo a William um arrepio gélido, apesar do calor do dia.

– Entendi.

Ele viu mais do que a imagem de Jane, com seus punhos pálidos e delicados, cravando uma faca no pescoço grosso e vermelho do capitão Harkness enquanto sua irmãzinha gritava. Viu o rosto de Rachel, pálido, entre as folhas, a uns 2 metros de distância. Por sua expressão, estava óbvio que ela tinha ouvido tudo.

Ele pigarreou.

– Ahn... O sr. Murray está bem? – indagou William, com educação.

Jane e Fanny se viraram, de olhos arregalados.

– Ele desmaiou – respondeu Rachel. Olhava para as moças mais jovens da mesma forma que as duas a encaravam, com uma expressão de horror e fascínio. – O ombro está muitíssimo inflamado. Você tem um pouco de conhaque?

Ele vasculhou o bolso e tirou um frasco prateado com o brasão da família Grey.

– Serve uísque? – perguntou, entregando a ela.

Rachel pareceu surpresa. Uísque não era uma bebida muito popular, mas lorde John sempre gostara de beber, e William também havia tomado gosto – embora agora, sabendo a verdade sobre sua desgraçada mácula de sangue escocês, ele não tivesse tanta certeza de que pudesse voltar a beber aquilo.

– Pode ser, obrigada.

Ela segurou o frasco um instante, claramente querendo voltar para Murray, mas hesitante em sair. William se sentiu muito grato pela hesitação. Preferia não ficar sozinho com Jane e Fanny. Ou melhor, não queria ficar sozinho com a decisão quanto ao que fazer com as duas.

– Eu já trago de volta – soltou Rachel, parecendo interpretar corretamente a sensação dele, e desapareceu rumo à mata.

Ninguém falou. Depois daquela encarada, Jane havia inclinado a cabeça outra vez e se sentou, alisando sem cessar a saia sobre a perna roliça.

Fanny acariciava a cabeça de Jane, em um gesto de proteção, e encarava William com o semblante inexpressivo. Que coisa mais enervante.

O que ele ia fazer com as duas? Era óbvio que não podiam retornar à Filadélfia. E o ímpeto de apenas largá-las à própria sorte era por demais ignóbil. Mas...

– Por que não ir para Nova York com o exército? – perguntou ele, em um tom de voz estranhamente alto e rígido aos próprios ouvidos. – O que fez vocês fugirem ontem?

– Ah. – Jane ergueu o olhar bem devagar, os olhos meio embotados, como se estivesse sonhando. – Eu vi o dragão verde outra vez. Ele queria a minha companhia anteontem, e eu recusei. Então o vi de novo, ontem de manhã, e achei que estivesse me procurando. – Ela engoliu em seco. – Como falei, eu conheço os tipos que não desistem.

– Você é muito sagaz – elogiou ele, olhando-a com certo respeito. – Ele não desiste mesmo. Você desgostou dele à primeira vista, então?

William não havia pensado nem por um segundo que sua proibição de fato a impediria de trabalhar, caso assim quisesse.

– Não foi isso – respondeu ela. – Ele já tinha ido ao bordel antes, no ano passado. Não esteve comigo naquela época, foi com outra menina... mas, se ele passasse muito tempo comigo, sei que acabaria por ligar os pontos e se lembrar de onde me conhecia. Ele falou que o meu rosto era muito familiar.

– Entendi. – Ele fez uma pausa. – Então você queria ir para Nova York... mas não com o exército. É isso?

Jane deu de ombros, irritada.

– Qual a importância disso?

– E por que não teria importância?

– Desde *quando* o desejo de uma puta tem importância?

Jane deu um pinote e disparou pela clareira. Ele ficou boquiaberto.

– O que deu nela? – indagou, virando-se para Fanny.

A menina mais nova o encarou, meio hesitante, mas deu de ombros.

– *Eua acha que o fenhô fai entuegar eua a um pouifial ou um magis-tuado* – disse a menina, lutando um pouco com a palavra "magistrado". – *Ou alfez ao exéufito.*

William esfregou a mão no rosto. A opção de entregar Jane à justiça *tinha* lhe passado pela cabeça, na esteira do choque causado pela ciência do crime. A ideia, no entanto, morrera logo ao nascer.

– Eu não faria isso – falou ele a Fanny, lutando para soar razoável. Ela o encarou com desconfiança, sob as sobrancelhas imóveis.

– *Po quê?*

– Excelente pergunta. Não tenho uma resposta. Mas creio que não seja necessário.

Ele ergueu a sobrancelha para ela, que soltou uma risadinha roncada. Jane ia se esgueirando pelo outro lado da clareira, virando o pescoço para Fanny a cada poucos segundos. Seu intuito era claro, mas ela não partiria sem a irmã. Disso ele tinha certeza.

– Já que está aqui comigo – observou William – e *não* lá, com a sua irmã... Você não quer fugir, e sabe que ela não vai sem você. Sendo assim, concluo que não acredita que eu a entregaria à justiça.

Ela balançou a cabeça, lenta e solene feito uma coruja.

– *Jane diz que eu ão fei ada fobue homens ainda, mas eu fei.*

Ele suspirou.

– Minha nossa, Frances, e como sabe.

Não houve mais conversa até o retorno de Rachel, uns minutos depois.

– Eu não consigo levantá-lo – disse ela a William, ignorando as moças por um momento. – Pode me ajudar?

Ele se aprumou no mesmo instante, feliz com a possibilidade de se mexer um pouco, mas olhou por sobre o ombro para Jane, que ainda rodeava o outro extremo da clareira, tal qual um beija-flor.

– *Espeuamos aqui* – disse Fanny, baixinho.

Ele assentiu e se afastou.

Encontrou Murray deitado à beira da estrada, junto à carroça. O homem não estava inconsciente, mas a influência da febre era bem clara. Seu olhar estava embotado e a fala, arrastada.

– Eu con-consigo andar.

– Consegue nada! – retrucou William. – Segure o meu braço.

Ele ergueu Ian e deu uma olhada em seu ombro. A ferida em si não estava feia; não havia osso quebrado, e o sangramento era pouco. Por outro lado, a carne estava vermelha, inchada e começando a supurar. Ele se aproximou e deu uma discreta farejada – mas não o suficiente, pois Rachel percebeu.

– Não há risco de gangrena – disse ela. – Acho que as coisas vão melhorar, desde que ele receba atenção médica logo. O que pretende fazer com as suas moças?

Ele não se deu ao trabalho de dizer que as moças não eram *dele*. Evidente que eram, pelo menos em termos de responsabilidades imediatas.

– Não sei – admitiu ele, levantando-se. Olhou a mata, mas a clareira era bem afastada, de modo que não se via nenhum movimento ou brilho de vestimentas. – Elas não vão para a Filadélfia, e eu não posso levá-las para o acampamento. A melhor opção agora é procurar abrigo em um dos pequenos vilarejos aqui perto e escondê-las, até eu arrumar meios de levá-las a… um lugar mais seguro.

Seja lá onde for. Canadá?, imaginou ele, sem se conter.

Rachel balançou a cabeça, decidida.

– Você não faz ideia de como é o falatório nesses vilarejos… como as notícias e os boatos se espalham depressa. – Ela olhou para Murray, ainda sentado com as costas eretas, mas se balançando, os olhos semicerrados. – E, com o tempo, ficaria muitíssimo claro a qualquer um a profissão delas. Não basta abrigar as duas, e sim abrigá-las com gente que não as expulsará quando a verdade vier à tona.

Ela estava bronzeada de sol – a touca de algodão azul havia caído no corpo a corpo com Jane e pendia por sobre os ombros –, mas seu rosto empalideceu quando olhou para Murray. Ela cerrou os punhos e fechou os olhos um instante. Depois, tornou a abri-los e encarou William.

– Há um pequeno assentamento de amigos a umas duas horas de distância daqui. Umas três ou quatro fazendas, não mais que isso. Fiquei sabendo por uma mulher que veio a Valley Forge com o marido. As moças estarão seguras por lá, pelo menos por um tempo.

– Não! – bradou Murray. – Você não pode… – Ele parou, com o olhar desfocado, apoiou-se no braço bom, meio bamboleante, e engoliu em seco. – Não é… seguro.

– Não mesmo – concordou William. – Três moças na estrada, sozinhas? E sem nem uma pistola para se defender?

– Mesmo que eu tivesse uma pistola, não usaria – observou Rachel, com aspereza. – Nem um canhão, a bem da verdade.

Murray riu… ou soltou um grunhido que talvez fosse uma risada.

– É – falou ele, parando um pouco para respirar antes de prosseguir: – Você leva as três – disse a William. – Eu... vou ficar bem aqui.

– Vai, coisa *nenhuma* – retrucou Rachel. Agarrou William pelo braço e o puxou mais para perto de Murray. – Olhe para ele! E diga você, já que ele não acredita em mim.

William encarou com relutância o rosto de Murray, pálido feito sebo e exalando um suor nada saudável. Havia um aglomerado de moscas em seu ombro. Ele não tinha força nem para afastá-las.

– *Merde* – murmurou William. – Ela tem razão – concluiu, mais alto, mas ainda relutante. – Se não quiser perder esse braço, vai precisar de um médico com urgência.

Murray não havia pensado nisso. Na morte, sim; na amputação, não. Ele virou a cabeça e franziu o cenho para a ferida.

– Droga – disse William, e se virou para Rachel: – Muito bem. Me explique onde fica esse assentamento. Eu levarei as duas.

Ela fechou a cara e cerrou os punhos.

– Talvez nem mesmo quacres recebam bem a chegada súbita de um estranho pedindo abrigo a uma assassina por tempo indeterminado. Eu não sou estranha, e posso falar em favor das moças. – Ela respirou fundo, estufando o peito. Encarou Murray, então voltou o olhar penetrante a William. – Se eu fizer isso, você terá que cuidar dele.

– *Eu?*

– Rachel! – gritou Murray, mas ela o ignorou.

– Isso. Vamos ter que levar a carroça, as moças e eu.

William soltou um arquejo, mas deu razão a ela. E também via muito bem o que a decisão de salvar Jane estava lhe custando.

– Muito bem. – Ele estendeu a mão, tirou o gorjal do pescoço e entregou a ela. – Dê isso a Jane. Pode ser que elas precisem, caso se vejam sozinhas.

Estranhamente, ao remover o gorjal, William sentiu que tirava um peso da mente. Nem a possibilidade de ser preso, caso alguém na Filadélfia o reconhecesse, o preocupava.

Estava prestes a tirar o casaco e o colete incriminadores – teria que escondê-los em algum lugar –, quando Rachel se aproximou e tocou seu braço.

– Este homem é o meu coração e a minha alma – confessou ela, com os olhos fixos nele. – E é sangue do seu sangue, seja lá qual for o seu sentimento atual a respeito disso. Eu confio que vá cuidar da segurança dele, pelo bem de todos nós.

William a encarou por um longo tempo. Pensou em várias respostas, mas ficou em silêncio, optando por um breve aceno de cabeça.

– Para onde devo levá-lo? – perguntou ele. – Para minha...? Para lady...? Quero dizer, para a sra. Fra... Desgraça! – Ele sentiu o sangue subir ao rosto. – Para a tia dele?

Rachel o encarou, assustada.

– Você não soube? É claro que não, como poderia saber? – Ela dispensou a própria idiotice abanando a mão impacientemente. – A tia dele levou um tiro em plena batalha, do lado de fora da igreja Tennet, onde cuidava dos feridos.

A irritação de William se esvaiu no mesmo instante, como se tivesse levado um balde d'água gelada na cabeça.

– Ela morreu?

– Pela graça de nosso Senhor, não – respondeu Rachel, e ele sentiu um pouco de alívio no peito apertado. – Pelo menos não até ontem – emendou ela, com o cenho franzido. – Mas a coisa foi bem feia. – O aperto retornou. – Ela está na casa dos Mackens, na aldeia de Freehold, cerca de 10 quilômetros para lá. – Ela indicou a estrada. – Meu irmão provavelmente está lá também ou por perto. Ainda estão chegando feridos da batalha. Ele pode cuidar de I-Ian.

Pela primeira vez, sua voz perdeu a firmeza, enquanto encarava o noivo. Murray tinha o olhar fundo e embotado pela febre, mas ainda controlava os movimentos do corpo. Ele estendeu a mão boa para ela, e o movimento levou peso ao braço ruim. No mesmo instante em que fez uma careta de dor, Rachel se ajoelhou a seu lado e o abraçou.

William pigarreou e virou o corpo discretamente, para que os dois pudessem se despedir a sós. A despeito de quais fossem seus sentimentos, os dois mereciam isso. Ele já tinha presenciado muitas feridas graves e sabia que existia a possibilidade de Murray não sobreviver. Por outro lado, o desgraçado era escocês *e* mohawk, dois povos famosos por serem duros na queda.

Ao se afastar da estrada, ele vislumbrou um brilho cor-de-rosa atrás de um arbusto.

– Jane! – chamou ele. – É você?

– Sou eu. – Ela surgiu na clareira, cruzou os braços e ergueu o queixo. – O que pretende fazer? Comigo, digo.

– A srta. Hunter vai levar você e Fanny a um lugar seguro – respondeu ele, no tom mais delicado possível.

Apesar do semblante rígido, ela parecia um cervo, iluminada pelas nesgas de sol que penetravam nas copas das árvores, o semblante receoso e insubstancial, como se pudesse desaparecer em meio à floresta no instante seguinte.

– Ela? – Jane encarou a estrada, surpresa. – Por quê? Por que não pode ser você? Ela não vai ficar com o… índio?

– A srta. Hunter poderá explicar tudo a vocês no caminho.

Ele hesitou, sem saber o que dizer. Da estrada, ouviu o murmúrio distante de Rachel e Ian Murray. Não conseguia distinguir as palavras, mas não importava. Estava tudo muito claro. William sentiu uma pontada de dor por sob o terceiro botão do colete e tossiu, tentando afrouxá-lo.

– *Obuigada, fenhô* – disse uma vozinha atrás dele.

Ao se virar, viu Fanny junto de si. Ela tomou sua mão, virou a palma para cima e plantou um beijinho afetuoso bem no meio.

– Eu... Não há de quê, srta. Fanny – retrucou ele, sorrindo, apesar de tudo.

Ela assentiu, muito digna, e saiu pela estrada, deixando-o com Jane.

Por um instante, os dois se encararam.

– Eu ofereci muito mais do que um beijo – disse ela, baixinho. – Você não quis. Não tenho mais nada para dar em agradecimento.

– Jane, não é... Eu não... – Então ele parou, desconsolado, incapaz de pensar no que dizer. – Boa viagem, Jane – concluiu, enfim, com um nó na garganta. – Adeus.

90

SÁBIO É O FILHO QUE CONHECE O PRÓPRIO PAI

Estava claro que, embora saudável, o burro de Rachel não aguentaria dois homens do tamanho de William e Ian Murray. Tudo bem. De todo modo, os dois não conseguiriam avançar muito depressa. Murray ficaria no burro e William caminharia ao lado dele, para garantir que o infeliz não caísse.

Com muito esforço, Murray conseguiu subir na sela, apesar de só poder usar uma das mãos. Rachel havia improvisado uma atadura no braço ruim e o acomodara em uma tala, feita com um pedaço de tecido rasgado da anágua. William não tentou ajudá-lo. Sabia que a oferta não seria bem-vinda nem aceita.

Observando o laborioso processo, porém, William reparou no pano da tala. Embora velho e desbotado, exibia na ponta um bordado de pequenos raios de sol azuis e amarelos. Será que as mulheres quacres costumavam usar roupas atraentes sob os vestidos sóbrios?

Os dois começaram a cautelosa caminhada, ainda ouvindo os ruídos da carroça, embora já imiscuído ao farfalhar das árvores.

– Você está armado? – perguntou Murray, de repente.

– Um pouco.

Ele ainda tinha a faca que Jane lhe dera, agora dentro do bolso, enrolada em um lenço, já que ele não portava bainha. Tocou o cabo de madeira, imaginando se era a mesma faca que... Ora, claro que era.

– Eu não. Você pode me arrumar um porrete?

– Não confia que eu vá zelar por sua segurança? – questionou William, com sarcasmo.

Os ombros de Murray estavam caídos, e sua cabeça pendia para a frente, balançando um pouco com o movimento do burro, mas ele encarou William com um olhar pesado e febril, porém surpreendentemente alerta.

– Ah, eu confio muito em você. Não confio é nos homens contra quem acabamos de lutar.

Era um argumento justo. As estradas não eram nada seguras. Essa percepção trouxe a William uma forte pontada de consciência, por conta das mulheres que tinham acabado de despachar, desarmadas e desprotegidas, em uma jornada de vários quilômetros com um burro e uma carroça valiosos.

Eu devia ter ido com elas, insistido para que fôssemos todos juntos...

– Minha mãe sempre diz que não tem ninguém mais teimoso do que o meu tio Jamie – observou Murray, baixinho –, mas uma moça quacre de cabeça feita é um belo páreo para ele. Eu não poderia tê-la impedido... nem você.

William não estava no clima para debater sobre as pessoas mencionadas nem para se engajar em debates filosóficos em relação à teimosia. Levou a mão ao freio e fez o burro parar.

– Fique aqui. Estou vendo uma coisa que pode ser útil.

Ele já tinha percebido que havia pouquíssimos galhos caídos perto da estrada. Era sempre assim por onde passavam os integrantes de um exército, em busca de comida. Um pouco adiante, porém, William viu uma espécie de pomar, com uma casa de fazenda logo à frente.

Enquanto avançava, reparou que o pomar tinha sido destruído por artilharia pesada. Havia sulcos profundos no solo, e muitas árvores exibiam galhos quebrados, pendurados feito espantalhos.

Entre as raízes nodosas de uma grande macieira, havia um homem morto. E, pela camisa de caça e calça de tecido rústico, era da milícia americana.

– Essa aí estava madura – disse William, em tom alto e firme.

Macieiras velhas nunca davam uma safra boa. A pessoa colhia os frutos depois de quinze, vinte anos, e replantava. Ele desviou os olhos do morto, mas acabou vendo as moscas vorazes se afastarem, em uma nuvem barulhenta, do que havia restado de seu rosto. Deu uns três passos para trás e vomitou.

Sem dúvida era o cheiro terrível de maçãs podres que se erguia do fantasma de pólvora preta. O pomar inteiro ecoava o zunido das vespas que se refestelavam nos sucos. Ele desenrolou o lenço da faca de Jane e enfiou a arma no cinto, sem ver se havia manchas de sangue. Limpou a boca e, depois de um instante de hesitação, cobriu o rosto do rebelde com o lenço. Alguém havia saqueado o corpo. O homem estava descalço e desarmado.

– Isso aqui serve?

Ele apoiou um tronco de macieira de cerca de 1 metro sobre o arco da sela. Estava quebrado nas duas pontas, então dava um porrete bem resistente, mais ou menos da grossura de um braço.

567

Murray pareceu acordar de um cochilo. Ergueu-se devagar, pegou o porrete e assentiu.

– Serve, sim.

Sua voz soava áspera, e William o encarou com firmeza.

– É melhor beber mais um pouco d'água – disse, tornando a estender o cantil.

Estava ficando vazio; provavelmente havia menos de um quarto de água. Murray o pegou, com movimentos lentos, bebeu e devolveu a William, com um suspiro.

Os dois caminharam em silêncio por cerca de uma hora, dando a William tempo de refletir sobre os eventos da manhã. Já estava bem longe do meio-dia. O sol castigava seus ombros feito ferro quente. A que distância Rachel disse que ficava Freehold? Uns 10 quilômetros?

– Você quer que eu diga ou não? – indagou Murray, de repente.

– O quê?

Murray soltou um grunhido, que podia ser uma risada ou um gemido de dor.

– Se você se parece com ele.

As possíveis reações chegaram tão depressa que desabaram como um castelo de cartas. Ele pegou a que estava por cima.

– Por que acha que estou pensando nisso? – rebateu William, com uma frieza que teria congelado a maioria dos homens.

Murray, claro, ardia tanto em febre que seria preciso uma nevasca de Québec para congelá-lo.

– Eu pensaria, se tivesse acontecido comigo – replicou Murray, neutralizando por um instante a incipiente explosão de William.

– Talvez você ache que sim – disse ele, sem tentar esconder a irritação. – Pode ser que o conheça, mas não sabe nada a meu respeito.

Desta vez, o grunhido foi inconfundível: uma risada, rouca e rascante.

– Eu ajudei a pescar você de uma latrina há uns dez anos – disse Murray. – Foi quando nos conhecemos, certo?

O choque quase paralisou William, mas nem tanto.

– O que... aquele lugar nas montanhas... a Cordilheira dos Frasers?

Ele havia, com sucesso, apagado da memória quase todo o incidente da cobra na privada, e com isso a maior parte de uma deprimente jornada pelas montanhas da Carolina do Norte.

Mas Murray interpretou a ira de William como confusão e resolveu elucidá-la:

– O jeito como saiu daquela imundície, os olhos azuis cheios de ódio e a expressão de quem ia matar alguém... É o tio Jamie todinho, quando está nervoso.

Murray balançou a cabeça, de um jeito alarmante. Refreou-se e endireitou o corpo, com um grunhido abafado.

– Se cair – disse William, muitíssimo educado –, caia para o outro lado, sim?

– Humm.

Os dois avançaram mais uns 100 metros até Murray retomar a conversa – se é que aquilo podia ser chamado de conversa –, como se não tivesse havido nenhuma pausa.

– Então, quando o encontrei no pântano, eu soube quem era. Inclusive, não me lembro de você ter me agradecido por salvar a sua vida naquela época.

– Você pode *me* agradecer por eu não ter amarrado você a um *travois* com uma pantera morta e arrastado por quilômetros pela terra – rebateu William.

Murray riu, meio arquejante.

– O que você faria, sem dúvida, se tivesse uma pantera morta.

O esforço de rir pareceu prejudicar seu equilíbrio, e ele deu um balanceio, alarmado.

– Se cair, eu faço mesmo assim – soltou William, agarrando-o pela coxa. – Com ou sem pantera.

Deus do céu, a pele do homem estava tão quente que William sentia o calor per-passando a calça de camurça.

Apesar da confusão, Murray percebeu sua reação.

– Você sobreviveu à febre – disse, e respirou fundo. – Eu vou sobreviver também. Não se preocupe.

– Não estou preocupado com a possibilidade de sua morte.

– Eu também não – garantiu Murray. O homem se balançava de leve, as rédeas frouxas em uma das mãos, e William ficou pensando se ele não estaria sofrendo de insolação. – Mas você prometeu a Rachel.

– Sim. Devo minha vida a ela e ao irmão… tanto quanto a você.

– Humm – murmurou Murray, em um tom agradável, e fez silêncio.

Sua pele morena de sol parecia assumir um tom acinzentado. Desta vez ele ficou calado por uns bons cinco minutos, até retornar subitamente à vida outra vez.

– E você não acha que eu sei alguma coisa sobre você, depois de passar dias escu-tando seus delírios febris?

– Não acho – respondeu William. – Como também não acho que vou saber mais a seu respeito se chegarmos a Freehold.

– Talvez mais do que pense. Pare um pouco. Quero vomitar.

– Eia!

O burro obedeceu e parou, embora claramente não apreciasse o barulho e o cheiro que irrompiam atrás de sua cabeça. O animal começou a girar em círculos, tentando escapar.

Terminado o processo, William estendeu o cantil, sem dizer nada. Murray bebeu tudo e devolveu. Tinha a mão trêmula. William começou a ficar preocupado.

– Vamos parar assim que eu encontrar mais água – disse ele. – E você precisa ficar um tempo na sombra.

Nenhum dos dois tinha chapéu. William havia deixado o dele na mata, sob um arbusto, enrolado com o uniforme.

Murray não respondeu. Não estava exatamente delirando, mas parecia entabular uma conversa em sua mente.

– Talvez eu não conheça você tão bem, mas Rachel, sim.

Era uma verdade inegável, que trouxe a William uma estranha sensação de vergonha, orgulho e raiva. Rachel e seu irmão o conheciam muito bem. Os dois haviam salvado sua vida, ajudado a recuperar sua saúde e passado semanas viajando com ele, compartilhando alimentos e dificuldades.

– E ela diz que você é um bom homem.

William sentiu um leve aperto no coração.

– Agradeço o elogio – respondeu ele. A água não havia ajudado muito. Murray se balançava sobre a sela, os olhos meio fechados. – Se você morrer, eu posso me casar com ela.

Funcionou. Murray ergueu as pálpebras no mesmo instante. E abriu um sorriso.

– Eu sei disso. Só que eu não vou morrer. Além do mais, você me deve uma vida, seu inglês.

– Não devo nada. Eu também salvei a porcaria da sua vida. Salvei vocês daquele maníaco… Bug, era o nome? Com o machado, na Filadélfia. Estamos quites.

Um longo período depois, Murray despertou outra vez.

– Coisa nenhuma.

91

MARCANDO A PONTUAÇÃO

Jamie levou os Greys até a porta e saiu com um ar de amarga satisfação. Eu teria rido, se não fosse doloroso, mas me contentei em sorrir para ele.

– *Seu* filho, *seu* sobrinho, *sua* esposa – falei. – Fraser, três. Grey, zero.

Ele me lançou uma olhadela assustada, mas relaxou o rosto pela primeira vez em dias.

– Está se sentindo melhor, então – disse Jamie. Ele cruzou o quarto, inclinou-se e me lançou um beijo. – Diga mais uns absurdos, por favor? – Ele se largou no banquinho e suspirou, tomado de alívio. – Veja bem, eu não faço a menor ideia de como vamos viver sem dinheiro, sem comissão e sem profissão. Mas sei que vamos.

– Sem profissão? Até parece – retruquei, confortável. – Diga uma coisa que não saiba fazer.

– Cantar.

– Ah. Bom, além disso.

Ele espalmou as mãos sobre os joelhos, encarando seriamente as cicatrizes da mão direita, mutilada.

– Também duvido que consiga ganhar a vida como malabarista ou batedor de carteiras. Como escrevente, menos ainda.

– Você não precisa escrever – falei. – É dono de uma prensa... de nome Bonnie.

– Bom, sim – admitiu ele, com certo brilho nos olhos. – Sou mesmo. Mas no momento ela está em Wilmington.

O maquinário havia sido enviado de Edimburgo sob os cuidados de Richard Bell, que o mantinha em confiança até que o verdadeiro dono fosse recuperá-lo.

– Vamos lá pegar de volta. Depois...

Eu parei, com medo de ir longe demais nos planos e trazer mau agouro ao futuro. Era um momento incerto para todos, e não havia como saber o que o dia seguinte traria.

– Bom, primeiro – corrigi, estendendo o braço e tocando a mão dele – você precisa descansar. Está com cara de quem vai morrer.

– Não diga uma bobagem dessa – retrucou ele, bocejando e sorrindo ao mesmo tempo, quase deslocando a mandíbula.

– Deite-se – ordenei, com firmeza. – Durma... pelo menos até o tenente Bixby voltar com mais queijo.

O Exército americano havia recuado para Englishtown, a cerca de 10 quilômetros de distância, uma hora de viagem apenas. Todo o batalhão britânico levantara acampamento, mas, como o alistamento de diversas unidades de milícia tinha expirado logo depois, as estradas ainda estavam apinhadas de homens voltando para casa, a maioria a pé.

Ele se deitou no catre, quase sem protestar – o que era surpreendente, além de um bom indicativo do tamanho de sua exaustão. Em poucos segundos, adormeceu.

Eu também estava muito cansada, ainda bastante fraca e me esgotando com facilidade, mesmo com algo como a visita dos Greys. Então deitei-me e tirei um cochilo, despertando vez ou outra com algum ruído, mas Jamie tinha o sono profundo, e meu coração se acalmou ao ouvir seus roncos suaves e compassados.

Um tempo depois, acordei, com uma distante batida à porta no andar de baixo.

– Ó de casa! – ouvi, ainda meio sonolenta, e fiquei alerta. Eu conhecia aquela voz.

Mais do que depressa, olhei para Jamie, que dormia profundamente, encolhido feito um ouriço. Com excruciante lentidão, consegui balançar as pernas para fora da cama, então, avançando feito uma tartaruga idosa, agarrada ao gradeado da cama, dei dois passos até a janela e me debrucei no parapeito.

Havia um belo burro baio no quintal, sustentando sobre a sela um corpo seminu. Eu prendi a respiração e imediatamente me curvei, cheia de dor, mas não soltei o peitoril da janela. Mordi o lábio com força, para não gritar. O corpo usava calça de camurça, e os longos cabelos castanhos ostentavam um par de penas de peru desgrenhadas.

– Meu Deus – sussurrei. – Por favor, Deus, permita que não seja ele...

Minha oração, porém, foi logo respondida. A porta se abriu e, no instante seguinte, William e o tenente Macken saíram, ergueram Ian do burro, acomodaram cada braço em um dos ombros e entraram na casa.

Por instinto, eu me virei para procurar minha bolsa médica… e quase caí. Agarrei o gradeado da cama, mas soltei um gemido involuntário, que fez Jamie se erguer de cócoras, olhando avidamente o entorno.

– Está… tudo bem – falei, tentando imobilizar os músculos da barriga. – Eu estou bem. É… Ian. Ele voltou.

Jamie deu um pinote, balançou a cabeça para clarear as ideias e disparou até a janela. Eu o vi se empertigar, agarrei a lateral do corpo e fui atrás. William havia saído da casa e se preparava para montar o burro. Estava de camisa e calça, bastante imundo, e o sol avermelhado lambia seus cabelos castanho-escuros. A sra. Macken disse alguma coisa, parada diante da porta, e ele se virou para responder. Não achei que tivesse emitido qualquer som, mas algo o fez olhar para cima, e ele congelou. Senti Jamie congelar também, ao cruzar olhares com ele.

O rosto de William não se alterou. Depois de um longo instante, retornou ao burro, montou-o e foi embora. Depois de outro longo instante, Jamie soltou a respiração.

– Volte para a cama, Sassenach – disse ele, muito calmo. – Eu vou atrás de Denny para dar um jeito em Ian.

92

EU NÃO VOU DEIXAR VOCÊ SOZINHO

Alguém lhe tinha dado láudano antes de começar a cuidar de seu ombro. Que troço mais estranho. Ian já havia tomado o líquido fazia muito tempo, embora à época não soubesse o nome. Agora estava deitado de costas, piscando devagar enquanto a droga confundia sua mente, tentando entender o que era realidade. Tinha bastante certeza de que grande parte das coisas à sua volta não era.

Dor. Isso era real e podia ser usado como âncora. Ainda não havia cessado por completo. Ele estivera ciente dela, mas bem ao longe, como um filete de água turva serpenteando por entre seus sonhos. Agora, acordado, a sensação ficava mais desagradável a cada minuto. Seus olhos ainda não queriam ajustar o foco, mas ele se forçou a localizar algum objeto familiar.

No mesmo instante, encontrou.

Garota. Moça. Ifrinn, qual era o nome dela?

– Rachel – murmurou ele. No mesmo instante, ela largou o que estava fazendo e se aproximou, o rosto tenso, porém iluminado. – Rachel? – repetiu ele, indeciso, e ela pegou sua mão boa e a levou ao próprio peito.

– Estou vendo que acordou – disse ela, baixinho, perscrutando o rosto dele. – Mas ainda está com bastante febre. Como se sente?

– Melhor, agora que estou olhando para você. – Ele tentou molhar os lábios. – Você teria água, talvez?

Ela soltou um ruído de aflição por ele ter precisado pedir, então correu para levar uma caneca à boca dele. Talvez aquela fosse a melhor coisa que Ian já tinha ingerido na vida, mais ainda por estar bebendo com a cabeça apoiada nela. Estava bastante tonto. Não queria parar, mas ela removeu a caneca.

– Daqui a pouco darei mais – prometeu Rachel. – É melhor você não beber muito, nem depressa, senão vai vomitar. Entre terra e sangue, você já fez bastante bagunça – concluiu ela, com um sorriso.

– Humm – fez Ian, recostando-se.

Ele percebeu que estava limpo. Alguém havia removido o resto da gordura de cervo e da pintura, além de uma boa camada de suor e sangue. Seu ombro estava envolto em algum tipo de cataplasma. Exalava um cheiro forte e familiar, mas sua mente ainda estava muito longe para recordar o nome da erva.

– Tia Claire enfaixou o meu braço? – perguntou ele.

Rachel o encarou, de cenho franzido.

– Sua tia está doente – respondeu ela, com cuidado. – Lembra que eu contei que ela fora ferida... que havia levado um tiro na batalha?

– Não – respondeu ele, confuso. Não guardava lembrança nenhuma dos últimos dias nem da batalha. – Não. Ela está bem?

– Denny retirou a bala, e tio Jamie está com ela. Os dois garantem que ela vai ficar bem.

Ela contorceu um pouco a boca, em uma espécie de sorriso preocupado. Ian fez o possível para retribuir.

– Então ela vai ficar bem. Tio Jamie é um homem muito obstinado. Posso beber mais água?

Desta vez ele bebeu mais e devagar, antes que ela levasse embora. Um estalido constante ecoava em algum lugar. Ian chegara a imaginar que fosse algo de seu sonho, mas agora o barulho havia cessado por um instante, pontuado por um xingamento alto.

– O que... Onde estamos? – perguntou ele, recomeçando a ver as coisas.

Sua visão trêmula o convenceu de que estava em um diminuto curral de vacas. O cheiro que sentia era de feno fresco, misturado ao odor de estrume. Ele estava deitado sobre um cobertor estendido em um monte de feno, mas a vaca não estava ali no momento.

– Em um lugar chamado Freehold. A batalha foi travada aqui perto. Washington e seu exército recuaram até Englishtown, mas os habitantes daqui ofereceram guarida a muitos soldados feridos. No momento, desfrutamos da hospitalidade do ferrador local, um cavalheiro de nome Heughan.

– Ah.

A ferraria. Era de lá que vinham os estalidos e xingamentos. Ele fechou os olhos, o que fez melhorar a tontura, mas enxergou sombras de seus sonhos por dentro das pálpebras e tornou a abri-los. Rachel ainda estava lá; isso era bom.

– Quem venceu a batalha? – perguntou ele.

Ela deu de ombros, impaciente.

– Até onde vão os relatos das pessoas sensatas, ninguém. Os americanos estão todos gabolas por não terem sido derrotados... mas o Exército Britânico certamente também não foi. Eu só me preocupo com você. E você *vai* ficar bem – disse ela, deitando a mão com cautela sobre a testa dele. – *Eu* é que estou dizendo. E sou tão teimosa quanto qualquer escocês que conheça... incluindo você.

– Eu preciso lhe contar uma coisa.

Ian não pretendia falar, mas as palavras se formaram em sua boca, muito familiares, como se já tivessem sido pronunciadas.

– Uma coisa diferente? – Ela havia começado a dar meia-volta, mas parou, desconfiada.

– Diferente? Eu falei alguma coisa enquanto estava...?

Ele tentou fazer um gesto ilustrativo, mas até o braço bom estava pesado feito chumbo.

Rachel mordeu o lábio superior, olhando para ele.

– Quem é Geillis? – indagou ela, de repente. – E, em nome do Senhor, o que ela *fez* com você?

Ele piscou, ao mesmo tempo assustado e aliviado em ouvir aquele nome. Sim, era isso que ele tinha sonhado... Deus do céu. O alívio sumiu no mesmo instante.

– O que eu falei? – perguntou ele, hesitante.

– Se você não se lembra, não sou eu quem vai refrescar sua memória.

Ela se ajoelhou ao lado dele, fazendo farfalhar as saias.

– Eu lembro o que aconteceu... Só quero saber o que foi que falei a respeito.

– O que aconteceu no seu sonho? – questionou ela, olhando para ele. – Ou...

A voz dela foi sumindo, e ele a viu engolir em seco.

– Provavelmente as duas coisas – respondeu ele baixinho, e tentou estender o braço para pegar a mão dela. – Então eu falei de Geillis Abernathy?

– Você só disse "Geillis" – retrucou ela, pousando as mãos na dele e segurando firme. – Você estava com medo. E soltou um grito cheio de dor... Claro, você *estava* sentindo muita dor. Mas aí, seja lá o que tenha sonhado...

A cor subia lentamente pelo pescoço dela e chegou ao rosto. E, no mesmo momento, Ian teve um vislumbre de seu sonho. Por um instante, ele viu Geillis como uma orquídea aberta, onde ele poderia cravar seu...

Ele afastou a visão e descobriu que estava respirando depressa.

– Você parecia estar sentindo alguma coisa que não era dor – concluiu ela, franzindo o cenho.

– É, e foi mesmo – respondeu Ian, engolindo em seco. – Posso beber um pouco mais de água?

Ela deu, mas com o olhar fixo nele, indicando que não pretendia deixar que nenhuma necessidade física desviasse o rumo da história.

Ele suspirou e tornou a se deitar.

– Já faz muito tempo, *a nighean*, e não é nada que traga preocupação no momento. Eu fui levado… sequestrado… durante um breve período, quando tinha meus 14 anos. Fiquei com uma mulher chamada Geillis Abernathy, na Jamaica, até ser encontrado por meu tio. Não foi muito agradável, mas também não sofri nenhum mal.

Rachel ergueu uma sobrancelha. Ian adorava vê-la fazer isso, algumas vezes mais do que outras.

– Havia outros rapazes lá – contou ele – que não tiveram a mesma sorte.

Durante um longo tempo depois daquele período, Ian sentira medo de fechar os olhos à noite, pois via os rostos dos outros. No entanto, pouco a pouco, eles foram desaparecendo e agora ele sentia um espasmo de culpa por tê-los deixado se esvair em meio à escuridão.

– Ian – disse Rachel, bem baixinho, afagando o rosto dele. Ao sentir o toque, ele percebeu a própria barba por fazer, e um agradável arrepio lhe percorreu o maxilar até o ombro. – Não precisa contar nada. Não quero que volte a esse assunto.

– Tudo bem – respondeu ele, engolindo com um pouco mais de facilidade. – Eu vou contar, só que mais tarde. É uma história antiga, que você não precisa ouvir neste momento. Mas… – Ele parou, e ela ergueu a outra sobrancelha. – Mas tenho algo *muito pior* para confessar…

Então ele confessou. Muito dos eventos dos dois dias anteriores ainda eram um borrão em sua mente, mas ele recordou vividamente os dois abenakis que o assombraram. E o que ele havia feito no acampamento britânico.

Rachel ficou em silêncio por tanto tempo que Ian começou a imaginar se realmente tinha acordado e tido aquela conversa ou se ainda estava sonhando.

– Rachel? – chamou Ian, remexendo-se na cama de feno áspero.

A porta do curral estava aberta, e havia bastante luz, mas ele não conseguia discernir a expressão dela. Ela o encarava, os olhos castanhos muito distantes, como se pudessem ver *através* dele. Ian temia que sim.

Ele ouvia o ferreiro Heughan do lado de fora, indo e vindo, fazendo barulho, parando para xingar grosseiramente algum utensílio não cooperativo. Ouvia também as batidas do próprio coração, ribombos desconfortáveis.

Por fim, um arrepio percorreu o corpo de Rachel, como se ela tivesse acabado de despertar. Ela tocou a testa de Ian e afagou seus cabelos, com o rosto calmo e insondável. Desceu o polegar e traçou, bem devagar, a linha tatuada nas bochechas dele.

– Acho que não há mais o que esperar para nos casar, Ian – disse ela, baixinho. – Não admito que passe por essas coisas sozinho. Os tempos estão difíceis, e temos que ficar juntos.

Ele fechou os olhos e exalou todo o ar dos pulmões. Quando tornou a inspirar, sentiu gosto de paz.

– Quando? – sussurrou.

– Assim que puder caminhar sozinho – respondeu ela, com um beijo suave como o farfalhar de uma folha.

93

A CASA DA CHESTNUT STREET

A casa estava ocupada. Uma fumaça subia da chaminé a oeste. A porta estava fechada, no entanto, e muito bem aferrolhada.

– O que deve ter acontecido com a antiga porta? – perguntou John a Hal, tentando outra vez abrir a maçaneta, só por garantia. – Antes era verde.

– Se bater à porta, é provável que alguém venha abrir e responder – sugeriu Hal.

Eles não estavam de uniforme, mas Hal se encontrava claramente tenso desde a convocação ao general Arnold.

O general fora reservado, o que era compreensível, porém cortês. Depois de ler a carta de Fraser umas três ou quatro vezes, permitiu que os dois ficassem na cidade e fizessem as investigações que julgassem necessárias.

"Com o entendimento de que, se eu souber de qualquer coisa desagradável, mandarei prender os dois e os expulsarei da cidade em um carril", dissera Arnold, exibindo um lampejo de sua célebre arrogância por trás da fachada governamental.

"Em um o quê?", retrucara Hal, incrédulo, desconhecendo esse curioso método americano de desagradar aos visitantes.

"Um carril", repetira Arnold, com um alegre sorriso. "Um pedaço comprido de madeira usado para cercas, imagino?"

Hal havia se virado para John, de sobrancelha erguida, como se o convidasse a traduzir a fala de um hotentote encontrado por acaso. John tinha suspirado, mas aquiescera.

"A pessoa indesejável é posta sobre o objeto em questão, escarranchada", dissera ele. "Em seguida, um grupo de homens ergue as pontas do carril e parte pelas ruas com ele, removendo o indivíduo da cidade. Creio que o alcatrão e as penas às vezes sejam aplicados como um gesto preliminar, embora em geral se presuma que os efeitos físicos do carril sejam suficientes."

"Esmagam as bolas feito a pata de um cavalo", concluíra Arnold, ainda sorrindo. "O traseiro também fica bem prejudicado."

"Eu posso imaginar", dissera Hal, com educação.

Estava um pouco mais vermelho do que de costume, mas não deu outro sinal de ter se ofendido, o que Grey considerava um razoável indício da importância daquela missão para Hal.

O clique do ferrolho interrompeu sua recordação. A porta se abriu, revelando a governanta e cozinheira sra. Figg, de caçadeira na mão.

– Lorde John! – exclamou ela, largando a arma com displicência.

– Bom, sim – respondeu ele, entrando e recolhendo a caçadeira do chão.

Ele abriu um sorriso, sentindo a afeição lhe subir ao peito ao vê-la, corpulenta, arrumada e cheia de fitas, como sempre.

– É muito bom revê-la, sra. Figg. Permita-me apresentar o meu irmão...

– Nós já nos conhecemos – interveio Hal, em um tom muito afiado. – Como está a senhora?

– Melhor do que Sua Graça, pelo que vejo – respondeu a sra. Figg, estreitando os olhos para ele. – Vejo que ainda respira.

Apesar da insinuação de que aquela não era uma situação inteiramente desejável para a sra. Figg, Hal abriu um largo sorriso.

– Conseguiu enterrar a prata a tempo?

– Decerto que sim – respondeu ela, com dignidade, e se virou para John. – O senhor veio buscar, milorde? Posso mandar apanhar agora mesmo.

– Talvez não agora – disse John. Olhou em volta, notando a falta do corrimão no andar de cima, a parede suja e manchada junto à escada, e... – O que houve com o lustre?

A sra. Figg suspirou e balançou a cabeça, soturna.

– Isso foi coisa de mestre William. Como ele está, milorde?

– Temo não saber, sra. Figg. Eu tinha a esperança de que estivesse aqui... mas imagino que não?

Ela pareceu perturbada.

– Não, senhor. Não nos vemos desde... Bom, desde o dia em que o senhor foi embora.

Ela o observou com firmeza, absorvendo tudo, dos cabelos cortados aos hematomas claros e o terno comum. Balançou a cabeça e suspirou, mas logo aprumou os ombros largos, determinada a se animar.

– E estamos muito felizes em vê-lo, senhor! E Sua Graça – acrescentou, quase se esquecendo. – Sentem-se! Em dois minutos eu preparo uma boa xícara de chá.

– A senhora tem chá? – perguntou Hal, ganhando animação.

– A primeira coisa que enterramos foi a caixa de chá – respondeu ela. – Mas acabei de trazer um bloco para a srta. Dottie, então...

– Dottie está aqui?

– Com toda a certeza – respondeu a sra. Figg, satisfeita em ser a portadora das boas notícias. – Vou à cozinha chamá-la.

Isso se provou desnecessário. O som da porta dos fundos anunciou a entrada de Dottie, usando um avental cheio de objetos caroçudos. Eram caules de verduras da horta da cozinha, que desabaram no chão em uma torrente amarela e verde quando ela soltou o avental e deu um pinote em direção ao pai, para abraçá-lo.

– Papai!

Por um instante, o rosto de Hal se transformou por completo, derretido de amor. Grey se viu surpreso e desconcertado ao sentir os próprios olhos lacrimejarem. Deu meia-volta, pestanejando, e caminhou em direção ao bufê, na intenção de dar aos dois um momento de privacidade.

A prataria de chá não estava lá, claro, mas os pratos de porcelana de Meissen permaneciam no aparador. Ele tocou a borda de um deles, ornada com um fio dourado, sentindo-se estranhamente fora do corpo. *Sua morada não mais o reconhecerá.*

Dottie, no entanto, agora falava com ambos; Grey se virou para ela, sorrindo.

– Estou muito feliz por estarem os dois em segurança. Os dois *aqui!* – dizia ela, com o rosto corado e os olhos vívidos.

O coração de Grey se encheu de apreensão ao saber que aquele estado de alegria seria abafado muito em breve, assim que Hal revelasse a razão da presença deles. No entanto, antes que tal ruína os invadisse, Dottie tomara as rédeas da conversa e a conduzira a uma direção totalmente diferente.

– Já que o senhor *está* aqui, tio John, será que podemos usar a sua casa para o casamento? Por favor, por favor?

– Casamento? – Hal afastou-se delicadamente e soltou um pigarro. – O *seu* casamento?

– Ora, papai, claro. Não seja bobo. – Os olhinhos de Dottie brilhavam, encarando o tio, e ela pousou a mãozinha coquete em seu braço. – Podemos, tio John? Não queremos nos casar em uma casa de reuniões quacre, mas precisamos de testemunhas para que seja um casamento apropriado entre amigos. Tenho certeza de que papai não ia querer que a filha se casasse no salão de uma taberna. Ia? – apelou ela, virando-se para Hal, que havia recuperado a expressão de cautela inicial.

– Ora, certamente, minha querida – concordou John, olhando ao redor. – Se eu conseguir conservar a posse deste lugar por tempo suficiente para que o casamento aconteça. Quando será a cerimônia e quantas testemunhas precisaremos acomodar?

Ela hesitou, levando o dedo à boca.

– Não tenho certeza. Haverá alguns amigos que, como Denny, foram removidos da reunião por terem se unido ao Exército Continental. Mais alguns amigos... se ainda restar algum na Filadélfia. E... a família?

Ela hesitou outra vez, olhando de esguelha para o pai.

John conteve um sorriso. Hal fechou os olhos e suspirou fundo.

– Sim, eu vou ao seu casamento – confirmou ele, resignado, tornando a abrir os olhos. – Henry também, nem que eu tenha que agarrá-lo pela gola. Imagino que a sra. Woodcock também vá – acrescentou, com acentuado desgosto. – Mas Adam e Ben...

John pensou por um instante que devia contar tudo naquele momento, mas seu irmão cerrou os lábios, firme e determinado. "Agora não, pelo amor de Deus. Deixe que ela aproveite um pouco mais a felicidade" era o claro e silencioso pedido que ele percebia em Hal, mesmo sem olhar para ele.

– Não, isso é péssimo – disse Dottie, com pesar. – Me perdoe, mas eu escrevi para a mamãe.

– Ah, foi, querida? – retrucou Hal, em um tom quase corriqueiro. – Que delicadeza a sua. – No entanto, inclinou a cabeça para ela e estreitou os olhos. – O que mais?

– Ah. – Seu tom de pele, que havia retornado ao normal, enrubesceu outra vez, e Dottie começou a dobrar o avental com uma das mãos. – Bom. O senhor sabia que Rachel, a irmã de Denzell, está noiva de Ian Murray? Sobrinho do sr. James… não, não, não o chamamos por "senhor", desculpe… de James Fraser.

– Eu sabia, sim – respondeu Hal, meio curto e grosso. – E sei quem ele é. Que história é essa, Dottie? Sem floreios, por favor.

Ela torceu o nariz, mas não pareceu nem um pouco descomposta.

– Bom, então. Rachel e Ian desejam se casar o mais rápido possível, assim como Denny e eu. Como todas as testemunhas estarão presentes, por que não realizamos os dois casamentos ao mesmo tempo?

Desta vez, Hal olhou para John, que retribuiu o olhar, um tanto surpreso.

– Ah… bom. Imagino que isso vá acarretar convidados adicionais? Incluindo o supracitado sr. Fraser? Tenho certeza de que você perdoa o meu uso de "senhor", minha querida. Estou acostumado a excessos sociais.

– Bom, sim. Rachel me contou que a sra. Fraser já está bem recuperada, de modo que eles devem retornar à Filadélfia amanhã ou depois. Além disso, claro, virão Fergus e a esposa, Marsali, e talvez as crianças, e eu não sei se também há outros amigos que… Não *creio* que Ian tenha qualquer conhecido mohawk por perto, mas…

– Um, dois, três, quatro, cinco… – John se virou e começou a contar as pequenas cadeiras douradas que saltaram rigidamente à atenção sob o lambri. – Acho que vamos ficar um pouco espremidos, Dottie, mas se…

A sra. Figg pigarreou. O som foi bastante impressionante, de modo que todos pararam de falar e olharam para ela.

– Com sua licença, cavalheiros – disse ela, com o rosto visivelmente corado. – Não pretendo me meter nem agir com ousadia, mas acontece que mencionei ao reverendo Figg que a srta. Dottie e o amigo Denzell precisam de um lugar onde se casar.

Ela pigarreou, e o rubor se intensificou em sua pele escura. *Tal qual uma bala de canhão recém-disparada*, pensou Grey, encantado com a ideia.

– Então… Bom, encurtando a história, cavalheiros e madame, o reverendo e sua congregação ficariam felizes se a senhorita considerasse a nova sede da igreja, já que foi tão gentil em contribuir para ela. Não é muito luxuosa, veja bem, mas…

– Sra. Figg, a senhora é um espanto.

Grey apertou as mãos dela, uma atenção que deixou a mulher sem palavras, de tão agitada. Ao perceber isso, ele a soltou. No mesmo instante, Dottie deu um bote e largou um beijo na governanta, soltando uma grata exclamação. Quando Hal tomou a mão da sra. Figg para beijá-la, a pobre já estava quase sufocada. Mais do que depressa, ela puxou a mão de volta, murmurou qualquer coisa sobre o chá e saiu, quase tropeçando nas verduras que jaziam no chão.

– Há algum problema em se casarem na igreja? – perguntou Hal a Dottie, quando a sra. Figg já se encontrava a uma distância segura. – Não é igual aos judeus, é? Ninguém precisa ser circuncidado para comparecer, certo? Caso seja uma regra, acho que sua lista de convidados murchará de maneira substancial.

– Ah, eu tenho certeza de que não é… – começou Dottie, meio vaga, mas sua atenção foi desviada por algo visto na janela da frente. – Minha nossa, é…?

Sem se preocupar em concluir o pensamento, ela correu até a porta destrancada e a abriu com um solavanco, revelando um assustado William na varanda.

– Dottie! – exclamou ele. – O que…?

Então, ele avistou John e Hal. O rosto de William se alterou de tal forma que um arrepio percorreu as costas de John até a base da coluna. Ele testemunhara aquela exata expressão no rosto de Jamie Fraser centenas de vezes, mas jamais no de William.

Era o olhar de um homem sem apreço por seu futuro imediato, mas inteiramente capaz de lidar com ele. William adentrou a casa, repelindo por pura força de vontade a inútil tentativa de abraço de Dottie. Retirou o chapéu e lhe dedicou uma mesura e depois outra, meticulosa, para John e Hal.

– Seu servo, madame. Senhores.

Hal torceu o nariz e avaliou o sobrinho de cima a baixo. William vestia roupas comuns, mais ou menos da mesma forma que John e Hal – embora de bom corte e qualidade, observou John.

– Por onde *o senhor* andou nos últimos três dias, posso saber?

– Não, não pode – retrucou William. – O que *o senhor* está fazendo aqui?

– Procurando por você, em primeiro lugar – respondeu John, no mesmo tom, antes que Hal pudesse dizer outra coisa. Ele havia posto a caçadeira na cornija da lareira, bem ao alcance de Hal, mas era quase certo que não estivesse carregada. – E o capitão Richardson. Você o viu nesses dias?

A expressão de surpresa de William fez John soltar um suspiro interno de alívio.

– Não, não vi. – William lançou uma olhadela sagaz de um lado para outro. – Era isso que o senhor estava fazendo no quartel-general de Arnold? Procurando Richardson?

– Sim – respondeu John, surpreso. – Como foi que…? Ah, você estava à espreita. – Ele sorriu. – Eu fiquei imaginando como você tinha vindo parar aqui tão por acaso. Está nos seguindo desde o general Arnold.

William assentiu, estendeu o braço comprido e puxou uma das cadeiras da parede.

– Foi. Sente-se. Algumas coisas precisam ser ditas.

– *Isso* parece muito ominoso – murmurou Dottie. – Talvez seja melhor eu pegar o conhaque.

– Por favor, Dottie – disse John. – Peça à sra. Figg o de 57, por gentileza. Se não estiver enterrado, digo.

– Acho que tudo de natureza alcoólica está no poço, na verdade. Vou buscar.

A sra. Figg retornou naquele instante, sacolejando uma bandeja de chá e pedindo desculpas pela cerâmica simplória que abrigava a bebida, e dali a minutos todos foram servidos de uma xícara fumegante e uma taça de 57.

– Obrigado, querida – disse Hal, aceitando uma taça de Dottie. – Você não precisa ficar – acrescentou, em tom formal.

– Eu prefiro que fique, Dottie – falou William baixinho, mas de olhos fixos em Hal. – Há umas coisas de que você precisa saber também.

Com uma breve olhadela para o pai, Dottie, que recolhia as verduras no chão, sentou-se no sofá, de frente para o primo.

– Então me conte – disse ela, apenas.

– Nada fora do normal – garantiu ele, acreditando soar casual. – Eu recentemente descobri que sou filho biológico de um tal James Fraser, que…

– Ah – interrompeu ela, encarando-o com renovado interesse. – Eu *achava* mesmo que o general Fraser me fazia lembrar alguém! Claro, é isso! Meu Deus, Willie, vocês são *mesmo* parecidos!

William se desconcertou um pouco, mas logo recobrou a compostura.

– Ele é general? – indagou William.

– Era – respondeu Hal. – Renunciou à comissão.

– Ah, foi? Bom, eu também – comentou William.

Depois de um longo instante de silêncio, John apoiou a xícara com cuidado no pires, com um breve estalido.

– Por quê? – perguntou ele, baixinho.

– É possível fazer esse tipo de coisa e ser, tecnicamente, prisioneiro de guerra? – indagou Hal, ao mesmo tempo, de cenho franzido.

– Eu não sei – respondeu William, em resposta às duas perguntas. – Mas eu fiz. Agora, quanto ao capitão Richardson…

Então, ele relatou o impressionante encontro com Denys Randall-Isaacs na estrada.

– Ou melhor – concluiu –, Denys Randall, como agora se denomina. Ele tem um padrasto judeu, obviamente, e quer evitar a associação.

– Sensato – concordou Hal. – Eu não o conheço. O que mais sabe sobre ele, William? Qual é a conexão dele com Richardson?

– Não faço a menor ideia – retrucou William, então esvaziou a xícara, pegou o bule e serviu mais um pouco. – *Existe* uma conexão, claro, e antes disso eu teria presumido que Randall talvez trabalhasse com Richardson ou para ele.

– Talvez ainda trabalhe – sugeriu John, em um tom meio pungente.

John havia atuado como espião por alguns anos e costumava não aceitar sem questionamento nada que fosse dito por conhecidos agentes da inteligência.

A informação pareceu perturbar William por um momento, mas ele assentiu, relutante.

– Muito bem – admitiu. – Mas me digam: por que os dois estão interessados em Richardson?

Eles contaram.

Ao concluírem, Hal estava empoleirado no sofá ao lado de Dottie, ansioso, abraçando os ombros trêmulos da moça. Ela chorava em silêncio, e ele ia secando o rosto dela com seu lenço, àquela altura já um trapo imundo, depois de servir como bandeira de trégua.

– Eu não acredito – repetiu ele, com teimosia, pela sexta ou sétima vez. – Está me ouvindo, querida? Eu *não* acredito, e não vou permitir que acredite.

– N-Não – disse ela, obediente. – Não… eu não vou. Ah, *Ben*!

Na esperança de distraí-la, John se virou para William:

– E que assunto o trouxe de volta à Filadélfia, posso saber? Você não pode ter vindo atrás do capitão Richardson. Quando saiu do acampamento, não sabia que ele tinha desaparecido.

– Eu vim por uma questão pessoal – rebateu William, em um tom que sugeria que não daria mais explicações. – Mas também… – Ele uniu os lábios por um instante, e mais uma vez John teve a estranha sensação de deslocamento, ao ver Jamie Fraser. – Eu ia deixar isso aqui para o senhor, caso retornasse à cidade. Ou pediria à sra. Figg que enviasse a Nova York se… – A voz dele foi sumindo, e ele puxou uma carta do casaco azul-escuro. – Mas agora não preciso – concluiu, com firmeza, e tornou a guardar o papel. – A carta só diz o que eu já contei.

Mas um leve rubor lhe tocou as bochechas. Ele evitou o olhar de John e se voltou para Hal:

– Vou descobrir a verdade sobre Ben – comentou, apenas. – Não sou mais soldado. Não corro perigo de ser capturado como espião. E tenho mais facilidade para viajar do que o senhor.

– Ah, William! – Dottie pegou o lenço do pai e assoou o nariz. Olhou para ele de soslaio. – Vai, mesmo? Ah, *obrigada*!

Isso, claro, não foi o fim da história. Mas não foi nenhuma revelação para Grey saber que William havia herdado tamanha teimosia de seu pai biológico, que ninguém além de Hal sequer teria pensado em discutir com ele. E nem Hal perdia muito tempo discutindo.

No fim das contas, William se levantou para partir.

– Transmita o meu carinho à sra. Figg, por favor – pediu ele a John, com uma breve mesura a Dottie. – Adeus, prima!

John o acompanhou até a porta, mas parou na soleira e pôs a mão em seu braço.

– Willie – chamou ele baixinho. – Me dê a carta.

Pela primeira vez, William pareceu um pouco menos resoluto. Levou a mão ao peito, mas ali parou, hesitante.

– Eu não vou ler… – disse John. – Só leio se você não voltar. Caso não volte… eu quero tê-la. Uma lembrança.

William respirou fundo e assentiu. Meteu a mão no casaco, apanhou um envelope selado e estendeu o braço. Grey viu que o selo era uma gota espessa de cera de vela e que William não havia usado o anel do sinete, preferindo firmar a cera quente com o polegar.

– Obrigado – disse, com um nó na garganta. – Boa sorte, *filho*.

94

O SENTIDO DA REUNIÃO

A igreja metodista era uma construção modesta com janelas de vidro liso. Com exceção do altar e de três bordados com versos bíblicos pendurados na parede, poderia facilmente se passar por uma casa de reuniões quacre. Eu ouvi Rachel soltar o ar assim que parou do lado de dentro, olhando em volta.

"Sem flores?", indagara a sra. Figg no dia anterior, escandalizada. "Sem decoração eu até entendo, mas foi *Deus* quem fez as flores!"

"Uma casa de reuniões de amigos não teria flores", respondera Rachel, com um sorriso. "Consideramos as flores pagãs, de certa forma, além de uma distração às orações. Mas somos convidados aqui, e naturalmente não cabe a um convidado ditar as normas da casa de seu anfitrião."

A sra. Figg tinha ficado chocada ao ouvir a palavra "pagãs", mas assentira, com um murmúrio, recobrando a benignidade.

"Muito bem, então", concordara ela. "O lorde tem três belas roseiras, e todos os quintais da cidade ostentam girassóis. Muitas madressilvas também", acrescentara, pensativa. Era verdade. Todo mundo plantava madressilvas perto do banheiro.

Como gesto de sensibilidade dos quacres, porém, havia um único vaso de flores de vidro liso entre os dois bancos de madeira que tinham sido acomodados à frente do salão. As madressilvas e as rosas de cem pétalas exalavam um suave perfume, que se imiscuía ao odor de terebintina das tábuas do chão de madeira quente e ao cheiro de pessoas com calor, porém bastante limpas.

Rachel e eu tornamos a sair, juntando-nos ao resto do que eu supunha serem os convidados do casamento, que estavam à sombra de uma frondosa limeira. As pessoas ainda chegavam, sozinhas ou em duplas, e percebi alguns olhares curiosos dirigidos a nós.

– Você vai se casar... *assim*? – indagou Hal, encarando o melhor vestido de domingo de Dottie, de musselina cinza com um pequeno fichu branco e um laço nas costas, na altura da cintura.

Dottie ergueu a sobrancelha para ele.

– Mamãe me contou o que *ela* usou no casamento de vocês, em uma taverna em Amsterdã. E como foi o *seu* primeiro casamento. Os diamantes, a renda branca e a igreja de St. James não ajudaram muito, não foi?

– Dorothea – advertiu Denzell, de leve. – Não irrite o seu pai. Ele já está tolerando muita coisa.

Hal, que enrubescera com as observações de Dottie, ficou ainda mais vermelho com as de Denny. Soltou um arquejo ameaçador, mas não falou mais nada. Hal e John, de uniforme completo, superavam muitíssimo as duas noivas em esplendor. Eu lamentava que Hal não fosse conduzir Dottie ao altar. No entanto, após explicarem as formalidades da cerimônia – e depois de levar um forte cutucão do irmão na costela –, ele compreendeu e disse que ficaria honrado em apenas assistir ao evento.

Jamie não estava de uniforme. Por outro lado, seu traje completo das Terras Altas fez a sra. Figg e alguns convidados arregalarem os olhos.

– Doce Pastor da Judeia – murmurou ela. – O homem está usando uma *anágua* de lã? E que estampa é essa no tecido? É de doer os olhos!

– Chama-se *féileadh beag* – expliquei. – Na língua nativa. Mas leva o nome popular de kilt. E a estampa se chama tartã.

Ela o encarou por um longo instante, um rubor subindo lentamente às bochechas. Virou-se para mim, prestes a fazer uma pergunta, mas pensou melhor e resolveu se manter calada.

– Não – falei, rindo. – Ele não está.

Ela deu um suspiro.

– Seja como for, ele vai morrer de calor – profetizou a sra. Figg –, e esses dois galos de briga também.

Ela inclinou a cabeça para John e Hal, gloriosos e muito suados, de rendas vermelhas e douradas. Henry também usava seu uniforme de tenente, um pouco mais modesto. De braço dado a Mercy Woodcock, encarou o pai, desafiando-o a abrir a boca.

– Pobre Hal – murmurei a Jamie. – Esses filhos dele são uma provação.

– Que filhos não são? – respondeu ele. – Tudo bem, Sassenach? Você está pálida. Será que não é melhor se sentar um pouco?

– Não, estou bem. Depois de tantos meses sem ver o sol, eu agora *sou* pálida. É bom tomar um pouco de ar fresco.

Eu tinha uma bengala em que me apoiar, além de Jamie, mas estava me sentindo muito bem, exceto por uma pequena dor na lateral do corpo. Apreciava as sensações de mobilidade, mas não a anágua e o espartilho, com tanto calor. E esquentaria ainda mais quando a cerimônia começasse e todos os presentes se aglomerassem. A congregação do reverendo sr. Figg estava lá, claro, já que era a igreja dele, e os bancos estavam lotados.

A igreja não tinha sinos, mas a alguns quarteirões de distância o sino de St. Peter começou a marcar a hora. Então Jamie, os irmãos Grey e eu entramos na igreja e nos acomodamos. No ar pairava um alarido de cochichos curiosos – ainda mais por conta dos uniformes britânicos e da saia xadrez de Jamie, embora tanto ele quanto os Greys tivessem deixado as espadas em casa, em deferência à reunião dos amigos.

Quando Ian entrou, o falatório e a curiosidade se intensificaram. Ele usava uma camisa nova, de algodão branco, estampada de tulipas azuis e roxas, calça de camurça, mocassins… e um bracelete de conchas azuis e brancas, que eu tinha quase certeza de que fora feito por sua mulher mohawk, Trabalha com as Mãos.

– E lá vem o padrinho, claro – ouvi John sussurrar para Hal.

Rollo irrompeu, logo atrás de Ian, alheio ao grande reboliço que *ele* também causava. Ian se sentou em silêncio em um dos dois bancos dispostos à frente da igreja, diante da congregação. Rollo se acomodou a seus pés, deu uma coçadela preguiçosa no corpo e se esparramou no chão, arfante, perscrutando a multidão com seus olhos amarelos, lentos e avaliativos, como se ponderasse se dava para comer toda aquela gente.

Denzell entrou no recinto, um pouco pálido, mas caminhou e se sentou ao lado de Ian. Abriu um sorriso para a congregação, e a maioria murmurou e sorriu de volta. Denny usava o melhor de seus dois ternos, uma decente peça de lã azul-marinho com botões de peltre. Embora mais baixo e menos enfeitado do que Ian, de forma alguma era ofuscado por seu excêntrico futuro cunhado.

– Você não vai passar mal? – indagou Jamie a Rachel.

Dottie e ela haviam entrado, mas permaneciam junto à parede. Rachel tinha as mãos agarradas à saia. Estava branca feito papel, mas seu olhos cintilavam, encarando Ian, que também a olhava, tomado de emoção.

– Não – sussurrou ela. – Venha comigo, Dottie.

Ela estendeu a mão, e as duas caminharam juntas até o outro banco e se sentaram. Dottie estava altiva e corada. Rachel cruzou as mãos sobre o colo e voltou a olhar para Ian. Senti Jamie dar um suspiro e relaxar. Do lado oposto, Jenny espichou o pescoço para olhar os arredores e abriu um grato sorriso.

Ela havia feito o vestido de Rachel. Dadas as necessidades dos últimos meses, Rachel não possuía nada além de trapos. E Jenny, por mais que fosse a favor das indumentárias recatadas, conhecia a força de um belo decote. O vestido era de chita verde-clara, com uma delicada estampa de vinhas verde-escuras, e caía perfeitamente bem em Rachel. Com seus olhos redondos e os brilhosos cabelos castanhos soltos sobre os ombros, a noiva parecia uma habitante da floresta… talvez uma ninfa das árvores.

Eu estava prestes a compartilhar o elogio com Jamie, quando o reverendo Figg caminhou até o centro da igreja e sorriu para a congregação.

– Deus abençoe todos no dia de hoje, irmãos e irmãs! – exclamou ele, respondido por um coro genial de "Deus o abençoe, irmão!" e uns discretos "Amém". – Pois muito bem. – Ele olhou para Ian, Denny e as moças, então se dirigiu outra vez à congregação: – Estamos reunidos hoje aqui para celebrar dois casamentos. Mas os dois pares de noivos pertencem à Sociedade dos Amigos, então será uma cerimônia quacre. Como talvez ela se diferencie um pouco dos seus costumes, tomarei a liberdade de explicar aos senhores como será.

Fez-se um breve murmúrio, interessado e especulativo. O sr. Figg era um homem miúdo e ligeiro, de terno preto e gravata branca, mas possuía imensa presença, e todos se puseram atentos a suas explicações.

– Nós temos a honra de abrigar essa reunião... pois é assim que os amigos chamam seus cultos. Para eles, um casamento é apenas parte de uma reunião comum. Não há padre ou pastor. O casal simplesmente se casa quando sente que é o momento.

A fala trouxe uma onda de surpresa, talvez certa desaprovação, e eu pude ver um rubor no rosto de Dottie. O sr. Figg sorriu para as moças e retornou à congregação.

– Talvez um de nossos amigos quacres possa nos contar um pouco sobre sua ideia de reunião, pois tenho certeza de que eles sabem mais do que eu a esse respeito.

Ele se virou para Denzell Hunter, cheio de expectativa, mas foi Rachel quem se levantou. O sr. Figg não percebeu e levou um susto quando ela falou atrás dele, arrancando uma gargalhada geral:

– Bom dia – disse ela, em tom brando, porém claro, quando os risos cessaram. – Agradeço a presença de todos aqui. Pois Cristo disse: "Onde dois ou três estão reunidos em meu nome, aí estou eu no meio deles." É essa a essência de uma reunião de amigos: que Cristo faça sabida sua presença entre nós... e dentro de nós. Então nós nos reunimos e escutamos... um ao outro e à nossa luz interior. Quando o espírito de alguém é tocado a falar, a pessoa fala.

– Ou canta, se preferir – acrescentou Dottie, com um sorriso para John.

– Ou canta – concordou Rachel. – Mas não tememos o silêncio, pois Deus com frequência fala mais alto na quietude de nosso coração.

Com isso, muito contida, ela tornou a se sentar.

O breve momento de pestanejos e burburinho entre a multidão foi sucedido, de fato, por um silêncio ansioso... quebrado por Denny, que resolveu se levantar.

– Fico tocado em expressar o tamanho da minha gratidão por seu acolhimento – disse ele. – Pois eu fui expulso da reunião, assim como minha irmã, devido ao meu desejo declarado de me unir ao Exército Continental. E, por algum motivo, não fomos recebidos como membros da reunião da Filadélfia. – Ele olhou para Rachel, com os olhos marejados por trás dos óculos. – Para um amigo, isso é muito doloroso. Pois é na reunião que guardamos a nossa vida e a nossa alma. Quando dois amigos se casam, toda a reunião deve aprovar e testemunhar o casamento, para que a própria comunidade apoie a união. Eu privei minha irmã dessa aprovação e desse apoio, e imploro para que ela me perdoe.

Rachel bufou de uma maneira nada feminina.

– Você seguiu a sua consciência. Se eu não tivesse lhe dado razão, teria me pronunciado.

– Era minha responsabilidade cuidar de você!

– Você já está cuidando de mim! – exclamou Rachel. – Eu estou passando fome? Estou sem roupas com que vestir?

A congregação se agitou um pouco, mas os irmãos Hunters não perceberam.

– Eu tirei você de casa e da reunião, e a obriguei a me acompanhar rumo à violência, a juntar-se a um exército cheio de homens violentos.

– Está falando de mim, imagino – interrompeu Ian, com um pigarro. Ele olhou para o sr. Figg, que parecia um tanto chocado, e para a congregação fascinada. – Eu mesmo não sou amigo, os senhores sabem. Sou das Terras Altas, além de mohawk. Não imagino um perfil mais violento. Por direito, eu não deveria me casar com Rachel nem o irmão dela deveria permitir.

– Eu gostaria de ver meu irmão tentar me impedir! – interrompeu Rachel, empertigada no banco, as mãos cruzadas sobre os joelhos. – E você também, Ian Murray!

Dottie parecia estar se divertindo com a discussão. Eu via que ela lutava para não rir e, ao olhar de esguelha para o banco à minha frente, percebi a mesmíssima expressão no rosto de seu pai.

– Bom, é por minha culpa que você não pôde se casar em uma reunião quacre apropriada – protestou Ian.

– Igualmente minha – soltou Denny, com uma careta.

– *Mea culpa, mea culpa, mea maxima culpa* – murmurou Jamie em meu ouvido. – Será que devo me declarar culpado também por ter deixado Ian com os índios e ter sido um mau exemplo para ele?

– Só se o seu espírito for tocado – respondi, sem desviar os olhos do espetáculo. – Meu conselho é que fiquem os dois de fora, você e o espírito.

A sra. Figg não parecia disposta a ficar de fora. Soltou um pigarro alto.

– Perdoem-me pela interrupção, mas, pelo que compreendi, vocês amigos consideram a mulher igual ao homem, não é isso?

– Isso – responderam Rachel e Dottie em firme uníssono, arrancando risos da plateia.

A sra. Figg corou feito uma ameixa-preta, mas manteve a compostura.

– Pois muito bem. Se essas moças desejam se casar com os cavalheiros, por que os senhores acham que devem convencê-las do contrário? Por acaso estão tendo reservas quanto à questão?

Um murmúrio de aprovação claramente feminino ecoou pela congregação. Denny, ainda de pé, parecia lutar para manter a compostura.

– Ele tem um pau? – sussurrou alguém atrás de mim, com sotaque francês, seguido da risadinha esganiçada de Marsali. – Não se pode casar sem um pau.

A lembrança do casamento nada ortodoxo de Fergus e Marsali em uma praia caribenha me fez enfiar o lenço na boca. Jamie estremeceu, contendo a gargalhada.

– Eu tenho reservas, de fato – respondeu Denzell, com um suspiro. – Mas não quanto ao meu desejo de desposar Dorothea ou honrar as minhas intenções em relação a ela. Minhas reservas, que talvez sejam as mesmas do amigo Ian, encontram-se no extremo oposto. Nós, talvez… Eu sinto que devemos deixar claras nossas limitações enquanto…

maridos. – Então, pela primeira vez, ele também enrubesceu. – Para que Dorothea e Rachel possam... chegar a uma conclusão adequada.

– Para que possam saber onde estão se metendo? – concluiu a sra. Figg. – Bom, é um sentimento admirável, dr. Hunter...

– Amigo – murmurou ele.

– *Amigo* Hunter – repetiu ela, revirando de leve os olhos. – Mas tenho que dizer duas coisas. Em primeiro lugar, sua moça certamente sabe mais a seu respeito do que o senhor mesmo. – Mais risadas. – Em segundo... e falo como uma mulher de certa experiência... posso lhes garantir que ninguém sabe como será um casamento até começar a vivê-lo.

Com um ar de finalização, ela se sentou, e um murmúrio de aprovação ecoou no recinto.

Alguns presentes se entreolharam, e certa movimentação começou no canto esquerdo da igreja, onde havia vários homens reunidos. Eu tinha notado a entrada deles, com mulheres que claramente eram suas esposas. As mulheres, no entanto, tinham se separado e foram se sentar do lado direito da igreja, o que me fez pensar que talvez fossem quacres, embora suas vestes não fossem diferentes das dos trabalhadores e comerciantes da congregação. O grupo entrou em um silêncio consensual, e um dos homens se levantou.

– Eu sou William Sprockett – disse ele, muito formal, e pigarreou. – Vimos falar em apoio ao amigo Hunter. Pois também somos amigos que seguiram as ordens da própria consciência em relação ao envolvimento com a rebelião e com outras questões que um amigo em geral procuraria evitar. Como consequência... fomos afastados da reunião.

Ele parou, de cenho franzido, evidentemente sem saber como prosseguir. Do outro lado da igreja, uma mulher miúda, vestida de amarelo, levantou-se.

– O que o meu marido quer dizer, amigos – entoou ela, com clareza –, é que não tem valia um homem que não segue os ditames de sua luz interior. E, por mais que um homem de consciência possa ser bastante inconveniente, certas vezes isso não faz dele um mau marido.

Ela sorriu para o sr. Sprockett e tornou a se sentar.

– Sim – concordou o sr. Sprockett, com gratidão. – Como a minha esposa teve a bondade de dizer, ir à guerra não nos torna inadequados ao casamento. Sendo assim, todos nós – continuou ele, estendendo o braço para abranger os companheiros e suas esposas, do outro lado do corredor – estamos aqui para aprovar e testemunhar o seu casamento, amigo Hunter.

– E vamos apoiar o seu casamento, Dorothea – acrescentou a sra. Sprockett, meneando a cabeça. – E o seu, Rachel.

Durante todo o curso do colóquio, Denny Hunter permanecera parado, de pé.

– Obrigado, amigos – disse ele, e sentou-se abruptamente, seguido pelos Sprocketts.

Um silêncio se abateu sobre o recinto e, por um breve instante, não se ouviu outro som além do barulho remoto das ruas. Aqui e ali uma tosse, um pigarro, mas, no geral, silêncio. Jamie segurou a minha mão e as entrelaçamos. Eu sentia o meu coração pulsar na ponta dos dedos, nos ossos sólidos de juntas e falanges. A mão direita dele, maltratada e marcada pelas cicatrizes do trabalho e do sacrifício. Marcada também pelos símbolos de meu amor, os reparos brutos realizados em meio à dor e ao desespero.

Sangue do meu sangue, osso do meu osso...

Fiquei pensando se os casais infelizes refletiam sobre a própria união ao testemunhar casamentos. Os felizes sempre refletiam, eu imaginava. Jenny tinha a cabeça baixa, o rosto tranquilo e introspectivo, porém pacífico. Estaria ela pensando em Ian e no dia de suas próprias bodas? Ela estava; inclinou a cabeça de leve para o lado, apoiou a mão com delicadeza no banco e sorriu para o fantasma sentado a seu lado.

Hal e John permaneciam sentados no banco à nossa frente, um pouco para o lado, de modo que eu conseguia ter um vislumbre dos dois, de feições tão parecidas e, ao mesmo tempo, tão diferentes. Ambos haviam se casado duas vezes.

Era um pouco chocante recordar que o segundo casamento de John tinha sido comigo, visto que ele agora estava totalmente apartado de mim, e nossa breve parceria havia se perdido de tal forma no tempo que parecia quase irreal. Então... havia Frank.

Frank. John. Jamie. As intenções sinceras nem sempre bastavam, refleti, enquanto olhava os jovens sentados nos bancos à frente da igreja, que já não se entreolhavam, mas encaravam as mãos entrelaçadas ou o chão ou permaneciam de olhos fechados. Talvez percebendo que, conforme dissera a sra. Figg, um casamento não se faz nos rituais ou nas palavras, mas na convivência.

Um movimento me demoveu de meus pensamentos. Denny havia se levantado e estendido a mão a Dottie, que também ficou de pé, como se hipnotizada. Ele entrelaçou as mãos nas dela, como se aqueles dedos fossem sua vida.

– Está ficando claro o sentido da reunião, Dorothea? – perguntou ele baixinho, ao que ela assentiu.

– Na presença do Senhor – prosseguiu ele – e diante desses nossos amigos, eu a recebo como minha esposa, Dorothea. E prometo, com a ajuda divina, ser um marido fiel e amoroso por todos os dias da nossa vida.

– Na presença do Senhor – disse ela, com clareza, o semblante iluminado – e diante desses nossos amigos, eu o recebo como meu marido, Denzell. E prometo, com a ajuda divina, ser uma esposa fiel e amorosa por todos os dias da nossa vida.

Ouvi Hal prender a respiração no que parecia um soluço, e então a igreja irrompeu em aplausos. Denny se espantou, abriu um radiante sorriso, tomou Dottie pelo braço e a conduziu até os fundos da igreja, onde os dois se sentaram lado a lado no último banco.

Os convidados murmuraram e suspiraram, sorridentes, e a igreja aos poucos foi se acalmando... mas não retornou à sensação anterior de contemplação. Agora havia uma vibrante expectativa, talvez certa ansiedade. A atenção geral se voltou para Ian e Rachel, que olhavam para o chão.

Ian respirou fundo, bem alto, em um suspiro audível até para os últimos bancos. Ele ergueu a cabeça, removeu a faca do cinto e a depositou no assento a seu lado.

– Ahn... bom... Rachel sabe que eu já fui casado com uma mulher do clã dos Lobos dos kahnyen'kehakas. E as cerimônias de casamento dos mohawks talvez não sejam muito diferentes das dos amigos. Nós nos sentamos diante do povo, e os nossos pais... eles tinham me adotado, sabem... contaram o que sabiam a nosso respeito, que éramos de bom caráter. Até onde *eles* sabiam – acrescentou ele, em tom de desculpas, e os convidados soltaram risadinhas. – Minha noiva trazia uma cesta no colo, cheia de frutas, verduras e outros alimentos, e prometeu me alimentar com suas colheitas e cuidar de mim. E eu... eu tinha uma faca, um arco e umas peles de lontra que eu havia caçado. Prometi caçar para ela e mantê-la aquecida com as minhas peles. E todo o povo concordou que deveríamos nos casar, então... assim o fizemos.

Ele parou, mordendo o lábio, então pigarreou.

– Mas os mohawks não ficam juntos até o fim da vida... somente até quando a mulher desejar. E minha esposa escolheu se separar... não por ter sido ferida ou maltratada por mim, mas por outras razões.

Ele pigarreou outra vez e levou a mão ao bracelete de contas em volta do bíceps.

– Minha mulher se chamava Wakyo'teyehsnonhsa, que significa "Trabalha com as Mãos", e ela fez isso aqui para mim, como um símbolo de seu amor. – Ele remexeu o cordão com os longos dedos morenos, e a tira de contas trançadas se soltou, serpenteando em sua mão. – Agora eu o deixo de lado, como testemunho de que me apresento aqui como um homem livre, com a vida e o coração livres mais uma vez.

Ele deixou o bracelete no banco, fazendo retinir as conchas azuis e brancas. Seus dedos pairaram ali por um instante, então ele recolheu a mão.

Eu ouvia a respiração de Hal, já mais firme, porém ainda um pouco ruidosa. E a de Jamie, gutural e rascante.

O ar espesso e imóvel da igreja estava permeado de inúmeras sensações. Emoção, compaixão, dúvida, apreensão... Rollo soltou um grunhido bem baixinho, os olhos amarelos muito atentos aos pés de seu dono.

Aguardamos. Jamie remexeu a mão junto à minha, e eu o olhei. Ele encarava Ian com muita atenção, os lábios cerrados, e eu soube que ele cogitava se levantar e falar à congregação – e a Rachel – sobre o caráter e as virtudes de Ian. No entanto, ele me encarou, balançou a cabeça bem de leve e acenou com a cabeça para o altar. Era a hora da fala de Rachel, se ela quisesse.

Rachel permanecia sentada, rígida como uma pedra, o rosto pálido e os olhos ardentes cravados em Ian. Não disse nada.

Também não se moveu, mas algo se agitava dentro dela. Eu senti a percepção invadir seu rosto e o corpo, que se alterou. Ela se aprumou. Estava escutando.

E todos nós escutamos com ela. E o silêncio lentamente preencheu o ambiente.

O ar, então, emitiu um levíssimo pulsar, e a congregação ergueu os olhos, demovida do silêncio. Um borrão surgiu entre os bancos à frente, e um beija-flor apareceu, atraído pela janela aberta, uma sombra verde e escarlate voejando junto às trombetas corais das madressilvas nativas.

Do coração da igreja ecoou um suspiro, e o sentido da reunião se fez claro.

Ian se levantou e Rachel foi ao seu encontro.

. . .

UMA CODA EM TRÊS POR DOIS
Denzell e Dorothea

Foi a melhor festa que Dorothea Jacqueline Benedicta Grey havia presenciado. Ela já tinha dançado com condes e viscondes nos mais belos salões de baile de Londres, já tinha provado todos os sabores, de pavão-real a trutas recheadas com camarão sobre um mar de musse, com uma estátua de gelo de Tritão brandindo seu tridente para todas as criaturas. Já tinha usado vestidos esplêndidos e ofuscado todos os homens de um salão com sua presença.

Seu marido não se ofuscou. Ele a fitava com tanto carinho por trás dos óculos de aro metálico que ela sentia aquele olhar do outro lado do recinto, penetrando em seu vestido cinza-claro. Achou que explodiria de tanta felicidade, que se desintegraria ali mesmo, no salão da taverna Camelo Branco. Não que alguém fosse reparar, caso isso acontecesse. Havia tanta gente aglomerada, bebendo, falando, bebendo, cantando e bebendo, que uma vesícula ou um rim solto pelo chão passaria despercebido.

Era possível até fugir da festa por alguns minutos, pensou ela.

Dottie alcançou Denzell com certa dificuldade, pois esbarrou com muita gente no caminho querendo desejar felicidades. Ele estendeu a mão para ela e, no instante seguinte, os dois estavam do lado de fora, ao ar livre, rindo feito bobos e se beijando nos recônditos da igreja anabatista vizinha à taverna.

– Vamos para casa agora, Dorothea? – indagou Denny, parando para respirar um pouco. – Você está... pronta?

Ela não o soltou. Aproximou-se, sorvendo o perfume do sabão de barbear, do linho engomado... e da pele do marido.

– Estamos casados de verdade? – sussurrou ela. – Eu sou a sua esposa?

– Estamos. Você é – confirmou ele, emocionado. – E eu sou o seu marido.

Dottie percebeu que Denny pretendera usar um tom solene, mas um incontido sorriso de alegria irrompeu por seu rosto com as palavras, e ela deu uma gargalhada.

– Não dissemos "uma só carne" durante os votos – comentou ela, dando um passo para trás, mas sem soltar a mão dele. – Mas… você acha que esse princípio persiste? De maneira geral?

Ele ajeitou os óculos no nariz e a encarou com intensa concentração. Com um dedo da mão livre, tocou-lhe o seio.

– Estou contando com isso, Dorothea.

Ela já tinha estado no quarto dele antes. Primeiro como convidada, depois como assistente, para preparar uma cesta de unguentos e curativos e acompanhá-lo a uma visita médica. Agora era muito diferente.

Ele havia aberto todas as janelas mais cedo e assim as deixara, sem se preocupar com os insetos e o açougue da rua. O segundo andar da construção estaria sufocante, depois do calor do dia, mas com a delicada brisa da noite o ar estava suave feito leite morno, e o cheiro das carnes era atenuado pelo perfume noturno dos jardins da casa Bingham, duas ruas à frente.

Todos os traços da profissão de Denzell haviam sido removidos, e a luz de uma vela acesa brilhava serena no quarto de mobília simples, porém confortável. Havia duas pequenas poltronas de braço junto à lareira, com um único livro na mesinha lateral. Pela porta entreaberta, uma cama recém-feita, muitíssimo atraente, revestida de uma colcha macia e travesseiros brancos e fofos.

O sangue pulsava feito vinho em suas veias, embora Dottie tivesse bebido muito pouco. Com uma inexplicável timidez, ela se plantou por um instante diante da porta, como se esperasse ser convidada. Denny acendeu mais duas velas, virou-se e a viu ali, parada.

– Entre – disse ele, delicado, estendendo a mão.

Ela entrou. Os dois se beijaram longamente, as mãos vagando lentas, as roupas começando a se soltar. A mão dela desceu devagar e tocou a calça dele. Ele respirou fundo e abriu a boca, mas não teve tempo de falar.

– Uma só carne – lembrou ela, sorrindo, e fechou a mão em concha. – Eu quero ver a sua metade.

– Você *já* viu isso antes – disse Denny. – Eu sei que já viu. Para começar, você tem irmãos. E… durante os tratamentos aos homens feridos…

Ele estava deitado na cama, nu, e ela também, acariciando o objeto em questão, que parecia apreciar imensamente. Denny corria os dedos pelos cabelos dela e acariciava os lóbulos de suas orelhas.

– Espero que não ache que eu já fiz isso com algum dos meus irmãos – argumentou ela, sorvendo seu cheiro com prazer. – E os dos homens feridos em geral não estão em condições de apreciação.

Denny pigarreou e espichou o corpo, não exatamente se contorcendo.

– Acho que você devia me permitir desfrutar da sua carne um pouquinho – disse ele. – Se espera que eu consiga fazer de você minha esposa ainda esta noite.

– Ah. – Ela olhou para o pênis dele, então encarou a si mesma, surpresa. – O que você...? Como assim? Por que não conseguiria?

– Ah.

Ávido e contente – ele rejuvenescia tanto sem os óculos –, Denny pulou da cama e foi para o vestíbulo, as nádegas brancas e belas à meia-luz. Para espanto de Dottie, retornou com o livro que ela vira sobre a mesinha. Estava cheio de marcações. Dottie pegou o livro, que caiu aberto em suas mãos, exibindo diversos desenhos do corte transversal de um homem nu com as partes íntimas em variados estágios de operação.

Ela olhou para Denny, incrédula.

– Eu achei... Eu sei que você é virgem – disse ele. – Não queria que se assustasse nem que chegasse despreparada.

Ele estava corado feito uma rosa. Em vez de irromper em gargalhadas, o que desejou muito fazer, Dottie fechou o livro com delicadeza e tomou o rosto dele entre as duas mãos.

– Você também é virgem, Denny? – indagou ela, baixinho.

Ele enrubesceu ainda mais, mas manteve o olhar firme.

– Sim. Mas... eu *sei* como funciona. Sou médico.

Isso era demais. Ela não conteve a risada, mas foi um risinho abafado, que acabou por contagiá-lo, e dali a segundos os dois estavam na cama, um nos braços do outro, trêmulos e quietos, com um e outro gemido e repetições da fala de Denny, causando novos paroxismos.

Por fim, Dottie se viu deitada de barriga para cima, respirando forte sob o peso de Denny, os dois cobertos por uma camada de suor. Ela ergueu a mão e tocou o peito dele; um arrepio lhe cruzou o corpo, e os pelinhos escuros se eriçaram. Ela tremia, mas não era de medo nem de alegria.

– Está pronta? – murmurou ele.

– Uma só carne – sussurrou ela de volta. E assim foi.

As velas haviam queimado quase até o fim, e as sombras na parede se moviam lentamente.

– Dorothea!

– É melhor você ficar quieto – advertiu ela, afastando a boca para poder falar. – Eu nunca fiz isso. Você não vai querer me distrair agora, vai?

Antes que ele pudesse formular uma resposta, ela retomou a impressionante prática. Sem conseguir evitar, ele gemeu e tocou com delicadeza a cabeça dela.

– Chama-se felação, você sabia? – indagou ela, parando para tomar fôlego.

– Sabia. Como… Quero dizer…? Ah, meu Deus!

– O que foi?

Ela tinha o rosto tão lindo, tão rubro, mesmo à luz de velas, os lábios úmidos e rosados…

– Eu disse… Ah, meu Deus!

Um sorriso de alegria invadiu o rosto dela, e Dottie o apertou com ainda mais força. A sombra de Denny se remexeu.

– Ah, *que bom* – comentou ela e, com uma triunfante risadinha, inclinou-se para abocanhá-lo, com os dentes brancos e afiados.

IAN E RACHEL

Ian ergueu o vestido verde de Rachel, fazendo o tecido farfalhar, e ela balançou a cabeça com força, lançando grampinhos de cabelo ao chão com suaves tinidos. Ela sorriu para ele, os cabelos escuros e úmidos desabando em um bloco, e ele riu e desenganchou mais umas argolinhas de aço.

– Eu achei que fosse morrer – disse ela, correndo os dedos pelos cabelos soltos, que Jenny havia penteado antes da festa na taverna Camelo Branco. – Assassinada pelos grampos de cabelo afiados e o espartilho apertado. Solte os cadarços… meu marido?

Ela deu as costas para ele, mas o encarou por sobre o ombro.

Ian não imaginava ser possível ficar mais comovido ou excitado, mas aquela palavra era capaz de intensificar tudo. Ele a abraçou, fazendo-a gemer, soltou o cadarço com a mão livre e mordeu delicadamente a nuca de Rachel, fazendo-a gemer alto. Ela resistiu, e ele riu, abraçando-a com mais força enquanto soltava o cadarço. Magra feito um graveto de salgueiro e muitíssimo flexível, ela foi se contorcendo, e a breve luta lhe inflamou o sangue. Se não tivesse autocontrole, Ian teria jogado Rachel na cama em questão de segundos e mandado tudo para o inferno.

Mas ele tinha. Então a soltou, afrouxou a tira de seus ombros e puxou o espartilho por sua cabeça. Rachel estremeceu outra vez, alisando a roupa de baixo úmida por sob o corpo, empinando-o para ele. Tinha os mamilos rígidos sob o tecido molhado.

– Você ganhou a aposta – disse ela, correndo a mão pela delicada fita de cetim azul trançada no decote do espartilho e abanando a bainha, bordada de flores azuis, amarelas e cor-de-rosa.

– Como soube disso? – Ele estendeu os braços, puxou-a mais para perto e lhe apertou as nádegas por sob o tecido. – Meu Deus, que bunda macia e redondinha!

– Blasfêmia na nossa noite de núpcias?

Mas Ian percebeu que ela estava feliz.

– Não é blasfêmia, é uma oração de agradecimento. E quem foi que contou da aposta?

Fergus havia apostado com ele uma garrafa de cerveja que as noivas quacres usavam roupas de baixo de linho liso. Ele não sabia, mas tinha a esperança de que Rachel não sentisse que agradar ao seu marido era o mesmo que apresentar um espetáculo de vaidades ao mundo.

– Germain, claro – respondeu ela, e o agarrou com força, sorrindo. – A sua não é pequena nem redonda, mas é bem macia. Precisa de ajuda com os cadarços?

Ian percebeu que ela estava com vontade, então permitiu que Rachel se ajoelhasse e desabotoasse sua calça. Ao olhar seus cabelos castanhos e despenteados, e a seriedade com que ela desempenhava a tarefa, ele a tocou delicadamente, sentindo seu calor, querendo o toque de sua pele.

A calça caiu no chão. Ela se levantou para beijá-lo, enquanto acariciava seu pênis rígido.

– A pele ali embaixo é tão macia – disse ela, colando a boca na dele. – Parece veludo!

Apesar de suave, seu toque não era hesitante. Ian baixou a mão também, e entrelaçou os dedos nos dela, mostrando como pegá-lo com firmeza em um movimento de cima para baixo.

– Eu gosto quando você geme, Ian – sussurrou ela, aumentando a pressão.

– Eu não estou gemendo.

– Está, sim.

– Estou só respirando um pouco. E estou… gostando disso… mas…

Ele a pegou no colo, fazendo Rachel arquejar, e a levou até a cama. Entre gracejos e gemidos, ela o despiu de sua camisa de algodão, enquanto ele erguia um pouco a combinação dela, embolando-a na cintura.

– Eu ganhei – disse ela, rebolando um pouco para que a roupa de baixo descesse até os pés.

– Você acha isso, é?

Ele inclinou a cabeça e abocanhou seu mamilo. Ela soltou um gemido de satisfação e agarrou a cabeça dele. Ian empurrou seu queixo com delicadeza, baixou a cabeça e sugou com mais força, remexendo a língua feito uma cobra.

– Eu gosto quando você geme, Rachel – disse ele, parando para respirar e escancarando um sorriso. – Quer que eu a faça gritar?

– Quero – respondeu ela, sem fôlego, tocando o mamilo úmido. – Por favor.

– Daqui a pouquinho.

Ele havia parado para respirar, erguendo o corpo para que o ar circulasse um pouco entre os dois – o quarto era pequeno e quente –, e Rachel estendeu a mão para sentir seu peito. Esfregou o polegar de leve em seu mamilo, e a sensação foi direto para o pênis.

– Gosta disso? – perguntou Rachel, baixinho, antes de chupar o mamilo de Ian com muita delicadeza.

– Mais – pediu ele, agarrando-se ao peso dela. – Mais forte. Com o dente.

– Com o *dente*? – indagou ela, soltando-o.

– Com o dente – repetiu ele, voraz, recostando-se.

Ela reuniu fôlego e baixou a cabeça, os cabelos derramados por sobre o peito dele.

– Ai!

– Foi você que *pediu*. – Ela se sentou, ansiosa. – Ah, Ian, me desculpe. Eu não queria machucar você.

– Você não machucou… Na verdade, machucou… mas… quero dizer… faça de novo, sim?

Rachel olhou para ele, hesitante, e ocorreu a Ian que, quando tio Jamie o mandara ter gentileza com sua virgem, talvez não estivesse falando em poupá-la.

– Aqui, *mo nighean donn* – disse ele, puxando-a para perto. Ele suava, com o coração acelerado. Afastou os cabelos do rosto dela e acariciou sua orelha. – Mais devagar um pouquinho, sim? E depois vou mostrar o que quero dizer com dente.

Ian cheirava a vinho, uísque e pele masculina, almiscarada. Rachel encostou o rosto na curva do ombro dele e inalou seu cheiro com prazer. Segurava seu pênis, e segurava com força… mas a curiosidade a fez largá-lo e tatear mais embaixo. Ian soltou um suspiro audível quando ela envolveu seus testículos, e ela sorriu, junto ao ombro dele.

– Você se incomoda, Ian? – sussurrou ela, acariciando os testículos redondos.

Ela tinha visto testículos várias vezes, feito bolas enrugadas. Embora não sentisse aversão, nunca lhes dispensara muito interesse. Aquilo era incrível, a pele tão quente e macia. Ousada, Rachel desceu um pouco e sentiu a área um pouco mais atrás, entre as pernas dele.

Ian, que abraçava os ombros dela, empertigou-se, mas não pediu que parasse. Em vez disso, afastou as pernas um pouco, permitindo a exploração. Ela já havia limpado o traseiro de inúmeros homens ao longo da vida e lhe ocorreu o breve pensamento de que nem todos cuidavam da área com muito asseio… mas os pelos de Ian eram crespos e muito limpos. Sem perceber, ela aproximou o quadril, enquanto deslizava as pontas dos dedos por entre as nádegas dele.

Ian se contorceu, enrijecendo instintivamente o corpo, e ela parou, sentindo seu calafrio. Então percebeu que ele estava rindo, em um silêncio trêmulo.

– Estou fazendo cócegas? – perguntou ela, erguendo o cotovelo.

A luz da única vela tremeluzia por sobre o rosto dele, formando uma sombra em seu sorriso e lançando um brilho em seus olhos.

– Sim… É uma forma de dizer… – Ele correu a mão brusca pelas costas dela e lhe agarrou a nuca. Balançou a cabeça devagar, olhando para ela. Seus cabelos escuros haviam se soltado. – Cá estou eu, tentando ir devagar, tentando ser gentil… e, no minuto seguinte, você está apertando as minhas bolas e enfiando o dedo na minha bunda!

– Fiz mal? – perguntou ela, hesitante. – Eu não pretendia ser… muito… ousada?

Ele a abraçou com força.

– Não tem como ser muito ousada comigo, moça – sussurrou ele, deslizando a mão pelas costas dela… cada vez mais para baixo.

Ela arquejou.

– Shh – sussurrou ele, e foi em frente… bem devagar. – Eu achei… que talvez fosse se assustar. Mas você não está nem um pouco assustada, não é?

– Estou. Estou apa-apavorada.

Ela sentiu uma gargalhada subindo, que também era genuína. E ele percebeu. Interrompeu os movimentos e se afastou, encarando-a com os olhos semicerrados.

– Ah, é?

– Bom… não apavorada, mas… – Ela engoliu em seco, constrangida. – Eu só… Isso é muito gostoso. Eu sei que… da primeira vez sempre dói. Estou com certo medo de que… Bom, eu não quero parar o que estamos fazendo, mas… gostaria de concluir logo a outra parte, para ficar despreocupada.

– Concluir logo? – repetiu ele, a boca meio contorcida, a mão apoiada com delicadeza em sua nuca. – Pois bem, então.

Ele baixou a outra mão e a tocou, bem de leve, entre as pernas.

Rachel estava intumescida e molhada lá embaixo – cada vez mais, desde que ele tirara seu vestido. Ele deslizou os dedos, um depois do outro, brincando, afagando… e… e…

Ela foi pega totalmente de surpresa. A sensação era conhecida, porém mais intensa, e Rachel se entregou por completo, invadida pelo êxtase.

Bem devagar, ela foi amolecendo, o corpo pulsando. Em todas as partes. Ian a beijou com delicadeza.

– Bom, não demorou muito, não foi? – murmurou ele. – Segure firme os meus braços, *mo chridhe*.

Ele montou nela, ágil como um gato, e posicionou o pênis entre suas pernas, deslizando devagar, mas com firmeza. Muita firmeza. Rachel se encolheu, contraindo o corpo involuntariamente, mas o caminho estava molhado, e sua carne, intumescida para recebê-lo, e nenhuma dose de resistência o afastaria.

Ela percebeu que tinha os dedos cravados nos braços dele, mas não soltou.

– Está doendo? – perguntou ele, baixinho.

Ele havia cessado os movimentos, totalmente dentro dela, distendendo-a de forma muitíssimo enervante. *Algo se rompeu*, pensou ela. E ardia um pouquinho.

– Está – respondeu Rachel, sem fôlego. – Eu não… me incomodo.

Ian baixou o corpo devagar e beijou seu rosto, seu nariz e suas pálpebras, bem de leve. O tempo todo, ela o sentia dentro de si. Ele se afastou um pouco e remexeu o corpo. Ela soltou um gemido, não exatamente de protesto, não *exatamente* de incentivo...

Ele, no entanto, interpretou assim, e aumentou a força.

– Não se preocupe, moça – disse Ian, um pouco resfolegante. – Eu também não vou demorar. Não desta vez.

Rollo roncava em um canto, deitado de barriga para cima, para se refrescar, as patas dobradas feito um sapo.

Ela tinha o gosto levemente doce, com um traço almiscarado e meio suave, com um amargor animal que ele reconheceu como seu próprio esperma.

Ian enterrou o rosto nela, respirando fundo, e o sabor leve e salgado de sangue o fez pensar em trutas recém-pescadas e malcozidas, de carne quente, tenra, rosada e escorregadia. Ela deu um solavanco, surpresa, e arqueou o corpo para ele, que a apertou ainda mais e soltou um murmúrio de aprovação.

Parecia mesmo uma pesca, pensou Ian, devaneando, segurando as ancas dela por baixo. A sensação mental do contorno escuro e escorregadio sob a superfície ao baixar a isca só um pouquinho... Ela respirou fundo, com força. Então, o combate, a surpresa e a forte presença com o empuxo do anzol, pescador e peixe tão atentos um ao outro que tudo o mais desaparecia.

– Ah, meu Deus – sussurrou ele.

Então parou de pensar, apenas sentindo os sutis movimentos do corpo dela, as mãos de Rachel em sua cabeça, o cheiro, o gosto e as sensações que ela expressava com os murmúrios.

– Eu amo você, Ian...

E, naquele instante, só havia os dois no mundo.

JAMIE E CLAIRE

Uma meia-lua baixa e amarelada brilhava por entre as árvores, reluzindo sobre as águas escuras do Delaware. Tão tarde da noite, o ar junto ao rio estava quente, muito acolhedor aos rostos e corpos aquecidos pela dança, a comida, a bebida e a proximidade, durante as últimas seis ou sete horas, de uma centena de outros corpos quentes.

Os dois casais de noivos haviam escapado bastante cedo: Denzell e Dottie, de forma muito inconspícua, e Ian e Rachel, em meio aos gritos rouquenhos e às sugestões indelicadas de um salão cheio de convidados animados. Depois de sua partida, a celebração cedeu lugar a uma festividade com a bebedeira livre do embaraço das interrupções para os brindes nupciais.

Nós nos despedimos dos irmãos Grey pouco depois da meia-noite. Hal, o anfitrião, estava sentado junto a uma janela, muito bêbado, chiando um pouco por conta da fumaça, mas bastante composto, de modo que se levantou e ensaiou uma mesura diante de minha mão.

– Melhor ir para casa – aconselhei, ouvindo o leve ruído de sua respiração por sobre a barulheira minguante da festa. – Pergunte a John se ele tem maconha. Se tiver, fume. Vai fazer bem.

E não apenas em termos físicos, pensei.

– Obrigado pelo gentil conselho, madame – disse ele, secamente.

Só depois recordei nossa conversa na última vez em que ele fora exposto à maconha: sua preocupação com o filho Benjamin. Se ele teve a mesma lembrança, no entanto, não revelou. Limitou-se a beijar minha mão e a menear a cabeça para Jamie, em despedida.

John, que passara quase a noite toda ao lado do irmão, despediu-se logo depois. Cruzou olhares comigo por um instante e sorriu, mas não se aproximou para tomar a minha mão – não com Jamie atrás de mim. Fiquei pensando se algum dia tornaria a ver um dos dois.

Não rumamos direto para a gráfica. Resolvemos dar um passeio pela orla do rio para aproveitar o frescor da noite e conversar sobre os jovens casais e todas as emoções do dia.

– Imagino que a noite esteja sendo um pouco mais emocionante para os rapazes – comentou Jamie. – E creio que as moças vão acordar de manhã doloridas, coitadinhas.

– Ah, talvez não sejam só as moças – comentei, e ele achou graça.

– Ah, sim, talvez tenha razão. Eu lembro que acordei no dia seguinte ao nosso casamento e parar um instante para refletir se não tinha me metido em alguma briga. Então vi você na cama e tive *certeza*.

– O que não foi impeditivo – comentei, desviando de uma pedra no caminho. – Eu lembro direitinho que fui acordada com bastante rudeza na manhã seguinte.

– Rudeza? Eu fui muito gentil com você. Mais do que você foi comigo – acrescentou ele, com um distinto tom de gracejo. – Eu falei isso para Ian.

– Falou *o quê*?

– Bom, ele queria uns conselhos. Então eu…

– Conselhos? *Ian?*

Até onde eu sabia, o rapaz havia começado sua carreira sexual aos 14 anos com uma prostituta da mesma idade, em um bordel de Edimburgo. Desde então, não tinha parado. Além de sua esposa mohawk, eu tinha conhecimento de pelo menos meia dúzia de romances, e sem dúvida ainda havia os que eu desconhecia.

– Sim. Ele queria saber como tratar Rachel com delicadeza, por ela ser virgem. Uma novidade para ele – acrescentou Jamie, com um tom seco.

Eu ri.

– Bom, eles com certeza estão tendo uma noite interessante...

Eu contei a ele sobre o pedido de Dottie no acampamento, a chegada de Rachel e nossa sessão de aconselhamentos pré-nupciais.

– Você disse a elas *o quê*? – Ele achou graça. – Você *me* faz dizer "Ah, meu Deus" o tempo todo, Sassenach, e quase não tem nada a ver com assuntos de cama.

– Não posso fazer nada se você tem predisposição natural a usar essa expressão. E você *diz* isso na cama com muita frequência também. Até falou na nossa noite de núpcias. Repetidas vezes. Eu me lembro bem.

– Bom, não espanta, Sassenach, considerando tudo o que fez comigo.

– O que *eu* fiz com você? – retruquei, indignada. – O que eu fiz com você?

– Você me mordeu – respondeu ele no mesmo instante.

– Mordi, nada! Onde?

– Aqui e ali – comentou ele, evasivo, e eu lhe dei uma cotovelada. – Ah, muito bem... Você mordeu o meu lábio quando a beijei.

– Eu não me recordo de ter feito nada disso – falei, olhando para ele. Seu rosto era invisível, mas o luar refletido na água enquanto ele caminhava iluminava a silhueta de seu nariz reto e pronunciado. – Eu lembro que você me beijou por um longo tempo enquanto tentava desabotoar o meu vestido, mas tenho certeza de que não houve mordida nenhuma.

– Não – disse ele, pensativo, e correu a mão de leve pelas minhas costas. – Foi depois. Depois que fui buscar comida para você. Rupert, Murtagh e os outros rapazes até fizeram troça comigo. Eu sei porque, quando bebi um pouco do vinho que havia trazido, percebi que causava uma ardência no meu lábio cortado. E eu levei você para a cama outra vez antes disso, então certamente foi nesse momento.

– Rá – rebati. – Àquela altura você não teria percebido nem se eu tivesse comido a sua cabeça feito uma fêmea de louva-a-deus. Você estava muito apreensivo e pensava que sabia de tudo.

Ele passou o braço pelos meus ombros e me puxou para perto.

– Mas você gostou, *a nighean* – sussurrou ele em meu ouvido. – E, se me lembro bem, você também não estava muito atenta a nada além do que estava acontecendo entre as suas pernas.

– Bastante difícil ignorar esse tipo de carinho – respondi em tom formal.

Ele soltou uma risadinha, parou debaixo de uma árvore, puxou-me e me deu um beijo. Que boca macia e deleitosa!

– Bom, não vou negar que você me ensinou bem, Sassenach – murmurou ele. – Muito bem.

– Até que você aprendeu depressa. Talento natural, imagino.

– Se fosse questão de treinamento especial, Sassenach, a humanidade já teria sido extinta há muito tempo.

Ele me beijou outra vez, agora mais lentamente.

– Será que Denny está ciente do que o espera? – perguntou Jamie, soltando-me. – Ele é um homenzinho virtuoso, sim?

– Ah, eu tenho certeza de que ele sabe tudo o que precisa saber. Afinal de contas, ele é médico.

Jamie soltou uma risada cínica.

– É. Por mais que visite uma ou outra puta, provavelmente é por conta da profissão dele, não dela. – Além disso… – Ele se aproximou, meteu as mãos nos bolsos da minha saia e agarrou com firmeza as minhas nádegas. – Na faculdade de medicina eles ensinam como afastar as coxas de uma mulher e lambê-la de trás até a frente?

– E *eu* ensinei isso para você?

– De fato, não ensinou. E você é médica, não é?

– Isso… Isso não está fazendo o menor sentido. Você está bêbado, Jamie?

– Não sei – respondeu ele, com uma risada. – Mas tenho certeza de que *você* está, Sassenach. Vamos para casa – sussurrou, inclinando o corpo e correndo a língua pelo meu pescoço. – Quero que me faça dizer "Ah, meu Deus" para você.

– Podemos providenciar isso.

Eu havia me refrescado durante a caminhada, mas os cinco últimos minutos me acenderam feito uma vela. Se antes eu já estava desejando voltar para casa e tirar o espartilho, agora me perguntava se seria possível esperar tanto tempo.

– Que bom – disse ele, tirando as mãos da minha saia. – Então vou ver como posso fazer *você* dizer, *mo nighean donn.*

– Veja se consegue me fazer dizer "Não pare".

PARTE VI

Os laços que unem

95

O CORPO ELÉTRICO

Redondo Beach, Califórnia
5 de dezembro de 1980

Se ela não tivesse precisado de selos, não teria parado na agência dos correios. Teria juntado o maço de cartas e depositado na caixa de correspondências, para que o carteiro recolhesse, ou deixado na caixa postal da esquina ao levar as crianças à praia para olhar os pelicanos.

Mas ela precisava de selos, e havia pelo menos uma dúzia de outras coisas triviais a resolver: reconhecimento de firma, fotocópias, devolução de impostos...

– Jorra – murmurou Brianna, saindo do carro. – Zerda!

Aquilo trouxe pouco alívio à sensação de ansiedade e opressão. Na verdade, não era justo. Quem necessitava mais do alívio de um ou outro palavrão do que a mãe de crianças pequenas?

Em vez disso, talvez devesse começar a usar o "Jesus H. Roosevelt Cristo" de sua mãe. Jemmy já o tinha incorporado ao seu repertório de expressões antes dos 4 anos. Desde então, ensinara a Mandy. Logo ela também já estaria falando.

Da última vez não havia sido tão difícil. *Não*, ela se corrigiu. Tinha sido muito mais difícil, no aspecto mais importante. Mas esse... esse... lodaçal de detalhes, como propriedade, contas bancárias, empréstimos, notificações...

Brianna deu um piparote irritado no maço de envelopes selados que trazia na mão, fazendo-os baterem em sua coxa. Em certos momentos, ela teria pegado Jemmy e Mandy pela mão e cruzado as pedras correndo, sem qualquer sentimento além do alívio de abandonar todas essas malditas coisas.

Da primeira vez, ela não teve muito que fazer. E, naturalmente, havia alguém com quem deixar tudo. Seu coração apertou um pouco ao se lembrar do dia em que ela abrira a tampa do baú de viagem de madeira que guardava sua modesta história familiar: a prataria da família paterna, as fotografias dos avós maternos, a coleção de primeiras edições de seu pai, a touca de sua mãe, do uniforme da rainha Alexandra da Segunda Guerra Mundial, ainda com um leve porém distinto odor de iodo. Ela se esforçara bastante para escrever o bilhete a Roger, que iria com as coisas: *Certa vez, você me contou que... todo mundo precisa de uma história. Esta é a minha...*

Quase certa de que jamais tornaria a ver Roger, muito menos a prataria.

Brianna empurrou a porta dos correios com tanta força que todos no saguão se viraram para ela. Ruborizada, ela agarrou o batente e fechou a porta, com muitíssimo cuidado, então cruzou o saguão, pé ante pé, evitando os olhares.

Ela foi enfiando os envelopes pela abertura da coleta, um por um, com uma soturna satisfação por estar se livrando de cada uma daquelas coisas tediosas. Preparar-se para desaparecer no passado era uma coisa; preparar-se para desaparecer achando que *talvez* retornasse e precisasse de tudo outra vez ou que seus filhos pudessem retornar vinte anos depois, sozinhos… era outra história, como seu pai costumava dizer. Ela engoliu em seco. Brianna não podia jogar tudo em cima de tio Joe. Ele não…

Ela se virou e olhou sua caixa postal, do outro lado do saguão, então parou, vendo a carta. Sentiu os pelos do braço eriçados ao cruzar o piso grudento de linóleo e estender a mão para tocar a maçaneta, mesmo antes de registrar conscientemente o fato de que não parecia uma conta, uma fatura de cartão de crédito ou qualquer correspondência oficial.

G-H-I-D-E-I… A tranca de combinação se soltou e a portinhola pesada se abriu. E bem ali, na agência dos correios, ela sorveu o aroma de urze, fumaça de turfa e o sopro das montanhas, tão forte que seus olhos marejaram e um nó se formou em sua garganta.

Era um envelope branco comum, endereçado a ela, com a caligrafia redonda e caprichada de Joe Abernathy. Brianna sentiu que havia algo ali dentro. Seria uma espécie de selo? Ela correu até o carro alugado e abriu o envelope. Havia uma folha de papel, dobrada e selada com cera, os borrões de tinta preta manchando o verso, onde a pena tinha sido forçada demais.

Uma carta do século XVIII. Ela levou o papel ao rosto e inalou, mas o cheiro de fumaça e urze havia desaparecido – se de fato algum dia estivera ali. Agora cheirava apenas a bolor e papel frágil; até o aroma pungente de tinta ferrogálica havia desaparecido.

Junto à carta, bem dobradinho, havia um breve bilhete de tio Joe.

Bri, querida,

Espero que esta carta chegue até suas mãos. Veio do agente imobiliário da Escócia. Ele disse que, quando os novos inquilinos de Lallybroch foram guardar a mobília no depósito, não conseguiram passar a escrivaninha velha e gigantesca pela porta do escritório. Então chamaram um especialista em antiguidades para desmontar o móvel – com muito cuidado, ele me garantiu. Durante o processo, encontraram os selos da rainha Vitória e isso.

Eu não li. Se você ainda não tiver partido, me diga se vai querer os selos. Se não quiser, Lenny Júnior, que é colecionador, fará bom uso deles.

Com todo o meu amor,

tio Joe

Ela dobrou o bilhete com cuidado, alisando os amassados e pressionando as dobras, e o enfiou na bolsa. Sentia que precisava sair dali, para ler a carta em um lugar mais tranquilo, com privacidade, para poder desmoronar sem que ninguém visse. O papel estava selado com cera de vela, escura e fuliginosa, não com a cera tradicional de selar, revelando a pressão do polegar de Roger.

Ela tinha reconhecido a caligrafia no mesmo instante. Ao mesmo tempo, era inconfundível a pequenina cicatriz em forma de gancho de Roger. Ele a ganhara graças a um corte de faca, ao limpar um salmão que Jemmy e ele tinham pescado no lago Ness. Brianna tinha beijado aquele dedo enquanto a ferida cicatrizava, e uma dezena de outras vezes desde então.

Com as mãos trêmulas, abriu o canivete e removeu o selo com muito cuidado, tentando não quebrá-lo. Era velho e frágil. A cera gordurosa havia penetrado no papel ao longo dos anos, formando um sombreado rente à gota, que despedaçou na mão dela. Ela agarrou os fragmentos convulsivamente, então virou a folha de papel.

Brianna Randall Fraser MacKenzie, ele tinha escrito na frente. *A ser guardado até solicitação.*

Aquilo a fez rir, mas a risada acabou saindo como um soluço, e ela esfregou com pressa a mão nos olhos, desesperada para ler o conteúdo.

As primeiras palavras já a fizeram largar a carta como se fosse uma batata quente.

15 de novembro de 1739

Ela tornou a pegar o papel. Para que não passasse despercebido, Roger havia sublinhado "1739".

– Maldição, como é que você…? – perguntou ela em voz alta, então calou-se e leu o resto.

Minha querida,

Eu sei o que está pensando, e não sei ao mesmo tempo. Minha melhor ideia foi buscar Jeremiah, e o encontrei… ou talvez tenha encontrado, mas não é a pessoa que eu achava que eu pensava procurar.

Fui buscar ajuda em Lallybroch, onde conheci Brian Fraser (você teria gostado dele). Através dele – e com a ajuda de um tal capitão Jack Randall, dentre todas as pessoas – encontrei um par de plaquinhas de identificação da Força Aérea Real. E reconheci a informação contida nelas. Buck ainda está comigo e, juntos, estamos procurando Jemmy desde o dia em que chegamos. Eu não vou desistir, mas, como as nossas investigações não renderam frutos nas terras dos clãs do norte, sinto que preciso seguir a única pista que tenho e ver se consigo localizar o dono dessas plaquinhas.

Não sei o que pode acontecer, e precisava deixar umas palavras para você, por mais ínfimas que sejam as chances de que algum dia as leia.

Deus abençoe você, Jem – seja lá onde estiver o pobrezinho, e eu espero e rezo apenas para que esteja seguro – e minha doce Mandy.

Eu amo você. E amarei para sempre.

R.

Ela não percebeu que estava chorando, até que as lágrimas escorreram por seu rosto e pingaram em sua mão.

– Ah, Roger – murmurou ela. – Ah, santo *Deus*!

Tarde da noite, quando as crianças já dormiam e o som do oceano Pacífico invadia as portas abertas da varanda, Brianna pegou um caderno novinho e uma caneta espacial (garantia de escrever de ponta-cabeça, debaixo d'água e sob gravidade zero), que ela considerou muito apropriada àquela redação em particular.

Sentou-se debaixo de uma boa luz e fez uma breve pausa. Levantou-se, serviu uma taça de vinho branco e a apoiou na mesa, junto ao caderno. Brianna tinha passado o dia inteiro fazendo anotações mentais, então não teve dificuldade para começar.

Não havia como saber qual seria a idade das crianças quando – ou se – elas chegassem a ler, então Brianna resolveu não tentar simplificar as coisas.

GUIA PRÁTICO PARA VIAJANTES DO TEMPO – PARTE II

Muito bem. Papai já escreveu o que pensamos saber a esse respeito em termos de observação de ocorrências, fenômenos físicos e moralidade. Esta segunda parte pode ser descrita como uma hipótese causal preliminar: como pode se dar o funcionamento da viagem no tempo. Eu chamaria de parte científica, mas, na verdade, não é possível ir muito longe na aplicação do método científico com os dados escassos que temos disponíveis.

Qualquer abordagem científica, no entanto, começa com observações, e temos muitas observações para esboçar algumas hipóteses. Vamos testá-las...

A ideia dessa testagem fez a mão de Brianna tremer tanto que ela foi obrigada a soltar a caneta e respirar bem devagar durante dois ou três minutos, até parar de ver pontinhos pretos diante dos olhos. Cerrando os dentes, ela escreveu:

Hipótese 1: As passagens, os vórtices ou seja lá o que forem são causados por ou ocorrem pelo cruzamento de linhas de Ley, definidas aqui como linhas de força geomagnética, preferencialmente a definição folclórica de linhas retas de um mapa desenhadas por sobre antigas estruturas como fortalezas, círculos de pedras pré-históricos ou antigos locais de devoção, como lagos de santos. A suposição é a de que as linhas folclóricas talvez sejam idênticas ou paralelas às linhas geométricas, mas não há evidências sólidas a esse respeito.

Evidências: algumas, mas, para começar, não sabemos se os monólitos são parte do tal vórtice ou apenas marcadores criados quando os antigos viam outros antigos pisarem na grama ao lado e... puf!

– *Puf* – murmurou ela, e pegou a taça de vinho. – *Quisera* eu que fosse um simples *puf*.

Brianna tinha planejado beber como recompensa depois de terminar. Naquele momento, entretanto, sentia-se mais necessitada de primeiros socorros do que de recompensas. Um gole, dois, então ela apoiou a taça, sentindo a nota cítrica do vinho pairar agradável em sua língua.

– Onde estávamos? Ah, *puf*...

Papai conseguiu ligar muitas dessas áreas folclóricas a círculos de pedras. Em tese, seria possível conferir a polaridade geomagnética da pedra ao redor dos círculos de monólitos, o que poderia ajudar a sustentar a Hipótese 1, mas talvez fosse de difícil execução. Ou seja, é possível medir o campo magnético da Terra – Carl Friedrich Gauss descobriu como fazer isso por volta de 1835 –, mas não é o tipo de coisa que as pessoas saem fazendo.

Os governos que realizam pesquisas geológicas dispõem de equipamento para isso. Eu sei que o observatório Eskdalemuir de pesquisa arqueológica tem, pois li um artigo a respeito. Eis a citação: "Esses observatórios são capazes de medir e prever condições magnéticas, tais como tempestades magnéticas, que às vezes afetam as comunicações, a energia elétrica e outras atividades humanas."

– Outras atividades humanas – murmurou ela. – Seeeiii...

O Exército também faz esse tipo de coisa, escreveu ela, como um adendo.

– Sim, eu vou meter o Exército nessa história...

A caneta pairava pela folha enquanto ela pensava, mas não conseguia acrescentar nada de útil, então prosseguiu:

Hipótese 2: adentrar um vórtice temporal com uma pedra preciosa (de preferência facetada, vide observações feitas por Geillis Duncan a esse respeito) oferece alguma proteção ao viajante em termos de efeitos físicos.

Dúvida: por que facetas? Nós usamos basicamente pedras não facetadas no retorno de Ocracoke e conhecemos outros viajantes que usaram pedras lisas.

Especulações: Joe Abernathy me contou sobre um de seus pacientes, um arqueólogo que revelou um estudo feito com monólitos em Orkney, onde foi descoberto que as pedras são dotadas de interessantes qualidades tonais. Quando atingidas por gravetos ou outras pedras, obtém-se uma espécie de nota musical. Qualquer tipo de cristal – e todas as pedras preciosas possuem uma estrutura interior cristalina – emite uma vibração característica quando tocado. É assim que funcionam os relógios de quartzo.

E se o cristal que a pessoa estiver carregando tiver vibrações que respondam ou estimulem vibrações nas pedras próximas? Se isso acontecesse... qual seria o efeito físico? Não faço a menor ideia.

Evidência: Na verdade, não há nenhuma, fora as observações supramencionadas de Geillis Duncan (embora ela tenha feito anotações experimentais em seus diários, guardados no cofre do Banco Real da Escócia, em Edimburgo. Tio Joe tem a chave ou pode ajudar vocês a conseguir).

Atenção: Vovó Claire viajou nas primeiras duas vezes sem nenhuma pedra (mas notem que ela estava usando uma aliança de casamento dourada da primeira vez e um anel dourado e um prateado da segunda).

Vovó contou que pareceu mais fácil viajar com uma pedra, mas não sei qual deve ser o peso dessa afirmação, considerando a subjetividade da experiência. Viajar com uma pedra foi a coisa mais horrível que eu...

Talvez fosse melhor não dizer isso. Brianna hesitou, mas concluiu que sua experiência também era um dado, e já que havia tão poucos...

Ela concluiu a frase e seguiu em frente.

Hipótese 3: viajar com uma pedra preciosa permite que o viajante tenha melhor controle de onde/quando emergir.

Ela parou, com o cenho franzido, e riscou a palavra *onde*. Não havia indicação de pessoas viajando *entre* locais diferentes. Seria uma mão na roda se fosse possível, porém...

Ela suspirou e continuou:

Evidências: Pouco elaboradas, devido à falta de informações. Conhecemos uns poucos viajantes além de nós mesmos, e cinco são americanos nativos (parte de um grupo político chamado Projeto Montauk) que viajaram usando as pedras. Sabemos que um deles morreu durante a tentativa, outro sobreviveu e retornou cerca de duzentos anos no tempo, e um terceiro, de nome Robert Springer (também conhecido como Dente de Lontra), viajou mais do que o normal, indo parar 250 ou 260 anos antes da data de sua partida. Não sabemos o que aconteceu com os dois outros membros desse grupo. Pode ser que tenham viajado para uma época diferente, mas não encontramos nenhuma menção a eles (é difícil rastrear um viajante, sem saber para que época ele foi, seu verdadeiro nome ou sua aparência). Podem ter sido expulsos do vórtice do tempo por motivos desconhecidos ou talvez tenham morrido lá dentro.

Essa breve possibilidade a enervou de tal forma que ela baixou a caneta e deu várias goladas de vinho antes de prosseguir:

Segundo o diário de Dente de Lontra, todos esses homens viajavam com pedras preciosas, e ele arrumou uma grande opala com a qual pretendia retornar. (Foi essa a pedra que Jemmy fez explodir na Carolina do Norte, decerto porque as opalas de fogo contêm uma grande proporção de água.)

À época, não lhe ocorrera conferir se Jemmy conseguia ferver água com um toque. Bom, em retrospecto, dava para ver por que a ideia não lhe passara pela cabeça. A última coisa que Brianna queria era outra esquisitice perigosa perto de seus filhos, muito menos as que lhes fossem inerentes.

– Fico pensando com que frequência dois viajantes se casam – refletiu ela, em voz alta.

Não havia como detectar a frequência do gene na população em geral… se de fato era um gene, o que parecia uma boa aposta. Mas não devia ser *muito* comum, ou todos os dias haveria gente desaparecendo no meio de uma caminhada por Stonehenge ou Callanish.

– Alguém teria percebido – concluiu ela, meditativa, girando a caneta.

Será que ela teria conhecido e se casado com Roger se não fosse a viagem no tempo? Não, pois fora a necessidade de sua mãe de descobrir o que havia acontecido com os homens de Lallybroch que levara as duas à Escócia.

– Bom, eu não lamento – disse ela em voz alta para Roger. – Apesar de… tudo.

Brianna pegou a caneta, mas não escreveu de imediato. Não havia avançado muito nas hipóteses e queria pelo menos tê-las em mente. Ela tinha uma vaga noção sobre como um vórtice temporal poderia ser explicado no contexto da teoria do campo unificado, mas, se Einstein não tinha conseguido, ela não acreditava que conseguiria em um minuto.

– Mas tem que estar lá, *em algum lugar* – falou consigo mesma, pegando a taça de vinho.

Einstein havia tentado formular uma teoria que incluísse tanto a relatividade quanto o eletromagnetismo. Obviamente eles estavam lidando com a relatividade – mas de uma forma que o fator limitante talvez não fosse a velocidade da luz. O que era, então? A velocidade do tempo? A *forma* do tempo? Seria essa forma corrompida pelo entrecruzamento de campos eletromagnéticos em alguns pontos?

E as datas? Por mais ínfimo que fosse, tudo o que pensavam saber indicava que as viagens eram mais fáceis e seguras nos festivais do sol e do fogo, nos solstícios e equinócios... Um breve arrepio subiu pela espinha de Brianna. Poucas coisas eram conhecidas a respeito dos círculos de pedra, e uma das mais corriqueiras era que muitos haviam sido erigidos com base em predições astronômicas. E se a incidência de luz em uma pedra específica fosse o sinal de que a Terra havia atingido algum alinhamento planetário, afetando o geomagnetismo daquela área?

– Hum – murmurou ela, então deu um gole no vinho e virou as páginas que tinha preenchido. – Que loucura.

Aquilo não passava de pensamentos desconectados e dados que não se prestavam a uma especulação decente. Mesmo assim, Brianna não conseguia tirar o assunto da cabeça. *Eletromagnetismo...* Os corpos têm campos elétricos próprios, disso ela sabia. Seria por isso que as pessoas simplesmente não se desintegravam durante uma viagem? Será que o campo de cada um era sua garantia de integridade, apenas por tempo suficiente para sair do outro lado? Talvez isso explicasse a questão da pedra preciosa: com sorte, era *possível* que uma pessoa viajasse pela força de seu próprio campo, mas a energia liberada pelas ligações químicas de um cristal poderia muito bem se somar a esse campo. Então talvez...?

– Merda – praguejou ela, à beira da exaustão, interrompendo a linha de pensamento.

Cheia de culpa, olhou para o corredor que levava ao quarto das crianças. Os dois conheciam esse palavrão, mas não podiam ouvir a mãe soltá-lo em voz alta.

Ela terminou de beber o vinho e deixou a cabeça vagar, relaxada pelas ondas distantes. Sua mente, no entanto, não estava interessada em água; ainda estava atenta à eletricidade.

– "Eu canto o corpo elétrico" – disse ela, baixinho. – "As legiões daqueles a quem amo me envolvem."

Bom, lá estava uma ideia. Talvez Walt Whitman estivesse a um passo de descobrir algo importante... Aliás, se a atração elétrica das *legiões daqueles a quem amo* tivesse algum efeito na viagem no tempo, isso explicaria o aparente efeito de alguém fixar a atenção em uma pessoa específica, não?

Brianna imaginou-se parada nas pedras de Craigh na Dun, pensando em Roger. Ou em Ocracoke, com a mente fixa em seus pais. Lera todas as cartas; sabia exatamente onde eles estavam... Será que faria diferença? Um instante de pânico, enquanto ela tentava visualizar o rosto do pai, e mais ainda, o de Roger...

A expressão da face rejeita explicação. A linha seguinte ecoou em sua mente, consoladora. *Mas a expressão de um homem bem feito aparece não apenas em seu rosto.*

Está em seus membros e articulações, está curiosamente nas articulações de seus pulsos e quadris,
Está em seu andar, na postura do pescoço, no fletir da cintura e dos joelhos, que as vestes não escondem,
A forte e suave qualidade que ele tem transluz através do algodão e da flanela;
Vê-lo passar comunica tanto quanto o melhor poema, talvez mais,
E te demoras a contemplar seu dorso, a parte posterior de seu pescoço e as laterais dos ombros.

Ela não se lembrava do resto, mas também não precisava. Já estava mais calma.

– Eu reconheceria você em qualquer lugar – disse ela ao marido, baixinho, então ergueu o que restava da taça. – *Slàinte!*

96

NA ESCÓCIA AS CABELEIRAS ABUNDAM

O sr. Cumberpatch era um sujeito alto e contemplativo, com uma incongruente cabeleira de cachos ruivos que mais parecia um animalzinho no topo de sua cabeça. Ele contou que obtivera as plaquinhas em troca de um leitão, uma frigideira de latão com fundo queimado, seis ferraduras, um espelho e metade de uma penteadeira.

– Não sou latoeiro profissional, entende? – comentou ele. – Não viajo muito. Mas as coisas acabam me encontrando.

Era evidente que sim. O pequenino chalé do sr. Cumberpatch era abarrotado até o teto com objetos outrora úteis e que talvez pudessem voltar a ser, quando ele resolvesse consertá-los.

– Vende muito? – perguntou Buck, erguendo a sobrancelha para um relógio de carrilhão desmontado sobre a lareira, as peças organizadas sobre uma velha travessa de prata.

– Às vezes – respondeu o sr. Cumberpatch, lacônico. – Gosta de alguma coisa?

Pelo bem da cooperação, Roger regateou educadamente um cantil amassado e um saco de dormir de lona meio esburacado nas pontas, resultado da excessiva proximidade com uma fogueira. E recebeu em troca o nome e o paradeiro da pessoa que havia entregado os discos ao sr. Cumberpatch.

– Uma joia muito frágil – disse ele, dando de ombros. – E a minha velha disse que não queria ficar com isso dentro de casa, que esse monte de números só podia ter a ver com bruxaria? E ela não aprova feitiçarias e afins.

A velha em questão provavelmente devia ter seus 25 anos, pensou Roger.

Ela era uma criatura pequenina e de olhos escuros, feito um esquilinho. Convocada para servir chá, avaliou os dois com uma olhadela sagaz e empurrou para eles, a um preço extorsivo, um pedaço de queijo mole, quatro nabos e uma torta grande de passas. Mas o valor incluía suas observações a respeito da transação do marido, o que, na opinião de Roger, era muito mais valioso.

– Esse ornamento… não é uma coisa esquisita? – disse ela, estreitando os olhos para o bolso onde Roger enfiara as plaquinhas. – O sujeito que vendeu a Anthony disse que havia recebido de um homem cabeludo que mora na muralha.

– Que muralha seria essa, dona? – indagou Buck, esvaziando a xícara e a estendendo para mais chá.

Ela o encarou com seus olhos brilhantes, decerto o considerando um bufão. Mas como eles *estavam* pagando…

– A romana, é claro. Dizem que o antigo rei dos romanos foi quem construiu, para impedir a entrada dos escoceses na Inglaterra. – A ideia lhe arrancou um sorriso cheio de dentes brilhantes. – Como se alguém fosse querer ir para *lá*, para começo de conversa!

As perguntas seguintes não foram eficazes. A sra. Cumberpatch não fazia ideia do que significava "um homem cabeludo". O tal sujeito o havia descrito dessa maneira, e ela não pensou muito a respeito. Declinando uma oferta pela faca do sr. Cumberpatch, Roger e Buck se despediram, com a comida enrolada no saco de dormir. Ao saírem, porém, Roger notou uma vasilha de porcelana com um emaranhado de correntes e braceletes manchados, onde o brilho errante da luz chuvosa formava um fulgor meio avermelhado.

Talvez tivesse sido a descrição de Cumberpatch, chamando os discos de joias – uma forma bastante comum de se referir a um pingente –, que lhe sensibilizara a mente. Ele parou, remexeu a vasilha e pegou um pequeno pingente, enegrecido, rachado e com a corrente quebrada. Tinha um aspecto de queimado, mas era ornado com uma granada, muito suja, porém facetada.

– Quanto por isso aqui? – perguntou.

Às quatro horas, já estava escuro, e as noites por ali eram muito longas e frias para serem passadas ao relento. No entanto, o senso de urgência de Roger fez os dois seguirem em frente, indo ao encontro de uma estrada solitária, protegida apenas pelo abrigo de pinheiros da Caledônia inclinados pelo vento. Não foi fácil preparar uma fogueira com acendalha e agulhas de pinheiro, mas, no fim das contas, refletiu Roger, tempo era o que não faltava.

Enquanto ele esfregava pederneira e aço pela centésima vez – e acertava o dedo pela vigésima –, Buck trouxe uma saca de turfas. Depois de um quarto de hora soprando freneticamente as fagulhas e jogando hastes de plantas e agulhas de pinheiro na chama incipiente, os dois conseguiram abrasar dois desses desprezíveis objetos, de modo a assar – ou pelo menos chamuscar – os nabos e aquecer os dedos, senão o resto do corpo.

Desde a despedida dos Cumberpatchs, eles não haviam conversado: fora impossível falar durante a caminhada, com um tremendo frio nas orelhas, nem durante a luta por fogo e alimento.

– O que vai fazer se o encontrarmos? – perguntou Buck, de repente, com meio nabo na boca. – Se o tal J. W. MacKenzie de fato for o seu pai, digo.

– Eu *pafei...* – Roger sentiu a garganta travada por conta do frio, então tossiu e cuspiu. – Eu passei os últimos três dias pensando nisso, e cheguei à conclusão de que não sei.

Com um grunhido, Buck tirou a torta de passas do saco de dormir, repartiu-a com cuidado e entregou metade a Roger. Não estava ruim, embora não desse para afirmar que a sra. Cumberpatch tinha a mão boa para massas.

– Deu para forrar o estômago – observou Roger, juntando com cuidado as migalhas do casaco e enfiando na boca. – Você não quer ir, é isso?

Buck balançou a cabeça.

– Não, eu não consigo pensar em uma alternativa melhor. Como você diz... é a única pista que temos, mesmo que não pareça ter nada a ver com o menino.

– Humm. E há uma coisa boa... podemos rumar direto para o sul da muralha. Não precisamos perder tempo procurando o homem com quem Cumberpatch pegou os discos.

– É – falou Buck, meio indeciso. – E depois? Vamos ficar perguntando por um homem cabeludo? Quantos cabeludos deve haver por aí? Quer dizer... na Escócia as cabeleiras abundam.

– Se for preciso – confirmou Roger, apenas. – Mas se J. W. MacKenzie estivesse em alguma área próxima, perto dos pingentes de identificação, imagino que teria causado um bom falatório.

– Humm. Qual é a extensão dessa muralha, você sabe?

– Sei, sim. Ou melhor, sei qual era a extensão quando foi construída: 80 milhas romanas. A milha romana era um pouco menor do que a milha inglesa, pouco menos de 1,5 quilômetro. Mas não sei que extensão tem hoje. Deve estar quase completa.

Buck fez uma careta.

– Bom, digamos que consigamos caminhar uns 25, 30 quilômetros por dia, já que é fácil caminhar rente a uma muralha. Levamos só quatro dias para percorrer tudo. Por outro lado... – Um pensamento o atingiu, e ele franziu o cenho. – Isso se pudéssemos cruzar de uma ponta a outra. Mas e aí, se chegarmos ao meio do caminho? Podemos acabar cobrindo metade sem encontrar nada, depois teremos que retornar até o ponto de partida – concluiu ele, lançando a Roger um olhar acusativo.

Roger esfregou a mão no rosto. Estava começando a chover, e a garoa formava uma bruma em sua pele.

– Vou pensar nisso amanhã, sim? Vamos ter bastante tempo para planejar as coisas no caminho. – Ele pegou o saco de dormir, sacudiu da lona um amontoado de nabos moles e comeu, depois puxou o saco por sobre a cabeça e os ombros. – Quer se juntar a mim nisso aqui ou vai para a cama?

– Não, eu estou bem.

Buck puxou o chapéu inclinado mais para baixo e se sentou, de costas curvadas, o pé bem pertinho dos resquícios do fogo.

Roger ergueu os joelhos e prendeu as pontas do saco de dormir. Os pingos de chuva tamborilavam de leve na lona. Em meio ao frio e à fadiga da exaustão, mas com o conforto de um estômago cheio, ele se permitiu pensar em Bri. Fazia isso apenas à noite, mas ansiava por esse momento mais do que ansiava pelo jantar.

Roger a vislumbrou em seus braços, sentada entre seus joelhos, encolhida com ele sob a lona, a cabeça apoiada em seus ombros, os cabelos macios iluminados pela luz fraca do fogo e refletindo as gotas de chuva. Quente, sólida, respirando junto ao peito dele, os dois corações batendo em compasso...

– Eu fico pensando o que diria ao meu pai – soltou Buck, de repente. – Se o tivesse conhecido, digo. – Ele piscou para Roger por sob a aba escura do chapéu. – O seu sabia... quero dizer... sabe sobre você?

Roger conteve o incômodo pela interrupção de sua fantasia.

– Sabe. Eu nasci antes do sumiço dele.

– Ah.

Buck se balançou um pouco, com o semblante meditativo, mas ficou em silêncio. Roger, porém, percebeu que aquilo havia acabado de vez com seu devaneio. Ele se concentrou para tentar trazê-la de volta, imaginando-a na cozinha em Lallybroch, rodeada pelos vapores do fogão, o rosto emoldurado pelos cachos ruivos, o nariz fino e comprido brilhando com a transpiração...

O que ele ouviu, porém, foi Brianna discutindo com ele sobre revelar a Buck a verdade sobre sua origem.

"Você não acha que ele tem o direito de saber?", dissera ela. "Você não ia querer saber uma coisas dessas?"

"Para ser sincero, acho que não", respondera ele à época. Agora, porém...

– Você sabe quem era o seu pai? – indagou Roger, de repente.

Já fazia meses que a pergunta lhe vinha rondando a mente, e ele não sabia ao certo se tinha o direito de perguntar.

Buck lançou um olhar desnorteado e meio hostil.

– Do que está falando? É claro que sei... ou sabia. Ele já morreu. – De repente, ele contorceu o rosto. – Ou...

– Ou talvez ele não tenha morrido, já que você ainda não nasceu. Confuso, não é?

Aparentemente, Buck tinha acabado de compreender isso. De repente, levantou-se e saiu andando. Ficou ausente por uns bons dez minutos, dando a Roger tempo de se arrepender de ter aberto a boca. Por fim, porém, Buck irrompeu da escuridão e se sentou outra vez junto à turfa fumegante, abraçando os joelhos erguidos.

– O que quis dizer? – perguntou ele, abruptamente. – Se eu conhecia o meu pai e tudo.

Roger sorveu profundamente o ar, que cheirava a grama úmida, agulhas de pinheiro e fumaça de turfa.

– Eu quis dizer que você não nasceu na casa onde cresceu. Você sabia disso?

Buck estava desconfiado e meio estupefato.

– Sim – respondeu ele, cauteloso. – Ou... não sabia com muita certeza, na verdade. Eu era o único filho dos meus pais, então achava que talvez houvesse... Bom, eu achava que talvez a irmã do meu pai tivesse parido um bastardo. Pelo que me contaram, ela tinha morrido na mesma época em que eu nasci e não era casada, então...
– Ele deu de ombros. – Então, não. – Ele encarou Roger, sem expressão. – Como descobriu isso?

– A mãe de Brianna. – Ele sentiu uma súbita pontada de saudade de Claire, e ficou surpreso por isso. – Ela era viajante. Mas estava em Leoch, mais ou menos nessa época, e nos contou o que aconteceu.

Ele sentiu um frio na barriga, feito alguém prestes a saltar de um penhasco rumo a um lago de profundidade desconhecida, mas já não havia como retroceder.

– Seu pai era Dougal MacKenzie de Castle Leoch, líder de guerra do clã MacKenzie. E sua mãe era uma bruxa chamada Geillis.

Buck ficou lívido; as maçãs do rosto altas, herança de seu pai, refletiam o leve brilho do fogo. Roger sentiu o ímpeto de abraçá-lo, consolá-lo como faria a uma criança – a criança que ele via com tanta clareza naqueles olhos grandes, verdes e assustados. Em vez disso, levantou-se e adentrou a noite, dando a seu antepassado a privacidade necessária para lidar com a notícia.

Não tinha doído. Roger acordou tossindo, com gotas de umidade escorrendo pelas têmporas, fazendo cócegas, deslocadas por seu movimento. Ele dormia debaixo do saco de dormir de lona vazio, não dentro, apenas com o rosto descoberto. Assim, havia trocado o potencial conforto do recheio de grama pela resiliência à água.

Ele tocou o pescoço com cuidado, sentindo a linha espessa da cicatriz cruzando a protuberância da laringe. Virou o corpo, apoiou-se no cotovelo e pigarreou para testar. Também não sentiu dor.

Você sabe o que é o osso hioide? Ele sabia. Como resultado das inúmeras consultas médicas para tratar suas questões de voz, Roger conhecia muito bem a anatomia da garganta, portanto entendera a explicação do dr. McEwan. Seu hioide era um pouco mais alto e recuado do que o normal, e essa feliz circunstância o havia salvado do enforcamento, visto que o esmagamento desse ossinho teria sido fatal.

Será que estava sonhando com McEwan? Ou com o enforcamento? Sim, isso. Passara muitos meses tendo sonhos desse tipo, embora eles tivessem rareado nos últimos anos. Mas Roger se lembrava de erguer os olhos por entre a renda de galhos e as folhas da árvore e ver, no sonho, a corda amarrada ao galho logo acima. Recordava a luta desesperada para emitir um grito de protesto por trás da mordaça em sua boca. Então o inelutável deslizamento sob seu corpo, com a remoção do cavalo que usava para se apoiar...

Mas desta vez não tinha doído. Seus pés tocaram o chão, e ele acordou – sem calor ou sufocamento, penetrantes sensações que o faziam arquejar e ranger os dentes.

Ele olhou em volta. Buck ainda estava lá, encolhido debaixo da manta comprada de Cumberpatch. Sábia aquisição.

Roger se deitou de lado, cobrindo o rosto com a lona, mas deixando um espacinho para respirar. Reconhecera o alívio que sentira ao ver Buck. De certa forma, esperava que o homem fosse levantar acampamento e disparar em direção a Castle Leoch, depois de ouvir a verdade sobre a própria família. No entanto, em defesa de Buck, ele não era um fujão. Se estivesse decidido a fazer isso, avisaria... depois de dar um soco na cara de Roger por não ter lhe contado antes.

No entanto, quando Roger retornara, Buck ainda estava ali, encarando as cinzas do fogo. Não ergueu o olhar, e Roger não disse nada. Apenas se sentou e pegou agulha e linha para cerzir um rasgo do casaco.

Dali a pouco, porém, Buck se remexeu.

"Por que esperou para me contar só agora?", perguntara ele, baixinho. Sua voz não guardava tom de acusação. "Por que não falou enquanto ainda estávamos perto de Leoch e Cranesmuir?"

"Eu não pretendia contar", respondera Roger, sem rodeios. "Estava só refletindo sobre o que estamos fazendo, e o que pode acontecer. De repente, fiquei pensando que você *tinha* que saber. E... eu não planejei nada, mas talvez tenha sido melhor assim. Dá tempo para você pensar se quer procurar seus pais antes de retornarmos."

Buck soltara apenas um grunhido em resposta, sem dizer mais nada. Mas não era a reação dele que ocupava a mente de Roger no presente momento.

Enquanto falava com Buck, ele não tinha sentido dor ao pigarrear. Mas naquele momento não havia se dado conta.

McEwan... Teria sido o toque de McEwan? Roger queria tanto ter conseguido ver se a mão de McEwan emanava aquele mesmo brilho azul ao tocar sua garganta ferida.

E a luz? Ele lembrou que Claire tinha mencionado algo parecido, certa vez... Ah, sim, ao descrever como fora curada por mestre Raymond, logo após o aborto que sofrera em Paris. Ela vira os próprios ossos revestidos de um brilho azul. Essa tinha sido a descrição.

Que reflexão surpreendente. Seria esse um traço hereditário, comum aos viajantes? Ele abriu um bocejo enorme e engoliu outra vez, para testar. Sem dor.

Estava ficando difícil acompanhar os próprios pensamentos. Ele sentiu o sono se espalhar e aquecer seu corpo, feito um bom uísque. Por fim, entregou-se, imaginando o que diria a seu pai. Isto é, se...

97

UM HOMEM PARA FAZER O SERVIÇO DE UM HOMEM

Boston, Massachusetts
8 de dezembro de 1980

Gail Abernathy providenciou um jantar rápido porém farto: espaguete com almôndegas, salada, pão de alho e – depois de uma olhadela penetrante a Bri – uma garrafa de vinho, apesar dos protestos da moça.

– Você vai passar a noite aqui – disse Gail, em um tom que não aceitava recusa, e apontou para a garrafa. – E vai beber isso aí. Não sei o que andou aprontando, garota, e você também não precisa me dizer... mas é bom parar.

– Eu queria poder.

Mas seu coração havia palpitado no instante em que cruzou a familiar porta, e a agitação diminuíra – embora estivesse longe de desaparecer. O vinho, no entanto, ajudou.

Os Abernathys ajudaram mais. Era muito bom estar com amigos, não sozinha com as crianças, o medo e a incerteza. Em poucos segundos, Bri quis chorar, rir e chorar de novo. Se Gail e Joe não estivessem ali, ela não teria escolha a não ser ir ao banheiro, ligar a água do chuveiro, enfiar a cara em uma toalha dobrada e gritar – sua única válvula de escape nos últimos dias.

Agora, porém, havia pelo menos alguém com quem conversar. Ela não sabia se Joe poderia oferecer algo além de um ouvido amigo, mas no momento isso valia mais do que qualquer coisa.

A conversa no jantar foi tranquila, com foco nas crianças, Gail perguntando a Mandy se ela gostava de Barbies e se sua Barbie tinha carro, e Joe falando de futebol e beisebol. Jemmy era fanático pelo Red Sox e tinha a permissão de ficar acordado até altas horas para ouvir as raras transmissões de rádio com sua mãe. Brianna não contribuiu em nada além de um e outro sorriso, sentindo a tensão no pescoço e nos ombros suavizar aos poucos.

Ao fim do jantar, a tensão retornou, embora menos intensa. Meio sonolenta e com o braço no prato, Mandy foi levada para a cama nos braços de Gail, cantarolando a melodia de "Jesus, alegria dos homens". Bri se levantou para recolher os pratos sujos, mas Joe fez um gesto para que ela parasse.

– Deixe aí, querida. Vamos conversar no escritório. Traga o resto do vinho –

acrescentou ele, então sorriu para Jem. – Jemmy, não quer ir lá em cima perguntar a Gail se você pode ver televisão no quarto?

Jemmy tinha uma mancha de molho de espaguete no canto da boca e o cabelo eriçado feito um porco-espinho. Estava meio pálido por conta da viagem, mas a comida o havia revigorado, e ele tinha os olhos vivos e alertas.

– Não, senhor – respondeu ele, muito respeitoso, empurrando a própria cadeira. – Vou ficar com a minha mamãe.

– Não tem necessidade disso, querido – disse Bri. – Tio Joe e eu precisamos conversar uns assuntos de adulto. Você...

– Eu vou ficar.

Ela o encarou com um olhar duro. Com um misto de horror e fascínio, reconheceu no mesmo instante um macho Fraser cabeça-dura.

O lábio inferior de Jemmy tremulava um pouco. Ele cerrou a boca com força, para afastar o tremor, e olhou sério para ela, para Joe, depois para ela outra vez.

– O papai não está aqui – afirmou, e engoliu em seco. – Nem o vovô. Eu... Eu vou ficar.

Bri foi incapaz de retrucar. Joe, no entanto, assentiu. Pegou uma lata de Coca-Cola na geladeira e conduziu o menino até o escritório. Ela foi atrás deles, segurando a garrafa de vinho e duas taças.

– Bri, querida? – chamou Joe, virando-se um instante para trás. – Apanhe outra garrafa no armário em cima do fogão. A conversa vai ser longa.

E assim foi. Jemmy estava na segunda Coca-Cola e a segunda garrafa de vinho já estava a dois terços do fim quando ela terminou de contar tudo e o que pensava fazer a respeito.

– Ok – disse Joe, em tom casual. – Não acredito que estou dizendo isso, mas você precisa decidir se vai cruzar as pedras na Carolina do Norte ou na Escócia, para de todo modo ir parar no século XVIII, é isso?

– É... basicamente isso. – Ela deu uma golada de vinho para se acalmar. – Mas isso é só a primeira parte. Veja bem, eu sei onde estão... estavam os meus pais no fim de 1778, e esse é o ano para o qual voltaremos se as coisas saírem como antes. Eles já terão retornado à Cordilheira dos Frasers ou estarão a caminho de lá.

O rosto de Jemmy se iluminou ao ouvir aquelas palavras, mas ele não falou nada. Ela o encarou.

– Eu ia levar você e Mandy pelas pedras em Ocracoke... por onde passamos da outra vez, lembra? Na ilha?

– *Vrum* – fez ele baixinho e escancarou um sorriso, revivendo a sua primeira exposição aos automóveis.

– Isso – respondeu ela, também abrindo um sorriso involuntário. – Daí poderíamos ir para a Cordilheira. Eu deixaria vocês com o vovô e a vovó e partiria para a Escócia, para encontrar o papai.

Jemmy fechou o sorriso e franziu as sobrancelhas ruivas.

– Perdoe a minha dúvida – disse Joe –, mas não estava acontecendo uma guerra em 1778?

– Sim, estava. E sim, era meio difícil embarcar em um navio da Carolina do Norte até a Escócia. Mas eu daria conta.

– Ah, eu acredito nisso. Seria mais fácil… e mais seguro, imagino, do que cruzar as pedras na Escócia e procurar Roger tendo que cuidar de Jemmy e Mandy ao mesmo tempo, mas…

– Não preciso de ninguém cuidando de mim!

– Talvez não – retrucou Joe –, mas você tem uns 6 anos, menos de 30 quilos e ainda tem uns bons 60 centímetros para crescer antes de poder cuidar da sua mãe. Até crescer a ponto de ninguém conseguir pegar você no colo e sair correndo, Bri precisa se preocupar com você, sim.

Jemmy pareceu querer argumentar, mas estava na idade em que a lógica às vezes prevalecia, e felizmente foi esse o caso. Ele soltou um breve grunhido, que assustou Bri, e recostou o corpo no sofá, ainda de cenho franzido.

– Só que você não pode ir aonde estão o vovô e a vovó – argumentou ele. – Porque o papai não está onde… quero dizer, *quando* você imaginou. Ele não está na mesma época que eles.

– Bingo – soltou Brianna, então meteu a mão no bolso do casaco e apanhou com cuidado o saco plástico que protegia a carta de Roger. Entregou a Joe. – Leia isso aqui.

Ele apanhou os óculos de leitura no bolso, ajeitou-os no nariz e leu a carta com cuidado. Encarou-a, com os olhos arregalados, inclinou a cabeça e leu outra vez. Em seguida, permaneceu em silêncio por alguns minutos, a carta aberta sobre o joelho.

Por fim, soltou um suspiro, dobrou a carta com cuidado e a devolveu a ela.

– Agora a questão é espaço *e* tempo – disse ele. – Você já assistiu a *Doctor Who*?

– Vejo sempre – respondeu ela, em tom seco. – E não pense que eu não venderia a alma por uma TARDIS.

Jemmy soltou outra vez o grunhido escocês, e Brianna lançou uma olhadela de esguelha para ele.

– Está fazendo isso de propósito?

Ele encarou a mãe, surpreso.

– Fazendo o quê?

– Deixe para lá. Quando você *tiver* 15 anos, vou trancar você no porão.

– Hein? Por quê? – retrucou Jemmy, indignado.

– Porque foi nessa idade que seu pai e seu avô começaram a causar problemas de verdade. Evidentemente você vai seguir pelo mesmo caminho.

– Ah. – Ele pareceu ter gostado do que ouviu, então se acalmou.

– Bom, deixando de lado a ideia de arrumarmos uma TARDIS... – Joe se inclinou para a frente e encheu as duas taças de vinho. – É possível viajar para uma época anterior à que imaginou, já que Roger e esse tal de Buck fizeram isso. Você acha que conseguiria também?

– Eu preciso – respondeu Bri. – Ele não vai tentar voltar sem Jemmy, então eu tenho que ir atrás dele.

– Você sabe *como* ele conseguiu isso? Você falou que é preciso ter pedras preciosas. Será que ele tinha alguma pedra especial?

– Não. – Ela franziu o cenho, recordando o esforço de usar a tesoura de cozinha para desmontar o velho broche com pequeninos diamantes. – Cada um tinha uns diamantes bem pequenos, mas Roger já havia cruzado as pedras antes, com um único diamante maior. Falou que fora igual às outras vezes de que soubemos... A pedra explodiu ou se desintegrou. No bolso dele sobrou só um monte de pó.

– Humm. – Joe deu um gole no vinho e uma bochechada, meditativo, então engoliu. – Primeira hipótese: quantidade vale mais do que tamanho, ou seja, talvez seja possível ir mais longe com mais pedras no bolso.

Ela o encarou por um instante, meio surpresa.

– Eu não tinha pensado nisso – confessou, lentamente. – Mas, na primeira tentativa, ele estava com o medalhão da mãe, que tinha umas granadas. Granadas, no plural, sem sombra de dúvida. Mas não passou... Foi lançado para trás, em chamas. – Ela sentiu um breve calafrio ao visualizar Mandy no chão, pegando fogo... Bebeu o vinho e pigarreou. – Então... não sabemos se ele poderia ter ido mais longe se *tivesse* cruzado.

– É só uma ideia – disse Joe, olhando para ela. – Agora... Roger mencionou Jeremiah nessa carta, e parece que está dizendo que tem outra pessoa com esse nome, além de Jemmy. Você sabe quem é?

– Sei.

Uma sensação entre medo e empolgação percorreu a espinha de Brianna. Ela deu outro gole do vinho e respirou fundo, então contou a ele sobre Jerry MacKenzie, as circunstâncias de seu desaparecimento e o que sua mãe tinha dito a Roger.

– *Ela* pensava ser muito provável que Jerry fosse um viajante acidental. E que... não estivesse conseguindo voltar.

Brianna deu outra golada ligeira no vinho.

– É o meu outro vovô? – perguntou Jemmy. Enrubesceu um pouco frente ao pensamento, então se empertigou no assento, as mãos no meio das coxas. – Se formos para onde está o papai, será que vamos conhecer o vovô também?

– Não consigo nem pensar nisso – respondeu ela, com honestidade, embora a sugestão tivesse provocado um nó em suas entranhas.

Em meio aos milhares de alarmantes contingências que envolviam aquela situação, a possibilidade de conhecer seu sogro ocupava mais ou menos o penúltimo lugar na lista de "coisas preocupantes", mas *estava* na lista.

– O que Roger quis dizer em relação a buscar Jeremiah? – indagou Joe, insistindo em voltar ao assunto.

– Achamos que é assim que se… conduz – respondeu Brianna. – Levando o pensamento a uma pessoa específica que está na época para onde se deseja ir. Mas não temos certeza – acrescentou ela, abafando um pequeno arroto. – Todas as vezes que nós… ou a mamãe… fizemos isso, sempre saímos 202 anos antes. Quando a mamãe retornou pela primeira vez, foi na mesma época. Mas, pensando bem, ela achou que talvez tivesse sido porque Black Jack Randall, antepassado do papai, estava lá. Ele foi a primeira pessoa que ela conheceu quando saiu das pedras. Disse que se parecia demais com o papai.

– Aham. – Joe se serviu de mais vinho e encarou a bebida por um instante, como se estivesse hipnotizado pelo brilho vermelho que cintilava pelo vidro. – Mas… outras pessoas foram mais longe. E essa Geillis, que sua mãe mencionou? E Buck? Ele… Não, deixe para lá. Roger *e* Buck conseguiram isso dessa vez. Então é possível. A gente só não sabe como.

– Eu já ia me esquecendo de Geillis – comentou Bri, devagar.

Ela vira a mulher apenas uma vez, e muito depressa. Uma figura alta e magra, os cabelos claros esvoaçando ao vento em meio a um brutal fogaréu, a sombra largada em um dos monólitos, imensa e espichada.

– Mas agora, pensando bem – prosseguiu Bri –, não acho que Geillis tivesse usado pedras preciosas. Ela acreditava que era necessário… um sacrifício. E fogo. – Ela encarou Jemmy, então Joe, e baixou as sobrancelhas com um semblante sincero, como se dissesse "Nem pergunte". – No entanto, Geillis planejava usá-las. Foi ela quem contou à mamãe sobre o uso das pedras… não o contrário. Logo… *alguma pessoa* contou a ela.

Joe digeriu a informação um instante, então balançou a cabeça, dispensando os próprios pensamentos.

– Ah! Muito bem, segunda hipótese: levar a atenção a uma pessoa específica ajuda o viajante a ir até onde ela está. Faz sentido para você, Jem? – perguntou ele, virando-se para Jemmy, que assentiu.

– Claro, se for alguém conhecido.

– Como assim? – Joe parou subitamente. – Se for alguém *conhecido*?

A centopeia gelada subiu outra vez pela espinha de Bri, muito ligeira, arrepiando o corpo inteiro, até o cocuruto.

– Jemmy. – A voz dela era estranha aos próprios ouvidos, meio resfolegante. – Mandy diz que consegue ouvir você… na cabeça. Você… consegue fazer isso também? – Ela engoliu em seco, com força, e a voz saiu mais clara: – Você consegue ouvir o papai?

O menino uniu as sobrancelhas ruivas, em uma carranca perplexa.

– Claro. Você não?

...

Jemmy percebeu que a linha profunda entre as sobrancelhas de tio Joe não havia desaparecido desde a noite anterior. Ele ainda parecia amistoso; meneou a cabeça para o menino e lhe empurrou uma caneca de chocolate quente sobre o balcão da cozinha, mas seguia olhando mamãe e, a cada instante, a linha no meio se intensificava.

Mamãe estava passando manteiga na torrada de Mandy. Jemmy achou que ela não estava tão preocupada quanto antes e se sentiu um pouco melhor. Ele havia dormido a noite toda, pela primeira vez em muito tempo, e achava que talvez mamãe também tinha. Por mais cansado que estivesse, ele costumava acordar a cada duas horas, mais ou menos, atento aos barulhos, e mais ainda para ver se Mandy e mamãe estavam respirando. Em seus pesadelos, as duas não respiravam.

– Então, Jem – começou tio Joe. Ele baixou a xícara de café e limpou os lábios com um guardanapo que havia sobrado do Dia das Bruxas, preto com bonequinhos de abóbora e fantasminhas brancos. – Quanto você consegue... você sabe... quando a sua irmã não está com você?

– Quanto? – indagou Jem, meio indeciso, e olhou para mamãe. Isso nunca tinha lhe passado pela cabeça.

– Se você fosse agora até a sala – disse tio Joe, meneando a cabeça para a porta – saberia dizer que ela está aqui ou não, mesmo sem estar vendo?

– Aham. Quero dizer, sim, tio. Acho que sim. – Ele enfiou o dedo no chocolate quente: ainda muito quente para beber. – Quando eu estava no túnel, lá no trem, eu sabia que ela estava em algum lugar. Quero dizer, não é tipo ficção científica nem nada. Não é visão de raios X nem de laser, nada assim. Eu só... – Ele lutou por uma explicação. Por fim, assentiu para mamãe, que o encarava com um olhar sério e meio incômodo. – Se você fechasse os olhos, ainda saberia que a mamãe está aqui, não é? É tipo isso.

Mamãe e tio Joe se entreolharam.

– Quer torrada?

Mandy largou no prato dele o pedaço de torrada com manteiga meio mastigada. Ele pegou e deu uma mordida. Estava gostoso, um pão meio mole e branquelo, não do tipo moreninho que mamãe assava em casa, com grãos.

– Se ele pôde sentir a irmã... lá do túnel, enquanto ela estava em casa, consegue fazer isso a uma grande distância – concluiu mamãe. – Mas não sei com certeza se ela *estava* em casa nesse momento. Passei o tempo todo dirigindo com ela, procurando Jem. E Mandy também sentiu a presença dele naquela noite, enquanto estávamos no carro. Mas... – Agora *ela* ergueu as sobrancelhas. Ele não gostava de ver a linha em sua testa. – Mandy ficava me dizendo que estava frio, enquanto íamos rumando para Inverness, mas eu não sei se ela estava querendo dizer que não conseguia mais ouvi-lo ou...

– Acho que não consigo sentir Mandy quando estou na escola – disse Jem, ávido por ser útil. – Não tenho certeza, porque não fico pensando nela durante a aula.

– Qual a distância entre a sua casa e a escola? – perguntou tio Joe. – Quer um biscoitinho recheado, princesa?

– Quero!

O rostinho redondo e sujo de manteiga de Mandy se iluminou, e Jemmy se virou para a mãe. Pela expressão, ela estava querendo dar um chute em tio Joe por debaixo do balcão. Ele esperava uma bronca a qualquer minuto, mas a mãe apenas olhou para Mandy, e seu rosto se suavizou.

– Tudo bem – concordou ela. – Pode comer o biscoito.

E Jemmy sentiu uma agitação na barriga. Mamãe começou a dizer ao tio Joe a que distância ficava a escola, mas Jem não queria nem saber. Eles iam fazer aquilo. Iam fazer, de verdade!

Pois o único motivo por que mamãe deixaria Mandy comer biscoitinho recheado sem dar bronca era se estivesse imaginando que ela jamais voltaria a comer aquilo.

– Posso comer um também, tio Joe? – indagou ele. – Eu gosto do de mirtilo.

98

A MURALHA

A muralha de Adriano guardava o mesmo aspecto que Roger recordava de uma excursão da escola, quando era pequeno. Uma coisa imensa, de quase 5 metros de altura e 3 de profundidade, uma dupla parede de pedras cheia de cascalho no meio, desaparecendo a distância.

O povo dos arredores também não era muito diferente, pelo menos em termos de discurso e meio de vida. Criavam gado e cabras, e o dialeto da Nortúmbria aparentemente não evoluíra muito desde a época de Geoffrey Chaucer.

O sotaque das Terras Altas de Roger e Buck suscitava olhares de desconfiança e incompreensão. Por isso, passaram quase o tempo todo limitados aos gestos básicos e à linguagem de sinais, de modo a conseguir comida e abrigo.

Com um pouco de tentativa e erro, Roger conseguiu um jeito mais parecido com o inglês antigo de dizer: "Passou por aqui um estranho?" Pelo aspecto do lugar, e pelos olhares que Buck e ele receberam, arriscou que a possibilidade era remota. E assim foi. Três dias de caminhada, e os dois ainda eram os homens mais estranhos que o povo da muralha já tinha visto.

– Certamente um homem com o uniforme da Força Aérea Real seria uma figura mais peculiar que nós? – disse ele a Buck.

– Seria – respondeu Buck, racionalmente –, se ainda estivesse usando.

Roger grunhiu, desconsolado. Não havia pensado na possibilidade de que Jerry tivesse descartado o uniforme de propósito ou sido removido dele por alguém que cruzara seu caminho antes.

No quarto dia – a muralha em si havia mudado, agora não feita de pedras e cascalho, mas de torrões de terra empilhada –, eles encontraram um homem usando a jaqueta de voo de Jerry MacKenzie.

O homem estava parado à beira de um campo meio arado, com um olhar moroso para o além, sem pensar em nada. Roger congelou, com a mão no braço de Buck, forçando-o a olhar.

– Jesus – sussurrou Buck, agarrando a mão de Roger. – Eu não acredito. É ela! Não é ela? – perguntou ele, virando-se para Roger, as sobrancelhas erguidas. – Quero dizer… do jeito que você descreveu…

– É. É ela.

Roger sentiu a garganta apertar de empolgação… e medo. Mas havia apenas uma coisa a ser feita. Ele baixou a mão de Buck e cruzou a grama morta e as pedras dispersas em direção ao fazendeiro, se é que aquilo era um fazendeiro.

O homem ouviu a aproximação de alguém e se virou, muito tranquilo. Ao ver os dois, empertigou-se e olhou em volta, em busca de ajuda.

– Eevis! – gritou ele, ou pelo menos foi o que Roger pensou. Ao olhar para trás, Roger viu a parede de pedras de uma casa, evidentemente anexada à muralha.

– Levante as mãos – ordenou Roger a Buck, exibindo as próprias mãos, de palmas para fora, para mostrar que não havia ameaça.

Os dois avançaram devagar, de mãos erguidas, e o fazendeiro não arredou pé, mas os encarava como se eles fossem uma bomba prestes a explodir.

Roger sorriu para o homem e deu uma cotovelada nas costelas de Buck, para que ele fizesse a mesma coisa.

– Bom dia – disse ele, com clareza e cuidado. – Passou por aqui um estranho?

Ele apontou para o próprio casaco… então para a jaqueta de voo. Seu coração batia forte. Roger queria derrubar o homem no chão e arrancar a jaqueta de seu corpo, mas de nada adiantaria.

– Não! – respondeu o homem, mais do que depressa, recuando, segurando as beiradas da jaqueta. – Saiam daqui!

– Não queremos fazer mal, doido – retrucou Buck, no tom mais conciliador possível. Espalmou o ar, de um jeito apaziguante. – *Kenst du dee mann…?*

– O que é *isso*? – indagou Roger, com o canto da boca. – Norueguês antigo?

– Não sei, mas já ouvi um homem das Orkneys falando assim uma vez. Significa…

– Eu sei o que significa. Isso está parecendo as Orkneys?

– Não. Mas se você sabe o que significa, talvez ele também saiba, não é?

– Não! EEVIS! – gritou o homem outra vez, começando a se afastar deles.

– Espere! – exclamou Roger. – Olhe. – Ele tateou o bolso rapidamente e pegou o pacote de tecido impermeável com as placas de identificação de seu pai. Apanhou as placas e sacudiu, em meio à brisa fria. – Está vendo? Onde está o homem que usava isso?

O fazendeiro arregalou os olhos e correu, desajeitado, chutando os montinhos de terra.

– Eevis! Ajuuuda! – gritava ele, além de outras coisas menos compreensíveis.

– Pretendemos esperar a chegada desse Eevis? – perguntou Buck, incomodado. – Pode ser que ele não seja amistoso.

– Pretendemos, sim – respondeu Roger, com firmeza.

O sangue havia tomado seu rosto e torso, e ele flexionou as mãos, muito nervoso. Eles estavam tão perto… Em questão de segundos, passou da alegria ao medo profundo e à alegria outra vez. Não lhe escapava à mente a forte possibilidade de que Jerry MacKenzie tivesse sido morto por conta daquela jaqueta – probabilidade que parecia muito maior levando em conta a fuga precipitada de seu interlocutor.

O homem havia desaparecido por entre as pequenas árvores, para além das quais se viam alguns galpões. Talvez Eevis fosse um pastor de gado ou leiteiro?

Então, os latidos começaram.

Buck olhou para Roger.

– Será que é Eevis?

– Meu Deus!

Um imenso cachorro marrom, com uma cabeçorra e a boca cheia de dentes, irrompeu das árvores e disparou na direção deles, seguido de seu dono, que trazia uma pá.

Os dois saíram correndo, contornando a casa com Eevis em seu encalço, sedento por sangue. A ampla orla verde da muralha se avultou diante de Roger, e ele saltou, cravando as botinas na terra e escalando com dedos, joelhos, cotovelos – provavelmente com os dentes também. Atirou-se lá de cima e desabou do outro lado, aterrissando com um baque surdo. Ainda lutava para recuperar o fôlego, quando Buck caiu em cima dele.

– Merda! – gritou seu antepassado, rolando com ele. – Venha!

Ele ajudou Roger a se levantar, e os dois correram, ouvindo os xingamentos do fazendeiro do outro lado da muralha.

Eles conseguiram se refugiar no vão de um precipício mais adiante, e ali desabaram, resfolegantes.

– O impe… imperador Adri… ano sabia onde… estava… se metendo – conseguiu dizer Roger, por fim.

Buck assentiu, enxugando o suor do rosto.

– Não… foi muito hospitaleiro – soltou ele, sibilante. Ele balançou a cabeça e respirou. – E… agora?

Roger deu um tapinha no ar, indicando a necessidade de sorver oxigênio antes de poder formular ideias, e os dois descansaram um pouco. Roger tentou usar a lógica, embora ondas de adrenalina insistissem em interferir em seu raciocínio.

Primeiro: Jerry MacKenzie estivera ali. Isso era quase certo. Estava além de qualquer possibilidade a existência de *dois* viajantes do tempo usando jaquetas de voo da Força Aérea Real.

Segundo: ele não estava ali agora. Seria uma dedução segura? Não, concluiu Roger com relutância. Não seria. Ele *poderia* ter trocado a jaqueta com o dono de Eevis por comida ou alguma coisa e depois seguido em frente. Mas, se fosse esse o caso, por que o fazendeiro não tinha simplesmente contado a verdade, em vez de mandar o cachorro para cima deles?

E se o homem apenas roubou a jaqueta? E se Jerry estivesse morto e enterrado em algum lugar próximo? A ideia causou um frio na barriga de Roger e fez os pelos de seu queixo se eriçarem. Ou foi agredido e despido, mas talvez tivesse escapado?

Muito bem. Se Jerry estava por lá, estava morto. Se estava morto, a única forma de descobrir era derrubando o cachorro e arrancando a informação do dono de Eevis. E ele não se sentia muito disposto a isso no momento.

– Ele não está aqui – concluiu Roger. Ainda respirava com dificuldade, porém agora de maneira ritmada.

Buck olhou para ele, então assentiu. Havia um borrão de grama lamacenta em sua bochecha, um pedaço de musgo da muralha, que combinava com o verde de seus olhos.

– Sim. E o que mais?

O suor foi esfriando no pescoço de Roger. Ele limpou distraidamente com a ponta do lenço que havia transportado ao outro lado do muro, sabia-se lá como.

– Eu tenho uma ideia. Dada a reação do nosso amigo – disse ele, assentindo na direção da fazenda, invisível para além da massa verde do muro –, penso que perguntar por um estranho talvez não seja a conduta mais sábia. Mas e pelas pedras?

Buck piscou, sem entender.

– Pedras?

– Sim. Os monólitos. Sabemos que Jerry viajou. Quais são as chances de ter conseguido cruzar um círculo? Se for este o caso, provavelmente essas pedras não estão longe daqui. E o povo não se sentiria ameaçado, imagino, por dois idiotas perguntando por monólitos. Se encontrarmos o local por onde ele talvez tenha passado, podemos começar por lá e perguntar nos pontos mais próximos das pedras. Com cuidado.

Buck deu uns tapinhas no joelho, pensativo, então assentiu.

– Um monólito não vai morder a nossa bunda. Muito bem, então. Vamos lá.

99

RADAR

Boston
9 de dezembro de 1980

Jemmy estava nervoso. Sua mãe e o tio Joe tentavam fingir que estava tudo bem, mas até Mandy sabia que alguma coisa vinha acontecendo. Ela se contorcia no banco de trás do Cadillac de tio Joe, como se tivesse formiga dentro da roupa, tentando puxar o casaco de botões pela cabeça, e os cachinhos pretos despontavam por baixo da abertura.

– Sente-se *direito* – murmurou Jem, sem esperar que ela obedecesse.

Tio Joe estava dirigindo, e mamãe tinha um mapa aberto no colo.

– O que está fazendo, Mandy? – indagou mamãe, distraída, anotando algo no mapa com um lápis.

Mandy desafivelou o cinto de segurança e se pôs de joelhos. Puxara os braços para fora do casaco, de modo que eles estavam caídos para os lados, e agora apenas a cabeça despontava do buraco maior.

– Eu sou um polvo! – exclamou ela, balançando o corpo e os bracinhos.

Jemmy soltou uma risada involuntária. Mamãe também, mas acenou para que Mandy se sentasse.

– Ei, polvo – disse ela. – Coloque esse cinto de volta agora mesmo. Os polvos têm oito pernas. Ou braços, talvez.

– Você só tem quatro – disse Jem a Mandy. – Como se chamam os polvos de quatro membros, mamãe?

– Não sei. – Mamãe, no entanto, havia retornado ao mapa. – O Common, você acha? – perguntou ela ao tio Joe. – Tem cerca de meio quilômetro até a outra ponta. E a gente podia descer até o Jardim Público, se…

– É, boa ideia. Eu deixo você e Jem na Park Street, depois sigo pela Beacon até o fim do Common e faço o retorno.

O tempo estava frio e nublado, com uns poucos flocos de neve no ar. Ele recordou o Boston Common e ficou meio contente de vê-lo outra vez, mesmo com as árvores desfolhadas e a grama morta e marrom. Ainda havia gente circulando. Sempre havia. E todos usavam chapéus e xales de inverno alegres, muito coloridos.

Estacionaram na Park Street, em frente aos ônibus de turismo que paravam a cada vinte minutos. Papai havia pegado um deles, uma vez – um dos laranjinhas, com as laterais abertas. Naquela época, era verão.

– Está com as luvinhas, querido? – Mamãe já estava na calçada, espiando pela janela. – Você vai com o tio Joe, Mandy…

Jemmy saiu para a calçada com a mãe, ajeitando as luvas e observando o Cadillac cinza se afastar.

– Feche os olhos, Jemmy – disse mamãe, baixinho, então pegou a mão dele e apertou. – Diga se consegue sentir Mandy na sua cabeça.

– Claro. Quero dizer, consigo. Ela está lá.

Ele não havia pensado em Mandy como um pontinho vermelho antes da história no túnel com o trem, mas agora pensava. De certa forma, assim era mais fácil se concentrar nela.

– Que bom. Pode abrir os olhos, se quiser – falou mamãe. – Mas continue pensando nela. Me diga se ela estiver se afastando muito, se estiver difícil de sentir.

Jem conseguiu sentir Mandy durante todo o trajeto, até que o Cadillac voltou a estacionar perto deles – embora ela tivesse enfraquecido um pouco, depois ficado mais forte.

Eles repetiram o teste, e tio Joe desceu com Mandy até a Arlington Street, do outro lado do Jardim Público. Jem ainda conseguia senti-la, e já estava gelado e entediado, de tanto ficar ali parado na rua.

– Ela está ouvindo muito bem – relatou tio Joe, baixando a janela. – E você, amigão? Está ouvindo a sua irmã direitinho?

– Estou – respondeu Jemmy, com paciência. – Quero dizer, eu meio que sei dizer onde ela está. Ela não fala na minha cabeça nem nada.

O que era bom, pensou Jem. Não ia querer Mandy tagarelando em sua cabeça o tempo todo. Nem ia querer que ela escutasse seus pensamentos também. Ele franziu o cenho para ela; não havia pensado *nisso* antes.

– Você não consegue ouvir os meus pensamentos, consegue? – inquiriu ele, enfiando a cara pela janela aberta. Mandy, agora no banco da frente, encarou o irmão, surpresa. Ele notou que ela tinha chupado o dedo; estava todo molhado.

– Não – respondeu ela, meio indecisa. E meio assustada, percebeu Jem. Ele também estava, mas não deixaria Mandy ou mamãe saberem.

– Que bom – disse ele, e deu um tapinha na cabeça dela.

Mandy odiava tapinhas na cabeça e tentou golpeá-lo com um rosnado feroz. Ele recuou e escancarou um sorriso para ela.

– Se a gente repetir o experimento – disse Jem à mãe –, será que Mandy pode ficar aqui com você, e eu vou com tio Joe?

Mamãe o encarou, indecisa, então olhou para Mandy. Mas assentiu, parecendo compreendê-lo, e abriu a porta para que Mandy saísse, aliviada.

Tio Joe cantarolava baixinho. O carro dobrou à direita e cruzou o grande teatro e o prédio da maçonaria. Jem, no entanto, percebia a mão firme de tio Joe no volante, revelando as juntas brancas dos dedos.

– Está nervoso, amigão? – indagou tio Joe, enquanto passavam pelo Frog Pond. Estava seco, invernal, com um aspecto meio triste.

– Aham. – Jem engoliu em seco. – E você?

Tio Joe olhou para ele, meio assustado, então sorriu e voltou-se para a rua.

– Estou – respondeu ele, baixinho. – Mas acho que vai ficar tudo bem. Você vai cuidar bem de sua mamãe e Mandy, e vocês vão encontrar seu pai. Vão todos se reunir em algum momento.

– É – disse Jem, engolindo em seco de novo.

Os dois seguiram em silêncio durante um tempo, ouvindo a neve bater no para--brisa, feito sal arranhando o vidro.

– Mamãe e Mandy devem estar com frio – comentou Jemmy.

– Pois é. Essa vai ser a nossa última tentativa de hoje – garantiu o tio Joe. – Ainda está com ela? Mandy?

Jem não estivera prestando atenção. Sua mente havia se perdido nos círculos de pedra. E na coisa do túnel. E no papai. Sua barriga doeu.

– Não – respondeu Jem, perplexo. – Não! Eu não consigo sentir! – De repente, entrou em pânico e se empertigou no assento, empurrando o piso do carro com os pés. – Volte para lá!

– Agorinha mesmo, campeão – disse tio Joe, e fez o retorno bem no meio da rua. – Gloucester Street. Você pode se lembrar desse nome? Precisamos avisar sua mãe, para ela poder calcular a distância.

– Aham – concordou Jem, mas na verdade não estava escutando o tio Joe.

Estava de ouvidos atentos em Mandy. Ele nunca havia pensado em nada daquilo antes, jamais se interessara em saber se conseguia sentir sua irmã ou não. Mas agora era importante, então ele cerrou os punhos e endireitou a barriga, logo abaixo das costelas, onde ficava o machucado.

E lá estava ela, como se nunca tivesse ido embora, feito o seu dedão do pé ou coisa assim, e Jem soltou o ar em um arquejo que atraiu o olhar firme de tio Joe.

– Conseguiu encontrá-la outra vez?

Jem assentiu, com um alívio inexprimível. Tio Joe suspirou e relaxou os ombros largos.

– Que bom – disse ele. – Então não a solte.

Brianna apanhou Esmeralda, a boneca de pano, do chão da sala de estar dos Aberna-thys e a acomodou ao lado de Mandy. *Seis quilômetros.* Eles haviam passado a manhã rodando pelas ruas de Boston, e agora faziam uma vaga ideia da extensão do radar entre as duas crianças. Jem sentia Mandy até pouco mais de 1,5 quilômetro, mas ela o sentia até mais ou menos 6. Jemmy sentia Brianna também, porém vagamente e a curta distância. Mandy sentia a mãe quase pela mesma extensão em que sentia Jem.

Ela devia escrever isso no guia, pensou, mas tinha passado a tarde em uma organização frenética, e naquele momento o esforço de encontrar um lápis parecia o mesmo de descobrir a fonte do Nilo ou escalar o Kilimanjaro. *Amanhã.*

Ao pensar no dia seguinte, Bri sentiu uma onda de adrenalina, que a arrancou da letargia e da exaustão. No dia seguinte, a coisa ia começar.

Depois que as crianças foram para a cama, Joe e ela conversaram, com Gail escutando no cantinho, exibindo vez ou outra o branco dos olhos, mas sem dizer uma palavra.

– Tem que ser na Escócia – explicou ela. – É dezembro. Os navios só zarpam quando começa a primavera. Se cruzarmos na Carolina do Norte, não vamos poder sair das colônias antes de abril, e não chegaremos à Escócia antes do verão. E, sem contar o fato de que eu sei como eram as viagens marítimas no século XVIII e só faria isso com crianças se a alternativa fosse levar um tiro... não posso esperar esse tempo todo.

Ela havia tomado um gole de vinho, mas o nó em sua garganta não se desfez, assim como não tinha se desfeito com a última meia dúzia de goladas. *Qualquer coisa poderia acontecer com ele em seis meses. Qualquer coisa.*

– Eu... preciso encontrá-lo.

Os Abernathys se entreolharam, e Gail tocou o joelho de Joe com delicadeza.

– Claro – disse ela. – Mas você tem certeza quanto à Escócia? E as pessoas que tentaram tirar Jemmy de você? Será que não vão estar esperando se você retornar?

Bri soltou uma risada trêmula.

– Mais um motivo para ir agora mesmo – retrucou ela. – No século XVIII, posso relaxar um pouco em relação a isso.

– Você não viu ninguém... – começou Joe, de cenho franzido, mas ela balançou a cabeça.

– Na Califórnia, não. E nem aqui. Mas eu estou de olho.

Ela também havia tomado outras precauções, recordações das breves e discretas memórias de seu pai sobre as experiências na Segunda Guerra Mundial, mas não havia necessidade de revisitá-las.

– Você faz alguma ideia de como garantir a segurança das crianças na Escócia? – indagou Gail, empoleirada na ponta do assento, desconfortável, como se quisesse se levantar e ir conferir as crianças.

Brianna conhecia a sensação. Ela suspirou e tirou uma mecha de cabelo do olho.

– Tem duas pessoas lá... bom, três... em quem acho que posso confiar.

– Você *acha*? – perguntou Joe, meio cético.

– As únicas pessoas em quem eu *sei* que posso confiar estão bem aqui – retrucou ela, erguendo a taça para eles.

Joe desviou o olhar e pigarreou. Então olhou para Gail, que assentiu para ele.

– Nós vamos com você – disse ele com firmeza, virando-se de volta para Bri. – Gail pode cuidar das crianças, e eu cuido para que ninguém os perturbe até estarem prontos para ir.

Ela mordeu o lábio para conter as lágrimas iminentes.

– Não – disse ela.

E pigarreou também, com força, para afastar o tremor da voz, causado tanto pela gratidão quanto pela imagem dos doutores Abernathy cruzando as ruas de Inverness. Até *havia* negros nas Terras Altas da Escócia, mas eram muito poucos, de modo que chamavam a atenção.

– Não – repetiu ela, então respirou fundo. – Vamos primeiro para Edimburgo. Posso reunir tudo que for necessário por lá, sem atrair atenção. Só vamos subir para as Terras Altas quando tudo estiver pronto... e eu só vou entrar em contato com os meus amigos de lá no último minuto. Ninguém vai ter tempo de saber que estamos lá até... o momento da passagem.

A última palavra a atingiu feito um soco no peito, carregada de lembranças do enorme vazio que jazia entre o antes e o agora. Entre ela e as crianças... e Roger.

Os Abernathys não haviam desistido facilmente. Bri tinha certeza de que fariam outra tentativa no café da manhã, mas ela levava fé na própria teimosia e, alegando cansaço, escapara da delicada preocupação dos dois.

Ela *estava* exausta. No entanto, a cama que dividiria com Mandy não a atraía. Precisava passar um tempo sozinha, para esquecer os problemas antes de o sono chegar. Pôde ouvir uma movimentação de recolhimento no andar de baixo. Tirou os sapatos e foi descendo, sorrateira, onde uma luz havia sido deixada acesa na cozinha e outra no fim do corredor, perto do escritório, onde o grande sofá fazia as vezes de cama improvisada para Jem.

Ela foi conferir como o menino estava, mas teve a atenção desviada por um familiar estalido metálico. A cozinha tinha uma porta de correr, que estava entreaberta. Ela se aproximou, espiou pela abertura e descobriu Jemmy em uma cadeira, junto ao balcão, estendendo o braço para tirar um biscoito recheado da torradeira.

Ao ouvir os passos da mãe, o menino ergueu os olhos arregalados, segurando o biscoito quente por um segundo a mais, então o largou, sentindo os dedinhos queimados.

– *Ifrinn!*

– Não diga isso – retrucou ela, recolhendo o biscoito caído. – Estamos indo para um lugar onde as pessoas vão entender. Aqui... Quer tomar um leite também?

Ele hesitou um instante, surpreso, então saltou do banco feito um passarinho, com um leve baque no chão.

– Eu pego. Você quer também?

De repente, nada no mundo era melhor do que um biscoito quente com recheio de mirtilo e um copo de leite gelado. Ela assentiu, quebrou o biscoitinho em dois e acomodou cada metade em uma toalha de papel.

– Está sem sono? – perguntou ela, depois de os dois comerem em um silêncio confortável.

Ele balançou a cabeça, os cabelos ruivos espetados feito um porco-espinho.

– Quer que eu leia uma história para você? – perguntou ela.

Brianna não sabia por que falara aquilo. Jem já era grandinho, não precisava que ninguém lesse para ele, mas sempre estava por perto quando ela lia para Mandy. Ele disparou à mãe uma olhadela de indignação, mas assentiu. Disparou até o terceiro andar e retornou com o novo exemplar de *Contos de fada dos animais*.

Ele não quis se deitar logo de cara, mas se sentou bem pertinho dela no sofá, e Brianna leu, com o filho nos braços. A respiração de Jemmy foi se acalmando, e seu corpinho aquecido começou a pesar junto ao dela.

– Meu pai costumava ler para mim, quando eu acordava e não conseguia mais dormir – disse ela, baixinho, virando a última página. – Vovô Frank, digo. Era muito parecido com isso aqui, o maior silêncio.

Os dois estavam aconchegados, juntinhos e satisfeitos, sob a cálida luz amarelada, em meio à noite distante.

Ela sentiu o interesse de Jem crescer.

– Ele era igual ao vovô? O vovô Frank?

Brianna havia contado às crianças algumas coisas sobre Frank Randall, no desejo de que ele não fosse esquecido, mas sabia que ele sempre seria apenas um fraco espectro, frente à presença vívida do outro avô. O avô para o qual eles retornariam. Ela sentiu uma diminuta lágrima se formar no rosto, ao compreender sua mãe por um instante.

Ah, mamãe...

– Era diferente – respondeu ela, baixinho, com a boca junto ao cabelo do filho. – Mas era soldado... isso os dois tinham em comum. E era escritor, acadêmico... como papai. Mas todos eram... *são* parecidos em uma coisa: eles cuidavam das pessoas. É o que faz um homem bom.

– Ah.

Bri podia senti-lo adormecendo, lutando para se manter desperto, já começando a ser invadido pelos sonhos. Ajeitou o menino nos cobertores, alisando o cachinho em seu cocuruto.

– A gente pode se encontrar com ele? – indagou Jem, de repente, com a voz baixa e sonolenta.

– Papai? Sim, nós vamos... – prometeu ela, em um tom firme e confiante.

– Não, o *seu* papai... – retrucou ele, com os olhos entreabertos e embotados. – Se a gente cruzar as pedras, vou conhecer o vovô Frank?

Ela abriu a boca, mas ainda não havia encontrado uma resposta quando ele começou a roncar.

100

SÃO ESSAS AS BESTAS QUE PROCURAVAM?

Por mais que fosse uma verdade inegável que as pedras não mordessem, pensou Roger, isso não significava que não fossem perigosas. Os dois haviam levado apenas um dia e meio para encontrar o círculo. Ele tinha feito um breve rascunho do monólito no dorso da mão com um pedaço de carvão, para ajudar a comunicação, o que fora muitíssimo útil.

Por mais que tivessem recebido uma e outra olhada de curiosidade, os dois tinham no máximo passado por excêntricos, talvez loucos. Mas todos souberam informar onde ficavam as pedras.

Roger e Buck tinham chegado a um vilarejo que abrigava uma igreja, uma taverna, uma forja e várias casas. Na última delas, alguém havia mandado um dos filhos mais jovens acompanhá-los até o destino.

E agora lá estavam eles, em meio a um grupo de pilares curtos e largos, cheios de líquen, massacrados pelo vento, junto a um lago raso coberto de juncos. Perenes, inócuos, integrando a paisagem… e enchendo Roger de um medo gélido, como se estivesse despido ao vento.

– Está ouvindo? – murmurou Buck entre dentes, também com o olhar fixo nas pedras.

– Não – respondeu Roger. – E você?

– Acho que não.

Buck, no entanto, sentiu um súbito arrepio, um calafrio na espinha.

– São essas as bestas que procuravam? – perguntou o garoto, sorrindo para Roger.

Apontou para as pedras, explicando a lenda local de que aquelas rochas na verdade seriam vacas míticas, que congelaram quando seu vaqueiro bebeu demais e caiu no lago.

– Verdade – garantiu ele, muito sério, fazendo o sinal da cruz junto ao peito. – Mestre Hacffurthe encontrou o chicote!

– Quando? – indagou Buck, com firmeza. – E onde mora o mestre Hacffurthe?

Há uma semana, talvez duas, contou o garoto. Ele os levaria até mestre Hacffurthe, caso quisessem ver o objeto.

Apesar do nome, mestre Hacffurthe, o sapateiro do vilarejo, era um homem jovem, magro e louro. Falava o mesmo dialeto incompreensível da Nortúmbria, mas com o esforço e a conveniente intervenção do garoto – que se apresentara como Ridley –, o pedido foi esclarecido, e Hacffurthe apanhou o açoite das vacas sob o balcão e lhes mostrou.

– Ah, meu Deus! – exclamou Roger, ao vê-lo. Ergueu a sobrancelha para Hacffurthe, como se pedisse permissão, então tocou com cuidado o objeto.

Era uma tira trançada a máquina, de trama bem justa, cerca de 7 centímetros de largura e 60 de comprimento, a superfície rígida reluzindo mesmo à luz fraca da sapataria. Parte do equipamento de paraquedismo dos pilotos da Força Aérea Real. Eram as pedras certas, então.

O cuidadoso interrogatório feito ao sr. Hacffurthe, porém, não rendeu mais nada de útil. Ele havia encontrado o objeto nas águas rasas do lago, sacolejando em meio aos juncos, mas não vira mais nada digno de nota.

Entretanto, Roger percebeu que Ridley contorcia levemente o corpo enquanto o sr. Hacffurthe falava. Ao deixarem a casa do sapateiro, ele parou, à margem do vilarejo, com a mão no bolso.

– Muito obrigado, mestre Ridley – agradeceu, e puxou uma moeda de 2 pence que fez o rosto do menino se iluminar. Roger botou a moeda na mão do menino, mas pegou seu braço quando ele se virou para ir embora. – Só mais uma coisa – disse, com uma olhadela para Buck, e apanhou as placas de identificação.

Ridley tentou se desvencilhar, com o rosto redondo e pálido. Buck soltou um grunhido satisfeito e agarrou o outro braço do rapaz.

– Conte-nos sobre o homem – sugeriu Buck, em tom agradável. – Aí talvez eu não quebre o seu pescoço.

Roger disparou um olhar irritado a Buck, mas a ameaça surtiu efeito. Ridley engoliu em seco, como se deglutisse um cogumelo inteiro, mas começou a falar. Entre o dialeto e a agonia de Ridley, a história levou um tempo para tomar forma, mas por fim Roger teve certeza de ter entendido os pontos principais.

– Deixe-o ir – disse, soltando o menino.

Tateou o bolso, apanhou mais uma moeda de cobre e ofereceu ao garoto. O rosto de Ridley foi tomado de medo e horror, mas, após um instante de hesitação, ele agarrou a moeda e saiu correndo, olhando vez ou outra por sobre o ombro.

– Ele vai contar para a família – comentou Buck. – É melhor a gente sair daqui.

– É melhor. Mas não por conta disso… Já está escurecendo. – O sol estava muito baixo; uma faixa de luz iluminava a base do céu frio e amarelado. Vamos. Precisamos ir andando enquanto é tempo.

Até onde Roger conseguira acompanhar a história de Ridley, o tal homem de roupas estranhas (alguns diziam que era assombração, outros achavam que era um sujeito do norte, embora não se soubesse ao certo se era escocês, norueguês ou de outra nacionalidade) tivera o azar de despontar em uma fazenda a 3 ou 5 quilômetros das pedras, onde fora atacado pelos habitantes, um clã muito antissocial chamado Wad.

Os homens do clã haviam espancado o sujeito, roubado tudo de aparente valor e o atirado em uma ravina. Um deles chegou a contar vantagem para um vaqueiro que passava, e este mencionara o estranho ao chegar ao vilarejo.

O povo do vilarejo havia se interessado pela história, mas não a ponto de ir procurar o homem. Quando o sapateiro Hacffurthe encontrou a famigerada tira de tecido, os boatos começaram a correr. A empolgação aumentara naquela mesma tarde, quando um dos vaqueiros de mestre Quarton foi até a aldeia para rebentar um furúnculo com vovó Racket e revelou que um estranho de fala incompreensível tinha tentado roubar uma torta da janela da sra. Quarton. Naquele momento ele se encontrava detido, enquanto mestre Quarton avaliava qual seria o melhor destino para ele.

"O que ele *faria*?", perguntara Roger.

Ridley balançara a cabeça, os lábios projetados de maneira portentosa.

"Poderia matá-lo. Poderia arrancar a mão fora. Mestre Quarton não tolera ladroagem."

Além de uma vaga indicação de como chegar à fazenda Quarton, isso foi tudo.

– Por este lado da muralha, uns 3 quilômetros a oeste e um tantinho para o sul, pela base de uma cordilheira, seguindo o córrego – disse Roger, muito sério, alongando o passo. – Se conseguirmos encontrar esse córrego antes de escurecer...

– Pois é. – Buck se plantou a seu lado, e os dois se viraram para onde haviam deixado os cavalos. – Será que esse Quarton tem cachorro?

– Todo mundo aqui tem cachorro.

– Ai, Deus!

101

UMA ÚNICA CHANCE

Não havia lua. Isso era bom, mas tinha suas desvantagens. A fazenda e seus anexos estavam rodeados de uma escuridão tão profunda que eles não poderiam ter certeza da localização se não houvessem descoberto antes, quando a claridade ainda não havia baixado por completo. Os dois, no entanto, esperaram a noite cair e a fraca luz de velas no interior da casa se apagar, e de quebra deram mais uma meia hora para garantir que todos os moradores – e seus cães – estivessem bem adormecidos.

Roger estava carregando a lanterna furta-fogo, mas com a portinhola ainda fechada. Buck topou com algo caído no chão, soltou um grito assustado e caiu de cara em cima da coisa. No fim das contas, era um imenso ganso adormecido, que soltou um grasnido assustado, bem mais alto do que o berro de Buck, e partiu para lhe dar umas bicadas, batendo as asas. A distância, fez-se um latido agudo e inquisitivo.

– Shh! – sussurrou Roger, indo ajudar o antepassado. – Vai acordar todo mundo, os vivos e os mortos.

Ele cobriu o ganso com a capa. O animal fechou o bico e começou a se balançar, confuso, sob o tecido escuro. Roger levou a mão à boca, mas não conseguiu evitar uma risada abafada.

– Ah, muito bem – sussurrou Buck, levantando-se. – Se acha que eu vou lá buscar a sua capa, pense de novo.

– Daqui a pouco ele se livra dela – replicou Roger. – Enquanto isso, onde acha que o homem está preso?

– Em algum lugar com tranca na porta. – Buck esfregou as mãos, para espanar a terra. – Mas não o prenderiam na casa, prenderiam? Não é tão grande.

E não era. *Dá para encaixar umas dezesseis fazendas dessas em Lallybroch*, pensou Roger, com uma súbita pontada de saudade.

Buck, no entanto, estava certo: não poderia haver mais de dois quartos, e um sótão para as crianças, talvez. E, dado que os vizinhos pensavam que Jerry fosse, na melhor das hipóteses, um forasteiro e, na pior, um ladrão ou uma criatura sobrenatural, era pouco provável que os Quartons o estivessem mantendo preso dentro da casa.

– Você viu algum celeiro, enquanto ainda estava claro? – sussurrou Buck, em gaélico.

Ele agora estava nas pontas dos pés, espiando as trevas, como se fosse possível enxergar alguma coisa em meio àquela escuridão. Os olhos de Roger haviam se adaptado bem ao escuro, e ele conseguia pelo menos distinguir o contorno das pequeninas construções. O armazém de milho, o barracão das cabras, o galinheiro, a silhueta meio torta de um fardo de feno…

– Não – respondeu Roger, no mesmo idioma. O ganso havia se libertado e saíra andando, soltando breves grasnidos. Roger se agachou e apanhou a capa. – O lugar é pequeno. Não devem ter mais que um boi ou um burro para o arado, se tanto. Mas sinto cheiro de gado… esterco, sabe?

– Vacas – disse Buck, rumando em direção a uma construção quadrada de pedras. – O curral das vacas.

E lá havia uma porta com tranca.

– Não estou ouvindo nenhuma vaca lá dentro – sussurrou Buck, aproximando-se. – E tem cheiro de velharia.

Era quase inverno. Talvez tivessem precisado abater a vaca – ou as vacas –, talvez as tivessem levado para venda. Com ou sem vaca, porém, havia *alguma coisa* lá dentro. Ele ouviu o barulho de algo se remexendo e o que talvez fosse ser um xingamento abafado.

– É, tem alguma coisa lá dentro. – Roger ergueu a lanterna furta-fogo, tateando em busca da portinhola. – Pegue a barra, sim?

Porém, antes que Buck conseguisse estender o braço, um grito ecoou lá de dentro, e algo pesado se chocou contra a porta.

– Socorro! Me ajudem! Socorro! – disse uma voz, em inglês.

– Quer fazer o favor de calar a boca? – retrucou Buck na mesma língua, irritado. – Quer acordar o lugar inteiro? Aqui, aproxime a luz – pediu a Roger, então puxou a barra com um grunhido de esforço.

Assim que Buck baixou a barra, a porta se abriu e a luz emergiu da portinhola aberta da lanterna. Um homem levemente musculoso com cabelos louros e desgrenhados – *a mesma cor dos de Buck*, pensou Roger – pestanejou para eles, atordoado pela luz.

Roger e Buck se entreolharam um instante, então entraram no curral.

É ele, pensou Roger. *É ele. Eu sei que é ele. Meu Deus, ele é tão jovem! Não passa de um garoto.* Por mais estranho que fosse, Buck não sentiu nenhuma onda estonteante de empolgação. O que veio foi uma certeza tranquila, como se o mundo tivesse de repente se ajeitado e tudo se acomodasse em seus devidos lugares. Ele estendeu o braço e tocou o ombro do homem com delicadeza.

– Qual é o seu nome, camarada? – perguntou baixinho, em inglês.

– MacKenzie, J. W. – respondeu o jovem, ajeitando os ombros e projetando a mandíbula pronunciada. – Tenente da Força Aérea Real. Número de serviço…

Ele parou e olhou para Roger, que percebeu tardiamente que, tranquilo ou não, estava sorrindo de orelha a orelha.

– Qual é a graça? – inquiriu Jerry MacKenzie, beligerante.

– Nada – respondeu Roger. – É… um prazer conhecê-lo. – Ele tinha um nó na garganta, precisava tossir. – Faz muito tempo que está aqui?

– Não, só umas horas. Vocês não têm comida, imagino?

Ele olhou de um homem para outro, esperançoso.

– Temos – respondeu Buck –, mas agora não é hora de parar para comer, sim? – Ele olhou para trás. – Vamos andando.

– Sim. Sim, é melhor – concordou Roger, automaticamente, incapaz de desviar os olhos de J. W. MacKenzie, Força Aérea Real, 22 anos.

– *Quem* são vocês? – perguntou Jerry, encarando os dois. – De onde são? Não parecem ser daqui!

Roger trocou um rápido olhar com Buck. Eles não haviam planejado o que dizer. Roger jamais pretendera trazer mau agouro à empreitada acreditando que eles de fato encontrariam Jerry MacKenzie. Quanto a Buck…

– Inverness – respondeu Buck, em tom brusco e abrupto.

Jerry olhou para os dois, então agarrou a manga de Roger.

– Vocês sabem do que estou falando! – soltou ele, tenso e resfolegante. – *Quando?*

Roger tocou a mão de Jerry, suja e fria, os dedos compridos como os dele. A pergunta ficou presa em sua garganta e engrossou demais sua voz.

– Um tempo muito distante do seu – respondeu Buck baixinho, e pela primeira vez Roger sentiu a desolação em sua voz. – Estamos perdidos.

Foi uma punhalada em seu coração. Ele havia se esquecido brevemente da situação dos dois, impelido pela urgência de encontrar aquele homem. A resposta de Buck, no entanto, fez Jerry, já abatido pela fome e pela tensão, empalidecer por sob a sujeira.

– Meu Deus – sussurrou ele. – Onde estamos agora? E… em que época?

Buck se empertigou. Não pela pergunta de Jerry, mas por conta de um barulho vindo de fora. Roger não sabia de onde vinha, mas não era o vento. Buck soltou um grunhido baixo e remexeu o corpo.

– Acho que atualmente é parte da Nortúmbria – respondeu Roger. – Olhe, não temos tempo. Precisamos ir, antes que alguém ouça…

– Sim, muito bem. Vamos, então.

Jerry tinha um cachecol imundo enrolado no pescoço. Puxou as pontas e enfiou-as dentro da camisa.

Comparado ao fedor do curral das vacas, o ar do lado de fora estava magnífico, emanando o frescor de terra revirada e arbustos secos. Eles avançaram o mais depressa possível pelo pátio, ladeando a casa. Roger reparou que Jerry estava coxeando bastante, e o pegou pelo braço para ajudá-lo. Um latido agudo irrompeu da escuridão, a certa distância – então outro, um pouco mais grave.

Mais do que depressa, Roger lambeu um dedo e o ergueu, para avaliar a direção da brisa. Um cachorro latiu outra vez, e outro ecoou.

– Por aqui – sussurrou ele aos companheiros, puxando Jerry pelo braço.

Levou os dois para longe da casa com a máxima rapidez, tentando se orientar, e os três logo se viram avançando por um campo arado, pisoteando montinhos de terra esfarelada.

Buck tropeçou e soltou um palavrão baixinho. Eles foram se esgueirando do campo até a cordilheira, trôpegos e desajeitados, Roger equilibrando Jerry pelo braço. Uma das pernas de Jerry parecia meio torta, incapaz de sustentar seu peso. *Ele está ferido. Eu vi a medalha…*

Então os cães começaram a latir, e as vozes subitamente se fizeram claras… e muito mais próximas.

– Meu Deus!

Roger parou um instante, sem ar. Onde estava a mata que lhes servira de abrigo? Ele podia jurar que estavam indo na direção certa, mas… o feixe da lanterna sacolejava loucamente, revelando uns pedaços aleatórios de chão. Ele fechou a portinhola. Era melhor sem a luz.

– Por aqui!

Buck foi avançando, e Roger e Jerry se esforçaram para acompanhá-lo, o coração acelerado. Cristo, parecia que pelo menos meia dúzia de cachorros estavam à solta, todos latindo. E aquele outro som? Seria uma voz, convocando os cães? Sim, era. Que desgraça. Ele não conseguia entender uma palavra, mas a mensagem era clara como cristal.

Os três correram, cambaleantes e ofegantes. Roger não sabia onde estavam. Apenas corria atrás de Buck. Em dado momento, ele soltou a lanterna, que caiu com um baque, e ele ouviu o óleo gorgolejando do reservatório. Com um chiado leve, irrompeu em uma labareda brilhante.

– Merda!

Eles correram. Não importava em que direção, desde que fosse para longe do fogo e dos gritos irados.

De repente, adentraram um matagal – o bosque baixo onde haviam se metido mais cedo. Os cães vinham em seu encalço, latindo avidamente, mas não reduziram a marcha. Foram entrando, irromperam do lado de fora e subiram uma encosta íngreme, cheia de urzes. Roger meteu o pé em uma poça de vegetação mole, que lhe encharcou o tornozelo, e quase perdeu o equilíbrio. Jerry firmou o pé e puxou Roger de volta, mas seu joelho cedeu, e ele também se desequilibrou. Os dois se apoiaram um no outro, quase caindo, então Roger deu mais um tranco para a frente, e eles saíram da poça.

Ele achava que seus pulmões fossem explodir, mas os três seguiram em frente – agora sem correr. Não era possível subir correndo uma encosta daquelas. Com esforço, firmaram um pé após o outro, um após o outro...

Roger começou a ver uns lampejos no canto do olho. Tropeçou, cambaleou e caiu, então foi puxado de volta por Jerry. Os três estavam ensopados, imundos dos pés à cabeça e cheios de lama e arranhões, quando enfim chegaram ao topo da encosta e pararam um instante, trôpegos e arquejantes.

– Para onde... estamos indo? – inquiriu Jerry, com um chiado, limpando o rosto com a ponta do cachecol.

Roger balançou a cabeça, ainda sem ar, então capturou o tênue brilho da água.

– Estamos levando... você... de volta. Às pedras perto do lago. De onde... veio. Vamos!

Eles se atiraram rumo ao outro lado da encosta, quase caindo, empolgados pela velocidade e pela ideia de um objetivo.

– Como... me encontraram? – perguntou Jerry, quando por fim eles chegaram à base e pararam para recuperar o fôlego.

– Encontramos a sua identificação – respondeu Buck, em um tom quase brusco. – E seguimos o rastro.

Roger levou a mão ao bolso, prestes a oferecer as plaquinhas de volta... mas desistiu. Feito um soco no peito, ele fora atingido pelo pensamento de que, tendo encontrado Jerry MacKenzie contra todas as expectativas, agora estava prestes a se separar dele. Para sempre. Isso se as coisas corressem *bem*...

Seu pai. *Papai?* Ele não conseguia pensar naquele rapaz manco, de rosto pálido, vinte anos mais jovem do que ele, como seu pai... Não o pai que passara a vida inteira imaginando.

– Venha cá.

Buck tomou o braço de Jerry, quase o erguendo do chão, e os três começaram a avançar pelo campo escuro, perdendo a direção, depois tornando a encontrá-la, conduzidos pela luz de Órion, logo acima.

Órion, Lebre. Cão Maior. Ele encontrava certo conforto nas estrelas, a reluzir no céu frio e escuro. Elas não mudavam. Até o fim de seus dias brilhariam sobre ele e aquele homem, a despeito de onde cada um acabasse indo parar.

Acabasse... O ar frio lhe ardia os pulmões. *Bri...*

Então, ele enxergou: os pilares baixos e largos, meras sombras em meio à noite, visíveis apenas por sua escura imobilidade contra a faixa d'água embalada pelo vento.

– Muito bem – disse ele, com a voz embargada. Engoliu em seco e limpou o rosto na manga da camisa. – É aqui que deixamos você.

– Ah, é? – retrucou Jerry, aos arquejos. – Mas... Mas vocês...?

– Quando você passou, estava segurando alguma coisa? Alguma joia, pedras preciosas?

– Estava – disse Jerry, estupefato. – Eu tinha no bolso uma safira bruta. Mas ela sumiu. Parece que...

– Virou pó – concluiu Buck, em tom macabro. – É. Bom, e aí?

As últimas palavras foram claramente dirigidas a Roger, que hesitou. *Bri...* Mas a hesitação durou apenas um instante. Ele enfiou a mão na bolsa de couro em sua cintura, puxou o pequenino embrulho de lona, abriu e botou o pingente com a granada na mão de Jerry. Guardava de leve o calor de seu corpo. Por reflexo, Jerry envolveu a pedra com a mão fria.

– Leve com você; é uma boa pedra. Na hora da passagem – disse Roger, aproximando-se, tentando impressioná-lo com a importância das instruções –, pense em Marjorie, sua esposa. Pense com força. Visualize-a com o olho da mente e caminhe em linha reta. Seja lá o que passar pela sua cabeça, não pense no seu filho. Só na sua esposa.

– O quê? – retrucou Jerry, aturdido. – Como sabe o nome da minha esposa? E onde ouviu falar sobre o meu filho?

– Não importa – respondeu Roger, virando a cabeça para trás.

– Merda – soltou Buck, baixinho. – Eles estão vindo. Tem uma luz.

Uma única luz, sacolejando logo acima do chão, feito uma lanterna trazida por alguém. No entanto, por mais que olhasse, Roger não conseguia ver ninguém atrás, e foi tomado por um violento calafrio.

– *Thaibhse* – disse Buck, entre dentes.

Roger conhecia aquela palavra muito bem: espírito. Em geral, um espírito nada amigável. Uma assombração.

– É, pode ser – soltou ele, começando a recuperar o fôlego. – Mas talvez não. – Ele se virou outra vez para Jerry: – Seja como for, precisamos ir, meu amigo. *Agora.* Não esqueça: pense na sua mulher.

Jerry engoliu em seco, fechando a mão com força em torno da pedra.

– Ahn... Está bem. Obrigado, então – acrescentou, meio sem jeito.

Roger não conseguiu falar, não pôde dar a ele nada além de um sorriso fraco. Buck se plantou a seu lado, cutucando com urgência sua manga e apontando para a luz tremulante, e os dois dispararam, desajeitados e lentos depois da breve esfriada.

Bri... Ele engoliu em seco, os punhos cerrados. Já havia arrumado uma pedra. Arrumaria outra. Sua mente, no entanto, ainda estava concentrada no homem que tinham acabado de deixar junto ao lago. Ele olhou para trás e viu Jerry começando a caminhar, bastante manco, porém resoluto, os ombros finos e retos por sob a camisa cáqui e a ponta do cachecol voejando com a brisa que subia.

Então, ele percebeu. Dominado por um senso de urgência que nunca sentira, Roger correu. Disparou, sem saber onde pisava, alheio à escuridão e ao grito assustado de Buck, logo atrás.

Jerry ouviu os passos de Roger sobre a grama e deu meia-volta, também assustado. Roger agarrou suas duas mãos, apertando-as com tanta força que Jerry soltou um arquejo.

– Eu amo você – disse ele, com fervor.

Era a única coisa que o tempo lhe permitia dizer, a única coisa que poderia ter saído de sua boca. Ele soltou o homem e girou rapidamente, as botas barulhentas chapinhando a grama. Buck ergueu os olhos para a encosta, mas a luz havia desaparecido. Decerto fora alguém da fazenda, já sossegado com a partida dos intrusos.

Buck aguardava, envolto em sua capa e segurando a de Roger. Ele devia tê-la deixado cair na descida da encosta. Buck sacudiu a capa e a acomodou nos ombros de Roger, que tentou prender o alfinete com os dedos trêmulos.

– Por que foi dizer uma bobagem dessa? – indagou Buck, ajeitando a capa para ele. Tinha a cabeça inclinada, sem olhar para Roger.

Roger engoliu em seco.

– Porque ele não vai conseguir voltar – respondeu, com a voz tomada de dor, as palavras arranhando sua garganta feito gelo estilhaçado. – É a única chance que vou ter na vida. Vamos.

102

PÓS-PARTO

A noite tremeu. A noite *toda*. O chão e o lago, o céu, a escuridão, as estrelas e todas as partículas de seu corpo. Ele se espalhou por todos os cantos, instantaneamente fazendo parte de tudo. E parte *deles*. Houve um instante de exaltação, muito grande para causar medo, então Jerry desapareceu, o último pensamento nada além de um mero *eu sou...* entoado mais como um desejo do que como uma afirmação.

Roger voltou a si, muito débil, deitado sob o céu escuro e límpido, onde cintilavam estrelas que pareciam pontinhos de luz a uma desesperadora distância. Ele sentiu falta delas, de pertencer à noite. Com uma breve e dilacerante desolação, sentiu falta dos dois homens que haviam compartilhado sua alma por aquele abrasante momento.

O vômito de Buck o trouxe de volta ao próprio corpo. Ele estava deitado na grama fria e molhada, meio ensopado, muito gelado, cheirando a lama e esterco velho, cheio de hematomas desagradáveis em vários pontos do corpo.

Buck soltou algum palavrão em gaélico e golfou outra vez. Estava de gatinhas, a uns centímetros de distância, um borrão na escuridão.

– Tudo bem com você? – disse Roger com a voz rouca, rolando mais para perto. Recordou subitamente a questão com o coração de Buck, quando os dois fizeram a passagem por Craigh na Dun. – Se seu coração estiver dando problema outra vez...

– Se estivesse, você não ia poder fazer merda nenhuma, ia? – rebateu Buck. Largou alguma coisa nojenta na grama e sentou-se pesadamente, limpando a boca na manga da camisa. – Meu Deus, eu odeio isso! Não sabia que dava para sentir, mesmo de longe.

– Humm. – Roger sentou-se, devagar. Ficou pensando se Buck teria sentido o mesmo que ele, mas não parecia o momento para discussões metafísicas. – Ele foi embora, então.

– Aparentemente, sim. Quer que eu vá conferir? – indagou Buck, incomodado. – Meu Deus, a minha cabeça!

Roger se levantou, meio cambaleante, e ergueu Buck pelo braço.

– Venha – disse ele. – Vamos encontrar os cavalos. A gente se afasta um pouco, monta um pequeno acampamento e você come alguma coisa.

– Não estou com fome.

– Mas *eu* estou.

Na verdade, Roger estava faminto. Buck vacilou, mas parecia capaz de permanecer de pé. Roger o soltou e virou-se brevemente para trás, vendo o lago e os monólitos ao longe. Por um instante, recobrou a sensação de fazer parte daquilo, mas foi breve. A água cintilante e as pedras pertenciam meramente àquela dura paisagem.

Não havia como saber que horas eram, mas a noite ainda estava bastante escura quando recuperaram os cavalos, avançaram até um ponto de abrigo junto à face de um penhasco, encontraram água, fizeram fogo e assaram uns pãezinhos para comer com o arenque salgado.

De tão exaustos, os dois não abriram a boca. Roger não pronunciou o óbvio "E agora?", deixando os pensamentos vagarem quanto pôde. Haveria bastante tempo para planos no dia seguinte.

Dali a pouco, Buck se levantou e partiu pela escuridão. Passou um tempo ausente, enquanto Roger permanecia sentado, olhando o fogo, refletindo sobre os momentos que passara com Jerry MacKenzie. Queria tanto que tivesse sido de manhã, para que pudesse enxergar o rosto de seu pai para além dos breves vislumbres permitidos pelo feixe de luz da lanterna furta-fogo.

Fossem quais fossem seus arrependimentos, contudo, além da fria compreensão de que Jerry não retornaria – pelo menos não para o ponto de onde ele tinha saído (Deus, e se ele acabasse perdido em outra época estranha? Seria possível?) –, havia um detalhe reconfortante. Ele havia falado. Fosse lá para onde seu pai tivesse ido, levaria suas palavras.

Ele envolveu o corpo na capa, deitou-se junto ao fogo e adormeceu.

. . .

Na manhã seguinte, Roger acordou com a cabeça pesada, mas sentindo-se bem. Buck já havia acendido o fogo e fritava bacon. O cheiro fez Roger se sentar, esfregando os olhos ainda sonolentos.

Buck ajeitou no pãozinho uma grossa fatia de bacon e entregou a ele. Parecia ter se recuperado dos efeitos da partida de Jerry. Estava desgrenhado, a barba crescida, mas tinha o olhar vívido, e dispensou a Roger um olhar avaliativo.

– Está inteiro?

A pergunta não era retórica, e Roger assentiu, aceitando a comida. Abriu a boca para dar uma resposta, mas sua garganta travara. Ele pigarreou com força, mas Buck balançou a cabeça, indicando que não havia necessidade de se esforçar.

– Estou pensando em irmos outra vez para o norte – disse Buck, sem preâmbulos. – Você vai querer procurar o seu menino, imagino… e eu quero ir para Cranesmuir.

Roger também desejava ir para lá, mas por outros motivos. Encarou Buck com firmeza, mas seu antepassado evitou o olhar.

– Geillis Duncan?

– Você não ia querer? – O tom de Buck era beligerante.

– Eu acabei de fazer isso – respondeu Roger, seco. – Sim, claro que sim. – A frase não soou surpresa. Ele mastigou lentamente o arremedo de sanduíche, imaginando quanto deveria contar a Buck a respeito de Geillis. – Sua mãe… – começou ele, e pigarreou outra vez.

Quando Roger terminou, Buck permaneceu sentado em silêncio durante um tempo, piscando para a última fatia de bacon, que secava na frigideira.

– Meu Deus – disse, mas não estava chocado. Era uma mistura de interesse e desconforto. Buck encarou Roger, com os olhos verdes muito especulativos. – E o que você sabe sobre o meu pai?

– Mais do que posso contar em poucos minutos, e a gente precisa ir andando. – Roger se levantou, espanando as migalhas dos joelhos. – Não quero ter que tentar explicar a nossa presença a um daqueles vagabundos cabeludos. Meu inglês antigo já não é o mesmo de antes.

– "O verão chegou" – citou Buck, observando as mudas sem folhas, castigadas pelo vento, fracamente enraizadas nas frestas do penhasco. – "Canta alto, cuco." Sim, vamos lá.

103

SOLSTÍCIO

19 de dezembro de 1980
Edimburgo, Escócia

GUIA PRÁTICO PARA VIAJANTES DO TEMPO – PARTE II

Está quase na hora. O solstício de inverno é depois de amanhã. Acho que consigo sentir a terra se remexer lentamente no escuro, as placas tectônicas se deslocando sob meus pés e... as coisas... se alinhando de maneira invisível. A lua está crescendo, quase um quarto completa. Não sei dizer se isso tem importância.

De manhã, vamos pegar o trem até Inverness. Eu liguei para Fiona, que vai nos buscar na estação. Vamos comer e trocar de roupa na casa dela, depois ela vai nos levar a Craigh na Dun... e nos deixar lá. Ando cogitando pedir que ela fique – ou pelo menos que volte em uma hora, para o caso de algum de nós ainda estar por lá, pegando fogo ou inconsciente. Ou morto.

Depois de uma hora inteira refletindo, liguei também para Lionel Menzies e pedi que ficasse de olho em Rob Cameron. Inverness é uma cidade pequena; sempre existe a chance de que alguém nos veja saindo do trem ou da casa de Fiona. E as notícias correm rápido. Se algo estiver prestes a acontecer, eu gostaria de ser avisada.

Tenho uns momentos breves e lúcidos em que tudo parece bem, e eu me encho de esperança, estremeço de expectativa. Na maior parte do tempo, fico achando que estou louca e começo a tremer de verdade.

104

O SÚCUBO DE CRANESMUIR

Cranesmuir, Escócia

Roger e Buck estavam do lado oposto da pequena praça no meio de Cranesmuir, encarando a casa do fiscal. Roger deu uma olhada inexpressiva para a base do monumento no meio da praça, com o pelourinho de madeira. Pelo menos havia buraco para apenas um canalha, sinal de que não havia onda de crimes em Cranesmuir.

– No sótão, você disse? – Buck encarava com atenção as janelas do último andar.

Era uma casa imponente, com janelas chumbadas. Até o sótão tinha janelas, embora fossem menores que as dos andares de baixo. – Estou vendo umas plantas penduradas no teto, eu acho.

– Foi o que Claire disse. O... – A palavra "covil" lhe veio à mente, mas ele a descartou. – O consultório fica lá em cima. Onde ela faz as poções e os feitiços.

Ele inspecionou as bainhas da roupa, ainda úmidas depois de um banho apressado com esponja na banheira do vilarejo para tirar o grosso da sujeira da viagem, e conferiu a faixa no cabelo, para ver se estava em ordem.

A porta se abriu, e um homem saiu – um comerciante, talvez, ou advogado, bem--vestido, de casaco quente sob a garoa. Buck se remexeu, espiando para dar uma olhadela na casa antes que a porta se fechasse.

– Tem um criado na porta – informou ele. – Eu vou bater e perguntar se posso ver... a sra. Duncan? Esse é o nome dela?

– No momento, sim – respondeu Roger.

Ele simpatizava muitíssimo com a necessidade de Buck de ver a própria mãe. E, muito honestamente, estava curioso para conhecer a mulher, que também era sua antepassada – *e* uma das poucas viajantes do tempo que ele conhecia. Por outro lado, Roger já havia ouvido poucas e boas a respeito dela, portanto sua empolgação vinha misturada com um considerável desconforto.

Ele tossiu, com o punho na boca.

– Quer que eu suba lá com você? Se ela estiver em casa, digo.

Buck abriu a boca para responder, então fechou, pensou um instante e assentiu.

– Quero, sim – disse baixinho. Mas disparou uma olhadela de esguelha para Roger, com um brilho de bom humor. – Você pode ajudar a manter a conversa.

– Ajudarei com prazer – disse Roger. – Mas entremos em um acordo: você não pretende revelar a ela quem é. Nem o que é.

Buck assentiu outra vez, agora com os olhos fixos na porta, e Roger achou que ele não estava prestando atenção.

– Sim – disse ele. – Vamos, então.

Ele cruzou a praça a passos firmes, a cabeça erguida e os ombros retos.

– Sra. Duncan? Bom, eu não sei, cavalheiros – disse a empregada. – Ela está em casa hoje, mas o dr. McEwan está com ela neste minuto.

O coração de Roger deu um salto.

– Ela está doente? – perguntou Buck, e a empregada suspirou, surpresa.

– Ah, não. Estão tomando chá no salão. O senhores querem sair dessa chuva, enquanto vou lá ver o que ela diz?

Ela recuou um passo para que entrassem. Tirando vantagem, Roger tocou o braço da moça.

– O dr. McEwan é nosso amigo. Será que talvez a senhorita pudesse informar os nossos nomes? Roger e William MacKenzie... ao seu dispor.

Eles sacudiram discretamente o máximo de água dos cabelos e casacos, mas dali a poucos minutos a empregada estava de volta, com um sorriso.

– Cavalheiros, a sra. Duncan mandou subirem. Sejam bem-vindos! Aquela escada ali. Vou preparar um chá.

O salão ficava no andar de cima; uma saleta, na verdade, bastante cheia, mas colorida e acolhedora. Nenhum dos homens tinha olhos para a mobília, porém.

– Sr. MacKenzie – disse o dr. McEwan, em tom surpreso, porém cordial. – E sr. MacKenzie. – Ele os cumprimentou e se voltou para a mulher, que havia se levantado junto ao fogo. – Minha querida, permita-me apresentar um antigo paciente meu e seu parente. Cavalheiros, sra. Duncan.

Roger sentiu Buck enrijecer o corpo de leve, e não se espantou. Ele esperava não estar encarando demais.

Geillis Duncan não era uma mulher de beleza clássica, mas isso não importava. Era formosa, sem dúvida, os cabelos louros enfiados em uma touca de renda e, claro, os lindos olhos. Roger desejou poder fechar os próprios olhos e mandar que Buck fizesse o mesmo, porque McEwan ou ela certamente perceberiam…

McEwan tinha notado algo, claro, mas não os olhos. Disparou uma leve carranca de desgosto a Buck, que arriscou um comprido passo à frente, tomou a mão da mulher e lhe deu um beijo atrevido.

– Sra. Duncan – disse ele, empertigado e sorridente, encarando aqueles olhos verdes. – Seu mais humilde e obediente servo, madame.

Ela retribuiu o sorriso e ergueu a sobrancelha loura, com um olhar de bom humor que compreendia – e retribuía – o desafio implícito de Buck. Mesmo de onde estava, Roger percebeu a atração entre os dois, brusca como uma centelha de eletricidade estática. McEwan também.

– Como vai a saúde, sr. MacKenzie? – perguntou McEwan a Buck, puxando uma cadeira. – Por favor, sente-se para que eu o examine.

Buck não ouviu… ou fingiu não ouvir. Ainda segurava a mão de Geillis Duncan, que não fez menção de se afastar.

– Muita gentileza sua nos receber, madame – disse ele. – E não pretendemos perturbar o seu chá, é claro. Ouvimos falar de suas habilidades como curandeira e viemos fazer, por assim dizer, uma consulta profissional.

– Profissional? – repetiu ela.

Roger ficou surpreso ao ouvir sua voz. Era leve, quase infantil. Então ela abriu outro sorriso, levando consigo a ilusão pueril. Ela recolheu a mão, mas com um lânguido ar de relutância e os olhos ainda fixos em Buck, obviamente interessados.

– Sua profissão ou a minha?

– Ah, eu sou apenas um humilde advogado – respondeu Buck, com uma seriedade tão claramente debochada que Roger quis lhe meter um soco. – E meu parente aqui é acadêmico e músico. Mas, como a senhora está vendo, ele sofreu um acidente na garganta e…

Agora Roger realmente quis socá-lo.

– Eu... – começou ele, mas, por um cruel capricho do destino, sua garganta escolheu aquele exato momento para fechar, e o protesto terminou em um gorgolejo, tal qual um cano enferrujado.

– Como disse, madame, ouvimos a seu respeito – prosseguiu Buck, levando a mão consoladora ao ombro de Roger e apertando com força. – E andamos pensando...

– Deixe-me ver – disse ela, então se plantou diante de Roger, aproximando bastante o rosto dele. Atrás dela, McEwan começava a ficar vermelho.

– Eu já vi esse homem – falou o médico. – A ferida é permanente, embora eu tenha oferecido um breve alívio. Mas...

– Permanente, de fato. – Em questão de segundos, ela abriu o cachecol e a camisa dele, e agora pousava os dedos cálidos e delicados sobre sua cicatriz. Ergueu o olhar e o encarou. – Mas foi muita sorte, eu diria. O senhor não morreu.

– Não – respondeu ele, com a voz comprometida, mas outra vez minimamente forte. – Não morri.

Deus do céu, como ela era inquietante. Claire a havia descrito vividamente... mas Claire era mulher. Ela ainda o tocava e, por mais que o toque não fosse inapropriado, era muitíssimo íntimo.

Buck estava cada vez mais irrequieto. Assim como McEwan, não gostava de ver Roger sendo tocado por ela. Ele pigarreou.

– Eu fiquei pensando... Será que a senhora tem algum medicamento, alguma erva, talvez? Não só para o meu parente aqui, mas...

Ele pigarreou, tencionando indicar que apresentava questões mais delicadas, que não gostaria de mencionar na frente dos outros.

A mulher cheirava a sexo. Sexo muito recente. Exalava de seu corpo feito incenso.

Ela permaneceu mais um momento diante de Roger, ainda a encará-lo com atenção, então sorriu e recolheu a mão, deixando sua garganta subitamente fria e exposta.

– Claro – disse ela, voltando o sorriso e a atenção a Buck. – Vamos até o meu pequeno sótão, senhor. Sem dúvida eu tenho algo que pode curar as suas aflições.

Roger sentiu um calafrio no peito e nos ombros, apesar do bom fogo que crepitava na lareira. Buck e McEwan haviam estremecido de leve, e ela sabia muito bem, embora guardasse a expressão impassível. Roger encarou Buck, querendo que o antepassado olhasse para ele. Buck se mexeu apenas para tomar Geillis pelo braço e encaixar a mão dela em seu braço. Uma onda quente e lenta subiu por sua nuca.

McEwan soltou um leve grunhido.

Então, Buck e Geillis desapareceram, e o som dos passos e da animada conversa foi se esvaindo à medida que os dois subiam as escadas do sótão, deixando Roger e McEwan em silêncio, cada um por suas próprias razões.

...

Roger pensou que o bom médico sofreria uma apoplexia, se esse fosse o termo correto para "perder as estribeiras". Fossem quais fossem seus sentimentos quanto à abrupta partida de Buck e Geillis, não eram nada em comparação com o semblante de Hector McEwan.

O homem arquejava de leve, com o rosto ruborizado. Claramente queria ir atrás do par errante, mas estava igualmente claro que se encontrava impedido, por não fazer ideia de qual seria sua reação ao alcançá-los.

– Não é o que está pensando – disse Roger, entregando a alma a Deus e *esperando* que não fosse.

McEwan deu um giro para encará-lo.

– Não é, uma ova! Você não a conhece.

– Não tão bem quanto o senhor, isso está claro – retrucou Roger, sem rodeios.

Em resposta, McEwan entoou alguma blasfêmia, apanhou o atiçador e golpeou ferozmente os blocos de turfa fumegante na lareira. Virou-se para a porta, ainda segurando o atiçador, com um olhar que fez Roger dar um pinote e agarrá-lo pelo braço.

– Pare, homem – disse, com o tom muito baixo e firme, na esperança de apaziguar McEwan. – De nada adianta esbravejar. Agora sente-se. Eu vou contar por que isso… por que ele… está tão interessado nela.

– Pelo mesmo motivo que todos os cães da cidade se *interessam* por uma cadela no cio.

Ele, no entanto, permitiu que Roger tirasse o atiçador de sua mão. Mesmo sem se sentar, respirou fundo várias vezes e recuperou o semblante tranquilo.

– Sim, me conte, então… para que as coisas se ajeitem – anuiu McEwan.

Não era uma situação que permitia diplomacias e eufemismos.

– Ela é mãe dele – revelou Roger, sem rodeios.

Fosse lá o que McEwan estivesse esperando, não era isso. Por um instante, Roger agradeceu por ver o rosto do homem empalidecer totalmente, tamanho o choque. Mas apenas por um instante. Na melhor das hipóteses, aquela seria uma sessão de aconselhamento pastoral bastante árdua.

– Você sabe o que ele é – disse Roger, pegando o braço do médico outra vez e o puxando até uma poltrona brocada. – Ou melhor, o que *nós* somos. *Cognosco te?*

– Eu…

A voz de McEwan foi sumindo, mas ele abriu e fechou a boca algumas vezes, em um esforço vão para encontrar as palavras.

– Pois é, eu sei – disse Roger, muito tranquilo. – É difícil. Mas você sabe, não é?

– Eu… sei. – McEwan sentou-se abruptamente. Respirou fundo por uns instantes, piscou uma ou duas vezes e encarou Roger. – É a mãe dele. *Mãe?*

– Posso garantir – respondeu Roger. No entanto, um pensamento lhe ocorreu. – Ah… você sabia a respeito dela, não sabia? Que ela é… uma de nós?

McEwan assentiu.

– Ela nunca admitiu. Só… ria de mim quando eu falava de onde eu tinha vindo. E eu passei um bom tempo sem saber. Só soube quando…

Ele contraiu os lábios, formando uma linha fina.

– Imagino que não tenha tido oportunidade de operar nenhuma cura nela – disse Roger, com cuidado. – Ela… tem alguma coisa a ver com a luz azul, por acaso?

Ele se esforçou muitíssimo para evitar a imagem de Geillis nua e suada com o dr. McEwan, ambos banhados em um tênue brilho azul. A despeito do que se pudesse falar sobre ela, a mulher *era* antepassada dele.

McEwan olhou Roger com frieza e balançou a cabeça.

– Não… exatamente. Ela é uma excelente herborista e muito competente em diagnósticos, mas não consegue… fazer isso.

Ele remexeu os dedos de leve para ilustrar, e Roger teve a breve lembrança do calor que sentira quando McEwan lhe tocara a garganta. O médico suspirou e correu a mão pelo rosto.

– Não há por que me esquivar, eu suponho – prosseguiu ele. – Ela engravidou. E eu pude… "Ver" não é exatamente a palavra, mas não consigo pensar em nenhuma outra. Eu vi o momento em que minha… semente… chegou ao óvulo dela. O… feto. Ele brilhava dentro do útero. Pude sentir, quando a toquei.

Certo calor irrompeu pelo rosto de Roger.

– Perdoe a pergunta, mas… como sabe que isso aconteceu porque ela é… o que é? Não aconteceria também com uma mulher normal?

Ao ouvir a palavra "normal", McEwan sorriu, com muita tristeza, e balançou a cabeça.

– Eu tive dois filhos com uma mulher em Edimburgo, em… em minha época – disse ele baixinho, encarando os pés. – Esse… foi um dos motivos por que eu não tentei retornar.

Roger soltou um ronco pela garganta avariada, que pretendia ser de pesar e compaixão, mas os sentimentos ou a laringe levaram a melhor, e o barulho saiu feito um grunhido. A cor começou a retornar a McEwan.

– Eu sei – disse o médico, desolado. – Eu não vou nem… me desculpar.

Que bom, pensou Roger. *Queria só ver você tentar, seu… seu…*

Mas de nada adiantaria recriminar o homem àquela altura. Ele sufocou quaisquer outros comentários que pudesse fazer a respeito e retornou a Geillis.

– Você disse que ela tinha… – Roger ergueu o queixo para o andar de cima, de onde vinha o som de passos e baques – … engravidado. *Onde* está a criança?

McEwan soltou um suspiro longo e trêmulo.

– Eu não disse… que ela é uma excelente herborista?

– Meu Deus! Está dizendo que foi intencional?

McEwan engoliu em seco, bem alto, mas não respondeu.

– Meu Deus – prosseguiu Roger. – Meu *Deus*. Eu sei que não me cabe fazer julgamentos… Se coubesse, rapaz, vocês dois arderiam no fogo do inferno.

Com isso, ele desceu as escadas e saiu pelas ruas de Cranesmuir, deixando os outros com suas próprias questões.

Ele deu dezesseis voltas na praça do vilarejo antes de começar a controlar, mal e porcamente, o próprio sofrimento. Então se plantou junto à porta da frente da casa dos Duncans, de punhos cerrados, concentrando-se em respirar fundo.

Precisava retornar. Não era certo largar alguém que estava se afogando, mesmo que a pessoa tivesse pulado de propósito em um lodaçal. E ele não queria pensar no que poderia acontecer se McEwan, largado lá sozinho, fosse tomado pela fúria e atacasse a dupla no sótão. *Muito menos* no que Buck – ou Geillis, misericórdia – poderia fazer nesse caso. Os pensamentos o eletrizavam.

Ele nem se deu ao trabalho de bater à porta. Arthur Duncan era procurador fiscal; sua casa estava sempre aberta. A pequenina empregada meteu a cabeça por uma porta interna ao ouvir seus passos. Quando viu quem era, recuou, decerto pensando que ele tinha dado apenas uma saidinha.

Ele subiu as escadas quase voando, a consciência cheia de culpa, invadido pela visão de Hector McEwan dependurado no pequeno lustre no salão, os pés se balançando debilmente no ar.

Quando irrompeu, porém, encontrou o médico na poltrona, meio curvado para a frente, com o rosto enfiado nas mãos. Ele não ergueu a cabeça com a entrada de Roger nem quando este lhe tocou delicadamente o ombro.

– Vamos lá, homem – disse Roger, muito rouquenho, então pigarreou. – Você ainda é médico, não é? Estão precisando de você.

Ele olhou para cima, assustado. Seu rosto expressava emoções – raiva, vergonha, desolação, luxúria. *Será que a luxúria é uma emoção?*, pensou Roger brevemente, mas dispensou a questão no momento, por ser deveras acadêmica. McEwan endireitou os ombros e esfregou as mãos com força no rosto, como se tentasse apagar os sentimentos que despontavam com tanta clareza.

– Quem precisa de mim? – indagou ele, então se levantou, tentando recobrar a compostura.

– Eu – respondeu Roger.

Pigarreou outra vez, um ruído parecido com cascalho remexido. A sensação era similar; ele estava literalmente sufocado por uma forte emoção.

– Venha comigo lá para fora, sim? Eu preciso de ar, e você também.

McEwan olhou para o teto, de onde os barulhos agora haviam cessado. Firmou os lábios, assentiu, apanhou o chapéu na mesa e saiu.

Roger conduziu o caminho. Os dois avançaram pela praça, cruzaram a última casa, subiram uma trilha de vacas e chegaram a uma parede de pedras, que servia de assento. Ele se sentou e fez um gesto para McEwan, que obedeceu. A caminhada havia acalmado um pouco o médico. Ele se virou para Roger e abriu a gola de sua camisa, ainda meio frouxa. Roger sentiu o fantasma do toque de Geillis Duncan na garganta e estremeceu, mas o ar estava frio, de modo que McEwan não percebeu.

O homem envolveu de leve a cicatriz com os dedos e parou para escutar um instante, a cabeça inclinada para o lado. Em seguida, tateou com delicadeza um pouco mais acima, com dois dedos investigativos, depois mais abaixo, com uma leve carranca de concentração.

Então, Roger sentiu. O mesmo estranho e suave calor. Estivera prendendo a respiração frente ao toque do médico, mas, ao perceber, soltou o ar subitamente... e sem esforço.

– Meu Deus – disse ele, e levou a mão à garganta. As palavras também saíram sem esforço.

– Está melhor?

McEwan o encarava com atenção. O aborrecimento fora absorvido pela preocupação profissional.

– É... Está.

Ainda era possível sentir a protuberância da cicatriz, mas algo havia mudado. Ele pigarreou para experimentar. Um pouco de dor, certa obstrução... mas estava claramente melhor. Ele baixou a mão e encarou McEwan.

– Obrigado. O que você fez?

A tensão que acometera McEwan desde que Roger e Buck chegaram à casa dos Duncans enfim se suavizou.

– Não sei se posso explicar com exatidão – disse ele, em tom de desculpas. – Eu conheço o contorno de uma laringe saudável. Percebi o contorno da sua e... – Ele deu de ombros, impotente. – Eu botei os dedos e... visualizei o contorno *certo*.

Ele tocou a garganta de Roger bem de leve outra vez, explorando.

– Posso dizer que está um pouquinho melhor agora, bem pouquinho – prosseguiu. – Mas o dano *ainda* é muito extenso. Não sei se algum dia vai se curar completamente. Para ser sincero, eu duvido. Mas se eu pudesse repetir o procedimento... parece ser necessário que se dê um tempo entre os tratamentos, sem dúvida para que o tecido cicatrize, assim como seria necessário a uma ferida externa. Até onde sei, o intervalo ótimo entre tratamentos de feridas graves é de cerca de um mês. Geillis... – Ele contorceu o rosto violentamente; havia se esquecido. Com esforço, controlou-se e prosseguiu: – Geillis acha que o processo pode ser afetado pelas fases da lua, mas ela é...

– Bruxa – concluiu Roger.

O olhar de tristeza havia retornado ao rosto de McEwan, e ele baixou a cabeça para disfarçar.

– Talvez – respondeu ele baixinho. – Sem dúvida, é... uma mulher incomum.

– E que bom para a raça humana que não haja outras como ela – concluiu Roger, mas logo se refreou.

Se ele era capaz de rezar pela alma imortal de Jack Randall, não poderia fazer menos por sua antepassada, quer ela fosse ou não uma maníaca homicida. A questão imediata, porém, era tentar arrancar das garras dela a alma infeliz à sua frente, antes que ela destruísse Hector McEwan por completo.

– Dr. McEwan... Hector – disse Roger baixinho, tocando o braço do médico. – Você precisa sair daqui o mais depressa possível, sair de perto dela. Geillis não vai apenas lhe causar uma desgraça imensa ou botar a sua alma em perigo... Ela pode muito bem matá-lo.

Um olhar de surpresa momentânea afastou a tristeza dos olhos de McEwan. Ele desviou o olhar, franziu a boca e encarou Roger de esguelha, como se temesse encará-lo.

– Você está exagerando, sem dúvida – argumentou ele, nem um pouco seguro, e engoliu em seco, o pomo de adão subindo e descendo.

Roger respirou fundo, sem esforço, e sentiu o peito invadido pelo ar frio e úmido.

– Não – retrucou ele, com delicadeza. – Não estou. Pense nisso, está bem? E reze, se puder. *Existe* misericórdia, sim? E perdão.

McEwan suspirou também, mas sem qualquer sensação de liberdade. Baixou os olhos, encarou a viela enlameada e as poças de chuva nas depressões.

– Eu não consigo – disse ele, com a voz baixa e descrente. – Eu... tentei. Não posso.

Roger ainda tinha a mão no braço de McEwan, e o apertou com força.

– Então eu vou rezar por você. E por ela – disse ele, esperando não soar relutante.

– Obrigado, senhor – comentou o médico. – Isso é extremamente valioso.

No entanto, como se não controlasse o próprio olhar, ele se voltou para Cranesmuir e suas chaminés fumegantes, e Roger soube que não havia esperança.

Ele retornou a Cranesmuir e aguardou na praça, até que a porta dos Duncans se abriu e Buck saiu. O homem parecia levemente surpreso, mas não desagradado, em ver Roger. Meneou a cabeça para ele, mas não falou nada. Os dois caminharam juntos até uma hospedaria, onde conseguiram um quarto e subiram para se refrescar antes do jantar. O estabelecimento não podia bancar uma banheira, mas água quente, sabão, uma navalha e toalhas ajudaram os dois a recuperarem o mínimo de decência e limpeza.

Buck não pronunciou uma palavra além do necessário, mas tinha uma expressão estranha – meio constrangida, meio satisfeita – e ficava disparando olhadelas furtivas a Roger, como se quisesse contar algo, mas estivesse inseguro.

Roger serviu um pouco de água da jarra, bebeu metade e baixou a caneca, com um ar resignado.

– Diga que não fez o que estou pensando que fez – falou, enfim. – Por favor.

Buck disparou uma olhadela, com um ar de choque e bom humor ao mesmo tempo.

– Não – respondeu, depois de uma pausa longa o suficiente para causar um frio na barriga de Roger. – Não, eu não fiz. Mas não digo que não poderia. Ela… não impôs resistência.

Roger teria dito que não queria saber, mas não podia enganar a si mesmo.

– Você tentou?

Buck assentiu, pegou a caneca de água, largou a sobra no próprio rosto e sacudiu o corpo, com um suspiro.

– Eu a beijei – revelou ele. – E botei a mão no seio dela.

Roger vira a saliência daqueles seios despontando do corpete de lã verde-escuro, redondos e brancos feito flocos de neve – mas muito maiores. Com uma considerável força de vontade, ele se absteve de perguntar: "E o que aconteceu depois?"

No entanto, não foi preciso. Buck obviamente estava revivendo toda a experiência e ansiava por relatá-la.

– Ela botou a mão sobre a minha, mas não a tirou de lá. De início, não. Continuou me beijando… – Ele parou de falar e encarou Roger, com a sobrancelha erguida. – Você já beijou muitas mulheres?

– Não parei para contar – respondeu Roger, meio mordaz. – E você?

– Quatro, além dela – confessou Buck, contemplativo. E balançou a cabeça. – Foi diferente.

– Imaginei que seria. Quero dizer… beijar a própria mãe…

– Não por *isso*. – Buck tocou os lábios, com a leveza de uma mão feminina. – Por outra coisa. Ou talvez não seja isso, exatamente. Uma vez eu beijei uma puta, e foi diferente. – Ele correu os dedos nos lábios, absorto, então percebeu o que estava fazendo e afastou a mão, meio constrangido. – Você já esteve com uma puta?

– Nunca – respondeu Roger, tentando, sem muito sucesso, não soar reprovativo.

Buck deu de ombros, dispensando a crítica.

– Bom, enfim. Ela deixou a minha mão ali, sobre o seio, enquanto me beijava, sem a menor pressa. Aí…

Ele parou, ruborizado, e Roger se chocou. Buck estava ruborizado?

– Aí…? – perguntou ele, incapaz de se conter.

– Bom, ela foi baixando minha mão pelo corpo, bem devagar, ainda me beijando, e… Eu devia ter ouvido as saias remexendo, não é? Mas não estava prestando atenção, pois quando ela pegou a minha mão e a colocou em suas… ahn… partes femininas, eu achei que fosse desmaiar, de tanto choque.

– Suas…? Ela estava… despida?

– Sem nada, peladinha feito um ovo sem casca – garantiu Buck. – Você já ouviu falar nisso?

– Já ouvi, sim.

Buck o encarou, arregalando os olhos verdes.

– Está dizendo que a sua mulher...?

– Não estou dizendo porcaria nenhuma – interrompeu Roger. – Não ouse falar de Brianna, *an amaidan*, ou eu acabo com a sua raça.

– Você e mais quem? – retrucou Buck, na mesma hora, mas abanou a mão para acalmar Roger. – Por que você não me contou que a minha mãe era uma puta?

– Eu não falaria uma coisa dessas mesmo que tivesse certeza, e eu não tinha – respondeu Roger.

Buck o encarou em silêncio por um instante.

– Você nunca vai ser um pastor decente – disse ele, por fim – se não souber ser honesto.

As palavras saíram de maneira muito objetiva e desapaixonada – e magoaram ainda mais por conta disso, por serem verdadeiras. Roger inspirou com força pelo nariz e soltou o ar.

– Muito bem – concordou ele.

Então contou a Buck tudo o que sabia, ou pensava que sabia, em relação a Gillian Edgars, mais conhecida como Geillis Duncan.

– Meu Deus! – exclamou Buck, pestanejando.

– Pois é.

A descrição de Buck do encontro com sua mãe fornecera a Roger uma vívida e perturbante imagem de Brianna, que ele fora incapaz de descartar. Ele ansiava por ela e, como resultado, vislumbrou com clareza as imagens de Geillis narradas por Buck. Viu a mão do homem se curvar em concha, os dedos se encolhendo devagar, como se estivesse agarrando... Deus do céu, ele podia até sentir o cheiro dela na carne de Buck, pungente e provocante.

– Então agora você já a conheceu – disse Roger abruptamente, desviando o olhar. – E agora já sabe o que ela é. Não acha que é o suficiente?

Ele teve o cuidado de não dar nenhuma entonação especial à pergunta, e Buck assentiu; não exatamente em resposta, porém mais como se estivesse tendo uma conversa interna. Se a conversa era com ele mesmo ou com Geillis, Roger não sabia.

– Meu pai – murmurou Buck, pensativo, sem de fato responder. – Pelo que ele disse quando nós o conhecemos na casinha dos MacLarens, pensei que talvez ele ainda não a conhecesse. Mas ele estava interessado, isso dava para ver. – Frente ao pensamento que lhe ocorria, ele olhou de súbito para Roger. – Você acha que o encontro conosco o fez... *fará* ir atrás dela? – Ele olhou para baixo, então de volta para Roger. – Quero dizer, será que eu não existiria se não tivéssemos vindo procurar o seu menino?

Roger teve a mesma sensação horripilante que sempre acompanhava esse tipo de pensamento, feito um roçar de dedos gélidos em suas costas.

– Talvez – disse ele. – Mas duvido que algum dia vá saber disso. Não com certeza.

655

Ele ficou bastante satisfeito por Geillis Duncan ter saído da conversa, embora o pai de Buck certamente não representasse um perigo menor.

– Você acha que precisa falar com Dougal MacKenzie? – perguntou Roger, com cuidado.

Ele não queria se aproximar de Castle Leoch nem dos MacKenzies, mas Buck tinha esse direito, se assim quisesse. Como parente e pastor, Roger tinha a obrigação de ajudá-lo. Além do mais, fosse lá qual fosse o desenrolar dessa conversa, ele duvidava muito de que seria tão desconcertante quanto fora o encontro com Geillis.

Quanto ao perigo, no entanto...

– Eu não sei – respondeu Buck, como se falasse sozinho. – Não sei o que dizer ao homem... a nenhum dos dois.

Isso alarmou Roger, que se empertigou.

– Não está dizendo que voltaria a vê-la? Sua mãe?

Buck franziu o canto da boca.

– Bom, não conversamos muito.

– Nem eu com meu pai – retrucou Roger.

Buck soltou um grunhido gutural, e os dois permaneceram em silêncio, escutando o crescente ribombo da chuva no telhado. O fogo definhou com a água que descia pela chaminé, então se apagou, deixando apenas o aroma fraco do ar quente, e dali a pouco Roger envolveu o corpo com a capa e se enroscou no canto da cama, esperando que o corpo se aquecesse e o sono viesse.

O ar que entrava pela janela rachada era frio e cortante, e trazia o cheiro forte de mato e casca de pinheiro. Nenhum lugar cheirava como as Terras Altas, e Roger sentiu o coração se acalmar ao sentir aquele forte aroma. Estava quase dormindo, quando a voz de Buck irrompeu baixinho, na escuridão.

– Pelo menos eu fico feliz por você ter falado.

105

NÃO SOU UMA PESSOA MUITO BOA

Roger havia insistido em acampar nas cercanias da cidade, imaginando que o melhor seria afastar ao máximo Buck e Geillis Duncan. Para variar, não estava chovendo, e os dois tinham conseguido reunir gravetos de pinheiro suficientes para acender uma fogueira decente; por conta da resina, o pinheiro em geral queimava mesmo úmido.

– Eu não sou uma pessoa muito boa.

As palavras saíram em tom baixo, e foi preciso um tempo para registrá-las. Roger ergueu os olhos e viu Buck sentado na pedra, desanimado, o corpo curvado, cutucando o fogo com um graveto comprido. Roger esfregou o queixo. Estava cansado, desconsolado e sem o menor clima para mais aconselhamentos pastorais.

– Já conheci gente pior – disse ele, depois de uma pausa, mas sem convencer muito. Buck o encarou por sob a franja loura.

– Eu não estava procurando objeção nem consolo – retrucou ele, em tom seco. – Só fiz uma afirmação. Um preâmbulo, se preferir.

– Muito bem. – Roger se espreguiçou, bocejando, e contorceu o corpo. – Um preâmbulo a quê? A um pedido de desculpas?

Ele viu a indagação no rosto do antepassado, então tocou a garganta com irritação.

– Por isso.

– Ah, *isso*.

Buck deu um balanceio para trás e franziu os lábios, com o olhar fixo na cicatriz.

– É, *isso*! – vociferou Roger, a irritação de súbito cedendo lugar à raiva. – Você tem ideia do que tirou de mim, seu infeliz?

– Um pouco, talvez.

Buck voltou a cutucar o fogo, esperou a brasa queimar a pontinha do graveto e o enfiou de volta na grama. Permaneceu em silêncio e, por um tempo, não houve som além do farfalhar do vento nas plantas secas. *Um fantasma caminhando*, pensou Roger, olhando a folhagem marrom dentro do círculo de fogo se mexer, então parar.

– Não digo isso como desculpa, veja bem – falou Buck, por fim, os olhos ainda fixos no fogo. – Mas existe a questão da intenção. Eu não pretendia que você fosse enforcado.

Como resposta, Roger soltou um murmúrio feroz. E sentiu dor. Estava muitíssimo cansado de sentir dor para falar, cantar e até gemer.

– Saia daqui – disse ele, abruptamente, levantando-se. – Só... saia daqui. Eu não quero olhar para você.

Buck lançou um olhar comprido para Roger, como se cogitasse falar algo, mas deu de ombros. Levantou-se e desapareceu. Dali a cinco minutos, retornou com ar de quem tinha algo a dizer.

Que ótimo, pensou Roger. *Ande logo com isso.*

– Não ocorreu a vocês dois, enquanto liam aquelas cartas, que existe outra forma de o passado conversar com o futuro?

– Bom, claro – respondeu Roger, impaciente. Espetou um dos nabos com o punhal, para testar. Ainda estava duro feito pedra. – Pensamos em todo tipo de coisa... diários deixados debaixo de pedras, notícias de jornal, um monte de outras ideias menos úteis. Mas a maioria dessas opções era muito incerta ou arriscada. Por isso, nós nos organizamos para usar os cofres de banco. Mas... – A voz dele começou a sumir. Buck tinha um olhar convencido e superior. – Eu imagino que tenha pensado em algo melhor?

– Ora, meu chapa, está bem na sua frente.

Com um sorrisinho, Buck se inclinou para testar o próprio nabo e, considerando o resultado aceitável, ergueu-o das cinzas com a ponta do punhal.

– Se acha que eu vou *pedir que você...*

– Além disso – prosseguiu Buck, soprando o nabo quente entre as palavras –, é a única forma de o futuro conversar com o passado.

Ele deu uma olhada firme e direta para Roger, que se sentiu como se estivesse sendo apertado por uma chave de fenda.

– O quê? – soltou ele. – Quer dizer que *você iria...*?

Buck assentiu, observando casualmente o nabo fumegante.

– Não pode ser você, pode? – Ele olhou para cima de repente, os olhos verdes captando a luz do fogo. – Você não vai. E não ia confiar em mim para continuar procurando seu filho.

– Eu...

As palavras ficaram presas na garganta de Roger, mas ele sabia muito bem que seu semblante as denunciava.

O rosto do próprio Buck se contorceu em um sorriso torto.

– Eu continuaria procurando – disse Buck –, mas entendo que não acredita em mim.

– Não é isso – replicou Roger, com um pigarro. – É só que... eu *não posso* ir embora sabendo que Jemmy pode estar aqui. Não sem ter certeza de que eu poderia voltar, caso ele... não estivesse na outra ponta. – Ele fez um gesto de impotência. – Ir e saber que talvez eu estivesse abandonando o meu filho para sempre?

Buck assentiu, olhando para baixo. Roger viu a garganta do homem se mexer também, e foi dominado por uma pontada de clareza.

– Seu Jemmy – disse Roger baixinho. – Você sabe onde ele está, pelo menos. *Quando*, digo.

Mas ficava uma questão: se Buck estivesse disposto a arriscar uma nova passagem pelas pedras, por que não faria isso para ir atrás da própria família, em vez de levar uma mensagem a Bri?

– Vocês são todos meus, não são? – retrucou Buck, bruscamente. – Meu sangue. Meus... filhos.

Apesar de tudo, Roger ficou comovido com isso. Um pouco. Deu uma tossidela, e não sentiu dor.

– Mesmo assim – comentou ele, com os olhos cravados em Buck. – Por quê? Você sabe que pode acabar morrendo. Poderia ter acontecido isso da última vez, se McEwan não estivesse lá.

– Humm. – Buck tornou a cutucar o nabo e o devolveu ao fogo. – É. Bom, eu bem que falei. Não sou uma pessoa muito boa. Não seria uma grande perda, digo, se eu não conseguisse. – Ele ergueu os olhos para Roger, contorcendo um pouco os lábios. – Talvez você tenha um pouco mais a oferecer ao mundo.

– Fico lisonjeado – respondeu Roger, muito seco. – Imagino que o mundo possa passar muito bem sem mim também, se for o caso.

– É, talvez. Mas a sua família, não.

Fez-se um longo silêncio, enquanto Roger digeria a frase, interrompido apenas pelo estalido de um galho queimado e o chirriar distante das corujas.

– E a sua família? – perguntou ele, por fim, baixinho. – Você parece pensar que a sua mulher seria mais feliz sem você. Por quê? O que fez para ela?

Buck soltou um ruído triste, talvez uma risada amarga.

– Eu me apaixonei por ela. – Ele respirou fundo, encarando o fogo. – Eu a desejei.

Ele havia conhecido Morag Gunn logo depois de começar a estudar direito com um advogado em Inverness. O advogado havia sido chamado a uma fazenda perto de Essich, para redigir o testamento de um velho, e levara consigo seu aprendiz, para lhe ensinar os processos.

– Demoramos três dias, pois o velho estava tão doente que não conseguia ficar acordado mais do que uns minutinhos por vez. Então ficamos com a família. Eu ia ajudar com os porcos e as galinhas quando não era requisitado na casa. – Ele deu de ombros. – Eu era jovem e nada feio, e tinha talento para conquistar a afeição das mulheres. Ela gostou de mim... mas estava apaixonada por Donald McAllister, um jovem fazendeiro de Daviot.

Buck, no entanto, não conseguia se esquecer da moça, e sempre que tirava uma folga do direito ia lhe fazer uma visita. Ele foi para o *Hogmanay*, houve um *cèilidh*, e...

– E Donald tomou um trago a mais... ou dois, ou três, ou quatro... e foi encontrado em uma baia, com a mão no corpete de Mary Finlay. Meu Deus, a confusão que foi! – Um sorriso lamentável brotou no rosto de Buck. – Os dois irmãos de Mary deram uma surra nele e o abandonaram feito um peixe morto, e todas as moças gritaram e os rapazes também, como se fosse o Dia do Julgamento. E a pobre Morag correu até o curral das vacas, para se acabar de chorar.

– E você... foi confortá-la – sugeriu Roger, com cinismo na voz.

Buck lhe lançou um olhar cortante, então deu de ombros.

– Achei que fosse a minha única chance – disse ele, apenas. – Pois é. Eu fui. Ela havia bebido demais, e aquele aborrecimento... Eu não forcei. Ele uniu os lábios. – Mas também não aceitei não como resposta, e depois de um tempo ela desistiu de negar.

– Sei. E quando ela acordou na manhã seguinte...?

Buck ergueu a sobrancelha.

– Não contou nada a ninguém. Só que, dois meses depois, ela percebeu...

Certo dia, em março, Buck entrara nos aposentos do sr. Ferguson e encontrara o pai e os três irmãos de Morag Gunn à sua espera, e tão logo correram os proclamas ele se tornou um homem casado.

– Pois bem. – Buck respirou fundo e esfregou o rosto. – Nós... seguimos em frente. Eu estava apaixonado por ela, e ela sabia disso e tentava ser boa comigo. Mas eu sabia muito bem que ainda desejava Donald. Ele ainda estava lá, sabe, e os dois se encontravam vez ou outra, no *cèilidhean* ou nos leilões de gado.

Foi isso que fez Buck aceitar a oportunidade de embarcar para a Carolina do Norte com a esposa e uma criança pequena.

– Achei que ela fosse se esquecer dele – confessou Buck, com tristeza. – Ou pelo menos que eu não tivesse que ver a expressão dela toda vez que ela o encontrava.

No entanto, as coisas não foram bem para os MacKenzies no Novo Mundo. Buck não conseguira engrenar no trabalho como advogado, eles tinham pouco dinheiro, nenhuma terra e nenhum familiar a quem pedir ajuda.

– Então retornamos – contou Buck. – Ele tirou o nabo do fogo e o espetou com o graveto; a crosta preta se partiu e um líquido branco brotou. Ele olhou o legume por um instante, então pisou nele, esmagando-o contra as cinzas.

– E Donald ainda estava lá, claro. Casado?

Buck balançou a cabeça, então afastou o cabelo do olho.

– Não foi nada bom – disse ele, baixinho. – Foi verdade o que eu falei sobre como cheguei a passar pelas pedras. Mas, depois que voltei a mim e descobri como estavam as coisas, eu soube que Morag seria mais feliz se eu nunca mais voltasse. Ou ela me daria por morto depois de um tempo e se casaria com Donald ou, na pior das hipóteses, o pai dela a receberia de volta, com as crianças. Eles viveriam bem... O pai dela tinha herdado a fazenda com a morte do avô.

Roger sentiu um nó na garganta, mas não era importante. Estendeu a mão e apertou com força o ombro de Buck. O antepassado soltou um leve grunhido, mas não se afastou. Depois de um tempo, porém, suspirou e endireitou o corpo.

– Então, veja só – disse ele. – Se eu retornar e disser à sua mulher o que fazer... e, com sorte, voltar de novo para avisá-lo... talvez seja a única coisa boa que eu possa fazer. Pela minha família... e pela sua.

Roger levou um tempo para controlar a voz a ponto de conseguir falar:

– Sim. Muito bem. Vamos dormir e refletir. Pretendo subir até Lallybroch. Talvez você possa ir ver Dougal MacKenzie em Leoch. Se ainda... tiver essa intenção. Depois vamos ter bastante tempo para decidir.

106

UM IRMÃO DA LOJA

Craigh na Dun, Terras Altas da Escócia
21 de dezembro de 1980

A cabeleira de Esmeralda era vermelha demais. *Alguém vai perceber. Vão fazer perguntas. Sua idiota, por que está pensando nisso? O povo notaria muito mais depressa uma Barbie com biquíni de bolinha...*

Brianna fechou os olhos por um instante, para encobrir a visão da boneca de pano de Mandy, a cabeleira vermelha ostentando um brilho artificial que não estava disponível no século XVII. Tropeçou em uma pedra, soltou um "gosta!" entre dentes, arregalou os olhos e tomou com firmeza a mãozinha livre de Mandy, visto que a outra estava agarrada a Esmeralda.

Ela sabia muito bem o motivo da preocupação com o cabelo da boneca. Se não pensasse em algo irrelevante, acabaria dando meia-volta e desceria a encosta rochosa feito uma lebre assustada, arrastando Jem e Mandy pela vegetação morta.

Vamos fazer isso. Precisamos. Vamos morrer, vamos todos morrer lá, na escuridão... Ah, Deus. Ah, Deus...

– Mamãe?

Jemmy ergueu os olhos para ela, com o rostinho franzido. Brianna fez uma boa tentativa de abrir um sorriso reconfortante, mas não fora nada convincente, a julgar pela expressão alarmada do menino.

– Está tudo bem – disse ela, fechando o sorriso e tentando levar à voz a pouca convicção que era capaz de reunir. – Está tudo bem, Jemmy.

– Aham. – Ele ainda parecia preocupado, mas ergueu o rosto para o alto da encosta. Seu semblante se abrandou e a preocupação cedeu lugar à atenção. – Eu consigo ouvir as pedras – disse ele baixinho. – Você consegue ouvi-las também, mamãe?

Aquele "mamãe" fez a mão dela apertar, e ele se encolheu, mas Brianna não achou que ele havia percebido. Jem estava escutando. Bri parou, e todos escutaram. Ela ouvia o sopro do vento e o leve estalido da chuva na vegetação marrom. Mandy cantarolava para Esmeralda. Jem, porém, tinha o rosto virado para cima, sério, mas não assustado. Ela enxergava o topo pontudo de uma das pedras, quase invisível por sobre o cume da encosta.

– Não consigo, meu bem – respondeu ela, expirando devagar o ar acumulado em seus pulmões. – Ainda não. *E se eu não conseguir ouvir nada? E se nós tivermos perdido as pedras? Santa Maria, Mãe de Deus, rogai por nós...* – Vamos... um pouco mais para perto.

Ela havia passado as últimas 24 horas com medo. Não conseguira comer nem dormir, mas seguira em frente, tentando se convencer de que estava tudo bem, recusando-se a acreditar que eles fariam aquilo e, ao mesmo tempo, tomando as providências necessárias em um estado de assustadora tranquilidade.

A bolsa de couro pendurada em seu ombro sacolejou um pouco, reafirmando sua sólida realidade. Talvez o peso fosse excessivo – mas a manteria firme, atrelada à terra, frente à força do vento e da água. Jem havia soltado a mão dela, que tateava compulsivamente a abertura da saia para sentir as três saliências no bolso amarrado à sua cintura.

Ela tivera receio de tentar pedras preciosas sintéticas, temendo que não funcionassem – ou que explodissem, feito a enorme opala que explodira na mão de Jemmy, na Carolina do Norte.

De súbito, Brianna foi invadida por uma saudade da Cordilheira dos Frasers – e de seus pais – tão intensa que lhe trouxe lágrimas aos olhos. Ela piscou com força e enxugou o choro na manga da blusa, fingindo ter sido culpa do vento. Não tinha importância. As crianças não haviam notado. Estavam os dois olhando para cima.

Por fim, ela percebeu, com um breve e sólido temor, que conseguia ouvir as pedras. Elas murmuravam, e Mandy murmurava junto.

– Sem perceber, ela olhou para trás, para garantir que não tinham sido seguidos... mas tinham. Lionel Menzies vinha subindo a trilha, a passos ligeiros.

– Porcaria! – exclamou ela, e Jem se virou para ver o que estava acontecendo.

– Sr. Menzies! – exclamou ele, escancarando um sorriso de alívio. – Sr. Menzies!

Bri fez um gesto firme para que Jemmy ficasse onde estava e desceu pela trilha íngreme em direção a Menzies, as pedrinhas deslizando por sob seus sapatos e quicando encosta abaixo.

– Não tenha medo – disse ele, subindo, resfolegante. – Eu... precisava vir, para ter certeza de que estava segura. Que você... escaparia.

Ele assentiu, olhando adiante dela. Brianna não se virou. Conseguia sentir as pedras murmurando baixinho em seus ossos.

– Estamos bem – respondeu ela, em tom firme. – De verdade. Ahn... Obrigada – acrescentou, com educação.

Ele tinha o rosto pálido e meio contraído, mas ensaiou um sorrisinho.

– Não há de quê – disse, igualmente educado, mas sem se mexer para ir embora.

Ela sorveu o ar, percebendo que sua frieza havia derretido. Ela estava viva outra vez, completamente, e muitíssimo alerta.

– Existe alguma razão para que *não* estejamos seguros? – indagou Bri, observando os olhos dele por trás dos óculos.

Menzies sorriu de leve e olhou por sobre o ombro.

– Merda – desabafou ela. – Quem? Rob Cameron?

Jem virou-se rapidamente ao ouvir o nome, e o cascalho do chão se remexeu sob seus pés.

– Ele e os amigos, sim. – Ele assentiu para o alto da encosta. – É... É melhor vocês irem. Agora, digo.

Brianna proferiu uma palavra muito feia em gaélico, e Jemmy soltou uma risadinha nervosa. Ela cravou os olhos em Menzies.

– O que o senhor pretendia fazer, se Rob e seu bando de idiotas partissem para cima da gente?

– O que acabei de fazer – respondeu ele, apenas. – Avisar vocês. Se eu fosse você, iria de uma vez. A sua... filha...?

Ela deu meia-volta e viu Mandy subindo a trilha, com esforço, com Esmeralda a tiracolo.

– Jem!

Ela deu uma enorme passada, agarrou o filho pela mão, e os dois dispararam colina acima, atrás de Mandy, deixando Lionel Menzies para trás. Alcançaram Mandy bem na beirada do círculo. Bri tentou agarrar sua mãozinha, mas não conseguiu. Ouviu Lionel Menzies chegando, logo atrás.

– Mandy!

Ela agarrou a menininha e ali ficou, arquejante, rodeada pelas pedras. O murmúrio estava agudo, incomodando seus dentes. Brianna os rangeu umas duas vezes, tentando se livrar da sensação, e viu Menzies pestanejar. *Que bom.*

Então, Brianna ouviu o motor de um carro logo abaixo e viu Menzies assumir uma expressão séria e alarmada.

– Vão! – instou ele. – Por favor!

Ela tateou debaixo da saia, com as mãos trêmulas, e conseguiu pegar as pedras. Eram três pequenas esmeraldas, mas com cortes um pouquinho diferentes. Ela escolhera aquelas pedras porque lembravam os olhos de Roger. Pensar nele a tranquilizava.

– Jemmy – disse ela, e botou uma esmeralda na mão dele. – Mandy... aqui a sua. Coloquem nos bolsos e...

Mandy, porém, com a mãozinha agarrada à esmeralda, havia se virado para a pedra maior. Escancarou a boca um instante e, em seguida, seu rosto se iluminou, como se alguém tivesse acendido uma vela dentro dela.

– *Papai!* – gritou a menina, então soltou a mão de Brianna e disparou em direção à pedra fissurada... e entrou nela.

– Meu Deus!

Brianna mal ouviu a exclamação chocada de Menzies. Correu em direção à pedra, tropeçou em Esmeralda e caiu na grama, perdendo o fôlego.

– Mamãe!

Jem parou um instante ao lado dela, o olhar frenético de um canto a outro, encarando a mãe e a pedra por onde sua irmã acabava de desaparecer.

– Eu estou... bem – ela conseguiu dizer.

– Eu vou buscar Mandy, mamãe! – gritou Jem de volta, disparando pela clareira.

Ela sorveu o ar e tentou gritar para o filho, mas só conseguiu emitir um sussurro ofegante. O som de passos a fez olhar para trás, mas era apenas Lionel, que havia corrido até a beirada do círculo e espiava a lateral da encosta. A distância, ela ouviu o baque de portas de carros. *Portas. Mais de uma...*

Ela se levantou, cambaleante. Havia caído em cima da bolsa e machucado a costela, mas tudo bem. Foi coxeando até fenda na pedra, parando apenas para apanhar Esmeralda, por reflexo. *Deus, Deus, Deus...* era o único pensamento em sua mente, a agonia de uma prece não dita.

Então, de repente, a prece foi atendida. As duas crianças estavam diante dela, pálidas e cambaleantes. Mandy vomitou. Jem desabou no chão e ali ficou, balançando o corpo.

– Ah, Deus...

Ela correu até os dois e os abraçou com força, apesar de toda a nojeira. Jem se agarrou a ela por um instante, mas afastou o corpo.

– Mamãe – disse o menino, com a voz resfolegante de alegria. – Mamãe, ele está *lá*. A gente sentiu. A gente sentiu... Temos que ir, mamãe!

– Têm mesmo. – Era Lionel, resfolegante e assustado, puxando a capa de Brianna, tentando endireitá-la. – Eles estão vindo... São três.

– Sim, eu... – Então, ela se virou para as crianças, em pânico, caindo em si. – Jem, Mandy, onde estão as pedras de vocês?

– Queimou – disse Mandy, em um tom solene, e deu uma cuspidela na grama. – Pfft. Eca – soltou a menina, limpando a boca.

– Como assim...?

– Pois é, mamãe. Elas queimaram. Está vendo?

Jem puxou o bolso da calça, mostrando a ela o ponto chamuscado e a mancha negra de carvão ao redor, que exalava um forte cheiro de lã queimada.

Em um frenesi, ela revirou a roupa de Mandy e encontrou a mesma marca chamuscada na lateral de sua saia, onde a pedra vaporizada havia formado um buraco.

– Queimou você, querida? – perguntou ela, correndo a mão pela perninha grossa de Mandy.

– Não muito – respondeu a pequena.

– Brianna! Pelo amor de Deus... eu não posso...

– *Eu* não posso! – gritou ela de volta, virando-se para ele, os punhos cerrados. – As pedras das crianças *sumiram*! Elas não podem... elas não podem passar sem as pedras!

Ela não sabia ao certo se isso era verdade, mas sentia um frio na barriga só de pensar em deixá-los tentar passar por *aquilo*... sem a proteção de uma pedra. Brianna quase começou a chorar de tanto medo e exasperação.

– Pedras? – repetiu ele, com o olhar inexpressivo. – Joias, você diz? Pedras preciosas?

– Isso!

Ele ficou parado um instante, boquiaberto, então desabou de joelhos, sacudindo a mão esquerda. No instante seguinte, acertou a direita com força em uma pedra que jazia na grama, meio afundada.

Bri o encarou por um instante, impotente. Correu até a beirada do círculo, agachou-se atrás de uma pedra e estirou o corpo no chão, com cuidado. Ao dar uma espiadela, viu as silhuetas humanas a meio caminho da colina, avançando depressa.

Do outro lado da pedra, Menzies soltou um grunhido de dor ou frustração e acertou com força a pedra, com um estalido.

– Brianna! – gritou ele, premente.

E ela correu de volta, temendo que as crianças tentassem passar. Mas estava tudo certo. Os dois permaneciam perto de Lionel Menzies, que estava abaixado junto a Mandy, segurando sua mãozinha.

– Feche a mão, mocinha – disse ele, em um tom quase delicado. – Sim, isso mesmo. E, Jemmy… aqui, estenda a mão.

Brianna agora estava perto o bastante para ver que ele havia depositado um objeto brilhante na palma da mão de Jem e que o punho de Mandy envolvia um grande anel, meio surrado, com uma insígnia maçônica gravada em uma pedra ônix – e um pequeno diamante idêntico ao de Jem cintilando ao lado, junto ao buraco vazio do anel.

– Lionel – murmurou ela.

Ele estendeu o braço e tocou o rosto de Bri.

– Vão agora – ordenou ele. – Só posso ir embora depois que forem. Quando isso acontecer, eu sairei correndo.

Ela meneou a cabeça, meio desajeitada, então se inclinou e tomou as mãos das crianças.

– Jemmy… ponha isso no outro bolso, está bem?

Ela respirou fundo e se voltou para a fissura da grande pedra. O murmúrio ribombava em seu sangue, e ela sentiu o empuxo tentando levá-la.

– Mandy – disse Bri, mal ouvindo a própria voz. – Vamos encontrar o papai. Não solte.

Quando a gritaria começou, ela percebeu que não havia agradecido, então não pensou em mais nada.

107

O CEMITÉRIO

Ela amava Lallybroch no inverno. As giestas, as urzes e os tojos desfolhados se misturavam à paisagem. As urzes lilases assumiam uma sombra marrom-clara, e as giestas viravam um aglomerado de galhos secos, balançando de leve sob a brisa. O ar estava frio e estagnado, e a leve fumaça cinza das chaminés subia direto ao encontro do céu baixo.

– Em casa, estamos em casa! – gritou Mandy, saltitante. – Legal, legal, legal! Posso tomar uma Coca?

– Aqui não é a nossa casa, besta – retrucou Jemmy.

Somente a pontinha de seu nariz e os cílios trêmulos eram visíveis pelo vão entre o chapéu de lã e o cachecol que lhe envolvia o pescoço. Sua respiração formava uma névoa branca.

– É… *outro tempo*. Aqui não tem Coca-Cola – disse Jem, muito sensato. – E está muito frio para tomar refrigerante. A sua barriga ia congelar.

– Hein?

– Deixe para lá, querida – disse Brianna, apertando a mãozinha de Mandy.

Eles estavam parados no cume da colina atrás da casa, perto das ruínas do forte da Idade do Ferro. A subida da colina havia sido penosa, mas ela relutara em se aproximar da casa pela frente. Seriam vistos por um bom meio quilômetro, avançando pela clareira.

– Vocês conseguem sentir o papai aqui por perto? – perguntou ela às crianças.

Ao chegar ao topo da colina, Brianna procurara automaticamente o velho Morris laranja – e sentira um ridículo desconsolo ao perceber que não havia carro, nem a entrada da garagem toda de pedrinhas. Jem balançou a cabeça. Mandy não respondeu, distraída por um balido próximo.

– É ovelha! – exclamou ela, animada. – Vamos ver a ovelha!

– Não é uma ovelha – retrucou Jem, meio irritado. – São cabras. Estão na torre. Podemos descer agora, mamãe? Meu nariz daqui a pouco vai cair de tanto frio.

Bri ainda observava a casa, hesitante. Tinha todos os músculos contraídos. Estava em *casa*. Mas não era sua casa, não agora. *Roger. A forte e suave qualidade que ele tem...*

Claro, ela sabia que Roger provavelmente não estava ali. Buck e ele deviam estar atrás de Jerry MacKenzie. *E se o tiverem encontrado?*, pensou ela, com uma breve onda de empolgação e medo.

Era o medo que a impedia de disparar colina abaixo, bater à porta e encontrar as pessoas de sua família que estivessem em casa naquele momento. Ela havia passado os últimos dias na estrada, bem como as horas da caminhada final a partir de onde o carroceiro os havia deixado, tentando resolver esse medo – e sua mente ainda estava mais dividida do que nunca.

– Venham – disse ela às crianças. Não podia deixar os dois ali parados, naquele frio, enquanto ela se decidia. – Vamos lá ver as cabras primeiro.

O cheiro das cabras a atingiu em cheio, tão logo ela abriu a porta – forte, acolhedor e familiar. Os três suspiraram de alívio e prazer, envolvidos pelo calor dos animais, e sorriram diante da correria e dos balidos com que foram recebidos.

Pelo barulho que ecoava dos muros de pedra, devia haver umas cinquenta cabras dentro da torre – embora Brianna tivesse contado apenas uma meia dúzia de cabritas graciosas, de orelhas caídas, quatro ou cinco já mais crescidas, filhotes de barriguinha redonda e um único bode robusto, que baixou os chifres e os encarou, desconfiado, de olhos amarelos. Todos compartilhavam um curral rústico que ocupava metade da base da torre. Ela olhou para cima. Em vez de encontrar o que esperava – as vigas expostas bem no alto do teto –, reparou que o andar superior estava intacto.

As crianças já começavam a enfiar pedaços de feno pela cerca e a brincar com as cabritinhas, que erguiam as patas de trás para espiar os visitantes.

– Jemmy, Mandy! – chamou ela. – Tirem o chapéu, o cachecol e as luvas e deixem perto da porta para as cabras não comerem!

Ela deixou Jemmy desenrolando o cachecol macio de Mandy e subiu as escadas para ver o que havia no segundo andar.

A luz clara e invernal que penetrava através das janelas rajava o fundo das sacas de juta que preenchiam quase todo o recinto. Ela respirou e tossiu um pouco. O ar estava tomado de poeira, mas ela sentiu o cheiro doce de milho seco e cevada madura, parecido com o aroma de nozes. Ao cutucar com o pé uma saca especialmente mole, ouviu o estalido agudo das avelãs. Lallybroch não passaria fome naquele inverno.

Curiosa, ela subiu mais um lance de escadas, e no último andar encontrou diversos pequenos barris de madeira enfileirados junto à parede. Estava muito mais frio lá em cima, mas o forte aroma de bom uísque preenchia o ar, dando a ilusão de calor. Ela sorveu aquele aroma por um instante, desejando avidamente se embebedar nos vapores e esvaziar a mente, ainda que por míseros segundos.

Essa, no entanto, era a última coisa que podia fazer. Dali a minutos, teria que agir.

Brianna recuou um passo, rumo à estreita escada que levava ao vão entre as paredes interna e externa da torre, e olhou a casa lá fora, com vívidas lembranças da última vez que estivera ali, agachada na escada, no escuro, de espingarda na mão, observando o movimento de estranhos em sua casa.

Também havia estranhos lá agora, mas eram de sua família, de seu próprio sangue. E se...?

Ela engoliu em seco. Se Roger tivesse encontrado Jerry MacKenzie, seu pai teria 20 e poucos anos – bem mais jovem do que o próprio Roger. Se o pai de Brianna estivesse ali agora...

– Não pode ser – sussurrou para si mesma, sem saber ao certo se o tom era de confirmação ou de arrependimento.

Ela o tinha visto pela primeira vez na Carolina do Norte, mijando em uma árvore. Ele tinha seus 40 e ela, 22.

Uma pessoa não podia viajar durante o período de sua própria vida. Não podia existir com dois corpos na mesma época. Eles pensavam ter certeza disso. Mas, e se fosse possível cruzar a vida da mesma pessoa duas vezes, em momentos diferentes?

A ideia fez seu sangue gelar e seus punhos cerrados tremerem. *O que houve?* Teria alguma de suas aparições alterado as coisas, talvez uma cancelado a outra? Será que não aconteceria daquele jeito, que ela *não conheceria* Jamie Fraser na Carolina do Norte se o conhecesse agora?

No entanto, precisava encontrar Roger. A despeito do que mais acontecesse. E Lallybroch era o único lugar por onde ela tinha certeza de que ele havia passado. Ela respirou fundo e fechou os olhos.

Por favor, implorou. *Por favor, me ajude. Que a Sua vontade seja feita. Por favor, me mostre o que fazer...*

– Mamãe! – gritou Jemmy, subindo às pressas a escadaria, os passinhos reverberando no estreito corredor de pedras. – Mamãe! – Ele despontou à vista, os olhos redondos e azuis, o cabelinho eriçado de empolgação. – Mamãe, desce! Tem um homem vindo!

– Como ele é? – perguntou ela, em tom de urgência, agarrando-o pela manga. – Qual a cor do cabelo dele?

Ele piscou, surpreso.

– É preto, eu acho. Está lá embaixo da colina... Eu não consegui ver a cara dele. *Roger.*

– Está bem. Estou indo.

Ela se sentia meio sufocada, porém já não gélida. A coisa estava em curso, fosse lá o que fosse, e o entusiasmo borbulhava em suas veias.

Ao mesmo tempo que descia as escadas atrás de Jemmy, seu lado racional lhe dizia que não era Roger. A distância ou não, Jemmy reconheceria o próprio pai. Mas ela precisava ver.

– Fiquem *aqui* – disse Brianna às crianças, com um tom autoritário. Os dois assentiram sem argumentar.

Ela escancarou a porta, viu o homem avançando e saiu para encontrá-lo, fechando a porta com firmeza.

Ao primeiro olhar, soube que não era Roger, mas a decepção foi absorvida pelo alívio por não ser Jamie. E por uma curiosidade intensa, pois só podia ser...

Ela havia descido a trilha para se afastar bastante da torre, só por garantia, e foi abrindo caminho pelas pedras do cemitério da família, os olhos no sujeito que subia a trilha íngreme e rochosa.

Um homem alto e forte, os cabelos escuros já perdendo a cor, mas ainda cheios e brilhantes por sobre os ombros. Encarava o chão bruto, olhando por onde pisava. Então ele chegou a seu destino e avançou pela encosta até uma das lápides do cemitério. Ajoelhou-se e depositou algo que segurava.

Brianna não sabia se devia chamá-lo ou se aguardava a conclusão de seu assunto com os mortos. No entanto, as pedrinhas no chão rolaram para baixo com um ruído que fez o homem erguer os olhos e se levantar abruptamente ao vê-la, arqueando as sobrancelhas pretas.

Cabelo preto, sobrancelhas pretas. *Brian Dubh.* Black Brian.

Fui buscar ajuda em Lallybroch, onde conheci Brian Fraser (você teria gostado dele).

Os olhos cor de amêndoas, assustados e arregalados, encontraram os dela, e por um segundo foi tudo o que ela viu. Aqueles olhos belos e profundos, e a expressão de choque e horror.

– Brian – disse ela. – Eu...

– *A Dhia!* – Ele ficou mais branco do que a parede caiada da casa abaixo. – Ellen!

O assombro emudeceu Brianna por um instante, o suficiente para que ela ouvisse os passinhos descendo a colina logo atrás dela.

– Mamãe! – chamou Jem, sem fôlego.

Brian olhou adiante dela e escancarou a boca ao ver Jem. Seu rosto foi tomado por um olhar radiante de alegria.

– Willie! – exclamou ele. – *A bhalaich! Mo bhalaich!* – Ele olhou para Brianna e estendeu a mão trêmula para tocá-la. – *Mo ghràidh... mo chridhe...*

– Brian – disse ela baixinho, tomada de pena e amor, incapaz de fazer algo além de responder à necessidade da alma que se apresentava tão claramente naqueles belos olhos.

Quando ela o chamou pela segunda vez, ele parou, revirou os olhos e desabou.

Antes de conseguir pensar em se mexer, Bri se viu ajoelhada na grama morta e estaladiça ao lado de Brian Fraser. Seus lábios estavam um pouco azulados, mas ele respirava. Ela soltou um frio e profundo suspiro de alívio ao ver seu peito subir sob a camisa de linho surrada.

Não pela primeira vez, desejou a presença de sua mãe, mas virou a cabeça dele para o lado e encostou dois dedos na lateral de seu pescoço, para sentir os batimentos cardíacos. Brian tinha a pele surpreendentemente quente, em comparação com os dedos frios de Brianna. Não se levantou nem se mexeu com o toque dela, porém, e ela começou a temer que ele não estivesse apenas desmaiado.

Ele havia morrido – ia morrer – de apoplexia. Se seu cérebro já exibisse alguma fraqueza... Ah, Deus! Será que ela o matara antes da hora?

– Não morra! – implorou ela, bem alto. – Pelo amor de Deus, não morra *aqui*!

Ela observou rapidamente a casa abaixo, mas não havia ninguém vindo. Ao olhar Brian outra vez, viu o que ele segurava: um pequeno buquê de raminhos de folhas perenes, amarrados com uma fita vermelha. *Azevinho e... teixo*, pensou ela, reconhecendo as frutinhas redondas e tubulares.

Então ela viu a lápide. Conhecia-a muito bem. Sentara a seu lado várias vezes, contemplando Lallybroch e os que descansavam em suas encostas.

Ellen Caitriona Sileas MacKenzie Fraser

Amada esposa e mãe

Nascida em 1691, Morta no parto em 1729

Mais abaixo, em letras menores:

Robert Brian Gordon MacKenzie Fraser

Filho

Morto ao nascer em 1729

Willian Simon Murtagh MacKenzie Fraser

Amado filho

Nascido em 1716, Morto por varíola em 1727

– Mamãe! – Jemmy chegou deslizando, quase caindo ao lado dela. – Mamãe, mamãe, Mandy falou que... Quem é ele?

Ele encarou o rosto pálido de Brian, depois a mãe, então Brian outra vez.

– O nome dele é Brian Fraser. É seu bisavô.

As mãos dela tremiam, mas, para a própria surpresa, ela sentiu uma súbita calma ao proferir aquelas palavras, como se tivesse adentrado o centro de um quebra-cabeça e descobrisse que ela era a peça que faltava.

– O que tem a Mandy?

– Eu assustei esse senhor? – Jemmy se agachou, com o semblante preocupado. – Ele olhou para mim antes de desabar. Ele está… morto?

– Não se preocupe. Acho que ele só sofreu um choque. Ele nos confundiu com… outras pessoas.

Ela tocou o rosto de Brian, sentindo a barba por fazer, e ajeitou o cabelo atrás de sua orelha. Ele contorceu a boca um pouco, o espectro de um meio sorriso, e o coração dela deu um pinote. Graças a Deus, estava voltando.

– O que Mandy disse?

– Ah! – Jem se levantou depressa, os olhos arregalados. – Ela falou que está ouvindo o papai!

108

A REALIDADE É O QUE NÃO DESAPARECE QUANDO SE DEIXA DE ACREDITAR

Roger virou o cavalo em direção a Lallybroch, sem saber aonde ir. Deixara Brian Fraser havia seis semanas, e se entristecera com o que acreditara ser um adeus definitivo. Seu coração agora estava mais sossegado, frente à ideia de ver Brian outra vez. E à certeza de reencontrar alguém afetuoso, por mais que não fosse possível debater tão abertamente com ele sobre certos assuntos.

Ele teria que contar a Brian, claro, que não havia encontrado Jem. O pensamento apunhalava seu coração a cada batida. Nas últimas semanas, tinha conseguido deixar um pouco de lado a dor brutal da ausência de Jemmy, esperando que de alguma forma o encontro com Jerry também o levasse a encontrar Jem. Mas não havia.

O que isso significava era um completo mistério. Teria ele encontrado o único Jeremiah que poderia ser encontrado ali? Se fosse o caso… *onde* estava Jem?

Ele queria contar a Brian que achara o dono das plaquinhas de identificação. Certamente Brian perguntaria. Mas como fazer isso sem divulgar a identidade de Jerry e sua relação com ele próprio ou sem explicar o que tinha acontecido com o homem? Roger suspirou, parando o cavalo perto de uma grande poça na estrada. Talvez fosse melhor dizer apenas que havia fracassado, que não tinha encontrado J. W. MacKenzie – embora a ideia de mentir para um homem tão bondoso o incomodasse.

Ele também não podia falar sobre Buck. Depois de Jemmy, Buck era o assunto mais premente em sua cabeça.

Você nunca vai ser um pastor decente se não souber ser honesto. Ele tentou ser. Se fosse mesmo honesto, de seu ponto de vista egoísta, confessaria que sentiria muitíssima falta de Buck, e que morria de inveja da possibilidade de que Buck encontrasse Brianna. Além disso, temia que Buck *não* conseguisse cruzar as pedras outra vez. Temia que ele morresse no vazio ou que se perdesse de novo e fosse parar, sozinho, em alguma época aleatória.

A verdade em relação a Buck era que, por mais válido (e forte) que fosse o argumento de que ele deveria se afastar da presença de Geillis Duncan, cruzar as pedras talvez fosse a forma menos desejável de garantir tal resultado.

Por outro lado, era tentador aceitar o nobre gesto de Buck. Se ele *conseguisse* passar, se contasse a Bri onde Roger estava... Só que Roger não achava que Buck fosse retornar. Os efeitos da viagem eram cumulativos, e Hector McEwan não estaria por perto da próxima vez.

Mas, se Buck estava disposto a se arriscar, não teria sido obrigação de Roger convencer o homem a voltar para a própria esposa, não para a de Roger?

Ele esfregou a boca com o dorso da mão, sentindo a lembrança da maciez dos cabelos castanhos de Morag em seu rosto, quando ele se aproximara para beijar sua testa, às margens do Alamance. A confiança gentil nos olhos dela – e o fato de que ela havia salvado a porcaria da vida dele, logo depois.

Roger levou os dedos à garganta um instante e percebeu, com o lampejo da surpresa que acompanha uma percepção já bastante internalizada, que, fossem quais fossem seus pesares em relação à própria voz, ele nunca desejaria *não* ter sido salvo por ela.

Quando Stephen Bonnet largou o filho de Morag do navio, Roger tinha impedido a criança de se afogar, de certa forma arriscando a própria vida. Mas ele não achava que ela tinha feito o que fizera em Alamance como pagamento por aquela dívida. Morag o fizera porque não queria que ele morresse.

Bem. Ele não queria que Buck morresse.

Será que Morag *queria* Buck de volta? Buck achava que não, mas podia estar errado. Roger tinha plena certeza de que o homem ainda amava Morag, e que sua abnegação era devida tanto à própria sensação de fracasso pessoal quanto ao que ele considerava ser desejo de Morag.

– Mesmo que seja verdade – disse ele, em voz alta –, o que ganho em tentar controlar a vida dos outros?

Ele balançou a cabeça e cruzou uma leve bruma que se embrenhava pelo tojo escuro. Não estava chovendo, embora o céu exibisse nuvens carregadas dos topos das montanhas próximas.

Ele nunca perguntou ao pai adotivo sobre o ofício de ser pastor. Era a última coisa que cogitaria se tornar. No entanto, crescera na casa do reverendo e vira os paroquianos circulando todos os dias por seu escritório bagunçado e confortável, em busca de ajuda ou conselhos. Ele se lembrou do pai (agora sentindo uma nova estranheza na palavra, com a nova camada imposta pela presença física de Jerry MacKenzie) se sentando na cozinha com um suspiro, para tomar um chá com a sra. Graham, balançando a cabeça em resposta a seu olhar questionador e dizendo: "Às vezes não há nada que se possa oferecer além de um ouvido amigo e uma oração para seguir em frente."

Ele parou no meio da estrada, fechou os olhos e tentou encontrar um instante de paz no caos de seus pensamentos. E terminou, como todos os sacerdotes desde o tempo de Abraão, erguendo as mãos e perguntando:

– O que é que o Senhor *quer* de mim? O que preciso *fazer* em relação a essa gente?

Ele abriu os olhos, mas, em vez de encontrar um anjo com um pergaminho iluminado, foi confrontado pelos olhos brilhantes e amarelos de uma gaivota gorda sentada na estrada, a pouca distância de seu cavalo e nada perturbada pela presença de uma criatura centenas de vezes maior do que ela. O pássaro lhe lançou um olhar reprovador, abriu as asas e saiu voando. O som ecoou pela colina acima, onde outras poucas gaivotas circulavam devagar, quase invisíveis contra o céu muito pálido.

A presença da gaivota interrompeu sua sensação de isolamento, para dizer o mínimo. Ele avançou, em um estado de humor mais tranquilo, determinado apenas a não pensar nas coisas até que fosse necessário.

Pensava estar perto de Lallybroch. Com sorte, chegaria bem antes do escurecer. Sua barriga roncou ao pensar no chá, e ele se alegrou. Fosse lá o que pudesse ou não contar a Brian Fraser, rever Brian e sua filha Jenny já seria um conforto.

As gaivotas grasnavam alto no céu, ainda voando em círculos, e ele olhou para cima. Como era de esperar, distinguiu as ruínas baixas do forte da Idade do Ferro, as ruínas que ele havia reconstruído/iria reconstruir? E se ele nunca mais retornasse para...? *Meu Deus, nem pense nisso. Você vai ficar mais louco do que já está.*

Ele cutucou o cavalo, que acelerou um pouco, relutante. No instante seguinte, o animal acelerou mais ainda, frente a um estardalhaço vindo da encosta logo acima.

– Eia! Eia, seu idiota! Eia, já falei!

O chamado, acompanhado do puxão das rédeas, surtiu efeito. Ele retornou com a montaria à direção de onde tinha vindo, então viu um menino parado no meio da estrada, resfolegante, os cabelos vermelhos eriçados, quase castanhos ao lusco-fusco.

– Papai – exclamou Jemmy, e seu rosto de iluminou, como se recebesse o súbito toque do sol. – Papai!

Roger não se lembrava de ter saltado do cavalo nem de ter saído correndo pela estrada. Não se lembrava de nada. Estava sentado na lama, junto a um mato molhado, abraçado com força ao filho, e nada mais importava no mundo.

– Papai – Jem seguia dizendo, aos prantos. – Papai, papai...

– Estou aqui – sussurrou ele na orelhinha de Jem, as lágrimas correndo por seu rosto. – Estou aqui, estou aqui. Não precisa ter medo.

Jem inspirou o ar, trêmulo.

– Eu *não* estou com medo – conseguiu dizer, e chorou um pouco mais.

Por fim, ele voltou a perceber o tempo, bem como os fundilhos empapados da calça. Soltou um suspiro meio trêmulo, alisou o cabelinho de Jemmy e lhe beijou a cabeça.

– Você está com cheiro de bode – comentou ele. Engoliu em seco, coçou o olho com o dorso da mão e deu uma risada. – Por *onde* você andou?

– Na torre com Mandy – disse Jemmy, como se fosse a resposta mais natural do mundo, e disparou a Roger um olhar acusativo. – E *você*, por onde andou?

– Mandy? – repetiu Roger, inexpressivo. – Como assim, Mandy?

– Minha irmã – explicou Jem, com a paciência que as crianças vez ou outra revelam frente à estupidez dos pais. – *Você* sabe.

– Bom... onde *está* Mandy, então?

No surreal estado de confusão de Roger, Mandy poderia simplesmente brotar ao lado de Jemmy feito um cogumelo.

Jem empalideceu por um instante, também confuso, e olhou ao redor, como se esperasse que Mandy se materializasse no meio do mato a qualquer momento.

– Eu não sei – retrucou ele, meio intrigado. – Ela correu para procurar você, e daí a mamãe caiu e quebrou alguma coisa...

Roger havia soltado Jem, mas tornou a agarrá-lo, deixando o menino sem fôlego.

– Sua mãe está aqui *também*?

– Claro! – respondeu Jem, levemente irritado. – Quero dizer... não aqui, *aqui*. Está lá em cima, no antigo forte. Tropeçou numa pedra quando estávamos correndo para pegar Mandy.

– Meu Deus! – exclamou Roger, com fervor, dando um passo na direção do forte, então parando abruptamente. – Espere... você disse que ela quebrou alguma coisa? Ela está machucada?

Jem deu de ombros. Começava a parecer preocupado outra vez, porém não muito. Papai estava bem. Tudo ficaria bem.

– Acho que não foi feio – garantiu ele ao pai. – Mas ela não conseguia andar, então me mandou correr para buscar Mandy. Mas aí eu encontrei você primeiro.

– Está bem. Mas ela está acordada? Está falando?

Ele segurava Jem pelos ombros, tanto para evitar que o menino desaparecesse – tinha certo temor de estar alucinando – quanto para forçá-lo a responder.

– Aham. – Jem olhava vagamente para os lados, com o cenho meio franzido. – Mandy está aqui *em algum lugar*...

Ele se desvencilhou e girou lentamente, com uma carranca de concentração.

– Mandy! – gritou Roger, colina acima. Uniu as mãos ao redor da boca e gritou outra vez: – BRI!

Ele perscrutou o forte, ansioso, esperando que a cabeça de Bri despontasse pelas ruínas ou que a vegetação exibisse qualquer sinal de movimentação ocasionado por uma criança de 3 anos. Nenhuma cabeça surgiu, mas uma brisa havia soprado, e a colina inteira parecia viva.

– Sua irmã desceu correndo por essa encosta? – perguntou ele.

Ao ver o aceno de cabeça de Jem, olhou além do filho.

A terra se aplanava em um platô do outro lado da estrada, mas sem nenhum vislumbre de Mandy. A menos que ela tivesse caído em algum buraco...

– Fique *bem aqui* – ordenou a Jem, apertando seu ombro com força. – Eu vou lá em cima dar uma olhada. Vou trazer sua mãe aqui para baixo.

Ele foi cruzando o rastro de cascalho no chão, o mais próximo que havia de um caminho, chamando o nome de Mandy em intervalos regulares, dividido entre uma alegria assoberbante e o pânico aterrador de que aquilo não fosse real, de que tivesse perdido a noção e simplesmente estivesse imaginando a presença de Jem. Ele se virava a cada três passos para conferir se o menino *ainda* estava lá, parado na estrada.

Bri. A ideia de vê-la logo ali, mais adiante...

– Mandy! – gritou ele outra vez, a voz cedendo. Mas estava cedendo de emoção, e ele reparou, assustado, que vinha gritando a plenos pulmões havia vários minutos... e sem sentir dor. – Deus o abençoe, Hector – falou entre dentes, fervoroso.

E seguiu em frente, começando a ziguezaguear pela colina, batendo nos gravetos de giesta secos e nas mudas de vidoeiro, chutando os tojos e as samambaias mortas, para o caso de Mandy ter caído, talvez batido em alguma pedra.

Ele ouviu o som das gaivotas, um som agudo e estridente, e ergueu os olhos, na esperança de ver Brianna espiando pelo muro do forte. Ela não estava, mas algo o chamou outra vez, tão agudo e estridente quanto as gaivotas.

– *Papaiêêê...*

Ele se virou, quase perdendo o chão, e viu Jem correndo pela estrada. Dobrando a curva, vinha o cavalo de Buck, com Buck em cima, mais uma trouxinha bamboleante, de cachinhos negros, precariamente aninhada no braço dele.

Ao se aproximar deles, Roger não conseguia nem abrir a boca.

– Acho que deixou cair isso aqui – disse Buck, bruscamente, e entregou Mandy a ele com cuidado. Roger sentiu o peso vigoroso em seus braços... e o cheiro de bode.

– Papai! – exclamou ela, com o rosto iluminado, como se ele tivesse acabado de chegar do trabalho. – Muá! Muá!

Mandy deu beijos estalados no pai e o abraçou, os cabelinhos fazendo cócegas em seu peito.

– Onde você estava? – perguntou Jemmy, acusativo.

– Onde *você* estava? – retrucou Mandy, mostrando a língua para ele. – Blé.

Roger caiu no choro outra vez, incapaz de parar. Mandy estava cheia de carrapichos no cabelo e no casaco, e ele achou que talvez ela tivesse feito xixi na calça em algum momento. Buck agitou as rédeas, ensaiando uma partida, e Roger estendeu a mão e agarrou seu estribo.

– Fique – disse ele. – Me diga que é verdade.

Buck soltou um ruído incoerente. Ao erguer os olhos lacrimejantes, Roger percebeu que Buck também tentava, sem sucesso, esconder sua emoção.

– É – respondeu Buck, a voz quase tão embargada quanto a de Roger. Enroscou as rédeas, retornou à estrada e abraçou Jem com delicadeza. – É, é verdade.

109

FROTTAGE

O dr. McEwan não era um homem casado e possuía uma cama de solteiro. A cama naquele momento acomodava quatro pessoas e, por mais que duas fossem de tamanho reduzido, a atmosfera geral se assemelhava a um metrô lotado. Calor, uma profusão de corpos para todo lado e uma distinta carência de oxigênio.

Brianna se contorceu, tentando encontrar espaço para respirar. Estava deitada de lado, as costas coladas à parede, com Mandy espremida e roncando no meio dos pais. Roger mal se equilibrava na beirada da cama, com Jemmy por cima dele, desferindo chutes espasmódicos nas canelas de Bri. Esmeralda ocupava quase todo o único travesseiro, os cabelos de lã vermelha entrando no nariz de todo mundo.

– Você conhece a palavra *frottage*? – sussurrou Bri a Roger. Ele não estava com sono. Se estivesse, àquela altura teria sido jogado no chão.

– Conheço. Por quê? Quer tentar agora?

Roger estendeu o braço com cuidado por cima de Jem e afagou o dela. Os pelinhos finos de Brianna se eriçaram. Ele viu o movimento silencioso pelo brilho tênue da lareira.

– Eu quero é parar de fazer isso com uma criança de 3 anos. Mandy desmaiou. Jem já pegou no sono? Podemos nos mexer?

– Vamos descobrir. Eu vou sufocar se não sair daqui.

Roger se desvencilhou do filho, que emitiu um murmúrio alto, mas sossegou. Ele fez um carinho no menino, aproximou-se para confirmar que ele estava dormindo pesado e endireitou o corpo.

– Tudo certo.

Eles haviam batido à porta de McEwan já no meio da noite, Brianna apoiada entre Roger e Buck, as crianças logo atrás. O médico, embora claramente surpreso com a invasão noturna dos MacKenzies, levou a situação com tranquilidade. Em seu consultório, colocou o pé de Brianna em uma bacia de água fria e pediu à senhoria que servisse um pouco de comida às crianças.

– Uma torção, e não muito ruim – garantiu a Brianna, secando seu pé com uma toalha de linho e apalpando o tornozelo inchado. Ao correr o polegar pelo tendão problemático, percebeu que ela se encolheu. – Só vai levar um tempo para melhorar, mas acho que posso aliviar a dor um pouquinho… se quiser.

Ele olhou de relance para Roger, de sobrancelha erguida, e Brianna respirou fundo.

– O tornozelo não é *dele* – acusou ela, levemente irritada. – E *eu* sem dúvida vou apreciar qualquer coisa que o senhor puder fazer.

Roger assentiu, deixando Brianna ainda mais irritada, e McEwan acomodou o pé dela em seu joelho. Ao vê-la agarrar as bordas do banquinho para se equilibrar, Roger se ajoelhou a seu lado e a abraçou.

– Pode se apoiar em mim – disse ele baixinho, junto à orelha dela. – Só respire. Veja o que acontece.

Ela encarou Roger, intrigada, mas ele se limitou a roçar os lábios na orelha dela e assentiu para McEwan.

O médico chegou a cabeça bem perto do pé de Brianna e firmou as duas mãos nele com delicadeza, tocando o peito do pé com os polegares. Fez um movimento circular, depois pressionou com firmeza. Uma pontada de dor irrompeu pelo tornozelo, mas cessou de repente, antes que ela tivesse tempo de se agoniar.

As mãos do homem estavam bem quentes junto à pele fria de Brianna, e ela questionou como isso era possível, já que estavam imersas na mesma água fria que abrigava seu pé. Seu tornozelo estava agora apoiado sobre a mão em concha do médico, que massageou bem de leve a carne macia com o polegar e o indicador, então aplicou um pouco mais de força. A sensação era meio perturbadora, algo entre prazer e dor.

De repente, McEwan olhou para cima e sorriu para ela.

– Vai levar um tempinho – murmurou ele. – Relaxe, se puder.

A bem da verdade, ela conseguia. Pela primeira vez em 24 horas, não estava com fome. Pela primeira vez em dias, não sentia frio. E, pela primeira vez em meses, não tinha medo. Ela exalou o ar e relaxou a cabeça no ombro de Roger. Ele soltou um grunhido e apertou-a com mais firmeza, acomodando-se.

Ela ouvia Mandy contando a Jem uma história confusa sobre as aventuras de Esmeralda, no quartinho dos fundos, onde a senhoria levara os dois para comer pão e tomar sopa. Com a certeza de que seus filhos estavam em segurança, Bri se entregou à glória elementar dos braços do marido e do cheiro de sua pele.

> *Mas a expressão de um homem bem feito aparece não apenas em seu rosto,*
> *Está em seus membros e articulações, está curiosamente nas articulações de*
> *seus pulsos e quadris…*

– Bri – sussurrou Roger para ela, instantes depois. – Bri… olhe.

Ela abriu os olhos e viu a curva do punho de Roger em seu busto, onde repousava, a rígida elegância do osso e a curva do antebraço musculoso. Então, o foco de seu olhar se expandiu e ela se assustou um pouco. Os dedos de seus pés emitiam um leve brilho azul, quase invisível entre eles. Ela piscou com força e olhou outra vez, para ter certeza, mas o grunhido de Roger confirmava que ele também estava vendo.

O dr. McEwan, percebendo o espanto de Brianna, ergueu os olhos e sorriu outra vez, agora com alegria. Olhou para Roger, então de volta para ela.

– Você também? – perguntou ele. – Eu imaginava.

Ele segurou o pé por um longo instante, até que Bri começou a ter a sensação de que o pulso do médico reverberava nos espacinhos entre os dedos dela. Em seguida, ele envolveu o tornozelo com cuidado em uma atadura e baixou o pé até o chão, bem devagar.

– Melhor agora?

– Sim – respondeu ela, percebendo que a voz estava um pouco áspera. – Obrigada.

Ela queria fazer perguntas, mas ele se levantou e vestiu o casaco.

– Vocês me deixarão muito contente se passarem a noite aqui – disse ele com firmeza, ainda sorrindo. – Vou pernoitar com uma amiga.

Então ele ergueu o chapéu a Roger, curvou-se em uma mesura e saiu, deixando os dois para dormirem com as crianças.

Como era de esperar, Mandy fez um escarcéu por ter que dormir em uma cama estranha, em um quarto estranho, reclamando que Esmeralda achava o consultório fedido e estava com medo do enorme guarda-roupa, pois devia haver cavalos das águas lá dentro.

– Os cavalos das águas só moram dentro d'água, boboca – retrucou Jem, embora também olhasse com certa apreensão o gigantesco armário escuro com a porta rachada.

Então todos se deitaram juntinhos na cama estreita, os pais tão aconchegados quanto os filhos, por pura força da proximidade física.

Brianna sentia o leve calor e o sopro de ar como uma mortalha em sua exaustão física, um chamado dos sentidos rumo ao poço do sono. Mas nem de perto o chamado era tão forte quanto a presença de Roger.

Está em seu andar, na postura do pescoço, no fletir da cintura e dos joelhos, que as vestes não escondem...

Ela permaneceu ali um instante, a mão nas costas de Mandy, sentindo as lentas batidas do coração de sua filha, vendo Roger abraçar Jemmy e cobri-lo com uma das mantas extras que a senhoria de McEwan trouxera com a sopa.

A forte e suave qualidade que ele tem transluz através do algodão e da flanela...

Ele havia se deitado apenas de camisa e calça, e agora parava para tirar a calça de tecido, coçando a nádega com alívio, a comprida camisa de linho, momentaneamente enrugada, revelando a curva magra de seu traseiro. Ele veio pegar Mandy, sorrindo para Bri por sobre seu corpinho.

– Vamos deixar a cama para as crianças, o que acha? Podemos improvisar um colchãozinho com as capas, se tiverem secado um pouco, mais as colchas do consultório.

Ele pegou Mandy feito uma trouxinha de roupa. Bri conseguiu se sentar e sair da cama, sentindo um delicioso sopro de ar na pele suada por sob a roupa de baixo. O tecido macio roçou de leve em seus seios, fazendo os mamilos eriçarem.

Roger devolveu as crianças à cama e Bri as cobriu, dando um beijinho no rosto de cada uma e beijando também Esmeralda antes de enfiá-la debaixo do braço de Mandy. Roger se virou para a porta aberta do consultório, olhou para trás e abriu um sorriso para Bri. Contra o brilho tênue da lareira, ela viu a sombra de seu corpo sob a camisa de linho.

Vê-lo passar comunica tanto quanto o melhor poema, talvez mais,
E te demoras a contemplar seu dorso, a parte posterior de seu pescoço e as laterais dos ombros.

– Quer vir se deitar comigo, moça? – disse ele baixinho, tocando Brianna.
– Ah, quero – respondeu ela.

O consultório estava frio, comparado à umidade do quarto. Os dois se abraçaram no mesmo instante, buscando o calor de braços e lábios. O fogo do cômodo havia se extinguido, e eles não se deram ao trabalho de reacender.

Roger a beijara no momento em que a vira no chão do forte, agarrando-a em um abraço que lhe esmagara as costelas e quase machucara seus lábios. Ela não fizera objeção. Agora, porém, Brianna sentia a maciez da tenra boca do marido e o leve roçar de sua barba por fazer.

– Rápido? – murmurou ele, junto aos lábios dela. – Devagar?
– Horizontal – respondeu ela, agarrando as nádegas de Roger. – Velocidade irrelevante.

Brianna estava equilibrada em uma perna, o pé ruim elegantemente – assim ela esperava – estendido para trás. O tratamento do dr. McEwan reduzira bastante o latejar, mas ela ainda não conseguia apoiar o peso no pé por mais do que um brevíssimo segundo.

Ele riu, com um olhar culpado para a porta do quarto, então se inclinou de repente, pegou-a no colo e cambaleou até o cabide de casacos, onde Brianna agarrou as capas penduradas e as largou no chão junto à mesa, já que era o espaço mais limpo que havia por ali. Roger se agachou, estalando alto as costas e abafando bravamente um grunhido, e a acomodou com delicadeza sobre as capas estendidas.

– Cuidado! – sussurrou ela, muito séria. – Se as suas costas travarem, o que acontece?

– Aí você vai ter que ficar por cima – respondeu ele, correndo a mão pela coxa dela e subindo sua roupa de baixo. – Mas eu não travei, então não tem problema.

Ele puxou a camisa, afastou as pernas dela e se aproximou, com um gemido incoerente de profunda satisfação.

– Espero que tenha falado sério sobre a velocidade ser irrelevante – disse Roger, ao pé da orelha dela, uns minutos depois.

– Ah, sim – comentou ela, com um abraço. – Você… apenas… fique aqui.

Ela segurou a cabeça de Roger e beijou seu pescoço. Sentiu a cicatriz e a lambeu delicadamente, com a ponta da língua, fazendo as costas e os ombros de Roger se arrepiarem.

– Está com sono? – perguntou ele, desconfiado, instantes depois.

Ela entreabriu um dos olhos. Roger havia retornado ao quarto depois de pegar uma coberta e estava ajoelhado ao lado dela, cobrindo-a. A colcha cheirava a mofo, com um leve odor de rato, mas Bri não se incomodou.

– Não. Só meio mole – respondeu ela.

E se virou de barriga para cima, sentindo-se muitíssimo bem, apesar do chão duro, do tornozelo torcido e da recente conclusão de que o dr. McEwan devia realizar as amputações ali na mesa. Havia uma mancha escura pouco acima de sua cabeça.

Ela estendeu a mão para Roger, chamando-o para a cama improvisada.

– E você?

– Não estou com sono – garantiu ele, deslizando para debaixo da coberta. – E longe de estar "meio mole".

Ela riu baixinho, com uma olhadela para a porta, rolou o corpo e apoiou a cabeça no peito dele.

– Achei que tinha perdido você – sussurrou ela.

– Eu também – disse ele baixinho, afagando seus longos cabelos e suas costas.

Os dois permaneceram em silêncio por um tempo, ouvindo a respiração um do outro – a dele parecia mais suave, pensou ela, sem o leve chiado.

– O que aconteceu com vocês nesse meio-tempo? – indagou ele, por fim.

Ela contou, da forma mais desapaixonada possível. Achou que ele fosse se emocionar o suficiente pelos dois.

Roger não podia gritar nem xingar, por conta das crianças adormecidas. Ela sentia a raiva dentro dele. Ele estava trêmulo, de punhos cerrados.

– Eu vou matar aquele desgraçado! – exclamou Roger, elevando um pouco o sussurro, então encarou Bri, revelando o negrume de olhos cruéis e sombrios.

– Está tudo bem – disse Brianna. Ela se sentou e pegou as mãos dele; ergueu uma aos lábios, depois a outra. – Está tudo bem. Estamos bem, todos nós. E estamos aqui.

Ele desviou o olhar, respirou fundo e a encarou outra vez, segurando as mãos dela com firmeza.

– Aqui – repetiu ele, com a voz fria, ainda áspera de fúria. – Em 1739. Se eu...

– Você precisou – retrucou ela com firmeza, apertando a mão dele. Além disso, eu meio que achei que não fôssemos ficar. A não ser que tenha começado a gostar muito de alguns habitantes.

Uma gama de expressões cruzou o rosto de Roger, entre raiva, arrependimento, aceitação relutante... e um rumor mais relutante ainda, enquanto se recompunha. Ele pigarreou.

– É, muito bem – soltou ele, em um tom seco. – Hector McEwan, com certeza. Mas também há várias outras pessoas... Geillis Duncan, para começar.

Ao ouvir aquele nome, Bri sentiu um breve arrepio.

– Geillis Duncan? Bom... Sim, eu imagino que ela *esteja* por aqui nesse momento, não é? Você... a conheceu?

Uma expressão extraordinária cruzou o rosto de Roger.

– Conheci – respondeu ele, evitando o olhar indagativo de Brianna. Virou-se e apontou para a janela do consultório, que dava para a praça. – Ela mora logo ali na frente.

– Sério?

Brianna se levantou, tapando o seio com a colcha, mas esqueceu o pé ruim e cambaleou. Roger deu um pinote e puxou o braço dela.

– É melhor *não* encontrá-la – disse, muito enfático. – Sente-se, sim? Você vai cair.

Brianna o encarou, mas permitiu que a levasse de volta e cobrisse seus ombros. *Estava* muito frio no consultório, agora que o calor de seus esforços havia perdido a intensidade.

– Muito bem – comentou ela, e balançou o cabelo para cobrir as orelhas e o pescoço. – Por que é melhor eu não encontrar Geillis Duncan?

Para sua surpresa, Roger enrubesceu, mesmo no escuro do consultório. Roger não tinha pele nem temperamento para corar com facilidade, mas, quando descreveu o que tinha acontecido com Buck, o dr. McEwan e Geillis, ela entendeu.

– Minha nossa! – exclamou ela, olhando pela janela. – Então, quando o dr. McEwan falou que ia pernoitar com uma amiga...

Buck também saíra, avisando que arrumaria lugar para dormir na hospedaria da High Street e os encontraria de manhã. Era provável que tivesse conseguido, mas...

– Ela *é* casada – disse Roger, apenas. – É presumível que o marido fosse perceber se ela andasse convidando homens para pernoitar.

– Ah, disso eu não sei – respondeu ela, meio provocante. – Ela é herborista, lembra? Mamãe faz um excelente sonífero. Imagino que Geillis também.

O rubor voltou a invadir o rosto de Roger, e ela soube com clareza que ele estava visualizando Geillis Duncan promovendo alguma desgraça com um ou outro de seus amantes, deitada ao lado do marido a roncar.

– Meu Deus – murmurou ele.

– Você… Você lembra o que vai *acontecer* com o pobre marido dela, não lembra? – indagou Bri, com delicadeza.

A cor se esvaiu no mesmo instante do rosto de Roger, e Bri soube que ele não lembrava.

– Esse é um dos motivos pelos quais não podemos ficar aqui – disse ela, delicada porém firme. – Sabemos coisas demais. E nós *não* sabemos o que pode acontecer se tentarmos interferir, mas aposto que é perigoso.

– Sim, mas… – começou ele, porém se calou ao ver o olhar dela. – Lallybroch. É por isso que não quer ir para lá?

Ele havia tentado descer a encosta com ela, até a casa, quando a resgatara do forte. Brianna insistira para que, em vez disso, fossem pedir ajuda no vilarejo, por mais que isso significasse uma viagem de três horas, dolorosa e desconfortável.

Ela assentiu e sentiu um pequeno nó se formar em sua garganta, que permaneceu enquanto contava a Roger sobre o encontro com Brian no cemitério.

– Não é *só* o medo que eu sinto quanto ao que pode acarretar esse encontro… – disse ela, e o nó na garganta se dissolveu em lágrimas. – Foi… Ah, Roger, o olhar dele quando me viu e pensou que eu fosse Ellen! Ele… Ele vai morrer daqui a um ano ou dois. Aquele homem tão belo, tão doce… e não tem na-nada que a gente possa fazer para impedir. – Ela engoliu em seco e enxugou os olhos. – Ele… acha que viu a mulher e o filho, e que os dois estão es-esperando por ele. Ah, meu Deus, a *alegria* no rosto dele. Eu não podia ter tirado isso dele, simplesmente não podia.

Ele a abraçou e esfregou suas costas com delicadeza, enquanto Bri soluçava.

– Não, claro que não – sussurrou Roger. – Não se preocupe, Bri. Você fez bem.

Ela fungou e tateou as capas, buscando um ponto onde assoar o nariz, mas por fim se contentou com um pedaço de pano manchado sobre a mesa do dr. McEwan. Tinha o cheiro penetrante de algum medicamento, graças a Deus, não de sangue.

– Mas tem o papai também – disse ela, respirando fundo, meio trêmula. – O que vai acontecer com ele… as cicatrizes nas costas dele… Eu não consigo ficar pensando nisso e não poder fazer nada.

– Mas não podemos – retrucou Roger baixinho. – Não podemos ousar. Só Deus sabe o que eu já posso ter causado, ao encontrar Jerry e mandá-lo… seja lá para onde ele foi.

Ele pegou o pedaço de pano, enfiou no balde d'água e limpou o rosto dela. O frescor aliviou as bochechas quentes de Bri, mas lhe trouxe um arrepio.

– Venha se deitar – disse ele, abraçando-a. – Você precisa de descanso, *mo chridhe*. O dia não foi bom.

– Foi, sim – murmurou ela, relaxando e deitando a cabeça na curva de seu ombro, sentindo a força e o calor do corpo de Roger. – Foi um dia maravilhoso. Eu ganhei você de volta.

110

OS SONS QUE FORMAM O SILÊNCIO

Roger sentiu que ela começava a relaxar. Aos poucos, Brianna se entregou e caiu no sono, como se tivesse inalado éter. Ele a abraçou e escutou os diminutos sons que formavam o silêncio: o distante crepitar do fogo no quarto, o vento frio batendo na janela, a respiração e os sussurros das crianças adormecidas, as lentas batidas do valente coração de sua esposa.

Obrigado, disse ele a Deus, em silêncio.

Ele esperava dormir de imediato. O cansaço o dominava feito um cobertor de chumbo. Mas o dia ainda estava presente, e ele ficou um tempo deitado, tendo a escuridão como companhia.

Estava em paz, e cansado demais para pensar com coerência em qualquer coisa. Todas as possibilidades pairavam ao seu redor, em um remoinho lento e distante, longínquas demais para incomodar. Aonde eles poderiam ir… e como. O que Buck teria dito a Dougal MacKenzie. O que Bri havia trazido na bolsa, pesada feito chumbo. Se haveria mingau para o café da manhã… Mandy gostava de mingau.

Ao pensar em Mandy, Roger deixou as cobertas e foi dar uma olhada nas crianças. Confirmar se os dois estavam mesmo ali.

Estavam, e ele permaneceu um bom tempo junto à cama, olhando para aqueles rostinhos com uma gratidão silenciosa, respirando seu cheirinho infantil – ainda com um leve odor de bode.

Por fim, trêmulo, retornou ao corpo cálido de sua esposa e à atraente glória do sono. Assim que pisou no consultório, olhou pela janela e viu a noite lá fora.

Cranesmuir dormia. Uma névoa pairava nas ruas, e as pedras úmidas do pavimento refletiam o brilho tênue da meia-lua. Do lado oposto da praça, porém, uma luz cintilava pela janela do sótão da casa de Arthur Duncan.

Sob a sombra da praça mais abaixo, um breve movimento denunciou a presença de um homem. À espreita.

Roger fechou os olhos, sentindo um frio subir pelo corpo inteiro frente ao súbito vislumbre de uma mulher de olhos verdes, lânguida, nos braços de seu amante louro… e o olhar de surpresa e horror em seu rosto, quando o homem desapareceu. E um brilho azul invisível surgiu em seu ventre.

Com os olhos bem fechados, Roger pousou a mão no frio batente da janela e entoou uma prece, suficiente para aquele momento.

PARTE VII

Antes que eu me vá

111

UM DISTANTE MASSACRE

5 de setembro de 1778

Eu dobrei o tecido em um quadradinho, usei a pinça para mergulhá-lo no caldeirão fumegante e o balancei com delicadeza, até que a compressa esfriasse o suficiente para que eu pudesse espremê-la e usá-la. Joanie suspirou, remexendo-se no banquinho.

– Não esfregue o olho – adverti, vendo a menina dobrar o dedinho e fazer menção de enfiá-lo no enorme terçol rosado em sua pálpebra direita. – Não se irrite. Não vai demorar.

– Demora, sim – retrucou ela, atravessada. – Demora uma *eternidade*!

– Não responda à sua avó – repreendeu Marsali, no meio do caminho entre a cozinha e a gráfica, segurando um rolinho de queijo para Fergus. – Comporte-se e agradeça.

Joanie resmungou, contorceu-se e mostrou a língua para a mãe, que se afastava, mas a recolheu, bastante acanhada, ao deparar com minha sobrancelha erguida.

– Eu sei – falei, com certa empatia. Segurar uma compressa morna em um terçol por dez minutos de fato parecia uma eternidade. Ainda mais com seis repetições diárias, pelos últimos dois dias. – Talvez você possa pensar em alguma coisa para passar o tempo. Quer me recitar a tabuada enquanto eu moo raiz de valeriana?

– Ah, *vovó*! – exclamou ela, exasperada, e eu ri.

– Aqui – falei, entregando a ela o cataplasma quente. – Você conhece alguma música boa?

Ela soltou o ar, mal-humorada, alargando as narinas.

– Eu queria que o vovô estivesse aqui. *Ele* ia me contar uma história.

O tom de acusação comparativa era bem claro em sua voz.

– Soletre "hordéolo" para mim, que eu conto a história da esposa do cavalo das águas – sugeri.

Ela abriu o olho bom, interessada.

– O que é hordéolo?

– É o nome científico do terçol.

– Ah.

A menina pareceu pouco impressionada, mas franziu de leve a testa em concentração. Pude ver seus lábios se mexendo para formar as sílabas. Tanto Joanie quanto Félicité eram boas em soletração; as duas brincavam com tipos de chumbo descartados desde a primeira infância e adoravam se desafiar com novas palavras.

Era uma ideia. Talvez eu conseguisse fazê-la soletrar palavras incomuns para mim durante os tratamentos com a compressa. O terçol era grande e feio. No início a pálpebra estava toda vermelha e inchada, revelando apenas uma nesga de olho brilhosa e infeliz. Agora o terçol havia encolhido ao tamanho de uma ervilha, e pelo menos três quartos do olho já eram visíveis.

– H – disse ela, olhando-me para conferir, e eu fiz que sim. – O, R, D…

Assenti outra vez e vi os lábios dela se moverem em silêncio.

– Hor-dé-o-lo – repeti, para ajudar, e ela assentiu, mais confiante.

– E, acento agudo no E, O, L, O!

– Excelente! – falei, abrindo um sorriso para ela. – E… hepatite?

– O que é isso?

– Infecção viral no fígado. Sabe onde fica o fígado?

Estava vasculhando o baú de remédios, mas percebi que estava sem bálsamo de aloé. *Tenho que visitar o jardim de Bartram amanhã*, pensei, *se o tempo permitir*. Estava praticamente sem nada, por causa da batalha. Ao pensar nisso, fui invadida pela pequena e costumeira pontada na lateral do corpo, mas a rejeitei com firmeza. Passaria, assim como os pensamentos.

Marsali surgiu de repente junto à porta da cozinha, enquanto Joanie soletrava "acantocitose", e eu ergui os olhos de minha moagem. Ela segurava uma carta e parecia preocupada.

– É o índio que chamam de Joseph Brant que o Jovem Ian conhece? – perguntou ela.

– Acho que ele conhece vários outros – respondi, baixando o pilão. – Mas eu já o ouvi mencionar Joseph Brant, sim. Tem um nome mohawk que começa com T, eu acho, mas é o máximo que consigo dizer. Por quê?

Senti um leve mal-estar ao ouvir aquele nome. A esposa mohawk de Ian, Emily, estava vivendo em um assentamento em Nova York fundado por Brant. Ian mencionara isso, muito brevemente, depois que a tinha visitado.

Ele não havia revelado o propósito da visita, e Jamie e eu não perguntamos, mas presumi que tivesse algo a ver com seu medo de não poder ser pai biológico, visto que todos os seus filhos com Emily não tinham vingado. Ele me questionara a respeito, e eu respondi o que pude, sugerindo que talvez ele pudesse gerar filhos com outra mulher.

Ofereci uma breve oração em prol das chances de Rachel e retornei abruptamente ao que Marsali dizia.

– Eles fizeram *o quê*?

– Este cavalheiro aqui – disse ela, batendo na carta – falou que Brant e seus homens caíram em um lugarejo chamado Andrustown. Há somente sete famílias morando lá. – Ela pressionou os lábios com força e encarou Joanie, que escutava a conversa atentamente. – Eles saquearam e incendiaram o local e massac… ahn… finalizaram uma boa parte da população.

– Que palavra é essa, mamãe? – indagou Joanie, em tom vívido. – A que se parece com "finalizaram"?

685

– Massacraram – respondi, poupando o constrangimento de sua mãe. – Significa matar de maneira brutal e indiscriminada. Aqui.

Entreguei a ela a compressa fresca, que ela aplicou no olho sem protesto, o cenho franzido, pensativa.

– É diferente de só matar alguém?

– Bom, isso depende. Você pode matar alguém sem querer, por exemplo, e não seria um massacre, embora certamente fosse uma pena. Você pode matar alguém que está tentando matar você, aí seria legítima defesa.

– Rachel diz que não devemos fazer isso – observou Joanie, mas apenas como um detalhe. – E se a pessoa estiver com um exército e tiver que matar os soldados inimigos?

Marsali soltou um ruído escocês de reprovação.

– Quando um homem serve ao Exército – respondeu ela baixinho –, seu trabalho é matar. Bem… pelo menos seu principal trabalho é esse – acrescentou, com a sobrancelha erguida para mim –, a fim de proteger sua família e propriedade. Então é meio que uma legítima defesa, não é?

Joanie olhou para a mãe, depois para mim, ainda de cenho franzido.

– Eu sei o que é bru-tal – disse ela. – É ser malvado quando não precisa. Mas o que é in-dis-cri-mi-na-da? – indagou ela, com cuidado, como se quisesse soletrar.

– Sem fazer distinção – respondi, dando de ombros. – Significa que você faz algo sem prestar muita atenção em quem está atingindo e provavelmente sem muitos motivos para atingir aquela pessoa em especial.

– Então o amigo índio do primo Ian não tinha motivos para queimar aquele lugar e matar as pessoas?

Marsali e eu nos entreolhamos.

– Não sabemos disso – respondeu Marsali. – Mas, seja lá qual tenha sido a intenção dele, não foi coisa boa. Pois bem, acabou. Vá buscar Félicité e comecem a encher a banheira.

Ela pegou a compressa de Joanie e a dispensou. Ficou olhando a filha sair pela porta dos fundos, então se virou para mim e me entregou a carta.

Era de um tal sr. Johansen, aparentemente um dos correspondentes regulares de Fergus, e o conteúdo era tal qual Marsali tinha dito, além de uns detalhes sórdidos não mencionados na frente de Joanie. O relato era bastante direto, com os mínimos floreios próprios do século XVIII, e ainda mais horripilante. Segundo Johansen, alguns moradores de Andrustown haviam sido escalpelados.

Quando ergui os olhos da carta, Marsali assentiu.

– Pois é – disse ela. – Fergus está querendo publicar o relato, mas eu não tenho tanta certeza. Por causa do Jovem Ian, sabe?

– Por causa do Jovem Ian, o quê? – indagou uma vozinha escocesa vinda da porta da gráfica, ao que Jenny adentrou, com uma cesta de compras no braço.

Ela levou o olhar à carta que eu tinha na mão e ergueu as sobrancelhas escuras e astutas.

– Ele contou muita coisa sobre ela? – perguntou Marsali, depois de explicar os detalhes da carta a Jenny. – A moça índia com quem se casou?

Jenny balançou a cabeça, começando a tirar coisas da cesta.

– Nenhuma palavra, exceto por ter mandado Jamie dizer que não nos esqueceria.

Uma sombra cruzou o rosto dela diante daquela lembrança, e eu pensei por um instante como deveria ter sido, para ela e Ian, receber o relato de Jamie sobre as circunstâncias nas quais Ian se tornara mohawk. Eu sabia que ele tinha escrito aquela carta com muita agonia e duvidava que a leitura tivesse sido menos aflitiva.

Ela largou uma maçã e estendeu o braço para pegar a carta.

– Você acha que ele ainda tem sentimentos por ela? – perguntou Jenny após ler a carta.

– Acho que sim – respondi, com relutância. – Nada parecido com o que sente por Rachel, sem dúvida.

Mas eu me lembrava dele, parado comigo à meia-lua junto à artilharia do Fort Ticonderoga, quando me contou sobre seus filhos… e sobre Emily.

– Ele sente culpa em relação a ela, não sente? – indagou Jenny, encarando-me com sagacidade.

Lancei um olhar para ela, mas assenti. Ela contraiu os lábios, mas entregou a carta de volta a Marsali.

– Bom, não sabemos se a mulher dele tem algo a ver com esse Brant ou com as ações dele, e não foi ela a massacrada. Eu acho que deveríamos deixar Fergus imprimir, mas mostre a carta a Jamie e deixe que ele converse a respeito com Ian. Ele vai escutar. – Sua expressão se iluminou um pouco, então, e um leve sorriso brotou. – Ian tem uma boa esposa, e acho que Rachel vai mantê-lo em casa.

A correspondência era entregue na gráfica durante o dia   e não raro à noite – por todo tipo de mensageiros. A Filadélfia se orgulhava de ter o melhor serviço postal das colônias, tendo sido estabelecido por Benjamin Franklin apenas três anos antes. A cavalo, os carteiros cruzavam regularmente a rota entre Nova York e Filadélfia, além de mais de trinta outros roteiros por entre as colônias.

Contudo, dada a natureza dos negócios de Fergus e a natureza dos tempos, quase o mesmo número de correspondências chegava por meio das rotas mais antigas: pelas mãos de viajantes, mercadores, índios e soldados, enfiadas por debaixo da porta na calada da noite. Ou entregues a um familiar encontrado na rua. Durante a ocupação britânica da cidade, foi esse tipo de troca que me impelira a casar com John Grey, de modo a evitar a prisão por motim e espionagem.

A carta do próprio John, contudo, chegou tranquilamente na bolsa de um carteiro, devidamente carimbada e selada com uma gota de cera amarela, prensada com seu anel de sinete no formato de uma sorridente meia-lua.

De lorde John Grey, Casa Wilbury, Nova York
Para a sra. James Fraser, Gráfica Fraser, Filadélfia

Minha querida,

Estou com meu irmão e seu regimento em Nova York, e é provável que permaneça aqui por algum tempo. Assim, pensei em mencionar que o arrendamento de minha casa na Chestnut Street valerá até o fim do ano. Como muito me aflige a ideia de deixá-la vazia para ser vandalizada ou arruinada, ocorreu-me a ideia de oferecê-la a você mais uma vez.

Não como domicílio, esclareço logo (para o caso de seu marido intransigente estar lendo isso), mas como consultório. Como conheço bem seu peculiar hábito de atrair pessoas doentes, deformadas ou gravemente feridas, e também conhecendo muito bem o número de atuais moradores do estabelecimento gráfico do jovem sr. Fraser, acredito que suas aventuras médicas estarão mais bem acomodadas na Chestnut Street do que entre um maquinário de imprensa e uma imensa pilha de Bíblias encadernadas.

Como não espero que gaste seu valioso tempo com trabalhos domésticos, organizei com a sra. Figg e uma criada de sua escolha que fiquem trabalhando durante o tempo que necessitar, sendo pagas por mim. Você me fará um grande favor, minha querida, ao aceitar essa proposta, visto que me tranquilizará a mente em relação à propriedade. E imaginá-la administrando com profissionalismo um enema ao general Arnold será um imenso alívio ao tédio de minha atual situação.

Seu mais obediente servo, John

– Por que está rindo, mãe Claire? – perguntou Marsali, observando-me com a carta na mão e abrindo um sorriso provocante. – Alguém lhe enviou um *billet-doux*?

– Ah, algo parecido – respondi, dobrando o papel. – Por acaso você sabe onde Jamie está?

Ela fechou um olho, para pensar melhor, mantendo o outro cravado em Henri--Christian, que pintava de preto as melhores botas do pai – e lambuzava a si mesmo no processo.

– Ele disse que tinha ido com o Jovem Ian visitar um homem para tratar de um cavalo, depois iria à docas.

– Às docas? – repeti, surpresa. – Ele falou por quê?

Ela balançou a cabeça.

– Mas posso imaginar. Já está bom, Henri! *A Dhia*, olhe só o seu estado! Peça a uma de suas irmãs que lave suas mãos, sim?

Henri olhou para as próprias mãos, impressionado por encontrá-las completamente pretas.

– *Oui, mamán* – disse ele, e adentrou a cozinha, esfregando alegremente as mãozinhas nas calças e gritando a plenos pulmões: – Félicité! Venha me lavar!

– Por quê? – perguntei, aproximando-me e baixando a voz de leve, pois obviamente ela havia se livrado de Henri-Christian com base na máxima de que os pequeninos têm os ouvidos apurados.

– Ele andou falando com Fergus sobre a possibilidade de irmos com vocês, quando voltarem para a Carolina do Norte. Meu palpite é que ele foi tentar descobrir quanto custa fazer uma mudança *completa* de navio – revelou ela, fazendo um gesto que abrangia tudo, da prensa ao sótão.

– Humm – murmurei, tentando soar displicente, embora o meu coração tivesse dado um pinote, tanto pela ideia da partida iminente para a Cordilheira quanto pela de que Fergus e Marsali pudessem ir conosco. – Você… quer? – indaguei, com cautela, vendo a linha entre suas sobrancelhas.

Ela ainda era uma mulher muito bonita, de feições delicadas, mas estava magra demais, com linhas de tensão acentuando seu rosto.

Marsali balançou a cabeça, exibindo mais indecisão do que negação.

– Eu não sei, de verdade – admitiu. – É um pouco mais fácil agora que os britânicos foram embora… mas eles não estão tão longe, estão? Poderiam voltar. E aí?

Ela olhou para trás, incomodada, embora a gráfica estivesse vazia naquele momento. Durante os últimos meses da ocupação britânica, Fergus tivera que sair de casa e se esconder nas cercanias da cidade.

Abri a boca para dizer que duvidava. Hal Grey tinha me dito, sob influência da maconha, que a nova estratégia britânica era separar as colônias do Sul das do Norte, reprimir a rebelião por lá e privar o Norte de alimentos até sua rendição. Mas não falei nada. Era melhor não mencionar isso até descobrir se Jamie havia contado a Fergus.

Por que eu não sei o que está por vir, maldição?, perguntei a mim mesma, frustrada, não pela primeira vez. Por que eu não havia pensado em aprimorar meus conhecimentos sobre a história norte-americana, quando tive chance?

Ora, porque eu não esperava terminar na América, simples assim. Não fazia sentido passar muito tempo planejando, de todo modo, dada a tendência da vida de nos surpreender sem o menor aviso.

– Seria maravilhoso se viessem – comentei, no tom mais suave possível. – Seria ótimo ter as crianças por perto – acrescentei, muito astuta.

Marsali bufou, com uma olhadela de esguelha para mim.

– É – disse ela, secamente. – Não pense que não aprecio o valor de uma vovó. E, quando for embora, a vovó Janet vai também.

– Você acha? – Eu não havia pensado nisso. – Jenny ama você e as crianças... Ela considera Fergus um filho.

– Bom, pode até ser verdade – admitiu Marsali, com um breve sorriso que me revelava a radiante moça de 15 anos que havia se casado com Fergus em uma praia caribenha, pouco mais de uma década antes. – Mas o Jovem Ian é o mais moço, sabe? E ela o aproveitou muito pouco. Agora ele está casado, e ela vai querer estar por perto, ajudar com as crianças que virão. E você sabe que Rachel vai aonde Ian for... e Ian vai aonde papai for.

Uma conclusão muito astuta, pensei, e acenei com a cabeça, em respeito e concordância.

Ela suspirou fundo, sentou-se em sua poltrona de amamentação e pegou o primeiro item da cestinha de costura, a agulha com linha ainda despontando da roupa onde havia deixado. Eu não tinha o menor desejo de abandonar a conversa, então puxei um banquinho, sentei-me a seu lado e peguei da cesta uma das meias de Germain. A cestinha, com um estojo de agulha e linha, novelos de lã e um ovo de costura, estava acomodada junto aos itens aguardando conserto, e eu habilmente passei o fio em uma agulha, satisfeita por ainda conseguir fazer isso sem precisar dos óculos.

– E Fergus? – perguntei, sem rodeios. Visto que Fergus era claramente o cerne da questão no que dizia respeito a Marsali.

– Pois é, esse é o problema – respondeu ela, com franqueza. – Eu iria, e muito feliz, mas você sabe como foi para ele quando ficamos na Cordilheira.

Eu sabia. Fiz uma leve careta, esticando o calcanhar da meia por sobre o ovo de costura.

– A cidade estava perigosa no ano passado – disse ela, engolindo em seco ao rememorar os acontecimentos. – Não sei nem quantas vezes os soldados tentaram prendê-lo. Destruíram a loja mais de uma vez, quando não conseguiram encontrá-lo. E às vezes os legalistas vinham e pichavam o muro da frente. Mas o perigo não o preocupava... desde que eu e as crianças não sofrêssemos ameaça.

– Às vezes, mesmo quando isso acontecia – murmurei. – E não estou falando só de Fergus. Malditos homens.

Marsali soltou uma fungada, achando graça.

– Pois é. A questão é... ele *é* homem, não é? Precisa sentir que tem alguma valia. Precisa ser capaz de cuidar de nós, e isso ele pode fazer aqui, e muito bem. Eu não consigo imaginar que ele possa arrumar um meio de vida decente nas montanhas.

– Verdade – admiti, com relutância.

Estava um dia quente, e a cozinha se encontrava abafada, com o caldeirão fervendo lentamente sobre a lareira. Com ou sem moscas – e havia um número obsceno de moscas na Filadélfia –, eu me levantei para abrir a porta dos fundos. Não estava muito mais fresco do lado de fora, mas pelo menos o fogo debaixo da grande tina de lavar roupas ainda não havia sido aceso. As meninas ainda iam e vinham do poço com os baldes cheios.

Henri-Christian não estava em nenhum lugar à vista, mas provavelmente havia sido lavado. Um pedaço de pano sujo jazia amarfanhado junto à soleira da porta. Eu me agachei para apanhá-lo e vi um pedaço de papel dobrado caído no degrau. Não guardava nenhuma instrução, mas parecia intencional, então eu o peguei e levei para dentro da casa.

– Mesmo que não seja para a Cordilheira – continuou Marsali, sem esperar que eu me sentasse –, sair daqui talvez seja uma boa ideia. Deve haver lugares no sul que precisem de impressor, ainda que não sejam tão grandes quanto a Filadélfia.

– Bom, tem Charleston e Savannah – falei, meio hesitante. – São tão quentes e horripilantes no verão quanto a Filadélfia, mas acho que o inverno lá é mais brando.

Ela me olhou de esguelha por sobre a roupa de baixo que estava cerzindo, então a deitou no colo, como se acabasse de se decidir.

– Não é o clima que me preocupa – retrucou ela baixinho.

Ela se inclinou, tateou por sob a pilha de camisas e meias e emergiu com um punhado de bilhetes sujos e cartas velhas. Segurando com cuidado, como se os papéis estivessem infectados, ela os depositou em meu joelho.

– Qualquer impressor hoje em dia recebe essas coisas por debaixo da porta – disse ela, observando meu rosto enquanto eu lia os primeiros. – Ainda mais quem se posiciona. Passamos o maior tempo possível sem nos posicionar, mas depois de um período precisamos escolher um lado.

Ela falava com tanta simplicidade e aceitação que meus olhos lacrimejaram. Ainda mais pelo conteúdo dos bilhetes – pois não estavam assinados e vinham em uma variedade de caligrafias diferentes, embora alguns visivelmente tivessem sido escritos pela mesma pessoa –, que deixavam bem claro qual devia ser o preço por prestar apoio aos rebeldes.

– Foi pior, eu acho – prosseguiu ela, recolhendo e organizando os bilhetes –, quando os britânicos estavam aqui. Eu pensei que fosse parar depois que eles saíssem, mas não parou.

– Não imagino que todos os legalistas tenham saído com eles – respondi, respirando fundo para me controlar. Sentia como se tivesse levado um soco no estômago.

– Só os mais ricos – disse Marsali, com cinismo. – Os que acharam que seriam arrancados de casa, espancados e roubados sem a proteção do Exército. Mas isso não quer dizer que os pobres não tenham as mesmas opiniões.

– Por que você guarda tudo isso? – perguntei, estendendo os bilhetes com os dedos em pinça e devolvendo a ela. – Eu jogaria tudo no fogo na mesma hora.

– No começo, foi o que fiz – respondeu ela, retornando com cuidado aquele maço de maldade ao fundo da cesta. – Mas descobri que era incapaz de esquecer o conteúdo. As palavras voltam à noite para assombrar o meu sono.

Ela ajeitou o corpo, deu de ombros e tornou a pegar a agulha.

– Eu contei a Fergus, e ele disse que o melhor a fazer era guardar os bilhetes e lê-los várias vezes por dia, um depois do outro. Ler as ameaças em voz alta. – Um sorrisinho triste tocou seus lábios. – Então fazíamos isso, depois de colocarmos as crianças na cama... nós nos sentávamos junto ao fogo e líamos um para o outro. Ele ridicularizava os bilhetes, criticando os erros gramaticais e a falta de estilo, fazendo comparações, e classificávamos os melhores e os piores... depois guardávamos e íamos dormir, um nos braços do outro.

Ela pousou a mão com delicadeza na pilha de roupas a remendar, como se fosse o ombro de Fergus, e eu sorri.

– Bom – falei, então soltei um pigarro e exibi o bilhete que estava na frente da casa. – Não sei dizer se este aqui é mais um para a sua coleção... mas encontrei na porta dos fundos, agorinha mesmo.

Ela pegou o papel, com a sobrancelha erguida, e examinou, virando-o de um lado para outro.

– Está mais limpo do que de costume – observou ela. – Um papel de algodão decente também. Talvez seja só um...

Ela abriu e começou a ler, e a voz dela começou a sumir. Eu percebi que o conteúdo era breve. Em segundos, ela empalideceu por completo.

– Marsali.

Estendi a mão para tocá-la, ao que ela empurrou o bilhete para mim e se levantou rapidamente.

Voa, voa, joaninha, dizia o bilhete, *para longe da casinha. Sua casa pegou fogo e seus filhos já se foram.*

– Henri-Christian! – gritou Marsali, em tom firme e premente. – Meninas! Onde está o seu irmão?

112

ASSOMBRAÇÃO DIURNA

Encontrei Henri-Christian no primeiro lugar onde procurei: no meio da rua, brincando com as duas menininhas Phillips menores. Os Phillips tinham dez filhos, e até Henri-Christian conseguia se enfiar dentro da casa sem chamar muita atenção.

Alguns pais evitavam que seus filhos se aproximassem de Henri-Christian – por medo de que o nanismo fosse contagioso, eu imaginava, ou devido à crendice popular de que sua aparência era resultado de sua mãe ter fornicado com o diabo. Eu já tinha ouvido essa justificativa, embora toda a vizinhança tivesse a sabedoria de não mencioná-la perto de Jamie, Fergus, Ian ou Germain.

Os Phillips, no entanto, eram judeus e aparentemente sentiam certa afinidade com as criaturas apartadas por conta de suas diferenças. Henri-Christian era sempre bem-vindo à casa deles. A empregada da casa apenas assentiu quando perguntei se uma das crianças mais velhas poderia acompanhá-lo no trajeto para casa, mais tarde, então retornou às roupas sujas. Em toda a Filadélfia era dia de lavar roupa, e a atmosfera úmida era intensificada pela profusão de bacias de lavar nas vizinhanças, todas fumegantes, exalando os vapores de bicarbonato de sódio.

Mais do que depressa, retornei à gráfica para informar a Marsali onde estava Henri-Christian. Depois de apaziguar seus nervos, ajeitei meu chapéu de aba larga e anunciei minha intenção de ir comprar um peixe para o jantar. Marsali e Jenny, armadas respectivamente de um garfo de lavar e uma imensa raquete de mexer roupas, me olharam com suspeição. As duas sabiam muito bem quanto eu odiava lavar roupa, mas não se manifestaram.

Naturalmente, eu havia sido poupada das tarefas de casa durante a minha convalescença. Para ser honesta, ainda não estava apta ao trabalho de levar roupas quentes e ensopadas de um lado para outro. Eu poderia ter dado conta de pendurar a roupa limpa, talvez, mas tranquilizei a consciência com base em 1) peixe era um jantar fácil no dia de lavar roupa, 2) eu precisava fazer caminhadas regulares, para recuperar a força, e 3) queria conversar com Jamie a sós.

A carta anônima havia me perturbado quase tanto quanto perturbara Marsali. Não era como as outras ameaças que ela tinha me mostrado: as outras eram todas especificamente políticas e, por mais que algumas fossem endereçadas a Marsali (pois ela tocara o jornal sozinha durante o exílio de Fergus), eram da variedade mais comum, com xingamentos de "vadia rebelde". Eu ouvira xingamentos similares – como "puta legalista!" e seus equivalentes em alemão e iídiche – com frequência nas partes mais rudes da Filadélfia.

Aquele bilhete era diferente. Guardava o sopro de uma malícia inteligente e refinada. Senti com tanta força a súbita presença de Jack Randall em meu ombro que parei abruptamente e dei um rodopio.

A rua estava cheia, mas não havia ninguém atrás de mim. Nenhum casaca-vermelha à vista, embora houvesse oficiais continentais aqui e ali, vestidos de azul e amarelo.

– Saia para lá, capitão – falei baixinho.

Não tão baixinho assim: recebi uma olhada de esguelha de uma mulherzinha redonda que vendia pretzels. Ela olhou para trás, para ver a quem eu me dirigia, então se voltou para mim, com o olhar preocupado.

– Tudo bem, madame? – disse ela, com um forte sotaque alemão.

– Tudo – respondi, envergonhada. – Sim, está tudo bem. Obrigada.

– Leve isso – pediu a mulher, com delicadeza, entregando-me um pretzel. – A senhora deve estar com fome. – Então, dispensando minha desajeitada tentativa de pagar pelo pão, a mulher foi descendo a rua, rebolando os largos quadris e abanando um punhado de pretzels. – *Brezeln! Heiße Brezeln!*

Sentindo uma súbita tontura, eu me apoiei na parede de um prédio, fechei os olhos e mordi o pretzel. Estava macio, fresquinho e salgado, e descobri que a mulher tinha razão. Eu *estava* com fome. Morrendo de fome, na verdade.

O pretzel invadiu meu estômago e minha corrente sanguínea, transmitindo uma instantânea sensação de estabilidade e bem-estar. O pânico momentâneo que eu senti evaporou tão depressa que quase acreditei que não havia acontecido. Quase.

Já fazia um tempo que *não* acontecia. Eu engoli a última mordida do pretzel, conferi meu pulso, firme e forte, e parti outra vez na direção do rio.

Eu caminhava devagar. Era o meio da tarde, e qualquer esforço mais intenso me deixaria suada e provavelmente tonta outra vez. Eu devia ter saído com a minha bengala, mas fora precipitada na decisão de não a trazer comigo. Eu odiava me sentir enferma.

Mais ainda, eu odiava sentir... *aquilo*. A súbita ameaça, um medo irracional... *Flashback*, como chamavam os militares de minha época. Isso, no entanto, não me acontecia desde Saratoga, e eu quase havia esquecido. Quase.

Tinha explicação, claro: eu havia levado um tiro, estivera à beira da morte e ainda estava fisicamente fraca. Da última vez, eu estava no escuro, na floresta junto a um campo de batalha, sozinha, rodeada de homens violentos. Não era de espantar que tivesse acontecido. A situação era muitíssimo próxima de meu rapto e agressão...

– Estupro – falei, em voz alta, com firmeza, para extrema consternação de dois cavalheiros que passavam a meu lado.

Não dei atenção a eles. Não havia por que tentar evitar a palavra nem a recordação. Aquilo tinha passado e eu estava a salvo.

A primeira vez que fui invadida por essa sensação de ameaça foi em River Run, durante uma festa. Mas era uma festa onde era palpável a sensação de violência iminente. Naquela ocasião, Jamie estava por perto, graças a Deus. Ele vira o meu assombro e tinha me oferecido um punhado de sal, para aquietar o fantasma que me atormentava.

O povo das Terras Altas sempre tinha uma resposta prática, quer a dificuldade fosse manter um fogo quentinho durante a noite, lidar com uma vaca seca ou ser assombrado por fantasmas.

Eu encostei a língua no canto da boca, encontrei um grãozinho de sal desgarrado do pretzel e quase soltei uma risada. Olhei para trás, buscando a mulher que me prestara socorro, mas ela havia desaparecido.

– Feito um anjo, imagino – murmurei. – Obrigada.

Provavelmente havia um encantamento para isso em *gàidhlig*, refleti. Havia dúzias, decerto centenas. Eu conhecia uns poucos apenas, quase todos relativos à saúde (davam conforto a meus pacientes falantes de gaélico), mas escolhi o que parecia mais adequado à situação e segui caminhando a passos firmes, pisando com força as pedras do pavimento e cantando:

– Eu a pisoteio, doença,
Feito baleia na salmoura,
Doença das costas, doença do corpo,
Que destrói o peito, odiosa.

Então vi Jamie surgindo das docas, rindo de algo que Fergus dizia, e o mundo voltou ao normal.

Jamie lançou um olhar para mim, tomou meu braço e me levou a um pequenino café na esquina da Locust Street. Àquela hora do dia, estava praticamente vazio, e eu atraí pouca atenção. As mulheres naquela época tomavam café – quando havia –, porém quase sempre em casa, na companhia de amigos ou em pequenas festas e butiques. E, por mais que houvesse cafeterias maiores em Londres e Edimburgo, vez ou outra frequentados por mulheres, as da Filadélfia tendiam a ser espaços masculinos de negócios, intrigas e política.

– O que andou fazendo, Sassenach? – inquiriu Jamie com doçura, recolhendo do balcão a bandeja com xícaras e biscoitos de amêndoa. – Você está…?

Ele estreitou os olhos para mim, procurando um termo preciso, mas que não o fizesse levar uma saraivada de café quente.

– Meio indisposta – completou Fergus, pegando a pinça de açúcar. – Aqui, milady. – Sem perguntar, largou três cubos de açúcar mascavo em minha xícara. – Dizem que as bebidas quentes ajudam a esfriar o corpo – acrescentou, tentando ser útil.

– Bom, faz suar mais – respondi, pegando a colher. – Mas, se o suor não evaporar, sem dúvida não refresca o corpo de ninguém. – Eu estimava que a umidade do ar estivesse em cem por cento, por alto, mas virei um pouco do café adoçado no pires e soprei, mesmo assim. – Quanto ao que eu andei fazendo, estava indo comprar peixe para o jantar. E o que os *senhores* andaram fazendo, cavalheiros?

Estar sentada me dava bem mais estabilidade, e a companhia de Jamie e Fergus aliviava um pouco a estranha sensação de ameaça que eu vivenciara na rua. Ao pensar na carta anônima junto à porta, um arrepio subiu até minha nuca, mesmo com o calor.

Jamie e Fergus se entreolharam, e Fergus deu de ombros.

– Avaliando nossos bens – disse Jamie – e visitando armazéns e capitães.

– Sério? – A ideia imediatamente animou meu coração. Pareciam os primeiros passos concretos de nosso retorno para casa. – Temos algum bem a avaliar?

A maior parte de nosso dinheiro fora usada no pagamento de cavalos, uniformes, armas, comida para os homens de Jamie e outras despesas relativas à guerra. Na teoria, o Congresso reembolsaria essas despesas, mas, considerando as informações do general Arnold, eu achava melhor não alimentarmos esperanças.

– Pouca coisa – falou Jamie, com um sorriso. Ele sabia muito bem o que eu estava pensando. – Encontrei um comprador para o capão: 4 libras.

– Parece um bom preço – retruquei, meio indecisa. – Mas... não íamos precisar do cavalo para viajar?

Antes que Jamie pudesse responder, a porta se abriu e Germain adentrou com um maço de jornais debaixo do braço e o semblante carrancudo. A carranca, porém, desapareceu feito o orvalho da manhã tão logo ele nos viu, e o menino veio me abraçar.

– *Grandmère!* O que está fazendo aqui? *Mamán* falou que a senhora tinha ido comprar peixe.

– Ah – murmurei, subitamente culpada ao pensar na lavagem de roupas. – Sim. Eu vou... quero dizer, eu estava indo... Você quer uma mordida, Germain?

Ofereci a ele o prato de biscoitinhos de amêndoa e seus olhinhos se iluminaram.

– *Um* – disse Fergus, com firmeza.

Germain revirou os olhos, mas pegou um único biscoitinho, com exagerada delicadeza.

– *Papa* – começou ele, devorando o biscoito em duas mordidas ligeiras –, acho que é melhor o senhor ir para casa.

Fergus ergueu as sobrancelhas escuras e espessas.

– Por quê?

– Porque – respondeu Germain, lambendo açúcar do canto da boca e olhando os biscoitinhos restantes – a vovó Janet disse ao sr. Sorrel que, se ele não parasse de amolar *mamán*, ela ia apunhalá-lo com o garfo de lavar roupa. E vai mesmo – acrescentou, pensativo, recolhendo as migalhas do prato com o dedinho.

Fergus soltou um rosnado. Eu fiquei bastante assustada, pois não o ouvia emitir esse tipo de barulho desde que ele tinha seus 8 anos e era batedor de carteiras em Paris.

– Quem é o sr. Sorrel? – indagou Jamie, em um tom de voz enganosamente suave.

– O dono de uma taverna que passa pela loja a caminho do trabalho, compra um jornal... e corteja minha mulher – respondeu Fergus. Empurrou o banco para trás e se levantou. – Queira me dar licença, milady – disse, com uma mesura.

– Quer que eu o acompanhe? – perguntou Jamie, também se afastando da mesa.

Fergus balançou a cabeça e ajeitou o chapéu.

– Não. O homem é um covarde. É só me ver que ele dá o fora. – Ele arreganhou os dentes muito brancos em um súbito sorriso. – Isso se a sua irmã já não tiver se livrado dele.

Fergus saiu, deixando os biscoitinhos à mercê de Germain, que os enfiou com cuidado no bolso, então foi até o balcão depositar os jornais novos, levar os já manuseados e sujos de café do dia anterior e recolher o dinheiro com a proprietária.

– Durante essa avaliação de bens, Fergus contou se os negócios da gráfica estão indo bem? – perguntei, baixando bastante a voz para que Germain não ouvisse.

– Contou.

Jamie passou uma xícara de café sob o nariz e fez uma leve careta. Em teoria, estava cheia de café – uns poucos grãos de fato haviam sido adicionados à mistura –, mas continha uma grande proporção de chicória e outros ingredientes. Eu tirei um pedaço de bolota chamuscada do pires e acrescentei mais açúcar.

A bem da verdade, a gráfica era bastante lucrativa. Ainda mais agora que o principal concorrente de Fergus, um legalista, havia deixado a cidade, com a partida do Exército Britânico.

– Mas tem várias despesas – explicou Jamie. – E algumas aumentaram desde que o Exército foi embora.

Estava mais difícil arrumar papel e tinta, sem a proteção do Exército à circulação dos transportes. E o aumento no perigo das vias públicas significava menos remessas de livros impressos, que precisavam ser seguradas ou enfrentavam risco de perda.

– Daí tem o seguro das dependências, que custa caro – acrescentou Jamie. Ele tapou de leve o nariz e bebeu o café em três grandes goladas. – Marsali não gosta de pagar – prosseguiu ele, recuperando o fôlego –, mas Fergus sabe o que aconteceu com a minha casa em Edimburgo. E ele me contou outras coisinhas que Marsali também não sabe.

– Tipo o quê?

Lancei uma olhadela cautelosa para Germain, mas ele estava entretido em uma conversa claramente atrevida com uma garçonete no balcão. A menina era uns dois ou três anos mais velha do que Germain, mas estava encantada por ele.

– Ah, a velha ameaça do povo que não gosta de alguma coisa que ele divulgou ou dos que resolvem se ofender porque ele não quis divulgar alguma coisa a seu favor. Um pouco de sabotagem, às vezes: roubo de seus jornais dos cafés e das tavernas, gente que larga nas ruas... mas ele disse que isso melhorou desde que o sr. Dunphy saiu da cidade.

– Dunphy era o impressor legalista?

– Isso. Germain! – gritou ele, do outro lado da loja. – Você tem mais lugares para visitar hoje? Se tiver, é melhor ir andando, antes que as notícias caduquem.

A frase arrancou umas risadas, e um leve rubor invadiu as orelhas de Germain. Ele lançou um olhar calculado para o avô, mas teve a sabedoria de não abrir a boca. Depois de trocar umas últimas palavras com a moça do balcão, ele saiu, enfiando casualmente no bolso o bolinho que havia ganhado.

– Você acha que ele ainda bate carteiras? – indaguei, observando a destreza com a qual ele havia executado a manobra.

Fergus ensinara a Germain um bom número de suas técnicas, na esperança de que não fossem perdidas.

– Só Deus sabe, mas é melhor se ele sair da Filadélfia. Nas montanhas ele não vai encontrar muitas vítimas para exercer esse talento.

Jamie espichou o pescoço para a janela e observou Germain descer a rua, então tornou a se sentar, balançando a cabeça.

– Mas a principal coisa que Fergus não contou a Marsali foi sobre o tal janota francês, Wainwright.

– O quê, o estiloso Percival? – perguntei, achando graça. – Ele ainda está por perto?

– Está, sim. Persistente, o sodomita – observou Jamie, sem muita paixão. – Escreveu um relato detalhado do que alega ser a história dos pais de Fergus, chegando à conclusão de que Fergus é o herdeiro de uma enorme propriedade na França. Fergus diz que se a história fosse um romance teria sido tachada como inverossímil e que nenhuma editora ia querer chegar perto. – Ele escancarou um sorriso frente ao pensamento, mas recuperou a seriedade. – Enfim, Fergus não quer saber desse assunto. Mesmo que seja verdade, ele não quer servir de peão para os interesses de ninguém...

– Humm. – Àquela altura, eu estava apenas comendo os cubinhos de açúcar, em vez de misturá-los ao problemático café, e esmaguei um deles com os dentes de trás. – Mas por que ele está escondendo isso de Marsali? Ela sabe das abordagens anteriores de Wainwright, não sabe?

Jamie tamborilou na mesa, pensativo, e eu o observei com fascínio. Ele passara um bom tempo acostumado a tamborilar com os dois dedos rígidos da mão direita enquanto refletia – o médio e o anelar, que sofreram uma grave fratura, foram toscamente consertados e com frequência sofriam novas fraturas, devido à nova e estranha posição. No entanto, eu enfim havia amputado seu dedo ruim, depois que ele quase o perdera por um golpe de sabre de cavalaria, durante a primeira batalha de Saratoga. Jamie ainda guardava o hábito do batuque, como se o dedo faltante estivesse lá, embora agora apenas o dedo do meio tocasse o tampo da mesa.

– Ela sabe – disse Jamie, devagar. – Mas Fergus falou que sentiu certa... estranheza... na impertinência de Wainwright. Não *exatamente* uma ameaça, mas ele começou a lembrá-lo com muita insistência que, sendo Fergus o herdeiro da propriedade de Beauchamp, Germain era o herdeiro seguinte do título e da terra.

Franzi o cenho.

– Posso até enxergar isso como golpe baixo... mas por que é uma ameaça?

Ele me deu uma olhada firme, por sobre o resto de café.

– Se Germain herdasse a propriedade, os mandantes de Wainwright não precisariam de Fergus.

– Meu Deus... sério? – perguntei. – Fergus acha que Wainwright e companhia podem *matá-lo* e usar Germain para tomar posse da propriedade ou seja lá o que tenham em mente?

Jamie deu de ombros, muito de leve.

– Fergus não viveu esse tempo todo sem saber direitinho quando alguém quer lhe fazer mal. Se ele acha que tem algo estranho com esse Wainwright, estou inclinado a acreditar nele. Além do mais, se isso o deixar mais propenso a sair da Filadélfia e vir para o sul conosco, não vou tentar convencê-lo de que está errado.

– Bom, tem isso. – Eu dei uma olhadela hesitante na borra do meu café e decidi não beber mais. – Falando em Germain, ou das crianças todas, melhor dizendo, é exatamente esse o motivo por que eu estava procurando por você.

Então, em poucas palavras, eu descrevi o bilhete da joaninha e seu efeito em Marsali.

Jamie uniu as grossas sobrancelhas castanhas, e seu rosto assumiu um aspecto que seus inimigos reconheceriam. Eu vira aquele semblante pela última vez à luz da alvorada, na encosta de uma montanha na Carolina do Norte, quando Jamie me escoltara por matas e prados, cruzando os corpos frios, para me mostrar que os homens que tinha me ferido estavam mortos e me garantir que não poderiam me tocar.

– Isso foi o que me deixou… indisposta, no meio da rua – falei, como se pedisse desculpas. – A coisa parecia tão… cruel. Mas uma espécie de crueldade *delicada* se é que me entende. Eu… fiquei bem assustada.

Os mortos tinham sua própria forma de se fazer presentes, mas, ao recordar sua vingança, não senti nada além de um remoto alívio, e um temor mais remoto ainda frente à sobrenatural beleza do cenário de carnificina.

– Eu sei bem – disse ele baixinho, batendo a amputação na mesa. – E gostaria de ver esse bilhete.

– Por quê?

– Para ver se a caligrafia se parece com a da carta de Percy Wainwright, Sassenach – respondeu ele, afastando-se da mesa e me entregando o chapéu. – Está pronta?

113

OBRIGADA POR TODO O PEIXE

Eu havia comprado no estuário um robalo quase do tamanho do meu braço, bem como uma porção de lagostim e uma saca de ostras, e agora a cozinha exalava um delicioso aroma de pão fresco e cozido de peixe. Era ótimo, visto que cozido sempre pode render mais.

Ian e Rachel, com Rollo a tiracolo, haviam passado na gráfica pouco antes do jantar, tão visivelmente envolvidos na felicidade marital que só de olhar para os dois era possível sorrir – e vez ou outra enrubescer.

Jenny sorriu, de fato, e vi que seus ombros magros relaxaram um pouco ao mirar o rosto radiante de Ian. Dei uma mexida rápida no cozido, plantei-me ao lado dela, diante do fogo, e massageei seus ombros com delicadeza. Eu sabia muito bem o estrago que era para os músculos passar o dia lavando roupas.

Ela soltou um longo e deleitoso suspiro e inclinou a cabeça para que eu tocasse seu pescoço.

– Será que nossa mocinha quacre já engravidou? – murmurou ela para mim.

Rachel estava do outro lado da sala, conversando com as crianças menores, muito à vontade – embora lançasse olhares a Ian, que tinha a atenção voltada para alguma coisa que Fergus tirara de uma gaveta do armário.

– Eles casaram não faz nem um mês – sussurrei de volta, olhando com cautela para Rachel.

– Não leva *tanto* tempo assim – observou Jenny. – E está bem claro que o rapaz domina a função. Olhe só para ela.

Jenny balançou os ombros, com uma risadinha contida.

– Que coisa boa uma mãe pensar em seu filho – comentei, embora não conseguisse evitar o tom debochado nem afirmar que ela estava errada.

Rachel cintilava sob a mistura de brilhos do pôr do sol e do fogo da lareira, os olhos pousados nas linhas das costas de Ian, mesmo enquanto admirava a nova boneca de pano de Félicité.

– Ele puxou ao pai – disse Jenny, e soltou um gemido gutural... ainda achando graça, porém com um leve toque de... saudade?

Eu olhei para Jamie, que tinha ido se juntar a Fergus e Ian, perto do bufê. Ainda presente, graças a Deus. Alto e gracioso, com movimentos que formavam leves sombreados nas dobras de sua camisa, um brilho fugidio no nariz fino e reto, os cabelos ruivos e ondulados. *Ainda meu. Graças a Deus.*

– Venha cortar o pão, Joanie! – chamou Marsali. – Henri-Christian, pare de brincar com esse cachorro e venha pegar a manteiga! Félicité, bote a cabeça para fora e chame Germain. – O som distante dos garotos vinha lá de fora, gritos pontuados pelo ocasional baque de uma bola na parede da frente da loja. – E avise a esses bárbaros que, se me quebrarem uma janela, os pais vão ficar sabendo!

A breve explosão de caos doméstico terminou com todos os adultos sentados à mesa e as crianças aninhadas junto à lareira, com suas tigelas de madeira e colheres. Apesar do calor da noite, o vapor fragrante de cebola, leite, frutos do mar e pão fresco envolvia a mesa em uma breve e mágica expectativa.

Os homens se sentaram por último, cessando os murmúrios de sua conversa bem antes de chegarem à mesa, e eu lancei um olhar indagativo para Jamie. Enquanto se sentava a meu lado, ele tocou o meu ombro, sussurrou um "depois" e inclinou a cabeça para a lareira. *Pas devant les enfants,* claro.

Fergus pigarreou. Um som fraquinho, mas as crianças pararam de falar no mesmo instante. Ele sorriu para eles, que baixaram a cabeça sobre as mãos unidas, muito sérios.

– Abençoe-nos, Senhor – disse ele, em francês –, e a este alimento que agora recebemos por Vossa graça, por Cristo, nosso Senhor.

– Amém – murmuraram todos, e um falatório invadiu a sala feito maré cheia.

– Você vai voltar para o Exército em breve, Ian? – perguntou Marsali, enfiando uma mecha de cabelos louros dentro da touca.

– Vou – respondeu ele –, mas não para o exército de Washington. Pelo menos não por enquanto.

Jamie se inclinou por cima de mim e ergueu a sobrancelha para ele.

– Virou a casaca, é? Ou concluiu que os britânicos pagam melhor?

O comentário guardava um tom de ironia. Ele não vira um centavo do pagamento, e me dissera com franqueza que não o estava esperando. O Congresso não era célere nos pagamentos, e um general temporário que renunciara à comissão decerto estaria no fim da fila para receber.

Ian fechou os olhos para saborear uma ostra, então engoliu e tornou a abrir os olhos, limpando uma gotinha de leite do queixo.

– Não – respondeu, impassível. – Vou levar Dottie para Nova York, para ver o pai dela e lorde John.

A conversa dos adultos cessou no mesmo instante, embora as crianças continuassem a tagarelar junto à lareira. Eu vi Jenny disparar um olhar para Rachel, que parecia contida, embora bem menos alegre do que antes. Ela, porém, estava sabendo da notícia. Não havia surpresa em seu rosto.

– Por quê? – perguntou Jamie, meio curioso. – Ela concluiu que Denzell não é um marido apropriado? Pois duvido que ele tenha começado a bater nela.

Isso arrancou uma risada de Rachel – breve, mas não alta, e o grupo relaxou um pouco.

– Não – disse Rachel. – Creio que Dottie esteja satisfeita com o casamento. Eu sei que o meu irmão está. – Por mais que encarasse Ian com seriedade, seus olhos sorriam. Ela, então, virou-se para Jamie. – O irmão mais velho dela morreu. Era prisioneiro de guerra e estava preso em Nova Jersey. O outro irmão, Henry, recebeu ontem a confirmação da morte, mas ele ainda não aguenta o esforço de uma viagem tão longa, ainda mais com o enorme perigo nas estradas. Com razão, Dottie sente que precisa estar ao lado do pai.

Jenny encarou Rachel com firmeza, e com mais firmeza ainda levou o olhar a Ian.

– Com o enorme perigo nas estradas – repetiu ela, com um tom suave que se igualava ao de Jamie e não enganava ninguém. Ian escancarou um sorriso, pegou um pedaço de pão e molhou no cozido.

– Não se preocupe, mãe – disse ele. – Um grupo de pessoas que eu conheço está viajando para o norte. Eles concordaram em seguir por Nova York. Estaremos bastante seguros.

– Que *tipo* de grupo? – perguntou Jenny, desconfiada. – Quacres?

– Mohawks – respondeu ele, alargando ainda mais o sorriso. – Venha comigo e Rachel depois do jantar, mãe. Eles vão gostar muito de ver a senhora.

Durante todo o tempo em que conhecia Jenny Murray, jamais a tinha visto tão espantada. Senti Jamie contendo uma gargalhada ao meu lado. Eu mesma precisei olhar para baixo e encarar a tigela, para recuperar a compostura.

Mas Jenny era dura na queda. Depois de alguns minutos, respirou mais longamente ainda e empurrou o focinho de Rollo de cima de seu colo.

– Está bem – concordou ela, muito calma. – Eu vou gostar. Passe o sal, Fergus, sim?

Apesar da diversão geral, eu não havia me esquecido do que Rachel dissera a respeito de Benjamin, irmão de Dottie, e senti uma pontada de tristeza, como se alguém tivesse enrolado um fio de arame farpado em meu coração. *Você faz barganhas com Deus?* Se Hal tinha tentado fazer tal barganha, era evidente que Deus havia recusado. *Ah, meu Deus, Hal. Eu lamento tanto.*

– Eu sinto muito em saber sobre o irmão de Dottie – falei, inclinando-me para Rachel. – Você sabe o que aconteceu?

Ela balançou a cabeça, e a luz da lareira projetou uma sombra em seu rosto, por entre a cortina de cabelos escuros.

– Henry recebeu uma carta do outro irmão, Adam. Ele tinha sido informado por alguém da equipe do general Clinton. Só dizia que o remetente da carta expressava seus sentimentos pela morte do capitão Benjamin Grey, prisioneiro de guerra britânico que estava detido no acampamento de Middlebrook, em Nova Jersey, e pedia que o gabinete do general Clinton transmitisse a triste notícia à família do capitão. Eles achavam possível que ele estivesse morto… e isso parece que dirime todas as dúvidas em relação ao assunto, infelizmente.

– Acampamento de Middlebrook é como eles chamam o lugar nas montanhas Watchung aonde Washington levou as tropas depois de Bound Brook – observou Fergus, com interesse. – Mas o Exército saiu de lá em junho do ano passado. Por que o capitão Grey estava lá?

– Um exército viaja com seus presos? – perguntou Jamie, dando de ombros. – Exceto os que são capturados no meio de um deslocamento, digo.

Fergus assentiu, compreendendo, mas ainda parecia reflexivo. Marsali, no entanto, meteu-se na frente dele, apontando com a colher para Ian.

– Por falar nisso, por que os seus amigos estão indo para o norte? – perguntou ela. – Não tem nada a ver com o massacre de Andrustown, tem?

Jenny se virou para o filho, muito atenta. Ian fechou a cara, mas respondeu com tranquilidade:

– Tem, sim. Como ficou sabendo disso?

Marsali e Fergus deram de ombros ao mesmo tempo, arrancando de mim um sorriso involuntário, apesar de minha aflição pelo filho de Hal.

– Da mesma forma que ficamos sabendo de todas as notícias que imprimimos – declarou Fergus. – Uma carta de alguém que ouviu falar no assunto.

– E o que os seus amigos pretendem fazer a respeito? – indagou Jenny.

– Mais diretamente ao ponto – completou Jamie, virando-se para Ian –, o que *você* pretende fazer a respeito?

Eu estava atenta a Rachel, do outro lado da mesa. Vi em seu semblante um fraquíssimo olhar de ansiedade, que relaxou no mesmo instante em que Ian respondeu "Nada". Talvez sentindo ser brusco demais, ele tossiu e tomou uma golada de cerveja.

– Eu não conhecia ninguém de lá, e não tenho intenção de virar a casaca e lutar pelos britânicos com Thayendanegea... – concluiu, baixando a caneca. – Vou até Nova York para levar Dottie em segurança, depois retorno para encontrar Washington. – Ele sorriu para Rachel, conferindo ao rosto comum uma impressionante sedução. – Afinal de contas, preciso do meu pagamento como batedor. Tenho uma esposa para sustentar.

– Venha ficar conosco, então – comentou Marsali a Rachel. – Quando Ian estiver longe, digo.

Eu mal tive tempo de pensar onde ela planejava enfiar Rachel – Marsali era astuta e certamente encontraria um lugar –, quando a moça balançou a cabeça. Não usava touca. Seus cabelos lisos e escuros caíam sobre os ombros, e eu ouvi os fios roçarem seu vestido quando ela se mexeu.

– Eu vou com Ian. Rollo e eu vamos ficar no acampamento com meu irmão até Ian retornar. Eu posso ser útil por lá. Você conhece a alegria da utilidade, Claire, eu imagino.

Jenny soltou um grunhido indescritível, e Marsali deu uma fungada ligeira, porém sem rancor.

– Conheço, de fato – respondi, olhando a fatia de pão em que passava manteiga. – E onde prefere encontrar uma ocupação útil, Rachel? Fervendo roupa ou estourando os furúnculos da bunda do sr. Pinckney?

Ela riu, e a chegada de Henri-Christian com a tigela vazia a poupou de responder. Ele apoiou a tigela na mesa e bocejou, meio cambaleante.

– É, rapazinho, está tarde – disse sua mãe, pegando-o no colo. – Durma, *a bhalaich*. Papai vai levar você para cama agorinha mesmo.

Mais cerveja foi servida, as menininhas recolheram as tigelas vazias e mergulharam tudo no balde d'água. Germain desapareceu do lado de fora, ao anoitecer, para os últimos minutos de brincadeiras com os amigos. Rollo se enroscou para dormir junto ao fogo, e o falatório se dispersou.

Jamie pousou a mão delicadamente em minha coxa, e eu me aproximei, deitando a cabeça em seu ombro. Ele me olhou, sorriu e apertou minha perna. Eu ansiava pelo conforto espartano de nosso catre no sótão, o frescor da liberdade das roupas de baixo, dos corpos nus e dos sussurros compartilhados no escuro... mas, naquele momento, estava mais do que contente em estar onde estava.

Rachel conversava com Fergus ao lado de Marsali, que cantarolava baixinho para Henri-Christian. O menino havia largado a cabecinha redonda e escura no ombro da mãe, os olhinhos quase fechados. Eu olhei com cuidado para Rachel, mas ainda era muito cedo para detectar sinais de gravidez, mesmo que... Então parei, assustada, quando meu olhar percebeu outra coisa.

Eu vira Marsali grávida de Henri-Christian. E agora notava um colorido em suas bochechas que não vinha do calor do recinto. Um leve inchaço nas pálpebras, o rosto

703

e o corpo redondos e macios, o que eu poderia ter percebido antes, se estivesse procurando por sinais. *Será que Fergus sabe?*, pensei. Então, depressa, reparei na cabeceira da mesa e vi que ele observava Marsali e Henri-Christian, os olhos escuros derretidos de amor.

Jamie estava prestes a dizer algo para Ian, que estava do outro lado. Eu me virei junto, e notei que Ian também tinha os olhos fixos em Marsali e Henri-Christian, com um olhar de melancolia que me tocou o coração.

Eu senti a saudade dele, e a minha, por Brianna. Por Roger, Jem e Mandy. Estavam seguros, assim eu esperava… mas não comigo, e engoli o nó que se formou em minha garganta.

"Morreria feliz por eles", dissera Hal, na longa vigília noturna na qual eu o mantivera respirando. "Ao mesmo tempo, você pensa: 'Meu Deus, eu não posso morrer! O que aconteceria a eles se eu não estivesse aqui?'" Ele me abrira um sorriso amargo e pesaroso. "E você sabe muito bem que não pode ajudá-los, de todo modo. Eles têm que andar com as próprias pernas…"

Isso era verdade. Mas não fazia ninguém deixar de se importar.

O sótão estava quente e apertado, com o aroma persistente do jantar que havia se entranhado por entre as vigas, mais o odor pungente e agressivo de tinta, papel, merlim de encadernação e couro que se acumulara o dia todo e o insistente perfume de palha de burro. Ao subir a escada, prendi a respiração, impactada, e na mesma hora fui abrir a porta de correr que dava para a viela atrás da loja, com pavimento de pedras.

O estrondo da Filadélfia invadiu o recinto, agitando as pilhas de papel: fumaça de uma dúzia de chaminés próximas, o fedor acre do monte de estrume atrás do estábulo mais adiante e o cheiro intoxicante e resinoso de folhas, casca, galhos e flores, que era o legado de William Penn. *Para cada 2 hectares desmatados, deixe meio hectare de árvores*, advertira ele em sua carta de arrendamento, e por mais que a Filadélfia não operasse exatamente nesse ideal, ainda era uma cidade particularmente verde.

– Deus o abençoe, William – falei, começando a tirar as roupas de cima o mais depressa possível.

O ar da noite estava quente e úmido, mas *soprava* uma brisa, e eu não podia esperar para senti-la direto na pele.

– Quanta delicadeza, Sassenach – comentou Jamie, saindo da escada e adentrando o sótão. – Mas por quê? Tem algum motivo para estar pensando no rapaz?

– Que rapaz? Ah, *William* – respondi, percebendo. – Na verdade, eu não estava falando do seu William. Mas claro que… – Eu tentei me explicar, mas desisti ao ver que ele não prestava atenção. – Você estava pensando nele?

– Estava, sim – admitiu Jamie, vindo ajudar com os meus cadarços. – A presença dos filhos, das crianças, todos tão à vontade juntos…

A voz dele foi sumindo, e ele me puxou mais para perto, apoiou a cabeça na minha e se deixou descansar, com um suspiro que remexeu o cabelo perto de meu rosto.

– Você quer ser parte disso – falei baixinho, estendendo a mão para tocar o rosto dele. – Ser parte da família.

– Se desejos fossem cavalos, os pedintes andariam montados – retrucou Jamie, então me soltou, o sorriso torto visível sob o brilho tênue que vinha da cozinha, no andar de baixo. – E, se nabos fossem espadas, eu teria uma ao meu lado.

Eu ri, mas pousei o olhar na pilha de Bíblias onde ele costumava deixar a espada. O punhal estava lá, as pistolas, o saquinho de munição e um punhado de objetos do *sporran*, mas nenhuma espada. Estreitei os olhos, para ter certeza de que estava vendo direito.

– Eu vendi – respondeu Jamie, em tom displicente, ao perceber a direção do meu olhar. – É uma das vantagens da guerra: conseguimos um bom preço por uma arma decente.

Eu quis protestar, mas não o fiz. Ele usava armas com facilidade e destreza, de modo que suas facas e armas mais pareciam parte do próprio corpo, e eu não gostava de vê-lo diminuído pela perda de nenhuma delas. No entanto, sem a licença do Exército, Jamie certamente *não* precisaria de uma arma de imediato, e sem dúvida nós precisávamos do dinheiro.

– Você pode comprar outra quando chegarmos a Wilmington – argumentei, em tom de praticidade, retribuindo o favor e desafivelando sua calça, que deslizou e caiu no chão, formando um montinho em volta dos pés. – Seria ótimo que William soubesse a verdade sobre Bri e sua família, em algum momento. Vai contar para ele?

– Caso ele algum dia resolva se aproximar de mim sem tentar me matar? – retrucou Jamie, contorcendo a boca com tristeza. – É, talvez. Mas talvez eu não conte *toda* a verdade.

– Bom, talvez não tudo de uma vez – concordei.

Uma brisa morna vinda da janela remexeu seus cabelos e a fralda da camisa. Eu toquei o linho amassado, quente e úmido em seu corpo.

– Por que não tira isso?

Ele me encarou com atenção. Eu usava apenas a roupa de baixo e as meias. Um lento sorriso invadiu seu olhar.

– Muito justo – disse ele. – Então tire a sua também.

Claire estava linda, pálida e nua, feito uma estátua francesa sob o profundo crepúsculo que se insinuava pela janela aberta, os ombros envoltos em uma nuvem de cachos. Jamie quis se levantar e olhar para ela, mas desejava ainda mais penetrar nela.

No entanto, ele ainda ouvia algumas vozes na cozinha. Para evitar surpresas, puxou a escada. Não seria nada bom se Germain ou uma das meninas resolvesse subir para dar boa-noite.

O alarido das risadas de Ian e Fergus irrompeu abaixo, decerto ao verem a escada desaparecendo. Jamie abriu um sorriso para si mesmo e a acomodou em um canto. Os dois tinham suas esposas. Se eram bobões a ponto de ficar entornando cerveja em vez de desfrutarem da própria cama, não era da conta dele.

Quando ele se virou, na beirada do sótão, Claire já estava deitada no catre, uma sombra pálida sobre o brilho tênue dos barris de tinta. Ele se acomodou ao lado dela, sem roupa, e tocou a curva de seu quadril; ela tocou o pênis dele.

– Quero você – sussurrou ela e, no mesmo instante, tudo mudou.

Era a magia compartilhada entre os dois: o cheiro de cebola e salmoura nas mãos de Claire, o gosto de manteiga e cerveja na língua de Jamie, uma mecha de cabelo no ombro dele, um breve sobressalto quando ela correu o dedo entre suas nádegas, o que o fez se aprumar, rígido, entre as pernas dela.

Claire soltou um gemido que o fez tapar sua boca. Ele sentiu a risada dela, o hálito quente, então afastou a mão e refreou os gemidos, deitando-se por cima dela, imóvel, incapaz de esperar a sensação de seus rebolados, de seu corpo úmido, escorregadio e ávido, os mamilos roçando a pele dele... Por fim, Claire estremeceu e soltou um ruído de rendição, que o liberou para fazer o que quisesse, e ele fez.

Jamie soltou um suspiro profundo de total relaxamento.

– Passei o dia querendo fazer isso, Sassenach. *Moran taing, a nighean.*

– Eu também... Aquilo ali é um *morcego*?

E era: uma sombra esvoaçante, destacada da escuridão, ricocheteando no sótão. Agarrei o braço de Jamie e enfiei a cabeça no lençol. Não dava muita bola para morcegos, mas um morcego trissando no escuro a menos de 1 metro da minha cabeça...

– Não se preocupe, Sassenach – disse ele, achando graça. – Ele já vai sair.

– Não tenho tanta certeza – retruquei, dando um tapa no pescoço para afastar algo que me pinicava. – Está cheio de insetos aqui para ele caçar.

Nuvens de mosquitos e outros insetos tinham o hábito de invadir a janela aberta quando a noite caía, e era sempre a mesma indecisão: manter a janela fechada e morrer sufocada ou abrir e ser importunada a noite toda pelo zumbido estridente dos mosquitos?

– Você devia estar satisfeita com a presença do morcego – comentou Jamie, rolando para seu lado da cama e secando uma gota de suor do peito com a ponta do lençol. – Quantos insetos você falou que ele come?

– Bom... um monte – respondi. – Não pergunte como eu me lembro disso, mas, segundo a enciclopédia de Brianna, um morcego comum consegue comer até mil mosquitos por hora.

– Ora, pois então. Não deve haver mais do que uns duzentos ou trezentos aqui neste momento… Daqui a uns quinze minutos, ele dará conta do recado.

Era sem dúvida um argumento forte, mas eu não estava muito convencida das vantagens de abrigarmos um morcego. No entanto, emergi de meu arremedo de abrigo e olhei para cima.

– E se entrarem outros?

– Daí vão limpar a área toda em cinco minutos. – Ele soltou um breve suspiro. – Quer que eu o jogue para fora e feche a porta, Sassenach?

– Não – respondi, visualizando Jamie a dar piruetas pelo sótão escuro, levando mordidas de um morcego acuado ou caindo no esforço de agarrar o bicho. – Não, tudo bem. Conte para mim o que não queria falar mais cedo… para me distrair.

– O quê? Ah, sim. – Ele rolou o corpo de barriga para cima e cruzou as mãos sobre o estômago. – É só que eu andei conversando com Fergus e Ian sobre eles virem conosco, quando voltarmos para a Cordilheira. Mas não quis mencionar nada no jantar. Ian e Fergus vão primeiro conversar com Rachel e Marsali… e eu não queria que as crianças ouvissem. Elas iam ficar empolgadíssimas, e Marsali cravaria um espeto de carne no meu coração por ter agitado os pequenos logo antes de dormir.

– Ela faria isso mesmo – concordei, com bom humor. – Ah! Falando em Marsali, suspeito de que ela esteja grávida.

– Ah, é mesmo? – Ele virou a cabeça para mim, muito interessado. – Tem certeza?

– Não. Só posso ter certeza se fizer perguntas abelhudas e examiná-la. Mas acho que tem uma boa chance. Caso esteja… isso pode afetar a ida dela, não?

A perspectiva de voltar para casa agora era subitamente concreta, como um instante antes ainda não era. Eu quase sentia o sopro das montanhas em minha pele desnuda, pensamento que me trouxe um arrepio às costelas, apesar do calor.

– Humm – murmurou Jamie, distraído. – Acho que sim. Se ela estiver grávida, será que pode sair igual a Henri-Christian?

– Provavelmente não. Não dá para ter certeza se esse tipo de nanismo é hereditário – complementei, em nome da cautela profissional. – Não sabemos nada sobre a família de Fergus. Mas acho que o problema de Henri-Christian deve ser uma mutação… uma espécie de acidente, que acontece só uma vez.

Jamie soltou uma leve bufada.

– Milagres também acontecem só uma vez, Sassenach. Por isso cada criança é diferente.

– Para isso eu não tenho argumento – respondi, com leveza. – Mas vamos ter que partir em breve, não vamos? Mesmo que Marsali esteja grávida, não deve estar com mais do que três ou quatro meses.

Um breve desconforto me invadiu a mente. Estávamos no início de setembro. A neve começaria a embarreirar as montanhas logo no início de outubro, mas, se estava sendo um ano quente…

– Quanto tempo você acha que leva? Para retornarmos à Cordilheira?

– Não dá para ser antes da neve, Sassenach – respondeu ele, delicado, correndo a mão pelas minhas costas. – Mesmo que eu arrume dinheiro e encontre um navio para nos levar à Carolina do Norte...

– É mesmo? – retruquei, abismada. – *Você?* Pegar um navio? Achei que tinha jurado que só voltaria a entrar em um navio se fosse dentro de um caixão, no traslado do seu corpo até a Escócia.

– Humm. Sim, muito bem. Se eu estivesse sozinho, sim, eu ia preferir caminhar até a Carolina do Norte descalço, pisando em carvão quente. Mas não estou. Estou com você, e...

– *Comigo?* – retorqui, empertigada. – Que história é essa? Ahhh!

Eu agarrei o cabelo e me larguei em cima dele, pois o morcego havia passado a centímetros da minha cabeça. *Ouvi* seu guincho e o farfalhar de suas asas.

Jamie riu, mas com certa pungência. Quando tornei a me sentar, ele correu a mão pela lateral do meu corpo e pousou dois dedos na nova cicatriz.

– Estou falando disso, Sassenach – disse ele, e apertou bem de leve.

Eu me contive para não estremecer. A cicatriz ainda estava vermelha e tenra.

– Eu estou bem – respondi, com a maior firmeza possível.

– Já fui baleado, Sassenach. Mais de uma vez. Eu sei qual é a sensação... e quanto tempo leva para a força retornar ao corpo. Você quase caiu no meio da rua hoje, e...

– Eu não tinha comido nada. Estava com fome...

– Eu não vou levá-la por terra – concluiu ele, em um tom que não admitia discussão. – E não é só por sua causa... – acrescentou, mais suave, alisando os cabelos sobre o meu rosto. – Há os pequenos também. Além disso, se Marsali estiver grávida... A viagem é árdua, moça, além de perigosa. Você não contou que o duque comentou que os britânicos estão pretendendo invadir o sul?

– Humm – murmurei, mas permiti que ele me puxasse para perto. – Sim, mas eu não faço a menor ideia do que isso *significa* de verdade, em termos da localização ou das atitudes deles. As únicas batalhas das quais ouvi falar, além de Lexington e Concord e Bunker Hill, foram Saratoga e Yorktown... É lá que acaba, em Yorktown. Mas obviamente algumas coisas devem acontecer nesse meio-tempo – acrescentei.

– Obviamente. Pois é. Bom, quando chegarmos à Carolina do Norte e eu tiver dinheiro outra vez, vou comprar outra espada.

Jamie possuía bens consideráveis na Carolina do Norte. Mas não havia maneira de recuperar o ouro escondido na Caverna do Espanhol. Mesmo que confiasse essa tarefa a alguém, ninguém sabia onde ficava a caverna além dele e de Jemmy, e o uísque envelhecido (quase tão valioso quanto ouro, caso fosse trazido para venda na costa) estava no mesmo lugar.

– Imagino que o valor de uma boa espada não compre passagens de navio para nove pessoas... não, onze, se Ian e Rachel vierem também. Ou compra?

– Não – respondeu Jamie, pensativo. – Eu disse a Fergus que ele podia considerar vender a prensa. Ele não é dono das dependências, sabe… mas a prensa é dele. – Jamie fez um breve gesto abrangendo o prédio à nossa volta. – Afinal de contas, tenho a minha Bonnie em Wilmington.

– A sua…? Ah, a sua prensa. Claro. – Escondi um sorriso no bíceps dele.

Ele invariavelmente falava… ahn, dela… com certa afeição e sentimento de posse. Pensando bem, eu não me lembrava de tê-lo ouvido falar de *mim* desse jeito…

– É. Fergus enfiou na cabeça que vai seguir sendo impressor, o que eu considero sábio. Germain ainda não tem tamanho para o arado… e o pobre Henri-Christian jamais terá.

Eu omiti a minha opinião a respeito de qual seria a reação de Germain caso fosse forçado a se retirar do ambiente da cidade grande para se meter atrás de um arado. Ele podia ter boas lembranças da Cordilheira, mas não significava que quisesse ser fazendeiro.

– E quanto a Richard Bell?

Bell era o legalista que fora expulso à força de sua casa, na Carolina do Norte, para ser enviado à Inglaterra, sem dinheiro e sem amigos, tendo acabado em Edimburgo, onde arrumara emprego como impressor, sendo encontrado por Jamie, que entabulara a negociação para que Richard levasse Bonnie à Carolina do Norte e cuidasse dela em troca de uma passagem para casa.

– Eu não sei – respondeu Jamie, reflexivo. – Escrevi para ele, para dizer que estávamos indo para Wilmington e pedir que fizesse uns arranjos… mas não recebi resposta.

Isso não significava nada. As cartas com frequência se perdiam ou atrasavam. Jamie deu de ombros e se remexeu, espichando o corpo ao se ajeitar.

– Ah, muito bem. Vamos aguardar. Veremos, quando for a hora. Como está o nosso amiguinho?

– Nosso…? Ah. – Ergui os olhos e perscrutei o teto baixo, mas não vi sinal do morcego. Também não ouvi o zumbido dos mosquitos. – Bom trabalho, morcego.

Jamie soltou uma risadinha gutural.

– Lembra quando nos sentávamos na escada e assistíamos ao voo dos morcegos, nas noites de verão da Cordilheira?

– Lembro – respondi baixinho, e me virei para abraçá-lo com ternura, pousando a mão nos pelos encaracolados de seu peito.

Eu me lembrava, sim. A Cordilheira. O chalé que Jamie e eu construímos logo que chegamos, a porquinha branca que compramos, que se tornara a temerosa porca branca, o terror da vizinhança. Nossos amigos, os inquilinos de Jamie, Lizzie e os gêmeos Beardsley… Meu coração ficou apertado com algumas das lembranças.

Malva Christie. Coitadinha. E os Bugs – o confiável administrador de Jamie, com a esposa –, que no fim se provaram nada confiáveis. A Casa Grande, lambida pelas chamas, levando consigo nossa vida por lá.

709

– Vou precisar construir uma casa nova – disse ele, pensativo, apertando a minha mão. – E vou fazer um jardim novo também. Você pode ficar com metade do dinheiro da minha espada, para comprar sementes.

114

É SÁBIO APOSTAR NA CRENÇA

10 de setembro de 1778
Nova York

Hal deu uma leve fungada.

– Eu não gosto de você indo sozinho – afirmou ele.

– Também não – disse John, em tom de praticidade, arrolhando o cantil na cintura. – Mas a única pessoa que poderia ir comigo é você. Se você não pode, por conta do regimento... Meu Deus, que falta eu sinto de Tom Byrd – soltou ele, impulsivamente.

– Seu antigo criado? – Hal sorriu, apesar da situação preocupante. – Quanto tempo faz que não o vê? Uns dez anos, pelo menos?

– Pelo menos isso.

A lembrança de Tom ainda lhe trazia uma leve pontada de saudade. Tom havia largado o emprego para poder se casar, então prosperara como taverneiro em Southwark, visto que sua esposa tinha herdado uma bem-sucedida taverna do pai. Grey não se ressentia da felicidade de Byrd, mas o criado lhe fazia muita falta, com seus olhos aguçados, a mente perspicaz e a avidez em cuidar tanto da pessoa de Grey quanto de sua indumentária.

Ele baixou os olhos para o próprio corpo. Seu atual criado conseguia mantê-lo bastante decente – o que ele admitia ser uma tarefa sisifana –, mas lhe faltava imaginação e o dom da conversa.

– Mesmo assim, você devia levar Marks – disse Hal, seguindo sua linha de raciocínio sem dificuldade. – Alguém precisa colocá-lo em ordem.

Ele deu uma olhada crítica no uniforme de John.

– Eu *sei* me vestir sozinho, está bem? – retrucou John, com leveza. – Quanto ao uniforme... – Ele olhou para baixo e deu de ombros. – Uma escovada, uma camisa limpa, um par de meias extras... não estou pretendendo visitar o general Washington.

– Pois bem, assim esperamos.

Hal cerrou os lábios. Já havia expressado suas reservas – se algo tão violentamente explícito poderia ser descrito em tais termos – em relação à intenção de Grey em viajar vestindo o próprio uniforme.

– Já passei poucas e boas sendo capturado como espião, muito obrigado – respondeu John. – Além do risco de ser enforcado de imediato e do senso de hospitalidade dos americanos... Aliás, queria perguntar: você conhece um Watson Smith? Era capitão no 22º, eu acho.

Hal franziu o cenho, concentrado, mas clareou o semblante quase de imediato.

– Conheço. Excelente oficial. Foi muito bem em Crefeld e Zorndorf. – Ele inclinou a cabeça para o lado, as sobrancelhas erguidas. – Por quê?

– Virou a casaca. Agora é coronel do Exército Continental. Fui seu convidado à revelia, durante um breve período. Bom sujeito – acrescentou Grey. – Me embebedou com sidra.

– Sem dúvida na intenção de extrair informações de você?

A expressão de Hal deixava clara sua dúvida de que houvesse muito a ser extraído por Smith.

– Não – respondeu Grey, pensativo. – Creio que não. Só tomamos um porre juntos. Bom sujeito – repetiu ele. – Eu espero de coração não reencontrá-lo... Não gostaria de ter que matá-lo, digo... mas imagino não ser inconcebível dar de cara com ele em algum lugar. – A ideia lhe trouxe um breve e agradável aperto no estômago, que o surpreendeu. – De todo modo, vou de uniforme, mesmo que seja um sujo. Não vai necessariamente evitar que eu seja preso, detido, torturado ou faminto, mas *vai* evitar que eu seja enforcado.

– Você foi torturado? – indagou Hal, com uma olhada para o irmão.

– Eu tinha em mente a ressaca depois da sidra – respondeu John. – E a cantoria. Você faz ideia de quantos versos os americanos têm para "Yankee Doodle"?

Em resposta, Hal soltou um grunhido e apanhou uma pasta de couro, da qual retirou um maço fino de documentos.

– Aqui estão seus *bona fides* – disse ele, entregando-lhe os papéis. – Eles *podem* ajudar... presumindo que seja capturado, e não morto no mesmo instante, e seus captores tenham paciência para ler.

Grey não se deu ao trabalho de responder, ocupado em folhear os documentos. Uma cópia de sua garantia de comissão; um bilhete de Hal, como coronel do regimento, destacando o tenente-coronel John Grey temporariamente do serviço e desejando que ele empreendesse a tarefa de localizar e ajudar uma certa sra. Benjamin Grey (nascida Amaranthus Cowden), viúva do capitão Benjamin Grey, falecido recentemente pela 34ª base; uma carta de Clinton reconhecendo formalmente a missão de Grey e requerendo que toda cortesia e assistência fossem fornecidas a ele em consequência; vários títulos de crédito emitidos no banco Coutts de Nova York ("Só por garantia", dissera Hal. "Garantia de quê?" "Caso roubem o seu ouro, idiota." "Ah."); e... o bilhete de Benedict Arnold, concedendo ao duque de Pardloe e a seu irmão, lorde John Grey, de estada temporária na Filadélfia, com o propósito de procurar o sobrinho do duque.

– Sério? – disse Grey, erguendo a sobrancelha para o último item. – Sob quais circunstâncias acha que isto pode ser útil?

Hal deu de ombros e ajeitou o colete.

– Sermos conhecidos do general Arnold vale de alguma coisa. Afinal de contas, o bilhete não informa a opinião dele a nosso respeito.

Grey deu uma olhadela crítica no bilhete. A bem da verdade, Arnold não pusera em prática as ameaças em relação ao carril, ao piche e às penas.

– Muito bem. – Ele fechou a pasta, devolveu-a ao lugar e acomodou o chapéu por cima, para não esquecer de levá-la. – Então é isso. O que tem para o jantar?

John Grey desfrutava de um sonho confuso porém agradável, envolvendo uma chuva primaveril, seu cão dachshund Roscoe, o coronel Watson Smith e uma boa quantidade de lama, quando aos poucos percebeu que as gotas de chuva em seu rosto eram reais.

Abriu os olhos, piscando, e viu a sobrinha Dottie segurando seu cantil e espirrando água em seu rosto com os dedos.

– Bom dia, tio John – disse ela, com alegria. – Vamos acordar!

– A última pessoa desavisada que me disse isso de manhã teve um fim bastante desagradável – retrucou ele, levantando-se com esforço e esfregando o rosto na manga do camisolão.

– Sério? O que houve com ele? Ou não era um homem? – Ela sorriu para ele, revelando a covinha, e limpou os dedos úmidos na saia.

– Que pergunta mais inadequada.

– Bom, eu agora sou uma mulher casada – argumentou ela, sentando-se, com um ar tranquilo. – Já sei que homens e mulheres ocasionalmente dividem a cama, mesmo sobrepujando os laços do matrimônio.

– "Sobrepujando"? Onde arrumou esse palavreado? Anda conversando com escoceses?

– Constantemente. Mas o que houve com a infeliz criatura que tentou arrancar o senhor da cama?

– Ah, *ele*. – Grey esfregou a cabeça, ainda surpreso em sentir o cabelo tão curto, embora pelo menos tivesse crescido o bastante para se curvar e cair, em vez de permanecer para cima feito uma escova de cerdas. – Foi escalpelado por peles-vermelhas.

Ela piscou.

– Bom, uma bela lição, sem dúvida.

Grey balançou as pernas para fora da cama e a encarou com firmeza.

– Não me interessa se é casada ou não, Dottie, você *não* tem permissão para me ajudar a me vestir. Inclusive, o que está fazendo aqui?

– Eu vou com o senhor procurar a viúva de B-Ben – disse ela.

E seu semblante vívido desabou feito papel machê na chuva. Seus olhos se encheram de lágrimas, e ela apertou a boca com força para não cair no choro.

– Ah – murmurou Grey. – Ah, minha querida...

e fechou os olhos, aliviado ao sentir o corpo enfim relaxar. Balançou-se e deixou de lado o penico, tomando tempo para formular uma frase coerente. – O duque de Pardloe disse à tia Claire que, depois de Saratoga, os britânicos bolaram um novo plano: pretendem separar as colônias do Sul das do Norte, sitiar o Sul e privar o Norte de alimentos até sua submissão.

– Ah. – Ela abriu espaço para ele na cama, aninhou-se a seu lado e pegou seus testículos com a mão livre. – Você está dizendo que não vai haver lutas no Norte, por isso a sua presença como batedor não será necessária aqui... mas que pode ser lá no Sul?

– Pois é, ou eu posso encontrar outra utilidade.

– Fora do Exército?

Era grande o esforço dela para não revelar esperança. Ian percebia isso pela forma sincera como ela olhava para ele, então abriu um sorriso, segurando de leve a mão dela. Ian era um grande entusiasta da intimidade corporal, mas preferia não ser espremido feito uma laranja por conta da empolgação de Rachel.

– Talvez. Eu tenho umas terras na Cordilheira, sabia? Foi tio Jamie quem me deu, já faz uns anos. Daria um trabalhão limpar o campo, plantar e arar, mas a vida na fazenda é mais pacífica. Afora coisas como ursos, porcos selvagens, fogo e chuvas de granizo.

– Ah, Ian. – O semblante de Rachel assumira uma leveza, e sua mão também, agora repousando tranquila junto à dele. – Eu ia amar viver na fazenda com você.

– Você ia sentir falta do seu irmão – lembrou ele. – E de Dottie. Talvez de Fergus e Marsali, e dos pequenos também... Não acho que eles fossem se estabelecer na Cordilheira, embora tio Jamie ache que talvez eles desçam para o sul com a gente, mas se assentem perto da costa. Fergus vai precisar de uma cidade um pouco maior, se quiser ganhar a vida como impressor.

Ao ouvir isso, uma sombra cruzou o rosto de Rachel, mas ela balançou a cabeça.

– Eu vou sentir saudade de Denzell e Dottie... mas iria sentir de todo modo, já que eles vão aonde o Exército for. Mas vou ficar muito feliz se você não for – acrescentou ela, baixinho, erguendo o rosto para beijá-lo.

Rachel acordou na mesma hora. Não dormia pesado. Seu corpo vibrava por conta do sexo, ainda muito sintonizado ao de Ian. Quando ele soltou um arquejo e se empertigou a seu lado, ela despertou de imediato e tocou com delicadeza os ombros dele, pretendendo acordá-lo.

No instante seguinte, ela estava no chão, embolada aos lençóis, o marido por cima dela, estrangulando-a com suas imensas mãos. Rachel se debateu, em pânico, tentando empurrá-lo, mas foi em vão. Em dado momento, já sem fôlego, com a visão tomada por pontos vermelhos, conseguiu reunir forças e ergueu o joelho o mais alto que pôde.

Ela errou o alvo, mas foi um golpe de sorte. Acertou com vigor a coxa de Ian, que acordou, assustado, e afrouxou as mãos. Ela escapuliu por debaixo dele, ofegante, e foi rastejando o mais depressa possível até um canto. Lá ficou abraçada aos joelhos, tremendo e respirando com força, ouvindo o ribombo do próprio coração.

Ian arquejava, parando vez ou outra para soltar um grunhido ou um murmúrio ligeiro – e sem dúvida muito expressivo, se ela conseguisse entender – em gaélico ou mohawk. Depois de uns minutos, porém, ele foi se sentando, devagar, e recostou o corpo no estrado da cama.

– Rachel? – chamou ele, cauteloso, depois de um instante de silêncio. Soava racional, e os braços de Rachel relaxaram um pouquinho.

– Oi – disse ela, hesitante. – Você… está bem, Ian?

– Sim – afirmou ele, em um tom doce. – Quem ensinou você a acertar um homem assim?

– Denny – respondeu ela, já respirando com mais facilidade. – Falou que não era violência se fosse para impedir um homem de cometer o pecado do estupro.

Fez-se um momento de silêncio junto à cama.

– Ah – murmurou Ian. – Talvez eu leve uma conversinha com Denny, dia desses. Um debate filosófico sobre o significado das palavras.

– Tenho certeza de que ele vai gostar.

Rachel ainda estava perturbada pelo ocorrido, mas foi engatinhando até voltar a ficar ao lado de Ian. O lençol estava caído mais adiante, todo embolado. Ela o sacudiu e cobriu o corpo nu. Ofereceu metade a Ian, mas ele balançou a cabeça e se recostou um pouco, soltando um gemido ao esticar a perna.

– Hum. Quer que eu… esfregue? – perguntou ela, hesitante.

Ele soltou um breve fungado, que ela interpretou como um gracejo.

– Agora não. Obrigado.

Os dois permaneceram sentados lado a lado, mal encostando os ombros. Rachel tinha a boca seca, e levou algum tempo para reunir saliva e conseguir falar:

– Achei que você fosse me matar – disse ela, esforçando-se para que a voz não saísse trêmula.

– Eu também achei – concordou Ian baixinho. Na escuridão, pegou a mão dela e a apertou com força. – Desculpe, moça.

– Você estava sonhando – arriscou ela. – Você… quer me contar o que sonhou?

– Meu Deus, não – respondeu ele, com um suspiro.

Ian soltou a mão dela, inclinou a cabeça e cruzou os braços sobre os joelhos.

Rachel ficou quieta, sem saber o que dizer, e rezou.

– Era o abenaki – disse ele, no fim das contas, com a voz embargada. – O que eu matei no acampamento britânico.

As palavras, simples e cruas, atingiram Rachel feito um soco no estômago.

Ela sabia. Ian tinha contado tudo, quando retornou ferido. Mas tornar a ouvir agora, no escuro, depois de ter as costas esfregadas no chão e a garganta machucada pelas mãos dele... parecia que o ato havia acontecido ali mesmo, na frente dela, e reverberava feito um grito de choque em seu ouvido.

Ela engoliu em seco, pousou a mão de leve em seu ombro, sentindo com o polegar a cicatriz recente e irregular, deixada por Denzell ao remover a flecha.

– Você estrangulou o homem? – perguntou ela bem baixinho.

– Não. – Ele respirou fundo. – Eu o asfixiei, cortei a garganta só um pouquinho, e depois acertei a cabeça dele com um tacape.

Ian se virou para ela e afagou de leve seus cabelos.

– Não precisava – concluiu Ian. – Não naquele exato momento, digo. Ele não me atacou... por mais que já tivesse tentado me matar.

– Ah – murmurou ela.

Rachel tentou engolir, mas sua boca estava totalmente seca. Com um suspiro, Ian apoiou a testa na dela. Rachel sentiu o calor de sua proximidade e seu hálito de cerveja e zimbro, que ele havia mascado para limpar os dentes. Ian tinha os olhos abertos, mas tão sombrios que ela não conseguia decifrá-los.

– Está com medo de mim, Rachel? – sussurrou ele.

– Estou – respondeu ela, cerrando a mão em seu ombro ferido, bem de leve, mas com força suficiente para que ele sentisse dor. – E estou com medo por você também. Mas tem coisas que eu temo muito mais do que a morte... e viver sem você é a maior delas.

Rachel refez a cama à luz da vela, e a deixou acesa por mais um tempinho, alegando que queria ler para acalmar a mente. Ian assentiu, deu-lhe um beijo e se enroscou a seu lado, como um cachorro – o estrado da cama era muito curto para ele. Rachel olhou o canto do quarto, onde dormia Rollo. Ele, *sim*, estava todo estirado, com a cabeça entre as patas.

Ian acomodou a mão na perna dela e adormeceu. Ela assistiu a esse momento: o rosto dele cada vez mais solto e tranquilo, os músculos dos ombros relaxando. Por isso ela tinha deixado a vela acesa: para vê-lo dormir, para ser invadida pela paz daquela visão.

Ela vestira a roupa de baixo, sentindo-se exposta. Por mais que o tempo estivesse quente, sem a necessidade de lençóis, ela havia coberto as pernas, a fim de sentir Ian quando ele se mexesse durante o sono. Bem devagar, aproximou uma perna, sentindo o toque de sua panturrilha no joelho dele. O brilho da vela nos longos cílios de Ian formava sombras em seu rosto, logo acima das curvas das tatuagens.

"Você é meu lobo", dissera-lhe Rachel. "E se você caça à noite, voltará para casa."

"E dormirei aos seus pés", respondera ele.

Ela suspirou, sentindo-se melhor, então abriu a Bíblia para ler um salmo antes de apagar a vela, mas percebeu que, por distração, havia apanhado do criado-mudo o livro *Pamela, ou a virtude recompensada*. Soltou uma risada, achando graça. Já um pouco menos agoniada, fechou o livro, apagou a vela e se aninhou a seu lobo adormecido.

Muito tempo depois, nas horas que antecediam a aurora, Rachel abriu os olhos. Sonolenta, ela vivenciou uma perfeita sensação de consciência livre de pensamentos. E a vívida impressão de estar acompanhada.

Ian estava bem ao lado. Sua respiração tocava o rosto dela, mas não era isso. Quando a sensação se repetiu, ela percebeu o que a havia acordado: uma dor na barriga, pequenina e aguda. Como a dor que às vezes vinha no início das regras, mas menor, mais parecida com uma... pontada. Uma pontada de consciência.

Ela piscou e levou a mão à barriga. Quase não se viam as vigas do teto, encobertas pela chegada distante da luz.

A dor havia cessado, mas a sensação de... companhia? De presença, na verdade. Isso permanecia. Era estranhíssimo, porém muito natural. *Claro*, pensou ela. Tão natural quanto as batidas do seu coração e o ar em seus pulmões.

Ela teve o leve ímpeto de acordar Ian, mas desistiu quase na mesma hora. Queria preservar a sensação, permanecer sozinha com aquela percepção. *Sozinha, não*, corrigiu-se, e caiu outra vez no sono, muito pacífica, as mãos ainda sobre o ventre.

Ian costumava acordar primeiro, mas Rachel sempre sentia seus movimentos, então o acompanhava. Despertava bem de leve, para desfrutar de seu cheiro quente, de seus ruídos masculinos e do roçar de suas pernas enquanto ele se levantava. Ian se demorava um pouco na beirada da cama, esfregando os cabelos e se situando. Se Rachel abrisse os olhos, veria aquelas longas costas bem ali, os músculos bronzeados descendo com delicadeza pela coluna até as nádegas belas, firmes e brancas como leite, em contraste.

Às vezes Ian soltava um traque e olhava para trás, com um jeito culpado. Ela fechava os olhos na mesma hora, fingindo dormir, pensando que devia estar completamente insana por achar aquilo tão adorável... mas achava.

Aquela manhã, no entanto, ela se sentou e alisou o cabelo dele. Abriu bem os olhos, alarmada pela postura dele.

– Ian? – sussurrou Rachel, mas ele não respondeu.

– *A Dhia* – disse ele, bem baixinho. – Ah, não, *a charaid*...

Na mesma hora, ela soube. Devia ter percebido no instante em que acordou. Pois Rollo sempre acordava junto com Ian, espreguiçava-se com um bocejo estalado, abanava o rabo junto à parede e enfiava o nariz gelado na mão de seu dono.

Naquela manhã, houve apenas silêncio... e o corpo aninhado de Rollo no canto.

Ian se levantou depressa, ajoelhou-se junto ao cachorro e deitou a mão delicada em sua cabeçorra peluda. Não falou nada nem chorou, mas ela ouviu o ruído de sua respiração, como se algo lhe rasgasse o peito.

Rachel saiu da cama, aproximou-se de Ian e se ajoelhou a seu lado, abraçando-o pela cintura. Mesmo sem querer, *ela* chorou.

– *Mo chù* – murmurou Ian com a voz embargada, afagando de leve o pelo grosso e macio. – *Mo chuilean. Beannachd leat, a charaid.*

Adeus, velho amigo.

Ele se agachou de cócoras, respirou fundo e agarrou com força a mão de Rachel.

– Ele esperou, eu acho, até saber que eu teria você ao meu lado. – Ian engoliu em seco, fazendo barulho. – Vou precisar enterrá-lo – disse, já com a voz mais firme. – Eu conheço um lugar, mas é meio longe. Volto amanhã no meio da tarde.

– Eu vou com você.

O nariz dela escorria. Ela pegou a toalha junto à jarra e assoou o nariz na pontinha.

– Não precisa, *mo ghràidh* – respondeu ele, delicado, afagando os cabelos de Rachel. – A viagem é longa.

Ela respirou fundo e se levantou.

– Então é melhor partirmos logo. – Tocou o ombro do marido, com a mesma delicadeza que ele afagara o pelo de Rollo. – Quando casei com você, casei com ele também.

116

VAMOS À CAÇA

15 de setembro de 1778
Primeira montanha Watchung

Havia uma pequena pilha de fezes no caminho, escuras e brilhosas como grãos de café. William seguia puxando a égua, por conta de seu peso e da natureza íngreme da trilha, então aproveitou a oportunidade para dar uma pausa e deixá-la respirar. Assim ela fez, com um fungado explosivo, sacudindo a crina.

Ele se agachou, apanhou umas bolinhas de fezes e cheirou. Muito frescas, porém não quentes, exalavam um cheiro pungente de carvalho, indicando que o cervo andara comendo bolotas verdes. Ao olhar para a esquerda, viu o galho quebrado que sinalizava a passagem do animal. Sua mão se mexeu, querendo agarrar o rifle. Ele podia deixar a égua amarrada...

– O que acha, minha velha? – perguntou ele, com sotaque de Lake District, onde havia crescido. – Se eu derrubasse um desses, você levaria a carcaça?

A égua tinha seus 14 anos, idade suficiente para ainda ter firmeza. Aliás, era difícil imaginar montaria mais firme. Mais parecia um sofá do que um cavalo, com seu lombo largo e os flancos amplos feito um barril de cerveja. No entanto, ao comprá-la,

William não tinha parado para pensar se ela estava acostumada a caçar. O galope firme e o temperamento amistoso não necessariamente eram indícios de que ela levaria com tranquilidade um cervo ensanguentado no lombo. Mesmo assim…

Ele ergueu o rosto e sentiu a brisa. Perfeita. O ar da montanha soprava bem em sua direção, e William imaginou de fato poder sentir o…

Algo se mexeu no meio do mato, estalando uns galhos, e ele ouviu o inconfundível farfalhar de uma imensa criatura herbívora, abocanhando um punhado de folhas de uma árvore.

Sem pensar duas vezes, William se levantou, desembainhou o rifle com o maior silêncio possível e descalçou as botas. Deslizou pela mata, silencioso como um furão…

Cinco minutos depois, ele agarrava com uma das mãos a galhada pontuda de um cervo de cerca de 1 ano de idade e degolava o animal com a outra, ainda ouvindo o tiro ecoar nas rochas escarpadas logo acima.

Tudo aconteceu tão depressa que nem parecia real, apesar da sensação de ardor e frio do sangue acre empapuçando suas meias. Havia um carrapato junto ao olho vidrado do cervo, redondinho feito uma pequenina uva moscatel. *Será que vai sair logo?*, pensou ele. Ou ainda haveria sangue suficiente para que o bicho se alimentasse por algum tempo?

O cervo estremeceu com violência, empurrou a galhada no peito dele e dobrou as pernas, como se ensaiasse um último salto. Então, morreu.

Ele o segurou por uns instantes, a sensação de veludo ainda nos chifres, feito uma camurça áspera sob sua palma suada, os ombros de pelagem grossa cada vez mais pesados sobre seu joelho.

– Obrigado – sussurrou.

Com o sangue do cervo em sua pele e a brisa soprando na mata ao redor, William se lembrou de Mac, o cavalariço, que falava sempre sobre a importância de agradecer à criatura que nos cedia a vida – e James Fraser, uns anos depois, que matara um imenso cervo na frente dele e entoara uma "oração das vísceras" em gaélico, antes de abater a fera.

Ele foi dar uma olhada na égua, que felizmente estava bem perto de onde ele a tinha deixado, tendo avançado apenas uns metros para pastar. Ela o encarou com olhos tranquilos, com florezinhas amarelas penduradas no canto da boca, como se os tiros e o cheiro de sangue fossem corriqueiros em sua vida.

Talvez sejam, pensou ele, com um tapinha amigável na égua.

Essa é para você, Ben, divagou ele, minutos depois, abrindo a barriga. O primo, quase seis anos mais velho do que ele, vez ou outra o levava para caçar na floresta perto de Earlingden, com o visconde Almerding, amigo de Ben e dono da reserva.

Durante os preparativos, ele tentou não pensar muito no primo. Em grande parte, acreditava que Ben estivesse morto. Febre tifoide, segundo o que Richardson contara a seu tio. Não era, de forma alguma, uma ocorrência rara entre os presos. Por mais que estivesse convencido – com relutância, pois ardia de vergonha por ter sido idiota a ponto de ser engambelado pelo homem – de que Richardson era um vilão, isso não significava que o homem só contasse mentiras. O fato era que William não havia encontrado nenhum outro rastro de Ben, depois de semanas de busca.

Havia, no entanto, uma parte de sua mente que não conseguia desistir. E uma ainda maior que faria todo o possível para aliviar a tristeza de seu pai e de seu tio, independentemente dos fatos.

– Em resumo, o que *mais* eu posso fazer? – resmungou ele, enfiando a mão no corpo quente e procurando o coração.

Pelo menos seria bem recebido no acampamento de Middlebrook, como era chamado. Um homem trazendo carne fresca era sempre bem-vindo.

Meia hora depois, William havia estripado a carcaça e enrolado em seu saco de dormir de lona, para afastar as moscas. A égua arreganhou as narinas e roncou, com nojo do cheiro, mas não se opôs quando ele amarrou o animal em seu lombo.

Já era fim de tarde, mas ainda levaria um tempo para escurecer àquela altura do verão. Era melhor fazer a primeira aproximação na hora do jantar. Seriam boas as chances de ele ser convidado a se sentar com alguém, e a conversa sempre fluía melhor quando era acompanhada de comida e bebida.

Após subir o pico rochoso para inspecionar o terreno, ele precisava admitir: Washington e seus engenheiros tinham escolhido muito bem. Do alto da primeira montanha Watchung, onde ele agora se encontrava, viam-se claramente abaixo as planícies em frente à Nova Brunswick. Os continentais poderiam ficar de olho vivo no exército britânico e descer para interferir em sua movimentação… e era o que tinham feito.

Agora, ambos os exércitos haviam se retirado. Os britânicos, para Nova York, e as tropas de Washington para… bom, para onde deviam estar no momento. Não estavam *ali*, o que era ótimo. Mas ainda havia gente vivendo perto do acampamento.

Ben era – *é*, corrigiu-se, com vigor – um oficial; capitão de infantaria, como William. Os oficiais capturados costumavam ficar alojados em casas de moradores locais, sob condicional. Era onde ele começaria a investigar.

– Venha, então, moça – disse à égua, soltando as rédeas do galho da árvore. – Vamos lá nos apresentar.

117

PELA MATA ESPINHOSA

16 de setembro de 1778
Filadélfia

Nós havíamos terminado o jantar, e eu limpava o rostinho de Henri-Christian com a bainha de meu avental quando ouvi uma batida à porta que dava para a viela. Jenny, sentada ao meu lado com Félicité no colo, dispensou-me uma olhadela, de sobrancelhas erguidas. Seria motivo de alarme?

Eu não tive nem tempo de balançar a cabeça ou dar de ombros. Todo o falatório cessou no mesmo instante, e o balbucio das crianças foi abafado como a chama de uma vela. Já escurecia, e a porta estava trancada. Fergus e Jamie trocaram olhares e, em silêncio, se levantaram.

Jamie permaneceu de um lado, com a mão no punhal – até aquele momento eu não tinha percebido que ele portava o punhal, mesmo à mesa. Ouvi o barulho de pés no pavimento da viela. Havia mais de um homem. Os pelos de minha nuca se eriçaram. Jamie estava relaxado, porém atento e a postos, com o peso do corpo no pé de trás. Fergus ergueu a barra da porta.

– *Bonsoir?* – disse Fergus, muito calmo, com uma nota interrogativa.

Um rosto pálido pairava na escuridão, meio distante, irreconhecível.

– *Bonsoir, monsieur Fraser.*

Surpresa, reconheci a voz. Nunca tinha ouvido Benedict Arnold falando francês. *Mas ele sabe, naturalmente*, pensei. O general havia liderado mais de uma campanha em Québec. Falava o francês de um soldado: bruto, mas funcional.

– *Madame Fraser est ici, monsieur?* – perguntou ele. – *Votre mère?*

Por reflexo, Fergus olhou por sobre o ombro para Jenny, perplexo. Eu tossi, pus Henri-Christian no chão e alisei seu cabelo bagunçado.

– Acho que o governador se refere a mim – falei.

O governador se virou para o lado e murmurou qualquer coisa a seu ajudante, que assentiu e retornou à escuridão.

– Sra. Fraser – disse Arnold, parecendo aliviado.

Fergus abriu espaço, e o governador entrou, com uma mesura para Marsali e Jenny e um meneio de cabeça para Jamie, antes de voltar a atenção a mim.

– Sim, eu me refiro à madame. Peço perdão pela minha chegada inapropriada – acrescentou ele, virando-se para Fergus. – Eu não sabia ao certo onde a sra. Fraser estava residindo e fui forçado a investigar.

Eu vi Jamie contorcer um pouco a boca frente à inoportuna menção à nossa falta de moradia, mas ele ensaiou uma mesura educada.

– E eu ouso dizer que o assunto é urgente, já que o senhor veio investigar pessoalmente?

– É, bastante urgente. – O governador se virou para mim. – Venho implorar um favor à senhora, em prol de um amigo.

Ele parecia um pouco melhor que da última vez que o vira: havia engordado e tinha o rosto mais corado, mas as linhas e manchas de tensão e fadiga em seu rosto ainda eram bem nítidas. Os olhos, no entanto, estavam mais atentos do que nunca.

– Seria um amigo doente? – perguntei, já olhando para a escada que levava ao em sua cabeçorra peluda. Não falou nada nem chorou, mas ela ouviu o ruído de sua respiração, como se algo lhe rasgasse o peito.

Rachel saiu da cama, aproximou-se de Ian e se ajoelhou a seu lado, abraçando-o pela cintura. Mesmo sem querer, *ela* chorou.

– *Mo chù* – murmurou Ian com a voz embargada, afagando de leve o pelo grosso e macio. – *Mo chuilean. Beannachd leat, a charaid.*

Adeus, velho amigo.

Ele se agachou de cócoras, respirou fundo e agarrou com força a mão de Rachel.

– Ele esperou, eu acho, até saber que eu teria você ao meu lado. – Ian engoliu em seco, fazendo barulho. – Vou precisar enterrá-lo – disse, já com a voz mais firme. – Eu conheço um lugar, mas é meio longe. Volto amanhã no meio da tarde.

– Eu vou com você.

O nariz dela escorria. Ela pegou a toalha junto à jarra e assoou o nariz na pontinha.

– Não precisa, *mo ghràidh* – respondeu ele, delicado, afagando os cabelos de Rachel. – A viagem é longa.

Ela respirou fundo e se levantou.

– Então é melhor partirmos logo. – Tocou o ombro do marido, com a mesma delicadeza que ele afagara o pelo de Rollo. – Quando casei com você, casei com ele também.

116

VAMOS À CAÇA

15 de setembro de 1778
Primeira montanha Watchung

Havia uma pequena pilha de fezes no caminho, escuras e brilhosas como grãos de café. William seguia puxando a égua, por conta de seu peso e da natureza íngreme da trilha, então aproveitou a oportunidade para dar uma pausa e deixá-la respirar. Assim ela fez, com um fungado explosivo, sacudindo a crina.

Ele se agachou, apanhou umas bolinhas de fezes e cheirou. Muito frescas, porém não quentes, exalavam um cheiro pungente de carvalho, indicando que o cervo andara comendo bolotas verdes. Ao olhar para a esquerda, viu o galho quebrado que sinalizava a passagem do animal. Sua mão se mexeu, querendo agarrar o rifle. Ele podia deixar a égua amarrada...

– O que acha, minha velha? – perguntou ele, com sotaque de Lake District, onde havia crescido. – Se eu derrubasse um desses, você levaria a carcaça?

A égua tinha seus 14 anos, idade suficiente para ainda ter firmeza. Aliás, era difícil imaginar montaria mais firme. Mais parecia um sofá do que um cavalo, com seu lombo largo e os flancos amplos feito um barril de cerveja. No entanto, ao comprá-la,

723

William não tinha parado para pensar se ela estava acostumada a caçar. O galope firme e o temperamento amistoso não necessariamente eram indícios de que ela levaria com tranquilidade um cervo ensanguentado no lombo. Mesmo assim...

Ele ergueu o rosto e sentiu a brisa. Perfeita. O ar da montanha soprava bem em sua direção, e William imaginou de fato poder sentir o...

Algo se mexeu no meio do mato, estalando uns galhos, e ele ouviu o inconfundível farfalhar de uma imensa criatura herbívora, abocanhando um punhado de folhas de uma árvore.

Sem pensar duas vezes, William se levantou, desembainhou o rifle com o maior silêncio possível e descalçou as botas. Deslizou pela mata, silencioso como um furão...

Cinco minutos depois, ele agarrava com uma das mãos a galhada pontuda de um cervo de cerca de 1 ano de idade e degolava o animal com a outra, ainda ouvindo o tiro ecoar nas rochas escarpadas logo acima.

Tudo aconteceu tão depressa que nem parecia real, apesar da sensação de ardor e frio do sangue acre empapuçando suas meias. Havia um carrapato junto ao olho vidrado do cervo, redondinho feito uma pequenina uva moscatel. *Será que vai sair logo?*, pensou ele. Ou ainda haveria sangue suficiente para que o bicho se alimentasse por algum tempo?

O cervo estremeceu com violência, empurrou a galhada no peito dele e dobrou as pernas, como se ensaiasse um último salto. Então, morreu.

Ele o segurou por uns instantes, a sensação de veludo ainda nos chifres, feito uma camurça áspera sob sua palma suada, os ombros de pelagem grossa cada vez mais pesados sobre seu joelho.

– Obrigado – sussurrou.

Com o sangue do cervo em sua pele e a brisa soprando na mata ao redor, William se lembrou de Mac, o cavalariço, que falava sempre sobre a importância de agradecer à criatura que nos cedia a vida – e James Fraser, uns anos depois, que matara um imenso cervo na frente dele e entoara uma "oração das vísceras" em gaélico, antes de abater a fera.

Ele foi dar uma olhada na égua, que felizmente estava bem perto de onde ele a tinha deixado, tendo avançado apenas uns metros para pastar. Ela o encarou com olhos tranquilos, com florezinhas amarelas penduradas no canto da boca, como se os tiros e o cheiro de sangue fossem corriqueiros em sua vida.

Talvez sejam, pensou ele, com um tapinha amigável na égua.

Essa é para você, Ben, divagou ele, minutos depois, abrindo a barriga. O primo, quase seis anos mais velho do que ele, vez ou outra o levava para caçar na floresta perto de Earlingden, com o visconde Almerding, amigo de Ben e dono da reserva.

Durante os preparativos, ele tentou não pensar muito no primo. Em grande parte, acreditava que Ben estivesse morto. Febre tifoide, segundo o que Richardson contara a seu tio. Não era, de forma alguma, uma ocorrência rara entre os presos. Por mais que estivesse convencido – com relutância, pois ardia de vergonha por ter sido idiota

724

Ela espichou os braços no alto da cabeça. O movimento fez enrijecer bem de leve os mamilos dos seios surpreendentemente brancos. Ele também começou a enrijecer, e mais do que depressa se virou de lado, antes que ficasse impossível dar cabo de sua tarefa.

– Volte a dormir, moça – disse ele. – Eu só...

Ele apontou para o penico debaixo da cama.

Ela soltou um ruído sonolento e virou para o lado, para observá-lo.

– Você se incomoda que eu veja? – perguntou, com a voz suave e rouquenha, por conta do sono e dos gritos abafados de mais cedo.

Ele olhou para ela, espantado.

– Por que você quer olhar?

A ideia parecia meio perversa, mas deveras estimulante. Ele pretendia lhe dar as costas para *poder* mijar, mas se ela queria ficar olhando...

– Parece um ritual íntimo – disse ela, encarando Ian com os olhos semicerrados. – Confiança, talvez. De que você considera que o seu corpo é meu, como eu considero que o meu corpo é seu.

– Ah, é? – A ideia o surpreendeu, mas ele não se opôs. Nem um pouco.

– Você já viu as minhas partes mais escondidas – apontou ela, afastando as pernas e correndo os dedos delicadamente por entre elas. – E provou também. *Qual* foi o gosto? – indagou, curiosa.

– Truta fresca – respondeu ele, com um sorriso. – Rachel... se você quer me ver mijar, pode ver. Mas não vou conseguir se ficar conversando desse jeito, está bem?

– Ah. – Ela soltou um breve ronco, achando graça, e rolou o corpo, exibindo as costas e o traseiro muito redondo. – Vá em frente, então.

Ele suspirou, examinando as possibilidades.

– Só um minuto, sim? – Antes que ela pudesse pensar em outra coisa escandalosa para dizer, ele prosseguiu, na esperança de distraí-la: – Tio Jamie e tia Claire estão pensando em sair da Filadélfia e retornar à Carolina do Norte, sabe? O que acha de ir com eles?

O quê? – Ela se remexeu, fazendo farfalhar o colchão de casca de milho. – Aonde está pensando em ir, que não me levaria junto?

– Ah, eu não quis dizer isso, moça – garantiu ele, com uma olhadela para trás. Ela estava apoiada nos cotovelos, com um olhar acusativo. – Eu quis dizer para *nós dois* irmos. Para a Cordilheira dos Frasers... o vilarejo de tio Jamie.

– Ah.

Ela fez um silêncio surpreso. Ele pôde ouvir sua cabecinha trabalhando, e sorriu para si mesmo.

– Você não sente que tem um dever em relação ao Exército Continental? – perguntou Rachel, depois de um instante, com cautela. – À causa da liberdade?

– Não acho que sejam necessariamente a mesma coisa, moça – respondeu ele,

– Jamie – sussurrei e, com extrema cautela, toquei suas costas. Se ele estava sonhando com Jack Randall, poderia…

– Não! – exclamou ele, em um tom alto e feroz, esticando as pernas e retesando todos os músculos do corpo. – Vá para o *inferno*!

Eu respirei fundo e relaxei um pouco. A raiva era mil vezes melhor do que o medo ou a dor. A raiva iria embora assim que ele despertasse por completo. As outras sensações tendiam a permanecer.

– Shh – sussurrei, um pouco mais alto, porém ainda com doçura. Germain costumava dormir junto à lareira, por não querer dividir a cama com os irmãos menores. – Shh, Jamie. Estou aqui.

Com certo temor, eu o abracei, bem de leve, e deitei o rosto em suas costas. Sua pele estava quente. Jamie exalava o odor pungente de nosso sexo, misturado a um cheiro ainda mais forte de medo e raiva.

Ele estirou o corpo e prendeu a respiração… mas eu senti sua consciência retornar no mesmo instante, como acontecia quando ele acordava alarmado, pronto para pular da cama e pegar uma arma. Apliquei mais força em meu abraço, pressionando o corpo contra o dele. Jamie não se mexeu, mas eu senti seu coração bater mais forte e ligeiro.

– Está me ouvindo? – perguntei. – Está tudo bem?

Depois de um instante, ele respirou fundo e soltou o ar em um suspiro longo e trêmulo.

– Está – sussurrou ele, estendendo a mão para trás e agarrando minha coxa com tanta força que eu dei um tranco. Mas consegui não gritar.

Ficamos quietinhos por um tempo, até que senti seu coração começar a se acalmar e a pele esfriar. Beijei-lhe as costas e acariciei bem devagar as cicatrizes que jamais sumiriam, repetindo o gesto várias vezes, até que ele esvaziou a mente e adormeceu em meus braços.

Os pombos no telhado da pensão emitiam breves arrulhos, que mais pareciam o som da maré arrebentando em uma praia de seixos. Rachel roncava baixinho, fazendo um barulho parecido. Ian achava um charme, e poderia passar a noite inteira ouvindo seus sons… mas Rachel havia se deitado em cima de seu braço esquerdo, que já estava dormente, e ele precisava mijar com urgência.

Com a maior delicadeza possível, ele conseguiu puxar o braço, mas Rachel tinha o sono leve. Ela acordou na mesma hora, bocejando e se espreguiçando feito um gato selvagem. Estava nua. À luz das velas, os braços e o rosto tinham uma coloração de pão torrado, o resto do corpo era pálido, e as partes íntimas por sob os pelos castanhos guardavam um tom mais escuro, que não era nem rosa nem violeta nem marrom, mas o faziam recordar as orquídeas nas florestas da Jamaica.

Ela encarou o pai com atenção, implorando por aprovação, tremulando de leve o queixo de moça.

Hal fechou os olhos um instante, então abriu e encarou a filha.

– Dorothea – disse ele baixinho. – Eu preciso acreditar que Ben está vivo. Se ele não estiver, sua mãe vai morrer de desconsolo... e eu morrerei com ela.

Fez-se um longo instante de silêncio, durante o qual Grey ouviu as carruagens da rua, as vozes abafadas de seu criado e um engraxate no corredor. Dottie permaneceu calada, mas ele também pôde sentir as lágrimas que escorriam por seu rosto.

115

A EMARANHADA TEIA DOS CUIDADOS

15 de setembro de 1778
Filadélfia

Acordei abruptamente no escuro, alarmada e desorientada. Por um instante, não fazia ideia de onde estava nem do que acontecia. Só sabia que tinha algo muitíssimo errado.

Eu me sentei e pisquei com vigor, na tentativa de me situar no ambiente. Notei que estava nua, as pernas enroscadas em um lençol e fiozinhos de palha pinicando... Ah. Sótão. Gráfica.

Jamie.

Era esse o problema. Ele estava ao meu lado, mas não imóvel. Estava deitado de lado, de costas para mim, o corpo contorcido, os joelhos erguidos, os braços cruzados sobre o peito, a cabeça inclinada. Tremendo com violência, embora o luar me revelasse o brilho do suor frio em seus ombros. E fazendo os terríveis ruídos que indicavam seus piores pesadelos.

Eu sabia que não devia tentar acordá-lo de supetão. Não em um local pequeno, entulhado e com uma queda brusca de 3 metros.

Meu coração palpitava, e o dele também, eu sabia. Acomodei-me com cuidado a seu lado, de frente para suas costas. Precisava tocá-lo, trazê-lo de volta a si bem devagar – pelo menos de modo que ele recobrasse a consciência sozinho. Aquele não era o tipo de pesadelo apaziguado com conversas. Às vezes, nem com o despertar.

– Meu Deus, não – disse ele, em um sussurro angustiado. – Meu Deus, *não*!

Era melhor não agarrar seu corpo nem sacudir. Cerrei a mandíbula e corri a mão bem de leve pela curva de seu ombro até o cotovelo, e ele se arrepiou, como um cavalo tentando espantar as moscas. Tudo bem, então. Eu repeti o gesto, parei e fiz mais uma vez. Ele soltou um arquejo profundo e terrível, sufocado de medo... mas o tremor violento suavizou um pouco.

Hal soltou um suspiro audível e assentiu.

– Tenho certeza – respondeu ele, em sua melhor voz de comando.

John, porém, percebeu as juntas dos dedos do irmão embranquecerem, quando ele agarrou uma colher de chá, e sentiu o próprio estômago se contrair pela apreensão.

Dottie claramente tinha suas dúvidas, a julgar pelo olhar que dispensava ao pai, mas assentiu com obediência. Sendo Dottie, claro, não parou por aí.

– Por que o senhor tem certeza? – perguntou. – Adam e Henry estão pensando... o pior.

Hal abriu a boca uma fração de milímetro, mas permaneceu em silêncio.

John achava que o irmão devia ter se preparado para aquilo, mas, afinal de contas, ele *estivera* passando dificuldades. E, justiça fosse feita, era difícil estar preparado para alguém como Dottie.

– Acho melhor contar a ela – disse John. – Se não contar, ela vai escrever para Minnie.

Hal fuzilou o irmão com o olhar, muitíssimo ciente de que a sugestão tinha sido feita no intuito de forçá-lo a divulgar seus pensamentos a Dottie. Mas não havia muita escolha, então ele contou, com a maior delicadeza possível.

– Mas esse capitão Richardson *não* fez nada a Willie? – questionou Dottie, franzindo um pouco o cenho. – Eu achei...

– Não na ocasião – explicou John, brevemente –, mas, dado seu comportamento pregresso em Great Dismal e em Québec, estamos meio desconfiados.

– E ele aparentemente desertou – apontou Hal.

– O senhor não sabe disso. Ele pode ter sido morto e o assassino escondeu o corpo – sugeriu Dottie, muito racional.

– Ele foi visto saindo do acampamento – retrucou John, com paciência. – Sozinho. E, considerando o que sabemos e suspeitamos a respeito dele, acho que temos base para considerar a possibilidade de que ele seja agente americano.

Se parasse para refletir sobre toda a experiência que tivera com Richardson, ele estava muitíssimo convencido disso. Também havia passado uns anos trabalhando como agente da inteligência, e todos os seus instintos gritavam que havia algo errado em relação a Ezekiel Richardson.

– Eu me culpo absurdamente – disse ele a Hal. – Devia ter suspeitado dele muito antes. Mas estava... distraído, na época.

Distraído. Virado do avesso e deveras arrasado pela notícia da morte de Jamie Fraser. Até a lembrança daqueles momentos era o bastante para lhe revirar o estômago. Ele baixou o garfo cheio de peixe defumado, sem apetite.

– Muito bem – concordou Dottie, devagar. Sua comida também estava esfriando no prato. A de Hal, idem. – Então o senhor não acredita que Ben esteja morto, porque Richardson falou que ele *estava*... e o senhor acha que Richardson é falso. Mas é... só isso?

715

– Agora, como Ben não chegou a mencionar essa mulher a Hal, uma das tarefas que eu preciso levar a cabo para seu pai é avaliar se ela está dizendo a verdade. Se estiver, eu a trarei comigo, naturalmente, e a família irá cuidar dela e da criança.

– E se ela *não* estiver dizendo a verdade?

A agonia de Dottie foi logo substituída por uma sensação de esperança e curiosidade.

– Sabe Deus – respondeu Grey, com franqueza. – Quer pedir a Marks para trazer o nosso café da manhã, Dottie? Posso estar acordado, mas não me sinto apto a levar conversas hipotéticas antes de tomar uma xícara de chá.

– Ah. Sim, claro.

Ela se levantou, bem devagar, visivelmente absorta nas revelações. Deu dois passos em direção à porta, mas parou sob a soleira e olhou para trás.

– Eu *vou* com vocês – disse ela, com firmeza. – Podemos conversar no caminho.

Hal chegou quando o peixe e a carne grelhada estavam sendo servidos. Parou por uma fração de segundo ao ver Dottie, então avançou, mais lentamente, encarando a filha.

– Bom dia, papai – disse ela, com energia, levantando-se para lhe beijar o rosto. – Sente-se e coma um peixe.

Ele se sentou, então levou o olhar a John.

– Eu não tive nada a ver com isso – garantiu Grey ao irmão. – Ela chegou aqui e… Por sinal, como chegou aqui, Dottie?

– A cavalo – respondeu ela, com paciência, pegando uma fatia de torrada.

– E onde está o seu marido? – indagou Hal, em tom suave. – Ele sabe onde você está?

– Denzell está onde seu dever o levou. Com o Exército Continental. O meu me trouxe aqui. E é lógico que ele sabe.

– E ele não fez nenhuma objeção a você viajar da Pensilvânia até Nova York, cruzando estradas infestadas de…

– Eu não vim sozinha. – Ela mordeu a torrada com delicadeza, mastigou e engoliu. – Ian e uns amigos mohawks me trouxeram. Os mohawks estão rumando para algum ponto ao norte.

– Ian… Ian Murray? – indagou Grey, mas ele mesmo respondeu: – Imagino que seja. Quantos mohawks chamados Ian pode haver? Deduzo então que ele tenha sobrevivido ao ferimento. Que bom. Como foi que você…?

– Dorothea – disse Hal, em um tom calculado –, o que veio fazer aqui?

Dottie devolveu o olhar do pai, a mandíbula visivelmente cerrada.

– Vi-vim po-por causa de Ben – repetiu a moça, incapaz de imprimir firmeza à voz. – O senhor… tem *certeza* de que ele não morreu?

Ele parou rapidamente, para vestir o *banyan* – mesmo em uma emergência, havia limites –, então se ajoelhou ao lado dela e a abraçou.

– Está tudo bem – disse ele baixinho, acariciando as costas da sobrinha. – Pode ser que Ben não tenha morrido, no fim das contas. Seu pai e eu achamos isso.

Esperamos muito que não tenha, pensou ele, mas optou por uma visão mais positiva da situação.

– Vocês acham mesmo? – Ela tossiu e fungou, olhando para ele com seus lacrimosos olhos azuis.

– Certamente – respondeu ele, com firmeza, e vasculhou o bolso do *banyan* atrás de um lenço.

– Por que acham isso? – Ela aceitou a oferta do lenço de linho meio amassado, mas ainda utilizável, e enxugou o rosto. – Como ele pode não ter morrido?

Grey suspirou, entre a cruz e a espada, como era costumeiro quando ele se embolava nas situações de Hal.

– Seu pai sabe que você está aqui? – perguntou ele, como tática para mudar de assunto.

– Não… – falou Dottie, pigarreando e endireitando o corpo. – Eu fui até o alojamento dele, mas ele não estava, então vim procurar o senhor.

– E por que *você* tem certeza de que Ben morreu? – indagou Grey.

Ele se levantou, amarrou a faixa do *banyan* e começou a procurar as chinelas. Sabia que Hal ainda não havia escrito para Minnie, para contar de Ben. Mesmo que o tivesse feito, a notícia não poderia ter chegado a Dottie em tão pouco tempo. E Hal não teria contado nada à filha e à esposa antes de ter certeza.

– Henry me contou – respondeu ela. Virou um pouco d'água no lenço e começou a ajeitar a pele. – Eu fui visitar Henry e Mercy, e ele tinha acabado de receber uma carta de Adam… Você tem *certeza* de que ele não morreu? – questionou ela, ansiosa, baixando o lenço e encarando o tio. – A carta de Adam dizia que a notícia tinha vindo de alguém da equipe do general Clinton, confirmando que Ben havia morrido em um acampamento militar em Nova Jersey… Middlebrook, acho que era esse o nome.

– Não, não temos certeza – admitiu ele. – Mas temos bons motivos para duvidar dessa informação. Até que consigamos explorar por completo esses motivos, seguiremos presumindo que ele não está morto. De qualquer maneira, preciso encontrar a mulher dele. E o filho.

Dottie arregalou os olhos.

– *Filho?* Ben tem um filho?

– Bom, a mulher que alega ser casada com ele tem um filho… Ela afirma que Ben é o pai da criança.

Sem saída, ele contou à sobrinha sobre a carta de Amaranthus Cowden, que Hal recebera na Filadélfia.

sótão onde dormíamos... e onde ficava a caixa com minha modesta farmacopeia quando eu não estava trabalhando.

– É um caso de ferimento, madame, não de doença – respondeu Arnold, enrijecendo a boca. – Ferimento grave.

– Ahn? Bom, então é melhor eu...

Jamie me refreou, com a mão em meu braço e os olhos em Arnold.

– Um momento, Sassenach – disse ele baixinho. – Antes de ir, quero saber a natureza desse ferimento e o nome do ferido. Também quero saber por que o governador veio até aqui na calada da noite e por que esconde sua intenção do próprio ajudante.

Arnold enrubesceu, mas assentiu.

– Muito justo, sr. Fraser. Conhece um homem de nome Shippen?

Jamie balançou a cabeça, impassível, mas Fergus interveio:

– Eu conheço. É um homem de posses, além de conhecido legalista... um dos que escolheram não sair da cidade quando os britânicos recuaram.

– Eu conheço uma das meninas Shippen – falei, recordando vagamente a extravagante festa de despedida do general Howe, em maio... Deus do céu, fazia mesmo apenas três meses? – Mas acho que não fui apresentada ao pai. Ele está ferido?

– Não. Ele é o amigo em nome de quem lhe peço ajuda, madame. – Arnold soltou um suspiro profundo e infeliz. – O primo do sr. Shippen, um jovem chamado Tench Bledsoe, foi atacado ontem à noite pelos Filhos da Liberdade. Foi coberto de alcatrão e penas e deixado nas docas, na frente do armazém do sr. Shippen. Ele rolou para o rio e só não se afogou por milagre, mas se arrastou para a margem lamacenta, até que um escravo que caçava caranguejos o encontrou e correu para ajudar.

– Ajudar – repetiu Jamie, com cuidado.

Arnold o encarou e assentiu.

– Exato, sr. Fraser – respondeu ele, com frieza. – Os Shippens moram a duas ruas do dr. Benjamin Rush, mas, dadas as circunstâncias...

As circunstâncias eram que Benjamin Rush era um rebelde muito visado e exposto, ativo entre os Filhos da Liberdade, e que sem dúvida conhecia todos na Filadélfia que guardavam sentimentos similares – muito provavelmente incluindo os agressores de Tench Bledsoe.

– Sente-se, Sassenach – disse Jamie, apontando para o meu banquinho. Eu não obedeci, e ele me lançou um olhar soturno. – Não pretendo impedi-la de ir – prosseguiu ele, em tom severo. – Sei muito bem que você vai. Só quero garantir que volte. Está bem?

– Ahn... Está bem – respondi, pigarreando. – Eu vou só... juntar as minhas coisas, então.

Eu me esgueirei por entre o aglomerado de crianças e subi a escada o mais depressa possível, ouvindo o austero interrogatório de Jamie ao governador Arnold começar atrás de mim.

Queimaduras gravíssimas – devido às dificuldades oriundas do alcatrão endurecido –, com febre e infecção já em curso, depois de uma noite inteira em um rio lamacento. Seria um caos... Não havia como prever a extensão das queimaduras no corpo do jovem. Com sorte, talvez a pele tivesse sido atingida apenas por respingos de alcatrão. Sem sorte...

Cerrei a mandíbula e comecei a me arrumar. Ataduras de linho, um bisturi, uma faquinha de cozinha para remoção das partes infeccionadas... o que mais? Sanguessugas? Talvez. Sem dúvida haveria hematomas... Ninguém levava alcatrão e penas sem reagir. Prendi rapidamente o frasco das sanguessugas com uma atadura, para evitar que se abrisse no caminho. Um pote de mel, claro...

Eu o ergui contra o brilho da luz: estava pela metade, o tom dourado meio leitoso refletindo a luz através do vidro marrom, como o brilho de uma vela. Fergus guardava uma lata de terebintina no galpão, para limpar os tipos. Eu poderia pegá-la emprestado também.

Não estava muito preocupada com as discrições políticas que haviam levado Arnold a me contatar de maneira tão furtiva. Eu sabia que Jamie tomaria todas as precauções possíveis. A Filadélfia estava nas mãos dos rebeldes, mas não era, de forma alguma, um lugar seguro... para ninguém.

Não pela primeira vez – nem pela última –, alegrei-me por pelo menos ver meu próprio caminho com clareza diante de mim. A porta abaixo se abriu e se fechou, com um baque surdo. O governador havia ido embora.

Eu olhei a liteira bastante suja, inalei o cheiro dos vários usuários anteriores e agarrei minha bengala com mais firmeza.

– Eu posso ir a pé. Não é tão longe.

– Você não vai a pé – retrucou Jamie.

– Você não pretende me impedir, não é?

– Pretendo, sim – disse ele, com gentileza. – Não posso impedi-la de ir nem tentaria, mas posso garantir que não vai levar um tombo no caminho. Entre, Sassenach. Vá devagar – acrescentou aos liteireiros, abrindo a porta da liteira e apontando para mim. – Eu vou junto, e não queria sair galopando tão cedo depois de jantar.

Como não havia alternativa razoável, reuni o que me restava de dignidade e entrei. Com a cesta de utensílios a meus pés e a janela o mais aberta possível – a lembrança de minha última e claustrofóbica viagem de liteira era tão vívida quanto os odores da atual –, partimos a um soberbo trote pelas ruas escuras da Filadélfia.

O toque de recolher havia sido relaxado nos últimos tempos, devido aos protestos dos donos – e dos fregueses – das tavernas. Mas o clima geral da cidade ainda estava meio tenso: as mulheres respeitáveis não saíam à rua, nem as gangues de jovens briguentos, nem os escravos que tinham moradia própria. Eu vi uma prostituta parada na entrada de uma viela. Ela assobiou para Jamie e gritou um convite, mas com indiferença.

– O cafetão deve estar escondido no beco... com um cassetete... Quer apostar? – observou o liteireiro atrás de mim, pontuando a fala com arquejos. – Não é tão seguro... quanto quando o Exército estava aqui.

– Acha que não? – indagou o companheiro dele, que encontrou fôlego para responder. – O Exército estava aqui... quando aquele oficial... foi degolado em um puteiro. Deve ser por isso que aquela... puta está fazendo turno aqui. – Ele sorveu o ar e prosseguiu: – Como pretende... organizar essa aposta, então? Vai ter com ela pessoalmente?

– Talvez este cavalheiro faça o serviço – disse o outro, com uma risada breve e arquejante.

– Pode ser que ele não faça – respondi, metendo a cabeça pela janela. – Mas posso ir olhar, se quiserem.

Jamie e o homem da frente riram, e o outro grunhiu. Dobramos uma rua, sacolejando, e seguimos até a casa de Shippen, muito graciosa, em uma ladeirinha à beira da cidade. Havia uma lanterna acesa junto ao portão e outra perto da porta. Eu me perguntei se aquilo indicava que estávamos sendo aguardados. Não havia pensado em perguntar ao governador Arnold se ele tinha avisado aos moradores de nossa chegada. Se não tivesse, os minutos seguintes seriam interessantes.

– Tem alguma ideia de quanto vamos demorar, Sassenach? – indagou Jamie, pegando a bolsa para pagar o liteireiro.

– Se ele já estiver morto, não muito– respondi, ajeitando as saias. – Se não estiver, pode levar a noite inteira.

– Certo. Esperem um pouco, então – disse Jamie aos liteireiros, que me encaravam, boquiabertos. – Se eu não sair daqui a dez minutos, vocês estão livres para ir embora.

Tamanha era a força da personalidade de Jamie que os homens não perceberam que já eram livres para ir embora naquele mesmo instante, se quisessem. Eles apenas assentiram, submissos, enquanto ele pegava o meu braço e subia as escadas comigo.

Nossa presença era aguardada. A porta se escancarou assim que as botas de Jamie tocaram a pedra lavada da varanda, e uma moça espiou o lado de fora, revelando ao mesmo tempo alarme e interesse. Era evidente que o sr. Bledsoe não estava morto.

– Sra. Fraser? – Ela piscou os olhos e me encarou de esguelha. – Ahn... digo... é a sra. Fraser, *mesmo*? O governador Arnold falou...

– É a sra. Fraser – respondeu Jamie, com rispidez. – E eu garanto, minha jovem, que estou em posição de saber.

– Este seria o *sr.* Fraser – informei à moça, que o encarava, claramente aturdida. – Da última vez que a senhorita me viu, eu devia ser a lady John Grey – acrescentei, tentando manter um tom displicente. – Mas, sim, sou Claire Fraser... ainda. Digo... de novo. Fiquei sabendo que o seu primo...?

– Ah, sim! Por favor... venham por aqui.

A moça deu um passo para trás, apontando para os fundos da casa, e eu vi que ela estava acompanhada de um criado, um senhor negro de meia-idade, que ensaiou uma mesura e conduziu o caminho por um extenso corredor, depois por uma escada.

No meio do trajeto, nossa anfitriã, muito delicada, apresentou-se como Margaret Shippen e pediu desculpas pela ausência de seus pais. O pai tinha se ausentado a trabalho.

Eu não havia sido apresentada formalmente a Peggy Shippen, mas já a tinha visto e sabia um pouco sobre ela. A moça foi uma das organizadoras da *mischianza* e, por mais que o pai a tivesse proibido de comparecer ao baile, todos os amigos falaram com detalhes a seu respeito – e uma ou duas vezes eu a vira em trajes suntuosos em outras festividades às quais havia acompanhado John.

A trabalho! Vislumbrei o olhar de Jamie, que deu de ombros, muitíssimo discreto. Era bem provável que Edward Shippen quisesse evitar qualquer ligação pública com a desgraça de seu sobrinho. Até onde era possível, reduzir ao mínimo o falatório acerca do incidente. Não era hora nem local para sustentar inclinações legalistas na família.

A srta. Shippen nos conduziu a um quartinho no terceiro andar, onde a silhueta enegrecida de um homem jazia sobre a cama. O odor de alcatrão pairava forte no ar, bem como de sangue. Ouvia-se um gemido baixo e constante. Devia ser Tench Bledsoe. *E que nome estranho*, pensei, aproximando-me com cautela. Até onde eu sabia, a palavra *tench* em inglês denotava um tipo de peixe da família das carpas.

– Sr. Bledsoe? – falei baixinho, apoiando minha cesta em uma mesinha.

Havia um castiçal sobre a mesa e, pela luz da única chama, pude ver o rosto dele. Bem, metade do rosto dele. A outra estava escurecida pelo alcatrão, bem como boa parte da cabeça e do pescoço. A metade limpa revelava um jovem comum, de nariz grande e adunco, as feições contorcidas em agonia, sem o menor aspecto de peixe.

– Sim – sussurrou ele, grunhindo de dor, como se mesmo o escape de uma única palavra pusesse em risco seu fragilíssimo autocontrole.

– Eu sou a sra. Fraser – apresentei-me, deitando a mão no ombro dele. Um breve arrepio percorreu o corpo do rapaz, como uma corrente elétrica. – Vim ajudá-lo.

Ele me ouviu e assentiu, meio desajeitado. Haviam lhe servido conhaque; eu percebi o cheiro por sob o vapor de alcatrão de pinho, e um decânter pela metade jazia sobre a mesa.

– Vocês têm láudano? – perguntei, virando-me para Peggy.

Não seria muito útil a longo prazo, mas uma dose alta talvez nos ajudasse na pior parte das preliminares.

A moça era bastante jovem – 18 anos, no máximo –, mas alerta, confiante e muito bonita. Ela assentiu e desapareceu, murmurando uma palavra ao criado. *Claro*, pensei, vendo as saias da moça balançarem enquanto ela sumia de vista. *Não dá para mandar o empregado ir buscar.* O láudano devia ficar guardado com as outras ervas da casa, em um armário trancado a chave.

– Como posso ajudar, Sassenach? – perguntou Jamie baixinho, como se temesse quebrar a concentração do homem ferido em sua dor.

– Me ajude a tirar as roupas dele.

O agressor de Tench, fosse lá quem fosse, não o havia despido. Que sorte. E o alcatrão, em sua maior parte, provavelmente não tinha sido aplicado fervendo. Eu sentia cheiro de cabelo queimado, mas não o fedor enjoativo de carne chamuscada. O alcatrão de pinho não era como o piche das estradas modernas. Era um subproduto da destilação da terebintina, e talvez fosse maleável o bastante para ser espalhado sem a necessidade de fervura prévia.

A perna *eram outros quinhentos*, como percebi assim que Jamie afastou o lençol que cobria o rapaz. Era de lá que vinha o cheiro de sangue. Estava molhando a roupa de cama, exalando um odor de cobre e púrpura.

– Jesus H. Roosevelt Cristo – soltei, entre dentes.

Tench estava branco feito papel, os olhos fechados, o rosto rajado de suor e lágrimas, mas fez uma careta.

Jamie contraiu a mandíbula e puxou sua faquinha, afiada a ponto de raspar os pelos do braço de um homem. Afiada a ponto de cortar a meia rasgada e a calça molhada. Ele afastou o tecido endurecido e me mostrou os danos.

– Quem fez isso com você, homem? – perguntou ele a Tench, agarrando seu punho quando o rapaz baixou a mão para tatear a perna e tentar avaliar a extensão dos danos.

– Ninguém – sussurrou Tench, tossindo. – Eu… Eu pulei do cais quando ele ateou fogo à minha cabeça e aterrissei com o pé na lama. Ficou enfiado, e quando eu desabei…

Era uma fratura exposta, e das feias. Os dois ossos da canela haviam se partido, e as pontas quebradas irrompiam pela pele em diferentes direções. Surpreendia-me que ele tivesse sobrevivido ao choque, bem como ao trauma do ataque – sem contar o tempo passado à margem de um rio imundo. A carne macerada estava inchada, ferida, vermelha e horrível, com uma infecção profunda. Eu inspirei de leve, esperando o forte odor de gangrena, mas não. Ainda não.

– Ele ateou fogo à sua cabeça? – perguntou Jamie, incrédulo. Aproximou-se e tocou a massa de pele escurecida do lado esquerdo. – Quem foi?

– Eu não sei.

Tench ergueu a mão e segurou a de Jamie, mas não tentou afastá-lo. Permaneceu com a mão sobre a dele, como se aquele toque informasse tudo o que era preciso saber, mas que Tench não aguentava descobrir sozinho.

– Pelo jeito como falava, talvez fosse da Inglaterra ou da Irlanda. Ele… virou o piche sobre a minha cabeça e espalhou as penas. Outros teriam me deixado lá, mas ele deu meia-volta e pegou uma tocha… – Ele tossiu, encolhendo-se com o espasmo. – Como se… me odiasse – concluiu, sem fôlego, meio estupefato.

Com cuidado, Jamie quebrava pequenos chumaços de cabelo queimado e grumos de lama e alcatrão, revelando a pele cheia de bolhas por baixo.

– Não está tão ruim, rapaz – afirmou ele, para encorajar. – Sua orelha ainda está no lugar, só um pouco preta e com uma casquinha na ponta.

O comentário fez Tench rir – apenas um arquejo fraco –, mas ele parou abruptamente quando eu toquei-o na perna.

– Vou precisar de mais luz – falei, virando-me para o criado. – E de muitas ataduras. Ele assentiu, evitando olhar o homem sobre a cama, e saiu.

Passamos uns minutos trabalhando, vez ou outra murmurando palavras de encorajamento a Tench. Em dado momento, Jamie puxou o penico de baixo da cama, pediu licença e foi até o corredor; eu o ouvi vomitar. Instantes depois, retornou, pálido e cheirando a vômito, e retomou a delicada tarefa de descobrir o que ainda restava do rosto de Tench.

– Consegue abrir esse olho, homem? – perguntou ele, tocando com delicadeza o lado esquerdo.

De onde eu estava, dei uma espiadela. A pálpebra estava íntegra, porém muito inchada e cheia de bolhas, sem os cílios.

– Não. – A voz de Tench havia mudado, e eu avancei bruscamente até sua cabeça.

Ele tinha um tom indiferente, quase sonolento. Toquei sua bochecha com o dorso da mão. Estava fria e pegajosa. Soltei um xingamento bem alto. O rapaz arregalou o olho bom e me encarou.

– Ah, aí está você – falei, aliviada. – Achei que tinha entrado em choque.

– Se ele não entrou em choque com o que já aconteceu, acho que não entra mais, Sassenach – ponderou Jamie, mas se aproximou para olhar. – Deve ser só esgotamento por conta da dor, sim? Às vezes a pessoa não aguenta mais, mas ainda não está pronta para morrer, então dá uma escapadela rápida.

Tench suspirou fundo e deu um aceno brusco com a cabeça.

– O senhor poderia… parar um instantinho? – sussurrou ele. – Por favor.

– Claro – respondeu Jamie baixinho, então deu um tapinha no peito do rapaz e o cobriu com o lençol manchado. – Descanse um pouco, *mo charaid*.

Eu não tinha dúvida de que ele desejava viver, mas havia um limite do que era possível para que isso acontecesse. E o esforço seria ainda maior, caso sobrevivesse.

Por outro lado, compreendia o que Jamie queria dizer com "escapadela", considerando a hemorragia grave. Não havia como saber quanto sangue Tench *tinha* perdido, deitado à margem do rio. Por um milagre, a fratura não chegou a romper nenhuma das artérias tibiais principais, mas sem dúvida havia transformado vários vasinhos menores em purê.

Por outro lado… o Delaware era um rio bastante frio, mesmo no verão. A água gelada poderia muito bem ter contraído os vasos sanguíneos menores, bem como retardado o metabolismo dele e talvez até reduzido os danos causados pela queimadura, tanto extinguindo o fogo quanto resfriando a pele queimada. Com uma atadura, eu havia improvisado um torniquete padrão logo acima do joelho, mas não apertei. A hemorragia agora não passava de um leve gotejamento.

Avaliando friamente, as queimaduras *eram* mínimas. Sua camisa havia sido rasgada, mas o alcatrão no peito, nas mãos e nas roupas não fora quente o bastante para lhe queimar a pele. Por mais que parte do rosto e da cabeça apresentassem danos visíveis, eu *não* achava que as queimaduras de terceiro grau estivessem tomando mais do que uns 12 centímetros quadrados de escalpo; o resto eram bolhas e vermelhidão. Doloroso, claro, mas sem risco de morte. Seu agressor, quem quer que fosse, não tivera a intenção de matar – mas teve boas chances de conseguir, mesmo assim.

– Chapéu de piche – disse Jamie baixinho. Nós havíamos nos afastado até a janela, mas ele acenou de volta em direção à cama. – Eu nunca vi isso, mas já ouvi falar. – Balançou a cabeça, pegou a jarra e me ofereceu. – Quer água, Sassenach?

– Não… Ah, espere. Quero, sim, obrigada. – A janela estava firmemente fechada, segundo o costume da época, e o quartinho estava abafadíssimo. – Pode abrir a janela?

Ele virou o corpo para enfrentar a janela, bem presa ao caixilho, a madeira dilatada por conta da umidade e da falta de uso.

– E a perna? – perguntou Jamie, de costas para mim. – Vai ter que amputar?

Eu baixei a jarra – a água estava parada e tinha gosto de terra – e dei um suspiro.

– Infelizmente – respondi. Eu vinha lutando contra essa conclusão quase desde o instante em que vira a perna de Tench, mas o tom prático de Jamie me facilitou a aceitação. – Mesmo em um hospital moderno, com transfusões de sangue e anestésicos, não sei se conseguiria salvá-la… Meu *Deus*, como eu queria ter éter agora!

Mordi o lábio, observando a cama com atenção, para ver se o peito de Tench estava subindo e descendo. Uma pequenina e desleal parte de mim esperava que não… mas estava.

Ouvimos o som de pés na escada, e Peggy e o criado se juntaram a nós outra vez, armados respectivamente de uma lanterna e um enorme candelabro. Peggy também tinha uma garrafa de vidro quadrada agarrada ao peito. Os dois se viraram para a cama, ansiosos, depois para mim, mantendo distância, perto da janela. Estava morto?

– Não – falei, balançando a cabeça, e vi no rosto deles o mesmo misto de alívio e arrependimento que eu havia sentido.

Não me faltava compaixão. A despeito dos sentimentos que os Shippens nutrissem pelo homem ferido, tê-lo na propriedade representava um perigo.

Eu me aproximei e expliquei, em tom baixo, o que precisava ser feito, vendo Peggy assumir a tonalidade de uma ostra à meia-luz. Ela oscilou um pouco, mas engoliu em seco e se recompôs.

– Aqui? – disse ela. – Não creio que a senhora possa levá-lo para… Bom, creio que não. – Ela respirou fundo. – Muito bem. O que podemos fazer para ajudar?

O criado deu uma tossidela eloquente atrás da moça, que se empertigou.

– Meu pai diria o mesmo – informou ela, com frieza.

– Exato, senhorita – falou ele, com uma deferência não tão deferente assim. – Mas talvez ele apreciasse a chance de dizer isso pessoalmente, não acha?

Ela encarou o homem com irritação. Antes que pudesse dizer qualquer coisa, um forte rangido de madeira sinalizou que a janela havia cedido à vontade de Jamie, e todos se viraram para ele.

– Eu não pretendia interromper – disse ele, com doçura. – Mas acho que o governador acaba de chegar para uma visita.

Antes que a srta. Shippen e o criado pudessem reagir, Jamie abriu caminho por entre os dois. Desceu a escadaria dos fundos com agilidade e cruzou a casa, assustando uma das cozinheiras. Estava bem claro que o governador não seria recebido pelos fundos.

Ele chegou à porta da frente no mesmo instante em que soou uma batida firme, então abriu a porta.

– Srta. Margaret! – Arnold empurrou Jamie como se ele não estivesse ali, o que era bem difícil, e agarrou as mãos de Peggy Shippen. – Eu achei que deveria vir… Como está o seu primo?

– Está vivo. – Peggy engoliu em seco, o rosto branco como a cera da vela em sua mão. – A sra. Fraser está…

Ela engoliu em seco outra vez, assim como Jamie, por compaixão, sabendo muito bem o que a moça estava pensando: nos ossos estraçalhados da perna de Tench Bledsoe, vermelhos e gosmentos feito os de um porco mal abatido. Sua garganta ainda guardava o gosto azedo do vômito.

– *Muito* obrigada por mandar a sra. Fraser… Não sei o que faríamos se não fosse o senhor. Meu pai está em Maryland, e minha mãe está com a irmã dela em Nova Jersey. Meus irmãos…

A voz dela foi sumindo, tomada de perturbação.

– Não, não, minha querida… Posso chamá-la assim? É minha preocupação mais fervorosa ajudar sua família e… proteger vocês.

Jamie percebeu que ele não havia soltado as mãos dela. E ela também não fez menção de recolhê-las.

Jamie encarou Arnold e Peggy Shippen veladamente e se afastou um pouco. Não era difícil para os dois ignorá-lo. Estavam absorvidos um no outro.

Isso explicava as coisas… mais um pouco, pelo menos. Arnold queria a garota, e de maneira tão latente que Jamie sentia até certa vergonha pelo sujeito. Era impossível evitar a luxúria, mas era óbvio que um homem devia ter autocontrole suficiente para escondê-la. *E não apenas em prol da decência*, pensou ele, vendo um olhar de cautela e ponderação invadir o semblante de Peggy. Era o olhar de um pescador que acabava de ver uma truta gorducha nadando bem debaixo da isca.

Jamie soltou um pigarro penetrante, e os dois se afastaram, como se tivessem sido espetados por um alfinete.

– Minha esposa considera necessário amputar a perna ferida – avisou ele. – Depressa. Ela precisa de alguns utensílios, instrumentos, coisa assim.

"Eu preciso da serra grande e da menorzinha, de prata, do par de tenáculos, aquela coisa comprida que parece um anzol de pesca, e de várias suturas…"

Jamie tentava manter a lista na cabeça, embora sentisse certo enjoo ao visualizar a maioria dos itens, pensando no uso que lhes seria dado. Por sob a compaixão e a repulsa, contudo, havia uma cautela – a mesma que tinha visto no fundo dos olhos de Benedict Arnold.

– Ah, sim? – disse Arnold, não exatamente uma pergunta. Voltou o olhar a Peggy Shippen, que mordeu o lábio de um jeito bastante digno.

– Será que o senhor poderia mandar seu cocheiro à gráfica? – indagou Jamie. – Eu posso ir com ele e buscar o que for necessário.

– Sim – respondeu Arnold devagar, mas um pouco distraído, como fazia quando pensava depressa. – Ou… não. É melhor removermos o sr. Bledsoe… e a sra. Fraser, claro… até a oficina, em meu coche. Lá a sra. Fraser terá acesso a tudo de que precisa, além do auxílio e do apoio da família.

– O quê? – retorquiu Jamie, mas Peggy Shippen já puxava o braço de Arnold, o semblante tomado de alívio.

Jamie agarrou Arnold pelo braço, para chamar sua atenção, e o governador estreitou os olhos. Sua intenção era perguntar se o homem havia enlouquecido, mas uma fração de segundo bastou para que ele assumisse um tom mais diplomático.

– Não há espaço na gráfica para uma empreitada dessas, senhor. Vivemos uns por cima dos outros, e muitas pessoas entram e saem o dia todo. Essa não é uma questão simples. O homem vai precisar de cuidados durante um tempo.

Peggy Shippen soltou um gemido ansioso, e Jamie percebeu que Tench Bledsoe era uma batata quente, tanto para Arnold quanto para os Shippens. A última coisa que Arnold poderia querer, como governador militar da cidade, era escândalo e desordem pública, os legalistas remanescentes na Filadélfia assustados e ameaçados, os Filhos da Liberdade vistos como vigilantes secretos, agindo como uma lei à parte.

Arnold sem dúvida queria manter a discrição quanto ao incidente. Ao mesmo tempo, queria ser o nobre cavaleiro que correria para ajudar a jovem e encantadora srta. Shippen e cuidar de seu primo, enquanto afastava o potencial perigo que ele representava para sua casa.

E leva para a minha, pensou Jamie, a cautela começando a se transformar em raiva.

– Senhor – disse ele, muito formal. – Se levar esse homem à oficina de meu filho, não vamos poder evitar que o assunto se espalhe. E claramente o senhor conhece os perigos disso.

Era uma verdade evidente, e Arnold franziu o cenho. Jamie, porém, havia lutado com o homem e o conhecia muito bem. Uma vez tendo decidido aliviar a preocupação de Peggy, Arnold seguiria em frente a qualquer custo.

Naturalmente, Claire tinha razão no que dissera em relação à testosterona, e ele já sabia que Arnold era um carneiro, tanto em termos de coragem quanto de teimosia.

– Ah, já sei! – exclamou Arnold, triunfante, e Jamie viu, com antipatia e admiração, o general emergir. – Lorde John Grey – citou ele, e a admiração de Jamie desapareceu. – Podemos transferir o sr. Bledsoe para a casa do lorde.

– Não! – retorquiu Jamie, por reflexo.

– Sim – disse Arnold, não para provocá-lo, mas como uma congratulação a si mesmo, visto que não estava prestando atenção. – Sim, é a solução ideal! O lorde e seu irmão estão em dívida comigo – explicou a Peggy, com uma modéstia fingida que fez Jamie querer lhe dar um soco. – E como o lorde e a sra. Fraser... – Neste momento, ele viu a cara de Jamie e interrompeu o discurso bem a tempo de evitar o tal soco e deu uma tossidela. – É a solução ideal. Quer informar nossa intenção à sra. Fraser, senhor?

– *Nossa?* – rebateu Jamie. – Minha intenção não é nada...

– O que está acontecendo aqui?

A voz de Claire despontou da escadaria logo atrás. Ao se virar, Jamie a viu apoiada no balaústre, trêmula feito um fantasma, sob a luz do castiçal acima. Havia sangue em seu avental, manchas pretas no tecido claro.

– Nada, *a nighean* – respondeu ele, cravando os olhos em Arnold. – Só estamos debatendo sobre o melhor local para o sr. Bledsoe.

– Não me interessa *qual* é o melhor local – retrucou ela, agitada, descendo até o vestíbulo e farfalhando as saias. – Se eu não conseguir cuidar daquela perna depressa, ele *vai* para o além. – Então, percebendo a troca de olhares entre os dois homens, Claire se plantou ao lado de Jamie e encarou o governador. – General Arnold, se o senhor tiver a menor preocupação com a vida do primo da srta. Shippen, faça o favor de levar o meu marido agora mesmo para buscar os instrumentos de que preciso. Rápido!

Jamie teria sorrido se não estivesse angustiado pela moça. Ela era forte, mas estava pálida, com os punhos cerrados no tecido do avental. Talvez fosse para não largar um tapa no governador ou para disfarçar o tremor de suas mãos – então ele percebeu, chocado, que ela estava com medo.

Não com medo das circunstâncias ou de qualquer perigo futuro... mas de não conseguir fazer o que sabia que era preciso.

Esse pensamento fez o coração dele apertar. Ele agarrou com firmeza o braço de Arnold e puxou o homem em direção à escada.

– Isso mesmo – disse Jamie a Claire, abruptamente. – Levaremos o homem à casa de lorde John. Enquanto você o prepara para o serviço por lá, eu vou à oficina buscar os utensílios. O general me ajuda a transferir o rapaz.

Ao absorver o que Jamie estava dizendo, Arnold desistiu da rígida resistência.

– Sim. Sim, eu…

Um longo suspiro vindo do andar de cima o interrompeu, e Claire franziu o cenho.

– Sem tempo – disse ela, muito tranquila. – Srta. Shippen… Peggy. Pegue a maior faca que houver na cozinha, e agora. Mande seus criados trazerem mais água quente e tecidos para as ataduras. Uma agulha de costura bem forte e linha preta.

Ela buscou o olhar de Jamie, que no mesmo instante parou de encarar o governador e olhou para ela.

– Tudo bem, moça? – indagou ele baixinho, segurando-a pelo cotovelo.

– Tudo – respondeu Claire, com um breve aperto em sua mão. – Mas a coisa está muito feia. Eu… eu vou precisar que você me ajude a segurá-lo.

– Eu vou ficar bem. Não se preocupe. Só faça o que for preciso. Prometo não vomitar em cima dele durante a amputação.

Jamie não tivera intenção de fazer graça e ficou surpreso quando Claire riu. Não foi exatamente uma risada, mas a tensão no braço dela relaxou e seus dedos ganharam mais firmeza.

Assim que entraram no quarto, ele percebeu. Não sabia o que havia mudado, mas estava óbvio que Claire, do andar de baixo, ouvira a Morte se aproximar do paciente. Jamie agora também sentia. Bledsoe ainda estava consciente, mas quase nada. Ergueu muito de leve uma pálpebra, exibindo uma nesga branca de olho, ao perceber a entrada deles.

– Estamos aqui, homem – sussurrou Jamie, ajoelhando-se e tomando a mão de Bledsoe. Estava fria ao toque e pegajosa de suor. – Não se preocupe. Tudo vai se resolver depressa.

Havia um forte cheiro de láudano no ar, junto com o fedor de alcatrão, sangue e cabelo queimado. Claire se pôs do outro lado da cama e segurou o punho de Bledsoe, que tinha a expressão débil, e ele levou os olhos trêmulos até a perna deformada.

– Sepse – disse ela baixinho, mas com a voz normal. – Está vendo a linha vermelha ali?

Ela apontou para a perna ferida, e Jamie enxergou com clareza: uma linha feia, vermelho-escura, que não parecia estar ali antes – ou talvez estivesse, mas ele não havia percebido. Um arrepio eriçou os pelos de seus ombros, e ele se remexeu, desconfortável.

– Infecção no sangue – explicou Claire. – Bactérias… germes… no sangue. Evolui muito depressa. Caso se espalhe pelo corpo, não há nada que eu possa fazer.

Ao ouvir o tremor em sua voz, Jamie a encarou, com firmeza.

– Mas, antes disso, dá para fazer algo? Existe alguma chance? – Ele tentava soar encorajador, embora a alternativa o fizesse se arrepiar ainda mais.

– Sim. Mas não é boa. – Ela engoliu em seco. – O choque da amputação pode matá-lo na hora. Mesmo que não mate, ainda há uma grande chance de infecção.

Ele se levantou, contornou a cama e tocou os ombros dela de um jeito firme porém gentil. Os nervos de Claire estavam à flor da pele.

– Se houver a menor chance, precisamos conceder a ele, Sassenach.

– Sim – murmurou ela. Mesmo com o ar quente e parado, ele a sentiu se arrepiar. – Que Deus me ajude.

– Vai ajudar – sussurrou Jamie, com um rápido abraço. – E eu também.

Eu estava no lugar errado. O fato de compreender o que estava acontecendo não ajudava em nada.

Um cirurgião experiente é também um assassino em potencial, e parte importante de sua experiência está em aceitar esse fato. A intenção é muitíssimo benigna, mas o cirurgião toca seu paciente de maneira violenta. Para obter eficácia, é preciso ser impiedoso. Às vezes a pessoa sob seus cuidados está à beira da morte e, mesmo sabendo disso, o cirurgião segue em frente e continua atuando.

Mandei que trouxessem mais velas, embora o ar no recinto já estivesse sufocante. O miasma de umidade e suor que evaporava lentamente fazia a luz do candelabro lançar no recinto um brilho suave e romântico, perfeito para um jantar regado a vinho, dança e flerte.

Mas o vinho podia esperar, e qualquer cirurgião dança todos os dias com a Morte. O problema era que eu havia me esquecido dos passos e estava flertando com o pânico.

Inclinei o corpo para conferir a respiração e os batimentos cardíacos de Tench. A respiração era superficial, porém ligeira. Falta de oxigênio, hemorragia grave... Senti meu peito apertar, sem fôlego, então me levantei, meio tonta, o coração acelerado.

– Sassenach. – Eu me virei, com a mão no apoio da cama, e vi Jamie a me observar, de cenho franzido. – Tudo bem?

– Tudo – retruquei, mas minha voz soava estranha a meus próprios ouvidos.

Balancei a cabeça com força, tentando clarear as ideias. Jamie se aproximou e deitou a mão sobre a minha, que estava no apoio da cama. Era grande e firme, e me ajudou.

– Você não vai conseguir ajudá-lo se desmaiar no meio do processo.

– Eu não vou desmaiar – respondi, meio impaciente, por conta da ansiedade. – Eu só... Eu estou bem.

Ele recolheu a mão. Dispensou-me um longo e avaliativo olhar, assentiu, muito sério, e deu um passo para trás.

Eu não ia desmaiar. Pelo menos, esperava que não. Mas estava presa ali, naquele quarto quente, inalando sangue, alcatrão e o cheiro de mirra do láudano, sentindo a agonia de Tench. E eu *não* poderia fazer isso. Não poderia, não deveria.

Peggy adentrou depressa, com uma empregada a tiracolo, agarrada a várias facas enormes.

– Alguma dessas serve? – Ela depositou as facas ao pé da cama e se afastou, olhando com ansiedade o rosto débil e pálido do primo.

– Claro, certamente.

Eu remexi a pilha de facas com cuidado, extraindo duas possibilidades: uma menor, que parecia afiada, e uma maior e mais pesada, do tipo usado para picar legumes. Então, com a vívida lembrança da sensação de separar tendões, peguei a faca menor, com a lâmina de prata afiada.

– Você abate a própria carne? Se tiver uma serra de ossos…

A empregada ficou tão pálida quanto era possível para uma pessoa negra, então saiu, decerto para apanhar a serra.

– Água fervente? – perguntei, de sobrancelhas erguidas.

– Chrissy está trazendo – respondeu Peggy, então molhou os lábios, incomodada. – A senhora… ahn.

Ela parou de falar, tentando não externar o que claramente passava por sua cabeça. *A senhora sabe o que está fazendo?*

Eu sabia. Era essa a questão. Eu conhecia a fundo o que estava fazendo – de ambos os lados.

– Vai ficar tudo bem – garanti a ela, com um decente aspecto de calma e confiança. – Vejo que temos agulhas e linha. Quer pegar a agulha maior, a de carpete talvez, e passar uma linha para mim, por favor? Depois mais umas menores, só por garantia.

Só para o caso de eu ter tempo e condições de pinçar e religar os vasos sanguíneos. Era muito mais provável que minha única escolha fosse a cauterização – uma queimadura brutal no coto fresco para estancar o sangue, pois a hemorragia de Tench não me permitia o menor desperdício.

Eu precisava estar sozinha em minha mente, em um lugar calmo e tranquilo onde pudesse enxergar tudo, sentir o corpo em minhas mãos com todas as particularidades… mas não *ser* aquele corpo.

Eu estava prestes a cortar a perna de Tench Bledsoe como se esquartejasse uma galinha. Desprezar ossos e carne. Cauterizar o coto. No fundo de meu estômago, sentia tanto medo quanto ele.

Benedict Arnold havia chegado, trazendo lenha para o fogo e uma faca de mesa prateada – meu instrumento de cauterização, se não houvesse tempo de suturar. Ele acomodou a lenha perto da lareira, e o mordomo começou a atiçar o fogo.

Fechei os olhos por um instante, tentando não respirar pelo nariz e afastando o brilho da vela. Denny Hunter havia me operado à luz de velas. Eu me lembrava de observar tudo por sob uma névoa de cílios, incapaz de abrir mais do que um tantinho dos olhos… cada uma das seis grandes velas sendo acesas, as chamas subindo, puras e quentes – e o cheiro do pequeno ferro esquentando no braseiro ao lado.

Uma mão tocou minha cintura. Prendi o ar e me inclinei cegamente na direção de Jamie.

– O que houve, *a nighean*? – sussurrou ele.

– Láudano – respondi, de um jeito quase aleatório. – A pessoa… não perde a consciência por completo. O láudano afasta a dor, mas não a elimina. Ele a desconecta do corpo, mas ela *permanece*. E a pessoa… sabe o que está acontecendo.

Eu engoli em seco, forçando a bile a descer. Eu senti tudo. O assustador instrumento de exame, rígido, na lateral do meu corpo. A sensação fria e memorável da invasão, imiscuída aos ecos cálidos, fracos e incongruentes dos movimentos internos, os chutes potentes de uma criança no ventre.

– A pessoa sabe o que está acontecendo – repeti, abrindo os olhos. E encarei os dele, que me olhavam com ternura.

– Eu sei disso – sussurrou ele, e tocou o meu rosto com sua mão de quatro dedos. – Venha cá me explicar o que precisa que eu faça, *mo ghràidh*.

O pânico momentâneo estava diminuindo. Eu me forcei a esquecê-lo, sabendo que um simples pensamento me faria mergulhar de cabeça naquela sensação outra vez. Toquei a perna ferida de Tench, com a intenção de senti-la, de encontrar a verdade que havia ali.

A verdade era muito óbvia. A mecânica da perna estava totalmente destroçada, e a extensão da septicemia não admitia salvação. Desesperada, busquei um meio de preservar o joelho. Isso fazia uma enorme diferença em termos de controle e caminhada. Mas não era possível.

Tench estava acabado, por conta da ferida, da hemorragia e do choque. Era um homem obstinado, mas eu sentia a centelha da vida tremular em sua carne, esvaindo-se em meio à infecção, a tanta dor e tanto estrago. Eu *não* podia exigir que o corpo dele aguentasse a cirurgia dolorosa e demorada que seria necessária para amputar a perna abaixo do joelho – mesmo que eu tivesse certeza de que isso deteria o avanço da septicemia, o que eu não tinha.

– Vou cortar acima do joelho – informei a Jamie. Achei que estava falando com tranquilidade, mas minha voz saiu estranha. – Preciso que segure a perna e vá movimentando, conforme eu for pedindo. Governador – falei, virando-me para Arnold, que abraçava a cintura de Peggy, em um gesto protetor –, venha segurá-lo.

O láudano sozinho não daria conta do recado.

Arnold obedeceu na mesma hora. Tocou o rosto mole de Tench um instante, então o segurou com força pelos ombros. O governador tinha o semblante tranquilo, e eu recordei as histórias que ouvira de suas campanhas no Canadá: ulceração de frio, feridas, inanição… Não, ele não era um homem sensível. Eu senti um sopro de segurança frente à presença de meus dois ajudantes.

Dois, não. *Três*. Peggy Shippen se plantou a meu lado, os lábios pálidos, engolindo em seco a cada poucos segundos… mas tinha a mandíbula firme, cheia de determinação.

– Diga-me o que fazer – sussurrou ela, cerrando a boca com força ao olhar para a perna deformada.

– Tente não vomitar. Se for preciso, fique de costas para a cama. Tirando isso, vá me entregando os instrumentos que eu pedir.

Não havia mais tempo para pensamentos nem preparativos. Eu apertei o torniquete, agarrei a faca mais afiada, assenti para meus ajudantes e comecei.

Uma incisão rápida e profunda no alto da perna, cortando até expor o osso. Um cirurgião do Exército podia decepar uma perna em dois minutos. Eu também, mas seria melhor se eu conseguisse cortar uns retalhos de pele para cobrir o coto, se conseguisse suturar as veias maiores…

– Agulha grande – falei para Peggy.

Na falta de um tenáculo para pinçar as veias maiores que subiam quando cortadas, eu precisava pescá-las com a ponta da agulha, puxá-las, apoiar na carne exposta e depois uni-las, o mais depressa possível, passando o fio de uma das agulhas menores e amarrando. Melhor que cauterizar, se houvesse tempo…

O suor escorria por meu rosto. Eu precisava enxugá-lo com o antebraço desnudo. Minhas mãos estavam ensanguentadas até o punho.

– Serra – pedi, mas ninguém respondeu. Será que eu tinha falado em voz alta? – *Serra* – repeti, bem mais alto, e Jamie virou a cabeça para os utensílios sobre a mesa. Apoiando com força a mão sobre a perna de Tench, ele se espichou para apanhar a serra, com a mão livre.

Onde estava Peggy? No chão. Eu vi o brilho de sua saia com o canto do olho, e senti vagamente pelas tábuas do chão os passos de um serviçal vindo tirar a moça do caminho.

Tateei às cegas em busca de outra sutura, e a jarra de conhaque onde eu as guardava virou, derrubando líquido no lençol e acrescentando uma nota adocicada aos aromas da atmosfera. Ouvi Jamie prender a respiração. Ele não se mexeu, mas apertou com força o ponto acima do torniquete.

Tench vai ficar com hematomas, pensei, distraída. Se vivesse tempo suficiente para isso…

A serra era apropriada para cortar troncos. Robusta, pouco afiada e muito mal conservada – metade dos dentes estava torta, fazendo o objeto sacolejar e quicar na minha mão, esmigalhando o osso. Eu cerrei os dentes e empurrei, a mão resvalando no cabo, toda escorregadia por conta do sangue e do suor.

Jamie soltou um murmúrio profundo e desesperado. Deu uma guinada, tirou a serra de minha mão e me empurrou para o lado. Agarrou o joelho de Tench e pressionou o instrumento com força, cravando-o fundo no osso. Três, quatro, cinco movimentos, e o osso, já três quartos serrado, emitiu um estalido que me fez voltar à ação.

– Pare – ordenei, e ele obedeceu, pálido e suado. – Erga a perna. Com cuidado.

Ele levantou, e eu concluí a serragem por baixo, com golpes longos e profundos da faca, aprofundando a incisão em tal ângulo para terminar de remover o retalho de pele. O lençol estava escuro e molhado de sangue, mas não muito. Ou o torniquete estava fazendo efeito ou o homem já não tinha muito sangue para perder...

– Serra, de novo – falei, com urgência, descartando a faca. – Segure firme as duas partes!

A única coisa que restava era um pedacinho de osso. O tutano esponjoso estava à mostra, o sangue brotando bem devagar da superfície cortada. Não apliquei pressão na serra. A última coisa que queria era rachar o osso em alguma parte estranha. Mas não estava dando certo, e eu olhei para trás, em direção à fileira de instrumentos, desesperada para encontrar outra coisa.

– A lima – sugeriu Jamie, a voz tensa, meneando a cabeça para a mesa. – Ali.

Eu apanhei a lima, fina feito um rabo de rato, mergulhei-a no conhaque, virei de lado e fui lixando o último pedaço de osso, que se partiu com delicadeza. Com a ponta irregular, porém intacto, não despedaçado.

– Ele está respirando? – perguntei.

Arnold assentiu, a cabeça inclinada e os olhos atentos ao rosto de Tench. Eu mesma tinha dificuldade para respirar e não conseguia sentir os sinais vitais do paciente. Apenas via que seu coração estava batendo, pois o sangue pulsava lentamente para fora dos vasinhos menores.

– Vai aguentar – disse ele, com a voz alta e firme, e eu soube que acalmava tanto Tench quanto a mim.

Senti o remelexo na parte de cima da perna, um violento ímpeto de movimento, e Jamie se apoiou com força sobre ele. Meus dedos roçaram o pedaço de perna descartada, a carne flácida e emborrachada. Recolhi a mão depressa e esfreguei os dedos no avental.

Então passei o avental ensanguentado no rosto e afastei o cabelo solto com o dorso da mão.

Por que suas mãos estão tremendo agora?, pensei, irritada. Mas eu estava, e levei muito mais tempo do que deveria para cauterizar os últimos resquícios de sangramento – acrescentando o cheiro terrível de queimado ao recinto –, suturar os fragmentos de pele, cobrir o ferimento com atadura e, por fim, soltar o torniquete. Achei que até o general Arnold fosse vomitar.

– Muito bem – falei, endireitando-me – Agora...

Se eu completei a frase, não cheguei a ouvir. O quarto rodopiou lentamente ao meu redor, dissolvendo-se em pontinhos pretos e brancos, então tudo escureceu.

118

A SEGUNDA LEI DA TERMODINÂMICA

Tench estava vivo.

– Eu já devia saber que você ia sobreviver – falei a ele. – Se teve determinação para passar uma noite inteira no rio, era claro que uma simples amputação não ia derrubá-lo.

Ele não tinha força para rir – a jornada de liteira até a Chestnut Street o deixara pálido e resfolegante –, mas esboçou um leve sorriso.

– Ah... eu *vou* viver – respondeu ele, com esforço. – Não daria... a eles... essa satis... fação.

Esgotado, Tench fechou os olhos, respirando aos arquejos. Limpei seu rosto delicadamente com meu lenço e o deixei descansar.

Eu tinha pedido que os liteireiros subissem com ele para o quarto que antes era meu, e fechei a porta atrás de mim com um misto de regozijo e depressão.

Eu passara a manhã com a sra. Figg e a empregada, Doreen, encaixotando o resto da mobília de lorde John – muita coisa já tinha sido mandada para Nova York – e reorganizando a casa para servir como consultório temporário. Mesmo que fôssemos para a Carolina do Norte dentro em breve, eu precisava acomodar Tench onde ele pudesse se recuperar em condições de conforto e higiene. E os pacientes que eu andava recebendo na gráfica certamente seriam mais bem-cuidados ali.

Ao mesmo tempo... retornar àquele lugar me trazia de volta os ecos da desesperada paralisia com a qual eu vivera todas aquelas semanas, acreditando que Jamie estava morto. Pensei que a agitação do trabalho e a redução no mobiliário talvez afastassem aquela distante sensação de sufocamento, mas ela continuava me puxando pelo pé.

A opressão mental não era a única condição debilitante relacionada à nova situação. Ao deixar o número 17 para retornar à casa Shippen, eu havia sido seguida por uma gangue de jovens. Garotos, em sua maioria, mas alguns sujeitos maiores, de seus 16 ou 17, já capazes de me constranger com seus olhares.

Fiquei ainda mais constrangida quando começaram a se aproximar, a passos ligeiros, sussurrando "Puta do rei!" em meu ouvido e tornando a se afastar, ou dando risadinhas e tentando pisar na barra da minha saia.

Eu pensava ter visto um ou dois daqueles rapazes no meio da multidão, quando levara Hal até lá. Talvez tivessem me seguido à época e, sabendo que eu estava casada com lorde John, concluíram que eu era uma vira-casaca, traidora da causa rebelde.

Ou são apenas uns criadores de caso, pensei.

Eu me virei para olhá-los, agarrada ao guarda-sol. Não era exatamente uma arma, mas nenhuma arma física seria útil contra tantas pessoas. No momento, até um garoto de 12 anos devia ser mais forte do que eu.

– O que querem? – indaguei, evocando a voz de minha inspetora, ríspida e taxativa... ou pelo menos essa foi a intenção.

Alguns dos pequenos vermes deram um passo para trás, mas um dos mais robustos avançou em minha direção, escancarando um sorriso. Precisei me controlar para não recuar.

– Não sei, amor – disse ele, avaliando-me dos pés à cabeça com ousadia e indolência. – O que uma *dama* legalista tem para nos oferecer?

– A única coisa que posso oferecer é um safanão no olho – retruquei, ríspida, brandindo meu guarda-sol. – Ao que parece, estou caminhando muito devagar e atrapalhando a sua passagem, cavalheiros. Podem seguir. – Retribuí o olhar do rapaz com uma mirada ameaçadora, avancei até a rua e apontei com meu guarda-sol, indicando que o grupo passasse.

Meu gesto arrancou risadinhas de alguns deles, mas o sujeito maior enrubesceu, ressaltando suas espinhas adolescentes. Dei outro passo atrás em direção à rua, fazendo um teatrinho de boas maneiras, mas na verdade esperando atrair atenção.

Tive sorte: uma carrocinha de farrapos vinha descendo a estrada, os cascos do cavalo fazendo barulho nas pedras do pavimento, e avancei ainda mais depressa, bloqueando o caminho. O carroceiro, despertado da sonolência, empertigou o corpo e espiou por sob o chapéu.

– O que esses vagabundos imprestáveis estão fazendo na estrada? Tirem esses traseiros do caminho!

Ele ergueu o chicote, com um gesto ameaçador, e os rapazes, que já vinham partindo para cima de mim, recuaram depressa.

O carroceiro se pôs de pé, tirou o chapéu e fez uma mesura para mim.

– Bom dia, milady. Posso oferecer uma carona, talvez?

Ele falava de um jeito brincalhão. Não achava que ele de fato soubesse que eu recentemente *havia* sido uma lady. No entanto, ficou surpreso quando eu subi as saias e montei em sua carroça.

– Para casa, James – brinquei, dobrando o guarda-sol –, e não poupe os cavalos.

Isso me fez sorrir um pouco, mas meu bom humor desapareceu quando me dei conta de que os grosseirões que haviam me interpelado deviam morar em algum ponto por perto. Eu poderia não ter tanta sorte da segunda vez. Uma onda gélida de terror me invadiu, e eu senti uma faixa de dor no centro do corpo, as assaduras e os hematomas das horas passadas com a barriga amarrada ao lombo de um cavalo, indefesa, sendo levada para...

– Pare com isso! – disse a mim mesma, com rispidez – Pare, agora mesmo! Não vou tolerar isso.

Eles eram adolescentes. Eu não tive medo de... Mas o primeiro homem a me estuprar tinha seus 16 anos. Tinha até um ar de desculpas. Adentrei um beco estreito entre dois prédios e vomitei.

Depois de me acalmar, retornei à casa dos Shippens, recolhi minhas coisas e voltei à gráfica para almoçar e embalar o resto de meus remédios e ervas. Fergus e Germain levariam tudo à Chestnut Street durante a rota das entregas vespertinas.

Ninguém me assediou no caminho de volta à casa de lorde John. Eu poderia ter pedido a Jenny que me acompanhasse, mas o orgulho me impediu. Eu *não* permitiria que um medo bobo me impedisse de fazer o que precisava ser feito.

Mas por quanto tempo consegue continuar fazendo? E qual é o propósito?

– Sempre existe um propósito – murmurei. – É a vida de alguém. Isso é um propósito.

Uma vida que poderia ser arrebatada, descartada, destruída em um campo de batalha… Quantos homens haviam morrido dessa maneira? E não cessava, não melhorava… Eram guerras *históricas*, pelo amor de Deus. Minha vida era permeada por uma infinita cadeia de guerras: aqui, a Revolução; na outra ponta, a Grande Guerra… e, entre uma e outra, um massacre constante.

O verão estava indo embora; o ar das manhãs começava a apresentar um toque de frescor, mas no meio da tarde ainda pairava espesso e pesado. Pesado demais para entrar nos pulmões.

Parei um instante diante da porta do número 17, incapaz de entrar e enfrentar as coisas. Em seguida, virei-me para o caminho que ladeava a casa, avancei até o pequeno jardim nos fundos e me sentei no banquinho de lá, em meio às rosas, sentindo um terrível mal-estar.

Não sei quanto tempo fiquei sentada ali, a cabeça apoiada nas mãos, escutando o zumbido alto das abelhas. Mas ouvi passos descendo o caminho e consegui erguer a cabeça.

– Tudo bem, Sassenach?

Era Jamie, segurando uma grande caixa de remédios e ataduras. Por seu semblante alarmado, estava bastante óbvio que eu não parecia nada bem. Eu não conseguia nem reunir energia para tentar parecer bem.

– Eu só… achei melhor me sentar – respondi, impotente.

– Que bom que fez isso. – Ele acomodou a caixa na grama amarelada e se agachou diante de mim, perscrutando meu rosto. – O que houve?

– Nada – retruquei.

E, no mesmo instante, comecei a chorar. Ou melhor, a verter lágrimas. Não era um choro com soluços, convulsões e tremores; as lágrimas simplesmente escorriam por meu rosto, à minha revelia.

Jamie me empurrou um pouco, sentou-se a meu lado no banquinho e me abraçou. Ele usava seu velho kilt, e o cheiro da lã empoeirada, já velha de tanto uso, me fez desabar por completo.

Ele me abraçou com mais força, suspirou, colou o rosto em minha cabeça e começou a entoar palavras ternas em gaélico. Dali a pouco, o esforço em compreendê-las fez com que eu começasse a me recompor. Respirei fundo, e ele me soltou, o braço ainda sustentando o meu corpo.

– *Mo nighean donn* – disse baixinho, e alisou os cabelos em meu rosto. – Você tem um lenço?

Eu ri. Ou emiti uma espécie de risadinha abafada. Mesmo assim...

– Tenho. Acho que tenho, na verdade.

Tateei meu decote e peguei um quadradinho robusto de linho, no qual assoei o nariz várias vezes. Depois sequei os olhos, tentando pensar em como explicar aquele estado de perturbação físico e mental. Não havia maneira boa de começar, mas tentei.

– Você já...? Bom, eu sei que já.

– É provável – disse ele, com um sorrisinho. – O que é que eu já?

– Viu o... o vazio? O abismo? – Pronunciar essas palavras reabriu a fenda em minha alma, e o vento frio tornou a entrar. Um arrepio me tomou o corpo, apesar da quentura do ar e do corpo de Jamie. – Quero dizer... ele está sempre lá, sempre escancarado a nossos pés, mas a maioria das pessoas consegue ignorar, não pensar a respeito. Quase sempre, eu consigo. É necessário para exercer a medicina.

Limpei o nariz na manga da roupa, pois tinha deixado o lenço cair. Jamie puxou um lenço amassado da manga e me entregou.

– Você não está falando apenas da morte, está? – perguntou ele. – Porque isso eu já vi bastante. Só que não me assusta desde os meus 10 anos. – Ele me olhou e abriu um sorriso. – E duvido que você tenha medo. Eu já a vi enfrentando o medo mais de mil vezes.

– Enfrentar não significa não ter medo – respondi, em tom seco. – Em geral é o oposto. E eu *sei* que você sabe disso.

Ele concordou com um leve grunhido e me abraçou. Em outro momento, eu teria achado aquele gesto reconfortante. O fato de não ter achado só aumentou a minha sensação de desespero.

– É só... um *nada*. Um nada tão infinito... como se nada do que fizesse ou fosse pudesse importar de verdade. Tudo acaba sendo tragado... – Eu fechei os olhos, mas me assustei com a escuridão, então os abri outra vez. – Eu... – Ergui a mão, mas deixei cair, derrotada. – Eu não consigo explicar. Não estava lá... ou eu não percebi... depois que levei o tiro. Não foi a proximidade da morte que me fez olhar para dentro e ver aquele abismo. Foi o tamanho da minha... *fragilidade*! O tamanho do meu *medo*.

Cerrei os punhos, vendo os nós dos dedos projetados, as veias azuis despontando do dorso de minhas mãos e descendo até os pulsos.

– Não da morte – concluí, com um fungado. – Da futilidade. Da inutilidade. Da maldita entropia. A morte *importa*, pelo menos algumas vezes.

– Eu sei disso – falou Jamie baixinho, e tomou minhas mãos. As dele eram grandes, batidas, deformadas e cheias de cicatrizes. – É por isso que um guerreiro não tem tanto medo da morte. Ele tem a esperança, às vezes a certeza, de que sua morte será de alguma valia. O que acontecer comigo daqui até lá não importa mais.

As palavras surgiram do nada e me acertaram na boca do estômago, com tanta força que mal consegui respirar. Ele tinha me dito isso havia muito tempo, tomado pelo desespero, na masmorra da prisão de Wentworth. Então barganhara por minha vida, com o que tinha – não com a dele, já derrotada, mas com a alma.

"Importa para mim!", fora a minha resposta. E, contra todas as possibilidades, resgatei aquela alma e a trouxe de volta.

Então uma nova necessidade chegou, muito clara e assustadora. Jamie, sem hesitar, entregou a própria vida por seus homens e pela filha que eu trazia no ventre. Naquela época, fui eu que sacrifiquei a minha alma. E tinha importado, para nós dois.

Ainda importava. A casca de medo se quebrou feito um ovo, e tudo dentro de mim começou a jorrar, feito uma mistura de sangue e água, e eu solucei junto ao peito de Jamie até não haver mais lágrimas nem fôlego. Colei meu corpo no dele e observei a lua crescente começando a se erguer no leste.

– O que disse? – perguntei, despertando depois de um longo tempo. Eu me sentia grogue e desorientada, porém em paz.

– Eu perguntei o que é entropia.

– Ah – murmurei, um pouco desconcertada. Quando fora inventado o conceito de entropia? Não naquela época, isso estava claro. – É uma… falta de ordem, falta de previsibilidade, quando um sistema é incapaz de trabalhar.

– Um sistema de quê?

– Bom, aí você me pegou – admiti, e me endireitei, limpando o nariz. – Um tipo de sistema ideal, de energia térmica. A Segunda Lei da Termodinâmica afirma que, em um sistema isolado, ou seja, um sistema que não recebe energia de fora, a entropia sempre tende a aumentar. Acho que é só uma forma científica de dizer que tudo se deteriora o tempo todo.

Ele riu, e eu também, apesar de minha mente destroçada.

– Bom, longe de mim discutir com a Segunda Lei da Termodinâmica – comentou ele. – Acho que deve estar certa. Quando foi que comeu pela última vez, Sassenach?

– Não sei. Não estou com fome. – Eu não queria fazer nada além de me sentar ao lado dele.

– Está vendo o céu? – perguntou ele, pouco depois.

O horizonte exibia um violeta puro, desbotando na imensidão quase preta sobre nossa cabeça, e as estrelas iam se acendendo como lâmpadas distantes.

– Difícil não ver.

– É. – Ele inclinou a cabeça para trás, olhando para cima. E eu admirei a linha fina e reta de seu nariz, a boca larga e o pescoço longo, como se o visse pela primeira vez.

– Lá em cima não é um vazio? – perguntou ele baixinho, ainda admirando o céu. – Mesmo assim, não temos medo de olhar.

– Tem luzes. Isso faz diferença. – Minha voz estava áspera, e eu engoli em seco. – Mas suponho que até as estrelas estejam se apagando, de acordo com a Segunda Lei.

– Humm. Bom, os homens podem inventar todas as leis que quiserem… mas Deus fez a esperança. As estrelas nunca vão se apagar. – Ele se virou, segurou meu queixo e me beijou, com delicadeza. – Nem nós dois.

A cidade agora havia emudecido, por mais que a escuridão não fosse capaz de abafar os sons por completo. Eu ouvia vozes distantes e o som de violino: uma festa, talvez, em uma das casas da rua. O sino da igreja de St. George marcou a hora cheia, com um badalo leve e seco. Nove horas. E tudo estava bem.

– É melhor eu ir ver meu paciente – falei.

119

"AH, POBRE YORICK!"

17 de setembro de 1778
Acampamento de Middlebrook, Nova Jersey

Duas noites depois, William permanecia parado à beira de uma mata escura, observando a lua crescente que iluminava o acampamento de Middlebrook. Seu coração estava disparado e ele respirava depressa, as mãos cerradas no cabo da pá que havia acabado de roubar.

Ele tinha razão quanto à avaliação de como seria recebido. Ele havia intensificado o sotaque e se apresentado como um jovem imigrante inglês interessado em se unir às tropas de Washington; fora convidado a jantar com a família de Hamilton e recebera uma cama para passar a noite. No dia seguinte, caminhou até o acampamento de Middlebrook com o filho mais velho de Hamilton, um homem mais ou menos da idade dele, e fora apresentado a um capitão Ronson, um dos poucos oficiais ainda presentes.

Uma coisa levou a outra e, aos poucos, ele conduziu a conversa para a batalha em Brandywine Creek, então aos britânicos prisioneiros de guerra… Por fim, fora levado ao pequeno cemitério que agora se apresentava à sua frente.

Ele tinha sido cuidadoso em relação a Ben, mencionando seu nome de maneira casual em meio a vários outros conhecidos da família que ele ouvira dizer que tinham morrido em batalha. Alguns dos homens não reconheceram o nome, mas um ou dois disseram: "Ah, sim, o visconde inglês, prisioneiro, alojado com uma família chamada Tobermory. Sujeito muito educado, pena que morreu…"

Um homem, um tal tenente Corey, dissera a mesma coisa, mas com os olhos meio trêmulos. William, muito sábio, abandonou o assunto na hora, mas mencionou o capitão Benjamin Grey com outra pessoa, bastante tempo depois e longe dos ouvidos de Corey.

"Ele está enterrado aqui perto?", perguntara, tendo a honra de demonstrar uma preocupação casual. "Eu conheço a família dele. Gostaria de poder lhes escrever, contar que vim visitá-lo, entende?"

Fora preciso certo esforço. O cemitério ficava bem distante do acampamento, no alto de uma colina arborizada, e embora algumas sepulturas fossem bastante caprichadas, outras haviam sido cavadas às pressas, e muitas nem estavam demarcadas.

Seu companheiro, no entanto, além de não estar atarefado, era muito prestativo: havia vasculhado o livro de epitáfios que continha a lista de mortos, depois levou William até um montinho de terra batida com um pedaço de sarrafo enfiado, onde o nome GREY tinha sido raspado à unha.

"Que sorte você ter vindo antes do inverno", observara seu companheiro, puxando o sarrafo e o examinando. Balançara a cabeça, metera a mão no bolso, pegara um lápis de chumbo, reforçara o nome com riscos bem fortes e cravara a ripa de volta à terra. "Talvez dure um pouco mais de tempo, para o caso de a família resolver fazer uma lápide."

"É... muita gentileza sua", dissera William, com um nó na garganta. "Vou informar à família de sua delicadeza."

Mas ele não podia chorar por um homem que em tese não conhecia, então engoliu a emoção e se virou, tentando puxar algum assunto corriqueiro enquanto os dois desciam a colina.

Ele *havia* chorado sozinho, mais tarde, apoiado no confortável lombo da égua, a quem dera o nome de Miranda. Ela não era muito vivaz, mas era um bom animal, e soltou um leve bufido e passou o peso de uma pata para outra, para servir de apoio a ele.

Com seu gênio teimoso, William insistia que devia ter havido algum erro. Ben *não podia* ter morrido. Essa crença, porém, era sustentada pela completa recusa do tio Hal em acreditar na notícia. E era plausível; fosse lá o que Ezekiel Richardson estava aprontando, não desejava bem a nenhum dos Greys.

No entanto, lá estava a cova de Ben, barrenta e silenciosa, salpicada pelas primeiras folhas amareladas de setembro. E à volta jaziam os corpos em decomposição de outros homens: prisioneiros, soldados continentais, milicianos... todos igualmente solitários frente à morte.

Naquela noite, ele havia jantado com os Hamiltons outra vez. A conversa tinha sido travada de maneira automática, imerso na preocupação com o próprio sofrimento. O sofrimento maior ainda estava por vir, quando retornasse a Nova York e contasse tudo a seu pai e ao tio Hal...

William se despedira dos Hamiltons na manhã seguinte, deixando com eles as sobras do cervo e recebendo seus bons votos e o desejo de reencontrá-lo com o general Washington, quando as tropas retornassem a Middlebrook no inverno. Já havia cruzado vários quilômetros pela montanha, arrastando a alma feito uma corrente, quando resolveu parar para urinar.

Lembrou-se da vez em que estivera caçando com Ben e os dois pararam para mijar. Ben havia contado uma piada especialmente escabrosa, e ele tinha gargalhado tanto que não conseguira urinar. Ben mijou nos próprios sapatos, o que fez os dois gargalharem ainda mais...

– Que se dane – soltou ele em voz alta, abotoando a braguilha. Retornou a Miranda e subiu na sela com um balanceio. – Me desculpe, minha velha – disse, puxando a rédea de volta para a subida da colina. – Vamos ter que voltar.

E lá estava ele, oscilando entre a convicção de que aquilo era loucura e a obviedade do fato de que não havia mais nada a fazer além de retornar a Nova York, o que ele só faria quando não houvesse alternativa. Pelo menos ele poderia conseguir resgatar um cacho dos cabelos de Ben para a tia Minnie...

O pensamento lhe deu ânsia de vômito, mas ele tocou a faca na cintura, segurou a pá com mais firmeza e avançou com cuidado por entre as sepulturas.

O brilho do luar bastava para mostrar o caminho, mas ele não conseguia ler quase nenhuma das inscrições. Precisou se ajoelhar e correr o polegar por várias, até encontrar as letras de Grey.

– Muito bem – disse William, em voz alta. Sua voz soava fraca e abafada. Ele pigarreou e cuspiu... para o lado, não na sepultura. – Muito bem – repetiu, com mais vigor, então ergueu a pá e a enfiou na terra.

Ele começou perto de onde imaginava estar a cabeça, mas foi cavando pela lateral. A ideia de cravar a pá no rosto de Ben lhe trazia arrepios. A terra estava macia, úmida com a chuva recente, mas o trabalho era árduo. Apesar do frio da noite na montanha, ele terminou os primeiros quinze minutos já empapado de suor. Se Ben havia morrido de tifo, como diziam... Pensando bem, isso fazia sentido? Ele não tinha ficado preso com os outros homens alistados. Como oficial, fora alojado com os Tobermorys. Como chegara a contrair tifo? Mesmo assim, se tivesse contraído, então outros teriam morrido ao mesmo tempo. Era uma praga bastante contagiosa.

Se *fosse* verdade, porém, vários outros homens teriam sido enterrados ao mesmo tempo, e às pressas, para evitar o contágio. (Ah, que *ótimo* pensamento: ele poderia estar abrindo uma cova pestilenta...) De todo modo, se fosse o caso, as covas seriam rasas.

Aquela era. A pá atingiu algo mais duro que a terra, e ele parou abruptamente, com os músculos trêmulos. Engoliu em seco e recomeçou a cavar, com mais cuidado.

O corpo estava envolto em um tecido grosseiro, feito uma mortalha. Ele não conseguia enxergar, mas fez uma delicada inspeção com os dedos. Agachou-se e revirou a terra com as mãos, desenterrando o que esperava ser a cabeça. Seu estômago estava revirado, e ele respirava pela boca. O fedor era menor do que imaginava, mas estava presente, sem sombra de dúvida.

750

Ah, Deus. Ben...

Ele vinha nutrindo a esperança de que a cova estivesse vazia. Com alguns cutucões, identificou o formato redondo e respirou fundo, procurando a ponta da mortalha. Teria sido costurada? Não, a ponta estava solta.

Ele tinha pensado em levar uma tocha, mas desistira da ideia para não correr o risco de ser visto. De modo geral, estava satisfeito por isso. Esfregou as mãos na calça, para tirar a terra, e removeu delicadamente o tecido, com uma careta, puxando a parte que havia ficado presa à pele por debaixo. O pano se soltou com um barulho medonho e áspero, e ele quase largou tudo e saiu correndo. Mas reuniu forças e tocou o rosto do homem morto.

Não foi tão terrível quanto imaginava. O corpo ainda parecia bastante intacto. "Quanto tempo pode uma pessoa ficar debaixo da terra sem apodrecer?" O que o coveiro tinha respondido... nove anos? Bom, então... Ele vira *Hamlet* em Londres, com Ben e Adam...

William conteve um insano ímpeto de gargalhar e tateou de leve o rosto do morto. O nariz era largo e grosso, não fino e ossudo como o de Ben – mas sem dúvida por conta do processo de decomposição. Ele deslizou os dedos pela têmpora, pensando em encontrar um cacho de cabelo apresentável, talvez... Então parou, prendendo o ar.

O cadáver estava sem uma orelha. O quê? Sem *as duas* orelhas. Ele tornou a tatear as laterais da cabeça, incrédulo. Era verdade. As orelhas já tinham sido arrancadas havia um bom tempo. Mesmo com a sensação nojenta e mole da carne em decomposição, era bem possível distinguir os sulcos do tecido cicatricial. Era um ladrão.

William se agachou de cócoras e inclinou a cabeça, soltando um grande suspiro. Sentia-se tonto, e as estrelas começaram a rodopiar diante de seus olhos.

– Meu Deus – sussurrou ele, inundado de alívio, gratidão e horror. – Ah, meu Deus, obrigado! Mas... – acrescentou, olhando para o estranho invisível na sepultura de Ben. – *E agora?*

120

UM ESTALAR DE ESPINHOS

18 de setembro de 1778
Filadélfia

Eu estava tendo um sonho agradável e incoerente, que envolvia folhas de outono e vaga-lumes. Os vaga-lumes eram vermelhos, não verdes, e pairavam por entre as árvores como fagulhas, roçando as folhas amarelas, murchando e chamuscando os cantinhos em brasa. A fumaça ondeante subia pelas árvores, vagando lenta pelo céu noturno, pungente como tabaco. Eu caminhava pela mata, fumando um cigarro com Frank...

Acordei meio grogue, pensando na alegria de ver Frank outra vez. *Sonhos têm cheiro?*, pensei. *Eu não fumo.* Então...

– Meu Deus! A casa está pegando fogo!

Eu me sentei, tomada pelo pânico, e tentei me desvencilhar dos lençóis. A fumaça já estava bem densa no sótão, pairando em camadas sobre a minha cabeça. Jamie, tossindo, agarrou-me e me libertou das cobertas.

– Rápido – disse ele, rouco como um corvo. – Não dá tempo de nos vestirmos. Temos que descer!

Eu não me vesti, mas agarrei a minha roupa de baixo e a enfiei pela cabeça enquanto engatinhava até a beirada do sótão. Jamie havia posicionado a escada e já ia descendo, aos berros, em um tom de voz alto e histérico.

Eu ouvia o fogo. Convulsivo e estalado, levantando no ar um fedor de papel queimado e merlim de encadernação.

– Na gráfica – soltei, sem fôlego, alcançando Jamie na cozinha. – Está na gráfica. As Bíblias estão pegando fogo... Ah, não. A forja de tipos...

– Pegue os pequenos!

Ele correu pela cozinha, balançando a bainha da camisa, e bateu a porta que levava à gráfica, de onde irrompiam as nuvens de fumaça. Eu corri para o outro lado, rumo ao quarto que abrigava Fergus e Marsali, com um sótão menorzinho acima onde dormiam as crianças e Jenny.

A porta estava fechada, graças a Deus. A fumaça ainda não havia chegado lá.

– Fogo! – gritei, abrindo a porta. – Fogo! Levantem-se, levantem-se!

Corri para a escada do sótão, ouvindo Fergus esbravejar em francês atrás de mim.

– O quê? O QUÊ? – gritou Marsali, confusa.

Minhas mãos suadas deslizavam na madeira lisa da escada.

– Jenny! Germain! – gritei... ou tentei. A fumaça dominava o cômodo, reunida no alto do teto, e eu tossi, os olhos e o nariz escorrendo.

– Jo-Joan!

Havia um pequeno estrado, e eu vi duas pequeninas saliências sob as cobertas. Corri até a cama e arranquei os cobertores. Joan e Félicité estavam enroscadinhas, a camisola de Félicité toda enrugada, revelando seu traseiro. Eu a agarrei pelo ombro, sacudindo-a, mas tentando falar calmamente:

– Meninas, meninas! Vocês precisam se levantar. Agora mesmo. Está me ouvindo, Joan? Acordem!

Joan deu uma tossidela e virou a cabecinha para o outro lado, a fim de escapar da fumaça, os olhinhos fechados. Félicité costumava ter um sono pesadíssimo, e aquela noite não era exceção. Quando a sacudi, sua cabeça balançou feito uma boneca de pano.

– O quê? O que houve? – Jenny, que ocupava um catre no cantinho, lutava para sair das cobertas.

– Está pegando fogo! – gritei. – Rápido... me ajudem!

Eu ouvi um estalido vindo da cozinha e um grito de Marsali. Não sabia o que tinha acontecido, mas, em meio ao desespero, arranquei Félicité da cama, ainda gritando para que Joan acordasse, pelo amor de Deus!

Senti a vibração da escada batendo no sótão. Jamie apareceu e tirou Joan da cama.

– Onde estão os meninos? – perguntou ele, com urgência.

Em meio à frenética necessidade de acordar as garotas, eu tinha me esquecido de Germain e Henri-Christian. Olhei em volta, meio tonta e desesperada. Havia um colchão fino no chão, achatado e amassado pelos corpos, mas sem sinal dos meninos.

– Germain! Joan! Henri-Christian! – O rosto de Marsali despontou pela beirada do sótão, pálido de medo. – Félicité!

No instante seguinte, ela estava comigo, pegando Félicité do meu colo. A menininha tossia e resmungava, começando a chorar.

– Está tudo bem, *a nighean*. Você está segura. – Marsali afagava as costas dela, também tossindo, à medida que a fumaça engrossava. – Onde estão os dois?

Jamie havia empurrado Jenny para a escada e ia descendo atrás dela, com Joan largada no ombro, balançando com vigor os pezinhos rosados.

– Eu vou procurar! – falei, empurrando Marsali em direção à escada. – Leve Félicité lá para baixo!

Algo na oficina explodiu, com um bafejo alto – provavelmente um barril de tinta, feito de verniz e tisne. Marsali prendeu o ar, agarrou Félicité com força e correu para a escada. Eu comecei a vasculhar feito louca por entre a mobília, as caixas e bolsas no sótão, tossindo e gritando os nomes dos meninos.

A fumaça agora estava muito pior. Eu mal conseguia enxergar. Fui avançando e chutando cobertores, um penico – cheio, infelizmente –, entre outras coisas, mas não havia sinal de Henri-Christian ou Germain. Mesmo que estivessem envoltos pela fumaça, eles...

– Sassenach! – gritou Jamie, de súbito ao meu lado. – Desça, desça! O fogo pegou a parede. O sótão vai desabar a qualquer minuto!

– Mas...

Ele não esperou pela minha resposta. Agarrou-me pelo tronco e me arrastou escada abaixo. Meu pé resvalou e meus joelhos cederam. Deslizei pelos últimos degraus e desabei no chão. A parede à minha frente estava iluminada, o gesso estilhaçado e as labaredas cintilantes se alastravam pelas vigas de madeira. Jamie aterrissou ao meu lado com um baque que fez o chão tremer. Ele pegou o meu braço, e disparamos pela cozinha.

Eu ouvi um estalido, depois um estrondo, que pareceu acontecer em câmera lenta, enquanto a base do sótão das crianças cedia e a madeira vinha abaixo.

– Germain – soltei, aos arquejos. – Henri...

– Não estão aqui – disse Jamie, balançando a cabeça e tossindo. – Fora, precisamos ir para fora.

O ar na cozinha estava um pouco mais limpo, mas nem tanto. Estava quente a ponto de chamuscar os pelos de meu nariz. Com os olhos lacrimejantes, cruzamos o recinto até a porta dos fundos, agora aberta, e irrompemos na viela atrás da casa.

Marsali e Jenny estavam agachadas no quintal da casa em frente, segurando no colo as duas meninas acordadas e aos berros.

– Onde está Fergus? – gritou Jamie, empurrando-me na direção de Marsali.

Ela apontou para a casa em chamas e gritou qualquer coisa que eu não ouvi, por conta da barulheira do fogo. Houve uma segunda trégua no ruído, e um zurro longo e desesperado cortou o céu noturno.

– Clarence!

Jamie deu um rodopio e disparou até o diminuto estábulo, que não passava de uma cabana anexa à construção principal. Eu fui atrás dele, pensando que talvez os meninos tivessem se abrigado por lá. Meus pés descalços deslizaram nas pedrinhas do pavimento, que esmagaram meus dedos, mas eu nem percebi. Meu coração estava disparado, tomado de medo, e os pulmões lutavam para encontrar ar puro.

– Germain!

Por sobre o fogo, ouvi um grito bem fraco. Ao me virar, percebi uma silhueta diante da porta aberta, avançando para dentro da cozinha. A fumaça saía pela porta em uma espessa coluna branca, refletindo o brilho do fogo. Eu traguei o ar e mergulhei na fumaça, debatendo os braços em um esforço vão de dissipá-la e conseguir enxergar.

Um de meus braços, no entanto, acertou algo sólido, e Fergus desabou em cima de mim, incapaz de se equilibrar, de tão consumido pelo calor e pela fumaça. Eu o agarrei pelas axilas e o arrastei até a porta, com uma força oriunda da pura determinação em não morrer.

Caímos na viela e ouvimos gritos. Eram os vizinhos correndo para ajudar. Várias mãos me puxaram para longe. Pude ouvir Fergus aos arquejos e soluços, lutando contra as mãos que ajudavam, chamando desesperado pelos filhos.

Com os olhos lacrimejantes, vi o teto do estábulo em chamas e Jamie trazendo Clarence para fora. Ele tinha arrancado a manga da própria camisa para tapar os olhos do animal. Então ouvi um guincho que excedeu toda a barulheira, o fogo, os gritos dos vizinhos e os zurros de Clarence. Marsali se levantou, os olhos e a boca escancarados de pavor, olhando para cima.

A porta de correr que levava ao sótão da cozinha estava aberta, com fumaça e faíscas subindo, e no meio vinha Germain, arrastando Henri-Christian pela mão.

Ele gritou alguma coisa, mas ninguém conseguiu ouvir. Ouviu-se um estrondo abafado no sótão, quando outro barril explodiu, e o fogo subiu de repente, lambendo as pilhas de papel.

– Pulem! Pulem! – gritava Jamie, e toda a gente na viela berrava também, acotovelando-se para se meter ali embaixo e ajudar.

Germain olhava de um lado para outro, frenético. Henri-Christian estava em pânico, lutando para retornar ao sótão. A corda usada para subir e baixar as cargas estava ali, quase ao alcance da mão. Germain viu e soltou Henri-Christian por um instante para pegar a corda, segurando-se na beirada da porta.

Ele conseguiu, e a multidão prendeu a respiração. Seu cabelo louro, eriçado pelo bafejo do fogo, mais parecia uma labareda a rodear sua cabeça. Por um instante, até achei que a cabeça de Germain *estivesse* em chamas.

Henri-Christian, tonto com a fumaça, havia caído junto ao batente da porta, agarrado a ele. Estava assustado demais para se mexer. Notei que tremia de medo, enquanto Germain tentava puxá-lo.

– Atire-o, Germain! Atire o seu irmão! – gritou Fergus, o mais alto que pôde, a voz rouca por conta do esforço, e várias outras vozes se juntaram à dele. – Agora!

Eu vi Germain contrair a mandíbula. Com um solavanco, ele puxou Henri-Christian e enroscou o braço livre na corda.

– Não! – gritou Jamie, visualizando a cena. – Germain, *não*!

Mas Germain inclinou a cabeça por sobre a do irmão, e eu pensei ver seus lábios se movendo, dizendo: "Segure firme!" Então ele se projetou no ar, as mãozinhas agarradas à corda, as pernas curtas e grossas de Henri-Christian enroscadas em seu tronco.

A cena aconteceu em um instante e, ao mesmo tempo, muito devagar. Henri-Christian desprendeu as pernas curtas. Germain soltou a corda, pois o menininho já estava caindo, de braços abertos, varando o ar enfumaçado com uma cambalhota.

Ele penetrou no mar de mãos erguidas, e o baque de sua cabeça encontrando o chão de pedras foi o som do fim do mundo.

121

CAMINHANDO EM BRASAS

19 de setembro de 1778
Filadélfia

Mesmo quando o mundo acaba, as coisas seguem *acontecendo*. Apenas não sabemos o que fazer com elas.

Tudo cheirava a fumaça e fogo. O ar, meus cabelos, a pele de Jamie, o vestido largo que alguém havia me emprestado... até a comida tinha gosto de cinza. *Não tem como ser diferente*, refleti. Não importava. Eu não conseguia comer mais de um ou dois bocadinhos, por educação.

Ninguém havia dormido. A gráfica fora reduzida a pó durante a madrugada. Nada havia a se fazer além de apagar as brasas errantes e abafar as chispas, em um esforço para preservar as casas próximas. Por misericórdia, não estava ventando muito.

Os vizinhos nos deram abrigo, roupas, comida e abundante compaixão. Nada disso parecia real, e eu esperava que o estado das coisas permanecesse assim, mesmo sabendo que não era possível.

O que parecia real, porém, eram as vívidas imagens que ficaram gravadas em minha cabeça ao longo da noite. Os pés descalços de Henri-Christian, grandes em comparação às pernas, as solas sujas despontando sob a saia de sua mãe, que o embalava, envolta em uma dor densa demais para emitir qualquer som. Germain soltando a corda, em uma frenética tentativa de disparar atrás do irmão, e caindo feito uma pedra nos braços de Fergus. Fergus agarrando Germain com tanta força que decerto deixara os dois cheios de hematomas, o gancho cintilando contra as costas enegrecidas do menino.

Germain e Henri-Christian estavam dormindo no telhado. Havia um pequeno alçapão no teto do sótão, do qual ninguém tinha se lembrado em meio ao pânico do incêndio.

Quando Germain enfim começou a falar, pouco antes do amanhecer, contou que eles haviam subido para se refrescar e ver as estrelas. Os dois pegaram no sono e só acordaram quando a telha onde estavam começou a esquentar... então viram a fumaça penetrando nas frestas do alçapão. Dispararam para o outro lado do telhado, onde um alçapão semelhante levava ao sótão de impressão. Metade do sótão havia desabado, e o resto estava em chamas, mas eles conseguiram cruzar a fumaceira e os escombros da porta de cargas.

"Por quê?", gritara ele, passando de um par de braços a outro, ignorando todas as tentativas de conforto. "Por que eu não o segurei?! Ele era muito pequeno, não teve força."

Somente a mãe de Germain não o abraçou. Estava agarrada a Henri-Christian e só soltou o menino quando o dia nasceu, vencida pela exaustão. Fergus e Jamie tomaram o corpinho robusto de suas mãos e o levaram para ser lavado e arrumado, de modo a enfrentar as longas horas que sucedem a morte. Marsali, então, foi ao encontro do filho mais velho, em seu sono de morte, e o tocou com delicadeza e angústia.

O reverendo Figg veio mais uma vez em nosso socorro, de paletó preto e gravata branca, e ofereceu sua igreja para o velório.

Agora, no meio da tarde, eu estava sozinha na igreja, sentada em um banco, de costas para uma parede, sentindo cheiro de fumaça e tremendo com os ecos das chamas e da perda.

Marsali dormia na cama de um vizinho. Eu mesma a acomodara, com uma filha de cada lado, Félicité chupando o dedo, os olhos negros, arregalados e atentos como os de sua bonequinha de pano, que felizmente escapara do fogo. Tão pouco havia restado. Recordei a constante dor das perdas após o incêndio na Casa Grande, quando ia pegar alguma coisa e percebia que não estava lá.

Com o semblante pálido, Jenny tinha ido dormir na casa dos Figgs, de rosário na mão, caminhando com os dedos entrelaçados nas contas de madeira, movendo os lábios em silêncio. Achei que nem dormindo ela fosse parar de rezar.

Pessoas iam e vinham, trazendo coisas. Mesas, bancos extras, pratos de comida. Flores de fim de verão, rosas, jasmins e botões de ásteres azuis. Pela primeira vez eu chorei, ao receber a fragrante lembrança do casamento que fora celebrado ali havia tão pouco tempo. Apertei o lenço de um estranho no rosto, para que ninguém visse e resolvesse tentar me consolar.

O banco ao meu lado rangeu e afundou. Espiei por sobre o lenço e vi Jamie bem ali, vestindo um terno gasto que claramente pertencia a um liteireiro, já que havia uma faixa na manga com a inscrição "82". De rosto limpo, mas com as dobras das orelhas ainda cheias de fuligem. Ele segurou minha mão com força, e eu vi as bolhas em seus dedos, algumas recentes, outras estouradas pelo esforço de resgatar do fogo tudo o que fosse possível.

Ele olhou para a frente da igreja, para o que fora impossível resgatar, então suspirou e encarou nossas mãos entrelaçadas.

– Tudo bem? – perguntou, com a voz comprometida, a garganta áspera e sufocada pela fuligem, como a minha.

– Tudo – respondi. – Você comeu alguma coisa?

Eu já sabia que ele não tinha dormido.

Ele balançou a cabeça, recostou-se na parede e fechou os olhos. Senti seu corpo exausto relaxar por um instante. Ainda havia coisas a serem feitas, mas só um pouquinho... Eu queria poder passar um curativo em suas mãos, mas não havia material. Ergui a mão que ele estendia e beijei os nós de seus dedos.

– Como deve ser quando a pessoa morre? – indagou Jamie, de repente, encarando-me com os olhos vermelhos.

– Não posso dizer que já pensei de verdade a respeito – respondi, desconcertada. – Por quê?

Bem lentamente, ele esfregou dois dedos entre as sobrancelhas. Pelo olhar, imaginei que ele devesse estar com dor de cabeça.

– Só fico pensando se é desse jeito.

Ele fez um breve gesto abrangendo o salão meio vazio. Os presentes circulavam, falando baixinho, e os enlutados permaneciam sentados, pálidos e débeis como sacos de entulho, mexendo o corpo apenas quando eram requisitados.

– Se a pessoa não sabe o que fazer – prosseguiu ele – nem quer fazer muita coisa. Ou será que a gente dorme e acorda em um lugar novo, diferente, e dá vontade de sair na hora para ver como é?

– Segundo o padre O'Neill, os inocentes vão de imediato ao encontro de Deus. Nada de limbo ou de purgatório. Contanto que tenham sido devidamente batizados – acrescentei.

Henri-Christian havia sido batizado. Como ainda não tinha 7 anos, a Igreja acreditava que lhe faltava entendimento suficiente para pecar. Sendo assim...

– Eu conheci gente de 50 anos com menos entendimento do que Henri-Christian – prossegui, assoando o nariz pela milésima vez. Minhas narinas estavam tão esfoladas quanto as pálpebras.

– Sim, mas essa gente tem mais condição de causar estrago com suas tolices – respondeu ele, com um leve sorriso. – Eu achei que estivesse morto no campo de Culloden. Contei essa história?

– Acho que não. Mas, dadas as circunstâncias, imagino que tenha sido uma hipótese razoável... Você desmaiou?

Ele assentiu, os olhos fixos nas tábuas do chão.

– Desmaiei. Se eu tivesse conseguido olhar em volta, teria percebido, mas meus olhos se fecharam por conta do sangue. Estava tudo vermelho, turvo, então pensei que estivesse no purgatório, aguardando a chegada da punição. Até achei que o tédio devia ser parte da punição.

Ele encarou o pequeno caixão à frente do salão. Germain estava sentado ao lado, com a mão no tampo. Passara a última meia hora sem se mexer.

– Eu nunca vi Henri-Christian entediado – falei baixinho, depois de um instante. – Nenhuma vez.

– Não – concordou Jamie, pegando a minha mão. – Acho que isso nunca vai acontecer.

Os velórios gaélicos têm um ritmo próprio. Fergus e Marsali chegaram calmamente, cerca de uma hora depois. A princípio, sentaram-se juntos, de mãos dadas perto do caixão, mas, à medida que as outras pessoas foram chegando, os homens aos poucos rodearam Fergus, envolvendo-o tal qual um grupo de fagócitos envolve e captura um micróbio. Dali a pouco, como é comum em tais situações, metade dos homens permanecia em um canto do salão, conversando baixinho. Os do lado de fora eram os incapazes de suportar a aproximação e a comoção, mas que queriam demonstrar sua compaixão e presença.

As mulheres, no início, reuniram-se perto de Marsali, abraçando-a e chorando, depois começaram a formar pequenos grupos, retornando às mesas para reorganizar as coisas ou indo servir mais pão e bolo. Josiah Prentice chegou com seu violino, mas não o tirou do estojo. A fumaça dos cachimbos dos homens lá fora adentrava a igreja em suaves nuvens azuladas. Eu sentia o cheiro e a lembrança do fogo me incomodava.

Com um breve aperto em minha mão, Jamie se afastou e foi falar com Ian. Vi os dois olhando para Germain. Ian assentiu, avançou tranquilamente até o sobrinho e tocou seus ombros. Rachel circulava ali por perto, os olhos escuros e atentos.

O banco ao meu lado rangeu. Era Jenny, que viera se sentar. Sem dizer nada, ela passou o braço pelos meus ombros e eu apoiei a cabeça junto à dela. Choramos um pouco – não apenas por Henri-Christian, mas por todos os bebês que havíamos perdido: minha Faith, natimorta, e sua pequena Caitlin. E por Marsali, que agora se unia a nós nessa dolorosa afinidade.

A noite caiu. Cerveja foi servida, outra bebida mais forte foi trazida, e o clima sombrio da reunião suavizou. Mesmo assim, era o velório de uma criança, uma vida abreviada. Não era possível evocarmos as graciosas lembranças de um homem que vivera plenamente, cujos amigos tinham vindo compartilhar de sua morte.

Josiah Prentice começou a tocar o violino, bem baixinho, mesclando melodias fúnebres, notas mais serenas, um e outro hino. Aquela noite não seria de muita cantoria. De súbito, desejei avidamente a presença de Roger. Talvez ele soubesse o que dizer, em uma situação em que nada havia a ser dito. Mesmo com a voz prejudicada, ele teria uma canção ou uma prece para entoar.

O padre O'Neill, da igreja de St. George, estava presente. Com a delicadeza de fazer vista grossa ao casamento quacre nada ortodoxo do mês anterior, ele conversava com Fergus e outros homens junto à porta.

– Pobrezinho – soltou Jenny, a voz ainda embargada por conta do choro. Ela segurava minha mão, e eu a dela, mas ela não fitava o caixão, e sim Fergus. – Esses meninos são tudo para ele... ainda mais o nosso pequenino. – Seus lábios tremularam, mas ela apertou a boca. – Você acha que Marsali está grávida? – indagou baixinho.

Marsali alisava o cabelo de Joan em seu colo, com Félicité agarrada a suas saias.

– Acho.

Ela assentiu e remexeu a mão, meio escondida nas dobras da saia, fazendo o gesto do chifre para espantar o mal.

Mais gente chegara. O Congresso estava reunido na Filadélfia, e vários representantes que negociavam com Fergus tinham comparecido. Jonas Phillips e Samuel Adams estavam presentes, conversando junto à mesa de comes e bebes. Em outras circunstâncias, eu ficaria maravilhada por compartilhar o recinto com dois signatários da Declaração de Independência, mas, no fim das contas, eram apenas dois homens – por mais gentis que fossem.

A cada poucos minutos, eu procurava Germain. Agora ele estava com Ian, perto das mesas, bebendo alguma coisa.

– Jesus H... Digo, meu bom Deus. Ian está dando Cherry Bounce a Germain!

Jenny olhou os lábios vermelhíssimos de Germain e se remexeu, achando graça.

– Não tem nada melhor para o menino no momento, tem?

– Bom... não. – Eu me levantei e sacudi as saias. – Quer um pouco?

– Quero – respondeu ela, levantando-se com entusiasmo. – Talvez uma comidinha também. A noite vai ser longa. Saco vazio não para em pé, não é mesmo?

Era melhor se manter em movimento. A névoa de dor ainda me paralisava as sensações. Eu não queria que aquilo passasse, mas, ao mesmo tempo, percebi que *estava* faminta.

O clima no salão mudava gradualmente: primeiro, o impacto do choque e da tristeza, depois as palavras de conforto à família, e agora as conversas mais aleatórias. Que começavam, percebi com inquietude, a se concentrar na especulação sobre o que – ou *quem* – havia provocado o incêndio.

Por conta do choque e da tristeza do ocorrido, ninguém mencionara o assunto. Mesmo em meio à névoa entorpecente, as perguntas insidiosas pairavam feito morcegos. Por quê? Como? E... quem?

Se é que havia um responsável. O fogo era uma praga comum naquela época, com todas as casas ostentando lareiras abertas. Uma gráfica, com sua forja de tipos e uma variedade de materiais inflamáveis, era ainda mais vulnerável a acidentes. Uma janela aberta, um sopro de brisa, papéis soltos... a brasa errante de um fogo mal apagado...

Mesmo assim, a lembrança nauseante da carta anônima não saía de minha mente: *Sua casa pegou fogo, e seus filhos já se foram...*

E os rapazes que tinham me seguido desde a Chestnut Street, com seus cutucões e insultos sussurrados? Deus do céu, será que eu havia trazido a inimizade à porta de Fergus?

Jamie havia se plantado outra vez a meu lado, firme e sólido como uma rocha, e me entregou um copo de Cherry Bounce. Parecia um xarope para tosse muito forte, mas era revigorante, sem dúvida. Pelo menos até o momento em que a pessoa cai dura, inconsciente. Vi que Germain havia deslizado pela parede, devagarinho. Rachel se ajoelhou ao lado, acomodou o menino no chão, dobrou o próprio xale e o ajeitou sob a cabecinha dele.

O Cherry Bounce foi ocupando o espaço da névoa. De modo geral, considerei a bebedeira um avanço.

– Sra. Fraser?

A voz desconhecida interrompeu minha aturdida contemplação das profundezas vermelho-escuras de meu copo de bebida. Vi um jovem vestido em andrajos, plantado ao meu lado, com um embrulho na mão.

– É ela – respondeu Jamie, dando uma olhadela penetrante no rapaz. – Está precisando de médico? Porque...

– Ah, não, senhor – garantiu o jovem, cortês. – Me mandaram entregar isto aqui pessoalmente à sra. Fraser, só isso.

Ele me entregou o pacote, fez uma breve mesura e saiu.

Intrigada e lenta por conta do cansaço, da tristeza e do Cherry Bouce, eu me atrapalhei com o barbante, então desisti e entreguei-o a Jamie, que tateou atrás da faca. Como não a encontrou – claro, havia perecido no incêndio –, simplesmente arrebentou o barbante, em um ímpeto de irritação. A embalagem se abriu, revelando uma bolsa de couro e um bilhete dobrado, mas não lacrado.

Eu estreitei os olhos, então meti a mão no bolso. Por um milagre, havia largado os óculos na cozinha enquanto picava cebolas, e Jamie os resgatara ao entrar rapidamente na casa em chamas. A caligrafia elegante me saltou aos olhos, em uma clareza reconfortante.

Sra. Fraser,

Não creio que minha presença seja bem-vinda nem pretendo perturbar o luto familiar. Não peço reconhecimento nem obrigações. Peço que me permitam ajudar da única maneira possível e que não revelem a fonte deste auxílio ao jovem sr. Fraser. Quanto ao mais velho, confio em sua discrição.

Na assinatura, lia-se apenas *P. Wainwright (Beauchamp).*

Ergui as sobrancelhas a Jamie e lhe entreguei o bilhete. Ele leu, com os lábios contraídos, e observou Marsali e as meninas, agora perto de Jenny e conversando com a sra. Phillips, todas chorando baixinho. Então olhou para o outro canto do salão, onde estava Fergus, acompanhado de Ian e Rachel. Fez uma leve careta, mas desistiu, resignado. Ele tinha uma família para sustentar. Não havia espaço para orgulho no momento.

– Bom, então provavelmente não foi ele – concluí, com um suspiro, enfiando a bolsinha de couro no bolso da saia.

Por mais anestesiada que estivesse, consegui sentir alívio. Fosse lá o que ele representasse, pudesse ter feito ou tencionasse fazer, eu gostava bastante do outrora monsieur Beauchamp.

No entanto, não tive mais tempo para refletir sobre Percy, pois naquele instante teve início uma agitação entre as pessoas perto da porta. Ao olhar para entender o que era, vi George Sorrel entrar.

Na mesma hora, ficou muito claro que o dono da taverna estivera fazendo uso dos próprios produtos – talvez como forma de reunir coragem, pois ele se balançava de leve, os punhos cerrados, encarando bem devagar todo o recinto e lançando um olhar beligerante aos que o cumprimentavam.

Entre dentes, Jamie soltou algo em gaélico bastante inapropriado a uma casa de Deus, então avançou em direção à porta. Antes que ele chegasse, porém, Fergus já tinha se virado para entender o motivo da comoção e visto Sorrel.

Fergus estava tão ébrio quanto Sorrel, porém muito mais agitado. Empertigou o corpo, soltou-se das mãos dos homens que o seguravam e se aproximou de Sorrel sem dizer uma palavra, os olhos vermelhos como os de um furão de caça e igualmente perigosos.

Ele acertou um soco em Sorrel enquanto o homem abria a boca. Abalados como estavam, os dois cambalearam, e outros homens correram para separá-los. Jamie agarrou o braço de Sorrel e o puxou para longe da briga.

– Sugiro que o senhor se retire – disse ele com educação, dada a circunstância, e virou o homem com firmeza na direção da porta.

– Não – soltou Fergus. Sua respiração era ruidosa, o rosto estava branco feito giz. – Não se retire. Fique... e me diga por quê. Por que veio aqui? Como se atreve a vir aqui?

A última pergunta saiu como um berro agudo, fazendo Sorrel dar um passo para trás. Ele balançou a cabeça com firmeza.

– Eu vim... oferecer à sra. Fraser minhas con-condol... Vim falar que lamento por seu filho – respondeu ele, irritado. – E você também não vai me impedir, seu francês filho de uma puta!

– Você não vai oferecer nada à minha esposa – rebateu Fergus, tremendo de raiva. – Nada, está me ouvindo? Quem garante que não foi você mesmo quem tocou fogo na casa? Para me matar, para se aproveitar da minha esposa? *Salaud!*

Eu podia apostar que Sorrel não sabia o que era *salaud*, mas não teve importância. Ele ficou vermelho como um tomate e partiu para cima de Fergus. Não conseguiu chegar, pois Jamie o agarrou pela gola da camisa. Ouviu-se o ruído de tecido rasgando, e Sorrel parou, cambaleante.

Um alarido se ergueu pelo salão, com o estrondo desaprovador de homens e mulheres. Eu percebi Jamie se preparando para tirar Sorrel dali, antes que alguém além de Fergus resolvesse socar o sujeito. Certa movimentação atenta indicou que outros homens pensavam o mesmo.

Rachel, então, aproximou-se dos dois. Estava muito pálida, apesar das bochechas vermelhas, e tinha as mãos agarradas à saia.

– Você veio mesmo oferecer consolo, amigo? – indagou a Sorrel, com a voz meio trêmula. – Porque, se assim for, ofereça seu consolo a todos que aqui estão, pelo bem da criança. Sobretudo ao pai.

Ela se virou para Fergus e tocou seu braço com cuidado.

– Sei que você não quer mais ver sua mulher agoniada – disse, calmamente. – Por que não fica com ela agora? Por mais que seja grata pela presença de tanta gente, o único que ela realmente deseja é você.

Fergus contorceu o rosto, em uma luta entre angústia, fúria e confusão. Ao vê-lo incapaz de decidir o que fazer e como fazer, Rachel se aproximou, deu o braço a ele e o forçou a dar meia-volta, abrindo caminho com ele pela multidão. Vi a cabeça loura de Marsali se erguer, e sua expressão foi mudando ao ver Fergus chegar.

Jamie respirou fundo e soltou Sorrel.

– Então? – indagou ele, com muita calma. – Vá ou fique. A escolha é sua.

Sorrel ainda arquejava um pouco, mas já estava mais controlado. Assentiu e endireitou o casaco rasgado. Então, de cabeça erguida, começou a passar pelas pessoas em silêncio, para prestar condolências aos enlutados.

122

SOLO CONSAGRADO

Apesar da generosidade dos vizinhos, havia muito pouco a fazer. Também não havia mais razão para continuarmos na Filadélfia. Nossa vida ali havia acabado.

Como sempre, houve uma considerável especulação quanto à causa do incêndio. Depois da confusão no velório, porém, uma evidente sensação de completude se estabeleceu entre todos nós. O falatório na vizinhança continuou, mas entre a família se firmou o acordo tácito de que não fazia diferença se o incêndio tinha sido acidente ou se fora provocado por alguém. Nada traria Henri-Christian de volta. Nada mais importava.

Jamie levou Fergus para providenciar nossa viagem: não por precisar de ajuda, mas para forçá-lo a se mexer, para evitar que ele se plantasse junto ao caixãozinho de Henri-Christian e nunca mais se levantasse.

Para Marsali, as coisas eram ao mesmo tempo mais fáceis e mais difíceis. Ela era mãe, e as crianças precisavam muito de seus cuidados.

Rachel e eu guardamos nas malas o que havia para guardar, compramos comida para a viagem e organizamos os últimos detalhes. Arrumei as coisas de meu consultório e, em meio a lágrimas e abraços, entreguei à sra. Figg as chaves do número 17 da Chestnut Street.

Então, no início da tarde seguinte ao velório, pegamos emprestada uma pequena carroça, amarramos Clarence e acompanhamos Henri-Christian até o túmulo.

Não houve discussão a respeito do enterro. "Eu sei onde ele vai descansar", dissera Ian, após o velório.

O trajeto era longo; cerca de duas horas de caminhada a partir da cidade. O calor enfim havia abrandado e o ar soprava de leve à nossa volta, trazendo o primeiro frescor do outono. Não houve cerimônia no cortejo. Nenhum lamento em gaélico por aquela vida abreviada, nenhuma lamentação profissional. Somente uma pequena família caminhando junta pela última vez.

Ao sinal de Ian, saímos da estrada. Jamie soltou Clarence, amarrou-o para pastar e ergueu o caixão junto com Fergus. Os dois acompanharam Ian por entre as árvores, subindo uma estreita trilha escondida, demarcada pelos cascos dos cervos, até uma pequena clareira na floresta.

Havia dois grandes moledros da altura do joelho. E um terceiro, menor, à beira da clareira, sob os galhos de um cedro-vermelho. Encostada nele havia uma pedra plana, onde fora riscada a palavra ROLLO.

Fergus e Jamie baixaram o caixão, com delicadeza. Joanie e Félicité tinham parado de chorar durante a longa caminhada, mas, ao ver o irmão ali, tão pequenino e desconsolado, prestes a ir embora de vez... As duas recomeçaram um choro silencioso, agarradas com firmeza uma à outra. A cena me trouxe uma onda de tristeza. Em silêncio e com os dentinhos cerrados, Germain segurava com força a mão de sua mãe, sem chorar. Não buscando conforto, mas *dando*, ainda que fosse clara a agonia de seu olhar cravado no caixão do irmão.

Ian tocou de leve o braço de Marsali.

– Este lugar é consagrado pelo meu suor e por minhas lágrimas, prima – disse ele baixinho. – Vamos consagrá-lo também com o nosso sangue e deixar que o nosso pequeno descanse aqui, em segurança. Se ele não pode ir conosco, permanecemos com ele.

Ele tirou o *sgian dubh* da meia, fez um corte delicado no punho, apoiou o braço sobre o caixão de Henri-Christian e deixou que algumas gotas caíssem na madeira. Eu ouvi o barulho, como o início da chuva.

Marsali respirou fundo, aprumou-se e pegou a faca da mão dele.

PARTE VIII

Busca e resgate

123

QUOD SCRIPSI, SCRIPSI

Da sra. Abigail Bell, Savannah, colônia real da Geórgia
Ao sr. James Fraser, Filadélfia, colônia da Pensilvânia

Caro sr. Fraser,

Escrevo em resposta à sua missiva do dia 17, informando meu marido de seu retorno à América, que foi entregue a ele por um amigo de Wilmington.

Como poderá ver pela procedência desta carta, fomos transferidos de Wilmington para Savannah, devido ao perigo cada vez maior para os legalistas do clima político na Carolina do Norte, sobretudo para meu marido, por conta de sua história e profissão.

Quero lhe assegurar que sua prensa permanece em excelentes condições, mas não se encontra em uso no momento. Meu marido contraiu uma grave febre assim que chegamos, e ficou evidente que a enfermidade era do tipo periódica. Nos últimos dias ele anda um pouco melhor, mas não está em condições de enfrentar o árduo trabalho na área da impressão. (Se o senhor estiver pensando em estabelecer negócios por aqui, informo que, embora a política local seja muito mais simpática às influências legalistas do que às da colônias do Norte, um impressor está sujeito a muitos dissabores, a despeito de quais sejam suas crenças pessoais.)

No momento, sua prensa está guardada no celeiro de um fazendeiro de nome Simpson, que mora a pouca distância da cidade. Já fui ver o equipamento e garanto que está limpo, seco (embalado em palha) e protegido. Por favor, avise-me a respeito de seu desejo. Posso vender o maquinário e lhe encaminhar o dinheiro ou entregá-lo diretamente ao senhor.

Agradecemos seu auxílio e sua bondade, e as meninas rezam pelo senhor e por sua família todos os dias.

Atenciosamente,
Abigail Bell

...

De William Ransom para a Sua Graça Harold, duque de Pardloe
24 de setembro de 1778

Caro tio Hal,

O senhor vai gostar de saber que seu instinto paterno estava certo. Com muita alegria, venho informar que Ben provavelmente não está morto.
Por outro lado, não tenho a menor ideia de onde ele está ou por que partiu.
Eu tive acesso à suposta sepultura de Ben, no acampamento de Middlebrook, em Nova Jersey, mas o corpo enterrado lá não era o dele. (Talvez seja melhor o senhor não ficar sabendo como obtive essa informação.)
Com toda a certeza, alguém do Exército Continental deve ter pistas do paradeiro de Ben, mas a maioria das tropas de Washington presentes no acampamento à época de sua captura já se foi. Existe um homem que talvez tenha informações, mas, para além disso, a única conexão possível parece ser o capitão que conhecemos.
Minha proposta, portanto, é ir à caça do cavalheiro em questão e extrair quaisquer informações que estejam em seu poder.
Seu mais obediente sobrinho,
William

. . .

De lorde John Grey para Harold, duque de Pardloe
Charleston, Carolina do Sul
28 de setembro de 1778

Caro Hal,

Atracamos em Charleston há dois dias, depois de enfrentarmos uma tempestade em Chesapeake que nos soprou para o mar, ocasionando dias de atraso. Tenho certeza de que não se surpreenderá com a informação de que Dottie é uma marinheira muito melhor do que eu.
Como agente investigativa, a moça também promete. Logo de manhã, descobriu o paradeiro de Amaranthus Cowden, utilizando o simples expediente de interpelar uma senhora bem-vestida no meio da rua, elogiar seu vestido e solicitar os nomes das melhores costureiras da cidade, imaginando – como mais tarde me explicou – que Ben não se casaria com uma moça simplória ou que não se interessasse por moda.

A terceira loja que visitamos alardeou ter a srta. Cowden (que se apresentava como sra. Grey, mas seu sobrenome de solteira era conhecido, visto que ela residia com uma tia de sobrenome Cowden) como cliente, e a moça então me foi descrita como uma jovem magra, de estatura mediana, pele perfeita, grandes olhos castanhos e uma cabeleira louro-escura. Todavia, não me puderam fornecer seu endereço, pois ela fora passar o inverno em Savannah com amigos. A tia infelizmente faleceu, pelo que descobri.

O interessante é que ela se declara viúva, então deve ter sido informada da suposta morte de Ben depois de lhe enviar aquela carta; caso contrário, a moça teria mencionado.

Também acho interessante que ela tenha meios de pagar os serviços de madame Eulalie – que não são poucos. Consegui persuadir a costureira a me mostrar seus últimos recibos –, visto que a carta mencionava dificuldades financeiras decorrentes da captura de Ben.

Se Ben faleceu, e se a morte e o casamento dele forem comprovados, presume-se que ela – ou a criança – herdará alguma propriedade. No entanto, ela não pode ter tomado qualquer medida legal no período entre a carta e o dia de hoje. Esse facilmente seria o tempo que uma carta levaria para vir de Londres, supondo que ela tivesse alguma ideia de a quem enviar. E supondo também que o receptor não tivesse lhe informado de imediato.

Ah… ela de fato tem um filho, um menino, e a criança é dela. Madame fez dois vestidos e um par de espartilhos para acomodar a gravidez. Naturalmente, não há como saber se Benjamin é o pai da criança. É evidente que a moça conhece Ben, pelo menos – ou Adam; o nome Wattiswade pode ter vindo de qualquer pessoa da família –, mas isso não comprova o casamento nem a paternidade.

Em resumo, sua suposta nora é uma mulher interessante. Está bem claro que o nosso caminho agora está na direção de Savannah, o que talvez requeira maior esforço investigativo, pois não sabemos os nomes dos amigos com quem ela está. O que sabemos é: se a moça foi, de fato, assolada pela pobreza, não vai comprar vestidos novos.

Espero convencer Dottie de que ela não precisa me acompanhar. A jovem é determinada, mas vejo que sente falta de seu médico quacre. Caso nossa busca se estenda por demais… não vou permitir que ela corra perigo, isso eu lhe asseguro.

Seu afetuoso irmão,

John

...

Do general sir Henry Clinton, comandante em chefe da América do Norte, para o coronel e Sua Graça duque de Pardloe, 46ª Infantaria

Senhor,

Por meio desta, o senhor recebe a ordem e a instrução de reunir e reequipar suas tropas da forma que julgar necessária, depois se juntar ao tenente-coronel Archibald Campbell, marchar até a cidade de Savannah, na colônia da Geórgia, e ocupá-la, em nome de Sua Majestade.
H. Clinton

Harold, duque de Pardloe, sentiu o peito apertado e chamou seu ordenança:

– Café, por favor – pediu ao homem. – Bem forte, e depressa. E traga o conhaque enquanto isso.

124

TRAZIDO A VOCÊ PELAS LETRAS Q, E, D

Naturalmente, era impensável a ideia de vender Clarence.

– Será que ele tem o mesmo peso que um maquinário de imprensa? – indaguei, olhando o animal com certa hesitação.

O pequeno estábulo anexo à gráfica havia sobrevivido ao fogo e, por mais que Clarence torcesse o nariz e espirrasse quando o vento soprava as cinzas da gráfica incendiada, ele não parecia muito afetado.

– Consideravelmente mais, acho. – Jamie coçou a testa do animal e correu a mão por sua orelha comprida. – Será que os burros ficam mareados?

– Será que conseguem vomitar?

Eu tentei recordar se já vira um cavalo ou um burro regurgitando, mas não consegui trazer nenhuma imagem à mente.

– Se *conseguem*, não sei dizer – respondeu Jamie, pegando uma escova dura e batendo a poeira do lombo largo e cinzento de Clarence –, mas não acho que vomitem.

– Então como dá para saber se um burro está mareado?

O próprio Jamie sofria bastante desse mal, e eu ficava pensando como ele conseguiria viajar de navio. As agulhas de acupuntura que eu usava para aliviar sua náusea haviam ficado para trás, no incêndio – junto com muitas outras coisas.

Por sobre o lombo de Clarence, Jamie me disparou um olhar azedo.

– Você só consegue determinar se estou enjoado quando estou vomitando?

– Você não é todo peludo – respondi, com leveza. – Além disso, sabe falar. Você fica esverdeado, sua frio e vai se deitar resmungando, implorando para levar um tiro.

769

– É. Bom, tirando o tom esverdeado, um burro sabe informar direitinho quando está passando mal. E com certeza sabe fazer com que nós queiramos abatê-lo a tiros.

Ele alisou a pata de Clarence e pegou o casco esquerdo da frente. O animal a recolheu e fincou com firmeza o casco no chão, exatamente onde o pé de Jamie estava um segundo antes. E mexeu as orelhas.

– Por outro lado – disse Jamie a Clarence –, posso fazer você puxar uma carroça até Savannah. Pense nisso, sim?

Ele saiu da baia, fechou o portão e deu uma sacudida na grade, para garantir que estava bem trancada.

– Sr. Fraser!

O grito, vindo dos fundos da viela, chamou sua atenção. Era Jonas Phillips, a caminho de casa depois de almoçar no salão da assembleia, onde o Congresso Continental ainda enfrentava divergências. Jamie acenou de volta, meneou a cabeça para mim e foi cruzando a viela. Enquanto eu esperava, reparei na mixórdia de itens que ocupava a outra metade do estábulo.

Além da baia de Clarence, o pequeno espaço estava abarrotado com o que os vizinhos tinham conseguido resgatar dos escombros da oficina. Tudo emanava um leve odor de queimado, mas alguns objetos talvez pudessem ser restaurados ou vendidos, imaginei.

A carta da sra. Bell havia suscitado certa reavaliação de nossas perspectivas imediatas. A prensa de Fergus fora irremediavelmente perdida no fogo. A carcaça abandonada ainda jazia lá, com o metal todo retorcido, dando a incômoda sugestão de que sua morte fora agonizante. Fergus não tinha chorado; depois de Henri-Christian, eu achava que nada mais na vida fosse fazê-lo chorar. No entanto, toda vez que se aproximava dos escombros, ele desviava o olhar.

Por um lado, a perda da prensa foi uma coisa terrível. Por outro, porém, poupou-nos do problema de ter que transportá-la até…

Bom, essa era outra questão. Para onde iríamos?

Jamie havia me garantido que voltaríamos para casa, ou seja, para a Cordilheira. Mas estávamos no fim de setembro. Mesmo que arrumássemos dinheiro para tantas passagens e tivéssemos a sorte de não naufragar ou ser capturados por um cúter inglês… nós nos despediríamos de Fergus e Marsali em Wilmington e subiríamos o rio Cape Fear até o interior da Carolina do Norte, deixando o casal e as crianças rumarem sozinhos até Savannah. Eu sabia que Jamie não queria isso. Para ser franca, eu também não.

A pequena família estava sobrevivendo, mas não havia dúvida de que o incêndio e a morte de Henri-Christian tinham deixado feridas profundas em todos. Sobretudo em Germain.

O rostinho e o caminhar dele denunciavam isso. Não eram mais alegres, com aquela empolgação de alguém sedento por aventuras. Ele circulava de ombros caídos, como se esperasse uma agressão a qualquer momento. Por mais que às vezes esquecesse tudo e retomasse o jeitinho expansivo e falastrão, era possível ver quando as lembranças brotavam do nada para abalar o menino.

Ian e Rachel tinham assumido a função de não deixar o menino se recolher em solidão. Os dois estavam sempre pedindo que ele ajudasse a transportar mercadorias ou que fosse até a mata apanhar a madeira certa para um cabo de machado ou um arco novo. Isso ajudava.

Se Fergus fosse a Savannah buscar Bonnie, a prensa de Jamie, Marsali seria estorvada pela preocupação da gravidez avançada, bem como pelas dificuldades de viajar com a família e construir um novo lar, visto que Fergus teria que se dedicar à organização do novo negócio e lidar com a política local, fosse lá qual fosse. Germain poderia escapar facilmente pelas brechas familiares e acabaria se isolando.

Eu ficava pensando se Jenny iria com eles ou com Ian e Rachel. Ela sem dúvida seria muito útil a Marsali, mas eu recordei as palavras de Marsali e lhe dei razão: "Mas o Jovem Ian é o mais moço, sabe? E ela o aproveitou muito pouco." Era verdade. Ian basicamente se perdera dela aos 14 anos, e Jenny só voltou a vê-lo quando já era um homem feito – além de mohawk. Vez ou outra eu notava a maneira como ela o observava, enquanto ele falava e comia.

Cutuquei a pilha de refugos. O caldeirão de Marsali tinha escapado incólume, embora estivesse coberto de fuligem. Uns pratos de peltre, um meio derretido – os de madeira tinham virado carvão – e uma pilha de Bíblias, resgatadas da sala de estar por alguma boa alma. Uma fileira de roupas fora estendida para lavar, do outro lado da viela. Tudo ali havia sido resgatado, embora um par de camisas de Fergus e o avental de Joanie estivessem bastante chamuscados. Imaginei que uma fervura com sabão de lixívia pudesse remover o cheiro, mas tinha certeza de que nenhum integrante da família voltaria a usar aquelas roupas.

Depois de acabar com o feno, Clarence começou a esfregar a testa no alto do gradil do portão, chacoalhando-o com força.

– Está com coceira, é?

Eu dei uma coçadinha nele, então meti a cabeça para fora do estábulo. Jamie ainda conversava com o sr. Phillips na entrada da viela, e eu retornei à minha exploração.

Sob uma pilha de roteiros teatrais enegrecidos pela fumaça, encontrei o pequeno relógio de carrilhão de Marsali, milagrosamente intacto. Estava parado, claro, mas emitiu um leve estalido metálico quando o peguei, arrancando de mim um sorriso.

Talvez fosse um bom presságio em relação à viagem. Afinal de contas, mesmo que Jamie, Rachel, Ian e eu partíssemos de imediato para a Cordilheira dos Frasers, não haveria chance de chegarmos às montanhas da Carolina do Norte antes que a neve do inverno bloqueasse a passagem. Na melhor das hipóteses, só conseguiríamos rumar para o interior em março.

De relógio na mão, suspirei ao imaginar a Cordilheira na primavera. O clima seria excelente para plantios e construções. Eu podia esperar.

Ouvi os passos de Jamie descendo a viela, então parando. Rumei até a porta aberta do estábulo e vi que ele estava parado onde Henri-Christian havia morrido. Ficou ali um instante, fez o sinal da cruz e se virou.

Ao me ver, deixou de lado a seriedade. Estendeu uma bolsinha de couro e abriu um sorriso.

– Olhe só, Sassenach!

– O que é isso?

– Um dos meninos Phillips encontrou em suas andanças, pegou e levou para o pai. Abra as mãos.

Eu obedeci, intrigada. Ele inclinou a bolsinha e despejou uma pequena cascata de quadradinhos de chumbo cinza-escuro, muitíssimo pesados... Era um conjunto completo de tipos. Ergui um e estreitei os olhos.

– Caslon English Roman?

– Melhor ainda, Sassenach – respondeu ele. Jamie tirou a letra Q do montinho em minha mão e cravou a unha do polegar no metal macio, revelando um leve brilho amarelo. – O pote de ouro de Marsali.

– Meu Deus, é mesmo! Eu tinha me esquecido.

No auge da ocupação britânica, quando Fergus fora obrigado a sair de casa para escapar da prisão e dormia cada noite em um canto diferente, Marsali havia moldado um conjunto de tipos em ouro. Ela os tinha banhado em graxa, fuligem e tinta e guardara no bolso do avental, para o caso de ser forçada a fugir com as crianças.

– Marsali também, eu imagino. – Ele fechou de leve o sorriso, pensando nos motivos para a distração da moça. – Ela tinha enterrado debaixo dos tijolos da lareira quando o exército partiu. Sam Phillips encontrou, quando derrubaram a chaminé.

Ele inclinou a cabeça para a área carbonizada onde antes ficava a gráfica. A chaminé havia sido destruída pelo desabamento da parede, então alguns homens a derrubaram e empilharam os tijolos, já que a maioria ainda estava intacta e poderia ser vendida.

Com cuidado, devolvi os tipos à bolsinha e olhei por sobre o ombro para Clarence.

– Acho que um ourives consegue fazer para mim um conjunto de agulhas de acupuntura bem grandes. Só por garantia.

125

LULA DA NOITE, QUE BELA LULA

Charleston, colônia real da Carolina do Sul

Naquela noite, lorde John e sua sobrinha Dorothea foram jantar em uma pequena hospedaria perto da orla, cujo ambiente exalava um estimulante aroma de peixe assado, enguia ao molho de vinho e pequenas lulas crocantes, fritas em farinha de milho. John inspirou o ar com prazer, acomodou Dottie em um banquinho e se sentou, apreciando o instante de indecisão gustativa.

– É aquele momento em que a pessoa vislumbra a apetitosa possibilidade de ingerir tudo que o estabelecimento tiver a oferecer – comentou ele para Dottie. – Até se dar conta de que o estômago humano possui capacidade limitada. Portanto, infelizmente é necessário fazer uma escolha.

Meio hesitante, Dottie sorveu profundamente a atmosfera, à qual acabava de se somar o aroma do pão fresquinho trazido pela garçonete, mais um prato de manteiga, em cuja superfície oleosa se via estampado um trevo-de-quatro-folhas – o nome da estalagem.

– Ah, que delícia de cheiro – disse ela, com o semblante iluminado. – Posso pegar um pouco, por favor? E uma taça de sidra?

Ele ficou feliz em ver a sobrinha faminta mordiscar o pão e assimilar o aroma da sidra, que desafiava até o da lula – a relutante e derradeira escolha de John, acompanhada de uma dúzia de ostras frescas para tapar os buracos que ainda restassem no estômago. Dottie tinha escolhido uma pescada assada, mas só havia comido um pequeno pedaço por enquanto.

– Hoje à tarde, enquanto você descansava, eu desci até o porto – disse John, partindo um naco de pão para aliviar a raiz-forte misturada à salmoura das ostras. – Dei uma sondada e encontrei dois ou três barquinhos, cujos donos não se opuseram a fazer uma viagem rápida até Savannah.

– Rápida, quanto? – perguntou ela, circunspecta.

– De barco, uns 160 quilômetros – respondeu ele, dando de ombros para soar displicente. – Uns dois dias, talvez, com bom vento e bom tempo.

– Humm. – Dottie deu uma olhada descrente pela janela da estalagem. A persiana tremulou com uma rajada de chuva e vento. – Estamos em outubro, tio John. O tempo não está tão imprevisível.

– Como sabe? Madame, poderia me trazer um pouco de vinagre para a lula? – A mulher do proprietário acenou, agitada. – Como sabe? – repetiu ele.

– O filho de nossa senhoria é pescador. O marido dela era também. Morreu em uma tempestade, em outubro do ano passado – concluiu ela, em tom doce, abocanhando o resto do pão.

– Essa prudência enfadonha não combina com você, Dottie – comentou ele, aceitando a garrafa de vinagre da proprietária e embebendo as lulas. – Ah, Senhor, que manjar dos deuses! Aqui, coma um pouco.

Ele garfou uma lula e passou para ela.

– Sim. Bom… – Ela olhou para o garfo com uma perceptível falta de entusiasmo. – Quanto tempo a gente levaria para ir por terra?

– Uns quatro ou cinco dias, talvez. Novamente, se o tempo estiver bom.

Ela suspirou, ergueu o garfo e hesitou. Então, com o ar de um gladiador a encarar um crocodilo no meio da arena, meteu o garfo na boca e mastigou. E empalideceu.

– Dottie!

John deu um pinote, derrubando o banquinho, e conseguiu escorar a sobrinha antes que ela desabasse no chão.

– Argh – murmurou ela, muito fraca.

Então afastou-se depressa, disparou até a porta e vomitou. John foi atrás, chegando a tempo de segurar a cabeça da moça enquanto ela regurgitava pão, sidra e lula mastigada.

– Me desculpe – disse ela, instantes depois, quando ele saiu da hospedaria com uma caneca e um pano úmido. Dottie estava da cor de um manjar, recostada na parede mais reservada da construção, envolta na capa do tio. – Que nojento da minha parte.

– Não se preocupe com isso. Já fiz isso por todos os seus três irmãos, embora não pela mesma razão. Há quanto tempo você sabe que está grávida?

– Com certeza? Há uns cinco minutos – retrucou ela, engolindo em seco e estremecendo. – Deus do céu, eu nunca mais vou comer lula!

– Você já tinha provado?

– Não. Eu nunca mais quero *ver* uma lula na minha frente. Credo, minha boca está com gosto de vômito!

John, que tinha experiência no assunto, estendeu à sobrinha a caneca de cerveja.

– Dê uma bochechada, depois beba o resto. Vai acalmar o estômago.

Mesmo desconfiada, Dottie obedeceu. Ao fim do processo, ainda estava pálida, porém com aspecto muito melhor.

– Melhorou? Que bom. Não quer voltar lá para dentro? Não, claro que não. Vou pagar a conta e levá-la para casa.

No estabelecimento, ele pediu que a proprietária embrulhasse o jantar – não se importava em comer lula frita fria. Estava morto de fome – e foi segurando o embrulho na direção do vento enquanto os dois retornavam a suas acomodações.

– Você não sabia? – indagou ele, curioso. – Eu já tive essa dúvida várias vezes. Conheci mulheres que perceberam na mesma hora, mas também já ouvi falar de outras que ignoraram a condição até a hora do parto, por incrível que pareça.

Dottie riu. O vento frio devolvera parte do rubor a suas bochechas, e ele folgou em ver a sobrinha recuperar o humor.

– Muitas mulheres debatem intimidades com o senhor, tio John? Parece bem incomum.

– Acho que atraio mulheres incomuns – respondeu ele, bastante pesaroso. – Tenho uma aparência que estimula a confiança de terceiros. Talvez eu tenha sido padre em outra vida… – Ele tomou a sobrinha pelo cotovelo, para desviá-la de uma enorme pilha de fezes de cavalo. – Agora que *já* sabe… o que vamos fazer a respeito?

– Na verdade, acho que não há nada a ser *feito* pelos próximo oito meses, mais ou menos.

– Você entendeu – retrucou John, encarando-a. – Duvido que vá querer fixar residência em Charleston antes da chegada da criança. Prefere voltar para a Filadélfia... ou Nova Jersey, ou seja lá em que fim de mundo Denzell se encontre no momento... ou devo seguir com as providências para irmos até Savannah e lá ficarmos durante um tempo? Ou... – Outra ideia lhe veio à mente, e ele assumiu um olhar de seriedade. – Você não prefere ir para casa, Dottie? Para a Inglaterra, digo. Encontrar sua mãe?

A moça empalideceu, muito surpresa, e revelou uma expressão de saudade que despedaçou o coração de John. Ela desviou o olhar, contendo as lágrimas, então se voltou para o tio.

– Não – respondeu ela, com a voz firme, e engoliu em seco. – Quero ficar com Denzell. À parte todas as outras questões, ele sabe conduzir um parto. Seu primo William é *acoucheur* da rainha, e Denny passou um tempo estudando com ele.

– Bom, isso é *muito* útil – concordou Grey.

Certa vez, ele mesmo realizara um parto, totalmente à sua revelia... e ainda tinha pesadelos com isso.

Era bom que Dottie não desejasse voltar à Inglaterra. A sugestão tinha sido impulsiva, mas ele agora percebia que essa alternativa talvez fosse mais perigosa. Como a França havia entrado na guerra, todas as embarcações inglesas estariam correndo risco.

– Mas estou achando que devemos ir para Savannah – observou Dottie. – Estamos tão perto. Se a esposa de Ben estiver *mesmo* por lá... talvez ela precise de ajuda, não é?

– Pois é – concordou John, com relutância.

Havia uma obrigação familiar. E, no fim das contas, a não ser que firmasse residência em Charleston nos próximos oito meses, parecia não haver alternativa à viagem de Dottie, fosse para onde fosse. Mesmo assim, a ideia de a moça dar à luz ali, sendo ele o responsável por contratar parteiras e enfermeiras... e depois ainda ter que transportar mãe *e* bebê...

– Não – disse ele, com mais firmeza. – Caso exista, Amaranthus terá que se virar sozinha por mais um tempo. Eu vou levar você de volta a Nova York.

126

O PLANO DE OGLETHORPE

Fim de novembro de 1778

Ao contrário da maioria das cidades americanas, Savannah fora cuidadosamente planejada por seu fundador, um homem de nome Oglethorpe. Eu soube disso porque a sra. Landrum, proprietária do quarto que tínhamos alugado, havia me explicado que a cidade fora organizada segundo o "Plano de Oglethorpe" – informação revelada em tom portentoso, visto que a sra. Landrum era parenta do sujeito e guardava imenso orgulho da cidade e de sua perfeição urbanística.

O plano englobava seis setores, cada um composto de quatro quadras comerciais e outras quatro, um pouco maiores, para uso residencial, circundando uma praça aberta. Cada quadra comportava dez casas, e os homens da mesma quadra treinavam juntos para o serviço de milícia.

– Mas hoje em dia isso não tem a mesma importância de antes – explicou a sra. Landrum. – Os índios ainda são uma perturbação no interior, mas já faz uns anos que não se dão ao trabalho de vir à cidade.

Eu considerava os índios o menor dos problemas. Como a sra. Landrum não parecia preocupada com a guerra contra os britânicos, resolvi ficar quieta. Por suas referências, ficava claro que aquele era o estado apropriado das coisas, visto que não apenas sua família, mas todos os seus conhecidos eram legalistas. Chateações como essa "rebelião, como eles gostam de chamar" em breve seriam reprimidas, e poderíamos todos voltar a tomar chá a um preço decente.

A meu ver, o ponto mais interessante no plano do sr. Oglethorpe – no decorrer da conversa, foi revelado que ele havia fundado não apenas Savannah, mas toda a província da Geórgia – era que cada residência possuía pouco mais de 1,5 quilômetro de terras cultiváveis nos arredores da cidade, além de uma horta de 2 hectares, um pouco mais perto.

– Sério? – falei, com os dedos comichando só de pensar na terra. – E o que a senhora planta?

A conclusão dessa conversa – e de tantas outras similares – foi o acerto de que eu ajudaria a cuidar da horta em troca de uma parte dos "temperos" (por mais intrigante que fosse, era como a sra. Landrum chamava as verduras e os legumes, como couves e nabos), do feijão e do milho seco, além de poder usar um pequeno trecho de terra para plantar minhas ervas medicinais. Como consequência secundária dessa amistosa relação, Rachel e Ian, alojados em um quarto no andar de baixo, começaram a chamar de Oglethorpe o filho que esperavam, embora tivessem a delicadeza de encurtar para Oggy quando estavam na presença da sra. Landrum.

A terceira e mais importante consequência da amizade da sra. Landrum foi que eu voltei a exercer a medicina.

Já estávamos em Savannah havia algumas semanas, quando a sra. Landrum subiu ao nosso quarto e perguntou se eu conhecia algum tratamento para dor de dente, já que eu tinha familiaridade com ervas…

– Ah, talvez – respondi, com um olhar furtivo para a minha bolsa médica, que estava acumulando poeira debaixo da cama desde a nossa chegada. – De quem é o dente?

O dente pertencia a um cavalheiro de nome Murphy, do setor Ellis, onde estávamos hospedados. "Pertencia", no passado, pois eu arranquei o pré-molar quebrado e infeccionado da boca do sr. Murphy antes que ele conseguisse falar "Jack Robinson", embora o homem estivesse com tanta dor que mal recordava o próprio nome, muito menos o de Jack.

O sr. Murphy ficou extremamente agradecido por esse alívio. O homem era proprietário de uma lojinha vazia do outro lado da praça Ellis. Após uma breve conversa e fecharmos um acordo, arrumei uma plaquinha com os dizeres "EXTRAÇÃO DENTÁRIA" e pendurei na porta. Vinte e quatro horas depois, depositei com orgulho meus honorários sobre a mesa de cozinha – que era também meu balcão de preparo de ervas e a escrivaninha de Jamie, visto que ocupava o centro do nosso quartinho.

– Muito bem, Sassenach!

Jamie apanhou um vidrinho de mel, recebido como pagamento por um dente do siso muitíssimo comprido. Jamie adorava mel. Eu também havia trazido dois ovos grandes de peru (um deles ocupava a palma inteira de minha mão), um pão de fermentação natural razoavelmente fresco, 6 pence e uma moeda de prata espanhola.

– Acho que você consegue sustentar a família toda sozinha, *a nighean* – soltou ele, enfiando o dedo no mel e lambendo, antes que eu pudesse impedir. – Ian, Fergus e eu podemos nos aposentar.

– Ótimo. Então comecem aprontando o jantar – repliquei, espreguiçando-me.

É verdade que o espartilho ajudava na manutenção da postura durante um longo dia de trabalho, mas eu desejava avidamente tirá-lo, jantar e descansar.

– Claro, Sassenach. – Com um pequeno floreio, ele puxou a faca do cinto, cortou uma fatia de pão, besuntou de mel e me entregou. – Prontinho.

Eu ergui a sobrancelha, mas dei uma mordida. A doçura invadiu minha boca e a corrente sanguínea, e me refestelei. Soltei um gemido.

– O que disse, Sassenach?

Jamie estava ocupado passando manteiga em outra fatia de pão.

– Eu falei "Muito bem" – respondi, alcançando o pote de mel. – Ainda vamos transformar você em cozinheiro.

Resolvidas as questões básicas de moradia e alimentação, o passo seguinte seria resgatar Bonnie. Jamie havia localizado a família Bell e, três semanas após nossa chegada a Savannah, Fergus e ele já tinham arrumado dinheiro para alugar uma carroça e um burro extra, no estábulo onde tínhamos deixado Clarence. Encontramos Richard Bell pela manhã, e ele foi conosco ao encontro de um tal Zachary Simpson, o fazendeiro que estava guardando a prensa.

Depois de espanar o resto do feno, o sr. Simpson puxou a lona, como se fosse um mágico tirando um coelho da cartola. Pela reação de três dos quatro espectadores, parecia que o homem tinha *mesmo* revelado um coelho: Jamie e Fergus prenderam o ar com um arquejo, e Richard Bell soltou um murmúrio de satisfação. Eu mordi o lábio e tentei não rir, mas achei que eles não perceberiam se eu tivesse rolado no chão de tanto gargalhar.

– *Nom de Dieu* – soltou Fergus, estendendo a mão reverente. – Que *linda*!

– A melhor que já vi – concordou o sr. Bell, claramente dividido entre a estima e o pesar.

– É. – Jamie estava corado de prazer, mas tentava se conter. – Ela é formosa, não?

Eu supunha que "ela" fosse mesmo – para os entendidos de maquinários de imprensa, o que não era o meu caso. Ainda assim, admitia ter certo carinho por Bonnie. Já havíamos nos conhecido antes, em Edimburgo. Jamie estava lubrificando parte do mecanismo quando retornei, vinte anos depois. Aquela prensa tinha sido testemunha de nosso reencontro.

Com bravura admirável, Bonnie havia resistido aos rigores da desmontagem, da viagem marítima, da remontagem e dos meses abrigada em um celeiro. O sol pálido de inverno entrava por uma fresta na parede, lançando um brilho orgulhoso e melancólico à madeira. Até onde eu via, o metal estava bastante livre de ferrugens.

– Muito bem – falei, com um pequeno afago na máquina.

O sr. Simpson, bastante modesto, aceitou os aplausos pela façanha de preservar a integridade de Bonnie. Ao perceber que os homens ainda levariam um tempinho para acomodá-la na carroça, retornei à casa da fazenda. Tinha reparado em um grupo de galinhas ciscando no quintal e nutria a esperança de arrumar uns ovos frescos.

O pote de ouro de Marsali, a novena de Jenny a Santa Brígida, padroeira dos marinheiros, e o modesto auxílio de minhas agulhas de acupuntura – por sorte, Clarence se provou um bom marujo – garantiram a nossa segurança na viagem até Savannah, mas as condições de alojamento para dez pessoas e o aluguel das instalações adequadas a uma pequena oficina tipográfica acabaram por exaurir tanto o ouro Caslon English Roman quanto o prêmio do seguro pago a Fergus pelo incêndio.

Dada a premente necessidade de renda, Ian e Jamie haviam arrumado trabalho em um dos armazéns no rio. No fim das contas, foi uma escolha sábia: além do salário e de um e outro barril de peixe ou bolo danificado, a presença nas docas lhes conferia prioridade e maiores descontos nos negócios com os pescadores. Assim, não estávamos passando fome nem correndo o risco de pegar escorbuto, ainda – o clima era bastante ameno, propiciando o crescimento de muitas verduras, mesmo no fim de novembro –, mas eu já estava cansada de só comer arroz, peixe e couve. Um bom prato de ovos mexidos, com uma manteiguinha fresca…

Eu havia me preparado para negociar, trazendo vários pacotes de alfinetes e uma saca de sal. Consegui fazer uma amistosa barganha com a sra. Simpson, que me ofereceu uma cesta de ovos e um pote de manteiga, antes que os homens removessem Bonnie do celeiro e se acomodassem na varanda dos fundos para tomar uma cerveja.

– Que galinhas extraordinárias – falei, abafando um leve arroto.

A cerveja, produção da própria sra. Simpson, era saborosa, porém forte. As galinhas em questão eram mais do que extraordinárias: pareciam não ter pernas e circulavam pelo quintal com a bunda meio de lado, ciscando o milho, alegres e serenas.

– Ah, sim – comentou a sra. Simpson, orgulhosa. – Minha mãe trouxe essas galinhas… quero dizer, as tataravós dessas galinhas… da Escócia, há trinta anos. Chamava de "rastejantes". Mas a raça tem nome. Chama-se Scots Dumpy, "atarracada da Escócia", ou pelo menos foi o que me contou um cavalheiro de Glasgow.

– Muito apropriado – respondi, dando outro gole na cerveja e espiando as galinhas. Afinal de contas, as bichinhas *tinham* pernas; só eram muito curtas.

– Eu crio para vender – acrescentou a sra. Simpson. – Caso necessitem de umas boas galinhas.

– Não há nada que eu deseje mais – respondi, em tom melancólico. Quem sabe daqui a uns meses…

Acrescentei *galinhas escocesas* à minha lista mental e retornei à cerveja.

Os arrozais e as palmeiras de Savannah ainda estavam muitíssimo distantes do ar limpo e fresco da Cordilheira dos Frasers… mas pelo menos estávamos no sul. Em março, com o tempo mais firme para viagens, Marsali e Fergus já estariam estabelecidos em segurança, e poderíamos voltar à Carolina do Norte.

Os homens haviam acomodado a prensa na carroça, coberto com uma lona e acolchoado com palha, e agora retornavam à casa para terminar seu merecido refresco.

Reunimo-nos todos à mesa de cozinha da sra. Simpson, bebendo cerveja e comendo rabanetes salgados. Jamie e Fergus estavam radiantes de tanta alegria e satisfação. O semblante dos dois era um acalento maior do que a cerveja. Richard Bell, coitado, esforçava-se para ser generoso e compartilhar da empolgação dos dois, mas era evidente seu desânimo, tanto em corpo quanto em espírito.

Fazia poucos dias que eu o conhecera e, devido à falta de intimidade, ainda não podia pedir que se despisse e me deixasse examinar seu fígado, mas eu tinha o forte palpite de que a "febre recorrente" relatada pela sra. Bell se tratava de malária. Para ter certeza, só analisando as células sanguíneas ao microscópio – e só Deus sabia quando eu voltaria a ter um –, mas eu já tinha visto bastante gente com febre "terçã" e "quartã", de modo que me restava pouca dúvida.

Por sorte, eu tinha um pequeno estoque de unguento de fruta-bile entre as ervas e os remédios que havia trazido. Não curava a doença, mas com sorte talvez eu conseguisse conter as crises mais graves e aliviar alguns sintomas. De repente, lembrei-me de Lizzie Wemyss. Ao viajar para a América como criada de Brianna, ela também contraíra malária, por conta dos mosquitos do litoral. Eu havia controlado a doença muito bem na ocasião. Aliás, como a moça teria passado em minha ausência?

– Me desculpe. O que a senhora disse?

Eu voltei a atenção para a conversa, mas acrescentei *MUITO unguento de fruta-bile* à minha lista mental, antes de responder.

127

BOMBEIROS HIDRÁULICOS

Assim como os bombeiros hidráulicos, os médicos são profissionais que desde cedo aprendem a não enfiar a mão na boca. Eu farejei a chegada da minha paciente seguinte. Antes de ela cruzar a porta, eu já tinha estendido a mão para apanhar o vidro de sabão e a garrafa de álcool. No instante em que a vi, soube qual era o problema.

Na verdade, duas mulheres entraram: uma era alta, de ar autoritário, bem-vestida e usava um chapéu no lugar da costumeira touca. A outra era uma moça miúda e magra, que podia ter qualquer idade entre 12 e 20 anos. Era o que se chamava de mulata, pele cor de *café au lait* e feições arrebitadas. Estabeleci a idade mínima de 12 anos, mas só porque os seios já despontavam pelo decote do espartilho. A roupa da menina era elegante porém simples, de algodão xadrez azul. Ela fedia como um esgoto a céu aberto.

A mulher alta fez uma pausa e me encarou, tentando me avaliar.

– A senhora é a médica? – perguntou ela, de um jeito quase acusativo.

– Sim, sou a dra. Fraser – respondi, no mesmo tom. – E a senhora é…?

A mulher corou, meio desconcertada, e também deveras desconfiada. Depois de uma pausa constrangedora, porém, decidiu-se e assentiu com firmeza.

– Eu sou Sarah Bradshaw. A sra. Phillip Bradshaw.

– É um prazer conhecê-la. E sua… companhia?

Eu meneei a cabeça para a jovem, que permanecia parada, de ombros caídos e cabeça baixa, encarando o chão. Ouvi um suave gotejar, e a garota se remexeu, com uma careta, tentando encolher as pernas.

– Esta é Sophronia, uma das escravas do meu marido. – A sra. Bradshaw apertou os lábios. A julgar pelas rugas em torno da boca, fazia isso com frequência. – Ela… Quero dizer, eu achei que de repente…

Seu rosto inexpressivo agora estava corado; Ela não conseguia descrever o problema.

– Já entendi – interrompi, poupando-a da dificuldade. Contornei a mesa e peguei a mão de Sophronia. Era pequena e bastante calejada, mas tinha as unhas limpas. Uma escrava doméstica. – O que houve com o bebê? – perguntei à moça, com delicadeza.

Ela prendeu a respiração, meio assustada, e olhou de esguelha para a sra. Bradshaw, que assentiu outra vez, ainda com os lábios franzidos.

– Morreu dentro de mim – respondeu a moça, tão baixinho que eu mal consegui ouvir, mesmo a poucos centímetros de distância. – Cortaram ele em pedacinhos.

Isso decerto tinha salvado a vida da garota, mas com certeza não havia colaborado para aquela situação. Apesar do cheiro, respirei fundo, tentando me controlar.

– Eu vou ter que examinar Sophronia, sra. Bradshaw. Se a senhora tiver alguma coisa para fazer na rua, talvez seja o momento…?

Ela soltou um breve resmungo de frustração. Estava muito claro que seu maior desejo era largar a moça ali e nunca mais voltar. Era evidente também que ela tinha medo do que a escrava poderia me contar quando ficasse sozinha comigo.

– A criança era do seu marido? – perguntei, com rispidez.

Não havia tempo para rodeios. A pobre moça estava gotejando urina e matéria fecal no chão, e parecia prestes a morrer de tanta vergonha.

Eu duvidava que a sra. Bradshaw pretendesse morrer da mesma condição, mas era óbvio que a mulher sentia tanta vergonha quanto Sophronia. Ela empalideceu de choque, então enrubesceu outra vez. Deu meia-volta, saiu andando e bateu a porta atrás de si.

– Vou tomar isso como um "sim" – comentei, fitando a porta, então me virei outra vez para a garota e abri um sorriso confiante. – Venha cá, querida. Vamos dar uma olhada nisso, está bem?

Fístula vesicovaginal *e* retovaginal. Eu já sabia desde o início. Apenas desconhecia a extensão do problema e o ponto do canal vaginal que havia sido afetado. Uma fístula é um canal entre duas áreas que jamais deveriam estar unidas e, em geral, é coisa séria.

Não era uma condição muito comum nos países civilizados do século XX, mas havia mais casos do que se pensava. Eu já havia deparado com fístulas várias vezes em Boston, na clínica onde prestava atendimento médico popular uma vez por semana. Moças jovens, jovens demais para sequer se interessar pelo sexo oposto, engravidando antes de ter o corpo totalmente formado. Algumas eram prostitutas; outras, apenas meninas que estavam no lugar errado na hora errada. Como a moça à minha frente.

Um bebê a termo incapaz de passar pelo canal vaginal, dias de trabalho de parto improdutivo, a criança forçando a cabeça nos tecidos da pelve, da bexiga, da vagina e do intestino. Os tecidos, já muito finos, acabam por se romper, abrindo um canal entre a bexiga e a vagina ou entre a vagina e o reto, permitindo que os excrementos corporais passem para a vagina.

Não é questão de vida ou morte, mas é nojento, incontrolável e muito incômodo. A parte interna das coxas de Sophronia estava inchada, tomada de placas vermelhas, a pele irritada com constante umidade formada pela secreção fecal. *Feito uma assadura permanente*, pensei, contendo o ímpeto profundo e visceral de ir atrás do sr. Bradshaw e lhe provocar umas fístulas com um instrumento de exame bem rombudo.

Comecei a examinar a moça com bastante delicadeza, tentando conversar com ela. Sophronia me respondia aos sussurros. Tinha 13 anos. Sim, o sr. Bradshaw a havia levado para a cama e ela não tinha se incomodado. Ele contara que a esposa era malvada com ele, e era mesmo – os escravos todos sabiam muito bem. O sr. Bradshaw a tratara com delicadeza. Quando engravidou, mandou transferi-la da lavanderia para a cozinha, onde ela comeria bem e não arrebentaria as costas com o esforço do serviço anterior.

– Ele ficou triste – disse a menina, delicada, olhando para o teto enquanto eu limpava o líquido nojento que gotejava por entre suas pernas. – Quando o bebê morreu, ele chorou.

– Ah, foi? – indaguei, tentando exibir um tom neutro. Dobrei uma toalha limpa, pressionei entre as pernas dela e mergulhei a usada, já molhada, em um balde com água e vinagre. – Quando foi que o bebê morreu? Faz quanto tempo?

Ela franziu o cenho, quase sem enrugar a pele jovem e viçosa da testa. *Será que ela sabe contar?*, pensei.

– Um tempinho antes da época de fazer salsicha – respondeu a menina, meio indecisa.

– No outono, então?

– Sim, senhora.

Estávamos em meados de dezembro. Joguei água na mão suja e pinguei um pouco de sabão na palma. *Preciso muito arrumar uma escovinha de unhas*, pensei.

A sra. Bradshaw havia retornado, mas permanecia do lado de fora. Eu tinha fechado a cortina da janela da frente, mas era possível ver a sua silhueta do outro lado do tecido, com seu chapéu de penas vistosas e erguidas.

Batuquei o pé no chão, pensativa, então recobrei a postura e fui abrir a porta.

– *Talvez* eu possa ajudar – falei, sem preâmbulos, assustando a mulher.

– Como? – perguntou ela, surpresa. Apesar de ainda preocupada, tinha o semblante mais aberto, sem o olhar tenso de antes.

– Entre. Está frio aí fora.

Eu toquei as costas dela e a levei para dentro. A mulher era magérrima; mesmo sobre o espartilho e o casaco, eu sentia os nós de sua coluna.

Sophronia estava sentada em cima da mesa, com as mãos cruzadas no colo. Ao ver a patroa entrar, baixou a cabeça e voltou a olhar para o chão.

Da melhor maneira que pude, expliquei a natureza da dificuldade – nenhuma das duas tinha qualquer noção de anatomia interna. Para elas, era tudo uma questão de buracos. Mesmo assim, consegui fazê-las entender o problema principal.

– Vocês sabem que é possível costurar um ferimento para que a pele cicatrize? – perguntei, com muita paciência. – Então, isto aqui é bastante parecido, só que muito mais difícil, pois os ferimentos estão do lado de dentro, e os tecidos são muito finos e escorregadios. Seria muito difícil remendar... e eu *não* sei ao certo se consigo fazer isso... mas pelo menos é possível tentar.

Era... mais ou menos. No fim do século XIX, um médico chamado J. Marion Sims havia inventado, por assim dizer, toda a prática da cirurgia ginecológica, de modo a poder tratar justamente dessa condição. Ele levara anos desenvolvendo as técnicas que eu conhecia. Já havia realizado o procedimento mais de uma vez. O problema era que, para haver chance de sucesso, era necessária uma anestesia mais potente. O láudano e o uísque davam conta do recado nas operações mais ligeiras e elementares, mas uma cirurgia complexa e delicada como essa exigia um paciente imóvel e inconsciente. Eu precisava de éter.

Eu não tinha ideia de como poderia fazer éter, morando em uma casinha alugada com um grupo de pessoas que não queria ver esquartejadas em uma explosão. Ao pensar no que o éter inflamável podia fazer – e havia feito –, comecei a suar frio. No entanto, vendo o lampejo de esperança no semblante das duas, decidi seguir em frente.

Dei a Sophronia um pote de pomada de cera de abelha, mandei que passasse nas coxas e pedi que as duas retornassem dali a uma semana, quando eu teria mais noção de minhas possibilidades. Levei-as até a porta. Enquanto elas cruzavam a rua, a sra. Bradshaw, sem perceber, estendeu a mão e tocou o ombro de Sophronia, em um gesto protetor.

Respirei fundo e decidi que *encontraria* um jeito. Ao me virar para entrar, espiei o outro lado da rua e notei um rapaz alto, cujo corpo magro e comprido reconheci de imediato. Pisquei, e minha imaginação mais do que depressa visualizou o sujeito de vermelho.

– William! – gritei, erguendo as saias e correndo ao encontro dele.

Logo de início, ele não me ouviu, e fiquei em dúvida se era ele mesmo. Mas o formato da cabeça e dos ombros, os passos resolutos… William era mais magro que Jamie e tinha os cabelos castanho-escuros, não ruivos, mas possuía a mesma ossatura do pai. E os *olhos*! Ao me ouvir, ele se virou, surpreso, arregalando aqueles olhos felinos azul-escuros.

– Mãe Cl…

Ele se interrompeu, com o rosto tenso, mas eu estendi o braço e peguei sua grande mão com as minhas duas (esperando ter conseguido limpar toda a secreção).

– William – falei, meio ofegante, mas com um sorriso no rosto. – Pode me chamar como quiser, mas não sou menos… nem mais… para você do que um dia fui.

Ele abrandou um pouco o olhar sério, então baixou a cabeça, meio sem jeito.

– Melhor eu chamar de sra. Fraser, não é? – Ele soltou a mão, com delicadeza. – Como veio parar aqui?

– Eu poderia perguntar o mesmo… e teria mais motivo, talvez. Onde está o seu uniforme?

– Eu renunciei à minha comissão – respondeu ele, meio tenso. – Diante das circunstâncias, já não fazia muito sentido continuar no Exército. Além disso, tenho negócios que me exigem um pouco mais de liberdade de deslocamento do que eu teria como ajudante de sir Henry.

– Quer vir tomar alguma coisa quente comigo? Aí você me conta tudo sobre esses negócios.

Eu havia saído de casa sem minha capa, e a brisa fria me alisava com desagradável intimidade.

– Eu... – Ele parou, franzindo o cenho, lançou-me um olhar pensativo e esfregou o dedo no nariz fino e comprido, como Jamie fazia ao tentar se decidir. Assim como o pai, largou a mão e meneou a cabeça bem de leve, como se assentisse para si mesmo. – Tudo bem. Para ser sincero, talvez meus negócios sejam de alguma... importância para a senhora.

Cinco minutos depois, estávamos em uma hospedaria na praça Ellis, bebendo sidra quente, temperada com canela e noz-moscada. Em termos de inverno, Savannah não era a Filadélfia, graças a Deus, mas o dia estava frio e ventoso, e o calor do copo de peltre em minhas mãos era bastante agradável.

– Então, Willie, *o que* o trouxe aqui? Ou será que agora devo chamá-lo de William?

– William, por favor – respondeu ele, secamente. – No momento, é o único nome que sinto que é meu por direito. Eu gostaria de preservar a pouca dignidade que me restou.

– Humm – fiz, inexpressiva. – Pois bem, William.

– Quanto aos meus negócios...

Ele soltou um breve suspiro e esfregou os nós dos dedos entre as sobrancelhas. Então explicou sobre seu primo Ben, a esposa e o filho de Ben, Denys Randall e, por fim, o capitão Ezekiel Richardson. Ao ouvir o nome, eu me empertiguei.

Ele percebeu minha reação, meneou a cabeça e fez uma careta.

– Por isso que eu falei que os meus negócios talvez fossem de alguma importância para a senhora. Pap... Lorde John disse que foi a ameaça de Richardson de levá-lo preso como espião que o fez... se casar com a senhora.

Ele enrubesceu de leve.

– Foi – respondi, tentando não recordar a ocasião.

Verdade fosse dita, eu só me recordava de lampejos daqueles dias vazios e ferozes em que imaginava que Jamie estivesse morto. Um desses lampejos, porém, era a vívida lembrança de estar na sala do número 17, segurando um buquê de rosas brancas, com John a meu lado, um capelão militar à nossa frente, segurando um livro.

Do outro lado de John, muito belo e sério, estava William. Com seu uniforme de capitão e o gorjal reluzente, tão parecido com Jamie que, por um instante de confusão, pensei que o fantasma havia ido assistir à cerimônia. Incapaz de decidir se desmaiava ou se saía correndo da sala aos berros, simplesmente fiquei ali, petrificada, até que John me cutucou, bem de leve, sussurrou em meu ouvido, e eu soltei o "aceito". Depois desabei na poltrona, largando o buquê de flores no chão.

Distraída pela lembrança, eu havia perdido a fala de William, então balancei a cabeça e tentei recobrar a atenção.

– Eu passei os últimos três meses atrás dele – dizia o rapaz, baixando a caneca e limpando a boca com a palma da mão. – O canalha é esquivo. Inclusive, não sei nem se ele está em Savannah. A última pista que consegui foi em Charleston, de onde ele saiu rumo ao sul faz três semanas. Agora está seguindo para a Flórida, até onde sei, ou talvez até já tenha embarcado para a Inglaterra. Por outro lado… Amaranthus está aqui, ou pelo menos eu creio que esteja. Richardson parece nutrir um desmedido interesse pela família Grey e suas conexões, então quem sabe…? A propósito, a senhora conhece Denys Randall pessoalmente?

William me encarava com atenção por sobre a caneca de sidra, e eu percebi, com um misto de ultraje e bom humor, que ele havia lançado o nome sem mais nem menos, na esperança de descobrir se eu sabia de alguma coisa comprometedora.

Ora, seu malandrinho, pensei, dominada pelo bom humor. *Você ainda precisa treinar um pouco mais para conseguir me pegar com esse tipo de coisa, rapaz.*

Na verdade, eu sabia algo sobre Denys Randall que era quase certo que William não soubesse – e que talvez nem o próprio Denys Randall soubesse –, mas não era nenhuma informação que pudesse lançar alguma luz sobre o paradeiro e a motivação de Ezequiel Richardson.

– Não nos conhecemos – respondi, muitíssimo honesta, e ergui a caneca para a garçonete, pedindo mais sidra. – Eu conhecia a mãe dele, Mary Hawkins. Nós nos cruzamos em Paris. Um doce de menina, uma gracinha, mas não tenho contato com ela faz… uns trinta… não, 34 anos. Pelo que você me contou, imagino que ela tenha se casado com um tal sr. Isaacs… comerciante judeu?

– Isso. Foi o que Randall falou… e não vejo por que ele mentiria a respeito.

– Também não vejo. Mas o que está considerando? Denys Randall e Ezekiel Richardson pareciam estar trabalhando juntos até agora e não estão mais?

William deu de ombros, impaciente.

– Até onde eu sei. Não vejo Randall desde que me avisou a respeito de Richardson, mas também não vi Richardson.

Eu percebi crescer em William o desejo de sair dali. Tamborilava no tampo da mesa, que também tremia um pouco com o remelexo de sua perna.

– Onde está hospedado, William? – perguntei, em um impulso, antes que ele fosse embora. – Para o caso de eu avistar Richardson. Ou ouvir alguma informação sobre Amaranthus. Eu sou médica e recebo muitas visitas. Todo mundo conversa com os médicos.

Ele hesitou, então deu de ombros outra vez, muitíssimo de leve.

– Arrumei um quarto na casa Hendry, na River Street.

Ele se levantou, jogou um dinheiro na mesa e estendeu a mão para que eu me levantasse também.

– Estamos na casa Landrum, na praça logo acima do mercado municipal – respondi, levantando-me. – Caso… queira nos chamar. Ou se precisar de ajuda.

O rosto dele estava pálido, mas os olhos ardiam feito dois fósforos em chamas. Senti um arrepio, pois sabia por experiência própria o que devia estar se passando na cabeça dele.

– Duvido, sra. Fraser – replicou ele, com educação.

Então, beijou-me a mão e, com um breve adeus, foi embora.

128

ARPOANDO RÃS

22 de dezembro de 1778

Jamie agarrou com firmeza as costas da camisa de Germain e acenou com a mão livre para Ian, que segurava a tocha.

– Olhe por cima da água primeiro, sim? – sussurrou ele, erguendo o queixo para o brilho negro do pântano submerso.

O lodaçal era entrecortado por moitas de capim-marinho que iam até a altura da cintura e trepadeiras menores, cujo verde reluzia sob a luz da tocha. Aquele ponto, no entanto, era fundo, com algumas poucas vegetações que os nativos de Savannah chamavam de "montículos". Eram arbustos-de-cera e azevinhos, espinhosos como tudo que vive em um pântano, exceto por sapos e peixes.

Os habitantes mais espinhosos do pântano, porém, se mexiam e eram do tipo que ninguém deseja encontrar sem aviso. Germain espreitava a escuridão, muito diligente, empunhando com força seu arpão, pronto para se movimentar. Jamie sentia o tremor do menino, em parte causado pelo frio, mas ele achava que se devia sobretudo à empolgação.

Um movimento repentino irrompeu na superfície da água. Com um grito agudo, Germain saltou para a frente e impulsionou o arpão.

Fergus e Jamie, com berros muito mais guturais, agarraram os bracinhos de Germain e puxaram o menino para trás, em meio à lama, enquanto a víbora raivosa atingida pelo arpão dava um bote para cima dele, arreganhando a bocarra branca.

Felizmente, porém, a cobra resolveu tratar de outros assuntos e saiu nadando, serpeante e irritada. Ian, mantendo uma distância de segurança, soltou uma gargalhada.

– Achou engraçado, foi? – disse Germain, fechando uma carranca para disfarçar o tremor.

– Achei, sim – respondeu o tio. – Mais graça ainda teria se você fosse devorado por um jacaré. Está vendo ali?

Ele ergueu a tocha. A 3 metros de distância, via-se uma ondulação na água, entre eles e o "montículo" mais próximo. Germain franziu o cenho, desconfiado, então se virou para o avô:

– Isso é um jacaré? Como eu vou saber?

– É, sim – respondeu Jamie. Seu coração também batia acelerado, por conta da víbora. Ele detestava cobras, mas de jacarés não tinha medo. Cautela, sim. Medo, não.

– Percebe como as ondinhas da água vão voltando até aquela ilha lá?

– Estou vendo. – Germain estreitou os olhos para a água. – E daí?

– Aquelas ondulações estão se aproximando de lado. Agora olhe as outras, para onde Ian está apontando. Estão vindo em um ângulo reto… bem na nossa direção.

Estavam mesmo, apesar de lentamente.

– Jacaré é bom de comer? – perguntou Fergus, olhando para a água, pensativo. – É muito mais carnudo do que um sapo, n'est-ce pas?

– É bom e mais carnudo, sim. – Ian passou o peso do corpo de um pé para o outro e avaliou a distância. – Mas não dá para matar com arpão. Eu devia ter trazido meu arco.

– Não é melhor a gente… sair daqui? – indagou Germain, desconfiado.

– Não. Primeiro vamos ver o tamanho – respondeu Ian, apontando para a faca comprida em seu cinto.

Ele usava uma tanga e tinha as pernas nuas enfiadas na água lamacenta, compridas e firmes como as de uma garça.

Os quatro, muito concentrados, olharam a aproximação das ondas, depois uma pausa, então outro avanço, mais lento.

– Será que eles estão atordoados por causa da luz, Ian? – perguntou Jamie, baixinho.

As rãs estavam. Havia umas duas dúzias de rãs-touro na mochila, capturadas na água e mortas antes mesmo de entenderem o que estava acontecendo.

– Acho que sim – falou Ian. – Mas nunca cacei jacaré.

Fez-se um brilho repentino na água. As ondas se espalharam, e duas pequeninas esferas cintilaram, olhos ardentes e demoníacos.

– A Dhia! – exclamou Jamie, e fez um gesto convulsivo para afastar o mal.

Fergus puxou Germain mais para trás, fazendo o sinal da cruz com o gancho, meio desajeitado. Até Ian parecia meio surpreso. Afastou a mão da faca e recuou de volta para a lama, sem desviar os olhos da coisa.

– É pequeno, eu acho – disse ele, alcançando uma distância segura. – Estão vendo os olhinhos? São do tamanho da unha do meu dedão.

– Que importância tem isso, se ele estiver possuído? – retrucou Fergus, desconfiado. – Mesmo que conseguíssemos matar, poderíamos ser envenenados.

– Ah, acho que não – respondeu Jamie.

Agora era possível ver o bicho dentro d'água, imóvel, as pernas curtas e grossas meio erguidas. Devia ter uns 60 centímetros de comprimento, e a mandíbula, talvez uns 15. Deixaria uma mordida feia, no máximo. Mas não estava perto a esse ponto.

– Você sabe como é o olhar de um lobo no escuro? Ou de um gambá?

Ele levara Fergus para caçar quando o rapaz era menino, claro, mas raramente à noite. Quando se caçava à noite nas Terras Altas, em geral as criaturas fugiam.

Ian assentiu, sem tirar os olhos do pequeno réptil.

– Pois é, é verdade. Os lobos costumam ter olhos verdes ou amarelos, mas já vi assim umas vezes, vermelhos, iluminados pela tocha.

– Acho que um lobo, assim como um jacaré, pode muito bem ser possuído por um espírito maligno – comentou Fergus, meio impaciente.

Era óbvio, porém, que ele também não estava com medo da coisa, depois de olhá-la com atenção. Todos começavam a relaxar.

– Ele acha que estamos roubando os sapos dele – disse Germain, com uma risadinha.

Ainda segurava o arpão. Enquanto falava, percebeu outra coisa e cravou com força o galho tridentado na água, com um berro.

– Peguei, peguei! – gritou ele, chapinhando na água, indiferente ao jacaré.

Inclinou-se para ver se a presa estava bem fixa, soltou outro berro e puxou o arpão, exibindo um bagre grandalhão se debatendo, de barriga branca, o sangue escorrendo.

– Mais carnudo do que o tal lagarto, sim? – Ian pegou o arpão, puxou o peixe e acertou o cabo da faca na cabeça do bicho, para terminar de matar.

Assustado pela baderna, o jacaré foi embora.

– É, estamos em forma, eu acho.

Jamie pegou os dois sacos – um pela metade com rãs-touro, o outro ainda exibindo o remelexo dos camarões e lagostins capturados na margem. O das rãs ele deixou aberto, para que Ian acrescentasse o bagre, e entoou um verso da Graça da Caça para Germain:

– *Não comas peixe nem carne abatidos/ Nem aves que tua mão não tombe/ Sejas grato por uma/ Embora sigam a nadar nove.*

Germain, porém, não prestava atenção. Estava parado, com a cabeça virada, o cabelinho louro erguido pela brisa.

– Olhe, *grandpère* – disse ele. – Olhe!

Todos olharam e viram os navios, bem adiante do pântano, se aproximando do pequeno pontal ao sul. Sete, oito, nove... uma dúzia, pelo menos, com lanternas vermelhas nos mastros e azuis na popa. Jamie sentiu os pelos do corpo se eriçarem e o sangue gelar.

– Navios de guerra britânicos – disse Fergus, em choque.

– É mesmo – concordou Jamie. – Melhor voltarmos para casa.

Era quase dia claro quando senti Jamie deslizar na cama atrás de mim, a pele gelada cheirando a salmoura, pântano e lama fria. Além de...

– Que cheiro é esse? – perguntei, sonolenta, beijando o braço que agora me envolvia.

– De rã, imagino. Meu Deus, Sassenach, como você está quente.

Ele chegou um pouco mais perto, pressionando meu corpo, e eu o senti soltar a fita que prendia o decote de minha roupa de baixo.

– A caçada foi boa, então? – Delicadamente, rebolei as nádegas entre suas coxas. Ele soltou um suspiro grato, soprando seu hálito quente em minha orelha, e meteu a mão gelada em minha roupa de baixo. – Ah!

– Foi. Germain pegou um belo bagre, bem grande, e conseguimos também uma saca de lagostins e camarões... dos pequeninos, cinzentos.

– Humm. Então o jantar vai ser bom.

A temperatura de Jamie logo foi se igualando à minha, e eu recomecei a pegar no sono... embora muito disposta a acordar, pelos motivos adequados.

– Nós vimos um jacarezinho. E uma cobra... uma cobra-d'água.

– Não trouxeram, assim espero.

Eu sabia que cobras e jacarés eram comestíveis, mas não achava que nossa fome fizesse frente aos desafios de cozinhar essas criaturas.

– Não. Ah... vimos também uma dúzia de navios britânicos, apinhados de soldados.

– Que belez... *Como é?* – Eu virei o corpo para encará-lo.

– Soldados britânicos – confirmou ele, muito gentil. – Não se preocupe, Sassenach. Acho que vai ficar tudo bem. Fergus e eu já escondemos a prensa, e não temos prata nenhuma para enterrar. É uma das vantagens da pobreza – acrescentou ele, reflexivo, alisando as minhas nádegas. – Não precisamos ter medo de pilhagem.

– Ahn... O que eles estão fazendo aqui? – perguntei, sentando-me na cama e subindo de volta o decote da roupa de baixo.

– Bom, você mesma disse que Pardloe contou que eles pretendiam isolar as colônias do Sul, não foi? Imagino que tenham resolvido começar por aqui.

– Por aqui? Por quê? Por que não... por Charleston? Ou Norfolk?

– Bom, isso eu não sei, já que não tenho acesso aos conselhos de guerra britânicos. Se eu fosse dar um palpite, diria que talvez já haja muitas tropas na Flórida, que vão subir para se unir a essas novas. A costa das Carolinas está infestada de legalistas, como pulgas em um cão. Se o Exército estiver seguro na Flórida e na Geórgia, estará mais bem posicionado para avançar para o Norte e reunir apoio local.

– Entendi, vocês já desvendaram tudo.

Eu pressionei as costas na parede, já que não havia cabeceira, e tornei a prender o laço da minha roupa de baixo. Não me sentia capaz de enfrentar uma invasão com os seios à mostra.

– Não – admitiu Jamie. – Mas nós só temos duas coisas a fazer, Sassenach: ficar ou fugir. Estamos no meio do inverno. Até março, não dá para cruzar as passagens das montanhas, e eu prefiro não ficar vagando pelo interior com três crianças, duas grávidas e nenhum dinheiro. E duvido que incendeiem a cidade, se pretendem usá-la como base para invadir o restante do Sul. – Ele estendeu a mão e acariciou o meu ombro e o braço. – Não é como se nunca tivesse vivido em uma cidade ocupada.

– Humm – respondi, meio hesitante.

Ele, contudo, tinha razão. A situação *de fato* guardava certas vantagens, e a mais importante era que um exército não atacava uma cidade já dominada, ou seja, nada de brigas no meio da rua. Por outro lado, a cidade ainda não estava dominada.

– Não se inquiete, moça – disse ele, delicado, amarrando meu laço. – Eu não falei, quando nos casamos, que você teria o meu corpo como proteção?

– Falou – respondi, e botei a mão sobre a dele, grande, forte e hábil.

– Então deite-se aqui comigo, *mo nighean donn*, para que eu possa provar – concluiu ele, soltando o laço outra vez.

Pernas de rã daquele tamanho se pareciam bastante com coxas de frango. O sabor era muito similar também, quando empanadas em farinha e ovo e temperadas com sal e pimenta.

– Por que se diz que a carne de certos animais estranhos tem gosto de frango? – indagou Rachel, afanando outra perninha por sob a mão estendida do marido. – Já ouvi gente falando isso de várias carnes, de onça-parda a jacaré.

– Porque é esse o gosto, mesmo – respondeu Ian, erguendo a sobrancelha para ela e cravando o garfo na travessa de bagres, também empanados.

– Bom, se quiserem um debate técnico… – comecei, suscitando um coro de grunhidos e risadas.

Antes que eu iniciasse minha explicação sobre a bioquímica das fibras musculares, porém, alguém bateu à porta. A mesa de jantar estava tão barulhenta que eu não tinha ouvido os passos na escada e fui pega de surpresa.

Germain se levantou para atender à porta e encarou, surpreso, dois oficiais continentais de uniforme completo.

Os homens se levantaram, arrastando as cadeiras no chão, e Jamie se afastou da mesa. Depois de passar metade da noite caçando no pântano, ele ainda trabalhara o dia todo no armazém, e não apenas estava descalço, como vestia uma camisa suja e manchada e um xale já fino nas pontas, de tão gasto. Mesmo assim, ninguém duvidava que ele era o dono da casa.

– Cavalheiros? Sejam bem-vindos – disse ele, meneando a cabeça, ao que os dois oficiais tiraram o chapéu.

– Seu servo, senhor – responderam os dois, curvando-se em uma mesura e entrando na casa.

– General Fraser – disse o oficial superior, não exatamente em tom de pergunta, enquanto olhava os trajes de Jamie. – Sou o major-general Robert Howe.

Eu nunca tinha visto o major-general Howe, mas reconheci seu companheiro e apertei a mão na faca de pão. O homem usava uniforme de coronel e tinha o rosto nada marcante, como sempre, mas era muito improvável que eu me esquecesse do capitão Ezekiel Richardson – ultimamente capitão do Exército de Sua Majestade, visto pela última vez no quartel-general de Clinton, na Filadélfia.

– Seu humilde servo, senhor – respondeu Jamie, em um tom que desmentia o cumprimento corriqueiro. – Eu sou James Fraser, mas já não atuo como oficial em Exército nenhum. Renunciei à minha comissão.

– Entendo, senhor.

Howe perscrutou a mesa com os olhos esbugalhados, passando por Jenny, Rachel, Marsali e as garotinhas antes de me encarar. Meneou a cabeça bem de leve, em um gesto de convicção interna, e dispensou uma mesura a mim.

– Sra. Fraser? Espero que a senhora esteja bem.

Era óbvio que ele tinha ouvido a história por trás da dramática renúncia de Jamie.

– Estou, sim, obrigada. Cuidado com os lagostins, coronel.

Richardson estava parado junto à tina onde eu havia acomodado os lagostins, coberto com água e acrescentado uns punhados de farinha de milho, para limpar as entranhas sujas e garantir uma ingestão segura.

– Peço perdão, senhora – disse ele, com educação, e se afastou.

Ao contrário de Howe, Richardson estava mais preocupado com os homens. Notei seus olhos pairando um instante no gancho de Fergus, depois encarando Ian, com ar de satisfação. Senti um frio percorrer-me a espinha. Eu já sabia o que eles queriam; aquela era uma coação de alto nível.

Jamie também captou a intenção dos homens.

– Minha mulher está bem, general, graças a Deus. Imagino que ela queira ver o marido na mesma condição.

O comentário foi deveras contundente. Howe, claro, concluiu que não valia a pena entabular maiores civilidades e foi direto ao assunto:

– O senhor está ciente de que diversas tropas britânicas desembarcaram nos arredores da cidade, na clara intenção de invadir e conquistar?

– Estou – respondeu Jamie, com paciência. – Vi os navios chegando ontem à noite. Quanto à conquista da cidade, acho que estão muito bem posicionados exatamente para isso. Agradeço a Deus por não estar na sua pele, general. Se eu fosse o senhor, estaria reunindo os meus homens neste minuto e deixando a cidade. O senhor conhece o provérbio que fala de viver para lutar mais um dia, não conhece? É a estratégia que eu recomendo.

– Eu estou entendendo bem? – interpelou Richardson. – O senhor está se recusando a se unir à defesa da própria cidade?

– Sim, estamos – respondeu Ian, antes de Jamie, encarando os visitantes de maneira hostil. Eu vi quando ele baixou a mão direita para tocar a cabeça de Rollo e recolheu os dedos em seguida, ao se dar conta da ausência do amigo. – Esta cidade não é nossa, e não estamos dispostos a morrer por ela.

Eu estava sentada ao lado de Rachel e percebi a tensão em seus ombros suavizar um pouco. Na outra ponta da mesa, Marsali olhou para Fergus, e eu presenciei um instante silencioso de comunicação e harmonia marital. *Se eles desconhecem quem nós somos, não diga nada.*

Howe, um homem bastante corpulento, abriu e fechou a boca várias vezes até encontrar as palavras.

– Estou horrorizado, senhor – soltou ele, por fim, muito vermelho. – Horrorizado – repetiu, tremulando o queixo duplo, tomado de indignação... e desespero, imaginei. – Um homem conhecido por sua bravura nas batalhas, por sua lealdade à causa da liberdade, submetendo-se covardemente a regras tirânicas!

– Uma escolha que beira a traição – completou Richardson, com um meneio firme de cabeça.

Eu ergui as sobrancelhas e o encarei, mas ele evitou o meu olhar. Jamie perscrutou os homens um instante, esfregando o indicador na ponte do nariz.

– Sr. Howe – disse ele, por fim, baixando a mão. – Quantos homens estão sob o seu comando?

– Ora... quase mil!

– Pode me dar um número mais exato?

– Seiscentos – respondeu Richardson.

– Novecentos, senhor! – exclamou Howe, ao mesmo tempo.

– Sei – disse Jamie, com evidente indiferença. – Essas embarcações transportam com facilidade três mil homens bem armados, com artilharia... e trouxeram um regimento inteiro das Terras Altas. Eu ouvi as gaitas, na hora do desembarque.

Howe empalideceu visivelmente. Ainda assim, era um homem de coragem e manteve a dignidade.

– Sejam quais forem as chances, é meu dever lutar e proteger a cidade confiada aos meus cuidados.

– Respeito sua devoção ao dever, general – retrucou Jamie, muito sério. – E que Deus o acompanhe. Eu não acompanharei.

– Poderíamos levá-lo à força – disse Richardson.

– Poderiam – concordou Jamie, tranquilo. – Mas com que objetivo? Vocês não podem me forçar a liderar ninguém, se eu me recusar. E de que adianta um soldado relutante?

– Isso é covardia, senhor – disse Howe, mas ficou claro que se tratava apenas de um teatrinho, e dos muito mal encenados.

– *Dia eadarainn 's an t-olc* – soltou Jamie calmamente, e inclinou a cabeça para a porta. – *Deus entre nós e o mal.* Vão com Deus, cavalheiros, mas saiam da minha casa.

– Você fez bem, Jamie – disse Rachel, baixinho, depois que o som dos passos dos soldados desapareceu pela escada. – Nenhum amigo teria falado com mais sabedoria.

Jamie olhou para ela, com um sorriso no rosto.

– Obrigado, moça. Mas acho que você sabe que eu não guardo os mesmos motivos de um amigo.

– Sei, sim – respondeu ela. – Mas o efeito é o mesmo, e os amigos são gratos por tudo o que recebem. Vai querer a última perna de rã?

Uma breve onda de risadas percorreu os adultos, e as crianças, que haviam permanecido rígidas e pálidas durante a visita dos soldados, relaxaram, soltando o ar dos pulmões feito balões furados, e começaram a circular pela sala. Temendo pela tina de lagostins, Jenny e Marsali organizaram os pequenos e resolveram levá-los para a cama. Marsali parou para dar um beijo em Fergus e pediu que ele tivesse cuidado ao voltar para casa sozinho.

– Os britânicos ainda não estão na cidade, *mon chou* – disse ele, retribuindo o beijo.

– Bom, eu sei… mas não faz mal conservar o hábito – retrucou ela, em tom de sarcasmo. – Venham, seus danadinhos.

O resto de nós se sentou um pouco, para conversar sobre o futuro próximo e o pouco que poderia ser feito. Jamie tinha razão sobre as vantagens da pobreza naquela situação. Ao mesmo tempo…

– Eles vão levar toda a comida que encontrarem – falei. – Pelo menos no início.

Arrisquei uma olhadela na prateleira atrás de mim. Era nossa despensa, e abrigava os mantimentos da casa: um pote de banha, sacas de pano com aveia, farinha, arroz, feijão e milho seco, uma trança de cebola, algumas maçãs secas, meia rodela de queijo, uma caixinha de sal, um pote de pimenta e os resquícios de um saco de açúcar. E nosso pequeno estoque de velas.

– Pois é. – Jamie assentiu, levantou-se, pegou sua bolsa e virou o conteúdo sobre a mesa. – Quatorze xelins, mais ou menos. Ian? Fergus?

Ian e Rachel tinham mais 9 xelins; Fergus, 1 guinéu, 2 xelins e uns poucos centavos.

– Veja o que dá para arrumar na taverna amanhã, moça – disse a Rachel, empurrando uma pequena pilha de moedas. – Acho que consigo reservar um barril de peixe salgado lá do armazém. E você, Sassenach… se for ligeira no mercado amanhã de manhã, talvez consiga mais arroz e feijão, quem sabe um naco de bacon?

As rodelinhas de cobre e prata cintilavam na mesa à minha frente, com a gravação da silhueta impassível do rei.

– No nosso quarto não tem um esconderijo bom – observou Ian, olhando em volta. – Nem aqui. E no pequeno consultório da tia?

– Pois é, era onde eu estava pensando – disse Jamie. – Tem piso de tábuas, e a construção tem boa fundação. Talvez amanhã eu cave um esconderijo por lá. Não deve ter muita coisa no seu consultório que os soldados queiram?

A última frase saiu em tom de pergunta para mim.

– Só os remédios preparados com álcool – respondi. Respirei fundo. – Falando em soldados, eu preciso contar uma coisa. Pode ser que não tenha importância. Mesmo assim…

Então, contei a eles sobre Ezekiel Richardson.

– Tem certeza disso, Sassenach? – Jamie franziu um pouco as sobrancelhas ruivas, vistosas à luz das velas. – Aquele homem tem um rosto muitíssimo comum.

– De fato, ele não é dono de feições memoráveis. Mas eu tenho certeza, sim. Ele tem aquela pinta na lateral do queixo. Mas foi mais a forma como ele me olhou. Tenho certeza de que *me* reconheceu.

Jamie inspirou o ar e exalou bem devagar, pensativo. Espalmou as mãos sobre a mesa e encarou Ian.

– Sua tia encontrou o meu filho William na cidade outro dia… por acaso – disse ele, em um tom cuidadosamente neutro. – Conte a eles o que o rapaz falou sobre Richardson, sim, Sassenach?

Eu contei, de olho na garganta latejante de Ian. Rachel também estava. Com delicadeza, tocou a mão dele, cerrada sobre a mesa. Ele olhou para a esposa, abriu um breve sorriso, relaxou a mão, relutante, e entrelaçou os dedos nos dela.

– O que William está fazendo aqui, então? – perguntou Ian, em um óbvio esforço para não externar qualquer hostilidade.

– Estava procurando Richardson, na verdade, mas também veio atrás da esposa do primo, uma tal Amaranthus Grey… ou Cowden, talvez. Pode ser que esteja usando o nome de solteira. Eu queria saber se algum de vocês já ouviu falar nessa moça.

Ian e Rachel balançaram a cabeça.

– Um nome desses não dá para esquecer – disse Rachel. – Mas será que William não sabe que Richardson está aqui?

– Não sabe. Ao que parece, nem que Richardson passou para os rebeldes.

Fez-se um instante de silêncio. Eu ouvi o barulho dos lagostins na tina atrás de mim e o leve crepitar da chama dançante no candelabro.

– Pode ser que esse Richardson tenha apenas transferido o objeto de sua lealdade – sugeriu Rachel. – Conheço muitos que fizeram isso nos últimos dois anos.

– Pode ser – concordei –, mas a questão é que John achava que ele era agente da inteligência… espião, informante, coisa assim. Quando alguém dessa classe se mostra um vira-casaca, é importante saber de que lado realmente está, não é verdade?

Jamie deitou a mão sobre a mesa, pensativo.

– Pois bem – disse ele por fim, espichando o corpo e dando um suspiro. – Se houver alguma esquisitice em relação a esse homem, nós vamos logo ficar sabendo.

– Vamos? – indaguei.

Ele abriu um sorriso torto.

– Pois é, Sassenach. Ele virá procurá-la. Mantenha sua faquinha sempre à mão, sim?

129

INVASÃO

29 de dezembro de 1778

Ouvimos os tiros logo depois de amanhecer. Jamie, que fazia a barba, parou para escutar. Foi um estrondo longínquo, irregular, abafado pela distância. Mas eu tinha ouvido a artilharia bem ali perto e senti o eco em meus ossos, estimulando uma fuga rápida. Jamie já ouvira artilharias muito mais próximas, então largou a navalha e apoiou as mãos no lavatório. Para controlar o tremor, imaginei.

– Estão disparando balas de canhão dos navios no rio – disse ele, baixinho. – E artilharia comum do Sul. Que Deus ajude Howe e seus homens.

Ele se benzeu e pegou a navalha.

– A que distância será que estão? – Eu havia interrompido a função de calçar as meias, mas retornei, subindo uma perna e prendendo lentamente a liga.

Jamie balançou a cabeça.

– Daqui não dá para saber. Mas logo mais eu vou sair, então verei como está o vento.

– Você vai *sair*? – perguntei, desconfortável com a ideia. – Não vai trabalhar hoje, naturalmente.

O armazém de Fadler, onde Jamie trabalhava como supervisor e escrevente sênior, ficava *no* rio.

– Não vou. Mas pensei em buscar os pequenos, Marsali e minha irmã. Fergus vai sair para ver o que está ocorrendo, e eu não queria que eles ficassem sozinhos, sem um homem. – Ele franziu os lábios. – Ainda por cima se os soldados entrarem na cidade.

Eu meneei a cabeça, incapaz de falar e pensando em tudo o que acontecia – e no que poderia acontecer – durante uma invasão… Graças a Deus eu nunca tinha vivido uma coisa dessas, mas já vira notícias e fotografias demais para me iludir quanto às possibilidades. E já tinham surgido notícias de uma companhia britânica chegando da Flórida, sob o comando de um tal major Prevost, invadindo as cercanias de Sunbury, expulsando o gado, incendiando celeiros e casas de fazenda. Sunbury estava perto demais para a nossa tranquilidade.

Depois que Jamie saiu, passei uns minutos meio agitada, sem saber o que fazer, então me recompus e resolvi dar uma passada rápida no consultório. Seria bom recolher meus instrumentos mais valiosos – não que algum fosse de grande valia, visto que (ainda) não existia mercado negro de serras de amputação. Uns medicamentos e utensílios talvez fossem necessários se…

Em um ímpeto, dispensei o "se" e corri os olhos por nossa modesta sala. Eu havia guardado uns poucos itens, como farinha e manteiga, e os alimentos perecíveis. Tudo o que podia ser estocado por mais tempo estava agora sob o piso do meu consultório. Contudo, se Marsali, Jenny e as crianças iam passar um tempo indeterminado conosco, era melhor buscar mais algumas coisas.

Peguei minha maior cesta e bati à porta de Rachel, no andar de baixo. Ela atendeu no mesmo instante, já vestida para sair.

– Ian foi com Fergus – disse ela, antes que eu perguntasse. – Falou que não vai lutar com a milícia, mas que Fergus é irmão dele e que ele tem obrigação de garantir sua segurança. Eu não posso reclamar quanto a isso.

– Eu poderia – repliquei, com franqueza. – Eu reclamaria com todo o fervor do mundo se achasse que adiantaria de alguma coisa. Mas é só desperdício de fôlego. Você vem comigo ao consultório? Jamie foi buscar Jenny, Marsali e as crianças, então achei melhor pegar mais comida.

– Vou pegar a minha cesta.

A rua estava movimentada – a maioria das pessoas estava providenciando para sair da cidade, transportando seus pertences e empurrando carrinhos, embora algumas estivessem claramente determinadas a roubar. Vi dois homens quebrarem uma janela e invadirem um casarão perto da praça Ellis.

Mesmo assim, chegamos ao consultório sem incidentes e encontramos duas prostitutas paradas do lado de fora. Eu conhecia as moças, que apresentei a Rachel, muito menos abalada com elas do que eu imaginava.

– Viemos comprar remédio contra varíola, dona – disse Molly, uma irlandesa corpulenta. – Todos que a senhora tiver e estiver disposta a vender.

– Vocês estão esperando uma... epidemia de varíola?

Eu fui abrindo a porta enquanto conversávamos, calculando se a atual produção de penicilina seria bastante potente para fazer diferença.

– Não tem problema se não fizer efeito, dona – explicou Iris, muito alta, muito magra e muito preta. – Estamos querendo vender para os soldados.

– Entendi – respondi, meio inexpressiva. – Bom, então...

Eu dei a elas toda a penicilina líquida que tinha e me recusei a cobrar. Mas fiquei com o pó de mofo e os restos do Roquefort, caso a família precisasse. Senti uma pontada de medo ao pensar em Fergus e Ian. A artilharia havia cessado um pouco, mas recomeçou quando retornávamos para casa, com as cestas debaixo da capa para despistar os assaltantes.

Jamie já estava em casa com Marsali, Jenny e as crianças, que haviam trazido o que puderam carregar em termos de vestimentas, comida e lençóis. Passamos um longo período em um caos total, organizando tudo. Por fim, por volta das três, resolvemos improvisar um chá. Jamie, declinando da participação na engenharia doméstica, exercera sua prerrogativa masculina de desaparecer para tratar de "negócios" vagos e inespecíficos. Retornou no exato instante em que um bolo saía do forno, trazendo uma saca de juta cheia de moluscos, um barril de farinha e uma pitada de notícias.

– A luta acabou – disse ele, procurando um canto onde deixar os moluscos.

– Eu percebi que os tiros pararam faz um tempo. Você sabe o que aconteceu?

Eu peguei a saca e passei os moluscos para o caldeirão vazio, fazendo a maior barulheira, depois cobri com água. Eles aguentariam até o jantar.

– Exatamente o que disse ao general Howe – respondeu Jamie, sem demonstrar o menor prazer por estar com a razão. – Archibald Campbell, o tenente-coronel britânico, cercou Howe e seus homens e os encurralou feito peixes em uma rede. Não sei o que fez com eles, mas imagino que haja tropas na cidade antes de anoitecer.

As mulheres se entreolharam, relaxando bastante. Era uma boa notícia. Entre uma coisa e outra, o Exército Britânico tinha muito talento para sitiar cidades. E, por mais que os cidadãos tivessem razão em lamentar o alojamento das tropas e o confisco de suprimentos, o fato era que não havia nada melhor para manter a ordem pública do que viver sob a presença de um exército.

– Vamos ficar seguros, então, com os soldados aqui? – indagou Joanie.

Como os irmãos, a menina estava radiante com aquela aventura e vinha acompanhando de perto a conversa dos adultos.

– Sim, basicamente – respondeu Jamie, cruzando olhares com Marsali, que fez uma careta.

Sem dúvida estaríamos bastante seguros, mas a comida talvez escassearia por um tempo, até que os oficiais responsáveis pelas provisões reorganizassem as coisas. Já Fergus e Bonnie eram outra história.

– Por sorte, ainda não tínhamos começado o *L'Oignon* – disse Marsali, respondendo ao olhar de Jamie. – Só estamos imprimido folhetos, cartazes e panfletos religiosos. Acho que vai dar tudo certo – concluiu, cheia de coragem, mas tocou a cabecinha escura de Félicité, como se para se acalmar.

Preparamos uma sopa com os moluscos – bem rala, visto que tínhamos pouco leite, mas engrossamos com bolachas amassadas e manteiga. Estávamos botando a mesa quando Fergus e Ian subiram as escadas, corados de empolgação e repletos de novidades.

– Foi um escravo quem fez a diferença – disse Fergus, enfiando na boca um pedaço de pão. – *Mon Dieu*, que fome! Passamos o dia sem comer. O tal sujeito chegou ao acampamento britânico assim que a luta começou e se ofereceu para mostrar aos homens uma trilha secreta pelo pântano. O tenente-coronel Campbell mandou um regimento de homens das Terras Altas… Nós ouvimos as gaitas. Eu me lembrei de Prestonpans.

Ele sorriu para Jamie, e eu visualizei o órfão franzino de 10 anos montado em um canhão capturado. Fergus engoliu o pão e bebeu água, para ajudar a descer, visto que era a única bebida que tínhamos no momento.

– Das Terras Altas – prosseguiu Fergus – e de uma outra infantaria. Eles entraram no pântano com o escravo e contornaram direitinho os homens do general Howe, que estavam todos aglomerados, pois naturalmente não sabiam de onde poderia irromper a luta.

Campbell, então, enviara outra companhia de infantaria pela esquerda de Howe.

– Para fazer umas demonstrações – explicou Fergus, espalhando migalhas. – Eles se viraram para enfrentar, claro, mas os homens das Terras Altas atacaram pelo outro lado. E *voilà!* – concluiu ele, estalando os dedos.

– Duvido que Howe sinta a menor gratidão por esse escravo – disse Ian, mergulhando a tigela no caldeirão de sopa. – Mas devia. Ele perdeu no máximo uns trinta ou quarenta homens… Se tivessem lutado, teriam sido todos mortos, se não tivessem o bom senso de se render. E ele não me parece ser um homem de bom senso – acrescentou, pensativo.

– Quanto tempo será que o exército vai ficar? – perguntou Jenny.

Ela fatiava o pão e distribuía pela mesa, mas parou para enxugar a testa com o antebraço. Era inverno, mas com a lareira acesa na saleta e tanta gente apinhada, a temperatura rapidamente se aproximava da de um banho turco.

Os homens trocaram olhares.

– Muito tempo, *a piuthar* – respondeu Jamie, relutante.

130

UM SANTO REMÉDIO

Era preciso fazer éter, e sem demora. Em meio ao desconforto de Jamie e meus temores, eu havia adiado a questão do preparo. Agora, porém, a coisa estava séria: sem um anestésico geral confiável, eu não poderia prestar os cuidados adequados a Sophronia.

Eu já tinha decidido levar a cabo a produção no pequeno galpão de ferramentas da imensa horta da sra. Landrum. Ficava fora da cidade, rodeado por quase meio hectare de área aberta, e ocupado apenas por couves e cenouras. Se eu explodisse tudo pelos ares, não levaria ninguém comigo.

Contudo, eu duvidava que isso fosse tranquilizar Jamie, portanto adiei a menção de meus planos. Eu reuniria tudo o que fosse necessário e informaria ao meu marido apenas no último minuto, de modo a poupá-lo de preocupações. No fim das contas, se eu não arrumasse os ingredientes necessários… Mas eu tinha certeza de que arrumaria. Savannah era uma cidade grande, além de um porto de remessa. Havia pelo menos três boticários na cidade, bem como diversos armazéns que importavam itens exclusivos da Inglaterra. *Alguém* teria ácido sulfúrico, também conhecido como óleo de vitríolo.

O tempo estava frio, mas ensolarado. Ao avistar vários soldados de casaca vermelha na rua, fiquei pensando se a questão do clima havia pesado na decisão dos britânicos de transferir sua base de operações para o sul.

Ao chegar à botica Jameson, fui cumprimentada com alegria pelo sr. Jameson mais velho, um vigoroso cavalheiro de seus 70 anos. Eu já tivera oportunidade de comprar ervas com ele antes, e tudo correra muito bem. Mostrei-lhe a minha lista e fiquei olhando as prateleiras cheias de frascos, enquanto ele circulava em busca dos meus pedidos. Do outro lado da loja havia três jovens soldados, que conversavam baixinho com o sr. Jameson jovem a respeito de algo que este lhes apontava por sob o balcão. Remédio para varíola, imaginei, ou – dando a eles o benefício da dúvida em relação à prudência – talvez preservativos.

Após concluir as aquisições clandestinas, os rapazes saíram da loja, de cabeça baixa e muito enrubescidos. O sr. Jameson mais moço, que era neto do proprietário e tinha mais ou menos a mesma idade dos soldados, também estava meio corado, mas me cumprimentou com compostura e uma breve reverência.

– Seu criado, sra. Fraser! Em que posso ser útil?

– Ah, obrigada, Nigel. Seu avô está com a minha lista. Mas… – Um pensamento me ocorreu, talvez estimulado pelos soldados. – Você por acaso conhece alguma sra. Grey? Amaranthus Grey é o nome da moça, e acredito que o nome de solteira seja… Ai, como era mesmo? Cowden! Amaranthus Cowden Grey. Você já ouviu esse nome?

Ele franziu a sobrancelha bem de leve, pensativo.

– Que nome mais estranho. Não me leve a mal, senhora. Eu só achei… bastante exótico. Bem incomum.

– É mesmo. Eu não conheço a moça, mas uma amiga me disse que morava em Savannah e me estimulou a… fazer amizade com ela.

– Sim, claro. – Nigel ficou murmurando, pensativo, mas balançou a cabeça. – Não, me desculpe, senhora, mas não creio que conheça nenhuma Amaranthus Cowden.

– Cowden? – indagou o sr. Jameson, brotando de repente da salinha dos fundos com vários frascos na mão. – Claro que conhecemos, rapaz. Quero dizer, não chegamos a conhecer a moça, pois ela nunca veio à loja. Mas faz duas ou três semanas que recebemos um pedido pelo correio, solicitando… Ah, o que era mesmo? Minha memória é uma peneira, sra. Fraser, uma verdadeira peneira! Quer um conselho? Não envelheça… Ah, sim. Ela encomendou creme Gould para a tez, água de cólica Villette, uma caixa de pastilhas refrescantes e uma dúzia de barras de sabonete francês Savon D'Artagnan. E foi isso. – Por trás dos óculos, o cavalheiro me perscrutou. – A moça mora em Saperville.

– O senhor é impressionante, vovô – disse Nigel, muito zeloso, pegando os frascos da mão dele. – Posso embrulhar ou faremos alguma mistura para a dona?

– Ah. – O sr. Jameson olhou para os frascos, como se não soubesse ao certo como tinham ido parar em suas mãos. – Ah, sim! Sra. Fraser, o que a senhora está pretendendo *fazer* com o óleo de vitríolo? É muitíssimo perigoso.

– Ah, eu sei. Quero preparar éter.

Dispensei a ele um olhar considerativo. Alguns homens se recusariam a vender a uma mulher algo que julgassem perigoso ou inapropriado, mas o sr. Jameson parecia ser um homem de cultura… e sabia que eu dominava o uso das ervas medicinais.

A substância era conhecida. Fora descoberta por alguém lá pelos idos do século VIII, segundo eu aprendera na faculdade, mas seu uso como anestésico só seria popularizado em algum momento do século XIX. Nesse intervalo de 1.100 anos, será que alguém havia descoberto que o troço nocauteava as pessoas, mas acabara inadvertidamente causando alguma morte e desistira de seguir em frente com as tentativas?

Avô e neto demonstraram surpresa.

– Éter? – indagou Nigel, aturdido. – Por que senhora quer preparar éter sozinha?

– Por que eu…? Como assim? Está me dizendo que vocês têm éter pronto? – perguntei, com espanto.

Ambos assentiram, satisfeitos em ser de alguma utilidade.

– Temos, sim – respondeu o sr. Jameson. – Nem sempre temos no estoque, claro, mas com o… exército… – Ele sinalizou a recente invasão e ocupação. – Tem o transporte das tropas, e haverá um grande aumento na navegação, agora que o bloqueio acabou.

– O que o aumento da navegação tem a ver com a venda de éter? – indaguei, imaginando se o sr. Jameson estaria certo quanto aos efeitos da idade em seu cérebro.

– Ora, senhora – respondeu Nigel. – É um santo remédio para enjoo no mar. A senhora não sabia?

131

UM JOGADOR NATO

Contei meus instrumentos pela terceira vez e, percebendo que nenhum havia fugido desde a última vez, cobri todos com um pano de linho limpo e dei uma palmadinha reconfortante – se para os bisturis ou para mim mesma, eu não soube ao certo.

Suturas de seda, suturas de categute, agulhas – as agulhas de bordado mais finas que havia em Savannah. Bandagens, gazes, curativos, rolos de atadura. Um graveto de salgueiro de 15 centímetros sem nenhuma seiva, lixado e fervido em fogo lento – para não rachar a madeira –, que faria as vezes de cateter, de modo a estabilizar a uretra e a bexiga e evitar o contato da urina com a área cirúrgica. Eu tinha pensado em usar um maior para o intestino, mas achei melhor manipular os tecidos escorregadios com os dedos mesmo – contanto que eu não cortasse nem furasse a mim mesma durante o processo.

Rachel estava vindo auxiliar na cirurgia, e eu repassaria todos os instrumentos e procedimentos com ela. No entanto, eu havia chegado uma hora antes, na intenção de organizar as últimas coisas e passar um tempo sozinha, preparando a mente e o espírito para o trabalho que teria.

Eu sentia uma calma surpreendente, considerando a complexidade e os riscos da operação. A meu favor havia o fato de que, ainda que eu fracassasse, a pobrezinha não poderia ficar pior do que já estava. Mas poderia, claro, morrer durante a cirurgia, fosse de choque, infecção ou hemorragia acidental. Uma cirurgia abdominal era muito mais séria do que uma tentativa de correção transvaginal, mas, considerando o que eu tinha em mãos, pensava que as chances de resolver o problema eram muito melhores dessa forma. Além disso, havia a questão da curetagem que removera o bebê morto. Não fazia ideia dos danos que o processo tinha causado. Se visse algum, poderia consertar.

Automaticamente, olhei para a prateleira onde funcionava a minha fábrica de penicilina – pelo menos assim eu esperava: que os bilhões de pequenos esporos seguissem excretando sua benevolente substância. Em Savannah, eu ainda não tivera tempo de estabelecer um bom processo e testar o produto resultante. Não havia, como tantas vezes era o caso, qualquer garantia de que *tivesse* penicilina aproveitável em minha cultura. Mas eu tinha um naco de queijo francês bastante maduro, adquirido a um preço exorbitante e fervido até um ponto leitoso, de modo a formar uma pasta. Seu cheiro forte disputava espaço com o odor pungente do éter.

Do lado de fora, eu já ouvia o alarido matinal da cidade, com sua normalidade apaziguante: pessoas varrendo na calçada, os cascos dos cavalos de uma carroça, o tentador cheiro de pão quente trazido pelo padeiro. As simples demandas da vida transformavam rapidamente em rotina qualquer espécie de caos e, com o passar das invasões, a ocupação de Savannah foi ocorrendo sem grandes derramamentos de sangue.

No segundo seguinte, minha sensação de calma e bem-estar foi interrompida pela abertura da porta do consultório.

– Posso ajudar…? – comecei a falar, virando-me. – O que *o senhor* quer? – vociferei, porém, ao ver meu visitante.

O capitão – não, ele agora era coronel; as recompensas da traição, eu supunha – Richardson abriu um sorriso amável, virou-se e aferrolhou a porta. Eu puxei uma gaveta e peguei a minha serra de amputação pequena. Seu tamanho proporcionava um rápido manuseio, e a lâmina dentada, se eu tivesse boa mira, dava conta de arrancar o nariz do homem.

Ao perceber minha intenção, ele alargou o sorriso amável e se curvou em uma mesura. Não usava uniforme – o que não espantava. Em vez disso, vestia um terno decente, bastante sóbrio, com o cabelo sem talco, preso para trás em um rabinho simples. Não despertava a atenção de ninguém.

– Seu mais humilde servo, madame. Não se assuste. Só quero garantir que não sejamos interrompidos.

– É justamente *essa* a minha preocupação – respondi, segurando a serra com mais força. – Destranque essa porta agora mesmo.

Ele me encarou por um instante, com os olhos semicerrados e avaliativos. Soltou uma breve risada, deu meia-volta e abriu o trinco. Cruzou os braços e se recostou na porta.

– Melhor assim?

– Bem melhor. – Eu larguei a serra, mas não afastei a mão. – Vou repetir: o que o senhor quer?

– Bom, acho que talvez tenha chegado a hora de colocar as cartas na mesa, sra. Fraser, e ver se a senhora quer jogar uma ou duas partidinhas.

– A única coisa que eu poderia estar inclinada a jogar com o senhor, coronel, é faca no alvo – rebati, batucando os dedos no cabo da serra. – Mas, se o senhor quer me mostrar as suas cartas, vá em frente. Só que é melhor não perder tempo. Eu tenho uma cirurgia para conduzir daqui a menos de uma hora.

– Não vai levar esse tempo todo. Se me permite? – Ele ergueu a sobrancelha e apontou para um dos banquinhos. Eu assenti, e ele se sentou, bastante relaxado.

– A essência da questão, minha senhora, é que eu sou rebelde. E sempre fui.

– O senhor... o quê?

– Atualmente sou coronel do Exército Continental, mas, quando a senhora me conheceu, eu trabalhava como agente americano disfarçado de capitão no Exército de Sua Majestade na Filadélfia.

– Não estou entendendo.

Eu compreendia *o que* ele estava dizendo, mas não conseguia entender *por que* estava me contando aquilo.

– A senhora é rebelde, não é?

Ele ergueu a sobrancelha fina de um jeito inquisitivo. *De fato, é o homem mais comum do mundo*, pensei. *Se fosse* mesmo *espião, possuía o porte adequado.*

– Sou, sim – respondi, ressabiada. – E daí?

– Então estamos do mesmo lado – disse ele, paciente. – Quando persuadi lorde John Grey a se casar com a senhora, eu...

– Como é?

– Sem dúvida ele contou que eu ameacei levá-la presa por distribuição de material sedicioso... o que a senhora fez com muita deselegância, devo acrescentar. O lorde me garantiu que não tinha nenhum interesse pessoal na senhora e, no dia seguinte, fez a gentileza de desposá-la. Ele é um homem muito nobre... sobretudo levando em consideração as próprias preferências. – Ele inclinou a cabeça e abriu um sorriso meio conspiratório. Uma lança gélida perfurou minha barriga. – Ah, então a senhora sabe. Imaginei que soubesse. Ele é muito discreto, mas considero a senhora uma mulher perspicaz, sobretudo nos assuntos sexuais.

– Levante-se – falei, no tom mais frio possível – e saia daqui. Agora mesmo.

Ele não saiu, claro, e eu maldisse a minha falta de previdência em não guardar uma pistola carregada no consultório. A serra até serviria se ele me atacasse, mas eu sabia que era melhor não tentar partir para cima.

Além disso, o que ia fazer com o cadáver?, indagou a porção sensata da minha mente. *Ele não cabe no armário, muito menos no esconderijo.*

– Pela terceira e última vez: o que o senhor quer?

– A sua ajuda – respondeu ele, mais do que depressa. – De início, eu tinha em mente usá-la como agente secreta. A senhora poderia ser de grande valia para mim, por frequentar os mesmos círculos sociais do alto-comando britânico. Mas me parecia deveras instável… me perdoe, madame… para que eu me aproximasse de imediato. Eu esperava que, à medida que a dor da perda de seu primeiro marido diminuísse, a senhora atingiria um estado de resignação que permitiria a minha aproximação. Aos poucos eu firmaria intimidade e, a partir daí, iria persuadi-la a descobrir informações pequenas… e aparentemente inocentes, a princípio… as quais transmitiria a mim.

– Como assim, "intimidade"? – retruquei, cruzando os braços.

Embora essa palavra no jargão corrente com frequência denotasse apenas amizade, ele tinha soado bastante diferente.

– A senhora é uma mulher muito desejável, sra. Fraser – disse Richardson, avaliando-me de um jeito bastante constrangedor. – E tem consciência disso. O lorde obviamente não a estava ajudando nesse sentido, portanto… – Ele deu de ombros e abriu um sorriso, com menosprezo. – Porém, como o general Fraser retornou dos mortos, imagino que a senhora já não seja suscetível a esse tipo de sedução.

Eu ri e relaxei os braços.

– O senhor se superestima, coronel – respondi, secamente. – Embora não a mim. Veja bem… por que, em vez de ficar me adulando, o senhor não diz logo o que deseja que eu faça e explica por que imagina que eu faria?

Ele riu também, o que lhe conferiu certa autenticidade.

– Muito bem. Talvez seja difícil acreditar, mas esta guerra não será vencida no campo de batalha.

– Ah, é?

– É, madame, isso eu garanto. Será vencida com política e espionagem.

– Uma abordagem bastante original, tenho certeza.

Eu tentava localizar o sotaque dele. Era inglês, mas bem pouco marcado. Não era de Londres nem do Norte… Educado, mas não empolado.

– Imagino que o senhor não deseje solicitar minha assistência na esfera política.

– Na verdade, é justamente o que eu quero. Ainda que de maneira indireta.

– Sugiro que tente a abordagem direta. Minha paciente vai chegar daqui a pouco.

Os sons da rua haviam mudado. Aprendizes e empregadas domésticas circulavam em pequenos grupos, a caminho do trabalho ou das compras. Um cumprimento aqui, outro ali, as costumeiras risadinhas em resposta aos flertes.

Richardson assentiu.

– A senhora está ciente da opinião do duque de Pardloe a respeito desta guerra?

A pergunta me atordoou um pouco. Por tolice, não tinha me ocorrido a opinião de Hal sobre a guerra, à parte as demandas de seu serviço. No entanto, se eu conhecia um homem cheio de opiniões, esse homem era Harold, segundo duque de Pardloe.

– No meio de tanta coisa, nunca cheguei a trocar impressões com o duque a respeito de questões políticas. Nem com meu… nem com o irmão dele, a bem da verdade.

– Ah. Bom, as madames não costumam se prender em assuntos fora de sua esfera de interesses… embora eu imaginasse que a senhora fosse um pouco mais versada.

De forma bem direta, ele desviou o olhar de meu avental de lona e da bandeja de instrumentos e encarou os outros móveis do consultório.

– O que tem a opinião política dele? – perguntei, indiferente às insinuações.

– Sua Graça possui uma voz forte na Câmara dos Lordes – respondeu Richardson, puxando um fio solto no punho da camisa. – E, ainda que no início fosse muito a favor da guerra, suas últimas opiniões têm se mostrado visivelmente mais… moderadas. No outono, redigiu uma carta pública ao primeiro-ministro, solicitando que reconsiderasse uma reconciliação.

– E…?

Sem saber aonde ele estava querendo chegar, comecei a perder a paciência.

– Não é uma reconciliação que queremos, madame – disse ele, com um peteleco no fio puxado. – Tais esforços irão apenas atrasar o inevitável e interferir no compromisso que nos urge suscitar nos cidadãos. No entanto, o fato de Sua Graça exibir um ponto de vista moderado é útil para mim.

– Que ótimo. Vá direto ao ponto, por gentileza.

Ele ignorou, seguindo em frente com sua exposição, como se tivesse todo o tempo do mundo.

– Se ele estivesse muito comprometido com um extremo ou outro, seria difícil… exercer influência. Por mais que eu não conheça Sua Graça muito bem, tudo o que sei *sobre* ele indica que o homem valoriza a própria honra…

– É verdade.

– Quase tanto quanto valoriza a própria família – concluiu Richardson, encarando-me nos olhos. Pela primeira vez, senti uma centelha de medo. – Há algum tempo venho me esforçando para obter influência, seja direta ou não, sobre os familiares do duque que estiverem ao meu alcance. Com um filho, digamos… um sobrinho, quem sabe? Ou talvez até seu irmão sob meu controle seria possível afetar a posição pública de Sua Graça da forma que nos parecesse mais vantajosa.

– Se está sugerindo o que eu creio que esteja sugerindo, peço que saia da minha frente agora mesmo – retruquei, esperando demonstrar um tom tranquilo, porém ameaçador. – Além do mais, eu já não tenho ligação nenhuma com nenhum familiar de Pardloe – acrescentei, estragando qualquer efeito que pudesse ter obtido.

Ele abriu um sorriso débil, sem tentar ser gracioso.

– Seu sobrinho William está na cidade, madame, e a senhora foi vista conversando com ele há nove dias. Por outro lado, talvez a senhora desconheça que Pardloe e seu irmão também estão aqui…

– Aqui? – Escancarei a boca um instante, então a fechei com força. – Com o exército? Ele assentiu.

– Presumo que, apesar do recente… rearranjo conjugal, a senhora ainda tenha boas relações com lorde John Grey.

– Sim, de modo que não moveria um dedo para colocá-lo nas suas mãos desgraçadas, se era isso que o senhor tinha em mente.

– Nada tão primitivo, madame – retorquiu ele, arreganhando os dentes. – Eu tinha em mente apenas a transmissão de informações… em uma via de mão dupla. Não pretendo causar nenhum mal ao duque ou a sua família. Só desejo…

Quaisquer que fossem os desejos de Richardson, foram interrompidos por uma batida hesitante à porta, que se abriu e revelou a cabeça da sra. Bradshaw. Ela me olhou, apreensiva, então para Richardson, desconfiada. Ele pigarreou, levantou-se e se curvou em uma mesura.

– Seu servo, madame. Eu já estava me despedindo da sra. Fraser. Um bom dia para a senhora. – Ele me dispensou um cumprimento mais floreado. – Seu mais humilde servo, sra. Fraser. Espero vê-la de novo. Em breve.

– Isso eu aposto – retruquei, mas tão entre dentes que duvidei que ele tivesse ouvido.

A sra. Bradshaw e Sophronia entraram, chegando tão perto de Richardson que ele fez uma careta involuntária ao sentir o cheiro da menina ao sair. Ele olhou por sobre o ombro para mim, atemorizado – o que o fez esbarrar em Rachel, cheia de pressa. Os dois tentaram desviar um do outro com uma breve dancinha, até que o coronel recuperou o equilíbrio e entabulou sua deselegante fuga, arrancando-me uma risada.

Esse breve pastelão dissipou parte do desconforto que Richardson trouxera ao consultório, e eu tirei com firmeza o homem de meus pensamentos. *Basta a cada dia o seu próprio Richardson*, pensei. Eu tinha muito trabalho pela frente. Confiante, peguei a mãozinha de Sophronia e sorri para seu rosto abatido.

– Não se preocupe, querida. Eu vou cuidar de você.

Em hospital e com equipamentos modernos, eu teria feito a cirurgia via transvaginal. No entanto, considerando os recursos disponíveis, teria que ser pelo abdômen. Com a sra. Bradshaw ansiosa, empoleirada em um banco no canto – a mulher não queria sair, e eu só esperava que ela não desmaiasse –, e Rachel contando baixinho as gotas de éter, apanhei meu melhor bisturi e cortei a barriga recém-esterilizada de Sophronia.

As estrias deixadas pela gravidez estavam sumindo, mas ainda eram visíveis em sua pele jovem.

Eu tinha improvisado dois apoios para as pernas, caso precisasse, pregando dois blocos de madeira na mesa, e posicionara entre as coxas de Sophronia uma toalha embebida na loção antibacteriana usada para esterilizá-la: uma mistura de álcool, alho triturado e chá de erva-cidreira. Exalava um cheiro agradável de cozinha, matava os germes e ajudava a disfarçar o odor de esgoto.

O éter, porém, era mais forte do que tudo. Dez minutos depois de começar, fui acometida por uma leve tontura.

– Sra. Bradshaw – falei, por sobre o ombro. – Pode abrir a janela, por gentileza? E as persianas?

Eu esperava que não atraíssemos nenhum espectador... mas era premente a necessidade de ar fresco.

Por sorte, a fístula vesicovaginal era bem pequena e se encontrava em uma posição de alcance razoavelmente fácil. Rachel segurava para mim um retrator, com a mão livre pousada no pulso de Sophronia, e ia administrando mais éter a cada poucos minutos.

– Tudo bem, Rachel? – perguntei, aparando as bordas da fístula de modo a obter uma área de sutura decente.

As bordas estavam achatadas e maceradas. Sob a menor pressão, o tecido cederia e se romperia. Eu tinha hesitado em pedir ajuda a Rachel; teria pedido a Jenny, mas ela tinha sido acometida pelo que se chamava de fleuma. Uma assistente tossindo e espirrando era a última coisa de que eu precisava.

– Tudo – respondeu ela, a voz meio abafada por sob a máscara não exatamente estéril, mas pelo menos fervida.

Ela havia improvisado a máscara com um lenço de Ian, axadrezado em tons alegres e inadequados de branco e rosa-escuro. O gosto de Ian para as vestimentas guardava forte influência mohawk.

– Que bom. Me avise se você sentir alguma tontura.

Eu não tinha ideia do que faria se ela ficasse tonta. Talvez a sra. Bradshaw pudesse segurar o conta-gotas por uns minutinhos...

Dei uma olhada para trás. A sra. Bradshaw seguia sentada no banquinho, branca feito um fantasma, as mãos enluvadas cruzadas com força sobre o colo, mas estava firme.

– Está tudo bem até agora – garanti, tentando tranquilizá-la por trás de minha máscara branca. As máscaras pareciam assustá-la, e ela desviou os olhos e engoliu em seco.

De fato, as coisas estavam indo bem. Embora a juventude de Sophronia tivesse sido responsável pelo problema, também era sinônimo de tecidos saudáveis e em boas condições, e a moça possuía considerável vitalidade. Se a cirurgia fosse bem-sucedida, se houvesse pouca ou nenhuma infecção subsequente, ela convalesceria depressa. *Se.*

As incertezas rondam o tempo todo a mente de quem conduz uma cirurgia, feito uma nuvem de mosquitos. Na maioria das vezes, porém, mantêm uma distância respeitosa, provocando apenas um leve zumbido ao fundo.

Pronto.

– Uma já foi, falta outra – murmurei. Enfiei um chumaço de gaze esterilizada em meu creme de queijo e, com certa náusea, lambuzei um pouco a sutura fresca. – Vamos em frente.

A parte intestinal foi mais fácil, porém mais desagradável. O consultório estava muito frio, já que eu não tinha acendido a lareira, pois não queria fuligem no ar. Mesmo assim, eu transpirava. Gotinhas de suor escorriam pelo meu nariz e por minha nuca, descendo pelo cabelo preso.

No entanto, eu sentia a moça, sentia sua vida ecoando em minhas mãos, o coração batendo forte e firme. Eu via pulsar uma grande veia na superfície do útero. Sophronia tivera muita sorte: o útero não sofrera perfuração e parecia saudável. Eu não sabia se havia lesões internas, mas, ao tocar o órgão bem de leve, tudo me pareceu normal. Fechei os olhos um instante, tateei mais fundo e encontrei o que achava que precisava. Tornei a abrir os olhos, sequei o sangue da incisão no tecido e procurei uma agulha nova.

Quanto tempo? As complicações da anestesia estavam entre as desagradáveis incertezas que me rondavam. Essa preocupação deu um voo rasante e se empoleirou em meu ombro. Eu não tinha nenhum relógio por perto, mas havia pegado emprestado uma pequena ampulheta de nossa senhoria.

– Quanto tempo faz, Rachel?

– Vinte minutos.

Rachel tinha a voz branda. Ergui os olhos, mas ela ainda estava firme, encarando a barriga aberta. Estava grávida de quase quatro meses, com o ventre já um pouco arredondado.

– Não se preocupe – falei. – Isso não vai acontecer com você.

– *Poderia*, sem dúvida? – indagou ela, em um tom ainda mais brando.

Eu balancei a cabeça.

– Não se eu a acompanhar na hora do parto.

Ela achou graça, e tornou a erguer o conta-gotas.

– Você vai me acompanhar, Claire, eu garanto.

Quando terminei, Rachel tremia um pouco. Eu estava empapada de suor, mas sentia a empolgação de uma vitória temporária, pelo menos. As fístulas estavam reparadas, o corrimento havia cessado. Irriguei a área com soro fisiológico e os órgãos brilharam, as belas e intensas cores corporais imaculadas, sem os borrões de matéria fecal.

Parei um instante para admirar a elegante firmeza dos órgãos pélvicos, todos em seu devido lugar. Um fiozinho de urina clara gotejava pelo cateter, manchando a toalha de um amarelo-claro. Em um hospital moderno, eu teria deixado a paciente convalescer com o cateter, mas seria difícil administrá-lo sem uma bolsa de drenagem, e as chances de que o dispositivo provocasse irritação ou infecção provavelmente eram maiores do que os possíveis benefícios em mantê-lo. Assim, removi o cateter e observei. Dali a uns segundos, o fluxo de urina cessou, e eu soltei um suspiro de alívio, sem perceber que estivera prendendo a respiração.

Eu havia pegado uma agulha nova com um fio de seda, para fechar a incisão, quando algo me ocorreu.

– Rachel, você quer olhar? De perto, digo.

Sophronia tinha recebido éter nos últimos minutos e ainda estava desacordada. Rachel verificou sua cor e respiração, então contornou a mesa e se postou ao meu lado.

Não achei que ela fosse se abalar com o sangue ou a visão dos órgãos, considerando tudo o que já tinha visto nos acampamentos militares e campos de batalha. Ela não se abalou, mas *estava* impressionada.

– Isso… – Ela engoliu em seco e tocou de leve a própria barriguinha proeminente. – Que lindo – sussurrou. – Como o corpo é feito. Como são essas coisas.

– É – respondi, baixando o tom frente ao espanto dela.

– Mas pensar no bebê, coitadinho… E ela não passa de uma criança…

Olhei de relance para Rachel e vi lágrimas em seus olhos. E vi o que lhe passava pela cabeça, por mais velado que fosse. *Poderia acontecer comigo.*

– Pois é – respondi, com muita calma. – Volte para o éter. Vou fechar a incisão.

Quando tornei a enfiar as mãos na vasilha de álcool e água, outro pensamento me ocorreu.

Ah, Deus, pensei, horrorizada com a ideia. Mas…

– Sra. Bradshaw – chamei.

Ela estava sentada, de cabeça baixa, os braços cruzados para aquecer o corpo, talvez cochilando. Ao ouvir a minha voz, porém, despertou com um solavanco.

– Acabou? Ela está viva?

– Está. Com sorte, permanecerá assim. Mas… – Eu hesitei, mas tinha que perguntar. – Antes de suturar a incisão, eu posso… fazer um rápido procedimento para impedir que Sophronia volte a engravidar.

A sra. Bradshaw piscou.

– Pode?

– Posso. É um procedimento simples, mas irreversível. Ela nunca mais vai poder ter filhos.

Uma nova nuvem de incertezas se formara sobre os meus ombros, zumbindo com ansiedade. Ela tinha 13 anos. Era escrava. Era abusada por seu senhor. Se tornasse a engravidar, poderia muito bem morrer no parto ou quase com certeza guardaria sequelas graves. Talvez nunca mais tivesse uma gravidez segura. Por outro lado, nenhuma gravidez era segura. E "nunca" é uma palavra forte demais.

A sra. Bradshaw havia se aproximado devagar da mesa, encarando o corpo exposto e meio suspenso, então desviou os olhos trêmulos, incapaz de olhar ou de se afastar. Estendi a mão para detê-la.

– Não se aproxime, por favor.

Ele ficou triste. Quando o bebê morreu, ele chorou. Eu ainda ouvia a tristeza na voz de Sophronia, enlutada pelo filho. Como não estaria? Poderia eu tirar dela a chance de ter outro filho, sem sequer perguntar qual era o seu desejo?

Mesmo assim…

Se ela tivesse um filho, a criança nasceria escrava. Poderia ser tirada dela e vendida. Ainda que não fosse, decerto viveria e morreria como escrava.

Mesmo assim…

– Se ela não pudesse ter filhos… – disse a sra. Bradshaw, devagar, então parou de falar.

Eu pude ver o fluxo de pensamentos em seu semblante pálido e contraído. Os lábios, de tão apertados, praticamente haviam desaparecido. Não achei que a preocupação dela fosse a redução no valor de Sophronia, caso a moça não pudesse se reproduzir.

Poderia o medo dos danos trazidos pela gravidez impedir o sr. Bradshaw de usar a menina?

Se ela fosse estéril, será que não hesitaria?

– Ele não hesitou por ela ter 12 anos – falei, com um tom frio como gelo. – Será que a possibilidade de que ela morra da próxima vez o impediria?

Ela me encarou, chocada e boquiaberta. Engoliu em seco e olhou para Sophronia, débil e indefesa, o corpo aberto sobre as toalhas empapadas de sangue, o chão ao redor tomado de fluidos espessos.

– Acho que você não deveria – disse Rachel, calmamente. Olhou para mim, então para a sra. Bradshaw, e não ficou claro com quem ela estava falando. Talvez com nós duas. Ela segurava a mão de Sophronia. – Ela sentiu o bebê se mexer dentro dela. Ela o amava. Ela não… Ela…

A voz de Rachel falhou, e ela se engasgou um pouco. Seus olhos se encheram de lágrimas, que escorreram e desapareceram, absorvidas pela máscara. Ela parou, engoliu em seco e balançou a cabeça, incapaz de continuar.

A sra. Bradshaw levou a mão ao rosto, desajeitada, como se quisesse me impedir de ver seus pensamentos.

– Eu não posso – disse ela. – *Não posso* – repetiu, quase com raiva, por trás da mão. – A culpa não é minha! Eu tentei… Eu tentei fazer a coisa certa!

Não era comigo que ela falava. Se era com o sr. Bradshaw ou com Deus, eu não sabia.

809

As incertezas ainda estavam presentes, mas Sophronia também estava, e eu não podia mais deixá-la de lado.

– Tudo bem – falei, calmamente. – Sente-se, sra. Bradshaw. Eu disse que cuidaria dela e vou cuidar.

Minhas mãos estavam frias, e o corpo sob elas pulsava, quente e cheio de vida. Peguei a agulha e passei a primeira sutura.

132

FOGO-FÁTUO

Saperville? William começava a pensar se Amaranthus Cowden Grey realmente existia ou se era uma ilusão inventada por Ezekiel Richardson. Se fosse esse o caso... com que finalidade?

No dia anterior, depois de receber o bilhete da sra. Fraser, ele empreendera uma cuidadosa investigação. De fato, existia um lugar chamado Saperville – um pequeno vilarejo cerca de 30 quilômetros a sudoeste de Savannah, onde seu interlocutor contara que ficava "a mata dos pinheiros", em um tom que sugeria que a tal mata era o portal do inferno, tanto em termos de distância quanto em condições de incivilidade. Ele não concebia o que teria obrigado a mulher a ir para um lugar desse.

Se ela *não* existisse... então tinha sido inventada por alguém, e o suspeito mais provável de tamanha enganação era Ezekiel Richardson. William já havia sido ludibriado por Richardson. A lembrança de toda a experiência no Great Dismal ainda o fazia ranger os dentes – mais ainda quando ele refletia que, se não fosse toda aquela cadeia de eventos, nem ele nem Ian Murray teriam conhecido Rachel Hunter.

Com esforço, desviou o pensamento dos devaneios com Rachel e retornou à arisca Amaranthus.

Em termos puramente práticos, Saperville ficava do outro lado do local onde se encontrava o exército de Campbell, que ainda ocupava alguns hectares nas cercanias de Savannah enquanto os alojamentos para os soldados eram organizados, as casas construídas e as fortificações escavadas. Uma grande parte das forças continentais de oposição havia sido presa e mandada para o norte, e eram minúsculas as chances de que os remanescentes causassem problemas para Campbell. O que não significava que William poderia caminhar livremente pelo acampamento sem atrair atenção. Ele poderia até não cruzar com nenhum conhecido, mas não estava livre de ser interrogado. E, por mais inócua que fosse sua tarefa, a última coisa que queria era ter que explicar a alguém a razão pela qual renunciara à comissão.

Enquanto Campbell organizava suas forças, ele teve tempo de tirar Miranda de Savannah e hospedá-la em uma fazenda, uns 16 quilômetros ao norte. Os exploradores ainda poderiam encontrá-la – o que sem dúvida fariam, se o exército continuasse em Savannah. Mas, por enquanto, ela estava a salvo. Por demais familiarizado com a brutalidade militar – muitas vezes ele já havia roubado cavalos e suprimentos –, não pretendia deixá-la à vista deles.

Ele tamborilou na mesa, pensativo, e concluiu com relutância que era melhor ir a pé até Saperville, passando bem ao largo dos homens de Campbell. Ali sentado, não descobriria nada sobre a maldita Amaranthus.

Decidido, ele pagou a refeição, vestiu a capa e partiu. Não estava chovendo, o que já era uma vantagem.

No entanto, era janeiro, e os dias ainda eram curtos. As sombras já estavam compridas quando se aproximou do mar de seguidores que havia se formado ao redor do acampamento. Ele ladeou um grupo de lavadeiras de braços avermelhados, os caldeirões fumegantes no ar frio, o cheiro de fumaça e sabão de lixívia pairando feito uma névoa mágica.

– *Borbulhe a papa ao fogacho* – cantarolou ele, baixinho. – *Arda a brasa e espume o tacho! Rabo de víbora, dardo de venenoso moscardo; fel de bode, unto de bicha, pernas de osga e lagartixa...*

Sem recordar o que vinha depois, ele desistiu e seguiu seu caminho. Mais adiante, o solo era irregular, com pontos pantanosos entremeados a pequenas elevações coroadas de pequenas árvores e arbustos baixos – um bom local para as prostitutas exercerem seu ofício.

Ele se afastou ainda mais das lavadeiras, acabando por perceber que pisava em algo que não era exatamente um lodaçal. Na verdade, estava muito longe disso. No entanto, *era* de uma beleza extraordinária, uma coisa meio *chiaroscuro*. A luz fraca, de alguma forma, fazia com que cada galho seco se destacasse em contraste com o ar, os botões intumescidos ainda fechados, mas redondinhos, pairando no limite entre a morte do inverno e a vida primaveril. Por um instante, William desejou poder desenhar, pintar ou escrever uma poesia, mas naquele momento só era possível parar uns segundos e admirar.

Ao fazer isso, porém, sentiu algo tentando criar moradia em seu coração, a sensação tranquila de que, mesmo dispondo apenas de poucos segundos, poderia para sempre retornar àquele lugar e àquele momento.

E estava certo, embora não pelas razões que imaginava.

Ele teria passado direto por ela, imaginando que fosse parte do pântano, pois estava bem encolhida, a cabeça coberta pelo capuz da capa escura. Ela, porém, emitiu um ruído, um gemido desconsolado, que o fez parar e avistá-la, agachada na lama, junto à base de uma árvore-de-âmbar.

– Madame? – disse ele, hesitante.

Ela não tinha percebido. De súbito, espichou o corpo e olhou para ele, o rosto pálido, chocado e molhado de lágrimas. Sorveu o ar, deu um pinote e se largou em cima dele.

– *Wuiam*! *Wuiam*!

Era Fanny, irmã de Jane, sozinha, enlameada e completamente histérica. A menina se atirou nos braços dele e William a segurou com força.

– Frances. Frances! Está tudo bem. Eu estou aqui. O que houve? Onde está Jane?

À menção do nome da irmã, ela enfiou o rosto com força em seu peito e soltou um uivo que fez gelar o sangue de William. Ele deu um tapinha nas costas dela, mas de nada adiantou, então tentou uma sacudida.

– Frances! Controle-se, querida – acrescentou ele, mais delicado, ao vê-la descompensada, de olhos vermelhos e rosto inchado. Já estava chorando havia muito tempo. – Conte o que houve, para eu poder ajudá-la.

– Ão ode – balbuciou a garota, e bateu com força a testa contra o peito de William, várias vezes. – Ão ode, ão ode, inguém ode!

– Bom, isso nós vamos ver. – Ele procurou um lugar para acomodá-la, mas não havia nada mais firme do que umas moitas e umas árvores mirradas. – Venha, está escurecendo. Temos que sair daqui, pelo menos.

Com firmeza, ele a pôs de pé, tomou seu braço e a forçou a ir andando, baseado na tese de que ninguém consegue se descontrolar e caminhar em linha reta ao mesmo tempo.

A bem da verdade, pareceu ser esse mesmo o caso. Quando os dois chegaram à área dos seguidores do acampamento, ela ainda fungava, mas já não uivava e conseguia olhar por onde andava. Ele comprou uma caneca de sopa quente de uma mulher com um caldeirão fumegante e obrigou Fanny a tomar, mas, ao pensar no dedo mindinho de criancinha estrangulada, desistiu de pedir uma para si.

Ele devolveu a caneca vazia e, ao ver que Fanny estava mais calma, arrastou a menina até o morrinho arborizado, em busca de um lugar onde se sentar. Quando os dois chegaram, no entanto, ela enrijeceu o corpo, deu para trás e soltou um gemido assustado.

Já sem paciência, William puxou o queixo da menina e a encarou.

– Frances – disse, muito sério. – Conte o que está acontecendo. *Agora*. Com palavras completas, por gentileza.

– Jane – retrucou a menina, já recomeçando a chorar. Ela secou os olhos com o antebraço, coberto pela capa, e com visível esforço conseguiu falar: – Oi um homem.

– Um homem? No bordel? E aí?

Ela meneou a cabeça.

– Eue estava olhando as gauotas e v-viu J-Jane… – Ela engoliu em seco. – Eua amigo do capitão Haukness. Estava lá quando o capitão Haukness… moueu. Eue econheceu eua.

As entranhas de William foram revestidas por uma bola de gelo.

– Não acredito – respondeu ele, delicado. – O que ele fez, Fanny?

O homem, um tal major Jenkins, havia pegado Jane pelo braço e a arrastado para fora, com Fanny correndo atrás dos dois. Ele a levara até a cidade, a uma casa com uns soldados do lado de fora. A entrada de Fanny não foi permitida, então ela ficou plantada na rua, atemorizada, porém determinada a não ir embora. Depois de um tempo, os homens desistiram de tentar expulsá-la.

A casa vigiada pelos soldados muito provavelmente era o quartel-general do coronel Campbell, pensou William, começando a se sentir enjoado. Decerto Jenkins levara Jane a algum oficial superior, talvez até ao próprio Campbell, para denunciá-la pelo assassinato de Harkness.

Será que esses homens se dariam ao trabalho de levá-la a julgamento? Ele duvidava. A cidade estava sob a lei marcial. O Exército – na verdade, o tenente-coronel Campbell – agia conforme os próprios desígnios, e William duvidava muito que ele concederia o benefício da dúvida a uma prostituta acusada de matar um soldado.

– Onde ela está agora? – perguntou ele, esforçando-se para soar tranquilo.

Fanny engoliu em seco e tornou a limpar o nariz na capa. Àquela altura não fazia a menor diferença, mas, por impulso, ele tirou um lenço da manga e entregou a ela.

– *Eues evauam eua paua outua casa. Na peuifeuia da fidade. Em uma áuvoue guande lá, do ado de foua. Acho que eua fai fer enfoucada, Wuiam.*

William temia muito que a enforcassem. Engoliu a saliva acumulada e deu um tapinha no ombro de Fanny.

– Vou ver o que consigo descobrir. Você tem algum amigo aqui? Algum lugar onde possa ficar? – indagou ele, apontando para o acampamento, onde, em meio às sombras da noite, começava a despontar o brilho de pequenas fogueiras.

A menina assentiu, apertando os lábios para não tremer.

– Muito bem. Vá encontrar seus amigos. Eu volto amanhã de manhã, bem cedinho. Me encontre onde nos vimos hoje, está bem?

– Está bem – sussurrou ela, e levou a mãozinha pálida ao peito dele, bem no coração. – *Obuigada, Wuiam.*

A única chance que ele tinha era tentando falar com Campbell. Fanny contara que Jenkins havia levado Jane à grande casa cinza ao norte da praça Reynolds. Era o melhor lugar por onde começar.

Na rua, ele parou para bater o grosso da lama seca e das folhas grudadas na capa. William tinha plena consciência de que guardava o aspecto do que passara os últimos três meses fingindo ser: um trabalhador desempregado. Por outro lado...

Como havia renunciado à comissão, já não estava sob a autoridade de Campbell. E, a despeito de como se sentia quanto à questão de seu título, este ainda lhe pertencia por lei. O nono conde de Ellesmere se empertigou ao máximo, ergueu os ombros e foi à guerra.

Com bom discurso e educação, cruzou as sentinelas da porta. O criado que veio recolher sua capa o encarou com absoluta consternação, mas teve medo de expulsá-lo, então desapareceu atrás de alguém que assumisse a responsabilidade de lidar com ele.

Estava acontecendo um jantar na casa. William ouvia o tilintar de prata e porcelana, o gorgolejo de garrafas sendo servidas, o murmúrio de conversas e risadas educadas. Suas mãos estavam suadas. Discretamente, ele as secou na calça.

O que ia dizer? Ele havia tentado formular alguma linha razoável de argumentação no caminho, mas todas as ideias desmoronavam no instante em que surgiam. Mas ele teria que dizer alguma coisa...

Então, William ouviu uma voz indagativa e seu coração parou por um segundo. Tio Hal! Não havia dúvida. Seu pai e seu tio tinham a mesma voz alegre, porém penetrante, clara como cristal – e afiada como um bom aço de Toledo quando era preciso.

– Você, aí! – Ele cruzou o corredor a passos firmes e agarrou um criado que saía da sala de jantar com uma travessa de casquinhas de siri. – Me dê isso aqui – disse, tirando a travessa das mãos do homem. – Volte lá dentro e avise ao duque de Pardloe que seu sobrinho quer dar uma palavrinha.

O homem arregalou os olhos, boquiaberto, mas não se mexeu. William repetiu o pedido, acrescentando, além de um "por favor", um olhar que deixava claro que, em caso de resistência, o próximo passo seria dar com a travessa na cabeça do homem. A jogada funcionou. Como um autômato, o criado deu meia-volta e marchou em direção à sala de jantar. Instantes depois, surgiu seu tio, de roupas e modos refinados, mas com o semblante claramente alterado.

– William! O que está fazendo com isso? – Ele tomou a bandeja de William e a empurrou, sem qualquer cuidado, por sob uma das cadeiras douradas que ladeavam a parede do vestíbulo. – O que houve? Você encontrou Ben?

Deus do céu, ele não tinha pensado nisso. Obviamente tio Hal presumiria...

Ele fez uma careta e balançou a cabeça.

– Não, tio, eu sinto muito. Acho que localizei a esposa, mas...

O rosto de Hal expressou um lampejo de várias sensações: empolgação, decepção, controle emocional.

– Ótimo. Onde está hospedado? John e eu vamos...

– Papai também está aqui?

William se sentiu um idiota. Se não tivesse sido tão sensível em relação à sua posição e por conseguinte evitado qualquer integrante do Exército, teria descoberto em pouco tempo que a 46ª era parte da força de Campbell.

– Claro – respondeu Hal, meio impaciente. – Onde mais ele estaria?

– Com Dottie, procurando a esposa de Ben – respondeu William de imediato. – Ela está aqui também?

– Não. – Seu tio parecia um pouco desgostoso. – Ela descobriu que está grávida, então John teve a sensatez de levá-la de volta a Nova York para ficar aos cuidados do marido. Neste momento ela deve estar no mesmo local onde estão as tropas de Washington, a não ser que aquele maldito quacre tenha tido o bom senso de…

– Ah, Pardloe. – Um oficial corpulento, de uniforme de tenente-coronel e peruca cacheada, plantou-se junto à porta, levemente surpreso. – Da maneira como saiu, achei que tivesse passado mal.

Apesar do tom brando, a voz do homem guardava uma vibração que trouxe um arrepio gelado à espinha de William. Era Archibald Campbell. Pelo olhar gélido que o sujeito trocou com tio Hal, o valor deste como negociador talvez não fosse o que seu sobrinho esperava.

Mesmo assim, tio Hal podia apresentar William a Campbell, aliviando-o da preocupação de exibir *bona fides* adequadas.

– Seu criado, milorde – disse Campbell, encarando-o com desconfiança. Olhou para trás e abriu caminho a um par de criados transportando um imenso balde para gelar vinho. – Receio que o jantar já esteja terminando, mas, se o senhor quiser, posso pedir aos serviçais que levem uma refeição ao escritório.

– Não, senhor, muito obrigado – respondeu William, com uma mesura, embora o cheiro de comida tivesse atiçado seu estômago. – Tomei a liberdade de vir falar com o senhor sobre um… assunto urgente.

– Claro. – Campbell pareceu desgostoso e não se esforçou para disfarçar. – Não pode esperar até amanhã de manhã?

– Não sei, senhor.

Ele havia olhado o grande carvalho no arredores da cidade, imaginando ser o mesmo que Fanny havia mencionado. Como não tinha visto o corpo de Jane dependurado, presumiu que ainda estivesse encarcerada na casa próxima. O que não era garantia de que eles não pretendessem executá-la de manhãzinha. O Exército gostava de executar seus prisioneiros na primeira hora da manhã, para começar o dia no estado de espírito adequado…

Ele refreou os pensamentos galopantes e se curvou em outra mesura.

– Envolve uma jovem, senhor, que eu soube ter sido presa hoje mais cedo por suspeita de… agressão? Eu…

– Agressão? – Campbell ergueu as sobrancelhas para os cachos da peruca. – Ela esfaqueou um homem 26 vezes, depois o degolou a sangue-frio. Se essa é a sua ideia de agressão, eu não quero nem saber…

– Que jovem é essa, milorde? – indagou tio Hal, em tom formal e com o semblante impassível.

– Ela se chama Jane… – respondeu William, então parou, sem a menor ideia do sobrenome. – É… Jane…

– Pocock, pelo que ela disse – completou Campbell. – É uma puta.

– Uma… – soltou Hal, refreando as palavras com um segundo de atraso, e estreitou os olhos para William.

– Ela está… sob a minha proteção – explicou William, com a maior firmeza possível.

– Ah, é?

Campbell dispensou um olhar de desprezo e zombaria a tio Hal, que empalideceu, reprimindo sua ira, e encarou William, liberando toda a raiva contida.

– Pois é – concordou William, ciente de que não era uma resposta brilhante, mas incapaz de pensar em coisa melhor. – Desejo falar em nome da moça. Fornecer a ela um advogado – acrescentou, em tom apaixonado. – Tenho certeza de que ela não tem culpa do crime do qual está sendo acusada.

Campbell soltou uma risada, e William sentiu uma onda de fúria em seu corpo. Teria dito algo imprudente, se lorde John não tivesse aparecido naquele instante, com um uniforme tão impecável quanto o do irmão, o semblante levemente inquisitivo.

– Ah, William – disse ele, como se esperasse ver o filho ali.

Ele deu uma olhada nos homens presentes, tirando claras conclusões acerca do teor da conversa, embora não do assunto. Depois de uma brevíssima pausa, deu um passo à frente e abraçou William com fervor e abriu um sorriso.

– Você está aqui! Que bom vê-lo. Tenho uma notícia incrível! Quer nos dar licença um instante, senhor? – completou, para Campbell.

Sem esperar resposta, agarrou o cotovelo de William, abriu a porta da frente, puxou-o até a ampla varanda e fechou a porta com firmeza atrás de si.

– Muito bem. Conte o que está acontecendo – pediu lorde John ao filho, bem baixinho. – E depressa!

William, meio confuso, relatou brevemente a situação.

– Meu Deus! – exclamou lorde John. Esfregou a mão no rosto, pensativo. – Meu Deus!

– Pois é – disse William, ainda aborrecido, mas sentindo certo conforto na presença do pai. – Minha ideia era falar com Campbell, mas, quando vi tio Hal aqui, pensei que… Só que ele e Campbell parecem estar…

– Sim, a relação dos dois pode ser descrita como um ódio cordial – completou lorde John. – É muitíssimo improvável que Archibald Campbell faça qualquer tipo de favor a Hal, a menos que seja para embarcá-lo pessoalmente na próxima diligência com destino ao inferno. – Ele soprou o ar e balançou a cabeça, como se limpasse a mente dos vapores do vinho. – Não sei, William… A garota… é *mesmo* prostituta?

– É.

– E ela fez isso?

– Fez.

– Ah, Deus! – Ele olhou um instante para William, impotente, então aprumou os ombros. – Muito bem. Vou fazer o possível, mas não prometo nada. Na praça há uma taverna chamada Tudy's. Vá para lá e aguarde… Acho que a sua presença não será útil neste debate.

...

Pareceu uma eternidade, mas devia ter se passado menos de uma hora quando lorde John apareceu na Tudy's. Um simples olhar informou a William que seu pai não tivera sucesso.

– Me desculpe – disse ele sem rodeios, e se sentou diante do filho. Saíra sem o chapéu, e correu a mão pelos cabelos salpicados de chuva. – A moça…

– O nome dela é Jane – interrompeu William. Parecia importante insistir nesse ponto, não deixar que todos seguissem se referindo a ela como "a puta".

– Srta. Jane Eleanora Pocock – confirmou o pai, com um breve meneio de cabeça. – Ao que parece, a moça não só cometeu o crime, como o confessou. Confissão assinada. Eu li. – Ele esfregou a mão cansada no rosto. – A única ressalva foi a afirmação de que ela teria esfaqueado Harkness 26 vezes, depois degolado. Segundo a moça, ela deu uma facada, então degolou. As pessoas *exageram* nessas coisas.

– Foi o que ela me contou. – William sentiu um nó na garganta. Seu pai lhe disparou um olhar, mas decidiu não abrir a boca. Seus pensamentos, contudo, estavam muitíssimo claros. – Ela estava tentando evitar que a irmãzinha fosse violada por ele – explicou William, em uma defesa urgente. – E Harkness era um depravado nojento, que abusava dela… de Jane, digo! Eu o ouvi falando a respeito. O senhor teria ficado enojado.

– Acho provável – concordou lorde John. – Clientes perigosos são um dos riscos da profissão. Mas será que a moça não tinha outro recurso disponível além de uma faca de cozinha? A maioria dos bordéis que atendem soldados dispõe de meios para resgatar as prostitutas de… inconveniências excessivas. E a srta. Pocock, pelo que o coronel Campbell contou, é um…

– Artigo de luxo. Ela é. Era.

William apanhou a caneca de cerveja que vinha ignorando, deu uma enorme golada e tossiu convulsivamente. Seu pai observou, com certa compaixão.

Por fim, William sorveu o ar e se sentou, olhando os próprios punhos cerrados sobre a mesa.

– Ela o odiava – soltou, por fim, bem baixinho. – E a madame não aceitava afastar a irmã dela de Harkness. Ele tinha pagado pela virgindade da menina.

Lorde John suspirou e apertou um dos punhos de William.

– Você ama essa jovem, William? – perguntou, com muita calma.

A taverna não estava movimentada, mas havia um bom número de homens bebendo, de modo que ninguém dava atenção aos dois.

William balançou a cabeça, impotente.

– Eu… tentei protegê-la. Livrá-la de Harkness. Eu… comprei uma noite com ela. Não parei para pensar que ele pudesse retornar. Mas claro que ele ia – concluiu, amargo. – Acho que piorei ainda mais as coisas para ela.

– A única forma de melhorar as coisas teria sido se casar com a moça ou matar Harkness – retrucou lorde John, em tom seco. – E eu não recomendo homicídio como solução para nenhum impasse. Tende a causar mais complicações… porém não tanto quanto o casamento.

Ele se levantou, foi até o bar e retornou com duas canecas fumegantes de ponche de rum.

– Beba – disse, empurrando uma caneca para William. – Você parece estar com frio.

Ele estava. Escolhera uma mesa de canto, longe do fogo, e estava tomado por um tremor incontrolável, a ponto de fazer ondular a superfície do ponche quente ao segurar a caneca de estanho com as duas mãos. O ponche era bom, embora tivesse sido feito com casca de limão em conserva. Doce, forte e quente, preparado com um conhaque de qualidade e rum. Fazia horas que ele não comia nada, e a bebida lhe aqueceu o estômago.

Os dois beberam em silêncio. O que havia a dizer? Jane não poderia ser salva sem algum tipo de agressão física, e ele não podia pedir ao pai nem ao tio que o acompanhassem ou apoiassem essa empreitada extrema. Nem achava que topariam, para início de conversa. Acreditava que os dois guardavam grande carinho por ele, mas sabia muito bem que tomariam para si o dever de impedi-lo de cometer qualquer sandice que pudesse acabar sendo fatal.

– Não terá sido totalmente em vão, você sabe – disse lorde John baixinho. – Ela conseguiu salvar a irmã.

William meneou a cabeça, incapaz de falar. A ideia de encontrar Fanny na manhã seguinte e ter que contar a ela… E depois, o que aconteceria? Ele ficaria ao lado da menina para assistir ao enforcamento de Jane?

Lorde John se levantou. Sem perguntar, retornou ao bar e pegou mais duas bebidas. William encarou a caneca fumegante à sua frente, então olhou para o pai.

– O senhor acha que me conhece, não é? – indagou, mas em tom de verdadeiro afeto.

– Acho, sim, William – respondeu lorde John. – Beba.

William abriu um sorriso, levantou-se e deu um tapinha no ombro do pai.

– Talvez conheça mesmo. Vejo o senhor de manhã, papai.

133

ÚLTIMO RECURSO

Eu estava deitada na cama ao lado de Jamie, sonolenta, pensando com que argumentos poderia convencer a sra. Weisenheimer a colher a própria urina. Ela sofria de cálculo biliar, e a erva mais eficaz que eu tinha para isso era uva-ursina. Felizmente, o sr. Jameson tinha umas folhas secas no estoque. No entanto, era preciso usar com cuidado, pois elas continham arbutina, que, ao se hidrolisar, transformava-se em hidroquinona – um antisséptico urinário bastante eficaz, mas de perigosa toxicidade. Por outro lado, era um excelente clareador para a pele, quando utilizado por via tópica.

Eu bocejei e concluí que não valia a pena fazer Jamie ir até o consultório para conversar em alemão com a sra. Weisenheimer sobre urina. Ele faria, se eu pedisse, mas reclamaria pelo resto da vida.

Eu descartei a ideia, virei o corpo e fiz um carinho em Jamie, que dormia tranquilamente, de barriga para cima, como de costume. Ele despertou com meu toque, me deu uns tapinhas desajeitados, enroscou o corpo no meu e caiu no sono outra vez. Logo depois, ouvi uma batida à porta.

– *Ifrinn!* – Jamie se sentou depressa, esfregou a mão no rosto e se livrou das cobertas.

Com um gemido, eu fiz o mesmo. De maneira menos atlética, arrastei-me para fora da cama e tateei com os pés em busca de meus chinelos de tecido.

– Deixe que eu atendo. Deve ser para mim.

Àquela hora da noite, era mais provável que fosse uma emergência médica do que uma envolvendo cavalos ou peixe salgado, mas, dada a ocupação militar da cidade, não era possível ter certeza.

O que ninguém imaginava era dar de cara com William, de aspecto pálido e feroz.

– O sr. Fraser está? – perguntou ele, apenas. – Eu preciso de ajuda.

Fraser se vestiu na mesma hora, pegou um cinto com punhal e bolsinha acoplados e afivelou à cintura, sem questionar. William percebeu que vestia trajes das Terras Altas, de um xadrez muito batido e já desbotado. Ele ajeitou uma dobra perto do ombro e meneou a cabeça para a porta.

– Melhor irmos até o consultório de minha esposa – disse baixinho, inclinando o queixo em direção à parede fina, as ripas bastante visíveis por trás do gesso. – E lá você me diz o que é para fazer.

William o acompanhou pelas ruas chuvosas, a água escorrendo no rosto como lágrimas frias. Por dentro, ele estava completamente ressequido, feito couro rachado, envolto em um núcleo de sólido terror. Fraser ia andando em silêncio. Em dado momento, ao ver uma patrulha do Exército dobrar a esquina, agarrou o cotovelo de William e o empurrou para um vão estreito entre duas construções. Esmagado contra a parede pelo ombro de Fraser, ele sentiu o choque do calor e da densidade do homem.

O fundo de sua mente guardava a lembrança dele bem pequenino, perdido nas colinas elevadas do Lake District. Cheio de frio e medo, ele caíra em uma depressão rochosa e ali ficara congelado, ouvindo fantasmas no nevoeiro. Em seguida, a onda de alívio ao ser encontrado por Mac, o calor envolvente dos braços do cavalariço.

William deixou a lembrança de lado, impaciente, mas permanecia a sensação de algo que não era exatamente esperança, quando o som das últimas botas cessou. Fraser saiu do esconderijo e acenou para que ele o seguisse.

O consultório era pequeno, frio e escuro. Cheirava a ervas, remédios e sangue seco. Também pairava um odor adocicado e estranho, porém familiar. Depois de um instante de desorientação, ele percebeu que devia ser éter. Já havia sentido esse cheiro na mãe Claire e em Denzell Hunter, quando os dois operaram seu primo Henry.

Fraser havia trancado a porta e encontrado um castiçal no armário. Entregou-o a William, pegou uma caixa de pederneira no mesmo móvel e acendeu a vela, ligeiro e eficiente. A luz trêmula cintilou em seu rosto, e suas feições pronunciadas saltaram à vista: o nariz comprido e reto, as sobrancelhas grossas, as maçãs do rosto largas, o desenho belo e intenso das têmporas e do maxilar. Era muitíssimo esquisito ver a semelhança tão próxima e marcada. Naquele momento, entretanto, William encontrou um estranho conforto.

Fraser apoiou o castiçal sobre a mesa, acomodou William em um dos dois bancos e se sentou no outro.

– Pois bem, pode falar – disse, calmamente. – Estamos seguros aqui. Ninguém vai ouvir. Imagino que a questão seja perigosa?

– De vida ou morte – respondeu William, então respirou fundo e começou.

Fraser escutou com total atenção, os olhos cravados no rosto de William. No fim, fez-se um instante de silêncio. Então Fraser assentiu, como se para si mesmo.

– Posso saber o que essa jovem significa para você?

William hesitou, sem saber o que dizer. *O que* Jane significava para ele? Não era amiga, mas ainda não era amante. No entanto…

– Ela… Eu a levei sob minha proteção, com a irmã. Quando as duas saíram da Filadélfia com o Exército.

Fraser assentiu, como se fosse uma explicação bastante pertinente.

– Você está sabendo que seu tio e o regimento dele estão com o exército que ocupa a cidade? Que estão aqui, digo…?

– Sei. Eu falei com o meu… com lorde John e o duque de Pardloe. Eles não puderam ajudar. Eu renunciei à minha comissão – concluiu William, impelido a informar. – Isso não tem nada a ver com a razão pela qual eles não puderam ajudar, só que eu mesmo já não estou submetido ao comando militar.

– Sim, estou vendo que não está de uniforme.

Jamie batucou os dedos da mão direita sobre a mesa, e William reparou, surpreso, que lhe faltava o anelar. O dorso da mão exibia uma vistosa cicatriz. Fraser viu que ele tinha reparado.

– Saratoga – explicou, com uma expressão que teria sido um sorriso, em outras circunstâncias.

Ao ouvir a palavra, William sentiu um breve choque. De súbito, retornaram-lhe à mente coisas que passaram despercebidas à época. Ele ajoelhado, à noite, junto ao leito de morte do general de brigada Simon Fraser, um homem alto do outro lado, com a mão envolta em um curativo branco, inclinando-se em meio às sombras e dizendo algo bem baixinho em escocês ao general, que respondeu na mesma língua.

– O general de brigada – disse ele, então parou subitamente.

– Meu parente – explicou Fraser, abstendo-se de acrescentar "e seu", mas William ligou os pontos sem dificuldade.

Sentiu um distante eco de pesar, como um seixo largado na água, mas isso poderia esperar.

– A vida dessa jovem vale a sua? – indagou Fraser. – Pois eu creio que essa reflexão provavelmente explique o fracasso da ajuda de seus… outros parentes…

Jamie contorceu o canto da boca, mas William não soube dizer se era de desgosto ou deboche.

Ele sentiu o sangue quente subindo no rosto, a raiva suplantando o desespero.

– Não foi um *fracasso*. Eles não tinham como ajudar. O senhor está dizendo que também não vai me ajudar? Ou que não pode? Está com medo de se meter nessa empreitada?

Fraser o encarou, com um olhar opressor. William registrou a reação, mas não se incomodou. Levantou-se, de punhos cerrados.

– Deixe para lá, então – concluiu William. – Eu mesmo resolvo.

– Se achasse possível resolver sozinho, não teria vindo atrás de mim, rapaz.

– Não me chame de "rapaz", seu… seu…

William conteve o epíteto, não por prudência, mas por incapacidade de escolher entre os inúmeros xingamentos que lhe vieram à mente.

– Sente-se – disse Fraser, sem erguer a voz, mas projetando um ar de comando que tornava a desobediência impensável ou, no mínimo, desconfortável.

William o encarou. Seu peito arfava. Mesmo assim, ele não conseguia reunir ar suficiente para falar. Não se sentou, mas relaxou os punhos e permaneceu parado. Por fim, meneou a cabeça. Fraser inspirou longa e profundamente, então exalou o ar, um sopro branco na sala escura e fria.

– Pois muito bem. Diga onde a moça está e o que sabe de sua situação física. – Ele olhou as persianas fechadas da janela escura, vendo a chuva penetrar nas ripas. – A noite não é longa o bastante.

Eles foram até o armazém onde Fraser trabalhava, perto do rio. Fraser deixou William do lado de fora, montando guarda, destrancou a porta exclusiva para funcionários e entrou, em silêncio. Dali a uns minutos, reapareceu, vestindo uma calça de tecido cru e uma camisa que não lhe servia, carregando um pequeno saco de estopa e dois grandes lenços pretos. Entregou um a William, dobrou o outro em um triângulo e o amarrou no rosto, cobrindo a boca e o nariz.

821

– Precisa mesmo disso? – William amarrou o próprio lenço, sentindo-se meio ridículo, como se estivesse se preparando para uma encenação bizarra.

– Se quiser, pode ir sem – respondeu Fraser. Tirou da bolsa uma touca de lã, enfiou o cabelo por baixo e puxou, cobrindo as sobrancelhas. – Eu não posso correr o risco de ser reconhecido.

– Se acha que o risco é muito grande... – disse William, em tom cortante, mas Fraser agarrou seu braço.

– Você tem direito à minha ajuda – afirmou ele, a voz baixa e brusca. – Para qualquer risco que julgue válido. Mas eu tenho uma família que também tem direito à minha proteção. Não posso ser capturado e deixá-los à míngua.

William não teve a chance de responder. Fraser havia trancado a porta e foi saindo, impaciente, chamando-o. No entanto, ele refletiu a respeito, avançando atrás do escocês pelas ruas nevoentas. A chuva havia parado, o que era uma vantagem.

"Para qualquer risco que julgue válido." Nenhuma palavra a respeito de Jane ser prostituta, além de assassina confessa. Talvez Fraser fosse criminoso e por isso guardasse alguma compaixão.

Talvez ele só esteja disposto a acreditar que eu simplesmente preciso fazer isso. E a correr um risco infernal para me ajudar.

Esses pensamentos, contudo, de nada adiantavam no momento, então ele os deixou de lado. Pé ante pé, de rosto coberto, os dois cruzaram as ruas vazias de Savannah em direção à casa que ladeava a árvore da forca.

– Imagino que você não saiba qual quarto é o dela? – murmurou Jamie a William.

Os dois matavam tempo debaixo do imenso carvalho, ocultos não apenas pelas sombras da árvore, mas pela comprida barba-de-velho que pendia de seus galhos e pela névoa que pairava baixo.

– Não.

– Espere aqui.

Fraser desapareceu, com seu jeito furtivo e enervante. Sozinho, e ainda mais nervoso com o silêncio, William decidiu explorar o conteúdo da bolsa que Fraser deixara no chão. Encontrou diversas folhas de papel e um frasquinho arrolhado, contendo o que se provou ser melado.

Ele ainda refletia, meio confuso, quando Fraser retornou, tão rápido quanto havia desaparecido.

– Só há um guarda vigiando a casa, na entrada da frente – disse ele, chegando bem perto para sussurrar no ouvido de William. – E as janelas estão todas escuras, exceto por uma no andar de cima. Eu vi uma única vela acesa; deve ser dela.

– Por que acha isso? – sussurrou William de volta, alarmado.

Fraser hesitou por um instante.

– Certa vez – respondeu, mais baixo ainda –, passei uma noite inteira à espera de ser enforcado. Tendo escolha, não teria passado no escuro. Venha.

A casa tinha dois andares. Embora fosse bastante grande, era uma construção simples. Dois quartos nos fundos do segundo andar, dois na frente. As janelas de cima tinham as persianas abertas, e o brilho de uma vela tremulava no cômodo dos fundos mais à direita. Fraser insistiu em contornar a casa – a uma distância segura, entrecruzando as árvores e as moitas – para ter certeza da posição do vigia. O sujeito, de mosquetão pendurado nas costas, estava na varanda da frente. A julgar pelo físico, era jovem, talvez até mais do que William. Pela postura muitíssimo descuidada, não esperava problema algum.

– Acho que ninguém imagina que uma puta vá ter amigos – soltou William entre dentes, recebendo em resposta um breve grunhido escocês.

Com um sinal, Fraser o conduziu até os fundos da casa.

Os dois cruzaram uma janela que devia pertencer à cozinha. Não havia cortina, e ele percebeu o brilho tênue de um fogo abafado ao fundo, quase invisível por trás das persianas. Havia, contudo, o risco de que um ou mais escravos ou empregados dormissem ali. William folgou em ver que Fraser parecia partir dessa premissa. Os dois contornaram a quina seguinte da casa, no maior silêncio possível.

Fraser colou o ouvido à persiana de um janelão, mas pareceu não ouvir nada. Enfiou a ponta da faca no meio da persiana e, com dificuldade, desaferrolhou o trinco que prendia o suporte. Depois, pediu que William se apoiasse com força na persiana, para evitar que o trinco desabasse de repente. Em um esforço conjunto e com gestos teatrais – o que decerto teria sido cômico a qualquer espectador não envolvido no ato –, os dois conseguiram abrir a maldita persiana sem muito alarido.

Do outro lado da janela ainda havia uma cortina, mas o batente tinha um ferrolho que não cedia à faca de Jamie. O escocês suava. Tirou a touca um instante, para enxugar a testa, depois a vestiu de novo. Tirou o melado do saco, removeu a tampinha e virou na mão um pouco do xarope grudento. Esfregou a mão em um dos vidros do batente, pegou uma folha de papel e colou no vidro.

William não estava entendendo nada. Fraser impulsionou o braço para trás, então deu uma pancada firme com o punho. O vidro se quebrou com um brevíssimo ruído, e os estilhaços, colados ao papel com o melado, foram facilmente removidos.

– Onde o senhor aprendeu isso? – sussurrou William, muito impressionado, e ouviu uma risadinha satisfeita por trás da máscara de Fraser.

– Com a minha filha – respondeu ele, deixando vidro e papel no chão. – Ela leu em um livro.

– Que coisa… – soltou William, mas parou abruptamente, e seu coração também. – Sua… filha? Eu… tenho uma irmã?

– Tem. E você a conheceu. Venha.

Ele meteu a mão no buraco do vidro, abriu o ferrolho e puxou o batente. A janela se abriu com um balanceio, emitindo o guincho agudo das dobradiças enferrujadas.

– Merda! – praguejou William, baixinho.

Fraser soltou uma palavra que William presumiu ser o equivalente em gaélico ao mesmo sentimento, mas não perdeu tempo. Empurrou as costas de William na parede.

– Fique aí! – sussurrou, e desapareceu em meio à noite.

William permaneceu colado à parede, o coração disparado. Ouviu o ruído de passos ligeiros descendo os degraus de madeira da varanda, depois o baque abafado de pés no solo úmido.

– Quem está aí? – gritou o guarda, contornando a casa. Ao ver William, ele ergueu o mosquetão e ajustou a mira.

Como um fantasma furioso, Fraser irrompeu do nevoeiro escuro, agarrou o guarda pelo ombro e largou uma pedra na parte de trás de sua cabeça, nocauteando-o.

– Vai lá – ordenou baixinho, inclinando o queixo para a janela aberta e ajeitando o corpo do guarda no chão.

Mais do que depressa, William se espremeu pelo peitoril e entrou na casa, silencioso, aterrissando no carpete do que parecia ser uma sala de estar, a julgar pelo contorno sombrio da mobília. O tique-taque acusativo de um relógio invisível ecoava em algum ponto do recinto escuro.

Fraser içou o corpo no batente aberto da janela e parou um instante, de ouvidos atentos. No entanto, o único som era o do relógio, e ele deu um salto ligeiro para dentro.

– Você não sabe de quem é esta casa? – sussurrou ele a William, olhando ao redor.

William balançou a cabeça. Devia ser o alojamento de um oficial, mas ele não fazia ideia de quem. Talvez o major responsável pelos assuntos disciplinares. Decerto Campbell alojara Jane ali como alternativa a deixá-la na detenção do acampamento. Que delicadeza.

Seus olhos se adaptaram rapidamente. A poucos metros de distância, havia um retângulo escuro: uma porta. Fraser também a viu. Pousou a mão um instante nas costas de William e o empurrou para lá.

A porta da frente ostentava uma abertura de vidro, por onde passava suficiente luz para que vissem o desenho do piso de lona do corredor, losangos escurecidos frente à luz desbotada. Uma sombra junto à porta encobria o pé da escada, e dali a segundos eles estavam subindo os degraus, no maior silêncio e rapidez possíveis a dois homens corpulentos.

– Por aqui – disse William, que ia na frente, virando à esquerda e sinalizando para Fraser.

O sangue latejava em sua cabeça, e ele mal conseguia respirar. Queria arrancar a máscara e sorver o ar, mas ainda não... Ainda não.

Jane. Ela teria ouvido o grito do guarda? Se estava acordada, certamente os ouvira na escada.

O vão da escada no andar de cima não tinha janelas e era muito escuro. O brilho tênue de uma vela despontava sob a porta de Jane. William rezava a Deus para que fosse mesmo a porta de Jane. Ele correu a mão pelo batente. Ao sentir a maçaneta, segurou-a. Estava trancada, claro. Mas, ao tentar abri-la, sua mão resvalou na chave, ainda na fechadura.

Fraser vinha atrás, respirando ruidosamente. Do outro lado da porta seguinte, alguém roncava, de forma reconfortante, tranquila e compassada. Contanto que o guarda passasse tempo suficiente lá fora...

– Jane – chamou ele, no sussurro mais alto possível, colando os lábios na fresta do batente. – Jane! Sou eu, William. Fique quieta!

Do outro lado da porta, ele pensou ter ouvido uma respiração ligeira, mas podia ter sido apenas o ruído do próprio sangue ribombando nos ouvidos. Com extremo cuidado, puxou a maçaneta e girou a chave.

A vela estava apoiada em uma pequena cômoda, e a chama tremulou loucamente com o movimento da porta. O quarto cheirava a cerveja. Havia uma garrafa estilhaçada no chão, o vidro marrom cintilando sob o brilho da luz. A cama estava amarfanhada, com metade dos lençóis caída no chão... Onde estava Jane? William deu um giro, esperando vê-la encolhida no canto, assustada com sua chegada.

Ele viu a mão primeiro. Ela jazia no chão, junto à cama e à garrafa quebrada, a mão pálida estendida, feito uma súplica.

– *A Dhia* – sussurrou Fraser logo atrás, e William sentiu o odor pungente de sangue imiscuído à cerveja.

Ele não se lembrava de ter desabado de joelhos nem de tê-la tomado nos braços. Tinha o corpo pesado, mole e desajeitado, desprovido de toda a graça e todo o calor, as bochechas frias ao toque. Apenas os cabelos ainda eram os de Jane, brilhosos à luz da vela, macios junto aos lábios dele.

– Aqui, *a bhalaich*.

Uma mão tocou seu ombro, e ele se virou, sem pensar.

Fraser havia puxado a máscara para baixo e tinha o rosto sério e decidido.

– Não temos muito tempo – disse ele baixinho.

Os dois não falaram. Em silêncio, ajeitaram os lençóis, cobriram com uma colcha limpa a parte onde havia mais sangue e estenderam Jane por cima. William molhou o lenço na jarra de água e removeu o sangue do rosto e das mãos dela. Hesitou um instante, então rasgou o lenço em dois, enfaixou seus pulsos cortados e cruzou as mãos dela sobre o peito.

Jamie Fraser ficou ao lado dele, de faca na mão, a lâmina exibindo um brilho fugidio.

– Para a irmã – disse ele, então se inclinou e cortou uma mecha dos sedosos cabelos castanhos de Jane.

Colocou-a no bolso da calça e saiu, muito tranquilo. Ao ouvir o breve rangido de seus passos na escada, William compreendeu que havia sido deixado para se despedir dela a sós.

Ele olhou para o rosto dela, à luz da vela, pela primeira e última vez. Sentiu um vazio, como um cervo eviscerado. Sem ideia do que dizer, tocou uma das mãos dela, envolta no pano preto, e disse a verdade, em um tom tão baixo que apenas os mortos poderiam ouvir:

– Eu quis salvar você, Jane. Me perdoe.

134

ÚLTIMOS RITOS

Jamie chegou em casa pouco antes de amanhecer, com muito frio e de semblante pálido. Eu não estava dormindo. Não dormia desde que ele tinha saído com William. Quando ouvi o rangido de seus passos na escada, joguei um pouco de água quente do caldeirão sempre a postos em uma caneca de madeira, já preenchida até a metade com uísque barato e uma colher de mel. Achei que ele precisaria, mas não fazia ideia de quanto.

– A moça cortou os pulsos com uma garrafa quebrada – contou ele, acomodado em um banquinho junto ao fogo, os ombros envoltos em uma colcha e a caneca aninhada entre as mãos largas. Não conseguia parar de tremer. – Que Deus acolha sua alma e a perdoe do pecado da desesperança. – Ele fechou os olhos e deu um solavanco com a cabeça, como se para dissipar da mente o que presenciara naquele quarto sombrio. – Ah, Deus, meu pobre rapaz!

Eu o forcei a ir para a cama e me deitei também, para aquecer seu corpo com o meu, mas continuei sem dormir. Não vi necessidade. Quando o dia raiasse, algumas coisas precisariam ser feitas. Podia senti-las à espera, aglomeradas, pacientes. William. A moça morta. Jamie dissera algo a respeito de uma irmã mais nova... No momento, porém, o tempo seguia parado, equilibrado sobre a cúspide da noite. Eu me deitei ao lado de Jamie e ouvi sua respiração. Naquele momento, era o suficiente.

No entanto, o sol nasceu.

Eu mexia o mingau para o café da manhã quando William chegou, trazendo uma garota toda suja de lama, que mais parecia uma árvore atingida por um raio. Ele não estava muito melhor, mas parecia menos propenso a desmoronar.

– Esta é Frances – disse ele, a voz baixa e triste, tocando o ombro da menina com sua mão larga. – Fanny, estes são o sr. e a sra. Fraser.

Ela era tão delicada que esperei que fosse bambolear sob o peso da mão dele, o que não aconteceu. Após um instante de estupefação, ela absorveu a cena e meneou a cabeça.

– Sente-se, querida – falei, com um sorriso. – O mingau já está quase pronto, e temos pão torrado e mel.

A garota me encarou, meio lerda, piscando. Tinha os olhos vermelhos e inchados, os cabelos opacos sob uma touca esfarrapada. Imaginei que não estivesse em condições de entender nada, dada a intensidade do choque. William parecia ter levado uma pancada na cabeça, tal qual um boi prestes a ser abatido. Olhei para Jamie, meio indecisa, sem saber o que fazer pelos dois. Ele os encarou, levantou-se e abraçou a garota.

– Pronto, *a nighean* – disse baixinho, com um tapinha nas costas dela. Cruzou olhares com Willie, e eu percebi uma comunicação entre os dois... uma pergunta e uma resposta. Jamie assentiu. – Eu vou cuidar dela.

– Obrigado. Ela... Jane – comentou William com dificuldade. – Eu quero... quero enterrá-la. Decentemente. Mas acho que não posso... reclamar o corpo.

– É – concordou Jamie. – Vamos resolver isso. Vá fazer o que for preciso. E volte quando puder.

William permaneceu conosco mais um instante, encarando com olhos vermelhos as costas da garota, então me dispensou uma mesura abrupta e saiu. Ao ouvir seus passos se afastando, Frances soltou um breve ganido de desespero, feito um cãozinho órfão. Jamie a abraçou com mais força, segurando-a firme contra o peito.

– Vai ficar tudo bem, *a nighean* – disse ele, muito gentil, mas com os olhos fixos na porta por onde William saíra. – Você agora está em casa.

Eu só percebi que Fanny tinha problemas na fala quando levei a menina ao encontro do coronel Campbell. Ela não tinha aberto a boca até então, apenas feito que sim e não com a cabeça, em pequenos gestos de recusa ou gratidão.

– *Focê matou a minha iumã!* – acusou ela, em voz alta, quando Campbell se levantou para nos cumprimentar.

Ele piscou e tornou a se sentar.

– Duvido muito – retrucou, encarando a menina com cautela.

Fanny não estava chorando, mas tinha o rosto vermelho e inchado, como se tivesse levado repetidas bofetadas. Encarava o homem com a postura ereta, os pequenos punhos cerrados. Ele olhou para mim. Eu dei de ombros, bem de leve.

– *Eua está mouta!* – exclamou Fanny. – *Eua fua puisioneiua!*

Campbell uniu as palmas das mãos e soltou um pigarro.

– Posso saber quem é você, criança? E quem é a sua irmã?

– Ela se chama Frances Pocock – respondi, prontamente. – A irmã era Jane Pocock, que eu soube... que morreu ontem à noite, sob sua custódia. A menina gostaria de reclamar o corpo da irmã, para poder enterrá-la.

Campbell me dispensou um olhar gélido.

– Vejo que as notícias correm rápido. E a senhora, madame, quem é?

– Uma amiga da família – respondi, com a maior firmeza possível. – Sra. James Fraser.

Ele alterou um pouco a expressão. Conhecia meu nome. O que provavelmente não era bom.

– Sra. Fraser – disse ele, devagar. – Já ouvi falar da senhora. Distribui remédio contra varíola às prostitutas da cidade, correto?

– Entre… outras coisas, sim – respondi, um tanto perplexa com tal descrição de minha prática médica.

No entanto, isso pareceu fornecer a ele uma conexão lógica entre mim e Fanny. Ele olhou de uma à outra e assentiu.

– Bom – disse ele, devagar. – Eu não sei onde o… o corpo foi…

– *Ão chame a minha iumã de coupo!* – gritou Fanny. – *O ome deua é Jane!*

Os comandantes, como regra, não têm o costume de ser interpelados com berros, e Campbell parecia não ser exceção. Seu rosto quadrado enrubesceu e ele espalmou as mãos sobre a mesa, em preparação para se levantar. Antes de erguer o traseiro da cadeira, porém, seu ajudante entrou e soltou uma tossidela discreta.

– Peço perdão, senhor. O tenente-coronel lorde John Grey deseja ver o senhor.

– Ah, não diga. – Campbell não pareceu feliz com a notícia, mas eu fiquei.

– O senhor claramente está ocupado – falei depressa, e puxei Fanny pelo braço. – Voltaremos mais tarde.

Sem esperar dispensa, arrastei a menina para fora do gabinete.

Como esperado, John estava na antessala, de uniforme completo. Por sua expressão calma e amistosa, percebi que estava no modo diplomático, mas seu semblante mudou assim que me viu.

– O que está fazendo aqui? – indagou ele, e olhou para Fanny. – E… quem é esta?

– Está sabendo de Jane? – perguntei, agarrando-o pela manga. – Do que houve ontem à noite?

– Sim, eu…

– Viemos reclamar o corpo para podermos enterrá-lo. Poderia dar uma ajuda?

Ele soltou a minha mão, muito educado, e alisou a manga.

– Posso, sim. Vim fazer a mesma coisa. Mando notícias…

– Esperaremos – respondi, mais do que depressa, ao ver o ajudante franzir o cenho para mim – lá fora. Vamos, Fanny!

No jardim da frente, encontramos um banquinho todo ornamentado e nos sentamos para aguardar. Mesmo no inverno, era um lugar agradável, com várias palmeiras despontando dos arbustos feito guarda-sóis japoneses, e nem o vaivém dos diversos soldados prejudicava a gostosa sensação de paz. Fanny, porém, não estava disposta a sentir paz.

– *Quem eua aqueue?* – indagou ela, virando o pescoço e olhando a casa. – *O que eue quer com Jane?*

– Ah… é o pai de William – respondi, com muito cuidado. – Lorde John Grey é o nome dele. Imagino que William tenha pedido que ele viesse.

Fanny cravou em mim aquele penetrante par de olhos castanhos, injetados e de pálpebras vermelhas, mas sem dúvida sagazes.

– *Eue ão é pauefido com Wuiam. O fenhô Fuaser é muito pauefido com Wuiam.*

Eu encarei a menina.

– É mesmo? Eu não tinha percebido. Você se importa de ficar quietinha um instante, Fanny? Eu preciso pensar.

Cerca de dez minutos depois, John saiu da casa. Parou na escada, olhando em volta, e eu acenei. Ele se aproximou e dispensou a Fanny uma reverência muito formal.

– Seu criado, srta. Frances. Eu soube pelo coronel Campbell que é irmã da srta. Pocock. Por favor, permita-me oferecer as minhas mais profundas condolências.

Sua fala era direta e honesta, e os olhos de Fanny se encheram de lágrimas.

– *Eues fão me entuegar eua?* – perguntou a menina, mais receptiva.

Alheio à calça imaculada, ele se ajoelhou no chão e tomou sua mãozinha.

– Claro, querida – respondeu, com a voz afetuosa. – Claro que vão. – Ele deu um tapinha na mão dela. – Pode esperar aqui um minutinho, enquanto eu converso com a sra. Fraser?

Ele se levantou e, como um adendo, tirou da manga um grande lenço branco e entregou a ela, com mais uma breve mesura.

– Pobre criança – disse ele, pegando a minha mão e a enfiando na dobra de seu braço. – Ou melhor… crianças. A outra não devia ter mais de 17 anos.

Caminhamos um pouco, cruzando um pequeno corredor pavimentado de tijolinhos entre canteiros de flores vazios, até tomarmos distância da rua e da casa.

– Presumo que William tenha ido pedir a ajuda de Jamie – concluiu ele. – Achei que fosse, embora esperasse que ele não fizesse, para o bem de ambos.

Ele tinha o rosto sombrio, com olheiras escuras. Estava claro que também tivera uma noite agitada.

– *Onde* está William, você sabe? – indaguei.

– Não sei. Ele falou que tinha uma coisa para resolver fora da cidade, mas voltaria à noite. – Ele olhou para trás, para a casa. – Eu organizei para que… Jane… recebesse o tratamento adequado. Ela não pode ser enterrada no cemitério da igreja, claro…

– Claro – repeti, irritada.

Ele percebeu, mas soltou um pigarro e prosseguiu:

– Eu conheço uma família que tem um pequeno cemitério particular. Acho que consigo organizar um sepultamento discreto. Depressa, naturalmente. Amanhã, bem cedinho?

Eu meneei a cabeça, tentando me conter. Não era culpa dele.

– Você tem sido muito bom.

A preocupação e a privação de sono estavam me afetando. As coisas pareciam meio sem dimensão, como se as árvores, as pessoas e os bancos do jardim fossem meras pinturas em uma tela. Eu balancei a cabeça para clarear as ideias. Havia coisas importantes a serem ditas.

– Eu preciso contar uma coisa – falei. – Preferia não ter que contar, mas enfim... Ezekiel Richardson foi ao meu consultório.

– Mentira – soltou John, enrijecendo o corpo ao ouvir o nome. – Ele não está com o exército aqui, decerto? Eu teria...

– Está, mas não com *o seu* exército.

O mais brevemente possível, contei a ele o que Richardson agora era – ou melhor, o que se revelou ser. Sabia Deus quanto tempo fazia que ele era espião rebelde – e quais eram suas intenções em relação a Hal e à família Grey de modo geral.

John escutou, calado e atento, mas contorceu o canto da boca quando descrevi o plano de Richardson para influenciar as ações políticas de Hal.

– Pois é, eu sei – comentei, em tom seco. – Acho que ele nunca *viu* Hal. Mas o importante – eu hesitei, mas ele precisava saber – é que ele sabe de você. O que você... é. Quer dizer, que você...

– O que eu sou – repetiu ele, impassível. Àquela altura, tinha os olhos fixos em meu rosto, mas desviou o olhar. – Entendo.

Ele inspirou fundo e deixou o ar sair lentamente.

John era um ilustre soldado e um cavalheiro honrado, pertencente a uma família nobre e tradicional. Também era homossexual, em uma época em que esse particular atributo era um crime capital. Saber que essa informação estava nas mãos de um homem que queria tanto mal a ele e à sua família... Eu não tinha qualquer ilusão a respeito do que acabara de fazer. Contara a John que ele estava equilibrado em uma finíssima corda bamba, e era Richardson quem segurava a extremidade.

– Eu lamento, John – falei bem baixinho, tocando seu braço.

Ele pousou a mão de leve sobre a minha, apertou-a com delicadeza e sorriu.

– Obrigado. – Ele encarou o chão de tijolinhos, então ergueu os olhos. – Você sabe como ele conseguiu essa... informação?

Seu tom era tranquilo, mas um nervo saltava por sob o olho prejudicado, repuxando de leve. Eu desejei tocar o local para conter o tremor. Mas não havia nada a fazer.

– Não.

Olhei por sobre o ombro para o banco ao longe. Fanny ainda estava lá, uma figurinha desolada, de cabeça baixa. Tornei a encarar John. Ele refletia, com o cenho franzido.

– Só mais uma coisa. A nora de Hal, a jovem de nome estranho...

– Amaranthus – disse ele, com um sorriso irônico. – Sim, o que tem ela? Não me diga que foi invenção de Ezekiel Richardson, para tirar vantagem.

– Não me surpreenderia, mas provavelmente não foi.

Eu relatei a ele o que havia descoberto pelo sr. Jameson.

– Contei a William anteontem – concluí. – Mas, no meio de tanta coisa... – Eu fiz um gesto que abrangia Fanny, Jane, o coronel Campbell e outras questões. – Duvido que tenha tido tempo de ir a Saperville atrás dela. Você não acha que é essa a coisa que ele disse que precisava resolver, acha? – indaguei, em uma reflexão repentina.

– Sabe Deus. – Ele esfregou a mão no rosto, então se aprumou. – Eu tenho que ir. Preciso contar algumas coisas a Hal. Não... não o que está pensando – disse ele, ao ver minha expressão. – Mas há coisas que ele precisa saber, óbvio. E depressa. Deus a abençoe, minha querida. Eu mando notícias a respeito de amanhã.

Ele pegou a minha mão, beijou-a com delicadeza e soltou.

Fiquei ali, vendo-o ir embora, as costas muito eretas, casaca vermelha feito sangue em contraste com o cinza e o verde embotado do jardim.

Sepultamos Jane na manhã de um dia frio e escuro. O céu estava coberto de nuvens cinzentas e baixas, e um vento áspero soprava do mar. Era um pequeno cemitério particular, pertencente a um casarão nas cercanias da cidade.

Todos fomos acompanhar Fanny: Rachel, Ian, Jenny, Fergus e Marsali, até as meninas e Germain. Eu fiquei meio preocupada. As crianças não podiam evitar o eco da morte de Henri-Christian. Mas a morte era um fato da vida, e um fato comum. Embora permanecessem solenes e pálidas em meio aos adultos, elas estavam contidas.

Fanny não estava contida, mas anestesiada. Ela já havia chorado todas as lágrimas que seu corpinho podia guardar. Permanecia branca e rígida, feito um graveto desbotado.

John compareceu, de uniforme (para caso alguém resolvesse nos perturbar com perguntas, explicou ele bem baixinho). O fabricante só tinha caixões de adultos para entregar. Assim, o corpo amortalhado de Jane parecia tanto uma crisálida que uma parte de mim esperou ouvir um chacoalhar seco quando os homens a ergueram. Fanny se recusou a olhar para o rosto da irmã pela última vez, o que achei sensato.

Não havia padre nem pastor. A moça era suicida, e aquele era um solo consagrado apenas pelo respeito. Quando a última pá de terra foi depositada, ficamos ali, em silêncio, à espera, os cabelos e as roupas desgrenhados pelo vento forte.

Jamie respirou fundo e deu um passo em direção à cova. Entoou a prece gaélica chamada "Lamento da Morte", mas em inglês, em respeito a Fanny e lorde John.

Tu vais para casa esta noite, para tua casa de inverno,
Para tua casa de outono, de primavera e de verão;
Tu vais para casa esta noite, para tua casa eterna,
Para tua cama eterna, para teu descanso eterno.

Dorme, dorme, e leva longe tua tristeza,
Dorme, dorme, e leva longe tua tristeza,
Dorme, dorme, e leva longe tua tristeza,
Dorme, amada, no envoltório de pedra.

A sombra da morte toma teu rosto, amada,
Mas o Jesus das Graças tem Sua mão ao teu redor;
Junto à Trindade não há mais sofrimento,
Cristo está diante de ti e a paz está em Sua mente.

Jenny, Ian, Fergus e Marsali se uniram, murmurando com ele o verso final:

Dorme, dorme, na calma de todas a calmas,
Dorme, dorme, na condução das conduções,
Dorme, dorme, no amor de todos os amores,
Dorme, amada, no Senhor da vida,
Dorme, amada, no Deus da vida!

Quando nos viramos para ir embora, vi William. Estava parado do outro lado da cerca de ferro trabalhado que circundava o cemitério, alto e sombrio, de capa escura, o vento agitando as pontas escuras de seus cabelos. Segurava as rédeas de uma robusta égua, de costas largas feito as portas de um celeiro. Saí do cemitério, segurando a mãozinha de Fanny, e ele se aproximou, seguido de perto pelo animal.

– Esta é Miranda – apresentou ele a Fanny. Tinha o rosto pálido e tomado de dor, mas a voz firme. – Ela agora é sua. Você vai precisar.

Ele tomou a mão débil de Fanny, entregou-lhe as rédeas e fechou seus dedinhos em torno delas. Então me encarou, com mechas de cabelo batendo no rosto.

– Vocês vão cuidar dela, mãe Claire?

– Claro que vamos – respondi, com um nó na garganta. – Aonde você vai, William? Ele abriu um leve sorriso.

– Não importa – disse, e foi embora.

Fanny encarava Miranda, sem entender nada. Muito gentil, tomei as rédeas de sua mão, dei uma palmadinha na égua e me virei para procurar Jamie. Ele estava do outro lado da cerca, conversando com Marsali. Os outros já tinham saído, reunidos em um grupinho sério, Ian e Fergus conversando com lorde John, Jenny cuidando das crianças – todas de olhos atentos em Fanny.

Jamie franziu um pouco o cenho, mas por fim meneou a cabeça, beijou a testa de Marsali e saiu. Ao ver Miranda, ergueu a sobrancelha, então eu expliquei.

– Ah, pois bem. O que é um a mais? – soltou ele, olhando para Fanny. Seu tom era estranho, e eu o encarei, tentando entender. – Marsali perguntou se levaríamos Germain – explicou ele, com um abraço protetor em Fanny, como se fosse uma coisa comum.

– Sério? – Por sobre o ombro, olhei o resto da família. – Por quê?

Nós havíamos debatido extensivamente o assunto na noite anterior e concluímos que não esperaríamos até a primavera para sair de Savannah. Com a cidade ocupada, não havia chance de Fergus e Marsali retomarem a publicação do jornal e, com o coronel Richardson à espreita nos bastidores, a cidade começava a parecer deveras perigosa.

Viajaríamos juntos até Charleston, acomodaríamos Fergus e Marsali por lá e, em seguida, o resto de nós subiria mais um pouco, até Wilmington, onde começaríamos a nos equipar para a jornada pelas montanhas, em março, quando a neve começasse a derreter.

– Você contou a eles, Sassenach – respondeu Jamie, acariciando Miranda com a mão livre. – Você contou o que seria a guerra, e quanto tempo duraria. Pela idade de Germain, ele vai estar envolvido. A preocupação de Marsali é que ele sofra algum mal, à solta em uma cidade onde pode ocorrer o tipo de coisa que *acontece* durante uma guerra. Deus sabe que as montanhas talvez não sejam mais seguras... – Ele fez uma careta, obviamente recordando alguns incidentes ocorridos por lá. – Mas, de modo geral, ele vai estar melhor em um lugar onde não possa ser convocado pela milícia ou forçado a integrar a Marinha Britânica.

Eu olhei o caminho de cascalho que levava à casa. Germain tinha se afastado de sua mãe, avó, Rachel e suas irmãs e se juntado a Ian e Fergus, que conversavam com lorde John.

– Pois é, ele sabe que é um homem – concluiu Jamie, em tom seco, seguindo a direção do meu olhar. – Vamos indo, *a leannan* – disse a Fanny. – Está na hora do café da manhã.

135

AMARANTHUS

Saperville
15 de janeiro de 1779

Foi difícil encontrar Saperville, mas, uma vez encontrada, a cidade era tão pequena que apenas umas três perguntinhas conduziram à residência de uma viúva de nome Grey.

– Por ali.

Hal reuniu as rédeas e inclinou a cabeça para uma casa a menos de 100 metros da estrada, à sombra de uma imensa magnólia. Agia com displicência, mas John percebia os músculos contraídos no maxilar do irmão.

– Bom... acho que é só batermos à porta, então.

Ele girou o cavalo em direção à travessa esburacada, avaliando o local enquanto avançava. A casa era bastante maltratada. Havia uma depressão em um dos cantos da varanda, onde a fundação tinha cedido, e metade das poucas janelas estava cerrada por barras. Mesmo assim, o local estava ocupado. Uma fumaça intermitente subia pela chaminé, indicando fazer algum tempo que não ganhava uma limpeza.

A porta foi aberta por uma mulher desmazelada. Branca, mas vestida em um roupão manchado e calçando chinelas de feltro, de olhos desconfiados e lábios caídos, com os cantos meio sujos de tabaco.

– A sra. Grey está em casa? – perguntou Hal, muito cortês.

– Não há ninguém com esse nome aqui – respondeu a mulher, e fez menção de fechar a porta, mas foi impedida pela bota de Hal.

– Recebemos a indicação deste endereço, senhora – disse ele, agora bem menos cortês. – Tenha a bondade de informar à sra. Grey que ela tem visitas, por gentileza.

A mulher estreitou os olhos.

– E quem é o senhor, Vossa Alteza?

A avaliação de John quanto ao atrevimento da mulher cresceu ainda mais, mas ele achou melhor intervir, antes que Hal começasse a perder o ar.

– Este, madame, é o duque de Pardloe – respondeu ele, com a máxima educação.

A expressão da mulher se alterou no mesmo instante, e não para melhor. Ela enrijeceu o maxilar, mas um brilho predatório lhe subiu aos olhos.

– *Elle connaît votre nom* – disse a Hal. *Ela conhece o seu nome.*

– Eu sei disso – replicou o irmão. – Madame...

Fosse lá o que ele pretendia dizer, foi interrompido pelo choro súbito de um bebê, em algum ponto do andar de cima.

– Peço perdão, madame – disse lorde John à mulher, muito educado, então a puxou pelo cotovelo, entrou com ela na casa, deu um rodopio e a conduziu à cozinha.

Havia uma despensa. Ele enfiou a mulher no cubículo, bateu a porta, pegou uma faca de pão que havia sobre a mesa e cravou no buraco da fechadura, improvisando uma tranca.

Enquanto isso, Hal já havia disparado para o andar de cima, ruidoso feito uma companhia de cavalaria. John correu atrás e, ao chegar ao topo da escada, viu o irmão tentando arrombar a porta de um cômodo, de onde vinha o choro agudo de um bebê e os berros ainda mais altos de alguém que provavelmente era a mãe da criança.

A porta era boa, robusta. Hal empurrou o ombro na madeira e ricocheteou, como se ela fosse de borracha. Quase sem parar, ergueu o pé e deu com a sola da bota no painel, que se rachou, mas não abriu para dentro.

Ele limpou o rosto na manga. Olhou para a porta e vislumbrou um breve movimento do outro lado da porta lascada.

– Moça! – gritou ele. – Viemos resgatá-la! Afaste-se da porta! Pistola, por favor – disse a John, com a mão estendida.

– Eu faço – disse John, resignado. – Você não tem prática nenhuma com maçanetas.

Assim, com um ar displicente, ele sacou a pistola do cinto, ajustou a mira com cuidado e atirou, despedaçando tudo. O estrondo do tiro evidentemente assustou os habitantes do cômodo, pois um silêncio mortal se abateu. Ele empurrou bem de leve a haste da maçaneta quebrada. Os resquícios desabaram no chão, do outro lado da porta, que ele abriu com cuidado.

Hal agradeceu com um meneio de cabeça e deu um passo à frente, em meio a filetes de fumaça.

Era um quarto pequeno, bastante sujo e mobiliado apenas com um estrado de cama, uma cômoda, uma banqueta e um lavatório. A banqueta era o que mais chamava a atenção, pois era brandida por uma jovem de olhar selvagem, que segurava um bebê contra o peito com o braço livre.

De uma cestinha em um canto subia um odor de amônia, oriundo de uma pilha de paninhos sujos. Uma colcha dobrada em uma gaveta aberta revelava onde dormia o bebê, e a moça era menos bem-cuidada do que sua mãe gostaria de ver, de touca torta e avental manchado. Hal desconsiderou todas as circunstâncias e se curvou em uma mesura.

– Dirijo-me à srta. Amaranthus Cowden? – entoou, com muita educação. – Ou devo dizer sra. Grey?

John disparou ao irmão um olhar depreciativo e abriu um sorriso cordial para a jovem.

– *Viscondessa* Grey – falou, com uma reverência. – Seu mais humilde servo, lady Grey.

A mulher olhou de um para outro, estarrecida, ainda erguendo o banquinho, claramente incapaz de compreender aquela invasão. Por fim, decidiu-se por John como a melhor fonte de informação.

– Quem *são* vocês? – perguntou ela, colando as costas à parede. – Shh, querido.

O bebê, recuperado do choque, decidira choramingar.

John pigarreou.

– Bom... este é Harold, duque de Pardloe, e eu sou o irmão dele, lorde John Grey. Se nossas informações estiverem corretas, creio que somos, respectivamente, seu sogro e tio postiço. E, no fim das contas, *quantas* pessoas você acha que pode haver nas colônias com o nome Amaranthus Cowden?

– Ela ainda não afirmou ser Amaranthus Cowden – observou Hal.

Mas sorriu para a jovem, que o encarava com a boca levemente aberta, da mesma forma que a maioria das mulheres.

– Posso? – John se aproximou e tomou o banquinho da mão dela, com delicadeza. A moça não ofereceu resistência. Ele acomodou a banqueta no chão e apon-

835

tou para que ela se sentasse. – Que espécie de nome é Amaranthus, se me permite a pergunta?

Ela engoliu em seco, piscou e se sentou, agarrada ao bebê.

– É uma flor – respondeu, bastante atônita. – Meu avô é botânico. Podia ter sido pior – acrescentou, em um tom mais firme, ao ver o sorriso de John. – Eu podia me chamar Ampelopsis ou Petúnia.

– Amaranthus é um nome muito bonito, querida… Posso chamá-la assim? – indagou Hal, muitíssimo cortês.

Ele remexeu o dedo indicador diante do bebê, que havia parado de choramingar e o encarava com atenção. Hal puxou pela cabeça seu reluzente gorjal de oficial e balançou o objeto bem pertinho da criança, que o agarrou.

– É bem grande, não vai sufocá-lo – garantiu a Amaranthus. – O pai dele… e todos os irmãos do pai… chegaram a mordiscar esse gorjal. Eu também, para ser honesto.

Ele abriu outro sorriso para a moça. Ela ainda estava pálida, mas respondeu com um cauteloso meneio de cabeça.

– Qual é o nome do pequeno, minha querida? – perguntou John.

– Trevor – respondeu ela, apertando com mais firmeza a criança, agora totalmente absorta na tentativa de meter na boca o gorjal em meia-lua, que tinha metade do tamanho de sua cabeça. – Trevor Grey. – De cenho franzido, ela encarou os dois irmãos Grey, então ergueu o queixo. – Trevor… *Wattiswade*… Grey, Vossa Graça.

– Então a senhorita é a esposa de Ben. – A tensão nos ombros de Hal se suavizou um pouco. – Sabe onde ele está, minha querida?

Ela enrijeceu o rosto e apertou ainda mais o bebê.

– Benjamin morreu, Vossa Graça. Mas este é o filho dele e, se não se importar, gostaríamos muito de ir com o senhor.

136

ASSUNTOS INACABADOS

William foi se acotovelando pela multidão do mercado municipal, ignorando os resmungos dos que sofriam o impacto de seus empurrões.

Ele sabia aonde estava indo e o que pretendia fazer ao chegar. Era a única coisa que faltava, antes de sair de Savannah. Depois disso… nada mais importava.

Sua cabeça latejava feito um furúnculo inflamado. Tudo latejava. Sem dúvida a mão estava quebrada em algum ponto, mas ele não queria saber. O coração ribombava no peito, tomado de dor. Ele não dormia desde o enterro de Jane. Decerto jamais voltaria a dormir, e não se importava com isso.

Ele lembrava onde ficava o armazém. O lugar estava quase vazio; os soldados deviam ter levado tudo que o proprietário não conseguira esconder. Havia três homens estirados na parede oposta, sentados nos poucos barris de peixe salgado que restavam, fumando cachimbo. O cheiro de tabaco era um sopro de conforto em meio à frieza que ecoava na construção.

– James Fraser? – indagou ele a um dos homens, que apontou com a haste do cachimbo para um pequeno escritório, uma espécie de galpão anexo aos fundos do armazém.

A porta estava aberta. Fraser estava sentado diante de uma mesa cheia de papéis, escrevendo algo, à luz que adentrava por uma janelinha gradeada logo atrás. Ao ouvir os passos de William, ergueu os olhos, então baixou a pena e se levantou, bem devagar. William se aproximou da mesa, os olhos fixos nele.

– Eu vim me despedir – disse, bastante formal. Sua voz saiu menos firme que o pretendido, e ele soltou um forte pigarro.

– Ah, é? E pretende ir para onde?

Fraser usava seu kilt, as cores já desbotadas ainda mais indistinguíveis ao lusco-fusco, mas a pouca luz que adentrava refletiu seus cabelos, quando ele mexeu a cabeça.

– Não sei – respondeu William. – E não importa. – Ele respirou fundo. – Quero... agradecer pelo que o senhor fez. Mesmo que...

Sua garganta se fechou. Por mais que tentasse, não conseguia afastar da mente a mãozinha pálida de Jane.

Fraser fez um breve gesto, dispensando o agradecimento.

– Que Deus a tenha, pobrezinha.

– Mesmo assim – prosseguiu William, tornando a pigarrear. – Mas tem outro favor que eu queria lhe pedir.

Fraser ergueu a cabeça, meio surpreso, mas assentiu.

– Sim, claro. Se estiver ao meu alcance.

William deu meia-volta, fechou a porta e se virou outra vez para o homem.

– Conte como foi que eu vim ao mundo.

Fraser ficou espantado, então estreitou os olhos.

– Eu quero saber o que aconteceu – disse William. – Quando o senhor se deitou com a minha mãe? O que aconteceu naquela noite? Se *era* noite – acrescentou, e na mesma hora se sentiu um idiota.

Fraser o encarou.

– E você? Quer *me* contar como foi a sua primeira vez com uma mulher?

William sentiu o sangue lhe subir à cabeça.

– Pois é, isso mesmo – prosseguiu o escocês, antes que ele pudesse retrucar. – Nenhum homem decente fala disso. Você não conta esse tipo de coisa aos seus amigos, conta? Não, claro que não. Muito menos contaria a seu... pai, nem um pai contaria ao... – A hesitação antes da palavra "pai" foi muito breve, mas William não teve dificuldade em perceber. Fraser, no entanto, tinha os lábios firmes e os olhos diretos. – Fosse lá quem fosse, eu não contaria. Mas, sendo você quem é...

– Sendo eu quem sou, acho que tenho o direito de saber!

Fraser o encarou impassível. Fechou os olhos um instante e suspirou. Então abriu-os e se levantou, aprumando os ombros.

– Não tem, não. De todo modo, não é *isso* que quer saber. Você quer saber se eu forcei a sua mãe. Não forcei. Você quer saber se eu amava a sua mãe. Não amava.

William deixou as palavras pairarem no ar, controlando a respiração até ter certeza de que a voz sairia firme.

– Ela amava o senhor?

Teria sido fácil amar. O pensamento lhe veio à mente de forma espontânea – e indesejada –, mas trouxe consigo a lembrança de Mac, o cavalariço. Algo que ele compartilhava com sua mãe.

Fraser baixou o olhar, acompanhando um rastro de minúsculas formigas que cruzavam as tábuas gastas do chão.

– Ela era muito jovem – informou ele, baixinho. – Eu tinha o dobro da idade dela. A culpa foi minha.

Fez-se um breve silêncio, interrompido apenas pela respiração dos dois e a berraria distante dos operários no rio.

– Eu vi os retratos – disse William, abruptamente. – Do meu… do oitavo conde. O marido dela. O senhor viu?

Fraser contorceu um pouco a boca, mas balançou a cabeça.

– Então você sabe… soube. Ele era cinquenta anos mais velho do que ela.

Fraser remexeu a mão mutilada, batucando os dedos de leve na coxa. Sim, ele sabia. Como *não* saberia? William inclinou a cabeça, não exatamente um meneio.

– Eu não sou burro – soltou, mais alto do que pretendia.

– Eu nunca imaginei que fosse – retrucou Fraser, sem olhar para ele.

– Sei contar – prosseguiu William, entre dentes. – Vocês dois se deitaram pouco antes do casamento dela. Ou foi logo depois?

O comentário surtiu efeito. Fraser balançou a cabeça, com um lampejo sombrio de raiva.

– Eu não trairia o casamento de outro homem. Acredite nisso, pelo menos.

Por mais estranho que fosse, William acreditou. E, apesar da raiva que ainda lutava para manter sob controle, começou a pensar que talvez compreendesse como *teria* sido.

– Ela era impulsiva. – Era uma afirmação, não uma pergunta, e ele viu Fraser pestanejar e inclinar de leve a cabeça, não exatamente em concordância. Mas William sentiu firmeza e seguiu em frente, mais confiante: – Todo mundo dizia isso… Bem, todo mundo que a conhecia. Ela era impulsiva, linda, descuidada… se arriscava…

– Ela tinha coragem. – A frase saiu baixinho, as palavras brandas feito pedrinhas na água, espalhando uma ondulação por toda a diminuta sala. Fraser ainda tinha os olhos cravados nele. – Diziam isso a você, então? A família dela, as pessoas que a conheciam?

– Não – respondeu William, sentindo a palavra como uma pedra na garganta.

Por um único instante, ele a vira nessas palavras. Ele a *vira*, e a percepção da imensidão de sua perda transpassou a raiva feito um relâmpago. Ele acertou o punho na mesa, esmurrando uma vez, duas, golpeando até a madeira tremer, até os pés estremecerem no piso, os papéis voarem e o tinteiro tombar.

Na mesma rapidez com que começara, ele parou, e a barulheira cessou.

– O senhor *se arrepende*? – indagou William, sem qualquer esforço para controlar o tremor na voz. – O senhor se arrepende, seu desgraçado?

Fraser, que tinha dado meia-volta, virou-se subitamente para ele, mas não falou de imediato.

– Ela morreu por conta disso – disse ele, em tom baixo e firme. – E eu vou lamentar essa morte e me penitenciar por minha participação nela até o fim da minha vida. Mas...

Ele contraiu os lábios um instante. Então, ligeiro demais para que William recuasse, contornou a mesa, ergueu a mão e segurou o rosto do rapaz, com o toque ágil e feroz.

– Não – sussurrou Fraser. – Não! Eu não me arrependo.

Ele deu um rodopio, escancarou a porta e saiu, agitando o kilt.

PARTE IX

*"Thig crioch air an t-saoghal ach
mairidh ceol agus gaol."*

"O mundo pode acabar, mas o amor
e a música resistirão."

137

NO DESERTO UMA ESTALAGEM
DE CAMINHANTES

Eu não conseguia parar de respirar. Do instante em que deixamos o miasma do pântano de Savannah, com sua contínua névoa de arrozais, lama e crustáceos apodrecidos, o ar tinha ficado mais leve e o cheiro, mais limpo, distinto e aromático. Bom, tirando os lodaçais de Wilmington, com sua fragrância de crocodilos e piratas mortos.

Quando chegamos ao cume do último passo, achei que fosse explodir de tanta alegria com o cheiro da mata de fim de primavera, um intoxicante misto de pinheiros, abetos-balsâmicos e carvalhos, o perfume fresco das folhas verdes, o mosto das bolotas caídas do inverno e a doçura das castanhas sob uma camada úmida de folhas mortas, que de tão espessa parecia fazer o ar flutuar, levando-me junto. Meus pulmões não se cansavam.

– Se continuar respirando desse jeito, Sassenach, vai acabar desmaiando – disse Jamie, aproximando-se de mim com um sorriso. – Como está indo a nova faca?

– Maravilhosa! Olhe, encontrei uma raiz imensa de ginseng e uma galha de vidoeiro, e…

Ele me calou com um beijo, e eu larguei no chão o saco de juta cheio de plantas. Jamie estivera comendo cebolas selvagens e agrião colhidos da margem de um riacho, e cheirava a seu próprio aroma masculino, seiva de pinheiro e o odor pungente dos dois coelhos mortos pendurados no cinto. Era como beijar a própria selva, e assim ficamos durante um tempo, interrompidos apenas por um pigarreio discreto a poucos metros de distância.

Nós nos afastamos na mesma hora, e eu dei um passo automático para trás de Jamie ao mesmo tempo que ele se plantou à minha frente, a mão pairando junto ao punhal. Uma fração de segundo depois, deu um passo largo e envolveu o sr. Wemyss em um enorme abraço.

– Joseph! *A charaid! Ciamar a tha thu?*

O sr. Wemyss, um homem miúdo, magro e idoso, foi literalmente erguido do chão. Enquanto ele tateava em busca de apoio, vi seu sapato quase saindo do pé. Abrindo um sorriso, dei uma olhada para ver se Rachel e Ian já tinham aparecido e acabei avistando um menino de rostinho redondo. Devia ter seus 4 ou 5 anos, os cabelos louros, compridos e esvoaçantes.

– É… Rodney? – perguntei, arriscando um palpite.

Não o via desde seus 2 anos, mais ou menos, mas não conseguia imaginar que outra criança estaria acompanhando o sr. Wemyss.

O menino assentiu, analisando-me com seriedade.

– A senhora é a curandeira? – indagou ele, em um tom muitíssimo solene.

– Sou – respondi, bastante surpresa com a pergunta do menino, porém mais ainda com minha confiança em assumir o título.

Naquele momento, percebi que vinha recuperando minha identidade enquanto caminhávamos. Passo a passo, ao subir a montanha, sorvendo seus aromas e colhendo sua abundância, eu me desprendera de umas camadas do passado recente e retornara ao que tinha sido naquele lugar. Eu estava de volta.

– Sou – repeti. – Sou a sra. Fraser. Pode me chamar de vovó Fraser, se quiser.

Ele assentiu, pensativo, absorvendo a alcunha e repetindo "vovó Fraser" para si mesmo, apenas mexendo os lábios, como se testasse as palavras. Então olhou para Jamie, que havia baixado o sr. Wemyss de volta ao chão e sorria para ele, com um olhar alegre que me derreteu o coração.

– É o patrão? – sussurrou Rodney, chegando mais perto de mim.

– É o patrão – respondi, assentindo com seriedade.

– Aidan falou que ele era grandão – observou Rodney, depois de outro instante de escrutínio.

– É grande o suficiente – comentei, admirada ao me dar conta de que não queria ver Rodney decepcionado neste primeiro encontro com ele.

Rodney inclinou a cabeça para o lado, desengonçado, de um jeito muitíssimo familiar. Era o que sua mãe, Lizzie, fazia ao avaliar alguma coisa.

– Bom, é bem maior do que eu – respondeu o menino, filosófico.

– Tudo é relativo. Enfim… como está sua mãe? E seu… pai?

Eu imaginava se o casamento nada ortodoxo de Lizzie ainda seguia firme e forte. Apaixonada por gêmeos idênticos, ela tinha conseguido dar um jeito de se casar com os dois – uma estratégia inesperada, mas muito esperta, para uma discreta serva por dívida de seus 19 anos. Era impossível saber se o pai de Rodney era Josiah ou Keziah Beardsley, mas eu ficava pensando…

– Ah, a mamãe está grávida de novo – comentou o garoto, com naturalidade. – Ela diz que vai castrar o meu pai, ou o papai, ou os dois, se for preciso, para acabar com essa história.

– Ah… Bom, isso *seria* eficaz – retorqui, um tanto surpresa. – Quantos irmãos e irmãs você tem? – Eu tinha ajudado Lizzie no parto de uma menina antes de sairmos da Cordilheira, mas…

– Uma irmã e um irmão. – A conversa estava claramente entediando Rodney, que se espichou nas pontas dos pés para olhar o caminho atrás de mim. – Aquela é a Maria?

– Como?

Ao me virar, vi Ian e Rachel, um pouco mais abaixo. Enquanto eu olhava, os dois desapareceram em meio às árvores.

843

– Maria e José fugindo para o Egito – respondeu ele, ao que eu ri.

Rachel, muitíssimo grávida, estava montada em Clarence. A seu lado vinha Ian, que nos últimos meses não se preocupara em se barbear e exibia no rosto uma pelagem de dimensões quase bíblicas. Jenny, ainda fora de vista, devia estar logo atrás dos dois, montando a égua com Fanny e puxando o burro de carga.

– Aquela é Rachel – respondi. – E o marido dela, Ian. Ian é sobrinho do patrão. Você mencionou Aidan... A família dele também está bem?

Jamie e o sr. Wemyss haviam partido rumo à trilha, em uma empolgada conversa sobre os assuntos da Cordilheira. Rodney tomou a minha mão, com modos cavalheirescos, e inclinou a cabeça na direção deles.

– É melhor descermos. Quero contar à mamãe primeiro, antes que *Opa* chegue lá.

– *Opa*...? Ah, seu avô?

Pouco depois do nascimento de Rodney, Joseph Wemyss se casara com uma alemã de nome Monika, e eu pensei lembrar que "opa" era como se dizia "avô" em alemão.

– *Ja* – respondeu Rodney, confirmando a minha hipótese.

A trilha serpenteava pelas encostas mais altas da Cordilheira, ofertando-me tentadores vislumbres em meio às árvores do assentamento abaixo: os chalés espalhados por entre os loureiros repletos de flores brilhantes, a terra escura e recém-revirada das hortas. Eu toquei a faca em meu cinto, doida para enfiar as mãos na terra, colher as ervas...

– Ah, Beauchamp, você *está* perdendo a linha – murmurei, ao pensar no êxtase de colher ervas, mas abri um sorriso.

Rodney não era um tagarela, mas conversamos amigavelmente durante o trajeto. Ele contou que havia caminhado com seu *opa* até a ponta do desfiladeiro todos os dias da última semana, na intenção de não perderem a nossa chegada.

– A mamãe e a sra. Higgins guardaram um presunto para os senhores, para o jantar – disse ele, lambendo os lábios com ansiedade. – E tem mel para passar no pão de milho! Na terça-feira passada, o papai encontrou uma colmeia de abelhas, e eu ajudei a defumar. E...

Eu fui respondendo, mas distraída, e dali a pouco estabelecemos um amistoso silêncio. Eu me preparava para a visão da clareira onde um dia existira a casa-grande. Ao recordar o fogo, fui invadida por uma breve e profunda apreensão.

Da última vez, a construção não passava de uma pilha de madeira enegrecida. Jamie já tinha escolhido o local para a casa nova, derrubado e empilhado umas árvores. Nosso retorno podia guardar tristeza e pesar, mas daquela terra chamuscada já brotava um raminho verde de expectativa. Jamie havia me prometido um novo jardim, um novo consultório, uma cama bem comprida onde ele pudesse se espichar... e janelas de vidro.

Pouco antes de chegarmos ao ponto onde terminava a trilha, logo acima da

844

clareira, Jamie e o sr. Wemyss fizeram uma pausa e aguardaram a minha chegada com Rodney. Com um sorriso tímido, o sr. Wemyss beijou a minha mão e tomou a de Rodney.

– Venha, Roddy, vá dar a notícia à mamãe de que o patrão e sua senhora estão de volta!

Jamie pegou a minha mão e apertou-a com força. A caminhada e a empolgação o tinham deixado vermelho. O rubor descia até a gola aberta de sua camisa, conferindo à pele um belo bronze rosado.

– Estamos em casa, Sassenach – disse ele. – Não vai ser igual a antes, e eu não sei como vão ser as coisas agora, mas cumpri a minha palavra.

Um nó tão grande se formou em minha garganta que eu mal consegui dizer "Obrigada". Passamos um longo instante ali parados, abraçados, reunindo forças para dobrar a última curva e vislumbrar o que havia sido e o que poderia ser.

Algo roçou a bainha de minha saia. Olhei para baixo, esperando ver mais um cone caído do imenso abeto que havia perto de nós.

Um grande gato cinza me encarou, com olhos verdes, grandes e tranquilos, e largou a meus pés um rato gordo, peludo e muito morto.

– Ai, *Deus*! – soltei, e irrompi em lágrimas.

138

O FRÊNULO DE FANNY

Jamie havia mandado a notícia na frente, e os preparativos foram organizados para a nossa chegada. Jamie e eu ficaríamos com Bobby e Amy Higgins; Rachel e Ian, com os MacDonalds, um jovem casal que morava um pouco mais acima na Cordilheira; e Jenny, Fanny e Germain por hora se hospedariam com a viúva MacDowall, que tinha uma cama extra.

Na primeira noite, recebemos uma modesta festa de boas-vindas. Na manhã seguinte, ao nos levantarmos, éramos outra vez parte da Cordilheira dos Frasers. Jamie se embrenhou na mata e retornou ao cair da noite, informando que seu esconderijo de uísque estava a salvo e trazendo um pequeno barril, que serviria de permuta para o que necessitássemos em termos de organização doméstica, visto que agora tínhamos uma casa para organizar.

Quanto a isso, Jamie havia iniciado os arranjos para a construção de uma nova casa antes de deixarmos a Cordilheira, escolhendo um bom local em frente ao grande vale. Era um ponto elevado, mas de solo bem plano, que tinha sido desmatado graças à dedicação de Bobby Higgins. A madeira para a estrutura da casa fora empilhada, e uma enorme quantidade de pedregulhos, levados para cima e empilhados também, prontinhos para serem usados na fundação.

Para Jamie, a primeira tarefa foi conferir se a casa – ou o começo dela – estava do jeito que deveria. A segunda foi percorrer todas as residências da Cordilheira, dando e recebendo notícias, ouvindo seus inquilinos e se restabelecendo como fundador e proprietário da Cordilheira dos Frasers.

Minha primeira tarefa foi o frênulo de Fanny. Passei uns dois dias organizando tudo o que havíamos trazido, em especial meus equipamentos médicos, e conversando com várias mulheres que vinham visitar o chalé dos Higgins – nosso primeiro chalé, que Jamie e Ian haviam construído quando pisamos na Cordilheira pela primeira vez. Feito isso, convoquei minhas tropas e dei início à ação.

– Você pode derrubar a menina de vez com esse uísque – observou Jamie, olhando com preocupação para o copo cheio de líquido âmbar sobre a bandeja, junto à minha tesoura de bordar. – Não seria mais fácil dar o éter?

– De certa forma, sim – concordei, enfiando a tesoura em uma segunda xícara, cheia de álcool translúcido. – Se eu fosse fazer uma frenectomia lingual, seria preciso. Mas o uso do éter *tem* seus perigos, e não estou falando apenas de tocar fogo na casa. Eu vou fazer só uma frenotomia, pelo menos por enquanto. É uma cirurgia *muito* simples. Leva literalmente cinco segundos. Além disso, Fanny disse que não quer ficar desacordada... talvez não confie em mim.

Eu sorri para a garota. Ela estava sentada na poltrona de carvalho perto da lareira, muito séria, observando os meus preparativos. Ao ouvir o meu comentário, ela me encarou, os grandes olhos castanhos tomados de surpresa.

– *Ah, ão* – retrucou a menina. – *Eu coufio. Fó queuo fer.*

– Não a culpo nem um pouco – repliquei, entregando-lhe o copo de uísque. – Ponha um tantinho na boca e não engula. Deixe debaixo da língua o máximo de tempo que puder.

Eu havia posto na frigideira de Amy um pequeno instrumento de cauterização, com o cabo envolto em um pedaço de lã, para aquecer. Supunha que não haveria problema se ficasse com gosto de salsicha. Por garantia, preparei também uma agulha fina de sutura, passada em um fio de seda preta.

O frênulo é uma tirinha de tecido elástico que conecta a língua ao assoalho da boca. Na maioria das pessoas, tem o tamanho exato para permitir que a língua execute todos os complexos movimentos necessários à fala e à mastigação, sem invadir a área dos dentes, onde poderia sofrer graves danos. Algumas pessoas, como Fanny, nascem com o frênulo muito comprido, prendendo quase toda a língua ao assoalho da boca e impedindo sua movimentação. A menina costumava sofrer de halitose, pois, ao limpar os dentes à noite, não conseguia usar a língua para remover os pedaços de alimento que ficavam presos entre a bochecha e a gengiva ou no vão do maxilar.

Fanny engoliu, fazendo barulho, e tossiu com violência.

– É... *foute*! – soltou ela, com os olhos lacrimejantes.

Mas não foi derrubada. Ao meu meneio de cabeça, deu outra golada e permaneceu sentada, paradinha, deixando o uísque penetrar na mucosa bucal. O álcool anestesiaria um pouco o frênulo. Ao mesmo tempo, dava conta da assepsia.

Lá fora, ouvi Aidan e Germain chamando. Jenny e Rachel haviam descido para a cirurgia.

– Talvez seja melhor operarmos lá fora – sugeri a Jamie. – Não vai caber todo mundo aqui... não com Oglethorpe.

A barriga de Rachel havia crescido consideravelmente nas últimas semanas, fazendo com que os homens se mantivessem a uma boa distância, temendo que aquela bomba explodisse de repente.

Levamos a bandeja de instrumentos para fora e organizamos o local de cirurgia no banco que ficava junto à porta da frente. Amy, Aidan, Orrie e o pequeno Rob se aglomeraram atrás de Jamie, encarregado de segurar o espelho – tanto para me ajudar, direcionando a luz à boca de Fanny, quanto para que a menina pudesse acompanhar o procedimento.

No entanto, visto que Oglethorpe impedia a convocação de Rachel como minha auxiliar, reorganizamos um pouco o pessoal e acabamos com Jenny segurando o espelho e Jamie sentado no banco, prendendo Fanny com os joelhos e os braços, mas sem comprimir muito. Germain ficou bem pertinho, segurando uma pilha de panos limpos, sério feito um coroinha, e Rachel se sentou ao meu lado, entre mim e a bandeja, posicionada para ir me entregando os utensílios.

– Tudo bem, querida? – perguntei a Fanny.

Ela tinha os olhos arregalados como uma coruja e a boca meio aberta. Mas me ouvia, e assentiu. Tirei o copo vazio de sua mão mole e o entreguei a Rachel, que rapidamente tornou a enchê-lo.

– Espelho, Jenny, por favor.

Eu me ajoelhei na grama diante do banco e, com apenas duas tentativas, conseguimos direcionar um raio de sol para a boca de Fanny. Peguei a tesoura de bordado banhada no álcool, sequei, e com a mão esquerda e um pedaço de atadura segurei a língua de Fanny e levantei.

Não levou nem três segundos. Eu a examinara várias vezes, com muito cuidado, fazendo-a remexer a língua o máximo possível, e sabia exatamente onde devia ser o ponto do corte. Duas incisões rápidas, e pronto.

Fanny soltou um gemidinho surpreso e se contorceu um pouco nos braços de Jamie, mas não parecia sentir muita dor. O corte, porém, começou a sangrar bastante, e eu mais do que depressa empurrei a cabeça dela para baixo, de modo que o sangue escorresse para o chão e não a sufocasse.

Havia outra atadura à minha espera, que eu rapidamente molhei no uísque. Segurei o queixo de Fanny, ergui sua cabeça e enfiei o pano sob sua língua. Ela soltou um grunhido abafado, mas eu fechei sua boca e mandei que ela pressionasse bem o pano com a língua.

Prendendo o fôlego, todos aguardaram enquanto eu contava até sessenta, em silêncio. Se o sangramento não desse sinal de estancar, eu teria que suturar, o que seria uma lambança, ou cauterizar a ferida, o que sem dúvida seria doloroso.

– Cinquenta e nove... sessenta! – concluí, em voz alta.

Olhei a boca de Fanny. O pano estava bem sujo de sangue, porém não empapuçado. Removi, coloquei outro e repeti a contagem silenciosa. Ao tirar o segundo pano, vi apenas uma mancha. O sangramento estava cessando sozinho.

– Aleluia! – exclamei, e todos comemoraram.

Fanny balançou um pouco a cabeça e abriu um sorriso muito tímido.

– Aqui, querida – falei, entregando a ela o copo meio cheio. – Termine tudo, se for possível. Veja se consegue dar uns golinhos e deixar na ferida. Vai arder um pouco.

Ela obedeceu de imediato, então piscou. Se fosse possível alguém cambalear sentado, Fanny teria feito.

– É melhor a menina deitar, não acha? – sugeriu Jamie, levantando-se e apoiando Fanny com delicadeza em seu ombro.

– É. Eu vou com você, para garantir que a cabeça dela fique na vertical... só para o caso de o sangramento recomeçar e descer pela garganta.

Eu me virei para agradecer aos assistentes e espectadores, mas Fanny se adiantou.

– Senhora... Fraser... – disse, meio grogue. – Ob... br...

A ponta da língua começou a despontar pela boca, e Fanny envesgou os olhinhos para ver, impressionada. Jamais conseguira projetar a língua, e agora a remexia de um lado para outro, como uma cobra hesitante. Então parou, franziu o cenho, muito concentrada, e soltou:

– Obrigada!

Meus olhos se encheram de lágrimas.

– Não há de quê, Frances – consegui responder, com um afago em sua cabecinha.

Ela me retribuiu com um sorrisinho sonolento, então caiu no sono, com a cabeça no ombro de Jamie e um filetinho de sangue descendo pelo canto da boca, sujando a camisa dele.

139

UMA VISITA AO ENTREPOSTO COMERCIAL

O entreposto comercial Beardsley podia não ser um grande estabelecimento se comparado às lojas de Edimburgo ou Paris, mas nos confins das Carolinas era um raríssimo posto avançado da civilização. O lugar, originalmente uma casa degradada e um pequeno celeiro, crescera bastante ao longo dos anos. Os proprietários – ou melhor, os gerentes – acrescentaram novas estruturas, algumas anexas às construções originais; outras, galpões independentes. Nas construções anexas, encontravam-se ferramentas, peles, animais vivos, ração de milho, tabaco e barris de tudo, de peixe salgado a melaço, enquanto as comidas e os itens secos ficavam no prédio principal.

Os fregueses, vindos de todos os cantos, viajavam mais de 150 quilômetros para visitar o entreposto Beardsley. Cherokees da tribo junco, morávios de Salem, os heterogêneos habitantes de Brownsville e, claro, os habitantes da Cordilheira dos Frasers.

O entreposto havia crescido de maneira espantosa desde a última vez que eu pusera os pés ali, oito anos antes. Vi uns acampamentos na mata próxima, além de uma espécie de mercado de pulgas independente que brotara ao lado do entreposto propriamente dito, com gente expondo suas coisinhas, para negociar direto com os vizinhos.

O gerente do entreposto, um sujeito magro e amistoso de meia-idade chamado Herman Stoelers, acolhera sabiamente a iniciativa, compreendendo que quanto mais gente, maior a variedade de produtos disponíveis e mais atraente Beardsley se tornava, de maneira geral.

E mais rica ficava a proprietária do entreposto comercial Beardsley, uma mulata de 8 anos chamada Alicia. Eu me perguntava se alguém além de mim e Jamie conhecia o segredo de seu nascimento. Se conhecia, tinha a consideração de guardar para si a informação.

A caminhada até o entreposto demorava dois dias, sobretudo porque dispúnhamos apenas de Clarence. Jamie havia levado Miranda e o burro de carga, uma fêmea de nome Annabelle, para Salem. Mas o tempo estava bom, e Jenny e eu pudemos caminhar, acompanhadas de Germain e Ian, deixando Clarence transportar Rachel e nossos produtos para venda. Deixei Fanny com Amy Higgins. Ela ainda tinha vergonha de falar em público. Seria preciso uma boa dose de prática até que a fala da menina saísse normal.

Mesmo Jenny, bastante sofisticada depois de Brest, Filadélfia e Savannah, impressionou-se com o entreposto.

– Em toda a minha vida, nunca vi tanta gente de aparência esquisita – disse ela.

Jenny encarava sem disfarçar uma dupla de guerreiros cherokees, de vestimenta completa, que chegavam ao entreposto montados a cavalo, acompanhados de várias mulheres a pé em uma mixórdia de camurças, camisolas europeias, saias, calças e jaquetas, arrastando fardos de peles em um *travois* ou carregando na cabeça ou nas costas enormes trouxas de pano cheias de abóbora, feijão, milho, peixe seco e outras mercadorias.

Chamou a minha atenção a saliência das raízes de ginseng que despontavam da saca de uma senhora.

– Fique de olho em Germain – recomendei a Jenny, afobada, empurrando o menino para ela e mergulhando na multidão.

Voltei dez minutos depois, trazendo meio quilo de ginseng arrematado em troca de um saco de uvas-passas, em uma boa negociação. Eram as passas de Amy Higgins, mas eu conseguiria o tecido de algodão que ela queria.

De repente, Jenny ergueu a cabeça, de ouvidos atentos.

– Está ouvindo uma cabra?

– Estou ouvindo várias. Nós queremos uma cabra?

Mas ela havia partido rumo a um barracão mais ao longe. Evidentemente, nós queríamos uma cabra.

Enfiei o ginseng na saca de lona que eu tinha trazido e fui atrás, apressada.

– Não precisamos disso – disse uma voz desdenhosa. – É uma bela porcaria, isso sim.

Ian ergueu os olhos do espelho que inspecionava e encarou um par de jovens no outro lado da loja, engajados em uma negociação com um funcionário por uma pistola. Pareciam meio familiares, mas ele tinha certeza de que nunca vira os dois. Miúdos e musculosos, de olhos ligeiros e cabelos alourados cortados bem rente ao crânio, pareciam dois arminhos: alertas e mortais.

Um deles, então, virou um pouco o corpo e viu Ian. O rapaz se empertigou e cutucou o irmão, que ergueu os olhos, irritado, e avistou Ian também.

– Mas que diabo...? Jesus Cristinho! – disse o segundo jovem.

Claramente, *eles* o conheciam. Vieram avançando em sua direção, ombro a ombro, um brilho de interesse nos olhos. Ao ver os rapazes lado a lado, Ian de súbito os reconheceu.

– *A Dhia* – disse ele baixinho, e Rachel ergueu os olhos.

– Amigos seus? – indagou ela, com doçura.

– Pode-se dizer que sim.

Ele deu um passo à frente da esposa, sorrindo para os... Bom, ele já não sabia ao certo o que aqueles dois eram, mas sem dúvida já não eram duas menininhas.

Quando os conhecera, tinha achado que eram meninos: uma dupla de órfãos holandeses selvagens, chamados Herman e Vermin, que *pensavam* ter o sobrenome Kuykendall. À época, os dois rapazes provaram ser, na verdade, Hermione e Ermintrude. Ele arrumara um abrigo temporário para as duas com... *Ah, Deus!*

– Deus, por favor, não! – soltou ele, em gaélico, ao que Rachel o encarou, alarmada.

Certamente as duas já não estavam com...? Estavam, sim. Perto do barril de picles, ele viu a parte de trás de uma cabeça bastante familiar – e um traseiro mais familiar ainda.

Ele deu um giro rápido, mas não houve saída. As Kuykendalls vinham se aproximando depressa. Ian respirou fundo, entregou a alma a Deus e se virou para a esposa.

– Você se lembra de ter dito que não queria saber com quais mulheres eu já dormi?

– Lembro – respondeu Rachel, com um olhar muitíssimo indagativo. – Por quê?

– Ah. Bom… – Ele respirou fundo e soltou o ar bem a tempo. – Você falou que queria saber se algum dia encontrássemos alguém com que eu já…?

– Ian Murray? – perguntou a sra. Sylvie, virando o corpo. Veio andando na direção dele, com seu rosto bastante comum, um olhar de prazer por trás dos óculos.

– Ela – disse Ian a Rachel depressa, brandindo o polegar para a sra. Sylvie. – Sra. Sylvie – completou, animado, agarrando as duas mãos da mulher, para o caso de ela tentar beijá-lo, como tinha o costume de fazer. – Que alegria ver a senhora! E alegria maior ainda apresentá-la à minha… esposa. – A palavra saiu meio áspera, e ele soltou um forte pigarro. – Rachel. Rachel, esta é…

– Amiga Sylvie – disse Rachel. – Sim, eu prestei atenção. É um prazer conhecê-la.

Ela tinha as bochechas um tanto coradas, mas falou com recato, estendendo a mão à moda dos amigos em vez de oferecer uma mesura.

A sra. Sylvie olhou para Rachel – e Oglethorpe – de esguelha, abriu um sorriso amistoso por trás dos óculos de aro metálico e apertou a mão dela.

– O prazer é todo meu, sra. Murray.

Ela dispensou a Ian uma olhadela e contorceu a boca. "*Você* se casou com uma *quacre?*", dizia claramente sua expressão.

– É ele *mesmo*! Eu falei para você!

As Kuykendalls o encurralaram – ele não entendia como era possível, sendo elas apenas duas, mas ele *se sentia* cercado. Para sua surpresa, uma delas agarrou sua mão e apertou com força.

– Herman Wurm – disse ele… *ele?* – Que prazer rever o senhor!

– *Verme?* – murmurou Rachel, olhando com fascínio as criaturas.

– Sim, Herman, fico feliz em ver você tão… bem. E você também…

Ian estendeu a mão para a irmã que antes atendia por Ermintrude, que respondeu com uma voz aguda, mas claramente rouquenha.

– Trask Wurm – disse o jovem, repetindo o vigoroso aperto de mão. – É alemão.

– "Wurm", eles querem dizer – corrigiu a sra. Sylvie, pronunciando "*Vehrm*". Estava corada e bem-humorada. – Eles nunca conseguiram pegar o jeito de soletrar "Kuykendall", então desistimos e adotamos algo mais simples. E, como você deixou bem claro que não queria que as meninas virassem prostitutas, chegamos a um acordo proveitoso. Herman e Trask fornecem proteção ao meu estabelecimento.

Ela encarou Rachel, que enrubesceu um pouco mais, mas abriu um sorriso.

– Se alguém criar problema com as garotas, damos um jeito rapidinho – disse o Wurm mais velho a Ian.

– Não é tão difícil – emendou o outro, com um tom honesto. – É só quebrar o nariz de um dos desgraçados com um cabo de enxada que o resto sossega.

···

Havia cerca de uma dúzia de cabras leiteiras para escolher no galpão, em variados estágios de gestação. Mas isso não era preocupante, visto que os Higgins possuíam um bom bode. Escolhi duas que ainda não tinham procriado, uma toda marrom, a outra marrom e branca, com um sinal estranho na lateral que mais parecia a curvinha do encaixe de duas peças de quebra-cabeça.

Indiquei as minhas escolhas ao jovem encarregado dos animais e, como Jenny ainda estava indecisa, saí para olhar as galinhas.

Eu guardava certa esperança de encontrar uma Scots Dumpy, mas só vi as raças mais comuns. Sem problema, mas era melhor esperar Jamie ter tempo de construir um galinheiro. Além disso, tínhamos como levar as cabras para casa, mas eu não ia passar dias carregando galinhas no caminho de volta.

Saí do pátio das galinhas e olhei em volta, meio desorientada. Então, eu o vi.

No início, não fiz ideia de quem era. Nenhuma. Mas a visão daquele homem grande e lento me paralisou, e um bolo instantâneo de pânico se formou em meu estômago.

Não, pensei. *Não. Ele está morto. Estão todos mortos.*

Era um sujeito desleixado, de ombros caídos e uma barriga proeminente que esticava o colete surrado, mas era grande. Grande. Fui outra vez acometida por um súbito pavor, medo de uma imensa sombra irromper no meio da noite bem ao meu lado, cutucando-me, avultando-se sobre mim como uma nuvem negra, esmagando-me contra a terra do chão e as agulhas de pinheiro.

Martha.

Fui invadida por um frio, apesar de estar sob o sol.

"Martha", dissera ele. Ele havia me chamado pelo nome da falecida esposa, então chorara em meus cabelos.

Martha. Eu só podia estar enganada. Esse foi o meu primeiro pensamento consciente, articulado com teimosia, cada palavra ecoando alto em minha mente, cada palavra depositada feito uma pequena pilha de pedras, a primeira fundação de uma muralha defensiva. *Você. Está. Enganada.*

Mas eu não estava. Minha pele sabia. Meus pelos se eriçavam, em uma defesa vã, pois o que a pele podia fazer para afastar essas coisas?

Você. Está. Enganada!

Mas eu não estava. Meus seios sabiam, pois formigavam, horrorizados, tragados à própria revelia por mãos brutas, que apertavam e beliscavam.

Minhas coxas também sabiam. Os músculos fracos e ardidos, insuportavelmente distendidos, as saliências onde socos e dedos brutais provocavam hematomas até os ossos, deixando uma dor que persistia mesmo depois que as marcas desapareciam.

– Você está enganada – sussurrei. – Enganada.

Mas eu não estava. A carne macia e deslizante entre as minhas pernas sabia, tomada pelo súbito e impotente horror da recordação... e eu também.

Passei um tempo paralisada, até perceber que estava hiperventilando, e empreendi um esforço consciente para parar. O homem abriu caminho por entre o aglomerado de galpões de animais vivos. Parou junto a um redil de porcos, apoiou-se na cerca e ficou contemplando o dorso dos animais. Outro sujeito engajado na mesma distração falou alguma coisa, e ele respondeu. Eu estava muito longe para ouvir, mas captei o timbre da voz dele.

Martha. Eu sei que você não quer, Martha, mas é preciso. Eu tenho que lhe dar isso.

Eu não vou vomitar. Após tomar a decisão, acalmei-me um pouco. À época, eu não deixei que ele e seus companheiros matassem o meu espírito. Por que permitiria que me fizesse mal agora?

Ele se afastou dos porcos, e eu fui atrás. Não sabia ao certo *por que* estava seguindo o homem, mas sentia um forte ímpeto. Não tinha medo dele. Em termos lógicos, não havia razão para isso. Ao mesmo tempo, meu corpo ilógico ainda guardava os ecos daquela noite, sua carne, seus dedos, e desejei sair correndo. Eu não ia tolerar isso.

Segui-o, indo dos porcos às galinhas e de volta aos porcos. Ele parecia interessado em uma porquinha malhada. Apontou para ela e pareceu fazer umas perguntas ao cuidador, mas balançou a cabeça, desanimado, e foi embora. Caro demais?

Eu poderia descobrir quem ele é. A ideia me ocorreu, mas eu rejeitei, com surpreendente violência. Não queria saber o nome dele.

Mesmo assim... eu o segui. Ele adentrou o prédio principal e comprou um pouco de tabaco. Percebi que sabia que ele consumia tabaco; havia sentido em seu hálito o cheiro azedo de cinzas. Ele conversou com o funcionário que pesara o produto, a voz lenta e enfadonha. Não parava de falar e o vendedor começou a ficar tenso. "Já terminamos aqui, vá embora", dizia com clareza sua expressão. Cinco minutos depois, o alívio ficou igualmente estampado no semblante do funcionário quando o sujeito se afastou e foi olhar uns barris cheios de pregos.

Pelo que me contara, eu sabia que sua mulher havia morrido. Por sua aparência e pela forma como entediava todos com quem conversava, imaginei que não tivesse arrumado outra. Era um homem pobre, isso estava claro, o que era comum no interior. Mas também era sujo e acabado, barbudo e desgrenhado, como não costuma ser um homem que vive com uma mulher.

Ao se dirigir à porta, passou a menos de 1 metro de mim, o saquinho de tabaco e a bolsa de pregos em uma das mãos, um palitinho de açúcar de cevada na outra. Ele lambia o açúcar com a língua grande e molhada, exibindo uma vaga expressão de prazer. Tinha uma manchinha avermelhada na bochecha, um sinal de nascença. *Rude e bruto*, pensei. E a palavra veio a mim: *relaxado*.

Meu Deus, refleti, com leve nojo, imiscuído a uma relutante pena, que me trouxe ainda mais nojo. Eu cogitara confrontá-lo, aproximar-me dele e exigir saber se ele me conhecia. Ao passar por mim, porém, ele havia me encarado, sem dar sinal de me reconhecer. Talvez meu aspecto agora – eu estava limpa, penteada e vestida com decência – fosse muito diferente de como ele me vira da última vez: suja, de cabelos desgrenhados, seminua e espancada.

Talvez, àquela época, ele não tivesse de fato me visto. Estava muitíssimo escuro quando se aproximou de mim, amarrada e lutando para respirar com o nariz quebrado. Eu não o tinha visto.

Tem certeza de que é ele mesmo? Sim, eu tinha certeza. Tive certeza ao ouvir sua voz, e mais ainda ao vê-lo, ao sentir o ritmo de seu corpanzil lento.

Não, eu não queria falar com ele. Que propósito teria? E o que eu diria? Exigiria um pedido de desculpas? Era muito provável que ele nem se lembrasse do que havia feito.

O pensamento me fez soltar uma bufada, com um amargo bom humor.

– Qual é a graça, *grandmère*? – Germain tinha surgido ao meu lado, segurando dois palitinhos de açúcar de cevada.

– Só pensei uma coisa – respondi. – Nada importante. Vovó Janet já terminou?

– Sim, ela me mandou procurar a senhora. Quer um?

Muito generoso, ele me estendeu um palitinho doce. Meu estômago se revirou com a lembrança daquela enorme língua rosa lambendo o açúcar.

– Não, obrigada. Por que não leva para Fanny? Seria um ótimo exercício para ela.

O corte do frênulo não corrigia a fala de Fanny nem sua capacidade de deglutir os alimentos. Apenas tornara tudo isso possível, mas era preciso treino. Germain passava horas com ela, os dois mostrando a língua um para o outro, contorcendo em todas as direções e gargalhando.

– Ah, eu peguei um monte de palitinhos para ela – disse Germain. – E para Aidan, para Orrie e também para o pequeno Rob.

– Que generoso, Germain – comentei, meio espantada. – Ahn... Como você *pagou*?

– Com uma pele de castor – respondeu ele, com ar de satisfação. – O sr. Kezzie Beardsley me deu por ter levado as crianças até o córrego e cuidado delas enquanto a sra. Beardsley e ele tiravam um cochilo.

– Um cochilo – repeti, contorcendo a boca, com vontade de rir. – Entendi. Muito bem. Vamos encontrar a vovó Janet, então.

Em pouco tempo, todos nos organizamos para a viagem de volta à Cordilheira. Normalmente era uma caminhada de dois dias. A pé e com cabras, levaríamos quatro dias.

No entanto, tínhamos comida e cobertores, e o tempo estava bom. Ninguém estava com pressa – sem dúvida não as cabras, parando toda hora para comer tudo o que viam pela frente.

A paz da estrada e as minhas companhias me ajudaram bastante a aquietar as perturbações. A imitação de Rachel, durante o jantar, das caras que Ian fizera ao encontrar a sra. Sylvie e os Wurms me ajudou ainda mais. Assim que me deitei junto à fogueira, adormeci, mergulhando em um sono sem sonhos.

140

MULHER, QUER SE DEITAR COMIGO?

Ian não sabia se Rachel estava chocada, zangada, achando graça ou tudo ao mesmo tempo. Isso o desconcertou. Ele costumava *conhecer* seus pensamentos, pois ela lhe contava. Não era o tipo de mulher que esperava que o homem lesse sua mente e se aborrecia quando isso não acontecia.

Em relação ao ocorrido com a sra. Sylvie e os Wurms, no entanto, ela não tinha comentado nada. Os dois fizeram suas negociações, trocando duas garrafas de uísque por sal, açúcar, pregos, agulhas, linha, uma lâmina de enxada e um rolo de tecido xadrez cor-de-rosa. Ian havia comprado para ela um pepino em conserva do tamanho de um palmo. Ela agradeceu, mas não falou muito mais no caminho para casa. No presente momento, lambia o legume, com o semblante meditativo, enquanto sacolejava no lombo de Clarence.

Era uma visão fascinante, e Ian, distraído, quase topou com um pedregulho íngreme. Ao ouvi-lo exclamar, tentando recuperar o equilíbrio, ela abriu um sorriso, então talvez não estivesse tão aborrecida com a história de Sylvie.

– Você não pretende comer o pepino? – perguntou ele, empertigando-se junto ao estribo.

– Pretendo – respondeu ela, muito calma –, mas tudo a seu tempo.

Com os olhos cravados nele, ela deu uma lambida longa e lenta no legume enverrugado, então encerrou com uma chupada deliberada. Ele deu de cara com um galho de pinheiro flexível, que lhe arranhou o rosto. Soltou um xingamento, esfregando os olhos lacrimejantes. Ela estava rindo!

– Você fez de propósito, Rachel Murray!

– Está me acusando de empurrá-lo para cima de uma árvore? – retorquiu ela, arqueando a sobrancelha. – Você é um experiente batedor índio, ou assim eu fui induzida a crer. Sem dúvida deve olhar por onde anda.

Ela havia freado Clarence – que estava sempre disposto a parar, ainda mais se houvesse algo comestível à vista – e permaneceu sentada, sorrindo para Ian, insolente feito um macaco.

– Me dê isso, sim?

De bom grado, ela lhe entregou o pepino e limpou a mão na coxa. Ele deu uma bela mordida, preenchendo a boca de alho, endro e vinagre. Em seguida, meteu o pepino em um dos alforjes e estendeu a mão a ela.

– Desça aqui.

– Por quê? – indagou Rachel.

Ainda sorrindo, ela remexeu o corpo, inclinando-se para ele, mas sem qualquer esforço para descer. *Esse* tipo de conversa ele entendia, então estendeu o braço, agarrou a cintura dela e a puxou para baixo, em uma profusão de saias. Parou um instante, para engolir o pepino, e lhe deu um beijo demorado, segurando suas nádegas. Seu cabelo cheirava a pinha, pena de frango e o sabonete suave que tia Claire chamava de xampu. Ian ainda sentia em seu hálito a salsicha alemã que haviam comido no almoço, por sob o véu do pepino em conserva.

Ela tinha os braços agarrados ao pescoço de Ian, a barriga pressionando a dele. De repente, Ian sentiu um empurrão forte no próprio ventre. Olhou para baixo, admirado, e Rachel deu uma risadinha. Não tinha percebido que ela não estava de espartilho. Os seios estavam presos com uma faixa, sob a roupa de baixo, mas a barriga estava simplesmente *ali*, debaixo do vestido, redonda e firme como uma abóbora.

– Ele... ou ela... acordou – disse Rachel.

E colocou a mão na barriga, que se remexia de leve, revelando o movimento de minúsculos braços e pernas a explorar seu ventre. Isso era sempre muito fascinante, mas Ian ainda estava sob a influência da sucção do pepino.

– Vou embalar o bebê para que volte a dormir – sussurrou ele no ouvido dela, então se inclinou e a ergueu no colo.

Passados quase oito meses, Rachel estava bastante pesada, mas ele conseguiu, soltando um leve grunhido. Então, com o cuidado de desviar dos galhos baixos e das pedras soltas, carregou-a para a floresta, deixando Clarence a pastar em uma suculenta moita.

– Espero que não tenha sido o encontro com sua ex-namorada a faísca desse arroubo de paixão – observou Rachel, tirando com um peteleco um bichinho pousado no antebraço do marido, que estava bem perto do rosto dela.

Os dois estavam deitados sobre a manta escocesa de Ian, nus e encaixados, como duas conchas. Estava fresco sob as árvores, mas Rachel nos últimos dias quase não sentia frio. A criança parecia uma pequena fornalha. Puxara ao pai, sem dúvida, já que Ian costumava ter a pele quente. Para ele, o calor da paixão não era uma mera metáfora. Quando os dois se deitavam, ele se incendiava.

– Ela não era a minha namorada – murmurou Ian junto aos cabelos dela e beijou a parte de trás de sua orelha. – Era só uma transação comercial.

Ela não gostou de ouvir isso.

– Eu falei que já me deitei com prostitutas – completou ele. Sua voz era suave, mas ela ouvia o leve tom de reprovação. – Você preferia que eu tivesse abandonado namoradas pelo interior?

Ela respirou, relaxou e espichou o pescoço para beijar o dorso da mão dele, comprida e bronzeada.

– É verdade… você me falou. E, embora exista uma parte de mim que preferia ter recebido você virgem, casto e intocado, a honestidade me obriga a ter certa gratidão pelas lições que aprendeu com mulheres como a sra. Sylvie.

Ela quis perguntar se ele havia aprendido as coisas que acabara de fazer com a sra. Sylvie ou com sua esposa indígena, mas não tinha a menor intenção de trazer Trabalha com as Mãos para o meio dos dois.

A mão de Ian envolveu o seio dela, brincando delicadamente com o mamilo, e Rachel se contorceu de maneira involuntária – um movimento lento e insinuante, empurrando as nádegas para ele. Os mamilos de Rachel andavam tão grandes e sensíveis que não suportavam o atrito do espartilho. Ela se contorceu outra vez; ele riu e rolou por cima dela, para abocanhar o mamilo.

– Não faça esses gemidos – disse, com a boca junto à pele dela. – Daqui a pouco os outros vão chegar à trilha.

– O que… vão pensar, quando virem Clarence sem ninguém?

– Mais tarde, se perguntarem, podemos dizer que estávamos catando cogumelos.

Eles não deviam permanecer ali por muito tempo, mas Ian queria ficar daquele jeito para sempre – ou pelo menos por mais cinco minutos. Ele estava novamente atrás de Rachel, quente e forte. Sua mão agora pousava na barriga dela, acariciando com ternura a criança que ela gestava.

Ele devia estar achando que Rachel dormia ou talvez não se importasse se ela ouvisse. Falava em *gàidhlig* e, por mais que ainda não conhecesse a língua para entender todas as palavras, Rachel reconheceu que era uma oração. *"A Dhia"* significava "Ó, Deus". E ela, naturalmente, sabia qual era a intenção da prece.

– Está tudo bem – disse ela com delicadeza ao fim da reza, deitando a mão sobre a dele.

– O quê?

– Que você pense em seu primeiro filho… primeiros filhos. Sei que você pensa. E sei quanto teme por este – acrescentou, ainda mais delicada.

Ele respirou fundo, soprando no pescoço dela o hálito quente e ainda perfumado de endro e alho.

– Você amolece o meu coração, moça… Se acontecesse alguma coisa com você ou com Oggy, eu seria tomado por um vazio que acabaria com a minha vida.

Ela quis dizer a Ian que nada aconteceria, que ela não deixaria. Mas isso seria assumir o poder de coisas que não podia prometer.

– Nossa vida está nas mãos de Deus – disse ela, apertando as dele. – E, haja o que houver, estaremos juntos para sempre.

Novamente vestidos e apresentáveis, os dois chegaram à trilha assim que Claire e Jenny dobravam a curva, trazendo os fardos, cada uma puxando uma cabra leiteira, criaturas amistosas que entoaram um berro alto em saudação tão logo avistaram os dois estranhos.

Rachel viu o olhar afiado da mãe de Ian para o filho e logo em seguida Jenny ergueu os olhos azul-escuros para a nora, empoleirada no lombo de Clarence. Ela abriu um sorriso que demonstrava que sabia direitinho o que os dois andaram fazendo. O sangue esquentou as bochechas de Rachel, mas ela manteve a compostura e meneou a cabeça para Jenny, em um gesto gracioso – apesar de os amigos só inclinarem a cabeça em devoção a Deus.

Ainda enrubescida, não prestara atenção em Claire. No entanto, quando os dois já estavam bem na frente das senhoras e das cabras, Ian ergueu o queixo e inclinou a cabeça para ela.

– Está achando a tia Claire meio esquisita?

– Não reparei. Como assim?

Ian deu de ombros e franziu de leve o cenho.

– Não sei direito. No trajeto até o entreposto, e logo depois de chegar lá, ela estava normal. Mas, quando voltou da compra das cabras, parecia... – Era difícil encontrar palavras para explicar a sensação. – Não exatamente com cara de quem viu uma assombração, mas... aturdida, sabe? Surpresa, talvez chocada. Daí, quando me viu, ela tentou agir como se estivesse tudo normal, e eu acabei me distraindo com os fardos e esqueci o assunto.

Ele virou a cabeça outra vez por sobre o ombro, mas a trilha estava vazia. Um berro suave ecoou atrás deles, e Ian sorriu. Seus olhos, no entanto, estavam inquietos.

– Sabe, tia Claire não consegue esconder as coisas muito bem. Tio Jamie sempre diz que ela é transparente, e é verdade. Seja lá o que ela tenha visto lá no entreposto... acho que ainda a está assombrando.

141

O SENTIMENTO MAIS PROFUNDO SEMPRE SE REVELA NO SILÊNCIO

Em algum momento durante a tarde do terceiro dia, Jenny soltou um pigarro significativo. Havíamos parado junto a um córrego, onde a grama era alta e espessa, e enfiado os pés cansados na água, enquanto olhávamos as cabras presas. É raro alguém se dar ao trabalho de prender uma cabra, já que ela pode mastigar a corda em questão de segundos. No presente momento, entretanto, havia muita comida disponível para que desejassem perder tempo comendo corda.

– Está com algo na garganta? – indaguei, em um tom amigável. – Ainda bem que tem bastante água.

Jenny soltou um ruído escocês, indicando um respeitoso apreço por meu comentário, então meteu a mão no bolso, tirou um cantil de prata muito velho e o desarrolhou. De onde estava sentada, senti o cheiro de álcool – um precursor local do uísque, imaginei.

– Você trouxe isso da Escócia? – perguntei, aceitando o cantil, que tinha a gravação rústica de uma flor-de-lis.

– Trouxe. Era de Ian. Da época que Jamie e ele eram soldados na França. Ele trouxe quando perdeu a perna. Nós nos sentávamos no muro da casa do pai dele e tomávamos um trago juntos, enquanto ele convalescia. Ele precisava, coitadinho, pois eu o forçava a subir e descer a estrada dez vezes, todos os dias, para aprender a usar a perna de pau. – Ela sorriu, enrugando os olhos oblíquos, mas com certa melancolia. – Eu falei que só casaria quando ele conseguisse ficar de pé ao meu lado no altar e me conduzir pelo corredor depois da cerimônia.

Eu ri.

– Não é bem assim que *ele* conta. – Dei uma golada cautelosa, mas o líquido era delicioso. Picante, porém suave. – Onde arrumou isso?

– Um homem chamado Gibbs, de Aberdeenshire. Ninguém imagina que eles saibam alguma coisa sobre produção de uísque por lá, mas ele deve ter aprendido em algum canto, sem dúvida. Mora em um lugar chamado Hogue Corners. Você o conhece?

– Não, mas não deve ser muito longe. É ele mesmo que faz? Jamie ia se interessar.

Dei um segundo gole e devolvi o cantil, segurando o uísque na boca para saborear.

– Pois é, também acho. Estou com uma garrafinha para ele na bolsa. – Ela bebericou e assentiu, em aprovação. – Quem era o gordo imundo e desengonçado que assustou você lá no entreposto?

Eu me engasguei com o uísque, engoli do jeito errado e acabei quase vomitando. Jenny apoiou o cantil, ergueu as saias, entrou no córrego e mergulhou o lenço na água fria; entregou a mim, então encheu a mão de água e virou na minha boca.

– Como você disse, ainda bem que tem bastante água – observou ela. – Aqui, beba mais um pouco.

Eu assenti, com lágrimas nos olhos, mas ergui as saias, ajoelhei-me e bebi sozinha, parando para respirar, até recuperar o fôlego.

– Eu não tinha dúvida – soltou Jenny, observando a cena. – Mesmo que tivesse, agora já não teria. Quem é ele?

– Eu não sei, droga – respondi, atravessada. Jenny, que não se intimidava com tons de voz, limitou-se a erguer a sobrancelha arqueada. – Não sei – repeti, um pouco mais calma. – Eu... tinha visto o homem em outro lugar, mas não faço ideia de quem seja.

Ela me examinava com o ar interessado de um cientista que observa um novo micro-organismo no microscópio.

– Sei, sei. E onde você o viu da outra vez? Porque certamente o reconheceu. Você ficou bem abalada.

– Se eu achasse que fosse fazer a menor diferença, responderia que não é da sua conta – retruquei, com um revirar de olhos. – Dê aqui esse cantil, sim?

Ela obedeceu, olhando com paciência enquanto eu bebericava e decidia o que dizer. Por fim, respirei fundo, com hálito de uísque, e devolvi o cantil a ela.

– Obrigada. Não sei se Jamie contou, mas, há cerca de cinco anos, uma gangue chegou à Cordilheira. Tocaram fogo no barracão de maltagem, ou pelo menos tentaram, e machucaram Marsali. E... me levaram. Como refém.

Jenny me entregou de volta o cantil, em silêncio, mas expressando profunda compaixão em seus olhos azuis.

– Jamie... me resgatou – prossegui. – Levou uns homens com ele, e aconteceu uma luta horrível. Quase todos os integrantes da gangue foram mortos, mas... claro que uns poucos fugiram no meio da escuridão. Aquele... era um deles. Não, tudo bem. Não preciso mais.

Eu havia segurado o cantil enquanto contava a história, como se fosse um talismã de coragem, mas o devolvi.

Ela deu uma golada longa e meditativa.

– Mas você não tentou descobrir o nome dele? O povo de lá o conhecia. Teriam lhe contado.

– Eu não quero saber! – retruquei, tão alto que uma das cabras soltou um berro assustado e saltou por sobre um tufo de grama, evidentemente nada perturbada pela corda. – Não importa mais – falei, um pouco mais baixo, porém com firmeza. – Os líderes do grupo... estão todos mortos, bem como a maioria dos outros. Esse sujeito... Bom, só de olhar já dá para ver, não é? Você o chamou de quê? "Gordo imundo e desengonçado"? É exatamente isso que ele é. Não representa perigo para nós. Eu só... quero esquecer – concluí, meio fraca.

Ela assentiu e abafou um breve arroto. Assustada com o barulho, balançou a cabeça, arrolhou o cantil e o guardou.

Permanecemos um tempo em silêncio, ouvindo o córrego e os pássaros entre as árvores atrás de nós. Havia uma cotovia ali perto, entoando com agudeza seu imenso repertório.

Dez minutos depois, Jenny se espreguiçou, alongou as costas e deu um suspiro.

– Você se lembra da minha filha Maggie?

– Lembro – respondi, com um sorriso. – Eu fiz o parto dela. Ou melhor, só segurei a menina. O trabalho foi todo seu.

– É mesmo – concordou ela, enfiando um pé na água. – Eu tinha me esquecido.

Dirigi a ela um olhar aguçado. Se estivesse dizendo a verdade, seria a *primeira* coisa que ela esquecia na vida. Jenny ainda não estava em idade de começar a se esquecer das coisas.

– Ela foi estuprada – disse Jenny, em um tom muito firme, encarando a água. – Não foi feio… Ela não foi espancada… mas engravidou do homem.

– Que horror – comentei baixinho, depois de uma pausa. – Foi um soldado do governo?

Esse tinha sido o meu primeiro pensamento… mas Maggie devia ser apenas uma criança durante os anos da Revolta e da limpeza de Cumberland nas Terras Altas, quando o Exército Britânico percorrera diversas aldeias e povoados, incendiando, saqueando e, sim, estuprando.

– Não, não foi – respondeu Jenny, pensativa. – Foi o irmão do marido dela.

– Meu Deus!

– Pois é. Foi exatamente o meu comentário quanto ela me contou. – Ela fez uma careta. – No fim das contas, essa foi a única coisa boa da história. Geordie, o irmão, tinha os olhos e os cabelos da mesma cor dos de Paul, o marido, de modo que o menino passou bem despercebido.

– E ela… ela deixou passar despercebido? – Eu não pude deixar de perguntar.

Jenny deu um longo suspiro e assentiu, tirando os pés da água e enfiando-os debaixo da anágua.

– A pobrezinha me perguntou o que fazer. Eu rezei… Deus, como rezei! – disse ela, com súbita violência, então deu uma fungada. – E pedi que não contasse a Paul. Se contasse, como aquilo acabaria? Com um deles morto… pois um homem das Terras Altas não é capaz de conviver com o estuprador de sua esposa… e muito provavelmente Paul morreria. E mesmo que ele só desse uma surra em Geordie e o pusesse para fora, todos saberiam o motivo. Wally levaria a marca de bastardo, fruto de um estupro… O que isso acarretaria?

Ela se abaixou, pegou um punhado de água e jogou no rosto. Inclinou a cabeça para trás, fechou os olhos, deixou a água escorrer pelo rosto de ossos pronunciados e balançou a cabeça.

– E a família… de Paul e Geordie? – prosseguiu Jenny. – Uma coisa dessas despedaçaria a família… e criaria uma desavença conosco, claro, pois eles alegariam que Maggie estava mentindo em vez de acreditar na história dela. Os Carmichaels são uns broncos. Muitíssimo leais, mas de uma teimosia só.

– Falou uma Fraser – comentei. – Os Carmichaels devem mesmo ser um caso à parte.

Jenny bufou, mas permaneci uns instantes calada.

– Pois bem – disse ela, olhando para mim –, eu falei a Maggie que havia rezado e achava que ela deveria suportar aquilo, pelo bem de seu marido e de seus filhos, e não dizer nada. Que tentasse perdoar Geordie e se afastar dele. E foi o que ela fez.

– E... o que Geordie fez? – indaguei, curiosa. – Ele sabe que Wally é filho dele?

Ela balançou a cabeça.

– Não sei. Depois que o menino nasceu, ele foi embora... emigrou para o Canadá. Ninguém se surpreendeu. Todos sabiam que Geordie era loucamente apaixonado por Maggie e ficara arrasado quando ela escolheu Paul. Acho que isso facilitou as coisas.

– O que os olhos não veem o coração não sente? É, suponho que sim – respondi, em tom seco. Achei que não devia perguntar, mas foi inevitável: – Maggie chegou a contar para Paul? Depois da partida de Geordie?

Ela balançou a cabeça e se levantou, meio rígida, sacudindo as saias.

– Não tenho certeza, mas acho que não. Receber essa notícia, depois de tanto tempo... Como ele reagiria? E ainda odiaria o irmão, mesmo que não conseguisse matá-lo. – Seus olhos azuis, tão parecidos com os de Jamie, encararam-me, revelando tristeza e bom humor ao mesmo tempo. – Não dá para passar tanto tempo casada com um homem das Terras Altas e desconhecer a profundidade de seu ódio. Vamos... É melhor buscarmos as cabras antes que explodam de tanto comer.

Ela foi adentrando a grama, de sapatos na mão, entoando um feitiço em *gàidhlig* para convocar os animais:

Os Três que estão acima, na Cidade da Glória,
Pastoreiam meu gado e meu rebanho,
Conservando-os no calor, na tormenta e no frio,
Com a bênção do poder que os conduz
Das alturas às casas do solo.

Eu pensei muito aquela noite, depois que todos se enroscaram sob as cobertas e começaram a roncar. Bom... desde que vira o homem, eu *não* tinha parado de pensar. Entretanto, diante da história que Jenny havia contado, minhas ideias começaram a clarear.

A ideia de não dizer nada foi a primeira que me veio à mente, claro, e ainda era a minha intenção. Só que havia algumas falhas nesse plano. A principal era que, por mais irritante que fosse ouvir isto o tempo todo, era inegável que eu não sabia esconder os meus sentimentos. Quando estava muito atormentada, as pessoas com quem eu convivia logo começavam a me olhar de esguelha, a pisar em ovos – ou, no caso de Jamie, vinham logo exigir saber qual era o problema.

Jenny tinha feito isso, embora não tivesse me pressionado para que eu revelasse os detalhes da minha experiência. No entanto, delineara os contornos da história com muita clareza ou não teria me contado o que se passara com Maggie. Mais tarde, cogitei perguntar a ela se Jamie *tinha* dito algo sobre o ataque de Hodgepile e suas consequências.

A questão, porém, era a minha reação ao encontro com o gordo imundo e desengonçado. Cada vez que repetia a descrição a mim mesma, eu soltava uma bufada, mas na verdade isso ajudava. Ele era um homem digno de pena. Não era um monstro. Não… *não valia* fazer alarde. Só Deus sabia como ele tinha se unido à gangue de Hodgepile. Na minha opinião, as gangues de criminosos eram compostas, em sua maioria, de idiotas inúteis.

Por mais que eu não quisesse reviver a experiência, foi o que fiz. Ele não havia se aproximado de mim com intenção de me machucar. Na verdade, não tinha machucado (o que não significava que *não* tivesse me esmagado com aquele peso, afastado minhas coxas à força e enfiado o pênis em mim…).

Eu relaxei o maxilar, respirei fundo e recomecei.

Ele havia se aproximado de mim por oportunidade… e necessidade.

"Martha", dissera ele, aos soluços, deixando escorrer as lágrimas e o ranho quente em meu pescoço. "Martha, como eu amava você."

Poderia perdoá-lo com base nisso? Deixar de lado o desprazer do que ele me fizera e enxergá-lo apenas como a criatura patética que era?

Se isso fosse possível, será que ele deixaria de habitar a minha mente, feito um zumbido incessante por sob o véu dos pensamentos?

Inclinei a cabeça, encarando o céu muitíssimo negro, repleto de estrelas. Quem sabe que as estrelas não passam de bolas de gás chamejantes consegue, sem dificuldade, imaginá-las da mesma forma que Van Gogh… Ao encarar aquele vazio luminoso, pode compreender por que as pessoas sempre olham para o céu quando falam com Deus. É preciso sentir a imensidão de algo muito maior do que nós, e o céu é isto: uma imensurável vastidão, sempre à mão, pronta para nos proteger.

Me ajude, pedi, em silêncio.

Eu nunca tinha falado com Jamie sobre Jack Randall. Mas sabia, pelas poucas coisas que ele havia me dito – e pelas falas desconexas que soltava em seus piores pesadelos –, que essa fora sua escolha para sobreviver. Ele tinha perdoado Jack Randall. Incontáveis vezes. Mas era um homem teimoso; conseguia fazer isso. Mil e uma vezes.

Me ajude, pedi, e senti as lágrimas escorrendo por minhas têmporas, até os cabelos. *Por favor, me ajude.*

142

COISAS SURGINDO À VISTA

Funcionou. Não foi fácil, e só por uns minutinhos de cada vez, mas o choque foi perdendo a força. Já em casa, rodeada pela paz da montanha e o amor da família e dos amigos, senti o bem-vindo retorno de meu equilíbrio. Rezei, perdoei e superei.

As distrações foram de grande ajuda. Em uma comunidade agrícola, o verão é a época mais movimentada do ano. E onde há homens trabalhando com foices, enxadas, carroções, animais vivos, armas de fogo e facas... há ferimentos. Quanto às mulheres e às crianças... queimaduras, acidentes domésticos, prisão de ventre, diarreia, dentição e... lombrigas.

– Ali, está vendo? – perguntei, baixinho, segurando uma vela acesa a pouca distância das nádegas de Tammas Wilson, de 2 anos.

Tammas, naturalmente concluindo que eu pretendia chamuscar sua bundinha ou cravar a vela em suas costas, gritava e se debatia, tentando escapar. A mãe, no entanto, agarrou o menino com mais firmeza e tornou a abrir suas nádegas, revelando a profusão de vermes diminutos e branquelos a se contorcer em seu pequeno ânus.

– Cristo entre nós e o mal – sussurrou Annie Wilson, soltando a mão para fazer o sinal da cruz. Tammas, determinado a escapar, contorceu-se e acabou quase conseguindo empurrar a cabeça na vela. Eu agarrei o menino pelo pé e o puxei de volta.

– Essas são as fêmeas – expliquei. – Elas saem durante a noite e deixam ovos na pele. Os ovos provocam coceira, e seu filho coça, claro. Por isso está todo vermelho e assado. Só que ele vai botando a mão em outras coisas e ajuda a espalhar os ovos. – Tammas, com seus 2 aninhos, remexia em tudo que via pela frente. – Por isso toda a família também deve estar infectada.

A sra. Wilson se contorceu de leve sobre o banquinho onde estava sentada – se por conta dos vermes ou do constrangimento, eu não soube – e ergueu Tammas, que rapidamente saiu de seu colo e disparou em direção à cama que abrigava suas duas irmãs mais velhas, de 4 e 5 anos. Eu o agarrei pela cinturinha e o trouxe de volta para perto da lareira.

– Por Santa Brígida, o que vou fazer? – indagou Annie, com um olhar impotente para as meninas adormecidas e o sr. Wilson, que roncava na outra cama, exaurido após um dia de trabalho.

– Bom, para os adultos e para as crianças maiores, você vai usar isso aqui.

Tirei da cesta uma garrafa e entreguei a ela, com bastante cuidado. Não era nada explosivo, mas sempre me deu essa impressão, por conta dos efeitos.

– É um tônico de eufórbio-florido e raiz de ipecacuanha selvagem. É um laxante muito forte, ou seja, todos vocês terão uma diarreia abrasadora – expliquei, ao ver sua incompreensão. – Com poucas doses ficarão livres dos vermes, desde que consigam evitar que Tammas e as meninas continuem espalhando os ovos. Para as crianças menores, tenho isto aqui – prossegui, entregando a ela um pote de pasta de alho, de cheiro tão forte que mesmo arrolhado fez Annie torcer o nariz. – Ponha um pouco no dedo, esfregue na bundinha da criança e... passe por dentro também.

– Está bem – disse ela, meio resignada, guardando o pote e a garrafa.

Decerto não era a pior tarefa que a maternidade a obrigara a cumprir. Orientei-a sobre a fervura da roupa de cama, dei rigorosos avisos sobre sabão e a religiosa lavagem das mãos, desejei boa sorte e fui embora, sentindo uma enorme vontade de coçar a minha bunda.

A sensação, no entanto, diminuiu durante a caminhada de volta ao chalé dos Higgins, e eu me deitei ao lado de Jamie sentindo a paz oriunda de um trabalho bem-feito.

Cheio de sono, ele se remexeu e me abraçou, então sentiu o cheiro.

– Em nome de Deus, Sassenach, o que andou fazendo?

– Nem queira saber. Estou cheirando a quê?

Se fosse apenas a alho, eu não me levantaria. Se fosse a fezes…

– Alho – respondeu ele, felizmente. – Está parecendo um *gigot d'agneau* francês.

O estômago de Jamie deu uma roncada, e eu ri, em silêncio.

– Acho que o melhor que vai conseguir é um mingau, no café da manhã.

– Tudo bem – disse ele, tranquilo. – Eu coloco um melzinho.

Na tarde seguinte, na falta de emergências médicas, subi com Jamie até o local da nova casa. Por toda parte se viam a folhagem arredondada e os caules curvados dos morangueiros, salpicando a encosta de pequeninos corações azedinhos. Eu havia levado uma cesta – nunca circulava de mãos abanando, na primavera e no verão –, já pela metade quando chegamos à clareira, que proporcionava uma linda vista de todo o vale abaixo da Cordilheira.

– Parece que faz uma eternidade desde que chegamos aqui pela primeira vez – falei, sentando-me em uma das pilhas de troncos já meio transformados em vigas e tirando o chapéu de aba larga, para deixar a brisa soprar os meus cabelos. – Você se lembra de quando encontramos os morangos?

Ofereci a Jamie um punhado das frutas.

– Está mais para duas ou três eternidades. Mas, sim, eu lembro.

Ele sorriu, sentou-se a meu lado e pegou uma das pequeninas frutinhas da palma da minha mão. Apontou para o chão à nossa frente, mais ou menos nivelado, onde havia improvisado uma maquete, com estacas enfiadas na terra e um barbante simbolizando a divisão de cômodos.

– Você vai querer o consultório na frente? Igual a antes? Foi como eu arrumei. Se quiser mudar, não é difícil.

– Sim, acho que sim. Vou passar mais tempo lá do que em qualquer outro lugar. Vai ser bom poder olhar pela janela e ver a chegada das emergências.

Eu falei com toda a seriedade, mas ele riu e pegou mais uns morangos.

– Pelo menos, se tiverem que subir a encosta, vão demorar mais a chegar.

Ele tinha trazido a mesinha bruta que havia feito, então a abriu sobre os joelhos para me mostrar a planta, rascunhada a lápis.

– Vou botar a minha sala de conferências em frente ao consultório, como era antes. Veja aqui que eu alarguei o corredor, por conta da escadaria na frente, e acho que talvez queira uma saleta ali, entre a sala de conferências e a cozinha. Quanto à cozinha, será que devíamos ter uma anexa, como John Grey tinha na Filadélfia?

Avaliei a ideia um instante, revirando na boca as frutinhas adstringentes. Não me surpreendia que aquilo tivesse passado pela cabeça de Jamie. Qualquer sobrevivente de um incêndio em uma residência, ainda mais dois, conhecia muito bem os perigos.

– Ah, acho que não – respondi, por fim. – As pessoas fazem isso tanto pelo calor do verão quanto pelo perigo de incêndio, e isso não é um problema aqui. Afinal de contas, vamos precisar ter lareiras na casa. O perigo de incêndio não é tão grande quando se cozinha na lareira.

– Depende do cozinheiro, claro – retorquiu Jamie, arqueando a sobrancelha.

– Se esse comentário tiver sido pessoal, pode ir se retratando – repliquei, impassível. – Posso não ser a melhor cozinheira do mundo, mas nunca servi comida queimada.

– Bom, Sassenach, *você* é a única integrante da família que já tocou fogo na casa. Isso você há de convir.

Com uma risada, Jamie ergueu a mão para conter o tapa que fingi fazer menção de desferir. Fechou a mão totalmente em meu punho e, sem esforço, sentou-me em seu colo. Então me abraçou e apoiou o queixo em meu ombro, tirando os meus cabelos de seu rosto com a mão livre. Estava descalço, usando apenas uma camisa e o kilt de trabalho verde e marrom, comprado de um comerciante de Savannah. O tecido estava enrolado em sua coxa. Puxei uma dobra debaixo de mim e a alisei sobre o longo músculo de sua coxa.

– Amy falou que em Cross Creek tem um tecelão escocês – comentei. – Da próxima vez que for lá, talvez fosse bom encomendar um kilt novo… de repente com seu próprio tartã, se o tecelão conseguir trabalhar em um vermelho Fraser.

– Temos muitas outras coisas com que gastar dinheiro, Sassenach. Eu não preciso estar bem-vestido para caçar e pescar… e trabalho no campo com essa camisa.

– Eu poderia circular por aí vestindo uma anágua de flanela cinza toda furada, que não faria a menor diferença para o *meu* trabalho, mas você não ia gostar se isso acontecesse.

Ele soltou um ruído escocês, achando graça, e remexeu o corpo para me acomodar com mais firmeza.

– Não ia. Eu gosto quando está em um belo vestido, moça, de cabelo penteado, destacando esses lindos seios. Além disso, um homem é julgado pela forma como guarnece sua família. Se eu a deixasse andar por aí toda maltrapilha, os outros iam me achar malvado ou improvidente.

Pelo tom de voz, ficou bem claro qual dos dois pecados parecia mais aterrador.

– Iam, coisa nenhuma – retruquei, provocante. – Todo mundo na Cordilheira sabe muito bem que você não é nem uma coisa nem outra. Além disso, eu *também* gosto de ver você todo esplendoroso.

– Ora, mas que frivolidade da sua parte, Sassenach. Não esperava uma coisa dessas da dra. C. E. B. R. Fraser. – Ele recomeçou a rir, mas parou de súbito, dando um giro. – Olhe – disse, em meu ouvido, apontando para a lateral do vale. – Logo ali, à direita, onde o córrego desponta das árvores. Está vendo?

– Ah, *não*! – exclamei, avistando o borrão branco que avançava lentamente por entre o tapete verde de agrião e musgo. – Não pode ser!

Sem meus óculos e àquela distância, eu não conseguia distinguir os detalhes, mas pelos movimentos o borrão em questão devia ser um porco. Um porco enorme. Um porco enorme e branco.

– Bom, se não for a porca branca, é a filha. Meu palpite é que deve ser a própria. Eu reconheceria esse bundão orgulhoso em qualquer lugar.

– Pois muito bem. – Recostei o corpo nele e soltei um suspiro de satisfação. – Agora sei que estamos em casa.

– Daqui a um mês você estará dormindo sob o próprio teto, *a nighean* – disse ele, e eu ouvi o sorriso em sua voz. – Veja bem, talvez no início seja apenas o teto de um casebre, mas será nosso. No inverno já teremos construído as chaminés, erguido todas as paredes e estruturado o telhado. Posso ir finalizando o piso e as portas quando a neve estiver caindo.

Ergui a mão e toquei seu rosto quente, com a barba por fazer. Não me enganaria achando que ali era o paraíso ou mesmo um refúgio contra a guerra. À maneira dos ciclones, as guerras tendiam a se deslocar. Contudo, fosse lá quanto tempo durasse, aquele era o nosso lar, e agora estava em paz.

Passamos um tempo em silêncio, olhando o voo dos falcões pelo vale abaixo e as maquinações da porca branca – se de fato era ela – em sua busca por alimento, agora acompanhada de um grupo de porquinhos, decerto a ninhada daquela primavera. Na base do vale, dois homens surgiram à vista, a cavalo, na estrada de carroções. Senti Jamie se aprumar, alerta, então relaxar.

– Hiram Crombie e o novo missionário – disse ele. – Hiram falou que pretendia descer até a encruzilhada para esperar o homem, de modo a não se desencontrar dele.

– De modo a garantir que ele seja sério o suficiente para o trabalho, você quer dizer – retruquei, com uma risada. – Você percebe que eles terão perdido o hábito de achar que você é humano, não percebe?

Hiram Crombie era o líder do pequeno grupo de colonos que Jamie contratara havia seis anos. Eram todos presbiterianos de disposição bastante rígida, inclinados a considerar os papistas pessoas deveras perversas, quiçá a própria cria de Satã.

Jamie soltou um ruído, mas de dispensa e tolerância.

– Logo eles se acostumam comigo outra vez. E eu pagaria para ver Hiram conversando com Rachel. Aqui, Sassenach, minha perna ficou dormente.

Ele me ajudou a sair de seu colo e se levantou, ajeitando o kilt no lugar. Desbotado ou não, combinava com ele. Meu coração se elevou ao vê-lo exatamente como era: alto, de ombros largos, chefe de família, outra vez o dono da própria terra.

Ele tornou a olhar o vale e suspirou fundo.

– Falando em emergências – observou Jamie, pensativo –, é melhor mesmo que você veja a chegada delas. Assim pode se preparar melhor, sim? – Ele me encarou. – Agora seria uma boa hora para me contar que outra coisa terrível andou chegando, não acha?

– Não tem nada de errado – repeti, provavelmente pela décima vez. Arranquei uma casquinha da madeira onde estava sentada. – Está tudo ótimo. De verdade.

Jamie estava parado à minha frente, muito sério, com o vale e o céu nublado atrás de si.

– Sassenach – disse ele, delicado. – Eu sou bem mais teimoso que você. Estou sabendo que alguma coisa aborreceu você durante a visita ao entreposto e que não quer me contar o que houve. Eu sei que às vezes você precisa organizar as ideias antes de conversar, mas já teve bastante tempo de fazer isso... Seja lá o que for, estou vendo que é pior do que imaginei, senão já teria me contado.

Hesitei, tentando pensar em algo a dizer que talvez não fosse tão... Eu o encarei e concluí que não, não podia mentir para ele – e não apenas porque ele *saberia* detectar a mentira na mesma hora.

– Você se lembra – comecei, devagar, olhando para ele – da nossa noite de núpcias? Você falou que não pediria que eu contasse nada do que eu não pudesse. Disse que o amor guarda espaço para segredos, mas não para mentiras. Não vou mentir para você, Jamie, mas tenho o direito de não contar.

Ele passou o peso do corpo de um pé para o outro e suspirou.

– Se acha que *isso* vai me aliviar a mente, Sassenach... – disse ele, e balançou a cabeça. – De todo modo, não foi isso que eu falei. Eu recordo a ocasião... vividamente. O que eu disse na época foi que não havia nada entre nós além de respeito... e eu acreditava que o respeito talvez guardasse espaço para segredos, mas não para mentiras. – Ele fez uma breve pausa, então concluiu, muito gentil: – Você não acha que hoje em dia existe mais coisa entre nós além de respeito, *mo chridhe*?

Respirei fundo. Meu coração ribombava sob o espartilho, mas era só uma agitação normal, não pânico.

– Acho – respondi, olhando para ele. – Jamie, por favor, não me peça isso agora. Eu acho que está tudo bem, de verdade. Tenho rezado bastante e... acho que vai ficar tudo bem – concluí, meio abatida. Então me levantei e segurei as mãos dele. – Vou contar quando achar que posso. Consegue viver com isso?

Ele contorceu os lábios, pensativo. Não era homem de respostas superficiais. Se não conseguisse viver com isso, Jamie me diria.

– É um assunto para o qual eu talvez tenha que me preparar? – indagou ele, muito sério. – Digo, se for suscitar algum tipo de briga, vou ter que estar preparado.

– Ah. – Eu soltei o ar que estava prendendo, meio aliviada. – Não, não é nada desse tipo. É mais uma dúvida moral, coisa assim.

Percebi que a minha resposta não o alegrou. Ele perscrutou meu rosto, e eu vi a inquietação em seu olhos. Contudo, assentiu devagar.

– Eu consigo viver com isso, *a nighean* – disse baixinho, e beijou minha testa. – Por ora.

<h1 style="text-align:center">143</h1>

<h2 style="text-align:center">INTERRUPTUS</h2>

As outras coisas que mais requeriam a atenção de uma curandeira no verão eram as gestações e os partos. Todos os dias eu rezava para que Marsali tivesse parido seu bebê em segurança. Embora já fosse dia 1º de junho, ainda ficaríamos meses sem ter notícias, mas eu a examinara em Charleston, antes de nos despedirmos, e tudo parecia normal.

"Será que esse novo pode sair... igual a Henri-Christian?", perguntara ela, entoando o nome com dificuldade e tocando a barriga saliente.

"Provavelmente não", respondera, e vi uma onda de emoções percorrer o semblante de Marsali, como o vento soprando um riacho. Medo, arrependimento... e alívio.

Entoei outra oração rápida, benzi-me e fui subindo o caminho até o chalé dos MacDonalds, onde Rachel e Ian estavam hospedados enquanto ele não construísse um lugarzinho para os dois. Ela estava sentada no banco da frente, descascando ervilhas em uma bacia apoiada confortavelmente em sua barriga.

– *Madainn mhath!* – disse ao me ver, abrindo um sorriso. – Não está impressionada com a minha fluência linguística, Claire? Agora já sei falar "bom dia", "boa noite", "como vai?" e "vá se danar em St. Kilda".

– Muito bem – respondi, sentando-me ao lado dela. – Como se diz esse último?

– *Rach a h-Irt* – respondeu ela. – Imagino que "St. Kilda" seja figura de linguagem para algum lugar muito remoto, e não de fato o destino específico.

– Não me surpreenderia. Você tenta conciliar a forma quacre de falar ao *gàidhlig*? Isso é possível?

– Não faço ideia – respondeu Rachel, com franqueza. – Mãe Jenny se propôs a me ensinar a "Oração ao Senhor" em *gàidhlig*. Talvez a partir disso eu saiba dizer, pois é possível que a forma de se dirigir ao Criador seja similar.

– Ah. – Eu não tinha pensado nisso, mas fazia sentido. – Então você chama Deus de "você" quando fala com Ele?

– Claro. Existe amigo mais íntimo?

Não havia me ocorrido, mas talvez *fosse* por isso que se usava "tu", "teu" e afins nas orações, o que se aproximava do discurso quacre.

– Interessante – comentei. – E como Oggy está hoje?

– Inquieto – respondeu ela, segurando a beirada da bacia por conta de um chute vigoroso, que espalhou as ervilhas. – E eu também – acrescentou, enquanto eu catava as ervilhas de sua saia e devolvia ao recipiente.

– Não duvido – retruquei, com um sorriso. – A gravidez *realmente* dura para sempre… até que de repente a mulher entra em trabalho de parto.

– Mal posso esperar – soltou ela, com fervor. – Ian também.

– Algum motivo em particular?

Um rubor subiu lentamente pelo pescoço de Rachel, tomando o rosto inteiro, até a linha dos cabelos.

– Eu o acordo seis vezes por noite para fazer xixi – respondeu ela, sem olhar para mim. – E ele é chutado por Oggy quase tanto quanto eu.

– E daí? – retruquei, em um tom convidativo.

O rubor aumentou um pouco.

– Ele diz que está ansioso para… ahn… ser amamentado – respondeu ela, muito tímida. Deu uma tossidela e olhou para cima, um pouco menos corada. – Na verdade, Ian está ansioso por causa do bebê. Você sabe dos filhos dele com a mulher mohawk. Ele mencionou que tinha conversado com você sobre isso.

– Ah. Sim, pois é.

Eu toquei a barriga dela, sentindo o reconfortante empurrão e a curva de um pequenino dorso. Oggy não havia descido, mas pelo menos estava de cabeça para baixo. *Isso* era um grande alívio.

– Vai ficar tudo bem – falei, apertando a mão dela. – Eu tenho certeza.

– Eu não sinto medo por mim mesma – disse ela, sorrindo e apertando a minha mão de volta. O sorriso murchou um pouco. – Mas temo muito por eles.

Com o tempo bom – e o menor dos Higgins trocando a dentição –, pegamos um par de colchas e rumamos até a lateral da casa após o jantar para desfrutar do longo crepúsculo. E um pouco de privacidade.

– Você não acha que podemos ser interrompidos por um urso ou outro animal selvagem, acha? – indaguei, remexendo o corpo para tirar o vestido bruto que eu usava para mexer na terra.

– Não. Falei com Jo Beardsley ontem. Ele me garantiu que o urso mais próximo está algumas léguas para lá… – Ele apontou para o outro extremo do vale. – E eles não se afastam muito no verão, já que a oferta de alimento é boa por lá. E as panteras não se dão ao trabalho de caçar gente, pois há presas bem mais fáceis. Mas vou fazer um foguinho, só por precaução.

– Como está Lizzie? – perguntei, abrindo as colchas e observando enquanto ele preparava uma pequena fogueira com destreza e eficiência. – Jo contou?

Jamie sorriu, atento ao que fazia.

– Contou, com alguns detalhes. O principal é que ela está muito bem, mas meio inclinada a atormentar os irmãos, para distrair a mente. Por isso Jo tinha ido caçar; é Kezzie quem fica em casa quando ela está com os nervos à flor da pele, já que não escuta muito bem.

Os gêmeos Beardsley eram idênticos. A única forma de saber quem era quem era o fato de que Kezzie tinha a audição prejudicada, por conta de uma infecção que tivera na infância.

– Isso é bom. Nada de malária, digo.

Eu havia visitado Lizzie assim que chegamos e vi que ela e o bebê estavam ótimos. No entanto, ela me contou que tivera uns "ataques" de febre no último ano, sem dúvida por causa da falta de unguento de fruta-bile. Eu deixei com ela quase todo o estoque que havia trazido de Savannah. *Devia ter pensado em procurar mais no entreposto*, pensei. Afastei a pesada sensação de desconforto que me invadiu com a lembrança daquele lugar. *Eu perdoo você*, pensei, com firmeza.

Assim que a fogueira estava pronta, nós nos sentamos, alimentando o fogo com gravetos e olhando o sol se pôr em meio às nuvens douradas e flamejantes que rodeavam os cumes da montanha mais ao longe.

Com a luz do fogo dançando sobre as pilhas de madeira e as pedras da fundação, desfrutamos da privacidade de nossa casa, por mais rudimentar que ainda estivesse. Depois, deitamo-nos tranquilamente em meio às colchas. Não estava frio, mas àquela altitude o calor do dia evaporava muito depressa. Observamos o cintilar de chaminés e janelas das poucas casas visíveis por entre as árvores do vale. Antes de todas as luzes se apagarem, havíamos adormecido.

Algum tempo depois, acordei de um sonho erótico, contorcendo o corpo sobre a colcha amarfanhada, braços e pernas pesados de desejo. Isso parecia acontecer com mais frequência à medida que eu envelhecia, como se o sexo com Jamie acendesse um fogo que jamais morria, ardendo baixinho durante a noite. Se eu não despertasse a ponto de resolver a situação, acordaria no dia seguinte lenta e insatisfeita.

Felizmente, por mais que ainda sentisse uma agradável sonolência, eu tinha plenas condições de resolver o problema, sendo o processo muitíssimo facilitado pela presença do homem grande, quente e cheiroso a meu lado. Ele se mexeu um pouco enquanto eu me virei de barriga para cima, abrindo certo espaço entre nós, mas no mesmo instante retomou a respiração pesada. Eu deslizei a mão para baixo, encontrando um túmido calor. Não ia demorar muito.

Minutos depois, Jamie tornou a se remexer, e eu parei o movimento da mão no meio das coxas. A mão dele, então, deslizou depressa por sob a colcha, tocando-me no mesmo ponto e quase fazendo o meu coração parar.

– Não quero interromper, Sassenach – sussurrou ele, em meu ouvido. – Mas você não quer uma ajuda?

– Humm – respondi, meio vagamente. – Ah... O que tinha em mente?

Em resposta, ele enfiou a ponta da língua em meu ouvido, e eu soltei um gritinho. Achando graça, Jamie aninhou a mão entre minhas pernas e desalojou meus próprios dedos, já meio moles. Um dedo grande me acariciou com delicadeza, e eu arqueei as costas.

– Ah, você já está bem molhada – murmurou ele. – Está deslizando feito uma ostra, Sassenach. Mas não terminou ainda?

– Não, eu… Quanto tempo ficou *escutando*?

– Ah, bastante tempo.

Ele interrompeu um instante as operações, pegou a minha mão e a colocou com firmeza em uma área bastante entusiasmada de sua própria anatomia.

– *Ah* – exclamei. – Bom…

Minhas pernas haviam avaliado a situação muito mais depressa do que o cérebro, e ele também. Jamie me beijou no escuro, ávido e diligente, então afastou a boca.

– Como os elefantes fazem amor? – perguntou ele, depressa.

Felizmente, não esperou a resposta, porque eu não tinha uma. No mesmo movimento, rolou o corpo por cima de mim e deslizou para dentro, e o universo naquele instante foi reduzido a um único ponto de vida.

Minutos depois, estávamos deitados sob o céu de estrelas chamejantes, as colchas de lado, o coração aos poucos voltando ao normal.

– Sabia que o coração realmente para por um breve instante durante o clímax? – indaguei. – Por isso os batimentos cardíacos ficam mais lentos um ou dois minutos depois. O sistema nervoso simpático dispara todas as sinapses e deixa o coração a cargo do parassimpático, que diminui a frequência cardíaca.

– Eu já tinha percebido – respondeu ele. – Não dou muita bola para o porquê, desde que recomece a bater. – Ele espichou os braços por sobre a cabeça e se espreguiçou com prazer, saboreando o ar fresco em sua pele. – Na verdade, também nunca me importei se ia recomeçar a bater ou não.

– Eis o meu homem – observei. – Imprevidente.

– Não há necessidade de previdência para *isso*, Sassenach. Para o que estava fazendo quando interrompi, digo. Eu admito, se houver uma mulher envolvida, é preciso pensarmos em todo tipo de coisa, mas não em relação a isso. – Ele parou um instante. – Humm. Eu não… satisfiz você mais cedo, Sassenach? – indagou, um pouco tímido. – Eu teria demorado mais, mas não consegui esperar e…

– Não, não. Não foi isso. Eu só… gostei tanto que acordei querendo mais.

– Ah, que bom.

Com um suspiro profundo e satisfeito, Jamie relaxou. Eu podia vê-lo com clareza, iluminado pela lua crescente, embora o luar empalidecesse todo o cenário, transformando-o em uma escultura branca e preta. Corri a mão por seu peito até a barriga, ainda lisa – o árduo trabalho físico cobrava seu preço, mas também tinha suas vantagens –, e envolvi seus genitais quentes e úmidos.

– *Tha ball-ratha sìnte riut* – disse ele, deitando a mão por sobre a minha.

– O quê? Uma perna... sortuda?

– Bom, membro, na verdade. Dizer "perna" seria um exagero. "Há um membro de sorte em riste junto a ti." É o primeiro verso de um poema de Alasdair mac Mhaighistir Alasdair. "Para um excelente pênis", é o nome.

– Tinha a si mesmo em muito boa conta, esse Alasdair?

– Bom, ele não *afirma* que o membro é dele... embora eu reconheça ser essa a implicação.

Ele fez uma breve careta, os olhos ainda fechados, e declamou:

Tha ball-ratha sìnte riut
A choisinn mìle buaidh
Sàr-bodh iallach acfhainneach
Rinn-gheur sgaiteach cruaidh
Ùilleach feitheach feadanach
Làidir seasmhach buan
Beòdha treòrach togarrach
Nach diùltadh bog no cruaidh.

– Que coisa – comentei. – Agora declame em inglês. Acho que perdi as melhores partes. Ele não pode ter comparado o próprio pênis a um tubo, pode?

– Ah, comparou, sim. Um tubo de gaita de fole – confirmou Jamie, então traduziu:

Há um membro de sorte em riste junto a ti
Já vencedor de mil conquistas;
Um pênis excelente, curtido, bem-equipado,
Pontudo, perfurante, firme,
Lubrificado, tendinoso, tubular,
Forte, durável, resistente,
Vigoroso, alegre, poderoso,
Incapaz de rejeitar corpo rígido ou macio.

– Curtido, é? – comentei, com uma risadinha. – Não me admira, depois de mil conquistas. O que será que ele quis dizer com "bem-equipado"?

– Eu não sei. Devo tê-lo visto uma ou duas vezes mijando à beira da estrada. Não fiquei muito impressionado com suas virtudes.

– Você *conheceu* o tal Alasdair? – Eu virei o corpo e apoiei a cabeça no braço.

– Ah, conheci. Você também conheceu, embora talvez sem saber que ele era poeta, já que sabia muito pouco *gàidhlig* naquela época.

Eu ainda não sabia muito, mas, agora que estávamos outra vez convivendo com falantes de *gàidhlig*, voltei a aprender.

– Onde nós o conhecemos? Na Revolta?

Ele era o professor de *gàidhlig* do príncipe Tearlach.

– Isso. Ele escreveu muitos poemas e canções sobre a causa Stuart.

Agora, com a recordação fresca, pensei que talvez me *lembrasse* dele: um homem de meia-idade cantando à luz da fogueira, de cabelo comprido, sem barba, com uma covinha profunda no queixo. Eu fiquei pensando como ele conseguia se barbear tão bem com uma navalha.

– Humm.

Eu tinha sentimentos conflitantes a respeito de gente como Alasdair. Por um lado, sem eles para exaltar os ânimos e estimular o romantismo irracional, a causa poderia rapidamente ter fenecido e morrido, muito antes de Culloden. Por outro lado… por conta deles, os campos de batalha – e os que lá sucumbiram – permaneciam na lembrança.

Antes que eu pudesse refletir mais sobre o assunto, porém, Jamie interrompeu meus pensamentos, roçando a lateral do pênis de maneira despretensiosa.

– Os professores me forçaram a aprender a escrever com a mão direita – observou ele –, mas felizmente ninguém teve a ideia de me forçar a abusar de mim mesmo com a mesma mão.

– Por que chamar assim? – perguntei, rindo. – Abusar de você mesmo.

– Bem, "masturbar-se" soa bem mais pervertido, não parece? Além disso, quando se diz "abusar de si mesmo", dá menos a impressão de que a pessoa está se divertindo.

– *Forte, durável, resistente* – entoei, acariciando de leve o objeto em questão. – Será que Alasdair estava pensando em couro?

– Vigoroso e poderoso até pode ser, Sassenach. Alegre também, sem dúvida… mas eu garanto que não tem como se pôr em riste três vezes na mesma noite. Na minha idade, não.

Ele afastou minha mão e se enroscou ao meu lado, puxando meu corpo mais para perto, feito uma conchinha. Em menos de um minuto, Jamie dormia profundamente.

De manhã, quando acordei, ele havia partido.

144

VISITA A UM JARDIM ASSOMBRADO

Eu *soube*. No instante em que acordei em meio às colchas frias, ouvindo o cantarolar dos pássaros, eu soube. Jamie costumava se levantar antes do amanhecer para caçar, pescar ou viajar – mas invariavelmente me tocava antes de partir, deixando-me com um beijo ou uma palavra. Já havíamos vivido tempo suficiente para conhecermos os riscos da vida, a rapidez com que as pessoas podiam se separar para sempre. Jamais tínhamos conversado sobre isso, mas quase nunca nos afastávamos sem uma breve demonstração de afeto.

Agora ele tinha partido, em plena escuridão, sem uma palavra.

– Maldito, homem *maldito!* – soltei, frustrada, esmurrando o chão.

Desci a colina, com as colchas debaixo do braço, espumando de raiva. Jenny. Ele tinha ido falar com Jenny. Era óbvio. Como eu não havia previsto isso?

Jamie concordara em não me perguntar. Não tinha dito que não perguntaria a outra pessoa. E, por mais que Jenny me amasse, claro, eu jamais nutrira qualquer ilusão quanto ao real objeto de sua lealdade. Ela não entregaria o meu segredo voluntariamente, mas, se seu irmão perguntasse, sem rodeios, ela sem dúvida lhe contaria.

O sol inundava a manhã com seu calor, feito mel, mas não penetrava nos meus ossos frios.

Jamie sabia. E havia ido à caça.

Não era necessário, mas eu fui conferir mesmo assim. O rifle de Jamie não estava onde ficava guardado, atrás da porta.

– Ele chegou cedinho – disse Amy Higgins, servindo-me uma tigela de mingau. – Ainda estávamos todos na cama, mas Jamie chamou baixinho, e Bobby se levantou para abrir a porta. Eu quis lhe servir algo para comer, mas ele falou que não precisava e foi embora. Ele disse que ia caçar.

– Claro – respondi.

A tigela aquecia as minhas mãos. Apesar do que eu sabia estar acontecendo, fui seduzida pelo aroma denso e granuloso. Havia mel e um pouco de creme guardado da feitura da manteiga. Amy permitia isso, em deferência ao corrompido paladar inglês de Bobby, embora ela própria não abandonasse o virtuoso sal escocês no mingau.

A comida me acalmou um pouco. A simples verdade era que eu não tinha nada a fazer. Não sabia o nome do sujeito nem onde ele morava. Jamie talvez soubesse. Se tivesse ido falar com Jenny logo de cara, poderia facilmente ter enviado uma mensagem ao entreposto comercial Beardsley, pedindo o nome do homem gordo com uma mancha no rosto. Mesmo que ainda não soubesse e estivesse indo descobrir, eu não tinha como alcançá-lo, muito menos impedi-lo.

"Um homem das Terras Altas não é capaz de conviver com o estuprador de sua esposa...", fora o que Jenny me dissera. Agora eu sabia que era uma advertência.

– Gah! – Era o pequeno Rob, cambaleando pela sala, agarrando a minha saia com as duas mãozinhas e escancarando um sorriso cheio de dentes... os quatro dentinhos de sua boca. – *Ome!*

– Olá, olá – respondi, sorrindo de volta, apesar da inquietação. – Está com fome?

Estendi uma colher de mingau com mel para ele, que partiu para cima feito uma piranha faminta. Dividimos o resto da tigela em um amistoso silêncio, já que Rob não era uma criança tagarela. Decidi que depois trabalharia no jardim. Não queria me afastar muito, visto que Rachel poderia entrar em trabalho de parto a qualquer momento. Uns instantes solitários na reconfortante companhia do reino vegetal talvez me trouxessem um pouquinho da calma de que eu necessitava.

E também me afasta do chalé, refleti, observando Rob, que depois de lamber a tigela de mingau, entregou-a para mim, cambaleou pelo recinto, levantou a batina e urinou na lareira.

A casa nova abrigaria uma nova horta. Já estava medida e planejada, a terra já separada e as estacas para a cerca começavam a se acumular. Mas não fazia muito sentido caminhar tanto, todos os dias, para tratar da horta de uma casa ainda desabitada. Assim, eu cuidava do jardim de Amy, plantando uma ou outra mudinha em meio às couves e aos nabos. Hoje, no entanto, desejei visitar o Antigo Jardim.

Era assim que o povo da Cordilheira o chamava, mas ninguém ia até lá. Eu chamava internamente de Jardim de Malva, e fui.

Era uma pequena encosta, atrás de onde costumava ficar a casa grande. Com a ideia da casa nova já se formando em minha mente, passei pelo antigo ponto da casa grande sem muito desconforto. *Tenho outras coisas para me preocupar no momento*, pensei, abafando uma risadinha.

– Está ficando doida, Beauchamp – murmurei, mas me sentia melhor.

A cerca tinha cedido e se rompido em alguns pontos, e os cervos naturalmente haviam aceitado o convite e comido a maioria dos bulbos. Embora as plantas mais macias, como alface e rabanete, tivessem sobrevivido tempo suficiente para uma nova semeadura, as mudas também haviam sido devoradas, restando apenas os talos brancos. Em um canto, porém, florescia uma roseira selvagem muito espinhosa, pepineiros rastejavam pelo solo e uma enorme aboboreira subia por um trecho caído de cerca, repleta de frutos ainda verdes.

Bem no centro do terreno, uma monstruosa uva-de-rato se avultava, com quase 3 metros de altura, o caule grosso e vermelho sustentando uma profusão de longas folhas verdes e centenas de caules de flores vermelho-arroxeadas. As árvores próximas haviam crescido imensamente, lançando uma sombra ao terreno. Sob o difuso brilho verde, os caules compridos e nodosos mais pareciam nudibrânquios, aqueles caracóis marinhos coloridos, oscilando de leve com as correntes de ar, em vez de estarem na água. Ao passar, arrisquei um toque respeitoso. A planta guardava um estranho cheiro medicinal, bem apropriado. A uva-de-rato possuía uma série de utilidades, mas servir de alimento não era uma delas. As pessoas *comiam* suas folhas, vez ou outra, mas a chance de intoxicação acidental invalidava o trabalhão do preparo, a menos que não houvesse outra coisa para comer.

Eu não me lembrava do local exato onde ela tinha morrido. No ponto onde crescera a uva-de-rato? Seria muitíssimo apropriado, mas talvez poético demais.

Malva Christie. Uma jovem mulher estranha, destruída, mas a quem eu amava. E que talvez tivesse me amado, da melhor forma possível. Ela estava grávida, já quase parindo, quando foi degolada pelo irmão – o pai da criança – ali mesmo, naquele jardim.

Eu realizei uma cesariana de emergência com a minha faca de jardinagem para tentar salvar a criança. O bebê saiu vivo do ventre da mãe, mas morreu na mesma hora; a breve chama de sua vida se esvaiu depressa em minhas mãos.

Ele chegou a receber um nome?, pensei, de repente. O bebezinho havia sido enterrado com Malva, mas eu não me lembrava de nenhuma menção ao nome dele.

Adso irrompeu por entre as ervas, encarando um pintarroxo gorducho que cutucava minhocas em um canto. Eu fiquei olhando, parada, admirando sua flexibilidade enquanto ele se aproximava devagar, a barriga rente ao chão, parando, avançando, parando outra vez, em um instante de tensão, remexendo apenas a pontinha do rabo.

Então ele se mexeu, depressa demais para meus olhos. E com uma breve e silenciosa explosão de penas, resolveu o assunto.

– Muito bem, gato – falei, embora um tanto assustada com a violência repentina.

Sem me dar atenção, ele saltou pela cerca caída, com a presa na boca, e desapareceu para apreciar sua refeição.

Fiquei ali parada um instante. Não estava à procura de Malva. O povo da Cordilheira dizia que seu fantasma assombrava o jardim, pranteando pelo filho. Bem o tipo de coisa que eles *pensariam*, imaginei, com antipatia. Eu esperava que o espírito dela estivesse em paz. No entanto, não pude evitar de pensar em Rachel, uma alma tão distinta, porém uma mãe igualmente jovem, tão próxima de sua época, tão perto dela.

Minha antiga faca de jardinagem já não existia. Mas Jamie havia me feito uma novinha, durante as noites de inverno de Savannah. O cabo, de osso de baleia, tinha sido moldado ao formato de minha mão. Eu a desembainhei e fiz um talho no pulso, sem parar para pensar.

A cicatriz branca na base do polegar havia desbotado. Agora não passava de uma linha fina, quase perdida em meio aos vincos de minha palma. Ainda legível, no entanto, aos olhos mais atentos: a letra J que ele entalhara em minha carne, pouco antes de Culloden. Reclamando-me.

Massageei de leve a pele junto ao corte, até que uma gotinha vermelha escorreu por meu pulso e caiu no chão, perto da uva-de-rato.

– Sangue por sangue – falei. As palavras saíram baixas, mas imergiram no ruído das folhas em redor. – Descanse em paz, criança... e não faça mal.

...

Não faça mal. Bom, você tentou. Como médica, amante, mãe e esposa. Despedi-me do jardim, em silêncio, e subi a encosta rumo ao chalé dos MacDonalds.

O que Jamie vai fazer?, refleti, surpresa ao descobrir que queria mesmo saber, e de uma forma puramente desapaixonada. Ele havia levado o rifle. Será que acertaria um tiro a distância no homem, como se caçasse um cervo dentro d'água? Um tiro certeiro, e o sujeito morreria sem mesmo perceber?

Ou será que ele sentiria o dever de confrontá-lo, de informar o motivo de sua morte iminente, oferecer ao homem uma chance de lutar pela vida? Ou apenas chegaria sem dizer nada, com o semblante frio e vingativo, e mataria o sujeito com as próprias mãos?

Não dá para passar tanto tempo casada com um homem das Terras Altas e desconhecer a profundidade de seu ódio.

Eu, de fato, não queria conhecer.

Pelas mesmíssimas razões, Ian desferira uma flechada em Allan Christie, como se o homem fosse um cão raivoso.

Eu vira o ódio abrasador de Jamie na noite em que me salvara. "Matem todos eles", dissera ele a seus homens.

Como era agora, para ele? Se o homem tivesse sido encontrado aquela noite, morreria, sem a menor sombra de dúvida. Agora, passado algum tempo, será que faria diferença?

Fui caminhando sob o sol, mas ainda sentia frio, trazendo comigo as sombras do Jardim de Malva. A questão não estava em minhas mãos. Não cabia mais a mim, e sim a Jamie.

Encontrei Jenny no caminho, subindo depressa, com uma cesta no braço e o rosto vívido de empolgação.

– Está na hora? – indaguei.

– Sim. Matthew MacDonald desceu faz meia hora para avisar que a bolsa estourou. Agora saiu atrás de Ian.

Ele tinha encontrado Ian. Vimos os dois jovens na entrada do chalé: Matthew, vermelho de entusiasmo; Ian, branco feito papel, apesar da pele bronzeada. A porta da frente estava aberta. Do lado de dentro, ouvi o vozerio das mulheres.

– Mãe – disse Ian, nervoso, ao ver Jenny, relaxando um pouco os ombros rijos de pavor.

– Não se preocupe, *a bhalaich* – respondeu ela, muito suave, abrindo um sorriso compassivo. – Sua tia e eu já passamos por isso algumas vezes. Vai correr tudo bem.

– Vovó! Vovó!

Ao me virar, dei de cara com Germain e Fanny, ambos imundos, os cabelos cheios de gravetos e folhas, mas empolgadíssimos.

– É verdade? Rachel vai ter o bebê? Podemos assistir?

Como pode isso?, pensei. As notícias nas montanhas pareciam se espalhar pelo ar.

– Assistir, veja só! – exclamou Jenny, escandalizada. – Parto não é lugar de homens. Saiam os dois, agora mesmo!

Germain parecia dividido entre a decepção e o prazer de ser chamado de homem. Fanny se avivou, esperançosa.

– Eu nã-não sou homem.

Jenny e eu a encaramos hesitantes, então nos entreolhamos.

– Ora, mas também ainda não é mulher, não é mesmo? – retrucou Jenny.

Se não era, estava perto. Seios minúsculos já despontavam sob a roupa de baixo, e a menarca da menina não devia estar longe de acontecer.

– Eu já-já vi bebês nascerem. – Era a simples constatação de um fato, e Jenny assentiu, devagar.

– Pois bem. Pode vir.

Fanny abriu um sorriso.

– O que *nós* fazemos? – inquiriu Germain, indignado. – Os homens?

Eu sorri, e Jenny soltou uma risadinha grave, mais antiga do que o próprio tempo. Ian e Matthew estavam assustados, e Germain, bastante perplexo.

– Seu tio cumpriu a função que lhe cabia há nove meses, rapaz. Você também cumprirá a sua na devida hora. Agora, tirem seu tio daqui e o entupam de bebida, sim?

Germain assentiu, muitíssimo sério, e se virou para Ian.

– Você quer o vinho de Amy, Ian, ou é melhor usarmos o uísque da vovó? O que acha?

Ian contorceu o rosto comprido e encarou a porta aberta do chalé. Soltou um grunhido profundo, não exatamente um berro, e virou o rosto, ainda mais pálido. Engoliu em seco, apalpou na bolsa de couro que usava na cintura, pegou o que parecia uma pele de animal enrolada e entregou a mim.

– Se... – começou ele, então parou para se recompor. – *Quando* a criança nascer, pode embrulhar ele... ou ela... nisto?

Era uma pele pequena, macia e flexível, de pelagem fina e frondosa, mesclada de cinza e branco. *Um lobo*, pensei, espantada. A pele de um lobinho não nascido.

– Claro, Ian – respondi, apertando seu braço. – Fique tranquilo. Vai ficar tudo bem.

Jenny encarou o pedacinho de pele e balançou a cabeça.

– Rapaz, isso não vai cobrir nem a metade de seu filho ou filha. Você não reparou no tamanho da sua esposa ultimamente?

145

E VOCÊ SABE DISSO

Jamie retornou três dias depois, com um enorme cervo amarrado à sela de Miranda. A égua, que apesar de tolerante não parecia muito entusiasmada, soltou uma bufada e deu um sacolejo quando ele puxou a carcaça e a largou no chão, com um baque forte.

– Sim, moça, você foi muito valente – disse ele, com um tapinha no lombo dela. – Ian está por aqui, *a nighean*? – Ele parou brevemente para me dar um beijo e olhou a colina em direção ao chalé dos MacDonalds. – Um ajudinha seria muito bem-vinda.

– Ah, está por aqui, sim – respondi, com um sorriso. – Mas não sei se ele vai poder esfolar o cervo para você. Ele agora tem um filho e não vai querer se afastar do bebê.

Jamie, bastante cansado e esgotado, escancarou um sorriso.

– Um filho? Que Santa Brígida e São Miguel abençoem! Um rapagão?

– Rapagão, mesmo. Acho que deve pesar quase uns 4 quilos.

– Pobre moça – disse ele, com uma careta piedosa. – E o primeiro, ainda por cima. A pequena Rachel está bem?

– Muito cansada e dolorida, mas está ótima. Quer que eu traga uma cerveja, enquanto cuida da égua?

– Uma mulher virtuosa, quem pode encontrá-la? Superior ao das pérolas é o seu valor – disse ele, sorrindo. – Venha cá, *mo nighean donn*.

Ele estendeu o braço comprido e me puxou para perto. Eu o abracei, sentindo o tremor de seus músculos exaustos, mas também a pura e simples força que o mantinha de pé, por maior que fosse o cansaço. Ficamos ali por um tempo, minha bochecha no peito dele, seu rosto em meus cabelos, tirando força um do outro para tudo o que viesse. Um casamento.

Em meio à comoção e à alegria por conta do bebê – que continuava sendo chamado de Oggy, já que seus pais não estavam sabendo lidar com a quantidade de opções em relação ao nome –, a esfoladura do cervo e o subsequente banquete que adentrou a noite, só voltamos a ficar sozinhos no fim da manhã seguinte.

– A única coisa que faltou ontem à noite foi o Cherry Bounce – comentei. – Nunca vi tanta gente beber tanto, e tantas bebidas diferentes.

Subíamos lentamente até o local da casa nova, carregando vários sacos de pregos, uma serra pequena e bastante cara e uma plaina que Jamie trouxera junto com o cervo.

Jamie soltou um ruído divertido, mas não respondeu. Parou um instante para olhar o local, decerto imaginando os contornos da futura casa.

– Será que devíamos construir um terceiro andar? – perguntou ele. – As paredes aguentam. O maior cuidado é na construção das chaminés.

– Precisamos de tanto espaço? – perguntei, meio indecisa. Sem dúvida, na casa antiga, houvera momentos em que desejei que *tivéssemos* mais espaço: os muitos visitantes, novos emigrantes ou refugiados muitas vezes abarrotavam o lugar até o ponto da explosão. – Oferecer mais espaço talvez encoraje mais os hóspedes.

– Do jeito que fala, parece que são formigas-brancas, Sassenach.

– Formigas…? Ah, cupins. Bom, sim, superficialmente há uma forte semelhança.

Ao chegarmos à clareira, empilhei os pregos e fui lavar o rosto e as mãos na pequena nascente que brotava das rochas, na encosta um pouco acima. Quando voltei, Jamie havia tirado a camisa e batia um par de cavaletes de serrador. Fazia muito tempo que eu não o via sem camisa, e parei um pouco para apreciar. Além do simples prazer de ver seu corpo se movimentando, os músculos fortes e flexíveis sob a pele, eu gostava de saber que ele se sentia seguro ali a ponto de ignorar as cicatrizes.

Sentei-me em um balde virado e passei um tempo o observando. Os golpes do martelo silenciaram momentaneamente os pássaros. Quando Jamie terminou e pôs os cavaletes de pé, o silêncio do ar ecoou em meus ouvidos.

– Queria que não tivesse sentido a necessidade – falei, em tom tranquilo.

Jamie não respondeu. Franziu os lábios, agachou-se e apanhou uns pregos caídos.

– Quando nos casamos, eu prometi que daria a proteção de meu nome, meu clã… e meu corpo. – Ele se levantou e me encarou, muito sério. – Está me dizendo que não quer mais?

– Eu… não – respondi, abruptamente. – Eu só… queria que não o tivesse matado, só isso. Eu… consegui perdoar. Não foi fácil, mas eu fiz. Não para sempre, mas achei que *conseguiria* perdoar, cedo ou tarde.

Ele contorceu um pouco a boca.

– Está me dizendo que ele não precisava morrer, por ter sido perdoado? É o mesmo que um juiz libertar um assassino porque a família da vítima o perdoou. Ou dispensar um soldado inimigo com todas as suas armas.

– Eu não sou um estado em guerra, e você não é o meu exército!

Ele começou a falar, então parou, perscrutando meu rosto com os olhos atentos.

– Não sou? – indagou, baixinho.

Abri a boca para responder, mas percebi que não conseguia. Os pássaros haviam retornado, e um grupo de pintarroxos cantava ao pé de um grande abeto que crescia perto da clareira.

– É – respondi relutante, então me levantei e fui abraçá-lo. Ele estava quente por conta do trabalho, e eu podia sentir suas cicatrizes sob meus dedos. – Eu queria que não precisasse ser.

– Sim, pois bem – disse ele, retribuindo o meu abraço.

Dali a pouco, fomos de mãos dadas até uma grande pilha de madeira e nos sentamos.

Eu senti Jamie pensando, mas me contentei em esperar que ele formulasse o que dizer. Não demorou muito. Jamie se virou para mim e segurou as minhas mãos, com a formalidade de um homem prestes a proferir seus votos nupciais.

– Você perdeu seus pais muito jovem, *mo nighean donn*, e perdeu suas raízes no mundo. Amou Frank… – Ele contraiu os lábios um instante, mas sem perceber, pensei. – E ama Brianna, Roger Mac e os pequenos, claro… mas eu sou o verdadeiro lar do seu coração, Sassenach, e eu sei disso.

Ele levou as minhas mãos à boca e beijou as palmas viradas, uma depois a outra. Senti seu hálito quente e a barba por fazer.

– Eu amei outras pessoas e ainda amo muitas, Sassenach… mas é você quem guarda o meu coração inteiro nas mãos – disse ele, baixinho. – E você sabe disso.

Passamos o dia trabalhando, Jamie encaixando pedras para a fundação, eu cavando o novo jardim e revirando a mata, trazendo pírola e acteia, menta e gengibre selvagem para transplantar.

Perto do fim da tarde, paramos para comer. Eu tinha trazido queijo, pão e maçãs em minha cesta e tinha deixado duas garrafas de pedra de cerveja na nascente, para gelar. Nós nos acomodamos na grama, cansados, recostamo-nos em uma pilha de madeiras à sombra do grande abeto e comemos, compartilhando o silêncio.

– Ian falou que Rachel e ele virão amanhã, para ajudar – disse Jamie, enfim, devorando o centro da maçã. – Vai comer a sua, Sassenach?

– Não – respondi, entregando a ele. – Sabia que as sementes de maçã contêm cianeto?

– Vai me matar?

– Não matou até agora.

– Ótimo. – Ele puxou o cabinho e comeu o miolo. – Eles já resolveram o nome do menino?

Eu fechei os olhos e me recostei à sombra do grande abeto, deleitando-me com o aroma quentinho e penetrante.

– Humm. Da última vez que eu soube, Rachel tinha sugerido Fox… em homenagem a George Fox, o fundador da Sociedade dos Amigos. Eles não iam chamar o menino de George, claro, por conta do rei. Só que Ian disse que não é muito fã de raposas, então em vez de Fox sugeriu Wolf, que é lobo.

Jamie soltou um barulhinho escocês, meditativo.

– É, não é ruim. Pelo menos não está querendo chamar o pequeno de Rollo.

Eu ri, abrindo os olhos.

– Será mesmo que ele está cogitando isso? Sei que tem gente que batiza os filhos com os nomes dos parentes que já se foram, mas dar o nome do cachorro falecido…

– Bom, pois é. Era um *bom* cachorro.

– Era, sim, mas... – Um movimento na outra ponta do vale atraiu minha atenção. Havia gente subindo a estrada dos carroções. – Quem são aqueles?

Havia quatro pontinhos avançando, mas àquela distância e sem meus óculos não era possível distinguir muito mais do que isso.

Jamie protegeu os olhos com a mão, espiando.

– Ninguém que eu conheça – disse ele, meio interessado. – Mas parece uma família... com uma dupla de crianças. Gente nova, talvez, querendo se estabelecer. Mas não estão trazendo muita bagagem.

Eu estreitei os olhos. O grupo agora estava mais perto, e eu percebi a disparidade de alturas. Sim, um homem e uma mulher, os dois de chapéu de aba larga, mais um casal de crianças.

– Olhe, o menino é ruivinho – disse Jamie, com um sorriso, erguendo o queixo para apontar. – Me faz lembrar Jem.

– É mesmo.

Tomada pela curiosidade, eu me levantei e revirei a cesta até achar o retalho de seda onde enrolava os meus óculos, quando não os estava usando. Ajeitei-os no rosto e tornei a espiar, satisfeita como sempre em ver os detalhes me saltando à vista de repente. E um pouco menos satisfeita ao perceber que o que eu pensara ser uma escama de madeira, perto de onde estava sentada, era na verdade uma enorme centopeia, desfrutando da sombra.

Contudo, voltei a atenção aos recém-chegados. Eles haviam parado... A menina tinha deixado cair sua bonequinha. Eu vislumbrei a cabeleira da boneca no chão, um borrão ainda mais vermelho que os cabelos do menino. O homem trazia uma mochila, e a mulher carregava uma enorme bolsa em um dos ombros. Deitou-a no chão, agachou-se para pegar a boneca, alisou seus cabelos e devolveu-a à filha.

A mulher, então, virou-se para falar com o marido e apontou alguma coisa... *O chalé dos Higgins*, pensei. O homem levou as duas mãos à boca e gritou. O vento nos trouxe as palavras, fracas, mas bastante audíveis, entoadas por uma voz forte e áspera:

– Ô de casa!

Eu me levantei, e Jamie também, apertando a minha mão com força suficiente para deixar um hematoma.

A porta do chalé se moveu, e uma figurinha que eu reconheci como Amy Higgins apareceu. A mulher alta tirou o chapéu e o abanou, os longos cabelos ruivos esvoaçando ao vento, como um estandarte.

– Olá, casa! – exclamou ela, com uma gargalhada.

Eu disparei encosta abaixo, logo atrás de Jamie, de braços bem abertos, os dois levados pelo mesmo vento.

NOTAS DA AUTORA

Represas e túneis

Nos anos 1950, iniciou-se um importante projeto hidrelétrico para levar energia às Terras Altas. Nesse período, muitas represas foram construídas e diversos túneis foram abertos. Alguns desses túneis eram tão compridos que, para transportar homens e equipamentos de um extremo a outro, fazia-se necessário um pequeno trem elétrico. (Se tiver interesse na história desse projeto, recomendo um livro chamado *Tunnel Tigers: A First-Hand Account of a Hydro Boy in the Highlands*, de Patrick Campbell, embora existam muitas outras boas fontes.)

Hoje em dia, o lago Errochty existe e ainda abriga uma represa. Não sei se há um túnel exatamente igual ao descrito no livro. Caso exista, seria esse o seu aspecto. O túnel e o trem foram inspirados nas inúmeras descrições das construções hidrelétricas nas Terras Altas. Minha descrição da represa em si, do vertedouro e da sala de turbinas foi baseada na represa de Pitlochry.

Banastre Tarleton e a Legião Britânica

É provável que critiquem a inclusão do coronel Banastre Tarleton na batalha de Monmouth, pois a Legião Britânica que ele comandava (um regimento misto de cavalaria e artilharia) só veio a existir, em tese, quando o general Clinton retornou a Nova York, após a batalha. A Legião Britânica de fato consistia em duas partes separadas: a cavalaria, sob a liderança de Banastre Tarleton, e a artilharia. Essas partes foram estabelecidas de maneira independente. A unidade de cavalaria parece ter sido organizada no início de junho de 1778, antes da batalha, mas a unidade de artilharia (tendo em vista as questões de equipamentos e treinamento) só foi estabelecida no fim de julho, depois da batalha, quando sir Henry Clinton voltou para Nova York.

Pois bem, não consegui encontrar nenhum relato acerca do paradeiro definitivo do coronel Tarleton durante o mês de junho de 1778. Embora nem ele nem sua Legião Britânica estejam listados na ordem oficial de batalha, em todas as fontes que encontrei essa listagem é considerada confusa e deficitária. Devido ao grande número de unidades de milícias envolvidas e à natureza irregular da batalha (para os padrões do século XVIII), é reconhecida a participação não documentada de vários grupos, além de outros que se envolveram sob circunstâncias peculiares. Por exemplo, há relatos de que uma parte da Unidade de Rifles de Daniel Morgan tenha participado da batalha, mas Morgan não. Eu desconheço se a ausência foi resultado de doença, acidente ou conflito, mas ele não estava presente (embora tivesse a clara intenção de estar).

Enfim, se *eu* fosse o general Clinton, na iminência de uma partida para a Filadélfia, meio que esperando um ataque dos rebeldes de Washington *e* vendo se formar em Nova York essa bela nova unidade de cavalaria, será que não pediria ao coronel Tarleton que mandasse seus homens para que dessem uma mãozinha na evacuação e ganhassem um pouco de experiência de campo como unidade? Eu faria isso, e não acredito que o general Clinton fosse menos valente que eu.

(Além disso, existe uma coisa interessante chamada licença poética. Eu tenho uma. Emoldurada.)

A batalha de Monmouth

A batalha durou desde antes de o dia raiar até depois de anoitecer. Foi a batalha mais longa da Revolução. Também foi, de longe, a mais confusa.

Devido às circunstâncias – as tropas de Washington tentavam capturar um exército inimigo que fugia em três divisões amplamente separadas –, nenhum dos lados pôde escolher seu terreno, e o campo de batalha acabou sendo tão permeado e entrecortado por fazendas, córregos e florestas que os oponentes não puderam lutar da forma habitual, com uma linha defronte à outra, nem puderam desenvolver manobras eficazes de flanqueamento. Portanto, essa não foi uma batalha clássica do século XVIII, e sim uma longa série de lutas entre pequenos grupos, a maioria dos quais não fazia ideia do que estava ocorrendo em outros pontos. E acabou sendo uma daquelas batalhas indefinidas, sem vencedor, cujos efeitos reais permanecem desconhecidos mesmo algum tempo depois.

Após cerca de duzentos anos de perspectiva histórica, a conclusão geral sobre a importância da batalha de Monmouth não recai sobre o fato de os americanos terem ganhado, mas de não terem perdido.

Washington e suas tropas haviam passado o inverno anterior em Valley Forge, reunindo homens e recursos, e transformando essas tropas em um exército de verdade, com a ajuda do barão Von Steuben (que não era barão, na verdade, mas gostava da sonoridade) e de outros oficiais europeus que forneceram seus serviços, fosse por idealismo (vide o marquês de La Fayette) ou por ambição e desejo de aventura.

Como o Exército Continental era meio desprovido de dinheiro, uma promoção imediata era oferecida como incentivo aos oficiais experientes. O simples capitão de um regimento britânico ou alemão poderia, sem questionamentos, tornar-se coronel do Exército Continental, por vezes até general.

Por consequência, Washington não via a hora de testar o novo exército, e o general Clinton proporcionou uma excelente oportunidade. O ótimo desempenho do novo exército (exceto por uma ou outra confusão, como o fiasco da manobra de cerco e o recuo equivocado de Lee) foi um estímulo à causa rebelde e deu novo ânimo tanto ao exército quanto aos partidários para prosseguirem na luta.

Ainda assim, tanto em termos de logística quanto de resultados, a batalha foi uma grande mixórdia. Embora exista uma tremenda quantidade de material a respeito dessa batalha e inúmeros relatos de testemunhas, a natureza fragmentada do conflito impediu que se tivesse uma ideia clara a respeito do cenário geral, e a chegada de tantas milícias da Pensilvânia e de Nova Jersey implicou a não notificação de algumas companhias, por mais que estivessem presentes. (Há menção, por exemplo, de "diversas companhias de milícia não identificadas de Nova Jersey". Estas são, claro, as companhias lideradas pelo general Fraser.)

Do ponto de vista histórico, a batalha de Monmouth também é interessante por causa da participação de notórias figuras revolucionárias, incluindo o próprio George Washington, o marquês de La Fayette, Nathanael Greene, Anthony Wayne e o barão Von Steuben.

Pois bem, quando um autor inclui personagens reais em um romance histórico, é preciso equilibrar a precisão (na medida do possível) com o fato de que a narrativa raramente é focada *nessas* pessoas. Assim, por mais que todas façam parte da história (e o que se vê é baseado em informações biográficas bastante precisas[1]), aparecem *en passant* e somente em situações que afetam os personagens principais do romance.

Em relação à licença poética mencionada anteriormente: um selo especial em alto-relevo (carimbado pela Autoridade Temporal) me concede permissão para comprimir o tempo quando necessário. Os verdadeiros fanáticos por batalhas (ou aquelas almas obsessivas que sentem o ímpeto de organizar linhas do tempo e levá-las a ferro e fogo) perceberão que Jamie e Claire encontram o general Washington e vários outros oficiais superiores em Coryell's Ferry. Cerca de cinco dias depois, vemos os preparativos já no dia da batalha, sem quase nenhum relato do que houve durante esse intervalo, visto que, por maior que fosse a movimentação, nenhum acontecimento dramático ocorreu.

---

1. Por exemplo, as observações de Nathanael Greene acerca dos quacres foram tiradas de suas cartas, bem como a referência à oposição de seu pai à leitura como um hábito que "apartava uma pessoa de Deus".

Embora eu me esforce pela precisão histórica, sei também que a) a própria história não tende a ser muito precisa, e b) a maioria das pessoas que de fato se detém nas minúcias logísticas das batalhas está lendo livros de não ficção sobre o assunto, não meus romances.

Portanto, ainda que todos os oficiais mencionados fizessem parte do exército de Washington, não estavam no jantar daquela noite. Comandantes (e suas tropas) vindos de diversos lugares se uniram a Washington durante os nove dias entre a saída de Clinton da Filadélfia e sua captura por Washington perto de Monmouth Courthouse (a área de Monmouth Courthouse agora se chama Monmouth Hall of Records, para aqueles que gostam de consultar mapas durante a leitura[2]). O cenário geral das relações entre esses oficiais, no entanto, é refletido naquele jantar.

Da mesma forma, pareceu-me desnecessário descrever os eventos mundanos ocorridos em cinco dias de viagem e conferências militares apenas para deixar claro e bem explicado que cinco dias haviam de fato se passado. Sendo assim, não o fiz.

A corte marcial do general Charles Lee

Devido à falta de batedores, comunicação e (sejamos sinceros) liderança, Lee acabou por conduzir uma recuada em massa que quase aniquilou por completo o ataque americano, sendo este recuperado por George Washington, que reuniu pessoalmente as tropas em recuada. Como consequência, o general Lee foi levado à corte marcial após a batalha, acusado de desobediência, comportamento impróprio frente ao inimigo e desrespeito ao comandante em chefe, tendo sido condenado a um ano de suspensão do comando militar. Houve muito falatório na Filadélfia a respeito desse assunto – em especial na residência do impressor de um jornal. A família Fraser, no entanto, tinha outras preocupações mais prementes à época, portanto não fiz menção a isso.

Bibliografia/*LibraryThing*

Passei um bom tempo frequentando o meio acadêmico, por isso aprecio as virtudes de uma boa bibliografia. Mais tempo ainda passei lendo romances, e sinto que eles não comportam extensas bibliografias.

---

2. Em relação a mapas, distâncias etc., vale observar que fronteiras distritais sofreram boas mudanças entre os séculos XVIII e XXI. Assim, a igreja Tennent agora fica em Manalapan, Nova Jersey, embora originalmente se localizasse em Freehold. Foi a cidade que se deslocou, não a igreja.

Ainda assim, um dos muitos efeitos colaterais da leitura de uma ficção histórica é o desejo de aprendermos mais sobre eventos, locais, flora, fauna e tantas outras descrições que permeiam a história. Ao longo de vinte e tantos anos como autora de romances históricos, acumulei um bom número de referências (cerca de 1.500, na última contagem), e muito me alegra poder compartilhar essas informações bibliográficas.

Como não convém criar uma lista em uma obra já extensa, disponibilizei toda a minha coleção de referências (a partir do início de 2013, pelo menos) no *LibraryThing*. Este é um site que abriga dados bibliográficos, permitindo que os usuários cataloguem e compartilhem as informações de suas bibliotecas pessoais. Meu catálogo é público, e você pode acessá-lo digitando meu nome na busca do site. (Referências individuais também incluem palavras-chave como "remédio", "erva", "biografia", etc.)

AGRADECIMENTOS

Eu levo cerca de quatro anos para escrever um desses grandes livros, por conta de todas as pesquisas, viagens e o fato de que eles são... grandes. Durante esse período, MUITA gente conversa comigo e me oferece conselhos valiosos a respeito de tudo, de como reposicionar um globo ocular ao exato tipo de sujeira que uma tintura de índigo realmente faz, passando por curiosidades divertidíssimas (como o fato de que as vacas não gostam de margaridas... quem ia imaginar?), até apoio logístico (sobretudo se lembrando das datas de nascimento dos personagens dos livros ou da distância entre o ponto A e o ponto B. Eu frequentava uma escola paroquial e parei de aprender geografia no quinto ano, então essa área não é o meu forte. Quanto à cronologia pessoal, não me importo se determinado personagem tem 19 ou 20 anos, mas muita gente sim, ao que parece, e que assim seja).

Dito isso, tenho certeza de que acabarei deixando de fora muitas pessoas maravilhosas que nos últimos quatro anos me deram assistência e informações úteis, a quem peço desculpas por não ter registrado seus nomes. Mas fica aqui o meu agradecimento por tanta ajuda e informações!

Entre os nomes que *de fato* anotei, gostaria de agradecer:

A meus agentes literários, Russell Galen e Danny Baror, sem os quais meus livros não seriam publicados tão amplamente e com tanto sucesso, e eu não viveria a edificante experiência de ver livros em lituano estampando meu nome na capa – sem falar na edição coreana de *Outlander*, com a capa cheia de bolhas cor-de-rosa.

A Sharon Biggs Waller, pelas informações acerca da galinha Scots Dumpy e por me fazer saber da existência desse encantador animal.

A Marte Brengle, pelos relatos sobre a reconstrução forense do rosto de George Washington, e à dra. Merih O'Donoghue, pelas observações sobre sua desastrosa história dental.

À dra. Merih O'Donoghue e sua amiga oftalmologista, pelos comentários técnicos e os detalhes úteis e muito asquerosos em relação ao olho de lorde John. E também pela maquete do olho humano, que enfeita a minha estante e rende calafrios aos entrevistadores que adentram meu escritório.

A Carol e Tracey, do "My Outlander Purgatory", por suas belas fotos do campo de batalha de Paoli, que me atentaram para o grito rebelde "Paoli vive!" e a descoberta do primo impopular de lorde John.

A Tamara Burke, pelas pérolas de sabedoria a respeito da lavoura e da vida no campo, em especial pela vívida descrição de um galo a defender bravamente suas galinhas.

A Tamara Burke, Joanna Bourne e Beth e Matthew Shope, por seus úteis conselhos acerca dos costumes de um casamento quacre e pelos interessantíssimos debates sobre a história e a filosofia da Sociedade dos Amigos. Aviso logo que qualquer erro ou liberdade tomada no tocante a tais costumes é de minha responsabilidade.

A Catherine MacGregor (gaélico e francês, incluindo tenebrosas canções de ninar envolvendo amantes decapitados), Catherine-Ann MacPhee (gaélico, fraseologia e idioma, além de ter me apresentado o poema em gaélico "Para um excelente pênis"), e Adhamh Ò Broin, professor de gaélico da série televisiva *Outlander*, produzida pela Starz, pela ajuda emergencial com as exclamações. A Barbara Schnell, pelos eventuais trechos em alemão e latim (a quem interessar possa, "merda" em latim se diz "*stercus*").

A Michael Newton, pela permissão de uso de sua deleitosa tradução de "Para um excelente pênis", do livro *The Naughty Little Book of Gaelic* (que eu recomendo fortemente para variados fins).

A Sandra Harrison, que me salvou de um erro gravíssimo ao me informar que as viaturas de polícia britânicas não usam luzes de emergência vermelhas, somente azuis.

Aos cerca de 3.247 francófonos e estudiosos que apontaram o meu erro de grafia em "*n'est-ce pas*", em um trecho deste livro publicado no Facebook.

A James Fenimore Cooper, por me emprestar Natty Bumppo, cujas recordações a respeito da condução adequada de um massacre facilitaram bastante a jornada de lorde John pelo cativeiro.

A Sandy Parker (também conhecida como "a Arquivista"), pelo dedicado acompanhamento e análise das *#DailyLines* (pequenos trechos de meu trabalho publicados todos os dias no Facebook e no Twitter, com o propósito de ocupar o público durante o longo período em que concluo um livro, bem como de ser uma constante oferta de artigos, fotografias e utilidades).

À Equipe de Chatos da Genealogia – Sandy Parker, Vicki Pack, Mandy Tidwell e Rita Meistrell, responsáveis pelo alto grau de precisão na bela árvore genealógica presente nas páginas finais deste livro.

A Karen I. Henry, pelo acolhimento da colmeia e às "Curiosidades de Sexta" publicadas toda semana em seu blog, *Outlandish Observations*. As curiosidades consistem em diversas e fascinantes informações presentes nos livros, expandidas, exploradas e ilustradas com fotografias.

A Michelle Moore, pelas imagens de fundo do Twitter, as canecas de chá engraçadas e um sem-número de outras coisas que podemos educadamente chamar de "design criativo".

A Loretta Moore, dedicada e oportuna senhora de meu site.

A Nikki e Caitlin Rowe, pela criação e manutenção de meu canal no YouTube (algo que jamais imaginei ser necessário, mas que é bastante útil).

A Kristin Matherly, a desenvolvedora web mais rápida que já vi, por seu Gerador de Citações Aleatórias, entre tantos outros sites belos e úteis relacionados a *Outlander*.

A Susan Butler, minha assistente, sem a qual nenhuma correspondência teria sido enviada, mil coisas necessárias não teriam sido feitas e eu jamais teria marcado presença nos eventos programados.

A Janice Millford, xerpa do Everest de e-mails e amazona das avalanches.

À minha amiga Ann Hunt, pela escrita adorável e os melhores votos, sem falar nas flores virtuais e no gim de framboesa.

A Joey McGarvey, Kristin Fassler, Ashley Woodfolk, Lisa Barnes e um grupo de outras pessoas altamente competentes e animadas da Random House.

A Beatrice Lampe, Andrea Vetterle, Petra Zimmerman e um grupo similar de pessoas utilíssimas da editora alemã Blanvalet.

Aos praticantes da viciante arte da busca de erros, cujo tempo e devoção resultam em um livro muito melhor: Catherine MacGregor, Allene Edwards, Karen Henry, Janet McConnaughey, Susan Butler e, em especial, Barbara Schnell (minha inestimável tradutora alemã) e Kathleen Lord, preparadora de textos e heroína das vírgulas e das linhas do tempo, que sempre sabem direitinho a distância entre o ponto A e o ponto B, por mais que eu prefira não descobrir.

A meu marido, Doug Watkins, que me sustenta.

• • •

O título do capítulo 13 ("Ar da manhã inundado de anjos") foi extraído de um verso do poema "O amor nos chama às coisas deste mundo", de Richard Purdy Wilbur.

O título do capítulo 117, "Pela mata espinhosa", foi tirado do popular conto americano "Coelho Quincas e o bebê de piche" (recontado por diversos autores).

O título do capítulo 123, "*Quod Scripsi, Scripsi*", é cortesia de Pôncio Pilatos.

CONHEÇA OUTROS TÍTULOS DA EDITORA ARQUEIRO

O destino das Terras Altas

HANNAH HOWELL

Em *O destino das Terras Altas*, primeiro livro da série Os Murrays, Hannah Howell nos apresenta o esplendor da Escócia medieval com uma saga de guerra entre clãs, lealdades divididas e amor proibido.

Quando o destino coloca Maldie Kirkcaldy na mesma estrada que sir Balfour Murray e seu irmão ferido, ela lhes oferece seus serviços como curandeira. Ao saber que tem em comum com sir Balfour um juramento de vingança, decide seguir com ele para cumprir a sua missão.

Mas ela não pode lhe revelar sua verdadeira identidade, sob o risco de ser acusada como espiã. Enquanto luta para negar o desejo que a dominou assim que viu o belo cavaleiro de olhos negros pela primeira vez, Maldie tenta a todo custo conservar o aliado.

Balfour, por sua vez, sabe que não pode confiar nela, mas também não consegue ignorar a atração que nasceu entre os dois. E, ao mesmo tempo que persegue seu objetivo de destruir Beaton de Dubhlinn, promete descobrir os segredos mais profundos de Maldie e conquistar o seu amor. Para isso, não deixará que nada se interponha em seu caminho.

As Sete Irmãs

Lucinda Riley

Em *As Sete Irmãs*, Lucinda Riley inicia uma saga familiar de fôlego, que levará os leitores a diversos recantos e épocas e a viver amores impossíveis, sonhos grandiosos e surpresas emocionantes.

Filha mais velha do enigmático Pa Salt, Maia D'Aplièse sempre levou uma vida calma e confortável na isolada casa da família às margens do lago Léman, na Suíça. Ao receber a notícia de que seu pai – que adotou Maia e suas cinco irmãs em recantos distantes do mundo – morreu, ela vê seu universo de segurança desaparecer.

Antes de partir, no entanto, Pa Salt deixou para as seis filhas dicas sobre o passado de cada uma. Abalada pela morte do pai e pelo reaparecimento súbito de um antigo namorado, Maia decide seguir as pistas de sua verdadeira origem – uma carta, coordenadas geográficas e um ladrilho de pedra-sabão –, que a fazem viajar para o Rio de Janeiro.

Lá ela se envolve com a atmosfera sensual da cidade e descobre que sua vida está ligada a uma comovente e trágica história de amor que teve como cenário a Paris da *belle époque* e a construção do Cristo Redentor. E, enquanto investiga seus ancestrais, Maia tem a chance de enfrentar os erros do passado – e, quem sabe, se entregar a um novo amor.

O jardim esquecido

KATE MORTON

Dez anos após um trágico acidente, Cassandra sofre um novo baque com a morte de sua querida avó, Nell. Triste e solitária, ela tem a sensação de que perdeu tudo o que considerava importante. Mas o inesperado testamento deixado pela avó provoca outra reviravolta, desafiando tudo o que pensava que sabia sobre si mesma e sua família.

Ao herdar uma misteriosa casa na Inglaterra, um chalé no penhasco rodeado por um jardim abandonado, Cassandra percebe que Nell guardava uma série de segredos e fica intrigada sobre o passado da avó.

Enchendo-se de coragem, ela decide viajar à Inglaterra em busca de respostas. Suas únicas pistas são uma maleta antiga e um livro de contos de fadas escrito por Eliza Makepeace, autora vitoriana que desapareceu no início do século XX. Mal sabe Cassandra que, nesse processo, vai descobrir uma nova vida para ela própria.

O crepúsculo e a aurora
KEN FOLLETT

Em 997 d.C., a Inglaterra enfrenta ataques dos galeses de um lado e dos vikings do outro. Os homens que estão no poder fazem justiça de acordo com os próprios interesses, ignorando o povo e muitas vezes desafiando o próprio rei. Na falta de uma legislação clara, o caos reina absoluto.

Nesse cenário de selvageria, a vida de três jovens se entrelaça de maneira brutal. Um construtor de barcos vê sua terra ser dilacerada pelos vikings e é forçado a se mudar com a família para um povoado inóspito.

Uma nobre normanda desafia os pais para se casar com o homem que ama e, assim que chega à Inglaterra, se vê envolvida em uma constante e violenta disputa pela autoridade em que qualquer passo em falso pode ser catastrófico.

Um monge sonha em transformar sua humilde abadia em um centro de estudos conhecido na Europa inteira.

Todos eles lutam por um mundo mais justo, próspero e livre. E todos cruzam o caminho de um bispo inteligente e cruel que vai fazer o que for preciso para aumentar sua influência e sua fortuna.

Com uma trama elaborada que une um extenso trabalho de pesquisa histórica a uma criatividade extraordinária, *O crepúsculo e a aurora* é um presente tanto para os leitores veteranos de Ken Follett quanto para quem deseja conhecê-lo.

CONHEÇA A COLEÇÃO OUTLANDER

LIVRO 1
A viajante do tempo

LIVRO 2
A libélula no âmbar

LIVRO 3
O resgate no mar

LIVRO 4
Os tambores do outono

LIVRO 5
A cruz de fogo

LIVRO 6
Um sopro de neve e cinzas

LIVRO 7
Ecos do futuro

LIVRO 8
Escrito com o sangue do meu coração

Para saber mais sobre os títulos e autores da Editora Arqueiro,
visite o nosso site e siga as nossas redes sociais.
Além de informações sobre os próximos lançamentos,
você terá acesso a conteúdos exclusivos
e poderá participar de promoções e sorteios.

editoraarqueiro.com.br